文学賞受賞作品目録

2020-2024

日外アソシエーツ

●編集担当● 金子 燈
装 丁：赤田 麻衣子

刊行にあたって

　近年の文学賞をめぐる変化として、ライトノベルやエンターテイメント作品に関する賞の新設が目立つ。新人作家の発掘はよりスピード化され、受賞作は即刊行、デビュー作がシリーズ化されるという例も多くみられる。また、単行本化ばかりでなく電子書籍化やWEB掲載される場合も多く、文学賞設立の背景が昨今の出版事情をよく表しているといえるのではないだろうか。

　従来の文学賞は、伝統や格式が話題の中心になることも多かったが、昨今では気軽に作品を投稿できる賞、地方自治体主催の賞、若年層の執筆者を対象とした賞も増え、文学がより身近なものとなっている。反面、賞の重みや永続性の薄まりといった傾向が同時にみられるのも事実である。

　しかしながら、文学賞受賞作品という謳い文句は、読書のきっかけへと充分な影響力を有している。電子書籍が広がりをみせる今日であるが、文学賞を「売れる作家」を生み出す手立て、また「本」の購買意欲をかき立てる手段として捉える動きはいまだ健在である。

　本書は「文学賞受賞作品目録 2014-2019」（2020年1月刊）を継ぐもので、2020年（令和2年）から2024年（令和6年）までの間に日本国内で実施された文学・出版関連の310賞の受賞作品のべ4,263点を収録し、併せて刊行図書3,415点を掲載している。

　時代の流れとともに文学賞の意義や位置づけが変わっても、その作品を生み出すための作家の努力と研鑽、多くの候補の中から選ばれて受賞したという事実が持つ重みは変わることはない。本書が、文学を愛する読者のためのガイドとして、また作家研究のためのツールとして活用されることを期待する。

　　2024年12月

　　　　　　　　　　　　　　　　　　　　　　　日外アソシエーツ

目　次

凡　例 …………………………………………………… (6)
受賞者名一覧 …………………………………………… (15)

文学賞受賞作品目録 2020-2024 ……………………………… 1

作品名索引……………………………………………… 439

凡　例

1. **本書の内容**

　　本書は、2020年（令和2年）から2024年（令和6年）までの5年間に、日本国内で実施された文学・出版に関する賞310賞の受賞作品の目録である。

2. **収録対象**

　(1) 収録対象とする賞は、原則以下の基準で選定した。
　　・商業出版物を対象とした賞、もしくは新人発掘を目的とする賞。
　　・特定の作品を対象とした賞。作家の全業績などに与えられる賞は対象外とする。
　　・授賞対象として在住・出身地、所属団体、掲載誌などを特定していない賞。ただしプロ作家団体、一般商業誌はこの限りではない。
　(2) 選定収録した賞は、凡例末尾の「分野別収録賞名一覧」に掲載した。

3. **記載事項・排列など**

　(1) 受賞者名
　　・いずれの作品もまず受賞者名で排列した。見出しとした受賞者名は3,797件である。
　　・受賞者名の読みを各種資料等により確認できたものは、読みの末尾に＊を付した。
　　・受賞者名は姓と名で分け、姓の読み・名の読みの五十音順とした。団体名はすべて姓とみなして排列した。
　　・排列にあたっては、濁音・半濁音は清音扱いとし、ヂ→シ、ヅ→スとみなした。また拗促音は直音扱いとし、長音（音引き）は無視した。
　(2) 作品番号・作品名
　　・同一受賞者の作品は受賞年順に排列した。作品名の冒頭には索引用の番号を付した。収録した作品数はのべ4,263点である。

（3）受賞データ（回次／受賞年／部門／席次）
　　・受賞データは受賞年順に記載した。
　（4）図書データ
　　・作品を収録した図書が刊行されている場合には、その書名、巻次、著者、出版者、出版年月、ページ数、大きさ、叢書名、定価（刊行時）、ISBN などを記載した。
　　・見出しの受賞者と図書データの著者が一致している場合、図書の著者名は省略した。
　　・図書データの記載は原則刊行年月順とした。2024 年 12 月までに刊行された 3,415 点を収録した。
　　・刊行時に書名を変更した作品には、適宜改題情報を補記した。

4. 作品名索引

　・受賞作品名をその五十音順に排列した。
　・排列は、受賞者名に準拠した。
　・「日本」の読みは、原則として「ニホン」に統一した。

5. 参考資料

　　記載データは主に次の資料に依っている。
　　受賞データ：「最新美術・デザイン賞事典 2017-2023」日外アソシエーツ
　　　　　　　　「最新文学賞事典 2019-2023」日外アソシエーツ
　　図書データ：データベース「BookPlus」
　　　　　　　　JAPAN/MARC
　　　　　　　　TRC MARC

6. 分野別収録賞名一覧

(1) 出版全般
　　新風賞　　　　　　　　　　　　日本出版学会賞
　　地方出版文化功労賞　　　　　　毎日出版文化賞
　　日本自費出版文化賞

(2) 学　術
　　樫山純三賞　　　　　　　　　　女性史学賞
　　角川源義賞　　　　　　　　　　新書大賞
　　河合隼雄学芸賞　　　　　　　　新村出賞
　　河上肇賞　　　　　　　　　　　田邉尚雄賞
　　紀伊國屋じんぶん大賞　　　　　茶道文化学術賞
　　講談社科学出版賞　　　　　　　日本古典文学学術賞
　　古代歴史文化賞　　　　　　　　日本比較文学会賞
　　サントリー学芸賞　　　　　　　フォスコ・マライーニ賞
　　JRA賞馬事文化賞　　　　　　　紫式部学術賞
　　澁澤賞〔(公益信託) 澁澤民族学　山本七平賞
　　　振興基金主催〕　　　　　　　吉田秀和賞
　　昭和女子大学女性文化研究賞（坂　読売・吉野作造賞
　　　東眞理子基金）　　　　　　　和辻哲郎文化賞
　　女性史青山なを賞

(3) 翻　訳
　　小西財団日仏翻訳文学賞　　　　日本翻訳出版文化賞
　　渋沢・クローデル賞　　　　　　日本翻訳大賞
　　須賀敦子翻訳賞　　　　　　　　日本翻訳文化賞

(4) 装丁・デザイン
　　造本装幀コンクール

(5) 漫　画
　　講談社漫画賞
　　小学館漫画賞
　　手塚治虫文化賞
　　日本漫画家協会賞
　　文化庁メディア芸術祭賞〔漫画関係〕
　　マンガ大賞

(6) 文学一般
　　泉鏡花文学賞
　　岡山県「内田百閒文学賞」
　　大佛次郎賞
　　小野市詩歌文学賞
　　角川財団学芸賞
　　河合隼雄物語賞
　　芸術選奨〔文学関係〕
　　小林秀雄賞
　　詩歌文学館賞
　　司馬遼太郎賞
　　城山三郎賞
　　親鸞賞
　　星雲賞
　　全作家文学賞
　　第2次関根賞
　　坪田譲治文学賞
　　中村星湖文学賞
　　新田次郎文学賞
　　日本一行詩大賞・日本一行詩新人賞
　　日本詩歌句随筆評論大賞
　　農民文学賞
　　野間文芸賞
　　林芙美子文学賞
　　舟橋聖一顕彰青年文学賞
　　部落解放文学賞
　　Bunkamuraドゥマゴ文学賞
　　文藝春秋読者賞
　　本屋大賞
　　三島由紀夫賞
　　三田文学新人賞
　　紫式部文学賞
　　やまなし文学賞
　　吉川英治文学賞
　　読売文学賞
　　歴史浪漫文学賞
　　労働者文学賞

(7) 小　説
　　アガサ・クリスティー賞
　　芥川龍之介賞
　　鮎川哲也賞
　　HJ小説大賞
　　HJ文庫大賞
　　江戸川乱歩賞
　　MF文庫Jライトノベル新人賞
　　大阪女性文芸賞

大藪春彦賞	小説すばる新人賞
大藪春彦新人賞	小説 野性時代 新人賞
織田作之助賞	新潮新人賞
オール讀物新人賞	新潮ミステリー大賞
女による女のためのR-18文学賞	ジャンプ小説新人賞
カクヨムWeb小説コンテスト	ジャンプホラー小説大賞
カクヨムWeb小説短編賞	ジャンプ恋愛小説大賞
角川春樹小説賞	深大寺短編恋愛小説『深大寺恋物語』
角川ビーンズ小説大賞	
角川文庫キャラクター小説大賞	スニーカー大賞
川端康成文学賞	すばる文学賞
北区内田康夫ミステリー文学賞	創元SF短編賞
北日本文学賞	創元ファンタジイ新人賞
京都文学賞	創元ホラー長編賞
京都本大賞	創元ミステリ短編賞
群像新人文学賞	太宰治賞
警察小説新人賞	谷崎潤一郎賞
警察小説大賞	地上文学賞
講談社ラノベチャレンジカップ	中央公論文芸賞
講談社ラノベ文庫新人賞	ちよだ文学賞
『このミステリーがすごい！』大賞	電撃大賞〔電撃小説大賞〕
	直木三十五賞
最恐小説大賞	中山義秀文学賞
さきがけ文学賞	日経小説大賞
柴田錬三郎賞	日本SF大賞
島清恋愛文学賞	日本推理作家協会賞
島田荘司選 ばらのまち福山ミステリー文学新人賞	日本ファンタジーノベル大賞
	日本ミステリー文学大賞新人賞
集英社ライトノベル新人賞	日本歴史時代作家協会賞
小学館ライトノベル大賞	ノベル大賞
小説現代長編新人賞	野間文芸新人賞
「小説推理」新人賞	野村胡堂文学賞

ハヤカワSFコンテスト
　　ファンタジア大賞
　　富士見ノベル大賞
　　舟橋聖一文学賞
　　文學界新人賞
　　文芸社文庫NEO小説大賞
　　文藝賞
　　ボイルドエッグズ新人賞
　　坊っちゃん文学賞
　　ポプラ社小説新人賞
　　ホワイトハート新人賞
　　本格ミステリ大賞

　　本屋が選ぶ大人の恋愛小説大賞
　　松本清張賞
　　ミステリーズ！新人賞
　　山田風太郎賞
　　山本周五郎賞
　　ゆきのまち幻想文学賞
　　横溝正史ミステリ＆ホラー大賞
　　吉川英治文学新人賞
　　吉川英治文庫賞
　　論創ミステリ大賞
　　渡辺淳一文学賞

（8）記録文学・評論・随筆
　　梅棹忠夫・山と探検文学賞
　　AICT演劇評論賞
　　大宅壮一ノンフィクション賞
　　開高健ノンフィクション賞
　　群像新人評論賞
　　講談社　本田靖春ノンフィクション賞
　　斎藤茂太賞

　　小学館ノンフィクション大賞
　　新潮ドキュメント賞
　　随筆にっぽん賞
　　すばるクリティーク賞
　　啄木・賢治のふるさと「岩手日報随筆賞」
　　日本エッセイスト・クラブ賞
　　優駿エッセイ賞

（9）詩
　　伊東静雄賞
　　H氏賞
　　小熊秀雄賞
　　小野十三郎賞
　　現代詩人賞
　　詩人会議新人賞
　　「詩と思想」新人賞
　　高見順賞

　　壺井繁治賞
　　富田砕花賞
　　中原中也賞〔山口市主催〕
　　西脇順三郎賞
　　日本詩人クラブ詩界賞
　　日本詩人クラブ賞
　　日本詩人クラブ新人賞
　　萩原朔太郎賞

福田正夫賞　　　　　　　　　　山之口貘賞
丸山薫賞　　　　　　　　　　　歴程賞
三越左千夫少年詩賞　　　　　　歴程新鋭賞
三好達治賞

(10) 短　歌
歌壇賞　　　　　　　　　　　　短歌研究賞
角川全国短歌大賞　　　　　　　短歌研究新人賞
角川短歌賞　　　　　　　　　　中日短歌大賞
河野裕子短歌賞　　　　　　　　迢空賞
現代歌人協会賞　　　　　　　　中城ふみ子賞
現代歌人集会賞　　　　　　　　ながらみ書房出版賞
現代短歌新人賞　　　　　　　　日本歌人クラブ賞
現代短歌大賞　　　　　　　　　日本歌人クラブ新人賞
現代短歌評論賞　　　　　　　　日本歌人クラブ大賞
齋藤茂吉短歌文学賞　　　　　　日本歌人クラブ評論賞
笹井宏之賞　　　　　　　　　　前川佐美雄賞
佐藤佐太郎短歌賞　　　　　　　若山牧水賞

(11) 俳　句
角川俳句賞　　　　　　　　　　俳句四季新人賞・新人奨励賞
現代俳句協会年度作品賞　　　　俳句四季大賞
現代俳句評論賞　　　　　　　　俳人協会賞
新俳句人連盟賞　　　　　　　　俳人協会新人賞
蛇笏賞　　　　　　　　　　　　俳人協会評論賞
田中裕明賞　　　　　　　　　　俳壇賞
兜太現代俳句新人賞　　　　　　北斗賞
日本伝統俳句協会賞　　　　　　星野立子賞・星野立子新人賞

(12) 戯曲・脚本
　市川森一脚本賞
　大谷竹次郎賞
　小田島雄志・翻訳戯曲賞
　岸田國士戯曲賞
　城戸賞
　劇作家協会新人戯曲賞
　国立劇場歌舞伎脚本募集
　シナリオS1グランプリ
　新人シナリオコンクール
　せんだい短編戯曲賞
　創作テレビドラマ大賞
　創作ラジオドラマ大賞
　大衆芸能脚本募集
　鶴屋南北戯曲賞
　テアトロ新人戯曲賞
　テレビ朝日新人シナリオ大賞
　「日本の劇」戯曲賞
　BKラジオドラマ脚本賞
　フジテレビヤングシナリオ大賞
　向田邦子賞

(13) 児童文学
　青い鳥文庫小説賞
　安城市新美南吉絵本大賞
　アンデルセンのメルヘン大賞
　家の光童話賞
　ENEOS童話賞
　えほん大賞
　絵本テキスト大賞
　小川未明文学賞
　親子で読んでほしい絵本大賞
　角川つばさ文庫小説賞
　けんぶち絵本の里大賞
　講談社絵本賞
　講談社絵本新人賞
　講談社児童文学新人賞
　子どものための感動ノンフィクション大賞
　産経児童出版文化賞
　児童福祉文化賞〔出版関係〕
　児童文学ファンタジー大賞
　児童文芸新人賞
　児童文芸ノンフィクション文学賞
　児童文芸幼年文学賞
　集英社みらい文庫大賞
　ジュニア冒険小説大賞
　小学館児童出版文化賞
　小学生がえらぶ！"こどもの本"総選挙
　書店員が選ぶ絵本新人賞
　ちゅうでん児童文学賞
　長編児童文学新人賞
　日産 童話と絵本のグランプリ
　日本絵本賞
　日本子どもの本研究会「作品賞」
　日本児童文学学会賞
　日本児童文学者協会賞
　日本児童文学者協会新人賞
　「日本児童文学」投稿作品賞

日本児童文芸家協会賞	福島正実記念SF童話賞
〔日本児童文芸家協会〕創作コンクールつばさ賞	ポプラズッコケ文学新人賞
	MOE創作絵本グランプリ
野間児童文芸賞	森林（もり）のまち童話大賞
ひろすけ童話賞	

受賞者名一覧

【あ】

愛 あいか ……………………3
あい めりこ …………………3
あいおい あおい ……………3
逢河 光乃 ……………………3
愛川 美也 ……………………3
相子 智恵 ……………………3
逢坂 冬馬 ……………………3
逢崎 遊 ………………………3
相沢 泉見 ……………………3
相沢 沙呼 ……………………4
相沢 正一郎 …………………4
相田 美紅 ……………………4
あいち あきら ………………4
愛野 史香 ……………………4
饗庭 淵 ………………………4
葵 日向子 ……………………4
蒼井 まもる …………………4
蒼井 美紗 ……………………4
蒼井 祐人 ……………………5
葵依幸 …………………………5
青木 杏樹 ……………………5
蒼木 いつろ …………………5
青木 由弥子 …………………5
青崎 有吾 ……………………5
青島 顕 ………………………5
@aozora ………………………6
あおぞら ………………………6
青田 風 ………………………6
蒼塚 蒼時 ……………………6
碧月 杏 ………………………6
青砥 啓 ………………………6
青波 杏 ………………………6
蒼沼 洋人 ……………………6
青野 暦 ………………………6
青野 瀬樹斗 …………………6
あおの そら …………………7
青野 広夢 ……………………7
青葉 寄 ………………………7
青柳 碧人 ……………………7
青柳 菜摘 ……………………7
青柳 朔 ………………………7
青山 文平 ……………………7
青山 美智子 …………………7
青山 有 ………………………8

青山 勇樹 ……………………8
青山 ユキ ……………………8
赤井 浩太 ……………………8
赤井 紫蘇 ……………………8
赤神 諒 ………………………8
赤坂 アカ ……………………8
赤坂 知美 ……………………9
阿賀沢 紅茶 …………………9
明石歩道橋事故 再発防止
　を願う有志 ………………9
茜 灯里 ………………………9
茜 ジュン ……………………9
紅猫老君 ………………………9
吾野 廉 ………………………9
赤羽 茂乃 ……………………9
赤ひげ …………………………9
あかまつ まゆ ……………10
赤松 佑紀 ……………………10
赤松 利市 ……………………10
赤松 りかこ …………………10
あかむらさき …………………10
明里 桜良 ……………………10
東崎 惟子 ……………………10
安芸 那須 ……………………10
秋 ひのこ ……………………10
亮岡 歌羅 ……………………10
秋月 光ノ介 …………………11
秋田 喜美 ……………………11
秋田 柴子 ……………………11
阿木津 英 ……………………11
秋津 モトノブ ………………11
秋津 朗 ………………………11
秋野 淳平 ……………………11
秋乃 つかさ …………………11
秋葉 四郎 ……………………11
秋原 タク ……………………11
秋本 哲 ………………………12
暁社 夕帆 ……………………12
秋山 公哉 ……………………12
安居院 晃 ……………………12
阿久井 真 ……………………12
明島 あさこ …………………12
朝依 しると …………………12
朝井 まかて …………………13
あさい ゆき …………………13
朝井 リョウ …………………13
朝尾 朋樹 ……………………13
浅岡 靖央 ……………………13
麻加 朋 ………………………13

浅川 芳直 ……………………13
浅葱 …………………………14
朝霧 咲 ………………………14
浅倉 秋成 ……………………14
浅沢 英 ………………………14
浅瀬 明 ………………………14
麻田 雅文 ……………………14
朝田 陽 ………………………14
あさつじ みか ………………14
安里 盛昭 ……………………15
安里 琉太 ……………………15
浅沼 幸男 ……………………15
麻根 重次 ……………………15
あさの あつこ ………………15
浅野 いにお …………………15
浅野 皓生 ……………………15
浅野 眞吾 ……………………15
淺野 有子 ……………………16
浅野 竜 ………………………16
浅野豪デザイン ……………16
朝陽 千早 ……………………16
朝日新聞社 …………………16
朝比奈 秋 ……………………16
朝日放送テレビ ……………17
アーサー平井 ………………17
朝吹 …………………………17
朝水 想 ………………………17
浅見 ベートーベン …………17
麻宮 好 ………………………17
アザレア ……………………17
アジア開発銀行 ……………17
芦澤 泰偉 ……………………17
芦沢 央 ………………………17
芦辺 拓 ………………………18
アシモフ, アイザック ………18
あすとろの一つ ……………18
東 圭一 ………………………18
東 浩紀 ………………………18
アズマドウアンズ …………18
阿泉 来堂 ……………………18
麻生 知子 ……………………18
麻生 凪 ………………………18
阿宗 福子 ⇒明里 桜良
あたし黒髪のようにとけ
　そうな気がする ………19
足立 聡 ………………………19
足立 真奈 ……………………19
安壇 美緒 ……………………19
阿津川 辰海 …………………19

あつまき　　　　　　　受賞者名一覧

東木 武市……………19	荒川 英之……………26	伊神 純子……………32
左沢 森………………19	荒川 弘………………26	猪谷 かなめ…………33
与 勇名………………19	荒川 眞人……………27	五十嵐 佳乙子………33
あな沢 拓美…………19	荒川 美和……………27	五十嵐 美怜…………33
姉崎 あきか…………19	荒川 求実……………27	イーガン, グレッグ…33
アノニマ・スタジオ…20	荒川 悠衛門…………27	郁島 青典……………33
アパタロー……………20	荒川 晗子……………27	生田 麻也子…………33
安孫子 正浩…………20	荒木 あかね…………27	井口 時男……………33
阿部 海太……………20	荒木 麻愛……………27	いぐち みき…………33
阿部 奏子……………20	荒木 祐美……………27	幾野 旭………………33
阿部 大樹……………20	新 胡桃………………27	行橋 六葉……………34
阿部 卓也……………20	安良田 純子…………27	池井戸 潤……………34
阿部 智里……………20	新巻 へもん…………27	池上 ゴウ……………34
アベ ツカサ…………21	荒巻 義雄……………28	池上 英洋……………34
安部 才朗……………21	荒山 徹………………28	池上 遼一……………34
阿部 登龍……………21	有泉 里俐歌…………28	池谷 裕二……………34
あべ はるこ…………21	有門 萌子……………28	池澤 夏樹……………34
阿部 はるみ…………21	有坂 紅………………28	池澤 春菜……………34
阿部 凌大……………21	有須…………………28	いけだ けい…………34
安保 邦彦……………21	有田 くもい…………28	池田 澄子……………35
あボーン……………21	有原 悠二……………28	池田 はるみ…………35
雨井 呼音……………22	有馬 美事子…………28	池田 真紀子…………35
天羽 恵………………22	有本 綾………………29	池田 真歩……………35
雨傘 ヒョウゴ………22	有吉 朝子……………29	池田 実………………35
天城 光琴……………22	アルコ………………29	池田 亮………………35
尼丁 千津子…………22	アルバス, ケイト……29	池田 玲………………35
天津 佳之……………22	アルメリ, ナーヘド…29	生輝 圭吾……………35
アマナ………………22	荒三水………………29	イコ…………………35
あまの かおり………23	アレセイア…………29	生駒 大祐……………36
天野 純希……………23	粟津 礼記……………30	生駒 正朗……………36
雨宮 和希……………23	安崎 依代……………30	伊佐 久美……………36
雨宮 ソウスケ………23	安藤 カツ子…………30	伊坂 幸太郎…………36
雨宮 むぎ……………23	安藤 孝則……………30	伊澤 理江……………36
雨森 たきび…………23	安堂 ホセ……………30	石井 光太……………36
雨谷 夏木……………24	安東 みきえ…………30	石井 幸子……………36
雨宿 火澄……………24	アンネ・エラ…………30	石井 仁蔵……………37
あまん きみこ………24	あんの くるみ………30	石井 清吾……………37
あめ…………………24	安野 貴博……………30	石井 妙子……………37
雨 杜和………………24	安野 モヨコ…………30	石井 勉………………37
雨坂 羊………………24	庵野 ゆき……………31	石井 美智子…………37
雨澤 佑太郎…………24	あんのまる…………31	石井 優恵……………37
雨宮 いろり…………25		石川 えりこ…………37
甘水 さら……………25		石川 扇………………37
綾瀬 風………………25	【い】	石川 夏山……………37
綾束 乙………………25		石川 克実……………37
彩月 レイ……………25	李 賢暁………………31	いしかわ こうじ……38
鮎川 知央……………25	李 龍徳………………31	石川 宏千花…………38
新井 啓子……………26	飯城 勇三……………31	石川 宗生……………38
新井 孔央……………26	飯島 照仁……………32	石川 禎浩……………38
新井 高志……………26	飯塚 耕一……………32	イシグロ, カズオ……38
荒井 りゅうじ………26	飯田 栄静……………32	石崎 洋司……………38
荒井 良二……………26	飯野 和好……………32	石澤 遥………………38
荒衛門………………26	飯干 猟作……………32	石沢 麻依……………38
荒尾 美知子…………26	いいむら すず………32	いしざわ みな………38
荒川 衣歩……………26	家野 未知代…………32	石塚 明子……………39
荒川 徹………………26		石田 夏穂……………39

(16)

石田 祥 … 39	伊藤 亜紗 … 45	伊吹 有喜 … 52
石田 空 … 39	伊藤 麻美 … 45	今井 恵子 … 52
石田 灯葉 … 39	伊藤 亜聖 … 45	いまい じんと … 52
石名 萌 … 39	伊藤 敦志 … 45	今井 むつみ … 52
石橋 直樹 … 39	伊藤 一彦 … 45	今泉 忠明 … 52
いしばし ひろやす … 39	伊藤 京子 … 46	今泉 和希 … 52
石原 慎太郎 … 40	伊藤 哲 … 46	今宿 未悠 … 52
石原 三日月 … 40	いとう しゅんすけ … 46	今津 勝紀 … 53
いしはら ゆりこ … 40	伊藤 彰汰 … 46	井町 知道 … 53
井嶋 りゅう … 40	衣刀 信吾 … 46	今福 シノ … 53
石松 佳 … 40	伊藤 東京 … 46	今福 龍太 … 53
石村 まい … 40	伊藤 俊一 … 46	今村 翔吾 … 53
石山 徳子 … 40	伊藤 ハムスター … 46	今際之 キワミ … 53
石山 諒 … 40	伊藤 比呂美 … 46	猪村 勢司 … 53
izumi … 41	伊藤 尋也 … 47	井本 智恵子 … 54
泉 いつか … 41	伊藤 幹哲 … 47	丰森 奇恋 … 54
泉 カンナ … 41	伊東 雅之 … 47	伊与原 新 … 54
泉 サリ … 41	伊藤 見桜 … 47	伊良 利那 … 54
和泉 久史 … 41	いとう みく … 47	入江 喜和 … 54
和泉 真矢子 … 41	伊藤 美津子 … 47	入江 達宏 … 54
泉屋 宏樹 … 41	伊藤 優 … 47	入江 直海 … 54
出雲 筑三 … 41	伊藤 悠子 … 47	色石 ひかる … 54
いすやま すみえ … 41	伊東 葎花 … 48	色川 大吉 … 54
急川 回レ … 41	井戸川 射子 … 48	いわい としお … 55
磯﨑 憲一郎 … 41	糸川 雅子 … 48	岩城 範枝 … 55
礒崎 純一 … 42	糸森 奈生 … 48	岩口 遼 … 55
磯崎 由佳 … 42	稲岡 勝 … 48	岩佐 敏子 … 55
磯野 真穂 … 42	稲垣 理一郎 … 48	いわさき さとこ … 55
板倉 ケンタ … 42	稲毛 あずさ … 48	岩崎 たまゑ … 55
伊多波 碧 … 42	稲田 豊史 … 48	岩沢 泉 … 55
板谷 明香凛 … 42	稲田 一声 … 49	岩瀬 成子 … 55
1103教室最後尾左端 … 42	稲田 幸久 … 49	岩瀬 達哉 … 55
一江左 かさね … 42	いなば みのる … 49	岩田 奎 … 55
イチカ … 42	稲葉 稔 … 49	岩田 真治 … 56
市川 沙央 … 43	乾 遥香 … 49	いわた 慎二郎 … 56
市川 洋二郎 … 43	犬甘 あんず … 49	岩谷 將 … 56
一倉 小鳥 … 43	犬怪 寅日子 … 49	岩波書店 … 56
いちしち いち … 43	犬飼 六岐 … 50	岩野 聖一郎 … 56
市田 泉 … 43	犬君 雀 … 50	岩間 一弘 … 56
一野 篤 … 43	犬塚 愛美 … 50	岩本 美南 … 56
一ノ瀬 燕 … 43	犬星 星人 … 50	
一ノ瀬 乃一 … 43	犬鷲 … 50	
一ノ関 忠人 … 43	井野 佐登 … 50	【う】
一戸 慶乃 … 43	井上 葵 … 50	
いちのへ 瑠美 … 43	井上 かえる … 50	鄔 揚華 … 56
一初 ゆずこ … 44	井上 先斗 … 50	ヴァン・ロメル, ピーテル … 57
市原 佐都子 … 44	井上 新八 … 50	ウィアー, アンディ … 57
一穂 ミチ … 44	井上 隆史 … 51	ウィタカー, クリス … 57
市村 栄理 … 44	井上 奈奈 … 51	植木 國夫 … 57
銀杏 早苗 … 44	井上 弘美 … 51	うえじょう 晶 … 57
逸木 裕 … 44	井上 夢人 … 51	上杉 健太郎 … 57
樹 れん … 45	井上則人デザイン事務所 … 51	上田 功 … 57
一色 秀秋 … 45	猪俣 哲 … 51	上田 修 … 57
一色 龍太郎 … 45	井ノ山 奈津子 … 51	上田 朔也 … 57
一色 類 … 45	伊原 勇一 … 51	上田 早夕里 … 57
イトイ 圭 … 45	茨木野 … 51	
糸井 博明 … 45		

(17)

うえだ　　　　　　　　受賞者名一覧

植田　彩容子 …… 58	生方　美久 …… 64	遠藤　みえ子 …… 70
上田　迅 …… 58	うまうま …… 64	遠藤　由紀子 …… 70
上田　岳弘 …… 58	馬熊　英一 ⇒豊永　浩平	
上田　秀人 …… 58	海緒　裕 …… 64	
上田　正勝 …… 58	海月　しろ …… 65	【お】
上田　康彦 …… 58	海野　さやか …… 65	
ウェッジ …… 58	羽海野　チカ …… 65	
上西　祐理 …… 58	海野　まこ …… 65	及川　輝新 …… 70
上野　英子 …… 58	海山　蒼介 …… 65	及川　シノン …… 70
上野　詩織 …… 58	梅澤　礼 …… 65	生沼　義朗 …… 70
上野　葉月 …… 59	うめざわ　しゅん …… 65	翁　筱青 …… 70
植野　ハルイ …… 59	梅澤　ナルミ …… 65	オーエンズ，ディーリア …… 70
上野　誠 …… 59	楳図　かずお …… 65	大池　智子 …… 70
上橋　菜穂子 …… 59	梅田　寿美子 …… 65	大石　悦子 …… 71
上原　かおり …… 59	梅津　恒夫 …… 66	大石　さちよ …… 71
上原　哲也 …… 60	うめはら　まんな …… 66	大石　直紀 …… 71
上間　陽子 …… 60	梅山　いつき …… 66	大浦　仁志 …… 71
上牧　晏奈 …… 60	浦川　大正 …… 66	大江　豊 …… 71
上村　千賀子 …… 60	漆原　正雄 …… 66	大川　珠季 …… 71
魚川　典久 …… 60	うるし山　千尋 …… 66	正親　篤 …… 71
魚崎　依知子 …… 60		大木　潤子 …… 71
魚住　直人 …… 60	【え】	大木　毅 …… 71
魚豊 …… 60		大楠　翠 …… 72
鵜飼　有志 …… 60		大口　玲子 …… 72
浮葉　まゆ …… 61	エガード，ジョン …… 66	大久保　海翔 …… 72
宇佐見　洋子 …… 61	エキスプレススポーツ …… 66	大久保　白村 …… 72
宇佐見　りん …… 61	江口　節 …… 67	大熊　孝 …… 72
氏家　仮名子 …… 61	江口　ちかる …… 67	大黒　千加 …… 72
兎甩槻 …… 61	江口　夏実 …… 67	大阪大学大学院文学研究
UDA …… 61	江代　充 …… 67	科文化動態論専攻アー
歌川　光一 …… 61	悦田　半次 …… 67	ト・メディア論研究室 …… 72
宇田川　靖二 …… 62	H.M …… 67	大崎　さやの …… 72
歌代　朔 …… 62	エディシオン・トレヴィ	大澤　縁 …… 72
内池　陽奈 …… 62	ル …… 67	大鹿　日向 …… 73
内田　賢一 …… 62	えなが　ゆうき …… 67	大下　一真 …… 73
内田　健二郎 …… 62	NHK …… 67	大下　さえ …… 73
内田　朋実 …… 62	NHKグローバルメディア	大島　依提亜 …… 73
内田　博 …… 62	サービス …… 68	オオシマ　カズヒロ …… 73
内田　昌之 …… 62	NHKプロモーション …… 68	大島　清昭 …… 73
内出　京子 …… 62	NHK放送文化研究所 …… 68	大島　史洋 …… 73
内野　義悠 …… 62	榎本　空 …… 68	大嶋　岳夫 …… 73
内堀　結友 …… 62	エパンテリアス …… 68	大杉　光 …… 73
内村　佳保 …… 63	abn長野朝日放送 …… 68	大関　博美 …… 73
内山　哲生 …… 63	エビハラ …… 68	大空　大姫 …… 73
内山　葉杜 …… 63	絵毬　ユウ …… 68	太田　愛 …… 74
宇津木　健太郎 …… 63	江山　孝志 …… 68	太田　光一 …… 74
内海　健 …… 63	園業公起 …… 68	おおた　さとみ …… 74
羽洞　はる彦 …… 63	遠藤　かたる …… 68	大田　ステファニー歓人 …… 74
右薙　光介 …… 63	遠藤　源一郎 …… 69	大田　高充 …… 74
宇南山　卓 …… 63	遠藤　健人 …… 69	太田　宣子 …… 74
采火 …… 63	遠藤　だいて …… 69	大竹　英洋 …… 74
宇野　碧 …… 64	遠藤　大輔 …… 69	大谷　朝子 …… 74
宇野　恭子 …… 64	遠藤　達哉 …… 69	大谷　誠 …… 74
宇野　重規 …… 64	遠藤　ヒツジ …… 69	大谷　雅夫 …… 75
鵜野　孝紀 …… 64	遠藤　秀紀 …… 69	大谷　睦 …… 75
宇野　智美 …… 64	遠藤　宏 …… 69	大塚　寅彦 …… 75
鵜野　祐介 …… 64		

(18)

大塚　和々 …… 75	岡本　勝人 …… 81	織田　亮太朗 …… 88
大辻　隆弘 …… 75	岡本　佳奈 …… 81	尾高　薫 …… 88
おおつぼっくす …… 75	岡本　惠子 …… 82	小田島　渚 …… 88
緒音　百 …… 75	岡本　浩一 …… 82	小田中　章浩 …… 88
大虎　龍真 …… 75	岡本　さとる …… 82	越智　洋 …… 88
大西　久美子 …… 75	岡本　なおや …… 82	落合　恵美子 …… 88
大西　孝樹 …… 76	岡本　正大 …… 82	落合　恵子 …… 88
大西　隆介 …… 76	岡本　恵 …… 82	越智屋　ノマ …… 88
大西　弘記 …… 76	岡本　好貴 …… 83	お茶ねこ …… 89
大貫　智子 …… 76	オカヤ　イヅミ …… 83	おとら …… 89
大場　健司 …… 76	小川　一水 …… 83	おな　のりえ …… 89
大濱　普美子 …… 76	小川　糸 …… 83	小梛　清香 …… 89
大林組 …… 76	小川　軽舟 …… 83	緒二葉 …… 89
大原　雨音 …… 76	小川　健治 …… 83	小野　絵里華 …… 89
大原　鉄平 …… 76	小川　哲 …… 83	小野　和子 …… 89
大春　ハルオ …… 76	小川　さやか …… 84	オーノ・コナ …… 90
大尾　侑子 …… 76	小川　進 …… 84	小野　じゅん ⇒奥野
大藤　惠子 …… 77	小川　英子 …… 84	じゅん
大溝　裕 …… 77	小川　雅子 …… 84	小野　はるか …… 90
大宮　葉月 …… 77	小川　桃葉 …… 84	小野　光璃 …… 90
おおむら　たかじ …… 77	小川　洋子 …… 84	小野　仁美 …… 90
大森　あるま …… 77	小川　楽喜 …… 84	をの　ひなお …… 90
大森　賀津也 …… 77	小木　出 …… 84	小野　不由美 …… 90
大森　淳郎 …… 77	おきた　もも …… 84	小野田　和子 …… 91
大森　望 …… 77	荻田　泰永 …… 85	小野田　光 …… 91
大山　誠一郎 …… 78	荻堂　顕 …… 85	小野田　裕 …… 91
大和　博幸 …… 78	翁　まひろ …… 85	小野寺　拓也 …… 91
岡　奈津子 …… 78	沖縄県立芸術大学今を生	小畑　広士 …… 91
岡　典子 …… 78	きる人々と育む地域芸	小原　隆規 …… 91
尾ヶ井　慎太郎 …… 78	能の未来 …… 85	小尾　淳 …… 91
岡垣　澄華 …… 79	おぎぬまX …… 85	オフィスコットーネ …… 91
OKAKI …… 79	荻原　裕幸 …… 85	小俣ラボー　日登美 …… 91
岡﨑　乾二郎 …… 79	沖光　峰津 …… 85	御峰 …… 92
岡崎　マサムネ …… 79	尾久　守侑 …… 85	オーミヤビ …… 92
岡崎　由佳 …… 79	荻原　浩 …… 86	尾八原　ジュージ …… 92
小笠原　柚子 …… 79	奥　憲介 …… 86	オヤマ・ハンサード・ヒ
小笠原　欣幸 …… 79	奥田　亜希子 …… 86	ロユキ …… 92
岡田　暁生 …… 79	奥田　康誠 …… 86	折小野　和広 …… 92
岡田　敦 …… 79	奥田　亡羊 …… 86	織作事務所 …… 92
岡田　一実 …… 80	奥田　じゅん …… 86	織島　かのこ …… 92
岡田　恭子 …… 80	小熊　英二 …… 86	澱介　エイド …… 92
岡田　周平 …… 80	奥村　知世 …… 86	折輝　真透 …… 92
岡田　淳 …… 80	奥山　紗英 …… 86	織原　誠 …… 93
おかだ　だいすけ …… 80	小倉　一郎 …… 86	織部　泰助 …… 93
岡田　鉄兵 …… 80	尾崎　順子 …… 87	温　又柔 …… 93
岡田　利規 …… 80	尾崎　真理子 …… 87	温泉カピバラ …… 93
岡田　智樹 …… 80	尾崎　美樹 …… 87	恩田　陸治 …… 93
緒方　水花里 …… 80	長田　典子 …… 87	
岡田　由季 …… 80	小沢　慧一 …… 87	**【か】**
岡田　幸夫 …… 81	小澤　實 …… 87	
岡田　幸文 …… 81	小田　クニ子 …… 87	カー，ジュディス …… 93
岡田　善敬 …… 81	オダ　トモヒト …… 87	かい　のりひろ …… 93
岡塚　章子 …… 81	尾田　直美 …… 87	開会パンダ …… 93
岡野　弘彦 …… 81	小田　雅久仁 …… 88	界達　かたる …… 93
丘之　ベルン …… 81	小田　ゆうあ …… 88	
岡林　孝子 …… 81	小田　涼子 …… 88	
岡部　雅子 …… 81		

かいとう　　　受賞者名一覧

- 海東 セラ … 94
- 海藤 文字 … 94
- カイリー, ブレンダン … 94
- 楓原 こうた … 94
- 鏡 銀鉢 … 94
- 加賀屋 唯 … 94
- 火狩 けい … 94
- 加川 清一 … 94
- 鍵井 瑠詩 … 94
- 柿沼 敏江 … 94
- 柿沼 充弘 … 95
- 垣根 涼介 … 95
- 柿木原 政広 … 95
- 柿本 桂 ⇒柿本 みづほ
- 柿本 多映 … 95
- 垣本 正哉 … 95
- 柿本 真代 … 95
- 柿本 みづほ … 95
- 鍵和田 柚子 … 95
- 格沢 余糸己 … 95
- 角田 光代 … 95
- 角谷 昌子 … 96
- 書く猫 … 96
- 神楽坂 淳 … 96
- 花月 玖羽 … 96
- 景華 … 96
- 陽炎 氷柱 … 96
- 葛西 薫 … 97
- 葛西 太一 … 97
- 笠井 千晶 … 97
- かさい まり … 97
- 加崎 きわ … 97
- 笠木 拓 … 97
- 風間 豊 … 97
- 風深 模香 … 97
- 梶 茂樹 … 97
- 加治 道子 … 97
- 鍛治 靖子 … 97
- 梶 よう子 … 98
- 梶田 向省 … 98
- 梶谷 佳larm … 98
- 柏原 昭子 … 98
- 鹿島 和夫 … 98
- 樫村 雨 … 98
- 梶山 祥代 … 98
- 可笑林 … 98
- 柏原 宥 … 99
- かしわら あきお … 99
- 数井 美治 … 99
- カスガ … 99
- 春日 太一 … 99
- 一史 … 99
- 粕谷 栄市 … 99
- 加瀬 透 … 99
- 片岡 修一 … 99
- 片岡 真伊 … 99

- 片岡 陸 … 100
- 片瀬 智子 … 100
- かたなかじ … 100
- 片沼 ほとり … 100
- 堅野 令子 … 100
- 帷子 つらね … 100
- 片山 健 … 100
- 片山 夏子 … 100
- 硬梨菜 … 100
- 甲木 千絵 … 100
- Gakken … 101
- 学研教育出版 … 101
- 学研プラス … 101
- 勝嶋 啓太 … 101
- かつぴ 圭尚 … 101
- 勝部 信雄 … 101
- 勝村 博 … 101
- 桂 真琴 … 101
- 加藤 有子 … 102
- 加藤 かおり … 102
- 加藤 聖文 … 102
- 加藤 幸龍 … 102
- 加藤 シゲアキ … 102
- 加藤 孝男 … 102
- 加藤 拓也 … 102
- 加藤 日出美 … 102
- 加藤 明矢 … 103
- 加藤 右馬 … 103
- 加藤 予備 … 103
- 門倉 信 … 103
- ガードナー, ジェイムズ・アラン … 103
- 角野 栄子 … 103
- 門脇 篤史 … 103
- 門脇 賢治 … 103
- 金井 美稚子 … 103
- カナガワ マイコ … 103
- 彼方 紗夜 … 104
- 彼方 青人 … 104
- 金堀 則夫 … 104
- 金山 寿甲 … 104
- 嘉成 晴香 … 104
- 佳南 … 104
- 金木 犀 … 104
- 金子 智 … 104
- 金子 茂樹 … 104
- カネコ 撫子 … 104
- 金子 まさ江 … 105
- 金子 実和 … 105
- 兼重 日奈子 … 105
- 金城 宗幸 … 105
- 金原 ひとみ … 105
- 金山 準 … 105
- 加納 大輔 … 105
- 蒲 豊彦 … 105
- 椛沢 知世 … 105
- 椛島 健治 … 106

- 樺島 ざくろ … 106
- カバヤ食品 … 106
- 神雛 ジュン … 106
- 壁 伸一 … 106
- 釜井 俊孝 … 106
- 鎌田 尚美 … 106
- 鎌田 伸弘 … 106
- 鎌田 雄一郎 … 106
- 神尾 水無子 … 107
- 神岡 鳥乃 … 107
- 神鍵 裕貴 … 107
- 上島 春彦 … 107
- 上條 一輝 … 107
- 神無 フム … 107
- 神ノ木 真紅 … 107
- 神原 嘉男 … 107
- 上水 遙夏 … 107
- 上村 剛 … 108
- 上村 裕香 … 108
- かみや … 108
- かみや としこ … 108
- 紙屋 ねこ … 108
- 神谷 広行 … 108
- 神山 節子 … 108
- 神山 睦美 … 108
- 花邑 あきら … 109
- 亀野 仁 … 109
- 鴨崎 暖炉 … 109
- 蒲原 ユミ子 … 109
- かやま(根占) … 109
- 栢山 シキ … 109
- からした 火南 … 109
- 烏丸 英 … 109
- 烏丸 紫明 … 109
- 雁 須磨子 … 109
- 苅尾 邦子 … 110
- カリベ ユウキ … 110
- 苅谷 君代 … 110
- 苅谷 剛彦 … 110
- 仮屋崎 耕 … 110
- 軽井 広 … 110
- 刈馬 カオス … 110
- カレー沢 薫 … 110
- かわ はらり … 110
- 川合 航希 … 111
- かわい さくら … 111
- 河合 紗都 … 111
- 河合 穂高 … 111
- 川合 真木子 … 111
- 川内 有緒 … 111
- 川上 明日夫 … 111
- 川上 佐都 … 111
- 川上 泰樹 … 111
- 川上 知里 … 111
- 川上 弘美 … 112
- 河上 麻由子 … 112

(20)

川上 未映子	112	
川上 凜桜	112	
川口 晴美	112	
川口 泰弘	112	
kawa.kei	112	
川越 宗一	112	
河﨑 秋子	113	
川崎 恵子	113	
川崎 七音	113	
河治 和香	113	
川島 洋	113	
川嶋 ふみこ	113	
川島 結佳子	113	
かわしマン	113	
川尻 秋生	113	
河尻 亭一	114	
河津 聖恵	114	
河角 順子	114	
川瀬 慈	114	
川瀬 陽子	114	
川添 英昭	114	
川田 章人	114	
河田 育子	114	
川出 正樹	115	
河出書房新社	115	
川野 里子	115	
川野 水音	115	
川野 芽生	115	
川端 裕人	115	
河原 穂乃	115	
川原 正憲	115	
河村 瑛子	115	
川村 真央	116	
川村 有史	116	
河村 義人	116	
川本 千栄	116	
川本 直	116	
瓦井 裕子	116	
河原地 英武	116	
カン・ハンナ	116	
姜 湖宙	117	
康 玲子	117	
菅家 博昭	117	
神崎 あきら	117	
神崎 舞	117	
神田 千代子	117	
かんの	117	
感王寺 美智子	117	
ガンプ	117	
甘味亭 太丸	117	

【き】

き 志	118	
魏 晨	118	
ぎあまん	118	
キイダタオ	118	
木内 南緒	118	
ギガントメガ太郎	118	
企業戦士	118	
菊石 まれほ	118	
菊谷 淳子	119	
菊池 快晴	119	
菊池 海斗	119	
菊池 浩二	119	
菊池 拓哉	119	
きくち ちき	119	
菊池 健	119	
菊地 フミ	119	
菊地 悠太	119	
菊野 葉子	120	
祇光 瞭咲	120	
木崎 みつ子	120	
如月 新一	120	
如月 真菜	120	
木沢 俊二	120	
岸 耕助	120	
岸 朋楽	120	
岸 政彦	120	
岸田 将幸	120	
岸馬 鹿縁	121	
岸本 佐知子	121	
岸本 惟	121	
岸本 千晶	121	
岸若 まみず	121	
城 依見	121	
祈月 酔	121	
木住 鷹人	121	
喜多 昭夫	121	
北 悠休	121	
貴田 雄介	122	
鬼田 竜次	122	
北浦 勝大	122	
北川 佳奈	122	
北川 ミチル	122	
北川 由美子	122	
北沢 陶	122	
北島 淳	122	
北島 理恵子	122	
北爪 満喜	122	
北辻 一展	123	
北林 紗季	123	
北原 一	123	
北原 岳	123	
北原 さとこ	123	
北村 薫	123	
北村 紗衣	123	
きたむら さとし	123	
北村 真	124	
北村 陽子	124	
北山 あさひ	124	
北山 公路	124	
北山 順	124	
きたやますぎ ⇒せあら 波瑠		
橘田 活子	124	
木戸 崇之	124	
衣太	124	
絹田 村子	125	
紀伊國屋書店	125	
木之咲 若菜	125	
木下 恵美	125	
木下 勝弘	125	
木下 昌輝	125	
きのフウ	125	
木元 智香子	125	
鬼伯	125	
木吹 漣	126	
木古 おうみ	126	
君嶋 彼方	126	
金 承哲	126	
キム・ヒョウン	126	
キム・ホヨン	126	
金 民愛	126	
金 悠進	126	
木村 亜里	126	
木村 文	127	
キムラ カエデ	127	
木村 紅美	127	
きむら だいすけ	127	
希結	127	
救愛	127	
休達人	127	
求龍堂	127	
姜 信子	127	
京極 夏彦	128	
京田クリエーション	128	
共同文化社	128	
京都市立芸術大学芸術資源研究センターCOMPOST編集委員会	128	
京橋 史織	128	
共立出版	128	
清武 英利	128	
清原 ふみ子	128	
清本 沢	128	
切替 郁恵	128	
切貫 奏栄	129	
桐乃 さち	129	
霧野 つくば	129	
桐野 夏生	129	
吟 鳥子	129	
キン ミカ	129	
金武湾闘争史編集刊行委員会	129	

【く】

九井 諒子 …………………… 129
虹音 ゆいが ………………… 130
陸 そうと …………………… 130
久々湊 盈子 ………………… 130
日下 昭子 …………………… 130
草香 恭子 …………………… 130
日下 慶太 …………………… 130
日下 三蔵 …………………… 130
草刈 健太郎 ………………… 130
草野 早苗 …………………… 130
草野 信子 …………………… 131
草野 理恵子 ………………… 131
草間 小鳥子 ………………… 131
櫛田 理絵 …………………… 131
九条 蓮 ……………………… 131
鯨井 あめ …………………… 131
久栖 博季 …………………… 131
くすだま 琴 ………………… 131
楠木 のある ………………… 131
楠本 奇蹄 …………………… 132
九段 理江 …………………… 132
久頭 一良 …………………… 132
工藤 進 ……………………… 132
工藤 貴響 …………………… 132
工藤 順 ……………………… 132
工藤 吹 ……………………… 132
工藤 正廣 …………………… 132
工藤 幸子 …………………… 133
グドール 結実 カタリーナ ⇒ゆみカタリーナ
久浪 ………………………… 133
國司 航佑 …………………… 133
国梓 としひで ……………… 133
国仲 シンジ ………………… 133
國松 絵梨 …………………… 133
久能 真理 …………………… 133
九里 順子 …………………… 133
久保 窓佳 …………………… 133
窪 美澄 ……………………… 133
久保 りこ …………………… 134
久保田 香里 ………………… 134
久保田 淳 …………………… 134
窪田 新之助 ………………… 134
久保田 喬亮 ………………… 134
くぼた のぞみ ……………… 134
久保田 登 …………………… 134
久保田 凜 …………………… 134
久保野 桂子 ………………… 135
熊谷 紀代 …………………… 135
熊谷 千佳子 ………………… 135
熊谷 菜生 …………………… 135
熊谷 茂太 …………………… 135
熊木 詩織 …………………… 135
熊倉 潤 ……………………… 135
熊倉 省三 …………………… 135
熊乃 げん骨 ………………… 135
久山 葉子 …………………… 135
倉門 志帆 …………………… 136
倉木 はじめ ………………… 136
倉阪 鬼一郎 ………………… 136
暮しの手帖社 ……………… 136
倉田 史子 …………………… 137
クラッセン, ジョン ………… 137
倉橋 健一 …………………… 137
倉光 泰子 …………………… 137
グランベール, ジャン=クロード …………………… 137
操上 和美 …………………… 137
栗谷 美嘉 …………………… 137
栗林 浩 ……………………… 137
クリハラ タカシ …………… 137
来栖 千依 …………………… 137
くるた つむぎ ……………… 138
ぐるーぷ・アンモナイツ …… 138
枢木 縁 ……………………… 138
呉 孟晋 ……………………… 138
クレイマー, ジャッキー・アズーア ………………… 138
くれは ……………………… 138
グレーバー, デヴィッド …… 138
グレブナー基底大好きbot …… 138
黒井 ひよこ ………………… 138
黒岩 容子 …………………… 138
黒鍵 繭 ……………………… 139
黒川 創 ……………………… 139
黒川 卓希 …………………… 139
くろかわ ともこ …………… 139
くろかわ なおこ …………… 139
黒川 博行 …………………… 139
くろげぶた ………………… 139
黒崎 みのり ………………… 139
黒沢 佳 ……………………… 139
黒沢 孝子 …………………… 139
くろしお …………………… 140
Crosis ……………………… 140
黒済 和彦 …………………… 140
黒瀬 麻美 …………………… 140
黒瀬 珂瀾 …………………… 140
黒田 ナオ …………………… 140
黒田 夏子 …………………… 140
くろぬか …………………… 141
黒柳 徹子 …………………… 141
クロン ……………………… 141
くわがき あゆ ……………… 141
桑木野 幸司 ………………… 141
桑田 今日子 ………………… 141
桑田 窓 ……………………… 141
桑原 ヒサ子 ………………… 141
桑原 憂太郎 ………………… 141

【け】

桂嶋 エイダ ………………… 142
慶野 由志 …………………… 142
劇団昴ザ・サード・ステージ ………………… 142
劇団青年座 ………………… 142
化生 真依 …………………… 142
ケズナジャット, グレゴリー ………………… 142
気多 伊織 …………………… 142
ケラスコエット ……………… 143
ケリー, グレッグ …………… 143
研究社 ……………………… 143
幻冬舎 ……………………… 143

【こ】

呉 勝浩 ……………………… 143
小池 アミイゴ ……………… 143
古池 ねじ …………………… 143
小池 光 ……………………… 144
小池 水音 …………………… 144
小泉 綾子 …………………… 144
小泉 悠 ……………………… 144
恋狸 ………………………… 144
コイル ……………………… 144
高 琢基 ……………………… 144
紅玉 ふくろう ……………… 145
香坂 鮪 ……………………… 145
香坂 マト …………………… 145
幸島 司郎 …………………… 145
糀野 アオ …………………… 145
倖月 一嘉 …………………… 145
上妻 森土 …………………… 146
光晴さん …………………… 146
高田橋 昭一 ………………… 146
コウタリ リン ……………… 146
講談社 ……………………… 146
紅茶がぶ飲み太郎 ………… 147
河野 啓 ……………………… 147
河野 俊一 …………………… 147
河野 龍也 …………………… 147
河野 日奈 …………………… 147
河野 万里子 ………………… 147
神戸 妙子 …………………… 147
神戸 遥真 …………………… 147
小梅 けいと ………………… 148
神山 結海 …………………… 148
恒例行事 …………………… 148

古閑 章 148	小林 幸治 154	**【さ】**
古河 絶水 148	小林 尋 154	
古賀 博文 148	小林 想葉 154	
古賀 光紘 148	小林 貴子 154	
古賀 百合 148	小林 武彦 154	歳内 沙都 159
古賀ブラウズ オリビア水	小林 夏美 154	雑賀 卓三 159
伽月 148	小林 弘尚 154	犀川 よう 159
国書刊行会 149	小林 みちたか 154	斉木 和成 160
黒頭 白尾 149	小林 有吾 154	齋木 喜美子 160
國分 功一郎 149	小林 亮介 155	三枝 昂之 160
国立歴史民俗博物館 149	小林 恋壱 155	西條 奈加 160
小暮 純 149	こはるんるん 155	西生 ゆかり 160
焦田 シューマイ ⇒春間	仔羊エルマー 155	saida 160
タツキ	小日向 まるこ 155	才谷 景 160
ここあ 149	弘平谷 隆太郎 155	齋藤 敦子 160
九重 ツクモ 149	駒居 未鳥 155	齋藤 彩葉 160
心琴 ⇒鈴森 琴	小牧 昌子 155	齋藤 恵美子 161
古今 果歩 150	こまつ あやこ 155	齊藤 啓祐 161
小坂 洋右 150	小松 立人 156	齊藤 宏壽 161
小砂川 チト 150	小松 透 156	斎藤 幸平 161
小里 巧 150	小松 申尚 156	斎堂 琴湖 161
五色 ひいらぎ 150	五味 岳久 156	斉藤 千 161
小島 日和 150	小峰 新平 156	斎藤 環 161
小島 庸平 150	小峰 隆夫 156	斎藤 菜穂子 161
湖城 マコト 150	小峰 ひずみ 156	齊藤 勝 161
湖水 鏡月 150	小峰 大和 156	斎藤 光顕 161
小塚原 旬 150	こみや ゆう 156	斎藤 茂登子 161
古田島 由紀子 151	五芽 すずめ 157	齋藤 ゆかり 162
こだま ともこ 151	菰野 江名 157	齋藤 芳生 162
小俵 鱒太 151	古森 曉 157	齋藤 里恋 162
コッペパン侍 151	小森 収 157	サイトヲ ヒデユキ 162
古都 こいと 151	小森 隆司 157	西馬 舜人 162
こと さわみ 151	小森 雅夫 157	最果 タヒ 162
後藤 朗夫 151	古谷田 奈月 157	最宮 みはや 162
後藤 明美 151	小山 愛子 157	さえ 162
後藤 順 151	小山 和行 157	佐伯 一麦 163
後藤 よしみ 151	小山 俊樹 157	佐伯 鮪 163
後藤 里奈 151	小山 美由紀 157	佐伯 裕子 163
吾峠 呼世晴 152	コルドン，クラウス 158	冴吹 稔 163
琴織 ゆき 152	近藤 栄一 158	さ青 163
ことこ 152	近藤 一博 158	坂 163
ことね えりか 152	近藤 一弥 158	佐賀 旭 163
コトヤマ 152	近藤 茂古 158	坂合 奏 163
コナリ ミサト 152	近藤 讓 158	酒井 和子 163
小西 月舟 152	近藤 正規 158	酒井 駒子 163
小西 マサテル 152	近藤 真由美 158	坂井 修一 164
小鳩 子鈴 153	今野 和代 158	酒井 生 164
小浜 正子 153	紺野 千昭 159	坂井 せいごう 164
小林 綾 153	今野 元 159	酒井 正 164
小林 安慈 153	ごんべ 159	坂井 のどか 164
小林 杏珠 153	紺谷 綾 159	酒井 博子 164
小林 一星 153		堺 三保 164
小林 浮世 153		坂石 遊作 164
小林 エリカ 153		境田 博美 165
小林 坩堝 154		坂上 暁仁 165
小林 啓生 154		榮 三一 165

坂岡 真 … 165	佐々木 亜須香 … 172	サトゥフ, リアド … 178
坂上 泉 … 165	佐々木 英子 … 172	左奈田 章光 … 178
坂川 朱音 … 166	佐々木 薫 … 172	眞田 天佑 … 178
酒木 裕次郎 … 166	佐々木 恭 … 172	佐野 晶 … 178
坂城 良樹 … 166	佐々木 景子 … 172	佐野 旭 … 178
榊原 紘 … 166	佐々木 虔一 … 172	佐野 謙介 … 178
榊原 モンショー … 166	佐々木 紺 … 172	佐野 公哉 … 178
榊原 悠介 … 166	佐佐木 定綱 … 172	佐野 光陽 … 178
阪口 玄信 … 166	佐々木 貴子 … 172	佐野 夏希 … 178
阪口 弘之 … 166	ササキ タツオ … 173	佐野 広実 … 179
坂栗 蘭 … 166	佐々木 真帆 … 173	佐野 陽 … 179
坂崎 かおる … 166	佐々木 実 … 173	佐原 一可 … 179
榮織 タスク … 167	佐佐木 陸 … 173	五月雨 きょうすけ … 179
坂下 泰義 … 167	佐佐木 れん … 173	佐峰 存 … 179
さかた きよこ … 167	笹沢 教一 … 173	沙村 広明 … 179
さかとく み雪 … 167	笹原 千波 … 173	佐本 英規 … 179
さかね みちこ … 167	ささま ひろみ … 173	さや ちはこ … 179
阪野 媛理 … 167	笹村 正枝 … 173	佐山 啓郎 … 180
逆巻 蝸牛 … 167	佐相 憲一 … 173	猿ケ原 … 180
酒本 アズサ … 167	佐田 千織 … 173	猿舘 雪枝 … 180
坂本 眞一 … 168	さだ まさし … 174	澤 大知 … 180
坂本 文朗 … 168	佐竹 美保 … 174	澤井 潤子 … 180
坂元 裕二 … 168	颯木 あやこ … 174	澤内 イツ … 180
坂本 鈴 … 168	皐月 陽龍 … 174	沢木 耕太郎 … 180
酒寄 進一 … 168	沙寺 絃 … 174	沢口 花咲 … 180
佐川 時矢 … 168	佐藤 あい子 … 174	澤崎 文 … 180
佐木 真紘 … 168	佐藤 亜紀 … 174	澤田 瞳子 … 180
崎浜 慎 … 168	佐藤 明子 … 174	澤田 直 … 181
さきほ … 168	佐藤 淳子 … 174	沢田 ユキオ … 181
ザ・キャビンカンパニー … 169	佐藤 厚志 … 175	沢辺 満智子 … 181
作品社 … 169	佐藤 文香 … 175	沢村 ふう子 … 181
佐倉 おりこ … 169	佐藤 悦子 … 175	佐原 キオ … 181
佐倉 樟風 … 169	佐藤 香寿実 … 175	三月童 … 181
さくら みお … 169	佐藤 究 … 175	サン・セバスチャン … 181
佐倉 紫 … 169	佐藤 賢一 … 175	桟檀寺 ゆう … 181
佐倉 涼 … 169	佐藤 さくら … 175	暁刀魚 … 181
桜生 懐 … 170	佐藤 純子 … 176	
桜井 のりお … 170	佐藤 ジョアナ玲子 … 176	**【し】**
桜井 真城 … 170	佐藤 武 … 176	
桜井 美奈 … 170	佐藤 千加子 … 176	
櫻井 芳雄 … 170	佐藤 日向 … 176	詩一 … 182
櫻川 昌哉 … 170	佐藤 文香 … 176	椎名 高志 … 182
さくらぎ さえ … 170	佐藤 文子 … 176	椎葉 伊作 … 182
桜木 紫乃 … 170	佐藤 文隆 … 176	汐海有真(白木犀) … 182
桜田 一門 … 170	佐藤 正明 … 176	塩川 悠太 … 182
櫻田 智也 … 171	佐藤 正弥 … 176	塩崎 ツトム … 182
桜田 光⇒愛野 史香	佐藤 優 … 177	潮路 奈和 … 182
桜ノ宮 天音 … 171	佐藤 真澄 … 177	塩瀬 まき … 182
桜人 心都悩 … 171	佐藤 まどか … 177	塩田 武士 … 182
櫻部 由美子 … 171	佐藤 未央雅 … 177	しおたに まみこ … 182
迫 義之 … 171	佐藤 通雅 … 177	汐月 巴 … 183
笹 慎 … 171	佐藤 モニカ … 177	汐見 りら … 183
佐々 涼子 … 171	佐藤 康宏 … 177	しおみつ さちか … 183
笹井 風琉 … 171	佐藤 ゆき乃 … 177	しおやま よる … 183
笹川 諒 … 171	佐藤 洋子 … 177	志賀 美英 … 183
佐々木 暁 … 171	佐藤 良香 … 178	

市街地 ギャオ …… 183	島田 修三 …… 190	白井 ムク …… 197
志垣 澄幸 …… 183	シマダ タモツ …… 190	白川 個舟 …… 197
鹿倉 裕子 …… 183	島田 虎之介 …… 190	白川 尚史 …… 197
四月猫あらし …… 184	島田 雅彦 …… 191	白川 方明 …… 197
四季 大雅 …… 184	島田 悠子 …… 191	白木 健嗣 …… 197
シクラメン …… 184	島貫 恵 …… 191	白鷺 あおい …… 197
時雨 もゆ …… 184	嶋野 夕陽 …… 191	白澤 光政 …… 197
重田 善文 …… 184	島村 正 …… 191	白瀬 あお …… 198
茂内 希保子 …… 185	島村 幹子 …… 191	しらたま …… 198
しげ・フォン・ニーダーサイタマ …… 185	島村 木綿子 …… 191	白鳥 一 …… 198
茂村 巨利 …… 185	島本 理生 …… 191	白根 厚子 …… 198
しけもく …… 185	縞杜 コウ …… 191	白野 大兎 …… 198
シゲリ カツヒコ …… 185	清水 あかね …… 191	尻野 ベロ彦 …… 198
次佐 駆人 …… 185	清水 香苗 …… 192	shiryu …… 198
志津 栄子 …… 185	清水 紗緒 …… 192	白い立体 …… 198
惺月 いづみ …… 185	清水 サトル …… 192	白金 透 …… 198
汐月 うた …… 186	清水 知佐子 …… 192	白野 …… 199
しそたぬき …… 186	清水 ゆりか …… 192	城野 白 …… 199
下垣 …… 186	沈 池娟 …… 192	白野 よつは …… 199
設楽 博己 …… 186	志村 真幸 …… 192	白目黒 …… 199
四反田 凛太 …… 186	志村 佳 …… 192	神 敦子 …… 199
実石 沙枝子 …… 186	下條 尚志 …… 192	迅 空也 …… 199
市東 さやか …… 186	下平 さゆり …… 193	シン・ソンミ …… 199
地主 …… 186	霜月 透子 …… 193	新海 誠 …… 200
篠崎 央子 …… 187	霜月 雹花 …… 193	新川 帆立 …… 200
篠崎 フクシ …… 187	霜月 流 …… 193	シンギョウ ガク …… 200
篠田 謙一 …… 187	しもっち …… 193	神宮寺 文鷹 …… 200
しののめ すぴこ …… 187	下鳥 潤子 …… 193	新国立劇場シェイクスピア歴史劇シリーズ …… 200
東雲 めめ子 …… 187	ジャクソン、ホリー …… 193	シンコーミュージックエンタテイメント …… 200
シノノメ公爵 …… 187	ジャジャ丸 …… 193	
篠谷 巧 …… 187	斜線堂 有紀 …… 194	新崎 瞳 …… 200
篠山 輝信 …… 188	シャール、サンドラ …… 194	進士 郁 …… 200
芝 夏子 …… 188	集英社 …… 194	真珠 まりこ …… 200
しば犬部隊 …… 188	秋作 …… 194	新城 道彦 …… 201
柴刈 煙 …… 188	十三不塔 …… 194	真造 圭伍 …… 201
柴崎 友香 …… 188	周南 カンナ …… 194	新潮社 …… 201
柴田 勝家 …… 188	シュガースプーン。 …… 194	新潮社装幀室 …… 201
柴田 ケイコ …… 188	主婦の友社 …… 194	震電 みひろ …… 201
柴田 康太郎 …… 188	JULA出版局 …… 194	新日本出版社 …… 201
柴田 南有子 …… 189	駿馬 京 …… 195	新馬場 新 …… 202
柴田 祐紀 …… 189	邵 丹 …… 195	人文書院 …… 202
シバタケ クミ …… 189	庄 彦二 …… 195	神保 と志ゆき …… 202
芝塚 るり …… 189	小学館 …… 195	新家 月子 …… 202
芝宮 青一 …… 189	庄司 優芽 …… 196	
志部 淳之介 …… 189	しょうの しょう …… 196	【す】
渋沢 恵美 …… 189	庄野 酢飯 …… 196	
渋谷 治美 …… 189	ショージ サキ …… 196	
渋谷 雅一 …… 189	書肆侃侃房 …… 196	水声社 …… 202
志保田 行 …… 189	書肆汽水域 …… 196	水棲虫 …… 202
シマ・シンヤ …… 189	しょぼん …… 196	末国 正志 …… 203
嶋 稟太郎 …… 190	ジョルジュ・ピロシキ …… 196	末永 裕樹 …… 203
島岡 幹夫 …… 190	しょわんちゅ …… 196	末並 俊司 …… 203
島口 大樹 …… 190	ジョーンズ、ジャネット・L …… 196	末野 葉 …… 203
しまざき ともみ …… 190	ショーン田中 …… 197	末松 燈 …… 203
島崎 杜香 …… 190	白井 智之 …… 197	

周防 柳 203	鈴木 美紀子 209	瀬上 哉 216
菅 浩江 203	鈴木 恵 209	関 かおる 216
菅 浩史 203	鈴木 康彦 209	關 智子 216
須貝 秀平 203	鈴木 結生 210	関 灯之介 216
すかいふぁーむ 204	鈴木 穣 210	関 中子 216
菅沼 悠介 204	鈴木 ユリイカ 210	関岡 裕之 216
菅野 朝子 204	鈴木 良明 210	関岡 ミラ 216
菅野 節子 204	鈴木 淳世 210	関口 裕子 216
菅谷 憲興 204	鈴木 佳朗 210	関根 裕治 217
菅原 百合絵 204	鈴木 竜一 210	関元 慧吾 217
杉江 勇吾 204	鈴木 りん 210	関本 紗也乃 217
杉田 七重 204	鈴木 伶香 211	関本 康人 217
杉乃坂 げん 205	涼暮 皐 211	関谷 啓子 217
杉原 大吾 205	鈴村 ふみ 211	瀬口 真司 217
杉松 誠二 205	鈴森 琴 211	瀬崎 祐 217
すぎもと えみ 205	涼森 巳王 211	瀬下 猛 217
杉本 聖士 205	スズヤ ジン 211	世田谷パブリックシア
杉本 真維子 205	須田 地央 211	ター 217
杉本 由美子 205	須田 智博 211	薛 沙耶伽 217
杉森 仁香 205	ステッグミューラー アヒ	接骨 木綿 218
杉山 偉晤 205	ム 211	節兒 見一 218
杉山 慎 205	すとう あさえ 211	瀬名 秀明 218
スクイッド 206	須藤 アンナ 212	蟬谷 魚ト ⇒蟬谷 めぐ実
助六稲荷 206	須藤 健太郎 212	蟬谷 めぐ実 218
スコット, ジョーダン 206	須藤 秀樹 212	零真似 218
スコルジー, ジョン 206	砂 濱子 212	善教 将大 218
スーザン ももこ 206	須永 紀子 212	千田 理緒 219
スージィ 206	砂川 文次 212	千八軒 219
鈴江 由美子 206	砂嶋 真三 212	Zen Foto Gallery 219
鈴鹿 呂仁 206	砂原 浩太朗 213	
涼川 かれん 206	砂村 かいり 213	【そ】
鈴木 えんぺら 206	図野 象 213	
鈴木 香里 207	スペンサー, ソフィア 213	宗田 理 219
鈴木 加成太 207	鷲見 洋一 213	蒼天社 219
鈴木 健司 207	スミス, シドニー 213	相馬 卵譜 219
鈴木 晶 207	澄田 こころ 213	そえだ 信 219
鈴木 信一 207	住野 よる 214	十川 陽一 219
スズキ スズヒロ 207	すめらぎ ひよこ 214	外なる天使さん 219
鈴木 聖子 207	巣山 ひろみ 214	ソトマイヨール, ソニア 220
鈴木 総史 207	陶山 良子 214	曾根 毅 220
鈴木 大介 207	aaa168(スリーエー) 214	園田 桃子 220
鈴木 忠平 208	3pu 214	園部 哲 220
鈴木 ちはね 208	スレッドルーツ 214	祖父江 慎 220
鈴木 利良 208	諏訪 晃子 214	空 千秋 220
鈴木 のりたけ 208	諏訪 典子 214	空埜 一樹 220
鈴木 英子 208	諏訪 宗篤 215	空山 トキ 220
鈴木 宏子 208		雪車町 地蔵 221
鈴木 裕子 208	【せ】	そるとばたあ 221
鈴木 浩 208		ソン・ウォンピョン 221
鈴木 風虎 209	せあら 波瑠 215	孫 軍悦 221
鈴木 ふみ 209	青幻舎 215	宋 恵媛 221
鈴木 正明 209	SEIKO 215	
鈴木 将樹 209	清野 裕子 215	
鈴木 正崇 209	世界 215	
鈴木 まもる 209	世界文化社 216	
鈴木 衛 209		

【た】

田井 宗一郎 ……………… 221
タイザン5 ………………… 221
大修館書店 ………………… 222
大好き丸 …………………… 222
だいたいねむい …………… 222
大同生命国際文化基金 …… 222
松明 ………………………… 222
ダイヤモンド社 …………… 222
太陽くん …………………… 222
田尾 元江 ………………… 222
田岡 たか子 ……………… 223
高岡 修 …………………… 223
高丘 哲次 ………………… 223
髙岡 昌生 ………………… 223
高岡 未来 ………………… 223
鷹樹 烏介 ………………… 223
高木 宇大 ………………… 223
髙樹 のぶ子 ……………… 224
髙木 麻紀子 ……………… 224
髙木 まどか ……………… 224
高久 至 …………………… 224
高草 操 …………………… 224
高里 まつり ……………… 224
高篠 力丸 ………………… 224
高島 鈴 …………………… 224
高瀬 志帆 ………………… 224
高瀬 隼子 ………………… 224
高瀬 乃一 ………………… 225
たかた ……………………… 225
髙田 晃太郎 ……………… 225
高田 朔実 ………………… 225
高田 智子 ………………… 225
高田 秀重 ………………… 225
髙田 充 …………………… 225
高田 曜子 ………………… 225
高谷 和生 ………………… 225
たかだらん ………………… 226
髙塚 謙太郎 ……………… 226
たかつき せい …………… 226
高遠 ちとせ ……………… 226
高遠 穂積 ⇒高遠 ちとせ
たかどの ほうこ ………… 226
鷹取 美保子 ……………… 226
高野 公彦 ………………… 226
高野 知宙 ………………… 226
高野 秀行 ………………… 226
高野 史緒 ………………… 227
高野 ユタ ………………… 227
たか野む …………………… 227
たかはし あきよ ………… 227
高橋 亜子 ………………… 227
高橋 うらら ……………… 227
高橋 健 …………………… 227
髙橋 炬燵 ………………… 227
高橋 淳 …………………… 227
高橋 嬢子 ………………… 228
高橋 峻 …………………… 228
高橋 憧子 ………………… 228
たかはし としひで ……… 228
高橋 信雄 ………………… 228
高橋 英樹 ………………… 228
高橋 文義 ………………… 228
高橋 万実子 ……………… 228
高橋 道子 ………………… 229
高橋 祐一 ………………… 229
髙橋 由記 ………………… 229
高橋 百合子 ……………… 229
高橋 芳江 ………………… 229
髙橋 良育 ………………… 229
高畠 那生 ………………… 229
高浜 寛 …………………… 229
高原 あふち ……………… 229
たかはら りょう ………… 229
高平 九 …………………… 230
高平 佳典 ………………… 230
髙松 麻奈美 ……………… 230
高松 美咲 ………………… 230
鷹見 えりか ……………… 230
篁 たかお ………………… 230
髙村 有 …………………… 230
高矢 航志 ………………… 230
高柳 克弘 ………………… 230
高山 環 …………………… 230
高山 邦男 ………………… 230
高山 彩英子 ……………… 231
髙山 さなえ ……………… 231
高山 羽根子 ……………… 231
高山 真由美 ……………… 231
鷹山 悠 …………………… 231
髙良 真実 ………………… 231
田川 基成 ………………… 231
瀧井 一博 ………………… 231
滝口 葵巳 ………………… 231
滝口 悠生 ………………… 231
滝浪 酒利 ………………… 232
滝本 竜彦 ………………… 232
田口 辰郎 ………………… 232
田窪 泉 …………………… 232
詫摩 佳代 ………………… 232
竹内 オサム ……………… 232
竹内 佐永子 ……………… 232
竹内 早希子 ……………… 232
竹内 康浩 ………………… 232
竹内 亮 …………………… 233
武内 涼 …………………… 233
竹上 雄介 ………………… 233
竹川 春菜 ………………… 233
武川 佑 …………………… 233
竹倉 史人 ………………… 233
竹澤 聡 …………………… 233
武子 和幸 ………………… 233
武石 勝義 ………………… 233
たけした ちか …………… 234
竹下 文子 ………………… 234
竹柴 潤一 ………………… 234
たけすい …………………… 234
武田 綾乃 ………………… 234
武田 晋一 ………………… 234
竹田 人造 ………………… 234
竹田 まどか ……………… 234
竹田 モモコ ……………… 235
武田 雄樹 ………………… 235
竹中 篤通 ………………… 235
竹中 豊秋 ………………… 235
竹中 優子 ………………… 235
竹中大工道具館 …………… 235
武西 良和 ………………… 235
竹部 月子 ………………… 235
竹村 啓 …………………… 235
竹本 真雄 ………………… 235
健部 伸明 ………………… 236
多胡 吉郎 ………………… 236
多崎 礼 …………………… 236
田沢 五月 ………………… 236
田島 征三 ………………… 236
田島 高分 ………………… 236
田島 春香 ………………… 236
たじま ゆきひこ ………… 236
田島 義久 ⇒田島 高分
田島 列島 ………………… 236
タジリ ユウ ……………… 237
ただ のぶこ ……………… 237
多田 有希 ………………… 237
ただの 雅子 ……………… 237
立川 浦々 ………………… 237
太刀川 英輔 ……………… 238
橘 しづき ………………… 238
橘 しのぶ ………………… 238
立花 開 …………………… 238
橘花 やよい ……………… 238
立原 透耶 ………………… 238
龍 幸伸 …………………… 238
たつた あお ……………… 239
達間 涼 …………………… 239
巽 由樹子 ………………… 239
伊達 慶 …………………… 239
たておき ちはる ………… 239
たての ひろし …………… 239
舘野 文昭 ………………… 239
舘野 史隆 ………………… 239
たな ひろ乃 ……………… 239
田中 亜以子 ……………… 239
田中 薫 …………………… 240
田中 一征 ………………… 240

(27)

田中 ききょう … 240	玉井 裕志 … 246	中央出版 … 252
田中 桔梗 … 240	玉岡 かおる … 246	中日新聞編集局 … 252
田中 キャミー … 240	珠川 こおり … 246	チョー ヒカル … 252
田中 清代 … 240	玉木 レイラ … 246	趙 一安 … 252
田中 久美子 … 240	タマキ, ローレン … 246	汐文社 … 252
田中 三五 … 240	玉田 真也 … 246	朝夜 千喜 … 252
田中 淳一 … 240	玉田 美知子 … 246	塵芥居士 … 252
田中 淳一 … 241	多摩美術大学グラフィッ	千蓮 泰子 … 252
たなか しん … 241	クデザイン学科卒業制	
田中 翠香 … 241	作展 2023 実行委員・	
田中 翠友 … 241	図録班 … 247	【つ】
田中 草大 … 241	たまむら さちこ … 247	
田中 兆子 … 241	田村 淳 … 247	塚川 悠紀 … 252
田中 哲弥 … 241	田村 修宏 … 247	塚田 千束 … 253
田中 奈津子 … 241	田村 初美 … 247	塚本 正治 … 253
田中 徳恵 … 241	田村 穂隆 … 247	津川 エリコ … 253
田中 半島 … 241	田村 美由紀 … 247	津川 絵理子 … 253
たなか ひかる … 241	田村 由美 … 247	月汰 元 … 253
田中 美佳 … 242	田村 芳郎 … 248	月とコンパス … 253
田中 美穂子 … 242	田谷 季音 … 248	月並 きら … 253
田中 茂二郎 … 242	ダヨン … 248	月日 みみ … 253
田中 庸介 … 242	タライ 和治 … 248	月星 つばめ … 254
田中 義久 … 242	たらちね ジョン … 248	月見 夕 … 254
田中 黎子 … 242	垂池 蘭 … 248	月森 乙 … 254
棚沢 永子 … 242	だるま森 … 248	つくし あきひと … 254
七夕 ななほ … 242	タロジロウ … 248	土筆 あさ … 254
田辺 聖子 … 242	多和田 眞一郎 … 248	辻 淳子 … 254
田辺 みのる … 243	多和田 葉子 … 248	辻堂 ゆめ … 254
谷 和子 … 243	俵 周 … 249	津島 ひたち … 254
谷 賢一 … 243	俵 万智 … 249	辻本 隆行 … 254
谷 ユカリ … 243	丹澤 みき … 249	都月 きく音 … 254
谷内 つねお … 243	段々社 … 249	津田 トミヤ … 254
谷尾 銀 … 243		津田 祐樹 … 255
谷岡 亜紀 … 243		津髙 里永子 … 255
谷川 俊太郎 … 243	【ち】	土江 正人 … 255
谷川 恵 … 244		土車 甫 … 255
谷口 亜沙子 … 244	近内 悠太 … 249	土屋 うさぎ … 255
谷口 佳奈子 … 244	近本 洋一 … 249	土屋 恵子 … 255
谷口 智行 … 244	地球の歩き方編集室 … 249	土屋 賢二 … 255
谷口 菜津子 … 244	筑前 助広 … 249	土屋 瀧 … 255
谷口 良生 … 244	竹柏会 … 249	土屋 千鶴 … 255
多仁田 敏幸 … 244	千鳥 由貴 … 250	つちや はるみ … 256
谷原 恵理子 … 244	知念 実希人 … 250	土屋 政雄 … 256
谷町 蚯蚓 … 244	千野 千佳 … 250	圡山 由紀子 … 256
谷本 茂文 … 244	チバ アカネ … 250	筒井 清輝 … 256
たぬくま舎 … 245	千葉 皓史 … 250	堤 未果 … 256
たね胚芽 … 245	千葉 茂 … 250	綱木 謙介 … 256
種谷 良二 … 245	千葉 ともこ … 250	恒川 惠市 … 256
田野 大輔 … 245	千葉 文夫 … 251	常本 哲郎 … 256
田花 七夕 … 245	千葉 雅也 … 251	津野 海太郎 … 257
太原 千佳子 … 245	知花 沙季 … 251	椿 あやか … 257
ダービー, シンディ … 245	千早 茜 … 251	椿 つかさ … 257
たぶし ゆみ … 245	茶 辛子 … 251	椿 美砂子 … 257
田渕 句美子 … 245	ちゃたに 恵美子 … 251	ツバキハラ タカマサ … 257
玉井 一平 … 246	中央公論新社 … 251	坪井 努 … 257
玉井 清弘 … 246		

坪井 秀人 …… 257	東夷 …… 262	苫東 かおる …… 268
積本 絵馬 …… 257	東映 …… 262	トマトスープ …… 269
津村 記久子 …… 257	東京オペラシティ文化財団 …… 262	泊 功 …… 269
津利 四高 …… 257	東京創元社編集部 …… 263	冨岡 悦子 …… 269
釣舟草 …… 258	東京大学出版会 …… 263	冨田 民人 …… 269
つる よしの …… 258	東京都古書籍商業協同組合 …… 263	冨田 涼介 …… 269
鶴谷 香央里 …… 258	道具 小路 …… 263	富安 陽子 …… 269
つるまいかだ …… 258	道券 はな …… 263	トム・ブラウンみちお …… 269
	灯光舎 …… 263	巴 雪夜 …… 269
【て】	東座 莉一 ⇒霜月 流	友廣 純 …… 269
	東條 功一 …… 263	友村 夕 …… 270
D …… 258	橙田 千尋 …… 264	外山 一機 …… 270
T&M Projects …… 258	東畑 開人 …… 264	とよしま さやか …… 270
ディオニシオ, イザベラ …… 258	道満 晴明 …… 264	とよ田 みのる …… 270
DC COMICS …… 258	十重田 裕一 …… 264	豊永 浩平 …… 270
出口 紀子 …… 259	遠 都衣 …… 264	豊永 正男 …… 270
出久根 育 …… 259	遠坂 八重 …… 264	トランスレーション・マターズ …… 270
デコート豊崎 アリサ …… 259	とおちか あきこ …… 264	とり・みき …… 270
出崎 哲弥 …… 259	遠野 海人 …… 264	鳥居 淳瞳 …… 270
手島 きみ子 …… 259	遠野 遥 …… 265	鳥井 綾子 …… 271
弟子丸 博道 …… 259	遠野 瑞希 …… 265	鳥飼 丈夫 …… 271
デズモンド, ジェニ …… 259	十本 スイ …… 265	とりごえ こうじ …… 271
鉄人 じゅす …… 259	遠山 彼方 …… 265	torisun …… 271
手取川 由紀 …… 259	遠山 純生 …… 265	西島 伝法 …… 271
デュラント, S・E. …… 260	遠山 陽子 …… 265	鳥美山 貴子 …… 271
寺内 ユミ …… 260	砥上 裕將 …… 265	鳥山 まこと …… 271
寺岡 恭兵 …… 260	戸川 桜良 …… 265	ドルレアン, マリー …… 271
寺岡 光浩 …… 260	とき …… 265	泥ノ田 犬彦 …… 271
寺崎英子写真集刊行委員会 …… 260	斗樹 稼多利 …… 266	トロル …… 272
寺澤 あめ …… 260	研 攻一 …… 266	
寺澤 始 …… 260	土岐 咲楽 …… 266	【な】
寺澤 優 …… 260	時枝 小鳩 …… 266	
寺澤 行忠 …… 260	鴇澤 亜妃子 …… 266	内藤 花六 …… 272
寺嶌 曜 …… 261	鴇田 義晴 …… 266	内藤 賢一 …… 272
寺田 喜平 …… 261	ときたま …… 266	内藤 まゆこ …… 272
寺田 勢司 …… 261	トキワ セイイチ …… 266	内藤 裕子 …… 272
寺地 はるな …… 261	杢 葉松 …… 267	内藤 陽介 …… 272
寺西 純二 …… 261	徳田 金太郎 …… 267	直島 翔 …… 272
寺場 糸 …… 261	徳丸 吉彦 …… 267	中 相作 …… 272
寺林 厚則 …… 261	戸澤 恵 …… 267	中 真生 …… 272
てるま …… 261	としぞう …… 267	中 真大 …… 272
テレビ朝日 …… 261	年森 瑛 …… 267	那賀 教史 …… 273
天川 栄人 …… 261	としやマン …… 267	永井 昂 …… 273
電気 泳動 …… 262	戸田 和樹 …… 267	永井 紗耶子 …… 273
天くじら …… 262	戸谷 真子 …… 267	中井 スピカ …… 273
天花寺 さやか …… 262	凸版印刷 …… 268	仲井 英之 …… 273
電磁幽体 …… 262	凸版印刷 印刷博物館 …… 268	永井 みみ …… 273
天然水珈琲 …… 262	戸成 なつ …… 268	中井 遼 …… 273
	戸野 由希 …… 268	永方 佑樹 …… 274
【と】	外塚 喬 …… 268	長江 優子 …… 274
	外村 実野 …… 268	中尾 加代 …… 274
土井 探花 …… 262	殿本 祐子 …… 268	長尾 洋子 …… 274
	鳶丸 …… 268	中上 竜志 …… 274
	戸部 和久 …… 268	中川 朝子 …… 274

(29)

なかがわ ちひろ … 274	中村 育 … 280	七沢 ゆきの … 287
中川 ちひろ … 274	中村 公也 … 280	七ツ樹 七香 … 287
中川 裕規 … 274	中村 享一 … 281	七都 にい … 287
中川 ひろたか … 274	中村 清之 … 281	七野 りく … 288
中川 祐樹 … 274	中村 くるみ … 281	七海 仁衣 ⇒七都 にい
中川 陽介 … 275	中村 慶子(劉芳) … 281	七海 まち … 288
永窪 綾子 … 275	中村 謙一 … 281	七海 ルシア … 288
中込 乙寧 … 275	中村 沙奈 … 281	斜田 章大 … 288
中澤 晶子 … 275	中村 重義 … 281	那西 崇那 … 288
中澤 泉汰 … 275	中村 督 … 281	なみえ … 288
永澤 幸治 … 275	中村 哲郎 … 281	波木 銅 … 288
中嶋 亜季 … 275	仲村 燈 … 281	苗村 吉昭 … 288
中嶋 泉 … 275	中村 達 … 281	納谷 衣美 … 289
中嶋 香織 … 275	中村 友隆 … 282	奈良 さわ … 289
中島 京子 … 276	中村 遥 … 282	成田 茂 … 289
長島 清美 … 276	中村 ヒカル … 282	成東 志樹 … 289
中島 空 … 276	中村 均 … 282	成瀬 なつき … 289
中島 裕介 … 276	中村 文則 … 282	なるとし … 289
中島 雄太 … 276	中村 允俊 … 282	鳴海 雪華 … 289
中島 リュウ … 276	中村 真里子 … 282	那波 雫玖 … 289
長瀬 由美 … 276	中村 元昭 … 282	南光 絵里子 … 289
中空 萌 … 276	仲村 ゆうな … 282	なんば きび … 289
永田 紅 … 277	中村 友香 … 282	南原 詠 … 290
仲田 詩魚 … 277	中村 豊 … 282	
永田 淳 … 277	中村 和太留 … 282	【に】
永田 祥二 … 277	中本 浩平 … 282	
なかた 秀子 … 277	長本 満寿代 … 283	にい まゆこ … 290
永田 澄空 … 277	長山 久竜 … 283	新島 龍彦 … 290
長多 良 … 277	中山 聖子 … 283	にいた … 290
仲谷 実織 … 277	中山 夏樹 … 283	新名 智 … 290
永塚 貞 … 277	長山 靖生 … 283	新見 睦 … 290
中塚 武 … 277	仲村渠 ハツ … 283	二階堂 リトル … 290
長月 東夜 … 277	凪 … 283	nikata … 290
長月 灰影 … 278	凪乃 彼方 … 283	二木弓いうる … 290
中西 嘉宏 … 278	凪良 ゆう … 284	西 加奈子 … 291
中西 亮太 … 278	名久井 直子 … 284	西 基央 … 291
ナガノ … 278	奈倉 有里 … 284	西 東子 … 291
永野 佳奈子 … 278	名古屋大学出版会 … 284	西浦 理 … 291
長埜 恵 … 278	鉈手 璃彩子 … 285	西川 火尖 … 291
永野 拓 … 278	夏色 青空 … 285	西口 拓子 … 291
長野 徹 … 278	夏歌 沙流 … 285	西澤 保彦 … 291
中野 正昭 … 278	夏川 草介 … 285	西式 豊 … 291
なかの 真実 … 278	夏木 志朋 … 285	西島 れい子 … 292
中野 怜奈 … 279	夏嶋 クロエ … 285	西塚 尚子 … 292
中ノ瀬 祐馬 … 279	ナット・オ・ダーグ, ニクラス … 285	西田 淑子 … 292
中乃森 豊 … 279	夏乃実 … 285	西田 朋 … 292
中橋 幸子 … 279	夏冬 春秋 … 286	西田 都和 … 292
長濱 亮祐 … 279	夏美 … 286	西田 もとつぐ … 292
中原 賢治 … 279	夏山 かほる … 286	西出 定雄 … 292
永原 皓 … 279	ナディ … 286	西堂 行人 … 292
中原 尚哉 … 279	名取事務所 … 286	仁科 久美 … 292
仲程 昌徳 … 280	なないろ みほ … 287	仁科 敏 … 292
長嶺 幸子 … 280	ナナカ … 287	西野 冬器 … 292
永峰 自ゆう … 280	七倉 イルカ … 287	虹乃 ノラン … 292
永峰 涼 … 280	七坂 稲 … 287	にしの 桃子 … 293
中村 秋人 … 280		

西野　嘉章 …………… 293	農民ヤズー …………… 297	橋部　敦子 …………… 304
西畑　保 ……………… 293	野川　美保 …………… 298	橋本　秋葉 …………… 304
にしまた　ひろし …… 293	野川　りく …………… 298	橋本　巖 ……………… 304
西村　晶絵 …………… 293	野木　京子 …………… 298	橋本　榮治 …………… 304
西村　紗知 …………… 293	野口　やよい ………… 298	橋本　榮莉 …………… 304
西村　ツチカ ………… 293	野崎　海芋 …………… 298	橋本　幸子 …………… 304
仁志村　文 …………… 294	野ざらし　延男 ……… 298	橋本　沙那 …………… 304
西村　美佳孝 ………… 294	野沢　啓 ……………… 298	はしもと　しん ……… 304
西村　友里 …………… 294	野島　夕照 …………… 298	橋本　東一 …………… 304
西村　亨 ……………… 294	野城　知里 …………… 298	橋本　雅之 …………… 304
西銘　イクワ ………… 294	野田　彩子 …………… 299	橋谷　桂子 …………… 305
虹元　喜多朗 ………… 294	野田　鮎子 …………… 299	羽角　曜 ……………… 305
西山　綾乃 …………… 294	野田　和浩 …………… 299	長谷　敏司 …………… 305
西山　ゆりこ ………… 294	野田　沙織 …………… 299	馳　星周 ……………… 305
二条　千河 …………… 294	野田　サトル ………… 299	長谷川　あかり ……… 305
二十一　七月 ………… 294	ノックス, ジョセフ … 299	長谷川　彩香 ………… 305
新田　連 ……………… 294	野中　春樹 …………… 299	長谷川　和正 ………… 305
日塔珈琲 ……………… 295	野中　亮介 …………… 299	長谷川　源太 ………… 305
ニーナローズ ………… 295	ののあ ………………… 300	長谷川　のりえ ……… 305
にのまえ　あきら …… 295	野々井　透 …………… 300	はせがわ　まり ……… 306
二宮　酒匂 …………… 295	野々上　いり子 ……… 300	長谷川　まりる ……… 306
二本目海老天マン …… 295	野原　広子 …………… 300	長谷川　游子 ………… 306
ニャンコの穴 ………… 295	野間　明子 …………… 300	長谷川　佳江 ………… 306
にゅうかわ　かずこ … 295	野村　勇 ……………… 300	長谷川　義史 ………… 306
NEUTRAL COLORS … 295	野村　喜和夫 ………… 300	馳月　基矢 …………… 306
二礼　樹 ……………… 295	能由　研三 …………… 300	畑　浩一郎 …………… 306
丹羽　圭子 …………… 296	ノ村　優介 …………… 300	はた　こうしろう …… 306
人間六度 ……………… 296	野谷　文昭 …………… 300	はた　とうこ ………… 307
	野良　うさぎ ………… 301	秦　融 ………………… 307
【ぬ】	のらいし　れんふう … 301	はた　なおや ………… 307
	乗代　雄介 …………… 301	畑　リンタロウ ……… 307
鵺野　莉紗 …………… 296	野呂　裕樹 …………… 301	畠山　政文 …………… 307
抜井　諒一 …………… 296		畠山　結有 …………… 307
沼尾　将之 …………… 296	【は】	畑中　暁来雄 ………… 307
沼野　雄司 …………… 296		幡野　京子 …………… 307
塗田　一帆 …………… 296	バー, キャサリン …… 301	旗原　理沙子 ………… 307
	パイ インターナショナル	八華 …………………… 308
【ね】	………………………… 301	八火　照 ……………… 308
	灰田　高鴻 …………… 302	86式中年 ……………… 308
根木　美沙枝 ………… 297	灰谷魚 ………………… 302	八田　明子 …………… 308
ねぎし　ゆき ⇒あさい	ハガトモヤ …………… 302	服部　京子 …………… 308
ゆき	萩岡　良博 …………… 302	服部　大河 …………… 308
猫田　パナ …………… 297	パーク, ケナード …… 302	服部　誕 ……………… 308
猫文字　隼人 ………… 297	白水社 ………………… 302	服部　徹也 …………… 308
nenono ………………… 297	白泉社 ………………… 302	八方　鈴斗 …………… 308
根本　文子 …………… 297	白那　又太 …………… 302	はつみ　ひろたか …… 309
	博報堂 ………………… 303	波照間　永吉 ………… 309
【の】	白玖黎 ………………… 303	羽鳥　好之 …………… 309
	はぐれメタボ ………… 303	パートリッジ, エリザベス
納富　信留 …………… 297	羽間　慧 ……………… 303	………………………… 309
能美　芽栄 …………… 297	初鹿野　創 …………… 303	花果　唯 ……………… 309
	橋爪　志保 …………… 303	花形　みつる ………… 309
	橋詰　ひとみ ………… 303	花咲　コナタ ………… 309
	橋詰　冬樹 …………… 304	花田　麻衣子 ………… 309
		花音　小坂 …………… 309
		英　志雨 ……………… 310

はなみ ……………………… 310	原 瑠璃彦 …………………… 316	久生 夕貴 …………………… 322
花宮 拓夜 …………………… 310	harao ………………………… 316	久川 航璃 …………………… 322
花潜 幸 ……………………… 310	はらくろ ……………………… 316	久田 恵 ……………………… 322
花山 多佳子 ………………… 310	原純 …………………………… 316	久永 草太 …………………… 322
バーニー、ベティ・G. …… 310	原条 令子 …………………… 316	久永 実木彦 ………………… 322
羽田 宇佐 …………………… 310	原田 佳織 …………………… 316	氷雨 ユータ ………………… 322
バーネット, マック ………… 311	はらだ・かよ ………………… 317	菱岡 憲司 …………………… 322
馬場 広大 …………………… 311	原田 幸悦 …………………… 317	菱谷 良一 …………………… 322
ばば たくみ ………………… 311	原田 裕史 …………………… 317	菱山 愛 ……………………… 323
馬場 友紀 …………………… 311	原田 勝 ……………………… 317	聖 悠紀 ……………………… 323
馬部 隆弘 …………………… 311	原田 マハ …………………… 317	氷月 葵 ……………………… 324
浜尾 まさひろ ……………… 311	原田 ゆか …………………… 317	陽澄 すずめ ………………… 324
はまぐり まこと …………… 311	原田 芳子 …………………… 317	肥前 ロンズ ………………… 324
濱崎 徹 ……………………… 311	はらぺこめがね ……………… 317	樋田 毅 ……………………… 324
浜崎 洋介 …………………… 311	張ヶ谷 弘司 ………………… 317	日田 藤圭 …………………… 324
濱田 轟天 …………………… 311	パリュス あや子 …………… 317	日高 あゆみ ………………… 324
浜田 耕平 …………………… 312	春一 …………………………… 318	日高 堯子 …………………… 324
濱田 美枝子 ………………… 312	春暮 康一 …………………… 318	ひたき ………………………… 325
濱道 拓 ……………………… 312	はるこむぎ …………………… 318	左 リュウ …………………… 325
葉真中 顕 …………………… 312	榛名 千紘 …………………… 318	ひつじ ………………………… 325
浜矢 スバル ………………… 312	榛名丼 ………………………… 318	Bit Beans …………………… 325
破滅 …………………………… 312	春名 美咲 …………………… 318	HIDEO ……………………… 325
早川書房 ……………………… 312	春野 こもも ………………… 319	一文字辞典翻訳委員会
早咲 有 ……………………… 312	はるの なる子 ……………… 319	（李和静, 佐藤里愛, 申
林 新 ………………………… 313	ハルノヨイ …………………… 319	樹浩, 田畑智子, 永妻由
林 果歩 ……………………… 313	春間 タツキ ………………… 319	香里, 邊昌世, バーチ美
林 けんじろう ……………… 313	春海水亭 ……………………… 319	和, 松原佳澄） ……… 325
林 静江 ……………………… 313	方 政雄 ……………………… 319	陽波 ゆうい ………………… 325
林 譲治 ……………………… 313	半崎 輝 ……………………… 319	ひねくれ 渡 ………………… 325
林 翔太 ……………………… 313	ハンセン, アンデシュ …… 319	日野 瑛太郎 ………………… 326
林 竹美 ……………………… 313	板東 洋介 …………………… 319	ひの ひまり ………………… 326
林 音々 ……………………… 313	ハンノタ ヒロノブ ………… 319	日之浦 拓 …………………… 326
林 慈 ………………………… 313	パンローリング ……………… 320	日之影 ソラ ………………… 326
囃方 怯 ……………………… 314		ひのそら ……………………… 326
林田 麻美 …………………… 314	【ひ】	日ノ出 しずむ ……………… 326
林田 香菜 …………………… 314		ひのはら ……………………… 326
早田 駒斗 …………………… 314	柊 …………………………… 320	日原 正彦 …………………… 326
早月 くら …………………… 314	柊 圭介 ……………………… 320	日日 綴郎 …………………… 327
早月 やたか ………………… 314	緋色の雨 ……………………… 320	日比野 啓 …………………… 327
葉柳 いち ⇒川上 佐都	日浦 嘉孝 …………………… 320	日比野 コレコ ……………… 327
早渕 太亮 …………………… 314	PHP研究所 ………………… 320	日比野 シスイ ……………… 327
葉山 えみ …………………… 314	比嘉 健二 …………………… 320	日部 星花 …………………… 327
葉山 エミ …………………… 314	東 曜太郎 …………………… 320	姫路 りしゅう ……………… 327
葉山 宗次郎 ………………… 314	東島 雅昌 …………………… 321	漂鳥 …………………………… 327
葉山 博子 …………………… 314	東野 正 ……………………… 321	兵藤 るり …………………… 327
葉山 美玖 …………………… 315	東村 アキコ ………………… 321	陽羅 義光 …………………… 328
速水 香織 …………………… 315	日下野 仁美 ………………… 321	平井 大橋 …………………… 328
早見 和真 …………………… 315	Pカンパニー ………………… 321	平井 和子 …………………… 328
速水 涼子 …………………… 315	疋田 ブン …………………… 321	平居 紀一 …………………… 328
原 あやめ …………………… 315	樋口 六華 …………………… 321	平居 謙 ……………………… 328
原 浩 ………………………… 315	日暮 雅通 …………………… 321	平井 俊 ……………………… 328
原 こずえ …………………… 315	彦坂 美She子 ……………… 321	平井 美里 …………………… 328
はら まさかず ……………… 315	びごーじょうじ ……………… 321	平井 美帆 …………………… 328
原 満三寿 …………………… 315	ひこ・田中 ………………… 321	平石 蛹 ……………………… 328
原 ゆき ……………………… 316	久 正人 ……………………… 322	平岡 達哉 …………………… 328
原 竜一 ⇒冬野 岬		平岡 直子 …………………… 328
		平賀 宏美 …………………… 329

平河 ゆうき ……… 329	福岡 伸一 ……… 335	藤原 あゆみ ……… 341
平庫 ワカ ……… 329	福木 はる ……… 335	藤原 チコ ……… 341
平沢 逸 ……… 329	福島 可奈子 ……… 335	藤原 無雨 ……… 341
平澤 広 ……… 329	福島 敬次郎 ……… 335	藤原 暢子 ……… 341
平出 奔 ……… 329	福島 伸洋 ……… 335	藤原書店 ……… 341
平野 恵美子 ……… 329	福島 泰樹 ……… 335	文月 悠光 ……… 341
平野 啓一郎 ……… 329	福島 優香里 ……… 335	文月 レオ ……… 342
平野 蒼空 ……… 330	福嶋 依子 ……… 335	伏瀬 ……… 342
平野 俊彦 ……… 330	福田 恵美子 ……… 335	二川 茂徳 ……… 342
平野 雄吾 ……… 330	福田 歩 ……… 335	双葉社 ……… 342
平林 さき子 ……… 330	福田 週人 ……… 335	fudaraku ……… 342
平間 充子 ……… 330	福田 隆浩 ……… 336	淵田 仁 ……… 342
平松 洋子 ……… 330	福名 理穂 ……… 336	Book&Design ……… 342
平本 りこ ……… 330	ぷくぷく ……… 336	ふっさん ……… 342
平安 まだら ……… 330	福海 隆 ……… 336	船尾 修 ……… 342
平山 繁美 ……… 330	福本 友美子 ……… 336	船岡 美穂子 ……… 343
平山 周吉 ……… 330	ふけ としこ ……… 336	船越 凡平 ……… 343
平山 貴代 ……… 331	吹井 乃菜 ……… 336	舩坂 朗子 ……… 343
平山 奈子 ……… 331	ふげん社 ……… 336	船郷 計治 ……… 343
平山 美帆 ……… 331	藤 つかさ ……… 337	ふなず ……… 343
昼田 弥子 ……… 331	藤 七郎 ……… 337	舩山 むつみ ……… 343
ひるね 太郎 ……… 331	不二 涼介 ……… 337	布野 割歩 ……… 343
ひろか ……… 331	藤井 介介 ……… 337	文縞 絵斗 ……… 343
廣嶋 玲子 ……… 331	藤井 貞和 ……… 337	冬野 岬 ……… 343
広島平和記念資料館 ……… 331	藤井 太洋 ……… 337	ブラウン, ピーター ……… 344
広瀬 明子 ……… 331	藤井 瑶 ……… 337	プラダン, ゴウランカ・チャラン ……… 344
広瀬 樹 ……… 332	藤江 洋一 ……… 337	ぷらむ ……… 344
広瀬 心二郎 ……… 332	伏尾 美紀 ……… 337	降矢 なな ……… 344
広瀬 大志 ……… 332	藤岡 陽子 ……… 338	ブリンクマン, ハンス ……… 344
広瀬 りんご ……… 332	藤沢 志月 ……… 338	古市 雅子 ……… 344
ひろっさん ……… 332	藤沢 光恵 ……… 338	古川 彩 ……… 344
広山 しず ……… 332	藤島 秀憲 ……… 338	古川 隆久 ……… 344
弘山 真菜 ……… 332	藤白 幸枝 ……… 338	古川 タク ……… 345
広渡 敬雄 ……… 332	ふじた ごうらこ ……… 338	古川 真人 ……… 345
ピンスカー, サラ ……… 332	藤田 紗衣 ……… 338	古川 真愛 ……… 345
	藤田 直子 ……… 338	古川 安 ……… 345
【ふ】	藤田 芳康 ……… 338	古澤 りつ子 ……… 345
	藤谷 クミコ ……… 339	古田 淳 ……… 345
ファン・ボルム ……… 333	フジテレビジョン ……… 339	古田 徹也 ……… 345
ブイ, ティー ……… 333	藤浪 保 ……… 339	ふるた みゆき ……… 345
風姿花伝プロデュース ……… 333	藤沼 敏子 ……… 339	古宮 九時 ……… 345
深尾 澄子 ……… 333	藤乃 早雪 ……… 339	古谷 智子 ……… 345
深川 我無 ……… 333	藤之 恵多 ……… 339	古屋 璃佳 ……… 345
深川 宏樹 ……… 333	藤野 裕子 ……… 339	ブレイディ みかこ ……… 346
深澤 伊吹己 ……… 333	藤野 嘉子 ……… 340	プレスコット, ラーラ ……… 346
深瀬 果夏 ……… 333	ふじばかま こう ……… 340	フレーベル館 ……… 346
深野 ゆき ⇒庵野 ゆき	藤原 貞朗 ……… 340	文学座アトリエの会 ……… 346
深見 アキ ……… 333	藤原 辰史 ……… 340	文化出版局 ……… 346
深見 おしお ……… 333	藤丸 紘生 ……… 340	「文藝春秋」取材班 ……… 346
深緑 野分 ……… 334	伏見 七尾 ……… 340	
深雪 深雪 ……… 334	藤宮 彩貴 ……… 340	【へ】
福井 雅 ……… 334	藤本 タツキ ……… 340	
福音館書店 ……… 334	藤本 美和子 ……… 341	へか帝 ……… 346
福岡 えり ……… 334	藤本 夕衣 ……… 341	
	藤谷 元文 ……… 341	
	藤原 安紀子 ……… 341	

蛇沢 美鈴 … 346	堀川 真 … 353	益田 肇 … 358
ベルリン, ルシア … 347	堀川 祐里 … 353	益田 ミリ … 358
ヘレンハルメ 美穂 … 347	堀川 理万子 … 353	増山 実 … 358
	堀越 雪瑚 … 353	真園 めぐみ … 358
【ほ】	洪 先恵 … 353	真田 啓介 … 358
	本阿弥 秀雄 … 353	またま かよい … 359
彭 永成 … 347	本郷 蓮実 … 353	まだらめ 三保 … 359
坊 真由美 … 347	本多 寿 … 353	待川 匙 … 359
北條 裕子 … 347	本多 英生 … 353	町口 覚 … 359
北條 文緒 … 347	ほんま きよこ … 353	町口 景 … 359
ほえ太郎 … 347	本間 浩 … 354	町田 一則 … 359
外薗 淳 … 347	本間 淑子 … 354	町田 康 … 359
外間 守善 … 347		町田 そのこ … 359
朴 舜起 … 348	【ま】	町田 尚子 … 360
北杜 駿 … 348		町田 奈津子 … 360
保坂 三四郎 … 348	舞羽 優 … 354	町屋 良平 … 360
星 泉 … 348	米原 信 … 354	松井 十四季 … 360
星 ゆきこ … 348	前川 貴行 … 354	松井 大 … 360
星月 渉 … 348	前川 ほまれ … 354	松井 裕美 … 360
星都 ハナス … 348	前沢 明枝 … 354	松井 優征 … 360
星名 こころ … 348	前沢 梨奈 … 354	松浦 理英子 … 360
星奈 さき … 348	前島 美保 … 354	松尾 スズキ … 361
星野 いのり … 349	真栄田 ウメ … 354	松尾 晴 … 361
星野 早苗 … 349	前田 千代子 … 354	マツオ ヒロミ … 361
星野 高士 … 349	前田 鐵江 … 355	松尾 梨沙 … 361
星野 博美 … 349	前田 利夫 … 355	松王 かをり … 361
星野 道夫 … 349	前田 まゆみ … 355	松岡 和子 … 361
星野 夢 … 349	前田 麻里 … 355	松岡 政則 … 361
星野 良一 … 349	前田 海音 … 355	松岡 亮二 … 361
干野 ワニ … 349	前田 良三 … 355	松ケ迫 美貴 … 361
POST-FAKE … 349	前畠 一博 … 355	松木 いっか … 361
穂積 潜 … 349	まき あつこ … 355	松樹 凛 … 362
細井 直子 … 350	牧 寿次郎 … 355	松下 沙彩 … 362
細川 周平 … 350	真紀 涼介 … 356	松下 新土 … 362
ほそかわ てんてん … 350	牧瀬 竜久 … 356	松下 慎平 … 362
細川 光洋 … 350	牧野 圭祐 … 356	松下 義弘 … 362
ホソカワ レイコ … 350	牧野 美加 … 356	松下 隆一 … 362
細田 昌志 … 350	牧野 百恵 … 356	松下 龍之介 … 362
細野 綾子 … 351	牧原 出 … 356	マツヅエ ヒロキ … 362
細見 和之 … 351	巻淵 希代子 … 356	松田 いりの … 363
保谷 伸 … 351	万城目 学 … 356	松田 香織 … 363
ぽち … 351	万木森 玲 … 356	松田 喜好 … 363
ホッシーナッキー … 351	マクナマラ, マーガレット	松田 静香 … 363
堀田 季何 … 351	… 357	松田 朱夏 … 363
ぽっち猫 … 351	正木 奈緒実 … 357	松田 行正 … 363
ホリ・カケル … 351	正木 ゆう子 … 357	松田 容典 … 363
堀 和恵 … 351	まさキチ … 357	松永 K三蔵 … 363
堀 静香 … 352	マーサ・ナカムラ … 357	まつなが もえ … 363
堀 朋平 … 352	眞島 めいり … 357	松波 佐知子 … 363
堀井 一摩 … 352	真白 燈 … 358	松成 真理子 … 364
堀内 統義 … 352	マスダ カルシ … 358	松野 志部彦 … 364
堀内 夕太朗 … 352	増田 耕三 … 358	松野郷 俊弘 … 364
堀江 里美 … 352	益田 昌 … 358	松橋 倫久 … 364
堀江 秀史 … 352	升田 隆雄 … 358	松葉屋 なつみ … 364
堀川 恵子 … 352		松原 知生 … 364
		松藤 かるり … 364

松虫 あられ …… 364	水鏡月 聖 …… 370	御供 文範 …… 376
松村 由利子 …… 364	三日月猫 …… 370	翠 その子 …… 376
松本 亜紀 …… 365	御角 …… 370	緑書房 …… 376
松本 あずさ …… 365	三上 幸四郎 …… 370	水上 春 …… 376
松本 しげのぶ …… 365	三上 智恵 …… 370	皆川 博子 …… 376
松本 昂幸 …… 365	三木 三奈 …… 370	水凪 紅美子 …… 376
松本 忠之 …… 365	右弐沙節 …… 370	水月 一人 …… 376
松本 利江 …… 365	三木本 柚希 …… 370	皆月 玻璃 ⇒来栖 千依
松本 俊彦 …… 365	美坂 樹 …… 370	
松本 直也 …… 365	三崎 ちさ …… 370	湊 祥 …… 377
松本 久木 …… 365	三咲 光郎 …… 371	湊 ナオ …… 377
松本 滋恵 …… 365	岬 れんか …… 371	南 うみを …… 377
松素 めぐり …… 366	三品 隆司 …… 371	南 コウ …… 377
松山 真子 …… 366	三嶋 龍朗 …… 371	南 十二国 …… 377
的場 かおり …… 366	水上 朝陽 …… 371	南 浩之 …… 377
的場 友見 …… 366	みずがめ …… 371	南野 海風 …… 377
マナシロ カナタ …… 366	水城 孝敬 …… 371	源 孝志 …… 377
真鍋 昌平 …… 366	水城 文惠 …… 371	みなもと 太郎 …… 377
真野 光一 …… 366	水沢 なお …… 371	嶺 秀樹 …… 378
まひる …… 366	水品 知弦 …… 372	峰岸 由依 …… 378
真帆路 祝 …… 366	水嶋 きょうこ …… 372	峯澤 典子 …… 378
真々田 稔 …… 366	みすず書房 …… 372	美濃 左兵衛 …… 378
眉月 じゅん …… 367	美篶堂 …… 372	三野 博司 …… 378
まよなかのふみ …… 367	水田 陽 …… 372	みの狸 …… 378
まり。 …… 367	ミステリー兎 …… 372	箕輪 優 …… 378
マリブコーク …… 367	水庭 れん …… 372	三原 泉 …… 378
丸井 貴史 …… 367	水野 ひかる …… 372	美原 さつき …… 378
丸井 常春 …… 368	水埜 正彦 …… 372	三原 貴志 …… 378
マルヒロ …… 368	みずの 瑞紀 …… 372	三船 いずれ …… 379
丸本 暖 …… 368	水林 章 …… 373	三牧 聖子 …… 379
円山 東光 …… 368	水原 紫苑 …… 373	宮内 喜美子 …… 379
丸山 陽子 …… 368	水原 みずき …… 373	宮内 千早 …… 379
稀山 美波 …… 368	みづほ 梨乃 …… 373	宮内 悠介 …… 379
萬代 悠 …… 368	水見 はがね …… 373	宮川 アジュ …… 379
	水村 舟 …… 373	宮川 雅子 …… 379
【み】	水守 糸子 …… 373	宮城 こはく …… 379
	御園 敬介 …… 373	宮口 幸治 …… 380
	未苑 真哉 …… 373	三宅 宏幸 …… 380
	溝渕 久美子 …… 373	みやこし あきこ …… 380
みー …… 368	Misora …… 374	都鳥 …… 380
三浦 麻美 …… 368	三谷 幸喜 …… 374	宮坂 静生 …… 380
三浦 篤 …… 368	三谷 武史 …… 374	宮崎 和彦 …… 380
三浦 育真 …… 369	味田村 太郎 …… 374	宮崎 哲弥 …… 380
みうら じゅん …… 369	未知香 …… 374	宮沢 恵理子 …… 380
三浦 英之 …… 369	道 造 …… 374	宮沢 肇 …… 380
三浦 裕子 …… 369	未知谷 …… 374	宮下 ぴかり …… 380
三浦 まき …… 369	道野 クローバー …… 374	宮下 美砂子 …… 381
水卜 みう …… 369	陸奥 こはる …… 375	宮島 未奈 …… 381
三浦 裕子 …… 369	三井 ゆき …… 375	宮園 ありあ …… 381
三浦 由太 …… 369	海月 くらげ …… 375	宮田 一平 …… 381
みうら りょう …… 369	みつき れいこ …… 375	宮田 隆 …… 381
三日木 人 …… 370	みっつばー …… 375	宮武 那槻 …… 381
	三止 十夜 …… 375	宮西 達也 …… 381
	三橋 亮太 …… 375	宮之 みやこ …… 382
	光吉 さくら …… 375	宮原 知大 …… 382
	水戸部 由枝 …… 376	みやび …… 382
	三留 ひと美 …… 376	宮巻 麗 …… 382

宮本 彩子 ……… 382	村沢 怜 ⇒五十嵐 美怜	杜 今日子 ……… 394
みやもと かずあき ……… 382	村島 彩加 ……… 388	森 敬太 ……… 394
宮本 かれん ……… 382	村嶋 宣人 ……… 388	森 健 ……… 394
宮本 志朋 ⇒夏木 志朋	村田 喜代子 ……… 388	森 つぶみ ……… 394
宮本 誠一 ……… 383	村田 謙一郎 ……… 388	森 なつこ ……… 394
宮本 久雄 ……… 383	村田 珠子 ……… 389	森 バジル ……… 394
宮本 真生 ……… 383	村中 李衣 ……… 389	もり まり ……… 394
三矢本 まうい ……… 383	村山 純子 ……… 389	森 瑞穂 ……… 394
三好 菜月 ……… 383	村山 祐介 ……… 389	森 深尋 ……… 394
三吉 ほたて ……… 383	村山 由佳 ……… 389	森 玲子 ……… 394
みょん ……… 383	文 永淑 ……… 389	森賀 まり ……… 394
ミラ ……… 384		森川 かりん ……… 395
みりん ……… 384	【め】	森川 真菜 ……… 395
ミルキィ・イソベ ……… 384		森北出版 ……… 395
海路 ……… 384	明治 サブ ……… 389	もりし ……… 395
	メグマノ ……… 390	森下 千尋 ……… 395
【む】	メグミ ミオ ……… 390	森下 裕隆 ……… 395
	目澤 史風 ……… 390	森田 玲 ……… 395
無雲 律人 ……… 384		森田 志保子 ……… 395
向日 葵 ……… 384	【も】	森田 純一郎 ……… 395
向井 俊太 ……… 384		森田 真生 ……… 396
向井 嘉之 ……… 384	馬上 鷹将 ……… 390	守谷 直紀 ……… 396
麦野 ほなみ ……… 384	毛内 拡 ……… 390	森永 理恵 ……… 396
むぎはら ……… 385	もえぎ 桃 ……… 390	森ノ 薫 ……… 396
椋 麻里子 ……… 385	萌木野 めい ……… 390	森埜 こみち ……… 396
向田 邦子 ……… 385	最上 一平 ……… 390	森野 マッシュ ……… 396
向原 行人 ……… 385	モクモクれん ……… 390	森野 萌 ……… 396
向原 三吉 ……… 385	百舌 涼一 ……… 391	森林 梢 ……… 396
武蔵野 純平 ……… 385	望月 くらげ ……… 391	森水 陽一郎 ……… 396
ムサシノ・F・エナガ ……… 385	望月 滋斗 ……… 391	森本 公久 ……… 396
無月 蒼 ……… 386	望月 優大 ……… 391	森本 孝徳 ……… 397
睦月 準也 ……… 386	望月 遊馬 ……… 391	守屋 史世 ……… 397
ムツキ ツム ……… 386	持田 あき ……… 391	森山 高史 ……… 397
睦月 都 ……… 386	持田 裕之 ……… 391	諸星 額 ……… 397
無月兄 ……… 386	もちぱん太郎 ……… 391	諸星 だりあ ……… 397
武藤 かんぬき ……… 386	本岡 寛子 ……… 391	モンキー・パンチ ……… 397
武藤 紀子 ……… 386	元木 伸一 ……… 392	門前 日和 ……… 397
村右衛門 ……… 386	もとづか あさみ ……… 392	
村岡 栄一 ……… 386	本葉 かのこ ……… 392	【や】
村上 あつこ ……… 386	元村 れいこ ……… 392	
村上 稻美 ……… 387	本山 航大 ……… 392	八重樫 拓也 ……… 397
村上 慧 ……… 387	もとよし ともこ ……… 392	八百 一 ⇒百舌 涼一
村上 しいこ ……… 387	モノクロ ……… 392	八百板 洋子 ……… 398
村上 直子 ……… 387	モノクロウサギ ……… 392	谷貝 淳 ……… 398
村上 宣雄 ……… 387	MOMARI ……… 393	ヤカタ カナタ ……… 398
村上 春樹 ……… 387	百瀬 十河 ……… 393	夜方 宵 ……… 398
村上 雅郁 ……… 387	桃野 雑派 ……… 393	八木 詠美 ……… 398
村上 美鈴 ……… 387	ももろ ……… 393	矢樹 純 ……… 398
村上 靖彦 ……… 387	モーラ, オーゲ ……… 393	山羊 とうこ ……… 398
村木 嵐 ……… 388	モラスキー, マイク ……… 393	やぎ みいこ ……… 398
村雲 菜月 ……… 388	森 明日香 ……… 393	八木 優羽亜 ……… 398
ムラサキ アマリ ……… 388	森 潮 ……… 393	やきいもほくほく ……… 399
紫 大悟 ……… 388		夜弦 雅也 ……… 399
村崎 なつ生 ……… 388		野菜ばたけ ……… 399

屋敷 葉 … 399	山崎 力 … 405	山本 都 … 411
弥重 早希子 … 399	山崎 ナオコーラ … 405	山本 裕子 … 411
矢島 あき … 399	ヤマザキ マリ … 405	山本 嘉孝 … 411
矢島 暁子 … 399	山崎 由貴 … 405	山本 李奈 … 411
矢島 綾 … 399	やまじ えびね … 405	やまもと れいこ … 411
安 智史 … 400	山下 和美 … 406	山森 宙史 … 411
やす なお美 … 400	ヤマシタ トモコ … 406	山夜 みい … 412
やす ふみえ … 400	山下 雅洋 … 406	山脇 立嗣 … 412
泰 三子 … 400	山下 若菜 … 406	弥生 小夜子 … 412
安木 新一郎 … 400	ヤマジロウ … 406	夜来 風音 … 412
柳月 美智子 … 400	やませ たかゆき … 406	陽越 … 412
安田 茜 … 400	山田 和寛 … 406	
安田 浩一 … 400	山田 花菜 … 406	**【ゆ】**
やすとみ かよ … 400	山田 鐘人 … 406	
安村 和義 … 400	山田 浩司 … 407	
安森 滋 … 401	山田 俊治 … 407	湯浅 真尋 … 412
矢田 等 … 401	山田 孝 … 407	yui/サウスのサウス … 412
八尾 慶次 … 401	山田 富士郎 … 407	悠井 すみれ … 412
八槻 綾介 … 401	山田 牧 … 407	結川 衣都 ⇒ゆいっと
柳井 はづき … 401	山田 康弘 … 407	ゆいっと … 413
柳川 一 … 401	山田 悠太朗 … 407	結城 真一郎 … 413
柳沢 英輔 … 401	山田 夢子 … 407	夕木 春央 … 413
柳田 邦男 … 401	山と溪谷社 … 407	悠木 りん … 413
柳田 由紀子 … 401	山名 聡美 … 407	優汰 … 413
柳原 一徳 … 402	山中 西放 … 408	弓狩 匡純 … 414
矢野 アロウ … 402	山中 真理子 … 408	遊川 ユウ … 414
矢野 康治 … 402	山中 律雄 … 408	雪 … 414
矢野 隆 … 402	山西 亜樹 … 408	ゆきかわ ゆう … 414
藪 耕太郎 … 402	山西 雅子 … 408	結城戸 悠 … 414
藪内 亮輔 … 402	山根 息吹 … 408	雪ノ狐 … 414
藪口 莉那 … 402	山根 貞男 … 408	雪村 勝久 … 414
薮坂 … 402	山猫軒従業員・黒猫 … 408	雪柳 あうこ … 414
山家 望 … 402	山村 菜月 … 408	ゆげ … 415
山内 英子 … 403	山村 由紀 … 408	湯澤 規子 … 415
山内 ケンジ … 403	山本 泉 … 409	柚子 … 415
山賀 塩太郎 … 403	山本 一生 … 409	柚木 理佐 … 415
山形 くじら … 403	山本 悦子 … 409	湯田 美帆 … 415
山木 礼子 … 403	山本 かずこ … 409	ゆで魂 … 415
山岸 真 … 403	山本 紀美 … 409	結乃 拓也 … 415
山口 栄子 … 403	山本 咲子 … 409	ufotable … 415
山口 耕史 … 403	山本 慎一 … 409	湯舟 ヒノキ … 415
山口 桜空 … 403	山本 卓卓 … 409	ゆみカタリーナ … 415
山口 慎太郎 … 404	山本 崇一朗 … 409	ゆめある舎 … 416
山口 進 … 404	山本 髙樹 … 409	夢野 寧子 … 416
山口 貴由 … 404	山本 貴之 … 410	夢見 夕利 … 416
山口 つばさ … 404	ヤマモト タケシ … 410	夢見里 龍 … 416
山口 富明 … 404	山本 友美 … 410	湯本 香樹実 … 416
山口 信博 … 404	山本 典義 … 410	
山口 日和 … 404	山本 博道 … 410	**【よ】**
山口 未桜 … 404	山本 博幸 … 410	
山口 実可 … 404	やまもと ふみ … 410	
山口 友紀 … 405	山本 文緒 … 410	楊 美裕華 … 416
山崎 赤絵 … 405	山本 昌子 … 411	羊思 尚生 … 416
山崎 修平 … 405	山本 真由子 … 411	横尾 忠則 … 416
やまざき すずこ … 405	山本 美希 … 411	横尾 千智 … 417
山崎 聡一郎 … 405	山本 瑞 … 411	

横田 明子 … 417	義若 ユウスケ … 423	瑠芙菜 … 428
横田 惇史 … 417	四辻 いそら … 423	
横田 増生 … 417	四辻 さつき … 423	**【れ】**
横山 和江 … 417	四葉 夕ト … 424	
横山 拓也 … 417	四谷軒 … 424	
横山 起也 … 417	與那覇 潤 … 424	レイミア プレス … 428
横山 大朗 … 417	与那覇 幹夫 … 424	零余子 … 429
横山 秀夫 … 417	米澤 穂信 … 424	レオナールD … 429
横山 学 … 417	米津 篤八 … 424	レオニ, レオ … 429
横山 未来子 … 418	米山 柊作 … 424	レスナー, フィリップ … 429
横山 ゆみ … 418	米山 菜津子 … 424	レゾット, アン・クレア … 429
横槍 メンゴ … 418	米山 真由 … 424	レナルズ, アレステア … 429
夜桜 ユノ … 418	詠美 晴佳 … 425	レノルズ, ジェイソン … 430
よしい かずみ … 418	読売新聞東京本社 … 425	
義井 優 … 418	夜迎 樹 … 425	**【ろ】**
吉岡 幸一 … 418	蓬田 紀枝子 … 425	
吉兼 茅 ⇒有田 くもい	夜野 いと … 425	六藤 あまね … 430
吉川 一義 … 418	夜ノ鮨 ⇒香坂 鮪	ローゼル川田 … 430
吉川 長命 … 418	萬鉄五郎記念美術館 … 425	ろびこ … 430
吉川 トリコ … 418		ロペス, ラファエル … 430
吉川 永青 … 419	**【ら】**	ローベル, アーノルド … 430
吉川 宏志 … 419		ローリー, ロイス … 430
吉川 結衣 … 419	楽山 … 425	
吉﨑 和美 … 419	ラグト … 425	**【わ】**
よしざき かんな … 419	羅田 灯油 … 426	
吉澤 康子 … 419	ラマンおいどん … 426	和雨 … 431
よしだ あきひろ … 419	λμ … 426	和響 … 431
吉田 恵里香 … 419	藍銅 ツバメ … 426	和花 … 431
吉田 勝信 … 419		和歌師ヤモ … 431
吉田 克則 … 420	**【り】**	若杉 栞南 … 431
吉田 詩織 … 420		若杉 朋哉 … 431
吉田 修一 … 420	李 琴峰 … 426	環方 このみ … 431
吉田 祥子 … 420	リカチ … 426	若菜 晃子 … 431
吉田 千亜 … 420	リゲット, キム … 426	若林 桜子 … 431
吉田 哲二 … 420	りすりすこ … 426	若林 哲哉 … 431
吉田 初美 … 420	リービ 英雄 … 427	若松 昭子 … 432
吉田 晴多 … 420	劉 慈欣 … 427	若宮 明彦 … 432
吉田 与志也 … 420	柳之助 … 427	脇 真珠 … 432
吉田 蕕 … 420	りょうけん まりん … 427	脇田 あすか … 432
吉田 林檎 … 420	両生類 かえる … 427	和久井 健 … 432
ヨシタケ シンスケ … 421	リリア … 428	涌田 悠 … 432
Yoshitoshi … 421	リルキャリコ … 428	和合 亮一 … 432
よしなが ふみ … 421	林 柏和 … 428	鷲谷 花 … 432
吉成 正士 … 422	林 茜茜 … 428	鷲見 京子 … 432
吉野 なみ … 422	琳太 … 428	早稲田 みな子 … 432
吉野 憂 … 422		和田 篤泰 … 433
吉原 文音 … 422	**【る】**	和田 和子 … 433
由原 かのん … 422		和田 華凜 … 433
吉原 達之 … 422	流庵 … 428	和田 秀樹 … 433
吉原 真里 … 422	留周 … 428	和田 まさ子 … 433
ヨシビロコウ … 423		綿谷 正之 … 433
吉増 剛造 … 423		
吉村 昭 … 423		
吉本 ばなな … 423		
吉本 素子 … 423		
よしやま けいこ … 423		

渡邊 あみ	433
渡辺 香根夫	433
渡辺 健一郎	433
渡邊 新月	433
渡辺 保	434
渡辺 努	434
渡辺 朋	434
渡邊 夏葉	434
渡辺 将人	434
渡辺 松男	434
渡辺 真帆	434
渡辺 美智雄	434
渡邊 亮	434
渡波 みずき	435
渡部 有紀子	435
綿矢 りさ	435
渡 琉兎	435
和成 ソウイチ	435
和宮 玄	435
和山 やま	435
藁品 優子	436
ワン・チャイ	436

【英字】

centre Inc.	436
D_CODE	436
HATI	437
jyajya	437
kattern	437
MR_Design	437
mty	437
@nemuiyo_ove	437
o-flat inc.	437
pharmacy	437
Place M	437
Praiseぽぽん	437
Red Rooster	438
seesaw.	438
skybluebooks	438
SPCS	438
Ss侍	438
T-bon(e) steak press	438
text	438
Zin	438

文学賞受賞作品目録

2020 – 2024

【あ】

愛 あいか　あい・あいか＊
- 0001 「なでられるとね」
  - ◇日産 童話と絵本のグランプリ（第37回/令2年度/絵本の部/優秀賞）
    - ※「第37回 日産 童話と絵本のグランプリ 童話・絵本入賞作品集」（大阪国際児童文学振興財団 2021年3月発行）に収録

あい めりこ
- 0002 「ドングリス」
  - ◇MOE創作絵本グランプリ（第8回/令1年/佳作）

あいおい あおい
- 0003 「異世界アジト～辺境に秘密基地作ってみた～」
  - ◇カクヨムWeb小説コンテスト（第9回/令6年/異世界ファンタジー部門/特別賞・ComicWalker漫画賞）

逢河 光乃　あいかわ・ひかる＊
- 0004 「ブルームーン」
  - ◇北日本文学賞（第54回/令2年）

愛川 美也　あいかわ・みや＊
- 0005 「小梅の七つのお祝いに」
  - ◇講談社児童文学新人賞（第61回/令2年/佳作）
    - 「小梅の七つのお祝いに」 講談社　2022.4　125p　22cm　1400円　①978-4-06-526217-7

相子 智恵　あいこ・ちえ＊
- 0006 「呼応」
  - ◇田中裕明賞（第13回/令4年）
  - ◇俳人協会新人賞（第46回/令4年度）
    - 「呼応―句集」 左右社　2021.12　190p　20cm（澤俳句叢書 第31篇）　1800円　①978-4-86528-050-0

逢坂 冬馬　あいさか・とうま＊
- 0007 「同志少女よ、敵を撃て」
  - ◇アガサ・クリスティー賞（第11回/令3年/大賞）
  - ◇本屋大賞（第19回/令4年/大賞）
    - 「同志少女よ、敵を撃て」 早川書房　2021.11　492p　19cm　1900円　①978-4-15-210064-1
    - 「同志少女よ、敵を撃て」 早川書房　2024.12　601p　16cm（ハヤカワ文庫 JA）　1100円　①978-4-15-031585-6

逢崎 遊　あいざき・ゆう＊
- 0008 「遡上の魚」
  - ◇小説すばる新人賞（第36回/令5年）
    - 「正しき地図の裏側より」 集英社　2024.2　251p　20cm　1700円　①978-4-08-771863-8
    - ※受賞作を改題

相沢 泉見　あいざわ・いずみ＊
- 0009 「貴公子探偵はチョイ足しグルメをご所望です」

◇ポプラ社小説新人賞（第10回/令2年/奨励賞）
「貴公子探偵はチョイ足しグルメをご要望です」　ポプラ社　2021.11　341p　15cm（ポプラ文庫ピュアフル）740円　Ⓒ978-4-591-17179-0
「貴公子探偵はチョイ足しグルメをご要望です　〔2〕　魅惑のレシピは事件の香り」　ポプラ社　2022.3　294p　15cm（ポプラ文庫ピュアフル）720円　Ⓒ978-4-591-17344-2
「貴公子探偵はチョイ足しグルメをご要望です　〔3〕　幻のスープの秘密」　ポプラ社　2022.8　295p　15cm（ポプラ文庫ピュアフル）740円　Ⓒ978-4-591-17465-4

相沢 沙呼　あいざわ・さこ＊
0010　「medium 霊媒探偵城塚翡翠」
◇本格ミステリ大賞（第20回/令2年/小説部門）
◇本屋大賞（第17回/令2年/6位）
「medium—霊媒探偵城塚翡翠」　講談社　2019.9　380p　20cm　1700円　Ⓒ978-4-06-517094-6
「medium—霊媒探偵城塚翡翠」　講談社　2021.9　482p　15cm（講談社文庫）900円　Ⓒ978-4-06-524971-0

相沢 正一郎　あいざわ・しょういちろう＊
0011　「パウル・クレーの〈忘れっぽい天使〉をだいどころの壁にかけた」
◇丸山薫賞（第27回/令2年度）
「パウル・クレーの〈忘れっぽい天使〉をだいどころの壁にかけた」　書肆山田　2019.7　131p　22cm　2700円　Ⓒ978-4-87995-989-8

相田 美紅　あいだ・みく＊
0012　「呪われ少将の交遊録」
◇ポプラ社小説新人賞（第11回/令3年/奨励賞）
「呪われ少将の交遊録」　ポプラ社　2022.12　308p　16cm（ポプラ文庫）760円　Ⓒ978-4-591-17589-7

あいち あきら
0013　「ベリーの巣」
◇日本自費出版文化賞（第24回/令3年/部門入賞/小説部門）
「ベリーの巣」　編集工房ノア　2019.12　298p　20cm　2000円　Ⓒ978-4-89271-315-6

愛野 史香　あいの・ふみか＊
0014　「真令和復元図」
◇角川春樹小説賞（第16回/令6年）〈受賞時〉桜田 光
「あの日の風を描く」　角川春樹事務所　2024.10　240p　19cm　1500円　Ⓒ978-4-7584-1474-6
※受賞作を改題

饗庭 淵　あえばふち＊
0015　「対怪異アンドロイド開発研究室」
◇カクヨムWeb小説コンテスト（第8回/令5年/ホラー部門/特別賞）
「対怪異アンドロイド開発研究室」　KADOKAWA　2023.12　270p　19cm　1650円　Ⓒ978-4-04-114369-8

葵 日向子　あおい・ひなこ＊
0016　「ちぐさ弁当帖」
◇ポプラ社小説新人賞（第10回/令2年/奨励賞）

蒼井 まもる　あおい・まもる＊
0017　「あの子の子ども」
◇講談社漫画賞（第47回/令5年/少女部門）
「あの子の子ども　1～10」　講談社　2021.9～2024.11　18cm（講談社コミックス別冊フレンド）

蒼井 美紗　あおい・みさ＊
0018　「最強騎士の勘違いは世界を救う」

◇カクヨムWeb小説コンテスト（第9回/令6年/異世界ファンタジー部門/特別賞・ComicWalker漫画賞）
　　　　「帝国最強の天才騎士、冒険者に憧れる」　KADOKAWA　2024.12　312p　15cm（角川スニーカー文庫）700円　①978-4041156247
　　　　※受賞作を改題

蒼井　祐人　あおい・ゆうと＊
　0019　「エンド・オブ・アルカディア」
　　　◇電撃大賞〔電撃小説大賞〕（第28回/令3年/金賞）
　　　　「エンド・オブ・アルカディア」　KADOKAWA　2022.3　315p　15cm（電撃文庫）660円　①978-4-04-914220-4
　　　　「エンド・オブ・アルカディア　2」　KADOKAWA　2022.8　319p　15cm（電撃文庫）660円　①978-4-04-914452-9
　　　　「エンド・オブ・アルカディア　3」　KADOKAWA　2023.2　320p　15cm（電撃文庫）720円　①978-4-04-914453-6

葵依幸　あおいこう＊
　0020　「勇者殺しの花嫁」
　　　◇HJ小説大賞（第3回/令4年/中期/BOOK☆WALKER賞）
　　　　「勇者殺しの花嫁―血溜まりの英雄　1」　ホビージャパン　2024.1　299p　15cm（HJ文庫）700円　①978-4-7986-3384-8
　　　　「勇者殺しの花嫁―盲目の聖女　2」　ホビージャパン　2024.5　265p　15cm（HJ文庫）680円　①978-4-7986-3528-6

青木　杏樹　あおき・あんじゅ＊
　0021　「名もなきアンサンブル」
　　　◇北区内田康夫ミステリー文学賞（第19回/令3年/審査員特別賞（特別賞））

蒼木　いつろ　あおき・いつろ＊
　0022　「奴隷の勇者は終戦に叫ぶ」
　　　◇ファンタジア大賞（第33回/令2年/審査員特別賞）
　　　　「少女と血と勇者先生と」　KADOKAWA　2021.4　333p　15cm（富士見ファンタジア文庫）670円　①978-4-04-074072-0
　　　　※受賞作を改題

青木　由弥子　あおき・ゆみこ＊
　0023　「しのばず」
　　　◇小野十三郎賞（第23回/令3年/詩集部門/特別賞）
　　　　「しのばず―詩集」　土曜美術社出版販売　2020.10　101p　19cm　2000円　①978-4-8120-2592-5
　0024　「伊東静雄―戦時下の抒情」
　　　◇小野十三郎賞（第25回/令5年/詩評論書部門/特別奨励賞）
　　　　「伊東静雄―戦時下の抒情」　土曜美術社出版販売　2023.3　400p　20cm　2500円　①978-4-8120-2743-1

青崎　有吾　あおさき・ゆうご＊
　0025　「地雷グリコ」
　　　◇日本推理作家協会賞（第77回/令6年/長編および連作短編集部門）
　　　◇本格ミステリ大賞（第24回/令6年/小説部門）
　　　◇山本周五郎賞（第37回/令6年）
　　　　「地雷グリコ」　KADOKAWA　2023.11　348p　19cm　1750円　①978-4-04-111165-9

青島　顕　あおしま・けん＊
　0026　「МОСТ（モスト）「ソ連」を伝えたモスクワ放送の日本人」
　　　◇開高健ノンフィクション賞（第21回/令5年）

あおぞら

「MOCT―「ソ連」を伝えたモスクワ放送の日本人」 集英社 2023.11 261p 20cm 1800円 ①978-4-08-781747-8

@aozora
0027 「転生勇者の三軒隣んちの俺」
◇カクヨムWeb小説コンテスト（第9回/令6年/異世界ファンタジー部門/ComicWalker漫画賞）

あおぞら
0028 「学年の二大美少女にフラれたのに、何故か懐かれたらしい」
◇カクヨムWeb小説コンテスト（第9回/令6年/ラブコメ（ライトノベル）部門/特別賞）

青田　風　　あおた・かぜ＊
0029 「ココロあるく」
◇文芸社文庫NEO小説大賞（第4回/令3年/大賞）
「笹井小夏は振り向かない」 文芸社 2021.11 306p 15cm（文芸社文庫NEO）620円 ①978-4-286-23173-0
※受賞作を改題

蒼塚　蒼時　　あおつか・そうじ＊
0030 「魔王様は末代まで呪いたい！ 元魔王と英雄の倅の人魔再統一物語」
◇ファンタジア大賞（第35回/令4年/金賞）
「囚人諸君、反撃の時間だ」 KADOKAWA 2023.3 322p 15cm（富士見ファンタジア文庫）700円 ①978-4-04-074839-9
※受賞作を改題

碧月　杏　　あおつき・あんず
0031 「明け方のブルイヤール」
◇ジャンプ小説新人賞（2018/平30年/小説フリー部門/特別賞）

青砥　啓　　あおと・けい＊
0032 「最後のぶざま」
◇国立劇場歌舞伎脚本募集（令和2・3年度/佳作）
「国立劇場歌舞伎脚本募集入選作品集　令和2・3年度」 国立劇場制作部歌舞伎課編集　日本芸術文化振興会 2022.7 158p 26cm

青波　杏　　あおなみ・あん＊
0033 「亜熱帯はたそがれて ―廈門あもい、コロニアル幻夢譚」
◇小説すばる新人賞（第35回/令4年）
「楊花の歌」 集英社 2023.2 221p 20cm 1600円 ①978-4-08-771829-4
※受賞作を改題

蒼沼　洋人　　あおぬま・ようと＊
0034 「波あとが白く輝いている」
◇講談社児童文学新人賞（第63回/令4年/佳作）
「波あとが白く輝いている」 講談社 2023.8 270p 20cm 1500円 ①978-4-06-532577-3

青野　暦　　あおの・こよみ＊
0035 「穀雨のころ」
◇文學界新人賞（第126回/令3年）

青野　瀬樹斗　　あおの・せきと＊
0036 「両親の借金を返すためにヤバいとこへ売られた俺、吸血鬼のお嬢様に買われて美少女メイドのエサにされた」

◇カクヨムWeb小説コンテスト（第8回/令5年/ラブコメ（ライトノベル）部門/ComicWalker漫画賞）

あおの　そら
0037　「K小学校伝説　六年松組の事件ファイル」
◇青い鳥文庫小説賞（第4回/令2年度/U-15部門/佳作）

青野　広夢　あおの・ひろむ＊
0038　「にじのかけら」
◇MOE創作絵本グランプリ（第8回/令1年/佳作）
「にじのかけら」　石田製本　2021.3　22cm　1700円　Ⓘ978-4-86711-179-6

青葉　寄　あおば・よる＊
0039　「夏に溺れる」
◇小学館ライトノベル大賞（第18回/令6年/大賞）
「夏に溺れる」　小学館　2024.8　274p　15cm（ガガガ文庫）740円　Ⓘ978-4-09-453204-3

青柳　碧人　あおやぎ・あいと＊
0040　「むかしむかしあるところに、死体がありました。」
◇本屋大賞（第17回/令2年/10位）
「むかしむかしあるところに、死体がありました。」　双葉社　2019.4　243p　19cm　1300円　Ⓘ978-4-575-24166-2
「むかしむかしあるところに、死体がありました。」　双葉社　2021.9　293p　15cm（双葉文庫）640円　Ⓘ978-4-575-52497-0

青柳　菜摘　あおやぎ・なつみ＊
0041　「そだつのをやめる」
◇中原中也賞（第28回/令4年度）
「そだつのをやめる」　thoasa　2022.11　115p　20cm　2500円　Ⓘ978-4-9909693-0-1

青柳　朔　あおやぎ・はじめ＊
0042　「花守幽鬼伝」
◇カクヨムWeb小説コンテスト（第9回/令6年/カクヨムプロ作家部門/特別賞）

青山　文平　あおやま・ぶんぺい＊
0043　「底惚れ」
◇柴田錬三郎賞（第35回/令4年）
◇中央公論文芸賞（第17回/令4年）
「底惚れ」　徳間書店　2021.11　266p　20cm　1600円　Ⓘ978-4-19-865376-7
「底惚れ」　徳間書店　2024.5　269p　15cm（徳間文庫―徳間時代小説文庫）800円　Ⓘ978-4-19-894944-0

青山　美智子　あおやま・みちこ＊
0044　「お探し物は図書室まで」
◇本屋大賞（第18回/令3年/2位）
「お探し物は図書室まで」　ポプラ社　2020.11　300p　19cm　1600円　Ⓘ978-4-591-16798-4
「お探し物は図書室まで」　ポプラ社　2023.3　325p　16cm（ポプラ文庫）740円　Ⓘ978-4-591-17601-6
0045　「赤と青とエスキース」
◇本屋大賞（第19回/令4年/2位）
「赤と青とエスキース」　PHP研究所　2021.11　239p　19cm　1500円　Ⓘ978-4-569-85064-1
「赤と青とエスキース」　PHP研究所　2024.9　257p　15cm（PHP文芸文庫）780円　Ⓘ978-4-569-90423-8

0046 「月の立つ林で」
　　◇本屋大賞（第20回/令5年/5位）
　　　「月の立つ林で」　ポプラ社　2022.11　262p　19cm　1600円　①978-4-591-17535-4

0047 「リカバリー・カバヒコ」
　　◇本屋大賞（第21回/令6年/7位）
　　　「リカバリー・カバヒコ」　光文社　2023.9　234p　20cm　1600円　①978-4-334-10052-0

青山　有　あおやま・ゆう＊
0048 「無敵商人の異世界成り上がり物語　～現代の製品を自在に取り寄せるスキルがあるので異世界では楽勝です～」
　　◇カクヨムWeb小説コンテスト（第6回/令3年/異世界ファンタジー部門/特別賞・ComicWalker漫画賞）
　　　「無敵商人の異世界成り上がり物語―現代の製品を自在に取り寄せるスキルがあるので異世界では楽勝です」　KADOKAWA　2022.1　318p　15cm（角川スニーカー文庫）680円　①978-4-04-112139-9

青山　勇樹　あおやま・ゆうき＊
0049 「果てしない青のために」
　　◇日本詩歌句随筆評論大賞（第20回/令6年度/詩部門/奨励賞）
　　　「果てしない青のために―詩集」　土曜美術社出版販売　2023.12　117p　22cm　2000円　①978-4-8120-2797-4

青山　ユキ　あおやま・ゆき
0050 「優しい嘘」
　　◇創作ラジオドラマ大賞（第52回/令5年/奨励賞）

赤井　浩太　あかい・こうた＊
0051 「日本語ラップfeat.平岡正明」
　　◇すばるクリティーク賞（2019/令1年）

赤井　紫蘇　あかい・しそ＊
0052 「還暦」
　　◇詩人会議新人賞（第57回/令5年/詩部門/佳作）

赤神　諒　あかがみ・りょう＊
0053 「はぐれ鴉」
　　◇大藪春彦賞（第25回/令5年）
　　　「はぐれ鴉」　集英社　2022.7　395p　20cm　2000円　①978-4-08-771802-7

0054 「佐渡絢爛」
　　◇日本歴史時代作家協会賞（第13回/令6年/作品賞）
　　　「佐渡絢爛」　徳間書店　2024.3　348p　19cm　2000円　①978-4-19-865810-6

赤坂　アカ　あかさか・あか＊
0055 「かぐや様は告らせたい～天才たちの恋愛頭脳戦～」
　　◇小学館漫画賞（第65回/令1年度/一般向け部門）
　　　「かぐや様は告らせたい―天才たちの恋愛頭脳戦　1～28」　集英社　2016.3～2022.12　19cm（ヤングジャンプコミックス）

0056 「【推しの子】」
　　◇マンガ大賞（2021/令3年/5位）
　　◇マンガ大賞（2022/令4年/8位）
　　　「推しの子　1～16」　赤坂アカ, 横槍メンゴ著　集英社　2020.7～2024.12　19cm（ヤングジャンプコミックス）

赤坂 知美　あかさか・ともみ＊
　　0057　「夢を奪われる在日クルド人のこどもたち」
　　　　◇部落解放文学賞（第49回/令4年/記録・表現部門/部落解放文学賞）

阿賀沢 紅茶　あがさわ・こうちゃ＊
　　0058　「正反対な君と僕」
　　　　◇マンガ大賞（2023/令5年/3位）
　　　　◇マンガ大賞（2024/令6年/7位）
　　　　「正反対な君と僕　1～7」集英社　2022.7～2024.8　19cm（ジャンプコミックス―JUMP COMICS＋）

明石歩道橋事故 再発防止を願う有志
　　　　あかしほどうきょうじこさいはつぼうしおねがうゆうし＊
　　0059　「明石歩道橋事故 再発防止を願って」
　　　　◇日本自費出版文化賞（第26回/令5年/部門入賞/地域文化部門）
　　　　「明石歩道橋事故再発防止を願って―隠された真相諦めなかった遺族たちと弁護団の闘いの記録」明石歩道橋事故再発防止を願う有志著, 神戸新聞社編集協力　神戸新聞総合出版センター（発売）, 明石歩道橋事故再発防止を願う有志　〔2022.7〕　403p 図版15p　22cm　2000円　①978-4-343-01164-0

茜 灯里　あかね・あかり＊
　　0060　「オリンピックに駿馬は狂騒う」
　　　　◇日本ミステリー文学大賞新人賞（第24回/令2年）
　　　　「馬疫」光文社　2021.2　367p　20cm　1700円　①978-4-334-91387-8
　　　　※受賞作を改題
　　　　「馬疫」光文社　2023.3　500p　16cm（光文社文庫）860円　①978-4-334-79506-1

茜 ジュン　あかね・じゅん＊
　　0061　「自炊男子と女子高生」
　　　　◇カクヨムWeb小説コンテスト（第6回/令3年/ラブコメ部門/特別賞）
　　　　「自炊男子と女子高生」KADOKAWA　2022.4　318p　15cm（富士見ファンタジア文庫）680円　①978-4-04-074510-7

紅猫老君　あかねころうくん＊
　　0062　「碧雲奇譚～女の「俺」が修真界の男子校に入ったら～」
　　　　◇富士見ノベル大賞（第6回/令5年/佳作）
　　　　「碧雲物語―女のおれが霊法界の男子校に入ったら」KADOKAWA　2024.8　344p　15cm（富士見L文庫）720円　①978-4-04-075540-3
　　　　※受賞作を改題

吾野 廉　あがの・れん＊
　　0063　「嘘のくに」
　　　　◇小説 野性時代 新人賞（第11回/令2年/奨励賞）

赤羽 茂乃　あかば・しげの＊
　　0064　「絵本画家 赤羽末吉 スーホの草原にかける虹」
　　　　◇日本児童文学学会賞（第44回/令2年/日本児童文学学会特別賞）
　　　　「絵本画家赤羽末吉―スーホの草原にかける虹」福音館書店　2020.4　589p 図版16p　20cm　2500円　①978-4-8340-8550-1

赤ひげ　あかひげ＊
　　0065　「赤色幼少記～落ちこぼれは優秀な義弟と共に物理的に這い上がる～」
　　　　◇カクヨムWeb小説コンテスト（第9回/令6年/異世界ファンタジー部門/最熱狂賞）

あかまつ まゆ
0066 「かわいくなるための百か条」
　◇青い鳥文庫小説賞（第7回/令5年度/一般部門/銀賞）

赤松 佑紀　あかまつ・ゆうき＊
0067 「ひとひらの羽毛」
　◇俳句四季新人賞・新人奨励賞（令4年/第10回 俳句四季新人賞）

赤松 利市　あかまつ・りいち＊
0068 「犬」
　◇大藪春彦賞（第22回/令2年）
　「犬」　徳間書店　2019.9　375p　19cm　1700円　Ⓘ978-4-19-864930-2
　「犬」　徳間書店　2023.1　468p　15cm　（徳間文庫）　820円　Ⓘ978-4-19-894818-4

赤松 りかこ　あかまつ・りかこ＊
0069 「シャーマンと爆弾男」
　◇新潮新人賞（第55回/令5年）
　「グレイスは死んだのか」　新潮社　2024.7　152p　20cm　1700円　Ⓘ978-4-10-355461-5
　※受賞作を収録

あかむらさき
0070 「使い潰された勇者は二度目（いや、三度目？）の人生を自由に謳歌したいようです」
　◇カクヨムWeb小説コンテスト（第7回/令4年/異世界ファンタジー部門/特別賞）
　「使い潰された勇者は二度目、いや、三度目の人生を自由に謳歌したいようです　1」　KADOKAWA　2023.2　322p　19cm　（MFブックス）　1300円　Ⓘ978-4-04-682200-0
　「使い潰された勇者は二度目、いや、三度目の人生を自由に謳歌したいようです　2」　KADOKAWA　2023.9　311p　19cm　（MFブックス）　1400円　Ⓘ978-4-04-682889-7

明里 桜良　あかり・さくら＊
0071 「宝蔵山誌」
　◇日本ファンタジーノベル大賞（2025/令7年）　〈応募時〉阿宗 福子
　※「小説新潮」2024年12月号に掲載

東崎 惟子　あがりざき・ゆいこ＊
0072 「黄昏のブリュンヒルド」
　◇電撃大賞〔電撃小説大賞〕（第28回/令3年/銀賞）
　「竜殺しのブリュンヒルド」　KADOKAWA　2022.6　274p　15cm　（電撃文庫）　640円　Ⓘ978-4-04-914216-7
　※受賞作を改題

安芸 那須　あき・なす＊
0073 「二つの依頼」
　◇北区内田康夫ミステリー文学賞（第20回/令4年/大賞）

秋 ひのこ　あき・ひのこ＊
0074 「何言ってんだ、今ごろ」
　◇女による女のためのR-18文学賞（第19回/令2年/大賞）

亮岡 歌羅　あきおか・から＊
0075 「保健室のオバケさん」
　◇角川ビーンズ小説大賞（第19回/令2年/ジュニア部門/準グランプリ）

秋月 光ノ介　あきずき・みつのすけ
　0076　「ひとつの願い」
　　◇北区内田康夫ミステリー文学賞（第22回/令6年/区長賞（特別賞））

秋田 喜美　あきた・きみ＊
　0077　「言語の本質」
　　◇新書大賞（第17回/令6年/大賞）
　　　「言語の本質―ことばはどう生まれ、進化したか」　今井むつみ, 秋田喜美著　中央公論新社　2023.5　277p　18cm（中公新書）960円　①978-4-12-102756-6

秋田 柴子　あきた・しばこ＊
　0078　「雨を知るもの」
　　◇やまなし文学賞（第31回/令4年/一般部門/やまなし文学賞佳作）
　　　※「樋口一葉記念 第31回やまなし文学賞受賞作品集」（山梨日日新聞社刊）に収録

阿木津 英　あきつ・えい＊
　0079　「アララギの釋迢空」
　　◇日本歌人クラブ評論賞（第20回/令4年）
　　　「アララギの釋迢空」　砂子屋書房　2021.5　257p　20cm　3000円　①978-4-7904-1783-5

秋津 モトノブ　あきつ・もとのぶ＊
　0080　「無職マンのゾンビサバイバル生活。」
　　◇カクヨムWeb小説コンテスト（第9回/令6年/ホラー部門/特別審査員賞）

秋津 朗　あきつ・ろう＊
　0081　「デジタル的蝉式リセット」
　　◇横溝正史ミステリ＆ホラー大賞（第41回/令3年/読者賞）
　　　「デジタルリセット」　KADOKAWA　2021.12　349p　15cm（角川ホラー文庫）720円　①978-4-04-111987-7
　　　※受賞作を改題

秋野 淳平　あきの・じゅんぺい＊
　0082　「カップ酒」
　　◇やまなし文学賞（第29回/令2年/小説部門/佳作）

秋乃 つかさ　あきの・つかさ＊
　0083　「猫のJKとサラリーマン」
　　◇講談社ラノベ文庫新人賞（第17回/令5年10月発表/優秀賞）〈受賞時〉あんころもち
　　　「猫のJKとサラリーマン」　講談社　2024.7　291p　15cm（講談社ラノベ文庫）800円　①978-4-06-536639-4

秋葉 四郎　あきば・しろう＊
　0084　「茂吉からの手紙」
　　◇日本歌人クラブ大賞（第12回/令3年）
　　　「茂吉からの手紙」　ながらみ書房　2020.3　207p　19cm　①978-4-86629-173-4

秋原 タク　あきはら・たく＊
　0085　「元スパイの俺、モテすぎ三姉妹が次々デレてくるせいで家政夫業が捗らない」
　　◇カクヨムWeb小説コンテスト（第5回/令2年/ラブコメ部門/大賞）
　　　「元スパイ、家政夫に転職する」　KADOKAWA　2020.12　319p　15cm（角川スニーカー文庫）660円　①978-4-04-110868-0
　　　※受賞作を改題
　　　「元スパイ、家政夫に転職する　2」　KADOKAWA　2021.5　255p　15cm（角川スニーカー文庫）

680円　①978-4-04-110870-3

秋本 哲　あきもと・てつ
0086　「神田から渋谷へ歩き通す午後江戸の起伏を足裏に知る」
　◇角川全国短歌大賞（第12回/令2年/自由題/準賞）

暁社 夕帆　あきやしろ・ゆうほ＊
0087　「黄昏マセマティカ ～アプリになった天才少女～」
　◇講談社ラノベ文庫新人賞（第12回/令3年5月発表/優秀賞）〈受賞時〉夕月 暁
　「君と紡ぐソネット―黄昏の数学少女」講談社　2022.9　307p　15cm（講談社ラノベ文庫）700円　①978-4-06-529316-4
　※受賞作を改題

秋山 公哉　あきやま・きんや＊
0088　「蹲るもの」
　◇日本詩歌句随筆評論大賞（第16回/令2年度/詩部門/奨励賞）
　「蹲るもの」書肆山田　2019.9　101p　22cm　2500円　①978-4-87995-991-1

安居院 晃　あぐい・こう＊
0089　「宮廷魔法士です。最近姫様からの視線が気になります。」
　◇カクヨムWeb小説コンテスト（第5回/令2年/異世界ファンタジー部門/特別賞）
　「宮廷魔法士です。最近姫様からの視線が気になります。」KADOKAWA　2021.2　300p　15cm（富士見ファンタジア文庫）650円　①978-4-04-073995-3
　「宮廷魔法士です。最近姫様からの視線が気になります。　2」KADOKAWA　2021.6　315p　15cm（富士見ファンタジア文庫）700円　①978-4-04-074187-1
0090　「第三皇女の謎解き執事」
　◇HJ小説大賞（第2回/令3年/2021中期）
　「第三皇女の万能執事　1　世界一可愛い主を守れるのは俺だけです」ホビージャパン　2023.4　291p　15cm（HJ文庫）700円　①978-4-7986-3143-1
　※受賞作を改題
　「第三皇女の万能執事　2　怖がりで可愛い主のためにお化けだって退治します」ホビージャパン　2024.5　265p　15cm（HJ文庫）680円　①978-4-7986-3453-1
0091　「何と言われようとも、僕はただの宮廷司書です。」
　◇カクヨムWeb小説コンテスト（第6回/令3年/異世界ファンタジー部門/特別賞・ComicWalker漫画賞）
　「何と言われようとも、僕はただの宮廷司書です。」KADOKAWA　2021.12　287p　15cm（角川スニーカー文庫）660円　①978-4-04-112137-5

阿久井 真　あくい・まこと＊
0092　「青のオーケストラ」
　◇小学館漫画賞（第68回/令4年度/少年向け部門）
　「青のオーケストラ　1～11」小学館　2017.7～2023.4　18cm（裏少年サンデーコミックス）

明島 あさこ　あけしま・あさこ＊
0093　「こんぺいとうを一粒」
　◇シナリオS1グランプリ（第43回/令4年冬/奨励賞）

朝依 しると　あさい・しると＊
0094　「VTuberの魂、買い取ります。～君に捧ぐソウル・キャピタリズム～」
　◇ファンタジア大賞（第35回/令4年/大賞）
　「VTuberのエンディング、買い取ります。」KADOKAWA　2023.1　349p　15cm（富士見ファンタジア文庫）700円　①978-4-04-074847-4
　※受賞作を改題
　「VTuberのエンディング、買い取ります。　2」KADOKAWA　2023.6　331p　15cm（富士見ファ

ンタジア文庫）760円　①978-4-04-074978-5

朝井 まかて　あさい・まかて＊
0095　「グッドバイ」
◇親鸞賞（第11回/令2年）
「グッドバイ」　朝日新聞出版　2019.11　359p　20cm　1600円　①978-4-02-251647-3
「グッドバイ」　朝日新聞出版　2022.10　435p　15cm（朝日文庫）800円　①978-4-02-265064-1

0096　「類」
◇芸術選奨（第71回/令2年度/文学部門/文部科学大臣賞）
◇柴田錬三郎賞（第34回/令3年）
「類」　集英社　2020.8　494p　20cm　1900円　①978-4-08-771721-1
「類」　集英社　2023.7　605p　16cm（集英社文庫）1150円　①978-4-08-744544-2

あさい ゆき
0097　「ララのしろいポスト」
◇えほん大賞（第20回/令3年/ストーリー部門/大賞）〈受賞時〉ねぎし ゆき
「ララのしろいポスト」　あさいゆき文,いわがみ綾子絵　文芸社　2021.12　31p　25cm　1300円　①978-4-286-23240-9

朝井 リョウ　あさい・りょう＊
0098　「正欲」
◇柴田錬三郎賞（第34回/令3年）
◇本屋大賞（第19回/令4年/4位）
「正欲」　新潮社　2021.3　379p　20cm　1700円　①978-4-10-333063-9
「正欲」　新潮社　2023.6　512p　16cm（新潮文庫）850円　①978-4-10-126933-7

朝尾 朋樹　あさお・ともき＊
0099　「秘傳 鱧料理 百菜 改訂」
◇地方出版文化功労賞（第35回/令4年/奨励賞）
「秘傳鱧料理―百菜」改訂　京都新聞出版センター　2021.7　246p, 2枚（折り込み）　26cm　5000円　①978-4-7638-0754-0

浅岡 靖央　あさおか・やすおう＊
0100　「「日本少国民文化協会」資料集大成」(全8巻・別冊)
◇日本児童文学学会賞（第47回/令5年/日本児童文学学会特別賞）
「日本少国民文化協会」資料集大成　別冊　金沢文圃閣　2021.12　114p　21cm　3000円　①978-4-910363-60-8
「日本少国民文化協会」資料集大成　第1巻～第8巻　金沢文圃閣　2022.12～2023.6　21cm

麻加 朋　あさか・とも＊
0101　「青い雪」
◇日本ミステリー文学大賞新人賞（第25回/令3年）
「青い雪」　光文社　2022.2　363p　20cm　1700円　①978-4-334-91448-6
「青い雪」　光文社　2024.3　481p　16cm（光文社文庫）900円　①978-4-334-10241-8

浅川 芳直　あさかわ・よしなお＊
0102　「雪くるか」
◇俳句四季新人賞・新人奨励賞（令2年/第8回 俳句四季新人賞）

0103　「夜景の奥」
◇田中裕明賞（第15回/令6年）
◇日本詩歌句随筆評論大賞（第20回/令6年度/俳句部門/優秀賞）
「夜景の奥―句集」　東京四季出版　2023.12　170p　19cm（シリーズmugen ∞ 1）2000円　①978-4-8129-1134-1

浅葱　あさぎ＊
　0104　「異世界旅はニワトリスと共に」
　　◇カクヨムWeb小説コンテスト（第9回/令6年/カクヨムプロ作家部門/特別賞）

朝霧　咲　あさぎり・さく＊
　0105　「いつかただの思い出になる」
　　◇小説現代長編新人賞（第17回/令5年）
　　「どうしようもなく辛かったよ」　講談社　2023.9　197p　20cm　1600円　①978-4-06-532822-4
　　※受賞作を改題

浅倉　秋成　あさくら・あきなり＊
　0106　「六人の嘘つきな大学生」
　　◇本屋大賞（第19回/令4年/5位）
　　「六人の嘘つきな大学生」　KADOKAWA　2021.3　299p　19cm　1600円　①978-4-04-109879-0
　　「六人の嘘つきな大学生」　KADOKAWA　2023.6　357p　15cm　（角川文庫）　740円　①978-4-04-113401-6

浅沢　英　あさざわ・えい＊
　0107　「萬」
　　◇大藪春彦新人賞（第5回/令3年）

浅瀬　明　あさせ・あきら＊
　0108　「箱庭の小さき賢人たち」
　　◇『このミステリーがすごい！』大賞（第22回/令5年/文庫グランプリ）
　　「卒業のための犯罪プラン」　宝島社　2024.3　275p　16cm（宝島社文庫—このミス大賞）　718円　①978-4-299-05230-8
　　※受賞作を改題

麻田　雅文　あさだ・まさふみ＊
　0109　「日ソ戦争　帝国日本最後の戦い」
　　◇司馬遼太郎賞（第28回/令6年度）
　　「日ソ戦争—帝国日本最後の戦い」　中央公論新社　2024.4　290p　18cm（中公新書）　980円　①978-4-12-102798-6

朝田　陽　あさだ・よう＊
　0110　「受験精が来た！」
　　◇青い鳥文庫小説賞（第5回/令3年度/一般部門/銀賞）

あさつじ　みか
　0111　「隣人はアイドル！」
　　◇集英社みらい文庫大賞（第10回/令2年/優秀賞）〈受賞時〉麻辻　深佳
　　「きみとチェンジ!?　立花くんと入れかわっちゃった…！」　あさつじみか作、榎のと絵　集英社　2021.6　187p　18cm（集英社みらい文庫）　640円　①978-4-08-321651-0
　　※受賞作を改題
　　「きみとチェンジ!?　〔2〕　入れかわり中に告白!!夏祭りは波乱の予感」　あさつじみか作、榎のと絵　集英社　2021.10　189p　18cm（集英社みらい文庫）　640円　①978-4-08-321680-0

　0112　「社長ですが、なにか？」
　　◇角川つばさ文庫小説賞（第11回/令4年/一般部門/金賞）
　　「社長ですがなにか？　1　小学生、オトナと本気のアイデア勝負！」　あさつじみか作、はちべもつ絵　KADOKAWA　2023.9　224p　18cm　（角川つばさ文庫）　740円　①978-4-04-632260-9
　　「社長ですがなにか？　2　小学生、呪われランドに人を呼べ!?」　あさつじみか作、はちべもつ絵　KADOKAWA　2024.1　236p　18cm　（角川つばさ文庫）　740円　①978-4-04-632262-3
　　「社長ですがなにか？　3　小学生、スター番組をジャックせよ！」　あさつじみか作、はちべもつ絵　KADOKAWA　2024.5　242p　18cm　（角川つばさ文庫）　740円　①978-4-04-632297-5

「社長ですがなにか？　4　小学生、激ヤバホテルへご招待？」あさつじみか作, はちべもつ絵
　　KADOKAWA　2024.9　220p　18cm（角川つばさ文庫）800円　①978-4-04-632327-9

安里　盛昭　あさと・もりあき＊
0113　「粟国島の祭祀―ヤガン折目を中心に―」
　◇日本自費出版文化賞（第24回/令3年/部門入賞/地域文化部門）
　　「粟国島の祭祀―ヤガン折目を中心に」総合企画アンリ　2014.11　371p　22cm　4200円

安里　琉太　あさと・りゅうた＊
0114　「式日」
　◇俳人協会新人賞（第44回/令2年度）
　　「式日―句集」左右社　2020.2　156p　20cm　1800円　①978-4-86528-267-2

浅沼　幸男　あさぬま・ゆきお＊
0115　「辻が花」
　◇啄木・賢治のふるさと「岩手日報随筆賞」（第19回/令6年/佳作）

麻根　重次　あさね・じゅうじ＊
0116　「赤の女王の殺人」
　◇島田荘司選　ばらのまち福山ミステリー文学新人賞（第16回/令5年）
　　「赤の女王の殺人」講談社　2024.3　302p　19cm　1900円　①978-4-06-534910-6

あさの　あつこ
0117　「おいち不思議がたり」シリーズ
　◇日本歴史時代作家協会賞（第13回/令6年/シリーズ賞）
　　「ガールズ・ストーリー―おいち不思議がたり」〔1〕～〔6〕PHP研究所　2009.12～2023.5　20cm
　　「おいち不思議がたり」〔1〕～〔5〕PHP研究所　2011.12～2023.4　15cm（PHP文芸文庫）
　　※1巻は「ガールズ・ストーリー」（2009年刊）の改訂・改題
0118　「弥勒」シリーズ
　◇日本歴史時代作家協会賞（第13回/令6年/シリーズ賞）
　　「弥勒の月〔1〕～野火、奔る〔12〕」光文社　2006.2～2023.10　20cm
　　「弥勒の月〔1〕～乱鴉の空〔11〕」光文社　2008.8～2023.9　16cm（光文社文庫）
0119　「闇医者おゑん秘録帖」シリーズ
　◇日本歴史時代作家協会賞（第13回/令6年/シリーズ賞）
　　「闇医者おゑん秘録帖〔1〕～〔4〕」中央公論新社　2013.2～2024.3　20cm
　　「闇医者おゑん秘録帖〔1〕～〔2〕」中央公論新社　2015.12～2018.12　16cm（中公文庫）

浅野　いにお　あさの・いにお＊
0120　「デッドデッドデーモンズデデデデデストラクション」
　◇小学館漫画賞（第66回/令2年度/一般向け部門）
　◇文化庁メディア芸術祭賞（第25回/令4年/優秀賞）
　　「デッドデッドデーモンズデデデデデストラクション　1～12」小学館　2014.10～2022.3　18cm
　　（ビッグスピリッツコミックススペシャル）

浅野　皓生　あさの・こうせい＊
0121　「責」
　◇横溝正史ミステリ＆ホラー大賞（第44回/令6年/優秀賞）
　　「責任」KADOKAWA　2024.9　283p　19cm　1700円　①978-4-04-115384-0

浅野　眞吾　あさの・しんご＊
0122　「河太郎」
　◇部落解放文学賞（第47回/令2年/児童文学部門/佳作）

0123　「アケビ」

◇部落解放文学賞（第48回/令3年/児童文学部門/努力賞）

浅野 有子　あさの・ゆうこ
0124　「地図と印刷」
　　◇造本装幀コンクール（第56回/令4年/日本図書館協会賞）
　　「地図と印刷」　印刷博物館編集　凸版印刷印刷博物館　2022.9　199p, 4枚(折り込み)　26cm

浅野 竜　あさの・りゅう*
0125　「真夏のトライアングル」
　　◇ちゅうでん児童文学賞（第23回/令2年度/大賞）
　　「シャンシャン、夏だより」　浅野竜作, 中村隆絵　講談社　2022.5　157p　20cm（講談社・文学の扉）　1400円　①978-4-06-526387-7
　　※受賞作を改題

0126　「ヤギと意地っぱり」
　　◇部落解放文学賞（第49回/令4年/児童文学部門/部落解放文学賞）

浅野豪デザイン　あさのたけしでざいん*
0127　「澤田知子 狐の嫁いり 特装版」
　　◇造本装幀コンクール（第55回/令3年/日本書籍出版協会理事長賞/芸術書部門）
　　「狐の嫁いり―澤田知子」　澤田知子著　特装版　青幻舎　2021.3　100000円　①978-4-86152-862-0
　　※限定100部, 特製函入

朝陽 千早　あさひ・ちはや*
0128　「幼馴染を親友に寝取られた俺。これからは元親友の妹とイチャイチャしていきたいと思います」
　　◇講談社ラノベ文庫新人賞（第17回/令5年10月発表/佳作）

朝日新聞社　あさひしんぶんしゃ*
0129　「コートールド美術館展魅惑の印象派 図録」
　　◇造本装幀コンクール（第54回/令2年/日本印刷産業連合会会長賞）
　　「コートールド美術館展魅惑の印象派」　朝日新聞社　2019-2020　264p　25×25cm

0130　「特別展きもの KIMONO 図録」
　　◇造本装幀コンクール（第54回/令2年/日本書籍出版協会理事長賞/芸術書部門）
　　「きもの 特別展」　東京国立博物館, 朝日新聞社編　朝日新聞社　2020.4　399p　31cm

朝比奈 秋　あさひな・あき*
0131　「塩の道」
　　◇林芙美子文学賞（第7回/令2年度/大賞）
　　「私の盲端」　朝日新聞出版　2022.2　218p　20cm　1600円　①978-4-02-251807-1
　　※受賞作を収録
　　「私の盲端」　朝日新聞出版　2024.8　235p　15cm（朝日文庫）　760円　①978-4-02-265164-8

0132　「あなたの燃える左手で」
　　◇泉鏡花文学賞（第51回/令5年）
　　◇野間文芸新人賞（第45回/令5年）
　　「あなたの燃える左手で」　河出書房新社　2023.6　205p　20cm　1600円　①978-4-309-03112-5

0133　「植物少女」
　　◇三島由紀夫賞（第36回/令5年）
　　「植物少女」　朝日新聞出版　2023.1　178p　20cm　1600円　①978-4-02-251884-2

0134　「サンショウウオの四十九日」
　　◇芥川龍之介賞（第171回/令6年上）
　　「サンショウウオの四十九日」　新潮社　2024.7　141p　20cm　1700円　①978-4-10-355731-9

朝日放送テレビ　あさひほうそうてれび＊
　0135　「スマホで見る阪神淡路大震災 災害映像がつむぐ未来への教訓」
　　◇地方出版文化功労賞　（第35回／令4年／特別賞）
　　　「スマホで見る阪神淡路大震災―災害映像がつむぐ未来への教訓」　木戸崇之，朝日放送テレビ株式会社著　西日本出版社　2020.12　219p　21cm　1500円　ⓘ978-4-908443-56-5

アーサー平井　あーさーひらい＊
　0136　「このささやきを聞いて」
　　◇角川ビーンズ小説大賞　（第20回／令3年／ジュニア部門／準グランプリ）

朝吹　あさぶき＊
　0137　「病院のふりかけ」
　　◇カクヨムWeb小説短編賞　（2023／令5年／エッセイ・ノンフィクション部門／短編特別賞）

朝水　想　あさみ・そう＊
　0138　「神様、どうか私が殺されますように」
　　◇「小説推理」新人賞　（第46回／令6年）

浅見　ベートーベン　あさみ・べーとーべん＊
　0139　「日本の鳥」
　　◇日本自費出版文化賞　（第27回／令6年／特別賞／グラフィック部門）
　　　※自費出版

麻宮　好　あさみや・こう＊
　0140　「泥濘の十手」
　　◇警察小説新人賞　（第1回／令4年）
　　　「恩送り―泥濘の十手」　小学館　2022.12　316p　20cm　1700円　ⓘ978-4-09-386662-0
　　　※受賞作を改題
　　　「恩送り―泥濘の十手」　小学館　2024.2　409p　15cm　（小学館文庫―小学館時代小説文庫）　820円　ⓘ978-4-09-407328-7

アザレア
　0141　「スライムマスターちゃんのVRMMO」
　　◇HJ小説大賞　（第5回／令6年／前期）

アジア開発銀行　あじあかいはつぎんこう＊
　0142　「Asian Development Bank—Policy, Market, and Technology Over 50 Years」
　　◇樫山純三賞　（第15回／令2年／特別賞）
　　　※「Asia's Journey to Prosperity」（アジア開発銀行の報告書　2020年発行）

芦澤　泰偉　あしざわ・たいい＊
　0143　「マークの本」
　　◇造本装幀コンクール　（第56回／令4年／読書推進運動協議会賞）
　　　「マークの本」　佐藤卓著　紀伊國屋書店　2022.5　267p　19cm　2500円　ⓘ978-4-314-01191-4

芦沢　央　あしざわ・よう＊
　0144　「夜の道標」
　　◇日本推理作家協会賞　（第76回／令5年／長編および連作短編集部門）
　　　「夜の道標」　中央公論新社　2022.8　351p　20cm　1650円　ⓘ978-4-12-005556-0

芦辺 拓　あしべ・たく＊
0145　「大鞠家殺人事件」
　◇日本推理作家協会賞（第75回/令4年/長編および連作短編集部門）
　◇本格ミステリ大賞（第22回/令4年/小説部門）
　　「大鞠家殺人事件」　東京創元社　2021.10　363p　20cm　1900円　①978-4-488-02851-0

アシモフ, アイザック
0146　「銀河帝国の興亡」（全3巻）
　◇星雲賞（第54回/令5年/海外長編部門（小説））
　　「銀河帝国の興亡　1　風雲編」　アイザック・アシモフ著, 鍛治靖子訳　東京創元社　2021.8　379p
　　　15cm（創元SF文庫）760円　①978-4-488-60411-0
　　「銀河帝国の興亡　2　怒濤編」　アイザック・アシモフ著, 鍛治靖子訳　東京創元社　2021.12　388p
　　　15cm（創元SF文庫）780円　①978-4-488-60412-7
　　「銀河帝国の興亡　3　回天編」　アイザック・アシモフ著, 鍛治靖子訳　東京創元社　2022.5　380p
　　　15cm（創元SF文庫）800円　①978-4-488-60413-4

あすとろの一つ
0147　「冬めく。」
　◇MF文庫Jライトノベル新人賞（第20回/令6年/優秀賞）

東 圭一　あずま・けいいち＊
0148　「奥州狼狩奉行始末」
　◇角川春樹小説賞（第15回/令5年）
　◇日本歴史時代作家協会賞（第13回/令6年/新人賞）
　　「奥州狼狩奉行始末」　角川春樹事務所　2023.11　213p　20cm　1500円　①978-4-7584-1452-4

東 浩紀　あずま・ひろき＊
0149　「ゲンロン戦記」
　◇新書大賞（第15回/令4年/5位）
　　「ゲンロン戦記―「知の観客」をつくる」　中央公論新社　2020.12　277p　18cm（中公新書ラクレ）
　　　860円　①978-4-12-150709-9

0150　「訂正する力」
　◇新書大賞（第17回/令6年/2位）
　　「訂正する力」　朝日新聞出版　2023.10　243p　18cm（朝日新書）850円　①978-4-02-295238-7

アズマドウアンズ
0151　「古典確率では説明できない双子の相関やそれに関わる現象」
　◇電撃大賞〔電撃小説大賞〕（第31回/令6年/メディアワークス文庫賞, 川原礫賞）

阿泉 来堂　あずみ・らいどう＊
0152　「くじりなきめ」
　◇横溝正史ミステリ＆ホラー大賞（第40回/令2年/読者賞）
　　「ナキメサマ」　KADOKAWA　2020.12　343p　15cm（角川ホラー文庫）680円　①978-4-04-110880-2
　　※受賞作を改題

麻生 知子　あそう・ともこ＊
0153　「なつやすみ」
　◇産経児童出版文化賞（第71回/令6年/美術賞）
　　「なつやすみ」　福音館書店　2023.6　31p　26×26cm（日本傑作絵本シリーズ）1500円　①978-4-8340-8720-8

麻生 凪　あそう・なぎ
0154　「潮騒〜流氷が着く街で〜」

◇カクヨムWeb小説短編賞（2022/令4年/エンタメ短編小説部門/短編特別賞）

阿宗 福子　あそう・ふくこ　⇒明里 桜良（あかり・さくら）

あたし黒髪のようにとけそうな気がする
あたしくろかみのようにとけそうなきがする*
0155　「えー、中学ではBSS部に所属し、脳を破壊されまくっていました」
◇カクヨムWeb小説短編賞（2021/令3年/短編小説部門/短編特別賞）

足立 聡　あだち・さとる*
0156　「手を振る仕事」
◇創作ラジオドラマ大賞（第49回/令2年/大賞）

足立 真奈　あだち・まな*
0157　「鴨川の詩」
◇京都文学賞（第2回/令2年度/中高生部門/最優秀賞）

安壇 美緒　あだん・みお*
0158　「ラブカは静かに弓を持つ」
◇大藪春彦賞（第25回/令5年）
◇本屋大賞（第20回/令5年/2位）
「ラブカは静かに弓を持つ」　集英社　2022.5　300p　19cm　1600円　①978-4-08-771784-6

阿津川 辰海　あつかわ・たつみ*
0159　「阿津川辰海 読書日記」
◇本格ミステリ大賞（第23回/令5年/評論・研究部門）
「阿津川辰海読書日記―かくしてミステリー作家は語る〈新鋭奮闘編〉」　光文社　2022.8　387p　19cm　1900円　①978-4-334-95325-6
「阿津川辰海読書日記―ぼくのミステリー紀行〈七転八倒編〉」　光文社　2024.8　515p　19cm　2800円　①978-4-334-10402-3

東木 武市　あつまき・たけいち*
0160　「自選詩集 若い頃のメモ帳より」
◇山之口貘賞（第42回/令1年）
「自選詩集 若い頃のメモ帳より」　脈発行所　2019.3　134p　21cm　1000円　①978-4-907568-91-7
「自選詩集 若い頃のメモ帳より」　書房そよ風, 琉球プロジェクト（発売）　2019.3　137p　21cm　1000円　①978-4-9912657-2-3

左沢 森　あてらざわ・しん*
0161　「似た気持ち」
◇笹井宏之賞（第5回/令4年/大賞）
「ねむらない樹　Vol. 10」　書肆侃侃房　2023.2　268p　21cm（短歌ムック）　1500円　①978-4-86385-562-5
※受賞作を収録

与 勇名　あとう・いさな*
0162　「テシオ氏との約束」
◇優駿エッセイ賞（2020〔第36回〕/令2年/佳作（GⅢ））

あな沢 拓美　あなざわ・たくみ*
0163　「ドライバーズラプソディー」
◇シナリオS1グランプリ（第42回/令4年春/奨励賞）

姉崎 あきか　あねさき・あきか*
0164　「タロットループの夏」

◇電撃大賞〔電撃小説大賞〕（第31回/令6年/メディアワークス文庫賞）

アノニマ・スタジオ
0165 「ばらばら きせかえ べんとう」
◇造本装幀コンクール（第54回/令2年/日本印刷産業連合会会長賞）
「ばらばらきせかえべんとう一組み合わせ3000通り以上！」 野口真紀著 KTC中央出版 2020.2 15枚 20cm 1800円 ①978-4-87758-805-2

アバタロー
0166 「クズレス・オブリージュ～18禁ゲー世界のクズ悪役に転生してしまった俺は、原作知識の力でどうしてもモブ人生をつかみ取りたい～」
◇カクヨムWeb小説コンテスト（第8回/令5年/異世界ファンタジー部門/特別賞・ComicWalker漫画賞）
「クズレス・オブリージュ―18禁ゲー世界のクズ悪役に転生してしまった俺は、原作知識の力でどうしてもモブ人生をつかみ取りたい」 KADOKAWA 2023.12 349p 15cm（角川スニーカー文庫）720円 ①978-4-04-114465-7
「クズレス・オブリージュ―18禁ゲー世界のクズ悪役に転生してしまった俺は、原作知識の力でどうしてもモブ人生をつかみ取りたい 2」 KADOKAWA 2024.5 412p 15cm（角川スニーカー文庫）780円 ①978-4-04-114772-6

安孫子 正浩　あびこ・まさひろ *
0167 「等圧線」
◇大藪春彦新人賞（第7回/令5年）

阿部 海太　あべ・かいた *
0168 「ぼくがふえをふいたら」
◇日本絵本賞（第26回/令3年/日本絵本賞）
「ぼくがふえをふいたら」 岩波書店 2020.11 〔33p〕 27cm 1700円 ①978-4-00-112695-2

阿部 奏子　あべ・かなこ
0169 「赤い花 白い花」
◇BKラジオドラマ脚本賞（第42回/令3年/佳作）

0170 「天空のふたり」
◇BKラジオドラマ脚本賞（第43回/令4年/佳作）

阿部 大樹　あべ・だいじゅ *
0171 「精神病理学私記」（H. S. サリヴァン作）
◇日本翻訳大賞（第6回/令2年）
「精神病理学私記」 ハリー・スタック・サリヴァン著, 阿部大樹, 須貝秀平訳 日本評論社 2019.10 372p 22cm 5500円 ①978-4-535-98468-4

阿部 卓也　あべ・たくや *
0172 「杉浦康平と写植の時代―光学技術と日本語のデザイン」
◇サントリー学芸賞（第45回/令5年度/社会・風俗部門）
◇日本出版学会賞（第45回/令5年度/日本出版学会賞）
◇毎日出版文化賞（第77回/令5年/特別賞）
「杉浦康平と写植の時代―光学技術と日本語のデザイン」 慶應義塾大学出版会 2023.3 481p 22cm 4000円 ①978-4-7664-2880-3

阿部 智里　あべ・ちさと *
0173 「八咫烏」シリーズ
◇吉川英治文庫賞（第9回/令6年度）
「烏に単は似合わない」 文藝春秋 2014.6 377p 16cm（文春文庫）670円 ①978-4-16-790118-9

「烏は主を選ばない」　文藝春秋　2015.6　371p　16cm（文春文庫）670円　①978-4-16-790383-1
「黄金（きん）の烏」　文藝春秋　2016.6　376p　16cm（文春文庫）670円　①978-4-16-790630-6
「空棺の烏」　文藝春秋　2017.6　394p　16cm（文春文庫）700円　①978-4-16-790863-8
「玉依姫」　文藝春秋　2018.5　363p　16cm（文春文庫）700円　①978-4-16-791061-7
「弥栄の烏」　文藝春秋　2019.5　387p　16cm（文春文庫）700円　①978-4-16-791272-7
「烏百花―蛍の章」　文藝春秋　2020.9　286p　16cm（文春文庫）660円　①978-4-16-791555-1
「楽園の烏」　文藝春秋　2022.10　361p　16cm（文春文庫）730円　①978-4-16-791940-5
「烏百花　白百合の章」　文藝春秋　2023.5　301p　16cm（文春文庫）690円　①978-4-16-792036-4
「追憶の烏」　文藝春秋　2024.2　319p　16cm（文春文庫）730円　①978-4-16-792166-8
「烏の緑羽」　文藝春秋　2024.10　360p　16cm（文春文庫）780円　①978-4-16-792280-1

アベ ツカサ
0174　「葬送のフリーレン」
　◇手塚治虫文化賞　（第25回／令3年／新生賞）
　◇マンガ大賞　（2021／令3年／大賞）
　◇小学館漫画賞　（第69回／令5年度）
　◇講談社漫画賞　（第48回／令6年／少年部門）
　「葬送のフリーレン　VOL.1～VOL.13」　山田鐘人原作, アベツカサ作画　小学館　2020.8～2024.4　18cm　（少年サンデーコミックス）

安部 才朗　あべ・としろう＊
0175　「阿波の福おんな」
　◇日本自費出版文化賞　（第24回／令3年／特別賞／エッセー部門）
　「阿波の福おんな」　今井出版（発売）　2019.2　336p　19cm　1500円　①978-4-86611-144-5

阿部 登龍　あべ・とりゅう＊
0176　「竜は黙して飛ぶ」
　◇創元SF短編賞　（第14回／令5年）

あべ はるこ
0177　「ネバネバときどきソーナンダ」
　◇日産 童話と絵本のグランプリ　（第39回／令4年度／童話の部／優秀賞）
　※「第39回 日産 童話と絵本のグランプリ 童話・絵本入賞作品集」（大阪国際児童文学振興財団 2023年3月発行）に収録

阿部 はるみ　あべ・はるみ＊
0178　「からすのえんどう」
　◇丸山薫賞　（第29回／令4年度）
　「からすのえんどう」　書肆山田　2021.10　98p　22cm　2500円　①978-4-86725-019-8

阿部 凌大　あべ・りょうた＊
0179　「高額当選しちゃいました」
　◇フジテレビヤングシナリオ大賞　（第35回／令5年／大賞）

安保 邦彦　あぼ・くにひこ＊
0180　「旭川・生活図画事件―治安維持法下、無実の罪の物語―」
　◇日本自費出版文化賞　（第26回／令5年／部門入賞／小説部門）
　「旭川・生活図画事件―治安維持法下、無実の罪の物語」　花伝社, 共栄書房（発売）　2022.4　177p　19cm　1500円　①978-4-7634-2004-6

あぼーん
0181　「コンビニ強盗から助けた地味店員が、同じクラスのうぶで可愛いギャルだった」
　◇カクヨムWeb小説コンテスト　（第6回／令3年／ラブコメ部門／特別賞）　〈受賞時〉@a-

st
「コンビニ強盗から助けた地味店員が、同じクラスのうぶで可愛いギャルだった」 KADOKAWA
　　2022.1　319p　15cm（富士見ファンタジア文庫）650円　①978-4-04-074396-7
「コンビニ強盗から助けた地味店員が、同じクラスのうぶで可愛いギャルだった　2」
　　2022.6　333p　15cm（富士見ファンタジア文庫）720円　①978-4-04-074557-2
「コンビニ強盗から助けた地味店員が、同じクラスのうぶで可愛いギャルだった　3」 KADOKAWA
　　2022.12　349p　15cm（富士見ファンタジア文庫）740円　①978-4-04-074730-9

雨井 呼音　あまい・こおと＊
0182　「俺の姉は異世界最強の支配者『らしい』」
　　◇MF文庫Jライトノベル新人賞（第17回／令3年／優秀賞）〈受賞時〉佐藤 愛染
　　「お姉ちゃんといっしょに異世界を支配して幸せな家庭を築きましょ？」 KADOKAWA　2021.12
　　263p　15cm（MF文庫J）620円　①978-4-04-680911-7
　　※受賞作を改題
　　「お姉ちゃんといっしょに異世界を支配して幸せな家庭を築きましょ？　2」 KADOKAWA　2022.3
　　263p　15cm（MF文庫J）640円　①978-4-04-681291-9

天羽 恵　あまう・めぐみ＊
0183　「日盛りの蟬」
　　◇大藪春彦新人賞（第6回／令4年）

雨傘 ヒョウゴ　あまがさ・ひょうご＊
0184　「悪役魔女とパリピなスライム達の旅 ～ポンコツスキルも意外といいぞ～」
　　◇HJ小説大賞（第3回／令4年／後期）
　　「ポンコツスキルしか使えない悪役魔女だけど、テイムしたパリピなスライムたちと強く生きます！
　　　1」ホビージャパン　2024.11　297p　19cm（HJ NOVELS）1350円　①978-4-7986-3675-7
　　※受賞作を改題

天城 光琴　あまぎ・みこと＊
0185　「凍る大地に、絵は溶ける」
　　◇松本清張賞（第29回／令4年）
　　「凍る草原に鐘は鳴る」文藝春秋　2022.7　333p　19cm　1500円　①978-4-16-391566-1
　　※受賞作を改題
　　「凍る草原に絵は溶ける」文藝春秋　2024.6　347p　16cm（文春文庫）870円　①978-4-16-792235-1
　　※「凍る草原に鐘は鳴る」（2022年刊）の改題

尼丁 千津子　あまちょう・ちずこ＊
0186　「馬のこころ 脳科学者が解説するコミュニケーションガイド」
　　◇JRA賞馬事文化賞（2021／令3年度）
　　「馬のこころ―脳科学者が解説するコミュニケーションガイド」ジャネット・L・ジョーンズ著、尼丁
　　　千津子訳　パンローリング　2021.8　419p　19cm（フェニックスシリーズ）2800円　①978-4-7759-
　　　4253-6

天津 佳之　あまつ・よしゆき＊
0187　「利生の人 尊氏と正成」
　　◇日経小説大賞（第12回／令2年）
　　「利生の人―尊氏と正成」日経BP日本経済新聞出版本部、日経BPマーケティング（発売）　2021.2
　　324p　20cm　1600円　①978-4-532-17161-2

アマナ
0188　「Seven Treasures Taisho University #8」
　　◇造本装幀コンクール（第55回／令3年／日本書籍出版協会理事長賞／語学・学参・辞事
　　　典・全集・社史・年史・自分史部門）
　　「Seven treasures—Taisho University #8」髙橋恭司、森山大道、伊丹豪、野村佐紀子、大坪晶、横田大
　　　輔、顧剣亨写真　大林組　2021.12　21×30cm

あまの　かおり
0189　「神仕舞」
　　◇ゆきのまち幻想文学賞（第30回/令2年/大賞）

天野　純希　　あまの・すみき＊
0190　「猛き朝日」
　　◇野村胡堂文学賞（第11回/令5年）
　　　「猛き朝日」　中央公論新社　2023.2　526p　20cm　2300円　Ⓘ978-4-12-005629-1

雨宮　和希　　あまみや・かずき＊
0191　「英雄と魔女の転生ラブコメ」
　　◇講談社ラノベ文庫新人賞（第11回/令2年10月発表/佳作）
　　　「英雄と魔女の転生ラブコメ」　講談社　2021.10　266p　15cm　（講談社ラノベ文庫）　660円　Ⓘ978-4-06-524248-3
　　　「英雄と魔女の転生ラブコメ　2」　講談社　2022.6　247p　15cm　（講談社ラノベ文庫）　660円　Ⓘ978-4-06-528849-8
0192　「灰色少年の虹色青春計画」
　　◇HJ小説大賞（第1回/令2年/最優秀賞, 2020前期）
　　　「灰原くんの強くて青春ニューゲーム　1」　ホビージャパン　2021.12　313p　15cm　（HJ文庫）　670円　Ⓘ978-4-7986-2680-2
　　　※受賞作を改題
　　　「灰原くんの強くて青春ニューゲーム　2」　ホビージャパン　2022.6　263p　15cm　（HJ文庫）　630円　Ⓘ978-4-7986-2845-5
　　　「灰原くんの強くて青春ニューゲーム　3」　ホビージャパン　2022.11　267p　15cm　（HJ文庫）　630円　Ⓘ978-4-7986-2984-1
　　　「灰原くんの強くて青春ニューゲーム　4」　ホビージャパン　2023.3　301p　15cm　（HJ文庫）　670円　Ⓘ978-4-7986-3094-6
　　　「灰原くんの強くて青春ニューゲーム　5」　ホビージャパン　2023.7　261p　15cm　（HJ文庫）　680円　Ⓘ978-4-7986-3218-6
　　　「灰原くんの強くて青春ニューゲーム　6」　ホビージャパン　2023.12　247p　15cm　（HJ文庫）　660円　Ⓘ978-4-7986-3358-9
　　　「灰原くんの強くて青春ニューゲーム　7」　ホビージャパン　2024.6　245p　15cm　（HJ文庫）　660円　Ⓘ978-4-7986-3552-1
　　　「灰原くんの強くて青春ニューゲーム　8」　ホビージャパン　2024.12　261p　15cm　（HJ文庫）　680円　Ⓘ978-4-7986-3723-5

雨宮　ソウスケ　　あまみや・そうすけ＊
0193　「エレメント＝エンゲージ —精霊王の寵姫たち—」
　　◇HJ小説大賞（第4回/令5年/後期）

雨宮　むぎ　　あまみや・むぎ＊
0194　「超金持ちのお嬢様宅に、出張シェフとして呼ばれました」
　　◇カクヨムWeb小説コンテスト（第5回/令2年/ラブコメ部門/特別賞）　〈受賞時〉すうがく。
　　　「強気なお嬢様が俺の料理で甘々に」　KADOKAWA　2021.2　300p　15cm　（角川スニーカー文庫）　660円　Ⓘ978-4-04-110948-9
　　　※受賞作を改題

雨森　たきび　　あまもり・たきび＊
0195　「俺はひょっとして、最終話で負けヒロインの横にいるポッと出のモブキャラなのだろうか」
　　◇小学館ライトノベル大賞（第15回/令3年/ガガガ賞）
　　　「負けヒロインが多すぎる！」　小学館　2021.7　309p　15cm　（ガガガ文庫）　640円　Ⓘ978-4-09-453017-9
　　　※受賞作を改題

|「負けヒロインが多すぎる！　2」|小学館　2021.11　287p　15cm　（ガガガ文庫）　620円　①978-4-09-453041-4
|「負けヒロインが多すぎる！　3」|小学館　2022.4　335p　15cm　（ガガガ文庫）　660円　①978-4-09-453064-3
|「負けヒロインが多すぎる！　4」|小学館　2022.10　311p　15cm　（ガガガ文庫）　640円　①978-4-09-453094-0
|「負けヒロインが多すぎる！　5」|小学館　2023.3　306p　15cm　（ガガガ文庫）　760円　①978-4-09-453118-3
|「負けヒロインが多すぎる！　6」|小学館　2023.12　323p　15cm　（ガガガ文庫）　760円　①978-4-09-453164-0
|「負けヒロインが多すぎる！　7」|小学館　2024.7　327p　15cm　（ガガガ文庫）　760円　①978-4-09-453197-8
|「負けヒロインが多すぎる！　SSS」|小学館　2024.7　277p　15cm　（ガガガ文庫）　740円　①978-4-09-453201-2

雨谷　夏木　あまや・なつき*

0196　「ツギハギ事象の欠落人形」
　◇MF文庫Jライトノベル新人賞（第20回/令6年/佳作）
　「妹は呪われし人形姫―人間を恐れる兄は、妹の呪いを解くため立ち上がる」　KADOKAWA　2024.12　296p　15cm（MF文庫J）680円　①978-4-04-684339-5
　※受賞作を改題

雨宿　火澄　あまやどり・ひずみ*

0197　「お前を殺してでも、幸せになりたかったから。」
　◇ジャンプホラー小説大賞（第5回/令1年/銀賞）

あまん　きみこ

0198　「新装版　車のいろは空のいろ　ゆめでもいい」
　◇産経児童出版文化賞（第70回/令5年/大賞）
　「車のいろは空のいろ　〔4〕　ゆめでもいい」　あまんきみこ作,黒井健絵　新装版　ポプラ社　2022.11　122p　20cm（新装版あまんきみこの車のいろは空のいろ　4）1300円　①978-4-591-17558-3,978-4-591-91996-5(set)

あめ

0199　「マサエさん」
　◇労働者文学賞（第35回/令5年/詩部門/佳作）

雨　杜和　あめ・とわ*

0200　「『後宮の悪魔』～時空を遡るシリアルキラーを追う敏腕刑事が側室に堕ちた件～」
　◇カクヨムWeb小説コンテスト（第9回/令6年/ライト文芸部門/特別審査員賞）

雨坂　羊　あめさか・ひつじ*

0201　「蜘蛛の子」
　◇ジャンプホラー小説大賞（第7回/令3年/特別賞）

0202　「君はテディ」
　◇ジャンプホラー小説大賞（第8回/令4年/銀賞）

0203　「新解釈古典恋愛～まんじゅうなんてこわくない～」
　◇講談社ラノベ文庫新人賞（第16回/令5年4月発表/優秀賞）

雨澤　佑太郎　あめさわ・ゆうたろう*

0204　「ノックする世界」
　◇「詩と思想」新人賞（第31回/令4年）
　「空位のウィークエンド」　土曜美術社出版販売　2023.11　97p　22cm（詩と思想新人賞叢書 17）2000円　①978-4-8120-2804-9

雨宮 いろり　あめみや・いろり＊
- *0205*　「鏡の巫女と縁切り雀」
  - ◇角川ビーンズ小説大賞（第19回/令2年/優秀賞＆読者賞）
    - 「あやかし専門縁切り屋—鏡の守り手とすずめの式神」　KADOKAWA　2021.10　281p　15cm（角川ビーンズ文庫）690円　①978-4-04-111866-5
    - ※受賞作を改題
- *0206*　「私と彼女の永遠に交わらない食卓」
  - ◇ジャンプ小説新人賞（2022/令4年/テーマ部門「ひとりご飯」/金賞）

甘水 さら　あもず・さら＊
- *0207*　「まつりかお悩み相談室」
  - ◇集英社みらい文庫大賞（第13回/令5年/優秀賞）

綾瀬 風　あやせ・ふう＊
- *0208*　「金色に輝く"白いやつ"」
  - ◇優駿エッセイ賞（2022〔第38回〕/令4年/佳作（GⅢ））

綾束 乙　あやつか・きのと＊
- *0209*　「鈴の蕾は龍に抱かれ花ひらく ～迷子宮女と美貌の宦官の後宮事件帳～」
  - ◇カクヨムWeb小説コンテスト（第7回/令4年/恋愛（ラブロマンス）部門/特別賞）
    - 「迷子宮女は龍の御子のお気に入り—龍華国後宮事件帳」　KADOKAWA　2023.1　349p　15cm（メディアワークス文庫）700円　①978-4-04-914892-3
    - ※受賞作を改題
    - 「迷子宮女は龍の御子のお気に入り—龍華国後宮事件帳　2」　KADOKAWA　2024.4　327p　15cm（メディアワークス文庫）720円　①978-4-04-915618-8
- *0210*　「転生聖女は推し活初心者！ ～聖女なのに邪悪の娘と蔑まれる公爵令嬢は推し活に励み過ぎて王子の溺愛に気づかない～」
  - ◇角川ビーンズ小説大賞（第21回/令4年/WEBテーマ部門/WEB読者賞）
    - 「転生聖女は推し活がしたい！—虐げられ令嬢ですが推しの王子様から溺愛されています!?」　KADOKAWA　2023.12　303p　15cm（角川ビーンズ文庫）740円　①978-4-04-114418-3
    - ※受賞作を改題
- *0211*　「夫君殺しの女狐は今度こそ平穏無事に添い遂げたい ～再婚処女と取り憑かれ青年のあやかし婚姻譚～」
  - ◇カクヨムWeb小説コンテスト（第8回/令5年/カクヨムプロ作家部門/特別賞）
    - 「夫君殺しの女狐は幸せを祈る」　KADOKAWA　2024.4　314p　15cm（角川文庫）700円　①978-4-04-114836-5
    - ※受賞作を改題

彩月 レイ　あやつき・れい＊
- *0212*　「詐欺シスター」
  - ◇講談社ラノベ文庫新人賞（第15回/令4年10月発表/佳作）〈受賞時〉微熱リンゴ
    - 「詐欺シスター」　講談社　2023.6　295p　15cm（講談社ラノベ文庫）700円　①978-4-06-532793-7
- *0213*　「勇者症候群」
  - ◇電撃大賞〔電撃小説大賞〕（第29回/令4年/金賞）
    - 「勇者症候群」　KADOKAWA　2023.2　341p　15cm（電撃文庫）680円　①978-4-04-914872-5
    - 「勇者症候群　2」　KADOKAWA　2023.8　341p　15cm（電撃文庫）680円　①978-4-04-915012-4
    - 「勇者症候群　3」　KADOKAWA　2024.1　339p　15cm（電撃文庫）780円　①978-4-04-915148-0

鮎川 知央　あゆかわ・ともお＊
- *0214*　「フィナーレの前に」
  - ◇北区内田康夫ミステリー文学賞（第21回/令5年/区長賞（特別賞））

新井 啓子　あらい・けいこ＊
　0215　「さざえ尻まで」
　　◇小野十三郎賞（第24回/令4年/詩集部門/小野十三郎賞）
　　「さざえ尻まで」 思潮社　2022.4　85p　20cm　2200円　①978-4-7837-3786-5

新井 孔央　あらい・こお＊
　0216　「杳たる月」
　　◇「日本の劇」戯曲賞（2023/令5年/佳作）

新井 高子　あらい・たかこ＊
　0217　「唐十郎のせりふ　二〇〇〇年代戯曲をひらく」
　　◇吉田秀和賞（第32回/令4年）
　　「唐十郎のせりふ―二〇〇〇年代戯曲をひらく」 幻戯書房　2021.12　323p　20cm　2800円　①978-4-86488-239-2

荒井 りゅうじ　あらい・りゅうじ
　0218　「居候グモではない」
　　◇全作家文学賞（第18回/令4年度/佳作）

荒井 良二　あらい・りょうじ＊
　0219　「こどもたちは まっている」
　　◇日本絵本賞（第26回/令3年/日本絵本賞）
　　「こどもたちはまっている」 亜紀書房　2020.6　31cm（亜紀書房えほんシリーズ〈あき箱〉3）1600円　①978-4-7505-1598-4

荒衛門　あらえもん＊
　0220　「ナルキッソスの怪物」
　　◇ジャンプホラー小説大賞（第6回/令2年/特別賞）

荒尾 美知子　あらお・みちこ＊
　0221　「私の名前は宗谷本線」
　　◇けんぶち絵本の里大賞（第31回/令3年度/びばからす賞）
　　「私の名前は宗谷本線」 荒尾美知子文, 堀川真絵　あすなろ書房　2020.12　31p　29cm（ちょっと昔の子どもたちのくらし 3）1800円　①978-4-7515-3017-7

荒川 衣歩　あらかわ・いほ＊
　0222　「古手屋てまり　長崎出島と紅い石」
　　◇講談社児童文学新人賞（第65回/令6年/新人賞）

荒川 徹　あらかわ・とおる＊
　0223　「ドナルド・ジャッド―風景とミニマリズム」
　　◇吉田秀和賞（第30回/令2年）
　　「ドナルド・ジャッド―風景とミニマリズム」 水声社　2019.7　227p　22cm　3000円　①978-4-8010-0444-3

荒川 英之　あらかわ・ひでゆき＊
　0224　「沢木欣一　十七文字の燃焼」
　　◇俳人協会評論賞（第37回/令4年度）
　　「沢木欣一―十七文字の燃焼」 翰林書房　2022.5　317p　20cm　3200円　①978-4-87737-467-9

荒川 弘　あらかわ・ひろむ＊
　0225　「黄泉のツガイ」
　　◇マンガ大賞（2024/令6年/2位）
　　「黄泉のツガイ　1〜8」 スクウェア・エニックス　2022.6〜2024.9　18cm（ガンガンコミックス）

荒川　眞人　　あらかわ・まひと＊
　　0226　「賽銭泥棒」
　　　　◇さきがけ文学賞（第37回/令2年/選奨）

荒川　美和　　あらかわ・みわ＊
　　0227　「音色は青をつつむ」
　　　　◇ちゅうでん児童文学賞（第26回/令5年度/さくら賞）
　　　　「音色は青をつつむ―第26回「ちゅうでん児童文学賞」さくら賞受賞作品」　ちゅうでん教育振興財団
　　　　　2024.3　40p　21cm

荒川　求実　　あらかわ・もとみ＊
　　0228　「主体の鍛錬―小林正樹論」
　　　　◇すばるクリティーク賞（2022/令4年/佳作）

荒川　悠衛門　　あらかわ・ゆうえもん＊
　　0229　「めいとりず」
　　　　◇横溝正史ミステリ&ホラー大賞（第42回/令4年/読者賞）
　　　　「異形探偵メイとリズ―燃える影」　KADOKAWA　2022.1〕　300p　15cm　（角川ホラー文庫）　680円
　　　　　①978-4-04-113003-2
　　　　※受賞作を改題

荒川　昤子　　あらかわ・れいこ＊
　　0230　「墓仕舞い」
　　　　◇日本自費出版文化賞（第24回/令3年/特別賞/小説部門）
　　　　「墓仕舞い」　本の泉社　2020.5　310p　20cm　2600円　①978-4-7807-1967-3

荒木　あかね　　あらき・あかね＊
　　0231　「此の世の果ての殺人」
　　　　◇江戸川乱歩賞（第68回/令4年）
　　　　「此の世の果ての殺人」　講談社　2022.8　352p　20cm　1650円　①978-4-06-528920-4

荒木　麻愛　　あらき・まあい
　　0232　「ガラクタ嬢」
　　　　◇全作家文学賞（第16回/令2年度/文学奨励賞）

荒木　祐美　　あらき・ゆみ＊
　　0233　「まにまにお買い物」
　　　　◇日産 童話と絵本のグランプリ（第40回/令5年度/絵本の部/優秀賞）
　　　　※「第40回 日産 童話と絵本のグランプリ 童話・絵本入賞作品集」（大阪国際児童文学振興財団 2024年
　　　　　3月発行）に収録

新　胡桃　　あらた・くるみ＊
　　0234　「星に帰れよ」
　　　　◇文藝賞（第57回/令2年/優秀作）
　　　　「星に帰れよ」　河出書房新社　2020.11　120p　20cm　1300円　①978-4-309-02931-3

安良田　純子　　あらた・じゅんこ＊
　　0235　「青田の草取り」
　　　　◇随筆にっぽん賞（第11回/令3年/大賞）

新巻　へもん　　あらまき・へもん＊
　　0236　「酔っぱらい盗賊、奴隷の少女を買う」
　　　　◇カクヨムWeb小説コンテスト（第6回/令3年/異世界ファンタジー部門/大賞・
　　　　ComicWalker漫画賞）

「酔っぱらい盗賊、奴隷の少女を買う 1」 KADOKAWA 2021.12 298p 19cm (MFブックス) 1300円　①978-4-04-680996-4
「酔っぱらい盗賊、奴隷の少女を買う 2」 KADOKAWA 2022.7 322p 19cm (MFブックス) 1300円　①978-4-04-681578-1
「酔っぱらい盗賊、奴隷の少女を買う 3」 KADOKAWA 2023.5 319p 19cm (MFブックス) 1400円　①978-4-04-682484-4

荒巻 義雄　あらまき・よしお*
0237　「**SFする思考 荒巻義雄評論集成**」
◇日本SF大賞（第43回/令4年）
「SFする思考―荒巻義雄評論集成」 小鳥遊書房 2021.11 829p 22cm 5400円　①978-4-909812-71-1

荒山 徹　あらやま・とおる*
0238　「**風と雅の帝**」
◇中山義秀文学賞（第30回/令6年度）
「風と雅の帝」 PHP研究所 2023.9 409p 20cm 2300円　①978-4-569-85550-9

有泉 里俐歌　ありいずみ・りりか
0239　「**花びらの時**」
◇深大寺短編恋愛小説『深大寺恋物語』（第19回/令5年/深大寺特別賞）
※深大寺短編恋愛小説「深大寺恋物語」第十九集に収録

有門 萌子　ありかど・もえこ*
0240　「**産痛**」
◇伊東静雄賞（第33回/令4年度/奨励賞）

有坂 紅　ありさか・こう*
0241　「**世界平和のために魔王を誘拐します**」
◇講談社ラノベ文庫新人賞（第12回/令3年5月発表/優秀賞）
「世界平和のために魔王を誘拐します」 講談社 2022.1 327p 15cm（講談社ラノベ文庫）700円　①978-4-06-526454-6

有須　ありす*
0242　「**月誓歌**」
◇カクヨムWeb小説コンテスト（第5回/令2年/恋愛部門/特別賞）

有田 くもい　ありた・くもい*
0243　「**あやし雷解き縁起**」
◇角川文庫キャラクター小説大賞（第7回/令3年/奨励賞）〈受賞時〉吉兼 茅
「あやし神解き縁起」 KADOKAWA 2022.9 281p 15cm（角川文庫）660円　①978-4-04-112561-8
※受賞作を改題

有原 悠二　ありはら・ゆうじ*
0244　「**虫たち**」
◇労働者文学賞（第35回/令5年/詩部門/佳作）

0245　「**皿を洗う**」
◇労働者文学賞（第36回/令6年/詩部門/佳作）

有馬 美季子　ありま・みきこ*
0246　「**はたご雪月花**」シリーズ
◇日本歴史時代作家協会賞（第10回/令3年/文庫シリーズ賞）
「はたご雪月花　〔1〕～7」 光文社 2021.5～2024.8 16cm（光文社文庫）

0247　「**はないちもんめ**」シリーズ

◇日本歴史時代作家協会賞（第10回/令3年/文庫シリーズ賞）
「はないちもんめ」祥伝社 2018.6 279p 16cm（祥伝社文庫）590円 ⓘ978-4-396-34433-7
「はないちもんめ秋祭り」祥伝社 2018.10 316p 16cm（祥伝社文庫）670円 ⓘ978-4-396-34464-1
「はないちもんめ冬の人魚」祥伝社 2019.2 348p 16cm（祥伝社文庫）690円 ⓘ978-4-396-34496-2
「はないちもんめ夏の黒猫」祥伝社 2019.6 329p 16cm（祥伝社文庫）680円 ⓘ978-4-396-34539-6
「はないちもんめ梅酒の香」祥伝社 2019.10 332p 16cm（祥伝社文庫）680円 ⓘ978-4-396-34579-2
「はないちもんめ世直しうどん」祥伝社 2020.2 361p 16cm（祥伝社文庫）700円 ⓘ978-4-396-34606-5
「はないちもんめ福と茄子」祥伝社 2020.8 355p 16cm（祥伝社文庫）720円 ⓘ978-4-396-34657-7

有本 綾　ありもと・あや＊

0248　「小さな僕のメロディ」
◇小川未明文学賞（第31回/令4年/大賞/長編部門）
「今日もピアノ・ピアーノ」有本綾作, 今日マチ子絵 Gakken 2023.12 156p 20cm（ティーンズ文学館）1500円 ⓘ978-4-05-205778-6
※受賞作を改題

有吉 朝子　ありよし・あさこ＊

0249　「世界が私を嫌っても」
◇「日本の劇」戯曲賞（2020/令2年/佳作）

0250　「玄海灘」(金達寿作『玄海灘』を脚色)
◇部落解放文学賞（第50回/令5年/戯曲部門/佳作）

アルコ

0251　「消えた初恋」
◇小学館漫画賞（第67回/令3年度/少女向け部門）
「消えた初恋　1～9」アルコ作画, ひねくれ渡原作　集英社 2019.11～2022.7 18cm（マーガレットコミックス）

アルバス, ケイト

0252　「図書館がくれた宝物」
◇産経児童出版文化賞（第71回/令6年/翻訳作品賞）
「図書館がくれた宝物」ケイト・アルバス作, 櫛田理絵訳　徳間書店 2023.7 381p 19cm 1900円 ⓘ978-4-19-865665-2

アルメリ, ナーヘド

0253　「金子みすゞの童謡を読む 西條八十と北原白秋の受容と展開」
◇日本児童文学学会賞（第45回/令3年/日本児童文学学会奨励賞）
「金子みすゞの童謡を読む—西條八十と北原白秋の受容と展開」ナーヘド・アルメリ著　港の人 2020.11 235p 19cm 2000円 ⓘ978-4-89629-381-4

荒三水　あれさんずい＊

0254　「学園の姫を助けたつもりが病んだ双子の妹に責任を取らされるはめになった」
◇カクヨムWeb小説コンテスト（第9回/令6年/ラブコメ（ライトノベル）部門/特別審査員賞）

アレセイア

0255　「【終幕】救国の英雄譚【開幕】二人だけの物語」
◇HJ小説大賞（第2回/令3年/2021中期）〈受賞時〉アレセイアの翼
「最強英雄と無表情カワイイ暗殺者のラブラブ新婚生活　1」ホビージャパン 2023.7 297p 15cm（HJ文庫）700円 ⓘ978-4-7986-3215-5

※受賞作を改題
「最強英雄と無表情カワイイ暗殺者のラブラブ新婚生活 2」 ホビージャパン 2023.12 260p 15cm (HJ文庫) 680円 ⓘ978-4-7986-3334-3

粟津 礼記　あわず・れいき＊
0256　「読む小説 安岡章太郎『果てもない道中記』論」
◇三田文学新人賞（第29回/令5年/評論部門）

安崎 依代　あんざき・いよ＊
0257　「押しかけ執事と無言姫─こんな執事はもういらない─」
◇角川ビーンズ小説大賞（第21回/令4年/一般部門/優秀賞＆審査員特別賞 三川みり選）
「忠誠の始まりは裏切りから─押しかけ執事と無言姫」 KADOKAWA 2023.12 299p 15cm（角川ビーンズ文庫）740円 ⓘ978-4-04-114419-0
※受賞作を改題

安藤 カツ子　あんどう・かつこ＊
0258　「私の人生」
◇部落解放文学賞（第49回/令4年/識字部門/部落解放文学賞）

安藤 孝則　あんどう・たかのり
0259　「おばあちゃんのひみつ」
◇家の光童話賞（第38回/令5年度/優秀賞）

安堂 ホセ　あんどう・ほせ＊
0260　「ジャクソンひとり」
◇文藝賞（第59回/令4年）
「ジャクソンひとり」 河出書房新社 2022.11 152p 20cm 1400円 ⓘ978-4-309-03084-5

安東 みきえ　あんどう・みきえ＊
0261　「夜叉神川」
◇日本児童文学者協会賞（第62回/令4年）
「夜叉神川」 安東みきえ著, 田中千智画 講談社 2021.1 235p 20cm 1400円 ⓘ978-4-06-521852-5

アンネ・エラ
0262　「軒端の梅」
◇ゆきのまち幻想文学賞（第31回/令3年/大賞）

あんの くるみ
0263　「追憶の八月」
◇詩人会議新人賞（第58回/令6年/詩部門/入選）

安野 貴博　あんの・たかひろ＊
0264　「サーキット・スイッチャー」
◇ハヤカワSFコンテスト（第9回/令3年/優秀賞）
「サーキット・スイッチャー」 早川書房 2022.1 285p 19cm 1700円 ⓘ978-4-15-210078-8
「サーキット・スイッチャー」 早川書房 2024.4 334p 16cm（ハヤカワ文庫 JA）960円 ⓘ978-4-15-031570-2

安野 モヨコ　あんの・もよこ＊
0265　「鼻下長紳士回顧録」
◇文化庁メディア芸術祭賞（第23回/令2年/優秀賞）
「鼻下長紳士回顧録 上」 祥伝社 2015.10 21cm（FC）1200円 ⓘ978-4-396-76656-6
「鼻下長紳士回顧録 下」 祥伝社 2019.2 21cm（FC）1400円 ⓘ978-4-396-76758-7

庵野 ゆき　あんの・ゆき＊
0266　「門のある島」
◇創元ファンタジイ新人賞（第4回／平31年発表／優秀賞）〈受賞時〉深野 ゆき
「水使いの森」　東京創元社　2020.3　382p　15cm（創元推理文庫）940円　①978-4-488-52407-4
※受賞作を改題
「幻影の戦─水使いの森」　東京創元社　2020.9　466p　15cm（創元推理文庫）1000円　①978-4-488-52408-1

あんのまる
0267　「コードネーム：N─ターゲットの弱みを握れ！─」
◇角川つばさ文庫小説賞（第9回／令2年／一般部門／金賞）
「トップ・シークレット　1　この任務、すべてが秘密で超キケン」　あんのまる作，シソ絵　KADOKAWA　2021.11　251p　18cm（角川つばさ文庫）680円　①978-4-04-632124-4
※受賞作を改題
「トップ・シークレット　2　二人の天才少女、あらわる」　あんのまる作，シソ絵　KADOKAWA　2022.4　252p　18cm（角川つばさ文庫）700円　①978-4-04-632128-2
「トップ・シークレット　3　難攻不落の部門試験！」　あんのまる作，シソ絵　KADOKAWA　2022.8　277p　18cm（角川つばさ文庫）740円　①978-4-04-632160-2
「トップ・シークレット　4　決戦前夜のショータイム！」　あんのまる作，シソ絵　KADOKAWA　2023.1　253p　18cm（角川つばさ文庫）740円　①978-4-04-632197-8
「トップ・シークレット　5　混乱のウィンターホリデー」　あんのまる作，シソ絵　KADOKAWA　2023.6　251p　18cm（角川つばさ文庫）740円　①978-4-04-632219-7
「トップ・シークレット　6　約束のプロミッション」　あんのまる作，シソ絵　KADOKAWA　2024.1　253p　18cm（角川つばさ文庫）760円　①978-4-04-632258-6
「トップ・シークレット　7　学年末旅行にしのぶカゲ」　あんのまる作，シソ絵　KADOKAWA　2024.6　250p　18cm（角川つばさ文庫）760円　①978-4-04-632288-3
「トップ・シークレット　8　正義を胸に、潜入ミッション！」　あんのまる作，シソ絵　KADOKAWA　2024.11　250p　18cm（角川つばさ文庫）780円　①978-4-04-632331-6

【い】

李 賢晙　い・ひょんじゅん＊
0268　「「東洋」を踊る崔承喜」
◇サントリー学芸賞（第42回／令2年度／芸術・文学部門）
「「東洋」を踊る崔承喜」　勉誠出版　2019.2　441, 5p 図版8枚　22cm　8500円　①978-4-585-27051-5

李 龍徳　い・よんどく＊
0269　「あなたが私を竹槍で突き殺す前に」
◇野間文芸新人賞（第42回／令2年）
「あなたが私を竹槍で突き殺す前に」　河出書房新社　2020.3　376p　20cm　2300円　①978-4-309-02871-2
「あなたが私を竹槍で突き殺す前に」　河出書房新社　2022.3　459p　15cm（河出文庫）1050円　①978-4-309-41874-2

飯城 勇三　いいき・ゆうさん＊
0270　「数学者と哲学者の密室 天城一と笠井潔、そして探偵と密室と社会」
◇本格ミステリ大賞（第21回／令3年／評論・研究部門）
「数学者と哲学者の密室─天城一と笠井潔、そして探偵と密室と社会」　南雲堂　2020.9　364, 3p　20cm　3000円　①978-4-523-26596-2

飯島 照仁　いいじま・てるひと＊
0271　「水屋の研究 －茶書から見る成立と変遷」
　　◇茶道文化学術賞　（第31回/令2・3年度/茶道文化学術奨励賞）
　　「水屋の研究―茶書から見る成立と変遷」　淡交社　2021.2　262p　21cm　2400円　①978-4-473-04429-7

飯塚 耕一　いいずか・こういち
0272　「その川の先に」
　　◇創作テレビドラマ大賞　（第45回/令2年/佳作）

飯田 栄静　いいだ・えいせい＊
0273　「いずれ最強に至る転生魔法使い 〜異世界に転生したけど剣の才能がないから家を追い出されてしまいました。でも魔法の才能と素晴らしい師匠に出会えたので魔法使いの頂点を目指すことにします〜」
　　◇カクヨムWeb小説コンテスト　（第6回/令3年/異世界ファンタジー部門/特別賞・ComicWalker漫画賞）　〈受賞時〉飯田 栄静＠市村鉄之助
　　「いずれ最強に至る転生魔法使い」　KADOKAWA　2021.12　339p　19cm　1200円　①978-4-04-736857-6
　　「いずれ最強に至る転生魔法使い　2」　KADOKAWA　2022.9　319p　19cm　1300円　①978-4-04-737240-5
0274　「異世界から帰還したら地球もかなりファンタジーでした。あと、負けヒロインどもこっち見んな。」
　　◇カクヨムWeb小説コンテスト　（第8回/令5年/カクヨムプロ作家部門/読者開拓賞）
　　「異世界から帰還したら地球もかなりファンタジーでした。あと、負けヒロインどもこっち見んな。1」　ブシロードワークス, KADOKAWA（発売）　2024.8　355p　19cm　（ブシロードノベル）　1420円　①978-4-04-899751-5

飯野 和好　いいの・かずよし＊
0275　「ぼくとお山と羊のセーター」
　　◇産経児童出版文化賞　（第70回/令5年/タイヘイ賞）
　　「ぼくとお山と羊のセーター」　偕成社　2022.10　〔32p〕　30cm　1400円　①978-4-03-350250-2

飯干 猟作　いいぼし・りょうさく
0276　「歩兵銃」
　　◇詩人会議新人賞　（第56回/令4年/詩部門/佳作）

いいむら すず
0277　「肚を据えた日」
　　◇詩人会議新人賞　（第56回/令4年/詩部門/佳作）

家野 未知代　いえの・みちよ＊
0278　「鬼灯」
　　◇京都文学賞　（第2回/令2年度/一般部門/優秀賞）
　　「鬼灯」　大垣書店　2022.3　146p　19cm　1000円　①978-4-903954-47-9

伊神 純子　いがみ・じゅんこ
0279　「都会まで飛ばされたカマキリ」
　　◇アンデルセンのメルヘン大賞　（第37回/令2年/一般部門/大賞）
　　「アンデルセンのメルヘン文庫　第37集」　アンデルセン・パン生活文化研究所　2020.10　89p　21×22cm　（アンデルセンのメルヘン大賞受賞作品集 第37回）　1000円
　　※受賞作を収録

猪谷 かなめ　　いがや・かなめ＊
　　0280　「水難聖女のサバイバル〜亜人陛下にめざとく命を狙われています〜」
　　　　◇角川ビーンズ小説大賞（第20回／令3年／奨励賞）
　　　　　「転生聖女のサバイバル─水属性の亜人陛下に目ざとく命を狙われています」　KADOKAWA　2022.12
　　　　　326p　15cm（角川ビーンズ文庫）720円　①978-4-04-113126-8
　　　　　※受賞作を改題

五十嵐 佳乙子　　いがらし・かおこ
　　0281　「Caféモンタン─ 一九六〇年代盛岡の熱きアート基地」
　　　　◇地方出版文化功労賞（第36回／令5年／奨励賞）
　　　　　「Caféモンタン──一九六〇年代盛岡の熱きアート基地」　萬鉄五郎記念美術館, 平澤広, 五十嵐佳乙子, 高橋峻編集・制作　杜陵高速印刷出版部　2022.3　320p　21cm　2500円　①978-4-88781-142-3

五十嵐 美怜　　いがらし・みさと＊
　　0282　「15歳の昆虫図鑑」
　　　　◇講談社児童文学新人賞（第64回／令5年／佳作）〈受賞時〉村沢 怜
　　　　　「15歳の昆虫図鑑」　講談社　2024.11　223p　20cm　1500円　①978-4-06-537413-9

イーガン，グレッグ
　　0283　「不気味の谷」
　　　　◇星雲賞（第51回／令2年／海外短編部門（小説））
　　　　　「ビット・プレイヤー」　グレッグ・イーガン著, 山岸真編・訳　早川書房　2019.3　447p　16cm（ハヤカワ文庫 SF）1040円　①978-4-15-012223-2
　　　　　※受賞作を収録

　　0284　「堅実性」
　　　　◇星雲賞（第55回／令6年／海外短編部門（小説））
　　　　　※早川書房〈S-Fマガジン〉（2023年12月号）に掲載

郁島 青典　　いくしま・せいてん＊
　　0285　「幽霊屋敷のお嬢さん」
　　　　◇ジャンプ小説新人賞（2021／令3年／テーマ部門「家族」／銅賞）

　　0286　「夏の窓」
　　　　◇ジャンプ恋愛小説大賞（第5回／令4年／銀賞）

　　0287　「死体予報図」
　　　　◇ジャンプホラー小説大賞（第9回／令5年／銀賞）

生田 麻也子　　いくた・まやこ
　　0288　「羽化」
　　　　◇詩人会議新人賞（第55回／令3年／詩部門／佳作）

井口 時男　　いぐち・ときお＊
　　0289　「蓮田善明 戦争と文学」
　　　　◇芸術選奨（第70回／令1年度／評論等部門／文部科学大臣賞）
　　　　　「蓮田善明 戦争と文学」　論創社　2019.1　318p　20cm　2800円　①978-4-8460-1746-0

いぐち みき
　　0290　「ゴキブリのくつした」
　　　　◇えほん大賞（第17回／令1年／絵本部門／優秀賞）

幾野 旭　　いくの・あさひ＊
　　0291　「僕と夏と君との話」
　　　　◇京都文学賞（第4回／令4・5年度／中高生部門／優秀賞）

行橋 六葉　いくはし・ろくは＊
　0292　「花と黒猫」
　　　◇アンデルセンのメルヘン大賞（第40回/令5年/一般部門/優秀賞）
　　　　「アンデルセンのメルヘン文庫　第40集」　アンデルセン・パン生活文化研究所　2023.10　87p　21×22cm（アンデルセンのメルヘン大賞受賞作品集 第40回）1000円
　　　　※受賞作を収録

池井戸 潤　いけいど・じゅん＊
　0293　「ハヤブサ消防団」
　　　◇柴田錬三郎賞（第36回/令5年）
　　　　「ハヤブサ消防団」　集英社　2022.9　474p　19cm　1750円　Ⓘ978-4-08-771809-6

池上 ゴウ　いけがみ・ごう
　0294　「池田」
　　　◇テレビ朝日新人シナリオ大賞（第20回/令2年度/大賞/テレビドラマ部門）

池上 英洋　いけがみ・ひでひろ＊
　0295　「レオナルド・ダ・ヴィンチ―生涯と芸術のすべて」
　　　◇フォスコ・マライーニ賞（第4回/令1年）
　　　　「レオナルド・ダ・ヴィンチ―生涯と芸術のすべて」　筑摩書房　2019.5　552, 49p 図版16p　22cm　5400円　Ⓘ978-4-480-87400-9

池上 遼一　いけがみ・りょういち＊
　0296　「トリリオンゲーム」
　　　◇マンガ大賞（2022/令4年/6位）
　　　◇小学館漫画賞（第69回/令5年度）
　　　　「トリリオンゲーム　1～9」　稲垣理一郎原作, 池上遼一作画　小学館　2021.4～2024.5　18cm（ビッグコミックス）

池谷 裕二　いけがや・ゆうじ＊
　0297　「夢を叶えるために脳はある 「私という現象」、高校生と脳を語り尽くす」
　　　◇小林秀雄賞（第23回/令6年）
　　　　「夢を叶えるために脳はある―「私という現象」、高校生と脳を語り尽くす」　講談社　2024.3　669p　19cm　2200円　Ⓘ978-4-06-534918-2

池澤 夏樹　いけざわ・なつき＊
　0298　「日本文学全集」全30巻
　　　◇毎日出版文化賞（第74回/令2年/企画部門）
　　　　「日本文学全集　01～30」　池澤夏樹訳/編　河出書房新社　2014.11～2016.8　20cm

池澤 春菜　いけざわ・はるな＊
　0299　「オービタル・クリスマス」
　　　◇星雲賞（第52回/令3年/日本長編部門（小説））
　　　　「NOVA　2021年夏号」　大森望責任編集, 新井素子ほか著　河出書房新社　2021.4　429p　15cm（河出文庫）　1000円　Ⓘ978-4-309-41799-8
　　　　※受賞作を収録

いけだ けい
　0300　「カメくんとイモリくん 小雨ぽっこ」
　　　◇児童文芸新人賞（第51回/令4年）
　　　　「カメくんとイモリくん小雨ぽっこ」　いけだけい作, 高畠純絵　偕成社　2021.1　123p　22cm　1200円　Ⓘ978-4-03-501140-8

池田 澄子　いけだ・すみこ＊
0301　「此処」
　◇読売文学賞（第72回/令2年/詩歌俳句賞）
　◇俳句四季大賞（令3年/第20回 俳句四季大賞）
　　「此処―句集」朔出版　2020.6　213p　20cm　2600円　①978-4-908978-45-6

0302　「月と書く」
　◇小野市詩歌文学賞（第16回/令6年/俳句部門）
　　「月と書く―句集」朔出版　2023.6　187p　20cm　2600円　①978-4-908978-93-7

池田 はるみ　いけだ・はるみ＊
0303　「亀さんゐない」
　◇前川佐美雄賞（第19回/令3年）
　　「亀さんゐない―池田はるみ歌集」短歌研究社　2020.9　191p　20cm　3000円　①978-4-86272-647-6

池田 真紀子　いけだ・まきこ＊
0304　「トゥルー・クライム・ストーリー」
　◇日本推理作家協会賞（第77回/令6年/翻訳部門（試行））
　　「トゥルー・クライム・ストーリー」ジョセフ・ノックス著, 池田真紀子訳　新潮社　2023.9　696p　16cm（新潮文庫）1150円　①978-4-10-240154-5

池田 真歩　いけだ・まほ＊
0305　「首都の議会―近代移行期東京の政治秩序と都市改造」
　◇サントリー学芸賞（第45回/令5年度/思想・歴史部門）
　　「首都の議会―近代移行期東京の政治秩序と都市改造」東京大学出版会　2023.3　364, 10p　22cm　7000円　①978-4-13-026612-3

池田 実　いけだ・みのる＊
0306　「郵政労使に問う」
　◇日本自費出版文化賞（第26回/令5年/部門入賞/個人誌部門）
　　「郵政労使に問う―職場復帰への戦いの軌跡」すいれん舎（発売）〔2022.8〕222p　21cm　1600円　①978-4-86369-697-6

池田 亮　いけだ・りょう＊
0307　「ハートランド」
　◇岸田國士戯曲賞（第68回/令6年）
　　「ハートランド 養生」白水社　2024.5　204, 16p　19cm　2300円　①978-4-560-09325-2

池田 玲　いけだ・れい＊
0308　「水色の傘は買はない」
　◇日本詩歌句随筆評論大賞（第19回/令5年度/短歌部門/大賞）
　◇日本自費出版文化賞（第27回/令6年/部門入賞/詩歌部門）
　　「水色の傘は買はない―池田玲歌集」いりの舎　2022.8　190p　19cm（かりん叢書 第396篇）2000円　①978-4-909424-99-0

生輝 圭吾　いけてる・けいご＊
0309　「学院最強最弱の末裔と禁則使いの性転換者」
　◇講談社ラノベ文庫新人賞（第12回/令3年5月発表/佳作）〈受賞時〉林 敬吾
　　「アナザー・エゴ―男女逆転の執行者は、世界最弱の令嬢を護衛する」講談社　2021.12　327p　15cm（講談社ラノベ文庫）700円　①978-4-06-526453-9
　　※受賞作を改題

イコ
0310　「道にスライムが捨てられていたから連れて帰りました」

◇カクヨムWeb小説コンテスト （第8回/令5年/ライト文芸部門/特別賞・ComicWalker漫画賞）
「道にスライムが捨てられていたから連れて帰りました―おじさんとスライムのほのぼの冒険ライフ」 KADOKAWA 2024.4 291p 19cm （カドカワBOOKS） 1300円 ⓘ978-4-04-075347-8

生駒 大祐　いこま・だいすけ*

0311　「水界園丁」
◇田中裕明賞 （第11回/令2年）
「水界園丁―生駒大祐第一句集」 港の人 2019.6 157p 22cm 2800円 ⓘ978-4-89629-360-9

生駒 正朗　いこま・まさあき*

0312　「春と豚」
◇日本詩歌句随筆評論大賞 （第17回/令3年度/詩部門/大賞）
「春と豚」 書肆山田 2020.11 99p 21cm 2500円 ⓘ978-4-86725-001-3

伊佐 久美　いさ・くみ*

0313　「タコとだいこん」
◇講談社絵本新人賞 （第42回/令3年/新人賞）
「タコとだいこん」 講談社 2022.8 〔32p〕 27cm （講談社の創作絵本） 1400円 ⓘ978-4-06-528863-4

伊坂 幸太郎　いさか・こうたろう*

0314　「逆ソクラテス」
◇柴田錬三郎賞 （第33回/令2年）
◇本屋大賞 （第18回/令3年/4位）
「あの日、君と Boys」 ナツイチ製作委員会編、伊坂幸太郎、井上荒野、奥田英朗、佐川光晴、中村航、西加奈子、柳広司、山本幸久著　集英社　2012.5　323p　16cm （集英社文庫） 533円　ⓘ978-4-08-746830-4
※受賞作を収録
「短編少年」 集英社文庫編集部編、朝井リョウ、あさのあつこ、伊坂幸太郎、石田衣良、小川糸、奥田英朗、佐川光晴、柳広司、山崎ナオコーラ著　集英社　2017.5　371p　16cm （集英社文庫） 620円　ⓘ978-4-08-745589-2
※「あの日、君と Girls」（2012年刊）と「あの日、君と Boys」（2012年刊）ほかからの改題・再編集、受賞作を収録
「逆ソクラテス」 集英社 2020.4 276p 20cm 1400円 ⓘ978-4-08-771704-4
「逆ソクラテス」 集英社 2023.6 329p 16cm （集英社文庫） 720円 ⓘ978-4-08-744532-9

伊澤 理江　いざわ・りえ*

0315　「黒い海―船は突然、深海へ消えた」
◇大宅壮一ノンフィクション賞 （第54回/令5年）
◇講談社 本田靖春ノンフィクション賞 （第45回/令5年）
◇日本エッセイスト・クラブ賞 （第71回/令5年）
「黒い海―船は突然、深海へ消えた」 講談社 2022.12 301p 20cm 1800円 ⓘ978-4-06-530495-2

石井 光太　いしい・こうた*

0316　「こどもホスピスの奇跡―短い人生の「最期」をつくる―」
◇新潮ドキュメント賞 （第20回/令3年）
「こどもホスピスの奇跡―短い人生の「最期」をつくる」 新潮社 2020.11 269p 20cm 1550円 ⓘ978-4-10-305457-3
「こどもホスピスの奇跡」 新潮社 2023.5 329p 16cm （新潮文庫） 670円 ⓘ978-4-10-132540-8

石井 幸子　いしい・さちこ*

0317　「さをりの空」
◇中城ふみ子賞 （第9回/令2年）

石井 仁蔵　いしい・じんぞう＊
　0318　「エヴァーグリーン・ゲーム」
　　◇ポプラ社小説新人賞（第12回/令4年/新人賞）
　　　「エヴァーグリーン・ゲーム」　ポプラ社　2023.10　361p　19cm　1700円　①978-4-591-17943-7

石井 清吾　いしい・せいご＊
　0319　「水運ぶ船」
　　◇俳壇賞（第34回/令1年）
　　　「水運ぶ船―句集」　本阿弥書店　2020.12　195p　19cm　2800円　①978-4-7768-1524-2

石井 妙子　いしい・たえこ＊
　0320　「女帝 小池百合子」
　　◇大宅壮一ノンフィクション賞（第52回/令3年）
　　　「女帝 小池百合子」　文藝春秋　2020.5　444p　20cm　1500円　①978-4-16-391230-1
　　　「女帝 小池百合子」　文藝春秋　2023.11　479p　16cm　（文春文庫）　1000円　①978-4-16-792131-6

石井 勉　いしい・つとむ＊
　0321　「命のうた―ぼくは路上で生きた 十歳の戦争孤児」
　　◇日本子どもの本研究会「作品賞」（第5回/令3年）
　　　「命のうた―ぼくは路上で生きた 十歳の戦争孤児」　竹内早希子著, 石井勉絵　童心社　2020.7　227p　20cm　1400円　①978-4-494-02067-6

石井 美智子　いしい・みちこ＊
　0322　「峡の畑―石井美智子句集―」
　　◇日本自費出版文化賞（第24回/令3年/特別賞/詩歌部門）
　　　「峡の畑―石井美智子句集」　ふらんす堂　2015.8　216p　20cm　（ふらんす堂俳句叢書―série du ROUGE）　2800円　①978-4-7814-0792-0

石井 優貴　いしい・ゆうき＊
　0323　「チェヴェングール」（アンドレイ・プラトーノフ作）
　　◇日本翻訳大賞（第9回/令5年）
　　　「チェヴェングール」　アンドレイ・プラトーノフ著, 工藤順, 石井優貴訳　作品社　2022.6　624p　20cm　4500円　①978-4-86182-919-2

石川 えりこ　いしかわ・えりこ＊
　0324　「おれ、よびだしになる」
　　◇日本子どもの本研究会「作品賞」（第4回/令2年）
　　　「おれ、よびだしになる」　中川ひろたか文, 石川えりこ絵　アリス館　2019.12　〔32p〕　28cm　1400円　①978-4-7520-0908-5

石川 扇　いしかわ・おうぎ
　0325　「霊感少女とポンコツ怪談師」
　　◇HJ小説大賞（第4回/令5年/中期）

石川 夏山　いしかわ・かざん＊
　0326　「河原枇杷男俳句における認識論と存在論」
　　◇現代俳句評論賞（第43回/令5年度/佳作）
　0327　「詩人石原吉郎と俳句 ―実存と定型―」
　　◇現代俳句評論賞（第44回/令6年度/佳作）

石川 克実　いしかわ・かつみ＊
　0328　「菜の花揺れた」
　　◇家の光童話賞（第35回/令2年度/優秀賞）

いしかわ こうじ
0329「ビッグブック おめんです3」
◇けんぶち絵本の里大賞（第33回/令5年度/びばからす賞）
「おめんです 3」偕成社 2023.1 〔28p〕 43×43cm（あっ！ とおどろくしかけえほん）10000円
①978-4-03-127180-6
※2022年刊を大型化

石川 宏千花　いしかわ・ひろちか*
0330「拝啓パンクスノットデッドさま」
◇日本児童文学者協会賞（第61回/令3年）
「拝啓パンクスノットデッドさま」石川宏千花作, 西川真以子装画・挿絵　くもん出版　2020.10
223p 20cm（くもんの児童文学）1400円　①978-4-7743-3079-2

石川 宗生　いしかわ・むねお*
0331「ホテル・アルカディア」
◇Bunkamuraドゥマゴ文学賞（第30回/令2年/野矢茂樹選）
「ホテル・アルカディア」集英社　2020.3　345p　20cm　2000円　①978-4-08-771702-0
「ホテル・アルカディア」集英社　2023.7　398p　16cm（集英社文庫）900円　①978-4-08-744550-3

石川 禎浩　いしかわ・よしひろ*
0332「中国共産党、その百年」
◇司馬遼太郎賞（第25回/令3年度）
「中国共産党、その百年」筑摩書房　2021.6　376p　19cm（筑摩選書）1800円　①978-4-480-01733-8

イシグロ, カズオ
0333「クララとお日さま」
◇本屋大賞（第19回/令4年/翻訳小説部門/3位）
「クララとお日さま」カズオ・イシグロ著, 土屋政雄訳　早川書房　2021.3　440p　20cm　2500円
①978-4-15-210006-1
「クララとお日さま」カズオ・イシグロ著, 土屋政雄訳　早川書房　2023.7　490p　16cm（ハヤカワepi文庫）1500円　①978-4-15-120109-7

石崎 洋司　いしざき・ひろし*
0334「「オードリー・タン」の誕生」
◇産経児童出版文化賞（第70回/令5年/JR賞）
「「オードリー・タン」の誕生―だれも取り残さない台湾の天才IT相」講談社　2022.4　203p　20cm
1500円　①978-4-06-527593-1

石澤 遥　いしざわ・はるか*
0335「とんぼ」
◇織田作之助賞（第40回/令5年度/織田作之助青春賞）

0336「金色の目」
◇三田文学新人賞（第30回/令6年/小説部門/佳作）

石沢 麻依　いしざわ・まい*
0337「貝に続く場所にて」
◇芥川龍之介賞（第165回/令3年上）
◇群像新人文学賞（第64回/令3年/当選作）
「貝に続く場所にて」講談社　2021.7　151p　20cm　1400円　①978-4-06-524188-2
「貝に続く場所にて」講談社　2023.9　234p　15cm（講談社文庫）640円　①978-4-06-532681-7

いしざわ みな
0338「在る愛の夢」

◇劇作家協会新人戯曲賞（第29回/令5年度/佳作）

石塚　明子　いしずか・あきこ＊
0339　「橋を渡る」
　　◇部落解放文学賞（第46回/令1年/小説部門/佳作）

石田　夏穂　いしだ・かほ＊
0340　「その周囲、五十八センチ」
　　◇大阪女性文芸賞（第38回/令2年）
　　　「ケチる貴方」　講談社　2023.1　125p　20cm　1500円　①978-4-06-530358-0
　　　※受賞作を収録
0341　「我が友、スミス」
　　◇すばる文学賞（第45回/令3年/佳作）
　　　「我が友、スミス」　集英社　2022.1　139p　20cm　1400円　①978-4-08-771788-4
　　　「我が友、スミス」　集英社　2024.3　175p　16cm（集英社文庫）520円　①978-4-08-744627-2

石田　祥　いしだ・しょう＊
0342　「猫を処方いたします。」
　　◇京都本大賞（第11回/令5年）
　　　「猫を処方いたします。」　PHP研究所　2023.3　301p　15cm（PHP文芸文庫）840円　①978-4-569-90288-3
　　　「猫を処方いたします。　2」　PHP研究所　2023.11　274p　15cm（PHP文芸文庫）820円　①978-4-569-90355-2
　　　「猫を処方いたします。　3」　PHP研究所　2024.7　294p　15cm（PHP文芸文庫）850円　①978-4-569-90413-9

石田　空　いしだ・そら＊
0343　「不死者カフェ八百比丘尼」
　　◇カクヨムWeb小説コンテスト（第9回/令6年/ライト文芸部門/特別審査員賞）

石田　灯葉　いしだ・ともは＊
0344　「宅録ぼっちのおれがあの天才美少女のゴーストライターになるなんて。＜リマスター版＞」
　　◇スニーカー大賞（第26回/令2年/優秀賞）
　　　「宅録ぼっちのおれが、あの天才美少女のゴーストライターになるなんて。」　KADOKAWA　2021.10　315p　15cm（角川スニーカー文庫）680円　①978-4-04-111612-8
　　　「宅録ぼっちのおれが、あの天才美少女のゴーストライターになるなんて。　2」　KADOKAWA　2022.2　318p　15cm（角川スニーカー文庫）740円　①978-4-04-111615-9

石名　萌　いしな・もえ＊
0345　「干からびたカエルをよけてすすみゆくばいばい、わたしは夏をのりきる」
　　◇河野裕子短歌賞（第10回記念～家族を歌う～河野裕子短歌賞/令3年募集・令4年発表/グランプリ作品/青春の歌）

石橋　直樹　いしばし・なおき＊
0346　「パウル・ツェランのいない世界で―帰郷をめぐって」
　　◇詩人会議新人賞（第56回/令4年/評論部門/入選）
0347　「〈残存〉の彼方へ―折口信夫の「あたゐずむ」から―」
　　◇三田文学新人賞（第29回/令5年/評論部門）

いしばし　ひろやす
0348　「すごいおんなのこ」
　　◇えほん大賞（第18回/令2年/絵本部門/優秀賞）

石原 慎太郎　いしはら・しんたろう＊
　0349　「絶筆 死への道程」
　　◇文藝春秋読者賞（第84回／令4年）
　　　「絶筆」文藝春秋　2022.11　141p　20cm　1500円　①978-4-16-391620-0

石原 三日月　いしはら・みかずき＊
　0350　「家の家出」
　　◇坊っちゃん文学賞（第17回／令2年／佳作）
　　　「夢三十夜」「坊っちゃん文学賞」書籍編集委員会編　学研プラス　2021.6　330p　19cm（5分後の隣のシリーズ）1000円　①978-4-05-205425-9
　0351　「どっちつかズ」
　　◇坊っちゃん文学賞（第18回／令3年／佳作）
　0352　「メトロポリスの卵」
　　◇坊っちゃん文学賞（第19回／令4年／佳作）

いしはら ゆりこ
　0353　「くさむらゆうびんきょく」
　　◇絵本テキスト大賞（第15回／令4年／Bグレード／大賞）

井嶋 りゅう　いしま・りゅう＊
　0354　「影」
　　◇福田正夫賞（第37回／令5年）
　　◇日本詩人クラブ新人賞（第34回／令6年）
　　　「影―井嶋りゅう詩集」文化企画アオサギ　2023.6　91p　21cm　2000円　①978-4-909980-42-7

石松 佳　いしまつ・けい＊
　0355　「針葉樹林」
　　◇H氏賞（第71回／令3年）
　　　「針葉樹林」思潮社　2020.11　89p　19cm　2000円　①978-4-7837-3738-4

石村 まい　いしむら・まい＊
　0356　「ひかりまみれのあんず」
　　◇笹井宏之賞（第7回／令6年／個人賞／山崎聡子賞）

石山 徳子　いしやま・のりこ＊
　0357　「「犠牲区域」のアメリカ 核開発と先住民族」
　　◇河合隼雄学芸賞（第9回／令3年）
　　　「「犠牲区域」のアメリカ―核開発と先住民族」岩波書店　2020.9　249, 35p　20cm　3500円　①978-4-00-061422-1

石山 諒　いしやま・りょう＊
　0358　「龍とカメレオン」
　　◇日本漫画家協会賞（第53回／令6年度／まんが王国とっとり賞）
　　　「龍とカメレオン 1」スクウェア・エニックス　2023.4　182p　19cm（ガンガンコミックスjoker）664円　①978-4-7575-8531-7
　　　「龍とカメレオン 2」スクウェア・エニックス　2023.8　193p　19cm（ガンガンコミックスjoker）664円　①978-4-7575-8734-2
　　　「龍とカメレオン 3」スクウェア・エニックス　2023.12　174p　19cm（ガンガンコミックスjoker）664円　①978-4-7575-8971-1
　　　「龍とカメレオン 4」スクウェア・エニックス　2024.5　172p　19cm（ガンガンコミックスjoker）664円　①978-4-7575-9196-7
　　　「龍とカメレオン 5」スクウェア・エニックス　2024.9　174p　19cm（ガンガンコミックスjoker）700円　①978-4-7575-9428-9

izumi
0359 「放送室でバカ話で盛り上がってたらマイクがオンだった。」
◇カクヨムWeb小説コンテスト（第9回/令6年/エンタメ総合部門/最熱狂賞）

泉 いつか　いずみ・いつか
0360 「鯨の歌」
◇ジャンプ恋愛小説大賞（第3回/令2年/銅賞）

泉 カンナ　いずみ・かんな
0361 「最高のプレゼント」
◇森林（もり）のまち童話大賞（第7回/令4年/審査員賞/西本鶏介賞）

泉 サリ　いずみ・さり＊
0362 「シラナイカナコ」
◇ノベル大賞（2021年/令3年/大賞）
「みるならなるみ/シラナイカナコ」　集英社　2022.4　287p　15cm（集英社オレンジ文庫）640円
①978-4-08-680444-8
※受賞作を改題・改稿

和泉 久史　いずみ・ひさふみ
0363 「佐吉の秩序」
◇オール讀物新人賞（第104回/令6年）

和泉 真矢子　いずみ・まやこ＊
0364 「スーパームーン」
◇やまなし文学賞（第28回/令1年/小説部門/佳作）

泉屋 宏樹　いずみや・ひろき＊
0365 「楦梓に目鼻のつく話《展覧会記念版》」
◇造本装幀コンクール（第54回/令2年/出版文化産業振興財団賞）
「楦梓に目鼻のつく話」　泉鏡花ぶん、中川学ゑ　エディシオン・トレヴィル、河出書房新社（発売）
2019.4　119p　21cm（Pan-Exotica）2300円　①978-4-309-92163-1

0366 「海の庭」
◇造本装幀コンクール（第56回/令4年/文部科学大臣賞）
「海の庭」　大竹民子著　国書刊行会　2022.12　75p　30×13cm　2000円　①978-4-336-07446-1

出雲 筑三　いずも・つくぞう＊
0367 「來陽」
◇日本詩歌句随筆評論大賞（第20回/令6年度/詩部門/奨励賞）
「來陽―出雲筑三詩集」　土曜美術社出版販売　2024.4　105p　22cm　1800円　①978-4-8120-2820-9

いすやま すみえ
0368 「ズグロカモメの夏」
◇書店員が選ぶ絵本新人賞（2024/令6年/特別賞）

急川 回レ　いそがわ・まわれ＊
0369 「王立魔術学院の鬼畜講師」
◇カクヨムWeb小説コンテスト（第6回/令3年/異世界ファンタジー部門/特別賞・ComicWalker漫画賞）
「王立魔術学院の鬼畜講師」　KADOKAWA　2022.5　291p　19cm　1300円　①978-4-04-736934-4

磯﨑 憲一郎　いそざき・けんいちろう＊
0370 「日本蒙昧前史」

◇谷崎潤一郎賞（第56回/令2年）
　「日本蒙昧前史」　文藝春秋　2020.6　245p　20cm　2100円　①978-4-16-391227-1
　「日本蒙昧前史」　文藝春秋　2023.12　225p　16cm（文春文庫）　790円　①978-4-16-792146-0
　「日本蒙昧前史　第2部」　文藝春秋　2024.6　269p　20cm　2550円　①978-4-16-391856-3

礒崎 純一　いそざき・じゅんいち＊
0371　「龍彦親王航海記 澁澤龍彦伝」
　◇読売文学賞（第71回/令1年/評論・伝記賞）
　「龍彦親王航海記―澁澤龍彦伝」　白水社　2019.11　506, 14p　20cm　4000円　①978-4-560-09726-7

磯崎 由佳　いそざき・ゆか＊
0372　「ロッカーズヘブン」
　◇シナリオS1グランプリ（第39回/令2年冬/奨励賞）

磯野 真穂　いその・まほ＊
0373　「コロナ禍と出会い直す」
　◇山本七平賞（第33回/令6年）
　「コロナ禍と出会い直す―不要不急の人類学ノート」　柏書房　2024.6　230p　19cm　1800円　①978-4-7601-5565-1

板倉 ケンタ　いたくら・けんた＊
0374　「時に花」
　◇星野立子賞・星野立子新人賞（第8回/令2年/星野立子新人賞）

伊多波 碧　いたば・みどり＊
0375　「名残の飯」シリーズ
　◇日本歴史時代作家協会賞（第12回/令5年/文庫シリーズ賞）
　「橋場の渡し―名残の飯」　光文社　2021.9　317p　16cm（光文社文庫）　680円　①978-4-334-79245-9
　「みぞれ雨―名残の飯」　光文社　2022.3　323p　16cm（光文社文庫）　680円　①978-4-334-79327-2
　「形見―名残の飯」　光文社　2022.11　307p　16cm（光文社文庫）　680円　①978-4-334-79441-5
　「家族―名残の飯」　光文社　2023.7　261p　16cm（光文社文庫）　680円　①978-4-334-79561-0

板谷 明香凛　いたや・あかり＊
0376　「蚊になったみぃちゃん」
　◇えほん大賞（第21回/令3年/ストーリー部門/特別賞）

1103教室最後尾左端　いちいちぜろさんきょうしつさいこうびひだりはし＊
0377　「有野君は今日も告る」
　◇カクヨムWeb小説短編賞（2020/令2年/短編特別賞）
0378　「おぼえてないのは彼女だけ」
　◇カクヨムWeb小説短編賞（2022/令4年/エンタメ短編小説部門/短編特別賞）

一江左 かさね　いちえさ・かさね＊
0379　「へっぽこ腹ぺこサラリーマンも異世界では敏腕凄腕テイマー」
　◇カクヨムWeb小説コンテスト（第8回/令5年/カクヨムプロ作家部門/特別賞）
　「腹ぺこサラリーマンも異世界では凄腕テイマー」　KADOKAWA　2024.2　335p　19cm（ドラゴンノベルス）　1300円　①978-4-04-075331-7
　※受賞作を改題
　「腹ぺこサラリーマンも異世界では凄腕テイマー　2」　KADOKAWA　2024.11　317p　19cm（ドラゴンノベルス）　1500円　①978-4-04-075635-6

イチカ
0380　「風俗嬢を始めてみたら天職ではと思った話」
　◇カクヨムWeb小説短編賞（2021/令3年/実話・エッセイ・体験談部門/短編特別賞）

市川 沙央　いちかわ・さおう＊
  0381　「ハンチバック」
  　　◇芥川龍之介賞（第169回／令5年上）
  　　◇文學界新人賞（第128回／令5年）
  　　　「ハンチバック」　文藝春秋　2023.6　93p　20cm　1300円　①978-4-16-391712-2

市川 洋二郎　いちかわ・ようじろう＊
  0382　「The View Upstairs―君が見た、あの日―」（Max Vernon作）
  　　◇小田島雄志・翻訳戯曲賞　（第15回／令4年）

一倉 小鳥　いちくら・ことり＊
  0383　「栞紐」
  　　◇日本伝統俳句協会賞　（第35回／令6年／日本伝統俳句協会新人賞）

いちしち いち
  0384　「魔法使いのつがいの魔封士」
  　　◇角川ビーンズ小説大賞　（第22回／令5年／一般部門／奨励賞）
  　　　「大魔法使いと死にたがりのつがい」　KADOKAWA　2024.12　220p　15cm（角川ビーンズ文庫）700円　①978-4-04-115546-2
  　　　※受賞作を改題

市田 泉　いちだ・いずみ＊
  0385　「いずれすべては海の中に」
  　　◇星雲賞　（第54回／令5年／海外短編部門（小説））
  　　　「いずれすべては海の中に」　サラ・ピンスカー著, 市田泉訳　竹書房　2022.6　454p　15cm（竹書房文庫）　1600円　①978-4-8019-3117-6

一野 篤　いちの・あつし＊
  0386　「TAPESTRY」
  　　◇造本装幀コンクール　（第55回／令3年／東京都知事賞）
  　　　「Tapestry」　Takahisa Gomi　Throat Records　2021.12　309p　20cm　4400円

一ノ瀬 燕　いちのせ・つばめ＊
  0387　「孤独な調香師の噺」
  　　◇角川ビーンズ小説大賞　（第19回／令2年／ジュニア部門／準グランプリ）

一ノ瀬 乃一　いちのせ・のいち＊
  0388　「道化の無双は笑えない」
  　　◇集英社ライトノベル新人賞　（第12回／令4年／IP小説部門／#3 入選）

一ノ関 忠人　いちのせき・ただひと＊
  0389　「さねさし曇天」
  　　◇佐藤佐太郎短歌賞　（第11回／令6年）
  　　　「さねさし曇天――一ノ関忠人歌集」　砂子屋書房　2024.6　235p　20cm　3000円　①978-4-7904-1890-0

一戸 慶乃　いちのへ・よしの＊
  0390　「寄生虫と残り3分の恋」
  　　◇城戸賞　（第47回／令3年／準入賞）

いちのへ 瑠美　いちのへ・るみ＊
  0391　「きみの横顔を見ていた」
  　　◇講談社漫画賞　（第48回／令6年／少女部門）
  　　　「きみの横顔を見ていた　1」　講談社　2022.9　189p　18cm（講談社コミックス別冊フレンド）　480円

いちはつ　　　　　　　　　　　　　　　　　　　　　　　　　　　　0392〜0399

　　　　①978-4-06-529156-6
　　　「きみの横顔を見ていた　2」　講談社　2023.2　174p　18cm　（講談社コミックス別冊フレンド）　480円
　　　　①978-4-06-530574-4
　　　「きみの横顔を見ていた　3」　講談社　2024.2　188p　18cm　（講談社コミックス別冊フレンド）　500円
　　　　①978-4-06-534642-6
　　　「きみの横顔を見ていた　4」　講談社　2024.8　1冊　18cm　（講談社コミックス別冊フレンド）　500円
　　　　①978-4-06-536614-1

一初 ゆずこ　いちはつ・ゆずこ＊
　0392　「スイート・ライムジュース」
　　　◇カクヨムWeb小説短編賞（2023/令5年/短編小説部門/LScomic奨励賞）

市原 佐都子　いちはら・さとこ＊
　0393　「バッコスの信女―ホルスタインの雌」
　　　◇岸田國士戯曲賞（第64回/令2年）
　　　「バッコスの信女―ホルスタインの雌」　白水社　2020.4　176,32p　19cm　2200円　①978-4-560-09772-4

一穂 ミチ　いちほ・みち＊
　0394　「スモールワールズ」
　　　◇本屋大賞（第19回/令4年/3位）
　　　◇吉川英治文学新人賞（第43回/令4年度）
　　　「スモールワールズ」　講談社　2021.4　299p　19cm　1500円　①978-4-06-522269-0
　　　「スモールワールズ」　講談社　2023.10　349p　15cm　（講談社文庫）　750円　①978-4-06-533456-0
　0395　「光のとこにいてね」
　　　◇島清恋愛文学賞（第30回/令5年）
　　　◇本屋大賞（第20回/令5年/3位）
　　　「光のとこにいてね」　文藝春秋　2022.11　462p　20cm　1800円　①978-4-16-391618-7
　0396　「ツミデミック」
　　　◇直木三十五賞（第171回/令6年上）
　　　「ツミデミック」　光文社　2023.11　270p　20cm　1600円　①978-4-334-10139-8

市村 栄理　いちむら・えり＊
　0397　「ブレス記号」
　　　◇俳壇賞（第39回/令6年）

銀杏 早苗　いちょう・さなえ＊
　0398　「バウムクーヘンとヒロシマ」
　　　◇産経児童出版文化賞（第68回/令3年/産経新聞社賞）
　　　「バウムクーヘンとヒロシマ―ドイツ人捕虜ユーハイムの物語」　巣山ひろみ著, 銀杏早苗絵　くもん出版　2020.6　175p　20cm　1400円　①978-4-7743-3057-0

逸木 裕　いつき・ゆう＊
　0399　「スケーターズ・ワルツ」
　　　◇日本推理作家協会賞（第75回/令4年/短編部門）
　　　「五つの季節に探偵は」　KADOKAWA　2022.1　312p　19cm　1600円　①978-4-04-111168-0
　　　　※受賞作を収録
　　　「ザ・ベストミステリーズ―推理小説年鑑　2022」　日本推理作家協会編, 逸木裕ほか著　講談社　2022.6　298p　19cm　1800円　①978-4-06-527939-7
　　　　※受賞作を収録
　　　「五つの季節に探偵は」　KADOKAWA　2024.8　317p　15cm　（角川文庫）　880円　①978-4-04-115018-4
　　　　※2022年刊の加筆修正

樹 れん　いつき・れん＊
0400　「みなと荘101号室の食卓」
　　◇ノベル大賞（2024年/令6年/準大賞）

一色 秀秋　いっしき・ひであき＊
0401　「誤配」
　　◇やまなし文学賞（第30回/令3年/小説部門/佳作）

一色 龍太郎　いっしき・りゅうたろう＊
0402　「石鎚山に抱かれて」
　　◇日本自費出版文化賞（第25回/令4年/部門入賞/地域文化部門）
　　　「石鎚山に抱かれて」　アトラス出版　2020.6　158p　26cm　2500円

一色 類　いっしき・るい＊
0403　「三人目の子ども」
　　◇北日本文学賞（第56回/令4年/選奨）

イトイ 圭　いとい・けい＊
0404　「花と頬」
　　◇文化庁メディア芸術祭賞（第23回/令2年/新人賞）
　　　「花と頬」　白泉社　2019.10　229p　21cm　1100円　①978-4-592-71157-5

糸井 博明　いとい・ひろあき＊
0405　「スイングバイ」
　　◇日本自費出版文化賞（第27回/令6年/特別賞/エッセー部門）
　　　「スイングバイ―17年間の引きこもりを経て、社会復帰を目指し一歩ずつ歩み続けた今、伝えられること」　パレード, 星雲社（発売）　2024.3　273p　19cm（Parade Books）1500円　①978-4-434-33558-7

伊藤 亜紗　いとう・あさ＊
0406　「記憶する体」
　　◇サントリー学芸賞（第42回/令2年度/社会・風俗部門）
　　　「記憶する体」　春秋社　2019.9　277p　20cm　1800円　①978-4-393-33373-0

伊藤 麻美　いとう・あさみ＊
0407　「眼光」
　　◇星野立子賞・星野立子新人賞（第8回/令2年/星野立子新人賞）

伊藤 亜聖　いとう・あせい＊
0408　「デジタル化する新興国」
　　◇読売・吉野作造賞（第22回/令3年）
　　　「デジタル化する新興国―先進国を超えるか、監視社会の到来か」　中央公論新社　2020.10　246p　18cm（中公新書）820円　①978-4-12-102612-5

伊藤 敦志　いとう・あつし＊
0409　「大人になれば」
　　◇文化庁メディア芸術祭賞（第23回/令2年/新人賞）
　　　※自主制作マンガ

伊藤 一彦　いとう・かずひこ＊
0410　「さなきだに」**28首**
　　◇短歌研究賞（第58回/令4年）

0411　「牧水・啄木・喜志子 近代の青春を読む」

いとう　　　　　　　　　　　　　　　　　　　　　　　0412〜0423

◇日本歌人クラブ大賞（第15回/令6年）
「牧水・啄木・喜志子─近代の青春を読む」　ながらみ書房　2023.9　281p　20cm　2600円　①978-4-86629-306-6

伊藤 京子　いとう・きょうこ
0412　「母音（日本語）の国のあなたへ」
◇随筆にっぽん賞（第14回/令6年/大賞）

伊藤 哲　いとう・さとし
0413　「桃色の和菓子ひとくち食みをれば都会の空はゆるやかに春」
◇角川全国短歌大賞（第11回/令1年/題詠「会」/大賞）
0414　「地下鉄の駅の柱にウミユリの化石静かに眠りつづける」
◇角川全国短歌大賞（第13回/令3年/自由題/準賞）

いとう しゅんすけ
0415　「にんじんしりしり」
◇えほん大賞（第25回/令5年/絵本部門/優秀賞）

伊藤 彰汰　いとう・しょうた*
0416　「雨のサンカヨウ」
◇テレビ朝日新人シナリオ大賞（第23回/令5年度/優秀賞）
0417　「天使の自瀆」
◇創作テレビドラマ大賞（第48回/令5年/佳作）
0418　「Dawn」
◇創作テレビドラマ大賞（第49回/令6年/佳作）

衣刀 信吾　いとう・しんご*
0419　「午前零時の評議室」
◇日本ミステリー文学大賞新人賞（第28回/令6年）

伊藤 東京　いとう・とうきょう*
0420　「悪意の居留守」
◇やまなし文学賞（第31回/令4年/青少年部門/やまなし文学賞青春賞佳作）

伊藤 俊一　いとう・としかず*
0421　「荘園」
◇新書大賞（第15回/令4年/3位）
「荘園─墾田永年私財法から応仁の乱まで」　中央公論新社　2021.9　281p　18cm　（中公新書）　900円　①978-4-12-102662-0

伊藤 ハムスター　いとう・はむすたー*
0422　「こども六法」
◇新風賞（第54回/令1年）
「こども六法」　山崎聡一郎著, 伊藤ハムスター絵　弘文堂　2019.8　201p　21cm　1200円　①978-4-335-35792-3
「こども六法」　山崎聡一郎著, 伊藤ハムスター絵　第2版　弘文堂　2024.3　225p　21cm　1500円　①978-4-335-35990-3

伊藤 比呂美　いとう・ひろみ*
0423　「なっちゃんのなつ」
◇産経児童出版文化賞（第67回/令2年/美術賞）
「なっちゃんのなつ」　伊藤比呂美文, 片山健絵　福音館書店　2019.6　27p　26cm　（かがくのとも絵本）　900円　①978-4-8340-8466-5

伊藤 尋也　いとう・ひろや＊
0424　「土下座奉行」
◇日本歴史時代作家協会賞（第12回/令5年/文庫書き下ろし新人賞）
「土下座奉行」　小学館　2023.5　273p　15cm（小学館文庫―小学館時代小説文庫）670円　ⓘ978-4-09-407251-8
「どげざ禁止令―土下座奉行」　小学館　2023.11　345p　15cm（小学館文庫―小学館時代小説文庫）730円　ⓘ978-4-09-407309-6
「どげざ忠臣蔵―土下座奉行」　小学館　2024.5　307p　15cm（小学館文庫―小学館時代小説文庫）710円　ⓘ978-4-09-408601-0

伊藤 幹哲　いとう・まさのり＊
0425　「白南風」
◇北斗賞（第12回/令3年）

伊東 雅之　いとう・まさゆき＊
0426　「不適切な指導」
◇北区内田康夫ミステリー文学賞（第19回/令3年/区長賞（特別賞））

伊藤 見桜　いとう・みお＊
0427　「わたしは西瓜が食べられない」
◇坊っちゃん文学賞（第18回/令3年/佳作）

いとう みく
0428　「朔と新」
◇野間児童文芸賞（第58回/令2年）
「朔と新」　講談社　2020.2　287p　20cm　1500円　ⓘ978-4-06-517552-1
0429　「きみひろくん」
◇ひろすけ童話賞（第31回/令3年）
「きみひろくん」　いとうみく作, 中田いくみ絵　くもん出版　2019.11　77p　22cm（〔くもんの児童文学〕）1100円　ⓘ978-4-7743-2876-8
0430　「あしたの幸福」
◇河合隼雄物語賞（第10回/令4年度）
「あしたの幸福」　いとうみく著, 松倉香子絵　理論社　2021.2　285p　19cm　1400円　ⓘ978-4-652-20417-7
0431　「つくしちゃんとおねえちゃん」
◇産経児童出版文化賞（第69回/令4年/ニッポン放送賞）
「つくしちゃんとおねえちゃん」　いとうみく作, 丹地陽子絵　福音館書店　2021.3　65p　22cm（福音館創作童話シリーズ）1200円　ⓘ978-4-8340-8599-0
0432　「ぼくんちのねこのはなし」
◇坪田譲治文学賞（第38回/令4年）
「ぼくんちのねこのはなし」　いとうみく作, 祖敷大輔絵　くもん出版　2021.12　118p　21cm（くもんの児童文学）1300円　ⓘ978-4-7743-3287-1

伊藤 美津子　いとう・みつこ＊
0433　「ドラゴンフルーツは、そんなに甘くない」
◇シナリオS1グランプリ（第40回/令3年春/奨励賞）

伊藤 優　いとう・ゆう＊
0434　「父を還す」
◇フジテレビヤングシナリオ大賞（第34回/令4年/佳作）

伊藤 悠子　いとう・ゆうこ＊
0435　「白い着物の子どもたち」

◇丸山薫賞　（第31回／令6年度）
　　　「白い着物の子どもたち」　書肆子午線　2023.7　93p　22cm　2200円　Ⓘ978-4-908568-37-4

伊東　葎花　いとう・りつか＊
　0436　「手ぬぐいそうせんきょ」
　　◇家の光童話賞　（第37回／令4年度／家の光童話賞）
　0437　「妖怪の森」
　　◇深大寺短編恋愛小説『深大寺恋物語』　（第18回／令4年／調布市長賞）
　　※深大寺短編恋愛小説「深大寺恋物語」第十八集に収録

井戸川　射子　いどがわ・いこ＊
　0438　「ここはとても速い川」
　　◇野間文芸新人賞　（第43回／令3年）
　　　「ここはとても速い川」　講談社　2021.5　171p　20cm　1650円　Ⓘ978-4-06-522515-8
　　　「ここはとても速い川」　講談社　2022.12　162p　15cm　（講談社文庫）　590円　Ⓘ978-4-06-530237-8
　0439　「この世の喜びよ」
　　◇芥川龍之介賞　（第168回／令4年下）
　　　「この世の喜びよ」　講談社　2022.11　135p　20cm　1500円　Ⓘ978-4-06-529683-7
　　　「この世の喜びよ」　講談社　2024.10　163p　15cm　（講談社文庫）　600円　Ⓘ978-4-06-536959-3

糸川　雅子　いとかわ・まさこ＊
　0440　「ひかりの伽藍（がらん）」
　　◇ながらみ書房出版賞　（第31回／令5年）
　　　「ひかりの伽藍―歌集」　ながらみ書房　2022.9　201p　20cm　（音叢書）　2500円　Ⓘ978-4-86629-277-9

糸森　奈生　いともり・なお
　0441　「ねずみの姫は夜歌う」
　　◇ジュニア冒険小説大賞　（第19回／令6年／佳作）

稲岡　勝　いなおか・まさる＊
　0442　「明治出版史上の金港堂―社史のない出版社「史」の試み」
　　◇日本出版学会賞　（第41回／令1年度／日本出版学会賞）
　　　「明治出版史上の金港堂―社史のない出版社「史」の試み」　皓星社　2019.3　415p　22cm　8000円
　　　Ⓘ978-4-7744-0671-8

稲垣　理一郎　いながき・りいちろう＊
　0443　「トリリオンゲーム」
　　◇マンガ大賞　（2022／令4年／6位）
　　◇小学館漫画賞　（第69回／令5年度）
　　　「トリリオンゲーム　1～9」　稲垣理一郎原作, 池上遼一作画　小学館　2021.4～2024.5　18cm　（ビッグコミックス）

稲毛　あずさ　いなげ・あずさ＊
　0444　「あなたの為に」
　　◇シナリオS1グランプリ　（第44回／令5年春／佳作）

稲田　豊史　いなだ・とよし＊
　0445　「映画を早送りで観る人たち」
　　◇新書大賞　（第16回／令5年／2位）
　　　「映画を早送りで観る人たち―ファスト映画・ネタバレ―コンテンツ消費の現在形」　光文社　2022.4
　　　302p　18cm　（光文社新書）　900円　Ⓘ978-4-334-04600-2

稲田 一声　いなだ・ひとこえ＊
　0446　「廃番の涙」
　　◇創元SF短編賞（第15回／令6年）

稲田 幸久　いなだ・ゆきひさ＊
　0447　「風雲月路」
　　◇角川春樹小説賞（第13回／令3年）
　　　「駆ける―少年騎馬遊撃隊」　角川春樹事務所　2021.10　333p　20cm　1800円　⓪978-4-7584-1393-0
　　　※受賞作を改題
　　　「駆ける―少年騎馬遊撃隊　2」　角川春樹事務所　2022.6　366p　20cm　1800円　⓪978-4-7584-1418-0
　　　「駆ける―少年騎馬遊撃隊」　角川春樹事務所　2024.6　398p　16cm　（ハルキ文庫―時代小説文庫）
　　　　900円　⓪978-4-7584-4643-3
　　　「駆ける―少年騎馬遊撃隊　2」　角川春樹事務所　2024.7　438p　16cm　（ハルキ文庫―時代小説文庫）
　　　　900円　⓪978-4-7584-4651-8

いなば みのる
　0448　「お月さまの作せん」
　　◇えほん大賞（第22回／令4年／ストーリー部門／大賞）〈受賞時〉稲葉 実
　　　「おつきさまのさくせん」　いなばみのるぶん, 片岡まみこえ　文芸社　2023.6　35p　19×25cm　1500
　　　　円　⓪978-4-286-27052-4

稲葉 稔　いなば・みのる＊
　0449　「隠密船頭」シリーズ
　　◇日本歴史時代作家協会賞（第9回／令2年／文庫シリーズ賞）
　　　「隠密船頭　〔1〕～14」　光文社　2019.1～2024.12　16cm　（光文社文庫）

　0450　「浪人奉行」シリーズ
　　◇日本歴史時代作家協会賞（第9回／令2年／文庫シリーズ賞）
　　　「浪人奉行　1ノ巻～15ノ巻」　双葉社　2017.3～2023.11　15cm　（双葉文庫）

乾 遥香　いぬい・はるか＊
　0451　「ありとあらゆる」
　　◇笹井宏之賞（第2回／令1年／個人賞／染野太朗賞）
　　　「ねむらない樹　Vol. 4（2020 winter）」　書肆侃侃房　2020.2　215p　21cm　（短歌ムック）　1500円
　　　　⓪978-4-86385-389-8
　　　※受賞作を収録

　0452　「夢のあとさき」
　　◇笹井宏之賞（第3回／令2年／大賞）
　　　「ねむらない樹　Vol. 6（2021 winter）」　書肆侃侃房　2021.2　205p　21cm　（短歌ムック）　1500円
　　　　⓪978-4-86385-442-0
　　　※受賞作を収録

犬甘 あんず　いぬかい・あんず＊
　0453　「性悪天才幼馴染との勝負に負けて初体験を全部奪われる話」
　　◇スニーカー大賞（第28回／令4年／金賞）〈受賞時〉ぽめぞーん
　　　「性悪天才幼馴染との勝負に負けて初体験を全部奪われる話」　KADOKAWA　2023.12　310p　15cm
　　　　（角川スニーカー文庫）　700円　⓪978-4-04-114467-1
　　　「性悪天才幼馴染との勝負に負けて初体験を全部奪われる話　2」　KADOKAWA　2024.4　315p
　　　　15cm　（角川スニーカー文庫）　720円　⓪978-4-04-114777-1
　　　「性悪天才幼馴染との勝負に負けて初体験を全部奪われる話　3」　KADOKAWA　2024.9　313p
　　　　15cm　（角川スニーカー文庫）　760円　⓪978-4-04-115233-1

犬怪 寅日子　いぬかい・とらひこ＊
　0454　「羊式型人間模擬機」
　　◇ハヤカワSFコンテスト（第12回／令6年／大賞）

犬飼 六岐　いぬかい・ろっき＊
0455　「火の神の砦」
　　◇舟橋聖一文学賞（第18回／令6年）
　　　「火の神の砦」　文藝春秋　2024.4　261p　19cm　1800円　①978-4-16-391826-6

犬君 雀　いぬき・すずめ＊
0456　「サンタクロースを殺した。初恋が終わった。」
　　◇小学館ライトノベル大賞（第14回／令2年／優秀賞）
　　　「サンタクロースを殺した。そして、キスをした。」　小学館　2020.6　304p　15cm（ガガガ文庫）640円　①978-4-09-451853-5
　　　※受賞作を改題

犬塚 愛美　いぬずか・あいみ＊
0457　「ホームレスに説教してみた」
　　◇シナリオS1グランプリ（第37回／令1年秋／奨励賞）

犬星 星人　いぬぼし・せいじん＊
0458　「水に声」
　　◇俳句四季新人賞・新人奨励賞（令5年／第11回 俳句四季新人賞）

犬鷲　いぬわし＊
0459　「侯爵次男は家出する〜才能がないので全部捨てて冒険者になります〜」
　　◇カクヨムWeb小説コンテスト（第9回／令6年／異世界ファンタジー部門／特別賞）

井野 佐登　いの・さと＊
0460　「自由な朝を」
　　◇中日短歌大賞（第10回／令1年度）
　　　「自由な朝を－歌集」　不識書院　2019.9　156p　20cm（まひる野叢書 365篇）2700円　①978-4-86151-173-8

井上 葵　いのうえ・あおい
0461　「見つめ続ける目」
　　◇啄木・賢治のふるさと「岩手日報随筆賞」（第17回／令4年／優秀賞）

井上 かえる　いのうえ・かえる＊
0462　「私たちのアングラな日常」
　　◇スニーカー大賞（第26回／令2年／優秀賞）
　　　「女子高生の放課後アングラーライフ」　KADOKAWA　2021.10　255p　15cm（角川スニーカー文庫）640円　①978-4-04-111608-1
　　　※受賞作を改題

井上 先斗　いのうえ・さきと＊
0463　「オン・ザ・ストリートとイッツ・ダ・ボム」
　　◇松本清張賞（第31回／令6年）
　　　「イッツ・ダ・ボム」　文藝春秋　2024.9　201p　20cm　1500円　①978-4-16-391893-8
　　　※受賞作を改題

井上 新八　いのうえ・しんぱち＊
0464　「逆風に向かう社員になれ（特装版）」
　　◇造本装幀コンクール（第57回／令5年／日本印刷産業連合会会長賞）
　　　「逆風に向かう社員になれ」　宮原博昭著　学研プラス　2022.4　247p　19cm　1500円　①978-4-05-406857-5

井上 隆史　いのうえ・たかし＊
　0465　「暴流の人 三島由紀夫」
　　◇やまなし文学賞（第29回／令2年／研究・評論部門）
　　◇読売文学賞（第72回／令2年／評論・伝記賞）
　　　「暴流の人 三島由紀夫」　平凡社　2020.10　543p　20cm　3200円　①978-4-582-83844-2

井上 奈奈　いのうえ・なな＊
　0466　「PIHOTEK 北極を風と歩く」
　　◇日本絵本賞（第28回／令5年／日本絵本賞大賞）
　　　「PIHOTEK―北極を風と歩く」　荻田泰永文, 井上奈奈絵　講談社　2022.8　〔32p〕　20×31cm　（講談社の創作絵本）　2800円　①978-4-06-528316-5

井上 弘美　いのうえ・ひろみ＊
　0467　「読む力」
　　◇俳人協会評論賞（第35回／令2年度）
　　　「読む力」　角川文化振興財団, KADOKAWA（発売）　2020.4　249p　19cm　（角川俳句コレクション）　1800円　①978-4-04-884334-8

　0468　「夜須礼」
　　◇小野市詩歌文学賞（第14回／令4年／俳句部門）
　　◇星野立子賞・星野立子新人賞（第10回／令4年／星野立子賞）
　　　「夜須礼―句集」　角川文化振興財団, KADOKAWA（発売）　2021.4　201p　20cm　（汀叢書 14集）　2700円　①978-4-04-884419-2

井上 夢人　いのうえ・ゆめひと＊
　0469　「プラスティック」
　　◇本屋大賞（第21回／令6年／発掘部門／超発掘本）
　　　「プラスティック」　講談社　2001.2　281p　18cm　（講談社ノベルス）　820円　①4-06-182168-7
　　　「プラスティック」　講談社　2004.9　394p　15cm　（講談社文庫）　648円　①4-06-274861-4

井上則人デザイン事務所　いのうえのりとでざいんじむしょ
　0470　「鬼灯の冷徹画集 地獄玉手箱」
　　◇造本装幀コンクール（第55回／令3年／日本書籍出版協会理事長賞／生活実用書・文庫・新書・コミック・その他部門）
　　　※「鬼灯の冷徹」完結記念豪華原画集セット『地獄玉手箱』（講談社 2020年完全受注生産にて発行）

猪俣 哲史　いのまた・さとし＊
　0471　「グローバル・バリューチェーンの地政学」
　　◇樫山純三賞（第18回／令5年／一般書賞）
　　　「グローバル・バリューチェーンの地政学」　日経BP日本経済新聞出版, 日経BPマーケティング（発売）　2023.6　202p　20cm　2400円　①978-4-296-11439-9

井ノ山 奈津子　いのやま・なつこ＊
　0472　「ハンセン病回復者、山ちゃんの帰郷」
　　◇部落解放文学賞（第47回／令2年／記録・表現部門／部落解放文学賞）

伊原 勇一　いはら・ゆういち＊
　0473　「鈴木春信 あけぼの冊子」
　　◇歴史浪漫文学賞（第21回／令3年／創作部門優秀賞）
　　　「鈴木春信 あけぼの冊子」　郁朋社　2021.7　174p　19cm　1200円　①978-4-87302-735-5

茨木野　いばらきの＊
　0474　「スキル【無】の俺が世界最強～スキルの無い人間は不要と奈落に捨てられたが、実は【無】が無限に進化するSSS級スキルだと判明。俺をバカにした奴らが青ざ

めた顔で土下座してるけど、許すつもりはない」
　　◇HJ小説大賞（第5回/令6年/前期）

伊吹 有喜　いぶき・ゆき＊
0475　「犬がいた季節」
　　◇本屋大賞（第18回/令3年/3位）
　　「犬がいた季節」双葉社　2020.10　346p　20cm　1600円　①978-4-575-24325-3

今井 恵子　いまい・けいこ＊
0476　「運ぶ眼、運ばれる眼」（歌集）
　　◇佐藤佐太郎短歌賞（第9回/令4年）
　　「運ぶ眼、運ばれる眼―歌集」現代短歌社　2022.7　227p　19cm（まひる野叢書 第391篇）2700円
　　①978-4-86534-389-2

いまい じんと
0477　「へんしんでんしゃ」
　　◇えほん大賞（第25回/令5年/「サンシャインシティ 絵本の森」賞）

今井 むつみ　いまい・むつみ＊
0478　「言語の本質」
　　◇新書大賞（第17回/令6年/大賞）
　　「言語の本質―ことばはどう生まれ、進化したか」今井むつみ, 秋田喜美著　中央公論新社　2023.5
　　277p　18cm（中公新書）960円　①978-4-12-102756-6

今泉 忠明　いまいずみ・ただあき＊
0479　「おもしろい！ 進化のふしぎ 続ざんねんないきもの事典」
　　◇小学生がえらぶ！ "こどもの本"総選挙（第2回/令2年/第5位）
　　「おもしろい！ 進化のふしぎ 続ざんねんないきもの事典」高橋書店　2017.6　159p　19cm　900円
　　①978-4-471-10368-2
0480　「おもしろい！ 進化のふしぎ 続々ざんねんないきもの事典」
　　◇小学生がえらぶ！ "こどもの本"総選挙（第2回/令2年/第6位）
　　「おもしろい！ 進化のふしぎ 続々ざんねんないきもの事典」今泉忠明監修, 下間文恵, メイヴ, ミュー
　　ズワーク絵, 有沢重雄, 野島智司文　高橋書店　2018.5　159p　19cm　980円　①978-4-471-10369-9
0481　「おもしろい！ 進化のふしぎ もっとざんねんないきもの事典」
　　◇小学生がえらぶ！ "こどもの本"総選挙（第2回/令2年/第7位）
　　「おもしろい！ 進化のふしぎ もっとざんねんないきもの事典」今泉忠明監修, 下間文恵, 森永ピザ,
　　ミューズワーク絵, 有沢重雄, 野島智司, 澤田憲文　高橋書店　2019.6　159p　19cm　980円　①978-4-
　　471-10374-3
0482　「おもしろい！ 進化のふしぎ ざんねんないきもの事典」
　　◇小学生がえらぶ！ "こどもの本"総選挙（第2回/令2年/第1位）
　　◇小学生がえらぶ！ "こどもの本"総選挙（第3回/令4年/第2位）
　　◇小学生がえらぶ！ "こどもの本"総選挙（第4回/令6年/第2位）
　　「おもしろい！ 進化のふしぎ ざんねんないきもの事典」今泉忠明監修, 下間文恵, 徳永明子, かわむら
　　ふゆみ絵　高橋書店　2016.5　175p　19cm　900円　①978-4-471-10364-4

今泉 和希　いまいずみ・わき＊
0483　「ガタンゴトン」
　　◇えほん大賞（第18回/令2年/絵本部門/大賞）
　　「ガタンゴトン」文芸社　2020.12　31p　22×22cm　1200円　①978-4-286-22208-0

今宿 未悠　いましゅく・みゅう＊
0484　「猿」
　　◇西脇順三郎賞（第1回/令4年/詩篇の部/西脇順三郎賞新人賞）

今津 勝紀　いまづ・かつのり＊
　　0485　「戸籍が語る古代の家族」
　　　◇古代歴史文化賞（第8回/令4年/優秀作品賞）
　　　　「戸籍が語る古代の家族」 吉川弘文館　2019.10　215p　19cm（歴史文化ライブラリー 488）1700円
　　　　①978-4-642-05888-9

井町 知道　いまち・ともみち＊
　　0486　「インクは滴となって」
　　　◇ちよだ文学賞（第16回/令3年/千代田賞）
　　　　※「ちよだ文学賞作品集 第16回」（千代田区地域振興部文化振興課 2021年10月発行）に収録

今福 シノ　いまふく・しの＊
　　0487　「殺し屋と宝石とシュトーレン」
　　　◇カクヨムWeb小説短編賞（2022/令4年/エンタメ短編小説部門/短編賞）

今福 龍太　いまふく・りゅうた＊
　　0488　「宮沢賢治 デクノボーの叡知」
　　　◇角川財団学芸賞（第18回/令2年）
　　　　「宮沢賢治 デクノボーの叡知」 新潮社　2019.9　395p　20cm（新潮選書）1600円　①978-4-10-603846-4

今村 翔吾　いまむら・しょうご＊
　　0489　「じんかん」
　　　◇山田風太郎賞（第11回/令2年）
　　　　「じんかん」 講談社　2020.5　509p　20cm　1900円　①978-4-06-519270-2
　　　　「じんかん」 講談社　2024.4　580p　15cm（講談社文庫）1040円　①978-4-06-535015-7
　　0490　「八本目の槍」
　　　◇野村胡堂文学賞（第8回/令2年）
　　　◇吉川英治文学新人賞（第41回/令2年度）
　　　　「八本目の槍」 新潮社　2019.7　394p　20cm　1800円　①978-4-10-352711-4
　　　　「八本目の槍」 新潮社　2022.5　527p　16cm（新潮文庫）800円　①978-4-10-103941-1
　　0491　「羽州ぼろ鳶組」シリーズ
　　　◇吉川英治文庫賞（第6回/令3年度）
　　　　「羽州ぼろ鳶組　〔1〕～11」 祥伝社　2017.3～2020.10　16cm（祥伝社文庫）
　　　　「黄金雛　羽州ぼろ鳶組 0」 祥伝社　2019.11　431p　16cm（祥伝社文庫）800円　①978-4-396-34580-8
　　　　「恋大蛇　羽州ぼろ鳶組 幕間」 祥伝社　2022.3　293p　16cm（祥伝社文庫）690円　①978-4-396-34799-4
　　0492　「塞王の楯」
　　　◇直木三十五賞（第166回/令3年下）
　　　　「塞王の楯」 集英社　2021.10　552p　20cm　2000円　①978-4-08-771731-0
　　　　「塞王の楯　上」 集英社　2024.6　365p　16cm（集英社文庫―歴史時代）800円　①978-4-08-744656-2
　　　　「塞王の楯　下」 集英社　2024.6　362p　16cm（集英社文庫―歴史時代）800円　①978-4-08-744657-9

今際之 キワミ　いまわの・きわみ＊
　　0493　「パンと弾丸とダンジョンと」
　　　◇カクヨムWeb小説コンテスト（第8回/令5年/現代ファンタジー部門/特別賞）

猪村 勢司　いむら・せいじ＊
　　0494　「烏の櫛」
　　　◇さきがけ文学賞（第38回/令3年/選奨）

0495 「不忍池」
　　◇さきがけ文学賞（第40回／令5年／入選）

井本 智恵子　いもと・ちえこ＊
0496 「ラストチャンス」
　　◇フジテレビヤングシナリオ大賞（第34回／令4年／佳作）

乎森 奇恋　いもり・きれん＊
0497 「毒舌後輩女子におちょくられて今夜も眠れない」
　　◇ファンタジア大賞（第35回／令4年／金賞）〈受賞時〉Yuiz
　　「「一緒に寝たいんですよね、せんぱい？」と甘くささやかれて今夜も眠れない」KADOKAWA　2023.3　273p　15cm（富士見ファンタジア文庫）660円　①978-4-04-074841-2
　　※受賞作を改題
　　「「一緒に寝たいんですよね、せんぱい？」と甘くささやかれて今夜も眠れない　2」KADOKAWA　2023.7　251p　15cm（富士見ファンタジア文庫）760円　①978-4-04-075063-7

伊与原 新　いよはら・しん＊
0498 「八月の銀の雪」
　　◇本屋大賞（第18回／令3年／6位）
　　「八月の銀の雪」新潮社　2020.10　253p　20cm　1600円　①978-4-10-336213-5
　　「八月の銀の雪」新潮社　2023.6　347p　16cm（新潮文庫）670円　①978-4-10-120763-6

伊良 刹那　いら・せつな＊
0499 「海を覗く」
　　◇新潮新人賞（第55回／令5年）
　　「海を覗く」新潮社　2024.3　170p　20cm　1800円　①978-4-10-355441-7

入江 喜和　いりえ・きわ＊
0500 「ゆりあ先生の赤い糸」
　　◇講談社漫画賞（第45回／令3年／総合部門）
　　◇手塚治虫文化賞（第27回／令5年／マンガ大賞）
　　「ゆりあ先生の赤い糸　1～11」講談社　2018.7～2022.9　18cm（BE LOVE KC）

入江 達宏　いりえ・たつひろ＊
0501 「人生のパスポート」
　　◇部落解放文学賞（第50回／令5年／記録・表現部門／部落解放文学賞）

入江 直海　いりえ・なおみ＊
0502 「性の隣の夏」
　　◇小説 野性時代 新人賞（第13回／令4年／奨励賞）

色石 ひかる　いろいし・ひかる＊
0503 「宝石神殿のすてきな日常」
　　◇カクヨムWeb小説コンテスト（第8回／令5年／ライト文芸部門／特別賞）〈受賞時〉色石
　　「宝石神殿のすてきな日常」KADOKAWA　2024.2　296p　19cm　1300円　①978-4-04-737815-5

色川 大吉　いろかわ・だいきち＊
0504 「不知火海民衆史（上）論説篇」「不知火海民衆史（下）聞き書き篇」
　　◇日本自費出版文化賞（第24回／令3年／特別功労賞／地域文化部門）
　　「不知火海民衆史　上　論説篇」揺籃社　2020.10　298p　22cm　2400円　①978-4-89708-433-6
　　「不知火海民衆史　下　聞き書き篇」揺籃社　2020.10　350p　22cm　2600円　①978-4-89708-434-3

いわい としお
0505　「**100かいだてのいえ**」
　◇小学生がえらぶ！"こどもの本"総選挙（第4回/令6年/第10位）
　　「100かいだてのいえ」 偕成社　2008.6　22×31cm　1200円　①978-4-03-331540-9

岩城 範枝　いわき・のりえ＊
0506　「川まつりの夜」
　◇産経児童出版文化賞（第70回/令5年/美術賞）
　　「川まつりの夜」 岩城範枝作,出久根育絵　フレーベル館　2022.8　〔32p〕　28cm　1540円　①978-4-577-05001-9

岩口 遼　いわぐち・りょう＊
0507　「神鳴り」
　◇横溝正史ミステリ＆ホラー大賞（第44回/令6年/カクヨム賞）

岩佐 敏子　いわさ・としこ＊
0508　「へんてこあそびうた」
　◇三越左千夫少年詩賞（第24回/令2年）
　　「へんてこあそびうた―岩佐敏子詩集」 リーブル　2019.7　85p　19cm　1000円

いわさき さとこ
0509　「くつやさんとおばけ」
　◇日産 童話と絵本のグランプリ（第36回/令1年度/絵本の部/大賞）
　　「くつやさんとおばけ」 BL出版　2020.12　〔32p〕　27cm　1300円　①978-4-7764-0987-8

岩崎 たまゑ　いわさき・たまえ＊
0510　「血の畑―宗教と暴力」
　◇日本翻訳文化賞（第60回/令5年度）
　　「血の畑―宗教と暴力」 カレン・アームストロング著,北條文緒,岩崎たまゑ訳　国書刊行会　2022.10　688p　22cm　8800円　①978-4-336-07307-5

岩沢 泉　いわさわ・いずみ
0511　「アネモネの花」
　◇ジャンプ小説新人賞（2019/令1年/小説テーマ部門/銅賞（テーマ：お仕事））

岩瀬 成子　いわせ・じょうこ＊
0512　「もうひとつの曲がり角」
　◇坪田譲治文学賞（第36回/令2年）
　　「もうひとつの曲がり角」 講談社　2019.9　252p　20cm　1400円　①978-4-06-516880-6

0513　「わたしのあのこ あのこのわたし」
　◇児童福祉文化賞（第64回/令4年/出版物部門）
　　「わたしのあのこ あのこのわたし」 PHP研究所　2021.2　207p　20cm　（わたしたちの本棚）　1400円　①978-4-569-78969-9

岩瀬 達哉　いわせ・たつや＊
0514　「裁判官も人である 良心と組織の狭間で」
　◇日本エッセイスト・クラブ賞（第68回/令2年）
　　「裁判官も人である―良心と組織の狭間で」 講談社　2020.1　326p　20cm　1700円　①978-4-06-518791-3

岩田 奎　いわた・けい＊
0515　「赤い夢」50句
　◇角川俳句賞（第66回/令2年）

0516 「膚」
　　◇田中裕明賞（第14回/令5年）
　　◇俳人協会新人賞（第47回/令5年度）
　　　「膚―岩田奎句集」ふらんす堂　2022.12　160p　19cm　2500円　①978-4-7814-1523-9

岩田　真治　いわた・しんじ＊
　0517 「祈り」
　　◇日本詩歌句随筆評論大賞（第18回/令4年度/随筆部門/優秀賞）
　　　「祈り―上皇后・美智子さまと歌人・五島美代子」濱田美枝子, 岩田真治著　藤原書店　2021.6　402p　20cm　2700円　①978-4-86578-307-0

いわた　慎二郎　いわた・しんじろう＊
　0518 「宿場町の一日」
　　◇産経児童出版文化賞（第71回/令6年/タイヘイ賞）
　　　「宿場町の一日」講談社　2023.6　〔32p〕　27cm（講談社の創作絵本）1500円　①978-4-06-532039-6

岩谷　將　いわたに・のぶ＊
　0519 「盧溝橋事件から日中戦争へ」
　　◇樫山純三賞（第19回/令6年/学術書賞）
　　　「盧溝橋事件から日中戦争へ」東京大学出版会　2023.8　274, 28, 6p　22cm　4800円　①978-4-13-020314-2

岩波書店　いわなみしょてん＊
　0520 「亜鉛の少年たち―アフガン帰還兵の証言　増補版」
　　◇日本翻訳出版文化賞（第58回/令4年度/特別賞）
　　　「亜鉛の少年たち―アフガン帰還兵の証言」スヴェトラーナ・アレクシエーヴィチ著, 奈倉有里訳　増補版　岩波書店　2022.6　434p　20cm　3200円　①978-4-00-061303-3

岩野　聖一郎　いわの・せいいちろう＊
　0521 「ゆめくいバクの4つぼしレストラン」
　　◇えほん大賞（第20回/令3年/ストーリー部門/優秀賞）

岩間　一弘　いわま・かずひろ＊
　0522 「中国料理の世界史―美食のナショナリズムをこえて」
　　◇サントリー学芸賞（第44回/令4年度/社会・風俗部門）
　　　「中国料理の世界史―美食のナショナリズムをこえて」慶應義塾大学出版会　2021.9　571, 67p　19cm　2500円　①978-4-7664-2764-6

岩本　美南　いわもと・みなみ＊
　0523 「転校生アリスの考察」
　　◇青い鳥文庫小説賞（第7回/令5年度/一般部門/銀賞）

【う】

鄔　揚華　う・やんふぁ＊
　0524 「御冠船料理の探求　文献資料と再現作業」
　　◇日本自費出版文化賞（第24回/令3年/部門入賞/研究・評論部門）
　　　「御冠船料理の探求―文献資料と再現作業」出版舎Mugen　2017.11　260p　27cm　4200円　①978-4-905454-24-3

ヴァン・ロメル, ピーテル
　0525　「「田舎教師」の時代―明治後期における日本文学・教育・メディア」
　　◇日本出版学会賞（第45回/令5年度/奨励賞）
　　　「「田舎教師」の時代―明治後期における日本文学・教育・メディア」　ピーテル・ヴァン・ロメル著　勁草書房　2023.7　436, 27p　22cm（KUNILABO人文学叢書 1）　6500円　①978-4-326-80064-3

ウィアー, アンディ
　0526　「プロジェクト・ヘイル・メアリー」
　　◇星雲賞（第53回/令4年/海外長編部門（小説））
　　　「プロジェクト・ヘイル・メアリー　上」　アンディ・ウィアー著, 小野田和子訳　早川書房　2021.12　323p　20cm　1800円　①978-4-15-210070-2
　　　「プロジェクト・ヘイル・メアリー　下」　アンディ・ウィアー著, 小野田和子訳　早川書房　2021.12　315p　20cm　1800円　①978-4-15-210071-9

ウィタカー, クリス
　0527　「われら闇より天を見る」
　　◇本屋大賞（第20回/令5年/翻訳小説部門/1位）
　　　「われら闇より天を見る」　クリス・ウィタカー著, 鈴木恵訳　早川書房　2022.8　518p　19cm　2300円　①978-4-15-210157-0

植木　國夫　うえき・くにお＊
　0528　「原子炉の尿」
　　◇新俳句人連盟賞（第47回/令1年/作品の部（俳句）/佳作1位）

うえじょう　晶　うえじょう・あきら＊
　0529　「ハンタ（崖）」
　　◇壺井繁治賞（第50回/令4年）
　　　「ハンタ（崖）―詩集」　あすら舎　2021.4　141p　25cm　1500円　①978-4-908900-20-4

上杉　健太郎　うえすぎ・けんたろう＊
　0530　「夏缶」
　　◇西脇順三郎賞（第2回/令5年/詩篇の部/西脇順三郎賞新人賞奨励賞）

上田　功　うえだ・いさお＊
　0531　「獲得と臨床の音韻論」
　　◇新村出賞（第43回/令6年度）
　　　「獲得と臨床の音韻論」　ひつじ書房　2023.2　154p　22cm（ひつじ研究叢書 言語編第195巻）　5000円　①978-4-8234-1177-9

上田　修　うえだ・おさむ＊
　0532　「僕は郵便配達という仕事が大好きなんだ」
　　◇労働者文学賞（第35回/令5年/小説部門/入選）

上田　朔也　うえだ・さくや＊
　0533　「ヴェネツィアの陰の末裔」
　　◇創元ファンタジイ新人賞（第5回/令2年発表/佳作）
　　　「ヴェネツィアの陰の末裔」　東京創元社　2022.4　444p　15cm（創元推理文庫）　1000円　①978-4-488-55406-4

上田　早夕里　うえだ・さゆり＊
　0534　「上海灯蛾」
　　◇日本歴史時代作家協会賞（第12回/令5年/作品賞）
　　　「上海灯蛾」　双葉社　2023.3　537p　20cm　2000円　①978-4-575-24602-5

植田 彩容子　うえだ・さよこ＊
　0535　「自然を再生させたイエローストーンのオオカミたち」
　　　◇日本子どもの本研究会「作品賞」（第6回／令4年）
　　　　「自然を再生させたイエローストーンのオオカミたち」　キャサリン・バー文、ジェニ・デズモンド絵、永峯涼訳、幸島司郎、植田彩容子監修　化学同人　2021.10　48p　32cm　1900円　①978-4-7598-2223-6

上田 迅　うえだ・じん＊
　0536　「藁の上の禿頭」
　　　◇フジテレビヤングシナリオ大賞（第31回／令1年／佳作）

上田 岳弘　うえだ・たかひろ＊
　0537　「旅のない」
　　　◇川端康成文学賞（第46回／令4年）
　　　　「旅のない」　講談社　2021.9　173p　20cm　1500円　①978-4-06-524709-9
　　　　「旅のない」　講談社　2024.4　201p　15cm（講談社文庫）640円　①978-4-06-534426-2

　0538　「最愛の」
　　　◇島清恋愛文学賞（第30回／令5年）
　　　　「最愛の」　集英社　2023.9　353p　20cm　2100円　①978-4-08-771840-9

上田 秀人　うえだ・ひでと＊
　0539　「百万石の留守居役」シリーズ
　　　◇吉川英治文庫賞（第7回／令4年度）
　　　　「百万石の留守居役　1～17」　講談社　2013.11～2021.6　15cm（講談社文庫）

上田 正勝　うえだ・まさかつ＊
　0540　「まさかつ」
　　　◇部落解放文学賞（第49回／令4年／記録・表現部門／佳作）

上田 康彦　うえだ・やすひこ
　0541　「大正の「藤村」の本の書き込みよ父の心の染みを見つけたり」
　　　◇角川全国短歌大賞（第15回／令5年／題詠「本」／準賞）

ウェッジ
　0542　「芭蕉の風景」（上・下）
　　　◇造本装幀コンクール（第55回／令3年／日本図書館協会賞）
　　　　「芭蕉の風景　上」　小澤實著　ウェッジ　2021.10　309p　22cm（澤俳句叢書 第30篇）3000円
　　　　①978-4-86310-242-2
　　　　「芭蕉の風景　下」　小澤實著　ウェッジ　2021.10　370, 58, 7p　22cm（澤俳句叢書 第30篇）3000円
　　　　①978-4-86310-243-9

上西 祐理　うえにし・ゆり＊
　0543　「広告 Vol.415 特集：流通」
　　　◇造本装幀コンクール（第55回／令3年／経済産業大臣賞）
　　　　※雑誌「広告」Vol.415（博報堂 2021年2月発行）

上野 英子　うえの・えいこ＊
　0544　「源氏物語 三条西家本の世界―室町時代享受史の一様相」
　　　◇第2次関根賞（第15回／通算27回／令2年度）
　　　　「源氏物語 三条西家本の世界―室町時代享受史の一様相」　武蔵野書院　2019.10　442p　22cm　12500円　①978-4-8386-0724-2

上野 詩織　うえの・しおり＊
　0545　「彼は誰時」

◇シナリオS1グランプリ（第39回/令2年冬/準グランプリ）
0546 「春の飛沫」
◇創作ラジオドラマ大賞（第51回/令4年/佳作）

上野 葉月　うえの・はずき＊
0547 「コテツ、生きる」
◇アンデルセンのメルヘン大賞（第41回/令6年/こども部門/大賞）
「アンデルセンのメルヘン文庫　第41集」　アンデルセン・パン生活文化研究所　2024.10　87p　21×22cm（アンデルセンのメルヘン大賞受賞作品集　第41集）1000円
※受賞作を収録

植野 ハルイ　うえの・はるい
0548 「コーラルピンクのその先に」
◇ジャンプ恋愛小説大賞（第4回/令3年/銀賞）

上野 誠　うえの・まこと＊
0549 「万葉学者、墓をしまい母を送る」
◇日本エッセイスト・クラブ賞（第68回/令2年）
「万葉学者、墓をしまい母を送る」　講談社　2020.3　185p　19cm　1400円　Ⓘ978-4-06-519239-9
「万葉学者、墓をしまい母を送る」　講談社　2022.8　208p　15cm（講談社文庫）620円　Ⓘ978-4-06-528756-9

上橋 菜穂子　うえはし・なほこ＊
0550 「守り人」シリーズ
◇吉川英治文庫賞（第8回/令5年度）
「精霊の守り人」　新潮社　2007.4　360p　16cm（新潮文庫）552円　Ⓘ978-4-10-130272-0
「闇の守り人」　新潮社　2007.7　387p　15cm（新潮文庫）590円　Ⓘ978-4-10-130273-7
「夢の守り人」　新潮社　2008.1　348p　15cm（新潮文庫）552円　Ⓘ978-4-10-130274-4
「虚空の旅人」　新潮社　2008.8　392p　16cm（新潮文庫）590円　Ⓘ978-4-10-130275-1
「神の守り人　上（来訪編）」　新潮社　2009.8　298p　16cm（新潮文庫）514円　Ⓘ978-4-10-130276-8
「神の守り人　下（帰還編）」　新潮社　2009.8　331p　16cm（新潮文庫）552円　Ⓘ978-4-10-130277-5
「天と地の守り人　第1部（ロタ王国編）」　新潮社　2011.6　381p　16cm（新潮文庫）590円　Ⓘ978-4-10-130280-5
「天と地の守り人　第2部（カンバル王国編）」　新潮社　2011.6　328p　16cm（新潮文庫）552円　Ⓘ978-4-10-130281-2
「天と地の守り人　第3部（新ヨゴ皇国編）」　新潮社　2011.6　403p　16cm（新潮文庫）590円　Ⓘ978-4-10-130282-9
「流れ行く者―守り人短編集」　新潮社　2013.8　301p　16cm（新潮文庫）550円　Ⓘ978-4-10-130283-6
「炎路を行く者―守り人作品集」　新潮社　2017.1　313p　16cm（新潮文庫）550円　Ⓘ978-4-10-130284-3
「精霊の木」　新潮社　2019.5　364p　16cm（新潮文庫）590円　Ⓘ978-4-10-132085-4
「風と行く者―守り人外伝」　新潮社　2022.8　467p　16cm（新潮文庫）750円　Ⓘ978-4-10-130285-0

上原 かおり　うえはら・かおり＊
0551 「三体Ⅱ　黒暗森林」
◇星雲賞（第52回/令3年/海外長編部門（小説））
「三体　2　黒暗森林　上」　劉慈欣著　大森望,立原透耶,上原かおり,泊功訳　早川書房　2020.6　335p　20cm　1700円　Ⓘ978-4-15-209948-8
「三体　2　黒暗森林　下」　劉慈欣著　大森望,立原透耶,上原かおり,泊功訳　早川書房　2020.6　348p　20cm　1700円　Ⓘ978-4-15-209949-5
「三体　2　黒暗森林　上」　劉慈欣著　大森望〔ほか〕訳　早川書房　2024.4　478p　16cm（ハヤカワ文庫SF）1000円　Ⓘ978-4-15-012442-7
「三体　2　黒暗森林　下」　劉慈欣著　大森望〔ほか〕訳　早川書房　2024.4　505p　16cm（ハヤカワ文庫SF）1000円　Ⓘ978-4-15-012443-4

上原 哲也　うえはら・てつや＊
　0552「決められない松田、おすすめの一本」
　　◇創作ラジオドラマ大賞（第50回／令3年／大賞）

上間 陽子　うえま・ようこ＊
　0553「海をあげる」
　　◇本屋大賞（第18回／令3年／ノンフィクション本大賞（第4回））
　　「海をあげる」筑摩書房　2020.10　251p　20cm　1600円　①978-4-480-81558-3

上牧 晏奈　うえまき・あんな＊
　0554「ふぁんふぁん」
　　◇笹井宏之賞（第4回／令3年／個人賞／永井祐賞）
　　「ねむらない樹　Vol.8」書肆侃侃房　2022.2　209p　21cm（短歌ムック）1500円　①978-4-86385-508-3
　　※受賞作を収録

上村 千賀子　うえむら・ちかこ＊
　0555「占領期女性のエンパワーメント―メアリ・ビーアド、エセル・ウィード、加藤シヅエ」
　　◇昭和女子大学女性文化研究賞（坂東眞理子基金）（第16回／令5年度／女性文化研究特別賞）
　　「占領期女性のエンパワーメント―メアリ・ビーアド、エセル・ウィード、加藤シヅエ」藤原書店　2023.3　425p　22cm　4400円　①978-4-86578-383-4

魚川 典久　うおかわ・のりひさ＊
　0556「人と人とのつながりを求めて」
　　◇部落解放文学賞（第46回／令1年／識字部門／佳作）

魚崎 依知子　うおさき・いちこ＊
　0557「つまごい」
　　◇カクヨムWeb小説コンテスト（第8回／令5年／ホラー部門／特別賞）
　　「夫恋殺」KADOKAWA　2024.3　268p　19cm　1600円　①978-4-04-114747-4
　　※受賞作を改題

魚住 直子　うおずみ・なおこ＊
　0558「だいじょうぶくん」
　　◇ひろすけ童話賞（第32回／令4年）
　　「だいじょうぶくん」魚住直子作、朝倉世界一絵　ポプラ社　2022.3　111p　22cm（GO！GO！ブックス　5）1480円　①978-4-591-17335-0

魚豊　うおと＊
　0559「チ。―地球の運動について―」
　　◇マンガ大賞（2021／令3年／2位）
　　◇手塚治虫文化賞（第26回／令4年／マンガ大賞）
　　◇マンガ大賞（2022／令4年／5位）
　　◇星雲賞（第54回／令5年／コミック部門）
　　「チ。―地球の運動について―　第1集～第8集」小学館　2020.12～2022.7　18cm（ビッグコミック

鵜飼 有志　うかい・ゆうし＊
　0560「死亡遊戯で飯を食う」
　　◇MF文庫Jライトノベル新人賞（第18回／令4年／優秀賞）〈受賞時〉鵜飼 有士
　　「死亡遊戯で飯を食う。」KADOKAWA　2022.11　259p　15cm（MF文庫J）620円　①978-4-04-

	681937-6							
「死亡遊戯で飯を食う。	2」	KADOKAWA	2023.1	259p	15cm	(MF文庫J)	640円	①978-4-04-682109-6
「死亡遊戯で飯を食う。	3」	KADOKAWA	2023.4	257p	15cm	(MF文庫J)	660円	①978-4-04-682405-9
「死亡遊戯で飯を食う。	4」	KADOKAWA	2023.8	263p	15cm	(MF文庫J)	660円	①978-4-04-682765-4
「死亡遊戯で飯を食う。	5」	KADOKAWA	2023.12	262p	15cm	(MF文庫J)	660円	①978-4-04-683149-1
「死亡遊戯で飯を食う。	6」	KADOKAWA	2024.4	259p	15cm	(MF文庫J)	660円	①978-4-04-683544-4
「死亡遊戯で飯を食う。	7」	KADOKAWA	2024.9	259p	15cm	(MF文庫J)	660円	①978-4-04-684006-6

浮葉 まゆ　うきは・まゆ＊
0561　「知らないうちに義妹を口説いていた俺、ついに「末永くお願いします」と言われる」
　　◇カクヨムWeb小説コンテスト（第9回/令6年/ラブコメ（ライトノベル）部門/特別賞）

宇佐見 洋子　うさみ・ようこ
0562　「エルモビーニの長いしっぽ」
　　◇えほん大賞（第21回/令3年/ストーリー部門/優秀賞）

宇佐見 りん　うさみ・りん＊
0563　「推し、燃ゆ」
　　◇芥川龍之介賞（第164回/令2年下）
　　◇本屋大賞（第18回/令3年/9位）
　　「推し、燃ゆ」　河出書房新社　2020.9　125p　20cm　1400円　①978-4-309-02916-0
　　「推し、燃ゆ」　河出書房新社　2023.7　165p　15cm　（河出文庫）　580円　①978-4-309-41978-7

0564　「かか」
　　◇三島由紀夫賞（第33回/令2年）
　　「かか」　河出書房新社　2019.11　115p　20cm　1300円　①978-4-309-02845-3
　　「かか」　河出書房新社　2022.4　162p　15cm　（河出文庫）　540円　①978-4-309-41880-3

氏家 仮名子　うじいえ・かなこ＊
0565　「双蛇に嫁す」
　　◇ノベル大賞（2022年/令4年/カズレーザー賞）
　　「双蛇に嫁す―濫国後宮華燭抄」　集英社　2023.2　334p　15cm　（集英社オレンジ文庫）　740円　①978-4-08-680492-9

兎屶槻　うそつき＊
0566　「アスパラが絆ぐ幽霊」
　　◇カクヨムWeb小説短編賞（2018/平30年/短編賞）

UDA
0567　「kesho：化粧」
　　◇日本自費出版文化賞（第25回/令4年/部門入賞/グラフィック部門）
　　※「kesho：化粧」（自費出版, 2021年発行）

歌川 光一　うたがわ・こういち＊
0568　「女子のたしなみと日本近代―音楽文化にみる「趣味」の受容」
　　◇昭和女子大学女性文化研究賞（坂東眞理子基金）（第12回/令1年度/女性文化研究奨励賞）
　　「女子のたしなみと日本近代―音楽文化にみる「趣味」の受容」　勁草書房　2019.3　248, 35p　20cm

3400円 ①978-4-326-65419-2

宇田川 靖二　うだがわ・せいじ＊
- 0569 「画家達の仕事とギャラリー2」
  - ◇日本自費出版文化賞（第26回/令5年/特別賞/研究・評論部門）
    - ※「画家達の仕事とギャラリー2」（自費出版, 2023年発行）

歌代 朔　うたしろ・さく＊
- 0570 「スクラッチ」
  - ◇日本児童文芸家協会賞（第47回/令5年）
    - 「スクラッチ」　あかね書房　2022.6　333p　20cm　1500円　①978-4-251-07312-9

内池 陽奈　うちいけ・ひな＊
- 0571 「空色ネイル」
  - ◇坊っちゃん文学賞（第19回/令4年/佳作）

内田 賢一　うちだ・けんいち
- 0572 「黄砂来る」
  - ◇新俳句人連盟賞（第48回/令2年/作品の部（俳句）/佳作1位）
- 0573 「いのちの歌」
  - ◇新俳句人連盟賞（第49回/令3年/作品の部（俳句）/佳作1位）
- 0574 「氷雨痕」
  - ◇新俳句人連盟賞（第50回/令4年/作品の部（俳句）/佳作4位）

内田 健二郎　うちだ・けんじろう＊
- 0575 「なまいきサイクリストと、ブルーライン」
  - ◇ちゅうでん児童文学賞（第25回/令4年度/大賞）

内田 朋実　うちだ・ともみ
- 0576 「おしゃれな布おばけ」
  - ◇えほん大賞（第21回/令3年/絵本部門/優秀賞）

内田 博　うちだ・ひろし＊
- 0577 「日本産鳥類の卵と巣」
  - ◇地方出版文化功労賞（第33回/令2年/奨励賞）
    - 「日本産鳥類の卵と巣」　まつやま書房　2019.8　228p　21cm　2500円　①978-4-89623-124-3

内田 昌之　うちだ・まさゆき＊
- 0578 「怪獣保護協会」
  - ◇星雲賞（第55回/令6年/海外長編部門（小説））
    - 「怪獣保護協会」　ジョン・スコルジー著, 内田昌之訳　早川書房　2023.8　367p　19cm　2400円
    - ①978-4-15-210259-1

内出 京子　うちで・きょうこ＊
- 0579 「キノコと大きな木」
  - ◇えほん大賞（第24回/令5年/ストーリー部門/優秀賞）

内野 義悠　うちの・よしひろ＊
- 0580 「夜へ跳ねて」
  - ◇俳句四季新人賞・新人奨励賞（令5年/第6回 俳句四季新人奨励賞）

内堀 結友　うちぼり・ゆう
- 0581 「TANAAMI!! AKATSUKA!! That's All Right!!」

◇造本装幀コンクール（第57回/令5年/日本書籍出版協会理事長賞/芸術書部門）
※展覧会カタログ「TANAAMI!! AKATSUKA!! That's All Right!!」（集英社 2023年発行）

内村 佳保　うちむら・かほ＊
0582「七秒のユニゾン」
◇舟橋聖一顕彰青年文学賞（第33回/令3年/最優秀賞）

内山 哲生　うちやま・てつお＊
0583「わたしたちの失恋」
◇フジテレビヤングシナリオ大賞（第35回/令5年/佳作）

内山 葉杜　うちやま・はと＊
0584「事後と渦中—武田泰淳論」
◇群像新人評論賞（第64回/令2年/優秀作）

宇津木 健太郎　うつぎ・けんたろう＊
0585「森が呼ぶ」
◇最恐小説大賞（第2回/令1年/最恐長編賞）
「森が呼ぶ」　竹書房　2021.7　222p　19cm　1500円　①978-4-8019-2737-7

0586「猫と罰」
◇日本ファンタジーノベル大賞（2024/令6年）
「猫と罰」　新潮社　2024.6　247p　20cm　1600円　①978-4-10-355671-8

内海 健　うつみ・たけし＊
0587「金閣を焼かなければならぬ　林養賢と三島由紀夫」
◇大佛次郎賞（第47回/令2年）
「金閣を焼かなければならぬ—林養賢と三島由紀夫」　河出書房新社　2020.6　223p　20cm　2400円　①978-4-309-25413-5

羽洞 はる彦　うどう・はるひこ＊
0588「残月ノ覚書—秦國博宝局心獣怪奇譚—」
◇電撃大賞〔電撃小説大賞〕（第30回/令5年/メディアワークス文庫賞）
「心獣の守護人—秦國博宝局宮廷物語」　KADOKAWA　2024.8　331p　15cm（メディアワークス文庫）　730円　①978-4-04-915523-5
※受賞作を改題

右薙 光介　うなぎ・こうすけ＊
0589「引退【武装商人】のトラベル・スローライフ～ハーフエルフの弟子と行く、らぶらぶ大陸横断旅行～」
◇カクヨムWeb小説コンテスト（第9回/令6年/異世界ファンタジー部門/特別賞・ComicWalker漫画賞）

0590「親友が国選パーティから追放されたので、ついでに俺も抜けることにした。」
◇カクヨムWeb小説コンテスト（第9回/令6年/異世界ファンタジー部門/大賞・ComicWalker漫画賞）

宇南山 卓　うなやま・たかし＊
0591「現代日本の消費分析—ライフサイクル理論の現在地」
◇サントリー学芸賞（第45回/令5年度/政治・経済部門）
「現代日本の消費分析—ライフサイクル理論の現在地」　慶應義塾大学出版会　2023.5　500p　22cm　6800円　①978-4-7664-2895-7

采火　うねび＊
0592「首なし魔女の数奇な婚礼 ～呪われた騎士と誓いのキスを～」

◇角川ビーンズ小説大賞（第23回/令6年/一般部門/優秀賞＆審査員特別賞 三川みり先生選）

宇野 碧　うの・あおい＊
0593 「レペゼン母」
　◇小説現代長編新人賞（第16回/令4年）
　　「レペゼン母」講談社　2022.8　283p　19cm　1400円　①978-4-06-527646-4

宇野 恭子　うの・きょうこ＊
0594 「森の雨」
　◇俳壇賞（第36回/令3年）

宇野 重規　うの・しげき＊
0595 「民主主義とは何か」
　◇新書大賞（第14回/令3年/2位）
　　「民主主義とは何か」講談社　2020.10　277p　18cm（講談社現代新書）940円　①978-4-06-521295-0

鵜野 孝紀　うの・たかのり＊
0596 「未来のアラブ人 中東の子ども時代（1978-1984）」
　◇文化庁メディア芸術祭賞（第23回/令2年/優秀賞）
　　「未来のアラブ人―中東の子ども時代〈1978-1984〉」リアド・サトゥフ作, 鵜野孝紀訳　花伝社, 共栄書房（発売）　2019.7　164p　21cm　1800円　①978-4-7634-0894-5

宇野 智美　うの・ともみ
0597 「タイポグラフィ・ハンドブック 第2版」
　◇造本装幀コンクール（第55回/令3年/審査員奨励賞）
　　「タイポグラフィ・ハンドブック」小泉均編著, akira1975著　第2版　研究社　2021.7　507p　20cm　4200円　①978-4-327-37749-6

鵜野 祐介　うの・ゆうすけ＊
0598 「子どもの替え唄と戦争―笠木透のラスト・メッセージ」
　◇日本児童文学学会賞（第45回/令3年/日本児童文学学会特別賞）
　　「子どもの替え唄と戦争―笠木透のラスト・メッセージ」文民教育協会子どもの文化研究所　2020.8　230p　21cm（叢書文化の伝承と創造 3）2000円　①978-4-906074-03-7

生方 美久　うぶかた・みく＊
0599 「ベランダから」
　◇城戸賞（第46回/令2年/佳作）

0600 「踊り場にて」
　◇フジテレビヤングシナリオ大賞（第33回/令3年/大賞）

0601 「グレー」
　◇城戸賞（第47回/令3年/準入賞）

うまうま
0602 「ただ平穏にちょっと楽しく暮らしたい死霊魔導士の日常と非日常」
　◇カクヨムWeb小説コンテスト（第8回/令5年/異世界ファンタジー部門/特別賞・ComicWalker漫画賞）

馬熊 英一　うまくま・えいいち　⇒豊永 浩平（とよなが・こうへい）

海緒 裕　うみお・ゆう＊
0603 「菜の花畑とこいぬ」
　◇ちゅうでん児童文学賞（第25回/令4年度/優秀賞）

0604 「ぶたのしっぽ」
　◇ちゅうでん児童文学賞（第26回/令5年度/大賞）

海月 しろ　うみつき・しろ＊
0605 「ヨモギの一番おもしろい小説」
　◇青い鳥文庫小説賞（第4回/令2年度/U-15部門/佳作）

海野 さやか　うみの・さやか＊
0606 「ノテール〜女は食わねど高楊枝〜」
　◇シナリオS1グランプリ（第41回/令3年冬/佳作）

羽海野 チカ　うみの・ちか＊
0607 「3月のライオン」
　◇文化庁メディア芸術祭賞（第24回/令3年/大賞）
　　「3月のライオン　1〜17」羽海野チカ著, 先崎学将棋監修　白泉社　2008.3〜2023.9　19cm（Jets comics, YOUNG ANIMAL COMICS）

海野 まこ　うみの・まこ＊
0608 「冬に吹いた風と」
　◇青い鳥文庫小説賞（第5回/令3年度/U-15部門/大賞）

海山 蒼介　うみやま・そうすけ＊
0609 「殺し屋兼高校生、中二病少女に勘違い！」
　◇スニーカー大賞（第27回/令3年/特別賞）
　　「隣の席の中二病が、俺のことを『闇を生きる者よ』と呼んでくる」KADOKAWA　2022.12　285p　15cm（角川スニーカー文庫）660円　①978-4-04-112987-6
　　※受賞作を改題
　　「隣の席の中二病が、俺のことを『闇を生きる者よ』と呼んでくる　2」KADOKAWA　2023.11　251p　15cm（角川スニーカー文庫）740円　①978-4-04-113738-3

梅澤 礼　うめざわ・あや＊
0610 「囚人と狂気— 一九世紀フランスの監獄・文学・社会」
　◇サントリー学芸賞（第42回/令2年度/思想・歴史部門）
　　「囚人と狂気――一九世紀フランスの監獄・文学・社会」法政大学出版局　2019.3　267, 39p　22cm　5400円　①978-4-588-37605-4

うめざわ しゅん
0611 「ダーウィン事変」
　◇文化庁メディア芸術祭賞（第25回/令4年/優秀賞）
　◇マンガ大賞（2022/令4年/大賞）
　　「ダーウィン事変　01〜08」講談社　2020.11〜2024.11　19cm（アフタヌーンKC）

梅澤 ナルミ　うめざわ・なるみ
0612 「圭子のご褒美〜当選金額70万〜」
　◇シナリオS1グランプリ（第45回/令5年冬/奨励賞）〈受賞時〉梅澤 なるみ
0613 「流れ星、追いかけて」
　◇シナリオS1グランプリ（第46回/令6年春/佳作）

楳図 かずお　うめず・かずお＊
0614 「ZOKU-SHINGO」
　◇手塚治虫文化賞（第27回/令5年/特別賞）

梅田 寿美子　うめだ・すみこ＊
0615 「カラダカシの家にはカッコウが鳴く」

◇女による女のためのR-18文学賞 (第19回/令2年/読者賞・友近賞)
　　※「カラダカシと三時の鳥」に改題

梅津　恒夫　うめつ・つねお＊
0616　「カナダ移民のパイオニア 佐藤惣右衛門物語」
　　◇日本自費出版文化賞 (第27回/令6年/部門入賞/個人誌部門)
　　「カナダ移民のパイオニア 佐藤惣右衛門物語」 佐藤正弥, 梅津恒夫, 舩坂朗子著　南北社　2021.10
　　212p　31cm　2545円　①978-4-903159-24-9

うめはら　まんな
0617　「りゅうのごんざ」
　　◇日産 童話と絵本のグランプリ (第38回/令3年度/絵本の部/優秀賞)
　　※「第38回 日産 童話と絵本のグランプリ 童話・絵本入賞作品集」(大阪国際児童文学振興財団 2022年3月発行) に収録

0618　「なんかひとりおおくない？」
　　◇日産 童話と絵本のグランプリ (第39回/令4年度/絵本の部/大賞)
　　「なんかひとりおおくない？」 BL出版　2023.12　〔32p〕　25cm　1400円　①978-4-7764-1112-3

梅山　いつき　うめやま・いつき＊
0619　「佐藤信と「運動」の演劇 黒テントとともに歩んだ50年」
　　◇AICT演劇評論賞 (第26回/令2年)
　　「佐藤信と「運動」の演劇―黒テントとともに歩んだ50年」 作品社　2020.3　352p　20cm　2800円　①978-4-86182-805-8

浦川　大正　うらかわ・ひろまさ
0620　「ループ事件のなぞを追え！」
　　◇福島正実記念SF童話賞 (第37回/令6年/佳作)

漆原　正雄　うるしばら・まさお＊
0621　「鳥の名残」
　　◇全作家文学賞 (第15回/令1年度/佳作)

うるし山　千尋　うるしやま・ちひろ＊
0622　「ライトゲージ」
　　◇H氏賞 (第72回/令4年)
　　「ライトゲージ」 七月堂　2021.12　106p　20cm　2300円　①978-4-87944-476-9

【え】

エガード, ジョン
0623　「ことばとふたり」
　　◇産経児童出版文化賞 (第70回/令5年/翻訳作品賞)
　　「ことばとふたり」 ジョン・エガード ぶん, きたむらさとし え・やく　岩波書店　2022.9　〔32p〕　27cm　1600円　①978-4-00-112700-3

エキスプレススポーツ
0624　「幸せな人間が幸せな馬をつくる 調教師 藤澤和雄 最後の400日」
　　◇JRA賞馬事文化賞 (2022/令4年度/特別賞)

江口 節　えぐち・せつ＊
0626　「水差しの水」
◇小野十三郎賞（第25回/令5年/詩集部門/小野十三郎賞）
　「水差しの水―江口節詩集」　編集工房ノア　2022.9　120p　19cm　2000円　①978-4-89271-361-3

江口 ちかる　えぐち・ちかる＊
0626　「たまゆら湾」
◇岡山県「内田百閒文学賞」（第15回/令1・2年度/最優秀賞）
　「内田百閒文学賞受賞作品集―岡山県　第15回」　江口ちかる,松本利江,馬場友紀著　作品社　2021.3　139p　20cm　1000円　①978-4-86182-844-7

江口 夏実　えぐち・なつみ＊
0627　「鬼灯の冷徹」
◇星雲賞（第52回/令3年/コミック部門）
　「鬼灯の冷徹　1～31」　講談社　2011.5～2020.9　19cm　（モーニングKC）

江代 充　えしろ・みつる＊
0628　「切抜帳」
◇高見順賞（第50回/令1年）
　「切抜帳」　思潮社　2019.9　117p　20cm　2400円　①978-4-7837-3684-4

悦田 半次　えつだ・はんじ＊
0629　「魔法少女スクワッド」
◇集英社ライトノベル新人賞（第12回/令4年/王道部門）

H.M
0630　「新城桜の、裏がある日記帳～裏の裏は表～」
◇青い鳥文庫小説賞（第5回/令3年度/U-15部門/佳作）

エディシオン・トレヴィル
0631　「梔梓に目鼻のつく話《展覧会記念版》」
◇造本装幀コンクール（第54回/令2年/出版文化産業振興財団賞）
　「梔梓に目鼻のつく話」　泉鏡花ぶん,中川学ゑ　エディシオン・トレヴィル,河出書房新社（発売）　2019.4　119p　21cm　（Pan-Exotica）　2300円　①978-4-309-92163-1

えなが ゆうき
0632　「辺境の魔法薬師」
◇カクヨムWeb小説コンテスト（第7回/令4年/異世界ファンタジー部門/特別賞・ComicWalker漫画賞）
　「辺境の魔法薬師―自由気ままな異世界ものづくり日記　1」　KADOKAWA　2023.3　313p　19cm　（MFブックス）　1300円　①978-4-04-682317-5
　「辺境の魔法薬師―自由気ままな異世界ものづくり日記　2」　KADOKAWA　2023.11　311p　19cm　（MFブックス）　1300円　①978-4-04-683066-1
　「辺境の魔法薬師―自由気ままな異世界ものづくり日記　3」　KADOKAWA　2024.8　307p　19cm　（MFブックス）　1400円　①978-4-04-683818-6

NHK
0633　「コートールド美術館展魅惑の印象派　図録」
◇造本装幀コンクール（第54回/令2年/日本印刷産業連合会会長賞）
　「コートールド美術館展魅惑の印象派」　朝日新聞社　2019-2020　264p　25×25cm

0634　「幸せな人間が幸せな馬をつくる　調教師　藤澤和雄　最後の400日」
◇JRA賞馬事文化賞（2022/令4年度/特別賞）

NHKグローバルメディアサービス
0635 「幸せな人間が幸せな馬をつくる 調教師 藤澤和雄 最後の400日」
　◇JRA賞馬事文化賞 （2022/令4年度/特別賞）

NHKプロモーション
0636 「コートールド美術館展魅惑の印象派 図録」
　◇造本装幀コンクール （第54回/令2年/日本印刷産業連合会会長賞）
　「コートールド美術館展魅惑の印象派」 朝日新聞社 2019-2020 264p 25×25cm

NHK放送文化研究所　えぬえいちけーほうそうぶんかけんきゅうじょ*
0637 「ラジオと戦争 放送人たちの『報国』」
　◇毎日出版文化賞 （第77回/令5年/人文・社会部門）
　◇講談社 本田靖春ノンフィクション賞 （第46回/令6年）
　「ラジオと戦争—放送人たちの「報国」」 大森淳郎, NHK放送文化研究所著　NHK出版　2023.6　573p　20cm　3600円　①978-4-14-081940-1

榎本 空　えのもと・そら*
0638 「母を失うこと—大西洋奴隷航路をたどる旅」
　◇日本翻訳大賞 （第10回/令6年）
　「母を失うこと—大西洋奴隷航路をたどる旅」 サイディヤ・ハートマン著, 榎本空訳　晶文社　2023.9　374p　20cm　2800円　①978-4-7949-7376-4

エパンテリアス
0639 「妹の友達を好きになるなんてありえない」
　◇カクヨムWeb小説コンテスト （第6回/令3年/ラブコメ部門/特別賞）
　「妹の親友？ もう俺の女友達？ なら、その次は—？」 KADOKAWA 2021.11 292p 15cm（富士見ファンタジア文庫）650円　①978-4-04-074361-5
　※受賞作を改題

abn長野朝日放送　えーびーえぬながのあさひほうそう*
0640 「木曽馬と生きる 風わたる里 開田高原」
　◇JRA賞馬事文化賞 （2022/令4年度）

エビハラ
0641 「女幹部の罪深ひとりごはん」
　◇ジャンプ小説新人賞 （2022/令4年/テーマ部門 「ひとりご飯」/銀賞）

絵毬 ユウ　えまり・ゆう*
0642 「リアル・フェイス～魔王子様の仕立て屋さん～」
　◇青い鳥文庫小説賞 （第5回/令3年度/一般部門/銀賞）

江山 孝志　えやま・たかし*
0643 「油断出来ない彼女」
　◇講談社ラノベ文庫新人賞 （第9回/令1年10月発表/佳作）

園業公起　えんぎょうこうき*
0644 「嫁に浮気されたら、大学時代に戻ってきました！ 結婚生活経験を生かしてモテモテのキラキラ青春です！ なのに若いころの嫁に何故か懐かれてしまいました！」
　◇カクヨムWeb小説コンテスト （第9回/令6年/ラブコメ（ライトノベル）部門/特別賞）

遠藤 かたる　えんどう・かたる*
0645 「溺れる星くず」

◇『このミステリーがすごい！』大賞（第22回/令5年/文庫グランプリ）
「推しの殺人」 宝島社 2024.2 333p 16cm （宝島社文庫―このミス大賞） 718円 ⓘ978-4-299-05113-4
※受賞作を改題

遠藤 源一郎 えんどう・げんいちろう＊
0646 「風は海から吹いてくる」
◇日本自費出版文化賞（第27回/令6年/特別賞/小説部門）
「風は海から吹いてくる」 北の杜編集工房 2024 271p 16cm （北の杜文庫） ⓘ978-4-9077268-6-7

遠藤 健人 えんどう・けんと＊
0647 「なってほしくて」
◇笹井宏之賞（第6回/令5年/個人賞/永井祐賞）
「ねむらない樹 Vol. 11」 書肆侃侃房 2024.2 206p 21cm （短歌ムック） 1500円 ⓘ978-4-86385-614-1
※受賞作を収録

遠藤 だいず えんどう・だいず＊
0648 「女盗賊に転生したけど、周回ボーナスがあれば楽勝だよねっ！ ～100％盗むと100％逃げるで楽々お金稼ぎ！～」
◇カクヨムWeb小説コンテスト（第9回/令6年/異世界ファンタジー部門/特別賞）

遠藤 大輔 えんどう・だいすけ＊
0649 「ヒトノカケラ」
◇フジテレビヤングシナリオ大賞（第31回/令1年/佳作）

遠藤 達哉 えんどう・たつや＊
0650 「SPY×FAMILY」
◇マンガ大賞（2020/令2年/2位）
◇マンガ大賞（2021/令3年/10位）
◇日本漫画家協会賞（第52回/令5年度/大賞/コミック部門）
「SPY×FAMILY 1～14」 集英社 2019.7～2024.9 18cm （ジャンプコミックス―JUMP COMICS＋）

遠藤 ヒツジ えんどう・ひつじ＊
0651 「しなる川岸に沿って」
◇福田正夫賞（第34回/令2年）
「しなる川岸に沿って―遠藤ヒツジ詩集」 文化企画アオサギ 2020.6 79p 21cm 1500円 ⓘ978-4-909980-08-3

遠藤 秀紀 えんどう・ひでき＊
0652 「人探し」
◇「小説推理」新人賞（第44回/令4年）
「人探し」 双葉社 2023.12 237p 19cm 1680円 ⓘ978-4-575-24703-9

遠藤 宏 えんどう・ひろし＊
0653 「おすしやさんにいらっしゃい！ 生きものが食べものになるまで」
◇産経児童出版文化賞（第69回/令4年/JR賞）
◇日本絵本賞（第27回/令4年/日本絵本賞）
「おすしやさんにいらっしゃい！―生きものが食べものになるまで」 おかだだいすけ文,遠藤宏写真 岩崎書店 2021.2 1冊 22×29cm （かがくヲたのしむノンフィクション） 1600円 ⓘ978-4-265-83083-1

遠藤 みえ子　えんどう・みえこ＊
　0654　「風さわぐ北のまちから　少女と家族の引き揚げ回想記」
　　◇小学館児童出版文化賞　（第72回／令5年度）
　　　「風さわぐ北のまちから―少女と家族の引き揚げ回想記」　遠藤みえ子著，石井勉絵　佼成出版社　2022.6　223p　20cm　1600円　①978-4-333-02873-3
　　　※「1945年の鎮南浦の冬を越えて」（長崎出版 2012年刊）の改題、改稿

遠藤 由紀子　えんどう・ゆきこ＊
　0655　「会津藩家老・山川家の近代―大山捨松とその姉妹たち」
　　◇昭和女子大学女性文化研究賞（坂東眞理子基金）　（第15回／令4年度／女性文化研究奨励賞）
　　　「会津藩家老・山川家の近代―大山捨松とその姉妹たち」　雄山閣　2022.5　293p　21cm　2800円　①978-4-639-02828-4

【お】

及川 輝新　おいかわ・きしん＊
　0656　「偶像サマのメシ炊き係！」
　　◇MF文庫Jライトノベル新人賞　（第19回／令5年／優秀賞）
　　　「俺の背徳メシをおねだりせずにいられない、お隣のトップアイドルさま」　KADOKAWA　2023.11　295p　15cm　（MF文庫J）　680円　①978-4-04-683078-4
　　　※受賞作を改題
　　　「俺の背徳メシをおねだりせずにいられない、お隣のトップアイドルさま　2」　KADOKAWA　2024.2　294p　15cm　（MF文庫J）　720円　①978-4-04-683341-9

及川 シノン　おいかわ・しのん＊
　0657　「異世界除霊師」
　　◇集英社ライトノベル新人賞　（第11回／令3年）
　　　「異世界除霊師」　集英社　2024.6　325p　15cm　（ダッシュエックス文庫）　760円　①978-4-08-631555-5

生沼 義朗　おいぬま・よしあき＊
　0658　「空間」
　　◇日本詩歌句随筆評論大賞　（第16回／令2年度／短歌部門／大賞）
　　　「空間」　北冬舎　2019.6　131p　19cm　（ポエジー21）　1400円　①978-4-903792-69-9

翁 筱青　おう・しょうせい＊
　0659　「線対称な家族」
　　◇京都文学賞　（第1回／令1年度／海外部門／奨励作）

オーエンズ，ディーリア
　0660　「ザリガニの鳴くところ」
　　◇本屋大賞　（第18回／令3年／翻訳小説部門／1位）
　　　「ザリガニの鳴くところ」　ディーリア・オーエンズ著，友廣純訳　早川書房　2020.3　511p　19cm　1900円　①978-4-15-209919-8

大池 智子　おおいけ・ともこ＊
　0661　「ひまわり迷路の約束」
　　◇家の光童話賞　（第38回／令5年度／優秀賞）

大石 悦子　おおいし・えつこ＊
　0662　「百囀」
　　◇小野市詩歌文学賞（第13回／令3年／俳句部門）
　　◇蛇笏賞（第55回／令3年）
　　　「百囀―大石悦子句集」ふらんす堂　2020.7　230p　20cm（鶴叢書 第355篇―令和俳句叢書 1）2800円　ⓘ978-4-7814-1259-7

大石 さちよ　おおいし・さちよ＊
　0663　「ぼくのひしょち」
　　◇日産 童話と絵本のグランプリ（第39回／令4年度／絵本の部／優秀賞）
　　　※「第39回 日産 童話と絵本のグランプリ 童話・絵本入賞作品集」（大阪国際児童文学振興財団 2023年3月発行）に収録

大石 直紀　おおいし・なおき＊
　0664　「二十年目の桜疎水」
　　◇京都本大賞（第8回／令2年）
　　　「二十年目の桜疎水」光文社　2019.9　289p　16cm（光文社文庫）700円　ⓘ978-4-334-77902-3
　　　※「桜疎水」（2017年刊）の改題

大浦 仁志　おおうら・ひとし＊
　0665　「ロドニー、ジョン、グレッグ・ケネディ、アンタイショウ」
　　◇優駿エッセイ賞（2020〔第36回〕／令2年／次席（GⅡ））
　0666　「マンボとディーヴァ、楽園の人々」
　　◇優駿エッセイ賞（2021〔第37回〕／令3年／佳作（GⅢ））

大江 豊　おおえ・ゆたか＊
　0667　「井戸の傍らで」
　　◇労働者文学賞（第36回／令6年／詩部門／佳作）

大川 珠季　おおかわ・たまき＊
　0668　「アンティゴネ」（ベルトルト・ブレヒト作、ソフォクレス原作）
　　◇小田島雄志・翻訳戯曲賞（第16回／令5年）
　0669　「火の顔」（マリウス・フォン・マイエンブルク作）
　　◇小田島雄志・翻訳戯曲賞（第16回／令5年）
　0670　「未婚の女」（エーヴァルト・パルムツホーファー作）
　　◇小田島雄志・翻訳戯曲賞（第16回／令5年）

正親 篤　おおぎ・あつし＊
　0671　「隙ある風景」
　　◇造本装幀コンクール（第54回／令2年／日本印刷産業連合会会長賞）
　　　「隙ある風景」日下慶太　イマジネーションピカスペース　2019.7　23×23cm　5980円　ⓘ978-4-9910928-0-0

大木 潤子　おおき・じゅんこ＊
　0672　「遠い庭」
　　◇歴程賞（第61回／令5年）
　　　「遠い庭」思潮社　2023.5　139p　20cm　2500円　ⓘ978-4-7837-4528-0

大木 毅　おおき・たけし＊
　0673　「独ソ戦」
　　◇新書大賞（第13回／令2年／大賞）
　　　「独ソ戦―絶滅戦争の惨禍」岩波書店　2019.7　248p　18cm（岩波新書 新赤版）860円　ⓘ978-4-00-

431785-2

大楠 翠　おおくす・みどり＊
0674　「はてなとびっくり」
　◇三越左千夫少年詩賞（第24回／令2年）
　　「はてなとびっくり―大楠翠詩集」　大楠翠著, 吉野晃希男絵　銀の鈴社　2019.3　95p　22cm（ジュニア・ポエム双書）1600円　①978-4-86618-069-4

大口 玲子　おおぐち・りょうこ＊
0675　「ザベリオ」
　◇小野市詩歌文学賞（第12回／令2年／短歌部門）
　　「ザベリオ―大口玲子歌集」　青磁社　2019.5　166p　22cm　2600円　①978-4-86198-434-1

0676　「自由」
　◇日本歌人クラブ賞（第48回／令3年）
　　「自由」　書肆侃侃房　2020.12　165p　20cm（現代歌人シリーズ 30）2400円　①978-4-86385-435-2

大久保 海翔　おおくぼ・かいしょう
0677　「日本 ケンカしちゃいました～あぁ もうおこっぺおこっぺ～」
　◇角川つばさ文庫小説賞（第12回／令5年／こども部門／準グランプリ）

大久保 白村　おおくぼ・はくそん＊
0678　「平成俳誌山脈縦走Ⅱ」
　◇日本詩歌句随筆評論大賞（第16回／令2年度／評論部門／特別賞）
　　「平成俳誌山脈縦走 2」　文學の森　2019.12　535p　20cm　2880円　①978-4-86438-836-8

大熊 孝　おおくま・たかし＊
0679　「洪水と水害をとらえなおす 自然観の転換と川との共生」
　◇毎日出版文化賞（第74回／令2年／自然科学部門）
　　「洪水と水害をとらえなおす―自然観の転換と川との共生」　農文協プロダクション, 農山漁村文化協会（発売）　2020.5　281p　20cm　2700円　①978-4-540-20139-4

大黒 千加　おおぐろ・ちか＊
0680　「境界線」
　◇中城ふみ子賞（第10回／令4年）

大阪大学大学院文学研究科文化動態論専攻アート・メディア論研究室
おおさかだいがくだいがくいんぶんがくけんきゅうかぶんかどうたいろんせんこうあーと・めでぃあろんけんきゅうしつ
0681　「Arts and Media volume 10」
　◇造本装幀コンクール（第54回／令2年／経済産業大臣賞）
　　「Arts and Media　volume 10」　大阪大学文学研究科文化動態論専攻アート・メディア論研究室編　松本工房　2020.7　266p　14.8×21cm　1800円　①978-4-910067-02-5

大崎 さやの　おおさき・さやの＊
0682　「啓蒙期イタリアの演劇改革―ゴルドーニの場合」
　◇AICT演劇評論賞（第28回／令4年）
　　「啓蒙期イタリアの演劇改革―ゴルドーニの場合」　東京藝術大学出版会　2022.3　334, 22p　20cm　3700円　①978-4-904049-72-3

大澤 縁　おおさわ・えにし＊
0683　「お母さんはどっち」
　◇ENEOS童話賞（第51回／令2年度／小学生以下の部／優秀賞）
　　※「童話の花束 その51」に収録

大鹿 日向　おおしか・ひゅうが＊
　0684　「カタストロフ」
　　◇京都文学賞　（第2回／令2年度／中高生部門／優秀賞）

大下 一真　おおした・いっしん＊
　0685　「漆桶（しっつう）」
　　◇沼空賞　（第56回／令4年）
　　　「漆桶―大下一真歌集」　現代短歌社　2021.7　207p　20cm（まひる野叢書 第384篇）3000円　①978-4-86534-361-8

大下 さえ　おおした・さえ＊
　0686　「疾風迅雷、駆け抜けろ」
　　◇北日本文学賞　（第58回／令6年）

大島 依提亜　おおしま・いであ＊
　0687　「こっちだったかもしれない ヨシタケシンスケ展かもしれない 図録」
　　◇造本装幀コンクール　（第56回／令4年／日本書籍出版協会理事長賞／生活実用書・文庫・新書・コミック・その他部門）
　　　「こっちだったかもしれない―it might be an official catalog：ヨシタケシンスケ展かもしれない公式図録」　白泉社　2022.4　493p　17cm

オオシマ カズヒロ
　0688　「嚙む老人」
　　◇ミステリーズ！ 新人賞　（第17回／令2年）
　　　※「ミステリーズ！　vol.103（2020 OCT）」（東京創元社）に掲載

大島 清昭　おおしま・きよあき＊
　0689　「影踏亭の怪談」
　　◇ミステリーズ！ 新人賞　（第17回／令2年）
　　　「影踏亭の怪談」　東京創元社　2021.8　263p　20cm 1700円　①978-4-488-02842-8

大島 史洋　おおしま・しよう＊
　0690　「どんぐり」
　　◇齋藤茂吉短歌文学賞　（第32回／令2年）
　　　「どんぐり―大島史洋歌集」　現代短歌社, 三本木書院（発売）　2020.4　224p　20cm 3000円　①978-4-86534-322-9

大嶋 岳夫　おおしま・たけお＊
　0691　「父よそして母よ」
　　◇農民文学賞　（第65回／令4年）

大杉 光　おおすぎ・ひかり
　0692　「岩屋のサナギが海に舞う」
　　◇シナリオS1グランプリ　（第47回／令6年冬／奨励賞）

大関 博美　おおぜき・ひろみ＊
　0693　「極限状況を刻む俳句」
　　◇俳人協会評論賞　（第38回／令5年度）
　　　「極限状況を刻む俳句―ソ連抑留者・満州引揚げ者の証言に学ぶ」　コールサック社　2023.7　311p　20cm 2000円　①978-4-86435-575-9

大空 大姫　おおぞら・だいき＊
　0694　「くずとビッチ」
　　◇ファンタジア大賞　（第36回／令5年／銀賞）

「ナメてるお嬢を俺がわからせた」 KADOKAWA 2024.7 318p 15cm (富士見ファンタジア文庫) 720円 ①978-4-04-075503-8
※受賞作を改題

太田 愛 おおた・あい＊
0695 「未明の砦」
◇大藪春彦賞 (第26回/令6年)
「未明の砦」 KADOKAWA 2023.7 609p 19cm 2600円 ①978-4-04-113980-6

太田 光一 おおた・こういち＊
0696 「吾輩じゃないボクはニワトリである」
◇部落解放文学賞 (第46回/令1年/児童文学部門/佳作)
◇部落解放文学賞 (第50回/令5年/児童文学部門/部落解放文学賞)

0697 「沈んじゃう！」
◇部落解放文学賞 (第48回/令3年/児童文学部門/佳作)

おおた さとみ
0698 「すごろぅく」
◇MOE創作絵本グランプリ (第11回/令4年/佳作)

大田 ステファニー歓人 おおた・すてふぁにーかんと＊
0699 「みどりいせき」
◇すばる文学賞 (第47回/令5年)
◇三島由紀夫賞 (第37回/令6年)
「みどりいせき」 集英社 2024.2 211p 20cm 1700円 ①978-4-08-771861-4

大田 高充 おおた・たかみつ＊
0700 「不安定をデザインする 22人の採集インクとそのレシピ」
◇造本装幀コンクール (第57回/令5年/審査員奨励賞)
「不安定をデザインする―22人の採集インクとそのレシピ」 InkBook制作委員会 SPCS 2023.10 111p 26cm

太田 宣子 おおた・のぶこ＊
0701 「雨上がり世界を語るきみとゐてつづきは家族になつて聞かうか」
◇河野裕子短歌賞 (第10回記念～家族を歌う～河野裕子短歌賞/令3年募集・令4年発表/グランプリ作品/一般部門)

大竹 英洋 おおたけ・ひでひろ＊
0702 「もりはみている」
◇児童福祉文化賞 (第66回/令6年/出版物部門)
「もりはみている」 福音館書店 2021.9 23p 22cm (幼児絵本シリーズ) 900円 ①978-4-8340-8634-8

大谷 朝子 おおたに・あさこ＊
0703 「空洞を抱く」
◇すばる文学賞 (第46回/令4年)
「がらんどう」 集英社 2023.2 113p 20cm 1450円 ①978-4-08-771828-7
※受賞作を改題

大谷 誠 おおたに・まこと＊
0704 「サイのかわら」
◇えほん大賞 (第18回/令2年/ストーリー部門/特別賞)

0705 「せんせい けっこんしてくれる」

◇えほん大賞（第19回／令2年／ストーリー部門／優秀賞）

大谷 雅夫　おおたに・まさお＊
0706　「万葉集に出会う」
　◇古代歴史文化賞（第8回／令4年／優秀作品賞）
　　「万葉集に出会う」　岩波書店　2021.8　215p　18cm（岩波新書 新赤版）820円　①978-4-00-431892-7

大谷 睦　おおたに・むつみ＊
0707　「クラウドの城」
　◇日本ミステリー文学大賞新人賞（第25回／令3年）
　　「クラウドの城」　光文社　2022.2　343p　20cm　1700円　①978-4-334-91449-3
　　「クラウドの城」　光文社　2024.3　451p　16cm（光文社文庫）900円　①978-4-334-10242-5

大塚 寅彦　おおつか・とらひこ＊
0708　「ハビタブルゾーン」
　◇中日短歌大賞（第14回／令5年度）
　　「ハビタブルゾーン―歌集」　書肆侃侃房　2023.4　142p　20cm（現代歌人シリーズ 36―中部短歌叢書 第309篇）2000円　①978-4-86385-564-9

大塚 和々　おおつか・なな＊
0709　「午前零時の怪盗白鷺」
　◇青い鳥文庫小説賞（第7回／令5年度／U-15部門／大賞）

大辻 隆弘　おおつじ・たかひろ＊
0710　「樟の窓」
　◇小野市詩歌文学賞（第15回／令5年／短歌部門）
　　「樟の窓―短歌日記2021」　ふらんす堂　2022.6　382p　17cm　2200円　①978-4-7814-1465-2

0711　「橡と石垣」
　◇若山牧水賞（第29回／令6年）
　　「橡と石垣―大辻隆弘歌集」　砂子屋書房　2024.4　254p　20cm　3000円　①978-4-7904-1885-6

おおつぼっくす
0712　「はじめてのクエスト」
　◇えほん大賞（第21回／令3年／絵本部門／特別賞）

緒音 百　おおと・もも＊
0713　「かぎろいの島」
　◇最恐小説大賞（第3回／令2年／最恐長編賞）
　　「かぎろいの島」　竹書房　2024.6　263p　19cm　1700円　①978-4-8019-4023-9

大虎 龍真　おおとら・りょうま＊
0714　「Hero Swordplay Breakdown」
　◇カクヨムWeb小説コンテスト（第5回／令2年／異世界ファンタジー部門／特別賞）
　　「エルフに転生した元剣聖、レベル1から剣を極める」　KADOKAWA　2021.6　287p　15cm（角川スニーカー文庫）660円　①978-4-04-111293-9
　　※受賞作を改題

大西 久美子　おおにし・くみこ＊
0715　「イーハトーブの数式」
　◇日本自費出版文化賞（第24回／令3年／部門入賞／詩歌部門）
　　「イーハトーブの数式」　書肆侃侃房　2015.3　136p　19cm（新鋭短歌 20）1700円　①978-4-86385-175-7

大西 孝樹　おおにし・たかき＊
0716 「雑木時計」
　　◇随筆にっぽん賞（第10回／令2年／随筆にっぽん賞）

大西 隆介　おおにし・たかすけ＊
0717 「地域芸能と歩む」
　　◇造本装幀コンクール（第56回／令4年／日本印刷産業連合会会長賞）
　　「地域芸能と歩む――今を生きる人々と育む地域芸能の未来――『保存』から『持続可能性』への転換を志向する場の形成と人材育成」事業報告書」　呉屋淳子，向井大策編　沖縄県立芸術大学今を生きる人々と育む地域芸能の未来　2022.3　287p　22cm　①978-4-600-00919-9

大西 弘記　おおにし・ひろき＊
0718 「東京2012～のぞまれずさずかれずあるもの～」
　　◇テアトロ新人戯曲賞（第32回／令2年）

大貫 智子　おおぬき・ともこ＊
0719 「帰らざる河――海峡の画家イ・ジュンソプとその愛」
　　◇小学館ノンフィクション大賞（第27回／令2年／大賞）
　　「愛を描いたひと――イ・ジュンソプと山本方子の百年」　小学館　2021.6　381p 図版15p　20cm　1800円　①978-4-09-388822-6
　　※受賞作を改題

大場 健司　おおば・けんじ＊
0720 「1960s 失踪するアメリカ――安部公房とポール・オースターの比較文学的批評」
　　◇日本比較文学会賞（第29回／令6年）
　　「1960s失踪するアメリカ――安部公房とポール・オースターの比較文学的批評」　春風社　2022.12　415, 15p　20cm　4500円　①978-4-86110-851-8

大濱 普美子　おおはま・ふみこ＊
0721 「陽だまりの果て」
　　◇泉鏡花文学賞（第50回／令4年）
　　「陽だまりの果て」　国書刊行会　2022.6　376p　20cm　2200円　①978-4-336-07343-3

大林組　おおばやしぐみ＊
0722 「Seven Treasures Taisho University #8」
　　◇造本装幀コンクール（第55回／令3年／日本書籍出版協会理事長賞／語学・学参・辞事典・全集・社史・年史・自分史部門）
　　「Seven treasures――Taisho University #8」　髙橋恭司，森山大道，伊丹豪，野村佐紀子，大坪晶，横田大輔，顧剣亨写真　大林組　2021.12　21×30cm

大原 雨音　おおはら・うおん
0723 「それがわたしの知るすべてです」
　　◇笹井宏之賞（第7回／令6年／個人賞／森田真生賞）

大原 鉄平　おおはら・てっぺい＊
0724 「森は盗む」
　　◇林芙美子文学賞（第10回／令5年度／大賞）

大春 ハルオ　おおはる・はるお＊
0725 「幕末サンライズ」
　　◇シナリオS1グランプリ（第38回／令2年春／佳作）

大尾 侑子　おおび・ゆうこ＊
0726 「地下出版のメディア史――エロ・グロ、珍書屋、教養主義」

◇日本出版学会賞（第44回/令4年度/奨励賞）
「地下出版のメディア史―エロ・グロ、珍書屋、教養主義」 慶應義塾大学出版会　2022.3　465, 22p　22cm 4500円　ⓟ978-4-7664-2803-2

大藤　惠子　　おおふじ・けいこ＊
0727　「同窓会名簿」
◇随筆にっぽん賞（第12回/令4年/随筆にっぽん賞）

大溝　裕　　おおみぞ・ひろし＊
0728　「木組 分解してみました」
◇造本装幀コンクール（第54回/令2年/日本印刷産業連合会会長賞）
「木組 分解してみました―竹中大工道具館開館35周年記念巡回展：展覧会図録」 竹中大工道具館編　竹中大工道具館　2019.10　129p　30cm

大宮　葉月　　おおみや・はずき＊
0729　「もう限界ですぅー……って女神様から退職代行の依頼がきたんだが？」
◇カクヨムWeb小説短編賞（2020/令2年/短編賞）

おおむら　たかじ
0730　「ひまわりがさいている」
◇伊東静雄賞（第31回/令2年度）

大森　あるま　　おおもり・あるま＊
0731　「夕やけがかりの絵かきさん」（童謡詩）
◇〔日本児童文芸家協会〕創作コンクールつばさ賞（第19回/令2年/詩・童謡部門/佳作）

0732　「おいらは赤いタイルだぜ」
◇アンデルセンのメルヘン大賞（第38回/令3年/一般部門/優秀賞）
「アンデルセンのメルヘン文庫　第38集」 アンデルセン・パン生活文化研究所　2021.10　83p　21×22cm（アンデルセンのメルヘン大賞受賞作品集 第38回）1000円　※受賞作を収録

大森　賀津也　　おおもり・かずや＊
0733　「金絲七彩 並木秀俊截金作品集 ―GOLD THREAD WITH SEVEN SHADES Hidetoshi Namiki Kirikane Art Works―」
◇造本装幀コンクール（第57回/令5年/日本印刷産業連合会会長賞/印刷・製本技術賞）
「金絲七彩―並木秀俊截金作品集」 並木秀俊著　新潮社図書編集室, 新潮社（発売）　2023.8　111p　29cm 3500円　ⓟ978-4-10-910257-5

大森　淳郎　　おおもり・じゅんろう＊
0734　「ラジオと戦争 放送人たちの『報国』」
◇毎日出版文化賞（第77回/令5年/人文・社会部門）
◇講談社 本田靖春ノンフィクション賞（第46回/令6年）
「ラジオと戦争―放送人たちの「報国」」 大森淳郎, NHK放送文化研究所著　NHK出版　2023.6　573p　20cm 3600円　ⓟ978-4-14-081940-1

大森　望　　おおもり・のぞみ＊
0735　「年刊日本SF傑作選」（全12巻）
◇日本SF大賞（第40回/令1年/特別賞）
「年刊日本SF傑作選　〔1〕〜〔12〕」 大森望, 日下三蔵編　東京創元社　2008.12〜2019.8　15cm（創元SF文庫）

0736　「三体」

◇星雲賞（第51回/令2年/海外長編部門（小説））
　　◇本屋大賞（第17回/令2年/翻訳小説部門/3位）
　　　「三体」　劉慈欣著、大森望、光吉さくら、ワンチャイ訳、立原透耶監修　早川書房　2019.7　447p
　　　　20cm 1900円　Ⓘ978-4-15-209870-2
　　　「三体」　劉慈欣著、大森望、光吉さくら、ワンチャイ訳、立原透耶監修　早川書房　2024.2　633p
　　　　16cm　（ハヤカワ文庫 SF）1100円　Ⓘ978-4-15-012434-2

0737　「三体Ⅱ　黒暗森林」
　　◇星雲賞（第52回/令3年/海外長編部門（小説））
　　　「三体　2　黒暗森林　上」　劉慈欣著　大森望、立原透耶、上原かおり、泊功訳　早川書房　2020.6
　　　　335p　20cm 1700円　Ⓘ978-4-15-209948-8
　　　「三体　2　黒暗森林　下」　劉慈欣著　大森望、立原透耶、上原かおり、泊功訳　早川書房　2020.6
　　　　348p 20cm 1700円　Ⓘ978-4-15-209949-5
　　　「三体　2　黒暗森林　上」　劉慈欣著　大森望〔ほか〕訳　早川書房　2024.4　478p　16cm　（ハヤカワ
　　　　文庫 SF）1000円　Ⓘ978-4-15-012442-7
　　　「三体　2　黒暗森林　下」　劉慈欣著　大森望〔ほか〕訳　早川書房　2024.4　505p　16cm　（ハヤカワ
　　　　文庫 SF）1000円　Ⓘ978-4-15-012443-4

0738　「流浪地球」
　　◇星雲賞（第54回/令5年/海外短編部門（小説））
　　　「流浪地球」　劉慈欣著、大森望、古市雅子訳　KADOKAWA　2022.9　309p　20cm 2000円　Ⓘ978-4-
　　　　04-065993-0
　　　「流浪地球」　劉慈欣著、大森望、古市雅子訳　KADOKAWA　2024.1　305p　15cm　（角川文庫）1200
　　　　円　Ⓘ978-4-04-114557-9

大山　誠一郎　おおやま・せいいちろう＊
0739　「時計屋探偵と二律背反のアリバイ」
　　◇日本推理作家協会賞（第75回/令4年/短編部門）
　　　「時計屋探偵の冒険」　実業之日本社　2022.3　219p　19cm　（アリバイ崩し承ります 2）1500円
　　　　Ⓘ978-4-408-53802-0
　　　※受賞作を収録

大和　博幸　おおわ・ひろゆき＊
0740　「江戸期の広域出版流通」
　　◇日本出版学会賞（第41回/令1年度/日本出版学会賞）
　　　「江戸期の広域出版流通」　新典社　2019.3　446p　22cm　（新典社研究叢書 309）13000円　Ⓘ978-4-
　　　　7879-4309-5

岡　奈津子　おか・なつこ＊
0741　「〈賄賂〉のある暮らし―市場経済化後のカザフスタン」
　　◇樫山純三賞（第15回/令2年/一般書賞）
　　　「〈賄賂〉のある暮らし―市場経済化後のカザフスタン」　白水社　2019.11　245, 8p　20cm 2200円
　　　　Ⓘ978-4-560-09728-1
　　　「〈賄賂〉のある暮らし―市場経済化後のカザフスタン」　新版　白水社　2024.3　253, 8p　19cm
　　　　2600円　Ⓘ978-4-560-09283-5

岡　典子　おか・のりこ＊
0742　「沈黙の勇者たち　ユダヤ人を救ったドイツ市民の戦い」
　　◇司馬遼太郎賞（第27回/令5年度）
　　　「沈黙の勇者たち―ユダヤ人を救ったドイツ市民の戦い」　新潮社　2023.5　283p　20cm　（新潮選書）
　　　　1750円　Ⓘ978-4-10-603899-0

尾ヶ井　慎太郎　おがい・しんたろう＊
0743　「わが友」
　　◇城戸賞（第49回/令5年/佳作）

岡垣 澄華　おかがき・すみか＊
　0744　「白線の彼方へ」
　　◇ちゅうでん児童文学賞（第26回/令5年度/さくら奨励賞）

OKAKI
　0745　「ゆるさない」
　　◇カクヨムWeb小説短編賞（2021/令3年/短編小説部門/短編特別賞）

岡﨑 乾二郎　おかざき・けんじろう＊
　0746　「感覚のエデン」
　　◇毎日出版文化賞（第76回/令4年/文学・芸術部門）
　　　「岡﨑乾二郎批評選集 vol.1 感覚のエデン」　亜紀書房　2021.10　477, 7p　22cm　3600円　①978-4-7505-1711-7

岡崎 マサムネ　おかざき・まさむね＊
　0747　「モブ同然の悪役令嬢に転生したので、男装して主人公に攻略されることにしました」
　　◇カクヨムWeb小説コンテスト（第6回/令3年/恋愛部門/特別賞）
　　　「モブ同然の悪役令嬢は男装して攻略対象の座を狙う」　TOブックス　2022.10　369p　19cm　1272円　①978-4-86699-661-5
　　　※受賞作を改題
　　　「モブ同然の悪役令嬢は男装して攻略対象の座を狙う　2」　TOブックス　2023.1　355p　19cm　1272円　①978-4-86699-720-9
　　　「モブ同然の悪役令嬢は男装して攻略対象の座を狙う　3」　TOブックス　2023.8　351p　19cm　1272円　①978-4-86699-889-3
　　　「モブ同然の悪役令嬢は男装して攻略対象の座を狙う　4」　TOブックス　2024.2　349p　19cm　1272円　①978-4-86794-062-4
　　　「モブ同然の悪役令嬢は男装して攻略対象の座を狙う　5」　TOブックス　2024.8　345p　19cm　1272円　①978-4-86794-251-2

岡崎 由佳　おかざき・ゆか＊
　0748　「大槻圭子 Primitive」
　　◇造本装幀コンクール（第55回/令3年/日本印刷産業連合会会長賞）
　　　「大槻圭子 Primitive」　大槻圭子著　求龍堂　2021.3　19×31cm　3000円　①978-4-7630-2105-2

小笠原 柚子　おがさわら・ゆず＊
　0749　「枕上げの夜」
　　◇坊っちゃん文学賞（第17回/令2年/佳作）
　　　「夢三十夜」「坊っちゃん文学賞」書籍編集委員会編　学研プラス　2021.6　330p　19cm（5分後の隣のシリーズ）1000円　①978-4-05-205425-9

小笠原 欣幸　おがさわら・よしゆき＊
　0750　「台湾総統選挙」
　　◇樫山純三賞（第15回/令2年/学術書賞）
　　　「台湾総統選挙」　晃洋書房　2019.11　344p　22cm　2800円　①978-4-7710-3271-2

岡田 暁生　おかだ・あけお＊
　0751　「音楽の危機《第九》が歌えなくなった日」
　　◇小林秀雄賞（第20回/令3年）
　　　「音楽の危機―《第九》が歌えなくなった日」　中央公論新社　2020.9　235p　18cm（中公新書）820円　①978-4-12-102606-4

岡田 敦　おかだ・あつし＊
　0752　「エピタフ 幻の島、ユルリの光跡」
　　◇JRA賞馬事文化賞（2023/令5年度）

「エピタフ―幻の島、ユルリの光跡」　インプレス　2023.6　240p　20cm　2700円　①978-4-295-01654-0

岡田 一実　おかだ・かずみ＊
0753　「『杉田久女句集』を読む―ガイノクリティックスの視点から」
　　◇現代俳句評論賞（第42回/令4年度）

岡田 恭子　おかだ・きょうこ＊
0754　「しずかだね」
　　◇日本詩歌句随筆評論大賞（第20回/令6年度/短歌部門/優秀賞）
　　「しずかだね―歌集」　短歌研究社　2024.2　211p　20cm　3000円　①978-4-86272-753-4

岡田 周平　おかだ・しゅうへい
0755　「印字された内容」
　　◇労働者文学賞（第36回/令6年/小説部門/入選）

岡田 淳　おかだ・じゅん＊
0756　「こそあどの森のおとなたちが子どもだったころ」
　　◇産経児童出版文化賞（第69回/令4年/大賞）
　　「こそあどの森のおとなたちが子どもだったころ―Another Story of the Kosoado Woods」　理論社　2021.5　223p　22cm　（こそあどの森の物語）1600円　①978-4-652-20429-0

おかだ だいすけ
0757　「おすしやさんにいらっしゃい！　生きものが食べものになるまで」
　　◇産経児童出版文化賞（第69回/令4年/JR賞）
　　◇日本絵本賞（第27回/令4年/日本絵本賞）
　　「おすしやさんにいらっしゃい！―生きものが食べものになるまで」　おかだだいすけ文, 遠藤宏写真　岩崎書店　2021.2　1冊　22×29cm　（かがくヲたのしむノンフィクション）1600円　①978-4-265-83083-1

岡田 鉄兵　おかだ・てっぺい
0758　「出戻りサト子」
　　◇城戸賞（第46回/令2年/佳作）

岡田 利規　おかだ・としき＊
0759　「未練の幽霊と怪物 挫波/敦賀」
　　◇読売文学賞（第72回/令2年/戯曲・シナリオ賞）
　　◇鶴屋南北戯曲賞（第25回/令3年度）
　　「未練の幽霊と怪物挫波/敦賀」　白水社　2020.7　144p　20cm　2400円　①978-4-560-09783-0
　　「未練の幽霊と怪物―『挫波』『敦賀』」　鈴木理映子編集・執筆　KAAT神奈川芸術劇場　2021.6　59p　25cm
0760　「ブロッコリー・レボリューション」
　　◇三島由紀夫賞（第35回/令4年）
　　「ブロッコリー・レボリューション」　新潮社　2022.6　219p　20cm　1800円　①978-4-10-304052-1

岡田 智樹　おかだ・ともき＊
0761　「エレファント・シュノーケリング」
　　◇三田文学新人賞（第27回/令3年/佳作）

緒方 水花里　おがた・みかり＊
0762　「アスパラガスの女たち」
　　◇舟橋聖一顕彰青年文学賞（第36回/令6年/優秀作品）

岡田 由季　おかだ・ゆき＊
0763　「優しき腹」50句

◇角川俳句賞（第67回／令3年）

岡田 幸夫　おかだ・ゆきお＊
0764　「渡辺崋山作 国宝「鷹見泉石像」の謎」
　　◇歴史浪漫文学賞（第20回／令2年／大賞）
　　　「渡辺崋山作国宝「鷹見泉石像」の謎」　郁朋社　2020.6　208p　19cm　1500円　Ⓘ978-4-87302-717-3

岡田 幸文　おかだ・ゆきふみ＊
0765　「そして君と歩いていく」
　　◇歴程賞（第58回／令2年）
　　　「そして君と歩いていく―岡田幸文詩集」　ミッドナイト・プレス　2020.7　108p　22×15cm　2000円
　　　Ⓘ978-4-907901-22-6

岡田 善敬　おかだ・よしのり＊
0766　「感じる数学 ―ガリレイからポアンカレまで―」
　　◇造本装幀コンクール（第56回／令4年／日本書籍出版協会理事長賞／専門書（人文社会
　　　科学書・自然科学書等）部門）
　　　「感じる数学―ガリレイからポアンカレまで」　正宗淳編　共立出版　2022.8　196p　19cm　1800円
　　　Ⓘ978-4-320-11478-4

岡塚 章子　おかつか・あきこ＊
0767　「帝国の写真師 小川一眞」
　　◇芸術選奨（第73回／令4年度／評論等部門／文部科学大臣賞）
　　　「帝国の写真師 小川一眞」　国書刊行会　2022.4　493, 7p　22cm　8000円　Ⓘ978-4-336-07326-6

岡野 弘彦　おかの・ひろひこ＊
0768　「岡野弘彦全歌集」
　　◇齋藤茂吉短歌文学賞（第33回／令3年）
　　　「岡野弘彦全歌集」　青磁社　2021.12　1116p　22cm　12000円　Ⓘ978-4-86198-527-0

丘之 ベルン　おかの・べるん＊
0769　「そして僕は龍人になった」
　　◇カクヨムWeb小説コンテスト（第8回／令5年／異世界ファンタジー部門／特別賞）

岡林 孝子　おかばやし・たかこ＊
0770　「五分ほど待たせ着きたる駅前に土偶のごとく母立ちをりき」
　　◇角川全国短歌大賞（第12回／令2年／題詠「土」／大賞）
　　　「木の葉時計―岡林孝子歌集」　青磁社　2013.4　155p　22cm　（白珠叢書 第231篇）　2500円　Ⓘ978-4-86198-227-9
　　　※受賞作を収録

岡部 雅子　おかべ・まさこ＊
0771　「わたしの部屋」
　　◇BKラジオドラマ脚本賞（第45回／令6年／佳作）

岡本 勝人　おかもと・かつひと＊
0772　「1920年代の東京」
　　◇日本詩歌句随筆評論大賞（第18回／令4年度／評論部門／奨励賞）
　　　「1920年代の東京―高村光太郎、横光利一、堀辰雄」　左右社　2021.6　293p　20cm　2400円　Ⓘ978-4-86528-035-7

岡本 佳奈　おかもと・かな＊
0773　「ピンク」
　　◇大阪女性文芸賞（第37回／令1年）

0774 「家外不安全」
　　◇北日本文学賞（第55回/令3年/選奨）

岡本 惠子　おかもと・けいこ*
0775 「おとな七人子ども七人」
　　◇随筆にっぽん賞（第10回/令2年/大賞）

岡本 浩一　おかもと・こういち*
0776 「茶道バイリンガル事典」
　　◇茶道文化学術賞（第33回/令5年度/茶道文化学術賞）
　　「茶道バイリンガル事典」　大修館書店　2023.9　49,549p　27cm　25000円　①978-4-469-01292-7

岡本 さとる　おかもと・さとる*
0777 「居酒屋お夏 春夏秋冬」シリーズ
　　◇日本歴史時代作家協会賞（第12回/令5年/文庫シリーズ賞）
　　「居酒屋お夏 春夏秋冬　1～9」　幻冬舎　2020.8～2024.12　16cm　（幻冬舎時代小説文庫）
0778 「仕立屋お竜」シリーズ
　　◇日本歴史時代作家協会賞（第12回/令5年/文庫シリーズ賞）
　　「仕立屋お竜」　文藝春秋　2022.6　282p　16cm　（文春文庫）　690円　①978-4-16-791889-7
　　「悲愁の花」　文藝春秋　2022.7　287p　16cm　（文春文庫―仕立屋お竜）　690円　①978-4-16-791903-0
　　「名残の袖」　文藝春秋　2023.2　302p　16cm　（文春文庫―仕立屋お竜）　700円　①978-4-16-791995-5
　　「父子（おやこ）船」　文藝春秋　2023.8　291p　16cm　（文春文庫―仕立屋お竜）　730円　①978-4-16-792079-1
　　「恋風」　文藝春秋　2024.2　287p　16cm　（文春文庫―仕立屋お竜）　730円　①978-4-16-792169-9
　　「親子の旅路」　文藝春秋　2024.8　298p　16cm　（文春文庫―仕立屋お竜）　750円　①978-4-16-792258-0
0779 「八丁堀強妻物語」シリーズ
　　◇日本歴史時代作家協会賞（第12回/令5年/文庫シリーズ賞）
　　「八丁堀強妻物語」　小学館　2022.2　281p　15cm　（小学館文庫―小学館時代小説文庫）　660円　①978-4-09-407119-1
　　「銀の玉簪―八丁堀強妻物語 2」　小学館　2022.10　288p　15cm　（小学館文庫―小学館時代小説文庫）　680円　①978-4-09-407191-7
　　「隠密夫婦―八丁堀強妻物語 3」　小学館　2023.4　283p　15cm　（小学館文庫―小学館時代小説文庫）　670円　①978-4-09-407243-3
　　「恋女房―八丁堀強妻物語 4」　小学館　2023.10　287p　15cm　（小学館文庫―小学館時代小説文庫）　690円　①978-4-09-407302-7
　　「押しかけ夫婦―八丁堀強妻物語 5」　小学館　2024.6　277p　15cm　（小学館文庫―小学館時代小説文庫）　670円　①978-4-09-407357-7

岡本 なおや　おかもと・なおや*
0780 「あしたからクラスメイト」
　　◇〔日本児童文芸家協会〕創作コンクールつばさ賞（第19回/令2年/読み物部門/佳作）

岡本 正大　おかもと・まさひろ*
0781 「オニのアタマから」
　　◇〔日本児童文芸家協会〕創作コンクールつばさ賞（第19回/令2年/童話部門/優秀賞）

岡本 恵　おかもと・めぐみ*
0782 「盲霧」
　　◇笹井宏之賞（第6回/令5年/個人賞/山崎聡子賞）
　　「ねむらない樹　Vol. 11」　書肆侃侃房　2024.2　206p　21cm　（短歌ムック）　1500円　①978-4-86385-614-1
　　※受賞作を収録

岡本 好貴　おかもと・よしき＊
　0783　「北海は死に満ちて」
　　　◇鮎川哲也賞　（第33回／令5年）
　　　　「帆船軍艦の殺人」　東京創元社　2023.10　332p　20cm　1800円　①978-4-488-02567-0
　　　　※受賞作を改題

オカヤ イヅミ
　0784　「いいとしを」
　　　◇手塚治虫文化賞　（第26回／令4年／短編賞）
　　　　「いいとしを」　KADOKAWA　2021.3　205p　21cm　1200円　①978-4-04-111068-3
　0785　「白木蓮はきれいに散らない」
　　　◇手塚治虫文化賞　（第26回／令4年／短編賞）
　　　　「白木蓮はきれいに散らない―Nobility of Life」　小学館　2021.3　230p　21cm（ビッグコミックススペシャル）　1200円　①978-4-09-179348-5

小川 一水　おがわ・いっすい＊
　0786　「天冥の標」（全10巻）
　　　◇日本SF大賞　（第40回／令1年）
　　　◇星雲賞　（第51回／令2年／日本長編部門（小説））
　　　　「天冥の標　1～10」　早川書房　2009.9～2019.2　16cm（ハヤカワ文庫）

小川 糸　おがわ・いと＊
　0787　「ライオンのおやつ」
　　　◇本屋大賞　（第17回／令2年／2位）
　　　　「ライオンのおやつ」　ポプラ社　2022.10　276p　16cm（ポプラ文庫）　720円　①978-4-591-17506-4

小川 軽舟　おがわ・けいしゅう＊
　0788　「朝晩」
　　　◇俳人協会賞　（第59回／令1年度）
　　　　「朝晩―句集」　ふらんす堂　2019.7　210p　20cm　2700円　①978-4-7814-1183-5

　0789　「無辺」
　　　◇小野市詩歌文学賞　（第15回／令5年／俳句部門）
　　　◇蛇笏賞　（第57回／令5年）
　　　　「無辺―句集」　ふらんす堂　2022.10　195p　20cm　2800円　①978-4-7814-1505-5

小川 健治　おがわ・けんじ
　0790　「仙人化計画」
　　　◇随筆にっぽん賞　（第14回／令6年／奨励賞）

小川 哲　おがわ・さとし＊
　0791　「SF作家の倒し方」
　　　◇星雲賞　（第53回／令4年／日本短編部門（小説））
　　　　「異常論文」　樋口恭介編，青島もうじき ほか著　早川書房　2021.10　687p　16cm（ハヤカワ文庫JA）　1240円　①978-4-15-031500-9
　　　　※受賞作を収録
　0792　「地図と拳」
　　　◇直木三十五賞　（第168回／令4年下）
　　　◇山田風太郎賞　（第13回／令4年）
　　　　「地図と拳」　集英社　2022.6　633p　20cm　2200円　①978-4-08-771801-0
　0793　「君のクイズ」
　　　◇日本推理作家協会賞　（第76回／令5年／長編および連作短編集部門）

◇本屋大賞（第20回／令5年／6位）
「君のクイズ」　朝日新聞出版　2022.10　190p　19cm　1400円　①978-4-02-251837-8

0794　「君が手にするはずだった黄金について」
◇本屋大賞（第21回／令6年／10位）
「君が手にするはずだった黄金について」　新潮社　2023.10　243p　20cm　1600円　①978-4-10-355311-3

小川 さやか　おがわ・さやか＊
0795　「チョンキンマンションのボスは知っている―アングラ経済の人類学」
◇大宅壮一ノンフィクション賞（第51回／令2年）
◇河合隼雄学芸賞（第8回／令2年）
「チョンキンマンションのボスは知っている―アングラ経済の人類学」　春秋社　2019.7　273p　20cm　2000円　①978-4-393-33371-6

小川 進　おがわ・すすむ＊
0796　「世界標準研究を発信した日本人経営学者たち」
◇河上肇賞（第16回／令2年／奨励賞）
「世界標準研究を発信した日本人経営学者たち―日本経営学革新史1976年‐2000年」　白桃書房　2021.3　220p　22cm　2364円　①978-4-561-16185-1

小川 英子　おがわ・ひでこ＊
0797　「王の祭り」
◇日本子どもの本研究会「作品賞」（第5回／令3年）
「王の祭り」　小川英子著, 佐竹美保装画　ゴブリン書房　2020.4　317p　20cm　1500円　①978-4-902257-39-7

小川 雅子　おがわ・まさこ＊
0798　「ライラックのワンピース」
◇ポプラズッコケ文学新人賞（第9回／令1年／大賞）
「ライラックのワンピース」　小川雅子作, めばち絵　ポプラ社　2020.10　238p　20cm　(teens' best selections)　1400円　①978-4-591-16787-8

小川 桃葉　おがわ・ももは＊
0799　「紫の紫陽花が咲く日には」
◇ENEOS童話賞（第51回／令2年度／中学生の部／最優秀賞）
※「童話の花束 その51」に収録

小川 洋子　おがわ・ようこ＊
0800　「小箱」
◇野間文芸賞（第73回／令2年）
「小箱」　朝日新聞出版　2019.10　209p　20cm　1500円　①978-4-02-251642-8

小川 楽喜　おがわ・らくよし＊
0801　「標本作家」
◇ハヤカワSFコンテスト（第10回／令4年／大賞）
「標本作家」　早川書房　2023.1　443p　20cm　2300円　①978-4-15-210206-5

小木 出　おぎ・いずる＊
0802　「父ひとり暮らしし家の呼び鈴を押して父呼ぶ音に聞き入る」
◇角川全国短歌大賞（第14回／令4年／題詠「音」／準賞）

おきた もも
0803　「アタリつきアイス」
◇MOE創作絵本グランプリ（第9回／令2年／佳作）

荻田　泰永　　おぎた・やすなが＊

0804　「考える脚」
◇梅棹忠夫・山と探検文学賞　（第9回／令2年発表）
「考える脚―北極冒険家が考える、リスクとカネと歩くこと」　KADOKAWA　2019.3　315p　19cm　1500円　ⓘ978-4-04-604036-7

0805　「PIHOTEK 北極を風と歩く」
◇日本絵本賞　（第28回／令5年／日本絵本賞大賞）
「PIHOTEK―北極を風と歩く」　荻田泰永文, 井上奈奈絵　講談社　2022.8　〔32p〕　20×31cm　（講談社の創作絵本）　2800円　ⓘ978-4-06-528316-5

荻堂　顕　　おぎどう・あきら＊

0806　「私たちの擬傷（ぎしょう）」
◇新潮ミステリー大賞　（第7回／令2年）
「擬傷の鳥はつかまらない」　新潮社　2021.1　376p　20cm　1700円　ⓘ978-4-10-353821-9
※受賞作を改題

0807　「不夜島（ナイトランド）」
◇日本推理作家協会賞　（第77回／令6年／長編および連作短編集部門）
「不夜島（ナイトランド）」　祥伝社　2023.12　415p　19cm　1800円　ⓘ978-4-396-63658-6

翁　まひろ　　おきな・まひろ＊

0808　「菊乃、黄泉より参る！」
◇角川文庫キャラクター小説大賞　（第8回／令4年／大賞・読者賞）
「菊乃、黄泉より参る！―よみがえり少女と天下の降魔師」　KADOKAWA　2023.4　285p　15cm　（角川文庫）　680円　ⓘ978-4-04-113598-3

沖縄県立芸術大学今を生きる人々と育む地域芸能の未来
おきなわけんりつげいじゅつだいがくいまをいきるひとびととはぐくむちいきげいのうのみらい

0809　「地域芸能と歩む」
◇造本装幀コンクール　（第56回／令4年／日本印刷産業連合会会長賞）
「地域芸能と歩む―「今を生きる人々と育む地域芸能の未来―『保存』から『持続可能性』への転換を志向する場の形成と人材育成」事業報告書」　呉屋淳子, 向井大策編　沖縄県立芸術大学今を生きる人々と育む地域芸能の未来　2022.3　287p　22cm　ⓘ978-4-600-00919-9

おぎぬまX

0810　「地下芸人」
◇ジャンプ小説新人賞　（2019／令1年／小説フリー部門／銀賞）
「地下芸人」　集英社　2020.10　235p　16cm　（集英社文庫）　560円　ⓘ978-4-08-744171-0

荻原　裕幸　　おぎはら・ひろゆき＊

0811　「リリカル・アンドロイド」
◇中日短歌大賞　（第11回／令2年度）
「リリカル・アンドロイド―歌集」　書肆侃侃房　2020.4　140p　20cm　（現代歌人シリーズ 29）　2000円　ⓘ978-4-86385-395-9

沖光　峰津　　おきみつ・みねつ＊

0812　「怪奇現象という名の恐怖」
◇最恐小説大賞　（第1回／平30年）
「怪奇現象という名の病気」　竹書房　2020.9　262p　19cm　1400円　ⓘ978-4-8019-2387-4
※受賞作を改題

尾久　守侑　　おぎゅう・かみゆ＊

0813　「Uncovered Therapy」

◇H氏賞（第74回/令6年）
「Uncovered Therapy」 思潮社 2023.7 110p 20cm 2300円 ①978-4-7837-4540-2

荻原 浩　おぎわら・ひろし＊
0814 「笑う森」
◇中央公論文芸賞（第19回/令6年）
「笑う森」新潮社 2024.5 451p 20cm 2200円 ①978-4-10-468907-1

奥 憲介　おく・けんすけ＊
0815 「開高健論〜非当事者性というフロンティアを生きる」
◇すばるクリティーク賞（2018/平30年/佳作）

奥田 亜希子　おくだ・あきこ＊
0816 「求めよ、さらば」
◇本屋が選ぶ大人の恋愛小説大賞（第2回/令4年）
「求めよ、さらば」KADOKAWA 2021.12 218p 19cm 1600円 ①978-4-04-110906-9

奥田 康誠　おくだ・こうせい＊
0817 「とある列車の物語」
◇ENEOS童話賞（第53回/令4年度/小学生以下の部/最優秀賞）
※「童話の花束 その53」に収録

奥田 亡羊　おくだ・ぼうよう＊
0818 「花」
◇若山牧水賞（第27回/令4年）
「花―奥田亡羊歌集」砂子屋書房 2021.12 225p 20cm 3000円 ①978-4-7904-1808-5

奥野 じゅん　おくの・じゅん＊
0819 「江戸落語奇譚 〜怪異には失礼のないように〜」
◇角川文庫キャラクター小説大賞（第6回/令2年/優秀賞）〈受賞時〉小野 じゅん
「江戸落語奇譚 寄席と死神」KADOKAWA 2021.4 265p 15cm（角川文庫）600円 ①978-4-04-111238-0
「江戸落語奇譚〔2〕 始まりと未来」KADOKAWA 2021.10 293p 15cm（角川文庫）680円 ①978-4-04-111879-5

小熊 英二　おぐま・えいじ＊
0820 「日本社会のしくみ」
◇新書大賞（第13回/令2年/4位）
「日本社会のしくみ―雇用・教育・福祉の歴史社会学」講談社 2019.7 601p 18cm（講談社現代新書）1300円 ①978-4-06-515429-8

奥村 知世　おくむら・ともよ＊
0821 「工場」
◇日本歌人クラブ新人賞（第28回/令4年）
「工場」書肆侃侃房 2021.6 141p 19cm（新鋭短歌 54）1700円 ①978-4-86385-469-7

奥山 紗英　おくやま・さえ＊
0822 「光を型抜き」
◇西脇順三郎賞（第2回/令5年/詩篇の部/西脇順三郎賞新人賞）

小倉 千明　おぐら・ちあき＊
0823 「嘘つきたちへ」
◇創元ミステリ短編賞（第1回/令5年）

尾崎　順子　　おざき・じゅんこ＊
　0824　「コウノトリとお兄さんとぼく」
　　　◇家の光童話賞（第36回/令3年度/優秀賞）

尾崎　真理子　　おざき・まりこ＊
　0825　「大江健三郎の『義』」
　　　◇読売文学賞（第74回/令4年/評論・伝記賞）
　　　　「大江健三郎の「義」」　講談社　2022.10　317p　20cm　2500円　①978-4-06-528444-5

尾崎　美樹　　おざき・みき
　0826　「優しい選択」
　　　◇啄木・賢治のふるさと「岩手日報随筆賞」（第19回/令6年/優秀賞）

長田　典子　　おさだ・のりこ＊
　0827　「ニューヨーク・ディグ・ダグ」
　　　◇小熊秀雄賞（第53回/令2年）
　　　　「ニューヨーク・ディグ・ダグ」　思潮社　2019.9　203p　22cm　3600円　①978-4-7837-3676-9

小沢　慧一　　おざわ・けいいち＊
　0828　「南海トラフ地震の真実」
　　　◇新潮ドキュメント賞（第23回/令6年）
　　　　「南海トラフ地震の真実」　東京新聞　2023.8　245p　19cm　1500円　①978-4-8083-1088-2

小澤　實　　おざわ・みのる＊
　0829　「芭蕉の風景」(上・下)
　　　◇読売文学賞（第73回/令3年/随筆・紀行賞）
　　　　「芭蕉の風景　上」　ウェッジ　2021.10　309p　22cm（澤俳句叢書 第30篇）3000円　①978-4-86310-242-2
　　　　「芭蕉の風景　下」　ウェッジ　2021.10　370, 58, 7p　22cm（澤俳句叢書 第30篇）3000円　①978-4-86310-243-9
　0830　「澤」
　　　◇蛇笏賞（第58回/令6年）
　　　◇俳句四季大賞（令6年/第23回 俳句四季大賞）
　　　　「澤一句集」　角川書店, KADOKAWA（発売）　2023.11　185p　20cm（澤俳句叢書 第8篇）2700円　①978-4-04-884559-5

小田　クニ子　　おだ・くにこ＊
　0831　「夜間中学で希望をみつけた」
　　　◇部落解放文学賞（第48回/令3年/識字部門/佳作）

オダ　トモヒト
　0832　「古見さんは、コミュ症です。」
　　　◇小学館漫画賞（第67回/令3年度/少年向け部門）
　　　　「古見さんは、コミュ症です。　Volume1～Volume35」　小学館　2016.9～2024.10　18cm（少年サンデーコミックス）

尾田　直美　　おだ・なおみ
　0833　「楽しい雪の結晶観察図鑑」
　　　◇造本装幀コンクール（第54回/令2年/日本図書館協会賞）
　　　　「楽しい雪の結晶観察図鑑」　武田康男文・写真　緑書房　2020.12　142p　15×21cm　1900円　①978-4-89531-580-7

小田　雅久仁　　おだ・まさくに＊
　0834　「残月記」

◇日本SF大賞（第43回/令4年）
◇本屋大賞（第19回/令4年/7位）
◇吉川英治文学新人賞（第43回/令4年度）
「残月記」 双葉社 2021.11 381p 20cm 1650円 ①978-4-575-24464-9

小田 ゆうあ　おだ・ゆうあ＊
0835 「かろりのつやごと」
◇日本漫画家協会賞（第53回/令6年度/大賞/コミック部門）
「かろりのつやごと　1～13」 集英社クリエイティブ、集英社（発売）　2019.11～2024.10　18cm（office YOU COMICS）

小田 凉子　おだ・りょうこ
0836 「母のミシン」
◇詩人会議新人賞（第55回/令3年/詩部門/佳作）

織田 亮太朗　おだ・りょうたろう＊
0837 「駐屯地」
◇俳句四季新人賞・新人奨励賞（令3年/第9回 俳句四季新人賞）

尾高 薫　おだか・かおる＊
0838 「ぼくは学校ハムスター 1 ハンフリーは友だちがかり」
◇日本子どもの本研究会「作品賞」（第8回/令6年）
「ぼくは学校ハムスター　1　ハンフリーは友だちがかり」 ベティ・G・バーニー作、尾高薫訳、ももろ絵　偕成社　2023.2　211p　20cm 1500円　①978-4-03-521910-1

小田島 渚　おだしま・なぎさ＊
0839 「真円の虹」
◇兜太現代俳句新人賞（第39回/令3年度）

小田中 章浩　おだなか・あきひろ＊
0840 「戦争と劇場 第一次世界大戦とフランス演劇」
◇AICT演劇評論賞（第29回/令5年）
「戦争と劇場—第一次世界大戦とフランス演劇」 水声社　2023.3　436p　22cm 6000円　①978-4-8010-0720-8

越智 洋　おち・ひろし＊
0841 「透明な俳句空間—芝不器男論」
◇現代俳句評論賞（第41回/令3年度/佳作）

落合 恵美子　おちあい・えみこ＊
0842 「親密圏と公共圏の社会学—ケアの20世紀体制を超えて」
◇昭和女子大学女性文化研究賞（坂東眞理子基金）（第16回/令5年度/女性文化研究賞）
「親密圏と公共圏の社会学—ケアの20世紀体制を超えて」 有斐閣　2023.3　412p　22cm 3500円　①978-4-641-17485-6

落合 恵子　おちあい・けいこ＊
0843 「悲しみのゴリラ」
◇けんぶち絵本の里大賞（第31回/令3年度/アルパカ賞）
「悲しみのゴリラ」 ジャッキー・アズーア・クレイマー文、シンディ・ダービー絵、落合恵子訳　クレヨンハウス　2020.12　〔41p〕　23×28cm 1800円　①978-4-86101-387-4

越智屋 ノマ　おちや・のま＊
0844 「婚約破棄と同時に大聖女の証を奪われた『氷の公爵令嬢』は、魔狼騎士に拾われ

甘やかに溶かされる」
◇カクヨムWeb小説コンテスト（第8回/令5年/恋愛（ラブロマンス）部門/特別賞・ComicWalker漫画賞）
「氷の侯爵令嬢は、魔狼騎士に甘やかに溶かされる」 KADOKAWA 2024.1 282p 15cm（メディアワークス文庫） 680円 ①978-4-04-915301-9
※受賞作を改題
「氷の侯爵令嬢は、魔狼騎士に甘やかに溶かされる 2」 KADOKAWA 2024.7 217p 15cm（メディアワークス文庫） 670円 ①978-4-04-915622-5

お茶ねこ　おちゃねこ
0845　「勇者の弟子を派遣します」
◇集英社ライトノベル新人賞（第13回/令5年/IP小説部門/#1 入選）

おとら
0846　「国王である兄から辺境に追放されたけど平穏に暮らしたい～目指せスローライフ～」
◇カクヨムWeb小説コンテスト（第7回/令4年/異世界ファンタジー部門/特別賞）
「国王である兄から辺境に追放されたけど平穏に暮らしたい―目指せスローライフ」 KADOKAWA 2023.1 361p 19cm（DENGEKI―電撃の新文芸）1300円 ①978-4-04-914807-7
「国王である兄から辺境に追放されたけど平穏に暮らしたい―目指せスローライフ 2」 KADOKAWA 2023.5 333p 19cm（DENGEKI―電撃の新文芸）1400円 ①978-4-04-915033-9
「国王である兄から辺境に追放されたけど平穏に暮らしたい―目指せスローライフ 3」 KADOKAWA 2023.9 338p 19cm（DENGEKI―電撃の新文芸）1400円 ①978-4-04-915240-1

おな　のりえ
0847　「ゆき」
◇書店員が選ぶ絵本新人賞（2023/令5年/特別賞）
「ゆき」 中央公論新社 2024.1 15×22cm 1500円 ①978-4-12-005738-0

小棚　清香　おなぎ・さやか*
0848　「そして、君は大人になる」
◇ちゅうでん児童文学賞（第22回/令1年度/さくら賞）
「第22回ちゅうでん児童文学賞」さくら賞受賞作品集」 ちゅうでん教育振興財団 2020.5 117p 21cm
※受賞作を収録

緒二葉　おにば*
0849　「【魔物喰らい】百魔を宿す者～落ちこぼれの"魔物喰らい"は、魔物の能力を無限に手に入れる最強で万能なギフトでした～」
◇カクヨムWeb小説コンテスト（第7回/令4年/異世界ファンタジー部門/特別賞）
「魔物喰らい―ランキング最下位の冒険者は魔物の力で最強へ」 KADOKAWA 2023.3 314p 19cm（ドラゴンノベルス） 1300円 ①978-4-04-074896-2
※受賞作を改題
「魔物喰らい―ランキング最下位の冒険者は魔物の力で最強へ 2」 KADOKAWA 2023.9 254p 19cm（ドラゴンノベルス） 1400円 ①978-4-04-075114-6

小野　絵里華　おの・えりか*
0850　「エリカについて」
◇H氏賞（第73回/令5年）
「エリカについて」 左右社 2022.8 114p 20cm 2000円 ①978-4-86528-333-4

小野　和子　おの・かずこ*
0851　「あいたくて ききたくて 旅にでる」
◇梅棹忠夫・山と探検文学賞（第10回/令3年発表）

「あいたくてききたくて旅にでる」　PUMPQUAKES　2019.12　357p　21cm　2700円　①978-4-9911310-0-4

オーノ・コナ
0852　「王国勇者認定官ミゲルの冒険」
◇講談社ラノベ文庫新人賞（第13回/令3年10月発表/優秀賞）
「勇者認定官と奴隷少女の奇妙な事件簿」　講談社　2022.11　269p　15cm（講談社ラノベ文庫）680円　①978-4-06-530488-4
※受賞作を改題

小野　じゅん　おの・じゅん　⇒奥野　じゅん（おくの・じゅん）

小野　はるか　おの・はるか＊
0853　「後宮の検屍妃」
◇角川文庫キャラクター小説大賞（第6回/令2年/大賞・読者賞）
「後宮の検屍女官」　KADOKAWA　2021.4　252p　15cm（角川文庫）600円　①978-4-04-111240-3
※受賞作を改題
「後宮の検屍女官　2」　KADOKAWA　2021.11　264p　15cm（角川文庫）620円　①978-4-04-111776-7
「後宮の検屍女官　3」　KADOKAWA　2022.5　260p　15cm（角川文庫）640円　①978-4-04-112491-8
「後宮の検屍女官　4」　KADOKAWA　2022.11　249p　15cm（角川文庫）640円　①978-4-04-113022-3
「後宮の検屍女官　5」　KADOKAWA　2023.5　256p　15cm（角川文庫）660円　①978-4-04-113680-5
「後宮の検屍女官　6」　KADOKAWA　2024.1　269p　15cm（角川文庫）660円　①978-4-04-114297-4

小野　光璃　おの・ひかり
0854　「孤独の猫」
◇啄木・賢治のふるさと「岩手日報随筆賞」（第19回/令6年/優秀賞）

小野　仁美　おの・ひとみ＊
0855　「イスラーム法の子ども観─ジェンダーの視点でみる子育てと家族」
◇女性史学賞（第15回/令2年度）
「イスラーム法の子ども観─ジェンダーの視点でみる子育てと家族」　慶應義塾大学出版会　2019.11　227, 51p　22cm　5800円　①978-4-7664-2641-0

をの　ひなお
0856　「明日、私は誰かのカノジョ」
◇小学館漫画賞（第68回/令4年度/少女向け部門）
「明日、私は誰かのカノジョ　1～17」　小学館　2019.12～2024.2　18cm（裏少年サンデーコミックス）

小野　不由美　おの・ふゆみ＊
0857　「十二国記」シリーズ
◇吉川英治文庫賞（第5回/令2年度）
「月の影影の海　上」　新潮社　2012.7　278p　16cm（新潮文庫―十二国記）520円　①978-4-10-124052-7
「月の影影の海　下」　新潮社　2012.7　267p　16cm（新潮文庫―十二国記）520円　①978-4-10-124053-4
「魔性の子」　新潮社　2012.7　491p　16cm（新潮文庫―十二国記）670円　①978-4-10-124051-0
「風の海迷宮の岸」　新潮社　2012.10　390p　16cm（新潮文庫―十二国記）630円　①978-4-10-124054-1
「東の海神西の滄海」　新潮社　2013.1　348p　16cm（新潮文庫―十二国記）590円　①978-4-10-124055-8
「風の万里黎明の空　上」　新潮社　2013.4　368p　16cm（新潮文庫―十二国記）630円　①978-4-10-124056-5

「風の万里黎明の空 下」 新潮社 2013.4 400p 16cm（新潮文庫―十二国記）670円 ①978-4-10-124057-2
「丕緒の鳥」 新潮社 2013.7 358p 16cm（新潮文庫―十二国記）590円 ①978-4-10-124058-9
「図南の翼」 新潮社 2013.10 419p 16cm（新潮文庫―十二国記）670円 ①978-4-10-124059-6
「華胥の幽夢（ゆめ）」 新潮社 2014.1 351p 16cm（新潮文庫―十二国記）590円 ①978-4-10-124060-2
「黄昏の岸暁の天（そら）」 新潮社 2014.4 478p 16cm（新潮文庫―十二国記）710円 ①978-4-10-124061-9
「白銀（しろがね）の墟 玄（くろ）の月 第1巻～第4巻」 新潮社 2019.10～2019.11 16cm（新潮文庫―十二国記）

小野田 和子　おのだ・かずこ＊

0858　「プロジェクト・ヘイル・メアリー」
　◇星雲賞（第53回/令4年/海外長編部門（小説））
　　「プロジェクト・ヘイル・メアリー 上」 アンディ・ウィアー著, 小野田和子訳　早川書房　2021.12　323p　20cm　1800円　①978-4-15-210070-2
　　「プロジェクト・ヘイル・メアリー 下」 アンディ・ウィアー著, 小野田和子訳　早川書房　2021.12　315p　20cm　1800円　①978-4-15-210071-9

小野田 光　おのだ・ひかる＊

0859　「SNS時代の私性とリアリズム」
　◇現代短歌評論賞（第39回/令3年 課題：私性再論）

小野田 裕　おのだ・ゆたか

0860　「たんぽぽをぽぼたんと呼び姪っ子のぽぽたんぽぽたん歩みのリズム」
　◇角川全国短歌大賞（第11回/令1年/自由題/準賞）

小野寺 拓也　おのでら・たくや＊

0861　「検証 ナチスは「良いこと」もしたのか？」
　◇紀伊國屋じんぶん大賞（第14回/令6年/大賞）
　　「検証 ナチスは「良いこと」もしたのか？」 小野寺拓也, 田野大輔著　岩波書店　2023.7　119p　21cm（岩波ブックレット No.1080）820円　①978-4-00-271080-8

小畑 広士　おばた・ひろし＊

0862　「地獄池」
　◇部落解放文学賞（第49回/令4年/詩部門/部落解放文学賞）

小原 隆規　おばら・たかのり

0863　「ドジヨウギヨカイタ」
　◇啄木・賢治のふるさと「岩手日報随筆賞」（第18回/令5年/優秀賞）

小尾 淳　おび・じゅん＊

0864　「近現代南インドのバラモンと賛歌―バクティから芸術、そして「文化資源」へ」
　◇田邉尚雄賞（第38回/令2年度）
　　「近現代南インドのバラモンと賛歌―バクティから芸術、そして「文化資源」へ」 青弓社　2020.2　366p　22cm　6000円　①978-4-7872-7428-1

オフィスコットーネ

0865　「墓場なき死者」（ジャン＝ポール・サルトル作）
　◇小田島雄志・翻訳戯曲賞（第14回/令3年）
　　「墓場なき死者」 夏堀正元著　光風社出版　1983.5　272p　19cm　900円　①4-87519-445-5

小俣ラボー 日登美　おまたらぽー・ひとみ＊

0866　「殉教の日本―近世ヨーロッパにおける宣教のレトリック」
　◇サントリー学芸賞（第45回/令5年度/社会・風俗部門）

おみね　　　　　　　　　　　　　　　　　　　　　　　　　　　　0867～0875

　　　　「殉教の日本―近世ヨーロッパにおける宣教のレトリック」　名古屋大学出版会　2023.2　404, 188p　22cm　8800円　ⓘ978-4-8158-1119-8

御峰　おみね＊
0867　「転生してあらゆるモノに好かれながら異世界で好きな事をして生きて行く」
　　◇カクヨムWeb小説コンテスト（第7回/令4年/異世界ファンタジー部門/ComicWalker漫画賞）

オーミヤビ
0868　「テレパシストだけど、隣のクール美少女が脳内ピンクすぎて辛い」
　　◇カクヨムWeb小説コンテスト（第9回/令6年/ラブコメ（ライトノベル）部門/特別賞・ComicWalker漫画賞）

尾八原　ジュージ　おやつはら・じゅーじ＊
0869　「みんなこわい話が大すき」
　　◇カクヨムWeb小説コンテスト（第8回/令5年/ホラー部門/大賞）
　　「みんなこわい話が大すき」　KADOKAWA　2023.12　267p　19cm　1600円　ⓘ978-4-04-114349-0

オヤマ・ハンサード・ヒロユキ
0870　「たべたらどうなる？　にじいろきのみ」
　　◇えほん大賞（第26回/令6年/ストーリー部門/大賞）

折小野　和広　おりこの・かずひろ＊
0871　「十七回目の出来事」
　　◇京都文学賞（第3回/令3年度/一般部門/優秀賞）

織作事務所　おりさくじむしょ
0872　「光韻 -kouin- 織作峰子」
　　◇造本装幀コンクール（第57回/令5年/審査員奨励賞）
　　「光韻」　織作峰子著　織作事務所　2023.8　19×27cm　20000円　ⓘ978-4-600-01303-5

織島　かのこ　おりじま・かのこ＊
0873　「甘党男子はあまくない～おとなりさんとのおかしな関係～」
　　◇カクヨムWeb小説コンテスト（第8回/令5年/ライト文芸部門/大賞・ComicWalker漫画賞）
　　「甘党男子はあまくない―おとなりさんとのおかしな関係」　KADOKAWA　2023.11　326p　15cm（メディアワークス文庫）　710円　ⓘ978-4-04-915300-2

澱介　エイド　おりすけ・えいど＊
0874　「どどめの空」
　　◇小学館ライトノベル大賞（第16回/令4年/優秀賞）
　　「SICK　私のための怪物」　小学館　2022.8　373p　15cm（ガガガ文庫）　690円　ⓘ978-4-09-453088-9
　　※受賞作を改題
　　「SICK　2　感染性アクアリウム」　小学館　2023.1　421p　15cm（ガガガ文庫）　860円　ⓘ978-4-09-453110-2

折輝　真透　おりてる・まとう＊
0875　「上海」
　　◇創元SF短編賞（第11回/令2年）
　　「されど星は流れる」　堀晃ほか著　東京創元社　2020.8　311p　19cm（GENESIS創元日本SFアンソロジー 3）　2000円　ⓘ978-4-488-01840-5
　　※受賞作「上海」（「蒼の上海」に改題）を収録

織原　誠　　おりはら・まこと＊
　　0876　「お弁当あたためて食べてね」
　　　　◇ジャンプ小説新人賞（2022/令4年/テーマ部門「ひとりご飯」/銅賞）

織部　泰助　　おりべ・たいすけ＊
　　0877　「死に髪の棲む家」
　　　　◇横溝正史ミステリ＆ホラー大賞（第44回/令6年/読者賞）
　　　　「死に髪の棲む家」　KADOKAWA　2024.10　359p　15cm　（角川ホラー文庫）　800円　①978-4-04-115380-2

温　又柔　　おん・ゆうじゅう＊
　　0878　「魯肉飯のさえずり」
　　　　◇織田作之助賞（第37回/令2年度/織田作之助賞）
　　　　「魯肉飯のさえずり」　中央公論新社　2023.8　292p　16cm　（中公文庫）　860円　①978-4-12-207400-2

温泉カピバラ　　おんせんかぴばら＊
　　0879　「金属スライムしか出ない極小ダンジョンを見つけました」
　　　　◇カクヨムWeb小説コンテスト（第7回/令4年/現代ファンタジー部門/ComicWalker漫画賞）
　　　　「金属スライムを倒しまくった俺が〈黒鋼の王〉と呼ばれるまで　家の庭で極小ダンジョンを見つけました」　KADOKAWA　2023.4　315p　15cm　（富士見ファンタジア文庫）　680円　①978-4-04-074922-8
　　　　※受賞作を改題
　　　　「金属スライムを倒しまくった俺が〈黒鋼の王〉と呼ばれるまで　2　金スラしか出ない極小ダンジョンの攻略者」　KADOKAWA　2023.9　293p　15cm　（富士見ファンタジア文庫）　740円　①978-4-04-075141-2
　　　　「金属スライムを倒しまくった俺が〈黒鋼の王〉と呼ばれるまで　3　仄暗き迷宮の支配者」　KADOKAWA　2024.5　284p　15cm　（富士見ファンタジア文庫）　760円　①978-4-04-075450-5

恩田　瀰治　　おんだ・みち
　　0880　「おわりの船が通る日に」
　　　　◇絵本テキスト大賞（第17回/令6年/Bグレード/優秀賞）

【か】

カー，ジュディス
　　0881　「ウサギとぼくのこまった毎日」
　　　　◇産経児童出版文化賞（第68回/令3年/翻訳作品賞）
　　　　「ウサギとぼくのこまった毎日」　ジュディス・カー作・絵，こだまともこ訳　徳間書店　2020.6　102p　22cm　1400円　①978-4-19-865098-8

かい　のりひろ
　　0882　「ボタンのスキマスキー」
　　　　◇講談社絵本新人賞（第45回/令6年/佳作）

開会パンダ　　かいかいぱんだ＊
　　0883　「ぐーたらライフ。〜これで貴族？　話が違うので魔法で必死に開拓します〜」
　　　　◇カクヨムWeb小説コンテスト（第9回/令6年/異世界ファンタジー部門/特別賞）

界達　かたる　　かいたつ・かたる＊
　　0884　「スクールサミット！　−A Bullet Reflects his Destiny−」

◇HJ文庫大賞（第14回／令2年／奨励賞）

海東 セラ　かいとう・せら＊
0885　「ドールハウス」
◇日本詩人クラブ新人賞（第31回／令3年）
「ドールハウス」思潮社　2020.11　91p　19cm　2300円　①978-4-7837-3736-0

海藤 文字　かいとう・もじ＊
0886　「月がわらう夜に」
◇最恐小説大賞（第4回／令3年／最恐長編賞）
「悪い月が昇る」竹書房　2024.5　335p　19cm　1790円　①978-4-8019-3993-6
※受賞作を改題

カイリー, ブレンダン
0887　「オール★アメリカン★ボーイズ」
◇日本子どもの本研究会「作品賞」（第5回／令3年）
「オール★アメリカン★ボーイズ」ジェイソン・レノルズ, ブレンダン・カイリー著, 中野怜奈訳　偕成社　2020.12　361p　19cm　1500円　①978-4-03-726980-7

楓原 こうた　かえではら・こうた＊
0888　「侯爵家の恥さらしである俺が実は人々を救ってきた英雄だとバレた。だから実力主義の学園に入学してほとぼりが冷めるのを待とうと思います」
◇カクヨムWeb小説コンテスト（第9回／令6年／カクヨムプロ作家部門／編集部激推し賞・特別賞）

鏡 銀鉢　かがみ・ぎんぱち＊
0889　「スクール下克上・ボッチが政府に呼び出されたらリア充になりました」
◇カクヨムWeb小説コンテスト（第6回／令3年／現代ファンタジー部門／特別賞）
「スクール下克上―超能力に目覚めたボッチが政府に呼び出されたらリア充になりました」KADOKAWA　2022.3　333p　15cm（角川スニーカー文庫）680円　①978-4-04-112233-4
※受賞作を改題

加賀屋 唯　かがや・ゆい＊
0890　「にげだしたおにぎりくん」
◇ENEOS童話賞（第51回／令2年度／小学生以下の部／優秀賞）
※「童話の花束 その51」に収録

火狩 けい　かがり・けい＊
0891　「世界で一番美しい死体の夢を叶える話」
◇カクヨムWeb小説短編賞（2020／令2年／短編特別賞）

加川 清一　かがわ・せいいち
0892　「素足」
◇「詩と思想」新人賞（第33回／令6年）

鍵井 瑠詩　かぎい・りうた＊
0893　「ポムの言葉屋さん」
◇ちゅうでん児童文学賞（第26回／令5年度／さくら奨励賞）

柿沼 敏江　かきぬま・としえ＊
0894　「〈無調〉の誕生 ドミナントなき時代の音楽のゆくえ」
◇吉田秀和賞（第30回／令2年）
「〈無調〉の誕生―ドミナントなき時代の音楽のゆくえ」音楽之友社　2020.2　291, 43p　21cm　3800円　①978-4-276-13205-4

柿沼 充弘　かきぬま・みつひろ＊
　0895　「Mirror」
　　◇造本装幀コンクール（第56回/令4年/審査員奨励賞）
　　　「Mirror」　刘珂＆晃晃　Zen Foto Gallery　2022.5　223p　18×19cm　①978-4-910244-13-6

垣根 涼介　かきね・りょうすけ＊
　0896　「極楽征夷大将軍」
　　◇直木三十五賞　（第169回/令5年上）
　　　「極楽征夷大将軍」　文藝春秋　2023.5　549p　20cm　2000円　①978-4-16-391695-8

柿木原 政広　かきのきはら・まさひろ＊
　0897　「TANAAMI!! AKATSUKA!! That's All Right!!」
　　◇造本装幀コンクール　（第57回/令5年/日本書籍出版協会理事長賞/芸術書部門）
　　　※展覧会カタログ「TANAAMI!! AKATSUKA!! That's All Right!!」（集英社 2023年発行）

柿本 桂　かきもと・かつら　⇒柿本 みづほ（かきもと・みずほ）

柿本 多映　かきもと・たえ＊
　0898　「柿本多映俳句集成」
　　◇蛇笏賞　（第54回/令2年）
　　　「柿本多映俳句集成」　深夜叢書社　2019.3　507p　20cm　5000円　①978-4-88032-450-0

垣本 正哉　かきもと・まさや＊
　0899　「特別展きもの KIMONO 図録」
　　◇造本装幀コンクール　（第54回/令2年/日本書籍出版協会理事長賞/芸術書部門）
　　　「きもの 特別展」　東京国立博物館, 朝日新聞社編　朝日新聞社　2020.4　399p　31cm

柿本 真代　かきもと・まよ＊
　0900　「児童雑誌の誕生」
　　◇日本児童文学学会賞　（第47回/令5年/日本児童文学学会奨励賞）
　　　「児童雑誌の誕生」　文学通信　2023.2　290p　22cm　2800円　①978-4-86766-001-0

柿本 みづほ　かきもと・みずほ＊
　0901　「ブラックシープ・キーパー」
　　◇角川春樹小説賞　（第11回/平31年）　〈受賞時〉柿本 桂
　　　「ブラックシープ・キーパー」　角川春樹事務所　2019.10　285p　19cm　1400円　①978-4-7584-1343-5

鍵和田 秞子　かぎわだ・ゆうこ＊
　0902　「火は禱り」
　　◇詩歌文学館賞　（第35回/令2年/俳句）
　　　「火は禱り―鍵和田秞子句集」　角川文化振興財団, KADOKAWA（発売）　2019.9　221p　20cm　2700円　①978-4-04-884275-4

格沢 余糸己　かくさわ・よしき
　0903　「閉鎖スーパー,「ダイドー」」
　　◇カクヨムWeb小説コンテスト　（第9回/令6年/ホラー部門/最熱狂賞）

角田 光代　かくた・みつよ＊
　0904　「源氏物語」（全3巻）
　　◇読売文学賞　（第72回/令2年/研究・翻訳賞）
　　　「日本文学全集　04　源氏物語.上」　池澤夏樹個人編集, 紫式部著, 角田光代訳　河出書房新社　2017.9　689p　20cm　3500円　①978-4-309-72874-2
　　　「日本文学全集　05　源氏物語.中」　池澤夏樹個人編集, 紫式部著, 角田光代訳　河出書房新社　2018.11　661p　20cm　3500円　①978-4-309-72875-9

「日本文学全集　06　源氏物語.下」　池澤夏樹個人編集、紫式部著、角田光代訳　河出書房新社　2020.2　637p　20cm　3500円　①978-4-309-72876-6

「源氏物語　1〜8」　紫式部著、角田光代訳　河出書房新社　2023.10〜2024.10　15cm（河出文庫―古典新訳コレクション）

※日本文学全集 04〜06（2017〜2020年刊）を底本とした文庫化

0905　「字のないはがき」
◇親子で読んでほしい絵本大賞　（第1回／令2年／大賞）
「字のないはがき」　向田邦子原作、角田光代文、西加奈子絵　小学館　2019.5　28cm　1500円　①978-4-09-726848-2

角谷　昌子　かくたに・まさこ*

0906　「『俳句の水脈を求めて』―平成に逝った俳人たち―」
◇俳人協会評論賞　（第34回／平31年度）
「俳句の水脈を求めて―平成に逝った俳人たち―」　角川文化振興財団, Kadokawa（発売）　2018.11　373p　19cm　（未来図叢書 第210篇）2500円　①978-4-04-884204-4

書く猫　かくねこ*

0907　「赤き覇王　〜底辺人生の俺だけど、覇王になって女も国も手に入れてやる〜」
◇HJ小説大賞　（第2回／令3年／2021後期）

神楽坂　淳　かぐらざか・あつし*

0908　「うちの旦那が甘ちゃんで」シリーズ
◇日本歴史時代作家協会賞　（第9回／令2年／文庫シリーズ賞）
「うちの旦那が甘ちゃんで　〔1〕〜10」　講談社　2018.8〜2021.5　15cm　（講談社文庫）
「うちの旦那が甘ちゃんで　鼠小僧次郎吉編」　講談社　2022.1　233p　15cm　（講談社文庫）630円　①978-4-06-526072-2
「うちの旦那が甘ちゃんで　飴どろぼう編」　講談社　2022.6　228p　15cm　（講談社文庫）630円　①978-4-06-528445-2
「うちの旦那が甘ちゃんで　飴どろぼう編」　講談社　2023.4　230p　15cm　（講談社文庫）630円　①978-4-06-530859-2

花月　玖羽　かげつ・くう*

0909　「サクモン！　〜楽しいクイズ、完成しました〜」
◇集英社みらい文庫大賞　（第11回／令3年／優秀賞）　〈受賞時〉花月 円香
「ハテナです！　先輩―わたし競技クイズ始めました」　花月玖羽作、わんにゃんぷー絵　集英社　2023.8　201p　18cm　（集英社みらい文庫）700円　①978-4-08-321798-2
※受賞作を改題

景華　かげはな*

0910　「その声に恋して〜推し読み聞かせ配信者はいじわるな俺様上司？　〜」
◇カクヨムWeb小説短編賞　（2023／令5年／短編小説部門／短編賞）

0911　「たくあん聖女のレシピ集〜【たくあん錬成】スキル発覚で役立たずだと追放されましたが神殿食堂で強く生きていきます〜」
◇カクヨムWeb小説コンテスト　（第8回／令5年／恋愛（ラブロマンス）部門／特別賞）
「たくあん聖女のレシピ集―〈たくあん錬成〉スキル発覚で役立たずだと追放されましたが神殿食堂で強く生きていきます」　KADOKAWA　2024.5　284p　19cm　（カドカワBOOKS）1300円　①978-4-04-075454-3

陽炎　氷柱　かげろう・つづら*

0912　「妹に婚約者を寝取られたら公爵様に求婚されました」
◇カクヨムWeb小説コンテスト　（第7回／令4年／恋愛（ラブロマンス）部門／特別賞）
「妹に婚約者を取られたら見知らぬ公爵様に求婚されました」　KADOKAWA　2023.2　253p　15cm　（角川ビーンズ文庫）680円　①978-4-04-113391-0
※受賞作を改題

「妹に婚約者を取られたら見知らぬ公爵様に求婚されました　2」　KADOKAWA　2024.4　286p　15cm（角川ビーンズ文庫）720円　Ⓘ978-4-04-114705-4

葛西　薫　　かさい・かおる＊
0913　「**50, 50 FIFTY GENTLEMEN OF EYEVAN**」
◇造本装幀コンクール（第57回/令5年/日本印刷産業連合会会長賞/印刷・製本技術賞）
「50, 50―FIFTY GENTLEMEN OF EYEVAN」　操上和美著　幻冬舎　2023.10　41cm　5050円　Ⓘ978-4-344-04133-2

葛西　太一　　かさい・たいち＊
0914　「日本書紀段階編修論―文体・注記・語法からみた多様性と多層性―」
◇日本古典文学学術賞（第15回/令4年度）
「日本書紀段階編修論―文体・注記・語法からみた多様性と多層性」　花鳥社　2021.2　359,8p　22cm　10000円　Ⓘ978-4-909832-32-0

笠井　千晶　　かさい・ちあき＊
0915　「家族写真―3.11原発事故と忘れられた津波」
◇小学館ノンフィクション大賞（第26回/令1年/大賞）
「家族写真―3・11原発事故と忘れられた津波」　小学館　2020.6　365p　20cm　1600円　Ⓘ978-4-09-388767-0

かさい　まり
0916　「ムカッ　やきもちやいた」
◇児童文芸幼年文学賞（第3回/令2年）
「ムカッ　やきもちやいた」　かさいまり　さく，小泉るみ子　え　くもん出版　2018.10　32p　27cm　1400円　Ⓘ978-4-7743-2776-1

加崎　きわ　　かさき・きわ＊
0917　「新・豪華ホテル」
◇北日本文学賞（第58回/令6年/選奨）

笠木　拓　　かさぎ・たく＊
0918　「はるかカーテンコールまで」
◇現代歌人集会賞（第46回/令2年度）
「はるかカーテンコールまで」　港の人　2019.10　203p　20cm　2000円　Ⓘ978-4-89629-366-1

風間　豊　　かざま・ゆたか＊
0919　「厩務員になりたい」
◇優駿エッセイ賞（2023〔第39回〕/令5年/次席（GⅡ））

風深　模杏　　かざみ・もよう＊
0920　「お前が殺した骸にも人の名前があったんだ」
◇講談社ラノベチャレンジカップ（第8回/令1年/佳作）

梶　茂樹　　かじ・しげき＊
0921　「**A Rukiga Vocabulary**」
◇新村出賞（第42回/令5年度）
「A Rukiga vocabulary」　Shigeki Kaji　Shoukadoh Book Sellers, Center for Language Studies, Kyoto Sangyo University　〔2023〕　641p　26cm　4800円　Ⓘ978-4-87974-785-3

加治　道子　　かじ・みちこ＊
0922　「余寒」
◇新俳句人連盟賞（第52回/令6年/作品の部/佳作3位）

鍛治 靖子　かじ・やすこ＊
　　0923　「銀河帝国の興亡」（全3巻）
　　　　◇星雲賞（第54回/令5年/海外長編部門（小説））
　　　　　「銀河帝国の興亡　1　風雲編」　アイザック・アシモフ著，鍛治靖子訳　東京創元社　2021.8　379p
　　　　　　15cm　（創元SF文庫）　760円　①978-4-488-60411-0
　　　　　「銀河帝国の興亡　2　怒濤編」　アイザック・アシモフ著，鍛治靖子訳　東京創元社　2021.12　388p
　　　　　　15cm　（創元SF文庫）　780円　①978-4-488-60412-7
　　　　　「銀河帝国の興亡　3　回天編」　アイザック・アシモフ著，鍛治靖子訳　東京創元社　2022.5　380p
　　　　　　15cm　（創元SF文庫）　800円　①978-4-488-60413-4

梶 よう子　かじ・ようこ＊
　　0924　「広重ぶるう」
　　　　◇新田次郎文学賞（第42回/令5年）
　　　　　「広重ぶるう」　新潮社　2024.2　506p　16cm　（新潮文庫）　850円　①978-4-10-120955-5

梶田 向省　かじた・こうせい＊
　　0925　「ぼくの日常サバイバル」
　　　　◇角川つばさ文庫小説賞（第9回/令2年/こども部門/グランプリ）

梶谷 佳弘　かじたに・よしひろ＊
　　0926　「自傷」
　　　　◇部落解放文学賞（第46回/令1年/詩部門/入選）
　　0927　「騎手」
　　　　◇部落解放文学賞（第47回/令2年/詩部門/佳作）
　　0928　「しせつのあさ」
　　　　◇部落解放文学賞（第48回/令3年/詩部門/佳作）

柏原 昭子　かしはら・あきこ＊
　　0929　「母の思い出・お父さんの出会い（夫）」
　　　　◇部落解放文学賞（第49回/令4年/識字部門/佳作）

鹿島 和夫　かしま・かずお＊
　　0930　「一年一組　せんせいあのね　こどものつぶやきセレクション」
　　　　◇けんぶち絵本の里大賞（第34回/令6年度/びばからす賞）
　　　　　「一年一組せんせいあのね—こどものつぶやきセレクション」　鹿島和夫選，ヨシタケシンスケ絵　理論
　　　　　　社　2023.5　111p　18×19cm　1500円　①978-4-652-20548-8

樫村 雨　かしむら・あめ
　　0931　「犀の背中」
　　　　◇えほん大賞（第19回/令2年/ストーリー部門/優秀賞）

梶山 祥代　かじやま・さちよ＊
　　0932　「おもいだしや」
　　　　◇アンデルセンのメルヘン大賞（第40回/令5年/一般部門/優秀賞）
　　　　　「アンデルセンのメルヘン文庫　第40集」　アンデルセン・パン生活文化研究所　2023.10　87p　21×
　　　　　　22cm　（アンデルセンのメルヘン大賞受賞作品集　第40回）　1000円
　　　　　※受賞作を収録

可笑林　かしょうりん＊
　　0933　「血眼紀行」
　　　　◇ファンタジア大賞（第36回/令5年/銀賞）
　　　　　「血眼回収紀行」　KADOKAWA　2024.3　380p　15cm　（富士見ファンタジア文庫）　760円　①978-4-
　　　　　　04-075308-9

※受賞作を改題

柏原 宥 かしわばら・ゆう＊
0934 「陶酔と絶望」
◇労働者文学賞（第34回/令4年/詩部門/佳作）

かしわら あきお
0935 「アートであそぼ かたちがぱぱぱ」
◇造本装幀コンクール（第55回/令3年/日本印刷産業連合会会長賞）
「かたちがぱぱぱ」ささがわいさむ作,かしわらあきお絵・デザイン　学研プラス　2021.12　〔10p〕　16×16cm（アートであそぼ）1100円　①978-4-05-205361-0

数井 美治 かずい・よしはる＊
0936 「ながみちくんがわからない」
◇日産 童話と絵本のグランプリ（第37回/令2年度/童話の部/大賞）
「ながみちくんがわからない」数井美治作,奥野哉子絵　BL出版　2021.12　〔32p〕　25cm　1400円　①978-4-7764-1035-5

カスガ
0937 「コミケへの聖歌」
◇ハヤカワSFコンテスト（第12回/令6年/大賞）

春日 太一 かすが・たいち
0938 「鬼の筆 戦後最大の脚本家・橋本忍の栄光と挫折」
◇大宅壮一ノンフィクション賞（第55回/令6年）
「鬼の筆―戦後最大の脚本家・橋本忍の栄光と挫折」文藝春秋　2023.11　476p　20cm　2500円　①978-4-16-391700-9

一史 かずし＊
0939 「公転軌道」
◇「詩と思想」新人賞（第32回/令5年）

粕谷 栄市 かすや・えいいち＊
0940 「楽園」
◇現代詩人賞（第42回/令6年）
「楽園」思潮社　2023.10　161p　23cm　3500円　①978-4-7837-4529-7

加瀬 透 かせ・とおる＊
0941 「広告 Vol.415 特集：流通」
◇造本装幀コンクール（第55回/令3年/経済産業大臣賞）
※雑誌「広告」Vol.415（博報堂 2021年2月発行）

0942 「**Kangchenjunga**」
◇造本装幀コンクール（第56回/令4年/審査員奨励賞）
※「Kangchenjunga」（石川直樹著 POST-FAKE 2022年発行）

片岡 修一 かたおか・しゅういち
0943 「ばらばら きせかえ べんとう」
◇造本装幀コンクール（第54回/令2年/日本印刷産業連合会会長賞）
「ばらばらきせかえべんとう―組み合わせ3000通り以上！」野口真紀著　KTC中央出版　2020.2　15枚　20cm　1800円　①978-4-87758-805-2

片岡 真伊 かたおか・まい＊
0944 「日本の小説の翻訳にまつわる特異な問題―文化の架橋者たちがみた「あいだ」」
◇サントリー学芸賞（第46回/令6年度/芸術・文学部門）

「日本の小説の翻訳にまつわる特異な問題―文化の架橋者たちがみた「あいだ」」 中央公論新社　2024.2　403p　20cm（中公選書）2500円　①978-4-12-110148-8

片岡 陸　かたおか・りく＊
0945　「イージーライフ」
　◇フジテレビヤングシナリオ大賞（第35回／令5年／佳作）

片瀬 智子　かたせ・ともこ＊
0946　「蒼い魚の星座」
　◇カクヨムWeb小説短編賞（2021／令3年／短編小説部門／短編特別賞）

かたなかじ
0947　「いずれ水帝と呼ばれる少年 ～水魔法が最弱？　お前たちはまだ本当の水魔法を知らない！ ～」
　◇カクヨムWeb小説コンテスト（第6回／令3年／異世界ファンタジー部門／特別賞）
　「いずれ水帝と呼ばれる少年―水魔法が最弱？　お前たちはまだ本当の水魔法を知らない！」　KADOKAWA　2021.12　319p　15cm（角川スニーカー文庫）680円　①978-4-04-112142-9

片沼 ほとり　かたぬま・ほとり＊
0948　「なりすまし聖女様の人生逆転計画」
　◇集英社ライトノベル新人賞（第12回／令4年／IP小説部門／#1 入選）
　「なりすまし聖女様の人生逆転計画」集英社　2024.2　301p　15cm（ダッシュエックス文庫）720円　①978-4-08-631540-1

堅野 令子　かたの・れいこ＊
0949　「リスと風の学校」
　◇ちゅうでん児童文学賞（第24回／令3年度／優秀賞）

帷子 つらね　かたびら・つらね＊
0950　「ハイドランジア」
　◇歌壇賞（第32回／令2年）

片山 健　かたやま・けん＊
0951　「なっちゃんのなつ」
　◇産経児童出版文化賞（第67回／令2年／美術賞）
　「なっちゃんのなつ」　伊藤比呂美文，片山健絵　福音館書店　2019.6　27p　26cm（かがくのとも絵本）　900円　①978-4-8340-8466-5

片山 夏子　かたやま・なつこ＊
0952　「ふくしま原発作業員日誌 イチエフの真実、9年間の記録」
　◇講談社 本田靖春ノンフィクション賞（第42回／令2年）
　「ふくしま原発作業員日誌―イチエフの真実、9年間の記録」　朝日新聞出版　2020.2　460p　19cm　1700円　①978-4-02-251667-1

硬梨菜　かたりな＊
0953　「シャングリラ・フロンティア ～クソゲーハンター、神ゲーに挑まんとす～」
　◇講談社漫画賞（第47回／令5年／少年部門）
　「シャングリラ・フロンティア―クソゲーハンター、神ゲーに挑まんとす　1～20」　硬梨菜原作, 不二涼介漫画　エキスパンションパス　講談社　2020.10～2024.11　19cm（講談社キャラクターズA―週刊少年マガジン）

甲木 千絵　かつき・ちえ＊
0954　「くぼみでも、でっぱりでも」
　◇さきがけ文学賞（第41回／令6年／選奨）

0955　「蕎麦とティアドロップ」
　　◇深大寺短編恋愛小説『深大寺恋物語』（第20回／令6年／深大寺そば組合賞）

Gakken
0956　「逆風に向かう社員になれ（特装版）」
　　◇造本装幀コンクール（第57回／令5年／日本印刷産業連合会会長賞）
　　「逆風に向かう社員になれ」　宮原博昭著　学研プラス　2022.4　247p　19cm　1500円　①978-4-05-406857-5

学研教育出版　がっけんきょういくしゅっぱん＊
0957　「**5分後に意外な結末 1 赤い悪夢**」
　　◇小学生がえらぶ！ "こどもの本" 総選挙（第3回／令4年／第6位）
　　「5分後に意外な結末　1　赤い悪夢」　学研教育出版, 学研マーケティング（発売）　2013.12　197p　20cm　1000円　①978-4-05-203895-2
　　「5分後に意外な結末　〔1〕　赤い悪夢」　桃戸ハル編著, usi絵　増補改訂版　学研プラス　2022.8　299p　20cm　1100円　①978-4-05-205586-7

学研プラス　がっけんぷらす＊
0958　「アートであそぼ かたちがぱぱぱ」
　　◇造本装幀コンクール（第55回／令3年／日本印刷産業連合会会長賞）
　　「かたちがぱぱぱ」　ささがわいさむ作, かしわらあきお絵・デザイン　学研プラス　2021.12　〔10p〕　16×16cm　（アートであそぼ）　1100円　①978-4-05-205361-0

0959　「学研の図鑑 スーパー戦隊」
　　◇星雲賞（第53回／令4年／ノンフィクション部門）
　　「スーパー戦隊」　東映株式会社, 松井大監修, 学研図鑑編集室編集・制作　学研プラス　2021.4　280p　27cm　（学研の図鑑—スーパー戦隊シリーズ）　3300円　①978-4-05-406788-2

勝嶋 啓太　かつしま・けいた＊
0960　「向こうの空に虹が出ていた」
　　◇日本詩歌句随筆評論大賞（第18回／令4年度／詩部門／優秀賞）
　　「向こうの空に虹が出ていた—勝嶋啓太詩集」　文化企画アオサギ　2021.8　125p　21cm　1500円　①978-4-909980-22-9

かつび 圭尚　かつび・けいしょう＊
0961　「ラブ・ゲームはハッカ味」
　　◇MF文庫Jライトノベル新人賞（第17回／令3年／審査員特別賞）

勝部 信雄　かつべ・のぶお＊
0962　「みらいあめ」
　　◇「詩と思想」新人賞（第30回／令3年）

勝村 博　かつむら・ひろし
0963　「阿波踊」
　　◇日本伝統俳句協会賞（第35回／令6年）

桂 真琴　かつら・まこと＊
0964　「華月堂物語〜後宮蔵書室は閑職なはずでは!?」
　　◇角川ビーンズ小説大賞（第20回／令3年／奨励賞）〈受賞時〉真琴
　　「華月堂の司書女官—後宮蔵書室には秘密がある」　KADOKAWA　2022.12　280p　15cm　（角川ビーンズ文庫）　690円　①978-4-04-113131-2
　　※受賞作を改題

0965　「異世界おそうざい食堂へようこそ！」
　　◇カクヨムWeb小説コンテスト（第9回／令6年／カクヨムプロ作家部門／特別賞）
　　「転生厨師の彩食記—異世界おそうざい食堂へようこそ！　上」　KADOKAWA　2024.11　314p

15cm（メディアワークス文庫）720円　Ⓘ978-4-04-916005-5
「転生厨師の彩食記―異世界おそうざい食堂へようこそ！　下」　KADOKAWA　2024.12　336p
15cm（メディアワークス文庫）730円　Ⓘ978-4-0491600-6-2

加藤 有子　かとう・ありこ＊
0966　「アカシアは花咲く」（デボラ・フォーゲル作）
◇日本翻訳大賞（第6回／令2年）
「アカシアは花咲く―モンタージュ」　デボラ・フォーゲル著, 加藤有子訳　松籟社　2018.12　219p
20cm（東欧の想像力 15）2000円　Ⓘ978-4-87984-371-5

加藤 かおり　かとう・かおり＊
0967　「ちいさな国で」（ガエル・ファイユ著）
◇小西財団日仏翻訳文学賞（第24回／令1年／日本語訳）
「ちいさな国で」　ガエル・ファイユ著, 加藤かおり訳　早川書房　2017.6　255p　19cm　1900円　Ⓘ978-4-15-209691-3
「ちいさな国で」　ガエル・ファイユ著, 加藤かおり訳　早川書房　2020.4　287p　16cm（ハヤカワepi文庫）900円　Ⓘ978-4-15-120099-1

加藤 聖文　かとう・きよふみ＊
0968　「海外引揚の研究―忘却された「大日本帝国」」
◇角川源義賞（第43回／令3年／歴史研究部門）
「海外引揚の研究―忘却された「大日本帝国」」　岩波書店　2020.11　296, 28p　22cm　5400円　Ⓘ978-4-00-061434-4

加藤 幸龍　かとう・こうりゅう＊
0969　「父の筆」
◇俳句四季新人賞・新人奨励賞（令6年／第7回 俳句四季新人奨励賞）

加藤 シゲアキ　かとう・しげあき＊
0970　「オルタネート」
◇本屋大賞（第18回／令3年／8位）
◇吉川英治文学新人賞（第42回／令3年度）
「オルタネート」　新潮社　2020.11　380p　20cm　1650円　Ⓘ978-4-10-353731-1
「オルタネート」　新潮社　2023.7　487p　16cm（新潮文庫）900円　Ⓘ978-4-10-104023-3

加藤 孝男　かとう・たかお＊
0971　「与謝野晶子をつくった男」
◇日本詩歌句随筆評論大賞（第16回／令2年度／評論部門／優秀賞）
◇日本歌人クラブ評論賞（第19回／令3年）
「与謝野晶子をつくった男―明治和歌革新運動史」　本阿弥書店　2020.3　451p　20cm　3800円　Ⓘ978-4-7768-1445-0

加藤 拓也　かとう・たくや＊
0972　「きれいのくに」
◇市川森一脚本賞（第10回／令3年）
0973　「ドードーが落下する」
◇岸田國士戯曲賞（第67回／令5年）
「ドードーが落下する／綿子はもつれる」　白水社　2023.5　210p　19cm　2200円　Ⓘ978-4-560-09360-3

加藤 日出美　かとう・ひでみ＊
0974　「河童のいた日々」
◇やまなし文学賞（第29回／令2年／小説部門／佳作）

加藤 明矢　かとう・めいや＊
　0975　「復す」
　　◇深大寺短編恋愛小説『深大寺恋物語』（第18回/令4年/深大寺特別賞）
　　　※深大寺短編恋愛小説「深大寺恋物語」第十八集に収録

加藤 右馬　かとう・ゆうま＊
　0976　「変声期」
　　◇星野立子賞・星野立子新人賞（第12回/令6年/星野立子新人賞）

加藤 予備　かとう・よび＊
　0977　「ある日彼女のパンティーが、」
　　◇創作テレビドラマ大賞（第49回/令6年/大賞）

門倉 信　かどくら・しん＊
　0978　「ぎんのひまわり」
　　◇アンデルセンのメルヘン大賞（第38回/令3年/一般部門/大賞）
　　　「アンデルセンのメルヘン文庫　第38集」　アンデルセン・パン生活文化研究所　2021.10　83p　21×22cm（アンデルセンのメルヘン大賞受賞作品集 第38回）1000円
　　　※受賞作を収録

ガードナー，ジェイムズ・アラン
　0979　「星間集団意識体の婚活」
　　◇星雲賞（第53回/令4年/海外短編部門（小説））
　　　「不死身の戦艦―銀河連邦SF傑作選」　ロイス・マクマスター・ビジョルド, オースン・スコット・カード他著, ジョン・ジョゼフ・アダムズ編, 佐田千織他訳　東京創元社　2021.7　532p　15cm（創元SF文庫）1360円　①978-4-488-77203-1
　　　※受賞作を収録

角野 栄子　かどの・えいこ＊
　0980　「イコ トラベリング 1948－」
　　◇紫式部文学賞（第33回/令5年）
　　　「イコ トラベリング 1948－」　KADOKAWA　2022.9　299p　19cm　1500円　①978-4-04-107211-0

門脇 篤史　かどわき・あつし＊
　0981　「微風域」
　　◇日本一行詩大賞・日本一行詩新人賞（第13回/令2年/新人賞）
　　◇日本歌人クラブ新人賞（第26回/令2年）
　　　「微風域―歌集」　現代短歌社, 三本木書院（発売）　2019.8　188p　20cm（Gift 10叢書 第19篇）2500円　①978-4-86534-261-1

門脇 賢治　かどわき・けんじ
　0982　「ウィルタ」
　　◇労働者文学賞（第36回/令6年/小説部門/佳作）

金井 美稚子　かない・みちこ＊
　0983　「レシピのないレシピ」
　　◇日本自費出版文化賞（第23回/令2年/特別賞/グラフィック部門）
　　　「レシピのないレシピ　春夏」　Bit Beans　2019.1　231p　27cm　①978-4-9910054-1-1
　　　「レシピのないレシピ　秋冬」　Bit Beans　2019.1　223p　27cm　①978-4-9910054-2-8

カナガワ マイコ
　0984　「わたし、おばあさん」
　　◇絵本テキスト大賞（第12回/令1年/Aグレード/優秀賞）

彼方 紗夜　かなた・さや＊
　0985　「熱砂の女神」
　　◇ホワイトハート新人賞　（2019／令1年／佳作）

彼方 青人　かなたの・あおひと＊
　0986　「紙のピアニスト」
　　◇角川ビーンズ小説大賞　（第20回／令3年／ジュニア部門／グランプリ）

金堀 則夫　かなほり・のりお＊
　0987　「ひの石まつり」
　　◇富田砕花賞　（第31回／令2年）
　　「ひの石まつり」　思潮社　2020.4　104p　21cm　2500円　①978-4-7837-3693-6

金山 寿甲　かなやま・すがつ＊
　0988　「パチンコ（上）」
　　◇岸田國士戯曲賞　（第67回／令5年）
　　「パチンコ〈上〉」　白水社　2023.5　200p　19cm　2200円　①978-4-560-09361-0

嘉成 晴香　かなり・はるか＊
　0989　「人魚の夏」
　　◇産経児童出版文化賞　（第69回／令4年／フジテレビ賞）
　　「人魚の夏」　嘉成晴香作，まめふく絵　あかね書房　2021.7　190p　21cm　（読書の時間 10）　1300円　①978-4-251-04480-8

佳南　かなん＊
　0990　「蜂蜜令嬢の結婚」
　　◇角川ビーンズ小説大賞　（第22回／令5年／一般部門／審査員特別賞 伊藤たつき選）

金木 犀　かねき・せい＊
　0991　「フラれてから始まるラブコメ」
　　◇カクヨムWeb小説コンテスト　（第5回／令2年／ラブコメ部門／特別賞）
　　「フラれてから始まるラブコメ」　KADOKAWA　2021.3　250p　15cm　（富士見ファンタジア文庫）　630円　①978-4-04-074024-9

金子 智　かねこ・さとし＊
　0992　「源 スペード・プラデオス」（詩集）
　　◇農民文学賞　（第63回／令2年）
　　「スペード・プラデオス―詩集」　土曜美術社出版販売　2023.4　84p　21cm　2000円　①978-4-8120-2753-0
　　※受賞作を改題

金子 茂樹　かねこ・しげき＊
　0993　「俺の話は長い」
　　◇向田邦子賞　（第38回／令1年度）

カネコ 撫子　かねこ・なでしこ＊
　0994　「推しに熱愛疑惑出たから会社休んだ」
　　◇カクヨムWeb小説コンテスト　（第7回／令4年／ラブコメ（ライトノベル）部門／特別賞）
　　「推しに熱愛疑惑出たから会社休んだ」　KADOKAWA　2022.11　316p　15cm　（角川スニーカー文庫）　680円　①978-4-04-113088-9
　　「推しに熱愛疑惑出たから会社休んだ 2」　KADOKAWA　2023.5　283p　15cm　（角川スニーカー文庫）　700円　①978-4-04-113644-7

金子 まさ江　かねこ・まさえ＊
　0995　「地球の余命」
　　◇新俳句人連盟賞（第48回／令2年／作品の部（俳句）／入選）

金子 実和　かねこ・みわ＊
　0996　「棺桶クラブ」
　　◇シナリオS1グランプリ（第42回／令4年春／奨励賞）

兼重 日奈子　かねしげ・ひなこ＊
　0997　「出戻りの夏」
　　◇シナリオS1グランプリ（第43回／令4年冬／奨励賞）

金城 宗幸　かねしろ・むねゆき＊
　0998　「ブルーロック」
　　◇講談社漫画賞（第45回／令3年／少年部門）
　　　「ブルーロック　1〜32」　金城宗幸原作，ノ村優介漫画　講談社　2018.11〜2024.12　18cm（講談社コミックス―SHONEN MAGAZINE COMICS）

金原 ひとみ　かねはら・ひとみ＊
　0999　「アタラクシア」
　　◇渡辺淳一文学賞（第5回／令2年）
　　　「アタラクシア」　集英社　2019.5　293p　20cm　1500円　ⓉISBN978-4-08-771184-4
　　　「アタラクシア」　集英社　2022.5　366p　16cm（集英社文庫）760円　ⓉISBN978-4-08-744383-7
　1000　「アンソーシャル ディスタンス」
　　◇谷崎潤一郎賞（第57回／令3年）
　　　「アンソーシャルディスタンス」　新潮社　2021.5　284p　20cm　1700円　ⓉISBN978-4-10-304535-9
　　　「アンソーシャルディスタンス」　新潮社　2024.2　362p　16cm（新潮文庫）710円　ⓉISBN978-4-10-131335-1
　1001　「ミーツ・ザ・ワールド」
　　◇柴田錬三郎賞（第35回／令4年）
　　　「ミーツ・ザ・ワールド」　集英社　2022.1　236p　20cm　1500円　ⓉISBN978-4-08-771777-8

金山 準　かねやま・じゅん＊
　1002　「プルードン―反「絶対」の探求」
　　◇渋沢・クローデル賞（第39回／令4年度／奨励賞）
　　　「プルードン―反「絶対」の探求」　岩波書店　2022.2　211, 3p　22cm　4200円　ⓉISBN978-4-00-061521-1

加納 大輔　かのう・だいすけ＊
　1003　「NEUTRAL COLORS 1」
　　◇造本装幀コンクール（第54回／令2年／審査員奨励賞）
　　　「Neutral Colors―magazine is the life　Issue 1（2020 spring）」　加藤直徳編集長　Neutral Colors　2020.5　230p　26cm　2400円　ⓉISBN978-4-909932-03-7

蒲 豊彦　かば・とよひこ＊
　1004　「闘う村落―近代中国華南の民衆と国家」
　　◇樫山純三賞（第16回／令3年／学術書賞）
　　　「闘う村落―近代中国華南の民衆と国家」　名古屋大学出版会　2020.9　380, 114p　22cm　7200円　ⓉISBN978-4-8158-0998-0

椛沢 知世　かばさわ・ともよ＊
　1005　「ノウゼンカズラ」
　　◇笹井宏之賞（第4回／令3年／大賞）
　　　「ねむらない樹　Vol. 8」　書肆侃侃房　2022.2　209p　21cm（短歌ムック）1500円　ⓉISBN978-4-86385-

508-3
　　　※受賞作を収録

椛島 健治　かばしま・けんじ＊
1006　「人体最強の臓器 皮膚のふしぎ 最新科学でわかった万能性」
　◇講談社科学出版賞（第39回／令5年）
　「人体最強の臓器皮膚のふしぎ―最新科学でわかった万能性」 講談社　2022.12　301p　18cm（ブルーバックス）　1200円　①978-4-06-530387-0

樺島 ざくろ　かばしま・ざくろ＊
1007　「今日にかぎって」
　◇日産 童話と絵本のグランプリ（第40回／令5年度／童話の部／大賞）
　※「第40回 日産 童話と絵本のグランプリ 童話・絵本入賞作品集」（大阪国際児童文学振興財団 2024年3月発行）に収録

カバヤ食品　かばやしょくひん＊
1008　「ほねほねザウルス ティラノ・ベビーのぼうけん」
　◇小学生がえらぶ！"こどもの本"総選挙（第3回／令4年／第9位）
　◇小学生がえらぶ！"こどもの本"総選挙（第4回／令6年／第9位）
　「ほねほねザウルス―ティラノ・ベビーのぼうけん」 カバヤ食品株式会社原案・監修, ぐるーぷ・アンモナイツ作・絵　岩崎書店　2008.5　87p　22cm　980円　①978-4-265-82019-1

神雛 ジュン　かびな・じゅん＊
1009　「斜陽国の奇皇后」
　◇角川文庫キャラクター小説大賞（第10回／令6年／大賞）

壁 伸一　かべ・しんいち
1010　「虚子の底」
　◇ジャンプホラー小説大賞（第6回／令2年／特別賞）

1011　「過去の小説」
　◇ジャンプホラー小説大賞（第7回／令3年／銅賞）

1012　「あなたの呪い、肩代わりします。」
　◇ジャンプホラー小説大賞（第8回／令4年／銀賞）

釜井 俊孝　かまい・としたか＊
1013　「埋もれた都の防災学―都市と地盤災害の2000年―」
　◇古代歴史文化賞（第7回／令1年／優秀作品賞）
　「埋もれた都の防災学―都市と地盤災害の2000年」 京都大学学術出版会　2016.9　209p　19cm（学術選書）　1800円　①978-4-8140-0042-5

鎌田 尚美　かまた・なおみ＊
1014　「持ち重り」
　◇小熊秀雄賞（第56回／令5年）
　「持ち重り」 思潮社　2022.10　124p　20cm　2400円　①978-4-7837-4508-2

鎌田 伸弘　かまた・のぶひろ＊
1015　「I町」
　◇西脇順三郎賞（第1回／令4年／詩篇の部／西脇順三郎賞新人賞奨励賞）

鎌田 雄一郎　かまだ・ゆういちろう＊
1016　「雷神と心が読めるヘンなタネ―こどものためのゲーム理論」
　◇サントリー学芸賞（第44回／令4年度／政治・経済部門）
　「雷神と心が読めるヘンなタネ―こどものためのゲーム理論」 河出書房新社　2022.6　221p　19cm　1630円　①978-4-309-29195-6

神尾 水無子　かみお・みなこ*
1017　「我拶(がさつ)もん」
　　◇小説すばる新人賞（第36回/令5年）
　　　「我拶もん」集英社　2024.2　236p　20cm　1750円　①978-4-08-771862-1

神岡 鳥乃　かみおか・とりの*
1018　「空冥の竜騎」
　　◇講談社ラノベ文庫新人賞（第16回/令5年4月発表/優秀賞）
　　　「空冥の竜騎」講談社　2024.6　292p　15cm（講談社ラノベ文庫）800円　①978-4-06-536479-6

神鍵 裕貴　かみかぎ・ゆうき*
1019　「BLUE PIECE」
　　◇講談社ラノベ文庫新人賞（第11回/令2年10月発表/佳作）〈受賞時〉有長 裕貴
　　　「十二月、君は青いパズルだった」講談社　2022.12　287p　15cm（講談社ラノベ文庫）700円
　　　①978-4-06-529656-1
　　　※受賞作を改題

上島 春彦　かみじま・はるひこ*
1020　「鈴木清順論」
　　◇芸術選奨（第71回/令2年度/評論等部門/文部科学大臣賞）
　　　「鈴木清順論─影なき声、声なき影」作品社　2020.9　691p　27cm　10000円　①978-4-86182-824-9

上條 一輝　かみじょう・かずき*
1021　「パラ・サイコ」
　　◇創元ホラー長編賞（第1回/令5年）
　　　「深淵のテレパス」東京創元社　2024.8　254p　19cm　1500円　①978-4-488-02908-1
　　　※受賞作を改題

神無 フム　かみな・ふむ*
1022　「アストラルオンライン　～魔王を倒すまで銀髪少女から戻れない少年は最強の付
　　　与魔術師を目指します～」
　　◇HJ小説大賞（第1回/令2年/2020後期）
　　　「アストラル・オンライン─魔王の呪いで最強美少女になったオレ、最弱職だがチートスキルで超成長し
　　　て無双する　1」ホビージャパン　2022.10　331p　15cm（HJ文庫）670円　①978-4-7986-2969-8
　　　※受賞作を改題
　　　「アストラル・オンライン─魔王の呪いで最強美少女になったオレ、最弱職だがチートスキルで超成長
　　　して無双する　2」ホビージャパン　2023.1　299p　15cm（HJ文庫）650円　①978-4-7986-3045-8
　　　「アストラル・オンライン─魔王の呪いで最強美少女になったオレ、最弱職だがチートスキルで超成長
　　　して無双する　3」ホビージャパン　2023.8　303p　15cm（HJ文庫）720円　①978-4-7986-3244-5

神ノ木 真紅　かみのぎ・しんく*
1023　「魔王と魔女の英雄神話」
　　◇講談社ラノベ文庫新人賞（第10回/令2年5月発表/優秀賞）〈受賞時〉神無月 真紅
　　　「魔王と魔女の英雄神話」講談社　2023.4　302p　15cm（講談社ラノベ文庫）700円　①978-4-06-
　　　532003-7

神原 嘉男　かみはら・よしお
1024　「戦友会これが最後と生きのびたたった三人（みたり）の満場一致」
　　◇角川全国短歌大賞（第11回/令1年/題詠「会」/準賞）

上水 遙夏　かみみず・はるか*
1025　「「うるさい」とそばにいる友笑うけど君がいないと私は静か」
　　◇河野裕子短歌賞（没後10年 第9回～家族を歌う～河野裕子短歌賞/令2年/青春の歌/
　　　河野裕子賞）

上村 剛　かみむら・つよし＊
　　1026　「権力分立論の誕生―ブリテン帝国の『法の精神』受容」
　　　　◇サントリー学芸賞（第43回／令3年度／思想・歴史部門）
　　　　　「権力分立論の誕生―ブリテン帝国の『法の精神』受容」　岩波書店　2021.3　338p　22cm　6600円
　　　　　①978-4-00-061460-3

上村 裕香　かみむら・ゆたか＊
　　1027　「救われてんじゃねえよ」
　　　　◇女による女のためのR-18文学賞（第21回／令4年／大賞）

かみや
　　1028　「召喚士が陰キャで何が悪い」
　　　　◇HJ小説大賞（第1回／令2年／2020後期）
　　　　　「召喚士が陰キャで何が悪い　1」　ホビージャパン　2022.2　367p　15cm（HJ文庫）　690円　①978-4-7986-2721-2
　　　　　「召喚士が陰キャで何が悪い　2」　ホビージャパン　2022.7　347p　15cm（HJ文庫）　690円　①978-4-7986-2869-1
　　　　　「召喚士が陰キャで何が悪い　3」　ホビージャパン　2022.12　332p　15cm（HJ文庫）　670円　①978-4-7986-3014-4
　　1029　「アイテムダンジョン！　～追放された落ちこぼれたちの歩きかた～」
　　　　◇HJ小説大賞（第3回／令4年／後期）
　　　　　「アイテムダンジョン！―俺だけ創れる異能ダンジョンからはじまる、落ちこぼれたちの英雄譚　1」　ホビージャパン　2024.11　376p　15cm（HJ文庫）　740円　①978-4-7986-3668-9
　　　　　※受賞作を改題

かみや としこ
　　1030　「トリロン」
　　　　◇小川未明文学賞（第28回／令1年／優秀賞／長編部門）
　　1031　「屋根に上る」
　　　　◇小川未明文学賞（第29回／令2年／大賞／長編部門）
　　　　　「屋根に上る」　かみやとしこ作, かわいちひろ絵　学研プラス　2021.12　156p　20cm（ティーンズ文学館）　1400円　①978-4-05-205488-4

紙屋 ねこ　かみや・ねこ＊
　　1032　「鵲の白きを見れば黄泉がえり～死者の手紙届けます」
　　　　◇角川文庫キャラクター小説大賞（第8回／令4年／奨励賞）
　　　　　「後宮の宵に月華は輝く―琥珀国墨夜伝」　KADOKAWA　2023.10　269p　15cm（角川文庫）　660円　①978-4-04-113600-3
　　　　　※受賞作を改題

神谷 広行　かみや・ひろゆき
　　1033　「君と推して参る」
　　　　◇シナリオS1グランプリ（第47回／令6年冬／佳作）

神山 節子　かみやま・せつこ
　　1034　「B29」
　　　　◇随筆にっぽん賞（第14回／令6年／随筆にっぽん賞）

神山 睦美　かみやま・むつみ＊
　　1035　「終わりなき漱石」
　　　　◇小野十三郎賞（第22回／令2年／詩評論書部門／小野十三郎賞）
　　　　　「終わりなき漱石」　幻戯書房　2019.11　1045,9p　20cm　10000円　①978-4-86488-179-1

花邑 あきら　かむら・あきら＊
　1036　「女衒事業者」
　　◇大藪春彦新人賞　（第8回/令6年/大藪春彦新人賞，映像化奨励賞）

亀野 仁　かめの・じん＊
　1037　「砂中遺物」
　　◇『このミステリーがすごい！』大賞　（第19回/令2年/文庫グランプリ）
　　　「暗黒自治区」　宝島社　2021.3　375p　16cm（宝島社文庫―このミス大賞）　800円　①978-4-299-01365-1
　　　※受賞作を改題

鴨崎 暖炉　かもさき・だんろ＊
　1038　「館と密室」
　　◇『このミステリーがすごい！』大賞　（第20回/令3年/文庫グランプリ）
　　　「密室黄金時代の殺人―雪の館と六つのトリック」　宝島社　2022.2　411p　16cm（宝島社文庫―このミス大賞）　800円　①978-4-299-02646-0
　　　※受賞作を改題

蒲原 ユミ子　かもはら・ゆみこ＊
　1039　「青空姫」
　　◇えほん大賞　（第24回/令5年/ストーリー部門/特別賞）

かやま（根占）　かやま＊
　1040　「夢見し蝶の遺言」
　　◇カクヨムWeb小説短編賞　（2022/令4年/エンタメ短編小説部門/短編特別賞）

栢山 シキ　かやま・しき＊
　1041　「レディ・ファントムと灰色の夢」
　　◇ノベル大賞　（2023年/令5年/準大賞）
　　　「レディ・ファントムと灰色の夢」　集英社　2024.4　312p　15cm（集英社オレンジ文庫）　720円　①978-4-08-680555-1

からした 火南　からした・かなん＊
　1042　「チャオ！チャオ！パスタイオ ～ 面倒な隣人とワタシとカルボナーラ」
　　◇カクヨムWeb小説コンテスト　（第8回/令5年/ライト文芸部門/特別賞）
　　　「チャオ！チャオ！パスタイオ―面倒な隣人とワタシとカルボナーラ」　KADOKAWA　2024.1　315p　15cm（富士見L文庫）　700円　①978-4-04-075295-2

烏丸 英　からすま・えい＊
　1043　「Vtuberってめんどくせえ！」
　　◇カクヨムWeb小説コンテスト　（第6回/令3年/キャラクター文芸部門/特別賞）
　　　「Vtuberってめんどくせえ！」　KADOKAWA　2022.3　253p　15cm（ファミ通文庫）　680円　①978-4-04-736935-1

烏丸 紫明　からすま・しめい＊
　1044　「悪役令嬢は『萌え』を浴びるほど摂取したい！」
　　◇カクヨムWeb小説コンテスト　（第5回/令2年/恋愛部門/大賞）
　　　「悪役令嬢は『萌え』を浴びるほど摂取したい！」　KADOKAWA　2020.12　252p　15cm（ビーズログ文庫）　680円　①978-4-04-736433-2
　　　「悪役令嬢は『萌え』を浴びるほど摂取したい！　2」　KADOKAWA　2021.9　254p　15cm（ビーズログ文庫）　680円　①978-4-04-736753-1

雁 須磨子　かり・すまこ＊
　1045　「あした死ぬには、」
　　◇文化庁メディア芸術祭賞　（第23回/令2年/優秀賞）

かりお　　　　　　　　　　　　　　　　　　　　　　　　　　　　1046～1054

◇マンガ大賞（2020/令2年/12位）
「あした死ぬには、　1」　太田出版　2019.6　153p　21cm　1200円　①978-4-7783-2301-1
「あした死ぬには、　2」　太田出版　2020.1　159p　21cm　1200円　①978-4-7783-2304-2
「あした死ぬには、　3」　太田出版　2021.3　158p　21cm　1200円　①978-4-7783-2309-7
「あした死ぬには、　4」　太田出版　2022.10　157p　21cm　1200円　①978-4-7783-2316-5

苅尾 邦子　かりお・くにこ＊
1046　「何気ない暮らしの中に幸せが」
◇随筆にっぽん賞（第11回/令3年/奨励賞）

カリベ ユウキ
1047　「マイ・ゴーストリー・フレンド」
◇ハヤカワSFコンテスト（第12回/令6年/優秀賞）

苅谷 君代　かりや・きみよ＊
1048　「白杖と花びら」
◇ながらみ書房出版賞（第29回/令3年）
「白杖と花びら―歌集」　ながらみ書房　2020.8　193p　20cm（塔21世紀叢書 第372篇）2500円　①978-4-86629-193-2

苅谷 剛彦　かりや・たけひこ＊
1049　「追いついた近代 消えた近代―戦後日本の自己像と教育」
◇毎日出版文化賞（第74回/令2年/人文・社会部門）
「追いついた近代 消えた近代―戦後日本の自己像と教育」　岩波書店　2019.9　369,6p　22cm　3300円　①978-4-00-061362-0

仮屋崎 耕　かりやざき・こう＊
1050　「受験日の朝に」
◇BKラジオドラマ脚本賞（第45回/令6年/佳作）

軽井 広　かるい・ひろし＊
1051　「クールな女神様と一緒に住んだら、甘やかしすぎてポンコツにしてしまった件について」
◇HJ小説大賞（第2回/令3年/2021前期）
「クールな女神様と一緒に住んだら、甘やかしすぎてポンコツにしてしまった件について　1」　ホビージャパン　2022.8　313p　15cm（HJ文庫）670円　①978-4-7986-2889-9
「クールな女神様と一緒に住んだら、甘やかしすぎてポンコツにしてしまった件について　2」　ホビージャパン　2022.10　315p　15cm（HJ文庫）670円　①978-4-7986-2968-1
「クールな女神様と一緒に住んだら、甘やかしすぎてポンコツにしてしまった件について　3」　ホビージャパン　2023.3　299p　15cm（HJ文庫）670円　①978-4-7986-3097-7

刈馬 カオス　かるま・かおす＊
1052　「異邦人の庭」
◇せんだい短編戯曲賞（第7回/令2年/大賞）

カレー沢 薫　かれーざわ・かおる＊
1053　「ひとりでしにたい」
◇文化庁メディア芸術祭賞（第24回/令3年/優秀賞）
「ひとりでしにたい　1～8」　カレー沢薫著、ドネリー美咲原案協力　講談社　2020.3～2024.6　19cm（モーニングKC）

かわ はらり
1054　「なにがみえるかな」
◇えほん大賞（第17回/令1年/絵本部門/大賞）

「なにがみえるかな」　文芸社　2020.6　19×27cm　1200円　Ⓘ978-4-286-21727-7

川合　航希　　かわい・こうき
1055　「キモくないですよ」
　◇シナリオS1グランプリ（第46回／令6年春／佳作）

かわい　さくら
1056　「あめがふったら」
　◇日産 童話と絵本のグランプリ（第40回／令5年度／童話の部／優秀賞）
　　※「第40回 日産 童話と絵本のグランプリ 童話・絵本入賞作品集」（大阪国際児童文学振興財団 2024年3月発行）に収録

河合　紗都　　かわい・さと＊
1057　「どしょぼね」
　◇小説 野性時代 新人賞（第12回／令3年／奨励賞）

河合　穂高　　かわい・ほたか＊
1058　「黄色の森」
　◇せんだい短編戯曲賞（第8回／令4年／大賞）

川合　真木子　　かわい・まきこ＊
1059　「アルテミジア・ジェンティレスキ―女性画家の生きたナポリ」
　◇フォスコ・マライーニ賞（第6回／令5年）
　　「アルテミジア・ジェンティレスキ―女性画家の生きたナポリ」　晃洋書房　2023.2　278,171p 図版8枚　22cm 12000円　Ⓘ978-4-7710-3688-8

川内　有緒　　かわうち・ありお＊
1060　「目の見えない白鳥さんとアートを見にいく」
　◇本屋大賞（第19回／令4年／ノンフィクション本大賞（第5回））
　　「目の見えない白鳥さんとアートを見にいく」　集英社インターナショナル，集英社（発売）　2021.9　335p　19cm　2100円　Ⓘ978-4-7976-7399-9

川上　明日夫　　かわかみ・あすお＊
1061　「肴のきもち」
　◇日本詩歌句随筆評論大賞（第17回／令3年度／詩部門／特別賞）
　　「肴のきもち―詩集」　山吹文庫の会　2021.3　83p　21cm　Ⓘ978-4-910472-74-4

川上　佐都　　かわかみ・さと＊
1062　「踊動」
　◇ポプラ社小説新人賞（第11回／令3年／特別賞）　〈受賞時〉葉柳　いち
　　「街に躍（は）ねる」　ポプラ社　2023.2　238p　20cm　1600円　Ⓘ978-4-591-17694-8
　　※受賞作を改題

川上　泰樹　　かわかみ・たいき＊
1063　「転生したらスライムだった件」
　◇講談社漫画賞（第46回／令4年／少年部門）
　　「転生したらスライムだった件　1～27」　伏瀬原作，川上泰樹漫画，みっつばーキャラクター原案　講談社　2015.10～2024.9　19cm（シリウスKC）

川上　知里　　かわかみ・ちさと＊
1064　「今昔物語集攷―生成・構造と史的圏域―」
　◇第2次関根賞（第17回・通算29回／令4年度）
　　「今昔物語集攷―生成・構造と史的圏域」　花鳥社　2021.3　408p　22cm　9000円　Ⓘ978-4-909832-36-8

川上 弘美　かわかみ・ひろみ＊
　1065 「恋ははかない、あるいは、プールの底のステーキ」
　　◇野間文芸賞（第76回／令5年）
　　　「恋ははかない、あるいは、プールの底のステーキ」　講談社　2023.8　291p　20cm　1700円　ⓘ978-4-06-532438-7

河上 麻由子　かわかみ・まゆこ＊
　1066 「古代日中関係史―倭の五王から遣唐使以降まで―」
　　◇古代歴史文化賞（第7回／令1年／優秀作品賞）
　　　「古代日中関係史―倭の五王から遣唐使以降まで」　中央公論新社　2019.3　280p　18cm　（中公新書）　880円　ⓘ978-4-12-102533-3

川上 未映子　かわかみ・みえこ＊
　1067 「夏物語」
　　◇本屋大賞（第17回／令2年／7位）
　　　「夏物語」　文藝春秋　2019.7　545p　20cm　1800円　ⓘ978-4-16-391054-3
　　　「夏物語」　文藝春秋　2021.8　654p　16cm　（文春文庫）　970円　ⓘ978-4-16-791733-3
　1068 「黄色い家」
　　◇読売文学賞（第75回／令5年／小説賞）
　　◇本屋大賞（第21回／令6年／6位）
　　　「黄色い家」　中央公論新社　2023.2　601p　20cm　1900円　ⓘ978-4-12-005628-4

川上 凛桜　かわかみ・りお＊
　1069 「桜のヘアピン」
　　◇ENEOS童話賞（第53回／令4年度／中学生の部／優秀賞）
　　　※「童話の花束 その53」に収録

川口 晴美　かわぐち・はるみ＊
　1070 「やがて魔女の森になる」
　　◇萩原朔太郎賞（第30回／令4年）
　　　「やがて魔女の森になる」　思潮社　2021.10　107p　20cm　2400円　ⓘ978-4-7837-3764-3

川口 泰弘　かわぐち・やすひろ＊
　1071 「文字を識るということ」
　　◇部落解放文学賞（第48回／令3年／識字部門／部落解放文学賞）
　　　※「ばあさんとボク」に改題

kawa.kei
　1072 「パラダイム・パラサイト」
　　◇カクヨムWeb小説コンテスト（第6回／令3年／異世界ファンタジー部門／特別賞）
　　　「パラダイム・パラサイト　01」　KADOKAWA　2022.6　285p　19cm　1300円　ⓘ978-4-04-736951-1
　　　「パラダイム・パラサイト　02」　KADOKAWA　2023.1　367p　19cm　1450円　ⓘ978-4-04-737193-4

川越 宗一　かわごえ・そういち＊
　1073 「熱源」
　　◇直木三十五賞（第162回／令1年下）
　　◇本屋大賞（第17回／令2年／5位）
　　　「熱源」　文藝春秋　2019.8　426p　20cm　1850円　ⓘ978-4-16-391041-3
　　　「熱源」　文藝春秋　2022.7　490p　16cm　（文春文庫）　820円　ⓘ978-4-16-791902-3
　1074 「パシヨン」
　　◇中央公論文芸賞（第18回／令5年）
　　　「パシヨン」　PHP研究所　2023.7　445p　20cm　2200円　ⓘ978-4-569-85486-1

河﨑 秋子　かわさき・あきこ*
 1075　「土に贖う」
  ◇新田次郎文学賞　（第39回/令2年）
   「土に贖う」　集英社　2019.9　253p　20cm　1650円　Ⓘ978-4-08-771200-1
   「土に贖う」　集英社　2022.11　277p　16cm　（集英社文庫）　680円　Ⓘ978-4-08-744451-3
 1076　「ともぐい」
  ◇直木三十五賞　（第170回/令5年下）
   「ともぐい」　新潮社　2023.11　295p　20cm　1750円　Ⓘ978-4-10-355341-0

川崎 恵子　かわさき・けいこ*
 1077　「相生おおの港」
  ◇随筆にっぽん賞　（第10回/令2年/随筆にっぽん賞）

川崎 七音　かわさき・なお*
 1078　「モーンガータのささやき～イチゴと逆さ十字架～」
  ◇電撃大賞〔電撃小説大賞〕　（第27回/令2年/選考委員奨励賞）
   「ぼくらが死神に祈る日」　KADOKAWA　2021.5　285p　15cm　（メディアワークス文庫）　650円
   Ⓘ978-4-04-913752-1
   ※受賞作を改題

河治 和香　かわじ・わか*
 1079　「がいなもん 松浦武四郎一代」
  ◇中山義秀文学賞　（第25回/令1年度）
  ◇舟橋聖一文学賞　（第13回/令1年）
   「がいなもん松浦武四郎一代」　小学館　2018.6　317p　20cm　1700円　Ⓘ978-4-09-386510-4
   「がいなもん松浦武四郎一代」　小学館　2023.7　373p　15cm　（小学館文庫）　780円　Ⓘ978-4-09-407275-4

川島 洋　かわしま・ひろし*
 1080　「ショートケーキ」
  ◇伊東静雄賞　（第33回/令4年度/奨励賞）

川嶋 ふみこ　かわしま・ふみこ*
 1081　「黄色いふとん」
  ◇アンデルセンのメルヘン大賞　（第39回/令4年/一般部門/優秀賞）
   「アンデルセンのメルヘン文庫　第39集」　アンデルセン・パン生活文化研究所　2022.10　87p　21×22cm　（アンデルセンのメルヘン大賞受賞作品集 第39回）　1000円
   ※受賞作を収録

川島 結佳子　かわしま・ゆかこ*
 1082　「感傷ストーブ」
  ◇現代短歌新人賞　（第20回/令1年度）
  ◇現代歌人協会賞　（第64回/令2年）
   「感傷ストーブ―歌集」　短歌研究社　2019.7　152p　20cm　（かりん叢書 第345篇）　2000円　Ⓘ978-4-86272-606-3

かわしマン
 1083　「歌舞伎町スラッシャー」
  ◇カクヨムWeb小説コンテスト　（第9回/令6年/ホラー部門/特別審査員賞）

川尻 秋生　かわじり・あきお*
 1084　「馬と古代社会」
  ◇JRA賞馬事文化賞　（2021/令3年度/特別賞）

「馬と古代社会」 佐々木虔一、川尻秋生、黒済和彦編　八木書店出版部、八木書店（発売）　2021.5　554p　22cm　8000円　①978-4-8406-2247-9

河尻 亨一　かわじり・こういち*

1085　「TIMELESS 石岡瑛子とその時代」
◇毎日出版文化賞（第75回／令3年／文学・芸術部門）
「TIMELESS―石岡瑛子とその時代」　朝日新聞出版　2020.11　541p　図版32p　20cm　2800円　①978-4-02-251734-0

河津 聖恵　かわず・きよえ*

1086　「「毒虫」詩論序説」
◇日本詩人クラブ詩界賞（第21回／令3年）
「「毒虫」詩論序説―声と声なき声のはざまで」　ふらんす堂　2020.7　167p　19cm　2300円　①978-4-7814-1282-5

1087　「綵歌」
◇現代詩人賞（第41回／令5年）
「綵歌―河津聖恵詩集」　ふらんす堂　2022.2　187p　21cm　2500円　①978-4-7814-1445-4

河角 順子　かわすみ・じゅんこ*

1088　「伝言板」
◇ENEOS童話賞（第52回／令3年度／一般の部／優秀賞）
※「童話の花束 その52」に収録

川瀬 慈　かわせ・いつし*

1089　「エチオピア高原の吟遊詩人―うたに生きる者たち」
◇サントリー学芸賞（第43回／令3年度／芸術・文学部門）
◇梅棹忠夫・山と探検文学賞（第11回／令4年発表）
「エチオピア高原の吟遊詩人―うたに生きる者たち」　音楽之友社　2020.11　247p　20cm　3000円　①978-4-276-13571-0

川瀬 陽子　かわせ・ようこ

1090　「蕾が散る」
◇深大寺短編恋愛小説『深大寺恋物語』（第16回／令2年／最優秀賞）
※深大寺短編恋愛小説「深大寺恋物語」第十六集に収録

川添 英昭　かわぞえ・ひであき*

1091　「コートールド美術館展魅惑の印象派 図録」
◇造本装幀コンクール（第54回／令2年／日本印刷産業連合会会長賞）
「コートールド美術館展魅惑の印象派」　朝日新聞社　2019-2020　264p　25×25cm

1092　「1つの定理を証明する99の方法」
◇造本装幀コンクール（第55回／令3年／日本書籍出版協会理事長賞／専門書（人文社会科学書・自然科学書等）部門）
「1つの定理を証明する99の方法」　フィリップ・オーディング著, 冨永星訳　森北出版　2021.1　274p　23cm　3200円　①978-4-627-06261-0

川田 章人　かわた・あきひと*

1093　「現代宇宙論」現代を生きる為の日本人の心
◇日本詩歌句随筆評論大賞（第17回／令3年度／短歌部門／チャレンジ賞）
「現代宇宙論―現代を生きる為の日本人の心：歌集」　飯塚書店　2020.6　118p　19cm　1500円　①978-4-7522-8129-0

河田 育子　かわだ・いくこ*

1094　「光の素顔」
◇日本詩歌句随筆評論大賞（第20回／令6年度／短歌部門／大賞）

「光の素顔―歌集」　本阿弥書店　2024.3　169p　20cm　2700円　①978-4-7768-1674-4

川出　正樹　　かわで・まさき＊
1095　「ミステリ・ライブラリ・インヴェスティゲーション　戦後翻訳ミステリ叢書探訪」
　　◇日本推理作家協会賞（第77回/令6年/評論・研究部門）
　　◇本格ミステリ大賞（第24回/令6年/評論・研究部門）
　　「ミステリ・ライブラリ・インヴェスティゲーション―戦後翻訳ミステリ叢書探訪」　東京創元社　2023.12　469p　20cm（KEY LIBRARY）3200円　①978-4-488-01544-2

河出書房新社　　かわでしょぼうしんしゃ＊
1096　「遠慮深いうた寝」
　　◇造本装幀コンクール（第55回/令3年/日本書籍出版協会理事長賞/文学・文芸（エッセイ）部門）
　　「遠慮深いうた寝」　小川洋子著　河出書房新社　2021.11　243p　20cm　1550円　①978-4-309-03003-6

川野　里子　　かわの・さとこ＊
1097　「歓待」
　　◇読売文学賞（第71回/令1年/詩歌俳句賞）
　　「歓待―川野里子歌集」　砂子屋書房　2019.4　182p　20cm（かりん叢書 342番）3000円　①978-4-7904-1713-2
1098　「ウォーターリリー」
　　◇前川佐美雄賞（第22回/令6年）
　　「ウォーターリリー―歌集」　短歌研究社　2023.8　193p　19cm（かりん叢書 第420篇）2200円　①978-4-86272-742-8

川野　水音　　かわの・みね＊
1099　「同行二人」
　　◇シナリオS1グランプリ（第39回/令2年冬/奨励賞）

川野　芽生　　かわの・めぐみ＊
1100　「Lilith」
　　◇現代歌人協会賞（第65回/令3年）
　　「Lilith―歌集」　書肆侃侃房　2020.9　165p　20cm　2000円　①978-4-86385-419-2

川端　裕人　　かわばた・ひろと＊
1101　「ドードー鳥と孤独鳥」
　　◇新田次郎文学賞（第43回/令6年）
　　「ドードー鳥と孤独鳥」　国書刊行会　2023.9　370p　20cm　2700円　①978-4-336-07519-2

河原　穂乃　　かわはら・ほの＊
1102　「サクラ色のオモイ」
　　◇ENEOS童話賞（第53回/令4年度/小学生以下の部/優秀賞）
　　※「童話の花束 その53」に収録

川原　正憲　　かわはら・まさのり＊
1103　「近代的地獄」
　　◇大衆芸能脚本募集（第21回/令1年度/漫才・コント部門/佳作）

河村　瑛子　　かわむら・えいこ＊
1104　「古俳諧研究」
　　◇日本古典文学学術賞（第17回/令6年度）
　　「古俳諧研究」　和泉書院　2023.5　561p　22cm（研究叢書 558）13000円　①978-4-7576-1068-2

川村 真央　かわむら・まお
　1105　「かえるのうた」
　　◇えほん大賞（第24回/令5年/絵本部門/優秀賞）

川村 有史　かわむら・ゆうし＊
　1106　「退屈とバイブス」
　　◇笹井宏之賞（第3回/令2年/個人賞/永井祐賞）
　　　「ねむらない樹　Vol. 6（2021 winter）」　書肆侃侃房　2021.2　205p　21cm（短歌ムック）1500円
　　　①978-4-86385-442-0
　　　※受賞作を収録

河村 義人　かわむら・よしと＊
　1107　「川元祥一論―「部落民」という実存」
　　◇部落解放文学賞（第46回/令1年/評論部門/佳作）
　　　「事実と虚構のはざまで」　千書房　2022.7　203p　20cm　1800円　①978-4-7873-0062-1
　　　※受賞作を収録
　1108　「幽冥にて」
　　◇部落解放文学賞（第46回/令1年/小説部門/入選）
　　　「事実と虚構のはざまで」　千書房　2022.7　203p　20cm　1800円　①978-4-7873-0062-1
　　　※受賞作を収録

川本 千栄　かわもと・ちえ＊
　1109　「森へ行った日」
　　◇ながらみ書房出版賞（第30回/令4年）
　　　「森へ行った日―歌集」　ながらみ書房　2021.5　193p　20cm（塔21世紀叢書　第386篇）2500円
　　　①978-4-86629-222-9

川本 直　かわもと・なお＊
　1110　「ジュリアン・バトラーの真実の生涯」
　　◇読売文学賞（第73回/令3年/小説賞）
　　　「ジュリアン・バトラーの真実の生涯」　河出書房新社　2021.9　396p　20cm　2250円　①978-4-309-02983-2
　　　「ジュリアン・バトラーの真実の生涯」　河出書房新社　2023.11　503p　15cm（河出文庫）1150円
　　　①978-4-309-42020-2

瓦井 裕子　かわらい・ゆうこ＊
　1111　「王朝和歌史の中の源氏物語」
　　◇第2次関根賞（第16回・通算28回/令3年度）
　　◇日本古典文学学術賞（第14回/令3年度）
　　　「王朝和歌史の中の源氏物語」　和泉書院　2020.9　290p　22cm（研究叢書527）8500円　①978-4-7576-0965-5

河原地 英武　かわらじ・ひでたけ＊
　1112　「栗田やすし俳句鑑賞」
　　◇俳句四季大賞（令5年/第10回　俳句四季特別賞）
　　　「栗田やすし俳句鑑賞」　東京四季出版　2022.6　269p　19cm　2800円　①978-4-8129-1025-2

カン・ハンナ
　1113　「まだまだです」
　　◇現代短歌新人賞（第21回/令2年度）
　　　「まだまだです―歌集」　角川文化振興財団、KADOKAWA（発売）　2019.12　209p　20cm　2600円
　　　①978-4-04-884317-1

姜　湖宙　　かん・ほじゅ＊
1114　「湖へ」
　　◇小熊秀雄賞　（第57回／令6年）
　　　「湖へ―姜湖宙詩集」　書肆ブン　2023.3　105p　18cm　2000円　Ⓘ978-4-91032-406-7

康　玲子　　かん・よんじゃ＊
1115　「ウンチョル先生」
　　◇部落解放文学賞　（第50回／令5年／小説部門／部落解放文学賞）

菅家　博昭　　かんけ・ひろあき＊
1116　「別冊 会津学 VOL.1―暮らしと繊維植物―」
　　◇日本自費出版文化賞　（第23回／令2年／特別賞／研究・評論部門）
　　　「暮らしと繊維植物」　会津学研究会　2018.11　283p　21cm　（別冊会津学 vol. 1）　1429円　Ⓘ978-4-901167-25-3

神崎　あきら　　かんざき・あきら
1117　「狸穴神社の縁切り地蔵」
　　◇カクヨムWeb小説短編賞　（2022／令4年／エンタメ短編小説部門／短編賞）
1118　「まほろば水族館」
　　◇カクヨムWeb小説短編賞　（2023／令5年／短編小説部門／短編賞）

神崎　舞　　かんざき・まい＊
1119　「ロベール・ルパージュとケベック―舞台表象に見る国際性と地域性」
　　◇渋沢・クローデル賞　（第41回／令6年度／奨励賞）
　　　「ロベール・ルパージュとケベック―舞台表象に見る国際性と地域性」　彩流社　2023.8　316p　20cm　4000円　Ⓘ978-4-7791-2909-4

神田　千代子　　かんだ・ちよこ＊
1120　「おんな」
　　◇部落解放文学賞　（第50回／令5年／識字部門／佳作）

かんな
1121　「おばけのアイスクリーム屋さん」
　　◇えほん大賞　（第24回／令5年／絵本部門／大賞）
　　　「おばけのまよなかアイス」　文芸社　2023.12　47p　25cm　1500円　Ⓘ978-4-286-24829-5
　　　※受賞作を改題

感王寺　美智子　　かんのうじ・みちこ＊
1122　「あたらしい力」
　　◇詩人会議新人賞　（第54回／令2年／詩部門／佳作）

ガンプ
1123　「断腸亭にちじょう」
　　◇手塚治虫文化賞　（第27回／令5年／新生賞）
　　　「断腸亭にちじょう　1」　小学館　2022.5　143p　21cm　（サンデーうぇぶり少年サンデーコミックス）　900円　Ⓘ978-4-09-851139-6
　　　「断腸亭にちじょう　2」　小学館　2023.5　154p　21cm　（サンデーうぇぶり少年サンデーコミックス）　1000円　Ⓘ978-4-09-852134-0
　　　「断腸亭にちじょう　3」　小学館　2023.7　141p　21cm　（サンデーうぇぶり少年サンデーコミックス）　1000円　Ⓘ978-4-09-852135-7

甘味亭　太丸　　かんみてい・ふとまる＊
1124　「悪役令嬢、宇宙を駆ける～二度目の人生では出しゃばらないと決めたのに、気が付けば大艦隊を率いています～」

◇カクヨムWeb小説コンテスト（第9回/令6年/カクヨムプロ作家部門/特別賞）

【き】

き 志　き・し
1125　「アマの子」
　　◇シナリオS1グランプリ（第47回/令6年冬/奨励賞）

魏 晨　ぎ・しん＊
1126　「「満洲」をめぐる児童文学と綴方活動―文化に潜む多元性、辺境性、連続性」
　　◇日本児童文学学会賞（第48回/令6年/日本児童文学学会奨励賞）
　　「「満洲」をめぐる児童文学と綴方活動―文化に潜む多元性、辺境性、連続性」　ミネルヴァ書房　2023.11　235, 3p　22cm　6000円　①978-4-623-09475-2

ぎあまん
1127　「底辺冒険者なおっさんの俺いまさらチートを持っていることに気付く　領地経営ゲームで現実も楽々ライフ」
　　◇カクヨムWeb小説コンテスト（第8回/令5年/異世界ファンタジー部門/大賞・ComicWalker漫画賞）
　　「底辺おっさん、チート覚醒で異世界楽々ライフ　1」　KADOKAWA　2023.12　322p　19cm（MFブックス）　1300円　①978-4-04-683003-6
　　※受賞作を改題
　　「底辺おっさん、チート覚醒で異世界楽々ライフ　2」　KADOKAWA　2024.4　321p　19cm（MFブックス）　1400円　①978-4-04-683555-0

キイダタオ
1128　「シュレディンガーの恋人たち」
　　◇城戸賞（第49回/令5年/佳作）

木内 南緒　きうち・なお＊
1129　「**AIロボット、ひと月貸します！**」
　　◇福島正実記念SF童話賞（第35回/令2年/大賞）
　　「AIロボット、ひと月貸します！」　木内南緒作, 丸山ゆき絵　岩崎書店　2020.8　94p　22cm（おはなしガーデン）　1200円　①978-4-265-07266-8

ギガントメガ太郎　ぎがんとめがたろう＊
1130　「うちのメイドロボがそんなにイチャイチャ百合生活してくれない」
　　◇カクヨムWeb小説コンテスト（第9回/令6年/ラブコメ（ライトノベル）部門/特別審査員賞）

企業戦士　きぎょうせんし＊
1131　「家臣に恵まれた転生貴族の幸せな日常。」
　　◇カクヨムWeb小説コンテスト（第8回/令5年/異世界ファンタジー部門/特別賞）
　　「家臣に恵まれた転生貴族の幸せな日常　1」　KADOKAWA　2024.2　256p　19cm（MFブックス）　1300円　①978-4-04-683377-8
　　「家臣に恵まれた転生貴族の幸せな日常　2」　KADOKAWA　2024.6　280p　19cm（MFブックス）　1400円　①978-4-04-683710-3

菊石 まれほ　きくいし・まれほ＊
1132　「ユア・フォルマ　電子犯罪捜査局」

◇電撃大賞〔電撃小説大賞〕（第27回／令2年／大賞）
「ユア・フォルマ　電索官エチカと機械仕掛けの相棒」　KADOKAWA　2021.3　289p　15cm（電撃文庫）　630円　①978-4-04-913686-9
※受賞作を改題
「ユア・フォルマ　2　電索官エチカと女王の三つ子」　KADOKAWA　2021.6　287p　15cm（電撃文庫）　630円　①978-4-04-913687-6
「ユア・フォルマ　3　電索官エチカと群衆の見た夢」　KADOKAWA　2021.11　329p　15cm（電撃文庫）　680円　①978-4-04-914001-9
「ユア・フォルマ　4　電索官エチカとペテルブルクの悪夢」　KADOKAWA　2022.4　357p　15cm（電撃文庫）　680円　①978-4-04-914152-8
「ユア・フォルマ　5　電索官エチカと閉ざされた研究都市」　KADOKAWA　2022.12　304p　15cm（電撃文庫）　660円　①978-4-04-914678-3
「ユア・フォルマ　6　電索官エチカと破滅の盟約」　KADOKAWA　2023.8　357p　15cm（電撃文庫）　740円　①978-4-04-915136-7

菊谷　淳子　きくたに・じゅんこ＊
1133　「逆さ首」
◇創作ラジオドラマ大賞（第51回／令4年／大賞）

菊池　快晴　きくち・かいせい＊
1134　「【異世界ガイドマップ】5.0★★★★★（57894件）を手に入れたので【クチコミ】を頼りに悠々自適な異世界旅行スローライフを満喫します」
◇カクヨムWeb小説コンテスト（第9回／令6年／異世界ファンタジー部門／特別賞）

菊池　海斗　きくち・かいと＊
1135　「私はわたし」
◇新人シナリオコンクール（第32回／令4年度／大伴昌司賞　奨励賞）

菊池　浩二　きくち・こうじ
1136　「老齢の孤独」
◇労働者文学賞（第33回／令3年／小説部門／佳作）

菊池　拓哉　きくち・たくや
1137　「鍵のかかった文芸誌」
◇造本装幀コンクール（第57回／令5年／東京都知事賞，日本印刷産業連合会会長賞）
※「鍵のかかった文芸誌」(菊池拓哉編・刊)

きくち ちき
1138　「しろとくろ」
◇産経児童出版文化賞（第67回／令2年／フジテレビ賞）
「しろとくろ」　講談社　2019.9　〔35p〕　21×30cm（講談社の創作絵本）1500円　①978-4-06-516958-2

菊池　健　きくち・つよし＊
1139　「ダイヤモンドダスト」
◇俳句四季新人賞・新人奨励賞　（令4年／第5回　俳句四季新人奨励賞）

菊池　フミ　きくち・ふみ＊
1140　「浴雨」
◇織田作之助賞（第39回／令4年度／織田作之助青春賞）

菊地　悠太　きくち・ゆうた＊
1141　「BARの椅子」
◇日本一行詩大賞・日本一行詩新人賞（第13回／令2年／新人賞）
「Barの椅子―菊地悠太句集」　俳句アトラス　2019.3　185p　20cm（河叢書　292篇）2315円　①978-

菊野 葉子　きくの・ようこ＊
　　1142　「眼鏡会議」
　　　　◇えほん大賞　（第20回／令3年／絵本部門／大賞）
　　　　「眼鏡会議」　文芸社　2021.12　19×22cm　1400円　Ⓘ978-4-286-23239-3

祇光 瞭咲　ぎこう・あきさ＊
　　1143　「偶像のエクソシスト」
　　　　◇ジャンプホラー小説大賞　（第9回／令5年／特別賞）

木崎 みつ子　きざき・みつこ＊
　　1144　「コンジュジ」
　　　　◇すばる文学賞　（第44回／令2年）
　　　　「コンジュジ」　集英社　2021.1　163p　20cm　1400円　Ⓘ978-4-08-771742-6
　　　　「コンジュジ」　集英社　2023.2　200p　16cm　（集英社文庫）　560円　Ⓘ978-4-08-744490-2

如月 新一　きさらぎ・しんいち＊
　　1145　「恋愛変」
　　　　◇ジャンプ小説新人賞　（2018／平30年／小説テーマ部門／金賞）

如月 真菜　きさらぎ・まな＊
　　1146　「琵琶行」
　　　　◇田中裕明賞　（第12回／令3年）
　　　　「琵琶行―如月真菜句集」　文學の森　2020.9　191p　19cm　2500円　Ⓘ978-4-86438-917-4

木沢 俊二　きざわ・しゅんじ＊
　　1147　「小児科医と白血病と、マイクラと。」
　　　　◇カクヨムWeb小説短編賞　（2021／令3年／実話・エッセイ・体験談部門／短編特別賞）

岸 耕助　きし・こうすけ
　　1148　「雨の日の再会」
　　　　◇北区内田康夫ミステリー文学賞　（第22回／令6年／大賞）

岸 朋楽　きし・ほうがく
　　1149　「彼女はきっとからりと笑う」
　　　　◇創作ラジオドラマ大賞　（第52回／令5年／奨励賞）

岸 政彦　きし・まさひこ＊
　　1150　「リリアン」
　　　　◇織田作之助賞　（第38回／令3年度／織田作之助賞）
　　　　「リリアン」　新潮社　2021.2　203p　20cm　1650円　Ⓘ978-4-10-350723-9
　　1151　「東京の生活史」
　　　　◇紀伊國屋じんぶん大賞　（第12回／令4年／大賞）
　　　　◇毎日出版文化賞　（第76回／令4年／企画部門）
　　　　「東京の生活史」　筑摩書房　2021.9　1211p　22cm　4200円　Ⓘ978-4-480-81683-2

岸田 将幸　きしだ・まさゆき＊
　　1152　「風の領分」
　　　　◇萩原朔太郎賞　（第29回／令3年）
　　　　「風の領分」　書肆子午線　2021.3　107p　22cm　2800円　Ⓘ978-4-908568-29-9

岸馬 鹿縁　きしば・かえん＊
1153　「悪霊術師のデッドエンド」
　　◇小学館ライトノベル大賞（第15回/令3年/審査員特別賞）
　　　「嘘つき少女と硝煙の死霊術師」　小学館　2021.9　295p　15cm（ガガガ文庫）620円　①978-4-09-453027-8
　　　※受賞作を改題

岸本 佐知子　きしもと・さちこ＊
1154　「掃除婦のための手引き書」
　　◇本屋大賞（第17回/令2年/翻訳小説部門/2位）
　　　「掃除婦のための手引き書―ルシア・ベルリン作品集」　ルシア・ベルリン著, 岸本佐知子訳　講談社　2019.7　317p　20cm　2200円　①978-4-06-511929-7
　　　「掃除婦のための手引き書―ルシア・ベルリン作品集」　ルシア・ベルリン著, 岸本佐知子訳　講談社　2022.3　367p　15cm（講談社文庫）900円　①978-4-06-527307-4

岸本 惟　きしもと・たもつ＊
1155　「あけがたの夢」
　　◇日本ファンタジーノベル大賞（2020/令2年/優秀賞）
　　　「迷子の龍は夜明けを待ちわびる」　新潮社　2021.3　244p　20cm　1550円　①978-4-10-353911-7
　　　※受賞作を改題

岸本 千晶　きしもと・ちあき＊
1156　「競馬好きの夫」
　　◇優駿エッセイ賞（2023〔第39回〕/令5年/佳作（Ⅲ））

岸若 まみず　きしわか・まみず＊
1157　「わらしべ長者で宇宙海賊」
　　◇カクヨムWeb小説コンテスト（第8回/令5年/現代ファンタジー部門/特別賞）
　　　「わらしべ長者と猫と姫―宇宙と地球の交易スキルで成り上がり!?社長！ 英雄？……宇宙海賊!?」　KADOKAWA　2024.2　362p　19cm（カドカワBOOKS）1350円　①978-4-04-075328-7
　　　※受賞作を改題
　　　「わらしべ長者と猫と姫―宇宙と地球の交易スキルで成り上がり!?社長！ 英雄？……宇宙海賊!?　2」　KADOKAWA　2024.9　281p　19cm（カドカワBOOKS）1300円　①978-4-04-075612-7

城 依見　きずき・えみ＊
1158　「ダイヤには傷をつけない」
　　◇全作家文学賞（第16回/令2年度/文学奨励賞）

祈月 酔　きずき・すい＊
1159　「綵月宮は花盛り」
　　◇カクヨムWeb小説コンテスト（第9回/令6年/ライト文芸部門/特別賞）

木住 鷹人　きすみ・ようと＊
1160　「危険球」
　　◇京都文学賞（第4回/令4・5年度/一般部門/最優秀賞）
　　　「危険球」　早川書房　2024.10　271p　19cm　1800円　①978-4-15-210367-3

喜多 昭夫　きた・あきお＊
1161　「青の本懐」
　　◇日本詩歌句随筆評論大賞（第20回/令6年度/短歌部門/チャレンジ賞）
　　　「青の本懐―歌集」　摂氏華氏　2024.1　183p　19cm　1500円

北 悠休　きた・ゆうきゅう＊
1162　「棄民史から立ち上がる俳句」

◇新俳句人連盟賞（第51回／令5年／評論の部／佳作）

貴田 雄介　きだ・ゆうすけ
1163　「雨」
◇詩人会議新人賞（第58回／令6年／詩部門／佳作）

鬼田 竜次　きだ・りゅうじ＊
1164　「対極」
◇警察小説大賞（第2回／令2年）〈受賞時〉鬼田 隆治
「対極」　鬼田隆治著　小学館　2020.8　285p　19cm　1600円　①978-4-09-386582-1
「対極」　小学館　2024.1　333p　15cm（小学館文庫）730円　①978-4-09-407324-9
※2020年刊の改稿

北浦 勝大　きたうら・かつひろ＊
1165　「花時計」
◇創作テレビドラマ大賞（第45回／令2年／佳作）

1166　「7階エレベーター無しに住む橋本」
◇フジテレビヤングシナリオ大賞（第33回／令3年／佳作）

北川 佳奈　きたがわ・かな＊
1167　「シャ・キ・ペシュ理容店のジョアン」
◇小川未明文学賞（第28回／令1年／大賞／長編部門）
「ぼくに色をくれた真っ黒な絵描き─シャ・キ・ペシュ理容店のジョアン」　北川佳奈作，しまざきジョゼ絵　学研プラス　2021.2　143p　20cm（ティーンズ文学館）1400円　①978-4-05-205320-7
※受賞作を改題

北川 ミチル　きたがわ・みちる＊
1168　「笑わないジャックナイフ」
◇文芸社文庫NEO小説大賞（第2回／平31年／大賞）〈受賞時〉井川 一
「バタフライは笑わない」　文芸社　2019.11　262p　15cm（〔文芸社文庫NEO〕）620円　①978-4-286-21133-6
※受賞作を改題

北川 由美子　きたがわ・ゆみこ＊
1169　「大和川─明日に向かう流れ─」
◇BKラジオドラマ脚本賞（第44回／令5年／佳作）

北沢 陶　きたざわ・とう＊
1170　「をんごく」
◇横溝正史ミステリ＆ホラー大賞（第43回／令5年／大賞・読者賞・カクヨム賞）
「をんごく」　KADOKAWA　2023.11　237p　20cm　1800円　①978-4-04-114265-3

北島 淳　きたじま・じゅん＊
1171　「春の闇」
◇せんだい短編戯曲賞（第7回／令2年／大賞）

北島 理恵子　きたじま・りえこ＊
1172　「分水」
◇日本詩人クラブ新人賞（第33回／令5年）
※「分水」（北島理恵子著　版木舎　2022年6月発行）

北爪 満喜　きたづめ・まき＊
1173　「Bridge」

◇富田砕花賞（第32回/令3年）
「Bridge―北爪満喜詩集」思潮社 2020.10 95p 19cm 2200円 ⓘ978-4-7837-3717-9

北辻 一展　きたつじ・かずのぶ＊
1174　「無限遠点」
◇現代歌人集会賞（第47回/令3年度）
◇現代歌人協会賞（第66回/令4年）
「無限遠点―北辻一展歌集」青磁社 2021.7 205p 20cm（塔21世紀叢書 第391篇）2300円 ⓘ978-4-86198-505-8

北林 紗季　きたばやし・さき＊
1175　「Undefined」
◇啄木・賢治のふるさと「岩手日報随筆賞」（第15回/令2年/優秀賞）
1176　「ありがとう」
◇啄木・賢治のふるさと「岩手日報随筆賞」（第16回/令3年/優秀賞）
1177　「私の帰る場所」
◇啄木・賢治のふるさと「岩手日報随筆賞」（第17回/令4年/佳作）
1178　「光を生む」
◇啄木・賢治のふるさと「岩手日報随筆賞」（第19回/令6年/最優秀賞）

北原 一　きたはら・いち＊
1179　「シガーベール」
◇ポプラ社小説新人賞（第9回/令1年/特別賞）
「ふたり、この夜と息をして」ポプラ社 2020.10 286p 19cm 1500円 ⓘ978-4-591-16796-0
※受賞作を改題
「ふたり、この夜と息をして」ポプラ社 2022.12 283p 16cm（ポプラ文庫）720円 ⓘ978-4-591-17590-3

北原 岳　きたはら・がく＊
1180　「ヒカリ指す」
◇さきがけ文学賞（第37回/令2年/入選）

北原 さとこ　きたはら・さとこ＊
1181　「カピバラの柄の靴下ほめられて母が踏み出す小さな一歩」
◇河野裕子短歌賞（第10回記念～家族を歌う～河野裕子短歌賞/令3年募集・令4年発表/健康の歌/健康の短歌賞）

北村 薫　きたむら・かおる＊
1182　「水 本の小説」
◇泉鏡花文学賞（第51回/令5年）
「水―本の小説」新潮社 2022.11 278p 20cm 1750円 ⓘ978-4-10-406616-2

北村 紗衣　きたむら・さえ＊
1183　「シェイクスピア劇を楽しんだ女性たち―近世の観劇と読書―」
◇女性史学賞（第14回/令1年度）
「シェイクスピア劇を楽しんだ女性たち―近世の観劇と読書」白水社 2018.3 230, 79p 20cm 2800円 ⓘ978-4-560-09600-0

きたむら さとし
1184　「ことばとふたり」
◇産経児童出版文化賞（第70回/令5年/翻訳作品賞）
「ことばとふたり」ジョン・エガード ぶん, きたむらさとし え・やく 岩波書店 2022.9 〔32p〕

27cm　1600円　①978-4-00-112700-3

北村　真　きたむら・しん＊
1185　「朝の耳」
　　◇壺井繁治賞　（第51回／令5年）

北村　陽子　きたむら・ようこ＊
1186　「戦争障害者の社会史―20世紀ドイツの経験と福祉国家」
　　◇サントリー学芸賞　（第43回／令3年度／思想・歴史部門）
　　　「戦争障害者の社会史―20世紀ドイツの経験と福祉国家」　名古屋大学出版会　2021.2　290, 65p
　　　22cm　5400円　①978-4-8158-1017-7

北山　あさひ　きたやま・あさひ＊
1187　「崖にて」
　　◇現代歌人協会賞　（第65回／令3年）
　　◇日本歌人クラブ新人賞　（第27回／令3年）
　　　「崖にて―歌集」　現代短歌社, 三本木書院（発売）　2020.11　227p　20cm　（まひる野叢書 第378篇）
　　　2000円　①978-4-86534-346-5

北山　公路　きたやま・こうじ＊
1188　「その瞬間」
　　◇啄木・賢治のふるさと「岩手日報随筆賞」　（第18回／令5年／佳作）
1189　「見えない檻に囲まれて」
　　◇啄木・賢治のふるさと「岩手日報随筆賞」　（第19回／令6年／佳作）

北山　順　きたやま・じゅん＊
1190　「平熱が違う」
　　◇兜太現代俳句新人賞　（第38回／令2年度）

きたやますぎ　⇒せあら　波瑠（せあら・はる）

橘田　活子　きった・かつこ＊
1191　「叙事詩 茶碗の欠片―杉山なか女と地方病（日本住血吸虫病）」
　　◇中村星湖文学賞　（第33回／令1年）
　　　「茶碗の欠片―杉山なか女と地方病（日本住血吸虫病）：橘田活子叙事詩集」　百年書房　2019.4　261p
　　　20cm　2200円　①978-4-907081-60-7

木戸　崇之　きど・たかゆき＊
1192　「スマホで見る阪神淡路大震災 災害映像がつむぐ未来への教訓」
　　◇地方出版文化功労賞　（第35回／令4年／特別賞）
　　　「スマホで見る阪神淡路大震災―災害映像がつむぐ未来への教訓」　木戸崇之, 朝日放送テレビ株式会社
　　　著　西日本出版社　2020.12　219p　21cm　1500円　①978-4-908443-56-5

衣太　きぬた＊
1193　「迷宮食堂『魔王窟』へようこそ ～転生してから300年も寝ていたので、飲食店
　　　経営で魔王を目指そうと思います～」
　　◇HJ小説大賞　（第1回／令2年／2020後期）
　　　「迷宮食堂「魔王窟」へようこそ―転生してから300年も寝ていたので、飲食店経営で魔王を目指そうと
　　　思います　1」　ホビージャパン　2022.4　325p　19cm　（HJ NOVELS）　1200円　①978-4-7986-
　　　2815-8
　　　「迷宮食堂「魔王窟」へようこそ―転生してから300年も寝ていたので、飲食店経営で魔王を目指そうと
　　　思います　2」　ホビージャパン　2022.8　319p　19cm　（HJ NOVELS）　1300円　①978-4-7986-
　　　2900-1
　　　「迷宮食堂「魔王窟」へようこそ―転生してから300年も寝ていたので、飲食店経営で魔王を目指そうと
　　　思います　3」　ホビージャパン　2023.8　314p　19cm　（HJ NOVELS）　1350円　①978-4-7986-

3249-0
1194 「女装したボクは誰よりも可愛いのに」
◇集英社ライトノベル新人賞（第12回/令4年/ジャンル部門）

絹田 村子　きぬた・むらこ＊
1195 「数字であそぼ。」
◇小学館漫画賞（第69回/令5年度）
「数字であそぼ。　1～12」　小学館　2018.12～2024.9　18cm（flowersフラワーコミックスα）

紀伊國屋書店　きのくにやしょてん＊
1196 「マークの本」
◇造本装幀コンクール（第56回/令4年/読書推進運動協議会賞）
「マークの本」　佐藤卓著　紀伊國屋書店　2022.5　267p　19cm　2500円　①978-4-314-01191-4

木之咲 若菜　きのさき・わかな＊
1197 「平安助産師の鬼祓い」
◇富士見ノベル大賞（第6回/令5年/入選）
「平安助産師の鬼祓い」　KADOKAWA　2024.7　267p　15cm（富士見L文庫）　660円　①978-4-04-075483-3

木下 恵美　きのした・えみ
1198 「ひみつの せんたくやさん」
◇えほん大賞（第18回/令2年/ストーリー部門/優秀賞）

1199 「あらいぐまの せんたくやさんと くいしんぼう せんたくき」
◇絵本テキスト大賞（第14回/令3年/Bグレード/優秀賞）

木下 勝弘　きのした・かつひろ＊
1200 「デザイン き 木下勝弘」
◇日本自費出版文化賞（第27回/令6年/部門入賞/グラフィック部門）
「デザイン（き）―graphic design by Kinoshita Katsuhiro」　デザイン倶楽部　2023.3　367p　29cm　非売品

木下 昌輝　きのした・まさき＊
1201 「まむし三代記」
◇中山義秀文学賞（第26回/令2年度）
◇日本歴史時代作家協会賞（第9回/令2年/作品賞）
「まむし三代記」　朝日新聞出版　2020.2　448p　20cm　1800円　①978-4-02-251664-0
「まむし三代記」　朝日新聞出版　2023.4　564p　15cm（朝日文庫―朝日時代小説文庫）　1000円　①978-4-02-265094-8

きのフウ
1202 「いいなあー！」
◇日産 童話と絵本のグランプリ（第37回/令2年度/絵本の部/優秀賞）
※「第37回 日産 童話と絵本のグランプリ 童話・絵本入賞作品集」（大阪国際児童文学振興財団 2021年3月発行）に収録

木元 智香子　きのもと・ちかこ
1203 「へへ」
◇家の光童話賞（第36回/令3年度/家の光童話賞）

鬼伯　きはく＊
1204 「茂左」
◇農民文学賞（第66回/令5年）

木吹 漣　きぶき・れん
1205　「かわるもの、かわらないもの」
　　◇深大寺短編恋愛小説『深大寺恋物語』（第18回/令4年/深大寺そば組合賞）
　　　※深大寺短編恋愛小説「深大寺恋物語」第十八集に収録

木古 おうみ　きふる・おうみ＊
1206　「領怪神犯」
　　◇カクヨムWeb小説コンテスト（第7回/令4年/ホラー部門/大賞・ComicWalker漫画賞）
　　　「領怪神犯」　KADOKAWA　2022.12　280p　15cm　（角川文庫）　660円　①978-4-04-113180-0
　　　「領怪神犯 2」　KADOKAWA　2023.7　257p　15cm　（角川文庫）　660円　①978-4-04-113799-4
　　　「領怪神犯 3」　KADOKAWA　2024.4　249p　15cm　（角川文庫）　680円　①978-4-04-114835-8

1207　「釣内島暮らしの手引書」
　　◇カクヨムWeb小説短編賞（2023/令5年/短編小説部門/短編特別賞）

君嶋 彼方　きみじま・かなた＊
1208　「水平線は回転する」
　　◇小説 野性時代 新人賞（第12回/令3年）
　　　「君の顔では泣けない」　KADOKAWA　2021.9　253p　19cm　1600円　①978-4-04-111796-5
　　　※受賞作を改題
　　　「君の顔では泣けない」　KADOKAWA　2024.6　301p　15cm　（角川文庫）　780円　①978-4-04-114857-0

金 承哲　きむ・すんちょる＊
1209　「遠藤周作と探偵小説 痕跡と追跡の文学」
　　◇日本推理作家協会賞（第73回/令2年/評論・研究部門）
　　　「遠藤周作と探偵小説―痕跡と追跡の文学」　教文館　2019.3　359,4p　22cm　（南山大学学術叢書）　3200円　①978-4-7642-7433-4

キム・ヒョウン
1210　「わたしは地下鉄です」
　　◇産経児童出版文化賞（第71回/令6年/翻訳作品賞）
　　　「わたしは地下鉄です」　キムヒョウン文・絵, 万木森玲訳　岩崎書店　2023.11　25×27cm　1800円　①978-4-265-85217-8

キム・ホヨン
1211　「不便なコンビニ」
　　◇本屋大賞（第21回/令6年/翻訳小説部門/3位）
　　　「不便なコンビニ」　キムホヨン著, 米津篤八訳　小学館　2023.6　287p　19cm　1600円　①978-4-09-356746-2

金 民愛　きむ・みね＊
1212　「消え失せろ、この感情」
　　◇フジテレビヤングシナリオ大賞（第33回/令3年/佳作）

金 悠進　きむ・ゆじん＊
1213　「ポピュラー音楽と現代政治 インドネシア 自立と依存の文化実践」
　　◇樫山純三賞（第18回/令5年/学術書賞）
　　　「ポピュラー音楽と現代政治―インドネシア自立と依存の文化実践」　京都大学学術出版会　2023.3　320p　23cm　（地域研究叢書 46）　3600円　①978-4-8140-0464-5

木村 亜里　きむら・あさと＊
1214　「風おくりの夜」
　　◇日産 童話と絵本のグランプリ（第37回/令2年度/童話の部/優秀賞）

※「第37回 日産 童話と絵本のグランプリ 童話・絵本入賞作品集」(大阪国際児童文学振興財団 2021年3月発行)に収録

木村 文 きむら・あや＊
1215 「地雷の足音」(少年詩)
◇〔日本児童文芸家協会〕創作コンクールつばさ賞 (第19回/令2年/詩・童謡部門/佳作)

キムラ カエデ
1216 「灰春」
◇詩人会議新人賞 (第54回/令2年/詩部門/佳作)

木村 紅美 きむら・くみ＊
1217 「あなたに安全な人」
◇Bunkamuraドゥマゴ文学賞 (第32回/令4年/ロバート キャンベル選)
「あなたに安全な人」 河出書房新社 2021.10 149p 20cm 1670円 ①978-4-309-02997-9

きむら だいすけ
1218 「いっしょだね いっしょだよ」
◇親子で読んでほしい絵本大賞 (第4回/令5年/ベビー賞)
「いっしょだね いっしょだよ」 講談社 2021.11 〔33p〕 21×21cm (講談社の幼児えほん) 1300円 ①978-4-06-525947-4

希結 きゆ＊
1219 「魔法の世界でサポートします！」
◇HJ小説大賞 (第2回/令3年/2021後期)
「万能魔力の愛され令嬢は、魔法石細工を極めたいっ！―こっそり魔道具作りに励んでいたら、なぜか氷の騎士様が寄ってくるのですが？ vol.1」 ホビージャパン 2023.11 351p 19cm (HJ NOVELS) 1350円 ①978-4-7986-3346-6
※受賞作を改題
「万能魔力の愛され令嬢は、魔法石細工を極めたいっ！―こっそり魔道具作りに励んでいたら、なぜか氷の騎士様が寄ってくるのですが？ vol.2」 ホビージャパン 2024.9 345p 19cm (HJ NOVELS) 1350円 ①978-4-7986-3614-6

救愛 きゅうあい
1220 「義父」
◇詩人会議新人賞 (第57回/令5年/詩部門/佳作)

休達人 きゅうたつじん
1221 「イマジン・シューター」
◇ジャンプ小説新人賞 (2021/令3年/テーマ部門 「弱点or欠点のあるキャラ」/銅賞)
1222 「高校三年の偽装結婚」
◇ジャンプ小説新人賞 (2022/令4年/テーマ部門 「恋愛」/銀賞)

求龍堂 きゅうりゅうどう＊
1223 「大槻圭子 Primitive」
◇造本装幀コンクール (第55回/令3年/日本印刷産業連合会会長賞)
「大槻圭子 Primitive」 大槻圭子著 求龍堂 2021.3 19×31cm 3000円 ①978-4-7630-2105-2

姜 信子 きょう・のぶこ＊
1224 「詩人キム・ソヨン 一文字の辞典」(キム・ソヨン作)
◇日本翻訳大賞 (第8回/令4年)
「詩人キム・ソヨン一文字の辞典」 キム・ソヨン著, 姜信子監訳, 一文字辞典翻訳委員会訳 クオン 2021.9 285p 19cm 2200円 ①978-4-910214-25-2

京極 夏彦　きょうごく・なつひこ＊
　　1225　「遠巷説百物語」
　　　　◇吉川英治文学賞（第56回/令4年度）
　　　　　「遠巷説百物語」　KADOKAWA　2021.7　591p　20cm　2300円　①978-4-04-110995-3
　　　　　「遠巷説百物語」　中央公論新社　2022.8　593p　18cm（C・NOVELS―BIBLIOTHEQUE）1600円
　　　　　　①978-4-12-501457-9
　　　　　「遠巷説百物語」　KADOKAWA　2023.2　597p　15cm（角川文庫）960円　①978-4-04-113109-1

京田クリエーション　きょうだくりえーしょん＊
　　1226　「アートであそぼ かたちがぱぱぱ」
　　　　◇造本装幀コンクール（第55回/令3年/日本印刷産業連合会会長賞）
　　　　　「かたちがぱぱぱ」ささがわいさむ作, かしわらあきお絵・デザイン　学研プラス　2021.12　〔10p〕
　　　　　16×16cm（アートであそぼ）1100円　①978-4-05-205361-0

共同文化社　きょうどうぶんかしゃ＊
　　1227　「M. M. ドブロトヴォールスキィのアイヌ語・ロシア語辞典」
　　　　◇日本翻訳出版文化賞（第59回/令5年度）
　　　　　「M.M. ドブロトヴォールスキィのアイヌ語・ロシア語辞典」　M.M. ドブロトヴォールスキィ著, 寺田
　　　　　吉孝, 安田節彦訳　共同文化社　2022.11　12, 70, 1076p　22cm　15000円　①978-4-87739-374-8

京都市立芸術大学芸術資源研究センターCOMPOST編集委員会
　　きょうとしりつげいじゅつだいがくげいじゅつしげんけんきゅうせんたーCOMPOSTへ
　　んしゅういいんかい
　　1228　「COMPOST VOL.1」
　　　　◇造本装幀コンクール（第54回/令2年/審査員奨励賞）
　　　　　※「COMPOST」vol.01（京都市立芸術大学芸術資源研究センター紀要 2020年3月発行）

京橋 史織　きょうばし・しおり＊
　　1229　「プリマヴェーラの企み」
　　　　◇新潮ミステリー大賞（第8回/令3年）
　　　　　「午前0時の身代金」　新潮社　2022.3　254p　20cm　1500円　①978-4-10-354471-5
　　　　　※受賞作を改題

共立出版　きょうりつしゅっぱん＊
　　1230　「感じる数学 ―ガリレイからポアンカレまで―」
　　　　◇造本装幀コンクール（第56回/令4年/日本書籍出版協会理事長賞/専門書（人文社会
　　　　　科学書・自然科学書等）部門）
　　　　　「感じる数学―ガリレイからポアンカレまで」　正宗淳編　共立出版　2022.8　196p　19cm　1800円
　　　　　①978-4-320-11478-4

清武 英利　きよたけ・ひでとし＊
　　1231　「記者は天国に行けない」
　　　　◇文藝春秋読者賞（第85回/令5年）

清原 ふみ子　きよはら・ふみこ＊
　　1232　「桜たより」
　　　　◇部落解放文学賞（第50回/令5年/小説部門/佳作）

清本 沢　きよもと・さわ＊
　　1233　「初夏の目覚め」
　　　　◇深大寺短編恋愛小説『深大寺恋物語』（第20回/令6年/審査員特別賞）

切替 郁恵　きりかえ・いくえ＊
　　1234　「香りを、纏って」

◇啄木・賢治のふるさと「岩手日報随筆賞」（第17回／令4年／優秀賞）
1235 「ブルーブラックに魅せられて」
◇啄木・賢治のふるさと「岩手日報随筆賞」（第18回／令5年／佳作）

切貫 奏栄　きりぬき・そうえい＊
1236 「エビくんとエビちゃん」
◇角川つばさ文庫小説賞（第12回／令5年／こども部門／グランプリ）

桐乃 さち　きりの・さち＊
1237 「ぐるぐるまわる」
◇シナリオS1グランプリ（第44回／令5年春／奨励賞）

1238 「この一瞬のきらめきを」
◇シナリオS1グランプリ（第44回／令5年春／準グランプリ）

霧野 つくば　きりの・つくば
1239 「オビナ様」
◇ジャンプホラー小説大賞（第5回／令1年／特別賞）

1240 「奇跡の島」
◇ジャンプホラー小説大賞（第6回／令2年／銅賞）

桐野 夏生　きりの・なつお＊
1241 「燕は戻ってこない」
◇吉川英治文学賞（第57回／令5年度）
「燕は戻ってこない」　集英社　2022.3　445p　20cm　1900円　①978-4-08-771761-7
「燕は戻ってこない」　集英社　2024.3　471p　16cm（集英社文庫）1000円　①978-4-08-744625-8

吟 鳥子　ぎん・とりこ＊
1242 「きみを死なせないための物語」
◇星雲賞（第52回／令3年／コミック部門）
「きみを死なせないための物語（ストーリア）　1～9〔番外編〕」　秋田書店　2017.4～2021.8　18cm
（BONITA COMICS）

キン ミカ
1243 「いつかはモクズ」
◇大阪女性文芸賞（第39回／令3年／佳作）

金武湾闘争史編集刊行委員会　きんわんとうそうしへんしゅうかんこういいんかい
1244 「海と大地と共同の力 反CTS金武湾闘争史」
◇日本自費出版文化賞（第27回／令6年／大賞／地域文化部門）
「海と大地と共同の力―反CTS金武湾闘争史　第1集」　ゆい出版　2023.9　382p　27cm　9000円
①978-4-946539-43-5

【く】

九井 諒子　くい・りょうこ＊
1245 「ダンジョン飯」（全14巻）
◇星雲賞（第55回／令6年／コミック部門）
「ダンジョン飯　1～14」　KADOKAWA　2015.1～2023.12　19cm（BEAM COMIX, HARTA

COMIX)

虹音 ゆいが　くおん・ゆいが＊
　1246　「叛逆闘技のブラッディ ～灰色の約束～」
　　◇HJ小説大賞（第3回／令4年／中期）
　　　「灰色の叛逆者は黒猫と踊る　1　闘士と魔女」　ホビージャパン　2024.2　271p　15cm　（HJ文庫）
　　　680円　①978-4-7986-3406-7
　　　※受賞作を改題

陸 そうと　くが・そうと＊
　1247　「モニカの騎士道」
　　◇ファンタジア大賞（第35回／令4年／銀賞）
　　　「僕は、騎士学院のモニカ。」　KADOKAWA　2023.1　295p　15cm（富士見ファンタジア文庫）680
　　　円　①978-4-04-074843-6
　　　※受賞作を改題

久々湊 盈子　くくみなと・えいこ＊
　1248　「麻裳よし」
　　◇日本歌人クラブ賞（第47回／令2年）
　　　「麻裳よし—久々湊盈子歌集」　短歌研究社　2019.9　221p　20cm　3000円　①978-4-86272-622-3

日下 昭子　くさか・あきこ＊
　1249　「ナッちゃんの考えごと」
　　◇日産 童話と絵本のグランプリ（第38回／令3年度／童話の部／優秀賞）
　　　※「第38回 日産 童話と絵本のグランプリ 童話・絵本入賞作品集」（大阪国際児童文学振興財団 2022年
　　　3月発行）に収録

草香 恭子　くさか・きょうこ＊
　1250　「夏で、祭りで、スペシャルで！」
　　◇ちゅうでん児童文学賞（第22回／令1年度／優秀賞）
　　　「名物かき氷！ 復活大作戦」　草香恭子作, pon-marsh絵　岩崎書店　2021.6　191p　20cm（物語の王
　　　国）1300円　①978-4-265-05796-2
　　　※受賞作を改題

日下 慶太　くさか・けいた＊
　1251　「隙ある風景」
　　◇造本装幀コンクール（第54回／令2年／日本印刷産業連合会会長賞）
　　　「隙ある風景」　イマジネーションピカスペース　2019.7　23×23cm　5980円　①978-4-9910928-0-0

日下 三蔵　くさか・さんぞう＊
　1252　「年刊日本SF傑作選」(全12巻)
　　◇日本SF大賞（第40回／令1年／特別賞）
　　　「年刊日本SF傑作選　〔1〕～〔12〕」　大森望, 日下三蔵編　東京創元社　2008.12～2019.8　15cm　（創
　　　元SF文庫）

草刈 健太郎　くさかり・けんたろう＊
　1253　「お前の親になったる」
　　◇日本自費出版文化賞（第24回／令3年／特別賞／個人誌部門）
　　　「お前の親になったる—被害者と加害者のドキュメント」　小学館集英社プロダクション　2019.10
　　　199p　19cm（ShoPro Books）1400円　①978-4-7968-7778-7

草野 早苗　くさの・さなえ＊
　1254　「祝祭明け」
　　◇日本詩歌句随筆評論大賞（第19回／令5年度／詩部門／土曜美術社賞）
　　　「祝祭明け」　思潮社　2022.9　107p　21cm　2400円　①978-4-7837-4510-5

草野　信子　　くさの・のぶこ＊
　1255　「持ちもの」
　　　◇日本詩人クラブ賞（第55回／令4年）
　　　　※「持ちもの」（草野信子著 ジャンクションハーベスト 2021年2月発行）

草野　理恵子　　くさの・りえこ＊
　1256　「有毒植物詩図鑑」
　　　◇日本詩歌句随筆評論大賞（第19回／令5年度／詩部門／奨励賞）
　　　　※「有毒植物詩図鑑」（草野理恵子著 しろねこ社 2022年発行）

草間　小鳥子　　くさま・ことりこ＊
　1257　「今夜だけスーパースター」
　　　◇坊っちゃん文学賞（第16回／令1年／佳作）
　1258　「嘘つきは透明のはじまり」
　　　◇坊っちゃん文学賞（第19回／令4年／佳作）

櫛田　理絵　　くしだ・りえ＊
　1259　「図書館がくれた宝物」
　　　◇産経児童出版文化賞（第71回／令6年／翻訳作品賞）
　　　　「図書館がくれた宝物」　ケイト・アルバス作，櫛田理絵訳　徳間書店　2023.7　381p　19cm　1900円
　　　　①978-4-19-865665-2

九条　蓮　　くじょう・れん＊
　1260　「一目惚れした家庭教師の女子大生に勉強を頑張ったご褒美にキスをお願いしてみた」
　　　◇カクヨムWeb小説コンテスト（第6回／令3年／ラブコメ部門／ComicWalker漫画賞）

鯨井　あめ　　くじらい・あめ＊
　1261　「晴れ、時々くらげを呼ぶ」
　　　◇小説現代長編新人賞（第14回／令2年）
　　　　「晴れ、時々くらげを呼ぶ」　講談社　2020.6　268p　19cm　1300円　①978-4-06-519474-4
　　　　「晴れ、時々くらげを呼ぶ」　講談社　2022.6　371p　15cm（講談社文庫）720円　①978-4-06-527247-3

久栖　博季　　くず・ひろき＊
　1262　「彫刻の感想」
　　　◇新潮新人賞（第53回／令3年）
　　　　「ウミガメを砕く」　新潮社　2024.9　195p　20cm　2000円　①978-4-10-355781-4
　　　　※受賞作を収録

くすだま　琴　　くすだま・こと＊
　1263　「警備嬢は、異世界でスローライフを希望です～おいしいお酒とおつまみともふもふ付きでお願いします～」
　　　◇カクヨムWeb小説コンテスト（第5回／令2年／異世界ファンタジー部門／特別賞）
　　　〈受賞時〉くすだま
　　　　「警備嬢は、異世界でスローライフを希望です―第二の人生はまったりポーション作り始めます！」　KADOKAWA　2020.12　318p　19cm（カドカワBOOKS）1200円　①978-4-04-073890-1
　　　　※受賞作を改題
　　　　「警備嬢は、異世界でスローライフを希望です―第二の人生はまったりポーション作り始めます！　2」　KADOKAWA　2021.6　302p　19cm（カドカワBOOKS）1300円　①978-4-04-074128-4

楠木　のある　　くすのき・のある＊
　1264　「迷子の女の子を家まで届けたら、玄関から出て来たのは学年一の美少女でした」

くすもと　　　　　　　　　　　　　　　　　　　　　　　　　　1265～1275

　　◇カクヨムWeb小説コンテスト（第7回／令4年／ラブコメ（ライトノベル）部門／大賞・
　　　ComicWalker漫画賞）
　　　「迷子の女の子を家まで届けたら、玄関から出て来たのは学年一の美少女でした」　KADOKAWA
　　　2023.7　248p　15cm（富士見ファンタジア文庫）660円　978-4-04-075061-3

楠本 奇蹄　くすもと・きてい*
　1265　「触るる眼」
　　◇兜太現代俳句新人賞（第41回／令5年度）

九段 理江　くだん・りえ*
　1266　「悪い音楽」
　　◇文學界新人賞（第126回／令3年）
　　　「Schoolgirl」　文藝春秋　2022.1　172p　20cm　1500円　978-4-16-391508-1
　　　※受賞作を収録
　1267　「Schoolgirl」
　　◇芸術選奨（第73回／令4年度／文学部門／文部科学大臣新人賞）
　　　「Schoolgirl」　文藝春秋　2022.1　172p　20cm　1500円　978-4-16-391508-1
　1268　「しをかくうま」
　　◇野間文芸新人賞（第45回／令5年）
　　　「しをかくうま」　文藝春秋　2024.3　172p　20cm　1500円　978-4-16-391816-7
　1269　「東京都同情塔」
　　◇芥川龍之介賞（第170回／令5年下）
　　　「東京都同情塔」　新潮社　2024.1　143p　20cm　1700円　978-4-10-355511-7

久頭 一良　くとう・いちら*
　1270　「死神のおばあさん」
　　◇文芸社文庫NEO小説大賞（第5回／令4年／大賞）〈受賞時〉九頭 一良
　　　「死神邸日和」　文芸社　2022.11　365p　15cm（文芸社文庫NEO）660円　978-4-286-26037-2
　　　※受賞作を改題

工藤 進　くどう・すすむ*
　1271　「羽化」
　　◇日本詩歌句随筆評論大賞（第19回／令5年度／俳句部門／東京四季出版社賞）
　　　「羽化―句集」　飯塚書店　2022.7　194p　20cm（くぢら叢書 第5篇）2800円　978-4-7522-5017-3

工藤 貴響　くどう・たかなり*
　1272　「injustices」50首
　　◇角川短歌賞（第68回／令4年）

工藤 順　くどう・なお*
　1273　「チェヴェングール」（アンドレイ・プラトーノフ作）
　　◇日本翻訳大賞（第9回／令5年）
　　　「チェヴェングール」　アンドレイ・プラトーノフ著, 工藤順, 石井優貴訳　作品社　2022.6　624p
　　　20cm　4500円　978-4-86182-919-2

工藤 吹　くどう・ふき*
　1274　「コミカル」
　　◇短歌研究新人賞（第67回／令6年）

工藤 正廣　くどう・まさひろ*
　1275　「チェーホフの山」
　　◇毎日出版文化賞（第75回／令3年／特別賞）

「チェーホフの山」 未知谷 2020.11 279p 20cm 2500円 ①978-4-89642-626-7

工藤 幸子　くどう・ゆきこ＊
1276　「テクマクマヤコン」
◇啄木・賢治のふるさと「岩手日報随筆賞」（第15回/令2年/佳作）

グドール 結実 カタリーナ　ぐどーるゆみかたりーな　⇒ゆみカタリーナ

久浪　くなみ＊
1277　「千年王国の花」
◇角川ビーンズ小説大賞（第19回/令2年/奨励賞）
「千年王国の華―転生女王は二度目の生で恋い願う」 KADOKAWA 2021.12 275p 15cm（角川ビーンズ文庫）690円　①978-4-04-112041-5

國司 航佑　くにし・こうすけ＊
1278　「断想集」
◇須賀敦子翻訳賞（第4回/令2年）
「断想集」 ジャコモ・レオパルディ著, 國司航佑訳 幻戯書房 2020.5 227p 19cm（ルリユール叢書）2900円　①978-4-86488-196-8

国梓 としひで　くにし・としひで＊
1279　「おばぁと芒果」
◇地上文学賞（第69回/令3年度/佳作）

国仲 シンジ　くになか・しんじ＊
1280　「はじめての夏、人魚に捧げるキャンバス」
◇電撃大賞〔電撃小説大賞〕（第27回/令2年/メディアワークス文庫賞）
「僕といた夏を、君が忘れないように。」 KADOKAWA 2021.3 332p 15cm（メディアワークス文庫）650円　①978-4-04-913683-8
※受賞作を改題

國松 絵梨　くにまつ・えり＊
1281　「たましいの移動」
◇中原中也賞（第27回/令3年度）
「たましいの移動」 七月堂 2021.8 93p 19cm（インカレポエトリ叢書 11）900円　①978-4-87944-460-8

久能 真理　くのう・まり＊
1282　「forward」
◇造本装幀コンクール（第54回/令2年/東京都知事賞）
※「forward」（今城純著 2019年発行）

九里 順子　くのり・じゅんこ＊
1283　「詩人・木下夕爾」
◇小野十三郎賞（第23回/令3年/詩評論書部門/特別奨励賞）
「詩人・木下夕爾」 翰林書房 2020.7 348p 22cm 3800円　①978-4-87737-456-3

久保 窓佳　くぼ・まどか＊
1284　「あめちゃん」
◇ENEOS童話賞（第53回/令4年度/中学生の部/最優秀賞）
※「童話の花束 その53」に収録

窪 美澄　くぼ・みすみ＊
1285　「トリニティ」
◇織田作之助賞（第36回/令1年度/織田作之助賞）

「トリニティ」　新潮社　2019.3　461p　20cm　1700円　ⓘ978-4-10-325925-1
「トリニティ」　新潮社　2021.9　565p　16cm　(新潮文庫)　850円　ⓘ978-4-10-139146-5
  1286　「夜に星を放つ」
　　◇直木三十五賞（第167回/令4年上）
　　　「夜に星を放つ」　文藝春秋　2022.5　220p　20cm　1400円　ⓘ978-4-16-391541-8

久保 りこ　くぼ・りこ＊
  1287　「爆弾犯と殺人犯の物語」
　　◇「小説推理」新人賞（第43回/令3年）
　　　「爆弾犯と殺人犯の物語」　双葉社　2022.9　285p　19cm　1650円　ⓘ978-4-575-24562-2

久保田 香里　くぼた・かおり＊
  1288　「きつねの橋」
　　◇産経児童出版文化賞（第67回/令2年/JR賞）
　　　「きつねの橋」　久保田香里作, 佐竹美保絵　偕成社　2019.9　213p　22cm　1400円　ⓘ978-4-03-540560-3
　　　「きつねの橋　巻の2　うたう鬼」　久保田香里作, 佐竹美保絵　偕成社　2021.10　205p　22cm　1400円　ⓘ978-4-03-540580-1
　　　「きつねの橋　巻の3　玉の小箱」　久保田香里作, 佐竹美保絵　偕成社　2024.8　235p　22cm　1800円　ⓘ978-4-03-540590-0

久保田 淳　くぼた・じゅん＊
  1289　「「うたのことば」に耳をすます」
　　◇現代短歌大賞（第43回/令2年）
　　　「「うたのことば」に耳をすます」　慶應義塾大学出版会　2020.9　425, 15p　20cm　4500円　ⓘ978-4-7664-2698-4
  1290　「藤原俊成 中世和歌の先導者」
　　◇現代短歌大賞（第43回/令2年）
　　　「藤原俊成中世和歌の先導者」　吉川弘文館　2020.1　487, 9p　20cm　3800円　ⓘ978-4-642-08529-8

窪田 新之助　くぼた・しんのすけ＊
  1291　「対馬の海に沈む」
　　◇開高健ノンフィクション賞（第22回/令6年）
　　　「対馬の海に沈む」　集英社　2024.12　323p　20cm　2100円　ⓘ978-4-08-781761-4

久保田 喬亮　くぼた・たかあき＊
  1292　「日本男児は走っているか？」
　　◇優駿エッセイ賞（2024〔第40回〕/令6年/次席（GⅡ））

くぼた のぞみ
  1293　「J・M・クッツェーと真実」
　　◇読売文学賞（第73回/令3年/研究・翻訳賞）
　　　「J・M・クッツェーと真実」　白水社　2021.10　327p　20cm　2700円　ⓘ978-4-560-09868-4

久保田 登　くぼた・のぼる＊
  1294　「手形足形」
　　◇日本歌人クラブ賞（第49回/令4年）
　　　「手形足形―歌集」　いりの社　2021.3　178p　20cm　2500円　ⓘ978-4-909424-57-0

久保田 凜　くぼた・りん＊
  1295　「ある事件」
　　◇角川つばさ文庫小説賞（第11回/令4年/こども部門/準グランプリ）

久保野 桂子　くぼの・けいこ＊
　1296　「馬とumaに未来をのせて」
　　◇優駿エッセイ賞（2022〔第38回〕/令4年/佳作（GⅢ））

熊谷 紀代　くまがい・きよ＊
　1297　「満州・通化事件を追って 帰ってきて欲しかった父」
　　◇日本自費出版文化賞（第25回/令4年/部門入賞/個人誌部門）
　　　「満州・通化事件を追って 帰ってきて欲しかった父」櫂歌書房, 星雲社（発売）　2014.10　215p　21cm　1200円　①978-4-434-19669-0

熊谷 千佳子　くまがい・ちかこ＊
　1298　「母のトランプ」
　　◇啄木・賢治のふるさと「岩手日報随筆賞」（第16回/令3年/佳作）
　1299　「猫と寅さん」
　　◇啄木・賢治のふるさと「岩手日報随筆賞」（第18回/令5年/最優秀賞）

熊谷 菜生　くまがい・なお
　1300　「それでも日々はつづくから」
　　◇造本装幀コンクール（第56回/令4年/日本印刷産業連合会会長賞）
　　　「それでも日々はつづくから」燃え殻著　新潮社　2022.4　189p　19cm　1450円　①978-4-10-351013-0

熊谷 茂太　くまがい・もた＊
　1301　「帳（とばり）」
　　◇ファンタジア大賞（第34回/令3年/金賞）
　　　「火群（ほむら）大戦 01 復讐の少女と火の闘技場〈帳〉」KADOKAWA　2022.1　350p　15cm　（富士見ファンタジア文庫）　670円　①978-4-04-074400-1
　　　※受賞作を改題

熊木 詩織　くまき・しおり
　1302　「微香」
　　◇深大寺短編恋愛小説『深大寺恋物語』（第15回/令1年/最優秀賞）
　　　※深大寺短編恋愛小説「深大寺恋物語」第十五集に収録

熊倉 潤　くまくら・じゅん＊
　1303　「新疆ウイグル自治区－中国共産党支配の70年」
　　◇樫山純三賞（第17回/令4年/一般書賞）
　　　「新疆ウイグル自治区―中国共産党支配の70年」中央公論新社　2022.6　252p　18cm　（中公新書）　860円　①978-4-12-102700-9

熊倉 省三　くまくら・しょうぞう
　1304　「海彦」
　　◇伊東静雄賞（第35回/令6年度）

熊乃 げん骨　くまの・げんこつ＊
　1305　「ラスボスたちの隠し仔 ～魔王城に転生した元社畜プログラマーは自由気ままに『魔導言語《マジックコード》』を開発する～」
　　◇カクヨムWeb小説コンテスト（第7回/令4年/異世界ファンタジー部門/ComicWalker漫画賞）

久山 葉子　くやま・ようこ＊
　1306　「スマホ脳」
　　◇新風賞（第56回/令3年）
　　　「スマホ脳」アンデシュ・ハンセン著, 久山葉子訳　新潮社　2020.11　255p　18cm　（新潮新書）　980

倉門 志帆 くらかど・しほ
- 1307 「My Face」
  - ◇シナリオS1グランプリ（第46回/令6年春/奨励賞）

倉木 はじめ くらき・はじめ＊
- 1308 「空箱」
  - ◇俳句四季新人賞・新人奨励賞（令3年/第9回 俳句四季新人賞）

倉阪 鬼一郎 くらさか・きいちろう＊
- 1309 「お江戸甘味処 谷中はつねや」シリーズ
  - ◇日本歴史時代作家協会賞（第10回/令3年/文庫シリーズ賞）
    - 「かえり花」 幻冬舎 2020.6 330p 16cm（幻冬舎時代小説文庫―お江戸甘味処谷中はつねや）770円 ①978-4-344-42994-9
    - 「腕くらべ」 幻冬舎 2020.12 317p 16cm（幻冬舎時代小説文庫―お江戸甘味処谷中はつねや）730円 ①978-4-344-43042-6
    - 「思い出菓子市」 幻冬舎 2021.6 316p 16cm（幻冬舎時代小説文庫―お江戸甘味処谷中はつねや）730円 ①978-4-344-43098-3
    - 「光と風の国で」 幻冬舎 2021.12 315p 16cm（幻冬舎時代小説文庫―お江戸甘味処谷中はつねや）770円 ①978-4-344-43150-8
- 1310 「小料理のどか屋 人情帖」シリーズ
  - ◇日本歴史時代作家協会賞（第10回/令3年/文庫シリーズ賞）
    - 「小料理のどか屋人情帖 1～42」 二見書房 2010.12～2024.11 15cm（二見時代小説文庫）
- 1311 「人情料理わん屋」シリーズ
  - ◇日本歴史時代作家協会賞（第10回/令3年/文庫シリーズ賞）
    - 「人情料理わん屋」 実業之日本社 2019.4 290p 16cm（実業之日本社文庫）667円 ①978-4-408-55471-6
    - 「しあわせ重ね 人情料理わん屋」 実業之日本社 2019.10 299p 16cm（実業之日本社文庫）667円 ①978-4-408-55537-9
    - 「夢あかり 人情料理わん屋」 実業之日本社 2020.4 285p 16cm（実業之日本社文庫）680円 ①978-4-408-55582-9
    - 「きずな水 人情料理わん屋」 実業之日本社 2020.10 290p 16cm（実業之日本社文庫）680円 ①978-4-408-55617-8
    - 「お助け椀 人情料理わん屋」 実業之日本社 2021.4 294p 16cm（実業之日本社文庫）700円 ①978-4-408-55655-0
- 1312 「夢屋台なみだ通り」シリーズ
  - ◇日本歴史時代作家協会賞（第10回/令3年/文庫シリーズ賞）
    - 「夢屋台なみだ通り」 光文社 2020.9 295p 16cm（光文社文庫）640円 ①978-4-334-79090-5
    - 「幸福団子―夢屋台なみだ通り 2」 光文社 2021.3 295p 16cm（光文社文庫）640円 ①978-4-334-79174-2
    - 「陽はまた昇る―夢屋台なみだ通り 3」 光文社 2021.9 282p 16cm（光文社文庫）620円 ①978-4-334-79247-3
    - 「本所寿司人情―夢屋台なみだ通り 4」 光文社 2022.3 287p 16cm（光文社文庫）640円 ①978-4-334-79329-6

暮しの手帖社 くらしのてちょうしゃ＊
- 1313 「花森安治選集」（全3巻）
  - ◇造本装幀コンクール（第54回/令2年/文部科学大臣賞, 日本書籍出版協会理事長賞）
    - 「花森安治選集 1 美しく着ることは、美しく暮すこと」 花森安治著 暮しの手帖社 2020.5 476p 20cm 3600円 ①978-4-7660-0216-4
    - 「花森安治選集 2 ある日本人の暮し」 花森安治著 暮しの手帖社 2020.9 494p 20cm 3600円 ①978-4-7660-0217-1
    - 「花森安治選集 3 ぼくらは二度とだまされない」 花森安治著 暮しの手帖社 2020.11 482p 20cm 3600円 ①978-4-7660-0218-8

倉田　史子　　くらた・ふみこ＊
1314　「野の風にひとり」
　　◇日本詩歌句随筆評論大賞　（第18回／令4年度／随筆部門／奨励賞）
　　　「野の風にひとり」　土曜美術社出版販売　2021.12　213p　19cm　（「新」詩論・エッセイ文庫）　1400円　①978-4-8120-2649-6

クラッセン, ジョン
1315　「マンマルさん」
　　◇産経児童出版文化賞　（第67回／令2年／翻訳作品賞）
　　　「マンマルさん」　マック・バーネット文, ジョン・クラッセン絵, 長谷川義史訳　クレヨンハウス　2019.5　〔45p〕　23×23cm　1800円　①978-4-86101-368-3

倉橋　健一　　くらはし・けんいち＊
1316　「無限抱擁」
　　◇現代詩人賞　（第40回／令4年）
　　　「無限抱擁」　思潮社　2021.9　123p　22cm　2600円　①978-4-7837-3771-1

倉光　泰子　　くらみつ・やすこ＊
1317　「アライブ　がん専門医のカルテ」
　　◇市川森一脚本賞　（第9回／令2年）

グランベール, ジャン＝クロード
1318　「神さまの貨物」
　　◇本屋大賞　（第18回／令3年／翻訳小説部門／2位）
　　　「神さまの貨物」　ジャン＝クロード・グランベール著, 河野万里子訳　ポプラ社　2020.10　157p　19cm　1400円　①978-4-591-16663-5

操上　和美　　くりがみ・かずみ＊
1319　「**50, 50 FIFTY GENTLEMEN OF EYEVAN**」
　　◇造本装幀コンクール　（第57回／令5年／日本印刷産業連合会会長賞／印刷・製本技術賞）
　　　「50, 50—FIFTY GENTLEMEN OF EYEVAN」　幻冬舎　2023.10　41cm　5050円　①978-4-344-04133-2

栗谷　美嘉　　くりたに・みか＊
1320　「記憶遺言」
　　◇ジャンプ小説新人賞　（2019／令1年／小説フリー部門／特別賞）

栗林　浩　　くりばやし・ひろし＊
1321　「うさぎの話」
　　◇日本詩歌句随筆評論大賞　（第16回／令2年度／俳句部門／大賞）
　　　「うさぎの話—句集」　角川文化振興財団, Kadokawa（発売）　2019.6　189p　19cm　2400円　①978-4-04-884265-5

クリハラ　タカシ
1322　「プラスチックモンスターをやっつけよう！」
　　◇産経児童出版文化賞　（第68回／令3年／JR賞）
　　　「プラスチックモンスターをやっつけよう！—きみが地球のためにできること」　高田秀重監修, クリハラタカシ絵, クレヨンハウス編集部編　クレヨンハウス　2020.4　95p　23cm　1600円　①978-4-86101-382-9

来栖　千依　　くるす・ちい＊
1323　「元始、女学生は太陽であった。」
　　◇ポプラ社小説新人賞　（第11回／令3年／ピュアフル部門賞）　〈受賞時〉皆月　玻璃

「帝都はいから婚物語—女学生は華族の御曹司に求愛されています」 ポプラ社 2023.4 269p 15cm（ポプラ文庫ピュアフル）720円　①978-4-591-17755-6
※受賞作を改題

くるた　つむぎ
1324　「流れ星フレンズ」
◇青い鳥文庫小説賞（第6回/令4年度/一般部門/金賞）　〈受賞時〉來田 つむぎ
「流れ星フレンズ」くるたつむぎ作、くろでこ絵　講談社　2023.11　181p　18cm（講談社青い鳥文庫）740円　①978-4-06-533566-6

ぐるーぷ・アンモナイツ
1325　「ほねほねザウルス ティラノ・ベビーのぼうけん」
◇小学生がえらぶ！ "こどもの本" 総選挙（第3回/令4年/第9位）
◇小学生がえらぶ！ "こどもの本" 総選挙（第4回/令6年/第9位）
「ほねほねザウルス—ティラノ・ベビーのぼうけん」カバヤ食品株式会社原案・監修、ぐるーぷ・アンモナイツ作・絵　岩崎書店　2008.5　87p　22cm　980円　①978-4-265-82019-1

枢木 縁　くるるぎ・ゆかり＊
1326　「少女怪異紀行」
◇カクヨムWeb小説コンテスト（第7回/令4年/ホラー部門/ComicWalker漫画賞）

呉 孟晋　くれ・もとゆき＊
1327　「移ろう前衛—中国から台湾への絵画のモダニズムと日本」
◇サントリー学芸賞（第46回/令6年度/芸術・文学部門）
「移ろう前衛—中国から台湾への絵画のモダニズムと日本」中央公論美術出版　2024.2　520p　22cm　7000円　①978-4-8055-0980-7

クレイマー，ジャッキー・アズーア
1328　「悲しみのゴリラ」
◇けんぶち絵本の里大賞（第31回/令3年度/アルパカ賞）
「悲しみのゴリラ」ジャッキー・アズーア・クレイマー文、シンディ・ダービー絵、落合恵子訳　クレヨンハウス　2020.12　〔41p〕　23×28cm　1800円　①978-4-86101-387-4

くれは
1329　「高校生女子、異世界で油圧ショベルになっていた。」
◇カクヨムWeb小説短編賞（2021/令3年/短編小説部門/短編賞）

グレーバー，デヴィッド
1330　「ブルシット・ジョブ—クソどうでもいい仕事の理論」
◇紀伊國屋じんぶん大賞（第11回/令3年/大賞）
「ブルシット・ジョブ—クソどうでもいい仕事の理論」デヴィッド・グレーバー著、酒井隆史、芳賀達彦、森田和樹訳　岩波書店　2020.7　426, 7p　21cm　3700円　①978-4-00-061413-9

グレブナー基底大好きbot　ぐれぶなーきていだいすきぼっと＊
1331　「ペットボトルを机に置いてください。出来たらあなたは合格です。」
◇カクヨムWeb小説短編賞（2018/平30年/短編賞）

黒井 ひよこ　くろい・ひよこ＊
1332　「死人の花嫁」
◇ジャンプホラー小説大賞（第5回/令1年/特別賞）

黒岩 容子　くろいわ・ようこ＊
1333　「EU性差別禁止法理の展開—形式的平等から実質的平等へ、さらに次のステージへ」

◇昭和女子大学女性文化研究賞(坂東眞理子基金)(第12回/令1年度/女性文化研究賞)
「EU性差別禁止法理の展開―形式的平等から実質的平等へ、さらに次のステージへ」 日本評論社 2019.9 303p 22cm 5600円 ①978-4-535-52432-3

黒鍵 繭 くろかぎ・まゆ＊
1334 「Vのガワの裏ガワ」
◇MF文庫Jライトノベル新人賞 (第18回/令4年/佳作) 〈受賞時〉古宿 ウェリバ
「Vのガワの裏ガワ 1」 KADOKAWA 2022.11 327p 15cm (MF文庫J) 660円 ①978-4-04-681942-0
「Vのガワの裏ガワ 2」 KADOKAWA 2023.2 327p 15cm (MF文庫J) 700円 ①978-4-04-682208-6

黒川 創 くろかわ・そう＊
1335 「鶴見俊輔伝」
◇大佛次郎賞 (第46回/令1年)
「鶴見俊輔伝」 新潮社 2018.11 545,21p 20cm 2900円 ①978-4-10-444409-0

黒川 卓希 くろかわ・たかき＊
1336 「gurgle」
◇新潮新人賞 (第54回/令4年)
※「世界地図、傾く」に改題

くろかわ ともこ
1337 「げんげがさいた。」
◇家の光童話賞 (第39回/令6年度/優秀賞)

くろかわ なおこ
1338 「おおきなかみであそんでみた」
◇絵本テキスト大賞 (第17回/令6年/Aグレード/優秀賞)

黒川 博行 くろかわ・ひろゆき＊
1339 「悪逆」
◇吉川英治文学賞 (第58回/令6年度)
「悪逆」 朝日新聞出版 2023.10 579p 20cm 2000円 ①978-4-02-251937-5

くろげぶた
1340 「異世界に転生したので冒険者を目指そうと思ったが俺のクラスは生産系の修理工。これって戦闘に向かないのでは？ だが、前世のある俺だけ2つ目のクラスがあった。やれやれ。これなら何とかなりそうだ。」
◇カクヨムWeb小説コンテスト (第8回/令5年/異世界ファンタジー部門/ComicWalker漫画賞)

黒崎 みのり くろさき・みのり＊
1341 「初×婚」
◇小学館漫画賞 (第68回/令4年度/児童向け部門)
「初×婚 1～16」 集英社 2019.9～2024.11 18cm (りぼんマスコットコミックス)

黒沢 佳 くろさわ・けい＊
1342 「あおぞらの息吹」
◇地上文学賞 (第67回/令1年度/佳作)

黒沢 孝子 くろさわ・たかこ＊
1343 「夜桜」

◇現代俳句協会年度作品賞（第21回/令2年）

くろしお
1344 「へんなけもの」
　　◇えほん大賞（第19回/令2年/絵本部門/特別賞）

Crosis
1345 「悪役令嬢が実は心が綺麗な良い娘であると俺だけが知っている。」
　　◇カクヨムWeb小説コンテスト（第6回/令3年/恋愛部門/ComicWalker漫画賞）
1346 「今まで使えないクズだと家族や婚約者にも虐げられてきた俺が、実は丹精込めて育てたゲームのキャラクターとして転生していた事に気付いたのでこれからは歯向かう奴はぶん殴って生きる事にしました」
　　◇カクヨムWeb小説コンテスト（第8回/令5年/カクヨムプロ作家部門/ベストPV賞）
1347 「転生したら奴隷使役と回復のスキルを持っていたので遊び半分で奴隷だけの秘密結社を作ってみた」
　　◇カクヨムWeb小説コンテスト（第8回/令5年/カクヨムプロ作家部門/特別賞）
1348 「転生したら悪役領主として主要キャラ達から殺されるキャラクターだった為、主人公達とは関わりたくないので領地を立て直してスローライフを極め領地に籠りたい。」
　　◇カクヨムWeb小説コンテスト（第9回/令6年/カクヨムプロ作家部門/最多読者賞）

黒済 和彦　くろずみ・かずひこ*
1349 「馬と古代社会」
　　◇JRA賞馬事文化賞（2021/令3年度/特別賞）
　　「馬と古代社会」 佐々木虔一, 川尻秋生, 黒済和彦編　八木書店出版部, 八木書店（発売）　2021.5　554p　22cm　8000円　①978-4-8406-2247-9

黒瀬 麻美　くろせ・あさみ*
1350 「モリノコ」
　　◇日本自費出版文化賞（第24回/令3年/特別賞/グラフィック部門）
　　「モリノコ」 ブックウェイ　2020.4　30cm　6500円　①978-4-86584-457-3

黒瀬 珂瀾　くろせ・からん*
1351 「ひかりの針がうたふ」（歌集）
　　◇若山牧水賞（第26回/令3年）
　　「ひかりの針がうたふ―歌集」 書肆侃侃房　2021.2　141p　20cm　（現代歌人シリーズ 31）　2000円　①978-4-86385-440-6

黒田 ナオ　くろだ・なお*
1352 「水かさの増した川の流れを」
　　◇「詩と思想」新人賞（第28回/令1年）
1353 「ぽとんぽとーんと音がする」
　　◇日本詩歌句随筆評論大賞（第18回/令4年度/詩部門/大賞）
　　「ぽとんぽとーんと音がする」 土曜美術社出版販売　2021.6　91p　22cm　（詩と思想新人賞叢書 15）　2000円　①978-4-8120-2633-5

黒田 夏子　くろだ・なつこ*
1354 「組曲 わすれこうじ」
　　◇紫式部文学賞（第31回/令3年）
　　「組曲 わすれこうじ」 新潮社　2020.5　197p　20cm　1900円　①978-4-10-353311-5

くろぬか
1355 「ゴーストライター ～嘘つき作家と、笑う父～」
◇カクヨムWeb小説短編賞（2023/令5年/短編小説部門/短編特別賞）

黒柳 徹子 くろやなぎ・てつこ＊
1356 「続 窓ぎわのトットちゃん」
◇新風賞（第58回/令5年）
「続 窓ぎわのトットちゃん」講談社　2023.10　253p　20cm 1500円　①978-4-06-529671-4

クロン
1357 「異世界転移したら魔王にされたので、人の頭脳を持った魔物を召喚して無双する～人間の知能高すぎるだろ、内政に武芸にチートじゃん～」
◇カクヨムWeb小説コンテスト（第8回/令5年/異世界ファンタジー部門/特別賞）

くわがき あゆ
1358 「レモンと手」
◇『このミステリーがすごい！』大賞（第21回/令4年/文庫グランプリ）
「レモンと殺人鬼」宝島社　2023.4　312p　16cm（宝島社文庫―このミス大賞）709円　①978-4-299-04167-8
※受賞作を改題

桑木野 幸司 くわきの・こうじ＊
1359 「ルネサンス庭園の精神史―権力と知と美のメディア空間」
◇サントリー学芸賞（第41回/令1年度/芸術・文学部門）
「ルネサンス庭園の精神史―権力と知と美のメディア空間」白水社　2019.8　352, 35p　22cm　4800円　①978-4-560-09711-3

桑田 今日子 くわた・きょうこ＊
1360 「ヘビと隊長」
◇丸山薫賞（第30回/令5年度）
「ヘビと隊長―詩集」詩遊社　2022.11　102p　21cm（詩遊叢書 36）2000円　①978-4-916139-44-3

桑田 窓 くわた・そう＊
1361 「**52時70分まで待って**」
◇日本詩歌句随筆評論大賞（第18回/令4年度/詩部門/奨励賞）
「52時70分まで待って」思潮社　2021.9　107p　22cm　2400円　①978-4-7837-3759-9

桑原 ヒサ子 くわはら・ひさこ＊
1362 「ナチス機関誌「女性展望」を読む―女性表象、日常生活、戦時動員」
◇女性史青山なを賞（第36回/令3年度）
「ナチス機関誌「女性展望」を読む―女性表象、日常生活、戦時動員」青弓社　2020.9　428p　21cm　4800円　①978-4-7872-2090-5

桑原 憂太郎 くわはら・ゆうたろう＊
1363 「口語短歌による表現技法の進展～三つの様式化」
◇現代短歌評論賞（第40回/令4年 課題：「口語短歌の歴史的考察」「ジェンダーと短歌」「「疫の時代」の短歌」のいずれかを選択）

【け】

桂嶋 エイダ　けいしま・えいだ*
 1364　「ドスケベ催眠術師の子」
  ◇小学館ライトノベル大賞（第17回/令5年/優秀賞）
   「ドスケベ催眠術師の子」　小学館　2023.8　311p　15cm（ガガガ文庫）760円　①978-4-09-453145-9
   「ドスケベ催眠術師の子　2」　小学館　2024.3　323p　15cm（ガガガ文庫）760円　①978-4-09-453182-4
   「ドスケベ催眠術師の子　3」　小学館　2024.11　357p　15cm（ガガガ文庫）780円　①978-4-09-453214-2

慶野 由志　けいの・ゆうじ*
 1365　「陰キャな人生を後悔しながら死んだブラック企業勤務の俺（30）が高校時代からやり直し！　社畜力で青春リベンジして天使すぎるあの娘に今度こそ好きだと告げる！」
  ◇カクヨムWeb小説コンテスト（第6回/令3年/ラブコメ部門/大賞）
   「陰キャだった俺の青春リベンジ―天使すぎるあの娘と歩むReライフ」　KADOKAWA　2022.2　318p　15cm（角川スニーカー文庫）680円　①978-4-04-112232-7
   ※受賞作を改題
   「陰キャだった俺の青春リベンジ―天使すぎるあの娘と歩むReライフ　2」　KADOKAWA　2022.6　255p　15cm（角川スニーカー文庫）660円　①978-4-04-112234-1
   「陰キャだった俺の青春リベンジ―天使すぎるあの娘と歩むReライフ　3」　KADOKAWA　2022.10　287p　15cm（角川スニーカー文庫）700円　①978-4-04-113090-2
   「陰キャだった俺の青春リベンジ―天使すぎるあの娘と歩むReライフ　4」　KADOKAWA　2023.6　247p　15cm（角川スニーカー文庫）680円　①978-4-04-113739-0
   「陰キャだった俺の青春リベンジ―天使すぎるあの娘と歩むReライフ　5」　KADOKAWA　2023.10　271p　15cm（角川スニーカー文庫）720円　①978-4-04-114187-8
   「陰キャだった俺の青春リベンジ―天使すぎるあの娘と歩むReライフ　6」　KADOKAWA　2024.3　347p　15cm（角川スニーカー文庫）740円　①978-4-04-114589-0

劇団昴ザ・サード・ステージ　げきだんすばるざさーどすてーじ*
 1366　「8月のオーセージ」（トレイシー・レッツ作）
  ◇小田島雄志・翻訳戯曲賞（第12回/令1年）

劇団青年座　げきだんせいねんざ*
 1367　「黄色い封筒」（イ・ヤング（李羊九）作）
  ◇小田島雄志・翻訳戯曲賞（第16回/令5年）

化生 真依　けしょう・まい
 1368　「みゆきもりくんモノガタリ」
  ◇えほん大賞（第25回/令5年/絵本部門/特別賞）

ケズナジャット，グレゴリー
 1369　「鴨川ランナー」
  ◇京都文学賞（第2回/令2年度/一般部門 最優秀賞，海外部門 最優秀賞）
   「鴨川ランナー」　グレゴリー・ケズナジャット著　講談社　2021.10　173p　20cm　1500円　①978-4-06-524995-6

気多 伊織　けた・いおり*
 1370　「さんたくんのにっこうりょこう」

ケラスコエット

1371 「虫ガール―ほんとうにあったおはなし」
◇日本絵本賞（第26回/令3年/日本絵本賞翻訳絵本賞）
「虫ガール―ほんとうにあったおはなし」 ソフィア・スペンサー, マーガレット・マクナマラ文, ケラスコエット絵, 福本友美子訳　岩崎書店　2020.4　30cm　1500円　Ⓘ978-4-265-85165-2

ケリー，グレッグ

1372 「西川廣人さんに日産社長の資格はない」
◇文藝春秋読者賞（第81回/令1年）

研究社　けんきゅうしゃ*

1373 「タイポグラフィ・ハンドブック 第2版」
◇造本装幀コンクール（第55回/令3年/審査員奨励賞）
「タイポグラフィ・ハンドブック」 小泉均編著, akira1975著　第2版　研究社　2021.7　507p　20cm　4200円　Ⓘ978-4-327-37749-6

幻冬舎　げんとうしゃ*

1374 「50, 50 FIFTY GENTLEMEN OF EYEVAN」
◇造本装幀コンクール（第57回/令5年/日本印刷産業連合会会長賞/印刷・製本技術賞）
「50, 50―FIFTY GENTLEMEN OF EYEVAN」 操上和美著　幻冬舎　2023.10　41cm　5050円　Ⓘ978-4-344-04133-2

【こ】

呉　勝浩　ご・かつひろ*

1375 「スワン」
◇日本推理作家協会賞（第73回/令2年/長編および連作短編集部門）
◇吉川英治文学新人賞（第41回/令2年度）
「スワン」 KADOKAWA　2019.10　380p　20cm　1700円　Ⓘ978-4-04-108639-1
「スワン」 KADOKAWA　2022.7　434p　15cm（角川文庫）　800円　Ⓘ978-4-04-112757-5

1376 「爆弾」
◇本屋大賞（第20回/令5年/4位）
「爆弾」 講談社　2022.4　425p　20cm　1800円　Ⓘ978-4-06-527347-0
「爆弾」 講談社　2024.7　509p　15cm（講談社文庫）　970円　Ⓘ978-4-06-536370-6

小池 アミイゴ　こいけ・あみいご*

1377 「はるのひ―Koto and his father」
◇日本絵本賞（第27回/令4年/日本絵本賞）
「はるのひ―Koto and his father」 徳間書店　2021.2　〔32p〕　31cm　1600円　Ⓘ978-4-19-865160-2

古池 ねじ　こいけ・ねじ*

1378 「いい人じゃない」
◇女による女のためのR-18文学賞（第21回/令4年/友近賞）

小池 光　こいけ・ひかる＊
　1379 「サーベルと燕」
　　◇現代短歌大賞（第45回/令4年）
　　◇詩歌文学館賞（第38回/令5年/短歌）
　　「サーベルと燕―歌集」砂子屋書房　2022.8　248p　20cm　3000円　①978-4-7904-1840-5

小池 水音　こいけ・みずね＊
　1380 「わからないままで」
　　◇新潮新人賞（第52回/令2年）
　　「息」新潮社　2023.5　215p　20cm　1900円　①978-4-10-355041-9
　　※受賞作を収録

小泉 綾子　こいずみ・あやこ＊
　1381 「あの子なら死んだよ」
　　◇林芙美子文学賞（第8回/令3年度/佳作）
　1382 「無敵の犬の夜」
　　◇文藝賞（第60回/令5年）
　　「無敵の犬の夜」河出書房新社　2023.11　143p　20cm　1400円　①978-4-309-03159-0

小泉 悠　こいずみ・ゆう＊
　1383 「「帝国」ロシアの地政学―「勢力圏」で読むユーラシア戦略」
　　◇サントリー学芸賞（第41回/令1年度/社会・風俗部門）
　　「「帝国」ロシアの地政学―「勢力圏」で読むユーラシア戦略」東京堂出版　2019.7　291p　20cm　2400円　①978-4-490-21013-2

恋狸　こいだぬき＊
　1384 「TS転生した私が所属するVtuber事務所のライバーを全員堕としにいく話」
　　◇HJ小説大賞（第4回/令5年/前期）
　　「TS転生した私が所属するVTuber事務所のライバーを全員堕としにいく話　1」ホビージャパン　2024.8　331p　15cm（HJ文庫）720円　①978-4-7986-3596-5

コイル
　1385 「無駄に幸せになろうとすると死にたくなるので、こたつでアイス食べます」
　　◇カクヨムWeb小説コンテスト（第6回/令3年/キャラクター文芸部門/大賞・ComicWalker漫画賞）
　　「無駄に幸せになるのをやめて、こたつでアイス食べます」KADOKAWA　2022.1　341p　15cm（メディアワークス文庫）670円　①978-4-04-914061-3
　　※受賞作を改題
　1386 「頑張り優等生なクラスメイトを影から助けて、学校でこっそりキスする話」
　　◇カクヨムWeb小説コンテスト（第8回/令5年/カクヨムプロ作家部門/特別賞）
　　「いつもは真面目な委員長だけどキミの彼女になれるかな？」KADOKAWA　2023.12　267p　15cm（電撃文庫）680円　①978-4-04-915342-2
　　※受賞作を改題
　　「いつもは真面目な委員長だけどキミの彼女になれるかな？　2」KADOKAWA　2024.1　276p　15cm（電撃文庫）680円　①978-4-04-915446-7
　　「いつもは真面目な委員長だけどキミの彼女になれるかな？　3」KADOKAWA　2024.6　272p　15cm（電撃文庫）840円　①978-4-04-915816-5

高 琢基　こう・たっき＊
　1387 「緩やかな禍」
　　◇労働者文学賞（第34回/令4年/小説部門/入選）

紅玉 ふくろう こうぎょく・ふくろう＊
1388 「姉と俺とでチヨダク王国裁判所」
◇MF文庫Jライトノベル新人賞（第16回/令2年/最優秀賞）〈受賞時〉緑青漢
「チヨダク王国ジャッジメント―姉と俺とで異世界最高裁判所」KADOKAWA 2021.3 295p 15cm（MF文庫J）640円 ⓘ978-4-04-680082-4
※受賞作を改題
「チヨダク王国ジャッジメント―姉と俺とで異世界最高裁判所 2」KADOKAWA 2022.2 293p 15cm（MF文庫J）680円 ⓘ978-4-04-681180-6

香坂 鮪 こうさか・まぐろ＊
1389 「どうせそろそろ死ぬんだし」
◇『このミステリーがすごい！』大賞（第23回/令6年/文庫グランプリ）〈応募時〉夜ノ鮪

香坂 マト こうさか・まと＊
1390 「受付嬢ですが、定時で帰りたいのでボスをソロ討伐しようと思います」
◇電撃大賞〔電撃小説大賞〕（第27回/令2年/金賞）
「ギルドの受付嬢ですが、残業は嫌なのでボスをソロ討伐しようと思います」KADOKAWA 2021.3 303p 15cm（電撃文庫）630円 ⓘ978-4-04-913688-3
※受賞作を改題
「ギルドの受付嬢ですが、残業は嫌なのでボスをソロ討伐しようと思います 2」KADOKAWA 2021.7 308p 15cm（電撃文庫）630円 ⓘ978-4-04-913871-9
「ギルドの受付嬢ですが、残業は嫌なのでボスをソロ討伐しようと思います 3」KADOKAWA 2021.11 274p 15cm（電撃文庫）640円 ⓘ978-4-04-913937-2
「ギルドの受付嬢ですが、残業は嫌なのでボスをソロ討伐しようと思います 4」KADOKAWA 2022.3 283p 15cm（電撃文庫）640円 ⓘ978-4-04-914144-3
「ギルドの受付嬢ですが、残業は嫌なのでボスをソロ討伐しようと思います 5」KADOKAWA 2022.7 277p 15cm（電撃文庫）640円 ⓘ978-4-04-914534-2
「ギルドの受付嬢ですが、残業は嫌なのでボスをソロ討伐しようと思います 6」KADOKAWA 2023.1 235p 15cm（電撃文庫）640円 ⓘ978-4-04-914813-8
「ギルドの受付嬢ですが、残業は嫌なのでボスをソロ討伐しようと思います 7」KADOKAWA 2023.6 295p 15cm（電撃文庫）660円 ⓘ978-4-04-915121-3
「ギルドの受付嬢ですが、残業は嫌なのでボスをソロ討伐しようと思います 8」KADOKAWA 2024.8 385p 15cm（電撃文庫）720円 ⓘ978-4-04-915345-3

幸島 司郎 こうしま・しろう＊
1391 「自然を再生させたイエローストーンのオオカミたち」
◇日本子どもの本研究会「作品賞」（第6回/令4年）
「自然を再生させたイエローストーンのオオカミたち」キャサリン・バー文, ジェニ・デズモンド絵, 永峯涼訳, 幸島司郎, 植田彩容子監修 化学同人 2021.10 48p 32cm 1900円 ⓘ978-4-7598-2223-6

糀野 アオ こうじや・あお＊
1392 「落ちこぼれ回復魔法士のタマノコシ狂騒曲」
◇角川ビーンズ小説大賞（第22回/令5年/一般部門/審査員特別賞 三川みり選）
「落ちこぼれ回復魔法士ですが、訳アリ王子の毒見役になりました。」KADOKAWA 2024.11 319p 15cm（角川ビーンズ文庫）740円 ⓘ978-4-04-115544-8
※受賞作を改題

倖月 一嘉 こうずき・いちか＊
1393 「双黒銃士と銀狼姫」
◇講談社ラノベ文庫新人賞（第12回/令3年5月発表/佳作）
「双黒銃士と銀狼姫」講談社 2022.4 320p 15cm（講談社ラノベ文庫）700円 ⓘ978-4-06-527547-4

上妻 森土　こうずま・もりと＊
　1394　「BAR BER BAR」
　　◇造本装幀コンクール　（第56回/令4年/審査員奨励賞）
　　　※「BAR BER BAR」（上妻森土著 T-bon(e) steak press）

光晴さん　こうせいさん
　1395　「現代でダンジョンマスターになった男の物語」
　　◇カクヨムWeb小説コンテスト　（第9回/令6年/現代ファンタジー部門/特別審査員賞）

高田橋 昭一　こうだばし・しょういち＊
　1396　「ただいま」
　　◇アンデルセンのメルヘン大賞　（第40回/令5年/一般部門/優秀賞）
　　　「アンデルセンのメルヘン文庫　第40集」　アンデルセン・パン生活文化研究所　2023.10　87p　21×22cm　（アンデルセンのメルヘン大賞受賞作品集 第40回）　1000円
　　　※受賞作を収録

コウタリ リン
　1397　「手ぶくろが右と左にわかれているわけ」
　　◇日産 童話と絵本のグランプリ　（第36回/令1年度/童話の部/優秀賞）
　　　※「第36回 日産 童話と絵本のグランプリ 童話・絵本入賞作品集」（大阪国際児童文学振興財団 2020年3月発行）に収録

　1398　「1が2 2が4 4が8」
　　◇日産 童話と絵本のグランプリ　（第38回/令3年度/童話の部/優秀賞）
　　　※「第38回 日産 童話と絵本のグランプリ 童話・絵本入賞作品集」（大阪国際児童文学振興財団 2022年3月発行）に収録

　1399　「あたしは本をよまない」
　　◇日産 童話と絵本のグランプリ　（第39回/令4年度/童話の部/大賞）
　　　「あたしは本をよまない」　コウタリリン作, ちばみなこ絵　BL出版　2023.12　〔32p〕　25cm　1400円　①978-4-7764-1111-6

講談社　こうだんしゃ＊
　1400　「巨人用 進撃の巨人」
　　◇造本装幀コンクール　（第55回/令3年/日本印刷産業連合会会長賞/印刷・製本特別賞）
　　　「巨人用 進撃の巨人」　諫山創著　講談社　2021.5　101cm　（講談社キャラクターズE—Shonen Magazine Comics）　150000円　①978-4-06-523124-1

　1401　「鬼灯の冷徹画集 地獄玉手箱」
　　◇造本装幀コンクール　（第55回/令3年/日本書籍出版協会理事長賞/生活実用書・文庫・新書・コミック・その他部門）
　　　※「鬼灯の冷徹」完結記念豪華原画集セット『地獄玉手箱』（講談社 2020年完全受注生産にて発行）

　1402　「PIHOTEK 北極を風と歩く」
　　◇造本装幀コンクール　（第56回/令4年/日本書籍出版協会理事長賞/児童書・絵本部門）
　　　「PIHOTEK—北極を風と歩く」　荻田泰永文, 井上奈奈絵　講談社　2022.8　〔32p〕　20×31cm　（講談社の創作絵本）　2800円　①978-4-06-528316-5

　1403　「笹森くんのスカート」
　　◇児童福祉文化賞　（第65回/令5年/出版物部門）
　　　「笹森くんのスカート」　神戸遥真著, みずす画　講談社　2022.6　204p　20cm　1400円　①978-4-06-528046-1

　1404　「どっち？」
　　◇造本装幀コンクール　（第57回/令5年/出版文化産業振興財団賞）

「どっち?」 キボリノコンノ作 講談社 2023.12 〔32p〕 19×27cm 1600円 ⓘ978-4-06-533210-8

1405 「理性の呼び声」
◇日本翻訳出版文化賞（第60回/令6年度）
「理性の呼び声―ウィトゲンシュタイン、懐疑論、道徳、悲劇」 スタンリー・カヴェル著, 荒畑靖宏訳 講談社 2024.5 986p 19cm（講談社選書メチエ―le livre） 6000円 ⓘ978-4-06-532809-5

紅茶がぶ飲み太郎　こうちゃがぶのみたろう
1406 「サマースコール」
◇講談社ラノベ文庫新人賞（第18回/令6年4月発表/佳作）

河野 啓　こうの・さとし*
1407 「デス・ゾーン 栗城史多のエベレスト劇場」
◇開高健ノンフィクション賞（第18回/令2年）
「デス・ゾーン―栗城史多のエベレスト劇場」 集英社 2020.11 341p 20cm 1600円 ⓘ978-4-08-781695-2
「デス・ゾーン―栗城史多のエベレスト劇場」 集英社 2023.1 380p 16cm（集英社文庫） 750円 ⓘ978-4-08-744479-7

河野 俊一　こうの・しゅんいち*
1408 「ロンサーフの夜」
◇日本詩歌句随筆評論大賞（第16回/令2年度/詩部門/土曜美術社賞）
「ロンサーフの夜―詩集」 土曜美術社出版販売 2019.6 109p 22cm 2000円 ⓘ978-4-8120-2517-8

河野 龍也　こうの・たつや*
1409 「佐藤春夫と大正日本の感性―「物語」を超えて」
◇やまなし文学賞（第28回/令1年/研究・評論部門）
「佐藤春夫と大正日本の感性―「物語」を超えて」 鼎書房 2019.3 412,8p 22cm 5500円 ⓘ978-4-907282-54-7

河野 日奈　こうの・ひな*
1410 「雪崩」
◇やまなし文学賞（第32回/令5年/青少年部門/山梨文学賞青春賞）

河野 万里子　こうの・まりこ*
1411 「神さまの貨物」
◇本屋大賞（第18回/令3年/翻訳小説部門/2位）
「神さまの貨物」 ジャン＝クロード・グランペール著, 河野万里子訳 ポプラ社 2020.10 157p 19cm 1400円 ⓘ978-4-591-16663-5

神戸 妙子　こうべ・たえこ*
1412 「虚海の船」
◇北日本文学賞（第56回/令4年）

神戸 遥真　こうべ・はるま*
1413 「恋ポテ」シリーズ
◇日本児童文芸家協会賞（第45回/令3年）
「恋とポテトと夏休み」 講談社 2020.4 216p 20cm（Eバーガー 1） 1400円 ⓘ978-4-06-519115-6
「恋とポテトと文化祭」 講談社 2020.5 214p 20cm（Eバーガー 2） 1400円 ⓘ978-4-06-519157-6
「恋とポテトとクリスマス」 講談社 2020.8 210p 20cm（Eバーガー 3） 1400円 ⓘ978-4-06-520118-3

1414 「笹森くんのスカート」
◇児童福祉文化賞（第65回/令5年/出版物部門）
「笹森くんのスカート」 神戸遥真著, みずす画 講談社 2022.6 204p 20cm 1400円 ⓘ978-4-06-528046-1

小梅 けいと　こうめ・けいと＊
　1415　「戦争は女の顔をしていない」
　　◇日本漫画家協会賞（第50回／令3年度／まんが王国とっとり賞）
　　　「戦争は女の顔をしていない　1」　スヴェトラーナ・アレクシエーヴィチ原作, 小梅けいと作画, 速水螺旋人監修　KADOKAWA　2020.1　188p　21cm　1000円　ⓘ978-4-04-912982-3
　　　「戦争は女の顔をしていない　2」　スヴェトラーナ・アレクシエーヴィチ原作, 小梅けいと作画, 速水螺旋人監修　KADOKAWA　2020.12　182p　21cm　1000円　ⓘ978-4-04-913595-4
　　　「戦争は女の顔をしていない　3」　スヴェトラーナ・アレクシエーヴィチ原作, 小梅けいと作画, 速水螺旋人監修　KADOKAWA　2022.3　188p　21cm　1000円　ⓘ978-4-04-914125-2
　　　「戦争は女の顔をしていない　4」　スヴェトラーナ・アレクシエーヴィチ原作, 小梅けいと作画, 速水螺旋人監修　KADOKAWA　2023.4　172p　21cm　1000円　ⓘ978-4-04-914995-1
　　　「戦争は女の顔をしていない　5」　スヴェトラーナ・アレクシエーヴィチ原作, 小梅けいと作画, 速水螺旋人監修　KADOKAWA　2024.8　172p　21cm　1100円　ⓘ978-4-04-915898-4

神山 結海　こうやま・ゆみ＊
　1416　「雀が駆けるスカイタワー」
　　◇ちよだ文学賞（第19回／令6年／千代田賞）
　　　※「ちよだ文学賞作品集 第19回」（千代田区地域振興部文化振興課 2024年10月発行）に収録

恒例行事　こうれいぎょうじ＊
　1417　「呪われてダンジョンに閉じ込められていた勇者、人気配信者に偶然解放されたついでに無双してしまい大バズりしてしまう」
　　◇カクヨムWeb小説コンテスト（第9回／令6年／現代ファンタジー部門／最熱狂賞・特別賞）

古閑 章　こが・あきら＊
　1418　「古閑章 著作集 第一巻―小説1 短篇集 子供の世界―」
　　◇日本自費出版文化賞（第23回／令2年／特別賞／小説部門）
　　　「古閑章著作集　第1巻」　南方新社　2019.8　229p　21cm　1500円　ⓘ978-4-86124-404-9

古河 絶水　こが・たえみ＊
　1419　「かくて謀反の冬は去り」
　　◇小学館ライトノベル大賞（第17回／令5年／審査員特別賞）
　　　「かくて謀反の冬は去り」　小学館　2023.7　371p　15cm（ガガガ文庫）　810円　ⓘ978-4-09-453134-3
　　　「かくて謀反の冬は去り　2」　小学館　2024.5　411p　15cm（ガガガ文庫）　860円　ⓘ978-4-09-453158-9

古賀 博文　こが・ひろふみ＊
　1420　「封じられた記憶」
　　◇日本詩歌句随筆評論大賞（第20回／令6年度／詩部門／特別賞）
　　　「封じられた記憶―古賀博文詩集」　書肆侃侃房　2023.11　133p　20cm　2200円　ⓘ978-4-86385-597-7

古賀 光紘　こが・みつひろ＊
　1421　「未完の本」
　　◇創作テレビドラマ大賞（第47回／令4年／佳作）

古賀 百合　こが・ゆり＊
　1422　「その夏の少女」
　　◇深大寺短編恋愛小説『深大寺恋物語』（第16回／令2年／深大寺特別賞）
　　　※深大寺短編恋愛小説「深大寺恋物語」第十六集に収録

古賀ブラウズ オリビア水伽月　こがぶらうず・おりびあみかずき＊
　1423　「Cat under the moon」
　　◇京都文学賞（第1回／令1年度／海外部門／奨励作）

国書刊行会　こくしょかんこうかい＊
  1424　「海の庭」
    ◇造本装幀コンクール　(第56回/令4年/文部科学大臣賞)
      「海の庭」　大竹民子著　国書刊行会　2022.12　75p　30×13cm　2000円　①978-4-336-07446-1
  1425　「法の書〔増補新訳〕愛蔵版」
    ◇造本装幀コンクール　(第56回/令4年/日本書籍出版協会理事長賞/文学・文芸(エッセイ)部門)
      「法の書」　アレイスター・クロウリー著, 植松靖夫訳　増補新訳　愛蔵版　国書刊行会　2022.2　301p　20cm　5800円　①978-4-336-07254-2

黒頭　白尾　こくとう・はくび＊
  1426　「隻眼錬金剣士のやり直し奇譚－片目を奪われて廃業間際だと思われた奇人が全てを凌駕するまで－」
    ◇HJ小説大賞　(第4回/令5年/前期, 年間最優秀賞)
      「隻眼錬金剣士のやり直し奇譚－片目を奪われて廃業間際だと思われた奇人が全てを凌駕するまで　1」　黒頭白尾著, 桑島黎音イラスト　ホビージャパン　2024.12　285p　19cm　(HJ NOVELS)　1300円　①978-4-7986370-1-3
  1427　「無限魔力の異世界帰還者」
    ◇HJ小説大賞　(第5回/令6年/前期)

國分　功一郎　こくぶん・こういちろう＊
  1428　「スピノザ―読む人の肖像」
    ◇河合隼雄学芸賞　(第11回/令5年)
      「スピノザ―読む人の肖像」　岩波書店　2022.10　414p　18cm　(岩波新書 新赤版)　1280円　①978-4-00-431944-3

国立歴史民俗博物館　こくりつれきしみんぞくはくぶつかん＊
  1429　「性差の日本史」
    ◇女性史青山なを賞　(第36回/令3年度/特別賞)
      「性差(ジェンダー)の日本史―企画展示」　人間文化研究機構国立歴史民俗博物館編　人間文化研究機構国立歴史民俗博物館　2020.10　314, 5p　30cm
      「性差(ジェンダー)の日本史―新書版」　国立歴史民俗博物館監修,「性差」展示プロジェクト編　集英社インターナショナル, 集英社(発売)　2021.10　221p　18cm　(インターナショナル新書)　840円　①978-4-7976-8083-6

小暮　純　こぐれ・じゅん
  1430　「回るラインと観覧車」
    ◇労働者文学賞　(第32回/令2年/詩部門/佳作)

焦田　シューマイ　こげた・しゅーまい　⇒春間　タツキ(はるま・たつき)

ここあ
  1431　「神様の救世主」
    ◇青い鳥文庫小説賞　(第3回/令1年度/U-15部門/大賞)　〈受賞時〉COCOA
      「神様の救世主―屋上のサチコちゃん」　ここあ作, teffish絵　講談社　2020.11　182p　18cm　(講談社青い鳥文庫)　650円　①978-4-06-521355-1
      「神様の救世主〔2〕魂を運ぶ列車」　ここあ作, teffish絵　講談社　2021.12　173p　18cm　(講談社青い鳥文庫)　650円　①978-4-06-526119-4

九重　ツクモ　ここのえ・つくも＊
  1432　「拝啓、婚約者様。私は怪物伯爵と仲良くやっていくので貴方はもういりません」
    ◇カクヨムWeb小説コンテスト　(第9回/令6年/恋愛(ラブロマンス)部門/特別賞)

心琴　こころこと　⇒鈴森 琴(すずもり・こと)

古今 果歩　ここん・かほ＊
　1433　「日傘とスマホと夏と」
　　◇深大寺短編恋愛小説『深大寺恋物語』（第19回／令5年／審査員特別賞）
　　　※深大寺短編恋愛小説『深大寺恋物語』第十九集に収録

小坂 洋右　こさか・ようすけ＊
　1434　「アイヌの時空を旅する―奪われぬ魂」
　　◇和辻哲郎文化賞（第36回／令5年度／一般部門）
　　◇斎藤茂太賞　（第9回／令6年）
　　　「アイヌの時空を旅する―奪われぬ魂」 藤原書店　2023.1　347p　20cm　2700円　Ⓘ978-4-86578-377-3

小砂川 チト　こさがわ・ちと＊
　1435　「家庭用安心坑夫」
　　◇群像新人文学賞（第65回／令4年／当選作）
　　　「家庭用安心坑夫」　講談社　2022.7　125p　20cm　1400円　Ⓘ978-4-06-528857-3

小里 巧　こざと・たくみ＊
　1436　「常緑樹の憂鬱」
　　◇論創ミステリ大賞（第2回／令5年／大賞）
　　　「悪夢たちの楽園」　論創社　2024.1　343p　19cm（論創ノベルス）1600円　Ⓘ978-4-8460-2354-6
　　　※受賞作を改題

五色 ひいらぎ　ごしき・ひいらぎ＊
　1437　「笑顔のベリーソース」
　　◇カクヨムWeb小説短編賞（2022／令4年／エンタメ短編小説部門／短編賞）

小島 日和　こじま・ひより＊
　1438　「水際」
　　◇中原中也賞（第26回／令2年度）
　　　「水際」　七月堂　2020.7　89p　19cm（インカレポエトリ叢書 1）900円　Ⓘ978-4-87944-406-6

小島 庸平　こじま・ようへい＊
　1439　「サラ金の歴史―消費者金融と日本社会」
　　◇サントリー学芸賞（第43回／令3年度／社会・風俗部門）
　　◇新書大賞（第15回／令4年／大賞）
　　　「サラ金の歴史―消費者金融と日本社会」　中央公論新社　2021.2　344p　18cm（中公新書）980円　Ⓘ978-4-12-102634-7

湖城 マコト　こじょう・まこと
　1440　「アイス・エイジ 氷河期村」
　　◇カクヨムWeb小説コンテスト（第9回／令6年／ホラー部門／特別審査員賞）

湖水 鏡月　こすい・きょうげつ＊
　1441　「スキルなしの最弱現代冒険者は、魔力操作の真の意味を理解して最強冒険者への道を歩む」
　　◇カクヨムWeb小説コンテスト（第8回／令5年／カクヨムプロ作家部門／ComicWalker漫画賞）

小塚原 旬　こずかはら・しゅん＊
　1442　「機工審査官テオ・アルベールと永久機関の夢」

◇アガサ・クリスティー賞（第13回/令5年/優秀賞）
「機工審査官テオ・アルベールと永久機関の夢」　早川書房　2023.12　392p　16cm　（ハヤカワ文庫JA）1140円　①978-4-15-031563-4

古田島 由紀子　こたじま・ゆきこ
1443　「日本一のぼたもち」
◇家の光童話賞（第39回/令6年度/優秀賞）

こだま ともこ
1444　「ウサギとぼくのこまった毎日」
◇産経児童出版文化賞（第68回/令3年/翻訳作品賞）
「ウサギとぼくのこまった毎日」　ジュディス・カー作・絵, こだまともこ訳　徳間書店　2020.6　102p　22cm　1400円　①978-4-19-865098-8

小俵 鱚太　こたわら・きすた＊
1445　「ナビを無視して」
◇笹井宏之賞（第2回/令1年/個人賞/長嶋有賞）

コッペパン侍　こっぺぱんさむらい＊
1446　「鼻ハニカム」
◇角川つばさ文庫小説賞（第11回/令4年/こども部門/グランプリ）

古都 こいと　こと・こいと＊
1447　「如月さんちの今日のツボ」
◇小川未明文学賞（第32回/令5年/大賞/長編部門）
「きさらぎさんちは今日もお天気」　古都こいと作, 酒井以絵　Gakken　2024.12　188p　20cm（ティーンズ文学館）1500円　①978-4-05-206039-7
※受賞作を改題

こと さわみ
1448　「天使の恩返し」
◇ポプラズッコケ文学新人賞（第12回/令5年/大賞）
「もしもわたしがあの子なら」　ことさわみ作, あわい絵　ポプラ社　2024.6　230p　19cm（ノベルズ・エクスプレス 57）1600円　①978-4-591-18189-8
※受賞作を改題

後藤 朗夫　ごとう・あきお＊
1449　「寂しいのは俺だけじゃない」
◇優駿エッセイ賞（2024〔第40回〕/令6年/佳作（GⅢ））

後藤 明美　ごとう・あけみ＊
1450　「逆上がりできた日補助輪外せた日いつも月曜父さんが居た」
◇角川全国短歌大賞（第15回/令5年/自由題/準賞）

後藤 順　ごとう・じゅん＊
1451　「ノゾミの証し」
◇労働者文学賞（第32回/令2年/詩部門/入選）

後藤 よしみ　ごとう・よしみ＊
1452　「序章 人間高柳重信～戦前期からの出立～」
◇現代俳句評論賞（第42回/令4年度/佳作）

後藤 里奈　ごとう・りな＊
1453　「虹色の軌跡」

ごとうげ　　　　　　　　　　　　　　　　　　　　　　　　　　　1454〜1463

　　◇優駿エッセイ賞（2022〔第38回〕/令4年/佳作（GⅢ））

吾峠　呼世晴　ごとうげ・こよはる＊
　1454　「鬼滅の刃 しあわせの花」
　　◇小学生がえらぶ！ "こどもの本" 総選挙　（第2回/令2年/第10位）
　　　「鬼滅の刃―しあわせの花」　吾峠呼世晴, 矢島綾著　集英社　2019.2　194p　18cm　（JUMP j BOOKS）　700円　①978-4-08-703473-8
　1455　「鬼滅の刃」
　　◇芸術選奨（第71回/令2年度/メディア芸術部門/文部科学大臣新人賞）
　　◇新風賞（第55回/令2年/特別賞）
　　◇手塚治虫文化賞（第25回/令3年/特別賞）
　　◇日本漫画家協会賞（第50回/令3年度/大賞/コミック部門）
　　　「鬼滅の刃　1〜23」　集英社　2016.6〜2020.12　18cm　（ジャンプコミックス）
　1456　「劇場版 鬼滅の刃 無限列車編 ノベライズ みらい文庫版」
　　◇小学生がえらぶ！ "こどもの本" 総選挙　（第3回/令4年/第5位）
　　　「劇場版 鬼滅の刃 無限列車編―ノベライズみらい文庫版」　吾峠呼世晴原作, ufotable脚本, 松田朱夏著　集英社　2020.10　229p　18cm　（集英社みらい文庫）　700円　①978-4-08-321603-9

琴織　ゆき　ことおり・ゆき＊
　1457　「コスモ☆スケッチ！」
　　◇集英社みらい文庫大賞（第12回/令4年/優秀賞）
　　　「コスモ★スケッチ―今日から星座がお仕えします！」　琴織ゆき作, そと絵　集英社　2023.7　204p　18cm　（集英社みらい文庫）　700円　①978-4-08-321791-3
　　　「コスモ★スケッチ　〔2〕　助けて星座精！ 謎のクラスメイトが急接近」　琴織ゆき作, そと絵　集英社　2023.12　184p　18cm　（集英社みらい文庫）　700円　①978-4-08-321821-7
　　　「コスモ★スケッチ　〔3〕　12星座大集合！ 北斗と七星の願い」　琴織ゆき作, そと絵　集英社　2024.6　184p　18cm　（集英社みらい文庫）　700円　①978-4-08-321852-1

ことこ
　1458　「玉虫色のコート」
　　◇深大寺短編恋愛小説『深大寺恋物語』　（第20回/令6年/最優秀賞）

ことね　えりか
　1459　「お父さんと家族と競馬」
　　◇優駿エッセイ賞（2019〔第35回〕/令1年/佳作（GⅢ））

コトヤマ
　1460　「よふかしのうた」
　　◇小学館漫画賞（第68回/令4年度/少年向け部門）
　　　「よふかしのうた　1〜20」　小学館　2019.11〜2024.3　18cm　（少年サンデーコミックス）

コナリ　ミサト
　1461　「凪のお暇」
　　◇小学館漫画賞（第65回/令1年度/少女向け部門）
　　　「凪のお暇　1〜11」　秋田書店　2017.6〜2024.2　19cm　（A.L.C.DX）

小西　月舟　こにし・げっしゅう＊
　1462　「天界の星」
　　◇日本詩歌句随筆評論大賞（第17回/令3年度/俳句部門/特別賞）
　　　「天界の星―句集」　文學の森　2020.7　213p　20cm　2700円　①978-4-86438-884-9

小西　マサテル　こにし・まさてる＊
　1463　「物語は紫煙の彼方に」

◇『このミステリーがすごい！』大賞（第21回/令4年/大賞）
「名探偵のままでいて」　宝島社　2023.1　345p　19cm　1400円　①978-4-299-03763-3
※受賞作を改題
「名探偵のままでいて」　宝島社　2024.4　404p　16cm（宝島社文庫―このミス大賞）800円　①978-4-299-05298-8

小鳩 子鈴　こばと・こすず＊
1464　「困窮シンデレラと魔法使い」
◇カクヨムWeb小説短編賞（2020/令2年/短編特別賞）

小浜 正子　こはま・まさこ＊
1465　「一人っ子政策と中国社会」
◇昭和女子大学女性文化研究賞（坂東眞理子基金）（第13回/令2年度/女性文化研究賞）
「一人っ子政策と中国社会」　京都大学学術出版会　2020.2　380p　22cm　3000円　①978-4-8140-0262-7

小林 綾　こばやし・あや
1466　「ぐりとぐらのバースデイブック」
◇造本装幀コンクール（第57回/令5年/日本書籍出版協会理事長賞/児童書・絵本部門）
「ぐりとぐらのバースデイブック」　なかがわりえこ文, やまわきゆりこ絵　福音館書店　2023.9　19p　19×23cm　1500円　①978-4-8340-8733-8

小林 安慈　こばやし・あんじ＊
1467　「流刑地にて」
◇やまなし文学賞（第32回/令5年/一般部門/やまなし文学賞佳作）
※『樋口一葉記念 第32回やまなし文学賞受賞作品集』（山梨日日新聞社刊）に収録

小林 杏珠　こばやし・あんじゅ＊
1468　「重要じゃないけど君と見たところ理科便覧の黄色い付箋」
◇河野裕子短歌賞（第10回記念〜家族を歌う〜河野裕子短歌賞/令3年募集・令4年発表/青春の歌/河野裕子賞）

小林 一星　こばやし・いっせい＊
1469　「令和生まれの魔導書架〜全天時間消失トリック〜」
◇小学館ライトノベル大賞（第14回/令2年/審査員特別賞）〈受賞時〉小木 真久人
「シュレディンガーの猫探し」　小学館　2020.6　311p　15cm（ガガガ文庫）640円　①978-4-09-451857-3
※受賞作を改題
「シュレディンガーの猫探し　2」　小学館　2020.12　391p　15cm（ガガガ文庫）690円　①978-4-09-451879-5
「シュレディンガーの猫探し　3」　小学館　2021.7　387p　15cm（ガガガ文庫）690円　①978-4-09-453014-2

小林 浮世　こばやし・うきよ＊
1470　「退職前夜」
◇三田文学新人賞（第27回/令3年/佳作）

小林 エリカ　こばやし・えりか＊
1471　「女の子たち風船爆弾をつくる」
◇毎日出版文化賞（第78回/令6年/文学・芸術部門）
「女の子たち風船爆弾をつくる」　文藝春秋　2024.5　395p　20cm　2500円　①978-4-16-391835-8

小林　坩堝　こばやし・かんか＊
　1472　「小松川叙景」
　　◇富田砕花賞（第33回／令4年）
　　　「小松川叙景」共和国　2021.11　93p　22cm　2400円　①978-4-907986-82-7

小林　啓生　こばやし・けいせい
　1473　「原爆忌・沖縄（忌）」
　　◇新俳句人連盟賞（第47回／令1年／作品の部（俳句）／佳作2位）

小林　幸治　こばやし・こうじ＊
　1474　「馬山殲滅」
　　◇日本自費出版文化賞（第26回／令5年／特別賞／地域文化部門）
　　　「馬山殲滅―1938.3.12-3.13 惨劇の島と無情な掃蕩作戦 日本そして中国」一粒書房　2022.6　431p　26cm　3500円　①978-4-86743-094-1

小林　尋　こばやし・じん＊
　1475　「かはゆき、道賢」
　　◇オール讀物新人賞（第103回／令5年）

小林　想葉　こばやし・そうよう＊
　1476　「かぶちゃんの大ぼうけん」
　　◇ENEOS童話賞（第53回／令4年度／小学生以下の部／優秀賞）
　　　※「童話の花束 その53」に収録

小林　貴子　こばやし・たかこ＊
　1477　「黄金分割」
　　◇星野立子賞・星野立子新人賞（第8回／令2年／星野立子賞）
　　　「黄金分割―句集」朔出版　2019.10　205p　19cm　2000円　①978-4-908978-29-6

小林　武彦　こばやし・たけひこ＊
　1478　「生物はなぜ死ぬのか」
　　◇新書大賞（第15回／令4年／2位）
　　　「生物はなぜ死ぬのか」講談社　2021.4　217p　18cm（講談社現代新書）900円　①978-4-06-523217-0

小林　夏美　こばやし・なつみ＊
　1479　「「語る子ども」としてのヤングアダルト―現代日本児童文学におけるヤングアダルト文学のもつ可能性」
　　◇日本児童文学学会賞（第47回／令5年／日本児童文学学会奨励賞）
　　　「「語る子ども」としてのヤングアダルト―現代日本児童文学におけるヤングアダルト文学のもつ可能性」風間書房　2023.5　294p　22cm　4500円　①978-4-7599-2474-9

小林　弘尚　こばやし・ひろなお＊
　1480　「夕焼け空に浮かぶもの」
　　◇家の光童話賞（第38回／令5年度／優秀賞）

小林　みちたか　こばやし・みちたか＊
　1481　「ぼくだったかもしれない―震災をめぐる自転車の旅」
　　◇子どものための感動ノンフィクション大賞（第9回／令4年／優良作品）

小林　有吾　こばやし・ゆうご＊
　1482　「アオアシ」
　　◇小学館漫画賞（第65回／令1年度／一般向け部門）
　　　「アオアシ　1～38」小林有吾著, 上野直彦取材・原案協力　小学館　2015.5～2024.12　18cm（ビッ

グコミックス)

小林 亮介　こばやし・りょうすけ＊
1483　「近代チベット政治外交史—清朝崩壊にともなう政治的地位と境界」
　　◇サントリー学芸賞（第46回/令6年度/思想・歴史部門）
　　　「近代チベット政治外交史—清朝崩壊にともなう政治的地位と境界」　名古屋大学出版会　2024.2　328, 89p　22cm　7200円　Ⓘ978-4-8158-1146-4

小林 恋壱　こばやし・れんいち
1484　「【実録 代筆屋物語】ヴァイオレットにあらず」
　　◇カクヨムWeb小説短編賞（2021/令3年/実話・エッセイ・体験談部門/短編特別賞）

こはるんるん
1485　「勇者の当て馬でしかない悪役貴族に転生した俺、推しヒロインと幸せになろうと努力してたら、いつの間にか勇者のイベントを奪ってシナリオをぶっ壊していた」
　　◇カクヨムWeb小説コンテスト（第9回/令6年/カクヨムプロ作家部門/特別賞）
　　　「勇者の当て馬でしかない悪役貴族に転生した俺—勇者では推しヒロインを不幸にしかできないので、俺が彼女を幸せにするためにゲーム知識と過剰な努力でシナリオをぶっ壊します」　こはるんるん著、さくらねこイラスト　KADOKAWA　2024.11　315p　19cm（電撃の新文芸）1300円　Ⓘ978-4-04-915987-5
　　　※受賞作を改題

仔羊エルマー　こひつじえるまー＊
1486　「ありえな〜い けど ありえる〜 ウミのゴミ」
　　◇えほん大賞（第17回/令1年/絵本部門/特別賞）

小日向 まるこ　こひなた・まるこ＊
1487　「塀の中の美容室」
　　◇文化庁メディア芸術祭賞（第24回/令3年/優秀賞）
　　　「塀の中の美容室—The Depth of the Sky」　小日向まるこ著、桜井美奈原作　小学館　2020.9　166p　18cm（BIG COMICS SPECIAL）636円　Ⓘ978-4-09-860737-2

弘平谷 隆太郎　こへや・りゅうたろう＊
1488　「歌人という主体の不可能な起源」
　　◇現代短歌評論賞（第38回/令2年 課題：短歌のあたらしい責任）

駒居 末鳥　こまい・みどり＊
1489　「アマルガム・ハウンド」
　　◇電撃大賞〔電撃小説大賞〕（第28回/令3年/選考委員奨励賞）
　　　「アマルガム・ハウンド—捜査局刑事部特捜班　1」　KADOKAWA　2022.7　285p　15cm（電撃文庫）640円　Ⓘ978-4-04-914214-3
　　　「アマルガム・ハウンド—捜査局刑事部特捜班　2」　KADOKAWA　2022.9　301p　15cm（電撃文庫）700円　Ⓘ978-4-04-914341-6

小牧 昌子　こまき・まさこ＊
1490　「遠い灯り」
　　◇ENEOS童話賞（第53回/令4年度/一般の部/最優秀賞）
　　　※「童話の花束 その53」に収録

こまつ あやこ
1491　「ハジメテヒラク」
　　◇日本児童文学者協会新人賞（第54回/令3年）
　　　「ハジメテヒラク」　講談社　2020.8　228p　20cm　1400円　Ⓘ978-4-06-520137-4

小松 立人　こまつ・たひと＊
　1492　「そして誰もいなくなるのか」
　　　◇鮎川哲也賞（第33回／令5年／優秀賞）
　　　「そして誰もいなくなるのか」　東京創元社　2024.9　236p　20cm　1700円　①978-4-488-02911-1

小松 透　こまつ・とおる
　1493　「煙突のある風景」
　　　◇造本装幀コンクール（第54回／令2年／日本製紙連合会賞）
　　　「煙突のある風景」　須田一政著　Place M　2019.4　29cm　①978-4-905360-26-1

小松 申尚　こまつ・のぶひさ＊
　1494　「ねえ、とうちゃん」
　　　◇えほん大賞（第17回／令1年／ストーリー部門／特別賞）
　1495　「どろぼうねこのおやぶんさん」
　　　◇えほん大賞（第18回／令2年／ストーリー部門／大賞）
　　　「どろぼうねこのおやぶんさん」　小松申尚ぶん，かのうかりん え　文芸社　2020.12　31p　25cm　1200円　①978-4-286-22209-7
　1496　「まいごのモリーとわにのかばん」
　　　◇絵本テキスト大賞（第13回／令2年／Bグレード／大賞）
　　　「まいごのモリーとわにのかばん」　こまつのぶひさ文，はたこうしろう絵　童心社　2022.2　〔34p〕　21×23cm（童心社のおはなしえほん）1300円　①978-4-494-01641-9

五味 岳久　ごみ・たかひさ＊
　1497　「TAPESTRY」
　　　◇造本装幀コンクール（第55回／令3年／東京都知事賞）
　　　「Tapestry」　Throat Records　2021.12　309p　20cm　4400円

小峰 新平　こみね・しんぺい
　1498　「平成投稿短歌掲載集」
　　　◇日本詩歌句随筆評論大賞（第18回／令4年度／短歌部門／チャレンジ賞）

小峰 隆夫　こみね・たかお＊
　1499　「平成の経済」
　　　◇読売・吉野作造賞（第21回／令2年）
　　　「平成の経済」　日本経済新聞出版社　2019.4　312p　20cm　1800円　①978-4-532-35801-3

小峰 ひずみ　こみね・ひずみ＊
　1500　「平成転向論 鷲田清一をめぐって」
　　　◇群像新人評論賞（第65回／令3年／優秀作）
　　　「平成転向論 SEALDs 鷲田清一 谷川雁」　講談社　2022.5　173p　19cm　1500円　①978-4-06-527330-2
　　　※受賞作を改題

小峰 大和　こみね・やまと＊
　1501　「彼のシナリオ」
　　　◇京都文学賞（第3回／令3年度／中高生部門／優秀賞）

こみや ゆう
　1502　「ダッドリーくんの12のおはなし」
　　　◇日本子どもの本研究会「作品賞」（第8回／令6年）
　　　「ダッドリーくんの12のおはなし」　フィリップ・レスナー さく，アーノルド・ローベル え，こみやゆう やく　KTC中央出版　2023.4　46p　24cm　1600円　①978-4-87758-847-2

五芽 すずめ　ごめ・すずめ＊
　　1503　「デリバリー・コープス」
　　　◇ジャンプホラー小説大賞（第8回/令4年/特別賞）

菰野 江名　こもの・えな＊
　　1504　「つぎはぐ△」
　　　◇ポプラ社小説新人賞（第11回/令3年/新人賞）
　　　　「つぎはぐ、さんかく」　ポプラ社　2023.1　286p　19cm　1600円　①978-4-591-17612-2
　　　　※受賞作を改題

古森 曉　こもり・あかつき
　　1505　「となり、いいですか？」
　　　◇深大寺短編恋愛小説『深大寺恋物語』（第15回/令1年/審査員特別賞）
　　　　※深大寺短編恋愛小説「深大寺恋物語」第十五集に収録

小森 収　こもり・おさむ＊
　　1506　「短編ミステリの二百年」（1〜6）
　　　◇日本推理作家協会賞（第75回/令4年/評論・研究部門）
　　　◇本格ミステリ大賞（第22回/令4年/評論・研究部門）
　　　　「短編ミステリの二百年　1〜6」　東京創元社　2019.10〜2021.12　15cm　（創元推理文庫）

小森 隆司　こもり・たかし
　　1507　「手に手の者に幸あらん」
　　　◇三田文学新人賞（第26回/令2年）

小森 雅夫　こもり・まさお＊
　　1508　「ナデシの恋」
　　　◇農民文学賞（第65回/令4年）

古谷田 奈月　こやた・なつき＊
　　1509　「フィールダー」
　　　◇渡辺淳一文学賞（第8回/令5年）
　　　　「フィールダー」　集英社　2022.8　333p　20cm　1900円　①978-4-08-771807-2

小山 愛子　こやま・あいこ＊
　　1510　「舞妓さんちのまかないさん」
　　　◇小学館漫画賞（第65回/令1年度/少年向け部門）
　　　　「舞妓さんちのまかないさん　1〜27」　小学館　2017.4〜2024.9　18cm　（少年サンデーコミックススペシャル）

小山 和行　こやま・かずゆき
　　1511　「こっち側のひと」
　　　◇創作テレビドラマ大賞（第49回/令6年/佳作）

小山 俊樹　こやま・としき＊
　　1512　「五・一五事件―海軍青年将校たちの「昭和維新」」
　　　◇サントリー学芸賞（第42回/令2年度/思想・歴史部門）
　　　　「五・一五事件―海軍青年将校たちの「昭和維新」」　中央公論新社　2020.4　286p　18cm　（中公新書）　900円　①978-4-12-102587-6

小山 美由紀　こやま・みゆき＊
　　1513　「知りつつ磨く」
　　　◇歌壇賞（第31回/令1年）

コルドン, クラウス
　　1514 「ベルリン」3部作
　　　◇日本子どもの本研究会「作品賞」（第5回／令3年／特別賞）
　　　　「ベルリン1919―赤い水兵　上」　クラウス・コルドン作, 酒寄進一訳, 西村ツチカ カバー画　岩波書店
　　　　　2020.2　348p　18cm（岩波少年文庫）1200円　①978-4-00-114621-9
　　　　「ベルリン1919―赤い水兵　下」　クラウス・コルドン作, 酒寄進一訳, 西村ツチカ カバー画　岩波書店
　　　　　2020.2　398p　18cm（岩波少年文庫）1200円　①978-4-00-114622-6
　　　　「ベルリン1933―壁を背にして　上」　クラウス・コルドン作, 酒寄進一訳, 西村ツチカ カバー画　岩波
　　　　　書店　2020.4　350p　18cm（岩波少年文庫）1200円　①978-4-00-114623-3
　　　　「ベルリン1933―壁を背にして　下」　クラウス・コルドン作, 酒寄進一訳, 西村ツチカ カバー画　岩波
　　　　　書店　2020.4　309p　18cm（岩波少年文庫）1200円　①978-4-00-114624-0
　　　　「ベルリン1945―はじめての春　上」　クラウス・コルドン作, 酒寄進一訳, 西村ツチカ カバー画　岩波
　　　　　書店　2020.7　393p　18cm（岩波少年文庫）1200円　①978-4-00-114625-7
　　　　「ベルリン1945―はじめての春　下」　クラウス・コルドン作, 酒寄進一訳, 西村ツチカ カバー画　岩波
　　　　　書店　2020.7　362p　18cm（岩波少年文庫）1200円　①978-4-00-114626-4

近藤　栄一　こんどう・えいいち＊
　　1515 「白い丘のモミジ」
　　　◇アンデルセンのメルヘン大賞（第38回／令3年／一般部門／優秀賞）
　　　　「アンデルセンのメルヘン文庫　第38集」　アンデルセン・パン生活文化研究所　2021.10　83p　21×
　　　　　22cm（アンデルセンのメルヘン大賞受賞作品集　第38回）1000円
　　　　※受賞作を収録

近藤　一博　こんどう・かずひろ＊
　　1516 「疲労とはなにか すべてはウイルスが知っていた」
　　　◇講談社科学出版賞（第40回／令6年）
　　　　「疲労とはなにか―すべてはウイルスが知っていた」　講談社　2023.12　254p　18cm（ブルーバック
　　　　　ス）1000円　①978-4-06-534385-2

近藤　一弥　こんどう・かずや＊
　　1517 「抽斗のなかの海」
　　　◇造本装幀コンクール（第54回／令2年／日本書籍出版協会理事長賞／文学・文芸（エッ
　　　　セイ）部門）
　　　　「抽斗のなかの海」　朝吹真理子著　中央公論新社　2019.7　303p　20cm 1700円　①978-4-12-005200-2

近藤　茂古　こんどう・しげこ＊
　　1518 「6090問題」
　　　◇随筆にっぽん賞（第10回／令2年／奨励賞）

近藤　譲　こんどう・じょう＊
　　1519 「ものがたり西洋音楽史」
　　　◇毎日出版文化賞（第74回／令2年／特別賞）
　　　　「ものがたり西洋音楽史」　岩波書店　2019.3　280, 16p　18cm（岩波ジュニア新書）1000円　①978-
　　　　　4-00-500892-6

近藤　正規　こんどう・まさのり＊
　　1520 「インド―グローバル・サウスの超大国」
　　　◇樫山純三賞（第19回／令6年／一般書賞）
　　　　「インド―グローバル・サウスの超大国」　中央公論新社　2023.9　302p　18cm（中公新書）980円
　　　　　①978-4-12-102770-2

近藤　真由美　こんどう・まゆみ
　　1521 「寄生虫女、ニワトリ男」
　　　◇テレビ朝日新人シナリオ大賞（第21回／令3年度／優秀賞／配信ドラマ部門）

今野　和代　　こんの・かずよ＊
   1522　「悪い兄さん」
     ◇小野十三郎賞（第22回/令2年/詩集部門/小野十三郎賞）
       「悪い兄さん」　思潮社　2019.9　127p　22cm　2500円　①978-4-7837-3685-1

紺野　千昭　　こんの・ちあき＊
   1523　「神様のいるこの世界で　獣はヒトの夢を見る」
     ◇講談社ラノベチャレンジカップ（第8回/令1年/佳作）　〈受賞時〉長野　蕨
       「神様のいるこの世界で、獣はヒトの夢を見る」　講談社　2024.2　406p　15cm（講談社ラノベ文庫）
       900円　①978-4-06-530875-2
   1524　「最凶の魔王に鍛えられた勇者、異世界帰還者たちの学園で無双する」
     ◇HJ小説大賞（第1回/令2年/2020前期）
       「最凶の魔王に鍛えられた勇者、異世界帰還者たちの学園で無双する　1」　ホビージャパン　2021.11
       300p　15cm（HJ文庫）650円　①978-4-7986-2639-0
       「最凶の魔王に鍛えられた勇者、異世界帰還者たちの学園で無双する　2」　ホビージャパン　2022.5
       359p　15cm（HJ文庫）690円　①978-4-7986-2827-1
       「最凶の魔王に鍛えられた勇者、異世界帰還者たちの学園で無双する　3」　ホビージャパン　2022.10
       351p　15cm（HJ文庫）690円　①978-4-7986-2919-3
       「最凶の魔王に鍛えられた勇者、異世界帰還者たちの学園で無双する　4」　ホビージャパン　2023.5
       382p　15cm（HJ文庫）740円　①978-4-7986-3167-7

今野　元　　こんの・はじめ＊
   1525　「ドイツ・ナショナリズム―「普遍」対「固有」の二千年史」
     ◇サントリー学芸賞（第44回/令4年度/政治・経済部門）
       「ドイツ・ナショナリズム―「普遍」対「固有」の二千年史」　中央公論新社　2021.10　336p　18cm
       （中公新書）960円　①978-4-12-102666-8

ごんべ
   1526　「悪と徳」
     ◇集英社ライトノベル新人賞（第10回/令2年）

紺谷　綾　　こんや・あや＊
   1527　「死神はお断りです！」
     ◇集英社みらい文庫大賞（第13回/令5年/大賞）
       「死神はお断りです！―余命は30日!?思い出の王子さまを探して」　紺谷綾作, 小鳩ぐみ絵　集英社
       2023.11　202p　18cm（集英社みらい文庫）700円　①978-4-08-321814-9

【さ】

歳内　沙都　　さいうち・さと＊
   1528　「桜越しに空を撮る」
     ◇創元ミステリ短編賞（第2回/令6年）

雑賀　卓三　　さいが・たくぞう＊
   1529　「殺し屋マンティスの憂鬱」
     ◇ちゅうでん児童文学賞（第23回/令2年度/優秀賞）

犀川　よう　　さいかわ・よう＊
   1530　「（復刻版）今は専業主婦だけど、週末はホームレスをしていた話」
     ◇カクヨムWeb小説短編賞（2023/令5年/エッセイ・ノンフィクション部門/短編特別

賞）

斉木 和成　さいき・かずなり
　1531 「コリアン結婚回想記」
　　◇全作家文学賞（第17回/令3年度/佳作）

齋木 喜美子　さいき・きみこ＊
　1532 「沖縄児童文学の水脈」
　　◇日本児童文学学会賞（第45回/令3年/日本児童文学学会賞）
　　　「沖縄児童文学の水脈」 関西学院大学出版会　2021.3　354p　22cm　4600円　①978-4-86283-309-9

三枝 昂之　さいぐさ・たかゆき＊
　1533 「遅速あり」
　　◇沼空賞（第54回/令2年）
　　　「遅速あり―三枝昂之歌集」 砂子屋書房　2019.4　293p　20cm　（りとむコレクション 109）3000円
　　　①978-4-7904-1712-5
　1534 「跫音を聴く 近代短歌の水脈」
　　◇日本歌人クラブ大賞（第13回/令4年）
　　　「跫音を聴く―近代短歌の水脈」 六花書林、開発社（発売）　2021.9　336p　20cm　（りとむコレクション 121）2600円　①978-4-910181-17-2

西條 奈加　さいじょう・なか＊
　1535 「心淋し川」
　　◇直木三十五賞（第164回/令2年下）
　　　「心淋（うらさび）し川」 集英社　2020.9　242p　19cm　1600円　①978-4-08-771727-3
　　　「心淋（うらさび）し川」 集英社　2023.9　278p　16cm　（集英社文庫―歴史時代）640円　①978-4-08-744565-7

西生 ゆかり　さいしょう・ゆかり＊
　1536 「胡瓜サンド」50句
　　◇角川俳句賞（第68回/令4年）

saida
　1537 「庭にダンジョンができたと思ったら、魔物はいないし、資源も0でした。※ただし経験値だけはガンガンに貯まる希少ダンジョンらしいので、ちょっくらレベル上げして、よそのダンジョンを漁りにいきます。」
　　◇カクヨムWeb小説コンテスト（第8回/令5年/現代ファンタジー部門/大賞）
　　　「異世界から来た魔族、拾いました。―うっかりもらった莫大な魔力で、ダンジョンのある暮らしを満喫します。」 Saida著 KADOKAWA　2023.12　322p　19cm　（DENGEKI―電撃の新文芸）1300円　①978-4-04-915369-9
　　　※受賞作を改題

才谷 景　さいたに・けい＊
　1538 「海を吸う」
　　◇文藝賞（第60回/令5年/短篇部門/優秀作）

齋藤 敦子　さいとう・あつこ＊
　1539 「Le Fils 息子」（フロリアン・ゼレール作）
　　◇小田島雄志・翻訳戯曲賞（第14回/令3年）

齋藤 彩葉　さいとう・あやは
　1540 「春にふれる」
　　◇新人シナリオコンクール（第32回/令4年度/大伴昌司賞 奨励賞）

齋藤 恵美子　さいとう・えみこ＊
　1541　「雪塚」
　　　◇詩歌文学館賞（第38回/令5年/詩）
　　　　「雪塚」　思潮社　2022.10　99p　20cm　2200円　①978-4-7837-3781-0

齊藤 啓祐　さいとう・けいすけ＊
　1542　「天使の忘れ物」
　　　◇ちよだ文学賞（第17回/令4年/大賞）
　　　　※「ちよだ文学賞作品集 第17回」（千代田区地域振興部文化振興課 2022年10月発行）に収録

齊藤 宏壽　さいとう・こうじゅ
　1543　「柵ごしのカバの歯磨き見学の園児がみんな口を開けたり」
　　　◇角川全国短歌大賞（第11回/令1年/自由題/準賞）

斎藤 幸平　さいとう・こうへい＊
　1544　「人新世の「資本論」」
　　　◇新書大賞（第14回/令3年/大賞）
　　　　「人新世の「資本論」」　集英社　2020.9　375p　18cm　（集英社新書）　1020円　①978-4-08-721135-1

斎堂 琴湖　さいどう・ことこ＊
　1545　「警察官の君へ」
　　　◇日本ミステリー文学大賞新人賞（第27回/令5年）
　　　　「燃える氷華」　光文社　2024.3　283p　19cm　1700円　①978-4-334-10256-2
　　　　※受賞作を改題

斉藤 千　さいとう・せん
　1546　「教室と悪魔」
　　　◇ジャンプホラー小説大賞（第8回/令4年/特別賞）

斎藤 環　さいとう・たまき＊
　1547　「心を病んだらいけないの？―うつ病社会の処方箋―」
　　　◇小林秀雄賞（第19回/令2年）
　　　　「心を病んだらいけないの？―うつ病社会の処方箋」　斎藤環, 與那覇潤著　新潮社　2020.5　297p
　　　　20cm　（新潮選書）　1450円　①978-4-10-603855-6

斎藤 菜穂子　さいとう・なおこ＊
　1548　「アンティフォナ」
　　　◇日本詩歌句随筆評論大賞（第19回/令5年度/詩部門/優秀賞）
　　　　「アンティフォナ」　土曜美術社出版販売　2022.12　109p　21cm　2000円　①978-4-8120-2720-2

齊藤 勝　さいとう・まさる＊
　1549　「この世の果て」
　　　◇やまなし文学賞（第30回/令3年/小説部門/佳作）

斎藤 光顕　さいとう・みつあき＊
　1550　「小田原北条戦記」
　　　◇歴史浪漫文学賞（第24回/令6年/創作部門特別賞）
　　　　「秀吉の嘘―小田原北条戦記」　郁朋社　2024.12　261p　19cm　1500円　①978-4-87302-833-0
　　　　※受賞作を改題

斎藤 茂登子　さいとう・もとこ＊
　1551　「春と遊ぶ」
　　　◇啄木・賢治のふるさと「岩手日報随筆賞」（第15回/令2年/佳作）

齋藤 ゆかり　さいとう・ゆかり＊
　1552　「フォンタマーラ」
　　　◇須賀敦子翻訳賞（第5回／令4年）
　　　　「フォンタマーラ」シローネ著, 齋藤ゆかり訳　光文社　2021.10　378p　16cm（光文社古典新訳文庫）1100円　①978-4-334-75451-8

齋藤 芳生　さいとう・よしき＊
　1553　「花の渦」（歌集）
　　　◇佐藤佐太郎短歌賞（第7回／令2年）
　　　　「花の渦―齋藤芳生歌集」　現代短歌社, 三本木書院（発売）　2019.11　243p　20cm（かりん叢書／第357篇 Gift 10叢書／第24篇）2700円　①978-4-86534-307-6

齋藤 里恋　さいとう・りこ＊
　1554　「鬼ガラス」
　　　◇ENEOS童話賞（第52回／令3年度／小学生以下の部／優秀賞）
　　　　※「童話の花束 その52」に収録

サイトヲ ヒデユキ
　1555　「おひさま わらった」
　　　◇造本装幀コンクール（第55回／令3年／審査員奨励賞）
　　　　「おひさまわらった」きくちちき作　JULA出版局, フレーベル館（発売）　2021.3　〔36p〕　31cm　2300円　①978-4-577-61032-9
　1556　「のうじょうにすむねこ」
　　　◇造本装幀コンクール（第55回／令3年／日本書籍出版協会理事長賞／児童書・絵本部門）
　　　　「のうじょうにすむねこ」なかにしなちお作　小学館　2021.11　19×27cm　2000円　①978-4-09-725130-9

西馬 舜人　さいば・しゅんと＊
　1557　「ヴァーチャルウィッチ」
　　　◇ジャンプホラー小説大賞（第6回／令2年／金賞）
　　　　「ヴァーチャル霊能者K」集英社　2021.11　253p　19cm　1400円　①978-4-08-704026-5
　　　　※受賞作を改題

最果 タヒ　さいはて・たひ＊
　1558　「恋と誤解された夕焼け」
　　　◇萩原朔太郎賞（第32回／令6年）
　　　　「恋と誤解された夕焼け」新潮社　2024.5　93p　19cm　1300円　①978-4-10-353813-4

最宮 みはや　さいみや・みはや＊
　1559　「カースト頂点のギャルに激おこだったけど、百合になる暗示がかかってから可愛くて仕方ない」
　　　◇集英社ライトノベル新人賞（第13回／令5年／IP小説部門／#2 入選）
　1560　「性別不詳Vtuberたちがオフ会したら俺以外全員女子だった」
　　　◇カクヨムWeb小説コンテスト（第8回／令5年／ラブコメ（ライトノベル）部門／特別賞・ComicWalker漫画賞）
　　　　「性別不詳Vtuberたちがオフ会したら俺以外全員女子だった」KADOKAWA　2023.12　334p　15cm（富士見ファンタジア文庫）720円　①978-4-04-075267-9

さえ
　1561　「ぽちっ」
　　　◇MOE創作絵本グランプリ（第9回／令2年／佳作）

1562 「ひゅーん」
　　◇MOE創作絵本グランプリ（第11回/令4年/準グランプリ）

佐伯 一麦　さえき・かずみ＊
1563 「山海記」
　　◇芸術選奨（第70回/令1年度/文学部門/文部科学大臣賞）
　　　「山海記」講談社　2019.3　262p　20cm　2000円　①978-4-06-514994-2

佐伯 鮪　さえき・まぐろ＊
1564 「無能と呼ばれる二世皇帝の妻になったら、毎日暗殺を仕掛けられて大変です」
　　◇ホワイトハート新人賞（2020/令2年/佳作）

佐伯 裕子　さえき・ゆうこ＊
1565 「今日の居場所」20首
　　◇短歌研究賞（第57回/令3年）

冴吹 稔　さえぶき・みのる＊
1566 「培養カプセルを抜けだしたら、出迎えてくれたのは僕を溺愛する先輩だった」
　　◇カクヨムWeb小説コンテスト（第5回/令2年/SF・ゲーム部門/特別賞）
　　　「培養カプセルを抜けだしたら、出迎えてくれたのは僕を溺愛する先輩だった」KADOKAWA　2021.2　269p　15cm（富士見ファンタジア文庫）630円　①978-4-04-073994-6

さ青　さお＊
1567 「うつろ舟」
　　◇俳句四季新人賞・新人奨励賞（令4年/第5回 俳句四季新人奨励賞）

坂　さか＊
1568 「龍の子、育てます。」
　　◇カクヨムWeb小説コンテスト（第8回/令5年/カクヨムプロ作家部門/特別賞）
　　　「龍の子、育てます。」KADOKAWA　2024.3　318p　15cm（富士見L文庫）700円　①978-4-04-075335-5

佐賀 旭　さが・あさひ＊
1569 「虚ろな革命家たち―連合赤軍 森恒夫の足跡をたどって」
　　◇開高健ノンフィクション賞（第20回/令4年）
　　　「虚ろな革命家たち―連合赤軍森恒夫の足跡をたどって」集英社　2022.11　267p　20cm　2000円　①978-4-08-781729-4

坂合 奏　さかあい・かな＊
1570 「国外追放された王女は、敵国の氷の王に溺愛される」
　　◇カクヨムWeb小説コンテスト（第8回/令5年/恋愛（ラブロマンス）部門/特別賞）
　　　「国外追放された王女は、敵国の氷の王に溺愛される」KADOKAWA　2024.2　285p　15cm（富士見L文庫）680円　①978-4-04-075260-0

酒井 和子　さかい・かずこ
1571 「竹の風音」
　　◇長編児童文学新人賞（第20回/令3年/佳作）

酒井 駒子　さかい・こまこ＊
1572 「橋の上で」
　　◇日本絵本賞（第28回/令5年/日本絵本賞）
　　　「橋の上で」湯本香樹実文,酒井駒子絵　河出書房新社　2022.9　26cm　1500円　①978-4-309-29208-3

坂井 修一　さかい・しゅういち*
　1573　「鷗外守」20首
　　◇短歌研究賞（第60回/令6年）

酒井 生　さかい・せい*
　1574　「石垣に花咲く」
　　◇ちよだ文学賞（第17回/令4年/千代田賞）
　　※「ちよだ文学賞作品集 第17回」（千代田区地域振興部文化振興課 2022年10月発行）に収録

坂井 せいごう　さかい・せいごう*
　1575　「渡る世間は面白い」
　　◇日本漫画家協会賞（第51回/令4年度/まんが王国・土佐賞）
　　「渡る世間は面白い―カートゥーンズ」　坂井せいごう，南日本新聞開発センター（発売）　2021.10
　　157p　22×22cm　2000円　①978-4-86074-292-8

酒井 正　さかい・ただし*
　1576　「日本のセーフティーネット格差―労働市場の変容と社会保険」
　　◇サントリー学芸賞（第42回/令2年度/政治・経済部門）
　　「日本のセーフティーネット格差―労働市場の変容と社会保険」　慶應義塾大学出版会　2020.2　331p
　　20cm　2700円　①978-4-7664-2649-6

坂井 のどか　さかい・のどか*
　1577　「居合女子！」
　　◇文芸社文庫NEO小説大賞（第6回/令5年/優秀賞）
　　「もののふうさぎ！」　文芸社　2024.1　358p　15cm（文芸社文庫NEO）　780円　①978-4-286-24729-8
　　※受賞作を改題

酒井 博子　さかい・ひろこ
　1578　「ハイコントラスト・ガーデン」
　　◇深大寺短編恋愛小説『深大寺恋物語』（第17回/令3年/最優秀賞）
　　※深大寺短編恋愛小説「深大寺恋物語」第十七集に収録

堺 三保　さかい・みつやす*
　1579　「オービタル・クリスマス」
　　◇星雲賞（第52回/令3年/日本長編部門（小説））
　　「NOVA 2021年夏号」　大森望責任編集，新井素子ほか著　河出書房新社　2021.4　429p　15cm（河出文庫）　1000円　①978-4-309-41799-8

坂石 遊作　さかいし・ゆうさく*
　1580　「空が戦場になったこの世界で、誰よりも空を飛ぶことが上手い俺は、浮遊島の士官学校生活を満喫する―蒼穹の眠れるエース―」
　　◇カクヨムWeb小説コンテスト（第7回/令4年/現代ファンタジー部門/特別賞）
　　「浮遊島の眠れるエース、士官学校生活を満喫する」　KADOKAWA　2023.2　333p　19cm　1300円
　　①978-4-04-737377-8
　　※受賞作を改題
　1581　「走りたがりの異世界無双 ～毎日走っていたら、いつの間にか『世界最速』と呼ばれて色んな権力者に囲まれる件～」
　　◇カクヨムWeb小説コンテスト（第7回/令4年/異世界ファンタジー部門/特別賞）
　　「走りたがりの異世界無双―毎日走っていたら、いつの間にか世界最速と呼ばれていました　1」
　　KADOKAWA　2023.3　285p　19cm（MFブックス）　1300円　①978-4-04-682196-6
　　「走りたがりの異世界無双―毎日走っていたら、いつの間にか世界最速と呼ばれていました　2」
　　KADOKAWA　2023.8　279p　19cm（MFブックス）　1500円　①978-4-04-682651-0
　1582　「やがて英雄になる最強主人公に転生したけど、僕には荷が重かったようです」

◇カクヨムWeb小説コンテスト（第8回/令5年/カクヨムプロ作家部門/特別賞・ComicWalker漫画賞）〈受賞時〉サケ/坂石 遊作
「やがて英雄になる最強主人公に転生したけど、僕には荷が重かったようです」 KADOKAWA 2024.3 333p 19cm（ドラゴンノベルス）1300円 ⓃISBN978-4-04-075357-7

境田 博美　さかいだ・ひろみ＊

1583 「チャボミとイモコ～おっちょこちょいの小鬼たち～」
　　◇シナリオS1グランプリ（第39回/令2年冬/準グランプリ）

1584 「スッカスカだね！ お父ちゃん」
　　◇シナリオS1グランプリ（第44回/令5年春/準グランプリ）

坂上 暁仁　さかうえ・あきひと＊

1585 「神田ごくら町職人ばなし」
　　◇手塚治虫文化賞（第28回/令6年/新生賞）
　　◇マンガ大賞（2024/令6年/3位）
　　「神田ごくら町職人ばなし 1」 リイド社 2023.9 219p 21cm（torch comics）1000円 ⓃISBN978-4-8458-6163-7

榮 三一　さかえ・さんいち＊

1586 「空と小鷹と涼名さん」
　　◇HJ文庫大賞（第14回/令2年/金賞）
　　「果てない空をキミと飛びたい―雨の日にアイドルに傘を貸したら、二人きりでレッスンをすることになった」 ホビージャパン 2021.8 291p 15cm（HJ文庫）650円 ⓃISBN978-4-7986-2553-9
　　※受賞作を改題

坂岡 真　さかおか・しん＊

1587 「鬼役」シリーズ
　　◇日本歴史時代作家協会賞（第11回/令4年/文庫シリーズ賞）
　　「鬼役―長編時代小説 1～34」 光文社 2012.4～2024.5 16cm（光文社文庫）
　　※1～5は2005年に学研M文庫から刊行されたものを改題・大幅加筆修正
　　「鬼役外伝」 光文社 2016.3 305p 16cm（光文社文庫）600円 ⓃISBN978-4-334-77259-8
　　「鬼役―長編時代小説 1～5」 新装版 光文社 2021.9～2022.6 16cm（光文社文庫）

1588 「鬼役伝」シリーズ
　　◇日本歴史時代作家協会賞（第11回/令4年/文庫シリーズ賞）
　　「番士 鬼役伝1」 光文社 2021.8 329p 16cm（光文社文庫）660円 ⓃISBN978-4-334-79233-6
　　「師匠 鬼役伝2」 光文社 2021.12 348p 16cm（光文社文庫）660円 ⓃISBN978-4-334-79290-9
　　「入婿 鬼役伝3」 光文社 2022.8 339p 16cm（光文社文庫）680円 ⓃISBN978-4-334-79407-1
　　「従者 鬼役伝4」 光文社 2022.12 328p 16cm（光文社文庫）680円 ⓃISBN978-4-334-79463-7
　　「武神 鬼役伝5」 光文社 2023.8 339p 16cm（光文社文庫）700円 ⓃISBN978-4-334-10010-0

1589 「はぐれ又兵衛例繰控」シリーズ
　　◇日本歴史時代作家協会賞（第11回/令4年/文庫シリーズ賞）
　　「はぐれ又兵衛例繰控 1～10」 双葉社 2020.10～2024.11 15cm（双葉文庫）

坂上 泉　さかがみ・いずみ＊

1590 「へぼ侍」
　　◇日本歴史時代作家協会賞（第9回/令2年/新人賞）
　　「へぼ侍」 文藝春秋 2019.7 326p 19cm 1400円 ⓃISBN978-4-16-391052-9
　　「へぼ侍」 文藝春秋 2021.6 335p 16cm（文春文庫）800円 ⓃISBN978-4-16-791706-7

1591 「インビジブル」
　　◇大藪春彦賞（第23回/令3年）
　　◇日本推理作家協会賞（第74回/令3年/長編および連作短編集部門）

「インビジブル」　文藝春秋　2020.8　349p　20cm　1800円　Ⓘ978-4-16-391245-5
　　　「インビジブル」　文藝春秋　2023.7　381p　16cm　（文春文庫）　870円　Ⓘ978-4-16-792065-4

坂川 朱音　さかがわ・あかね
1592　「Je suis là ここにいるよ」
　◇造本装幀コンクール　（第57回／令5年／文部科学大臣賞）
　「ここにいるよ」　シズカ作・絵　月とコンパス　2023.11　〔48p〕　22cm　2400円　Ⓘ978-4-909734-01-3

酒木 裕次郎　さかき・ゆうじろう＊
1593　「奄美徳之島」
　◇日本詩歌句随筆評論大賞　（第17回／令3年度／詩部門／奨励賞）
　「奄美徳之島―酒木裕次郎詩集」　文化企画アオサギ　2020.9　95p　19cm　1500円　Ⓘ978-4-909980-14-4

坂城 良樹　さかき・よしき＊
1594　「あんずとぞんび」
　◇ポプラ社小説新人賞　（第12回／令4年／奨励賞）

榊原 紘　さかきばら・ひろ＊
1595　「悪友」
　◇笹井宏之賞　（第2回／令1年／大賞）
　「悪友―歌集」　書肆侃侃房　2020.8　127p　21cm　1800円　Ⓘ978-4-86385-405-5

榊原 モンショー　さかきばら・もんしょー＊
1596　「国民的アイドルになった幼馴染みが、ボロアパートに住んでる俺の隣に引っ越してきた件」
　◇カクヨムWeb小説コンテスト　（第6回／令3年／ラブコメ部門／ComicWalker漫画賞）

榊原 悠介　さかきばら・ゆうすけ＊
1597　「とってとって」
　◇講談社絵本新人賞　（第44回／令5年／佳作）

阪口 玄信　さかぐち・はるのぶ＊
1598　「PIHOTEK 北極を風と歩く」
　◇造本装幀コンクール　（第56回／令4年／日本書籍出版協会理事長賞／児童書・絵本部門）
　「PIHOTEK―北極を風と歩く」　荻田泰永文、井上奈奈絵　講談社　2022.8　〔32p〕　20×31cm　（講談社の創作絵本）　2800円　Ⓘ978-4-06-528316-5

阪口 弘之　さかぐち・ひろゆき＊
1599　「古浄瑠璃・説経研究―近世初期芸能事情」（上巻・下巻）
　◇角川源義賞　（第43回／令3年／文学研究部門）
　「古浄瑠璃・説経研究―近世初期芸能事情　上巻　街道の語り物」　和泉書院　2020.5　521p　22cm　12000円　Ⓘ978-4-7576-0956-3
　「古浄瑠璃・説経研究―近世初期芸能事情　下巻　近世都市芝居事情」　和泉書院　2020.5　585p　22cm　13000円　Ⓘ978-4-7576-0957-0

坂栗 蘭　さかぐり・らん＊
1600　「ただキミに好きって言いたいだけなんだ」
　◇ポプラ社小説新人賞　（第11回／令3年／奨励賞）

坂崎 かおる　さかさき・かおる＊
1601　「あたう」

◇三田文学新人賞 (第28回/令4年/佳作)
1602 「ベルを鳴らして」
◇日本推理作家協会賞 (第77回/令6年/短編部門)
「ザ・ベストミステリーズ―推理小説年鑑 2024」 坂崎かおる ほか著,日本推理作家協会編 講談社 2024.6 262p 19cm 1900円 ⓘ978-4-06-535546-6
※受賞作を収録
「箱庭クロニクル」 講談社 2024.11 253p 19cm 1900円 ⓘ978-4-06-536944-9
※受賞作を収録

榮織 タスク さかしき・たすく*
1603 「銀河放浪ふたり旅～宇宙監獄に収監されている間に地上が滅亡してました」
◇カクヨムWeb小説コンテスト (第9回/令6年/エンタメ総合部門/大賞)
「銀河放浪ふたり旅―宇宙監獄の元囚人と看守、滅亡した地球を離れ星の彼方を目指します」 KADOKAWA 2024.12 271p 15cm (電撃文庫) 680円 ⓘ978-4-04-916095-6

坂下 泰義 さかした・やすよし*
1604 「政治と正義」
◇大衆芸能脚本募集 (第21回/令1年度/漫才・コント部門/優秀作)

さかた きよこ
1605 「金の鳥―ブルガリアのむかしばなし」
◇日本絵本賞 (第25回/令2年/日本絵本賞)
「金の鳥―ブルガリアのむかしばなし」 八百板洋子文,さかたきよこ絵 BL出版 2018.12 〔40p〕 30cm 1600円 ⓘ978-4-7764-0863-5

さかとく み雪 さかとく・みゆき*
1606 「ライオンのくにのねずみ」
◇書店員が選ぶ絵本新人賞 (2024/令6年/大賞)
「ライオンのくにのネズミ」 中央公論新社 2024.11 31p 27cm 1500円 ⓘ978-4-12-005848-6

さかね みちこ
1607 「半分のゆうれい」(短編)
◇「日本児童文学」投稿作品賞 (第12回/令2年/佳作)
1608 「てぶくろ市」(短編)
◇「日本児童文学」投稿作品賞 (第13回/令3年/入選)

阪野 媛理 さかの・ひめり*
1609 「マスクの秘密」
◇京都文学賞 (第1回/令1年度/中高生部門/最優秀賞)

逆巻 蝸牛 さかまき・かぎゅう*
1610 「貧乏学生の戦争回避術」
◇ファンタジア大賞 (第36回/令5年/銀賞) 〈受賞時〉坂巻蝸牛
「女王陛下に婿入りしたカラス」 KADOKAWA 2024.9 334p 15cm (富士見ファンタジア文庫) 720円 ⓘ978-4-04-075416-1
※受賞作を改題

酒本 アズサ さかもと・あずさ*
1611 「俺、悪役騎士団長に転生する。」
◇カクヨムWeb小説コンテスト (第9回/令6年/カクヨムプロ作家部門/最熱狂賞・特別賞)
「俺、悪役騎士団長に転生する。」 KADOKAWA 2024.11 327p 19cm (カドカワBOOKS) 1300円 ⓘ978-4-04-075682-0

坂本 眞一　さかもと・しんいち＊
　1612　「イノサン Rouge ルージュ」
　　　◇文化庁メディア芸術祭賞（第24回／令3年／優秀賞）
　　　「イノサンRouge　vol.1〜vol.12」　集英社　2015.10〜2020.2　19cm（ヤングジャンプコミックスGJ）

坂本 文朗　さかもと・ふみろう
　1613　「箱庭」
　　　◇深大寺短編恋愛小説『深大寺恋物語』（第15回／令1年／審査員特別賞）
　　　※深大寺短編恋愛小説「深大寺恋物語」第十五集に収録

坂元 裕二　さかもと・ゆうじ＊
　1614　「怪物」
　　　◇読売文学賞（第75回／令5年／戯曲・シナリオ賞）
　　　「怪物」　ムービーウォーカー, KADOKAWA（発売）　2023.6　159p 図版16p　20cm　1600円　①978-4-04-000658-1

坂本 鈴　さかもと・りん＊
　1615　「あの子の飴玉」
　　　◇部落解放文学賞（第49回／令4年／戯曲部門／佳作）

酒寄 進一　さかより・しんいち＊
　1616　「ベルリン」3部作
　　　◇日本子どもの本研究会「作品賞」（第5回／令3年／特別賞）
　　　「ベルリン1919—赤い水兵　上」　クラウス・コルドン作, 酒寄進一訳　岩波書店　2020.2　348p
　　　　18cm（岩波少年文庫）　1200円　①978-4-00-114621-9
　　　「ベルリン1919—赤い水兵　下」　クラウス・コルドン作, 酒寄進一訳　岩波書店　2020.2　398p
　　　　18cm（岩波少年文庫）　1200円　①978-4-00-114622-6
　　　「ベルリン1933—壁を背にして　上」　クラウス・コルドン作, 酒寄進一訳　岩波書店　2020.4　350p
　　　　18cm（岩波少年文庫）　1200円　①978-4-00-114623-3
　　　「ベルリン1933—壁を背にして　下」　クラウス・コルドン作, 酒寄進一訳　岩波書店　2020.4　309p
　　　　18cm（岩波少年文庫）　1200円　①978-4-00-114624-0
　　　「ベルリン1945—はじめての春　上」　クラウス・コルドン作, 酒寄進一訳　岩波書店　2020.7　393p
　　　　18cm（岩波少年文庫）　1200円　①978-4-00-114625-7
　　　「ベルリン1945—はじめての春　下」　クラウス・コルドン作, 酒寄進一訳　岩波書店　2020.7　362p
　　　　18cm（岩波少年文庫）　1200円　①978-4-00-114626-4

佐川 時矢　さがわ・ときや
　1617　「みんなつながっている」
　　　◇家の光童話賞（第39回／令6年度／優秀賞）

佐木 真紘　さき・まひろ＊
　1618　「王は銀翅の夢を見る」
　　　◇角川文庫キャラクター小説大賞（第9回／令5年／優秀賞・読者賞）
　　　「銀の蝶は密命を抱く―翠国文官伝」　KADOKAWA　2024.8　307p　15cm（角川文庫）　720円
　　　　①978-4-04-115114-3
　　　※受賞作を改題

崎浜 慎　さきはま・しん＊
　1619　「梵字碑にザリガニ」
　　　◇やまなし文学賞（第28回／令1年／小説部門）
　　　「梵字碑にザリガニ」　やまなし文学賞実行委員会　2020.6　84p　19cm　857円　①978-4-89710-640-3

さきほ
　1620　「冬のセラピスト」
　　　◇深大寺短編恋愛小説『深大寺恋物語』（第19回／令5年／調布市長賞）

※深大寺短編恋愛小説「深大寺恋物語」第十九集に収録

ザ・キャビンカンパニー
1621 「がっこうにまにあわない」
　◇親子で読んでほしい絵本大賞（第4回／令5年／大賞）
　◇日本絵本賞（第28回／令5年／日本絵本賞）
　　「がっこうにまにあわない」　あかね書房　2022.6　〔34p〕　26×27cm　1500円　①978-4-251-09955-6

1622 「ゆうやけにとけていく」
　◇産経児童出版文化賞（第71回／令6年／産経新聞社賞）
　◇小学館児童出版文化賞（第73回／令6年度）
　◇日本絵本賞（第29回／令6年／日本絵本賞大賞）
　　「ゆうやけにとけていく」　小学館　2023.7　26×26cm　1700円　①978-4-09-725229-0

作品社　さくひんしゃ＊
1623 「パピルスのなかの永遠　書物の歴史の物語」
　◇造本装幀コンクール（第57回／令5年／審査員奨励賞）
　　「パピルスのなかの永遠―書物の歴史の物語：本をつくり、受け継ぎ、守るために戦う―。」　イレネ・バジェホ著, 見田悠子訳　作品社　2023.10　501, 47p　20cm　4800円　①978-4-86182-927-7

佐倉　おりこ　さくら・おりこ＊
1624 「四つ子ぐらし1　ひみつの姉妹生活、スタート！」
　◇小学生がえらぶ！"こどもの本"総選挙（第3回／令4年／第8位）
　◇小学生がえらぶ！"こどもの本"総選挙（第4回／令6年／第7位）
　　「四つ子ぐらし　1　ひみつの姉妹生活、スタート！」　ひのひまり作, 佐倉おりこ絵　KADOKAWA　2018.10　221p　18cm　（角川つばさ文庫）　640円　①978-4-04-631840-4

佐倉　樟風　さくら・しょうふう＊
1625 「わーぷ！」
　◇日産 童話と絵本のグランプリ（第36回／令1年度／絵本の部／優秀賞）
　　※「第36回 日産 童話と絵本のグランプリ 童話・絵本入賞作品集」（大阪国際児童文学振興財団 2020年3月発行）に収録

さくら　みお
1626 「介護ロボットのみどりさん」
　◇カクヨムWeb小説短編賞（2021／令3年／短編小説部門／短編特別賞）

佐倉　紫　さくら・ゆかり＊
1627 「追放上等！　天才聖女のわたくしは、どこでだろうと輝けますので。」
　◇カクヨムWeb小説コンテスト（第8回／令5年／ライト文芸部門／特別賞）
　　「追放上等！　天才聖女のわたくしは、どこでだろうと輝けますので。」　KADOKAWA　2024.3　318p　15cm　（角川ビーンズ文庫）　740円　①978-4-04-114707-8

佐倉　涼　さくら・りょう＊
1628 「異世界空港のビストロ店～JKソラノの料理店再生記～」
　◇カクヨムWeb小説コンテスト（第7回／令4年／キャラクター文芸部門／特別賞）
　　「天空の異世界ビストロ店―看板娘ソラノが美味しい幸せ届けます」　KADOKAWA　2023.2　318p　19cm　（カドカワBOOKS）　1300円　①978-4-04-074747-7
　　※受賞作を改題
　　「天空の異世界ビストロ店―看板娘ソラノが美味しい幸せ届けます　2」　KADOKAWA　2023.8　285p　19cm　（カドカワBOOKS）　1350円　①978-4-04-075097-2

1629 「皇帝陛下の御料理番」
　◇カクヨムWeb小説コンテスト（第8回／令5年／カクヨムプロ作家部門／特別賞）
　　「皇帝陛下の御料理番」　KADOKAWA　2024.1　309p　15cm　（メディアワークス文庫）　700円

Ⓘ978-4-04-915413-9

桜生 懐　さくらい・かい＊
1630　「薄幸のロザリンド」
　◇ファンタジア大賞（第34回/令3年/金賞）〈受賞時〉妄執
　「純白令嬢の諜報員　改編1　侯爵家変革期」KADOKAWA　2022.1　350p　15cm（富士見ファンタジア文庫）670円　Ⓘ978-4-04-074397-4
　※受賞作を改題
　「純白令嬢の諜報員　改編2　審判の時」KADOKAWA　2022.6　311p　15cm（富士見ファンタジア文庫）720円　Ⓘ978-4-04-074608-1

桜井 のりお　さくらい・のりお＊
1631　「僕の心のヤバイやつ」
　◇マンガ大賞（2020/令2年/11位）
　「僕の心のヤバイやつ　1～11」秋田書店　2018.12～2024.11　18cm（SHŌNEN CHAMPION COMICS）

桜井 真城　さくらい・まき＊
1632　「転びて神は、眼の中に」
　◇小説現代長編新人賞（第18回/令6年）
　「雪渡の黒つぐみ」講談社　2024.6　308p　19cm　1800円　Ⓘ978-4-06-535483-4
　※受賞作を改題

桜井 美奈　さくらい・みな＊
1633　「塀の中の美容室」
　◇文化庁メディア芸術祭賞（第24回/令3年/優秀賞）
　「塀の中の美容室―The Depth of the Sky」小日向まるこ著, 桜井美奈原作　小学館　2020.9　166p　18cm（BIG COMICS SPECIAL）636円　Ⓘ978-4-09-860737-2

櫻井 芳雄　さくらい・よしお＊
1634　「まちがえる脳」
　◇毎日出版文化賞（第77回/令5年/自然科学部門）
　「まちがえる脳」岩波書店　2023.4　229,7p　18cm（岩波新書 新赤版）940円　Ⓘ978-4-00-431972-6

櫻川 昌哉　さくらがわ・まさや＊
1635　「バブルの経済理論」
　◇読売・吉野作造賞（第23回/令4年）
　「バブルの経済理論―低金利、長期停滞、金融劣化」日経BP日本経済新聞出版本部, 日経BPマーケティング（発売）　2021.5　497p　22cm　4500円　Ⓘ978-4-532-35886-0

さくらぎ さえ
1636　「岩くじら」
　◇えほん大賞（第26回/令6年/ストーリー部門/優秀賞）

桜木 紫乃　さくらぎ・しの＊
1637　「家族じまい」
　◇中央公論文芸賞（第15回/令2年）
　「家族じまい」集英社　2020.6　271p　20cm　1600円　Ⓘ978-4-08-771714-3
　「家族じまい」集英社　2023.6　308p　16cm（集英社文庫）680円　Ⓘ978-4-08-744534-3

桜田 一門　さくらだ・いちもん
1638　「迷い子たち」
　◇ジャンプ小説新人賞（2022/令4年/テーマ部門「恋愛」/銅賞）

櫻田 智也　さくらだ・ともや＊
　1639　「蝉かえる」
　　◇日本推理作家協会賞（第74回／令3年／長編および連作短編集部門）
　　◇本格ミステリ大賞（第21回／令3年／小説部門）
　　　「蝉かえる」　東京創元社　2020.7　248p　20cm（ミステリ・フロンティア 105）1600円　①978-4-488-02009-5
　　　「蝉かえる」　東京創元社　2023.2　297p　15cm（創元推理文庫）740円　①978-4-488-42422-0

桜田 光　さくらだ・ひかる　⇒愛野 史香（あいの・ふみか）

桜ノ宮 天音　さくらのみや・あまね＊
　1640　「偶然助けた美少女がなぜか俺に懐いてしまった件について」
　　◇カクヨムWeb小説コンテスト（第9回／令6年／ラブコメ（ライトノベル）部門／特別賞）

桜人 心都悩　さくらびと・ことな＊
　1641　「片側交互通行」
　　◇労働者文学賞（第36回／令6年／小説部門／佳作）

櫻部 由美子　さくらべ・ゆみこ＊
　1642　「くら姫 出直し神社たね銭貸し」
　　◇日本歴史時代作家協会賞（第10回／令3年／文庫書き下ろし新人賞）
　　　「くら姫―出直し神社たね銭貸し」　角川春樹事務所　2021.4　275p　16cm（ハルキ文庫―時代小説文庫）680円　①978-4-7584-4398-2

迫 義之　さこ・よしゆき＊
　1643　「聴雪―良寛伝の試み―」
　　◇日本自費出版文化賞（第26回／令5年／特別賞／エッセー部門）
　　　「聴雪―良寛伝の試み、」〔迫義之〕　2020.7　388p　22cm

笹 慎　ささ・まこと＊
　1644　「転生殺人トラック」
　　◇カクヨムWeb小説短編賞（2023／令5年／短編小説部門／短編特別賞）

佐々 涼子　ささ・りょうこ＊
　1645　「エンド・オブ・ライフ」
　　◇本屋大賞（第17回／令2年／ノンフィクション本大賞（第3回））
　　　「エンド・オブ・ライフ」　集英社インターナショナル，集英社（発売）　2020.2　315p　20cm　1700円　①978-4-7976-7381-4
　　　「エンド・オブ・ライフ」　集英社　2024.4　321p　16cm（集英社文庫）780円　①978-4-08-744633-3

笹井 風琉　ささい・ふる＊
　1646　「琥珀色の騎士は聖女の左手に愛を誓う」
　　◇カクヨムWeb小説コンテスト（第9回／令6年／ライト文芸部門／大賞・ComicWalker漫画賞）

笹川 諒　ささがわ・りょう＊
　1647　「水の聖歌隊」
　　◇現代歌人集会賞（第47回／令3年度）
　　　「水の聖歌隊」　書肆侃侃房　2021.2　140p　19cm（新鋭短歌 49）1700円　①978-4-86385-445-1

佐々木 暁　ささき・あきら＊
　1648　「花森安治選集」（全3巻）
　　◇造本装幀コンクール（第54回／令2年／文部科学大臣賞，日本書籍出版協会理事長賞）

「花森安治選集　1　美しく着ることは、美しく暮すこと」　花森安治著　暮しの手帖社　2020.5　476p　20cm　3600円　①978-4-7660-0216-4
「花森安治選集　2　ある日本人の暮し」　花森安治著　暮しの手帖社　2020.9　494p　20cm　3600円　①978-4-7660-0217-1
「花森安治選集　3　ぼくらは二度とだまされない」　花森安治著　暮しの手帖社　2020.11　482p　20cm　3600円　①978-4-7660-0218-8

佐々木 亜須香　ささき・あすか＊
1649　「山桜のおもいで」
◇森林（もり）のまち童話大賞　（第7回／令4年／審査員賞／角野栄子賞）

佐々木 英子　ささき・えいこ
1650　「パピルスのなかの永遠　書物の歴史の物語」
◇造本装幀コンクール　（第57回／令5年／審査員奨励賞）
「パピルスのなかの永遠―書物の歴史の物語：本をつくり、受け継ぎ、守るために戦う―。」　イレネ・バジェホ著, 見田悠子訳　作品社　2023.10　501, 47p　20cm　4800円　①978-4-86182-927-7

佐々木 薫　ささき・かおる＊
1651　「下町付喪神話譚」
◇富士見ノベル大賞　（第5回／令4年／佳作）
「下町九十九心縁帖」　KADOKAWA　2023.6　334p　15cm（富士見L文庫）　700円　①978-4-04-075000-2
※受賞作を改題

佐々木 恭　ささき・きょう＊
1652　「サンデイ・タイム」
◇シナリオS1グランプリ　（第37回／令1年秋／準グランプリ）

佐々木 景子　ささき・けいこ
1653　「星屑の巣」
◇アンデルセンのメルヘン大賞　（第37回／令2年／一般部門／優秀賞）
「アンデルセンのメルヘン文庫　第37集」　アンデルセン・パン生活文化研究所　2020.10　89p　21×22cm　（アンデルセンのメルヘン大賞受賞作品集　第37回）　1000円
※受賞作を収録

佐々木 虔一　ささき・けんいち＊
1654　「馬と古代社会」
◇JRA賞馬事文化賞　（2021／令3年度／特別賞）
「馬と古代社会」　佐々木虔一, 川尻秋生, 黒済和彦編　八木書店出版部, 八木書店（発売）　2021.5　554p　22cm　8000円　①978-4-8406-2247-9

佐々木 紺　ささき・こん＊
1655　「おぼえて、わすれる」
◇北斗賞　（第13回／令4年）
「平面と立体―句集」　文學の森　2024.1　161p　20cm　2300円　①978-4-86737-192-3
※受賞作を収録

佐佐木 定綱　ささき・さだつな＊
1656　「月を食う」
◇現代歌人協会賞　（第64回／令2年）
「月を食う―歌集」　角川文化振興財団, KADOKAWA（発売）　2019.10　193p　20cm　2200円　①978-4-04-884288-4

佐々木 貴子　ささき・たかこ＊
1657　「たんぽオーケストラ」

◇家の光童話賞（第34回/令1年度/優秀賞）
1658 「どろんこかいじゅうは田んぼで手をふる」
◇家の光童話賞（第36回/令3年度/優秀賞）

ササキ タツオ
1659 「かざしの姫君」
◇国立劇場歌舞伎脚本募集（令和2・3年度/奨励賞）

佐々木 真帆 ささき・まほ
1660 「花をもらう」
◇啄木・賢治のふるさと「岩手日報随筆賞」（第19回/令6年/優秀賞）

佐々木 実 ささき・みのる＊
1661 「母の言葉」
◇啄木・賢治のふるさと「岩手日報随筆賞」（第18回/令5年/優秀賞）

佐佐木 陸 ささき・りく＊
1662 「解答者は走ってください」
◇文藝賞（第60回/令5年/優秀作）
「解答者は走ってください」河出書房新社 2023.11 125p 20cm 1400円 ⓘ978-4-309-03160-6

佐佐木 れん ささき・れん＊
1663 「シャッター」
◇BKラジオドラマ脚本賞（第42回/令3年/佳作）

笹沢 教一 ささざわ・きょういち＊
1664 「世界一長い鉄道トンネル 持続可能な輸送をめざして」
◇子どものための感動ノンフィクション大賞（第9回/令4年/最優秀作品）
「世界一長い鉄道トンネル―スイス・アルプス山脈をほりすすむ」笹沢教一文、鈴木さちこ、萩原まお絵 Gakken 2023.8 143p 22cm（環境ノンフィクション）1500円 ⓘ978-4-05-205709-0

笹原 千波 ささはら・ちなみ＊
1665 「風になるにはまだ」
◇創元SF短編賞（第13回/令4年）〈応募時〉笹原 千波（ささはら・せんば）
「この光が落ちないように」宮澤伊織ほか著 東京創元社 2022.9 281p 19cm（GENESIS創元日本SFアンソロジー 5）2000円 ⓘ978-4-488-01848-1
※受賞作を収録

ささま ひろみ
1666 「なぞなぞ水族館 脱出作戦」
◇えほん大賞（第26回/令6年/ストーリー部門/優秀賞）

笹村 正枝 ささむら・まさえ
1667 「長老の宿題」
◇森林（もり）のまち童話大賞（第7回/令4年/審査員賞/薫くみこ賞）

佐相 憲一 さそう・けんいち＊
1668 「サスペンス」
◇日本詩歌句随筆評論大賞（第19回/令5年度/詩部門/特別賞）
「サスペンス―佐相憲一詩集」文化企画アオサギ 2022.6 119p 21cm 2000円 ⓘ978-4-909980-33-5

佐田 千織 さだ・ちおり＊
1669 「星間集団意識体の婚活」

◇星雲賞（第53回/令4年/海外短編部門（小説））
　『不死身の戦艦─銀河連邦SF傑作選』　ロイス・マクマスター・ビジョルド，オースン・スコット・カード他著，ジョン・ジョゼフ・アダムズ編，佐田千織他訳　東京創元社　2021.7　532p　15cm（創元SF文庫）1360円　Ⓘ978-4-488-77203-1
　※受賞作を収録

さだ まさし
1670 「さだの辞書」
◇日本エッセイスト・クラブ賞（第69回/令3年）
　『さだの辞書』　岩波書店　2020.4　161, 1p　20cm　1500円　Ⓘ978-4-00-061404-7
　『さだの辞書』　岩波書店　2024.1　188, 1p　15cm（岩波現代文庫）1000円　Ⓘ978-4-00-602356-0

佐竹 美保　さたけ・みほ＊
1671 「王の祭り」
◇日本子どもの本研究会「作品賞」（第5回/令3年）
　『王の祭り』　小川英子著, 佐竹美保装画　ゴブリン書房　2020.4　317p　20cm　1500円　Ⓘ978-4-902257-39-7

颯木 あやこ　さつき・あやこ＊
1672 「名づけ得ぬ馬」
◇小野十三郎賞（第23回/令3年/詩集部門/特別賞）
　『名づけ得ぬ馬』　思潮社　2021.4　104p　22cm　2400円　Ⓘ978-4-7837-3744-5

皐月 陽龍　さつき・ひりゅう＊
1673 「他校の氷姫を痴漢から助けたら、お友達から始める事になりました」
◇カクヨムWeb小説コンテスト（第8回/令5年/ラブコメ（ライトノベル）部門/特別賞・ComicWalker漫画賞）
　『他校の氷姫を助けたら、お友達から始める事になりました』　KADOKAWA　2024.5　325p　15cm（電撃文庫）700円　Ⓘ978-4-04-915339-2

沙寺 絃　さてら・いと＊
1674 「デスループ令嬢は生き残る為に両手を血に染めるようです」
◇講談社ラノベ文庫新人賞（第14回/令4年4月発表/佳作）
　『デスループ令嬢は生き残る為に両手を血に染めるようです』　講談社　2023.8　279p　15cm（講談社ラノベ文庫）700円　Ⓘ978-4-06-532813-2

佐藤 あい子　さとう・あいこ＊
1675 「あの子の風鈴」
◇BKラジオドラマ脚本賞（第44回/令5年/最優秀賞）

佐藤 亜紀　さとう・あき＊
1676 「喜べ、幸いなる魂よ」
◇読売文学賞（第74回/令4年/小説賞）
　『喜べ、幸いなる魂よ』　KADOKAWA　2022.3　316p　20cm　1900円　Ⓘ978-4-04-111486-5
　『喜べ、幸いなる魂よ』　KADOKAWA　2024.1　360p　15cm（角川文庫）940円　Ⓘ978-4-04-113760-2

佐藤 明子　さとう・あきこ
1677 「新聞配達」
◇労働者文学賞（第32回/令2年/詩部門/佳作）

佐藤 淳子　さとう・あつこ
1678 「六十を過ぎて」
◇啄木・賢治のふるさと「岩手日報随筆賞」（第16回/令3年/優秀賞）

1679 「例外の日」
　◇啄木・賢治のふるさと「岩手日報随筆賞」（第17回/令4年/最優秀賞）

佐藤　厚志　さとう・あつし＊
1680 「荒地の家族」
　◇芥川龍之介賞（第168回/令4年下）
　　「荒地の家族」　新潮社　2023.1　158p　20cm　1700円　ⓘ978-4-10-354112-7

佐藤　文香　さとう・あやか＊
1681 「渡す手」
　◇中原中也賞（第29回/令5年度）
　　「渡す手」　思潮社　2023.11　81p　19cm　2000円　ⓘ978-4-7837-4552-5

佐藤　悦子　さとう・えつこ＊
1682 「長ネギ1本」
　◇ENEOS童話賞（第51回/令2年度/一般の部/最優秀賞）
　　※「童話の花束　その51」に収録

佐藤　香寿実　さとう・かずみ＊
1683 「承認のライシテとムスリムの場所づくり─「辺境の街」ストラスブールの実践」
　◇渋沢・クローデル賞（第40回/令5年度/奨励賞）
　　「承認のライシテとムスリムの場所づくり─「辺境の街」ストラスブールの実践」　人文書院　2023.2　404p　22cm　5800円　ⓘ978-4-409-24154-7

佐藤　究　さとう・きわむ＊
1684 「テスカトリポカ」
　◇直木三十五賞（第165回/令3年上）
　◇山本周五郎賞（第34回/令3年）
　　「テスカトリポカ」　KADOKAWA　2021.2　553p　20cm　2100円　ⓘ978-4-04-109698-7
　　「テスカトリポカ」　KADOKAWA　2024.6　690p　15cm（角川文庫）　1080円　ⓘ978-4-04-114618-7

1685 「幽玄F」
　◇柴田錬三郎賞（第37回/令6年）
　　「幽玄F」　河出書房新社　2023.10　328p　20cm　1700円　ⓘ978-4-309-03138-5

佐藤　賢一　さとう・けんいち＊
1686 「ナポレオン」（全3巻）
　◇司馬遼太郎賞（第24回/令2年度）
　　「ナポレオン　1　台頭篇」　集英社　2019.8　525p　20cm　2200円　ⓘ978-4-08-771197-4
　　「ナポレオン　2　野望篇」　集英社　2019.9　517p　20cm　2200円　ⓘ978-4-08-771198-1
　　「ナポレオン　3　転落篇」　集英社　2019.10　517p　20cm　2200円　ⓘ978-4-08-771199-8
　　「ナポレオン　1　台頭篇」　集英社　2022.6　698p　16cm（集英社文庫）　1300円　ⓘ978-4-08-744397-4
　　「ナポレオン　2　野望篇」　集英社　2022.7　666p　16cm（集英社文庫）　1200円　ⓘ978-4-08-744410-0
　　「ナポレオン　3　転落篇」　集英社　2022.8　662p　16cm（集英社文庫）　1200円　ⓘ978-4-08-744424-7

1687 「チャンバラ」
　◇中央公論文芸賞（第18回/令5年）
　　「チャンバラ」　中央公論新社　2023.5　359p　20cm　1900円　ⓘ978-4-12-005656-7

佐藤　さくら　さとう・さくら＊
1688 「魔導の系譜」
　◇創元ファンタジイ新人賞（第1回/平27年発表/優秀賞）

「魔導の系譜」 東京創元社 2016.7 477p 15cm （創元推理文庫） 1000円 ①978-4-488-53702-9

佐藤 純子 さとう・じゅんこ
1689 「あの夜、日勝峠で」
◇啄木・賢治のふるさと「岩手日報随筆賞」（第16回/令3年/最優秀賞）

佐藤 ジョアナ玲子 さとう・じょあなれいこ＊
1690 「ホームレス女子大生 川を下る inミシシッピ川」
◇斎藤茂太賞 （第7回/令4年）
「ホームレス女子大生 川を下る─in ミシシッピ川」 報知新聞社 2021.11 239p 19cm 1182円 ①978-4-8319-0171-2

佐藤 武 さとう・たけし＊
1691 「カロートの中─佐藤武 詩集─」
◇日本自費出版文化賞 （第23回/令2年/部門入賞/詩歌部門）
「カロートの中─佐藤武詩集」 中西出版 2019.7 142p 21cm 1500円 ①978-4-89115-366-3

佐藤 千加子 さとう・ちかこ
1692 「ライスマン祐」
◇家の光童話賞 （第35回/令2年度/優秀賞）

佐藤 日向 さとう・ひなた
1693 「猫と雨」
◇カクヨムWeb小説短編賞 （2022/令4年/「令和の私小説」部門/短編特別賞）

佐藤 文香 さとう・ふみか＊
1694 「女性兵士という難問─ジェンダーから問う戦争・軍隊の社会学」
◇昭和女子大学女性文化研究賞（坂東眞理子基金）（第15回/令4年度/女性文化研究賞）
「女性兵士という難問─ジェンダーから問う戦争・軍隊の社会学」 慶應義塾大学出版会 2022.7 294, 27p 20cm 2400円 ①978-4-7664-2835-3

佐藤 文子 さとう・ふみこ＊
1695 「火炎樹」
◇俳句四季大賞 （令2年/第7回 俳句四季特別賞）
「火炎樹─句集」 東京四季出版 2019.10 187p 20cm （現代俳句作家シリーズ─耀 2） 3000円 ①978-4-8129-0958-4

佐藤 文隆 さとう・ふみたか＊
1696 「量子力学の100年」
◇毎日出版文化賞 （第78回/令6年/自然科学部門）
「量子力学の100年」 青土社 2024.3 229p 19cm 2200円 ①978-4-7917-7634-4

佐藤 正明 さとう・まさあき＊
1697 「風刺漫画/政治漫画」
◇日本漫画家協会賞 （第49回/令2年度/大賞/カーツーン部門）
「一笑両断まんがで斬る政治」 東京新聞 2021.7 125p 21cm 1400円 ①978-4-8083-1061-5
「一笑両断まんがで斬る政治 2」 東京新聞 2024.8 127p 21cm 1400円 ①978-4-8083-1103-2
※中日新聞・東京新聞・西日本新聞に掲載の漫画を収録

佐藤 正弥 さとう・まさや＊
1698 「カナダ移民のパイオニア 佐藤惣右衛門物語」
◇日本自費出版文化賞 （第27回/令6年/部門入賞/個人誌部門）
「カナダ移民のパイオニア 佐藤惣右衛門物語」 佐藤正弥,梅津恒夫,舩坂朗子著 南北社 2021.10

212p　31cm　2545円　①978-4-903159-24-9

佐藤 優　さとう・まさる＊
1699　「権力論―日本学術会議問題の本質」
　◇文藝春秋読者賞　（第82回／令2年）

佐藤 真澄　さとう・ますみ＊
1700　「ヒロシマをのこす 平和記念資料館をつくった人・長岡省吾」
　◇児童福祉文化賞　（第62回／令2年／出版物部門）
　　「ヒロシマをのこす―平和記念資料館をつくった人・長岡省吾」　汐文社　2018.7　184p　20cm　1500円　①978-4-8113-2500-2

佐藤 まどか　さとう・まどか＊
1701　「アドリブ」
　◇日本児童文学者協会賞　（第60回／令2年）
　　「アドリブ」　あすなろ書房　2019.10　239p　20cm　1400円　①978-4-7515-2942-3

佐藤 未央子　さとう・みおこ＊
1702　「谷崎潤一郎と映画の存在論」
　◇芸術選奨　（第73回／令4年度／評論等部門／文部科学大臣新人賞）
　　「谷崎潤一郎と映画の存在論」　水声社　2022.4　317p　22cm　4000円　①978-4-8010-0612-6

佐藤 通雅　さとう・みちまさ＊
1703　「岸辺」
　◇齋藤茂吉短歌文学賞　（第34回／令4年）
　　「岸辺―歌集」　角川文化振興財団，KADOKAWA（発売）　2022.7　299p　20cm　2600円　①978-4-04-884482-6

佐藤 モニカ　さとう・もにか＊
1704　「世界は朝の」
　◇三好達治賞　（第15回／令1年度）
　　「世界は朝の―詩集」　新星出版　2019.6　90p　21cm　1500円　①978-4-909366-32-0
1705　「一本の樹木のように」
　◇日本詩歌句随筆評論大賞　（第17回／令3年度／詩部門／優秀賞）
　　「一本の樹木のように―佐藤モニカ詩集」　Monica Sato　新星出版　2021.1　72p　20cm　1600円　①978-4-909366-59-7
1706　「白亜紀の風」
　◇日本詩歌句随筆評論大賞　（第18回／令4年度／短歌部門／優秀賞）
　　「白亜紀の風―歌集」　短歌研究社　2021.8　135p　20cm　2600円　①978-4-86272-684-1

佐藤 康宏　さとう・やすひろ＊
1707　「若冲伝」
　◇芸術選奨　（第70回／令1年度／評論等部門／文部科学大臣賞）
　　「若冲伝」　河出書房新社　2019.2　292,3p　20cm　2400円　①978-4-309-25617-7

佐藤 ゆき乃　さとう・ゆきの＊
1708　「備忘六」
　◇京都文学賞　（第3回／令3年度／一般部門／最優秀賞）　〈受賞時〉佐藤 薫乃
　　「ビボウ六」　ちいさいミシマ社　2023.11　156p　19cm　1800円　①978-4-909394-95-8
　　※受賞作を改題

佐藤 洋子　さとう・ようこ＊
1709　「イカニンジン」

◇啄木・賢治のふるさと「岩手日報随筆賞」（第16回/令3年/佳作）

佐藤 良香　さとう・よしか＊
1710　「届け続けること」
◇啄木・賢治のふるさと「岩手日報随筆賞」（第15回/令2年/奨励賞）

サトゥフ, リアド
1711　「未来のアラブ人 中東の子ども時代（1978-1984）」
◇文化庁メディア芸術祭賞（第23回/令2年/優秀賞）
「未来のアラブ人―中東の子ども時代〈1978-1984〉」 リアド・サトゥフ作, 鵜野孝紀訳　花伝社, 共栄書房（発売）　2019.7　164p　21cm　1800円　①978-4-7634-0894-5

左奈田 章光　さなだ・あきみつ＊
1712　「きらきらの日々」
◇新人シナリオコンクール（第32回/令4年度/大伴昌司賞 奨励賞）

眞田 天佑　さなだ・てんゆう＊
1713　「不確定性青春」
◇MF文庫Jライトノベル新人賞（第19回/令5年/佳作）
「多元宇宙的青春の破れ、唯一の君がいる扉」　KADOKAWA　2023.11　325p　15cm　（MF文庫J）680円　①978-4-04-683155-2
※受賞作を改題
「多元宇宙的青春の破れ、無二の君が待つ未来」　KADOKAWA　2024.4　293p　15cm　（MF文庫J）740円　①978-4-04-683475-1

佐野 晶　さの・あきら＊
1714　「GAP ゴースト アンド ポリス」
◇警察小説大賞（第1回/平31年）
「ゴーストアンドポリス―GAP」　小学館　2019.12　317p　19cm　1500円　①978-4-09-386559-3

佐野 旭　さの・あさひ
1715　「待ち人おそし道にてさはり有べし」
◇深大寺短編恋愛小説『深大寺恋物語』（第19回/令5年/深大寺そば組合賞）
※深大寺短編恋愛小説「深大寺恋物語」第十九集に収録

佐野 謙介　さの・けんすけ＊
1716　「六年三組」
◇随筆にっぽん賞（第12回/令4年/随筆にっぽん賞）

佐野 公哉　さの・こうや＊
1717　「なっとうとのり こっそりおべんとうのたび」
◇えほん大賞（第21回/令3年/絵本部門/大賞）
「こっそりなっとう　おべんとうの巻」　さのこうや さく・え　文芸社　2022.6　31p　22×22cm　1400円　①978-4-286-23786-2
※受賞作を改題

佐野 光陽　さの・こうよう＊
1718　「サンジェルマン伯爵とのうろんな夏」
◇BKラジオドラマ脚本賞（第43回/令4年/佳作）

佐野 夏希　さの・なつき＊
1719　「少し変わった男の子と、初めての恋をします」
◇青い鳥文庫小説賞（第6回/令4年度/U-15部門/佳作）

佐野 広実　さの・ひろみ＊
1720　「わたしが消える」
　◇江戸川乱歩賞（第66回／令2年）
　　「わたしが消える」　講談社　2020.9　365p　20cm　1800円　Ⓘ978-4-06-521120-5
　　「わたしが消える」　講談社　2022.9　469p　15cm（講談社文庫）880円　Ⓘ978-4-06-529314-0

佐野 陽　さの・よう
1721　「ぼくは20円もやし」
　◇アンデルセンのメルヘン大賞（第37回／令2年／こども部門／大賞）
　　「アンデルセンのメルヘン文庫　第37集」　アンデルセン・パン生活文化研究所　2020.10　89p　21×22cm（アンデルセンのメルヘン大賞受賞作品集 第37回）1000円
　　※受賞作を収録

佐原 一可　さはら・いちか＊
1722　「新世界遊戯」
　◇HJ文庫大賞（第14回／令2年／奨励賞）〈受賞時〉公理羊
　　「EVE―世界の終わりの青い花」　ホビージャパン　2022.11　278p　15cm（HJ文庫）650円　Ⓘ978-4-7986-2988-9
　　※受賞作を改題

五月雨 きょうすけ　さみだれ・きょうすけ＊
1723　「マリーハウスにようこそ～ファンタジー世界の結婚相談所～」
　◇電撃大賞〔電撃小説大賞〕（第29回／令4年／銀賞）
　　「クセつよ異種族で行列ができる結婚相談所―看板ネコ娘はカワイイだけじゃ務まらない」　KADOKAWA　2023.2　339p　15cm（電撃文庫）680円　Ⓘ978-4-04-914875-6
　　※受賞作を改題

佐峰 存　さみね・ぞん＊
1724　「翻訳」
　◇西脇順三郎賞（第1回／令4年／詩篇の部／西脇順三郎賞新人賞奨励賞）
　　「雲の名前」　思潮社　2023.10　125p　22cm　2500円　Ⓘ978-4-7837-4546-4
　　※受賞作を収録
1725　「雲の名前」
　◇歴程新鋭賞（第35回／令6年）
　　「雲の名前」　思潮社　2023.10　125p　22cm　2500円　Ⓘ978-4-7837-4546-4

沙村 広明　さむら・ひろあき＊
1726　「波よ聞いてくれ」
　◇マンガ大賞（2020／令2年／4位）
　　「波よ聞いてくれ　1～11」　講談社　2015.5～2024.4　19cm（アフタヌーンKC）

佐本 英規　さもと・ひでのり＊
1727　「森の中のレコーディング・スタジオ―混淆する民族音楽と周縁からのグローバリゼーション」
　◇田邉尚雄賞（第39回／令3年度）
　　「森の中のレコーディング・スタジオ―混淆する民族音楽と周縁からのグローバリゼーション」　昭和堂　2021.2　212, 8p　22cm　5400円　Ⓘ978-4-8122-2010-8

さや ちはこ
1728　「さいごのお月見」
　◇日産 童話と絵本のグランプリ（第40回／令5年度／童話の部／優秀賞）
　　※「第40回 日産 童話と絵本のグランプリ 童話・絵本入賞作品集」（大阪国際児童文学振興財団 2024年3月発行）に収録

佐山 啓郎　さやま・けいろう＊
　1729 「最期の海」
　　◇歴史浪漫文学賞（第21回／令3年／大賞）
　　　「最期の海」　郁朋社　2021.7　203p　19cm　1000円　①978-4-87302-734-0

猿ケ原　さるがはら＊
　1730 「君に捧げる【英雄録】」
　　◇カクヨムWeb小説コンテスト（第5回／令2年／異世界ファンタジー部門／特別賞）
　　〈受賞時〉伊勢産チーズ
　　　「キミに捧げる英雄録─立ち向かう者、逃げる者　1」　KADOKAWA　2021.2　325p　15cm（MF文庫J）640円　①978-4-04-680238-5

猿舘 雪枝　さるだて・ゆきえ＊
　1731 「父が残してくれたもの」
　　◇啄木・賢治のふるさと「岩手日報随筆賞」（第18回／令5年／佳作）

澤 大知　さわ・だいち＊
　1732 「眼球達磨式」
　　◇文藝賞（第58回／令3年）
　　　「眼球達磨式」　河出書房新社　2022.3　105p　20cm　1400円　①978-4-309-03013-5

澤井 潤子　さわい・じゅんこ
　1733 「この島の最後の漁師たあ兄の逝きて漁火供花のごとしも」
　　◇角川全国短歌大賞（第13回／令3年／題詠「火」／準賞）

澤内 イツ　さわうち・いつ＊
　1734 「いのちの授業」
　　◇啄木・賢治のふるさと「岩手日報随筆賞」（第15回／令2年／佳作）

沢木 耕太郎　さわき・こうたろう＊
　1735 「天路の旅人」
　　◇読売文学賞（第74回／令4年／随筆・紀行賞）
　　　「天路の旅人」　新潮社　2022.10　574p　20cm　2400円　①978-4-10-327523-7

沢口 花咲　さわぐち・はなえみ
　1736 「大人になるにあたって」
　　◇啄木・賢治のふるさと「岩手日報随筆賞」（第19回／令6年／奨励賞）

澤崎 文　さわざき・ふみ＊
　1737 「古代日本語における万葉仮名表記の研究」
　　◇日本古典文学学術賞（第14回／令3年度）
　　　「古代日本語における万葉仮名表記の研究」　塙書房　2020.2　298, 4p　22cm　8000円　①978-4-8273-0134-2

澤田 瞳子　さわだ・とうこ＊
　1738 「駆け入りの寺」
　　◇舟橋聖一文学賞（第14回／令2年）
　　　「駆け入りの寺」　文藝春秋　2020.4　313p　20cm　1750円　①978-4-16-391195-3
　　　「駆け入りの寺」　文藝春秋　2023.6　363p　16cm（文春文庫）810円　①978-4-16-792053-1
　1739 「星落ちて、なお」
　　◇直木三十五賞（第165回／令3年上）
　　　「星落ちて、なお」　文藝春秋　2021.5　321p　20cm　1750円　①978-4-16-391365-0
　　　「星落ちて、なお」　文藝春秋　2024.4　361p　16cm（文春文庫）810円　①978-4-16-792195-8

澤田 直　さわだ・なお*
1740　「フェルナンド・ペソア伝 異名者たちの迷路」
　　◇読売文学賞（第75回/令5年/評論・伝記賞）
　　　「フェルナンド・ペソア伝―異名者たちの迷路」 集英社　2023.8　491p　20cm　2800円　①978-4-08-771823-2

沢田 ユキオ　さわだ・ゆきお*
1741　「スーパーマリオくん」
　　◇小学館漫画賞（第65回/令1年度/審査委員特別賞）
　　　「スーパーマリオくん　1～60」 小学館　1991.8～2024.9　18cm（コロコロコミックス）

沢辺 満智子　さわべ・まちこ*
1742　「養蚕と蚕神―近代産業に息づく民俗的想像力」
　　◇澁澤賞（第48回/令3年）
　　　「養蚕と蚕神―近代産業に息づく民俗的想像力」 慶應義塾大学出版会　2020.2　307, 16p　22cm　5600円　①978-4-7664-2644-1

沢村 ふう子　さわむら・ふうこ*
1743　「「大東亜共栄圏」という神話を考える 火野葦平から」
　　◇労働者文学賞（第34回/令4年/評論・ルポルタージュ部門/入選）

佐原 キオ　さわら・きお*
1744　「みづにすむ蜂」
　　◇笹井宏之賞（第4回/令3年/個人賞/染野太朗賞）
　　　「ねむらない樹　Vol. 8」 書肆侃侃房　2022.2　209p　21cm（短歌ムック）1500円　①978-4-86385-508-3
　　　※受賞作を収録

三月菫　さんがつすみれ*
1745　「【悲報】リストラされた当日、ダンジョンで有名配信者を助けたら超絶バズってしまった」
　　◇HJ小説大賞（第4回/令5年/後期）

サン・セバスチャン
1746　「ステータス表示など、創作の中だけにしてくれと思ってた時がありました」
　　◇カクヨムWeb小説コンテスト（第5回/令2年/異世界ファンタジー部門/特別賞）

桟檀寺 ゆう　さんだんじ・ゆう
1747　「不定形の犬」
　　◇詩人会議新人賞（第58回/令6年/詩部門/佳作）

暁刀魚　さんま*
1748　「魔導学園で平民な俺のことを気にかけてくれる隣の席の子犬系美少女が、実は我が国の王女様だった」
　　◇カクヨムWeb小説コンテスト（第9回/令6年/ラブコメ（ライトノベル）部門/特別賞）
　　　「隣の席の王女様、俺の前だけ甘々カノジョ」 KADOKAWA　2024.12　309p　15cm（富士見ファンタジア文庫）720円　①978-4-04-075722-3
　　　※受賞作を改題

【し】

詩一　しいち＊
　1749　「先輩のために僕、男の娘になっちゃいました！」
　　◇カクヨムWeb小説短編賞（2020／令2年／短編特別賞）

椎名 高志　しいな・たかし＊
　1750　「絶対可憐チルドレン」
　　◇星雲賞（第53回／令4年／コミック部門）
　　「絶対可憐チルドレン　1～63」　小学館　2005.11～2021.9　18cm　（少年サンデーコミックス）

椎葉 伊作　しいば・いさく＊
　1751　「オウマガの蠱惑」
　　◇カクヨムWeb小説コンテスト　（第9回／令6年／ホラー部門／特別審査員賞）

汐海有真（白木犀）　しおかいゆま（はくもくせい）＊
　1752　「睡蓮、願わくは永遠に」
　　◇カクヨムWeb小説コンテスト　（第9回／令6年／映画・映像化賞／佳作）

塩川 悠太　しおかわ・ゆうた＊
　1753　「僕と、先生と、先生のお母さん」
　　◇ちゅうでん児童文学賞　（第24回／令3年度／さくら賞）
　　「僕と、先生と、先生のお母さん―第24回ちゅうでん児童文学賞さくら賞受賞作品」　ちゅうでん教育振興財団　2022.3　64p　21cm

塩崎 ツトム　しおざき・つとむ＊
　1754　「ダイダロス」
　　◇ハヤカワSFコンテスト　（第10回／令4年／特別賞）
　　「ダイダロス」　早川書房　2023.2　375p　19cm　2200円　①978-4-15-210207-2

潮路 奈和　しおじ・なお＊
　1755　「赤い天のノチウ」
　　◇シナリオS1グランプリ　（第45回／令5年冬／準グランプリ）

塩瀬 まき　しおせ・まき＊
　1756　「賽の河原株式会社」
　　◇電撃大賞〔電撃小説大賞〕　（第29回／令4年／メディアワークス文庫賞）
　　「さよなら、誰にも愛されなかった者たちへ」　KADOKAWA　2023.2　334p　15cm　（メディアワークス文庫）　700円　①978-4-04-914862-6
　　※受賞作を改題

塩田 武士　しおた・たけし＊
　1757　「存在のすべてを」
　　◇本屋大賞（第21回／令6年／3位）
　　◇渡辺淳一文学賞（第9回／令6年）
　　「存在のすべてを」　朝日新聞出版　2023.9　464p　20cm　1900円　①978-4-02-251932-0

しおたに　まみこ
　1758　「たまごのはなし」

◇日本絵本賞（第27回/令4年/日本絵本賞大賞）
「たまごのはなし」　ブロンズ新社　2021.2　48p　22cm　1100円　Ⓘ978-4-89309-683-8

汐月 巴　しおつき・ともえ＊
1759　「冷たい新婚の裏事情」
◇MF文庫Jライトノベル新人賞（第18回/令4年/審査員特別賞）〈受賞時〉紗冬末
「英雄夫婦の冷たい新婚生活　1」　KADOKAWA　2022.12　263p　15cm（MF文庫J）640円　Ⓘ978-4-04-682040-2
※受賞作を改題
「英雄夫婦の冷たい新婚生活　2」　KADOKAWA　2023.3　263p　15cm（MF文庫J）680円　Ⓘ978-4-04-682328-1

汐見 りら　しおみ・りら＊
1760　「ハウツー」
◇笹井宏之賞（第7回/令6年/個人賞/大森静佳賞）
「ねむらない樹　Vol.12」　書肆侃侃房　2024.12　176p　21cm（短歌ムック）1300円　Ⓘ978-4-8638565-3-0
※受賞作を収録

しおみつ さちか
1761　「ベニーのみずたまぼうし」
◇MOE創作絵本グランプリ（第11回/令4年/グランプリ）
「ベニーのみずたまぼうし」　白泉社　2023.9　25cm（MOEのえほん）1300円　Ⓘ978-4-592-76333-8

しおやま よる
1762　「龍神さま、お守りします！ ～信じる力と花言葉！～」
◇角川つばさ文庫小説賞（第11回/令4年/一般部門/金賞）
「はなバト！―咲かせて守る、ヒミツのおやくめ!?」　しおやまよる作, しちみ絵　KADOKAWA　2023.10　225p　18cm（角川つばさ文庫）740円　Ⓘ978-4-04-632267-8
※受賞作を改題

志賀 美英　しが・よしひで＊
1763　「鹿児島　錫山鉱山遺構目録」
◇地方出版文化功労賞（第36回/令5年/特別賞）
「鹿児島錫山鉱山遺構目録」　南日本新聞開発センター　2022.8　322p　31cm　4000円　Ⓘ978-4-86074-295-9

市街地 ギャオ　しがいち・ぎゃお＊
1764　「メメントラブドール」
◇太宰治賞（第40回/令6年）
「メメントラブドール」　筑摩書房　2024.10　133p　20cm　1400円　Ⓘ978-4-480-80521-8

志垣 澄幸　しがき・すみゆき＊
1765　「鳥語降る（ちょうごふる）」
◇詩歌文学館賞（第37回/令4年/短歌）
「鳥語降る―歌集」　本阿弥書店　2021.4　169p　20cm　2500円　Ⓘ978-4-7768-1545-7

鹿倉 裕子　しかくら・ゆうこ＊
1766　「光る畑」
◇ENEOS童話賞（第52回/令3年度/一般の部/優秀賞）
※「童話の花束 その52」に収録

1767　「日暮れの往診」
◇アンデルセンのメルヘン大賞（第39回/令4年/一般部門/優秀賞）
「アンデルセンのメルヘン文庫　第39集」　アンデルセン・パン生活文化研究所　2022.10　87p　21×

しがつね　　　　　　　　　　　　　　　　　　　　　　1768〜1774

　　　22cm（アンデルセンのメルヘン大賞受賞作品集　第39回）1000円
　　　※受賞作を収録

四月猫あらし　しがつねこあらし＊
1768「ベランダ」
　　◇長編児童文学新人賞（第20回/令3年/入選）
　　「ベランダのあの子」　小峰書店　2022.10　196p　20cm 1580円　①978-4-338-28726-5
　　※受賞作を改題

四季 大雅　しき・たいが＊
1769「ミリは猫の瞳のなかに住んでいる」
　　◇電撃大賞〔電撃小説大賞〕（第29回/令4年/金賞）
　　「ミリは猫の瞳のなかに住んでいる」　KADOKAWA　2023.3　314p　15cm（電撃文庫）680円
　　①978-4-04-914876-3

1770「わたしはあなたの涙になりたい」
　　◇小学館ライトノベル大賞（第16回/令4年/大賞）
　　「わたしはあなたの涙になりたい」　小学館　2022.7　309p　15cm（ガガガ文庫）640円　①978-4-09-453081-0

シクラメン
1771「中卒探索者、頑張ります！　〜日本にダンジョンが出来たので生活のためにクリアしたいと思います〜」
　　◇HJ小説大賞（第1回/令2年/2020後期）
　　「中卒探索者の成り上がり英雄譚―2つの最強スキルでダンジョン最速突破を目指す　1」　ホビージャパン　2022.7　351p　15cm（HJ文庫）690円　①978-4-7986-2867-7
　　※受賞作を改題
　　「中卒探索者の成り上がり英雄譚―2つの最強スキルでダンジョン最速突破を目指す　2」　ホビージャパン　2022.11　351p　15cm（HJ文庫）690円　①978-4-7986-2990-2
　　「中卒探索者の成り上がり英雄譚―2つの最強スキルでダンジョン最速突破を目指す　3」　ホビージャパン　2023.5　327p　15cm（HJ文庫）720円　①978-4-7986-3169-1
　　「中卒探索者の成り上がり英雄譚―2つの最強スキルでダンジョン最速突破を目指す　4」　ホビージャパン　2023.12　311p　15cm（HJ文庫）700円　①978-4-7986-3359-6

1772「凡人転生の努力無双〜赤ちゃんの頃から努力してたらいつのまにか日本の未来を背負ってました〜」
　　◇カクヨムWeb小説コンテスト（第8回/令5年/現代ファンタジー部門/特別賞・ComicWalker漫画賞）
　　「凡人転生の努力無双―赤ちゃんの頃から努力してたらいつのまにか日本の未来を背負ってました」　KADOKAWA　2024.4　361p　15cm（電撃文庫）720円　①978-4-04-915344-6
　　「凡人転生の努力無双―赤ちゃんの頃から努力してたらいつのまにか日本の未来を背負ってました　2」　KADOKAWA　2024.5　323p　15cm（電撃文庫）700円　①978-4-04-915596-9

時雨 もゆ　しぐれ・もゆ＊
1773「エロゲの主人公をいじめるクズな悪役に転生した俺、モブでいたいのになぜかヒロインたちに囲まれている」
　　◇カクヨムWeb小説コンテスト（第8回/令5年/ラブコメ（ライトノベル）部門/特別賞）〈受賞時〉時雨
　　「エロゲの悪役に転生したので、モブになることにした」　KADOKAWA　2024.10　239p　15cm（角川スニーカー文庫）680円　①978-4-04-115432-8
　　※受賞作を改題

重田 善文　しげた・よしふみ
1774「使用上の注意をよく読んで」
　　◇大衆芸能脚本募集（第21回/令1年度/漫才・コント部門/奨励賞）

茂内 希保子　しげない・きおこ＊
1775　「かさこぐま」
　　◇家の光童話賞（第35回／令2年度／優秀賞）

しげ・フォン・ニーダーサイタマ
1776　「スペースメスガキ（♂）」
　　◇カクヨムWeb小説コンテスト（第8回／令5年／カクヨムプロ作家部門／ComicWalker漫画賞）

茂村 巨利　しげむら・なおとし＊
1777　「ジャケ買いしてしまった!!」
　　◇造本装幀コンクール（第54回／令2年／読書推進運動協議会賞）
　　「ジャケ買いしてしまった!!―ストリーミング時代に反逆する前代未聞のJAZZガイド：sometimes it's nice to judge JAZZ by their covers」中野俊成著　ジャズジャパン，シンコーミュージック・エンタテイメント（発売）　2021.1　321p　21cm　2273円　①978-4-401-77033-5

しけもく
1778　「元剣聖悪役令嬢の異世界配信～パーティを追放され、気がつけば現代でした。仕方がないのでダンジョン配信でお金を稼ぎつつ、スローライフを目指して頑張りますがもう遅い～」
　　◇カクヨムWeb小説コンテスト（第9回／令6年／現代ファンタジー部門／特別賞・ComicWalker漫画賞）

シゲリ カツヒコ
1779　「かぜがつよいひ」
　　◇日本絵本賞（第29回／令6年／日本絵本賞）
　　「かぜがつよいひ」昼田弥子作，シゲリカツヒコ絵　くもん出版　2023.3　〔32p〕　27cm　1400円　①978-4-7743-2927-7

次佐 駆人　じさ・くひと＊
1780　「おっさん異世界で最強になる　～物理特化型なのでパーティを組んだらなぜかハーレムに～」
　　◇カクヨムWeb小説コンテスト（第9回／令6年／異世界ファンタジー部門／特別賞）

志津 栄子　しず・えいこ＊
1781　「由佳とかっちゃん」
　　◇ちゅうでん児童文学賞（第23回／令2年度／優秀賞）

1782　「画鋲」（短編）
　　◇「日本児童文学」投稿作品賞（第13回／令3年／佳作）

1783　「雪の日にライオンを見に行く」
　　◇ちゅうでん児童文学賞（第24回／令3年度／大賞）
　　「雪の日にライオンを見に行く」志津栄子作，くまおり純絵　講談社　2023.1　189p　20cm　（講談社文学の扉）　1400円　①978-4-06-530511-9

1784　「だっぴ」
　　◇「日本児童文学」投稿作品賞（第16回／令6年／入選）

惺月 いづみ　しずき・いづみ＊
1785　「貢がれ姫と双月の白狼王」
　　◇角川ビーンズ小説大賞（第20回／令3年／奨励賞）
　　「貢がれ姫と冷厳の白狼王―獣人の万能薬になるのは嫌なので全力で逃亡します」KADOKAWA　2022.12　317p　15cm　（角川ビーンズ文庫）　720円　①978-4-04-113129-9
　　※受賞作を改題

しずき　　　　　　　　　　　　　　　　　　　　　　　　　　　　　　1786～1794

汐月　うた　　しずき・うた＊
　1786　「ナイショの交換日記」
　　　◇集英社みらい文庫大賞（第11回／令3年／大賞）
　　　「キミにはないしょ！―あて先ちがい!?の交換日記」　汐月うた作，こきち絵　集英社　2022.8　187p
　　　18cm（集英社みらい文庫）640円　①978-4-08-321736-4
　　　※受賞作を改題

しそたぬき
　1787　「あっぱれ!!」
　　　◇富士見ノベル大賞（第4回／令3年／入選）
　　　「あっぱれ!!―わけあり夫婦の花火屋騒動記」　KADOKAWA　2022.7　286p　15cm（富士見L文庫）
　　　660円　①978-4-04-074567-1

下垣　したがき＊
　1788　「自作3Dモデルの素材を宣伝するためにVtuberになったら予想外に人気出てしまった」
　　　◇カクヨムWeb小説コンテスト（第7回／令4年／キャラクター文芸部門／特別賞）
　　　「自作3Dモデルを売るためにサキュバスメイドVtuberになってみた」　KADOKAWA　2023.3　319p
　　　15cm（ファミ通文庫）680円　①978-4-04-737376-1
　　　※受賞作を改題

設楽　博己　　したら・ひろみ＊
　1789　「顔の考古学　異形の精神史」
　　　◇古代歴史文化賞（第8回／令4年／大賞）
　　　「顔の考古学―異形の精神史」　吉川弘文館　2021.1　238p　19cm（歴史文化ライブラリー　514）　1800
　　　円　①978-4-642-05914-5

四反田　凛太　　したんだ・りんた＊
　1790　「東京まではあと何歩」
　　　◇フジテレビヤングシナリオ大賞（第31回／令1年／佳作）

実石　沙枝子　　じついし・さえこ＊
　1791　「踊れ、かっぽれ」
　　　◇ポプラ社小説新人賞（第11回／令3年／奨励賞）　〈受賞時〉実石　サエコ
　1792　「リメンバー・マイ・エモーション」
　　　◇小説現代長編新人賞（第16回／令4年／奨励賞）
　　　「きみが忘れた世界のおわり」　講談社　2022.10　253p　19cm　1500円　①978-4-06-529322-5
　　　※受賞作を改題

市東　さやか　　しとう・さやか＊
　1793　「瑠璃も玻璃も照らせば光る」
　　　◇フジテレビヤングシナリオ大賞（第34回／令4年／大賞）

地主　じぬし＊
　1794　「スーパーの裏でヤニ吸うふたり」
　　　◇マンガ大賞（2023／令5年／8位）
　　　「スーパーの裏でヤニ吸うふたり　1」　スクウェア・エニックス　2022.8　19cm（ビッグガンガンコ
　　　ミックス）618円　①978-4-7575-8094-7
　　　「スーパーの裏でヤニ吸うふたり　2」　スクウェア・エニックス　2023.1　19cm（ビッグガンガンコ
　　　ミックス）664円　①978-4-7575-8362-7
　　　「スーパーの裏でヤニ吸うふたり　3」　スクウェア・エニックス　2023.7　19cm（ビッグガンガンコ
　　　ミックス）664円　①978-4-7575-8694-9
　　　「スーパーの裏でヤニ吸うふたり　4」　スクウェア・エニックス　2024.1　19cm（ビッグガンガンコ
　　　ミックス）682円　①978-4-7575-8709-0

「スーパーの裏でヤニ吸うふたり 5」 スクウェア・エニックス 2024.7 19cm（ビッグガンガンコミックス） 664円 ①978-4-7575-9314-5

篠崎 央子　しのざき・ひさこ*
1795 「火の貌」
◇俳人協会新人賞 （第44回／令2年度）
「火の貌―篠崎央子句集」 ふらんす堂 2020.8 216p 19cm（未来図叢書 第217篇）2500円 ①978-4-7814-1293-1
1796 「家伝」
◇星野立子賞・星野立子新人賞 （第9回／令3年／星野立子新人賞）

篠崎 フクシ　しのざき・ふくし*
1797 「ビューグルがなる」
◇福田正夫賞 （第36回／令4年）
「ビューグルがなる―詩集」 土曜美術社出版販売 2021.9 103p 22cm 2000円 ①978-4-8120-2642-7

篠田 謙一　しのだ・けんいち*
1798 「人類の起源」
◇新書大賞 （第16回／令5年／2位）
「人類の起源―古代DNAが語るホモ・サピエンスの「大いなる旅」」 中央公論新社 2022.2 294p 18cm（中公新書） 960円 ①978-4-12-102683-5

しののめ すぴこ
1799 「■瑞兆は濡鳥を秘する■〜後宮を仮宿にして、5年かけて有能官吏（男装）まで登りつめました、が、黒髪だけは隠したいっ！ 〜」
◇カクヨムWeb小説コンテスト （第6回／令3年／恋愛部門／特別賞） 〈受賞時〉supico
「璃寛皇国ひきこもり瑞兆妃伝―日々後宮を抜け出し、有能官吏やってます。」 KADOKAWA 2021.12 290p 19cm（カドカワBOOKS） 1300円 ①978-4-04-074352-3
※受賞作を改題
「璃寛皇国ひきこもり瑞兆妃伝―日々後宮を抜け出し、有能官吏やってます。 2」 KADOKAWA 2022.8 251p 19cm（カドカワBOOKS） 1300円 ①978-4-04-074552-7

東雲 めめ子　しののめ・めめこ*
1800 「私のマリア」
◇ノベル大賞 （2023年／令5年／佳作）
「私のマリア」 集英社 2024.4 316p 15cm（集英社オレンジ文庫）720円 ①978-4-08-680556-8

シノノメ公爵　しののめこうしゃく*
1801 「この日、『偽りの勇者』である俺は『真の勇者』である彼をパーティから追放した」
◇HJ小説大賞 （第2回／令3年／2021前期） 〈受賞時〉髭男爵
「この日、『偽りの勇者』である俺は『真の勇者』である彼をパーティから追放した 1」 ホビージャパン 2023.2 313p 15cm（HJ文庫）670円 ①978-4-7986-3075-5
「この日、『偽りの勇者』である俺は『真の勇者』である彼をパーティから追放した 2」 ホビージャパン 2023.9 319p 15cm（HJ文庫）720円 ①978-4-7986-3262-9

篠谷 巧　しのや・たくみ*
1802 「星を紡ぐエライザ」
◇小学館ライトノベル大賞 （第18回／令6年／優秀賞）
「夏を待つぼくらと、宇宙飛行士の白骨死体」 小学館 2024.7 309p 15cm（ガガガ文庫）760円 ①978-4-09-453198-5
※受賞作を改題

篠山 輝信　しのやま・あきのぶ＊
　1803　「島」
　　◇新人シナリオコンクール（第31回／令3年度／入選）

芝 夏子　しば・なつこ＊
　1804　「煙草の神様」
　　◇林芙美子文学賞（第6回／令1年度／佳作）

しば犬部隊　しばいぬぶたい＊
　1805　「凡人呪術師、ゴミギフト【術式作成】をスキルツリーで成長させて遊んでたら無自覚のまま世界最強～異世界で正体隠して悪役黒幕プレイ、全ての勢力の最強S級美人達に命を狙われてる？　…悪役っぽいな、ヨシ！」
　　◇カクヨムWeb小説コンテスト（第9回／令6年／異世界ファンタジー部門／特別賞・ComicWalker漫画賞）

柴刈 煙　しばかり・えん
　1806　「五二Hzの鯨啼」
　　◇ホワイトハート新人賞（2020／令2年／佳作）〈受賞時〉師嗄 夜
　　※電子書籍を期間限定公開、公開時「フォールレイン・メーデー」に改題

柴崎 友香　しばさき・ともか＊
　1807　「続きと始まり」
　　◇芸術選奨（第74回／令5年度／文学部門／文部科学大臣賞）
　　◇谷崎潤一郎賞（第60回／令6年）
　　「続きと始まり」　集英社　2023.12　341p　20cm　1800円　①978-4-08-771856-0

柴田 勝家　しばた・かついえ＊
　1808　「アメリカン・ブッダ」
　　◇星雲賞（第52回／令3年／日本長編部門（小説））
　　「アメリカン・ブッダ」　早川書房　2020.8　319p　16cm　（ハヤカワ文庫JA）　860円　①978-4-15-031443-9

柴田 ケイコ　しばた・けいこ＊
　1809　「パンどろぼう」
　　◇けんぶち絵本の里大賞（第31回／令3年度／びばからす賞）
　　◇小学生がえらぶ！"こどものほん"総選挙（第4回／令6年／第6位）
　　「パンどろぼう」　KADOKAWA　2020.4　〔32p〕　25cm　1300円　①978-4-04-109060-2
　1810　「パンどろぼうとなぞのフランスパン」
　　◇けんぶち絵本の里大賞（第32回／令4年度／びばからす賞）
　　「パンどろぼうとなぞのフランスパン」　KADOKAWA　2021.11　〔32p〕　25cm　1300円　①978-4-04-111947-1
　1811　「パンしろくま」
　　◇けんぶち絵本の里大賞（第33回／令5年度／びばからす賞）
　　「パンしろくま」　PHP研究所　2022.8　〔32p〕　24×24cm　（PHPにこにこえほん）　1400円　①978-4-569-88067-9

柴田 康太郎　しばた・こうたろう＊
　1812　「映画館に鳴り響いた音―戦前東京の映画館と音文化の近代」
　　◇サントリー学芸賞（第46回／令6年度／社会・風俗部門）
　　「映画館に鳴り響いた音―戦前東京の映画館と音文化の近代」　春秋社　2024.3　716, 52p　22cm　8800円　①978-4-393-93049-6

柴田　南海子　しばた・なみこ＊
　1813　「朝ざくら夕ざくら」
　　　◇日本詩歌句随筆評論大賞（第17回/令3年度/俳句部門/俳句四季賞）
　　　　「朝ざくら夕ざくら―句集」　東京四季出版　2020.4　201p　20cm　（現代俳句作家シリーズ―耀 4）
　　　　2800円　Ⓘ978-4-8129-0960-7

柴田　祐紀　しばた・ゆうき＊
　1814　「60％」
　　　◇日本ミステリー文学大賞新人賞（第26回/令4年）
　　　　「60％」　光文社　2023.2　319p　20cm　1700円　Ⓘ978-4-334-91511-7

シバタケ　クミ
　1815　「くろねこ　まじょねこ　はるのにわのまほう」
　　　◇MOE創作絵本グランプリ（第11回/令4年/佳作）

芝塚　るり　しばつか・るり＊
　1816　「蝶との挨拶」
　　　◇優駿エッセイ賞（2023〔第39回〕/令5年/佳作（Ⅲ））

芝宮　青十　しばみや・あおと＊
　1817　「フィギュアのお医者さん」
　　　◇電撃大賞〔電撃小説大賞〕（第30回/令5年/選考委員奨励賞）
　　　　「美少女フィギュアのお医者さんは青春を治せるか」　KADOKAWA　2024.6　307p　15cm　（電撃文庫）　700円　Ⓘ978-4-04-915528-0
　　　　※受賞作を改題

志部　淳之介　しぶ・じゅんのすけ＊
　1818　「モギサイの夏」
　　　◇ポプラ社小説新人賞（第13回/令5年/奨励賞）

渋沢　恵美　しぶさわ・えみ
　1819　「どてかぼちゃん」
　　　◇えほん大賞（第26回/令6年/絵本部門/優秀賞）

渋谷　治美　しぶや・はるよし＊
　1820　「カントと自己実現―人間讃歌とそのゆくえ」
　　　◇和辻哲郎文化賞（第35回/令4年度/学術部門）
　　　　「カントと自己実現―人間讃歌とそのゆくえ」　花伝社, 共栄書房（発売）　2021.10　392p　22cm　3200円　Ⓘ978-4-7634-0984-3

渋谷　雅一　しぶや・まさいち＊
　1821　「すっきりしたい」
　　　◇角川春樹小説賞（第12回/令2年）
　　　　「質草女房」　角川春樹事務所　2020.10　229p　20cm　1600円　Ⓘ978-4-7584-1364-0
　　　　※受賞作を改題
　　　　「質草女房」　角川春樹事務所　2023.3　285p　16cm　（ハルキ文庫）　780円　Ⓘ978-4-7584-4548-1

志保田　行　しほた・こう
　1822　「竹内景助氏と「憂因録」―四ヵ月の獄中日記とその前後―」
　　　◇労働者文学賞（第33回/令3年/評論・ルポルタージュ部門/佳作）

シマ・シンヤ
　1823　「ロスト・ラッド・ロンドン」
　　　◇文化庁メディア芸術祭賞（第25回/令4年/新人賞）

「ロスト・ラッド・ロンドン　1」　シマシンヤ著　KADOKAWA　2021.1　192p　19cm　（BEAM COMIX）　680円　①978-4-04-736484-4
「ロスト・ラッド・ロンドン　2」　シマシンヤ著　KADOKAWA　2021.1　185p　19cm　（BEAM COMIX）　680円　①978-4-04-736485-1
「ロスト・ラッド・ロンドン　3」　シマシンヤ著　KADOKAWA　2021.6　185p　19cm　（BEAM COMIX）　680円　①978-4-04-736688-6

嶋 稟太郎　しま・りんたろう＊
1824　「羽と風鈴」
◇笹井宏之賞　（第3回/令2年/個人賞/染野太朗賞）
「ねむらない樹　Vol. 6（2021 winter）」　書肆侃侃房　2021.2　205p　21cm　（短歌ムック）　1500円　①978-4-86385-442-0
※受賞作を収録
「羽と風鈴」　書肆侃侃房　2022.1　157p　20cm　2000円　①978-4-86385-501-4

島岡 幹夫　しまおか・みきお＊
1825　「生きる―窪川原発阻止闘争と農の未来―」
◇日本自費出版文化賞　（第23回/令2年/部門入賞/地域文化部門）
「生きる―窪川原発阻止闘争と農の未来」　島岡幹夫, 高知新聞総合印刷（発売）　2015.3　188p　20cm　1500円　①978-4-906910-33-5

島口 大樹　しまぐち・だいき＊
1826　「鳥がぼくらは祈り、」
◇群像新人文学賞　（第64回/令3年/当選作）
「鳥がぼくらは祈り、」　講談社　2021.7　143p　20cm　1400円　①978-4-06-524307-7
「鳥がぼくらは祈り、」　講談社　2023.6　179p　15cm　（講談社文庫）　600円　①978-4-06-532128-7

しまざき ともみ
1827　「満月のよるに」
◇日産 童話と絵本のグランプリ　（第36回/令1年度/絵本の部/優秀賞）
※「第36回 日産 童話と絵本のグランプリ 童話・絵本入賞作品集」（大阪国際児童文学振興財団2020年3月発行）に収録

島崎 杜香　しまざき・もにか＊
1828　「クロスロード」
◇フジテレビヤングシナリオ大賞　（第35回/令5年/佳作）

島田 修三　しまだ・しゅうぞう＊
1829　「いいなあ長嶋」28首
◇短歌研究賞　（第56回/令2年）

1830　「秋隣小曲集」
◇小野市詩歌文学賞　（第13回/令3年/短歌部門）
「秋隣小曲集―島田修三歌集」　砂子屋書房　2020.11　212p　22cm　（まひる野叢書 第377篇）　3000円　①978-4-7904-1771-2

シマダ タモツ
1831　「光韻 -kouin- 織作峰子」
◇造本装幀コンクール　（第57回/令5年/審査員奨励賞）
「光韻」　織作峰子著　織作事務所　2023.8　19×27cm　20000円　①978-4-600-01303-5

島田 虎之介　しまだ・とらのすけ＊
1832　「ロボ・サピエンス前史」
◇文化庁メディア芸術祭賞　（第23回/令2年/大賞）
「ロボ・サピエンス前史 上」　講談社　2019.8　157p　21cm　（ワイドKC）　920円　①978-4-06-516886-8

「ロボ・サピエンス前史 下」 講談社 2019.8 139p 21cm（ワイドKC） 920円 ①978-4-06-516887-5

島田 雅彦　しまだ・まさひこ＊
1833 「君が異端だった頃」
　◇読売文学賞（第71回/令1年/小説賞）
　　　「君が異端だった頃」 集英社 2019.8 298p 20cm 1850円 ①978-4-08-771190-5
　　　「君が異端だった頃」 集英社 2022.8 340p 16cm（集英社文庫） 760円 ①978-4-08-744422-3

島田 悠子　しまだ・ゆうこ＊
1834 「御命頂戴！」
　◇城戸賞（第46回/令2年/準入賞）

1835 「薄氷（うすらい）」
　◇城戸賞（第47回/令3年/佳作）

1836 「獣医はステキなことだらけ」
　◇城戸賞（第48回/令4年/佳作）

島貫 恵　しまぬき・めぐみ＊
1837 「遠くまで」
　◇俳壇賞（第38回/令5年）

嶋野 夕陽　しまの・ゆうひ＊
1838 「多分悪役貴族の俺が、寿命を全うするためにできること」
　◇カクヨムWeb小説コンテスト（第9回/令6年/異世界ファンタジー部門/特別賞）
　　　「たぶん悪役貴族の俺が、天寿をまっとうするためにできること　1」 嶋野夕陽著, ふわチーズイラスト　KADOKAWA 2024.12 332p 19cm 1300円 ①978-4-0473816-3-6

島村 正　しまむら・ただし＊
1839 「現代俳句Ⅰ」
　◇日本詩歌句随筆評論大賞（第19回/令5年度/評論部門/大賞）

島村 幹子　しまむら・みきこ
1840 「うみいろのねこ」
　◇えほん大賞（第22回/令4年/ストーリー部門/優秀賞）

島村 木綿子　しまむら・ゆうこ＊
1841 「カステラアパートのざらめさん」
　◇小川未明文学賞（第30回/令3年/大賞/長編部門）
　　　「カステラアパートのざらめさん」 島村木綿子作, コマツシンヤ絵　Gakken 2022.12 129p 22cm（ジュニア文学館） 1400円 ①978-4-05-205613-0

島本 理生　しまもと・りお＊
1842 「**2020年の恋人たち**」
　◇本屋が選ぶ大人の恋愛小説大賞（第1回/令3年）
　　　「2020年の恋人たち」 中央公論新社 2020.11 292p 20cm 1600円 ①978-4-12-005279-8
　　　「2020年の恋人たち」 中央公論新社 2023.12 325p 16cm（中公文庫） 760円 ①978-4-12-207456-9

縞杜 コウ　しまもり・こう＊
1843 「銀鉱翠花のエクドール」
　◇HJ小説大賞（第3回/令4年/後期）

清水 あかね　しみず・あかね＊
1844 「白線のカモメ」

◇ながらみ書房出版賞（第29回/令3年）
「白線のカモメ」　ながらみ書房　2020.8　207p　20cm　2500円　①978-4-86629-196-3

清水 香苗　しみず・かなえ＊
1845　「花姫は恋の花を咲かせる」
◇角川ビーンズ小説大賞（第19回/令2年/奨励賞）
「とらわれ花姫の幸せな誤算—仮面に隠された恋の名は」　青田かずみ著　KADOKAWA　2021.12　297p　15cm（角川ビーンズ文庫）720円　①978-4-04-111980-8
※受賞作を改題

清水 紗緒　しみず・さお
1846　「心の奥から わきでるものは」
◇長編児童文学新人賞（第21回/令4年/佳作）

清水 サトル　しみず・さとる＊
1847　「西ケ原」
◇北区内田康夫ミステリー文学賞（第19回/令3年/大賞）

清水 知佐子　しみず・ちさこ＊
1848　「真夜中のちいさなようせい」
◇産経児童出版文化賞（第69回/令4年/翻訳作品賞）
「真夜中のちいさなようせい」　シンソンミ絵と文, 清水知佐子訳　ポプラ社　2021.6　〔30p〕　23×31cm（ポプラせかいの絵本 67）1500円　①978-4-591-17029-8

清水 ゆりか　しみず・ゆりか
1849　「アラサー女子が部屋で寝ていたら、目覚めていきなり異世界転生していた件」
◇HJ小説大賞（第3回/令4年/前期）
「転生アラサー女子の異世改活—政略結婚は嫌なので、雑学知識で楽しい改革ライフを決行しちゃいます！ 1」　ホビージャパン　2024.2　325p　19cm（HJ NOVELS）1350円　①978-4-7986-3412-8
※受賞作を改題
「転生アラサー女子の異世改活—政略結婚は嫌なので、雑学知識で楽しい改革ライフを決行しちゃいます！ 2」　2024.4　303p　19cm（HJ NOVELS）1300円　①978-4-7986-3511-8
「転生アラサー女子の異世改活—政略結婚は嫌なので、雑学知識で楽しい改革ライフを決行しちゃいます！ 3」　ホビージャパン　2024.11　317p　19cm（HJ NOVELS）1350円　①978-4-7986-3677-1

沈 池娟　しむ・じょん＊
1850　「少年Bが住む家」(李(イ)ボラム作)
◇小田島雄志・翻訳戯曲賞（第13回/令2年）

志村 真幸　しむら・まさき＊
1851　「南方熊楠のロンドン—国際学術雑誌と近代科学の進歩」
◇サントリー学芸賞（第42回/令2年度/社会・風俗部門）
「南方熊楠のロンドン—国際学術雑誌と近代科学の進歩」　慶應義塾大学出版会　2020.2　280, 6p　22cm　4000円　①978-4-7664-2650-2

志村 佳　しむら・よし
1852　「開けるのはいつも私でさよならと閉めるのは君ガラスの扉」
◇角川全国短歌大賞（第13回/令3年/自由題/準賞）

下條 尚志　しもじょう・ひさし＊
1853　「国家の「余白」—メコンデルタ 生き残りの社会史—」
◇澁澤賞（第49回/令4年）
「国家の「余白」—メコンデルタ生き残りの社会史」　京都大学学術出版会　2021.2　558p　23cm（地域研究叢書 42）4300円　①978-4-8140-0309-9

下平　さゆり　　しもだいら・さゆり＊
　　1854　「夏休みの男」
　　　　◇シナリオS1グランプリ　（第41回/令3年冬/準グランプリ）

霜月　透子　　しもつき・とおこ＊
　　1855　「レトルト彼」
　　　　◇坊っちゃん文学賞　（第16回/令1年/佳作）
　　　　　「夢三十夜」「坊っちゃん文学賞」書籍編集委員会編　学研プラス　2021.6　330p　19cm（5分後の隣のシリーズ）1000円　Ⓘ978-4-05-205425-9

　　1856　「海辺のカプセル」
　　　　◇坊っちゃん文学賞　（第17回/令2年/佳作）
　　　　　「夢三十夜」「坊っちゃん文学賞」書籍編集委員会編　学研プラス　2021.6　330p　19cm（5分後の隣のシリーズ）1000円　Ⓘ978-4-05-205425-9

　　1857　「幻島」
　　　　◇坊っちゃん文学賞　（第19回/令4年/佳作）

霜月　雹花　　しもつき・ひょうか＊
　　1858　「最低キャラに転生した俺は生き残りたい」
　　　　◇カクヨムWeb小説コンテスト　（第7回/令4年/異世界ファンタジー部門/特別賞）
　　　　　「最低キャラに転生した俺は生き残りたい　1」KADOKAWA　2023.3　322p　19cm（MFブックス）1300円　Ⓘ978-4-04-682101-0
　　　　　「最低キャラに転生した俺は生き残りたい　2」KADOKAWA　2023.9　312p　19cm（MFブックス）1400円　Ⓘ978-4-04-682890-3

　　1859　「外れスキルと馬鹿にされた【経験値固定】は実はチートスキルだった件」
　　　　◇カクヨムWeb小説コンテスト　（第8回/令5年/カクヨムプロ作家部門/アップデート賞）

霜月　流　　しもつき・りゅう＊
　　1860　「遊廓島心中譚」
　　　　◇江戸川乱歩賞　（第70回/令6年）〈応募時〉東座　莉一
　　　　　「遊廓島心中譚」講談社　2024.10　243p　20cm　1800円　Ⓘ978-4-06-536831-2

しもっち
　　1861　「最強男児ゲンタくんvs花子さんッッ!!」
　　　　◇青い鳥文庫小説賞　（第3回/令1年度/一般部門/短編賞）

下鳥　潤子　　しもとり・じゅんこ
　　1862　「あかねとさゆりちゃんとカタクリの花」
　　　　◇家の光童話賞　（第37回/令4年度/優秀賞）

ジャクソン，ホリー
　　1863　「自由研究には向かない殺人」
　　　　◇本屋大賞　（第19回/令4年/翻訳小説部門/2位）
　　　　　「自由研究には向かない殺人」ホリー・ジャクソン著, 服部京子訳　東京創元社　2021.8　581p　15cm（創元推理文庫）1400円　Ⓘ978-4-488-13505-8

　　1864　「卒業生には向かない真実」
　　　　◇本屋大賞　（第21回/令6年/翻訳小説部門/2位）
　　　　　「卒業生には向かない真実」ホリー・ジャクソン著, 服部京子訳　東京創元社　2023.7　681p　15cm（創元推理文庫）1500円　Ⓘ978-4-488-13507-2

ジャジャ丸　　じゃじゃまる＊
　　1865　「せっかく女の子に転生したんだから、俺なりに「可愛い」の頂点を極めてみよう

と思う」
 ◇カクヨムWeb小説コンテスト （第8回/令5年/異世界ファンタジー部門/特別賞）
 「転生した俺が可愛いすぎるので、愛されキャラを目指してがんばります 1」 KADOKAWA 2023.12 313p 19cm 1300円 ①978-4-04-737761-5
 ※受賞作を改題

斜線堂 有紀　しゃせんどう・ゆうき＊
1866 「星が人を愛すことなかれ」
 ◇本屋が選ぶ大人の恋愛小説大賞 （第4回/令6年）
 「星が人を愛すことなかれ」 集英社 2024.8 215p 20cm 1500円 ①978-4-08-790174-0

シャール, サンドラ
1867 「『女工哀史』を再考する ―失われた女性の声を求めて」
 ◇和辻哲郎文化賞 （第33回/令2年度/一般部門）
 「『女工哀史』を再考する―失われた女性の声を求めて」 サンドラ・シャール著 京都大学学術出版会 2020.2 495p 22cm 6200円 ①978-4-8140-0231-3

集英社　しゅうえいしゃ＊
1868 「TANAAMI!! AKATSUKA!! That's All Right!!」
 ◇造本装幀コンクール （第57回/令5年/日本書籍出版協会理事長賞/芸術書部門）
 ※展覧会カタログ「TANAAMI!! AKATSUKA!! That's All Right!!」（集英社 2023年発行）

秋作　しゅうさく＊
1869 「前世がアレだったB級冒険者のおっさんは、勇者に追放された雑用係と暮らすことになりました～今更仲間を返せと言われても返さない～」
 ◇カクヨムWeb小説コンテスト （第9回/令6年/カクヨムプロ作家部門/カクヨム1日ひとりじめ賞・最多フォロー賞・特別賞・ComicWalker漫画賞）

十三不塔　じゅうさんふとう＊
1870 「ヴィンダウス・エンジン」
 ◇ハヤカワSFコンテスト （第8回/令2年/優秀賞）
 「ヴィンダウス・エンジン」 早川書房 2020.11 319p 16cm （ハヤカワ文庫 JA） 980円 ①978-4-15-031458-3

周南 カンナ　しゅうなん・かんな＊
1871 「鈴峰エレン、二十代。昭和の冒険」
 ◇シナリオS1グランプリ （第44回/令5年春/奨励賞）

シュガースプーン。
1872 「忍者が箸を使って何が悪い！ ～私は忍の世界でも魔女になる事を諦めない～」
 ◇カクヨムWeb小説コンテスト （第9回/令6年/異世界ファンタジー部門/特別賞）

主婦の友社　しゅふのともしゃ＊
1873 「美しいノイズ」
 ◇造本装幀コンクール （第55回/令3年/日本印刷産業連合会会長賞）
 「美しいノイズ」 谷尻誠,吉田愛著 主婦の友社 2021.10 925p 15cm 3800円 ①978-4-07-441075-0

JULA出版局　じゅらしゅっぱんきょく＊
1874 「おひさま わらった」
 ◇造本装幀コンクール （第55回/令3年/審査員奨励賞）
 「おひさまわらった」 きくちちき作 JULA出版局, フレーベル館（発売） 2021.3 〔36p〕 31cm 2300円 ①978-4-577-61032-9

駿馬 京　しゅんめ・けい＊
1875　「インフルエンス・インシデント」
◇電撃大賞〔電撃小説大賞〕（第27回／令2年／銀賞）
「インフルエンス・インシデント　Case：01　男の娘配信者・神村まゆの場合」　KADOKAWA　2021.3　331p　15cm（電撃文庫）630円　①978-4-04-913685-2
「インフルエンス・インシデント　Case：02　元子役配信者・春日夜鶴の場合」　KADOKAWA　2021.9　299p　15cm（電撃文庫）700円　①978-4-04-914000-2
「インフルエンス・インシデント　Case：03　粛清者・茜谷深紅の場合」　KADOKAWA　2021.12　267p　15cm（電撃文庫）800円　①978-4-04-914100-9

邵 丹　しょう・たん＊
1876　「翻訳を産む文学、文学を産む翻訳―藤本和子、村上春樹、SF小説家と複数の訳者たち」
◇サントリー学芸賞（第44回／令4年度／芸術・文学部門）
「翻訳を産む文学、文学を産む翻訳―藤本和子、村上春樹、SF小説家と複数の訳者たち」　松柏社　2022.3　531p　20cm　3800円　①978-4-7754-0284-9

庄 彦二　しょう・ひこじ
1877　「きりんさんのくびはながい」
◇えほん大賞（第24回／令5年／絵本部門／優秀賞）

小学館　しょうがくかん＊
1878　「てんとう虫コミックス『ドラえもん』豪華愛蔵版全45巻セット「100年ドラえもん」」
◇造本装幀コンクール（第54回／令2年／日本書籍出版協会理事長賞／生活実用書・文庫・新書・コミック・その他部門）
「ドラえもん」藤子・F・不二雄著　小学館　2020.12　48冊　19cm（100年ドラえもん）　①978-4-09-179333-1（set）
1879　「てんじつきさわるえほん　さわってたのしいレリーフブック　さかな」
◇造本装幀コンクール（第55回／令3年／文部科学大臣賞, 日本印刷産業連合会会長賞）
「さわってたのしいレリーフブックさかな―てんじつき」村山純子著　小学館　2021.9　25cm（てんじつきさわるえほん）1900円　①978-4-09-725101-9
1880　「のうじょうにすむねこ」
◇造本装幀コンクール（第55回／令3年／日本書籍出版協会理事長賞／児童書・絵本部門）
「のうじょうにすむねこ」なかにしなちお作　小学館　2021.11　19×27cm　2000円　①978-4-09-725130-9
1881　「鉄道開業150周年　日本鉄道大地図館」
◇造本装幀コンクール（第56回／令4年／日本印刷産業連合会会長賞／印刷・製本特別賞）
「日本鉄道大地図館―鉄道開業150周年」今尾恵介監修　小学館　2022.10　413p　43cm　36000円　①978-4-09-682380-4
1882　「ぺぱぷんたす006」
◇造本装幀コンクール（第56回／令4年／日本印刷産業連合会会長賞）
「ぺぱぷんたす―かみがすきなこあつまれー！　006」小学館　2022.8　137p　28cm（OYAKO MOOK―小学館紙育シリーズ）2091円　①978-4-09-101655-3
1883　「きみ辞書　～きみの名前がひける国語辞典～」
◇造本装幀コンクール（第57回／令5年／日本書籍出版協会理事長賞／語学・学参・辞事典・全集・社史・年史・自分史部門）
※「きみ辞書 きみの名前がひける国語辞典」（小学館 2023年発行 小学館通販サイトにて不定期販売）
1884　「藤子・F・不二雄SF短編コンプリート・ワークス 愛蔵版1」

しょうじ　　　　　　　　　　　　　　　　　　　　　　　　　　　1885〜1894

　　◇造本装幀コンクール　（第57回/令5年/日本書籍出版協会理事長賞/生活実用書・文
　　　庫・新書・コミック・その他部門）
　　「藤子・F・不二雄SF短編コンプリート・ワークス―Ultimate Edition〈愛蔵版〉　1　ミノタウロスの
　　皿」　藤子・F・不二雄著　小学館　2023.6　301p　26cm　4345円　①978-4-09-179407-9

庄司　優芽　　しょうじ・ゆめ＊
1885　「遺産と鍵の三日間」
　　◇青い鳥文庫小説賞　（第6回/令4年度/U-15部門/大賞）

しょうの　しょう
1886　「へんなどろぼう　おんがくをぬすむ」
　　◇えほん大賞　（第20回/令3年/ストーリー部門/優秀賞）

庄野　酢飯　　しょうの・すめし＊
1887　「性別の女に丸をする度に誰も知らない僕の戸惑い」
　　◇角川全国短歌大賞　（第12回/令2年/自由題/大賞）

ショージ サキ
1888　「Lighthouse」
　　◇短歌研究新人賞　（第65回/令4年）

書肆侃侃房　　しょしかんかんぼう＊
1889　「柴犬二匹でサイクロン」
　　◇造本装幀コンクール　（第56回/令4年/東京都知事賞）
　　「柴犬二匹でサイクロン―歌集」　大前粟生　書肆侃侃房　2022.4　143p　19cm　1700円　①978-4-
　　86385-514-2

書肆汽水域　　しょしきすいいき＊
1890　「芝木好子小説集 新しい日々(緑)」
　　◇造本装幀コンクール　（第55回/令3年/日本印刷産業連合会会長賞）
　　「新しい日々―芝木好子小説集」　芝木好子著　書肆汽水域　2021.8　269p　18cm　2000円　①978-4-
　　9908899-5-1

しょぼん
1891　「忘れられ師の英雄譚 ～聖勇女パーティーに忘れられた男は、記憶に残らずとも
　　彼女達を救う～」
　　◇HJ小説大賞　（第2回/令3年/2021後期）　〈受賞時〉しょぼん（´・ω・｀）
　　「忘れられ師の英雄譚―聖勇女パーティーに優しき追放をされた男は、記憶に残らずとも彼女達を救う
　　1」　ホビージャパン　2023.10　345p　15cm　(HJ文庫)　720円　①978-4-7986-3311-4
　　「忘れられ師の英雄譚―聖勇女パーティーに優しき追放をされた男は、記憶に残らずとも彼女達を救う
　　2」　ホビージャパン　2024.4　344p　15cm　(HJ文庫)　720円　①978-4-7986-3582-8

ジョルジュ・ピロシキ
1892　「NEW NORMAL！」
　　◇日本漫画家協会賞　（第50回/令3年度/大賞/カーツーン部門）
　　※自費出版

しょわんちゅ
1893　「ダムのヒミツ」
　　◇えほん大賞　（第22回/令4年/ストーリー部門/特別賞）

ジョーンズ，ジャネット・L
1894　「馬のこころ 脳科学者が解説するコミュニケーションガイド」
　　◇JRA賞馬事文化賞　（2021/令3年度）

「馬のこころ—脳科学者が解説するコミュニケーションガイド」 ジャネット・L・ジョーンズ著、尼丁千津子訳　パンローリング　2021.8　419p　19cm（フェニックスシリーズ 124）2800円　①978-4-7759-4253-6

ショーン田中　しょーんたなか＊
1895　「女装の麗人はかく生きたり」
　◇スニーカー大賞　（第29回/令5年/銀賞）
　　「女装の麗人は、かく生きたり」　KADOKAWA　2024.12　303p　15cm（角川スニーカー文庫）700円　①978-4-04-115611-7
1896　「世界を滅ぼしかけて偉そうにするんじゃない」
　◇ファンタジア大賞　（第37回/令6年/金賞＋羊太郎特別賞）

白井　智之　しらい・ともゆき＊
1897　「名探偵のいけにえ　人民教会殺人事件」
　◇本格ミステリ大賞　（第23回/令5年/小説部門）
　　「名探偵のいけにえ—人民教会殺人事件」　新潮社　2022.9　409p　20cm　1900円　①978-4-10-353522-5

白井　ムク　しらい・むく＊
1898　「俺がピエロでなにが悪い！」
　◇講談社ラノベ文庫新人賞　（第9回/令1年10月発表/佳作）
　　「俺がピエロでなにが悪い！」　講談社　2021.4　231p　15cm（講談社ラノベ文庫）660円　①978-4-06-522533-2

白川　個舟　しらかわ・こしゅう
1899　「甘い蜜をなめている」
　◇深大寺短編恋愛小説『深大寺恋物語』　（第20回/令6年/深大寺特別賞）

白川　尚史　しらかわ・なおふみ＊
1900　「ミイラの仮面と欠けのある心臓」
　◇『このミステリーがすごい！』大賞　（第22回/令5年/大賞）
　　「ファラオの密室」　宝島社　2024.1　323p　19cm　1500円　①978-4-299-04931-5
　　※受賞作を改題

白川　方明　しらかわ・まさあき＊
1901　「中央銀行　セントラルバンカーの経験した39年」
　◇和辻哲郎文化賞　（第32回/令1年度/一般部門）
　　「中央銀行—セントラルバンカーの経験した39年」　東洋経済新報社　2018.10　758,9p　20cm　4500円　①978-4-492-65485-9

白木　健嗣　しらき・けんじ＊
1902　「ヘパイストスの侍女」
　◇島田荘司選　ばらのまち福山ミステリー文学新人賞　（第14回/令3年）
　　「ヘパイストスの侍女」　光文社　2022.3　283p　19cm　1850円　①978-4-334-91454-7

白鷺　あおい　しらさぎ・あおい＊
1903　「ぬばたまおろち、しらたまおろち」
　◇創元ファンタジイ新人賞　（第2回/平29年発表/優秀賞）
　　「ぬばたまおろち、しらたまおろち」　東京創元社　2017.9　478p　15cm（創元推理文庫）1000円　①978-4-488-58802-1

白澤　光政　しらさわ・こうせい
1904　「王女様のお仕置き係　～セクハラ疑惑で失脚したらなぜか変態王女のご主人様になったんだが～」
　◇講談社ラノベ文庫新人賞　（第18回/令6年4月発表/優秀賞）

白瀬 あお　しらせ・あお＊
　　1905　「「忘れたい記憶、消します」」
　　　　◇富士見ノベル大賞（第5回/令4年/佳作）
　　　　　「忘れたい記憶、消します」KADOKAWA　2023.6　295p　15cm（富士見L文庫）680円　①978-4-04-074998-3

しらたま
　　1906　「しあわせの赤いセーター」
　　　　◇アンデルセンのメルヘン大賞（第40回/令5年/一般部門/大賞）
　　　　　「アンデルセンのメルヘン文庫　第40集」アンデルセン・パン生活文化研究所　2023.10　87p　21×22cm（アンデルセンのメルヘン大賞受賞作品集 第40回）1000円
　　　　　※受賞作を収録

白鳥 一　しらとり・はじめ＊
　　1907　「遠くから来ました」
　　　　◇群像新人文学賞（第67回/令6年/優秀作）

白根 厚子　しらね・あつこ＊
　　1908　「母のすりばち」
　　　　◇壺井繁治賞（第49回/令3年）
　　　　　「母のすりばち―白根厚子詩集」詩人会議出版　2020.4　141p　22cm　2000円

白野 大兎　しらの・やまと＊
　　1909　「サマー・ドラゴン・ラプソディー」
　　　　◇富士見ノベル大賞（第4回/令3年/審査員特別賞）
　　　　　「サマー・ドラゴン・ラプソディー」KADOKAWA　2022.8　269p　15cm（富士見L文庫）640円　①978-4-04-074645-6

尻野 ベロ彦　しりの・べろひこ＊
　　1910　「砂道教室」
　　　　◇坊っちゃん文学賞（第20回/令5年/佳作）

shiryu
　　1911　「ラブコメ漫画の世界に入ってしまったので、主人公とくっつかないヒロインを全力で幸せにする」
　　　　◇カクヨムWeb小説コンテスト（第6回/令3年/ラブコメ部門/特別賞・ComicWalker漫画賞）
　　　　　「ラブコメ漫画に入ってしまったので、推しの負けヒロインを全力で幸せにする」KADOKAWA　2022.2　329p　15cm（角川スニーカー文庫）680円　①978-4-04-112230-3
　　　　　※受賞作を改題
　　　　　「ラブコメ漫画に入ってしまったので、推しの負けヒロインを全力で幸せにする　2」KADOKAWA　2022.7　287p　15cm（角川スニーカー文庫）680円　①978-4-04-112231-0
　　　　　「ラブコメ漫画に入ってしまったので、推しの負けヒロインを全力で幸せにする　3」KADOKAWA　2023.2　287p　15cm（角川スニーカー文庫）700円　①978-4-04-113386-7

白い立体　しろいりったい＊
　　1912　「RESTAURANT B RECIPE BOOK」
　　　　◇造本装幀コンクール（第57回/令5年/読書推進運動協議会賞）
　　　　　「レストランBレシピブック」坂田阿希子著　文化学園文化出版局　2023.12　143p　22cm　3000円　①978-4-579-21431-0

白金 透　しろがね・とおる＊
　　1913　「姫騎士様のヒモ」
　　　　◇電撃大賞〔電撃小説大賞〕（第28回/令3年/大賞）

「姫騎士様のヒモ」 KADOKAWA 2022.2 365p 15cm（電撃文庫）680円 ①978-4-04-914215-0
「姫騎士様のヒモ　2」 KADOKAWA 2022.6 377p 15cm（電撃文庫）700円 ①978-4-04-914400-0
「姫騎士様のヒモ　3」 KADOKAWA 2022.11 385p 15cm（電撃文庫）700円 ①978-4-04-914584-7
「姫騎士様のヒモ　4」 KADOKAWA 2023.4 385p 15cm（電撃文庫）700円 ①978-4-04-914869-5
「姫騎士様のヒモ　5」 KADOKAWA 2023.9 367p 15cm（電撃文庫）760円 ①978-4-04-915143-5

白野　しろの＊
1914　「名札の裏」
◇笹井宏之賞（第6回/令5年/大賞）
「ねむらない樹　Vol. 11」 書肆侃侃房 2024.2 206p 21cm（短歌ムック）1500円 ①978-4-86385-614-1
※受賞作を収録

城野　白　しろの・しろ＊
1915　「落第ピエロの喜劇論」
◇講談社ラノベチャレンジカップ（第8回/令1年/優秀賞）

白野　よつは　しろの・よつは
1916　「派遣メシ友」
◇カクヨムWeb小説コンテスト（第9回/令6年/ライト文芸部門/特別審査員賞）

白目黒　しろめぐろ＊
1917　「美大生・月浪縁の怪談」
◇カクヨムWeb小説コンテスト（第8回/令5年/ライト文芸部門/特別賞）
「美大生・月浪縁の怪談」 KADOKAWA 2024.2 409p 15cm（富士見L文庫）780円 ①978-4-04-075298-3

神　敦子　じん・あつこ＊
1918　「君の無様はとるにたらない」
◇女による女のためのR-18文学賞（第23回/令6年/友近賞）

迅　空也　じん・くうや＊
1919　「追放されし者たち、いつの間にか世界の中心になっていた」
◇HJ小説大賞（第1回/令2年/2020前期）
「役立たずと言われ勇者パーティを追放された俺、最強スキル《弱点看破》が覚醒しました―追放者たちの寄せ集めから始まる「楽しい敗者復活物語」　1」 ホビージャパン 2022.2 332p 15cm（HJ文庫）670円 ①978-4-7986-2717-5
※受賞作を改題
「役立たずと言われ勇者パーティを追放された俺、最強スキル《弱点看破》が覚醒しました―追放者たちの寄せ集めから始まる「楽しい敗者復活物語」　2」 ホビージャパン 2022.6 332p 15cm（HJ文庫）670円 ①978-4-7986-2847-9
「役立たずと言われ勇者パーティを追放された俺、最強スキル《弱点看破》が覚醒しました―追放者たちの寄せ集めから始まる「楽しい敗者復活物語」　3」 ホビージャパン 2022.12 317p 15cm（HJ文庫）670円 ①978-4-7986-3013-7

シン・ソンミ
1920　「真夜中のちいさなようせい」
◇産経児童出版文化賞（第69回/令4年/翻訳作品賞）
「真夜中のちいさなようせい」 シンソンミ絵と文, 清水知佐子訳 ポプラ社 2021.6 〔30p〕 23×31cm（ポプラせかいの絵本 67）1500円 ①978-4-591-17029-8

新海　誠　しんかい・まこと＊
1921　「すずめの戸締まり」
◇芸術選奨（第73回／令4年度／メディア芸術部門／文部科学大臣賞）
「小説すずめの戸締まり」　KADOKAWA　2022.8　370p　15cm（角川文庫）680円　Ⓘ978-4-04-112679-0
「すずめの戸締まり」　新海誠作，ちーこ挿絵　KADOKAWA　2022.10　342p　18cm（角川つばさ文庫）840円　Ⓘ978-4-04-632190-9
※「小説すずめの戸締まり」（角川文庫 2022年8月刊）の改題

新川　帆立　しんかわ・ほたて＊
1922　「三つ前の彼」
◇『このミステリーがすごい！』大賞（第19回／令2年／大賞）
「元彼の遺言状」　宝島社　2021.1　331p　19cm　1400円　Ⓘ978-4-299-01236-4
※受賞作を改題
「元彼の遺言状」　宝島社　2021.10　349p　16cm（宝島社文庫―このミス大賞）682円　Ⓘ978-4-299-02122-9

シンギョウ　ガク
1923　「俺だけLVアップするスキルガチャで、まったりダンジョン探索者生活も余裕です ～ガチャ引き楽しくてやめられねぇ！～」
◇カクヨムWeb小説コンテスト（第8回／令5年／異世界ファンタジー部門／ComicWalker漫画賞）

神宮寺　文鷹　じんぐうじ・ふみたか
1924　「君の電波にノイズはいらない」
◇電撃大賞〔電撃小説大賞〕（第31回／令6年／金賞）

新国立劇場シェイクスピア歴史劇シリーズ
しんこくりつげきじょうしぇいくすぴあれきしげきしりーず＊
1925　「ヘンリー六世・三部作(2009年上演)，リチャード三世(2012年上演)，ヘンリー四世・二部作(2016年上演)，ヘンリー五世(2018年上演)，リチャード二世(2020年上演)」
◇小田島雄志・翻訳戯曲賞（第13回／令2年／特別賞）

シンコーミュージックエンタテイメント
1926　「ジャケ買いしてしまった!!」
◇造本装幀コンクール（第54回／令2年／読書推進運動協議会賞）
「ジャケ買いしてしまった!!―ストリーミング時代に反逆する前代未聞のJAZZガイド：sometimes it's nice to judge JAZZ by their covers」　中野俊成著　ジャズジャパン，シンコーミュージック・エンタテイメント（発売）　2021.1　321p　21cm　2273円　Ⓘ978-4-401-77033-5

新崎　瞳　しんざき・ひとみ
1927　「ダンスはへんなほうがいい」
◇すばる文学賞（第48回／令6年／佳作）

進士　郁　しんじ・いく＊
1928　「私の出逢った詩歌」（上・下巻）
◇日本自費出版文化賞（第23回／令2年／部門入賞／エッセー部門）
「私の出逢った詩歌　上巻」　西田書店　2020.2　373p　20cm　2500円　Ⓘ978-4-88866-643-5
「私の出逢った詩歌　下巻」　西田書店　2020.2　311p　20cm　2300円　Ⓘ978-4-88866-644-2

真珠　まりこ　しんじゅ・まりこ＊
1929　「もったいないばあさんの　おばあちゃん」
◇けんぶち絵本の里大賞（第34回／令6年度／大賞）

「もったいないばあさんのおばあちゃん」　講談社　2024.3　32p　31cm（講談社の創作絵本）　1500円　①978-4-06-535089-8

新城　道彦　しんじょう・みちひこ＊
1930　「朝鮮半島の歴史─政争と外患の六百年」
◇サントリー学芸賞（第45回/令5年度/思想・歴史部門）

「朝鮮半島の歴史─政争と外患の六百年」　新潮社　2023.6　293p　20cm（新潮選書）　1750円　①978-4-10-603900-3

真造　圭伍　しんぞう・けいご＊
1931　「ひらやすみ」
◇マンガ大賞（2022/令4年/3位）
◇マンガ大賞（2024/令6年/8位）

「ひらやすみ　1～8」　小学館　2021.9～2024.12　18cm（ビッグコミックス─Big spirits comics）

新潮社　しんちょうしゃ＊
1932　「瀬戸内寂聴全集　第二十一巻」
◇造本装幀コンクール（第56回/令4年/日本書籍出版協会理事長賞/語学・学参・辞事典・全集・社史・年史・自分史部門）

「瀬戸内寂聴全集　21」　瀬戸内寂聴著　新潮社　2022.1　509p　20cm　7500円　①978-4-10-646421-8

1933　「それでも日々はつづくから」
◇造本装幀コンクール（第56回/令4年/日本印刷産業連合会会長賞）

「それでも日々はつづくから」　燃え殻著　新潮社　2022.4　189p　19cm　1450円　①978-4-10-351013-0

1934　「金絲七彩　並木秀俊截金作品集　─GOLD THREAD WITH SEVEN SHADES Hidetoshi Namiki Kirikane Art Works─」
◇造本装幀コンクール（第57回/令5年/日本印刷産業連合会会長賞/印刷・製本技術賞）

「金絲七彩─並木秀俊截金作品集」　並木秀俊著　新潮社図書編集室,新潮社（発売）　2023.8　111p　29cm　3500円　①978-4-10-910257-5

1935　「保田與重郎の文学」
◇造本装幀コンクール（第57回/令5年/日本印刷産業連合会会長賞）

「保田與重郎の文学」　前田英樹著　新潮社　2023.4　788p　22cm　13000円　①978-4-10-351552-4

新潮社装幀室　しんちょうしゃそうていしつ
1936　「保田與重郎の文学」
◇造本装幀コンクール（第57回/令5年/日本印刷産業連合会会長賞）

「保田與重郎の文学」　前田英樹著　新潮社　2023.4　788p　22cm　13000円　①978-4-10-351552-4

震電　みひろ　しんでん・みひろ＊
1937　「彼女が先輩にNTRれたので、先輩の彼女をNTRます」
◇カクヨムWeb小説コンテスト（第6回/令3年/ラブコメ部門/特別賞・ComicWalker漫画賞）

「彼女が先輩にNTRれたので、先輩の彼女をNTRます」　KADOKAWA　2021.12　317p　15cm（角川スニーカー文庫）　680円　①978-4-04-112037-8

「彼女が先輩にNTRれたので、先輩の彼女をNTRます　2」　KADOKAWA　2022.6　314p　15cm（角川スニーカー文庫）　680円　①978-4-04-112038-5

「彼女が先輩にNTRれたので、先輩の彼女をNTRます　3」　KADOKAWA　2022.11　287p　15cm（角川スニーカー文庫）　660円　①978-4-04-113089-6

「彼女が先輩にNTRれたので、先輩の彼女をNTRます　4」　KADOKAWA　2023.11　315p　15cm（角川スニーカー文庫）　760円　①978-4-04-113648-5

新日本出版社　しんにほんしゅっぱんしゃ＊
1938　「ハクトウワシ」

しんばん　　　　　　　　　　　　　　　　　　　　　　　　　　　1939～1946

◇児童福祉文化賞　（第63回/令3年/出版物部門）
「ハクトウワシ」　前川貴行写真・文　新日本出版社　2020.6　28cm　1600円　①978-4-406-06478-1

新馬場 新　しんばんば・あらた*
1939　「月曜日が、死んだ。」
◇文芸社文庫NEO小説大賞　（第3回/令2年/大賞）
「月曜日が、死んだ。」　文芸社　2020.11　275p　15cm　（文芸社文庫NEO）　600円　①978-4-286-22100-7

1940　「サマータイム・アイスバーグ」
◇小学館ライトノベル大賞　（第16回/令4年/優秀賞）
「サマータイム・アイスバーグ」　小学館　2022.7　422p　15cm　（ガガガ文庫）　730円　①978-4-09-453080-3

人文書院　じんぶんしょいん*
1941　「家の馬鹿息子 ギュスターヴ・フローベール論」1・2・3・4・5
◇日本翻訳出版文化賞　（第58回/令4年度）
「家の馬鹿息子―ギュスターヴ・フローベール論　1～3」　ジャン=ポール・サルトル著, 平井啓之, 鈴木道彦, 海老坂武, 蓮實重彦訳　人文書院　1983.6～2006.12　22cm
「家の馬鹿息子―ギュスターヴ・フローベール論　4～5」　ジャン=ポール・サルトル著, 鈴木道彦, 海老坂武監訳, 黒川学, 坂井由加里, 澤田直訳　人文書院　2015.2～2021.12　22cm

神保 と志ゆき　じんぼ・としゆき*
1942　「「田一枚植て立去る」のは誰か―追悼とコントラストの視点から―」
◇現代俳句評論賞　（第42回/令4年度/特別賞）

新家 月子　しんや・つきこ*
1943　「秘密の匂ひ」
◇日本伝統俳句協会賞　（第34回/令5年/日本伝統俳句協会新人賞）

【す】

水声社　すいせいしゃ*
1944　「哲学詩集」
◇日本翻訳出版文化賞　（第56回/令2年度/特別賞）
「哲学詩集」　トンマーゾ・カンパネッラ著, 澤井繁男訳　水声社　2020.4　532p　22cm　（イタリアルネサンス文学・哲学コレクション 3）　6000円　①978-4-8010-0403-0

1945　「評伝 ポール・ヴァレリー」
◇日本翻訳出版文化賞　（第59回/令5年度）
「評伝ポール・ヴァレリー　1　1871→1917」　ミシェル・ジャルティ, 恒川邦夫監訳　水声社　2023.6　607p　21cm　①978-4-8010-0706-2（セット）
「評伝ポール・ヴァレリー　2　1917→1932」　ミシェル・ジャルティ, 恒川邦夫監訳　水声社　2023.6　653p　21cm　①978-4-8010-0706-2（セット）
「評伝ポール・ヴァレリー　3　1932→1945」　ミシェル・ジャルティ, 恒川邦夫監訳　水声社　2023.6　735p　21cm　①978-4-8010-0706-2（セット）

水棲虫　すいせいむし*
1946　「消極先輩と積極後輩」
◇カクヨムWeb小説コンテスト　（第6回/令3年/ラブコメ部門/特別賞）
「サークルで一番可愛い大学の後輩　1　消極先輩と、積極的な新入生」　KADOKAWA　2022.4　282p　15cm　（富士見ファンタジア文庫）　680円　①978-4-04-074509-1

※受賞作を改題
「サークルで一番可愛い大学の後輩 2 消極先輩と、積極後輩との花火大会」 KADOKAWA 2022.10 317p 15cm（富士見ファンタジア文庫）740円 ⓘ978-4-04-074695-1

末国 正志　すえくに・まさし＊
1947　「耳も眼も鎖（とざ）して」
◇伊東静雄賞（第30回/令1年度）

末永 裕樹　すえなが・ゆうき＊
1948　「あかね噺」
◇マンガ大賞（2023/令5年/2位）
「あかね噺 1～14」 末永裕樹原作, 馬上鷹将作画 集英社 2022.6～2024.11 18cm（ジャンプコミックス）

末並 俊司　すえなみ・しゅんじ＊
1949　「マイホーム山谷」
◇小学館ノンフィクション大賞（第28回/令3年/大賞）
「マイホーム山谷」 小学館 2022.5 245p 19cm 1500円 ⓘ978-4-09-388857-8

末野 葉　すえの・よう＊
1950　「バベルの塔」
◇西脇順三郎賞（第2回/令5年/詩篇の部/西脇順三郎賞新人賞奨励賞）

末松 燈　すえまつ・ともり＊
1951　「『無刀』のおっさん、実はラスダン攻略ずみ」
◇カクヨムWeb小説コンテスト（第9回/令6年/現代ファンタジー部門/大賞）

周防 柳　すおう・やなぎ＊
1952　「身もこがれつつ 小倉山の百人一首」
◇中山義秀文学賞（第28回/令4年度）
「身もこがれつつ―小倉山の百人一首」 中央公論新社 2021.7 429p 20cm 1900円 ⓘ978-4-12-005447-1
「身もこがれつつ―小倉山の百人一首」 中央公論新社 2024.5 477p 16cm（中公文庫）1000円 ⓘ978-4-12-207519-1

菅 浩江　すが・ひろえ＊
1953　「歓喜の歌 博物館惑星Ⅲ」
◇日本SF大賞（第41回/令2年）
「歓喜の歌」 早川書房 2020.8 272p 20cm（博物館惑星 3）2000円 ⓘ978-4-15-209960-0
「歓喜の歌」 早川書房 2021.4 322p 16cm（ハヤカワ文庫 JA―博物館惑星 3）900円 ⓘ978-4-15-031483-5
1954　「不見の月」
◇星雲賞（第51回/令2年/日本短編部門（小説））
「不見の月―博物館惑星 2」 早川書房 2019.4 293p 20cm 1800円 ⓘ978-4-15-209859-7
「不見の月」 早川書房 2021.4 387p 16cm（ハヤカワ文庫 JA―博物館惑星 2）900円 ⓘ978-4-15-031482-8

菅 浩史　すが・ひろし＊
1955　「いつもの待ち合わせの駅での奇跡」
◇BKラジオドラマ脚本賞（第40回/令1年/佳作）

須貝 秀平　すがい・しゅうへい＊
1956　「精神病理学私記」(H. S. サリヴァン作)
◇日本翻訳大賞（第6回/令2年）

「精神病理学私記」　ハリー・スタック・サリヴァン著, 阿部大樹, 須貝秀平訳　日本評論社　2019.10
　　　372p　22cm　5500円　Ⓘ978-4-535-98468-4

すかいふぁーむ
1957　「幼馴染の妹の家庭教師をはじめたら疎遠だった幼馴染が怖い～学年のアイドルが俺のことを好きだなんて絶対に信じられない～」
　　◇カクヨムWeb小説コンテスト　（第5回/令2年/ラブコメ部門/特別賞）　〈受賞時〉すかい
　　　「幼馴染の妹の家庭教師をはじめたら　疎遠だった幼馴染が怖い」　KADOKAWA　2020.8　286p　15cm　（富士見ファンタジア文庫）650円　Ⓘ978-4-04-073817-8
　　　「幼馴染の妹の家庭教師をはじめたら　2　怖かった幼馴染が可愛い」　KADOKAWA　2020.11　311p　15cm　（富士見ファンタジア文庫）680円　Ⓘ978-4-04-073951-9
　　　「幼馴染の妹の家庭教師をはじめたら　3　再会した幼馴染の家庭教師もすることに」　KADOKAWA　2021.3　315p　15cm　（富士見ファンタジア文庫）700円　Ⓘ978-4-04-074074-4
　　　「幼馴染の妹の家庭教師をはじめたら　4　彼女になった幼馴染とキスをした」　KADOKAWA　2021.7　301p　15cm　（富士見ファンタジア文庫）720円　Ⓘ978-4-04-074219-9

菅沼　悠介　　すがぬま・ゆうすけ*
1958　「地磁気逆転と「チバニアン」　地球の磁場は、なぜ逆転するのか」
　　◇講談社科学出版賞　（第36回/令2年）
　　　「地磁気逆転と「チバニアン」―地球の磁場は、なぜ逆転するのか」　講談社　2020.3　251p　18cm　（ブルーバックス）1100円　Ⓘ978-4-06-519243-6

菅野　朝子　　すがの・あさこ*
1959　「諦めなければきっと」
　　◇優駿エッセイ賞　（2024〔第40回〕/令6年/次席（GⅡ））

菅野　節子　　すがの・せつこ*
1960　「鉛筆」
　　◇日本詩歌句随筆評論大賞　（第17回/令3年度/短歌部門/優秀賞）
　　　「鉛筆―歌集」　喜怒哀楽書房　〔2021.3〕　203p　20cm　非売品　Ⓘ978-4-907879-91-4

菅谷　憲興　　すがや・のりおき*
1961　「ブヴァールとペキュシェ」（ギュスターヴ・フローベール著）
　　◇小西財団日仏翻訳文学賞　（第26回/令3年/日本語訳）
　　　「ブヴァールとペキュシェ」　ギュスターヴ・フローベール著, 菅谷憲興訳　作品社　2019.8　505p　20cm　4600円　Ⓘ978-4-86182-755-6

菅原　百合絵　　すがわら・ゆりえ*
1962　「たましひの薄衣」
　　◇現代歌人集会賞　（第49回/令5年度）
　　◇現代短歌新人賞　（第24回/令5年度）
　　　「たましひの薄衣」　書肆侃侃房　2023.2　143p　20cm　2000円　Ⓘ978-4-86385-561-8

杉江　勇吾　　すぎえ・ゆうご*
1963　「はなげせんぱい」
　　◇えほん大賞　（第17回/令1年/ストーリー部門/大賞）
　　　「はなげせんぱい」　杉江勇吾ぶん, 花田栄治え　文芸社　2020.6　30p　25cm　1200円　Ⓘ978-4-286-21728-4

杉田　七重　　すぎた・ななえ*
1964　「ぼくの帰る場所」
　　◇日本子どもの本研究会「作品賞」　（第4回/令2年）
　　　「ぼくの帰る場所」　S・E・デュラント作, 杉田七重訳　鈴木出版　2019.10　301p　20cm　（鈴木出版の児童文学　この地球を生きる子どもたち）1600円　Ⓘ978-4-7902-3361-9

杉乃坂 げん　すぎのざか・げん＊
　　1965　「海の焚き火」
　　　◇ちよだ文学賞　（第18回／令5年／大賞）
　　　　※「ちよだ文学賞作品集 第18回」（千代田区地域振興部文化振興課 2023年10月発行）に収録

杉原 大吾　すぎはら・だいご＊
　　1966　「傑作が落ちてくる」
　　　◇創作ラジオドラマ大賞　（第50回／令3年／佳作）
　　1967　「その声に私はいない」
　　　◇シナリオS1グランプリ　（第45回／令5年冬／佳作）

杉松 誠二　すぎまつ・せいじ＊
　　1968　「じんせい」
　　　◇部落解放文学賞　（第50回／令5年／識字部門／部落解放文学賞）

すぎもと えみ
　　1969　「ねえ、きいてみて！　みんな、それぞれちがうから」
　　　◇日本子どもの本研究会「作品賞」　（第6回／令4年）
　　　　「ねえ、きいてみて！―みんな、それぞれちがうから」　ソニア・ソトマイヨール文, ラファエル・ロペス絵, すぎもとえみ訳　汐文社　2021.8　29cm　1700円　①978-4-8113-2852-2

杉本 聖士　すぎもと・しょうじ
　　1970　「法の書〔増補新訳〕愛蔵版」
　　　◇造本装幀コンクール　（第56回／令4年／日本書籍出版協会理事長賞／文学・文芸（エッセイ）部門）
　　　　「法の書」　アレイスター・クロウリー著, 植松靖夫訳　増補新訳 愛蔵版　国書刊行会　2022.2　301p　20cm　5800円　①978-4-336-07254-2

杉本 真維子　すぎもと・まいこ＊
　　1971　「皆神山」
　　　◇萩原朔太郎賞　（第31回／令5年）
　　　　「皆神山」　思潮社　2023.4　109p　19cm　2400円　①978-4-7837-4506-8

杉本 由美子　すぎもと・ゆみこ＊
　　1972　「自由で平等な精神を文学から学び日常生活に活かそう」
　　　◇部落解放文学賞　（第50回／令5年／評論部門／部落解放文学賞）

杉森 仁香　すぎもり・にか＊
　　1973　「夏影は残る」
　　　◇やまなし文学賞　（第30回／令3年／小説部門）
　　　　「夏影は残る」　やまなし文学賞実行委員会, 山梨日日新聞社（発行所）　2022.6　77p　19cm　857円　①978-4-89710-642-7

杉山 偉昤　すぎやま・いすず＊
　　1974　「真知子巻き」
　　　◇随筆にっぽん賞　（第10回／令2年／随筆にっぽん賞）

杉山 慎　すぎやま・しん＊
　　1975　「南極の氷に何が起きているか」
　　　◇講談社科学出版賞　（第38回／令4年）
　　　　「南極の氷に何が起きているか―気候変動と氷床の科学」　中央公論新社　2021.11　197p　18cm　（中公新書）　860円　①978-4-12-102672-9

スクイッド
1976　「必中のダンジョン探索〜必中なので安全圏からペチペチ矢を射ってレベルアップ〜」
◇HJ小説大賞（第4回／令5年／前期）
「必中のダンジョン探索―必中なので安全圏からペチペチ矢を射ってレベルアップ　1」　ホビージャパン　2024.9　343p　15cm（HJ文庫）720円　①978-4-7986-3610-8

助六稲荷　すけろくいなり＊
1977　「怪奇！　巨大な亀に街を見た！　聖女とチンピラとデカケツ獣人VS邪悪な黒ギャル軍団」
◇電撃大賞〔電撃小説大賞〕（第31回／令6年／銀賞）

スコット, ジョーダン
1978　「ぼくは川のように話す」
◇産経児童出版文化賞（第69回／令4年／翻訳作品賞）
「ぼくは川のように話す」　ジョーダン・スコット文、シドニー・スミス絵、原田勝訳　偕成社　2021.7〔42p〕　26cm　1600円　①978-4-03-425370-0

スコルジー, ジョン
1979　「怪獣保護協会」
◇星雲賞（第55回／令6年／海外長編部門（小説））
「怪獣保護協会」　ジョン・スコルジー著、内田昌之訳　早川書房　2023.8　367p　19cm　2400円　①978-4-15-210259-1

スーザン　ももこ
1980　「スーパーナミダくん」（短編）
◇「日本児童文学」投稿作品賞（第15回／令5年／佳作）

スージィ
1981　「うつらうつら」
◇日産　童話と絵本のグランプリ（第40回／令5年度／絵本の部／大賞）
※「第40回 日産 童話と絵本のグランプリ 童話・絵本入賞作品集」（大阪国際児童文学振興財団 2024年3月発行）に収録

鈴江　由美子　すずえ・ゆみこ＊
1982　「英姉弟の恋」
◇シナリオS1グランプリ（第38回／令2年春／佳作）

鈴鹿　呂仁　すずか・ろじん＊
1983　「真帆の明日へ」
◇俳句四季大賞（令3年／第8回 俳句四季特別賞）
「真帆の明日へ―句集」　東京四季出版　2020.11　189p　20cm（現代俳句作家シリーズ―耀 8）　2800円　①978-4-8129-0964-5

涼川　かれん　すずかわ・かれん＊
1984　「虹の向こうに」
◇青い鳥文庫小説賞（第5回／令3年度／U-15部門／佳作）

鈴木　えんぺら　すずき・えんぺら＊
1985　「ガリ勉くんと裏アカさん　〜散々お世話になっているエロ系裏垢女子の正体がクラスのアイドルだった件〜」
◇HJ小説大賞（第2回／令3年／2021前期）　〈受賞時〉ふらふらん
「ガリ勉くんと裏アカさん―散々お世話になっているエロ系裏垢女子の正体がクラスのアイドルだった

　　　　件　1」ホビージャパン　2023.1　318p　15cm（HJ文庫）670円　①978-4-7986-3042-7
　　　「ガリ勉くんと裏アカさん―散々お世話になっているエロ系裏垢女子の正体がクラスのアイドルだった
　　　　件　2」ホビージャパン　2023.9　315p　15cm（HJ文庫）700円　①978-4-7986-3263-6

鈴木　香里　すずき・かおり＊
1986　「僕らは転がる石のように」
　　◇シナリオS1グランプリ　（第39回/令2年冬/佳作）

1987　「捨夏」
　　◇城戸賞　（第49回/令5年/大賞）

鈴木　加成太　すずき・かなた＊
1988　「うすがみの銀河」
　　◇現代歌人協会賞　（第67回/令5年）
　　◇日本歌人クラブ新人賞　（第29回/令5年）
　　「うすがみの銀河―歌集」　角川文化振興財団, KADOKAWA（発売）　2022.11　153p　20cm（かりん叢書 第407篇）2200円　①978-4-04-884502-1

鈴木　健司　すずき・けんじ＊
1989　「アニメ制作陣ノーチラス」
　　◇労働者文学賞（第35回/令5年/小説部門/佳作）

鈴木　晶　すずき・しょう＊
1990　「ニジンスキー　踊る神と呼ばれた男」
　　◇読売文学賞　（第75回/令5年/研究・翻訳賞）
　　◇吉田秀和賞　（第34回/令6年）
　　「ニジンスキー―踊る神と呼ばれた男」　みすず書房　2023.7　404, 10p　22cm　5200円　①978-4-622-09621-4

鈴木　信一　すずき・しんいち＊
1991　「ヤモリの宿」
　　◇北日本文学賞　（第58回/令6年/選奨）

スズキ　スズヒロ
1992　「空飛ぶくじら　スズキスズヒロ作品集」
　　◇文化庁メディア芸術祭賞　（第24回/令3年/新人賞）
　　「空飛ぶくじら―スズキスズヒロ作品集」　イースト・プレス　2019.12　215p　19cm（CUE COMICS）900円　①978-4-7816-1840-1

鈴木　聖子　すずき・せいこ＊
1993　「〈雅楽〉の誕生―田辺尚雄が見た大東亜の響き」
　　◇サントリー学芸賞　（第41回/令1年度/芸術・文学部門）
　　「〈雅楽〉の誕生―田辺尚雄が見た大東亜の響き」　春秋社　2019.1　350, 4p　20cm　3500円　①978-4-393-93035-9

1994　「掬われる声、語られる芸　小沢昭一と『ドキュメント　日本の放浪芸』」
　　◇芸術選奨　（第74回/令5年度/評論部門/文部科学大臣賞）
　　「掬われる声、語られる芸―小沢昭一と『ドキュメント日本の放浪芸』」　春秋社　2023.5　269, 31p　20cm　2500円　①978-4-393-44170-1

鈴木　総史　すずき・そうし＊
1995　「雨の予感」
　　◇星野立子賞・星野立子新人賞　（第11回/令5年/星野立子新人賞）

鈴木　大介　すずき・だいすけ＊
1996　「ネット右翼になった父」

◇新書大賞（第17回／令6年／5位）
「ネット右翼になった父」 講談社　2023.1　244p　18cm（講談社現代新書）900円　①978-4-06-530889-9

鈴木　忠平　すずき・ただひら＊
1997　「嫌われた監督──落合博満は中日をどう変えたのか」
◇大宅壮一ノンフィクション賞（第53回／令4年）
◇講談社　本田靖春ノンフィクション賞（第44回／令4年）
◇新潮ドキュメント賞（第21回／令4年）
「嫌われた監督──落合博満は中日をどう変えたのか」　文藝春秋　2021.9　476p　20cm　1900円　①978-4-16-391441-1
「嫌われた監督　落合博満は中日をどう変えたのか」　文藝春秋　2024.10　537p　16cm（文春文庫）1180円　①978-4-16-792288-7

鈴木　ちはね　すずき・ちはね＊
1998　「スイミング・スクール」
◇笹井宏之賞（第2回／令1年／大賞）
「予言─歌集」　書肆侃侃房　2020.8　157p　21cm　1900円　①978-4-86385-404-8
※受賞作を収録

鈴木　利良　すずき・としよし＊
1999　「六郎小屋のヒデ」
◇地上文学賞（第70回／令4年度／佳作）

鈴木　のりたけ　すずき・のりたけ＊
2000　「大ピンチずかん」
◇けんぶち絵本の里大賞（第32回／令4年度／アルパカ賞）
◇新風賞（第58回／令5年）
◇小学生がえらぶ！"こどもの本"総選挙（第4回／令6年／第3位）
「大ピンチずかん」　小学館　2022.2　47p　22cm　1500円　①978-4-09-725138-5

鈴木　英子　すずき・ひでこ＊
2001　「喉元を」
◇ながらみ書房出版賞（第32回／令6年）
「喉元を─鈴木英子歌集」　ながらみ書房　2023.10　174p　20cm　2400円　①978-4-86629-314-1

鈴木　宏子　すずき・ひろこ＊
2002　「「古今和歌集」の創造力」
◇古代歴史文化賞（第7回／令1年／大賞）
「「古今和歌集」の創造力」　NHK出版　2018.12　318p　19cm（NHKブックス）1500円　①978-4-14-091254-6

鈴木　裕子　すずき・ひろこ＊
2003　「「さ」のしっぽ突然生えるちほちゃんさあのさそれでさ公園行ってさ」
◇河野裕子短歌賞（第10回記念〜家族を歌う〜河野裕子短歌賞／令3年募集・令4年発表／家族の歌・愛の歌／河野裕子賞）

鈴木　浩　すずき・ひろし＊
2004　「小学生が描いた昭和の日本　児童画五〇〇点　自転車こいで全国から」
◇地方出版文化功労賞（第36回／令5年／奨励賞）
「小学生が描いた昭和の日本─児童画五〇〇点自転車こいで全国から」　石風社　2022.1　338p　21cm　2500円　①978-4-88344-310-9

鈴木 風虎　すずき・ふうこ＊
　2005　「はつけよい」
　　◇日本伝統俳句協会賞（第33回/令4年）

鈴木 ふみ　すずき・ふみ
　2006　「縁の下の花」
　　◇シナリオS1グランプリ（第47回/令6年冬/奨励賞）

鈴木 正明　すずき・まさあき
　2007　「きみ辞書 ～きみの名前がひける国語辞典～」
　　◇造本装幀コンクール（第57回/令5年/日本書籍出版協会理事長賞/語学・学参・辞事典・全集・社史・年史・自分史部門）
　　※「きみ辞書 きみの名前がひける国語辞典」(小学館 2023年発行 小学館通販サイトにて不定期販売)

鈴木 将樹　すずき・まさき＊
　2008　「夢色の瞳」
　　◇優駿エッセイ賞（2020〔第36回〕/令2年/グランプリ（GⅠ））

鈴木 正崇　すずき・まさたか＊
　2009　「女人禁制の人類学―相撲・穢れ・ジェンダー」
　　◇昭和女子大学女性文化研究賞（坂東眞理子基金）（第14回/令3年度/女性文化研究賞）
　　「女人禁制の人類学―相撲・穢れ・ジェンダー」 法藏館　2021.8　371, 15p　19cm　2500円　①978-4-8318-5650-0

鈴木 まもる　すずき・まもる＊
　2010　「あるヘラジカの物語」
　　◇親子で読んでほしい絵本大賞（第2回/令3年/大賞）
　　「あるヘラジカの物語」 あすなろ書房　2020.9　26×28cm　1500円　①978-4-7515-2967-6
　2011　「戦争をやめた人たち―1914年のクリスマス休戦―」
　　◇けんぶち絵本の里大賞（第33回/令5年度/アルパカ賞）
　　「戦争をやめた人たち―1914年のクリスマス休戦」 あすなろ書房　2022.5　23×28cm　1500円　①978-4-7515-3113-6

鈴木 衛　すずき・まもる＊
　2012　「『大漢和辞典』の百年」
　　◇造本装幀コンクール（第57回/令5年/日本図書館協会賞）
　　「『大漢和辞典』の百年」 池澤正晃著　大修館書店　2023.12　254p　22cm　3400円　①978-4-469-23287-5

鈴木 美紀子　すずき・みきこ＊
　2013　「金魚を逃がす」
　　◇日本詩歌句随筆評論大賞（第20回/令6年度/短歌部門/チャレンジ賞）
　　「金魚を逃がす―鈴木美紀子歌集」 コールサック社　2024.1　143p　19cm　1600円　①978-4-86435-588-9

鈴木 恵　すずき・めぐみ＊
　2014　「われら闇より天を見る」
　　◇本屋大賞（第20回/令5年/翻訳小説部門/1位）
　　「われら闇より天を見る」 クリス・ウィタカー著, 鈴木恵訳　早川書房　2022.8　518p　19cm　2300円　①978-4-15-210157-0

鈴木 康彦　すずき・やすひこ＊
　2015　「鉄道開業150周年 日本鉄道大地図館」

◇造本装幀コンクール（第56回/令4年/日本印刷産業連合会会長賞/印刷・製本特別賞）
　「日本鉄道大地図館─鉄道開業150周年」今尾恵介監修　小学館　2022.10　413p　43cm　36000円　①978-4-09-682380-4

鈴木 結生　すずき・ゆうい＊
2016　「人にはどれほどの本がいるか」
　◇林芙美子文学賞（第10回/令5年度/佳作）

鈴木 穣　すずき・ゆたか＊
2017　「とりのうた」
　◇テアトロ新人戯曲賞（第35回/令5年）

鈴木 ユリイカ　すずき・ゆりいか＊
2018　「サイードから風が吹いてくると」
　◇現代詩人賞（第39回/令3年）
　　「サイードから風が吹いてくると─詩集」書肆侃侃房　2020.8　135p　19cm（Suzuki Yuriika Selection 1）2000円　①978-4-86385-411-6

鈴木 良明　すずき・よしあき＊
2019　「歌集 光陰」
　◇日本自費出版文化賞（第25回/令4年/部門入賞/詩歌部門）
　　「光陰─歌集」短歌研究社　2021.6　157p　20cm（かりん叢書 第380篇）2500円　①978-4-86272-674-2

鈴木 淳世　すずき・よしとき＊
2020　「近世豪商・豪農の〈家〉経営と書物受容─北奥地域の事例研究」
　◇日本出版学会賞（第42回/令2年度/奨励賞）
　　「近世豪商・豪農の〈家〉経営と書物受容─北奥地域の事例研究」勉誠出版　2020.2　457, 8p　22cm　10000円　①978-4-585-22265-1

鈴木 佳朗　すずき・よしろう＊
2021　「息が、つまるほどの」
　◇創作ラジオドラマ大賞（第50回/令3年/佳作）

鈴木 竜一　すずき・りゅういち＊
2022　「絶対無敵の解錠士《アンロッカー》〜ダンジョンに捨てられたFランクパーティーの少年はスキルの真価を知るSランクパーティーにスカウトされる〜」
　◇カクヨムWeb小説コンテスト（第6回/令3年/異世界ファンタジー部門/特別賞・ComicWalker漫画賞）
　　「絶対無敵の解錠士（アンロッカー）」KADOKAWA　2021.11　254p　15cm（角川スニーカー文庫）640円　①978-4-04-112033-0
2023　「言霊使いの英雄譚〜コミュ力向上のためにマスターした言語スキルが想像以上に有能すぎる〜」
　◇カクヨムWeb小説コンテスト（第7回/令4年/異世界ファンタジー部門/特別賞）
　　「コミュ力向上のために言語スキルをマスターしたら、引く手あまたの英雄になりました」KADOKAWA　2023.1　242p　15cm（富士見ファンタジア文庫）660円　①978-4-04-074879-5
　　※受賞作を改題

鈴木 りん　すずき・りん＊
2024　「ぬいぐるみ犬探偵 リーバーの冒険」
　◇カクヨムWeb小説コンテスト（第5回/令2年/朝読小説賞）
　　「ぬいぐるみ犬探偵 リーバーの冒険」KADOKAWA　2020.12　255p　19cm（カドカワ読書タイム）1000円　①978-4-04-680021-3

鈴木 伶香　すずき・れいか＊
2025　「ぼくは、ドールくん。」
　　◇シナリオS1グランプリ　(第37回/令1年秋/奨励賞)

涼暮 皐　すずくれ・こう＊
2026　「異世界帰りの英雄曰く」
　　◇カクヨムWeb小説コンテスト　(第6回/令3年/現代ファンタジー部門/ComicWalker漫画賞)

鈴村 ふみ　すずむら・ふみ＊
2027　「櫓太鼓がきこえる」
　　◇小説すばる新人賞　(第33回/令2年)
　　「櫓太鼓がきこえる」　集英社　2021.2　256p　20cm　1600円　①978-4-08-771744-0
　　「櫓太鼓がきこえる」　集英社　2023.2　337p　16cm　(集英社文庫)　800円　①978-4-08-744491-9

鈴森 琴　すずもり・こと＊
2028　「忘却城の界人」
　　◇創元ファンタジイ新人賞　(第3回/平30年発表/佳作)　〈受賞時〉心琴
　　「忘却城」　東京創元社　2019.2　469p　15cm　(創元推理文庫)　1000円　①978-4-488-52904-8
　　※受賞作を改題

涼森 巳王　すずもり・みお＊
2029　「屍食鬼ゲーム」
　　◇最恐小説大賞　(第5回/令4年/竹書房賞/エイベックス・ピクチャーズ賞)
　　「屍喰鬼ゲーム」　竹書房　2024.7　335p　19cm　1790円　①978-4-8019-4058-1

スズヤ ジン
2030　「ダメダメおばけ」
　　◇えほん大賞　(第26回/令6年/絵本部門/特別賞)

須田 地央　すだ・ちお＊
2031　「ももちゃん」
　　◇岡山県「内田百閒文学賞」　(第16回/令3・4年度/優秀賞)
　　「内田百閒文学賞受賞作品集—岡山県　第16回」　ゆきかわゆう,鷲見京子,須田地央著　大学教育出版　2023.3　139p　20cm　1200円　①978-4-86692-243-0

須田 智博　すだ・ともひろ＊
2032　「カラリング競馬」
　　◇優駿エッセイ賞　(2022〔第38回〕/令4年/グランプリ(GⅠ))

ステッグミューラー アヒム
2033　「柳の枝に吹く風」
　　◇京都文学賞　(第4回/令4・5年度/海外部門/優秀賞)

すとう あさえ
2034　「はじめての行事えほん」シリーズ
　　◇日本児童文芸家協会賞　(第45回/令3年/特別賞)
　　「あけましてのごあいさつ」　すとうあさえぶん,青山友美え　ほるぷ出版　2017.12　〔24p〕　19cm　(はじめての行事えほん お正月)　950円　①978-4-593-56326-5
　　「おいしいおひなさま」　すとうあさえぶん,小林ゆき子え　ほるぷ出版　2018.2　〔24p〕　19cm　(はじめての行事えほん ひなまつり)　950円　①978-4-593-56329-6
　　「こいのぼりくんのさんぽ」　すとうあさえぶん,たかおゆうこえ　ほるぷ出版　2018.3　〔24p〕　19cm　(はじめての行事えほん 端午の節句)　950円　①978-4-593-56331-9
　　「だんごたべたいおつきさま」　すとうあさえぶん,中谷靖彦え　ほるぷ出版　2018.7　〔24p〕　19cm

（はじめての行事えほん お月見）950円　①978-4-593-56332-6
「おおきくなったの」 すとうあさえぶん, つがねちかこえ　ほるぷ出版　2018.9　〔24p〕　19×19cm
　　　（はじめての行事えほん 七五三）950円　①978-4-593-56333-3
「まめまきできるかな」 すとうあさえぶん, 田中六大え　ほるぷ出版　2018.12　〔24p〕　19×19cm
　　　（はじめての行事えほん 節分）950円　①978-4-593-56334-0
「みんなのおねがい」 すとうあさえぶん, おおいじゅんこえ　ほるぷ出版　2019.5　〔24p〕　19×19cm　（はじめての行事えほん 七夕）950円　①978-4-593-56335-7
「ぽかぽかゆずおふろ」 すとうあさえぶん, あおきひろええ　ほるぷ出版　2019.10　〔24p〕　19×19cm　（はじめての行事えほん 冬至）950円　①978-4-593-56336-4
「おはなみバス」 すとうあさえぶん, いりやまさとしえ　ほるぷ出版　2020.2　〔24p〕　19×19cm
　　　（はじめての行事えほん お花見）950円　①978-4-593-10068-2
「ほっほっほたる」 すとうあさえぶん, 相野谷由起え　ほるぷ出版　2020.4　〔24p〕　19×19cm　（はじめての行事えほん ほたる狩り）950円　①978-4-593-10069-9
「うれしいぼんおどり」 すとうあさえぶん, 種村有希子え　ほるぷ出版　2020.6　〔24p〕　19×19cm
　　　（はじめての行事えほん お盆）950円　①978-4-593-10070-5
「ほくほくおいもまつり」 すとうあさえぶん, なかたひろええ　ほるぷ出版　2020.9　〔24p〕　19×19cm　（はじめての行事えほん 収穫祭）950円　①978-4-593-10071-2
「じゅうにしどこいくの?」 すとうあさえぶん, おくはらゆめえ　ほるぷ出版　2021.11　〔24p〕　19×19cm　（はじめての行事えほん 十二支）950円　①978-4-593-10291-4

須藤 アンナ　すとう・あんな*
2035　「グッナイ・ナタリー・クローバー」
　◇小説すばる新人賞（第37回/令6年）

須藤 健太郎　すどう・けんたろう*
2036　「評伝ジャン・ユスターシュ 映画は人生のように」
　◇渋沢・クローデル賞（第37回/令2年度/奨励賞）
　　「評伝ジャン・ユスターシュ―映画は人生のように」　共和国　2019.4　407p　19cm　3600円　①978-4-907986-54-2

須藤 秀樹　すとう・ひでき*
2037　「与之姫」
　◇シナリオS1グランプリ（第42回/令4年春/佳作）

砂 濱子　すな・はまこ*
2038　「トライアド」
　◇ちよだ文学賞（第16回/令3年/大賞）
　　※「ちよだ文学賞作品集 第16回」（千代田区地域振興部文化振興課 2021年10月発行）に収録

須永 紀子　すなが・のりこ*
2039　「時の錘り。」(詩集)
　◇読売文学賞（第73回/令3年/詩歌俳句賞）
　　「時の錘り。」　思潮社　2021.5　93p　20cm　2200円　①978-4-7837-3746-9
　　「時の錘り。」　日本点字図書館　2023.6　55p　27cm

砂川 文次　すなかわ・ぶんじ*
2040　「ブラックボックス」
　◇芥川龍之介賞（第166回/令3年下）
　　「ブラックボックス」　講談社　2022.1　161p　20cm　1550円　①978-4-06-527365-4
　　「ブラックボックス」　講談社　2024.2　196p　15cm　（講談社文庫）620円　①978-4-06-534743-0

砂嶋 真三　すなじま・しんぞう*
2041　「巨乳戦記 ΛΛ」
　◇カクヨムWeb小説コンテスト（第8回/令5年/エンタメ総合部門/ComicWalker漫画賞）

砂原 浩太朗　すなはら・こうたろう＊

2042　「高瀬庄左衛門御留書」
- ◇野村胡堂文学賞　（第9回/令3年）
- ◇舟橋聖一文学賞　（第15回/令3年）

「高瀬庄左衛門御留書」　講談社　2021.1　335p　20cm　1700円　①978-4-06-519273-3

2043　「黛家の兄弟」
- ◇山本周五郎賞　（第35回/令4年）

「黛家の兄弟」　講談社　2022.1　410p　20cm　1800円　①978-4-06-526381-5
「黛家の兄弟」　講談社　2023.12　473p　15cm　（講談社文庫）　910円　①978-4-06-533176-7

砂村 かいり　すなむら・かいり＊

2044　「アパートたまゆら」
- ◇カクヨムWeb小説コンテスト　（第5回/令2年/恋愛部門/特別賞）

「アパートたまゆら」　KADOKAWA　2021.3　345p　19cm　1200円　①978-4-04-111140-6
「アパートたまゆら」　東京創元社　2023.5　341p　15cm　（創元文芸文庫）　760円　①978-4-488-80309-4

2045　「炭酸水と犬」
- ◇カクヨムWeb小説コンテスト　（第5回/令2年/恋愛部門/特別賞）

「炭酸水と犬」　KADOKAWA　2021.3　399p　19cm　1200円　①978-4-04-111139-0
「炭酸水と犬」　PHP研究所　2024.11　458p　15cm　（PHP文芸文庫）　1180円　①978-4-569-90441-2

図野 象　ずの・しょう＊

2046　「おわりのそこみえ」
- ◇文藝賞　（第60回/令5年/優秀作）

「おわりのそこみえ」　河出書房新社　2023.11　173p　20cm　1400円　①978-4-309-03161-3

スペンサー，ソフィア

2047　「虫ガール―ほんとうにあったおはなし」
- ◇日本絵本賞　（第26回/令3年/日本絵本賞翻訳絵本賞）

「虫ガール―ほんとうにあったおはなし」　ソフィア・スペンサー，マーガレット・マクナマラ文，ケラスコエット絵，福本友美子訳　岩崎書店　2020.4　30cm　1500円　①978-4-265-85165-2

鷲見 洋一　すみ・よういち＊

2048　「編集者ディドロ 仲間と歩く『百科全書』の森」
- ◇読売文学賞　（第74回/令4年/研究・翻訳賞）

「編集者ディドロ―仲間と歩く『百科全書』の森」　平凡社　2022.4　895p　20cm　4800円　①978-4-582-70363-4

スミス，シドニー

2049　「ぼくは川のように話す」
- ◇産経児童出版文化賞　（第69回/令4年/翻訳作品賞）

「ぼくは川のように話す」　ジョーダン・スコット文，シドニー・スミス絵，原田勝訳　偕成社　2021.7　〔42p〕　26cm　1600円　①978-4-03-425370-0

澄田 こころ　すみだ・こころ＊

2050　「雪の街」
- ◇カクヨムWeb小説短編賞　（2020/令2年/短編特別賞）

2051　「姫君と侍女は文明開化の夢をみる～明治東京なぞとき譚」
- ◇角川文庫キャラクター小説大賞　（第7回/令3年/優秀賞・読者賞）

「姫君と侍女―明治東京なぞとき主従」　伊勢村朱音著　KADOKAWA　2022.8　259p　15cm　（角川文庫）　640円　①978-4-04-112563-2
※受賞作を改題

住野 よる　すみの・よる＊
2052　「恋とそれとあと全部」
　◇小学館児童出版文化賞　（第72回/令5年度）
　　「恋とそれとあと全部」　文藝春秋　2023.2　252p　20cm　1450円　①978-4-16-391660-6

すめらぎ ひよこ
2053　「異端少女らは異世界にて」
　◇スニーカー大賞　（第27回/令3年/大賞）
　　「我が焰炎（ホムラ）にひれ伏せ世界　ep.1　魔王城、燃やしてみた」　KADOKAWA　2022.12　284p　15cm　（角川スニーカー文庫）　660円　①978-4-04-112878-7
　　※受賞作を改題
　　「我が焰炎（ホムラ）にひれ伏せ世界　ep.2　魔王軍、ぶった斬ってみた」　KADOKAWA　2024.1　283p　15cm　（角川スニーカー文庫）　660円　①978-4-04-113729-1
　　「我が焰炎にひれ伏せ世界　ep.3　治癒魔法、極めてみた」　KADOKAWA　2024.8　268p　15cm　（角川スニーカー文庫）　680円　①978-4-04-115076-4

巣山 ひろみ　すやま・ひろみ＊
2054　「バウムクーヘンとヒロシマ」
　◇産経児童出版文化賞　（第68回/令3年/産経新聞社賞）
　　「バウムクーヘンとヒロシマ―ドイツ人捕虜ユーハイムの物語」　巣山ひろみ著，銀杏早苗絵　くもん出版　2020.6　175p　20cm　1400円　①978-4-7743-3057-0

陶山 良子　すやま・よしこ＊
2055　「から揚げコッコ物語―令和の里の裏庭飼育―」
　◇日本自費出版文化賞　（第25回/令4年/特別賞/エッセー部門）
　　「から揚げコッコ物語―令和の里の裏庭飼育」　弦書房　2021.10　261p　21cm　1900円　①978-4-86329-229-1

aaa168（スリーエー）
2056　「安価で俺は変わろうと思う」
　◇カクヨムWeb小説コンテスト　（第8回/令5年/ラブコメ（ライトノベル）部門/特別賞）

3pu
2057　「俺の幼馴染はメインヒロインらしい。」
　◇カクヨムWeb小説コンテスト　（第8回/令5年/ラブコメ（ライトノベル）部門/大賞）
　　〈受賞時〉睡眠が足りない人
　　「俺の幼馴染はメインヒロインらしい。」　KADOKAWA　2024.1　276p　15cm　（角川スニーカー文庫）　680円　①978-4-04-114486-2
　　「俺の幼馴染はメインヒロインらしい。　2」　KADOKAWA　2024.6　278p　15cm　（角川スニーカー文庫）　700円　①978-4-04-114922-5

スレッドルーツ
2058　「**MITTAN 1**」
　◇造本装幀コンクール　（第57回/令5年/審査員奨励賞）
　　「MITTAN　1」　MITTAN文章，鈴木良写真，ダニエル・アビー翻訳　スレッドルーツ　2023.9　29cm

諏訪 晃子　すわ・あきこ
2059　「ちっちゃいばあちゃん」
　◇詩人会議新人賞　（第54回/令2年/詩部門/佳作）

諏訪 典子　すわ・のりこ
2060　「ゆずれぬ心」
　◇新俳句人連盟賞　（第47回/令1年/作品の部（俳句）/佳作3位）

2061 「多喜二の歩幅」
　　◇新俳句人連盟賞（第50回／令4年／作品の部（俳句）／佳作3位）
2062 「横浜ノースドック」
　　◇新俳句人連盟賞（第51回／令5年／作品の部（俳句）／佳作3位）
2063 「あきらめぬ」
　　◇新俳句人連盟賞（第52回／令6年／作品の部／佳作2位）

諏訪 宗篤　すわ・むねあつ＊
2064 「海賊忍者」
　　◇小説 野性時代 新人賞（第15回／令6年）
　　　「海賊忍者」　KADOKAWA　2024.9　280p　19cm　1700円　①978-4-04-115287-4

【せ】

せあら 波瑠　せあら・はる＊
2065 「わたしが恋のセンターです!?」
　　◇青い鳥文庫小説賞（第6回／令4年度／一般部門／銀賞）〈受賞時〉きたやますぎ
　　　「わたしが恋のセンターです!?―ダンスも恋もトラブルがいっぱい！」　せあら波瑠作, 瑛吉絵　講談社
　　　2024.3　187p　18cm（講談社青い鳥文庫）720円　①978-4-06-534792-8

青幻舎　せいげんしゃ＊
2066 「澤田知子 狐の嫁いり 特装版」
　　◇造本装幀コンクール（第55回／令3年／日本書籍出版協会理事長賞／芸術書部門）
　　　「狐の嫁いり―澤田知子」　澤田知子著　特装版　青幻舎　2021.3　100000円　①978-4-86152-862-0
　　　※限定100部, 特製函入
2067 「天童木工とジャパニーズモダン」
　　◇造本装幀コンクール（第55回／令3年／日本製紙連合会賞）
　　　「天童木工とジャパニーズモダン」　天童木工監修, TENDO JAPANESE MODERN 80 PROJECT編
　　　青幻舎　2021.8　496p　20cm　5500円　①978-4-86152-854-5

SEIKO
2068 「戦災孤児」
　　◇新俳句人連盟賞（第51回／令5年／作品の部（俳句）／佳作4位）

清野 裕子　せいの・ひろこ＊
2069 「賑やかな家」
　　◇壺井繁治賞（第48回／令2年）
　　　「賑やかな家―詩集」　版木舎　2019.7　109p　21cm　2000円
2070 「半分の顔で」
　　◇日本詩歌句随筆評論大賞（第18回／令4年度／詩部門／奨励賞）
　　　「半分の顔で―清野裕子詩集」　版木舎　2021.12　90p　21cm　2000円

世界　せかい＊
2071 「MARUHIRO BOOK 2010-2020, 2021」
　　◇造本装幀コンクール（第56回／令4年／経済産業大臣賞, 日本印刷産業連合会会長賞）
　　　「Maruhiro book―2010-2020, 2021－」　マルヒロ　2022.7　398, 261, 50p　21cm

世界文化社　せかいぶんかしゃ*
2072　「王さまのお菓子」
　◇造本装幀コンクール（第55回／令3年／出版文化産業振興財団賞）
　　「王さまのお菓子」石井睦美文，くらはしれい絵　世界文化ブックス，世界文化社（発売）　2021.12　28cm　1500円　ⓘ978-4-418-21822-6

瀬上 哉　せがみ・かな*
2073　「ふるさとエール」
　◇優駿エッセイ賞（2019〔第35回〕／令1年／佳作（GⅢ））

関 かおる　せき・かおる*
2074　「隣も青し」
　◇小説 野性時代 新人賞（第14回／令5年／奨励賞）

2075　「みずもかえでも」
　◇小説 野性時代 新人賞（第15回／令6年）
　　「みずもかえでも」KADOKAWA　2024.9　260p　19cm　1750円　ⓘ978-4-04-115288-1

關 智子　せき・ともこ*
2076　「アナトミー・オブ・ア・スーサイド」（アリス・バーチ作）
　◇小田島雄志・翻訳戯曲賞（第16回／令5年）

2077　「逸脱と侵犯 サラ・ケインのドラマトゥルギー」
　◇AICT演劇評論賞（第29回／令5年）
　　「逸脱と侵犯―サラ・ケインのドラマトゥルギー」水声社　2023.11　343p　22cm　5000円　ⓘ978-4-8010-0761-1

関 灯之介　せき・とものすけ*
2078　「暗き河」
　◇俳句四季新人賞・新人奨励賞（令6年／第12回 俳句四季新人賞）

関 中子　せき・なかこ*
2079　「誰何」
　◇日本詩歌句随筆評論大賞（第18回／令4年度／詩部門／優秀賞）
　　「誰何」思潮社　2021.6　92p　21cm　2200円　ⓘ978-4-7837-3749-0

関岡 裕之　せきおか・ひろゆき*
2080　「前衛誌［日本編］―未来派・ダダ・構成主義」
　◇造本装幀コンクール（第54回／令2年／日本書籍出版協会理事長賞／専門書（人文社会科学書・自然科学書等）部門）
　　「前衛誌―未来派・ダダ・構成主義　日本編1〔文〕・2〔図〕」西野嘉章著　東京大学出版会　2019.8　509, 437p　28cm　ⓘ978-4-13-080220-8（set）

関岡 ミラ　せきおか・みら*
2081　「おばあちゃんの金平糖」
　◇アンデルセンのメルヘン大賞（第38回／令3年／こども部門／大賞）
　　「アンデルセンのメルヘン文庫　第38集」アンデルセン・パン生活文化研究所　2021.10　83p　21×22cm（アンデルセンのメルヘン大賞受賞作品集 第38集）1000円
　　※受賞作を収録

関口 裕子　せきぐち・ひろこ*
2082　「日本古代女性史の研究」
　◇女性史青山なを賞（第33回／平30年度）
　　「日本古代女性史の研究」塙書房　2018.2　326, 11p　22cm　8500円　ⓘ978-4-8273-1292-8

関根　裕治　せきね・ゆうじ＊
2083　「礼」
　　◇伊東静雄賞（第32回/令3年度/奨励賞）

関元　慧吾　せきもと・けいご＊
2084　「夕陽色の鶴に乗せて」
　　◇ENEOS童話賞（第52回/令3年度/中学生の部/優秀賞）
　　　※「童話の花束 その52」に収録

関本　紗也乃　せきもと・さやの
2085　「えーどうなってんの」
　　◇えほん大賞（第25回/令5年/「サンシャインシティ 絵本の森」賞）

関本　康人　せきもと・やすひと
2086　「都市伝説は本当だった！　六甲山から里帰りした小さな汽車、頸城鉄道の忘れ形見達」
　　◇子どものための感動ノンフィクション大賞（第8回/令2年/優良作品）

関谷　啓子　せきや・けいこ＊
2087　「私の家たち」
　　◇随筆にっぽん賞（第12回/令4年/随筆にっぽん賞）

瀬口　真司　せぐち・まさし＊
2088　「KILLING TIME」
　　◇笹井宏之賞（第3回/令2年/個人賞/大森静佳賞）
　　　「ねむらない樹　Vol. 6（2021 winter）」書肆侃侃房　2021.2　205p　21cm（短歌ムック）1500円
　　　①978-4-86385-442-0
　　　※受賞作を収録
2089　「パーチ」
　　◇笹井宏之賞（第5回/令4年/大賞）
　　　「ねむらない樹　Vol. 10」書肆侃侃房　2023.2　268p　21cm（短歌ムック）1500円　①978-4-86385-562-5
　　　※受賞作を収録

瀬崎　祐　せざき・ゆう＊
2090　「水分れ、そして水隠れ」
　　◇日本詩歌句随筆評論大賞（第19回/令5年度/詩部門/大賞）
　　　「水分れ、そして水隠れ」思潮社　2022.7　93p　22cm　2400円　①978-4-7837-3793-3

瀬下　猛　せしも・たけし＊
2091　「平和の国の島崎へ」
　　◇マンガ大賞（2024/令6年/4位）
　　　「平和の国の島崎へ　1～7」濱田轟天原作，瀬下猛漫画　講談社　2022.12～2024.11　19cm（モーニングKC）

世田谷パブリックシアター　せたがやぱぶりっくしあたー＊
2092　「メアリ・スチュアート」（フリードリヒ・シラー作）
　　◇小田島雄志・翻訳戯曲賞（第13回/令2年）

薛　沙耶伽　せつ・さやか＊
2093　「しかたのない羽」
　　◇大阪女性文芸賞（第37回/令1年）

2094　「水槽と病室」

◇舟橋聖一顕彰青年文学賞（第31回/令1年/最優秀賞）

接骨 木綿　せっこつ・もめん＊
2095　「彼女は成仏したがっている」
　　◇ジャンプ小説新人賞（2019/令1年/小説テーマ部門/銅賞（テーマ：会話劇））
2096　「都市伝説さん」
　　◇ジャンプ小説新人賞（2020/令2年/テーマ部門「バディ」/金賞）

節兌 見一　せつだ・けんいち＊
2097　「東京Lv99」
　　◇集英社ライトノベル新人賞（第12回/令4年/IP小説部門/#3 入選）
　　「東京LV99―異世界帰還勇者VS東京最強少女：山ノ手結界環状戦線」 集英社　2024.10　353p　15cm（ダッシュエックス文庫）760円　①978-4-08-631574-6

瀬名 秀明　せな・ひであき＊
2098　「**NHK 100分de名著『アーサー・C・クラークスペシャル ただの「空想」ではない』**」
　　◇星雲賞（第52回/令3年/ノンフィクション部門）
　　「アーサー・C・クラークスペシャル」 瀬名秀明著, 日本放送協会, NHK出版編集　NHK出版　2020.3　21cm（100分 de 名著）524円　①978-4-1422310-9-6

蟬谷 魚ト　せみたに・とと　⇒蟬谷 めぐ実（せみたに・めぐみ）

蟬谷 めぐ実　せみたに・めぐみ＊
2099　「化け者心中」
　　◇小説 野性時代 新人賞（第11回/令2年）〈受賞時〉蟬谷 魚ト
　　◇中山義秀文学賞（第27回/令3年度）
　　◇日本歴史時代作家協会賞（第10回/令3年/新人賞）
　　「化け者心中」 KADOKAWA　2020.10　285p　20cm 1650円　①978-4-04-109985-8
　　「化け者心中」 KADOKAWA　2023.8　345p　15cm（角川文庫）800円　①978-4-04-113882-3
　　※2020年刊の加筆修正
2100　「おんなの女房」
　　◇野村胡堂文学賞（第10回/令4年）
　　◇吉川英治文学新人賞（第44回/令5年度）
　　「おんなの女房」 KADOKAWA　2022.1　269p　20cm 1650円　①978-4-04-111442-1
2101　「万両役者の扇」
　　◇山田風太郎賞（第15回/令6年）
　　「万両役者の扇」 新潮社　2024.5　301p　20cm 1800円　①978-4-10-355651-0

零真似　ぜろまに＊
2102　「デッドリーヘブンリーデッド」
　　◇小学館ライトノベル大賞（第14回/令2年/ガガガ賞）〈受賞時〉余命 零
　　「君はヒト、僕は死者。世界はときどきひっくり返る」 小学館　2020.7　318p　15cm（ガガガ文庫）640円　①978-4-09-451855-9
　　※受賞作を改題

善教 将大　ぜんきょう・まさひろ＊
2103　「維新支持の分析―ポピュリズムか, 有権者の合理性か」
　　◇サントリー学芸賞（第41回/令1年度/政治・経済部門）
　　「維新支持の分析―ポピュリズムか, 有権者の合理性か」 有斐閣　2018.12　261p　22cm 3900円　①978-4-641-14927-4

千田 理緒　せんだ・りお＊
　2104　「誤認五色」
　　　◇鮎川哲也賞（第30回／令2年）
　　　　「五色の殺人者」　東京創元社　2020.10　246p　20cm　1600円　①978-4-488-02565-6
　　　　※受賞作を改題

千八軒　せんのはっけん＊
　2105　「ぽっちゃり妻の内なる『アイツとあの子とその他数人』」
　　　◇カクヨムWeb小説短編賞（2022／令4年／「令和の私小説」部門／短編特別賞）

Zen Foto Gallery
　2106　「Mirror」
　　　◇造本装幀コンクール（第56回／令4年／審査員奨励賞）
　　　　「Mirror」　刘珂＆晃晃　Zen Foto Gallery　2022.5　223p　18×19cm　①978-4-910244-13-6

【 そ 】

宗田 理　そうだ・おさむ＊
　2107　「ぼくらの七日間戦争」
　　　◇小学生がえらぶ！"こどもの本"総選挙（第2回／令2年／第9位）
　　　　「ぼくらの七日間（なのかかん）戦争」　宗田理作、はしもとしん絵　角川書店、角川グループパブリッシング（発売）　2009.3　390p　18cm　（角川つばさ文庫）740円　①978-4-04-631003-3

蒼天社　そうてんしゃ＊
　2108　「EYEMASK」
　　　◇日本漫画家協会賞（第50回／令3年度／まんが王国・土佐賞）
　　　　※雑誌「EYEMASK 創刊号〜69号」(蒼天社、継続刊行中）

相馬 卵譜　そうま・らんぷ＊
　2109　「つま先で踏ん張って」
　　　◇シナリオS1グランプリ（第40回／令3年春／奨励賞）

そえだ 信　そえだ・しん＊
　2110　「地べたを旅立つ」
　　　◇アガサ・クリスティー賞（第10回／令2年／大賞）
　　　　「地べたを旅立つ─掃除機探偵の推理と冒険」　早川書房　2020.11　290p　19cm　1700円　①978-4-15-209985-3

十川 陽一　そがわ・よういち＊
　2111　「人事の古代史 ─律令官人制からみた古代日本」
　　　◇古代歴史文化賞（第8回／令4年／優秀作品賞）
　　　　「人事の古代史─律令官人制からみた古代日本」　筑摩書房　2020.6　270p　18cm　（ちくま新書）860円　①978-4-480-07311-2

外なる天使さん　そとなるてんしさん＊
　2112　「【求ム】貞操逆転世界の婚活ヒトオスVTuber【清楚系】」
　　　◇カクヨムWeb小説コンテスト（第8回／令5年／ラブコメ（ライトノベル）部門／特別賞）

ソトマイヨール，ソニア
2113「ねえ、きいてみて！　みんな、それぞれちがうから」
　◇日本子どもの本研究会「作品賞」（第6回/令4年）
　　「ねえ、きいてみて！―みんな、それぞれちがうから」　ソニア・ソトマイヨール文、ラファエル・ロペス絵、すぎもとえみ訳　汐文社　2021.8　29cm　1700円　①978-4-8113-2852-2

曾根　毅　そね・つよし＊
2114「何も言わない」
　◇笹井宏之賞　（第2回/令1年/個人賞/大森静佳賞）

2115「焼身」
　◇俳句四季新人賞・新人奨励賞　（令2年/第8回　俳句四季新人賞）

園田　桃子　そのだ・ももこ＊
2116「まるの涙」
　◇ENEOS童話賞　（第53回/令4年度/中学生の部/優秀賞）
　　※「童話の花束　その53」に収録

園部　哲　そのべ・さとし＊
2117「異邦人のロンドン」
　◇日本エッセイスト・クラブ賞　（第72回/令6年）
　　「異邦人のロンドン」　集英社インターナショナル、集英社（発売）　2023.9　221p　20cm　1800円
　　①978-4-7976-7435-4

祖父江　慎　そぶえ・しん＊
2118「怪物園」
　◇造本装幀コンクール　（第54回/令2年/日本書籍出版協会理事長賞/児童書・絵本部門）
　　「怪物園」　junaida著　福音館書店　2020.12　〔40p〕　27cm　1800円　①978-4-8340-8586-0

2119「ぺぱぷんたす006」
　◇造本装幀コンクール　（第56回/令4年/日本印刷産業連合会会長賞）
　　「ぺぱぷんたす―かみがすきなこあつまれー！　006」　小学館　2022.8　137p　28cm　（OYAKO MOOK―小学館紙育シリーズ）　2091円　①978-4-09-101655-3

空　千秋　そら・ちあき＊
2120「一撃の勇者―神から与えられた祝福はひのきの棒で戦う才能でした―」
　◇HJ小説大賞　（第2回/令3年/2021後期）
　　「一撃の勇者―最弱武器〈ひのきの棒〉しか使えない勇者は、神すらも一撃で粉砕する　1」　ホビージャパン　2023.6　323p　19cm　（HJ NOVELS）　1350円　①978-4-7986-3207-0
　　「一撃の勇者―最弱武器〈ひのきの棒〉しか使えない勇者は、神すらも一撃で粉砕する　2」　ホビージャパン　2023.11　283p　19cm　（HJ NOVELS）　1300円　①978-4-7986-3344-2

空埜　一樹　そらの・かずき＊
2121「勇者と呼ばれた後に―そして無双男は家族を創る―」
　◇講談社ラノベ文庫新人賞　（第13回/令3年10月発表/佳作）　〈受賞時〉陸堂　克樹
　　「勇者と呼ばれた後に―そして無双男は家族を創る」　講談社　2022.8　322p　15cm　（講談社ラノベ文庫）　680円　①978-4-06-529108-5
　　「勇者と呼ばれた後に―そして無双男は家族を創る　2」　講談社　2023.3　261p　15cm　（講談社ラノベ文庫）　700円　①978-4-06-531608-5

空山　トキ　そらやま・とき＊
2122「シャドウ・アサシンズ・ワールド～影は薄いけど、最強忍者やってます～」
　◇講談社ラノベ文庫新人賞　（第17回/令5年10月発表/大賞）　〈受賞時〉やまと
　　「シャドウ・アサシンズ・ワールド―影は薄いけど、最強忍者やってます」　講談社　2024.8　320p

15cm（講談社ラノベ文庫）800円　①978-4-06-535172-7

雪車町 地蔵　そりまち・じぞう＊
2123　「その心霊バイト、危険につき ～多重債務女とバチモン巫女のオカルトバイト営業忌録～」
　◇カクヨムWeb小説コンテスト（第9回/令6年/ホラー部門/特別審査員賞）

そるとばたあ
2124　「ジャイアントキリン群」
　◇坊っちゃん文学賞（第19回/令4年/大賞）

ソン・ウォンピョン
2125　「アーモンド」
　◇本屋大賞（第17回/令2年/翻訳小説部門/1位）
　　「アーモンド」　ソンウォンピョン著，矢島暁子訳　祥伝社　2019.7　267p　20cm　1600円　①978-4-396-63568-8
　　「アーモンド」　ソンウォンピョン著，矢島暁子訳　祥伝社　2024.7　289p　16cm（祥伝社文庫）750円　①978-4-396-35060-4
2126　「三十の反撃」
　◇本屋大賞（第19回/令4年/翻訳小説部門/1位）
　　「三十の反撃」　ソンウォンピョン著，矢島暁子訳　祥伝社　2021.8　298p　20cm　1600円　①978-4-396-63612-8
2127　「プリズム」
　◇本屋大賞（第20回/令5年/翻訳小説部門/2位）
　　「プリズム」　ソンウォンピョン著，矢島暁子訳　祥伝社　2022.7　251p　20cm　1600円　①978-4-396-63628-9

孫　軍悦　そん・ぐんえつ＊
2128　「現代中国と日本文学の翻訳―テクストと社会の相互形成史」
　◇日本比較文学会賞（第27回/令4年）
　　「現代中国と日本文学の翻訳―テクストと社会の相互形成史」　青弓社　2021.2　370p　20cm　3600円　①978-4-7872-9259-9

宋　恵媛　そん・へうぉん＊
2129　「密航のち洗濯 ときどき作家」
　◇講談社 本田靖春ノンフィクション賞（第46回/令6年）
　　「密航のち洗濯―ときどき作家」　宋恵媛，望月優大文，田川基成写真　柏書房　2024.1　318p 図版8枚　19cm　1800円　①978-4-7601-5556-9

【 た 】

田井　宗一郎　たい・そういちろう＊
2130　「えのぐやコロルとまっしろなまち」
　◇えほん大賞（第20回/令3年/ストーリー部門/特別賞）
　　「えのぐやコロルとまっしろなまち」　田井宗一郎作，石黒しろう絵　文芸社　2022.12　31p　19×27cm　1200円　①978-4-286-23444-1

タイザン5
2131　「タコピーの原罪」
　◇日本漫画家協会賞（第51回/令4年度/まんが王国とっとり賞）

◇マンガ大賞（2023／令5年／10位）
　　　「タコピーの原罪　上」　集英社　2022.3　19cm（ジャンプコミックス―JUMP COMICS+）630円
　　　　①978-4-08-883049-0
　　　「タコピーの原罪　下」　集英社　2022.4　19cm（ジャンプコミックス―JUMP COMICS+）600円
　　　　①978-4-08-883104-6

大修館書店　たいしゅうかんしょてん*

2132　「ラルース ギリシア・ローマ神話大事典」
　　◇日本翻訳出版文化賞　（第56回／令2年度）
　　　「ラルースギリシア・ローマ神話大事典」　ジャン＝クロード・ベルフィオール著，金光仁三郎主幹，小井戸光彦ほか訳　大修館書店　2020.7　1039p 図版32p　27cm　22000円　①978-4-469-01289-7

2133　「『大漢和辞典』の百年」
　　◇造本装幀コンクール　（第57回／令5年／日本図書館協会賞）
　　　「『大漢和辞典』の百年」　池澤正晃著　大修館書店　2023.12　254p　22cm　3400円　①978-4-469-23287-5

大好き丸　だいすきまる*

2134　「「お前と居るとつまんねぇ」～俺を追放したチームが世界最高のチームになった理由（わけ）～」
　　◇カクヨムWeb小説コンテスト　（第9回／令6年／異世界ファンタジー部門／特別審査員賞）

だいたいねむい

2135　「パワハラギルマスをぶん殴ってブラック聖剣ギルドをクビになったので、辺境で聖剣工房を開くことにした　～貴族や王族やS級冒険者やら懇意にしてたお客がみんな付いてきちゃったけど俺のせいじゃないです～」
　　◇カクヨムWeb小説コンテスト　（第8回／令5年／異世界ファンタジー部門／ComicWalker漫画賞）

大同生命国際文化基金　だいどうせいめいこくさいぶんかききん*

2136　「復活祭前日」
　　◇日本翻訳出版文化賞　（第56回／令2年度／特別賞）
　　　「復活祭前日―ゾヤ・ピールザード選集」　ゾヤ・ピールザード著，藤元優子編訳　大同生命国際文化基金　2019.11　253p　20cm（アジアの現代文芸 イラン1）

松明　たいまつ

2137　「女子高生、北へ」
　　◇ジャンプ小説新人賞　（2019／令1年／小説テーマ部門／金賞（テーマ：会話劇））

ダイヤモンド社　だいやもんどしゃ*

2138　「マザーツリー 森に隠された「知性」をめぐる冒険」
　　◇造本装幀コンクール　（第57回／令5年／日本書籍出版協会理事長賞／専門書（人文社会科学書・自然科学書等）部門）
　　　「マザーツリー―森に隠された「知性」をめぐる冒険」　スザンヌ・シマード著，三木直子訳　ダイヤモンド社　2023.1　573p 図版16p　19cm　2200円　①978-4-478-10700-3

太陽くん　たいようくん*

2139　「ガチャと僕のプライベートプラネット」
　　◇カクヨムWeb小説コンテスト　（第9回／令6年／現代ファンタジー部門／特別賞）

田尾 元江　たお・もとえ*

2140　「お菓子かいたずらか！」
　　◇部落解放文学賞　（第50回／令5年／児童文学部門／奨励賞）

田岡 たか子　たおか・たかこ＊
　2141　「帯締め」
　　　◇随筆にっぽん賞（第12回／令4年／大賞）

高岡 修　たかおか・おさむ＊
　2142　「蟻」
　　　◇小熊秀雄賞（第54回／令3年）
　　　　「蟻―高岡修詩集」　ジャプラン　2020.9　87p　19cm　1700円　①978-4-906703-54-8

高丘 哲次　たかおか・てつじ＊
　2143　「黒よりも濃い紫の国」
　　　◇日本ファンタジーノベル大賞（2019／令1年）
　　　　「約束の果て―黒と紫の国」　新潮社　2020.3　301p　20cm　1600円　①978-4-10-353211-8
　　　　※受賞作を改題
　　　　「約束の果て―黒と紫の国」　新潮社　2022.12　367p　16cm　（新潮文庫）　670円　①978-4-10-104381-4

髙岡 昌生　たかおか・まさお＊
　2144　「まだ未来」多和田葉子詩集
　　　◇造本装幀コンクール（第54回／令2年／審査員奨励賞）
　　　　「まだ未来」　多和田葉子著　ゆめある舎　2019.11　17枚　21cm　5000円　①978-4-9907084-3-6

高岡 未来　たかおか・みらい＊
　2145　「黒狼王は身代わりの花嫁を溺愛する　～虐げられし王女は愛され愛を知る～」
　　　◇カクヨムWeb小説コンテスト（第6回／令3年／恋愛部門／特別賞）
　　　　「黒狼王と白銀の贄姫―辺境の地で最愛を得る」　KADOKAWA　2021.12　334p　15cm　（メディアワークス文庫）　650円　①978-4-04-914159-7
　　　　※受賞作を改題
　　　　「黒狼王と白銀の贄姫―辺境の地で最愛を得る　2」　KADOKAWA　2022.10　350p　15cm　（メディアワークス文庫）　700円　①978-4-04-914700-1
　　　　「黒狼王と白銀の贄姫―辺境の地で最愛を得る　3」　KADOKAWA　2023.5　349p　15cm　（メディアワークス文庫）　720円　①978-4-04-914701-8
　2146　「わたしの処女をもらってもらったその後。」
　　　◇カクヨムWeb小説コンテスト（第6回／令3年／恋愛部門／特別賞・ComicWalker漫画賞）
　　　　「わたしの処女をもらってもらったその後。」　KADOKAWA　2022.1　309p　15cm　（メディアワークス文庫）　650円　①978-4-04-914165-8
　2147　「チョコレート聖女は第二王子に庇護＆溺愛をされています　～異世界で作ったチョコレートが万能回復薬のため聖女と呼ばれるようになりました～」
　　　◇カクヨムWeb小説コンテスト（第7回／令4年／恋愛（ラブロマンス）部門／特別賞）
　　　　「チョコレート聖女は第二王子に甘く庇護＆溺愛される―異世界トリップしたら作ったアレが万能薬でした」　KADOKAWA　2023.1　334p　19cm　（ジュエルブックスピュアキス）　1300円　①978-4-04-914910-4
　　　　※受賞作を改題

鷹樹 烏介　たかぎ・あすけ＊
　2148　「白山鯨」
　　　◇カクヨムWeb小説短編賞（2020／令2年／短編特別賞）

高木 宇大　たかぎ・うだい＊
　2149　「目覚めさす」
　　　◇現代俳句協会年度作品賞（第24回／令5年）

髙樹 のぶ子　たかぎ・のぶこ＊
2150 「小説伊勢物語 業平」
　◇泉鏡花文学賞　（第48回/令2年）
　　「業平—小説伊勢物語」　日経BP日本経済新聞出版本部, 日経BPマーケティング（発売）　2020.5
　　458p 図版16p　20cm 2200円　①978-4-532-17156-8

髙木 麻紀子　たかぎ・まきこ＊
2151 「ガストン・フェビュスの『狩猟の書』挿絵研究」
　◇渋沢・クローデル賞　（第37回/令2年度/奨励賞）
　　「ガストン・フェビュスの『狩猟の書』挿絵研究」　中央公論美術出版　2020.1　417, 176p　22cm
　　22000円　①978-4-8055-0877-0

髙木 まどか　たかぎ・まどか＊
2152 「近世の遊廓と客―遊女評判記にみる作法と慣習」
　◇女性史青山なを賞　（第37回/令4年度）
　　「近世の遊廓と客―遊女評判記にみる作法と慣習」　吉川弘文館　2021.1　295, 5p　22cm 9500円
　　①978-4-642-04334-2

高久 至　たかく・いたる＊
2153 「ハタハタ 荒海にかがやく命」
　◇産経児童出版文化賞　（第69回/令4年/産経新聞社賞）
　　「ハタハタ—荒海にかがやく命」　あかね書房　2021.12　30p　30cm 1300円　①978-4-251-09951-8

高草 操　たかくさ・みさお＊
2154 「人と共に生きる 日本の馬」
　◇JRA賞馬事文化賞　（2020/令2年度）
　　「人と共に生きる日本の馬」　里文出版　2020.4　209p　21cm 1800円　①978-4-89806-495-5
　　「人と共に生きる日本の馬」　新装改訂版　メトロポリタンプレス　2022.11　209p　21cm 1800円
　　①978-4-909908-58-2

高里 まつり　たかさと・まつり＊
2155 「後宮の異術妃 ～力を隠して生きていたら家から追放されました。清々して喜んでいたのに今度は皇太子に捕まりました」
　◇カクヨムWeb小説コンテスト　（第9回/令6年/恋愛（ラブロマンス）部門/特別審査員賞）

高篠 力丸　たかしの・りきまる＊
2156 「カクタスさんの灯」
　◇えほん大賞　（第20回/令3年/絵本部門/優秀賞）

高島 鈴　たかしま・りん＊
2157 「布団の中から蜂起せよ―アナーカ・フェミニズムのための断章」
　◇紀伊國屋じんぶん大賞　（第13回/令5年/大賞）
　　「布団の中から蜂起せよ―アナーカ・フェミニズムのための断章」　人文書院　2022.10　243p　19cm
　　2000円　①978-4-409-24152-3

高瀬 志帆　たかせ・しほ＊
2158 「二月の勝者 ―絶対合格の教室―」
　◇小学館漫画賞　（第67回/令3年度/一般向け部門）
　　「二月の勝者―絶対合格の教室　1～21」　小学館　2018.2～2024.7　18cm （BIG SPIRITS COMICS）

高瀬 隼子　たかせ・じゅんこ＊
2159 「おいしいごはんが食べられますように」
　◇芥川龍之介賞　（第167回/令4年上）

「おいしいごはんが食べられますように」　講談社　2022.3　152p　20cm　1400円　①978-4-06-527409-5
2160　「いい子のあくび」
　　◇芸術選奨　（第74回／令5年度／文学部門／文部科学大臣新人賞）
　　　「いい子のあくび」　集英社　2023.7　171p　20cm　1600円　①978-4-08-771836-2

高瀬　乃一　　たかせ・のいち＊
　2161　「をりをり　よみ耽り」
　　◇オール讀物新人賞　（第100回／令2年）
　　　「貸本屋おせん」　文藝春秋　2022.11　233p　19cm　1800円　①978-4-16-391627-9
　　　※受賞作を収録
　2162　「貸本屋おせん」
　　◇日本歴史時代作家協会賞　（第12回／令5年／新人賞）
　　　「貸本屋おせん」　文藝春秋　2022.11　233p　19cm　1800円　①978-4-16-391627-9

たかた
　2163　「クラスで2番目に可愛い女の子と友だちになった」
　　◇カクヨムWeb小説コンテスト　（第6回／令3年／ラブコメ部門／特別賞）

高田　晃太郎　　たかだ・こうたろう＊
　2164　「ロバのスーコと旅をする」
　　◇斎藤茂太賞　（第9回／令6年／選考委員特別賞）
　　　「ロバのスーコと旅をする」　河出書房新社　2023.7　202p 図版12枚　19cm　1620円　①978-4-309-03120-0

高田　朔実　　たかだ・さくみ＊
　2165　「綿貫さん」
　　◇三田文学新人賞　（第26回／令2年／佳作）

高田　智子　　たかた・ともこ＊
　2166　「尻に火がつく」
　　◇大阪女性文芸賞　（第38回／令2年／佳作）

高田　秀重　　たかだ・ひでしげ＊
　2167　「プラスチックモンスターをやっつけよう！」
　　◇産経児童出版文化賞　（第68回／令3年／JR賞）
　　　「プラスチックモンスターをやっつけよう！きみが地球のためにできること」　高田秀重監修、クリハラタカシ絵、クレヨンハウス編集部編　クレヨンハウス　2020.4　95p　23cm　1600円　①978-4-86101-382-9

髙田　充　　たかだ・みつる＊
　2168　「一菓」
　　◇京都文学賞　（第4回／令4・5年度／一般部門／優秀賞・読者選考委員賞）

髙田　曜子　　たかだ・ようこ＊
　2169　「MUDLARKS」（ヴィッキー・ドノヒュー作）
　　◇小田島雄志・翻訳戯曲賞　（第15回／令4年）
　2170　「THE PRICE」（アーサー・ミラー作）
　　◇小田島雄志・翻訳戯曲賞　（第15回／令4年）

髙谷　和生　　たかたに・かずお＊
　2171　「くまもとの戦争遺産　－戦後75年　平和を祈ってー」
　　◇地方出版文化功労賞　（第34回／令3年／功労賞）

「くまもとの戦争遺産―戦後75年平和を祈って」 髙谷和生、熊日出版(発売) 2020.8 271p 30cm 2300円 ①978-4-908313-65-3

たかだらん
2172 「千紫万紅、夏の暮れ。」
◇京都文学賞（第4回/令4・5年度/中高生部門/最優秀賞）

髙塚 謙太郎　たかつか・けんたろう＊
2173 「量」
◇H氏賞（第70回/令2年）
「量―詩集」 七月堂 2019.7 253p 30cm 2500円 ①978-4-87944-380-9
「量」 新装版 七月堂 2022.4 270p 26cm 3000円 ①978-4-87944-487-5

たかつき せい
2174 「ようかいや ～運動会の怪～」（短編）
◇「日本児童文学」投稿作品賞（第14回/令4年/佳作）

高遠 ちとせ　たかとお・ちとせ＊
2175 「波とあそべば」
◇ポプラ社小説新人賞（第12回/令4年/特別賞）〈受賞時〉高遠 穂積
「遠い町できみは」 ポプラ社 2024.3 275p 19cm 1800円 ①978-4-591-18130-0
※受賞作を改題

高遠 穂積　たかとお・ほずみ　⇒高遠 ちとせ（たかとお・ちとせ）

たかどの ほうこ
2176 「わたし、パリにいったの」
◇野間児童文芸賞（第59回/令3年）
「わたし、パリにいったの」 のら書店 2021.3 48p 22cm 1400円 ①978-4-905015-57-4

鷹取 美保子　たかとり・みほこ＊
2177 「薔薇ほどに」
◇伊東静雄賞（第34回/令5年度）

高野 公彦　たかの・きみひこ＊
2178 「明月記を読む」（上・下）
◇現代短歌大賞（第42回/令1年）
「明月記を読む―定家の歌とともに 上」 短歌研究社 2018.11 223p 19cm（コスモス叢書 第1148篇）2800円 ①978-4-86272-600-1
「明月記を読む―定家の歌とともに 下」 短歌研究社 2018.11 227p 19cm（コスモス叢書 第1148篇）2800円 ①978-4-86272-601-8

高野 知宙　たかの・ちひろ＊
2179 「十六畳の宝箱」
◇京都文学賞（第1回/令1年度/中高生部門/優秀賞）
2180 「闇に浮かぶ浄土」
◇京都文学賞（第3回/令3年度/中高生部門/最優秀賞）
「ちとせ」 祥伝社 2022.11 253p 20cm 1600円 ①978-4-396-63635-7
※受賞作を改題

高野 秀行　たかの・ひでゆき＊
2181 「イラク水滸伝」
◇Bunkamuraドゥマゴ文学賞（第34回/令6年/桐野夏生選）
「イラク水滸伝」 文藝春秋 2023.7 477p 図版12p 20cm 2200円 ①978-4-16-391729-0

高野　史緒　　たかの・ふみお＊
2182　「グラーフ・ツェッペリンあの夏の飛行船」
　　◇星雲賞　（第55回/令6年/日本長編部門（小説））
　　　「グラーフ・ツェッペリン―あの夏の飛行船」　早川書房　2023.7　372p　16cm　（ハヤカワ文庫 JA）
　　　940円　①978-4-15-031555-9

高野　ユタ　　たかの・ゆた＊
2183　「羽釜」
　　◇坊っちゃん文学賞　（第16回/令1年/大賞）
　　　「夢三十夜」「坊っちゃん文学賞」書籍編集委員会編　学研プラス　2021.6　330p　19cm　（5分後の隣
　　　のシリーズ）　1000円　①978-4-05-205425-9

たか野む　　たかのむ＊
2184　「辺獄のラブコメ」
　　◇講談社ラノベ文庫新人賞　（第16回/令5年4月発表/佳作）

たかはし　あきよ
2185　「ねこがねこんだ」
　　◇講談社絵本新人賞　（第44回/令5年/佳作）

高橋　亜子　　たかはし・あこ＊
2186　「Glory Days グローリー・デイズ」
　　◇小田島雄志・翻訳戯曲賞　（第14回/令3年）
2187　「ダブル・トラブル」
　　◇小田島雄志・翻訳戯曲賞　（第14回/令3年）

高橋　うらら　　たかはし・うらら＊
2188　「災害にあったペットを救え　獣医師チームVMAT」
　　◇児童文芸ノンフィクション文学賞　（第3回/令3年）
　　　「災害にあったペットを救え―獣医師チームVMAT」　小峰書店　2019.3　159p　20cm　（ノンフィク
　　　ション・いまを変えるチカラ）　1500円　①978-4-338-32103-7

高橋　健　　たかはし・けん＊
2189　「支店長、大変です」
　　◇日本自費出版文化賞　（第25回/令4年/特別賞/小説部門）
　　　「支店長、大変です！」　雄峰舎　2021.8　240p　19cm　1200円　①978-4-904724-31-6

髙橋　炬燵　　たかはし・こたつ＊
2190　「チュートリアルが始まる前に～ボスキャラ達を破滅させない為に俺ができる幾
　　　つかの事」
　　◇カクヨムWeb小説コンテスト　（第7回/令4年/異世界ファンタジー部門/大賞）　〈受
　　　賞時〉ハイブリッジこたつ
　　　「チュートリアルが始まる前に―ボスキャラ達を破滅させない為に俺ができる幾つかの事」
　　　　KADOKAWA　2022.12　267p　19cm　（DENGEKI―電撃の新文芸）　1300円　①978-4-04-914754-
　　　　4
　　　「チュートリアルが始まる前に―ボスキャラ達を破滅させない為に俺ができる幾つかの事　2」
　　　　KADOKAWA　2023.4　363p　19cm　（DENGEKI―電撃の新文芸）　1450円　①978-4-04-914930-2
　　　「チュートリアルが始まる前に―ボスキャラ達を破滅させない為に俺ができる幾つかの事　3」
　　　　KADOKAWA　2023.8　290p　19cm　（DENGEKI―電撃の新文芸）　1400円　①978-4-04-915029-2
　　　「チュートリアルが始まる前に―ボスキャラ達を破滅させない為に俺ができる幾つかの事　4」
　　　　KADOKAWA　2024.5　346p　19cm　（DENGEKI―電撃の新文芸）　1400円　①978-4-04-915367-5

髙橋　淳　　たかはし・じゅん＊
2191　「土の詩、水の詩」

◇新人シナリオコンクール　（第29回／令1年度／佳作）

高橋　嬢子　　たかはし・じょうし
　2192　「母とおにぎり」
　　◇啄木・賢治のふるさと「岩手日報随筆賞」　（第17回／令4年／優秀賞）

高橋　峻　　たかはし・たかし
　2193　「Caféモンタン― 一九六〇年代盛岡の熱きアート基地」
　　◇地方出版文化功労賞　（第36回／令5年／奨励賞）
　　「Caféモンタン― 一九六〇年代盛岡の熱きアート基地」　萬鉄五郎記念美術館、平澤広、五十嵐佳乙子、高橋峻編集・制作　杜陵高速印刷出版部　2022.3　320p　21cm　2500円　①978-4-88781-142-3

高橋　憧子　　たかはし・とうこ＊
　2194　「掲示板「中止」が目立つ紙一枚夏祭り無き夏が始まる」
　　◇河野裕子短歌賞　（没後10年 第9回〜家族を歌う〜河野裕子短歌賞／令2年／青春の歌／河野裕子賞）

たかはし　としひで
　2195　「ヒーロー」
　　◇えほん大賞　（第23回／令4年／絵本部門／優秀賞）
　2196　「ぼくがはなせたら」
　　◇えほん大賞　（第22回／令4年／絵本部門／優秀賞）　〈受賞時〉髙橋　俊英
　2197　「ほうきをもつ少年」
　　◇えほん大賞　（第25回／令5年／絵本部門／大賞）
　　「ほうきをもつ少年」　文芸社　2024.6　39p　26cm　1500円　①978-4-286-25475-3

高橋　信雄　　たかはし・のぶお＊
　2198　「東洋日の出新聞　鈴木天眼〜アジア主義　もう一つの軌跡」
　　◇日本自費出版文化賞　（第23回／令2年／部門入賞／研究・評論部門）
　　「東洋日の出新聞　鈴木天眼―アジア主義もう一つの軌跡」　長崎新聞社　2019.10　471p　19cm　1800円　①978-4-86650-010-2

髙橋　英樹　　たかはし・ひでき＊
　2199　「大江戸拉麺勝負」
　　◇シナリオS1グランプリ　（第42回／令4年春／準グランプリ）
　2200　「クオラ！」
　　◇シナリオS1グランプリ　（第44回／令5年春／奨励賞）

髙橋　文義　　たかはし・ふみよし＊
　2201　「侃侃諤諤「はだしのゲン」」
　　◇部落解放文学賞　（第48回／令3年／評論部門／佳作）
　2202　「『はだしのゲン』は生きている」
　　◇部落解放文学賞　（第49回／令4年／評論部門／佳作）
　2203　「『はだしのゲン』の存在理由と価値」
　　◇部落解放文学賞　（第50回／令5年／評論部門／佳作）

高橋　万実子　　たかはし・まみこ
　2204　「天童木工とジャパニーズモダン」
　　◇造本装幀コンクール　（第55回／令3年／日本製紙連合会賞）
　　「天童木工とジャパニーズモダン」　天童木工監修, TENDO JAPANESE MODERN 80 PROJECT編　青幻舎　2021.8　496p　20cm　5500円　①978-4-86152-854-5

高橋 道子　たかはし・みちこ＊
　2205　「村を囲う」
　　　◇農民文学賞（第64回/令3年）

高橋 祐一　たかはし・ゆういち＊
　2206　「常勝将軍バルカくんの恋敗」
　　　◇HJ小説大賞（第2回/令3年/2021中期）
　　　「不敗の名将バルカの完璧国家攻略チャート―惚れた女のためならばどんな弱小国でも勝利させてやる　1」　ホビージャパン　2023.4　296p　15cm（HJ文庫）700円　①978-4-7986-3147-9
　　　※受賞作を改題

髙橋 由記　たかはし・ゆき＊
　2207　「平安文学の人物と史的世界―随筆・私家集・物語―」
　　　◇第2次関根賞（第15回・通算27回/令2年度）
　　　◇紫式部学術賞（第22回/令3年）
　　　「平安文学の人物と史的世界―随筆・私家集・物語」　武蔵野書院　2019.12　399, 27p　22cm　12000円　①978-4-8386-0726-6

高橋 百合子　たかはし・ゆりこ＊
　2208　「赤いあと」
　　　◇BKラジオドラマ脚本賞（第43回/令4年/最優秀賞）

高橋 芳江　たかはし・よしえ
　2209　「母の裁ちバサミ」
　　　◇啄木・賢治のふるさと「岩手日報随筆賞」（第15回/令2年/最優秀賞）

髙橋 良育　たかはし・りょういく＊
　2210　「ワグネリアンの女」
　　　◇北区内田康夫ミステリー文学賞（第18回/令2年/審査員特別賞（特別賞））

高畠 那生　たかばたけ・なお＊
　2211　「うしとざん」
　　　◇産経児童出版文化賞（第68回/令3年/ニッポン放送賞）
　　　◇小学館児童出版文化賞（第70回/令3年度）
　　　「うしとざん」　小学館　2020.12　27cm　1400円　①978-4-09-725085-2
　2212　「おきにいりのしろいドレスをきてレストランにいきました」
　　　◇日本絵本賞（第29回/令6年/日本絵本賞）
　　　「おきにいりのしろいドレスをきてレストランにいきました」　渡辺朋作, 高畠那生絵　童心社　2023.5　27cm　1500円　①978-4-494-01249-7

高浜 寛　たかはま・かん＊
　2213　「ニュクスの角灯」
　　　◇手塚治虫文化賞（第24回/令2年/マンガ大賞）
　　　「ニュクスの角灯（ランタン）　1～6」　リイド社　2016.2～2019.9　21cm（SPコミックス）

高原 あふち　たかはら・あふち＊
　2214　「ハーヴェスト」
　　　◇日本自費出版文化賞（第25回/令4年/部門入賞/小説部門）
　　　「ハーヴェスト」　創栄図書印刷　2020.3　20cm　1500円　①978-4-9911453-0-8

たかはら りょう
　2215　「あいにきたよ」
　　　◇えほん大賞（第21回/令3年/ストーリー部門/大賞）

「あいに、きたよ。―dog meets beluga」　たかはらりょう ぶん，浜野史え　文芸社　2022.12　32p　25cm　1500円　①978-4-286-23787-9

高平　九　たかひら・きゅう＊
2216　「桜田濠の鯉」
◇ちよだ文学賞（第15回／令2年／千代田賞）
※「ちよだ文学賞作品集 第15回」（千代田区地域振興部文化振興課 2020年10月発行）に収録

高平　佳典　たかひら・よしのり
2217　「あきらめない」
◇新俳句人連盟賞（第50回／令4年／作品の部（俳句）／佳作1位）

髙松　麻奈美　たかまつ・まなみ＊
2218　「よくばりなハンバーガー」
◇えほん大賞（第22回／令4年／絵本部門／優秀賞）

高松　美咲　たかまつ・みさき＊
2219　「スキップとローファー」
◇マンガ大賞（2020／令2年／3位）
◇講談社漫画賞（第47回／令5年／総合部門）
「スキップとローファー　1〜11」　講談社　2019.1〜2024.12　19cm　（アフタヌーンKC）

鷹見　えりか　たかみ・えりか
2220　「さかさまミキサー」
◇えほん大賞（第25回／令5年／ストーリー部門／特別賞）

篁　たかお　たかむら・たかお
2221　「山茶花」
◇地上文学賞（第67回／令1年度／佳作）

髙村　有　たかむら・ゆう＊
2222　「メイク・イット」
◇ポプラズッコケ文学新人賞（第10回／令3年／編集部賞）

高矢　航志　たかや・こうし＊
2223　「超次元エンゲージ」
◇シナリオS1グランプリ（第40回／令3年春／佳作）

髙柳　克弘　たかやなぎ・かつひろ＊
2224　「涼しき無」（句集）
◇俳人協会新人賞（第46回／令4年度）
「涼しき無」　ふらんす堂　2022.4　178p　19cm　2000円　①978-4-7814-1458-4
2225　「そらのことばが降ってくる　保健室の俳句会」
◇小学館児童出版文化賞（第71回／令4年度）
「そらのことばが降ってくる―保健室の俳句会」　ポプラ社　2021.9　231p　20cm　（teens' best selections 57）　1400円　①978-4-591-17106-5

高山　環　たかやま・かん＊
2226　「夏のピルグリム」
◇ポプラ社小説新人賞（第12回／令4年／奨励賞）
「夏のピルグリム」　ポプラ社　2024.7　281p　19cm　1700円　①978-4-591-18223-9

高山　邦男　たかやま・くにお＊
2227　「Mother」（歌集）

◇若山牧水賞　（第29回／令6年）
　　　　「Mother―歌集」　ながらみ書房　2024.7　211p　19cm　2300円　Ⓘ978-4-86629-340-0

高山　彩英子　　たかやま・さえこ
　2228　「まてまて、豆」
　　　◇家の光童話賞　（第36回／令3年度／優秀賞）

髙山　さなえ　　たかやま・さなえ＊
　2229　「あなたがわたしを忘れた頃に」
　　　◇劇作家協会新人戯曲賞　（第27回／令3年度）
　　　　※「優秀新人戯曲集2022」に収録

高山　羽根子　　たかやま・はねこ＊
　2230　「首里の馬」
　　　◇芥川龍之介賞　（第163回／令2年上）
　　　　「首里の馬」　新潮社　2020.7　158p　20cm　1250円　Ⓘ978-4-10-353381-8
　　　　「首里の馬」　新潮社　2023.1　202p　16cm　（新潮文庫）　550円　Ⓘ978-4-10-104431-6

高山　真由美　　たかやま・まゆみ＊
　2231　「ひなの家」
　　　◇深大寺短編恋愛小説『深大寺恋物語』　（第20回／令6年／審査員特別賞）

鷹山　悠　　たかやま・ゆう＊
　2232　「隠れ町飛脚・三十日屋余話」
　　　◇ポプラ社小説新人賞　（第9回／令1年／奨励賞）
　　　　「隠れ町飛脚三十日屋」　ポプラ社　2020.10　294p　16cm　（ポプラ文庫）　700円　Ⓘ978-4-591-16814-1

髙良　真実　　たから・まみ＊
　2233　「はじめに言葉ありき。よろずのもの、これに拠りて成る―短歌史における俗語革命の影」
　　　◇現代短歌評論賞　（第40回／令4年　課題：「口語短歌の歴史的考察」「ジェンダーと短歌」「「疫の時代」の短歌」のいずれかを選択）

田川　基成　　たがわ・もとなり＊
　2234　「密航のち洗濯 ときどき作家」
　　　◇講談社 本田靖春ノンフィクション賞　（第46回／令6年）
　　　　「密航のち洗濯―ときどき作家」　宋恵媛, 望月優大文, 田川基成写真　柏書房　2024.1　318p 図版8枚　19cm　1800円　Ⓘ978-4-7601-5556-9

瀧井　一博　　たきい・かずひろ＊
　2235　「大久保利通 『知』を結ぶ指導者」
　　　◇毎日出版文化賞　（第76回／令4年／人文・社会部門）
　　　　「大久保利通―「知」を結ぶ指導者」　新潮社　2022.7　521,5p　20cm　（新潮選書）　2200円　Ⓘ978-4-10-603885-3

滝口　葵巳　　たきぐち・あおい＊
　2236　「愛しのクリーレ」
　　　◇三田文学新人賞　（第27回／令3年）

滝口　悠生　　たきぐち・ゆうしょう＊
　2237　「水平線」
　　　◇織田作之助賞　（第39回／令4年度／織田作之助賞）
　　　◇芸術選奨　（第73回／令4年度／文学部門／文部科学大臣賞）
　　　　「水平線」　新潮社　2022.7　503p　20cm　2500円　Ⓘ978-4-10-335314-0

2238 「反対方向行き」
◇川端康成文学賞（第47回／令5年）
「鉄道小説」乗代雄介, 温又柔, 澤村伊智, 滝口悠生, 能町みね子著　交通新聞社　2022.10　253p　20cm　2200円　①978-4-330-06422-2
※受賞作を収録

滝浪 酒利　たきなみ・さとし＊
2239 「マスカレードコンフィデンス」
◇MF文庫Jライトノベル新人賞（第19回／令5年／最優秀賞）〈受賞時〉滝波 酒利
「マスカレード・コンフィデンス―詐欺師は少女と仮面仕掛けの旅をする」KADOKAWA　2023.11　327p　15cm（MF文庫J）680円　①978-4-04-683075-3
「マスカレード・コンフィデンス―詐欺師は少女と仮面仕掛けの旅をする　2」KADOKAWA　2024.2　327p　15cm（MF文庫J）720円　①978-4-04-683348-8

滝本 竜彦　たきもと・たつひこ＊
2240 「異世界ナンパ～無職ひきこもりのオレがスキルを駆使して猫人間や深宇宙ドラゴンに声をかけてみました～」
◇カクヨムWeb小説コンテスト（第5回／令2年／異世界ファンタジー部門／特別賞）

田口 辰郎　たぐち・たつろう
2241 「軌跡」
◇新俳句人連盟賞（第48回／令2年／作品の部（俳句）／佳作3位）

田窪 泉　たくぼ・いずみ＊
2242 「届け、風の如く」
◇創作ラジオドラマ大賞（第48回／令1年／大賞）

詫摩 佳代　たくま・かよ＊
2243 「人類と病―国際政治から見る感染症と健康格差」
◇サントリー学芸賞（第42回／令2年度／政治・経済部門）
「人類と病―国際政治から見る感染症と健康格差」中央公論新社　2020.4　238p　18cm（中公新書）820円　①978-4-12-102590-6

竹内 オサム　たけうち・おさむ＊
2244 「ビランジ」（全50号）
◇日本児童文学学会賞（第47回／令5年／日本児童文学学会特別賞）
◇日本漫画家協会賞（第52回／令5年度／まんが王国・土佐賞）
「ビランジ―本・子ども・文化・風俗　創刊号～50号」竹内オサム　1997.10～2022.9　19cm
※自費出版

竹内 佐永子　たけうち・さえこ＊
2245 「たけのこノコノコ」
◇家の光童話賞（第34回／令1年度／優秀賞）

2246 「まほうの森のドロップス」
◇森林（もり）のまち童話大賞（第7回／令4年／審査員賞／あさのあつこ賞）

竹内 早希子　たけうち・さきこ＊
2247 「命のうた―ぼくは路上で生きた　十歳の戦争孤児」
◇日本子どもの本研究会「作品賞」（第5回／令3年）
「命のうた―ぼくは路上で生きた　十歳の戦争孤児」竹内早希子著, 石井勉絵　童心社　2020.7　227p　20cm　1400円　①978-4-494-02067-6

竹内 康浩　たけうち・やすひろ＊
2248 「謎ときサリンジャー――「自殺」したのは誰なのか―」

◇小林秀雄賞（第21回/令4年）
「謎ときサリンジャー――「自殺」したのは誰なのか」　竹内康浩, 朴舜起著　新潮社　2021.8　269p　20cm（新潮選書）1500円　①978-4-10-603870-9

竹内　亮　たけうち・りょう＊
2249　「仮想的な歌と脳化社会―二〇二〇年代の短歌」
◇現代短歌評論賞（第42回/令6年 課題：「短歌の現状について」または自由 ※歴史をふまえること）

武内　涼　たけうち・りょう＊
2250　「阿修羅草紙」
◇大藪春彦賞（第24回/令4年）
「阿修羅草紙」　新潮社　2020.12　473p　20cm　2100円　①978-4-10-350643-0
「阿修羅草紙」　新潮社　2024.1　626p　16cm（新潮文庫）1000円　①978-4-10-101553-8
2251　「厳島」
◇野村胡堂文学賞（第12回/令6年）
「厳島」　新潮社　2023.4　430p　20cm　2300円　①978-4-10-350644-7

竹上　雄介　たけがみ・ゆうすけ＊
2252　「ひび」
◇城戸賞（第48回/令4年/準入賞）
2253　「明日、輝く」
◇創作テレビドラマ大賞（第48回/令5年/大賞）

竹川　春菜　たけかわ・はるな＊
2254　「月食の夜は」
◇創作テレビドラマ大賞（第46回/令3年/大賞）

武川　佑　たけかわ・ゆう＊
2255　「千里をゆけ　くじ引き将軍と隻腕女」
◇日本歴史時代作家協会賞（第10回/令3年/作品賞）
「千里をゆけ―くじ引き将軍と隻腕女」　文藝春秋　2021.3　333p　19cm　1800円　①978-4-16-391332-2

竹倉　史人　たけくら・ふみと＊
2256　「土偶を読む―130年間解かれなかった縄文神話の謎」
◇サントリー学芸賞（第43回/令3年度/社会・風俗部門）
「土偶を読む―130年間解かれなかった縄文神話の謎」　晶文社　2021.4　347p 図版9枚　20cm　1700円　①978-4-7949-7261-3

竹澤　聡　たけざわ・さとし
2257　「唯一の本屋が消えてこの地から離れることをついに決意す」
◇角川全国短歌大賞（第15回/令5年/題詠「本」/大賞）

武子　和幸　たけし・かずゆき＊
2258　「モイライの眼差し」
◇日本詩人クラブ賞（第54回/令3年）
「モイライの眼差し―詩集」　土曜美術社出版販売　2020.10　117p　19cm　2000円　①978-4-8120-2595-6

武石　勝義　たけし・かつよし＊
2259　「夢現の神獣　未だ醒めず」
◇日本ファンタジーノベル大賞（2023/令5年）

「神獣夢望伝」 新潮社 2023.6 308p 20cm 1700円 ①978-4-10-355081-5
※受賞作を改題

たけした ちか
2260 「みつばちぽりー」
 ◇日産 童話と絵本のグランプリ（第37回/令2年度/絵本の部/優秀賞）
 「みつばちぽりー」 三省堂書店/創英社 2023.11 27cm 1200円 ①978-4-87923-218-2

竹下 文子　たけした・ふみこ＊
2261 「なまえのないねこ」
 ◇けんぶち絵本の里大賞（第30回/令2年度/びばからす賞）
 ◇講談社絵本賞（第51回/令2年度）
 ◇日本絵本賞（第25回/令2年/日本絵本賞）
 「なまえのないねこ」 竹下文子文、町田尚子絵　小峰書店　2019.4　〔32p〕　28cm 1500円　①978-4-338-26133-3

竹柴 潤一　たけしば・じゅんいち＊
2262 「本朝白雪姫譚話」
 ◇大谷竹次郎賞（第48回/令1年度/奨励賞）

2263 「赤穂義士外伝の内 荒川十太夫」
 ◇大谷竹次郎賞（第51回/令4年度）

たけすい
2264 「追放された侯爵令嬢と行く冒険者生活」
 ◇カクヨムWeb小説コンテスト（第9回/令6年/異世界ファンタジー部門/特別賞・ComicWalker漫画賞）

武田 綾乃　たけだ・あやの＊
2265 「愛されなくても別に」
 ◇吉川英治文学新人賞（第42回/令3年度）
 「愛されなくても別に」 講談社　2020.8　281p　19cm 1450円　①978-4-06-520578-5
 「愛されなくても別に」 講談社　2023.7　317p　15cm（講談社文庫）　710円　①978-4-06-531712-9

武田 晋一　たけだ・しんいち＊
2266 「貝のふしぎ発見記」
 ◇産経児童出版文化賞（第70回/令5年/奨励賞）
 「貝のふしぎ発見記」　武田晋一写真・文, 福田宏監修　少年写真新聞社　2022.6　56p　19×27cm　1800円　①978-4-87981-757-0

竹田 人造　たけだ・ひとぞう＊
2267 「電子の泥舟に金貨を積んで」
 ◇ハヤカワSFコンテスト（第8回/令2年/優秀賞）
 「人工知能で10億ゲットする完全犯罪マニュアル」　早川書房　2020.11　398p　16cm（ハヤカワ文庫JA）980円　①978-4-15-031457-6
 ※受賞作を改題

竹田 まどか　たけだ・まどか＊
2268 「次のおしごと」
 ◇アンデルセンのメルヘン大賞（第41回/令6年/一般部門/大賞）
 「アンデルセンのメルヘン文庫　第41集」　アンデルセン・パン生活文化研究所　2024.10　87p　21×22cm（アンデルセンのメルヘン大賞受賞作品集 第41回）1000円
 ※受賞作を収録

竹田　モモコ　　たけだ・ももこ＊
　2269　「いびしない愛」
　　◇劇作家協会新人戯曲賞（第26回／令2年度）
　　　※「優秀新人戯曲集 2021」に収録
　2270　「他人」
　　◇「日本の劇」戯曲賞　（2022／令4年／最優秀賞）

武田　雄樹　　たけだ・ゆうき
　2271　「塔の三姉妹」
　　◇創作テレビドラマ大賞（第46回／令3年／佳作）

竹中　篤通　　たけなか・あつみち＊
　2272　「片腕の刑事」
　　◇島田荘司選 ばらのまち福山ミステリー文学新人賞（第17回／令6年）

竹中　豊秋　　たけなか・とよあき＊
　2273　「かにのしょうばい」
　　◇安城市新美南吉絵本大賞（第2回／平29年／大賞）
　　　「かにのしょうばい」　新美南吉文，竹中豊秋絵　安城市図書情報館　2018.7　23p　31cm　800円
　　　①978-4-9906982-2-5

竹中　優子　　たけなか・ゆうこ＊
　2274　「輪をつくる」
　　◇現代歌人集会賞（第48回／令4年度）
　　◇現代短歌新人賞（第23回／令4年度）
　　　「輪をつくる―歌集」　角川文化振興財団，KADOKAWA（発売）　2021.10　154p　20cm　2200円
　　　①978-4-04-884440-6
　2275　「ダンス」
　　◇新潮新人賞（第56回／令6年）

竹中大工道具館　　たけなかだいくどうぐかん＊
　2276　「木組 分解してみました」
　　◇造本装幀コンクール（第54回／令2年／日本印刷産業連合会会長賞）
　　　「木組分解してみました―竹中大工道具館開館35周年記念巡回展：展覧会図録」　竹中大工道具館　2019.10　129p　30cm

武西　良和　　たけにし・よしかず＊
　2277　「詩 メモの重し」
　　◇農民文学賞（第67回／令6年）
　　　「メモの重し―武西良和詩集」　土曜美術社出版販売　2023.9　105p　21cm　2000円　①978-4-8120-2794-3

竹部　月子　　たけべ・つきこ＊
　2278　「スローライフは、延々と。」
　　◇カクヨムWeb小説短編賞（2023／令5年／エッセイ・ノンフィクション部門／短編賞）

竹村　啓　　たけむら・けい＊
　2279　「ひと」
　　◇日本詩歌句随筆評論大賞（第17回／令3年度／詩部門／奨励賞）
　　　「ひと―竹村啓詩集」　文化企画アオサギ　2020.7　94p　22cm　2000円　①978-4-909980-12-0

竹本　真雄　　たけもと・しんゆう＊
　2280　「森風」

健部 伸明 たけるべ・のぶあき＊
2281 「ドラゴン最強王図鑑」
　◇小学生がえらぶ！ "こどもの本"総選挙（第4回／令6年／第8位）
　　「ドラゴン最強王図鑑―No.1決定トーナメント!!：トーナメント形式のバトル図鑑」 健部伸明監修、なんばきび、七海ルシア イラスト　学研プラス　2022.3　143p　21cm　1200円　ⓘ978-4-05-205540-9

多胡 吉郎 たご・きちろう＊
2282 「生命の谺 川端康成と「特攻」」
　◇和辻哲郎文化賞（第35回／令4年度／一般部門）
　　「生命（いのち）の谺 川端康成と「特攻」」　現代書館　2022.2　342p　20cm　2700円　ⓘ978-4-7684-5916-4

多崎 礼 たさき・れい＊
2283 「レーエンデ国物語」
　◇本屋大賞（第21回／令6年／5位）
　　「レーエンデ国物語」　講談社　2023.6　492p　19cm　1950円　ⓘ978-4-06-531946-8
　　「レーエンデ国物語　〔2〕　月と太陽」　講談社　2023.8　602p　19cm　2300円　ⓘ978-4-06-532680-0
　　「レーエンデ国物語　〔3〕　喝采か沈黙か」　講談社　2023.10　388p　19cm　1900円　ⓘ978-4-06-533583-5

田沢 五月 たざわ・さつき＊
2284 「海よ光れ！―東日本大震災・被災者を励ました学校新聞」
　◇子どものための感動ノンフィクション大賞（第8回／令2年／優良作品）
　　「海よ光れ！―3・11被災者を励ました学校新聞」　国土社　2023.1　159p　22cm　1400円　ⓘ978-4-337-31013-1

田島 征三 たしま・せいぞう＊
2285 「つかまえた」
　◇産経児童出版文化賞（第68回／令3年／美術賞）
　　「つかまえた」　偕成社　2020.7　〔32p〕　29cm　1400円　ⓘ978-4-03-222020-9

田島 高分 たじま・たかわき＊
2286 「髭切 穢れ祓い」
　◇歴史浪漫文学賞（第24回／令6年／創作部門優秀賞）〈受賞時〉田島 義久
　　「枕草子奇譚―清少納言と髭切太刀」　郁朋社　2024.8　229p　19cm　1000円　ⓘ978-4-87302-825-5
　　＊受賞作を改題

田島 春香 たじま・はるか
2287 「コッコロおむすび」
　◇家の光童話賞（第39回／令6年度／家の光童話賞）

たじま ゆきひこ
2288 「なきむしせいとく 沖縄戦にまきこまれた少年の物語」
　◇講談社絵本賞（第54回／令5年度）
　　「なきむしせいとく―沖縄戦にまきこまれた少年の物語」　童心社　2022.4　〔49p〕　26×26cm　（童心社の絵本）　1600円　ⓘ978-4-494-01248-0

田島 義久 たじま・よしひさ　⇒田島 高分（たじま・たかわき）

田島 列島 たじま・れっとう＊
2289 「田島列島短編集ごあいさつ」

◇手塚治虫文化賞　（第24回/令2年/新生賞）
　　　「ごあいさつ―田島列島短編集」　講談社　2019.12　162p　19cm（モーニングKC）660円　Ⓘ978-4-
　　　06-518247-5
　2290　「水は海に向かって流れる」
　　◇手塚治虫文化賞　（第24回/令2年/新生賞）
　　◇マンガ大賞　（2020/令2年/5位）
　　◇マンガ大賞　（2021/令3年/4位）
　　　「水は海に向かって流れる　1～3」　講談社　2019.5～2020.9　19cm（KCDX―週刊少年マガジン）

タジリ　ユウ
　2291　「男女の力と貞操が逆転した異世界で、俺が【聖男】として祭り上げられてしまっ
　　　た件…」
　　◇カクヨムWeb小説コンテスト　（第8回/令5年/異世界ファンタジー部門/特別賞）
　　　「男女の力と貞操が逆転した異世界で、誰もが俺を求めてくる件」　KADOKAWA　2024.5　332p
　　　15cm（富士見ファンタジア文庫）720円　Ⓘ978-4-04-075456-7
　　　※受賞作を改題
　2292　「住所不定の引きこもりダンジョン配信者はのんびりと暮らしたい～双子の人気
　　　アイドル配信者を助けたら、目立ちまくってしまった件～」
　　◇カクヨムWeb小説コンテスト　（第9回/令6年/カクヨムプロ作家部門/特別賞）

ただ　のぶこ
　2293　「はるさんのユートピア」
　　◇書店員が選ぶ絵本新人賞　（2023/令5年/大賞）
　　　「はるさんと1000本のさくら」　中央公論新社　2023.11　26cm　1500円　Ⓘ978-4-12-005707-6
　　　※受賞作を改題

多田　有希　ただ・ゆき＊
　2294　「ばあちゃんのはじめて」
　　◇啄木・賢治のふるさと「岩手日報随筆賞」　（第15回/令2年/佳作）
　2295　「また働ける日を目指して」
　　◇啄木・賢治のふるさと「岩手日報随筆賞」　（第16回/令3年/佳作）

ただの　雅子　ただの・まさこ
　2296　「無量光」
　　◇深大寺短編恋愛小説『深大寺恋物語』　（第18回/令4年/審査員特別賞）
　　　※深大寺短編恋愛小説『深大寺恋物語』第十八集に収録

立川　浦々　たちかわ・うらうら＊
　2297　「公務員、中田忍の悪徳」
　　◇小学館ライトノベル大賞　（第15回/令3年/優秀賞）　〈受賞時〉太刀川　主
　　　「公務員、中田忍の悪徳」　小学館　2021.9　340p　15cm（ガガガ文庫）660円　Ⓘ978-4-09-453029-2
　　　「公務員、中田忍の悪徳　2」　小学館　2021.12　388p　15cm（ガガガ文庫）690円　Ⓘ978-4-09-
　　　453044-5
　　　「公務員、中田忍の悪徳　3」　小学館　2022.4　404p　15cm（ガガガ文庫）730円　Ⓘ978-4-09-
　　　453063-6
　　　「公務員、中田忍の悪徳　4」　小学館　2022.8　324p　15cm（ガガガ文庫）640円　Ⓘ978-4-09-
　　　453084-1
　　　「公務員、中田忍の悪徳　5」　小学館　2022.12　437p　15cm（ガガガ文庫）750円　Ⓘ978-4-09-
　　　453101-5
　　　「公務員、中田忍の悪徳　6」　小学館　2023.5　397p　15cm（ガガガ文庫）850円　Ⓘ978-4-09-
　　　453123-7
　　　「公務員、中田忍の悪徳　7」　小学館　2023.10　372p　15cm（ガガガ文庫）810円　Ⓘ978-4-09-
　　　453151-0

「公務員、中田忍の悪徳 8」 小学館 2024.3 404p 15cm（ガガガ文庫）850円 ①978-4-09-453176-3

太刀川 英輔　たちかわ・えいすけ＊
2298　「進化思考 生き残るコンセプトをつくる「変異と適応」」
◇山本七平賞（第30回／令3年）
「進化思考―生き残るコンセプトをつくる「変異と適応」」 海士の風, 英治出版（発売） 2021.4 510p 20cm 3000円 ①978-4-909934-00-0
「進化思考―生き残るコンセプトをつくる「変異と選択」」 増補改訂版 海士の風, 英治出版（発売） 2023.12 558p 20cm 3000円 ①978-4-909934-03-1

橘 しづき　たちばな・しづき＊
2299　「藍沢響は笑わない」
◇最恐小説大賞（第5回／令4年／日本文芸社賞）

2300　「君を待つひと」
◇文芸社文庫NEO小説大賞（第7回／令6年／大賞）
「神様のレストランで待ち合わせ」 文芸社 2024.11 215p 15cm（文芸社文庫NEO）640円 ①978-4-286-25897-3
※受賞作を改題

橘 しのぶ　たちばな・しのぶ＊
2301　「道草」
◇日本詩歌句随筆評論大賞（第19回／令5年度／詩部門／奨励賞）
「道草」 七月堂 2022.11 93p 19cm 1500円 ①978-4-87944-505-6

立花 開　たちばな・はるき＊
2302　「ひかりを渡る舟」（歌集）
◇中日短歌大賞（第12回／令3年度）
「ひかりを渡る舟―歌集」 角川文化振興財団, KADOKAWA（発売） 2021.9 231p 20cm 2000円 ①978-4-04-884439-0

橘花 やよい　たちばな・やよい＊
2303　「かわいいもの同盟！」
◇角川つばさ文庫小説賞（第12回／令5年／一般部門／金賞）

立原 透耶　たちはら・とうや＊
2304　「三体」
◇星雲賞（第51回／令2年／海外長編部門（小説））
「三体」 劉慈欣著, 大森望, 光吉さくら, ワンチャイ訳, 立原透耶監修 早川書房 2019.7 447p 20cm 1900円 ①978-4-15-209870-2
「三体」 劉慈欣著, 大森望, 光吉さくら, ワンチャイ訳, 立原透耶監修 早川書房 2024.2 633p 16cm（ハヤカワ文庫 SF）1100円 ①978-4-15-012434-2

2305　「三体Ⅱ 黒暗森林」
◇星雲賞（第52回／令3年／海外長編部門（小説））
「三体 2 黒暗森林 上」 劉慈欣著　大森望, 立原透耶, 上原かおり, 泊功訳　早川書房　2020.6 335p 20cm 1700円 ①978-4-15-209948-8
「三体 2 黒暗森林 下」 劉慈欣著　大森望, 立原透耶, 上原かおり, 泊功訳　早川書房　2020.6 348p 20cm 1700円 ①978-4-15-209949-5
「三体 2 黒暗森林 上」 劉慈欣著　大森望〔ほか〕訳　早川書房　2024.4 478p 16cm（ハヤカワ文庫 SF）1000円 ①978-4-15-012442-7
「三体 2 黒暗森林 下」 劉慈欣著　大森望〔ほか〕訳　早川書房　2024.4 505p 16cm（ハヤカワ文庫 SF）1000円 ①978-4-15-012443-4

龍 幸伸　たつ・ゆきのぶ＊
2306　「ダンダダン」

◇マンガ大賞（2022/令4年/7位）
「ダンダダン　1〜17」集英社　2021.8〜2024.11　18cm（ジャンプコミックス―JUMP COMICS+）

たつた　あお
2307　「ベジタブル＆フルーツ ソレイユマート青果部門」
◇カクヨムWeb小説コンテスト（第9回/令6年/映画・映像化賞/佳作）

達間　涼　たつま・りょう＊
2308　「**PAY DAY**〜青春時代を賭けた生存戦争〜」
◇MF文庫Jライトノベル新人賞（第16回/令2年/審査員特別賞）
「PAY DAY　1　日陰者たちの革命」KADOKAWA　2021.3　359p　15cm（MF文庫J）660円　①978-4-04-680077-0
「PAY DAY　2　太陽を継ぐ者」KADOKAWA　2021.8　317p　15cm（MF文庫J）720円　①978-4-04-680701-4

巽　由樹子　たつみ・ゆきこ＊
2309　「ツァーリと大衆―近代ロシアの読書の社会史」
◇日本出版学会賞（第41回/令1年度/奨励賞）
「ツァーリと大衆―近代ロシアの読書の社会史」東京大学出版会　2019.1　196, 28p　22cm　4800円　①978-4-13-026161-6

伊達　虔　だて・けん＊
2310　「遅い春」
◇論創ミステリ大賞（第3回/令6年/大賞）

たておき　ちはる
2311　「純愛の繭」
◇坊っちゃん文学賞（第20回/令5年/佳作）

たての　ひろし
2312　「どんぐり」
◇日本絵本賞（第29回/令6年/日本絵本賞）
「どんぐり」小峰書店　2023.9　〔33p〕　22×25cm　1800円　①978-4-338-36201-6
2313　「ねことことり」
◇日本絵本賞（第28回/令5年/日本絵本賞）
◇親子で読んでほしい絵本大賞（第5回/令6年/大賞）
「ねことことり」たてのひろし作, なかの真実絵　世界文化ブックス, 世界文化社（発売）　2022.10　29cm　1500円　①978-4-418-22806-5

舘野　文昭　たての・ふみあき＊
2314　「中世「歌学知」の史的展開」
◇日本古典文学学術賞（第15回/令4年度）
「中世「歌学知」の史的展開」花鳥社　2021.2　9, 577, 18p　22cm　13000円　①978-4-909832-33-7

館野　史隆　たての・ふみたか
2315　「ヒンナ」
◇地上文学賞（第70回/令4年度/佳作）

たな　ひろ乃　たな・ひろの＊
2316　「ウサギ体験中！」
◇福島正実記念SF童話賞（第36回/令4年/佳作）

田中　亜以子　たなか・あいこ＊
2317　「男たち/女たちの恋愛―近代日本の「自己」とジェンダー」

◇女性史青山なを賞（第34回／令1年度）
「男たち／女たちの恋愛―近代日本の「自己」とジェンダー」 勁草書房　2019.3　246, 19p　22cm　4000円　①978-4-326-60317-6

田中 薫　たなか・かおる*
2318　「土星蝕」
◇ながらみ書房出版賞（第28回／令2年）
「土星蝕―田中薫歌集」　ながらみ書房　2019.8　231p　20cm　2500円　①978-4-86629-143-7

田中 一征　たなか・かずゆき*
2319　「ワタリに皇帝」
◇優駿エッセイ賞（2020〔第36回〕／令2年／佳作（GⅢ））
2320　「天に昇った鯉のぼり」
◇優駿エッセイ賞（2021〔第37回〕／令3年／佳作（GⅢ））

田中 ききょう　たなか・ききょう
2321　「石と風」
◇労働者文学賞（第34回／令4年／小説部門／佳作）

田中 桔梗　たなか・ききょう*
2322　「須川文書」
◇部落解放文学賞（第47回／令2年／小説部門／佳作）

田中 キャミー　たなか・きゃみー*
2323　「かもつれっしゃのりまきごう」
◇MOE創作絵本グランプリ（第8回／令1年／準グランプリ）
2324　「かみなりさまのゴロゴロじゅうたん」
◇MOE創作絵本グランプリ（第9回／令2年／佳作）
2325　「オレさま怪盗ツマミール」
◇MOE創作絵本グランプリ（第10回／令3年／佳作）

田中 清代　たなか・きよ*
2326　「くろいの」
◇日本絵本賞（第25回／令2年／日本絵本賞大賞）
「くろいの」　偕成社　2018.10　〔64p〕　19×23cm　1400円　①978-4-03-332880-5

田中 久美子　たなか・くみこ*
2327　「言語とフラクタル 使用の集積の中にある偶然と必然」
◇毎日出版文化賞（第75回／令3年／自然科学部門）
「言語とフラクタル―使用の集積の中にある偶然と必然」　東京大学出版会　2021.5　333p　22cm　4400円　①978-4-13-080257-4

田中 三五　たなか・さんじゅうご*
2328　「NCI」
◇富士見ノベル大賞（第3回／令2年／佳作）
「EAT―悪魔捜査顧問ティモシー・デイモン」　KADOKAWA　2021.8　249p　15cm　（富士見L文庫）　620円　①978-4-04-074125-3
※受賞作を改題

田中 淳一　たなか・じゅんいち*
2329　「塔和子の尊厳」
◇詩人会議新人賞（第54回／令2年／評論部門／佳作）

田中 淳一　　たなか・じゅんいち＊
　　2330　「環」（ジャック・ルーボー著）
　　　　◇小西財団日仏翻訳文学賞（第27回／令4年／日本語訳）
　　　　　「環」 ジャック・ルーボー著, 田中淳一訳　水声社　2020.7　481p　20cm（フィクションの楽しみ）
　　　　　4000円　①978-4-8010-0485-6

たなか しん
　　2331　「一富士茄子牛焦げルギー」
　　　　◇日本児童文学者協会新人賞（第53回／令2年）
　　　　　「一富士茄子牛焦げルギー」 BL出版　2019.11　149p　20cm　1500円　①978-4-7764-0924-3

田中 翠香　　たなか・すいか＊
　　2332　「光射す海」50首
　　　　◇角川短歌賞（第66回／令2年）

田中 翠友　　たなか・すいよう＊
　　2333　「ふるさとの駅に立てば」
　　　　◇日本詩歌句随筆評論大賞（第17回／令3年度／短歌部門／大賞）
　　　　　「ふるさとの駅に立てば」 ながらみ書房　2021.3　216p　20cm（かりん叢書 第379篇）2500円
　　　　　①978-4-86629-212-0

田中 草大　　たなか・そうた＊
　　2334　「平安時代における変体漢文の研究」
　　　　◇日本古典文学学術賞（第13回／令2年度）
　　　　　「平安時代における変体漢文の研究」 勉誠出版　2019.2　378, 7p　22cm　8000円　①978-4-585-29172-5

田中 兆子　　たなか・ちょうこ＊
　　2335　「今日の花を摘む」
　　　　◇本屋が選ぶ大人の恋愛小説大賞（第3回／令5年）
　　　　　「今日の花を摘む」 双葉社　2023.6　389p　20cm　1900円　①978-4-575-24638-4

田中 哲弥　　たなか・てつや＊
　　2336　「オイモはときどきいなくなる」
　　　　◇日本児童文学者協会賞（第62回／令4年）
　　　　　「オイモはときどきいなくなる」 田中哲弥著, 加藤久仁生画　福音館書店　2021.7　126p　18cm　1400円　①978-4-8340-8623-2

田中 奈津子　　たなか・なつこ＊
　　2337　「水平線のかなたに ―真珠湾とヒロシマ―」
　　　　◇日本子どもの本研究会「作品賞」（第8回／令6年）
　　　　　「水平線のかなたに-真珠湾とヒロシマ」 ロイス・ローリー著, ケナード・パーク画, 田中奈津子訳　講談社　2023.6　77p　22cm（講談社・文学の扉）1400円　①978-4-06-531994-9

田中 徳恵　　たなか・のりえ＊
　　2338　「令和にお見合いしてみたら」
　　　　◇テレビ朝日新人シナリオ大賞（第24回／令6年度／優秀賞）

田中 半島　　たなか・はんとう＊
　　2339　「LAWS（ロウズ）」
　　　　◇労働者文学賞（第34回／令4年／詩部門／入選）

たなか ひかる
　　2340　「ぱんつさん」

◇日本絵本賞（第25回/令2年/日本絵本賞）
「ぱんつさん」 ポプラ社 2019.2 〔36p〕 31cm 1300円 Ⓘ978-4-591-16049-7

田中 美佳 たなか・みか＊
2341 「朝鮮出版文化の誕生―新文館・崔南善と近代日本」
◇日本出版学会賞（第44回/令4年度/奨励賞）
「朝鮮出版文化の誕生―新文館・崔南善と近代日本」 慶應義塾大学出版会 2022.11 368p 22cm 5000円 Ⓘ978-4-7664-2851-3

田中 美穂子 たなか・みほこ＊
2342 田中茂二郎 美穂子詩画集「世界は夜明けを待っている」
◇壺井繁治賞（第52回/令6年）
※「世界は夜明けを待っている」〔田中茂二郎著〕〔田中美穂子画〕 交通新聞社 2022年10月発行〕

田中 茂二郎 たなか・もじろう＊
2343 田中茂二郎 美穂子詩画集「世界は夜明けを待っている」
◇壺井繁治賞（第52回/令6年）
※「世界は夜明けを待っている」〔田中茂二郎著〕〔田中美穂子画〕 交通新聞社 2022年10月発行〕

田中 庸介 たなか・ようすけ＊
2344 「ぴんくの砂袋」
◇詩歌文学館賞（第37回/令4年/詩）
「ぴんくの砂袋―田中庸介詩集」 思潮社 2021.1 339p 20cm 3800円 Ⓘ978-4-7837-3740-7

田中 義久 たなか・よしひさ＊
2345 「美しいノイズ」
◇造本装幀コンクール（第55回/令3年/日本印刷産業連合会会長賞）
「美しいノイズ」 谷尻誠,吉田愛著 主婦の友社 2021.10 925p 15cm 3800円 Ⓘ978-4-07-441075-0

田中 黎子 たなか・れいこ＊
2346 「水の賦」
◇日本伝統俳句協会賞（第32回/令3年）

棚沢 永子 たなざわ・えいこ＊
2347 「現代詩ラ・メールがあった頃」
◇日本詩人クラブ詩界賞（第24回/令6年/特別賞）
「現代詩ラ・メールがあった頃―1983.7.1-1993.4.1」 書肆侃侃房 2023.8 255p 21cm 2000円 Ⓘ978-4-86385-585-4

七夕 ななほ たなばた・ななほ＊
2348 「天界レストランへようこそ」
◇ちゅうでん児童文学賞（第22回/令1年度/さくら賞）
※「ちゅうでん児童文学賞」さくら賞受賞作品集 第22回に収録

田辺 聖子 たなべ・せいこ＊
2349 「十八歳の日の記録」
◇文藝春秋読者賞（第83回/令3年）
「田辺聖子 十八歳の日の記録」 文藝春秋 2021.12 269p 22cm 1600円 Ⓘ978-4-16-391474-9

2350 「おちくぼ姫」
◇本屋大賞（第20回/令5年/発掘部門/超発掘本！）
「おちくぼ姫」 角川書店 1990.5 230p 15cm（角川文庫） 350円 Ⓘ4-04-131423-2

田辺 みのる　　たなべ・みのる＊
 2351　「楸邨の季語「蟬」―加藤楸邨の「生や死や有や無や蟬が充満す」の句を中心とした考察」
  ◇現代俳句評論賞（第44回/令6年度）

谷 和子　　たに・かずこ＊
 2352　「記憶の引き出し」
  ◇随筆にっぽん賞（第11回/令3年/随筆にっぽん賞）

谷 賢一　　たに・けんいち＊
 2353　「1986年：メビウスの輪」
  ◇鶴屋南北戯曲賞（第23回/令1年度）
   「戯曲福島三部作―1961 1986 2011」 而立書房　2019.11　334p　20cm　2000円　①978-4-88059-416-3
 2354　「福島三部作（「1961年：夜に昇る太陽」「1986年：メビウスの輪」「2011年：語られたがる言葉たち」）」
  ◇岸田國士戯曲賞（第64回/令2年）
   「戯曲福島三部作―1961 1986 2011」 而立書房　2019.11　334p　20cm　2000円　①978-4-88059-416-3

谷 ユカリ　　たに・ゆかり＊
 2355　「いつか見た瑠璃色」
  ◇「小説推理」新人賞（第45回/令5年）

谷内 つねお　　たにうち・つねお＊
 2356　「このかみなあに？―トイレットペーパーのはなし」
  ◇日本絵本賞（第26回/令3年/日本絵本賞）
   「このかみなあに？―トイレットペーパーのはなし」 福音館書店　2020.11　31p　18×31cm　1500円　①978-4-8340-8580-8

谷尾 銀　　たにお・ぎん＊
 2357　「ゆるコワ！　～無敵の女子高生二人がただひたすら心霊スポットに凸しまくる！～」
  ◇カクヨムWeb小説コンテスト（第7回/令4年/ホラー部門/特別賞・ComicWalker漫画賞）
   「ゆるコワ！―無敵のJKが心霊スポットに凸しまくる」 KADOKAWA　2023.1　313p　15cm（角川文庫）　680円　①978-4-04-113178-7

谷岡 亜紀　　たにおか・あき＊
 2358　「言葉の位相」
  ◇佐藤佐太郎短歌賞（第6回/令1年）
   「言葉の位相―詩歌と言葉の謎をめぐって」 角川文化振興財団, Kadokawa（発売）　2018.11　451p　20cm　3000円　①978-4-04-884228-0
 2359　「ひどいどしゃぶり」（歌集）
  ◇若山牧水賞（第25回/令2年）
   「ひどいどしゃぶり―歌集」 ながらみ書房　2020.8　172p　20cm　2500円

谷川 俊太郎　　たにかわ・しゅんたろう＊
 2360　「スイミー ちいさなかしこいさかなのはなし」
  ◇小学生がえらぶ！"こどもの本"総選挙（第3回/令4年/第9位）
   「スイミー―ちいさなかしこいさかなのはなし」 レオ＝レオニ作, 谷川俊太郎訳　好学社　2010.11　52cm（ビッグブック）　9800円　①978-4-7690-2020-2

谷川 恵 たにかわ・めぐみ＊
2361 「まだ未来」多和田葉子詩集
　◇造本装幀コンクール（第54回／令2年／審査員奨励賞）
　　「まだ未来」多和田葉子著　ゆめある舎　2019.11　17枚　21cm　5000円　ⓘ978-4-9907084-3-6

谷口 亜沙子 たにぐち・あさこ＊
2362 「三つの物語」(ギュスターヴ・フローベール著)
　◇小西財団日仏翻訳文学賞（第25回／令2年／日本語訳）
　　「三つの物語」フローベール著, 谷口亜沙子訳　光文社　2018.10　285p　16cm（光文社古典新訳文庫）900円　ⓘ978-4-334-75385-6

谷口 佳奈子 たにぐち・かなこ
2363 「深林トンネル」
　◇テレビ朝日新人シナリオ大賞（第20回／令2年度／優秀賞／テレビドラマ部門）

谷口 智行 たにぐち・ともゆき＊
2364 「窮鳥のこゑ」
　◇日本詩歌句随筆評論大賞（第18回／令4年度／評論部門／大賞）
　　「窮鳥のこゑ」書肆アルス　2021.8　805p　21cm（熊野、魂の系譜 3）4000円　ⓘ978-4-907078-33-1

谷口 菜津子 たにぐち・なつこ＊
2365 「教室の片隅で青春がはじまる」
　◇手塚治虫文化賞（第26回／令4年／新生賞）
　　「教室の片隅で青春がはじまる」KADOKAWA　2021.6　256p　19cm（BEAM COMIX）840円　ⓘ978-4-04-736685-5
2366 「今夜すきやきだよ」
　◇手塚治虫文化賞（第26回／令4年／新生賞）
　　「今夜すきやきだよ」新潮社　2021.9　190p　19cm（Bunch comics）640円　ⓘ978-4-10-772422-9

谷口 良生 たにぐち・りょうせい＊
2367 「議会共和政の政治空間―フランス第三共和政前期の議員・議会・有権者たち」
　◇渋沢・クローデル賞（第41回／令6年度／日本側 本賞）
　　「議会共和政の政治空間―フランス第三共和政前期の議員・議会・有権者たち」京都大学学術出版会　2023.3　18, 594p　22cm（プリミエ・コレクション 121）5800円　ⓘ978-4-8140-0461-4

多仁田 敏幸 たにだ・としゆき＊
2368 「オトやんのかぐら」
　◇日産 童話と絵本のグランプリ（第39回／令4年度／童話の部／優秀賞）
　　※「第39回 日産 童話と絵本のグランプリ 童話・絵本入賞作品集」（大阪国際児童文学振興財団 2023年3月発行）に収録

谷原 恵理子 たにはら・えりこ＊
2369 「冬の舟」
　◇日本詩歌句随筆評論大賞（第17回／令3年度／俳句部門／奨励賞）
　　「冬の舟―句集」俳句アトラス　2021.1　180p　19cm　2273円　ⓘ978-4-909672-19-3

谷町 蛞蝓 たにまち・なめくじ＊
2370 「きぼう」
　◇北日本文学賞（第55回／令3年）

谷本 茂文 たにもと・しげふみ＊
2371 「それぞれの屈辱の系譜 第五代アイヌ協会理事長・秋田春蔵を中心に」
　◇部落解放文学賞（第49回／令4年／評論部門／部落解放文学賞）

2372　「岩野泡鳴・逆説(怨恨)のナショナリズム〜淡路自由民権運動の息吹と共に〜」
◇部落解放文学賞（第50回/令5年/評論部門/佳作）

たぬくま舎　たぬくましゃ＊
2373　「あれや」
◇MOE創作絵本グランプリ（第12回/令5年/佳作）

たね胚芽　たねはいが＊
2374　「吐き出せない親」
◇カクヨムWeb小説短編賞（2022/令4年/「令和の私小説」部門/短編特別賞）

種谷　良二　たねや・りょうじ＊
2375　「蟾蜍」
◇日本詩歌句随筆評論大賞（第19回/令5年度/俳句部門/奨励賞）
◇日本自費出版文化賞（第26回/令5年/特別賞/詩歌部門）
「蟾蜍―種谷良二句集」　ふらんす堂　2022.5　196p　19cm　2500円　①978-4-7814-1447-8

田野　大輔　たの・だいすけ＊
2376　「検証 ナチスは「良いこと」もしたのか？」
◇紀伊國屋じんぶん大賞（第14回/令6年/大賞）
「検証 ナチスは「良いこと」もしたのか？」　小野寺拓也,田野大輔著　岩波書店　2023.7　119p　21cm（岩波ブックレット No.1080）820円　①978-4-00-271080-8

田花　七夕　たばな・たなばた＊
2377　「まきなさん、遊びましょう」
◇HJ小説大賞（第3回/令4年/後期）
「まきなさん、遊びましょう 1」　ホビージャパン　2024.6　318p　15cm（HJ文庫）700円　①978-4-7986-3551-4
「まきなさん、遊びましょう 2」　ホビージャパン　2024.11　239p　15cm（HJ文庫）660円　①978-4-7986-3669-6

太原　千佳子　たはら・ちかこ＊
2378　「エリザベス」
◇日本詩歌句随筆評論大賞（第17回/令3年度/詩部門/優秀賞）
「エリザベス―太原千佳子詩集」　土曜美術社出版販売　2020.11　121p　22cm　2000円　①978-4-8120-2589-5

ダービー, シンディ
2379　「悲しみのゴリラ」
◇けんぶち絵本の里大賞（第31回/令3年度/アルパカ賞）
「悲しみのゴリラ」　ジャッキー・アズーア・クレイマー文,シンディ・ダービー絵,落合恵子訳　クレヨンハウス　2020.12　〔41p〕　23×28cm　1800円　①978-4-86101-387-4

たぶし　ゆみ
2380　「せかいいちおきゃくのこないどうぶつえん」
◇日産 童話と絵本のグランプリ（第38回/令3年度/絵本の部/優秀賞）
※「第38回 日産 童話と絵本のグランプリ 童話・絵本入賞作品集」(大阪国際児童文学振興財団 2022年3月発行）に収録

田渕　句美子　たぶち・くみこ＊
2381　「女房文学史論―王朝から中世へ」
◇角川源義賞（第42回/令2年/文学研究部門）
「女房文学史論―王朝から中世へ」　岩波書店　2019.8　607, 22p　22cm　13000円　①978-4-00-061358-3

玉井 一平　たまい・いっぺい＊
2382 「芭蕉の風景」（上・下）
　◇造本装幀コンクール（第55回/令3年/日本図書館協会賞）
　　「芭蕉の風景　上」　小澤實著　ウェッジ　2021.10　309p　22cm（澤俳句叢書　第30篇）　3000円
　　①978-4-86310-242-2
　　「芭蕉の風景　下」　小澤實著　ウェッジ　2021.10　370, 58, 7p　22cm（澤俳句叢書　第30篇）　3000円
　　①978-4-86310-243-9

玉井 清弘　たまい・きよひろ＊
2383 「山水」
　◇齋藤茂吉短歌文学賞（第35回/令5年）
　　「山水―玉井清弘歌集」　短歌研究社　2023.10　183p　22cm（音叢書）　2700円　①978-4-86272-745-9

玉井 裕志　たまい・ひろし＊
2384 「風の旋律」
　◇農民文学賞（第63回/令2年）
　　「玉井裕志作品集」　玉井裕志著, 玉井裕志作品集刊行委員会編集　〔玉井裕志〕　2018.11　390p
　　21cm　3400円
　　※受賞作を収録

玉岡 かおる　たまおか・かおる＊
2385 「帆神　北前船を馳せた男・工楽松右衛門」
　◇新田次郎文学賞（第41回/令4年）
　◇舟橋聖一文学賞（第16回/令4年）
　　「帆神―北前船を馳せた男・工楽松右衛門」　新潮社　2021.8　446p　20cm　2000円　①978-4-10-
　　373717-9
　　「帆神―北前船を馳せた男・工楽松右衛門」　新潮社　2023.12　617p　16cm（新潮文庫）　950円
　　①978-4-10-129625-8

珠川 こおり　たまがわ・こおり＊
2386 「檸檬先生」
　◇小説現代長編新人賞（第15回/令3年）
　　「檸檬先生」　講談社　2021.5　253p　19cm　1350円　①978-4-06-522829-6
　　「檸檬先生」　講談社　2023.6　313p　15cm（講談社文庫）　700円　①978-4-06-531713-6

玉木 レイラ　たまき・れいら
2387 「若者たち」
　◇文芸社文庫NEO小説大賞（第2回/平31年/特別賞）

タマキ, ローレン
2388 「カメラにうつらなかった真実―3人の写真家が見た日系人収容所」
　◇産経児童出版文化賞（第70回/令5年/翻訳作品賞）
　◇日本子どもの本研究会「作品賞」（第7回/令5年）
　　「カメラにうつらなかった真実―3人の写真家が見た日系人収容所」　エリザベス・パートリッジ文, ロー
　　レン・タマキ絵, 松波佐知子訳　徳間書店　2022.12　125p　27cm　3500円　①978-4-19-865579-2

玉田 真也　たまだ・しんや＊
2389 「JOKER×FACE」
　◇市川森一脚本賞（第8回/令1年）

玉田 美知子　たまだ・みちこ＊
2390 「じごくの 2ちょうめ 5ばんち 9ごう」
　◇講談社絵本新人賞（第42回/令3年/佳作）

2391 「まよいぎょうざ」
　◇講談社絵本新人賞（第43回/令4年/新人賞）
　　「ぎょうざがいなくなりさがしています」 講談社 2023.8 〔32p〕 27cm（講談社の創作絵本） 1500円 ⓘ978-4-06-532042-6
　　※受賞作を改題

多摩美術大学グラフィックデザイン学科卒業制作展 2023 実行委員・図録班
たまびじゅつだいがくぐらふぃっくでざいんがっかそつぎょうせいさくてん 2023 じっこういいん・ずろくはん
2392 「多摩美術大学グラフィックデザイン学科卒業制作展 2023 図録」
　◇造本装幀コンクール（第57回/令5年/日本印刷産業連合会会長賞）
　　※「多摩美術大学グラフィックデザイン学科卒業制作展 2023 図録」（多摩美術大学グラフィックデザイン学科卒業制作展2023実行委員 2023年3月発行）

たまむら さちこ
2393 「まぶーたん」
　◇MOE創作絵本グランプリ（第8回/令1年/佳作）
2394 「ポッポボーン」
　◇MOE創作絵本グランプリ（第9回/令2年/グランプリ）
　　「ポッポボーン」 白泉社 2021.9 25cm（MOEのえほん） 1200円 ⓘ978-4-592-76295-9

田村 淳　たむら・あつし＊
2395 「「あッ」といっしょに」
　◇ENEOS童話賞（第53回/令4年度/一般の部/優秀賞）
　　※「童話の花束 その53」に収録

田村 修宏　たむら・のぶひろ＊
2396 「銀ぎつね」
　◇やまなし文学賞（第29回/令2年/小説部門）
　　「銀ぎつね」 やまなし文学賞実行委員会,山梨日日新聞社（発行所） 2021.6 87p 19cm 857円 ⓘ978-4-89710-641-0

田村 初美　たむら・はつみ＊
2397 「とぼくれホタル」
　◇三田文学新人賞（第26回/令2年）

田村 穂隆　たむら・ほだか＊
2398 「湖とファルセット」
　◇現代歌人集会賞（第48回/令4年度）
　◇現代歌人協会賞（第67回/令5年）
　　「湖とファルセット―田村穂隆歌集」 現代短歌社 2022.3 174p 19cm（塔21世紀叢書 第401篇―Gift 10叢書 第42篇） 2000円 ⓘ978-4-86534-362-5

田村 美由紀　たむら・みゆき＊
2399 「口述筆記する文学 書くことの代行とジェンダー」
　◇女性史学賞（第19回/令6年度）
　　「口述筆記する文学―書くことの代行とジェンダー」 名古屋大学出版会 2023.8 304,5p 22cm 5800円 ⓘ978-4-8158-1129-7

田村 由美　たむら・ゆみ＊
2400 「ミステリと言う勿れ」
　◇マンガ大賞（2020/令2年/6位）
　◇小学館漫画賞（第67回/令3年度/一般向け部門）

◇芸術選奨　(第74回/令5年度/メディア芸術部門/文部科学大臣賞)
「ミステリと言う勿れ　1〜14」　小学館　2018.1〜2024.6　18cm（flowersフラワーコミックスα）

田村 芳郎　たむら・よしろう＊
2401　「狂　殉」
　　◇歴史浪漫文学賞　(第20回/令2年/創作部門優秀賞)

田谷 季音　たや・ときね＊
2402　「今はただ、彼のように」
　　◇優駿エッセイ賞　(2024〔第40回〕/令6年/グランプリ（ＧⅠ）)

ダヨン
2403　「母は桃が好きだった」
　　◇京都文学賞　(第3回/令3年度/海外部門/奨励作)

タライ 和治　たらい・かずはる＊
2404　「30歳から始める異世界開拓 ～個性が過ぎる仲間たちとステキな異世界開拓記～」
　　◇HJ小説大賞　(第1回/令2年/2020後期)
　　「異世界のんびり開拓記—平凡サラリーマン、万能自在のビルド＆クラフトスキルで、気ままなスローライフ開拓始めます！　1〜5」　ホビージャパン　2022.1〜2023.9　19cm（HJ NOVELS）
　　※受賞作を改題

たらちね ジョン
2405　「海が走るエンドロール」
　　◇マンガ大賞　(2022/令4年/9位)
　　「海が走るエンドロール　1〜7」　秋田書店　2021.8〜2024.11　19cm（BONITA COMICS）

垂池 蘭　たるいけ・らん＊
2406　「人形の園にて眠れ」
　　◇ジャンプホラー小説大賞　(第9回/令5年/特別賞)

だるま森　だるまもり＊
2407　「マロングラッセ」
　　◇日産 童話と絵本のグランプリ　(第37回/令2年度/絵本の部/大賞)　〈受賞時〉だるまもり
　　「マロングラッセ」　BL出版　2021.12　〔24p〕　26cm　1400円　①978-4-7764-1034-8

タロジロウ
2408　「呪われ呪術師は世界の平和を強要する」
　　◇HJ小説大賞　(第2回/令3年/2021後期)
　　「呪われ呪術王の平和が為の異世界侵略　1」　ホビージャパン　2023.6　331p　19cm（HJ NOVELS）　1350円　①978-4-7986-3186-8
　　※受賞作を改題

多和田 眞一郎　たわた・しんいちろう＊
2409　「沖縄語動詞形態変化の歴史的研究」
　　◇新村出賞　(第40回/令3年)
　　「沖縄語動詞形態変化の歴史的研究—武蔵野書院創業百周年記念出版」　武蔵野書院　2019.8　1373p　27cm　25000円　①978-4-8386-0721-1

多和田 葉子　たわだ・ようこ＊
2410　「太陽諸島」
　　◇毎日出版文化賞　(第77回/令5年/文学・芸術部門)
　　「太陽諸島」　講談社　2022.10　335p　20cm　1900円　①978-4-06-529185-6

俵 周　　たわら・あまね＊
  2411　「株式会社引き出し屋」
    ◇シナリオS1グランプリ　（第38回／令2年春／奨励賞）

俵 万智　　たわら・まち＊
  2412　「未来のサイズ」
    ◇詩歌文学館賞　（第36回／令3年／短歌）
    ◇迢空賞　（第55回／令3年）
    「未来のサイズ」　角川文化振興財団，KADOKAWA（発売）　2020.9　181p　20cm　1400円　①978-4-04-884381-2

丹澤 みき　　たんざわ・みき＊
  2413　「音を紡ぐ」
    ◇やまなし文学賞　（第32回／令5年／青少年部門／やまなし文学賞青春賞佳作）

段々社　　だんだんしゃ＊
  2414　「チベット女性詩集―現代チベットを代表する7人・27選」
    ◇日本翻訳出版文化賞　（第59回／令5年度／特別賞）
    「チベット女性詩集―現代チベットを代表する7人・27選」　海老原志穂編訳　段々社，星雲社（発売）　2023.3　201p　20cm　（現代アジアの女性作家秀作シリーズ）　2000円　①978-4-434-31809-2

【 ち 】

近内 悠太　　ちかうち・ゆうた＊
  2415　「世界は贈与でできている　資本主義の「すきま」を埋める倫理学」
    ◇山本七平賞　（第29回／令2年／奨励賞）
    「世界は贈与でできている―資本主義の「すきま」を埋める倫理学」　ニューズピックス　2020.3　251p　19cm　1800円　①978-4-910063-05-8

近本 洋一　　ちかもと・よういち＊
  2416　「意味の在処―丹下健三と日本近代」
    ◇すばるクリティーク賞　（2018／平30年）

地球の歩き方編集室　　ちきゅうのあるきかたへんしゅうしつ＊
  2417　「地球の歩き方　ムー　～異世界（パラレルワールド）の歩き方～」
    ◇星雲賞　（第54回／令5年／ノンフィクション部門）
    「地球の歩き方　ムー　異世界（パラレルワールド）の歩き方―超古代文明　オーパーツ　聖地　UFO　UMA　'22」　地球の歩き方，学研プラス（発売）　2022.2　416p　21cm　2200円　①978-4-05-801716-6

筑前 助広　　ちくぜん・すけひろ＊
  2418　「谷中の用心棒　萩尾大楽―阿芙蓉抜け荷始末」
    ◇日本歴史時代作家協会賞　（第11回／令4年／文庫書き下ろし新人賞）
    「谷中の用心棒　萩尾大楽―阿芙蓉抜け荷始末」　アルファポリス，星雲社（発売）　2022.2　452p　15cm　（アルファポリス文庫）　720円　①978-4-434-29524-9

竹柏会　　ちくはくかい＊
  2419　「心の花」（歌誌）
    ◇現代短歌大賞　（第46回／令5年／特別賞）
    ※「心の花」（竹柏会　1898年から継続刊行中）

千鳥 由貴　ちどり・ゆき＊
　2420　「巣立鳥」
　　◇日本詩歌句随筆評論大賞（第20回／令6年度／俳句部門／奨励賞）
　　　「巣立鳥―千鳥由貴句集」　ふらんす堂　2023.9　67p　21cm（第一句集シリーズ 2）1700円　①978-4-7814-1572-7

知念 実希人　ちねん・みきと＊
　2421　「ムゲンのi」
　　◇本屋大賞（第17回／令2年／8位）
　　　「ムゲンのi　上」　双葉社　2019.9　349p　19cm　1400円　①978-4-575-24208-9
　　　「ムゲンのi　下」　双葉社　2019.9　364p　19cm　1400円　①978-4-575-24209-6
　　　「ムゲンのi　上」　双葉社　2022.2　357p　15cm（双葉文庫）700円　①978-4-575-52540-3
　　　「ムゲンのi　下」　双葉社　2022.2　373p　15cm（双葉文庫）700円　①978-4-575-52541-0
　2422　「硝子の塔の殺人」
　　◇本屋大賞（第19回／令4年／8位）
　　　「硝子の塔の殺人」　実業之日本社　2021.8　501p　20cm　1800円　①978-4-408-53787-0
　2423　「放課後ミステリクラブ 1 金魚の泳ぐプール事件」
　　◇本屋大賞（第21回／令6年／9位）
　　　「放課後ミステリクラブ　1　金魚の泳ぐプール事件」　知念実希人作, Gurin.絵　ライツ社　2023.6　159p　19cm　1100円　①978-4-909044-45-7

千野 千佳　ちの・ちか＊
　2424　「したがふ」
　　◇星野立子賞・星野立子新人賞（第11回／令5年／星野立子新人賞）

チバ アカネ
　2425　「カエルの子」
　　◇シナリオS1グランプリ（第47回／令6年冬／奨励賞）

千葉 皓史　ちば・こうし＊
　2426　「家族」
　　◇俳人協会賞（第63回／令5年度）
　　　「家族―千葉皓史句集」　ふらんす堂　2023.4　182p　20cm　2800円　①978-4-7814-1530-7

千葉 茂　ちば・しげる＊
　2427　「受容と信仰―仙台藩士のハリストス正教と自由民権―」
　　◇日本自費出版文化賞（第25回／令4年／特別賞／地域文化部門）
　　　「受容と信仰―仙台藩士のハリストス正教と自由民権」　金港堂出版部　2021.9　333p　22cm　2700円　①978-4-87398-143-7
　2428　「殉ずるものたち 仙台藩のキリシタン時代から幕末・維新」
　　◇歴史浪漫文学賞（第24回／令6年／研究部門優秀賞）
　　　「殉ずるものたち―仙台藩のキリシタン時代から幕末・維新」　郁朋社　2024.7　207p　19cm　2000円　①978-4-87302-812-5

千葉 ともこ　ちば・ともこ＊
　2429　「震雷の人」
　　◇松本清張賞（第27回／令2年）
　　　「震雷の人」　文藝春秋　2020.9　314p　20cm　1400円　①978-4-16-391255-4
　　　「震雷の人」　文藝春秋　2022.6　388p　16cm（文春文庫）900円　①978-4-16-791893-4
　2430　「戴天」
　　◇日本歴史時代作家協会賞（第11回／令4年／新人賞）
　　　「戴天」　文藝春秋　2022.5　368p　19cm　1800円　①978-4-16-391537-1

「戴天」 文藝春秋 2024.3 442p 16cm （文春文庫） 980円 ①978-4-16-792187-3

千葉 文夫　ちば・ふみお＊
2431 「ミシェル・レリスの肖像」
◇読売文学賞 （第71回/令1年/研究・翻訳賞）
「ミシェル・レリスの肖像―マッソン、ジャコメッティ、ピカソ、ベイコン、そしてデュシャンさえも」 みすず書房 2019.10 257p 21cm 5500円 ①978-4-622-08847-9

千葉 雅也　ちば・まさや＊
2432 「マジックミラー」
◇川端康成文学賞 （第45回/令3年）
「ことばと―文学ムック vol.1創刊号（2020spring）」 佐々木敦編集長 書肆侃侃房 2020.4 238p 21cm 1500円 ①978-4-86385-396-6
「オーバーヒート」 新潮社 2021.7 185p 20cm 1500円 ①978-4-10-352972-9
「オーバーヒート」 新潮社 2024.2 243p 16cm （新潮文庫） 590円 ①978-4-10-104162-9
※受賞作を収録
2433 「現代思想入門」
◇新書大賞 （第16回/令5年/大賞）
「現代思想入門」 講談社 2022.3 245p 18cm （講談社現代新書） 900円 ①978-4-06-527485-9

知花 沙季　ちはな・さき＊
2434 「再配達」
◇坊っちゃん文学賞 （第18回/令3年/佳作）

千早 茜　ちはや・あかね＊
2435 「透明な夜の香り」
◇渡辺淳一文学賞 （第6回/令3年）
「透明な夜の香り」 集英社 2020.4 248p 20cm 1500円 ①978-4-08-771703-7
「透明な夜の香り」 集英社 2023.4 278p 16cm （集英社文庫） 640円 ①978-4-08-744509-1
2436 「しろがねの葉」
◇直木三十五賞 （第168回/令4年下）
「しろがねの葉」 新潮社 2022.9 314p 20cm 1700円 ①978-4-10-334194-9

茶 辛子　ちゃ・がらし＊
2437 「魔法使いの孤」
◇MF文庫Jライトノベル新人賞 （第20回/令6年/最優秀賞）

ちゃたに 恵美子　ちゃたに・えみこ＊
2438 「夏野菜カレーの会」
◇福島正実記念SF童話賞 （第35回/令2年/佳作）

中央公論新社　ちゅうおうこうろんしんしゃ＊
2439 「川上不白茶会記集」
◇造本装幀コンクール （第54回/令2年/日本印刷産業連合会会長賞）
「川上不白茶会記集」 川上不白著, 川上宗雪監修, 谷晃編 中央公論新社 2019.11 909p 20cm 13000円 ①978-4-12-005246-0
2440 「抽斗のなかの海」
◇造本装幀コンクール （第54回/令2年/日本書籍出版協会理事長賞/文学・文芸（エッセイ）部門）
「抽斗のなかの海」 朝吹真理子著 中央公論新社 2019.7 303p 20cm 1700円 ①978-4-12-005200-2

中央出版　ちゅうおうしゅっぱん＊
2441　「ぱらぱら きせかえ べんとう」
◇造本装幀コンクール（第54回/令2年/日本印刷産業連合会会長賞）
「ぱらぱらきせかえべんとう―組み合わせ3000通り以上！」　野口真紀著　KTC中央出版　2020.2　15枚　20cm　1800円　⓵978-4-87758-805-2

中日新聞編集局　ちゅうにちしんぶんへんしゅうきょく＊
2442　「冤罪をほどく "供述弱者" とは誰か」
◇講談社 本田靖春ノンフィクション賞（第44回/令4年）
「冤罪をほどく―"供述弱者" とは誰か」　秦融著　風媒社　2021.12　312p　19cm　1800円　⓵978-4-8331-1144-7

チョー ヒカル
2443　「じゃない！」
◇けんぶち絵本の里大賞（第30回/令2年度/びばからす賞）
「じゃない！」　フレーベル館　2019.8　〔32p〕　24cm　1400円　⓵978-4-577-04825-2

2444　「やっぱり じゃない！」
◇けんぶち絵本の里大賞（第32回/令4年度/びばからす賞）
「やっぱり じゃない！」　フレーベル館　2021.11　〔32p〕　24cm　1400円　⓵978-4-577-05004-0

趙 一安　ちょう・いあん＊
2445　「カエルの月」
◇MOE創作絵本グランプリ（第12回/令5年/佳作）

汐文社　ちょうぶんしゃ＊
2446　「ヒロシマをのこす 平和記念資料館をつくった人・長岡省吾」
◇児童福祉文化賞（第62回/令2年/出版物部門）
「ヒロシマをのこす―平和記念資料館をつくった人・長岡省吾」　佐藤真澄著　汐文社　2018.7　184p　20cm　1500円　⓵978-4-8113-2500-2

朝夜 千喜　ちょうや・せんき＊
2447　「村人Aと傾国の英雄」
◇ホワイトハート新人賞（2019/令1年/佳作）

塵芥居士　ちりあくたこじ＊
2448　「丁寧な暮らしをする餓鬼」
◇日本漫画家協会賞（第51回/令4年度/大賞/カーツーン部門）
「丁寧な暮らしをする餓鬼」　KADOKAWA　2020.6　125p　21cm　1000円　⓵978-4-04-064439-4
「丁寧な暮らしをする餓鬼　2」　KADOKAWA　2021.4　125p　21cm　1000円　⓵978-4-04-065947-3
「丁寧な暮らしをする餓鬼　3」　KADOKAWA　2022.12　124p　21cm　1100円　⓵978-4-04-681417-3

千蓮 泰子　ちれん・やすこ＊
2449　「わたしの憂い歌」
◇シナリオS1グランプリ（第37回/令1年秋/準グランプリ）

【つ】

塚川 悠紀　つかがわ・ゆうき＊
2450　「ROUTE66」

◇シナリオS1グランプリ（第37回/令1年秋/奨励賞）
2451 「ほたる狩りの思い出を上書きする」
◇シナリオS1グランプリ（第38回/令2年春/準グランプリ）

塚田　千束　つかだ・ちづか＊
2452 「窓も天命」
◇短歌研究新人賞（第64回/令3年）
「アスパラと潮騒―歌集」　短歌研究社　2023.7　142p　19cm　（まひる野叢書　第403篇）　2000円
①978-4-86272-739-8
※受賞作を収録

塚本　正治　つかもと・まさじ＊
2453 「平野川」
◇部落解放文学賞（第50回/令5年/詩部門/佳作）

津川　エリコ　つがわ・えりこ＊
2454 「雨の合間」
◇小熊秀雄賞（第55回/令4年）
「雨の合間」　新版　ミツイパブリッシング　2024.3　109p　22cm　2400円　①978-4-907364-35-9

津川　絵理子　つがわ・えりこ＊
2455 「夜の水平線」
◇俳人協会賞（第61回/令3年度）
「夜の水平線―句集」　ふらんす堂　2020.12　196p　20cm　2700円　①978-4-7814-1319-8

月汰　元　つきた・げん＊
2456 「生活魔法使いの下剋上～虐げられた生活魔法使いは好きにします～」
◇カクヨムWeb小説コンテスト（第7回/令4年/現代ファンタジー部門/ComicWalker漫画賞）
「生活魔法使いの下剋上」　KADOKAWA　2022.11　314p　19cm　1200円　①978-4-04-737236-8
「生活魔法使いの下剋上　2」　KADOKAWA　2023.4　296p　19cm　1300円　①978-4-04-737439-3
「生活魔法使いの下剋上　3」　KADOKAWA　2023.10　283p　19cm　1300円　①978-4-04-737733-2
「生活魔法使いの下剋上　4」　KADOKAWA　2024.6　280p　19cm　1300円　①978-4-04-737896-4

月とコンパス　つきとこんぱす
2457 「Je suis là ここにいるよ」
◇造本装幀コンクール（第57回/令5年/文部科学大臣賞）
「ここにいるよ」　シズカ作・絵　月とコンパス　2023.11　〔48p〕　22cm　2400円　①978-4-909734-01-3

月並　きら　つきなみ・きら＊
2458 「平川優介、マニウケル」
◇ジャンプ小説新人賞（2021/令3年/テーマ部門「弱点or欠点のあるキャラ」/銅賞）
2459 「地縛霊側のご事情を」
◇富士見ノベル大賞（第6回/令5年/入選）
「地縛霊側のご事情を―さざなみ不動産は祓いません」　KADOKAWA　2024.6　307p　15cm　（富士見L文庫）　700円　①978-4-04-075444-4

月日　みみ　つきひ・みみ＊
2460 「日曜日のフリマで」
◇アンデルセンのメルヘン大賞（第41回/令6年/一般部門/優秀賞）
「アンデルセンのメルヘン文庫　第41集」　アンデルセン・パン生活文化研究所　2024.10　87p　21×22cm　（アンデルセンのメルヘン大賞受賞作品集　第41回）　1000円

※受賞作を収録

月星 つばめ つきほし・つばめ＊
2461「想いひと針」
　◇ちゅうでん児童文学賞（第26回／令5年度／優秀賞）

月見 夕 つきみ・ゆう＊
2462「スコーピオンに左手を添えて」
　◇カクヨムWeb小説短編賞（2022／令4年／「令和の私小説」部門／短編特別賞）

月森 乙 つきもり・おと＊
2463「弁当男子の白石くん」
　◇文芸社文庫NEO小説大賞（第6回／令5年／大賞）
　「弁当男子の白石くん」文芸社　2023.11　310p　15cm（文芸社文庫NEO）720円　①978-4-286-24721-2

つくし あきひと
2464「メイドインアビス」
　◇日本漫画家協会賞（第52回／令5年度／まんが王国とっとり賞）
　「メイドインアビス　1～13」竹書房　2013.8～2024.9　21cm（Bamboo comics）

土筆 あさ つくし・あさ
2465「ハルおばあさんのひみつのたなだ」
　◇絵本テキスト大賞（第16回／令5年／Bグレード／優秀賞）

辻 淳子 つじ・じゅんこ
2466「バス停から」
　◇深大寺短編恋愛小説『深大寺恋物語』（第17回／令3年／深大寺特別賞）
　※深大寺短編恋愛小説「深大寺恋物語」第十七集に収録

辻堂 ゆめ つじどう・ゆめ＊
2467「トリカゴ」
　◇大藪春彦賞（第24回／令4年）
　「トリカゴ」東京創元社　2021.9　390p　20cm　1800円　①978-4-488-02849-7

津島 ひたち つしま・ひたち
2468「風のたまり場」
　◇歌壇賞（第36回／令6年）

辻本 隆行 つじもと・たかゆき＊
2469「サインでV」
　◇優駿エッセイ賞（2023〔第39回〕／令5年／佳作（Ⅲ））

都月 きく音 つづき・きくね＊
2470「萌梅公主偽伝」
　◇カクヨムWeb小説コンテスト（第9回／令6年／カクヨムプロ作家部門／特別賞）

津田 トミヤ つだ・とみや＊
2471「霊感少年と魂食いの優しい霊退治の夏」
　◇青い鳥文庫小説賞（第4回／令2年度／一般部門／金賞）
　「きみとの約束」津田トミヤ作, ひげ猫絵　講談社　2022.2　186p　18cm（講談社青い鳥文庫）650円　①978-4-06-526803-2
　※受賞作を改題

津田　祐樹　つだ・ゆうき＊
   2472　「再会」
     ◇優駿エッセイ賞（2019〔第35回〕/令1年/佳作（GⅢ））
   2473　「りあるうまごっこ」
     ◇優駿エッセイ賞（2020〔第36回〕/令2年/佳作（GⅢ））
   2474　「立位レコード」
     ◇優駿エッセイ賞（2021〔第37回〕/令3年/佳作（GⅢ））
   2475　「時を越えた握手」
     ◇優駿エッセイ賞（2022〔第38回〕/令4年/佳作（GⅢ））

津髙　里永子　つたか・りえこ＊
   2476　「寸法直し」
     ◇日本詩歌句随筆評論大賞（第18回/令4年度/俳句部門/東京四季出版社賞）
     「寸法直し―句集」　東京四季出版　2022.2　176p　19cm　①978-4-8129-1026-9

土江　正人　つちえ・まさと＊
   2477　「わが青春のキシュウローレル」
     ◇優駿エッセイ賞（2019〔第35回〕/令1年/グランプリ（GⅠ））

土車　甫　つちぐるま・はじめ＊
   2478　「好きな子の親友が俺の〇〇を管理している」
     ◇カクヨムWeb小説コンテスト（第8回/令5年/ラブコメ（ライトノベル）部門/特別賞）
     「好きな子の親友に密かに迫られている」　KADOKAWA　2023.12　253p　15cm　（角川スニーカー文庫）680円　①978-4-04-114468-8
     ※受賞作を改題
     「好きな子の親友に密かに迫られている　2」　KADOKAWA　2024.6　254p　15cm　（角川スニーカー文庫）740円　①978-4-04-114923-2

土屋　うさぎ　つちや・うさぎ＊
   2479　「謎の香りはパン屋から」
     ◇『このミステリーがすごい！』大賞（第23回/令6年/大賞）

土屋　恵子　つちや・けいこ
   2480　「やさしい人」
     ◇啄木・賢治のふるさと「岩手日報随筆賞」（第15回/令2年/優秀賞）

土屋　賢二　つちや・けんじ＊
   2481　「無理難題が多すぎる」
     ◇本屋大賞（第17回/令2年/発掘部門/超発掘本！）
     「無理難題が多すぎる」　文藝春秋　2016.9　222p　16cm　（文春文庫）590円　①978-4-16-790704-4

土屋　瀧　つちや・たき＊
   2482　「Out Of The Woods」
     ◇電撃大賞〔電撃小説大賞〕（第27回/令2年/銀賞）
     「忘却の楽園　1　アルセノン覚醒」　KADOKAWA　2021.3　392p　15cm　（電撃文庫）690円　①978-4-04-913684-5
     ※受賞作を改題

土屋　千鶴　つちや・ちづる＊
   2483　「カイトとルソンの海」
     ◇児童文芸新人賞（第51回/令4年）

「カイトとルソンの海」 小学館 2021.5 200p 20cm 1300円 ⓘ978-4-09-289312-2

つちや はるみ
2484 「はまなす写真館」
◇アンデルセンのメルヘン大賞 （第39回/令4年/一般部門/優秀賞）
「アンデルセンのメルヘン文庫 第39集」 アンデルセン・パン生活文化研究所 2022.10 87p 21×22cm （アンデルセンのメルヘン大賞受賞作品集 第39回） 1000円
※受賞作を収録

土屋 政雄 つちや・まさお＊
2485 「クララとお日さま」
◇本屋大賞 （第19回/令4年/翻訳小説部門/3位）
「クララとお日さま」 カズオ・イシグロ著, 土屋政雄訳 早川書房 2021.3 440p 20cm 2500円 ⓘ978-4-15-210006-1
「クララとお日さま」 カズオ・イシグロ著, 土屋政雄訳 早川書房 2023.7 490p 16cm （ハヤカワepi文庫） 1500円 ⓘ978-4-15-120109-7

土山 由紀子 つちやま・ゆきこ＊
2486 「ミミ、ヘム、パイル」
◇BKラジオドラマ脚本賞 （第41回/令2年/佳作）

2487 「二藍」
◇シナリオS1グランプリ （第41回/令3年冬/奨励賞）

2488 「やまんばワンダー」
◇シナリオS1グランプリ （第47回/令6年冬/準グランプリ）

筒井 清輝 つつい・きよてる＊
2489 「人権と国家—理念の力と国際政治の現実」
◇サントリー学芸賞 （第44回/令4年度/思想・歴史部門）
「人権と国家—理念の力と国際政治の現実」 岩波書店 2022.2 230, 6p 18cm （岩波新書 新赤版） 860円 ⓘ978-4-00-431912-2

堤 未果 つつみ・みか＊
2490 「デジタル・ファシズム」
◇新書大賞 （第15回/令4年/4位）
「デジタル・ファシズム—日本の資産と主権が消える」 NHK出版 2021.8 285p 18cm （NHK出版新書） 880円 ⓘ978-4-14-088655-7

綱木 謙介 つなき・けんすけ＊
2491 「チェンジメイカー」
◇シナリオS1グランプリ （第45回/令5年冬/奨励賞）

恒川 惠市 つねかわ・けいいち＊
2492 「新興国は世界を変えるか」
◇読売・吉野作造賞 （第25回/令6年）
「新興国は世界を変えるか—29カ国の経済・民主化・軍事行動」 中央公論新社 2023.1 244p 18cm （中公新書） 860円 ⓘ978-4-12-102734-4

常本 哲郎 つねもと・てつろう＊
2493 「詩集 沈黙の絶望、沈黙の希望」
◇日本自費出版文化賞 （第27回/令6年/特別賞/詩歌部門）
「沈黙の絶望、沈黙の希望—詩集」 鳥影社 2017.7 203p 21cm 1800円 ⓘ978-4-86265-620-9
「沈黙の絶望、沈黙の希望—詩集」 完全版 風詠社, 星雲社（発売） 2024.4 297p 21cm 2000円 ⓘ978-4-434-33819-9

津野 海太郎　つの・かいたろう＊
　2494　「最後の読書」
　　◇読売文学賞（第71回/令1年/随筆・紀行賞）
　　　「最後の読書」　新潮社　2018.11　262p　20cm　1900円　①978-4-10-318533-8
　　　「最後の読書」　新潮社　2021.9　338p　16cm（新潮文庫）630円　①978-4-10-120282-2

椿 あやか　つばき・あやか＊
　2495　「月光キネマ」
　　◇坊っちゃん文学賞（第18回/令3年/大賞）

椿 つかさ　つばき・つかさ
　2496　「でんでんでんせつ」
　　◇えほん大賞（第18回/令2年/絵本部門/優秀賞）

椿 美砂子　つばき・みさこ＊
　2497　「青売り」
　　◇福田正夫賞（第35回/令3年）
　　　「青売り―詩集」　土曜美術社出版販売　2021.6　103p　22cm　2000円　①978-4-8120-2626-7
　2498　「青の引力」
　　◇日本詩歌句随筆評論大賞（第20回/令6年度/詩部門/土曜美術社賞）
　　　「青の引力―詩集」　土曜美術社出版販売　2023.9　110p　22cm　2000円　①978-4-8120-2806-3

ツバキハラ タカマサ
　2499　「カポとボイラー」
　　◇MOE創作絵本グランプリ（第8回/令1年/佳作）
　2500　「つりロボグイ」
　　◇MOE創作絵本グランプリ（第9回/令2年/佳作）

坪井 努　つぼい・つとむ＊
　2501　「二人の光」
　　◇テレビ朝日新人シナリオ大賞（第21回/令3年度/優秀賞/テレビドラマ部門）

坪井 秀人　つぼい・ひでと＊
　2502　「二十世紀日本語詩を思い出す」
　　◇読売文学賞（第72回/令2年/評論・伝記賞）
　　　「二十世紀日本語詩を思い出す」　思潮社　2020.9　459p　20cm　4000円　①978-4-7837-3822-0

積本 絵馬　つみもと・えま＊
　2503　「誤審」
　　◇北区内田康夫ミステリー文学賞（第21回/令5年/審査員特別賞（特別賞））

津村 記久子　つむら・きくこ＊
　2504　「水車小屋のネネ」
　　◇谷崎潤一郎賞（第59回/令5年）
　　◇本屋大賞（第21回/令6年/2位）
　　　「水車小屋のネネ」　毎日新聞出版　2023.3　485p　19cm　1800円　①978-4-620-10862-9

津利 四高　つり・しこう＊
　2505　「淵海を泳ぐ～はけんプロレタリア」
　　◇労働者文学賞（第32回/令2年/小説部門/佳作）

釣舟草　つりふねそう＊
　2506　「富田さんの瞳」
　　　◇カクヨムWeb小説短編賞（2021/令3年/実話・エッセイ・体験談部門/短編特別賞）

つる よしの
　2507　「Oセンセイとわたしの二十年〜大学助教授と女子高生が文通相手から「ニセ祖父ニセ孫」と呼び合うまで〜」
　　　◇カクヨムWeb小説短編賞（2023/令5年/エッセイ・ノンフィクション部門/短編特別賞）

鶴谷 香央里　つるたに・かおり＊
　2508　「メタモルフォーゼの縁側」
　　　◇マンガ大賞（2021/令3年/8位）
　　　「メタモルフォーゼの縁側　1〜5」鶴谷香央理著　KADOKAWA　2018.5〜2021.1　21cm（単行本コミックス）

つるまいかだ
　2509　「メダリスト」
　　　◇小学館漫画賞（第68回/令4年度/一般向け部門）
　　　◇講談社漫画賞（第48回/令6年/総合部門）
　　　「メダリスト　1〜11」講談社　2020.9〜2024.8　19cm（アフタヌーンKC）

【て】

D
　2510　「追放公爵、ダンジョンを踏破する！ 〜婚約者を寝取られて、死の迷宮に追放された公爵、魔物使いの才能を開花させて無双する〜」
　　　◇カクヨムWeb小説コンテスト（第8回/令5年/異世界ファンタジー部門/ComicWalker漫画賞）
　2511　「人生逆転〜浮気された上に、えん罪まで押し付けられた俺、なぜか学園一の美少女後輩を助けて懐かれる"」
　　　◇カクヨムWeb小説コンテスト（第9回/令6年/カクヨムプロ作家部門/特別賞・ComicWalker漫画賞）
　　　「人生逆転―浮気され、えん罪を着せられた俺が、学園一の美少女に懐かれる」KADOKAWA　2024.11　281p　15cm（角川スニーカー文庫）680円　①978-4-04-115549-3

T&M Projects
　2512　「手中一滴」
　　　◇造本装幀コンクール（第54回/令2年/審査員奨励賞）
　　　「山本昌男写真集 手中一滴」山本昌男写真、秋山実盆栽・文、上田勢子翻訳　T&M Projects　2019.10　1冊　22×24cm　7800円　①978-4-909442-10-9

ディオニシオ, イザベラ
　2513　「忘れられた記憶」
　　　◇京都文学賞（第3回/令3年度/海外部門/奨励作）

DC COMICS
　2514　「ニンジャバットマン」
　　　◇星雲賞（第51回/令2年/コミック部門）

「ニンジャバットマン　上」DC COMICSキャラクター・監修, 久正人漫画　ヒーローズ, 小学館クリエイティブ（発売）　2019.3　190p　19cm（HCヒーローズコミックス）700円　①978-4-86468-629-7

「ニンジャバットマン　下」DC COMICSキャラクター・監修, 久正人漫画　ヒーローズ, 小学館クリエイティブ（発売）　2019.10　218p　19cm（HCヒーローズコミックス）700円　①978-4-86468-673-0

出口 紀子　でぐち・のりこ＊

2515　「由比ヶ浜」
◇日本詩歌句随筆評論大賞（第18回/令4年度/俳句部門/特別賞）
「由比ケ浜―出口紀子句集」　ふらんす堂　2022.1　171p　20cm　2700円　①978-4-7814-1429-4

出久根 育　でくね・いく＊

2516　「川まつりの夜」
◇産経児童出版文化賞（第70回/令5年/美術賞）
「川まつりの夜」　岩城範枝作, 出久根育絵　フレーベル館　2022.8　〔32p〕　28cm　1540円　①978-4-577-05001-9

デコート豊崎 アリサ　でこーととよさき・ありさ＊

2517　「トゥアレグ　自由への帰路」
◇斎藤茂太賞（第8回/令5年）
「トゥアレグ―自由への帰路」　イースト・プレス　2022.3　422p　図版32p　19cm　2200円　①978-4-7816-2067-1

出崎 哲弥　でざき・てつや＊

2518　「ロミオのダイイングメッセージ」
◇北区内田康夫ミステリー文学賞（第18回/令2年/区長賞（特別賞））

2519　「装束ゑの木」
◇オール讀物新人賞（第101回/令3年）

手島 きみ子　てじま・きみこ＊

2520　「夫・初太郎と私」
◇部落解放文学賞（第47回/令2年/識字部門/佳作）

弟子丸 博道　でしまる・はくどう＊

2521　「いのちの言の葉」
◇日本詩歌句随筆評論大賞（第18回/令4年度/随筆部門/奨励賞）

デズモンド, ジェニ

2522　「自然を再生させたイエローストーンのオオカミたち」
◇日本子どもの本研究会「作品賞」（第6回/令4年）
「自然を再生させたイエローストーンのオオカミたち」　キャサリン・バー文, ジェニ・デズモンド絵, 永峯涼訳, 幸島司郎, 植田彩容子監修　化学同人　2021.10　48p　32cm　1900円　①978-4-7598-2223-6

鉄人 じゅす　てつびと・じゅす＊

2523　「王女に成りすましている紀州生まれのルシェちゃんが今日もパニクっててカワイイ」
◇カクヨムWeb小説短編賞（2020/令2年/短編特別賞）

手取川 由紀　てどりがわ・ゆき＊

2524　「オレンヅ」
◇笹井宏之賞（第3回/令2年/個人賞/野口あや子賞）
「ねむらない樹　Vol. 6（2021 winter）」　書肆侃侃房　2021.2　205p　21cm（短歌ムック）1500円　①978-4-86385-442-0
※受賞作を収録

2525　「直線」

◇笹井宏之賞　（第4回／令3年／個人賞／野口あや子賞）
　　　「ねむらない樹　Vol. 8」　書肆侃侃房　2022.2　209p　21cm　（短歌ムック）　1500円　ⓘ978-4-86385-508-3
　　　※受賞作を収録
　2526　「羽化のメソッド」
　　◇笹井宏之賞　（第5回／令4年／個人賞／染野太朗賞）
　　　「ねむらない樹　Vol. 10」　書肆侃侃房　2023.2　268p　21cm　（短歌ムック）　1500円　ⓘ978-4-86385-562-5
　　　※受賞作を収録

デュラント，S・E．
　2527　「ぼくの帰る場所」
　　◇日本子どもの本研究会「作品賞」　（第4回／令2年）
　　　「ぼくの帰る場所」　S・E・デュラント作，杉田七重訳　鈴木出版　2019.10　301p　20cm　（鈴木出版の児童文学　この地球を生きる子どもたち）　1600円　ⓘ978-4-7902-3361-9

寺内　ユミ　てらうち・ゆみ＊
　2528　「There I sense something」
　　◇日本自費出版文化賞　（第25回／令4年／大賞／グラフィック部門）
　　　「There I sense something」　寺内デザインオフィス　2022　184p　27.5×21cm　8000円　ⓘ978-4-9912395-0-2

寺岡　恭兵　てらおか・きょうへい＊
　2529　「スマートフォンより愛をこめて」
　　◇テレビ朝日新人シナリオ大賞　（第23回／令5年度／優秀賞）

寺岡　光浩　てらおか・みつひろ＊
　2530　「街が見えた」
　　◇地上文学賞　（第70回／令4年度）

寺崎英子写真集刊行委員会　てらさきえいこしゃしんしゅうかんこういいんかい＊
　2531　「細倉を記録する寺崎英子の遺したフィルム」
　　◇日本自費出版文化賞　（第27回／令6年／特別賞／地域文化部門）
　　　「細倉を記録する寺崎英子の遺したフィルム」　寺崎英子著，寺崎英子写真集刊行委員会編集　小岩勉，荒蝦夷（発売）　2023.3　22cm　3900円　ⓘ978-4-904863-78-7

寺澤　あめ　てらさわ・あめ＊
　2532　「ア・マザー」
　　◇大阪女性文芸賞　（第40回／令4年）

寺澤　始　てらさわ・はじめ＊
　2533　「夜汽車」
　　◇日本詩歌句随筆評論大賞　（第16回／令2年度／俳句部門／俳句四季賞）
　　　「夜汽車―寺澤始句集」　ふらんす堂　2019.8　201p　19cm　（未来図叢書214篇）　2500円　ⓘ978-4-7814-1188-0

寺澤　優　てらざわ・ゆう＊
　2534　「戦前日本の私娼・性風俗産業と大衆社会　売買春・恋愛の近現代史」
　　◇女性史学賞　（第18回／令5年度）
　　　「戦前日本の私娼・性風俗産業と大衆社会―売買春・恋愛の近現代史」　有志舎　2022.12　7, 311, 4p　22cm　5000円　ⓘ978-4-908672-61-3

寺澤　行忠　てらざわ・ゆきただ＊
　2535　「西行　歌と旅と人生」
　　◇毎日出版文化賞　（第78回／令6年／人文・社会部門）

「西行―歌と旅と人生」 新潮社 2024.1 230p 20cm（新潮選書） 1600円 ①978-4-10-603905-8

寺嶋 曜　てらしま・よう＊
2536　「キツネ狩り」
　◇新潮ミステリー大賞（第9回/令4年）
　　「キツネ狩り」 新潮社 2023.3 356p 20cm 1750円 ①978-4-10-354971-0

寺田 喜平　てらだ・きへい＊
2537　「タヌキの交通安全」
　◇森林（もり）のまち童話大賞（第7回/令4年/佳作）

寺田 勢司　てらだ・せいじ＊
2538　「泣き女」
　◇岡山県「内田百閒文学賞」（第17回/令5・6年度/最優秀賞, 岡山県知事賞）

寺地 はるな　てらち・はるな＊
2539　「水を縫う」
　◇河合隼雄物語賞（第9回/令3年度）
　　「水を縫う」 集英社 2020.5 240p 19cm 1600円 ①978-4-08-771712-9
　　「水を縫う」 集英社 2023.5 260p 16cm（集英社文庫） 630円 ①978-4-08-744521-3
2540　「川のほとりに立つ者は」
　◇本屋大賞（第20回/令5年/9位）
　　「川のほとりに立つ者は」 双葉社 2022.10 222p 20cm 1500円 ①978-4-575-24572-1

寺西 純二　てらにし・じゅんじ＊
2541　「「社会的隔離（ソーシャル・ディスタンス）」の臭いがする」
　◇部落解放文学賞（第47回/令2年/詩部門/部落解放文学賞）

寺場 糸　てらば・いと＊
2542　「僕はライトノベルの主人公」
　◇スニーカー大賞（第29回/令5年/特別賞）
　　「僕はライトノベルの主人公」 KADOKAWA 2024.12 311p 15cm（角川スニーカー文庫） 700円 ①978-4-04-115628-5

寺林 厚則　てらばやし・あつのり＊
2543　「立ち待ちの月に照らされ峡谷の始発電車は鉄橋渡る」
　◇角川全国短歌大賞（第15回/令5年/自由題/大賞）

てるま
2544　「土属性の斧使いだけど四天王をクビになりました。」
　◇カクヨムWeb小説短編賞（2019/令1年/短編賞）

テレビ朝日　てれびあさひ＊
2545　「特別展きもの KIMONO 図録」
　◇造本装幀コンクール（第54回/令2年/日本書籍出版協会理事長賞/芸術書部門）
　　「きもの 特別展」 東京国立博物館, 朝日新聞社編　朝日新聞社 2020.7 399p 31cm

天川 栄人　てんかわ・えいと＊
2546　「アンドロメダの涙 久閑野高校天文部の、秋と冬」
　◇日本児童文芸家協会賞（第48回/令6年）
　　「アンドロメダの涙―久閑野高校天文部の、秋と冬」 講談社 2023.9 221p 20cm 1600円 ①978-4-06-532989-4
2547　「セントエルモの光 久閑野高校天文部の、春と夏」

◇日本児童文芸家協会賞　(第48回／令6年)
　「セントエルモの光―久閑野高校天文部の、春と夏」　講談社　2023.4　221p　20cm　1500円　①978-4-06-531438-8

電気 泳動　でんき・えいどう*
2548　「終わる世界の終わらない失恋」
　◇ジャンプ恋愛小説大賞　(第3回／令2年／特別賞)
2549　「今週の死亡者を発表します」
　◇ジャンプホラー小説大賞　(第7回／令3年／銀賞)

天くじら　てんくじら*
2550　「セロリと言う名の厨二病」
　◇カクヨムWeb小説短編賞　(2022／令4年／「令和の私小説」部門／短編特別賞)

天花寺 さやか　てんげいじ・さやか*
2551　「京都府警あやかし課の事件簿」
　◇京都本大賞　(第7回／令1年)
　「京都府警あやかし課の事件簿　〔1〕～9」　PHP研究所　2019.1～2024.10　15cm　(PHP文芸文庫)　720円

電磁幽体　でんじゅーたい*
2552　「妖精の物理学―PHysics PHenomenon PHantom―」
　◇電撃大賞〔電撃小説大賞〕　(第31回／令6年／大賞)

天然水珈琲　てんねんすいこーひー*
2553　「極剣のスラッシュ ～初級スキル使いまくってたら、いつの間にか迷宮都市最強とか呼ばれてたんだが～」
　◇カクヨムWeb小説コンテスト　(第8回／令5年／異世界ファンタジー部門／特別賞・ComicWalker漫画賞)
　「極剣のスラッシュ―初級スキル極めたら、いつの間にか迷宮都市最強になってたんだが」　KADOKAWA　2024.1　317p　15cm　(富士見ファンタジア文庫)　720円　①978-4-04-075303-4

【と】

土井 探花　どい・たんか*
2554　「こころの孤島」
　◇兜太現代俳句新人賞　(第40回／令4年度)

東夷　とうい*
2555　「勇者学院の没落令嬢を性欲処理メイドとして飼い、最期にざまぁされる悪役御曹司に俺は転生した。普通に接したら、彼女が毎日逆夜這いに来て困る……。」
　◇カクヨムWeb小説コンテスト　(第9回／令6年／ラブコメ(ライトノベル)部門／特別賞)

東映　とうえい*
2556　「学研の図鑑 スーパー戦隊」
　◇星雲賞　(第53回／令4年／ノンフィクション部門)
　「スーパー戦隊」　東映株式会社, 松井大監修, 学研図鑑編集室編集・制作　学研プラス　2021.4　280p　27cm　(学研の図鑑―スーパー戦隊シリーズ)　3300円　①978-4-05-406788-2

東京オペラシティ文化財団　とうきょうおぺらしてぃぶんかざいだん＊
　2557　「石川真生 私に何ができるか」
　　　◇造本装幀コンクール（第57回/令5年/日本製紙連合会賞）
　　　　「石川真生—私に何ができるか」　東京オペラシティ文化財団　〔2023〕　432p　30×12cm

東京創元社編集部　とうきょうそうげんしゃへんしゅうぶ＊
　2558　「創元SF文庫総解説」
　　　◇星雲賞（第55回/令6年/ノンフィクション部門）
　　　　「創元SF文庫総解説」　東京創元社　2023.12　304p　21cm　2200円　①978-4-488-00399-9

東京大学出版会　とうきょうだいがくしゅっぱんかい＊
　2559　「前衛誌[日本編]—未来派・ダダ・構成主義」
　　　◇造本装幀コンクール（第54回/令2年/日本書籍出版協会理事長賞/専門書（人文社会科学書・自然科学書等）部門）
　　　　「前衛誌—未来派・ダダ・構成主義　日本編1〔文〕・2〔図〕」　西野嘉章著　東京大学出版会　2019.8　509, 437p　28cm　①978-4-13-080220-8 (set)
　2560　「オランダ絵画にみる解剖学」
　　　◇日本翻訳出版文化賞（第57回/令3年度/特別賞）
　　　　「オランダ絵画にみる解剖学—阿蘭陀外科医の源流をたどる」　フランク・イペマ, トーマス・ファン・ヒューリック著, 森望, セバスティアン・カンブ訳　東京大学出版会　2021.1　274p　22cm　5800円　①978-4-13-086061-1

東京都古書籍商業協同組合　とうきょうとこしょせきしょうぎょうきょうどうくみあい＊
　2561　「東京古書組合百年史」
　　　◇日本出版学会賞（第43回/令3年度/特別賞）
　　　　「東京古書組合百年史」　東京都古書籍商業協同組合　2021.8　682p　22cm　8000円

道具　小路　どうぐ・こうじ＊
　2562　「99通目のラブレターソングをきみへ」
　　　◇集英社みらい文庫大賞（第14回/令6年/優秀賞）

道券　はな　どうけん・はな＊
　2563　「嵌めてください」50首
　　　◇角川短歌賞（第66回/令2年）

灯光舎　とうこうしゃ＊
　2564　「送別の餃子」
　　　◇造本装幀コンクール（第55回/令3年/読書推進運動協議会賞）
　　　　「送別の餃子—中国・都市と農村肖像画」　井口淳子　灯光舎　2021.10　210p　20cm　1800円　①978-4-909992-01-7

東座　莉一　とうざ・りいち　⇒霜月　流（しもつき・りゅう）

東條　功一　とうじょう・こういち＊
　2565　「ひきこもりの俺がかわいいギルドマスターに世話を焼かれまくったって別にいいだろう？」
　　　◇HJ小説大賞（第1回/令2年/2020前期）
　　　　「ひきこもりの俺がかわいいギルドマスターに世話を焼かれまくったって別にいいだろう？　1」　ホビージャパン　2021.12　299p　15cm（HJ文庫）　670円　①978-4-7986-2638-3
　　　　「ひきこもりの俺がかわいいギルドマスターに世話を焼かれまくったって別にいいだろう？　2」　ホビージャパン　2022.4　317p　15cm（HJ文庫）　670円　①978-4-7986-2802-8
　　　　「ひきこもりの俺がかわいいギルドマスターに世話を焼かれまくったって別にいいだろう？　3」　ホビージャパン　2022.10　319p　15cm（HJ文庫）　670円　①978-4-7986-2965-0

橙田 千尋　とうだ・ちひろ＊
　2566　「Liminal」
　　◇笹井宏之賞（第5回／令4年／個人賞／Moment Joon賞）
　　　「ねむらない樹　Vol. 10」　書肆侃侃房　2023.2　268p　21cm（短歌ムック）1500円　①978-4-86385-562-5
　　　※受賞作を収録
　2567　「バニラ」
　　◇笹井宏之賞（第6回／令5年／個人賞／小山田浩子賞）
　　　「ねむらない樹　Vol. 11」　書肆侃侃房　2024.2　206p　21cm（短歌ムック）1500円　①978-4-86385-614-1
　　　※受賞作を収録

東畑 開人　とうはた・かいと＊
　2568　「居るのはつらいよ―ケアとセラピーについての覚書」
　　◇紀伊國屋じんぶん大賞（第10回／令2年／大賞）
　　　「居るのはつらいよ―ケアとセラピーについての覚書」　医学書院　2019.2　347p　21cm（シリーズケアをひらく）2000円　①978-4-260-03885-0
　2569　「聞く技術　聞いてもらう技術」
　　◇新書大賞（第16回／令5年／5位）
　　　「聞く技術　聞いてもらう技術」　筑摩書房　2022.10　249p　18cm（ちくま新書）860円　①978-4-480-07509-3

道満 晴明　どうまん・せいまん＊
　2570　「バビロンまでは何光年？」
　　◇星雲賞（第51回／令2年／コミック部門）
　　　「バビロンまでは何光年？」　秋田書店　2019.10　202p　19cm（ヤングチャンピオン烈コミックス）630円　①978-4-253-25575-2

十重田 裕一　とえだ・ひろかず＊
　2571　「横光利一と近代メディア　震災から占領まで」
　　◇やまなし文学賞（第30回／令3年／研究・評論部門）
　　　「横光利一と近代メディア―震災から占領まで」　岩波書店　2021.9　361, 30p　22cm　8000円　①978-4-00-025474-8

遠 都衣　とお・とい＊
　2572　「地味令嬢、しごでき皇妃になる！　～「お前みたいな地味な女とは結婚できない」と婚約破棄されたので元の姿に戻ったら皇帝に溺愛されました～」
　　◇カクヨムWeb小説コンテスト（第9回／令6年／恋愛（ラブロマンス）部門／特別賞・ComicWalker漫画賞）

遠坂 八重　とおさか・やえ＊
　2573　「ドールハウスの惨劇」
　　◇ボイルドエッグズ新人賞（第25回／令4年5月）
　　　「ドールハウスの惨劇」　祥伝社　2023.1　353p　19cm　1800円　①978-4-396-63637-1

とおちか あきこ
　2574　「かいぶつ」
　　◇MOE創作絵本グランプリ（第11回／令4年／佳作）
　2575　「ぶんたんとたぬき」
　　◇MOE創作絵本グランプリ（第12回／令5年／準グランプリ）

遠野 海人　とおの・かいと＊
　2576　「それから俺はかっこいいバイクを買った」

◇電撃大賞〔電撃小説大賞〕（第27回/令2年/メディアワークス文庫賞）
　「君と、眠らないまま夢をみる」　KADOKAWA　2021.4　283p　15cm（メディアワークス文庫）630円　①978-4-04-913751-4
　※受賞作を改題

遠野 遥　とおの・はるか＊
　2577　「破局」
　　◇芥川龍之介賞（第163回/令2年上）
　　　「破局」　河出書房新社　2020.7　141p　20cm　1400円　①978-4-309-02905-4
　　　「破局」　河出書房新社　2022.12　166p　15cm（河出文庫）630円　①978-4-309-41934-3

遠野 瑞希　とおの・みずき
　2578　「テレキャスター」
　　◇笹井宏之賞（第7回/令6年/個人賞/山田航賞）

十本 スイ　とおもと・すい＊
　2579　「元勇者、今はアイドルのドライバーやってます」
　　◇カクヨムWeb小説コンテスト（第8回/令5年/ラブコメ（ライトノベル）部門/ComicWalker漫画賞）

遠山 彼方　とおやま・かなた＊
　2580　「相方なんかになりません！　～転校生は、なにわのイケメンお笑い男子!?～」
　　◇集英社みらい文庫大賞（第12回/令4年/大賞）
　　　「相方なんかになりません！―転校生はなにわのお笑い男子!?」　遠山彼方作, 双葉陽絵　集英社　2022.10　168p　18cm（集英社みらい文庫）680円　①978-4-08-321746-3

遠山 純生　とおやま・すみお＊
　2581　「〈アメリカ映画史〉再構築」
　　◇芸術選奨（第72回/令3年度/評論等部門/文部科学大臣新人賞）
　　　「〈アメリカ映画史〉再構築―社会派ドキュメンタリーからブロックバスターまで」　作品社　2021.4　719p　22cm　6300円　①978-4-86182-850-8

遠山 陽子　とおやま・ようこ＊
　2582　「遠山陽子俳句集成 未刊句集「輪舞（ろんど）」」
　　◇詩歌文学館賞（第37回/令4年/俳句）
　　◇俳句四季大賞（令4年/第21回 俳句四季大賞）
　　　「遠山陽子俳句集成」　素粒社　2021.11　513p　22cm　6400円　①978-4-910413-07-5

砥上 裕將　とがみ・ひろまさ＊
　2583　「線は、僕を描く」
　　◇本屋大賞（第17回/令2年/3位）
　　　「線は、僕を描く」　講談社　2019.7　317p　19cm　1500円　①978-4-06-513759-8
　　　「線は、僕を描く」　講談社　2021.10　396p　15cm（講談社文庫）780円　①978-4-06-523832-5

戸川 桜良　とがわ・さくら＊
　2584　「光る竜の息吹を追って」
　　◇ジュニア冒険小説大賞（第17回/令2年/佳作）
　2585　「クマザサ森の小人のはなし」
　　◇ジュニア冒険小説大賞（第18回/令4年/佳作）

とき
　2586　「オキモチや」
　　◇えほん大賞（第19回/令2年/絵本部門/大賞）

とき　　　　　　　　　　　　　　　　　　　　　　　　　　　　　　　　　　　2587～2594

「おキモチや」　ときなつき　さく・え　文芸社　2021.6　27p　23cm　1200円　①978-4-286-22738-2

斗樹 稼多利　とき・かたとし＊
2587　「料理人志望が送るVRMMOの日々」
◇HJ小説大賞（第4回／令5年／前期）
「クラスメイトの美少女四人に頼まれたので、VRMMO内で専属料理人をはじめました　1」　ホビージャパン　2024.7　267p　19cm（HJ NOVELS）1300円　①978-4-7986-3592-7
※受賞作を改題

研 攻一　とぎ・こういち＊
2588　「私の動物体験記」
◇日本自費出版文化賞（第26回／令5年／特別賞／個人誌部門）
「私の動物体験記—2010-2018」〔研攻一〕2018.11　567p　21cm
「私の動物体験記　続　2018-2023」霞城出版　2024.5　603p　21cm

土岐 咲楽　とき・さくら＊
2589　「木香」
◇織田作之助賞（第37回／令2年度／織田作之助青春賞／奨励賞）

時枝 小鳩　ときえだ・こばと＊
2590　「旦那様、ビジネスライクに行きましょう！　～下町育ちの伯爵夫人アナスタシアは自分の道を譲らない～」
◇カクヨムWeb小説コンテスト（第9回／令6年／恋愛（ラブロマンス）部門／大賞・特別審査員賞・ComicWalker漫画賞）〈受賞時〉腹ペコ鳩時計
「旦那様、ビジネスライクに行きましょう！—下町育ちの伯爵夫人アナスタシアは自分の道を譲らない　1」KADOKAWA　2024.12　336p　15cm（メディアワークス文庫）730円　①978-40491600-0-0

鴇澤 亜妃子　ときざわ・あきこ＊
2591　「宝石鳥」
◇創元ファンタジイ新人賞（第2回／平29年発表）〈受賞時〉ときざわ あきこ
「宝石鳥」東京創元社　2017.8　381p　20cm　1900円　①978-4-488-02775-9

鴇田 義晴　ときた・よしはる＊
2592　「90年代サブカルチャーと倫理—村崎百郎論」
◇すばるクリティーク賞（2022／令4年）

ときたま
2593　「黒聖女様に溺愛されるようになった俺も彼女を溺愛している」
◇HJ小説大賞（第2回／令3年／2021前期）〈受賞時〉クソニート
「黒聖女様に溺愛されるようになった俺も彼女を溺愛している　1」ホビージャパン　2022.11　324p　15cm（HJ文庫）670円　①978-4-7986-2987-2
「黒聖女様に溺愛されるようになった俺も彼女を溺愛している　2」ホビージャパン　2023.6　351p　15cm（HJ文庫）720円　①978-4-7986-3192-9
「黒聖女様に溺愛されるようになった俺も彼女を溺愛している　3」ホビージャパン　2024.1　363p　15cm（HJ文庫）740円　①978-4-7986-3386-2

トキワ セイイチ
2594　「きつねとたぬきといいなずけ」
◇文化庁メディア芸術祭賞（第25回／令4年／新人賞）
「きつねとたぬきといいなずけ　1」マッグガーデン　2021.2　184p　21cm（Blade comics）850円　①978-4-8000-1049-0
「きつねとたぬきといいなずけ　2」マッグガーデン　2022.4　192p　21cm（Blade comics）850円　①978-4-8000-1191-6
「きつねとたぬきといいなずけ　3」マッグガーデン　2023.6　224p　21cm（Blade comics）1020円　①978-4-8000-1339-2

杢 葉松　ときわ・ようしょう*

2595　「日陰者でいたい僕が、陽キャな同級生からなつかれている件」
　　◇カクヨムWeb小説コンテスト（第6回/令3年/ラブコメ部門/特別賞）
　　「陽キャなカノジョは距離感がバグっている―出会って即お持ち帰りしちゃダメなの？」
　　KADOKAWA　2022.3　284p　15cm（富士見ファンタジア文庫）680円　①978-4-04-074473-5
　　※受賞作を改題

2596　「大学で一番かわいい先輩を助けたら呑み友達になった話 ～酔った先輩は俺への「すき」が止まらない～」
　　◇カクヨムWeb小説コンテスト（第8回/令5年/カクヨムプロ作家部門/ComicWalker漫画賞）
　　「大学で一番かわいい先輩を助けたら呑み友達になった話」　KADOKAWA　2024.8　296p　15cm（富士見ファンタジア文庫）700円　①978-4-04-075526-7

徳田　金太郎　とくだ・きんたろう*

2597　「油断してはならぬ」
　　◇優駿エッセイ賞（2024〔第40回〕/令6年/佳作（GⅢ））

徳丸　吉彦　とくまる・よしひこ*

2598　「ものがたり日本音楽史」
　　◇毎日出版文化賞（第74回/令2年/特別賞）
　　「ものがたり日本音楽史」　岩波書店　2019.12　225, 11p　18cm（岩波ジュニア新書）940円　①978-4-00-500909-1

戸澤　恵　とざわ・めぐ

2599　「週末のデートはスタジアムで」
　　◇ジャンプ恋愛小説大賞（第2回/令1年/銀賞）

としぞう

2600　「ゲームのストーリー開始前に死ぬ"設定上最強キャラ"に転生したので頑張って生きたい」
　　◇カクヨムWeb小説コンテスト（第6回/令3年/異世界ファンタジー部門/特別賞）
　　「死亡退場するはずの"設定上最強キャラ"に転生した俺は、すべての死亡フラグを叩き折ることにした」
　　KADOKAWA　2023.4　350p　15cm（富士見ファンタジア文庫）720円　①978-4-04-074948-8
　　※受賞作を改題

年森　瑛　としもり・あきら*

2601　「N/A」
　　◇文學界新人賞（第127回/令4年）
　　「N/A」　文藝春秋　2022.6　114p　20cm　1350円　①978-4-16-391562-3

としやマン

2602　「たまごのくにのおうじさま」
　　◇講談社絵本新人賞（第43回/令4年/佳作）

戸田　和樹　とだ・かずき*

2603　「かくれてへんかー」
　　◇詩人会議新人賞（第54回/令2年/詩部門/入選）
　　「日溜まりの中の灰―戸田和樹詩集」　竹林館　2024.11　173p　22cm　2200円　①978-4-86000-526-9
　　※受賞作を収録

戸谷　真子　とたに・まこ*

2604　「象牙の櫛の付喪神」
　　◇カクヨムWeb小説短編賞（2020/令2年/短編特別賞）

凸版印刷　とっぱんいんさつ*
  2605　「地図と印刷」
    ◇造本装幀コンクール（第56回／令4年／日本図書館協会賞）
    「地図と印刷」　印刷博物館編集　凸版印刷印刷博物館　2022.9　199p，〔4〕枚（折り込み）　26cm

凸版印刷 印刷博物館　とっぱんいんさつ いんさつはくぶつかん*
  2606　「日本印刷文化史」
    ◇日本出版学会賞（第42回／令2年度／特別賞）
    「日本印刷文化史」　凸版印刷株式会社印刷博物館編　講談社　2020.10　341p　21cm　2000円　①978-4-06-520452-8
  2607　「地図と印刷」
    ◇造本装幀コンクール（第56回／令4年／日本図書館協会賞）
    「地図と印刷」　印刷博物館編集　凸版印刷印刷博物館　2022.9　199p，4枚（折り込み）　26cm

戸成 なつ　となり・なつ*
  2608　「推さないでくれませんか？」
    ◇テレビ朝日新人シナリオ大賞（第24回／令6年度／大賞）

戸野 由希　との・ゆき*
  2609　「冴えない王女の格差婚事情」
    ◇カクヨムWeb小説コンテスト（第8回／令5年／恋愛（ラブロマンス）部門／特別賞）
    〈受賞時〉ユキノト
    「冴えない王女の格差婚事情　1」　KADOKAWA　2023.12　323p　15cm（メディアワークス文庫）　710円　①978-4-04-915411-5
    「冴えない王女の格差婚事情　2」　KADOKAWA　2024.3　333p　15cm（メディアワークス文庫）　710円　①978-4-04-915412-2

外塚 喬　とのつか・たかし*
  2610　「鳴禽」
    ◇現代短歌大賞（第44回／令3年）
    「鳴禽―歌集」　本阿弥書店　2021.8　249p　20cm（朔日叢書 第112篇）　3000円　①978-4-7768-1560-0

外村 実野　とのむら・じつや*
  2611　「星どろぼうのイシュア」
    ◇えほん大賞（第19回／令2年／ストーリー部門／特別賞）

殿本 祐子　とのもと・ゆうこ*
  2612　「おんぶにゃにゃいとにゃく」
    ◇講談社絵本新人賞（第43回／令4年／佳作）

鳶丸　とびまる*
  2613　「強制的に転生させられたおじさんは公爵令嬢（極）として生きていく」
    ◇カクヨムWeb小説コンテスト（第8回／令5年／異世界ファンタジー部門／ComicWalker漫画賞）

戸部 和久　とべ・かずひさ*
  2614　「風の谷のナウシカ」（歌舞伎脚本）
    ◇大谷竹次郎賞（第48回／令1年度）

苫東 かおる　とまとう・かおる*
  2615　「さよなら少年A」
    ◇優駿エッセイ賞（2020〔第36回〕／令2年／佳作（GⅢ））

トマトスープ
2616 「天幕のジャードゥーガル」
◇マンガ大賞（2023/令5年/5位）
◇マンガ大賞（2024/令6年/5位）
「天幕のジャードゥーガル―A Witch's Life in Mongol　1～4」　秋田書店　2022.8～2024.8　19cm（BONITA COMICS）

泊 功　とまり・こう＊
2617 「三体Ⅱ 黒暗森林」
◇星雲賞（第52回/令3年/海外長編部門（小説））
「三体　2　黒暗森林　上」　劉慈欣著　大森望, 立原透耶, 上原かおり, 泊功訳　早川書房　2020.6　335p　20cm　1700円　①978-4-15-209948-8
「三体　2　黒暗森林　下」　劉慈欣著　大森望, 立原透耶, 上原かおり, 泊功訳　早川書房　2020.6　348p　20cm　1700円　①978-4-15-209949-5
「三体　2　黒暗森林　上」　劉慈欣著　大森望〔ほか〕訳　早川書房　2024.4　478p　16cm（ハヤカワ文庫 SF）　1000円　①978-4-15-012442-7
「三体　2　黒暗森林　下」　劉慈欣著　大森望〔ほか〕訳　早川書房　2024.4　505p　16cm（ハヤカワ文庫 SF）　1000円　①978-4-15-012443-4

冨岡 悦子　とみおか・えつこ＊
2618 「反暴力考」
◇小熊秀雄賞（第54回/令3年）
◇小野十三郎賞（第23回/令3年/詩集部門/小野十三郎賞）
「反暴力考」　響文社　2020.7　71p　20cm　2000円　①978-4-87799-169-2

冨田 民人　とみた・たみと＊
2619 「中有の樹」
◇日本詩歌句随筆評論大賞（第16回/令2年度/詩部門/奨励賞）
「中有（そら）の樹」　港の人　2020.1　101p　21cm　1800円　①978-4-89629-373-9

冨田 涼介　とみた・りょうすけ＊
2620 「多様に異なる愚かさのために―「2・5次元」論」
◇すばるクリティーク賞（2018/平30年/佳作）

富安 陽子　とみやす・ようこ＊
2621 「さくらの谷」
◇講談社絵本賞（第52回/令3年度）
「さくらの谷」　富安陽子文, 松成真理子絵　偕成社　2020.2　〔32p〕　26cm　1300円　①978-4-03-333000-6

トム・ブラウンみちお
2622 「異世界巨大生物VS元アスリート」
◇カクヨムWeb小説短編賞（2021/令3年/短編小説部門/コミックフラッパー奨励賞）

巴 雪夜　ともえ・ゆきや＊
2623 「レコード・トーカー～VRカードゲームで憧れのカードと共に少女は強くなる～」
◇カクヨムWeb小説コンテスト（第6回/令3年/朝読小説賞）〈受賞時〉巴 遊夜
「レコード・トーカー―初心者カードゲーマーと運命のカード」　KADOKAWA　2021.12　233p　19cm（カドカワ読書タイム）　1100円　①978-4-04-680925-4

友廣 純　ともひろ・じゅん＊
2624 「ザリガニの鳴くところ」
◇本屋大賞（第18回/令3年/翻訳小説部門/1位）
「ザリガニの鳴くところ」　ディーリア・オーエンズ著, 友廣純訳　早川書房　2020.3　511p　19cm

ともむら　　　　　　　　　　　　　　　　　　　　　　　　　　　2625～2636

　　　　　1900円　Ⓡ978-4-15-209919-8
　　　「ザリガニの鳴くところ」　ディーリア・オーエンズ著, 友廣純訳　早川書房　2023.12　614p　16cm
　　　　（ハヤカワ文庫 NV）1300円　Ⓡ978-4-15-041519-8

友村 夕　ともむら・ゆう＊
　2625　「このクソったれな世界で」
　　　◇HJ小説大賞（第3回／令4年／中期）

外山 一機　とやま・かずき＊
　2626　「星空と夕かげ─潁原退蔵、その晩年のまなざしについて─」
　　　◇現代俳句評論賞（第40回／令2年度）

とよしま さやか
　2627　「しんごうものがたり」
　　　◇MOE創作絵本グランプリ（第9回／令2年／佳作）

とよ田 みのる　とよだ・みのる＊
　2628　「これ描いて死ね」
　　　◇マンガ大賞（2023／令5年／大賞）
　　　「これ描いて死ね　1～6」　小学館　2022.5～2024.8　18cm（ゲッサン少年サンデーコミックススペシャル）

豊永 浩平　とよなが・こうへい＊
　2629　「月ぬ走いや、馬ぬ走い」
　　　◇群像新人文学賞（第67回／令6年／当選作）　〈応募時〉馬熊 英一
　　　◇野間文芸新人賞（第46回／令6年）
　　　「月ぬ走いや、馬ぬ走い」　講談社　2024.7　153p　20cm　1500円　Ⓡ978-4-06-536372-0

豊永 正男　とよなが・まさお＊
　2630　「私の人生」
　　　◇部落解放文学賞（第47回／令2年／識字部門／部落解放文学賞）

トランスレーション・マターズ
　2631　「月は夜をゆく子のために」（ユージーン・オニール作）
　　　◇小田島雄志・翻訳戯曲賞（第15回／令4年）

とり・みき
　2632　「プリニウス」
　　　◇手塚治虫文化賞（第28回／令6年／マンガ大賞）
　　　「プリニウス　1～12」　ヤマザキマリ, とり・みき著　新潮社　2014.7～2023.7　19cm（Bunch comics 45 premium）

鳥居 淳瞳　とりい・あつみ＊
　2633　「ラジオと望郷」
　　　◇優駿エッセイ賞（2019〔第35回〕／令1年／次席（GⅡ））
　2634　「十五時十分のラブレター」
　　　◇優駿エッセイ賞（2020〔第36回〕／令2年／次席（GⅡ））
　2635　「落鉄ラプソディ」
　　　◇優駿エッセイ賞（2021〔第37回〕／令3年／次席（GⅡ））
　2636　「春の宵に」
　　　◇優駿エッセイ賞（2023〔第39回〕／令5年／佳作（Ⅲ））

鳥井 綾子　とりい・あやこ＊
　2637　「農家のヨメさん」
　　◇地上文学賞（第68回/令2年度/佳作）

鳥飼 丈夫　とりがい・たけお＊
　2638　「時、それぞれの景」
　　◇日本詩歌句随筆評論大賞（第18回/令4年度/詩部門/土曜美術社賞）
　　　「時、それぞれの景―詩集」　文化企画アオサギ　2022.1　127p　21cm　2000円　ⓘ978-4-909980-29-8

とりごえ こうじ
　2639　「野球しようぜ！　大谷翔平ものがたり」
　　◇けんぶち絵本の里大賞（第34回/令6年度/アルパカ賞）
　　　「野球しようぜ！ 大谷翔平ものがたり」　とりごえこうじ文, 山田花菜絵　世界文化ワンダーグループ, 世界文化社（発売）　2024.3　32p　30cm　（世界文化社のワンダー絵本）　1600円　ⓘ978-4-418-24807-0

torisun
　2640　「ひみつのえんがわ」
　　◇講談社絵本新人賞（第43回/令4年/佳作）

酉島 伝法　とりしま・でんぽう＊
　2641　「宿借りの星」
　　◇日本SF大賞（第40回/令1年）
　　　「宿借りの星」　東京創元社　2019.3　518p　20cm　（創元日本SF叢書 11）　3000円　ⓘ978-4-488-01834-4
　　　「宿借りの星」　東京創元社　2024.9　592p　15cm　（創元SF文庫）　1500円　ⓘ978-4-488-75702-1

鳥美山 貴子　とりみやま・たかこ＊
　2642　「黒と白の対角線～おりがみおとぎ草子～」
　　◇講談社児童文学新人賞（第62回/令3年/新人賞）
　　　「黒紙の魔術師と白銀（しろがね）の龍」　講談社　2022.9　206p　20cm　1400円　ⓘ978-4-06-528820-7
　　　※受賞作を改題
　2643　「黒紙の魔術師と白銀の龍」
　　◇日本児童文学者協会新人賞（第56回/令5年）
　　　「黒紙の魔術師と白銀（しろがね）の龍」　講談社　2022.9　206p　20cm　1400円　ⓘ978-4-06-528820-7

鳥山 まこと　とりやま・まこと＊
　2644　「あるもの」
　　◇三田文学新人賞（第29回/令5年/小説部門）

ドルレアン, マリー
　2645　「夜をあるく」
　　◇日本絵本賞（第27回/令4年/日本絵本賞翻訳絵本賞）
　　　「夜をあるく」　マリー・ドルレアン作, よしいかずみ訳　BL出版　2021.11　〔32p〕　28cm　1600円　ⓘ978-4-7764-1031-7

泥ノ田 犬彦　どろのだ・いぬひこ＊
　2646　「君と宇宙を歩くために」
　　◇マンガ大賞（2024/令6年/大賞）
　　　「君と宇宙を歩くために　1」　講談社　2023.11　206p　19cm　（アフタヌーンKC）　860円　ⓘ978-4-06-533487-4
　　　「君と宇宙を歩くために　2」　講談社　2024.5　190p　19cm　（アフタヌーンKC）　690円　ⓘ978-4-06-535388-2
　　　「君と宇宙を歩くために　3」　講談社　2024.10　172p　19cm　（アフタヌーンKC）　690円　ⓘ978-4-06-537200-5

トロル
　2647　「おしりたんてい ラッキーキャットはだれのてに！」
　　　◇小学生がえらぶ！ "こどもの本"総選挙 （第2回/令2年/第8位）
　　　　「おしりたんてい ラッキーキャットはだれのてに！」 ポプラ社　2019.8　87p　22cm（おしりたんていシリーズ―おしりたんていファイル 9）980円　①978-4-591-16355-9

【な】

内藤　花六　ないとう・かろく＊
　2648　「アルプス一万尺」
　　　◇日本伝統俳句協会賞 （第34回/令5年）

内藤　賢一　ないとう・けんいち＊
　2649　「父の机」
　　　◇啄木・賢治のふるさと「岩手日報随筆賞」（第19回/令6年/佳作）

内藤　まゆこ　ないとう・まゆこ＊
　2650　「すべてはその日のために」
　　　◇優駿エッセイ賞 （2024〔第40回〕/令6年/佳作（GⅢ））

内藤　裕子　ないとう・ゆうこ＊
　2651　「カタブイ、1972」
　　　◇鶴屋南北戯曲賞 （第26回/令4年度）

内藤　陽介　ないとう・ようすけ＊
　2652　「東京五輪の郵便学」
　　　◇河上肇賞 （第16回/令2年/本賞）

直島　翔　なおしま・しょう＊
　2653　「転がる検事に苔むさず」
　　　◇警察小説大賞 （第3回/令3年）
　　　　「転がる検事に苔むさず」 小学館　2021.9　316p　20cm　1600円　①978-4-09-386617-0
　　　　「転がる検事に苔むさず」 小学館　2024.3　364p　15cm （小学館文庫）770円　①978-4-09-407337-9

中　相作　なか・しょうさく＊
　2654　「江戸川乱歩年譜集成」
　　　◇日本推理作家協会賞 （第77回/令6年/評論・研究部門）
　　　　「江戸川乱歩年譜集成」 藍峯舎　2023.4　596, 33p　22cm （江戸川乱歩リファレンスブック 4）24000円

中　真生　なか・まお＊
　2655　「生殖する人間の哲学―「母性」と血縁を問いなおす」
　　　◇サントリー学芸賞 （第44回/令4年度/思想・歴史部門）
　　　　「生殖する人間の哲学―「母性」と血縁を問いなおす」 勁草書房　2021.8　277, 12p　20cm　3200円　①978-4-326-15479-1

中　真大　なか・まさひろ＊
　2656　「無駄花」
　　　◇小説現代長編新人賞 （第14回/令2年/奨励賞）
　　　　「無駄花」 講談社　2020.9　251p　20cm　1500円　①978-4-06-520330-9

那賀 教史　なか・みちふみ＊
　2657　「故郷の記憶 上巻 祈りと結いの民俗/下巻 生業と交流の民俗」
　　◇日本自費出版文化賞　(第23回/令2年/大賞/地域文化部門)
　　　「祈りと結いの民俗」　鉱脈社　2018.8　265p　19cm　(みやざき文庫―故郷の記憶 上巻)　2000円
　　　　①978-4-86061-702-8
　　　「生業と交流の民俗」　鉱脈社　2018.8　266p　19cm　(みやざき文庫―故郷の記憶 下巻)　2000円
　　　　①978-4-86061-703-5

永井 昂　ながい・こう＊
　2658　「タケオとメニー」
　　◇ちゅうでん児童文学賞　(第25回/令4年度/さくら賞)
　　　「タケオとメニー――第25回「ちゅうでん児童文学賞」さくら賞受賞作品」　ちゅうでん教育振興財団
　　　　2023.3　89p　21cm

永井 紗耶子　ながい・さやこ＊
　2659　「商う狼―江戸商人 杉本茂十郎―」
　　◇新田次郎文学賞　(第40回/令3年)
　　　「商う狼―江戸商人杉本茂十郎―」　新潮社　2020.6　297p　20cm　1700円　①978-4-10-352022-1
　　　「商う狼―江戸商人杉本茂十郎―」　新潮社　2022.10　400p　16cm　(新潮文庫)　710円　①978-4-10-
　　　　102882-8
　2660　「木挽町のあだ討ち」
　　◇直木三十五賞　(第169回/令5年上)
　　◇山本周五郎賞　(第36回/令5年)
　　　「木挽町のあだ討ち」　新潮社　2023.1　267p　20cm　1700円　①978-4-10-352023-8

中井 スピカ　なかい・すぴか＊
　2661　「空であって窓辺」
　　◇歌壇賞　(第33回/令3年)
　　　「ネクタリン―歌集」　本阿弥書店　2023.7　171p　19cm　(塔21世紀叢書 第428篇)　2400円　①978-4-
　　　　7768-1643-0
　　　※受賞作を収録
　2662　「ネクタリン」
　　◇日本歌人クラブ新人賞　(第30回/令6年)
　　　「ネクタリン―歌集」　本阿弥書店　2023.7　171p　19cm　(塔21世紀叢書 第428篇)　2400円　①978-4-
　　　　7768-1643-0

仲井 英之　なかい・ひでゆき＊
　2663　「出世払いの約束」
　　◇随筆にっぽん賞　(第14回/令6年/随筆にっぽん賞)

永井 みみ　ながい・みみ＊
　2664　「ミシンと金魚」
　　◇すばる文学賞　(第45回/令3年)
　　　「ミシンと金魚」　集英社　2022.2　138p　20cm　1400円　①978-4-08-771786-0
　　　「ミシンと金魚」　集英社　2024.5　169p　16cm　(集英社文庫)　550円　①978-4-08-744645-6

中井 遼　なかい・りょう＊
　2665　「欧州の排外主義とナショナリズム―調査から見る世論の本質」
　　◇サントリー学芸賞　(第43回/令3年度/政治・経済部門)
　　　「欧州の排外主義とナショナリズム―調査から見る世論の本質」　新泉社　2021.3　303p　19cm　2800
　　　　円　①978-4-7877-2102-0

永方 佑樹　ながえ・ゆうき＊
　2666　「不在都市」
　　◇歴程新鋭賞　（第30回／令1年）
　　　「不在都市」　思潮社　2018.10　112p　21cm　2200円　Ⓘ978-4-7837-3631-8

長江 優子　ながえ・ゆうこ＊
　2667　「サンドイッチクラブ」
　　◇産経児童出版文化賞　（第68回／令3年／フジテレビ賞）
　　　「サンドイッチクラブ」　岩波書店　2020.6　237p　20cm　1500円　Ⓘ978-4-00-116024-6

中尾 加代　なかお・かよ
　2668　「理科室へ続く廊下が長くって赤い消火器目印にする」
　　◇角川全国短歌大賞　（第13回／令3年／題詠「火」／大賞）

長尾 洋子　ながお・ようこ＊
　2669　「越中おわら風の盆の空間誌」
　　◇芸術選奨　（第70回／令1年度／評論等部門／文部科学大臣新人賞）
　　　「越中おわら風の盆の空間誌―〈うたの町〉からみた近代」　ミネルヴァ書房　2019.8　328, 5p　22cm　5500円　Ⓘ978-4-623-08528-6

中上 竜志　なかがみ・りゅうし＊
　2670　「散り花」
　　◇日経小説大賞　（第14回／令4年）
　　　「散り花」　日経BP日本経済新聞出版, 日経BPマーケティング（発売）　2023.2　335p　20cm　1600円　Ⓘ978-4-296-11742-0

中川 朝子　なかがわ・あさこ＊
　2671　「息ができない」
　　◇大阪女性文芸賞　（第39回／令3年）

なかがわ ちひろ
　2672　「やまの動物病院」
　　◇ひろすけ童話賞　（第33回／令5年）
　　　「やまの動物病院」　徳間書店　2022.8　63p　22cm　1700円　Ⓘ978-4-19-865503-7

中川 ちひろ　なかがわ・ちひろ
　2673　「大槻圭子 Primitive」
　　◇造本装幀コンクール　（第55回／令3年／日本印刷産業連合会会長賞）
　　　「大槻圭子 Primitive」　大槻圭子著　求龍堂　2021.3　19×31cm　3000円　Ⓘ978-4-7630-2105-2

中川 裕規　なかがわ・ひろき
　2674　「お粋に花咲く」
　　◇創作テレビドラマ大賞　（第46回／令3年／佳作）

中川 ひろたか　なかがわ・ひろたか＊
　2675　「おれ、よびだしになる」
　　◇日本子どもの本研究会「作品賞」　（第4回／令2年）
　　　「おれ、よびだしになる」　中川ひろたか文, 石川えりこ絵　アリス館　2019.12　〔32p〕　28cm　1400円　Ⓘ978-4-7520-0908-5

中川 祐樹　なかがわ・ゆうき
　2676　「どうして だと 思う？」
　　◇MOE創作絵本グランプリ　（第10回／令3年／佳作）

2677 「ミミ・ミギーとミミ・ヒダリーです」
　◇MOE創作絵本グランプリ（第11回/令4年/佳作）
2678 「ポピーのきもち」
　◇MOE創作絵本グランプリ（第12回/令5年/佳作）

中川　陽介　　なかがわ・ようすけ＊
2679 「笑顔の理由」
　◇地上文学賞（第69回/令3年度）

永窪　綾子　　ながくぼ・あやこ＊
2680 「きまぐれ ねこ殿」
　◇三越左千夫少年詩賞（第28回/令6年/特別賞）
　　※「きまぐれ ねこ殿」(自費出版、2024年発行)

中込　乙寧　　なかごめ・おとね
2681 「なみだのいけ」
　◇えほん大賞（第21回/令3年/ストーリー部門/優秀賞）

中澤　晶子　　なかざわ・しょうこ＊
2682 「ひろしまの満月」
　◇産経児童出版文化賞（第70回/令5年/産経新聞社賞）
　　「ひろしまの満月」 中澤晶子作, ささめやゆき絵　小峰書店　2022.6　62p　22cm　1200円　①978-4-338-19243-9

中澤　泉汰　　なかざわ・せんた＊
2683 「きみを死なせないための物語」
　◇星雲賞（第52回/令3年/コミック部門）
　　「きみを死なせないための物語（ストーリア）　1〜9」 吟鳥子著, 中澤泉汰作画協力　秋田書店　2017.4〜2021.8　18cm（BONITA COMICS）

永澤　幸治　　ながさわ・ゆきはる＊
2684 「賑やかな消滅」
　◇小野十三郎賞（第22回/令2年/詩集部門/小野十三郎賞）
　　※「賑やかな消滅」(自費出版、2020年発行)

中嶋　亜季　　なかじま・あき＊
2685 「笑顔のハンカチ」
　◇ENEOS童話賞（第52回/令3年度/小学生以下の部/最優秀賞）
　　※「童話の花束 その52」に収録

中嶋　泉　　なかじま・いずみ＊
2686 「アンチ・アクション―日本戦後絵画と女性画家」
　◇サントリー学芸賞（第42回/令2年度/芸術・文学部門）
　◇女性史青山なを賞（第35回/令2年度）
　　「アンチ・アクション―日本戦後絵画と女性画家」 ブリュッケ, 星雲社（発売）　2019.9　362p　22cm　3800円　①978-4-434-26469-6

中嶋　香織　　なかじま・かおり＊
2687 「王さまのお菓子」
　◇造本装幀コンクール（第55回/令3年/出版文化産業振興財団賞）
　　「王さまのお菓子」 石井睦美文, くらはしえい絵　世界文化ブックス, 世界文化社（発売）　2021.12　28cm　1500円　①978-4-418-21822-6

中島 京子　なかじま・きょうこ＊
　2688　「夢見る帝国図書館」
　　　◇紫式部文学賞　(第30回／令2年)
　　　　「夢見る帝国図書館」　文藝春秋　2019.5　404p　20cm　1850円　①978-4-16-391020-8
　　　　「夢見る帝国図書館」　文藝春秋　2022.5　462p　16cm　(文春文庫)　810円　①978-4-16-791872-9
　2689　「ムーンライト・イン」
　　　◇芸術選奨　(第72回／令3年度／文学部門／文部科学大臣賞)
　　　　「ムーンライト・イン」　KADOKAWA　2021.3　326p　20cm　1700円　①978-4-04-111078-2
　　　　「ムーンライト・イン」　KADOKAWA　2023.12　389p　15cm　(角川文庫)　900円　①978-4-04-114377-3
　2690　「やさしい猫」
　　　◇芸術選奨　(第72回／令3年度／文学部門／文部科学大臣賞)
　　　◇吉川英治文学賞　(第56回／令4年度)
　　　　「やさしい猫」　中央公論新社　2021.8　410p　20cm　1900円　①978-4-12-005455-6
　　　　「やさしい猫」　中央公論新社　2024.7　546p　16cm　(中公文庫)　900円　①978-4-12-207539-9

長島 清美　ながしま・きよみ
　2691　「カラハフッ！」
　　　◇テレビ朝日新人シナリオ大賞　(第20回／令2年度／優秀賞／配信ドラマ部門)

中島 空　なかしま・くう＊
　2692　「境界のポラリス」
　　　◇講談社児童文学新人賞　(第61回／令2年／佳作)
　　　　「境界のポラリス」　講談社　2021.10　191p　20cm　1400円　①978-4-06-525761-6

中島 裕介　なかしま・ゆうすけ＊
　2693　「〈前衛〉と実作──生成AI時代に、人が短歌をつくること」
　　　◇現代短歌評論賞　(第41回／令5年　課題：現代短歌の当面する問題)

中島 雄太　なかじま・ゆうた
　2694　「手中一滴」
　　　◇造本装幀コンクール　(第54回／令2年／審査員奨励賞)
　　　　「山本昌男写真集 手中一滴」　山本昌男写真、秋山実盆栽・文、上田勢子翻訳　T&M Projects　2019.10　1冊　22×24cm　7800円　①978-4-909442-10-9

中島 リュウ　なかじま・りゅう＊
　2695　「砂漠海賊レイメイ様の逆ハー冒険航海日誌！(予定っ！)」
　　　◇小学館ライトノベル大賞　(第18回／令6年／優秀賞)　〈応募時〉N
　　　　「砂の海のレイメイ──七つの異世界、二つの太陽」　小学館　2024.7　341p　15cm　(ガガガ文庫)　780円　①978-4-09-453199-2
　　　　※受賞作を改題

長瀬 由美　ながせ・ゆみ＊
　2696　「源氏物語と平安朝漢文学」
　　　◇紫式部学術賞　(第21回／令2年)
　　　　「源氏物語と平安朝漢文学」　勉誠出版　2019.2　296, 13p　22cm　7000円　①978-4-585-29173-2

中空 萌　なかぞら・もえ＊
　2697　「知的所有権の人類学──現代インドの生物資源をめぐる科学と在来知」
　　　◇澁澤賞　(第47回／令2年)
　　　　「知的所有権の人類学──現代インドの生物資源をめぐる科学と在来知」　世界思想社　2019.2　293p　22cm　5200円　①978-4-7907-1727-0

永田 紅　ながた・こう＊
　2698　「いま二センチ」(歌集)
　　◇若山牧水賞　(第28回/令5年)
　　　「いま二センチ―永田紅歌集」　砂子屋書房　2023.3　219p　22cm　(塔21世紀叢書 第363篇)　3000円　①978-4-7904-1856-6

仲田 詩魚　なかた・しお＊
　2699　「つま先立ちで暗闇を」
　　◇ポプラ社小説新人賞　(第10回/令2年/奨励賞)

永田 淳　ながた・じゅん＊
　2700　「光の鱗」(歌集)
　　◇佐藤佐太郎短歌賞　(第10回/令5年)
　　　「光の鱗―永田淳歌集」　朔出版　2023.2　203p　20cm　(塔21世紀叢書 第422篇)　3000円　①978-4-908978-81-4

永田 祥二　ながた・しょうじ
　2701　「天気雨」
　　◇地上文学賞　(第68回/令2年度/佳作)

なかた 秀子　なかた・ひでこ＊
　2702　「名前をかえします」
　　◇日産 童話と絵本のグランプリ　(第36回/令1年度/童話の部/優秀賞)
　　　※「第36回 日産 童話と絵本のグランプリ 童話・絵本入賞作品集」(大阪国際児童文学振興財団 2020年3月発行)に収録

永田 澄空　ながた・みそら＊
　2703　「御玉の里のモルナ」
　　◇ちゅうでん児童文学賞　(第24回/令3年度/奨励賞)

長多 良　ながた・りょう＊
　2704　「転生したら勇者しか抜けない剣が刺さった岩だった～勇者が来ないのでゴーレムになって自分で探しに行く！ ～」
　　◇集英社ライトノベル新人賞　(第13回/令5年/IP小説部門/#3 入選)

仲谷 実織　なかたに・みおり＊
　2705　「鬼灯の節句」
　　◇女による女のためのR-18文学賞　(第22回/令5年/優秀賞)

永塚 貞　ながつか・さだ
　2706　「草原に五歳の君をよびだして遊ばう大人の君に内緒で」
　　◇河野裕子短歌賞　(没後10年 第9回～家族を歌う～河野裕子短歌賞/令2年/家族の歌・愛の歌/河野裕子賞)

中塚 武　なかつか・たけし＊
　2707　「気候適応の日本史 人新世をのりこえる視点」
　　◇古代歴史文化賞　(第8回/令4年/優秀作品賞)
　　　「気候適応の日本史―人新世をのりこえる視点」　吉川弘文館　2022.3　246p　19cm　(歴史文化ライブラリー 544)　1800円　①978-4-642-05944-2

長月 東茉　ながつき・とうか＊
　2708　「悪夢屠りのBAKU」
　　◇小学館ライトノベル大賞　(第15回/令3年/優秀賞)
　　　「貘　獣の夢と眠り姫」　小学館　2021.7　359p　15cm　(ガガガ文庫)　660円　①978-4-09-453015-5

ながつき　　　　　　　　　　　　　　　　　　　　　　　　　　2709～2718

※受賞作を改題
「貘　2　真夏の来訪者」　小学館　2022.12　391p　15cm（ガガガ文庫）690円　①978-4-09-453051-3
「貘　3　夢と現実の境界」　小学館　2023.6　487p　15cm（ガガガ文庫）890円　①978-4-09-453130-5

長月　灰影　　ながつき・はいよう＊
2709　「かげの森」
　◇森林（もり）のまち童話大賞　（第7回／令4年／佳作）

中西　嘉宏　　なかにし・よしひろ＊
2710　「ロヒンギャ危機―「民族浄化」の真相」
　◇樫山純三賞　（第16回／令3年／一般書賞）
　◇サントリー学芸賞　（第43回／令3年度／政治・経済部門）
　「ロヒンギャ危機―「民族浄化」の真相」　中央公論新社　2021.1　252p　18cm（中公新書）880円
　①978-4-12-102629-3

中西　亮太　　なかにし・りょうた＊
2711　「あゐいろどき」
　◇俳句四季新人賞・新人奨励賞　（令6年／第7回　俳句四季新人奨励賞）

ナガノ
2712　「ちいかわ　なんか小さくてかわいいやつ」
　◇日本漫画家協会賞　（第53回／令6年度／大賞／萬画部門）
　「ちいかわ―なんか小さくてかわいいやつ　1～7」　講談社　2021.2～2024.11　21cm（ワイドKC）

永野　佳奈子　　ながの・かなこ＊
2713　「洗濯機でカナブンを洗ってしまった日」
　◇日本詩歌句随筆評論大賞　（第17回／令3年度／詩部門／奨励賞）
　「洗濯機でカナブンを洗ってしまった日―永野佳奈子詩集」　待望社　2020.9　135p　21cm　2000円
　①978-4-924891-98-2

長埜　恵　　ながの・けい＊
2714　「売れない地下アイドルの私ですが、唯一のファンが神様でした」
　◇カクヨムWeb小説短編賞　（2021／令3年／短編小説部門／短編特別賞）

永野　拓　　ながの・たく＊
2715　「悪友の有馬記念」
　◇優駿エッセイ賞　（2019〔第35回〕／令1年／佳作（GⅢ））

長野　徹　　ながの・とおる＊
2716　「動物奇譚集」
　◇須賀敦子翻訳賞　（第5回／令4年）
　「動物奇譚集」　ディーノ・ブッツァーティ著, 長野徹訳　東宣出版　2022.3　282p　19cm　2500円
　①978-4-88588-105-3

中野　正昭　　なかの・まさあき＊
2717　「ロージー・オペラと浅草オペラ」
　◇芸術選奨　（第73回／令4年度／評論等部門／文部科学大臣賞）
　「ロージー・オペラと浅草オペラ―大正期翻訳オペラの興行・上演・演劇性」　森話社　2022.6　571p
　22cm　4900円　①978-4-86405-171-2

なかの　真実　　なかの・まみ＊
2718　「ねことことり」
　◇日本絵本賞　（第28回／令5年／日本絵本賞）
　◇親子で読んでほしい絵本大賞　（第5回／令6年／大賞）

「ねことことり」 たてのひろし作, なかの真実絵　世界文化ブックス, 世界文化社（発売）　2022.10　29cm 1500円　①978-4-418-22806-5

中野　怜奈　なかの・れいな＊

2719　「オール★アメリカン★ボーイズ」
◇日本子どもの本研究会「作品賞」（第5回/令3年）
「オール★アメリカン★ボーイズ」　ジェイソン・レノルズ, ブレンダン・カイリー著, 中野怜奈訳　偕成社　2020.12　361p　19cm 1500円　①978-4-03-726980-7

中ノ瀬　祐馬　なかのせ・ゆうま＊

2720　「マザーツリー　森に隠された「知性」をめぐる冒険」
◇造本装幀コンクール（第57回/令5年/日本書籍出版協会理事長賞/専門書（人文社会科学書・自然科学書等）部門）
「マザーツリー―森に隠された「知性」をめぐる冒険」　スザンヌ・シマード著, 三木直子訳　ダイヤモンド社　2023.1　573p 図版16p　19cm 2200円　①978-4-478-10700-3

中乃森　豊　なかのもり・ゆたか＊

2721　「父の化石頭」
◇坊っちゃん文学賞（第18回/令3年/佳作）

2722　「野次馬スター」
◇坊っちゃん文学賞（第19回/令4年/佳作）

中橋　幸子　なかはし・ゆきこ＊

2723　「ビィビィ」
◇日産　童話と絵本のグランプリ（第39回/令4年度/絵本の部/優秀賞）
※「第39回 日産 童話と絵本のグランプリ 童話・絵本入賞作品集」（大阪国際児童文学振興財団 2023年3月発行）に収録

長濱　亮祐　ながはま・りょうすけ＊

2724　「道々、みち子」
◇城戸賞（第49回/令5年/準入賞）

中原　賢治　なかはら・けんじ＊

2725　「終の棲みか」
◇労働者文学賞（第33回/令3年/詩部門/佳作）

2726　「ニワトリ」
◇部落解放文学賞（第48回/令3年/詩部門/部落解放文学賞）

2727　「ひとつの春」
◇部落解放文学賞（第48回/令3年/詩部門/部落解放文学賞）

2728　「かくれんぼ」
◇労働者文学賞（第34回/令4年/詩部門/佳作）

永原　皓　ながはら・こう＊

2729　「コーリング・ユー」
◇小説すばる新人賞（第34回/令3年）
「コーリング・ユー」　集英社　2022.2　243p　20cm 1600円　①978-4-08-771787-7
「コーリング・ユー」　集英社　2024.2　316p　16cm（集英社文庫）700円　①978-4-08-744618-0

中原　尚哉　なかはら・なおや＊

2730　「ジーマ・ブルー」
◇星雲賞（第52回/令3年/海外短編部門（小説））
「2000年代海外SF傑作選」　橋本輝幸編, Ellen Klagesほか著　早川書房　2020.11　474p　16cm（ハ

ヤカワ文庫 SF） 1160円　①978-4-15-012306-2
※受賞作を収録

2731　「マーダーボット・ダイアリー」（上・下）（マーサ・ウェルズ著）
◇日本翻訳大賞（第7回/令3年）
「マーダーボット・ダイアリー　上」マーサ・ウェルズ著, 中原尚哉訳　東京創元社　2019.12　305p
15cm　（創元SF文庫）1000円　①978-4-488-78001-2
「マーダーボット・ダイアリー　下」マーサ・ウェルズ著, 中原尚哉訳　東京創元社　2019.12　350p
15cm　（創元SF文庫）1040円　①978-4-488-78002-9

仲程　昌徳　なかほど・まさのり*
2732　「沖縄 ことば咲い渡り（さくら、あお、みどり）」（全3巻）
◇地方出版文化功労賞（第34回/令3年/特別賞）
「沖縄ことば咲い渡り―さくら」外間守善, 仲程昌徳, 波照間永吉著　ボーダーインク　2020.7　323p
15cm　2200円　①978-4-89982-383-4
「沖縄ことば咲い渡り―あお」外間守善, 仲程昌徳, 波照間永吉著　ボーダーインク　2020.7　323p
15cm　2200円　①978-4-89982-384-1
「沖縄ことば咲い渡り―みどり」外間守善, 仲程昌徳, 波照間永吉著　ボーダーインク　2020.7　321p
15cm　2200円　①978-4-89982-385-8

長嶺　幸子　ながみね・さちこ*
2733　「Aサインバー」
◇山之口貘賞（第43回/令2・3年）
「Aサインバー―詩集」詩遊社　2021.4　98p　21cm　（詩遊叢書 31）2000円　①978-4-916139-39-9

永峰　自ゆウ　ながみね・じゆう*
2734　「彼女は俺の妹で友達だ」
◇講談社ラノベ文庫新人賞（第14回/令4年4月発表/佳作）〈受賞時〉月城 自ゆウ
「コミュ症なクラスメイトと友達になったら生き別れの妹だった」講談社　2023.1　309p　15cm　（講談社ラノベ文庫）700円　①978-4-06-529049-1
※受賞作を改題

永峰　涼　ながみね・りょう*
2735　「自然を再生させたイエローストーンのオオカミたち」
◇日本子どもの本研究会「作品賞」（第6回/令4年）
「自然を再生させたイエローストーンのオオカミたち」キャサリン・バー文, ジェニ・デズモンド絵, 永峯涼訳, 幸島司郎, 植田彩子容子監修　化学同人　2021.10　48p　32cm　1900円　①978-4-7598-2223-6

中村　秋人　なかむら・あきと*
2736　「天地透く」
◇日本詩歌句随筆評論大賞（第20回/令6年度/俳句部門/東京四季出版社賞）
「天地透く―句集」文學の森　2024.2　221p　20cm　2700円　①978-4-86737-190-9

中村　育　なかむら・いく*
2737　「風は吹く、無数の朝」
◇笹井宏之賞（第5回/令4年/個人賞/大森静佳賞）
「ねむらない樹　Vol. 10」書肆侃侃房　2023.2　268p　21cm　（短歌ムック）1500円　①978-4-86385-562-5
※受賞作を収録

中村　公也　なかむら・きみや*
2738　「リンケージ外交戦術―アラビア湾の架け橋となった日本人―」
◇日本自費出版文化賞（第23回/令2年/特別賞/個人誌部門）
「リンケージ外交戦術―アラビア湾の架け橋となった日本人」ごま書房新社　2020.1　286p　20cm　1500円　①978-4-341-17237-4

中村 亨一　なかむら・きょういち＊
2739　「海の上の建築革命 ― 近代の相克が生んだ超技師の未来都市〈軍艦島〉―」
◇地方出版文化功労賞（第34回/令3年/奨励賞）
「海の上の建築革命―近代の相克が生んだ超技師の未来都市〈軍艦島〉」　忘羊社　2020.9　266p　20cm　2400円　①978-4-907902-25-4

中村 清子　なかむら・きよこ
2740　「祖母と暮らして」
◇啄木・賢治のふるさと「岩手日報随筆賞」（第17回/令4年/佳作）

中村 くるみ　なかむら・くるみ
2741　「レタスかキャベツかわからない」
◇えほん大賞（第25回/令5年/ストーリー部門/優秀賞）

中村 慶子（劉芳）　なかむら・けいこ（りゅうふぁん）＊
2742　「私の半世紀 二つの国に生きて」
◇部落解放文学賞（第48回/令3年/記録・表現部門/部落解放文学賞）

中村 謙一　なかむら・けんいち
2743　「二人の劇団」
◇創作テレビドラマ大賞（第47回/令4年/佳作）

中村 沙奈　なかむら・さな＊
2744　「ふたりだけの深大寺」
◇深大寺短編恋愛小説『深大寺恋物語』（第17回/令3年/調布市長賞）
※深大寺短編恋愛小説「深大寺恋物語」第十七集に収録

中村 重義　なかむら・しげよし
2745　「製鉄所で四十一年働いて鉄分不足と医師に言われぬ」
◇角川全国短歌大賞（第15回/令5年/自由題/準賞）

中村 督　なかむら・ただし＊
2746　「言論と経営―戦後フランス社会における「知識人の雑誌」」
◇渋沢・クローデル賞（第38回/令3年度/日本側 本賞）
◇日本出版学会賞（第43回/令3年度/奨励賞）
「言論と経営―戦後フランス社会における「知識人の雑誌」」　名古屋大学出版会　2021.3　348, 86p　22cm　5400円　①978-4-8158-1022-1

中村 哲郎　なかむら・てつろう＊
2747　「評話集 勘三郎の死」
◇読売文学賞（第72回/令2年/随筆・紀行賞）
「勘三郎の死―劇場群像と舞台回想：評話集」　中央公論新社　2020.7　404p　20cm　3000円　①978-4-12-005321-4

仲村 燈　なかむら・とう＊
2748　「桎梏の雪」
◇小説現代長編新人賞（第15回/令3年/奨励賞）
「桎梏の雪」　講談社　2021.7　267p　20cm　1650円　①978-4-06-523767-0

中村 達　なかむら・とおる＊
2749　「私が諸島である―カリブ海思想入門」
◇サントリー学芸賞（第46回/令6年度/思想・歴史部門）
「私が諸島である―カリブ海思想入門」　書肆侃侃房　2023.12　343p　20cm　2300円　①978-4-86385-601-1

中村　友隆　なかむら・ともたか
　2750　「はなことば」
　　◇啄木・賢治のふるさと「岩手日報随筆賞」（第15回/令2年/佳作）

中村　遥　なかむら・はるか＊
　2751　「その色」
　　◇現代俳句協会年度作品賞（第22回/令3年）

中村　ヒカル　なかむら・ひかる＊
　2752　「どんなにかさみしいだろうドーナツをふたつに割ってなくなった穴」
　　◇角川全国短歌大賞（第14回/令4年/自由題/大賞）

中村　均　なかむら・ひとし＊
　2753　「ああ、息子よ」
　　◇啄木・賢治のふるさと「岩手日報随筆賞」（第16回/令3年/佳作）

中村　文則　なかむら・ふみのり＊
　2754　「列」
　　◇野間文芸賞（第77回/令6年）
　　「列」　講談社　2023.10　157p　20cm　1400円　①978-4-06-533339-6

中村　允俊　なかむら・まさとし＊
　2755　「パニックコマーシャル」
　　◇フジテレビヤングシナリオ大賞（第31回/令1年/大賞）

中村　真里子　なかむら・まりこ＊
　2756　「光をつなぐ」
　　◇小川未明文学賞（第30回/令3年/優秀賞/長編部門）

中村　元昭　なかむら・もとあき＊
　2757　「Happy people make…」
　　◇優駿エッセイ賞（2022〔第38回〕/令4年/佳作（GⅢ））

仲村　ゆうな　なかむら・ゆうな
　2758　「今度選ぶなら君にしたい」
　　◇城戸賞（第48回/令4年/佳作）

中村　友香　なかむら・ゆか＊
　2759　「病いの会話―ネパールで糖尿病を共に生きる」
　　◇樫山純三賞（第17回/令4年/学術書賞）
　　「病いの会話―ネパールで糖尿病を共に生きる」　京都大学学術出版会　2022.2　383p　22cm　4300円
　　①978-4-8140-0394-5

中村　豊　なかむら・ゆたか＊
　2760　「十七歳の航海図」
　　◇部落解放文学賞（第49回/令4年/小説部門/部落解放文学賞）
　　※「喧噪の街角で」に改題

中村　和太留　なかむら・わたる
　2761　「ゴッホとリラ」
　　◇えほん大賞（第23回/令4年/絵本部門/特別賞）

中本　浩平　なかもと・こうへい＊
　2762　「レシピのないレシピ」

◇日本自費出版文化賞 （第23回／令2年／特別賞／グラフィック部門）
「レシピのないレシピ　春夏」　Bit Beans　2019.1　231p　27cm　①978-4-9910054-1-1
「レシピのないレシピ　秋冬」　Bit Beans　2019.1　223p　27cm　①978-4-9910054-2-8

長本　満寿代　ながもと・ますよ
2763　「ゆっくりお話聞きます」
◇森林（もり）のまち童話大賞 （第7回／令4年／佳作）

長山　久竜　ながやま・くりゅう＊
2764　「億千CRYSTAL」
◇電撃大賞〔電撃小説大賞〕 （第30回／令5年／銀賞）
「星が果てても君は鳴れ」　KADOKAWA　2024.8　319p　15cm（電撃文庫）　700円　①978-4-04-915526-6
※受賞作を改題

中山　聖子　なかやま・せいこ＊
2765　「雷のあとに」
◇日本児童文芸家協会賞 （第45回／令3年）
「雷のあとに」　中山聖子作, 岡本よしろう絵　文研出版　2020.1　197p　20cm（文研じゅべにーる）　1400円　①978-4-580-82390-7

中山　夏樹　なかやま・なつき＊
2766　「異国の古書店」
◇ちよだ文学賞 （第15回／令2年／大賞）
※「ちよだ文学賞作品集 第15回」（千代田区地域振興部文化振興課 2020年10月発行）に収録

長山　靖生　ながやま・やすお＊
2767　「モダニズム・ミステリの時代 探偵小説が新感覚だった頃」
◇本格ミステリ大賞 （第20回／令2年／評論・研究部門）
「モダニズム・ミステリの時代—探偵小説が新感覚だった頃」　河出書房新社　2019.8　301p　20cm　3200円　①978-4-309-02809-5

仲村渠　ハツ　なかんだかり・はつ＊
2768　「辺野古バスに乗って」
◇日本自費出版文化賞 （第27回／令6年／部門入賞／小説部門）
※「辺野古バスに乗って」（自費出版, 2018年発行）

凪　なぎ＊
2769　「人類すべて俺の敵」
◇スニーカー大賞 （第28回／令4年／大賞）〈受賞時〉青葉　竜胆
「人類すべて俺の敵」　KADOKAWA　2024.2　333p　15cm（角川スニーカー文庫）　720円　①978-4-04-114466-4
「人類すべて俺の敵 2」　KADOKAWA　2024.12　329p　15cm（角川スニーカー文庫）　720円　①978- 4-04-115228-7

凪乃　彼方　なぎの・かなた＊
2770　「先輩と呼んでくれる女の子は後輩だけとは限らない」
◇MF文庫Jライトノベル新人賞 （第16回／令2年／佳作）〈受賞時〉凪の彼方
「同い年の先輩が好きな俺は、同じクラスの後輩に懐かれています」　KADOKAWA　2020.11　325p　15cm（MF文庫J）　640円　①978-4-04-680073-2
※受賞作を改題
「同い年の先輩が好きな俺は、同じクラスの後輩に懐かれています　2」　KADOKAWA　2021.3　293p　15cm（MF文庫J）　680円　①978-4-04-680328-3

凪良 ゆう　なぎら・ゆう＊
　2771　「流浪の月」
　　　◇本屋大賞（第17回／令2年／大賞）
　　　　「流浪の月」　東京創元社　2019.8　313p　20cm　1500円　①978-4-488-02802-2
　　　　「流浪の月」　東京創元社　2022.2　355p　15cm（創元文芸文庫）740円　①978-4-488-80301-8
　2772　「滅びの前のシャングリラ」
　　　◇本屋大賞（第18回／令3年／7位）
　　　　「滅びの前のシャングリラ」　中央公論新社　2020.10　330p　20cm　1550円　①978-4-12-005340-5
　　　　「滅びの前のシャングリラ」　中央公論新社　2024.1　389p　16cm（中公文庫）820円　①978-4-12-207471-2
　2773　「汝、星のごとく」
　　　◇本屋大賞（第20回／令5年／大賞）
　　　　「汝、星のごとく」　講談社　2022.8　344p　20cm　1600円　①978-4-06-528149-9
　2774　「星を編む」
　　　◇本屋大賞（第21回／令6年／8位）
　　　　「星を編む」　講談社　2023.11　285p　20cm　1600円　①978-4-06-532786-9

名久井 直子　なくい・なおこ＊
　2775　「てんとう虫コミックス『ドラえもん』豪華愛蔵版全45巻セット「100年ドラえもん」」
　　　◇造本装幀コンクール（第54回／令2年／日本書籍出版協会理事長賞／生活実用書・文庫・新書・コミック・その他部門）
　　　　「ドラえもん」　藤子・F・不二雄著　小学館　2020.12　48冊　19cm（100年ドラえもん）①978-4-09-179333-1（set）
　2776　「遠慮深いうたた寝」
　　　◇造本装幀コンクール（第55回／令3年／日本書籍出版協会理事長賞／文学・文芸（エッセイ）部門）
　　　　「遠慮深いうたた寝」　小川洋子著　河出書房新社　2021.11　243p　20cm　1550円　①978-4-309-03003-6
　2777　「藤子・F・不二雄SF短編コンプリート・ワークス 愛蔵版1」
　　　◇造本装幀コンクール（第57回／令5年／日本書籍出版協会理事長賞／生活実用書・文庫・新書・コミック・その他部門）
　　　　「藤子・F・不二雄SF短編コンプリート・ワークス─Ultimate Edition〈愛蔵版〉　1　ミノタウロスの皿」　藤子・F・不二雄著　小学館　2023.6　301p　26cm　4345円　①978-4-09-179407-9

奈倉 有里　なぐら・ゆり＊
　2778　「アレクサンドル・ブローク 詩学と生涯」
　　　◇サントリー学芸賞（第44回／令4年度／芸術・文学部門）
　　　　「アレクサンドル・ブローク─詩学と生涯」　未知谷　2021.11　414p　20cm　4500円　①978-4-89642-652-6
　2779　「夕暮れに夜明けの歌を 文学を探しにロシアに行く」
　　　◇紫式部文学賞（第32回／令4年）
　　　　「夕暮れに夜明けの歌を─文学を探しにロシアに行く」　イースト・プレス　2021.10　269p　20cm　1800円　①978-4-7816-2012-1

名古屋大学出版会　なごやだいがくしゅっぱんかい＊
　2780　「世俗の時代」（上・下）
　　　◇日本翻訳出版文化賞（第56回／令2年度）
　　　　「世俗の時代　上」　チャールズ・テイラー著，千葉眞監訳，木部尚志ほか訳　名古屋大学出版会　2020.6　499,40p　22cm　8000円　①978-4-8158-0988-1
　　　　「世俗の時代　下」　チャールズ・テイラー著，千葉眞監訳，石川涼子ほか訳　名古屋大学出版会　2020.

6 p502〜940, 56p 22cm 8000円 ⓘ978-4-8158-0989-8

鉈手 璃彩子　なたで・りさこ＊
2781 「鬼妃秘記（キヒヒキ）」
　◇カクヨムWeb小説コンテスト （第7回／令4年／ホラー部門／特別賞） 〈受賞時〉鉈手ココ
　「鬼妃―「愛してる」は、怖いこと」 KADOKAWA 2023.1 375p 15cm （メディアワークス文庫） 720円 ⓘ978-4-04-914826-8
　※受賞作を改題

夏色 青空　なついろ・あおぞら＊
2782 「母親がエロラノベ大賞受賞して人生詰んだ」
　◇ファンタジア大賞 （第33回／令2年／銀賞）
　「母親がエロラノベ大賞受賞して人生詰んだ―せめて息子のラブコメにまざらないでください」 KADOKAWA 2021.1 301p 15cm （富士見ファンタジア文庫） 650円 ⓘ978-4-04-073961-8
　「母親がエロラノベ大賞受賞して人生詰んだ 2 せめて息子のラブコメに妹までまぜないでください」 KADOKAWA 2021.6 313p 15cm （富士見ファンタジア文庫） 720円 ⓘ978-4-04-074185-7

夏歌 沙流　なつうた・さる＊
2783 「死亡フラグは力でへし折れ！ 〜エロゲの悪役に転生したので、悪役らしくデバフで無双しようと思います〜」
　◇カクヨムWeb小説コンテスト （第8回／令5年／異世界ファンタジー部門／特別賞）
　「死亡フラグは力でへし折れ！―エロゲの悪役に転生したので、原作知識で無双していたらハーレムになっていました」 KADOKAWA 2024.6 277p 15cm （角川スニーカー文庫） 680円 ⓘ978-4-04-114971-3
　「死亡フラグは力でへし折れ！―エロゲの悪役に転生したので、原作知識で無双していたらハーレムになっていました 2」 KADOKAWA 2024.11 335p 15cm （角川スニーカー文庫） 760円 ⓘ978-4-04-115548-6

夏川 草介　なつかわ・そうすけ＊
2784 「スピノザの診察室」
　◇京都本大賞 （第12回／令6年）
　◇本屋大賞 （第21回／令6年／4位）
　「スピノザの診察室」 水鈴社, 文藝春秋（発売） 2023.10 287p 20cm 1700円 ⓘ978-4-16-401006-8

夏木 志朋　なつき・しほ＊
2785 「Bとの邂逅」
　◇ポプラ社小説新人賞 （第9回／令1年／新人賞） 〈受賞時〉宮本 志朋
　「ニキ」 ポプラ社 2020.9 316p 20cm 1500円 ⓘ978-4-591-16720-5
　※受賞作を改題
　「二木先生」 ポプラ社 2022.9 366p 16cm （ポプラ文庫） 780円 ⓘ978-4-591-17486-9
　※「ニキ」（2020年刊）の改題

夏嶋 クロエ　なつしま・くろえ＊
2786 「きみとぼくのトロイメライ」
　◇ジャンプ恋愛小説大賞 （第2回／令1年／読者賞）

ナット・オ・ダーグ, ニクラス
2787 「1794」「1795」
　◇日本推理作家協会賞 （第76回／令5年／翻訳部門（試行））
　「1794・1795」 ニクラス・ナット・オ・ダーグ著, ヘレンハルメ美穂訳 小学館 2022.9〜2022.10 15cm （小学館文庫）

夏乃実　なつのみ＊
2788 「恋人代行のバイトを始めた俺、なぜだろう……複数の美少女から指名依頼が入っ

なつふゆ

　　　てくる」
　　◇カクヨムWeb小説コンテスト（第5回/令2年/ラブコメ部門/特別賞）〈受賞時〉濃
　　　縮還元ぶどうちゃん
　　「恋人代行をはじめた俺、なぜか美少女の指名依頼が入ってくる」　KADOKAWA　2021.1　318p
　　　15cm（角川スニーカー文庫）660円　①978-4-04-110945-8
　　※受賞作を改題
　　「恋人代行をはじめた俺、なぜか美少女の指名依頼が入ってくる　2」　KADOKAWA　2021.5　255p
　　　15cm（角川スニーカー文庫）660円　①978-4-04-111290-8
　　「恋人代行をはじめた俺、なぜか美少女の指名依頼が入ってくる　3」　KADOKAWA　2021.11　254p
　　　15cm（角川スニーカー文庫）680円　①978-4-04-111860-3
2789　「やさ男、傲慢で性悪な侯爵家の一人息子（18歳）に転生する～ひっそり過ごすつ
　　　もりが学園の美人令嬢らに絡まれるようになる～」
　　◇カクヨムWeb小説コンテスト（第7回/令4年/ラブコメ（ライトノベル）部門/特別
　　　賞）〈受賞時〉夏乃実（旧）濃縮還元ぶどうちゃん
　　「貴族令嬢。俺にだけなつく」　KADOKAWA　2022.12　299p　15cm（富士見ファンタジア文庫）
　　　680円　①978-4-04-074842-9
　　※受賞作を改題
　　「貴族令嬢。俺にだけなつく　2」　KADOKAWA　2023.5　289p　15cm（富士見ファンタジア文庫）
　　　720円　①978-4-04-074976-1
　　「貴族令嬢。俺にだけなつく　3」　KADOKAWA　2023.10　275p　15cm（富士見ファンタジア文庫）
　　　760円　①978-4-04-075183-2
　　「貴族令嬢。俺にだけなつく　4」　KADOKAWA　2024.5　264p　15cm（富士見ファンタジア文庫）
　　　720円　①978-4-04-075413-0

夏冬　春秋　なつふゆ・はるあき＊
2790　「六里塚探偵事務所へようこそ」
　　◇ジャンプ小説新人賞（2020/令2年/テーマ部門「バディ」/銅賞）

夏美　なつみ＊
2791　「パートナー」
　　◇角川つばさ文庫小説賞（第8回/令1年/一般部門/銀賞）
　　「空神―空を飛び、風を起こす学校！　1」夏美作、ソノムラ絵　KADOKAWA　2021.2　223p
　　　18cm（角川つばさ文庫）660円　①978-4-04-632069-8
　　※受賞作を改題

夏山　かほる　なつやま・かおる＊
2792　「新・紫式部日記」
　　◇日経小説大賞（第11回/令1年）
　　「新・紫式部日記」日本経済新聞出版社　2020.2　227p　20cm　1600円　①978-4-532-17154-4
　　「新・紫式部日記」PHP研究所　2023.3　236p　15cm（PHP文芸文庫）800円　①978-4-569-90301-9

ナディ
2793　「ふるさとって呼んでもいいですか」
　　◇産経児童出版文化賞（第67回/令2年/ニッポン放送賞）
　　「ふるさとって呼んでもいいですか―6歳で「移民」になった私の物語」大月書店　2019.6　233p
　　　19cm　1600円　①978-4-272-33096-6

名取事務所　なとりじむしょ＊
2794　「慈善家―フィランスロピスト」（ニコラス・ビヨン作）
　　◇小田島雄志・翻訳戯曲賞（第16回/令5年）
2795　「占領の囚人たち」（パレスチナ人政治囚、エイナット・ヴァイツマン作）
　　◇小田島雄志・翻訳戯曲賞（第16回/令5年）
2796　「屠殺人 ブッチャー」（ニコラス・ビヨン作）

◇小田島雄志・翻訳戯曲賞（第16回/令5年）

なないろ みほ
2797 「とかげの涙」
　◇シナリオS1グランプリ（第38回/令2年春/準グランプリ）

ナナカ
2798 「「婚約破棄おめでとう」から始まった公爵令嬢の残念な婚活と、その結果」
　◇カクヨムWeb小説コンテスト（第9回/令6年/恋愛（ラブロマンス）部門/特別審査員賞）

七倉 イルカ　ななくら・いるか＊
2799 「大江戸怪物合戦 〜禽獣人譜〜」
　◇カクヨムWeb小説コンテスト（第9回/令6年/エンタメ総合部門/特別審査員賞）

七坂 稲　ななさか・いね＊
2800 「再生」
　◇「日本の劇」戯曲賞（2021/令3年/佳作）
2801 「海ではないから」
　◇「日本の劇」戯曲賞（2024/令6年/佳作）

七沢 ゆきの　ななさわ・ゆきの＊
2802 「ナンバーワンキャバ嬢、江戸時代の花魁と体が入れ替わったので、江戸でもナンバーワンを目指してみる 〜歴女で元ヤンは無敵です〜」
　◇カクヨムWeb小説コンテスト（第5回/令2年/キャラクター文芸部門/大賞）
　「江戸の花魁と入れ替わったので、花街の頂点を目指してみる」KADOKAWA　2021.1　261p　15cm（富士見L文庫）620円　①978-4-04-073912-0
　※受賞作を改題
　「江戸の花魁と入れ替わったので、花街の頂点を目指してみる　2」KADOKAWA　2021.11　249p　15cm（富士見L文庫）620円　①978-4-04-074319-6
　「江戸の花魁と入れ替わったので、花街の頂点を目指してみる　3」KADOKAWA　2022.9　231p　15cm（富士見L文庫）660円　①978-4-04-074643-2

七ツ樹 七香　ななつき・ななか＊
2803 「冬薔薇とカリヨン」
　◇深大寺短編恋愛小説『深大寺恋物語』（第16回/令2年/調布市長賞）
　※深大寺短編恋愛小説「深大寺恋物語」第十六集に収録

七都 にい　ななと・にい＊
2804 「三鬼ょうだいと私」
　◇集英社みらい文庫大賞（第10回/令2年/優秀賞）〈受賞時〉七海 仁衣
2805 「とりかえたなら」
　◇角川つばさ文庫小説賞（第9回/令2年/一般部門/金賞）
　「ふたごチャレンジ！―「フツウ」なんかブッとばせ!!」七都にい作, しめ子絵　KADOKAWA　2021.12　228p　18cm（角川つばさ文庫）660円　①978-4-04-632141-1
　※受賞作を改題
　「ふたごチャレンジ！　2　マスクの中に、かくしたキモチ？」七都にい作, しめ子絵　KADOKAWA　2022.4　212p　18cm（角川つばさ文庫）680円　①978-4-04-632142-8
　「ふたごチャレンジ！　3　進め！うちらのホワイト革命」七都にい作, しめ子絵　KADOKAWA　2022.8　218p　18cm（角川つばさ文庫）700円　①978-4-04-632177-0
　「ふたごチャレンジ！　4　ココロ揺らめく遊園地!?」七都にい作, しめ子絵　KADOKAWA　2023.1　190p　18cm（角川つばさ文庫）700円　①978-4-04-632202-9
　「ふたごチャレンジ！　5　ぜったいヒミツ!?試練の冬休み」七都にい作, しめ子絵　KADOKAWA

2023.5　186p　18cm（角川つばさ文庫）700円　Ⓟ978-4-04-632231-9
「ふたごチャレンジ！　6　キミに届け！カラフルな勇気」七都にい作,しめ子絵　KADOKAWA
2023.10　196p　18cm（角川つばさ文庫）720円　Ⓟ978-4-04-632249-4
「ふたごチャレンジ！　7　甘くてしょっぱい!?初チョコ作り」七都にい作,しめ子絵　KADOKAWA
2024.3　181p　18cm（角川つばさ文庫）720円　Ⓟ978-4-04-632283-8
「ふたごチャレンジ！　8　守ってつなげ！希望のバトン」七都にい作,しめ子絵　KADOKAWA
2024.7　180p　18cm（角川つばさ文庫）720円　Ⓟ978-4-04-632316-3

七野 りく　ななの・りく＊
2806 「篠原君ちのおうちごはん！　～ただ、隣に住んでいる女の同僚と毎晩、ご飯を食べる話～」
◇カクヨムWeb小説コンテスト（第6回/令3年/ラブコメ部門/ComicWalker漫画賞）

七海 仁衣　ななみ・にい　⇒七都 にい（ななと・にい）

七海 まち　ななみ・まち＊
2807 「デスコレ！―運命は、変えられる―」
◇角川つばさ文庫小説賞（第8回/令1年/一般部門/金賞）
「サキヨミ！―ヒミツの二人で未来を変える!?　1～13」七海まち作,駒形絵　KADOKAWA　2020.9
～2024.10　222p　18cm（角川つばさ文庫）
※受賞作を改題

七海 ルシア　ななみ・るしあ＊
2808 「ドラゴン最強王図鑑」
◇小学生がえらぶ！"こどもの本"総選挙（第4回/令6年/第8位）
「ドラゴン最強王図鑑―No.1決定トーナメント!!：トーナメント形式のバトル図鑑」健部伸明監修,なんばきび,七海ルシア イラスト　学研プラス　2022.3　143p　21cm　1200円　Ⓟ978-4-05-205540-9

斜田 章大　ななめだ・しょうた＊
2809 「**4047（ヨンゼロヨンナナ）**」
◇劇作家協会新人戯曲賞（第30回/令6年度/受賞作）
「4047―廃墟文藝部第八回本公演」〔廃墟文藝部〕〔2023〕134p　15cm

那西 崇那　なにし・たかな＊
2810 「歪み絶ちの殺人奴隷」
◇電撃大賞〔電撃小説大賞〕（第30回/令5年/金賞）
「蒼剣の歪み絶ち」KADOKAWA　2024.3　341p　15cm（電撃文庫）700円　Ⓟ978-4-04-915527-3
※受賞作を改題
「蒼剣の歪み絶ち　2　色無き自由の鉄線歌」KADOKAWA　2024.11　339p　15cm（電撃文庫）
800円　Ⓟ978-4-04-915804-5

なみえ
2811 「ころばぬ　さきのつえ」
◇えほん大賞（第23回/令4年/ストーリー部門/優秀賞）

波木 銅　なみき・どう＊
2812 「万事快調」
◇松本清張賞（第28回/令3年）
「万事快調（オール・グリーンズ）」文藝春秋　2021.7　309p　19cm　1400円　Ⓟ978-4-16-391396-4
「万事快調（オール・グリーンズ）」文藝春秋　2023.6　334p　16cm（文春文庫）820円　Ⓟ978-4-16-792055-5

苗村 吉昭　なむら・よしあき＊
2813 「民衆詩派ルネッサンス 実践版」
◇日本詩人クラブ詩界賞（第22回/令4年/特別賞）

「民衆詩派ルネッサンス―実践版：一般読者に届く現代詩のための詩論：評論集」 土曜美術社出版販売
　2021.11　373p　20cm 2500円　①978-4-8120-2651-9

納谷 衣美　なや・えみ
2814　「**COMPOST VOL.1**」
　◇造本装幀コンクール　（第54回／令2年／審査員奨励賞）
　　※「COMPOST」vol.01（京都市立芸術大学芸術資源研究センター紀要 2020年3月発行）

奈良 さわ　なら・さわ＊
2815　「レンタルくず」
　◇テレビ朝日新人シナリオ大賞　（第24回／令6年度／優秀賞）

成田 茂　なりた・しげる＊
2816　「氷晶の人 小笠原和夫」
　◇歴史浪漫文学賞　（第21回／令3年／研究部門優秀賞）
　　「氷晶の人―小笠原和夫―」　郁朋社　2021.11　202p　19cm 1100円　①978-4-87302-746-3

成東 志樹　なりとう・しき＊
2817　「透過色彩のサイカ」
　◇電撃大賞〔電撃小説大賞〕　（第29回／令4年／選考委員奨励賞）
　　「君が死にたかった日に、僕は君を買うことにした」　KADOKAWA　2023.7　207p　15cm（メディアワークス文庫）680円　①978-4-04-914861-9
　　※受賞作を改題

成瀬 なつき　なるせ・なつき＊
2818　「行路」
　◇やまなし文学賞　（第31回／令4年／青少年部門／やまなし文学賞青春賞佳作）

なるとし
2819　「悪役がいっぱい出てくるエロゲのキモデブ悪役貴族に転生した。痩せて、破滅回避し悪役達による犯罪を未然に防いでスローライフを目指す」
　◇カクヨムWeb小説コンテスト　（第8回／令5年／異世界ファンタジー部門／ComicWalker漫画賞）

鳴海 雪華　なるみ・せつか＊
2820　「青春ビターテロリズム」
　◇MF文庫Jライトノベル新人賞　（第18回／令4年／優秀賞）
　　「悪いコのススメ」　KADOKAWA　2022.12　327p　15cm（MF文庫J）660円　①978-4-04-681938-3
　　※受賞作を改題
　　「悪いコのススメ 2」　KADOKAWA　2023.3　263p　15cm（MF文庫J）680円　①978-4-04-682332-8

那波 雫玖　なわ・しずく＊
2821　「夢電話の案内人」
　◇青い鳥文庫小説賞　（第4回／令2年度／U-15部門／大賞）

南光 絵里子　なんこう・えりこ
2822　「千枚目へのプロローグ」
　◇深大寺短編恋愛小説『深大寺恋物語』　（第17回／令3年／審査特別賞）
　　※深大寺短編恋愛小説『深大寺恋物語』第十七集に収録

なんば きび
2823　「ドラゴン最強王図鑑」
　◇小学生がえらぶ！"こどもの本"総選挙　（第4回／令6年／第8位）

「ドラゴン最強王図鑑―No.1決定トーナメント!!：トーナメント形式のバトル図鑑」 健部伸明監修, なんばきび, 七海ルシア イラスト　学研プラス　2022.3　143p　21cm　1200円　①978-4-05-205540-9

南原 詠　なんばら・えい＊
2824　「バーチャリティ・フォール」
◇『このミステリーがすごい！』大賞　（第20回／令3年／大賞）
「特許やぶりの女王 弁理士・大鳳未来」 宝島社　2022.1　267p　19cm　1400円　①978-4-299-02436-7
※受賞作を改題
「特許やぶりの女王―弁理士・大鳳未来」 宝島社　2023.2　277p　16cm（宝島社文庫―このミス大賞）709円　①978-4-299-03916-3

【に】

にい まゆこ
2825　「のびちゃうから 食べなさい」
◇絵本テキスト大賞　（第14回／令3年／Bグレード／優秀賞）

新島 龍彦　にいじま・たつひこ＊
2826　「芝木好子小説集 新しい日々（緑）」
◇造本装幀コンクール　（第55回／令3年／日本印刷産業連合会会長賞）
「新しい日々―芝木好子小説集」 芝木好子著　書肆汽水域　2021.8　269p　18cm　2000円　①978-4-9908899-5-1

にいた
2827　「うちゅういちの たかいたかい」
◇書店員が選ぶ絵本新人賞　（2023／令5年／特別賞）
「うちゅういちのたかいたかい」 ホッシーナッキー作，〔にいた原案〕 中央公論新社　2024.4　26cm　1500円　①978-4-12-005774-8

新名 智　にいな・さとし＊
2828　「虚魚」
◇横溝正史ミステリ＆ホラー大賞　（第41回／令3年／大賞）
「虚魚」 KADOKAWA　2021.10　287p　20cm　1650円　①978-4-04-111885-6
「虚魚」 KADOKAWA　2024.11　320p　15cm（角川ホラー文庫）800円　①978-4-04-115451-9

新見 睦　にいみ・むつむ＊
2829　「新見睦の記憶画 描き残したい昭和―昭和の生活あるがまま 縮刷版―」
◇日本自費出版文化賞　（第25回／令4年／特別賞／個人誌部門）
※「新見睦の記憶画 描き残したい昭和―昭和の生活あるがまま 縮刷版―」（自費出版, 2021年発行）

二階堂 リトル　にかいどう・りとる
2830　「死神ネロは間違える」
◇講談社ラノベチャレンジカップ　（第8回／令1年／優秀賞）

nikata
2831　「ちゃんと死んでね？」
◇カクヨムWeb小説短編賞　（2021／令3年／短編小説部門／短編特別賞）

二木弓いうる　にきゆみいうる＊
2832　「魔王と女勇者が生まれ変わって、恋人になるまで」
◇講談社ラノベ文庫新人賞　（第18回／令6年4月発表／佳作）

西 加奈子　にし・かなこ＊
- 2833 「字のないはがき」
  - ◇親子で読んでほしい絵本大賞（第1回/令2年/大賞）
    - 「字のないはがき」　向田邦子原作, 角田光代文, 西加奈子絵　小学館　2019.5　28cm　1500円　①978-4-09-726848-2
- 2834 「夜が明ける」
  - ◇本屋大賞（第19回/令4年/6位）
    - 「夜が明ける」　新潮社　2021.10　407p　20cm　1850円　①978-4-10-307043-6
    - 「夜が明ける」　新潮社　2024.7　527p　16cm（新潮文庫）　850円　①978-4-10-134958-9
- 2835 「くもをさがす」
  - ◇読売文学賞（第75回/令5年/随筆・紀行賞）
    - 「くもをさがす」　河出書房新社　2023.4　252p　19cm　1400円　①978-4-309-03101-9

西 基央　にし・きお＊
- 2836 「【相談スレ】ワイ悪の組織の科学者ポジ、首領が理不尽すぎてしんどい【掲示板形式】」
  - ◇カクヨムWeb小説コンテスト（第8回/令5年/ラブコメ（ライトノベル）部門/特別賞）
    - 「〈相談スレ〉ワイ悪の組織の科学者ポジ、首領が理不尽すぎてしんどい」　KADOKAWA　2024.2　374p　19cm　1300円　①978-4-04-737814-8

西 東子　にし・とうこ＊
- 2837 「甘いたぬきは山のむこう」
  - ◇ノベル大賞（2023年/令5年/準大賞）
    - 「天狐のテンコと葵くん―たぬきケーキを探しておるのじゃ」　集英社　2024.4　254p　15cm（集英社オレンジ文庫）　640円　①978-4-08-680554-4
    - ※受賞作を改題

西浦 理　にしうら・みち＊
- 2838 「暗い駒音」
  - ◇北区内田康夫ミステリー文学賞（第18回/令2年/大賞）

西川 火尖　にしかわ・かせん＊
- 2839 「公開鍵」
  - ◇北斗賞（第11回/令2年）

西口 拓子　にしぐち・ひろこ＊
- 2840 「挿絵でよみとくグリム童話」
  - ◇日本児童文学学会賞（第46回/令4年/日本児童文学学会特別賞）
    - 「挿絵でよみとくグリム童話」　早稲田大学出版部　2022.5　382p　22cm（早稲田大学学術叢書 57）　4000円　①978-4-657-22701-0

西澤 保彦　にしざわ・やすひこ＊
- 2841 「異分子の彼女」
  - ◇日本推理作家協会賞（第76回/令5年/短編部門）
    - 「異分子の彼女―腕貫探偵オンライン」　実業之日本社　2023.1　250p　19cm　1600円　①978-4-408-53824-2

西式 豊　にししき・ゆたか＊
- 2842 「そして、よみがえる世界。」
  - ◇アガサ・クリスティー賞（第12回/令4年/大賞）
    - 「そして、よみがえる世界。」　早川書房　2022.11　363p　19cm　1800円　①978-4-15-210188-4

西島 れい子　にしじま・れいこ＊
　　2843　「夏、来たりなば……」
　　　　◇新人シナリオコンクール（第33回/令5年度/大伴昌司賞 佳作）

西塚 尚子　にしずか・なおこ＊
　　2844　「おひさま菜園」
　　　　◇地上文学賞（第67回/令1年度）

西田 淑子　にしだ・としこ＊
　　2845　「風刺漫画で説く 女を待つバリア」
　　　　◇日本漫画家協会賞（第52回/令5年度/大賞/カーツーン部門）
　　　　「風刺漫画で説く 女を待つバリア」 現代書館 2022.10 111p 22cm 2200円 ①978-4-7684-5927-0

西田 朋　にしだ・とも＊
　　2846　「鈴木梅子の詩と生涯」
　　　　◇日本詩人クラブ詩界賞（第21回/令3年/特別賞）
　　　　「鈴木梅子の詩と生涯」 土曜美術社出版販売 2020.8 357p 20cm 2200円 ①978-4-8120-2573-4

西田 都和　にしだ・とわ＊
　　2847　「マヤばあさんの花言葉タルト」
　　　　◇アンデルセンのメルヘン大賞（第40回/令5年/こども部門/大賞）
　　　　「アンデルセンのメルヘン文庫 第40集」 アンデルセン・パン生活文化研究所 2023.10 87p 21×22cm （アンデルセンのメルヘン大賞受賞作品集 第40回） 1000円
　　　　※受賞作を収録

西田 もとつぐ　にしだ・もとつぐ＊
　　2848　「満州俳句 須臾の光芒」
　　　　◇俳人協会評論賞（第36回/令3年度）
　　　　「満洲俳句 須臾の光芒」 リトルズ, 小さ子社（発売） 2020.12 190p 19cm 1600円 ①978-4-909782-58-8

西出 定雄　にしで・さだお＊
　　2849　「花いちもんめ」
　　　　◇随筆にっぽん賞（第12回/令4年/奨励賞）

西堂 行人　にしどう・こうじん＊
　　2850　「ゆっくりの美学 太田省吾の劇宇宙」
　　　　◇AICT演劇評論賞（第27回/令3年）
　　　　「ゆっくりの美学―太田省吾の劇宇宙」 作品社 2022.1 352p 20cm 2800円 ①978-4-86182-871-3

仁科 久美　にしな・くみ＊
　　2851　「わたしのそばの、ゆれる木馬」
　　　　◇劇作家協会新人戯曲賞（第28回/令4年度/佳作）

仁科 斂　にしな・れん＊
　　2852　「さびしさは一個の廃墟」
　　　　◇新潮新人賞（第56回/令6年）

西野 冬器　にしの・とうき＊
　　2853　「子宮の夢」
　　　　◇文藝賞（第60回/令5年/短篇部門/受賞作）

虹乃 ノラン　にじの・のらん＊
　　2854　「そのハミングは7」

◇カクヨムWeb小説コンテスト（第9回/令6年/エンタメ総合部門/特別賞）
「そのハミングは7」 KADOKAWA 2024.12 279p 19cm 1600円 ⓘ978-4-04-115641-4

にしの 桃子　にしの・ももこ
2855 「ヘンテコおいもほり」
◇家の光童話賞（第39回/令6年度/優秀賞）

西野 嘉章　にしの・よしあき＊
2856 「前衛誌［日本編］―未来派・ダダ・構成主義」
◇造本装幀コンクール（第54回/令2年/日本書籍出版協会理事長賞/専門書（人文社会科学書・自然科学書等）部門）
「前衛誌―未来派・ダダ・構成主義　日本編1〔文〕・2〔図〕」 東京大学出版会　2019.8　509, 437p 28cm　ⓘ978-4-13-080220-8（set）

西畑 保　にしはた・たもつ＊
2857 「幸せを感じる時」
◇部落解放文学賞（第46回/令1年/詩部門/佳作）

にしまた ひろし
2858 「フゥとヘェのハァ〜」
◇えほん大賞（第17回/令1年/絵本部門/優秀賞）

西村 晶絵　にしむら・あきえ＊
2859 「アンドレ・ジッドとキリスト教―「病」と「悪魔」にみる「悪」の思想的展開」
◇渋沢・クローデル賞（第40回/令5年度/奨励賞）
「アンドレ・ジッドとキリスト教―「病」と「悪魔」にみる「悪」の思想的展開」 彩流社　2022.10 438p　19cm 4000円　ⓘ978-4-7791-2836-3

西村 紗知　にしむら・さち＊
2860 「椎名林檎における母性の問題」
◇すばるクリティーク賞（2021/令3年）

西村 ツチカ　にしむら・つちか＊
2861 「ベルリン」3部作
◇日本子どもの本研究会「作品賞」（第5回/令3年/特別賞）
「ベルリン1919―赤い水兵　上」 クラウス・コルドン作, 酒寄進一訳, 西村ツチカ カバー画　岩波書店　2020.2　348p　18cm（岩波少年文庫）1200円　ⓘ978-4-00-114621-9
「ベルリン1919―赤い水兵　下」 クラウス・コルドン作, 酒寄進一訳, 西村ツチカ カバー画　岩波書店　2020.2　398p　18cm（岩波少年文庫）1200円　ⓘ978-4-00-114622-6
「ベルリン1933―壁を背にして　上」 クラウス・コルドン作, 酒寄進一訳, 西村ツチカ カバー画　岩波書店　2020.4　350p　18cm（岩波少年文庫）1200円　ⓘ978-4-00-114623-3
「ベルリン1933―壁を背にして　下」 クラウス・コルドン作, 酒寄進一訳, 西村ツチカ カバー画　岩波書店　2020.4　309p　18cm（岩波少年文庫）1200円　ⓘ978-4-00-114624-0
「ベルリン1945―はじめての春　上」 クラウス・コルドン作, 酒寄進一訳, 西村ツチカ カバー画　岩波書店　2020.7　393p　18cm（岩波少年文庫）1200円　ⓘ978-4-00-114625-7
「ベルリン1945―はじめての春　下」 クラウス・コルドン作, 酒寄進一訳, 西村ツチカ カバー画　岩波書店　2020.7　362p　18cm（岩波少年文庫）1200円　ⓘ978-4-00-114626-4

2862 「北極百貨店のコンシェルジュさん」
◇文化庁メディア芸術祭賞（第25回/令4年/優秀賞）
「北極百貨店のコンシェルジュさん　1」 小学館　2017.12　140p　21cm（BIG COMICS SPECIAL）787円　ⓘ978-4-09-189763-3
「北極百貨店のコンシェルジュさん　2」 小学館　2020.11　141p　21cm（BIG COMICS SPECIAL）787円　ⓘ978-4-09-860337-4

仁志村 文　にしむら・ふみ＊
　2863　「きょうを摘む」
　　◇ちよだ文学賞（第19回/令6年/大賞）
　　　※「ちよだ文学賞作品集 第19回」（千代田区地域振興部文化振興課 2024年10月発行）に収録

西村 美佳孝　にしむら・みかこ＊
　2864　「お出かけゲーム」
　　◇北区内田康夫ミステリー文学賞（第20回/令4年/区長賞（特別賞））

西村 友里　にしむら・ゆり＊
　2865　「冬の蟬」
　　◇森林（もり）のまち童話大賞（第7回/令4年/審査員賞/那須田淳賞）

西村 亨　にしむら・りょう＊
　2866　「自分以外全員他人」
　　◇太宰治賞（第39回/令5年）
　　「自分以外全員他人」 筑摩書房　2023.11　145p　20cm　1400円　①978-4-480-80515-7

西銘 イクワ　にしめ・いくわ＊
　2867　「婆ちゃん」
　　◇労働者文学賞（第32回/令2年/詩部門/佳作）

虹元 喜多朗　にじもと・きたろう＊
　2868　「次世代魔王の背徳講義」
　　◇HJ文庫大賞（第14回/令2年/銀賞）
　　「魔帝教師と従属少女の背徳契約 1」 ホビージャパン　2021.6　295p　15cm（HJ文庫）650円
　　　①978-4-7986-2492-1
　　※受賞作を改題
　　「魔帝教師と従属少女の背徳契約 2」 ホビージャパン　2021.11　317p　15cm（HJ文庫）670円
　　　①978-4-7986-2635-2
　　「魔帝教師と従属少女の背徳契約 3」 ホビージャパン　2022.4　333p　15cm（HJ文庫）690円
　　　①978-4-7986-2805-9

西山 綾乃　にしやま・あやの＊
　2869　「虹の話」
　　◇啄木・賢治のふるさと「岩手日報随筆賞」（第16回/令3年/奨励賞）

西山 ゆりこ　にしやま・ゆりこ＊
　2870　「ペダル」
　　◇星野立子賞・星野立子新人賞（第10回/令4年/星野立子新人賞）

二条 千河　にじょう・せんか＊
　2871　「亡骸のクロニクル」
　　◇日本詩人クラブ新人賞（第32回/令4年）
　　「亡骸のクロニクル―二条千河詩集」 洪水企画　2021.7　93p　19cm　1800円　①978-4-909385-28-4

二十一 七月　にそいち・なつき＊
　2872　「直線距離の愛」
　　◇深大寺短編恋愛小説『深大寺恋物語』（第15回/令1年/深大寺特別賞）
　　　※深大寺短編恋愛小説「深大寺恋物語」第十五集に収録

新田 漣　にった・れん＊
　2873　「バックドロップ・センターマイク」
　　◇ファンタジア大賞（第36回/令5年/金賞）

「君と笑顔が見たいだけ」 KADOKAWA 2024.3 315p 15cm（富士見ファンタジア文庫） 700円
①978-4-04-075310-2
※受賞作を改題

日塔珈琲　にっとうこーひー＊
2874 「星屑テアートル」
◇青い鳥文庫小説賞（第5回/令3年度/特別賞（はやみねかおる賞））

ニーナローズ
2875 「異世界と繋がりましたが、向かう目的は戦争です」
◇HJ小説大賞（第1回/令2年/2020前期）
「異世界と繋がりましたが、向かう目的は戦争です　1」 ホビージャパン 2022.6 262p 15cm（HJ文庫） 630円 ①978-4-7986-2842-4
「異世界と繋がりましたが、向かう目的は戦争です　2」 ホビージャパン 2024.2 306p 15cm（HJ文庫） 700円 ①978-4-7986-2971-1

にのまえ あきら
2876 「偽盲の君へ、不可視の僕より」
◇電撃大賞〔電撃小説大賞〕（第30回/令5年/選考委員奨励賞）
「無貌の君へ、白紙の僕より」 KADOKAWA 2024.4 296p 15cm（メディアワークス文庫） 720円
①978-4-04-915521-1
※受賞作を改題

二宮 酒匂　にのみや・さかわ＊
2877 「オイスター先生と俺。」
◇カクヨムWeb小説コンテスト（第9回/令6年/カクヨムプロ作家部門/特別賞）

二本目海老天マン　にほんめえびてんまん＊
2878 「**TSクソビッチ少女は寝取られたい**」
◇HJ小説大賞（第4回/令5年/前期）

ニャンコの穴　にゃんこのあな＊
2879 「オウジクエスト」
◇MF文庫Jライトノベル新人賞（第18回/令4年/佳作）
「未来から来た花嫁の姫城さんが、また愛の告白をしてとおねだりしてきます。」 KADOKAWA 2022.12 262p 15cm（MF文庫J） 620円 ①978-4-04-682031-0
※受賞作を改題
「未来から来た花嫁の姫城さんが、また愛の告白をしてとおねだりしてきます。　2」 KADOKAWA 2023.3 263p 15cm（MF文庫J） 680円 ①978-4-04-682327-4

にゅうかわ かずこ
2880 「風の正太」
◇〔日本児童文芸家協会〕創作コンクールつばさ賞（第19回/令2年/読み物部門/佳作）

NEUTRAL COLORS
2881 「**NEUTRAL COLORS 1**」
◇造本装幀コンクール（第54回/令2年/審査員奨励賞）
「Neutral Colors―magazine is the life　Issue 1（2020 spring）」 加藤直徳編集長 Neutral Colors 2020.5 230p 26cm 2400円 ①978-4-909932-03-7

二礼 樹　にれ・いつき＊
2882 「悪徳を喰らう」
◇新潮ミステリー大賞（第11回/令6年）

丹羽 圭子　にわ・けいこ*
2883　「風の谷のナウシカ」（歌舞伎脚本）
　◇大谷竹次郎賞　（第48回/令1年度）

人間六度　にんげんろくど*
2884　「きみは雪を見ることができない」
　◇電撃大賞〔電撃小説大賞〕　（第28回/令3年/メディアワークス文庫賞）
　「きみは雪をみることができない」　KADOKAWA　2022.2　333p　15cm（メディアワークス文庫）670円　①978-4-04-914234-1

2885　「スター・シェイカー」
　◇ハヤカワSFコンテスト　（第9回/令3年/大賞）
　「スター・シェイカー」　早川書房　2022.1　413p　19cm　1900円　①978-4-15-210077-1

【ぬ】

鵺野 莉紗　ぬえの・りさ*
2886　「挟間の世界」
　◇横溝正史ミステリ＆ホラー大賞　（第42回/令4年/優秀賞）
　「君の教室が永遠（とわ）の眠りにつくまで」　KADOKAWA　2022.12　326p　19cm　1700円　①978-4-04-113117-6
　※受賞作を改題

抜井 諒一　ぬくい・りょういち*
2887　「金色」
　◇日本詩歌句随筆評論大賞　（第18回/令4年度/俳句部門/大賞）
　「金色─句集」　角川文化振興財団, KADOKAWA（発売）　2021.8　185p　19cm　2200円　①978-4-04-884437-6

沼尾 将之　ぬまお・まさゆき*
2888　「鮫色」
　◇俳人協会新人賞　（第43回/令1年度）
　「鮫色─沼尾将之句集」　ふらんす堂　2018.10　70p　21cm（第一句集シリーズ 1─新橘叢書 第10巻）1700円　①978-4-7814-1107-1

沼野 雄司　ぬまの・ゆうじ*
2889　「エドガー・ヴァレーズ─孤独な射手の肖像」
　◇吉田秀和賞　（第29回/令1年）
　「エドガー・ヴァレーズ─孤独な射手の肖像」　春秋社　2019.1　513, 34p　20cm　4800円　①978-4-393-93214-8

塗田 一帆　ぬるた・いっぽ*
2890　「鈴波アミを待っています」
　◇ジャンプ小説新人賞　（2020/令2年/テーマ部門「この帯に合う小説」/金賞）
　「鈴波アミを待っています」　早川書房　2022.3　200p　19cm　1800円　①978-4-15-210096-2

【ね】

根木 美沙枝　ねぎ・みさえ
  2891　「こんなくるまいかがですか」
    ◇絵本テキスト大賞（第16回/令5年/Aグレード/優秀賞）

ねぎし ゆき　⇒あさい ゆき

猫田 パナ　ねこた・ぱな＊
  2892　「英国喫茶 アンティークカップス」
    ◇富士見ノベル大賞（第4回/令3年/入選）
      「英国喫茶 アンティークカップス―心がつながる紅茶専門店」 KADOKAWA　2022.6　313p　15cm（富士見L文庫）680円　①978-4-04-074569-5

猫文字 隼人　ねこもんじ・はやと＊
  2893　「デウス・エクス・マギア ～大いなる幼女とデスメタる山田～」
    ◇小学館ライトノベル大賞（第18回/令6年/スーパーヒーローコミックス原作賞）

nenono
  2894　「婚約破棄された研究オタクの侯爵令嬢は、後輩からの一途な想いに気づかない」
    ◇角川ビーンズ小説大賞（第22回/令5年/WEBテーマ部門/WEB読者賞）
      「婚約破棄された研究オタク令嬢ですが、後輩から毎日求婚されています」 KADOKAWA　2024.12　258p　15cm（角川ビーンズ文庫）720円　①978-40411555-4-7
      ※受賞作を改題

根本 文子　ねもと・あやこ＊
  2895　「正岡子規研究―中川四明を軸として」
    ◇俳人協会評論賞（第36回/令3年度）
      「正岡子規研究―中川四明を軸として」 笠間書院　2021.3　462p　22cm　7000円　①978-4-305-70937-0

【の】

納富 信留　のうとみ・のぶる＊
  2896　「ギリシア哲学史」
    ◇和辻哲郎文化賞（第34回/令3年度/学術部門）
      「ギリシア哲学史」 筑摩書房　2021.3　698, 52p　20cm　4400円　①978-4-480-84752-2

能美 茅柴　のうみ・ぼうさい＊
  2897　「悠紬」
    ◇日本詩歌句随筆評論大賞（第20回/令6年度/俳句部門/大賞）
      「悠紬―句集」 東京四季出版　2023.10　181p　20cm（シリーズ縡 25）2700円　①978-4-8129-1076-4

農民ヤズー　のうみんやずー＊
  2898　「おい勇者、さっさと俺を解雇しろ！」
    ◇HJ小説大賞（第1回/令2年/2020後期）〈受賞時〉農民

「最低ランクの冒険者、勇者少女を育てる―俺って数合わせのおっさんじゃなかったか？　1」ホビージャパン　2022.3　342p　15cm（HJ文庫）690円　①978-4-7986-2762-5
※受賞作を改題
「最低ランクの冒険者、勇者少女を育てる―俺って数合わせのおっさんじゃなかったか？　2」ホビージャパン　2022.8　367p　15cm（HJ文庫）690円　①978-4-7986-2892-9
「最低ランクの冒険者、勇者少女を育てる―俺って数合わせのおっさんじゃなかったか？　3」ホビージャパン　2023.1　367p　15cm（HJ文庫）690円　①978-4-7986-3044-1
「最低ランクの冒険者、勇者少女を育てる―俺って数合わせのおっさんじゃなかったか？　4」ホビージャパン　2023.6　343p　15cm（HJ文庫）720円　①978-4-7986-3196-7
「最低ランクの冒険者、勇者少女を育てる―俺って数合わせのおっさんじゃなかったか？　5」ホビージャパン　2024.1　335p　15cm（HJ文庫）720円　①978-4-7986-3385-5
「最低ランクの冒険者、勇者少女を育てる―俺って数合わせのおっさんじゃなかったか？　6」ホビージャパン　2024.7　335p　15cm（HJ文庫）720円　①978-4-7986-3585-9

野川　美保　のがわ・みほ＊
2899　「カエルのアーチ」
◇福島正実記念SF童話賞（第36回/令4年/佳作）

野川　りく　のがわ・りく＊
2900　「遡上 あるいは三人の女」
◇笹井宏之賞（第5回/令4年/個人賞/永井祐賞）
「ねむらない樹　Vol. 10」書肆侃侃房　2023.2　268p　21cm（短歌ムック）1500円　①978-4-86385-562-5

野木　京子　のぎ・きょうこ＊
2901　「廃屋の月」
◇富田砕花賞（第35回/令6年）
「廃屋の月」書肆子午線　2024.3　113p　19cm　2200円　①978-4-908568-41-1

野口　やよい　のぐち・やよい＊
2902　「天を吸って」
◇日本詩人クラブ新人賞（第30回/令2年）
「天を吸って―詩集」版木舎　2019.11　92p　20cm　1800円

野崎　海芋　のざき・かいう＊
2903　「小窓」50句
◇角川俳句賞（第69回/令5年）

野ざらし　延男　のざらし・のぶお＊
2904　「俳句の地平を拓く―沖縄から俳句文学の自立を問う―」
◇日本自費出版文化賞（第27回/令6年/色川大吉賞/研究評論部門）
「俳句の地平を拓く―沖縄から俳句文学の自立を問う」コールサック社　2023.11　492p　22cm　2000円　①978-4-86435-581-0

野沢　啓　のざわ・けい＊
2905　「単独者鮎川信夫」
◇日本詩人クラブ詩界賞（第20回/令2年）
「単独者鮎川信夫」思潮社　2019.10　253p　20cm　2800円　①978-4-7837-3821-3

野島　夕照　のじま・せきしょう＊
2906　「片翼のイカロスは飛べない」
◇島田荘司選 ばらのまち福山ミステリー文学新人賞（第16回/令5年/優秀作）

野城　知里　のしろ・ちさと
2907　「半睡の文字」

◇星野立子賞・星野立子新人賞（第12回/令6年/星野立子新人賞）

野田　彩子　のだ・あやこ＊
2908「ダブル」
　　◇文化庁メディア芸術祭賞（第23回/令2年/優秀賞）
　　　「ダブル　01」　ヒーローズ, 小学館クリエイティブ（発売）　2019.6　165p　19cm（ヒーローズコミックスふらっと）650円　①978-4-86468-652-5
　　　「ダブル　02」　ヒーローズ, 小学館クリエイティブ（発売）　2020.3　186p　19cm（ヒーローズコミックスふらっと）650円　①978-4-86468-708-9
　　　「ダブル　03」　ヒーローズ, 小学館クリエイティブ（発売）　2020.10　156p　19cm（ヒーローズコミックスふらっと）650円　①978-4-86468-759-1
　　　「ダブル　04」　ヒーローズ, 小学館クリエイティブ（発売）　2021.5　174p　19cm（ヒーローズコミックスふらっと）650円　①978-4-86468-806-2
　　　「ダブル　05」　ヒーローズ, 小学館クリエイティブ（発売）　2023.12　162p　19cm（ヒーローズコミックスふらっと）720円　①978-4-86468-222-0

野田　鮎子　のだ・あゆこ
2909「まだ少しこの世を覚えている祖母は友理子と私を母の名で呼ぶ」
　　◇角川全国短歌大賞（第13回/令3年/自由題/大賞）

野田　和浩　のだ・かずひろ＊
2910「送別の餃子」
　　◇造本装幀コンクール（第55回/令3年/読書推進運動協議会賞）
　　　「送別の餃子―中国・都市と農村肖像画」　井口淳子　灯光舎　2021.10　210p　20cm　1800円　①978-4-909992-01-7

野田　沙織　のだ・さおり＊
2911「うたうかたつむり」
　　◇三越左千夫少年詩賞（第25回/令3年）
　　　「うたうかたつむり」　四季の森社　2020.12　143p　21cm　1200円　①978-4-905036-25-8

野田　サトル　のだ・さとる＊
2912「ゴールデンカムイ」
　　◇文化庁メディア芸術祭賞（第24回/令3年/ソーシャル・インパクト賞）
　　◇芸術選奨（第73回/令4年度/メディア芸術部門/文部科学大臣新人賞）
　　◇日本漫画家協会賞（第51回/令4年度/大賞/コミック部門）
　　　「ゴールデンカムイ　1～31」　集英社　2015.1～2022.7　19cm（ヤングジャンプコミックス）

ノックス, ジョセフ
2913「トゥルー・クライム・ストーリー」
　　◇日本推理作家協会賞（第77回/令6年/翻訳部門（試行））
　　　「トゥルー・クライム・ストーリー」　ジョセフ・ノックス著, 池田真紀子訳　新潮社　2023.9　696p　16cm（新潮文庫）1150円　①978-4-10-240154-5

野中　春樹　のなか・はるき＊
2914「嫉妬探偵の蛇谷さん」
　　◇小学館ライトノベル大賞（第18回/令6年/優秀賞）
　　　「嫉妬探偵の蛇谷さん」　小学館　2024.9　325p　15cm（ガガガ文庫）760円　①978-4-09-453202-9
2915「探偵気取りと不機嫌な青春」
　　◇講談社ラノベ文庫新人賞（第18回/令6年4月発表/佳作）

野中　亮介　のなか・りょうすけ＊
2916「つむぎうた」
　　◇俳人協会賞（第60回/令2年度）

「つむぎうた―野中亮介句集」 ふらんす堂 2020.9 210p 20cm 2700円 ①978-4-7814-1302-0

ののあ
2917 「決して色褪せることのない夏の日々に ボクは諦めきれない恋をした」
◇HJ小説大賞 （第2回／令3年／2021後期）
「決して色褪せることのない夏の日々にボクは諦めきれない恋をした」 ホビージャパン 2023.5 316p 15cm （HJ文庫） 700円 ①978-4-7986-3168-4

野々井 透　ののい・とう＊
2918 「棕櫚を燃やす」
◇太宰治賞 （第38回／令4年）
「棕櫚を燃やす」 筑摩書房 2023.3 157p 20cm 1400円 ①978-4-480-80511-9

野々上 いり子　ののうえ・いりこ＊
2919 「青葱」
◇大藪春彦新人賞 （第4回／令2年）

野原 広子　のはら・ひろこ＊
2920 「消えたママ友」
◇手塚治虫文化賞 （第25回／令3年／短編賞）
「消えたママ友」 KADOKAWA 2020.6 171p 21cm （MF comic essay） 1100円 ①978-4-04-064317-5

2921 「妻が口をきいてくれません」
◇手塚治虫文化賞 （第25回／令3年／短編賞）
「妻が口をきいてくれません」 集英社 2020.11 167p 21cm 1100円 ①978-4-08-788048-9

野間 明子　のま・はるこ＊
2922 「襤褸」
◇日本詩歌句随筆評論大賞 （第19回／令5年度／詩部門／優秀賞）
「襤褸」 七月堂 2022.7 104p 20cm 1500円 ①978-4-87944-492-9

野村 勇　のむら・いさむ
2923 「よそのくに」
◇テアトロ新人戯曲賞 （第33回／令3年／佳作）

野村 喜和夫　のむら・きわお＊
2924 「薄明のサウダージ」
◇現代詩人賞 （第38回／令2年）
「薄明のサウダージ」 書肆山田 2019.5 173p 22cm 2800円 ①978-4-87995-986-7

能村 研三　のむら・けんぞう＊
2925 「神鵜」
◇俳句四季大賞 （令4年／第9回 俳句四季特別賞）
「神鵜―句集」 東京四季出版 2021.5 199p 20cm （現代俳句作家シリーズ―耀 7） 2800円 ①978-4-8129-0963-8

ノ村 優介　のむら・ゆうすけ＊
2926 「ブルーロック」
◇講談社漫画賞 （第45回／令3年／少年部門）
「ブルーロック 1～32」 金城宗幸原作,ノ村優介漫画 講談社 2018.11～2024.12 18cm （講談社コミックス―SHONEN MAGAZINE COMICS）

野谷 文昭　のや・ふみあき＊
2927 「ケルト人の夢」

◇日本翻訳文化賞（第59回/令4年度）
「ケルト人の夢」 マリオ・バルガス＝リョサ著, 野谷文昭訳 岩波書店 2021.10 535p 20cm 3600円 ①978-4-00-061474-0

野良 うさぎ のら・うさぎ＊
2928 「幼馴染に陰で都合の良い男呼ばわりされた俺は、好意をリセットして普通に青春を送りたい」
◇HJ小説大賞（第3回/令4年/前期）
「幼馴染に陰で都合の良い男呼ばわりされた俺は、好意をリセットして普通に青春を送りたい 1」 ホビージャパン 2023.11 312p 15cm（HJ文庫）700円 ①978-4-7986-3335-0
「幼馴染に陰で都合の良い男呼ばわりされた俺は、好意をリセットして普通に青春を送りたい 2」 ホビージャパン 2024.4 351p 15cm（HJ文庫）720円 ①978-4-7986-3505-7

のらいし れんふう
2929 「海辺をゆく」
◇北日本文学賞（第56回/令4年/選奨）

乗代 雄介 のりしろ・ゆうすけ＊
2930 「旅する練習」
◇坪田譲治文学賞（第37回/令3年）
◇三島由紀夫賞（第34回/令3年）
「旅する練習」 講談社 2021.1 170p 20cm 1550円 ①978-4-06-522163-1
「旅する練習」 講談社 2024.1 205p 15cm（講談社文庫）640円 ①978-4-06-533843-8
2931 「それは誠」
◇織田作之助賞（第40回/令5年度/織田作之助賞）
◇芸術選奨（第74回/令5年度/文学部門/文部科学大臣賞）
「それは誠」 文藝春秋 2023.6 177p 20cm 1700円 ①978-4-16-391721-4

野呂 裕樹 のろ・ひろき
2932 「受理された退職届前髪は春風を受け春風を抜け」
◇河野裕子短歌賞（没後10年 第9回～家族を歌う～河野裕子短歌賞/令2年/自由題/河野裕子賞）
2933 「本来の色にもどした髪の毛で自分を隠し挑む面接」
◇角川全国短歌大賞（第14回/令4年/自由題/準賞）

【 は 】

バー, キャサリン
2934 「自然を再生させたイエローストーンのオオカミたち」
◇日本子どもの本研究会「作品賞」（第6回/令4年）
「自然を再生させたイエローストーンのオオカミたち」 キャサリン・バー文, ジェニ・デズモンド絵, 永峯涼訳, 幸島司郎, 植田彩容子監修 化学同人 2021.10 48p 32cm 1900円 ①978-4-7598-2223-6

パイ インターナショナル
2935 「華麗なる「バレエ・リュス」と舞台芸術の世界―ロシア・バレエとモダン・アート―」
◇造本装幀コンクール（第54回/令2年/審査員奨励賞）
「華麗なる「バレエ・リュス」と舞台芸術の世界―ロシア・バレエとモダン・アート」 海野弘解説★監

修　パイインターナショナル　2020.8　462p　26cm　3800円　①978-4-7562-5195-4

2936　「きみも運転手になれる！　パノラマずかん　運転席」
　◇造本装幀コンクール（第56回/令4年/日本印刷産業連合会会長賞）
　　「きみも運転手になれる！　パノラマずかん運転席」　宮本えつよし作, 羽尻利門絵　パイインターナショナル　2022.11　31cm　2200円　①978-4-7562-5384-2

2937　「樋口真嗣特撮野帳 ―映像プラン・スケッチ―」
　◇造本装幀コンクール（第56回/令4年/日本書籍出版協会理事長賞/芸術書部門）
　　「樋口真嗣特撮野帳―映像プラン・スケッチ」　樋口真嗣著　パイインターナショナル　2022.12　639p　20cm　4200円　①978-4-7562-5305-7

灰田　高鴻　はいだ・こうこう*

2938　「スインギンドラゴンタイガーブギ」
　◇文化庁メディア芸術祭賞（第24回/令3年/新人賞）
　　「スインギンドラゴンタイガーブギ　1～6」　灰田高鴻著, 東谷護監修　講談社　2020.8～2021.11　19cm　（モーニングKC）

灰谷魚　はいたにさかな

2939　「レモネードに彗星」
　◇カクヨムWeb小説短編賞（2023/令5年/短編小説部門/円城塔賞）

ハガトモヤ

2940　「ユウとミイのおもちゃさん」
　◇えほん大賞（第23回/令4年/絵本部門/優秀賞）

萩岡　良博　はぎおか・よしひろ*

2941　「漆伝説」
　◇日本歌人クラブ賞（第51回/令6年）
　　「漆伝説―歌集」　本阿弥書店　2023.4　197p　22cm　（ヤママユ叢書　第158篇）　2700円　①978-4-7768-1638-6

パーク, ケナード

2942　「水平線のかなたに ―真珠湾とヒロシマ―」
　◇日本子どもの本研究会「作品賞」（第8回/令6年）
　　「水平線のかなたに―真珠湾とヒロシマ」　ロイス・ローリー著, ケナード・パーク画, 田中奈津子訳　講談社　2023.6　77p　22cm　（講談社・文学の扉）　1400円　①978-4-06-531994-9

白水社　はくすいしゃ*

2943　「行く、行った、行ってしまった」
　◇日本翻訳出版文化賞（第57回/令3年度/特別賞）
　　「行く、行った、行ってしまった」　ジェニー・エルペンベック著, 浅井晶子訳　白水社　2021.7　353p　20cm　（エクス・リブリス）　3300円　①978-4-560-09068-8

白泉社　はくせんしゃ*

2944　「こっちだったかもしれない　ヨシタケシンスケ展かもしれない　図録」
　◇造本装幀コンクール（第56回/令4年/日本書籍出版協会理事長賞/生活実用書・文庫・新書・コミック・その他部門）
　　「こっちだったかもしれない―it might be an official catalog：ヨシタケシンスケ展かもしれない公式図録」　白泉社　2022.4　493p　17cm

白那　又太　はくな・またた*

2945　「コンプライアンス桃太郎」
　◇カクヨムWeb小説短編賞（2023/令5年/短編小説部門/短編特別賞）

博報堂　はくほうどう＊
2946　「広告 Vol.415 特集：流通」
　◇造本装幀コンクール（第55回/令3年/経済産業大臣賞）
　　※雑誌「広告」Vol.415（博報堂 2021年2月発行）

白玖黎　はくれい＊
2947　「黙龍盲虎」
　◇カクヨムWeb小説短編賞（2022/令4年/エンタメ短編小説部門/短編特別賞）

はぐれメタボ
2948　「ブチ切れ令嬢は報復を誓いました。～魔導書の力で祖国を叩き潰します～」
　◇HJ小説大賞（第2回/令3年/2021前期）
　　「ブチ切れ令嬢は報復を誓いました。―魔導書の力で祖国を叩き潰します　1」　ホビージャパン　2022.5　340p　19cm（HJ NOVELS）1200円　①978-4-7986-2839-4
　　「ブチ切れ令嬢は報復を誓いました。―魔導書の力で祖国を叩き潰します　2」　ホビージャパン　2022.9　290p　19cm（HJ NOVELS）1300円　①978-4-7986-2929-2
　　「ブチ切れ令嬢は報復を誓いました。―魔導書の力で祖国を叩き潰します　3」　ホビージャパン　2023.1　291p　19cm（HJ NOVELS）1300円　①978-4-7986-3051-9
　　「ブチ切れ令嬢は報復を誓いました。―魔導書の力で祖国を叩き潰します　4」　ホビージャパン　2023.7　269p　19cm（HJ NOVELS）1300円　①978-4-7986-3208-7
　　「ブチ切れ令嬢は報復を誓いました。―魔導書の力で祖国を叩き潰します　5」　ホビージャパン　2024.1　253p　19cm（HJ NOVELS）1300円　①978-4-7986-3369-5
　　「ブチ切れ令嬢は報復を誓いました。―魔導書の力で祖国を叩き潰します　6」　ホビージャパン　2024.11　253p　19cm（HJ NOVELS）1300円　①978-4-7986-3678-8

羽間　慧　はざま・けい＊
2949　「雪に咲む」
　◇カクヨムWeb小説短編賞（2021/令3年/実話・エッセイ・体験談部門/短編特別賞）

初鹿野　創　はじかの・そう＊
2950　「ラブコメを絶対させてくれないラブコメ」
　◇小学館ライトノベル大賞（第14回/令2年/優秀賞）
　　「現実でラブコメできないとだれが決めた？」　小学館　2020.7　343p　15cm（ガガガ文庫）660円　①978-4-09-451856-6
　　※受賞作を改題
　　「現実でラブコメできないとだれが決めた？　2」　小学館　2020.12　391p　15cm（ガガガ文庫）690円　①978-4-09-451877-1
　　「現実でラブコメできないとだれが決めた？　3」　小学館　2021.5　391p　15cm（ガガガ文庫）690円　①978-4-09-453006-3
　　「現実でラブコメできないとだれが決めた？　4」　小学館　2021.9　338p　15cm（ガガガ文庫）660円　①978-4-09-453028-5
　　「現実でラブコメできないとだれが決めた？　5」　小学館　2022.3　325p　15cm（ガガガ文庫）640円　①978-4-09-453055-1
　　「現実でラブコメできないとだれが決めた？　6」　小学館　2022.7　614p　15cm（ガガガ文庫）850円　①978-4-09-453077-3

橋爪　志保　はしづめ・しほ＊
2951　「とおざかる星」
　◇笹井宏之賞（第2回/令1年/個人賞/永井祐賞）

橋詰　ひとみ　はしづめ・ひとみ
2952　「True noon」
　◇造本装幀コンクール（第55回/令3年/審査員奨励賞）
　　※「True noon」(O'Tru no Trus作・文 text 2021.8発行）

橋詰 冬樹　はしずめ・ふゆき＊
2953　「True noon」
　◇造本装幀コンクール（第55回/令3年/審査員奨励賞）
　　※「True noon」（O'Tru no Trus作・文 text 2021.8発行）

橋部 敦子　はしべ・あつこ
2954　「モコミ〜彼女ちょっとヘンだけど〜」
　◇向田邦子賞（第39回/令2年度）

橋本 秋葉　はしもと・あきば＊
2955　「連鎖するチョイスチョイスチョイスと天秤の帰結」
　◇小説 野性時代 新人賞（第12回/令3年/奨励賞）

橋本 巖　はしもと・いわお＊
2956　「私の半生記」
　◇部落解放文学賞（第47回/令2年/識字部門/佳作）

橋本 榮治　はしもと・えいじ＊
2957　「句集 瑜伽」
　◇俳人協会賞（第63回/令5年度）
　　「瑜伽―句集」 角川文化振興財団, KADOKAWA（発売）　2023.6　169p　20cm　2700円　①978-4-04-884536-6

橋本 栄莉　はしもと・えり＊
2958　「エ・クウォス―南スーダン・ヌエル社会における予言と受難の民族誌」
　◇澁澤賞（第46回/令1年）
　　「エ・クウォス―南スーダン・ヌエル社会における予言と受難の民族誌」 九州大学出版会　2018.3　377, 57p　22cm　5200円　①978-4-7985-0222-9

橋本 幸子　はしもと・さちこ＊
2959　「釜の蓋まんじゅう」
　◇随筆にっぽん賞（第11回/令3年/随筆にっぽん賞）

橋本 沙那　はしもと・さな＊
2960　「四年三組おじいちゃん先生」
　◇ENEOS童話賞（第52回/令3年度/小学生以下の部/優秀賞）
　　※「童話の花束 その52」に収録

はしもと しん
2961　「ぼくらの七日間戦争」
　◇小学生がえらぶ！ "こどもの本"総選挙（第2回/令2年/第9位）
　　「ぼくらの七日間（なのかかん）戦争」 宗田理作, はしもとしん絵　角川書店, 角川グループパブリッシング（発売）　2009.3　390p　18cm（角川つばさ文庫）740円　①978-4-04-631003-3

橋本 東一　はしもと・とういち＊
2962　「ワニとキツツキ」
　◇えほん大賞（第22回/令4年/ストーリー部門/優秀賞）
　　「ワニとキツツキ」 橋本東一作, 三崎了絵　三恵社　2023.3　〔10〕枚　19×27cm　1800円　①978-4-86693-762-5

橋本 雅之　はしもと・まさゆき＊
2963　「風土記―日本人の感覚を読む―」
　◇古代歴史文化賞（第7回/令1年/優秀作品賞）
　　「風土記―日本人の感覚を読む」 KADOKAWA　2016.10　201p　19cm（角川選書 577）1600円

①978-4-04-703582-9

橋谷 桂子　はしや・けいこ
　2964　「とびっきりのすいか」
　　◇家の光童話賞（第34回/令1年度/優秀賞）

羽角 曜　はすみ・よう＊
　2965　「砂の歌 影の聖域」
　　◇創元ファンタジイ新人賞（第1回/平27年発表/選考委員特別賞）
　　「影王の都」　東京創元社　2016.3　380p　15cm　（創元推理文庫）　860円　①978-4-488-56302-8
　　※受賞作を改題

長谷 敏司　はせ・さとし＊
　2966　「プロトコル・オブ・ヒューマニティ」
　　◇星雲賞（第54回/令5年/日本長編部門（小説））
　　◇日本SF大賞（第44回/令5年）
　　「プロトコル・オブ・ヒューマニティ」　早川書房　2022.10　292p　20cm　1900円　①978-4-15-210178-5

馳 星周　はせ・せいしゅう＊
　2967　「少年と犬」
　　◇直木三十五賞（第163回/令2年上）
　　「少年と犬」　文藝春秋　2020.5　308p　20cm　1600円　①978-4-16-391204-2
　　「少年と犬」　文藝春秋　2023.4　379p　16cm　（文春文庫）　780円　①978-4-16-792021-0

長谷川 あかり　はせがわ・あかり＊
　2968　「ちょんまげタワー」
　　◇MOE創作絵本グランプリ（第9回/令2年/佳作）
　2969　「すやすやおうこく」
　　◇MOE創作絵本グランプリ（第11回/令4年/佳作）

長谷川 彩香　はせがわ・あやか
　2970　「夢許り」
　　◇深大寺短編恋愛小説『深大寺恋物語』（第15回/令1年/深大寺そば組合賞）
　　※深大寺短編恋愛小説「深大寺恋物語」第十五集に収録

長谷川 和正　はせがわ・かずまさ＊
　2971　「ケースワーカー」
　　◇部落解放文学賞（第47回/令2年/小説部門/部落解放文学賞）
　2972　「偏見の構図 北はりま障がい者美術公募展に参加して考えたこと」
　　◇部落解放文学賞（第48回/令3年/評論部門/佳作）

長谷川 源太　はせがわ・げんた＊
　2973　「改訂版 カミと蒟蒻」
　　◇部落解放文学賞（第46回/令1年/戯曲部門/佳作）
　2974　「硝子の檻の共犯者」
　　◇部落解放文学賞（第48回/令3年/戯曲部門/部落解放文学賞）
　2975　「ハリガネ特急」
　　◇部落解放文学賞（第50回/令5年/児童文学部門/佳作）

長谷川 のりえ　はせがわ・のりえ
　2976　「田んぼの1ばん」

◇家の光童話賞 (第37回/令4年度/優秀賞)

はせがわ まり
2977 「なきむしハンス」
　◇MOE創作絵本グランプリ (第9回/令2年/佳作)
2978 「バーバラのサンタ」
　◇MOE創作絵本グランプリ (第10回/令3年/佳作)
2979 「わたしはかわいいおにんぎょう」
　◇書店員が選ぶ絵本新人賞 (2024/令6年/特別賞)

長谷川 まりる　はせがわ・まりる*
2980 「かすみ川の人魚」
　◇日本児童文学者協会新人賞 (第55回/令4年)
　「かすみ川の人魚」　長谷川まりる作,吉田尚令絵　講談社　2021.11　174p　20cm　1400円　①978-4-06-525758-6
2981 「杉森くんを殺すには」
　◇野間児童文芸賞 (第62回/令6年)
　「杉森くんを殺すには」　長谷川まりる作,おさつ装画・挿絵　くもん出版　2023.9　203p　20cm　(くもんの児童文学)　1400円　①978-4-7743-3483-7

長谷川 游子　はせがわ・ゆうこ
2982 「梯梧の赤さ」
　◇新俳句人連盟賞 (第52回/令6年/作品の部/佳作5位)

長谷川 佳江　はせがわ・よしえ*
2983 「鉄のサムライ」
　◇日本自費出版文化賞 (第25回/令4年/特別賞/グラフィック部門)
　「鉄のサムライ」　長谷川佳江,交友プランニングセンター友月書房(製作)　2021.9　23×23cm　2455円　①978-4-87787-810-8

長谷川 義史　はせがわ・よしふみ*
2984 「マンマルさん」
　◇産経児童出版文化賞 (第67回/令2年/翻訳作品賞)
　「マンマルさん」　マック・バーネット文,ジョン・クラッセン絵,長谷川義史訳　クレヨンハウス　2019.5　〔45p〕　23×23cm　1800円　①978-4-86101-368-3

馳月 基矢　はせつき・もとや*
2985 「姉上は麗しの名医」
　◇日本歴史時代作家協会賞 (第9回/令2年/文庫書き下ろし新人賞)
　「姉上は麗しの名医」　小学館　2020.4　279p　15cm　(小学館文庫―小学館時代小説文庫)　700円　①978-4-09-406761-3

畑 浩一郎　はた・こういちろう*
2986 「サラゴサ手稿」(上)(中)(下) (ヤン・ポトツキ著)
　◇小西財団日仏翻訳文学賞 (第29回/令6年/日本語訳)
　「サラゴサ手稿　上」　ヤン・ポトツキ作,畑浩一郎訳　岩波書店　2022.9　506p　15cm　(岩波文庫)　1140円　①978-4-00-375133-6
　「サラゴサ手稿　中」　ヤン・ポトツキ作,畑浩一郎訳　岩波書店　2022.11　442p　15cm　(岩波文庫)　1070円　①978-4-00-375134-3
　「サラゴサ手稿　下」　ヤン・ポトツキ作,畑浩一郎訳　岩波書店　2023.1　456p　15cm　(岩波文庫)　1070円　①978-4-00-375135-0

はた こうしろう
2987 「二平方メートルの世界で」

◇親子で読んでほしい絵本大賞（第3回／令4年／大賞）
　　「二平方メートルの世界で」　前田海音文，はたこうしろう絵　小学館　2021.4　27cm　1500円　①978-4-09-725104-0

はた　とうこ
2988　「今日も一人」
　　◇角川ビーンズ小説大賞（第19回／令2年／ジュニア部門／グランプリ）

秦　融　　はた・とおる＊
2989　「冤罪をほどく"供述弱者"とは誰か」
　　◇講談社 本田靖春ノンフィクション賞（第44回／令4年）
　　「冤罪をほどく―"供述弱者"とは誰か」　風媒社　2021.12　312p　19cm　1800円　①978-4-8331-1144-7

はた　なおや
2990　「どんぐりず」
　　◇講談社絵本新人賞（第45回／令6年／新人賞）

畑　リンタロウ　　はたけ・りんたろう＊
2991　「**Bloodstained Princess**」
　　◇電撃大賞〔電撃小説大賞〕（第30回／令5年／選考委員奨励賞）
　　「汝、わが騎士として」　KADOKAWA　2024.4　285p　15cm　（電撃文庫）　680円　①978-4-04-915532-7
　　※受賞作を改題
　　「汝、わが騎士として　2　皇女反逆編　1」　KADOKAWA　2024.9　267p　15cm　（電撃文庫）　720円　①978-4-04-915905-9

畠山　政文　　はたけやま・まさふみ＊
2992　「祈り」
　　◇啄木・賢治のふるさと「岩手日報随筆賞」（第16回／令3年／優秀賞）
2993　「君を自転車に乗せて」
　　◇啄木・賢治のふるさと「岩手日報随筆賞」（第18回／令5年／佳作）
2994　「レッテル」
　　◇啄木・賢治のふるさと「岩手日報随筆賞」（第19回／令6年／佳作）

畠山　結有　　はたけやま・ゆう＊
2995　「おかえり、エンマ様」
　　◇ENEOS童話賞（第51回／令2年度／中学生の部／優秀賞）
　　※「童話の花束 その51」に収録

畑中　暁来雄　　はたなか・あきお＊
2996　「畑中暁来雄詩集 資本主義万歳」
　　◇日本自費出版文化賞（第25回／令4年／特別賞／詩歌部門）
　　「畑中暁来雄詩集 資本主義万歳」　コールサック社　2013.5　127p　20cm　（新鋭・こころシリーズ 10）　1500円　①978-4-86435-108-9

幡野　京子　　はたの・きょうこ＊
2997　「かなしい花などないから」
　　◇ポプラ社小説新人賞（第10回／令2年／奨励賞）

旗原　理沙子　　はたはら・りさこ＊
2998　「私は無人島」
　　◇文學界新人賞（第129回／令6年）

八華　はちはな＊
  2999　「異世界で天才画家になってみた」
    ◇カクヨムWeb小説コンテスト（第8回／令5年／カクヨムプロ作家部門／特別賞）
      「異世界で天才画家になってみた　1」　KADOKAWA　2023.11　323p　19cm（MFブックス）1300円　①978-4-04-683004-3
      「異世界で天才画家になってみた　2」　KADOKAWA　2024.6　321p　19cm（MFブックス）1500円　①978-4-04-683708-0

八火　照　はちび・てる＊
  3000　「クラウド・スレッド―ディストピア・オーバー・インフェルノ」
    ◇ファンタジア大賞（第37回／令6年／橘公司特別賞）

86式中年　はちろくしきちゅうねん＊
  3001　「三馬鹿が行く！　～享楽的異世界転生記～」
    ◇カクヨムWeb小説コンテスト（第9回／令6年／異世界ファンタジー部門／特別賞）

八田　明子　はった・あきこ＊
  3002　「六甲おろしの子守唄」
    ◇BKラジオドラマ脚本賞（第40回／令1年／佳作）

服部　京子　はっとり・きょうこ＊
  3003　「自由研究には向かない殺人」
    ◇本屋大賞（第19回／令4年／翻訳小説部門／2位）
      「自由研究には向かない殺人」　ホリー・ジャクソン著, 服部京子訳　東京創元社　2021.8　581p　15cm（創元推理文庫）1400円　①978-4-488-13505-8
  3004　「卒業生には向かない真実」
    ◇本屋大賞（第21回／令6年／翻訳小説部門／2位）
      「卒業生には向かない真実」　ホリー・ジャクソン著, 服部京子訳　東京創元社　2023.7　681p　15cm（創元推理文庫）1500円　①978-4-488-13507-2

服部　大河　はっとり・たいが＊
  3005　「主人公性人型兵器 ―スターゲイザー―」
    ◇ファンタジア大賞（第36回／令5年／金賞＋細音啓特別賞）
      「はじめよう、ヒーロー不在の戦線を。」　KADOKAWA　2024.10　350p　15cm（富士見ファンタジア文庫）740円　①978-4-04-075615-8
      ※受賞作を改題

服部　誕　はっとり・たん＊
  3006　「祭りの夜に六地蔵」
    ◇日本詩歌句随筆評論大賞（第20回／令6年度／詩部門／優秀賞）
      「祭りの夜に六地蔵」　思潮社　2023.10　115p　22cm　2500円　①978-4-7837-4547-1

服部　徹也　はっとり・てつや＊
  3007　「はじまりの漱石『文学論』と初期創作の生成」
    ◇やまなし文学賞（第28回／令1年／研究・評論部門）
      「はじまりの漱石―『文学論』と初期創作の生成」　新曜社　2019.9　398p　22cm　4600円　①978-4-7885-1643-4

八方　鈴斗　はっぽう・りんと＊
  3008　「Ｒｅ：Ｒｅ：Ｒｅ：Ｒｅ：ホラー小説のプロット案」
    ◇カクヨムWeb小説コンテスト（第9回／令6年／ホラー部門／大賞）　〈受賞時〉Rinto
      「Ｒｅ：Ｒｅ：Ｒｅ：Ｒｅ：ホラー小説のプロット案」　KADOKAWA　2024.12　336p　1600円　①978-40411553-0-1

はつみ ひろたか
3009 「おとうさんはとまらない」
　◇日産 童話と絵本のグランプリ （第37回/令2年度/童話の部/優秀賞）
　　※「第37回 日産 童話と絵本のグランプリ 童話・絵本入賞作品集」（大阪国際児童文学振興財団 2021年3月発行）に収録

波照間 永吉　はてるま・えいきち*
3010 「沖縄 ことば咲い渡り（さくら、あお、みどり）」（全3巻）
　◇地方出版文化功労賞 （第34回/令3年/特別賞）
　　「沖縄ことば咲い渡り―さくら」 外間守善, 仲程昌徳, 波照間永吉著　ボーダーインク　2020.7　323p　15cm　2200円　①978-4-89982-383-4
　　「沖縄ことば咲い渡り―あお」 外間守善, 仲程昌徳, 波照間永吉著　ボーダーインク　2020.7　323p　15cm　2200円　①978-4-89982-384-1
　　「沖縄ことば咲い渡り―みどり」 外間守善, 仲程昌徳, 波照間永吉著　ボーダーインク　2020.7　321p　15cm　2200円　①978-4-89982-385-8

羽鳥 好之　はとり・よしゆき*
3011 「尚、赫々たれ 立花宗茂残照」
　◇日本歴史時代作家協会賞 （第12回/令5年/新人賞）
　　「尚、赫々たれ―立花宗茂残照」 早川書房　2022.10　297p　20cm　2000円　①978-4-15-210179-2

パートリッジ, エリザベス
3012 「カメラにうつらなかった真実―3人の写真家が見た日系人収容所」
　◇産経児童出版文化賞 （第70回/令5年/翻訳作品賞）
　◇日本子どもの本研究会「作品賞」 （第7回/令5年）
　　「カメラにうつらなかった真実―3人の写真家が見た日系人収容所」 エリザベス・パートリッジ文, ローレン・タマキ絵, 松波佐知子訳　徳間書店　2022.12　125p　27cm　3500円　①978-4-19-865579-2

花果 唯　はなか・ゆい*
3013 「本物の方の勇者様が捨てられていたので私が貰ってもいいですか？」
　◇カクヨムWeb小説コンテスト （第5回/令2年/異世界ファンタジー部門/特別賞）
　　「本物の方の勇者様が捨てられていたので私が貰ってもいいですか？」 KADOKAWA　2021.2　285p　19cm　（カドカワBOOKS）　1200円　①978-4-04-111051-5

花形 みつる　はながた・みつる*
3014 「徳治郎とボク」
　◇産経児童出版文化賞 （第67回/令2年/大賞）
　　「徳治郎とボク」 理論社　2019.4　232p　19cm　1400円　①978-4-652-20305-7

花咲 コナタ　はなさき・こなた
3015 「創翼のピニオン」
　◇HJ小説大賞 （第4回/令5年/中期）

花田 麻衣子　はなだ・まいこ*
3016 「CHOPSTICKS！」
　◇シナリオS1グランプリ （第41回/令3年冬/準グランプリ）

花音 小坂　はなね・こさか*
3017 「史上最強の魔法使いと謳われた男が転生して、帝国将官の頂点を目指す」
　◇カクヨムWeb小説コンテスト （第8回/令5年/カクヨムプロ作家部門/特別賞）　〈受賞時〉はな
　　「平民出身の帝国将官、無能な貴族上官を蹂躙して成り上がる」 KADOKAWA　2024.3　350p　15cm　（富士見ファンタジア文庫）　720円　①978-4-04-075304-1
　　※受賞作を改題

「平民出身の帝国将官、無能な貴族上官を蹂躙して成り上がる　2」　KADOKAWA　2024.8　348p　15cm（富士見ファンタジア文庫）760円　①978-4-04-075415-4

英　志雨　はなぶさ・しゅう＊

3018　「身代わり花嫁は身命を賭して」
　◇角川ビーンズ小説大賞（第21回/令4年/一般部門/審査員特別賞 伊藤たつき選）
　〈受賞時〉英　秋
　「身代わり花嫁は命を賭して―主君に捧ぐ忍びの花」　KADOKAWA　2023.12　303p　15cm（角川ビーンズ文庫）740円　①978-4-04-114422-0

はなみ

3019　「やくそくのじかん」
　◇MOE創作絵本グランプリ　（第9回/令2年/佳作）

花宮　拓夜　はなみや・たくや＊

3020　「メンヘラ少女の通い妻契約」
　◇スニーカー大賞　（第27回/令3年/銀賞）
　「メンヘラが愛妻エプロンに着替えたら」　KADOKAWA　2022.12　283p　15cm（角川スニーカー文庫）660円　①978-4-04-112990-6
　※受賞作を改題
　「メンヘラが愛妻エプロンに着替えたら　2」　KADOKAWA　2023.5　285p　15cm（角川スニーカー文庫）700円　①978-4-04-113643-0

花潜　幸　はなむぐり・ゆき＊

3021　「詩学入門」
　◇日本詩歌句随筆評論大賞　（第19回/令5年度/評論部門/奨励賞）
　「詩学入門―詩作のためのエスキース、抒情の系譜に学ぶ」　土曜美術社出版販売　2022.10　273p　19cm（「新」詩論・エッセイ文庫）1400円　①978-4-8120-2717-2

花山　多佳子　はなやま・たかこ＊

3022　「鳥影」
　◇詩歌文学館賞　（第35回/令2年/短歌）
　「鳥影―花山多佳子歌集」　角川文化振興財団、KADOKAWA（発売）　2019.7　283p　20cm（塔21世紀叢書 第353篇）2600円　①978-4-04-884287-7

バーニー，ベティ・G．

3023　「ぼくは学校ハムスター 1 ハンフリーは友だちがかり」
　◇日本子どもの本研究会「作品賞」　（第8回/令6年）
　「ぼくは学校ハムスター　1　ハンフリーは友だちがかり」　ベティ・G・バーニー作，尾高薫訳，ももろ絵　偕成社　2023.2　211p　20cm　1500円　①978-4-03-521910-1

羽田　宇佐　はねだ・うさ＊

3024　「週に一度クラスメイトを買う話」
　◇カクヨムWeb小説コンテスト　（第7回/令4年/ラブコメ（ライトノベル）部門/特別賞）
　「週に一度クラスメイトを買う話―ふたりの時間、言い訳の五千円」　KADOKAWA　2023.2　332p　15cm（富士見ファンタジア文庫）700円　①978-4-04-074878-8
　「週に一度クラスメイトを買う話―ふたりの時間、言い訳の五千円　2」　KADOKAWA　2023.6　348p　15cm（富士見ファンタジア文庫）720円　①978-4-04-075028-6
　「週に一度クラスメイトを買う話―ふたりの時間、言い訳の五千円　3」　KADOKAWA　2023.12　298p　15cm（富士見ファンタジア文庫）700円　①978-4-04-075179-5
　「週に一度クラスメイトを買う話―ふたりの時間、言い訳の五千円　4」　KADOKAWA　2024.4　336p　15cm（富士見ファンタジア文庫）720円　①978-4-04-075380-5
　「週に一度クラスメイトを買う話―ふたりの秘密は一つ屋根の下　5」　KADOKAWA　2024.10　346p　15cm（富士見ファンタジア文庫）740円　①978-4-04-075527-6

バーネット，マック
　3025　「マンマルさん」
　　◇産経児童出版文化賞　(第67回/令2年/翻訳作品賞)
　　　「マンマルさん」マック・バーネット文，ジョン・クラッセン絵，長谷川義史訳　クレヨンハウス　2019.5　〔45p〕　23×23cm　1800円　①978-4-86101-368-3

馬場　広大　　ばば・こうだい＊
　3026　「順風満帆」
　　◇舟橋聖一顕彰青年文学賞　(第34回/令4年/優秀作品)

ばば　たくみ
　3027　「R団地のミツバチ」
　　◇新人シナリオコンクール　(第31回/令3年度/大伴昌司賞　入選)

馬場　友紀　　ばば・ゆき＊
　3028　「糸」
　　◇岡山県「内田百閒文学賞」　(第15回/令1・2年度/優秀賞)
　　　「内田百閒文学賞受賞作品集―岡山県　第15回」江口ちかる，松本利江，馬場友紀著　作品社　2021.3　139p　20cm　1000円　①978-4-86182-844-7

馬部　隆弘　　ばべ・たかひろ＊
　3029　「椿井文書」
　　◇新書大賞　(第14回/令3年/3位)
　　　「椿井文書―日本最大級の偽文書」中央公論新社　2020.3　257p　18cm　(中公新書)　900円　①978-4-12-102584-5

浜尾　まさひろ　　はまお・まさひろ＊
　3030　「童話は甘いかしょっぱいか―出版までの長い道のり―」
　　◇日本自費出版文化賞　(第23回/令2年/特別賞/エッセー部門)
　　　「童話は甘いかしょっぱいか―出版までの長い道のり」文芸社　2012.7　225p　20cm　1400円　①978-4-286-08572-2

はまぐり　まこと
　3031　「きみの知らない花」
　　◇アンデルセンのメルヘン大賞　(第39回/令4年/一般部門/大賞)
　　　「アンデルセンのメルヘン文庫　第39集」アンデルセン・パン生活文化研究所　2022.10　87p　21×22cm　(アンデルセンのメルヘン大賞受賞作品集　第39回)　1000円
　　　※受賞作を収録

濱崎　徹　　はまさき・とおる＊
　3032　「巨乳ランナー」
　　◇シナリオS1グランプリ　(第43回/令4年冬/奨励賞)

浜崎　洋介　　はまさき・ようすけ＊
　3033　「小林秀雄の「人生」論」
　　◇山本七平賞　(第31回/令4年/奨励賞)
　　　「小林秀雄の「人生」論」NHK出版　2021.11　223p　18cm　(NHK出版新書)　880円　①978-4-14-088665-6

濱田　轟天　　はまだ・ごうてん＊
　3034　「平和の国の島崎へ」
　　◇マンガ大賞　(2024/令6年/4位)
　　　「平和の国の島崎へ　1～7」濱田轟天原作，瀬下猛漫画　講談社　2022.12～2024.11　19cm　(モーニングKC)

浜田　耕平　　はまだ・こうへい＊
　3035　「陣中花在」
　　◇国立劇場歌舞伎脚本募集（令和2・3年度/佳作）
　　　「国立劇場歌舞伎脚本募集入選作品集　令和2・3年度」　国立劇場制作部歌舞伎課編集　日本芸術文化振興会　2022.7　158p　26cm

濱田　美枝子　　はまだ・みえこ＊
　3036　「祈り」
　　◇日本詩歌句随筆評論大賞（第18回/令4年度/随筆部門/優秀賞）
　　　「祈り―上皇后・美智子さまと歌人・五島美代子」　濱田美枝子、岩田真治著　藤原書店　2021.6　402p　20cm　2700円　Ⓘ978-4-86578-307-0
　3037　「女人短歌」
　　◇日本歌人クラブ評論賞（第22回/令6年）
　　　「女人短歌―小さなるものの芽生えを、女性から奪うことなかれ」　書肆侃侃房　2023.6　319p　19cm　2200円　Ⓘ978-4-86385-581-6

濱道　拓　　はまどう・ひらく＊
　3038　「追いつかれた者たち」
　　◇新潮新人賞（第52回/令2年）

葉真中　顕　　はまなか・あき＊
　3039　「灼熱」
　　◇渡辺淳一文学賞（第7回/令4年）
　　　「灼熱」　新潮社　2021.9　668p　20cm　2600円　Ⓘ978-4-10-354241-4

浜矢　スバル　　はまや・すばる＊
　3040　「奥州馬、最後の栄光」
　　◇さきがけ文学賞（第36回/令1年/入選）

破滅　　はめつ＊
　3041　「二度目の人生はスキルが見えたので、鍛えまくっていたら引くほど無双してた件」
　　◇カクヨムWeb小説コンテスト（第6回/令3年/現代ファンタジー部門/特別賞・ComicWalker漫画賞）
　　　「スキルが見えた二度目の人生が超余裕、初恋の人と楽しく過ごしています」　KADOKAWA　2022.6　277p　15cm（角川スニーカー文庫）660円　Ⓘ978-4-04-112643-1
　　　※受賞作を改題

早川書房　　はやかわしょぼう＊
　3042　「クララとお日さま」
　　◇日本翻訳出版文化賞（第57回/令3年度）
　　　「クララとお日さま」　カズオ・イシグロ著, 土屋政雄訳　早川書房　2021.3　440p　20cm　2500円　Ⓘ978-4-15-210006-1
　　　「クララとお日さま」　カズオ・イシグロ著, 土屋政雄訳　早川書房　2023.7　490p　16cm（ハヤカワepi文庫）1500円　Ⓘ978-4-15-120109-7
　3043　「ハリケーンの季節」
　　◇日本翻訳出版文化賞（第60回/令6年度/特別賞）
　　　「ハリケーンの季節」　フェルナンダ・メルチョール著, 宇野和美訳　早川書房　2023.12　250p　20cm　3100円　Ⓘ978-4-15-210290-4

早咲　有　　はやさき・ゆう＊
　3044　「キジバトの来る家」
　　◇シナリオS1グランプリ（第43回/令4年冬/準グランプリ）

林 新　はやし・あらた＊
3045　「狼の義　新　犬養木堂伝」
◇司馬遼太郎賞（第23回／令1年度）
「狼の義―新犬養木堂伝」　林新,堀川惠子著　KADOKAWA　2019.3　477p　20cm　1900円　①978-4-04-106643-0
「狼の義―新犬養木堂伝」　林新,堀川惠子著　KADOKAWA　2024.1　605p　15cm　（角川ソフィア文庫）　1600円　①978-4-04-400765-2

林 果歩　はやし・かほ＊
3046　「失恋奨励！　恋占い部」
◇集英社みらい文庫大賞（第13回／令5年／優秀賞）

林 けんじろう　はやし・けんじろう＊
3047　「ろくぶんの、ナナ」
◇ジュニア冒険小説大賞（第17回／令2年／大賞）
「ろくぶんの、ナナ」　林けんじろう作,高橋由季画　岩崎書店　2021.4　199p　20cm　1300円　①978-4-265-84026-7
3048　「星屑すぴりっと」
◇講談社児童文学新人賞（第62回／令3年／佳作）
◇児童文芸新人賞（第52回／令5年）
「星屑すぴりっと」　講談社　2022.8　205p　20cm　1400円　①978-4-06-528771-2

林 靜江　はやし・しずえ＊
3049　「手の土をズボンで拭い幼子はゴールの後をすたすたと去る」
◇角川全国短歌大賞（第12回／令2年／題詠「土」／準賞）

林 譲治　はやし・じょうじ＊
3050　「星系出雲の兵站」(全9巻)
◇日本SF大賞（第41回／令2年）
◇星雲賞（第52回／令3年／日本長編部門（小説））
「星系出雲の兵站　1～4」　早川書房　2018.8～2019.4　16cm　（ハヤカワ文庫JA）
「星系出雲の兵站―遠征―　1～5」　早川書房　2019.8～2020.8　16cm　（ハヤカワ文庫JA）

林 翔太　はやし・しょうた＊
3051　「可惜夜の向こう側」
◇やまなし文学賞（第32回／令5年／青少年部門／やまなし文学賞青春賞佳作）

林 竹美　はやし・たけみ＊
3052　「与論島二世堀円治の妻　恵子―桜の家の女あるじ」
◇部落解放文学賞（第46回／令1年／記録・表現部門／佳作）

林 音々　はやし・ねね＊
3053　「一番素敵な夏休み」
◇ちゅうでん児童文学賞（第23回／令2年度／さくら賞）
「一番素敵な夏休み―「第23回ちゅうでん児童文学賞」さくら賞受賞作品」　ちゅうでん教育振興財団　2021.4　75p　21cm

林 慈　はやし・めぐむ＊
3054　「浜紫苑（ハマシオン）」
◇山之口貘賞（第44回／令4年）
「浜紫苑　第一詩集」　新星出版　2021.9　90p　19cm　1000円　①978-4-909366-70-2

囃方 怯　　はやしかた・ひるむ＊
　　3055　「庭」
　　　　◇北日本文学賞（第54回／令2年／選奨）

林田 麻美　　はやしだ・あさみ
　　3056　「母と息子の13階段」
　　　　◇城戸賞（第45回／令1年／佳作）

林田 香菜　　はやしだ・かな＊
　　3057　「まいごのこもれび」
　　　　◇日産 童話と絵本のグランプリ（第39回／令4年度／童話の部／優秀賞）
　　　　※「第39回 日産 童話と絵本のグランプリ 童話・絵本入賞作品集」（大阪国際児童文学振興財団 2023年3月発行）に収録

早田 駒斗　　はやた・こまと＊
　　3058　「磁界」
　　　　◇俳句四季新人賞・新人奨励賞（令5年／第6回 俳句四季新人奨励賞）

早月 くら　　はやつき・くら＊
　　3059　「ハーフ・プリズム」
　　　　◇歌壇賞（第35回／令5年）

早月 やたか　　はやつき・やたか＊
　　3060　「基礎から学べる美少女スマホがわかる本」
　　　　◇ファンタジア大賞（第35回／令4年／羊太郎特別賞）〈受賞時〉弥高
　　　　「もしもし？ わたしスマホですがなにか？　1」KADOKAWA　2023.3　285p　15cm（富士見ファンタジア文庫）680円　①978-4-04-074918-1
　　　　※受賞作を改題

葉柳 いち　　はやなぎ・いち　⇒川上 佐都（かわかみ・さと）

早渕 太亮　　はやぶち・たいすけ＊
　　3061　「月にのぼる船」
　　　　◇えほん大賞（第18回／令2年／ストーリー部門／優秀賞）

葉山 えみ　　はやま・えみ＊
　　3062　「手のひらに、星」
　　　　◇長編児童文学新人賞（第19回／令2年／佳作）

葉山 エミ　　はやま・えみ＊
　　3063　「明日の帆をあげて」
　　　　◇ちゅうでん児童文学賞（第22回／令1年度／大賞）
　　　　「ベランダに手をふって」葉山エミ作, 植田たてり絵　講談社　2021.1　173p　20cm（講談社文学の扉）1400円　①978-4-06-522051-1
　　　　※受賞作を改題

葉山 宗次郎　　はやま・そうじろう＊
　　3064　「鉄道英雄伝説 カクヨム版」
　　　　◇カクヨムWeb小説コンテスト（第9回／令6年／異世界ファンタジー部門／特別審査員賞）

葉山 博子　　はやま・ひろこ＊
　　3065　「時の睡蓮を摘みに」
　　　　◇アガサ・クリスティー賞（第13回／令5年／大賞）

「時の睡蓮を摘みに」　早川書房　2023.12　381p　19cm　1900円　①978-4-15-210296-6

葉山　美玖　　はやま・みく＊
3066　「約束」
◇日本詩歌句随筆評論大賞（第16回/令2年度/詩部門/優秀賞）
「約束―葉山美玖詩集」　コールサック社　2019.7　127p　22cm　1800円　①978-4-86435-397-7

速水　香織　　はやみ・かおり＊
3067　「近世前期江戸出版文化史」
◇日本出版学会賞（第42回/令2年度/奨励賞）
「近世前期江戸出版文化史」　文学通信　2020.2　447p　22cm　8800円　①978-4-909658-24-1

早見　和真　　はやみ・かずまさ＊
3068　「ザ・ロイヤルファミリー」
◇JRA賞馬事文化賞（2019/令1年度）
◇山本周五郎賞（第33回/令2年）
「ザ・ロイヤルファミリー」　新潮社　2019.10　504p　20cm　2000円　①978-4-10-336152-7
「ザ・ロイヤルファミリー」　新潮社　2022.12　619p　16cm　（新潮文庫）　900円　①978-4-10-120693-6
3069　「店長がバカすぎて」
◇本屋大賞（第17回/令2年/9位）
「店長がバカすぎて」　角川春樹事務所　2019.7　292p　19cm　1500円　①978-4-7584-1339-8
「店長がバカすぎて」　角川春樹事務所　2021.8　314p　16cm　（ハルキ文庫）　690円　①978-4-7584-4426-2

速水　涙子　　はやみ・るいこ＊
3070　「厄災流し」
◇カクヨムWeb小説コンテスト（第9回/令6年/ホラー部門/特別審査員賞）

原　あやめ　　はら・あやめ＊
3071　「なまこ壁の蔵」
◇児童文学ファンタジー大賞（第27回/令3年/佳作）

原　浩　　はら・こう＊
3072　「火喰鳥」
◇横溝正史ミステリ＆ホラー大賞（第40回/令2年/大賞）
「火喰鳥を、喰う―KILL OR BE KILLED」　KADOKAWA　2020.12　317p　20cm　1700円　①978-4-04-110854-3
※受賞作を改題
「火喰鳥を、喰う」　KADOKAWA　2022.11　338p　15cm　（角川ホラー文庫）　720円　①978-4-04-112744-5

原　こずえ　　はら・こずえ＊
3073　「満月の夜に」
◇ENEOS童話賞（第51回/令2年度/一般の部/優秀賞）
※「童話の花束　その51」に収録

はら　まさかず
3074　「うさぎとハリネズミ　きょうもいいひ」
◇日本児童文学者協会新人賞（第55回/令4年）
「きょうもいいひ―うさぎとハリネズミ」　はらまさかずぶん，石川えりこえ　ひだまり舎　2021.4　62p　22cm　1500円　①978-4-909749-07-9

原　満三寿　　はら・まさじ＊
3075　「風の図譜」

はら

◇小野市詩歌文学賞（第12回／令2年／俳句部門）
「風の図譜―原満三寿句集」深夜叢書社　2019.10　137p　20cm　2500円　Ⓘ978-4-88032-456-2

原 ゆき　はら・ゆき
3076 「Decks ―ハンティングエリア―」
◇ノベル大賞（2024年／令6年／準大賞）

原 竜一　はら・りゅういち　⇒冬野 岬（ふゆの・みさき）

原 瑠璃彦　はら・るりひこ＊
3077 「洲浜論」
◇芸術選奨（第74回／令5年度／評論部門／文部科学大臣新人賞）
「洲浜論」作品社　2023.6　463p　20cm　3600円　Ⓘ978-4-86182-978-9

harao
3078 「日替わり彼女～初恋はウソつきの始まり～」
◇講談社ラノベ文庫新人賞（第19回／令6年10月発表／佳作）

はらくろ
3079 「勇者召喚に巻き込まれたけれど、勇者じゃなかったアラサーおじさん。暗殺者（アサシン）が見ただけでドン引きするような回復魔法の使い手になっていた。」
◇カクヨムWeb小説コンテスト（第8回／令5年／異世界ファンタジー部門／特別賞・ComicWalker漫画賞）
「勇者じゃなかった回復魔法使い　1　暗殺者もドン引きの蘇生呪文活用法」KADOKAWA　2024.2　281p　19cm（MFブックス）1300円　Ⓘ978-4-04-683378-5
※受賞作を改題
「勇者じゃなかった回復魔法使い　2　支配人もドン引きの最強母子とゾンビなチート」KADOKAWA　2024.8　312p　19cm（MFブックス）1400円　Ⓘ978-4-04-683963-3

原純　はらじゅん＊
3080 「黄金の経験値」
◇カクヨムWeb小説コンテスト（第7回／令4年／キャラクター文芸部門／特別賞）
「黄金の経験値　特定災害生物「魔王」降臨タイムアタック」KADOKAWA　2023.1　380p　19cm（カドカワBOOKS）1350円　Ⓘ978-4-04-074744-6
「黄金の経験値　2　特定災害生物「魔王」進撃マルチプレイ」KADOKAWA　2023.5　395p　19cm（カドカワBOOKS）1350円　Ⓘ978-4-04-074965-5
「黄金の経験値　3　特定災害生物「魔王」迷宮魔改造アップデート」KADOKAWA　2023.10　413p　19cm（カドカワBOOKS）1350円　Ⓘ978-4-04-075153-5
「黄金の経験値　4　特定災害生物「魔王」配下融合アルケミー」KADOKAWA　2024.3　341p　19cm（カドカワBOOKS）1300円　Ⓘ978-4-04-075351-5
「黄金の経験値　5　特定災害生物「魔王」災厄激突ソロレイド」KADOKAWA　2024.8　364p　19cm（カドカワBOOKS）1350円　Ⓘ978-4-04-075564-9

原条 令子　はらじょう・れいこ＊
3081 「華麗なる「バレエ・リュス」と舞台芸術の世界―ロシア・バレエとモダン・アート―」
◇造本装幀コンクール（第54回／令2年／審査員奨励賞）
「華麗なる「バレエ・リュス」と舞台芸術の世界―ロシア・バレエとモダン・アート―」海野弘解説★監修　パイインターナショナル　2020.8　462p　26cm　3800円　Ⓘ978-4-7562-5195-4

原田 佳織　はらだ・かおり＊
3082 「藍色の空」
◇日本伝統俳句協会賞（第31回／令2年／日本伝統俳句協会新人賞）

はらだ・かよ
3083 「ふゆのおうち」
◇日産 童話と絵本のグランプリ （第36回/令1年度/絵本の部/優秀賞）
※「第36回 日産 童話と絵本のグランプリ 童話・絵本入賞作品集」（大阪国際児童文学振興財団 2020年3月発行）に収録

原田 幸悦　はらだ・こうえつ＊
3084 「飛鳥部落と白鳥寮」
◇部落解放文学賞 （第49回/令4年/評論部門/佳作）

原田 裕史　はらだ・ひろふみ
3085 「オレンジ物件」
◇長編児童文学新人賞 （第21回/令4年/佳作）

原田 勝　はらだ・まさる＊
3086 「ぼくは川のように話す」
◇産経児童出版文化賞 （第69回/令4年/翻訳作品賞）
「ぼくは川のように話す」 ジョーダン・スコット文, シドニー・スミス絵, 原田勝訳　偕成社　2021.7　〔42p〕　26cm　1600円　①978-4-03-425370-0

原田 マハ　はらだ・まは＊
3087 「板上に咲く」
◇泉鏡花文学賞 （第52回/令6年）
「板上に咲く―MUNAKATA：Beyond Van Gogh」 幻冬舎　2024.3　257p　20cm　1700円　①978-4-344-04239-1

原田 ゆか　はらだ・ゆか
3088 「狐の桜餅」
◇アンデルセンのメルヘン大賞 （第37回/令2年/一般部門/優秀賞）
「アンデルセンのメルヘン文庫　第37集」 アンデルセン・パン生活文化研究所　2020.10　89p　21×22cm （アンデルセンのメルヘン大賞受賞作品集 第37回）　1000円
※受賞作を収録

原田 芳子　はらだ・よしこ＊
3089 「大雪をあおいで「三年目のナナカマド」その後」
◇日本自費出版文化賞 （第27回/令6年/特別賞/個人誌部門）
「大雪をあおいで―『三年目のナナカマド』その後」 原田寛, 上村邦子　2024.3　317p　21cm

はらぺこめがね
3090 「みんなのおすし」
◇けんぶち絵本の里大賞 （第30回/令2年度/アルパカ賞）
「みんなのおすし」 ポプラ社　2019.10　〔51p〕　27cm　1400円　①978-4-591-16251-4

張ヶ谷 弘司　はりが・こうじ＊
3091 「天国へのパスポート―ある日の阿波根昌鴻さん―」
◇日本自費出版文化賞 （第23回/令2年/部門入賞/グラフィック部門）
「天国へのパスポート―ある日の阿波根昌鴻（あはごん　しょうこう）さん」 張ヶ谷弘司　2015.3　71p　30cm　2500円

パリュス あや子　ぱりゅす・あやこ＊
3092 「惑星難民X」
◇小説現代長編新人賞 （第14回/令2年）
「隣人X」 講談社　2023.10　250p　15cm （講談社文庫）　660円　①978-4-06-533384-6
※受賞作を改題

春一　はるいち＊
3093　「お隣の女子高生の人生を買うことになったんだが、そのときには既にベタ惚れされてしまっていたらしい。」
　◇カクヨムWeb小説コンテスト（第7回/令4年/ラブコメ（ライトノベル）部門/特別賞）

3094　「スキル『おっぱい矯正』ってどういうこと!?　こんなスキルを使う機会なんて……意外とある？　本当に……？」
　◇カクヨムWeb小説コンテスト（第7回/令4年/ラブコメ（ライトノベル）部門/ComicWalker漫画賞）

3095　「『暗黒の魔女』に転生してうっかり二万人ほど殺したら、魔王の称号を得ちゃった。平穏に過ごしたいのに、敵がたくさんいるから戦うしかないや。《TS》」
　◇カクヨムWeb小説コンテスト（第9回/令6年/カクヨムプロ作家部門/特別賞）

春暮　康一　はるくれ・こういち＊
3096　「法治の獣」
　◇星雲賞（第54回/令5年/日本短編部門（小説））
　「法治の獣」　早川書房　2022.4　349p　16cm　（ハヤカワ文庫JA）　1000円　①978-4-15-031520-7

はるこむぎ
3097　「結婚相談所で働いてみたら……」
　◇カクヨムWeb小説短編賞（2023/令5年/エッセイ・ノンフィクション部門/短編賞）

榛名　千紘　はるな・ちひろ＊
3098　「百合少女は幸せになる義務があります」
　◇電撃大賞〔電撃小説大賞〕（第28回/令3年/金賞）
　「この△ラブコメは幸せになる義務がある。」　KADOKAWA　2022.3　279p　15cm　（電撃文庫）　640円　①978-4-04-914212-9
　※受賞作を改題
　「この△ラブコメは幸せになる義務がある。　2」　KADOKAWA　2022.8　313p　15cm　（電撃文庫）　660円　①978-4-04-914451-2
　「この△ラブコメは幸せになる義務がある。　3」　KADOKAWA　2022.12　329p　15cm　（電撃文庫）　720円　①978-4-04-914576-2
　「この△ラブコメは幸せになる義務がある。　4」　KADOKAWA　2023.7　347p　15cm　（電撃文庫）　720円　①978-4-04-914809-1

榛名井　はるなどん＊
3099　「ドッペルゲンガーは恋をする」
　◇電撃大賞〔電撃小説大賞〕（第29回/令4年/大賞）
　「レプリカだって、恋をする。」　KADOKAWA　2023.2　284p　15cm　（電撃文庫）　660円　①978-4-04-914873-2
　※受賞作を改題
　「レプリカだって、恋をする。　2」　KADOKAWA　2023.7　324p　15cm　（電撃文庫）　680円　①978-4-04-915008-7
　「レプリカだって、恋をする。　3」　KADOKAWA　2023.12　269p　15cm　（電撃文庫）　720円　①978-4-04-915343-9
　「レプリカだって、恋をする。　4」　KADOKAWA　2024.7　257p　15cm　（電撃文庫）　700円　①978-4-04-915694-2

春名　美咲　はるな・みさき＊
3100　「二人、溺れてる」
　◇やまなし文学賞（第32回/令5年/一般部門/やまなし文学賞佳作）
　※「樋口一葉記念 第32回やまなし文学賞受賞作品集」（山梨日日新聞社刊）に収録

春野 こもも　はるの・こもも＊
　　3101　「黒のグリモワールと呪われた魔女～婚約破棄された公爵令嬢は森に引き籠ります～」
　　　　◇カクヨムWeb小説コンテスト（第5回/令2年/恋愛部門/特別賞）
　　　　「婚約破棄された公爵令嬢は森に引き籠ります―黒のグリモワールと呪われた魔女」　KADOKAWA
　　　　2021.4　264p　15cm（角川ビーンズ文庫）690円　Ⓘ978-4-04-111302-8

はるの なる子　はるの・なるこ＊
　　3102　「月は蒼く」
　　　　◇青い鳥文庫小説賞（第5回/令3年度/U-15部門/大賞）

ハルノヨイ
　　3103　「契約夫婦は宮中に香る」
　　　　◇カクヨムWeb小説コンテスト（第9回/令6年/ライト文芸部門/特別賞）

春間 タツキ　はるま・たつき＊
　　3104　「無能聖女ヴィクトリア」
　　　　◇角川文庫キャラクター小説大賞（第6回/令2年/奨励賞）　〈受賞時〉焦田 シューマイ
　　　　「聖女ヴィクトリアの考察―アウレスタ神殿物語」　KADOKAWA　2021.8　299p　15cm（角川文庫）
　　　　640円　Ⓘ978-4-04-111525-1
　　　　※受賞作を改題

春海水亭　はるみすいてい＊
　　3105　「あるいは私の名前は邪竜神デスドラグーン」
　　　　◇カクヨムWeb小説短編賞（2023/令5年/エッセイ・ノンフィクション部門/最多読者賞）
　　3106　「因習を！　無から起こして！　村興せ！」
　　　　◇カクヨムWeb小説短編賞（2023/令5年/短編小説部門/読者開拓賞）

方 政雄　ぱん・じょんうん＊
　　3107　「草むらの小屋」
　　　　◇さきがけ文学賞（第39回/令4年/入選）
　　　　「草むらの小屋」　新幹社　2023.6　231p　20cm　1800円　Ⓘ978-4-88400-151-3

半崎 輝　はんざき・ひかる＊
　　3108　「痕」
　　　　◇北区内田康夫ミステリー文学賞（第22回/令6年/審査員特別賞（特別賞））

ハンセン, アンデシュ
　　3109　「スマホ脳」
　　　　◇新書大賞（第14回/令3年/5位）
　　　　◇新風賞（第56回/令3年）
　　　　「スマホ脳」　アンデシュ・ハンセン著, 久山葉子訳　新潮社　2020.11　255p　18cm（新潮新書）980
　　　　円　Ⓘ978-4-10-610882-2

板東 洋介　ばんどう・ようすけ＊
　　3110　「徂徠学派から国学へ―表現する人間」
　　　　◇サントリー学芸賞（第41回/令1年度/思想・歴史部門）
　　　　「徂徠学派から国学へ―表現する人間」　ぺりかん社　2019.3　278p　22cm　5000円　Ⓘ978-4-8315-
　　　　1530-8

ハンノタ ヒロノブ
　　3111　「さよならトルモリ王国」

◇小川未明文学賞（第29回/令2年/優秀賞/長編部門）

パンローリング
3112 「馬のこころ 脳科学者が解説するコミュニケーションガイド」
◇JRA賞馬事文化賞（2021/令3年度）
「馬のこころ―脳科学者が解説するコミュニケーションガイド」 ジャネット・L・ジョーンズ著, 尼丁千津子訳　パンローリング　2021.8　419p　19cm（フェニックスシリーズ 124）2800円　①978-4-7759-4253-6

【ひ】

柊　ひいらぎ＊
3113 「妖血の禍祓士は皇帝陛下の毒婦となりて」
◇角川文庫キャラクター小説大賞（第10回/令6年/カクヨムテーマ賞）

柊　圭介　ひいらぎ・けいすけ
3114 「おとうと」
◇カクヨムWeb小説短編賞（2022/令4年/はてなインターネット文学特別賞）

緋色の雨　ひいろのあめ＊
3115 「二度目の悪逆皇女はかつての敵と幸せになります。でも私を利用した悪辣な人々は絶対に許さない！」
◇カクヨムWeb小説コンテスト（第8回/令5年/恋愛（ラブロマンス）部門/大賞・ComicWalker漫画賞）
「回帰した悪逆皇女は黒歴史を塗り替える　1」 KADOKAWA　2023.12　297p　19cm　1300円　①978-4-04-737716-5
※受賞作を改題
「回帰した悪逆皇女は黒歴史を塗り替える　2」 KADOKAWA　2024.12　354p　19cm　1400円　①978-4-04-738160-5

日浦　嘉孝　ひうら・よしたか＊
3116 「土と緑と人間と―西阿波・祖谷 傾斜地に暮らす―」
◇日本自費出版文化賞（第24回/令3年/部門入賞/グラフィック部門）
「土と緑と人間と―西阿波・祖谷傾斜地に暮らす」 日本写真企画　2020.5　19×26cm　2500円　①978-4-86562-108-2

PHP研究所　ぴーえいちぴーけんきゅうしょ＊
3117 「わたしのあのこ あのこのわたし」
◇児童福祉文化賞（第64回/令4年/出版物部門）
「わたしのあのこ あのこのわたし」 岩瀬成子著　PHP研究所　2021.2　207p　20cm（わたしたちの本棚）1400円　①978-4-569-78969-9

比嘉　健二　ひが・けんじ＊
3118 「特攻服を着た少女と1825日」
◇小学館ノンフィクション大賞（第29回/令4年/大賞）
「特攻服少女と1825日」 小学館　2023.7　255p　19cm　1500円　①978-4-09-389122-6
※受賞作を改題

東　曜太郎　ひがし・ようたろう＊
3119 「カトリとまどろむ石の海」
◇講談社児童文学新人賞（第62回/令3年/佳作）

「カトリと眠れる石の街」 東曜太郎著,まくらくらま装画　講談社　2022.9　239p　20cm　1450円
　Ⓘ978-4-06-528436-0
※受賞作を改題

東島　雅昌　ひがしじま・まさあき＊
3120　「民主主義を装う権威主義―世界化する選挙独裁とその論理」
◇サントリー学芸賞（第45回／令5年度／政治・経済部門）
「民主主義を装う権威主義―世界化する選挙独裁とその論理」　千倉書房　2023.2　399p　22cm（叢書21世紀の国際環境と日本 008）5600円　Ⓘ978-4-8051-1283-0

東野　正　ひがしの・ただし＊
3121　「ゴジラになって」
◇部落解放文学賞（第49回／令4年／詩部門／部落解放文学賞）

東村　アキコ　ひがしむら・あきこ＊
3122　「偽装不倫」
◇芸術選奨（第70回／令1年度／メディア芸術部門／文部科学大臣新人賞）
「偽装不倫　1～8」　文藝春秋　2018.11～2020.3　21cm（BUNSHUN COMICS×YLAB）

日下野　仁美　ひがの・ひろみ＊
3123　「風の仮面」
◇日本詩歌句随筆評論大賞（第16回／令2年度／俳句部門／大賞）
「風の仮面―句集」　文學の森　2019.7　249p　20cm　2667円　Ⓘ978-4-86438-838-2

Ｐカンパニー
3124　「5月35日」（莊梅岩作）
◇小田島雄志・翻訳戯曲賞（第15回／令4年）

疋田　ブン　ひきた・ぶん＊
3125　「へのへの茂次郎」
◇岡山県「内田百閒文学賞」（第17回／令5・6年度／優秀賞,岡山県郷土文化財団理事長賞）

樋口　六華　ひぐち・りっか＊
3126　「泡の子」
◇すばる文学賞（第48回／令6年）

日暮　雅通　ひぐらし・まさみち＊
3127　「シャーロック・ホームズ・バイブル 永遠の名探偵をめぐる170年の物語」
◇日本推理作家協会賞（第76回／令5年／評論・研究部門）
「シャーロック・ホームズ・バイブル―永遠の名探偵をめぐる170年の物語」　早川書房　2022.10　548p　20cm　3600円　Ⓘ978-4-15-210180-8

彦坂　美喜子　ひこさか・みきこ＊
3128　「春日井建論―詩と短歌について」
◇中日短歌大賞（第15回／令6年度）
「春日井建論―詩と短歌について」　短歌研究社　2024.6　377p　20cm　2500円　Ⓘ978-4-86272-775-6

びごーじょうじ
3129　「小さな大入道」
◇えほん大賞（第26回／令6年／絵本部門／優秀賞）

ひこ・田中　ひこたなか＊
3130　「あした、弁当を作る。」

◇日本児童文学者協会賞（第64回/令6年）
「あした、弁当を作る。」講談社　2023.2　271p　20cm　1400円　①978-4-06-530595-9

久 正人　ひさ・まさと＊
3131　「ニンジャバットマン」
◇星雲賞（第51回/令2年/コミック部門）
「ニンジャバットマン　上」DC COMICSキャラクター・監修, 久正人漫画　ヒーローズ, 小学館クリエイティブ（発売）　2019.3　190p　19cm（HCヒーローズコミックス）700円　①978-4-86468-629-7
「ニンジャバットマン　下」DC COMICSキャラクター・監修, 久正人漫画　ヒーローズ, 小学館クリエイティブ（発売）　2019.10　218p　19cm（HCヒーローズコミックス）700円　①978-4-86468-673-0

久生 夕貴　ひさお・ゆうき＊
3132　「拝啓、桜守の君へ。」
◇富士見ノベル大賞（第4回/令3年/審査員特別賞）
「拝啓、桜守の君へ。」KADOKAWA　2022.5　313p　15cm（富士見L文庫）680円　①978-4-04-074536-7

久川 航璃　ひさかわ・こうり＊
3133　「拝啓見知らぬ旦那様、離婚していただきます」
◇カクヨムWeb小説コンテスト（第6回/令3年/恋愛部門/大賞）〈受賞時〉マルコフ。
「拝啓見知らぬ旦那様、離婚していただきます　〔1〕上～5上」KADOKAWA　2022.1～2024.12　15cm（メディアワークス文庫）
3134　「傲慢公爵は偽り聖母の献身的な愛を買う」
◇カクヨムWeb小説コンテスト（第9回/令6年/カクヨムプロ作家部門/特別賞）

久田 恵　ひさだ・めぐみ＊
3135　「白い風見鶏」
◇アンデルセンのメルヘン大賞（第41回/令6年/一般部門/優秀賞）
「アンデルセンのメルヘン文庫　第41集」アンデルセン・パン生活文化研究所　2024.10　87p　21×22cm（アンデルセンのメルヘン大賞受賞作品集　第41回）1000円
※受賞作を収録

久永 草太　ひさなが・そうた＊
3136　「彼岸へ」
◇歌壇賞（第34回/令4年）

久永 実木彦　ひさなが・みきひこ＊
3137　「わたしたちの怪獣」
◇星雲賞（第55回/令6年/日本短編部門（小説））
「わたしたちの怪獣」東京創元社　2023.5　298p　20cm（創元日本SF叢書 20）1800円　①978-4-488-01850-4

氷雨 ユータ　ひさめ・ゆーた＊
3138　「国家令嬢は価値なき俺を三億で」
◇HJ小説大賞（第5回/令6年/前期）

菱岡 憲司　ひしおか・けんじ＊
3139　「大才子 小津久足―伊勢商人の蔵書・国学・紀行文」
◇サントリー学芸賞（第45回/令5年度/芸術・文学部門）
「大才子 小津久足―伊勢商人の蔵書・国学・紀行文」中央公論新社　2023.1　458p　20cm（中公選書）2500円　①978-4-12-110134-1

菱谷 良一　ひしや・りょういち＊
3140　「百年の探究―眞の自由と平和を思考し続けて―」

◇日本自費出版文化賞 （第27回／令6年／シルバー特別賞／個人誌部門）
「百年の探究―眞の自由と平和を思考し続けて」 菱谷良一自伝刊行委員会 2023.9 127p, 図版 21cm 1500円 Ⓘ978-4-87037-097-5

菱山 愛 ひしやま・あい＊
3141 「三日月」
◇やまなし文学賞 （第31回／令4年／一般部門／やまなし文学賞佳作）
※「樋口一葉記念 第31回やまなし文学賞受賞作品集」（山梨日日新聞社刊）に収録

聖 悠紀 ひじり・ゆき＊
3142 「超人ロック」
◇日本漫画家協会賞 （第52回／令5年度／文部科学大臣賞）
「超人ロック 1〜38」 少年画報社 1980.6〜1989.8 18cm （ヒットコミックス）
「超人ロック 聖者の涙 volume1〜volume 3」 青磁ビブロス 1994.5〜1994.9 19cm （Biblos comics）
「超人ロック 1〜27」 青磁ビブロス 1996.4〜1997.9 15cm （ビブロスコミック文庫）
「超人ロック ミラーリング access 1〜access 2」 青磁ビブロス 1996.10〜1996.11 19cm （Megu comics）
「超人ロック ソード・オブ・ネメシス 1」 青磁ビブロス 1997.1 209p 19cm （Megu comics） 600円 Ⓘ4-88271-502-3
「超人ロック クランベールの月」 青磁ビブロス 1997.2 194p 19cm （Megu comics） 600円 Ⓘ4-88271-515-5
「超人ロック ソード・オブ・ネメシス 2〜3」 ビブロス 1997.6〜1997.11 19cm （Megu comics）
「超人ロック 猫の散歩引き受けます」 ビブロス 1998.3 190p 19cm （Megu comics） 571円 Ⓘ4-88271-779-4
「超人ロック 天空の魔法士」 ビブロス 1999.3 225p 19cm （Megu comics） 619円 Ⓘ4-88271-945-2
「超人ロック メヌエット」 ビブロス 2000.2 204p 19cm （Megu comics） 571円 Ⓘ4-8352-1005-0
「超人ロック カデット」 ビブロス 2001.11 215p 19cm （Megu comics） 619円 Ⓘ4-8352-1274-6
「超人ロック 星辰の門」 ビブロス 2002.6 210p 19cm （Megu comics） 619円 Ⓘ4-8352-1353-X
「超人ロック オメガ 1〜3」 ビブロス 2002.11〜2003.11 19cm （Megu comics）
「超人ロック 久遠の瞳 1〜3」 ビブロス 2004.2〜2005.1 19cm （Megu comics）
「超人ロック 冬の虹 1〜4」 少年画報社 2004.8〜2006.4 18cm （コミック―YKコミックス）
「超人ロック ひとりぼっちのプリンセス」 ビブロス 2005.7 208p 19cm （Megu comics） 619円 Ⓘ4-8352-1772-1
「超人ロック―完全版 1巻〜37巻」 少年画報社 2006.12〜2009.11 21cm （King legend）
「超人ロック クアドラ 〔1〕〜2」 少年画報社 2007.2〜2007.7 18cm （コミック―YKコミックス）
「超人ロック ライザ」 少年画報社 2007.8 183p 18cm （コミック―YKコミックス） 562円 Ⓘ978-4-7859-2797-4
「超人ロック 凍てついた星座 1〜3」 少年画報社 2008.1〜2009.2 18cm （コミック―YKコミックス）
「超人ロック ニルヴァーナ 1〜4」 少年画報社 2009.6〜2010.12 18cm （コミック―YKコミックス）
「超人ロック 風の抱擁 1〜7」 少年画報社 2011.8〜2014.7 18cm （コミック―YKコミックス） 552円
「超人ロック 刻（とき）の子供達 1〜3」 KADOKAWA 2014.1〜2015.2 18cm （MFコミックス―フラッパーシリーズ）
「超人ロック ラフラール 01〜04」 少年画報社 2015.2〜2016.8 18cm （コミック―YKコミックス）
「超人ロック―炎の虎・魔女の世紀」 少年画報社 2015.3 439p 18cm （YKベスト） 556円 Ⓘ978-4-7859-5493-2
「超人ロック―光の剣・アウタープラネット」 少年画報社 2015.4 414p 18cm （YKベスト） 556円 Ⓘ978-4-7859-5516-8
「超人ロック ドラゴンズブラッド 1〜4」 KADOKAWA 2015.8〜2017.1 19cm （MFコミックス―フラッパーシリーズ）
「超人ロック 鏡の檻 1〜5」 少年画報社 2017.1〜2019.11 18cm （コミック―YKコミックス）
「超人ロック 外伝」 少年画報社 2017.6 181p 18cm （コミック―YKコミックス） 575円 Ⓘ978-4-7859-6026-1

「超人ロック ガイアの牙 1～3」 KADOKAWA 2017.8～2020.1 19cm（MFコミックス―フラッパーシリーズ）
「超人ロック Classic 上巻・下巻」 少年画報社 2019.12～2020.1 18cm（コミック―YKコミックス）
「超人ロック カオスブリンガー 1」 少年画報社 2020.10 187p 18cm（コミック―YKコミックス） 650円 ①978-4-7859-6760-4
「超人ロック 憧憬」 KADOKAWA 2023.11 153p 19cm（MFコミックス―フラッパーシリーズ） 680円 ①978-4-04-680568-3

氷月 葵　ひずき・あおい＊

3143 「仇討ち包丁」シリーズ
◇日本歴史時代作家協会賞（第11回/令4年/文庫シリーズ賞）
「仇討ち包丁 盗まれた味」 コスミック出版 2021.8 284p 16cm（コスミック・時代文庫）630円 ①978-4-7747-6309-5
「仇討ち包丁〔2〕江戸いちばんの味」 コスミック出版 2022.5 290p 16cm（コスミック・時代文庫）650円 ①978-4-7747-6380-4

3144 「御庭番の二代目」シリーズ
◇日本歴史時代作家協会賞（第11回/令4年/文庫シリーズ賞）
「御庭番の二代目 1～18」 二見書房 2016.6～2022.2 15cm（二見時代小説文庫）

3145 「神田のっぴき横丁」シリーズ
◇日本歴史時代作家協会賞（第11回/令4年/文庫シリーズ賞）
「神田のっぴき横丁 1～7」 二見書房 2022.6～2024.6 15cm（二見時代小説文庫）

陽澄 すずめ　ひずみ・すずめ＊

3146 「ゴーストハウス・スイーパーズ」
◇カクヨムWeb小説コンテスト（第9回/令6年/ライト文芸部門/最熱狂賞）

肥前 ロンズ　ひぜん・ろんず＊

3147 「うちのわんこの話をさせてください。」
◇カクヨムWeb小説短編賞（2023/令5年/エッセイ・ノンフィクション部門/短編特別賞）

樋田 毅　ひだ・つよし＊

3148 「彼は早稲田で死んだ―大学構内リンチ殺人事件の永遠」
◇大宅壮一ノンフィクション賞（第53回/令4年）
「彼は早稲田で死んだ―大学構内リンチ殺人事件の永遠」 文藝春秋 2021.11 261p 19cm 1800円 ①978-4-16-391445-9
「彼は早稲田で死んだ―大学構内リンチ殺人事件の永遠」 文藝春秋 2024.4 314p 16cm（文春文庫）800円 ①978-4-16-792206-1

日田 藤圭　ひた・とうけい＊

3149 「竹林のフウ」
◇長編児童文学新人賞（第22回/令5年/佳作）

日高 あゆみ　ひだか・あゆみ＊

3150 「ニンニク忍者ニンニン」
◇絵本テキスト大賞（第12回/令1年/Bグレード/優秀賞）

日高 堯子　ひたか・たかこ＊

3151 「水衣集」
◇小野市詩歌文学賞（第14回/令4年/短歌部門）
「水衣集―日高堯子歌集」 砂子屋書房 2021.10 279p 20cm（かりん叢書 第382篇）3000円 ①978-4-7904-1798-9

ひたき

3152　「特攻野郎Lチーム」
　　◇電撃大賞〔電撃小説大賞〕（第28回/令3年/銀賞）
　　　「ミミクリー・ガールズ」　KADOKAWA　2022.7　307p　15cm（電撃文庫）660円　①978-4-04-914219-8
　　　※受賞作を改題
　　　「ミミクリー・ガールズ　2」　KADOKAWA　2022.11　289p　15cm（電撃文庫）700円　①978-4-04-914683-7

左　リュウ　ひだり・りゅう*

3153　「仕えているお嬢様に「他の女の子から告白されました」と伝えたら、めちゃくちゃ動揺しはじめた。」
　　◇HJ小説大賞（第3回/令4年/前期）
　　　「俺が告白されてから、お嬢の様子がおかしい。　1」　ホビージャパン　2023.12　284p　15cm（HJ文庫）680円　①978-4-7986-3357-2
　　　※受賞作を改題
　　　「俺が告白されてから、お嬢の様子がおかしい。　2」　ホビージャパン　2024.5　262p　15cm（HJ文庫）680円　①978-4-7986-3534-7

ひつじ

3154　「ギャルゲー世界にニューゲームしたら、ヒロイン全員攻略された記憶があって修羅場です……」
　　◇カクヨムWeb小説コンテスト（第8回/令5年/ラブコメ（ライトノベル）部門/特別賞）

Bit Beans

3155　「レシピのないレシピ」
　　◇日本自費出版文化賞（第23回/令2年/特別賞/グラフィック部門）
　　　「レシピのないレシピ　春夏」　Bit Beans　2019.1　231p　27cm　①978-4-9910054-1-1
　　　「レシピのないレシピ　秋冬」　Bit Beans　2019.1　223p　27cm　①978-4-9910054-2-8

HIDEO

3156　「つぎ、でます」
　　◇えほん大賞（第25回/令5年/絵本部門/優秀賞）

一文字辞典翻訳委員会（李和静, 佐藤里愛, 申樹浩, 田畑智子, 永妻由香里, 邊昌世, バーチ美和, 松原佳澄）　ひともじじてんほんやくいいんかい*

3157　「詩人キム・ソヨン　一文字の辞典」（キム・ソヨン作）
　　◇日本翻訳大賞（第8回/令4年）
　　　「詩人キム・ソヨン一文字の辞典」　キム・ソヨン著, 姜信子監訳, 一文字辞典翻訳委員会訳　クオン　2021.9　285p　19cm　2200円　①978-4-910214-25-2

陽波　ゆうい　ひなみ・ゆうい*

3158　「異世界最高峰のギルドリーダー～僕以外、全員イケメンと美少女なのでそろそろギルドを抜けたいのですが～」
　　◇カクヨムWeb小説コンテスト（第7回/令4年/異世界ファンタジー部門/ComicWalker漫画賞）　〈受賞時〉悠/陽波　ゆうい

3159　「俺の追放されたい願望がメンバー全員に知られている件」
　　◇カクヨムWeb小説コンテスト（第9回/令6年/カクヨムプロ作家部門/特別賞・ComicWalker漫画賞）　〈受賞時〉悠/陽波　ゆうい

ひねくれ　渡　ひねくれ・わたる*

3160　「消えた初恋」

◇小学館漫画賞（第67回／令3年度／少女向け部門）
「消えた初恋　1～9」　アルコ作画，ひねくれ渡原作　集英社　2019.11～2022.7　18cm（マーガレットコミックス）

日野　瑛太郎　ひの・えいたろう＊
3161　「フェイク・マッスル」
◇江戸川乱歩賞（第70回／令6年）
「フェイク・マッスル」　講談社　2024.8　281p　20cm　1800円　①978-4-06-536191-7

ひの　ひまり
3162　「四つ子ぐらし1　ひみつの姉妹生活、スタート！」
◇小学生がえらぶ！"こどもの本"総選挙（第3回／令4年／第8位）
◇小学生がえらぶ！"こどもの本"総選挙（第4回／令6年／第7位）
「四つ子ぐらし　1　ひみつの姉妹生活、スタート！」　ひのひまり作，佐倉おりこ絵　KADOKAWA　2018.10　221p　18cm（角川つばさ文庫）640円　①978-4-04-631840-4

日之浦　拓　ひのうら・たくみ＊
3163　「勇者パーティから追放されないと出られない異世界×100　～気づいたら最強になっていたので、もう一周して無双します～」
◇HJ小説大賞（第1回／令2年／2020後期）
「追放されるたびにスキルを手に入れた俺が、100の異世界で2周目無双　1」　ホビージャパン　2022.2　303p　15cm（HJ文庫）650円　①978-4-7986-2720-5
※受賞作を改題
「追放されるたびにスキルを手に入れた俺が、100の異世界で2周目無双　2」　ホビージャパン　2022.6　340p　15cm（HJ文庫）690円　①978-4-7986-2846-2
「追放されるたびにスキルを手に入れた俺が、100の異世界で2周目無双　3」　ホビージャパン　2022.11　351p　15cm（HJ文庫）690円　①978-4-7986-2986-5

日之影　ソラ　ひのかげ・そら＊
3164　「氷結系こそ最強です！　～小さくて可愛い師匠と結婚するために最強の魔術師を目指します～」
◇カクヨムWeb小説コンテスト（第6回／令3年／異世界ファンタジー部門／特別賞）
「氷結系こそ最強です！―小さくて可愛い師匠と結婚するために最強の魔術師を目指します　1」　KADOKAWA　2022.1　378p　19cm　1200円　①978-4-04-736885-9
「氷結系こそ最強です！―小さくて可愛い師匠と結婚するために最強の魔術師を目指します　2」　KADOKAWA　2022.7　353p　19cm　1500円　①978-4-04-737138-5

ひのそら
3165　「やさいマッチョ―おんせんへいく―」
◇えほん大賞（第23回／令4年／ストーリー部門／優秀賞）

日ノ出　しずむ　ひので・しずむ＊
3166　「高校全部落ちたけど、エリートJKに勉強教えてもらえるなら問題ないよね！」
◇講談社ラノベ文庫新人賞（第15回／令4年10月発表／優秀賞）
「高校全部落ちたけど、エリートJKに勉強教えてもらえるなら問題ないよね！」　講談社　2023.10　247p　15cm（講談社ラノベ文庫）800円　①978-4-06-533919-0

ひのはら
3167　「猫ノ山寧々子はネコになる」
◇カクヨムWeb小説コンテスト（第7回／令4年／恋愛（ラブロマンス）部門／特別賞）
「猫ノ山寧々子はネコになる」　KADOKAWA　2022.12　351p　19cm　1300円　①978-4-04-737263-4

日原　正彦　ひはら・まさひこ＊
3168　「降雨三十六景」

◇日本詩歌句随筆評論大賞 （第16回/令2年度/詩部門/大賞）
「降雨三十六景―詩集」 ふたば工房 2019.9 137p 22cm 2000円

日日 綴郎　ひび・つずろう*
3169　「君と一緒にごはんが食べたい」
◇講談社ラノベ文庫新人賞 （第10回/令2年5月発表/佳作）〈受賞時〉佐藤 トミー
「君と一緒にごはんが食べたい」 講談社 2022.9 325p 15cm（講談社ラノベ文庫） 680円 ①978-4-06-529312-6

3170　「星を摑んだ凡人の話」
◇ファンタジア大賞 （第34回/令3年/橘公司特別賞）
「青のアウトライン―天才の描く世界を凡人が塗りかえる方法」 KADOKAWA 2022.1 281p 15cm（富士見ファンタジア文庫） 680円 ①978-4-04-074395-0
※受賞作を改題

日比野 啓　ひびの・けい*
3171　「「喜劇」の誕生 評伝・曾我廼家（そがのや）五郎」
◇大佛次郎賞 （第51回/令6年）
「「喜劇」の誕生 評伝・曾我廼家五郎」 白水社 2024.3 343,7p 20cm 4500円 ①978-4-560-09279-8

日比野 コレコ　ひびの・これこ*
3172　「ビューティフルからビューティフルへ」
◇文藝賞 （第59回/令4年）
「ビューティフルからビューティフルへ」 河出書房新社 2022.11 141p 20cm 1400円 ①978-4-309-03083-8

日比野 シスイ　ひびの・しすい*
3173　「約束は聖剣と魔術に乗せて」
◇HJ小説大賞 （第4回/令5年/中期）

日部 星花　ひべ・せいか*
3174　「君の知らない連続殺人」
◇ジャンプホラー小説大賞 （第9回/令5年/銅賞）

3175　「赤い契約書 ―怪異対策コンサルタント・木更津志穂―」
◇集英社みらい文庫大賞 （第14回/令6年/大賞）
「死にたくないならサインして―裏切り/ニセモノ/狐狗狸」 日部星花作, wogura絵 集英社 2024.12 182p 18cm 700円 ①978-4-08-321883-5
※受賞作を改題

3176　「男装姫は、鬼の頭領の執着愛に気づかない」
◇富士見ノベル大賞 （第7回/令6年/入選）

姫路 りしゅう　ひめじ・りしゅう*
3177　「君の異能がわかったとして」
◇カクヨムWeb小説コンテスト （第9回/令6年/現代ファンタジー部門/特別審査員賞）

漂鳥　ひょうちょう*
3178　「この男に甘い世界で俺は。～男女比1：8の世界で始める美味しい学園生活～」
◇カクヨムWeb小説コンテスト （第6回/令3年/ラブコメ部門/特別賞）

兵藤 るり　ひょうどう・るり*
3179　「名もがりの町」
◇創作ラジオドラマ大賞 （第49回/令2年/佳作）

陽羅 義光　ひら・よしみつ＊
　3180　「管鮑―葉山嘉樹と里村欣三」
　　　◇労働者文学賞（第34回/令4年/小説部門/佳作）

　3181　「姉の海」
　　　◇労働者文学賞（第35回/令5年/詩部門/入選）
　　　「受難のとき―小説集」甲陽書房　1991.8　369p　20cm　1800円　Ⓘ4-87531-127-3

平井 大橋　ひらい・おおはし＊
　3182　「ダイヤモンドの功罪」
　　　◇マンガ大賞（2024/令6年/5位）
　　　「ダイヤモンドの功罪　1～7」集英社　2023.6～2024.9　19cm（ヤングジャンプコミックス）

平井 和子　ひらい・かずこ＊
　3183　「占領下の女性たち―日本と満洲の性暴力・性売買・「親密な交際」」
　　　◇女性史青山なを賞（第39回/令6年度）
　　　「占領下の女性たち―日本と満洲の性暴力・性売買・「親密な交際」」岩波書店　2023.6　329p　20cm　3000円　Ⓘ978-4-00-061601-0

平居 紀一　ひらい・きいち＊
　3184　「甘美なる作戦」
　　　◇『このミステリーがすごい！』大賞（第19回/令2年/文庫グランプリ）
　　　「甘美なる誘拐」宝島社　2021.4　407p　16cm（宝島社文庫―このミス大賞）800円　Ⓘ978-4-299-01492-4
　　　※受賞作を改題

平居 謙　ひらい・けん＊
　3185　「星屑東京抄」
　　　◇日本詩歌句随筆評論大賞（第19回/令5年度/短歌部門/チャレンジ賞）
　　　「星屑東京抄―平居謙歌集」草原詩社,人間社　2022.6　128p　19cm　2000円　Ⓘ978-4-908627-86-6

平井 俊　ひらい・しゅん＊
　3186　「光を仕舞う」50首
　　　◇角川短歌賞（第70回/令6年）

平井 美里　ひらい・みさと＊
　3187　「だいこんのおと」
　　　◇家の光童話賞（第34回/令1年度/家の光童話賞）

平井 美帆　ひらい・みほ＊
　3188　「ソ連兵へ差し出された娘たち」
　　　◇開高健ノンフィクション賞（第19回/令3年）
　　　「ソ連兵へ差し出された娘たち」集英社　2022.1　332p　20cm　1800円　Ⓘ978-4-08-789015-0

平石 蛹　ひらいし・さなぎ＊
　3189　「渦の底から」
　　　◇北日本文学賞（第57回/令5年/選奨）

平岡 達哉　ひらおか・たつや＊
　3190　「さすらいのパンツマン」
　　　◇テレビ朝日新人シナリオ大賞（第22回/令4年度/優秀賞）

平岡 直子　ひらおか・なおこ＊
　3191　「みじかい髪も長い髪も炎」

◇現代歌人協会賞　(第66回／令4年)
　「みじかい髪も長い髪も炎─歌集」　本阿弥書店　2021.4　142p　20cm　1818円　ⓘ978-4-7768-1541-9

平賀　宏美　ひらが・ひろみ＊
　3192　「橋」(少年詩)
　　◇〔日本児童文芸家協会〕創作コンクールつばさ賞　(第19回／令2年／詩・童謡部門／優秀賞)

平河　ゆうき　ひらかわ・ゆうき＊
　3193　「凸凹バドバード」
　　◇角川つばさ文庫小説賞　(第10回／令3年／一般部門／金賞)
　　　「泣き虫スマッシュ！　がけっぷちのバドミントンペア、はじまる!?」　平河ゆうき作, むっしゅ絵
　　　　KADOKAWA　2022.11　229p　18cm（角川つばさ文庫）700円　ⓘ978-4-04-632206-7
　　　　※受賞作を改題
　　　「泣き虫スマッシュ！　2　ひよっこペア、きずなを試す初対戦!?」　平河ゆうき作, むっしゅ絵
　　　　KADOKAWA　2023.4　211p　18cm（角川つばさ文庫）720円　ⓘ978-4-04-632207-4
　　　「泣き虫スマッシュ！　3　大ピンチペア、決意のチャレンジ合宿！」　平河ゆうき作, むっしゅ絵
　　　　KADOKAWA　2023.8　206p　18cm（角川つばさ文庫）720円　ⓘ978-4-04-632252-4
　　　「泣き虫スマッシュ！　4　キセキをつかめ！　試練のラストゲーム」　平河ゆうき作, むっしゅ絵
　　　　KADOKAWA　2024.1　191p　18cm（角川つばさ文庫）740円　ⓘ978-4-04-632274-6

平庫　ワカ　ひらこ・わか＊
　3194　「マイ・ブロークン・マリコ」
　　◇文化庁メディア芸術祭賞　(第24回／令3年／新人賞)
　　　「マイ・ブロークン・マリコ」　KADOKAWA　2020.1　183p　19cm（BRIDGE COMICS）650円
　　　　ⓘ978-4-04-064246-8

平沢　逸　ひらさわ・いつ＊
　3195　「点滅するものの革命」
　　◇群像新人文学賞　(第65回／令4年／当選作)
　　　「点滅するものの革命」　講談社　2022.7　143p　20cm　1400円　ⓘ978-4-06-528844-3

平澤　広　ひらさわ・ひろし＊
　3196　「Caféモンタン─一九六〇年代盛岡の熱きアート基地」
　　◇地方出版文化功労賞　(第36回／令5年／奨励賞)
　　　「Caféモンタン──一九六〇年代盛岡の熱きアート基地」　萬鉄五郎記念美術館, 平澤広, 五十嵐佳乙子, 高橋峻編集・制作　杜陵高速印刷出版部　2022.3　320p　21cm　2500円　ⓘ978-4-88781-142-3

平出　奔　ひらで・ほん＊
　3197　「Victim」
　　◇短歌研究新人賞　(第63回／令2年)

平野　恵美子　ひらの・えみこ＊
　3198　「帝室劇場とバレエ・リュス」
　　◇芸術選奨　(第71回／令2年度／評論等部門／文部科学大臣新人賞)
　　　「帝室劇場とバレエ・リュス─マリウス・プティパからミハイル・フォーキンへ」　未知谷　2020.7　464p　20cm　5000円　ⓘ978-4-89642-615-1

平野　啓一郎　ひらの・けいいちろう＊
　3199　「三島由紀夫論」
　　◇小林秀雄賞　(第22回／令5年)
　　　「三島由紀夫論」　新潮社　2023.4　670p　20cm　3400円　ⓘ978-4-10-426010-2

平野 蒼空　ひらの・そら
　3200　「火星の涙」
　　◇角川ビーンズ小説大賞（第20回/令3年/ジュニア部門/準グランプリ）

平野 俊彦　ひらの・としひこ＊
　3201　「報復の密室」
　　◇島田荘司選 ばらのまち福山ミステリー文学新人賞（第13回/令2年）
　　　「報復の密室」 講談社　2021.2　284p　19cm　1700円　①978-4-06-522727-5

平野 雄吾　ひらの・ゆうご＊
　3202　「ルポ 入管―絶望の外国人収容施設」
　　◇城山三郎賞（第8回/令3年）
　　　「ルポ入管―絶望の外国人収容施設」 筑摩書房　2020.10　314p　18cm（ちくま新書）940円　①978-4-480-07346-4

平林 さき子　ひらばやし・さきこ
　3203　「小さなお手つだいさん」
　　◇家の光童話賞（第38回/令5年度/優秀賞）

平間 充子　ひらま・みちこ＊
　3204　「古代日本の儀礼と音楽・芸能―場の論理から奏楽の脈絡を読む」
　　◇田邉尚雄賞（第41回/令5年度）
　　　「古代日本の儀礼と音楽・芸能―場の論理から奏楽の脈絡を読む」 勉誠社（制作），勉誠出版（発売）〔2023.2〕　296,8p　22cm　10000円　①978-4-585-37006-2

平松 洋子　ひらまつ・ようこ＊
　3205　「父のビスコ」
　　◇読売文学賞（第73回/令3年/随筆・紀行賞）
　　　「父のビスコ」 小学館　2021.10　331p　20cm　1700円　①978-4-09-388841-7

平本 りこ　ひらもと・りこ＊
　3206　「卵を背負う旅人」
　　◇カクヨムWeb小説短編賞（2023/令5年/短編小説部門/短編特別賞）

平安 まだら　ひらやす・まだら＊
　3207　「バキバキの海」
　　◇短歌研究新人賞（第66回/令5年）

平山 繁美　ひらやま・しげみ＊
　3208　「手のひらの海」
　　◇日本詩歌句随筆評論大賞（第16回/令2年度/短歌部門/優秀賞）
　　◇日本自費出版文化賞（第23回/令2年/特別賞/詩歌部門）
　　　「手のひらの海―歌集」 本阿弥書店　2019.9　209p　20cm（かりん叢書 第354篇）2700円　①978-4-7768-1446-7

平山 周吉　ひらやま・しゅうきち＊
　3209　「満洲国グランドホテル」
　　◇司馬遼太郎賞（第26回/令4年度）
　　　「満洲国グランドホテル」 芸術新聞社　2022.4　565p　20cm　3500円　①978-4-87586-639-8
　3210　「小津安二郎」
　　◇大佛次郎賞（第50回/令5年）
　　　「小津安二郎」 新潮社　2023.3　397p　20cm　2700円　①978-4-10-352472-4

平山 貴代　ひらやま・たかよ＊
　　3211　「ラスト アニメーション」
　　　◇シナリオS1グランプリ　（第45回/令5年冬/準グランプリ）

平山 奈子　ひらやま・なこ
　　3212　「思い馳せ」
　　　◇啄木・賢治のふるさと「岩手日報随筆賞」　（第15回/令2年/優秀賞）

平山 美帆　ひらやま・みほ
　　3213　「おじいちゃんの秘密基地」
　　　◇アンデルセンのメルヘン大賞　（第37回/令2年/一般部門/優秀賞）
　　　　「アンデルセンのメルヘン文庫　第37集」アンデルセン・パン生活文化研究所　2020.10　89p　21×22cm（アンデルセンのメルヘン大賞受賞作品集 第37回）1000円
　　　　※受賞作を収録

昼田 弥子　ひるた・みつこ＊
　　3214　「エツコさん」
　　　◇産経児童出版文化賞　（第70回/令5年/フジテレビ賞）
　　　　「エツコさん」昼田弥子作, 光用千春絵　アリス館　2022.12　199p　19cm　1400円　①978-4-7520-1021-0
　　3215　「かぜがつよいひ」
　　　◇日本絵本賞　（第29回/令6年/日本絵本賞）
　　　　「かぜがつよいひ」昼田弥子作, シゲリカツヒコ絵　くもん出版　2023.3　〔32p〕　27cm　1400円　①978-4-7743-2927-7

ひるね 太郎　ひるね・たろう＊
　　3216　「ほこりはドコからやってくる？」
　　　◇えほん大賞　（第22回/令4年/絵本部門/大賞）
　　　　「ほこりはドコからやってくる???」文芸社　2022.12　25p　19×25cm　1400円　①978-4-286-27051-7

ひろか
　　3217　「きつねのおはなし」
　　　◇MOE創作絵本グランプリ　（第10回/令3年/佳作）

廣嶋 玲子　ひろしま・れいこ＊
　　3218　「ふしぎ駄菓子屋銭天堂」
　　　◇小学生がえらぶ！ "こどもの本"総選挙　（第2回/令2年/第4位）
　　　◇小学生がえらぶ！ "こどもの本"総選挙　（第3回/令4年/第1位）
　　　◇小学生がえらぶ！ "こどもの本"総選挙　（第4回/令6年/第5位）
　　　　「ふしぎ駄菓子屋銭天堂」廣嶋玲子作, jyajya絵　偕成社　2013.5　149p　19cm　900円　①978-4-03-635610-2

広島平和記念資料館　ひろしまへいわきねんしりょうかん＊
　　3219　「平和のバトン―広島の高校生たちが描いた8月6日の記憶」
　　　◇日本子どもの本研究会「作品賞」　（第4回/令2年）
　　　　「平和のバトン―広島の高校生たちが描いた8月6日の記憶」弓狩匡純著, 広島平和記念資料館協力　くもん出版　2019.6　159p　20cm　1500円　①978-4-7743-2777-8

広瀬 明子　ひろせ・あきこ
　　3220　「みとり子は妻を迎へてわが家族増えたるやうな減りたるやうな」
　　　◇河野裕子短歌賞　（第10回記念～家族を歌う～河野裕子短歌賞/令3年募集・令4年発表/家族の歌・愛の歌/河野裕子賞）

広瀬　樹　　ひろせ・いつき＊
　　3221　「出発進行!!」
　　　　◇ENEOS童話賞　（第52回／令3年度／中学生の部／優秀賞）
　　　　　※「童話の花束 その52」に収録

広瀬　心二郎　　ひろせ・しんじろう＊
　　3222　「海とサキばあ」
　　　　◇労働者文学賞　（第34回／令4年／詩部門／佳作）

広瀬　大志　　ひろせ・たいし＊
　　3223　「毒猫」
　　　　◇西脇順三郎賞　（第2回／令5年／詩集の部／西脇順三郎賞）
　　　　　「毒猫―詩集」ライトバース出版　2023.6　160p　19cm　2500円　Ⓒ978-4-9912137-6-2

広瀬　りんご　　ひろせ・りんご＊
　　3224　「息子の自立」
　　　　◇女による女のためのR-18文学賞　（第23回／令6年／大賞）　〈応募時〉広瀬 苹果

ひろっさん
　　3225　「おっさんがゲーム序盤に倒される山賊のザコキャラに転生しましたが、貰ったスキルとやり込んだゲーム知識を使ってどうにかこうにかやっていこうと思います。」
　　　　◇カクヨムWeb小説コンテスト　（第7回／令4年／異世界ファンタジー部門／ComicWalker漫画賞）

広山　しず　　ひろやま・しず＊
　　3226　「明日、あした、また明日」
　　　　◇ポプラズッコケ文学新人賞　（第11回／令4年／編集部賞）

弘山　真菜　　ひろやま・まな＊
　　3227　「まなのまほうの自てん車」
　　　　◇角川つばさ文庫小説賞　（第9回／令2年／こども部門／準グランプリ）
　　3228　「天気管理会社～雲井桃久の思いつき～」
　　　　◇角川つばさ文庫小説賞　（第10回／令3年／こども部門／準グランプリ）

広渡　敬雄　　ひろわたり・たかお＊
　　3229　「全国・俳枕の旅62選」
　　　　◇日本詩歌句随筆評論大賞　（第20回／令6年度／評論部門／優秀賞）
　　　　　「全国・俳枕の旅62選」東京四季出版　2024.3　247p　21cm　2500円　Ⓒ978-4-8129-1082-5

ピンスカー, サラ
　　3230　「いずれすべては海の中に」
　　　　◇星雲賞　（第54回／令5年／海外短編部門（小説））
　　　　　「いずれすべては海の中に」サラ・ピンスカー著，市田泉訳　竹書房　2022.6　454p　15cm　（竹書房文庫）　1600円　Ⓒ978-4-8019-3117-6

【ふ】

ファン・ボルム
　3231　「ようこそ、ヒュナム洞書店へ」
　　◇本屋大賞（第21回/令6年/翻訳小説部門/1位）
　　　「ようこそ、ヒュナム洞書店へ」　ファン・ボルム著, 牧野美加訳　集英社　2023.9　364p　19cm　2400円　①978-4-08-773524-6

ブイ, ティー
　3232　「私たちにできたこと―難民になったベトナムの少女とその家族の物語」
　　◇文化庁メディア芸術祭賞（第25回/令4年/優秀賞）
　　　「私たちにできたこと―難民になったベトナムの少女とその家族の物語」　ティー・ブイ著, 椎名ゆかり訳　フィルムアート社　2020.12　344p　23cm　3600円　①978-4-8459-1926-0

風姿花伝プロデュース　ふうしかでんぷろでゅーす＊
　3233　「ダウト ～疑いについての寓話」（ジョン・パトリック・シャンリィ作）
　　◇小田島雄志・翻訳戯曲賞（第14回/令3年）

深尾　澄子　ふかお・すみこ＊
　3234　「やっさん」
　　◇さきがけ文学賞（第39回/令4年/選奨）

深川　我無　ふかがわ・がむ＊
　3235　「Case × 祓魔師【ケースバイエクソシスト】」
　　◇カクヨムWeb小説コンテスト（第9回/令6年/ホラー部門/特別審査員賞）

深川　宏樹　ふかがわ・ひろき＊
　3236　「社会的身体の民族誌―ニューギニア高地における人格論と社会性の人類学―」
　　◇澁澤賞（第50回/令5年）
　　　「社会的身体の民族誌―ニューギニア高地における人格論と社会性の人類学」　風響社　2021.3　444p　22cm　5000円　①978-4-89489-290-3

深澤　伊吹己　ふかさわ・いぶき＊
　3237　「すりーばんと」
　　◇フジテレビヤングシナリオ大賞（第33回/令3年/佳作）

深瀬　果夏　ふかせ・かな
　3238　「僕は何処」
　　◇シナリオS1グランプリ（第46回/令6年春/奨励賞）

深野　ゆき　ふかの・ゆき　⇒庵野　ゆき（あんの・ゆき）

深見　アキ　ふかみ・あき＊
　3239　「古城ホテルの精霊師」
　　◇角川文庫キャラクター小説大賞（第9回/令5年/「カクヨム」テーマ賞）
　　　「古城ホテルの精霊師」　KADOKAWA　2024.11　240p　15cm（角川文庫）680円　①978-4-04-115111-2

深見　おしお　ふかみ・おしお＊
　3240　「ご近所JK伊勢崎さんは異世界帰りの大聖女～そして俺は彼女専用の魔力供給お

じさんとして、突如目覚めた時空魔法で地球と異世界を駆け巡る〜」
◇カクヨムWeb小説コンテスト（第8回/令5年/異世界ファンタジー部門/特別賞・ComicWalker漫画賞）
「ご近所JK伊勢崎さんは異世界帰りの大聖女—そして俺は彼女専用の魔力供給おじさんとして、突如目覚めた時空魔法で地球と異世界を駆け巡る」 KADOKAWA 2024.2 363p 19cm（DENGEKI—電撃の新文芸）1350円　①978-4-04-915365-1
「ご近所JK伊勢崎さんは異世界帰りの大聖女—そして俺は彼女専用の魔力供給おじさんとして、突如目覚めた時空魔法で地球と異世界を駆け巡る　2」 KADOKAWA 2024.8 324p 19cm（DENGEKI—電撃の新文芸）1400円　①978-4-04-915366-8

深緑 野分　ふかみどり・のわき＊
3241 「この本を盗む者は」
◇本屋大賞（第18回/令3年/10位）
「この本を盗む者は」 KADOKAWA 2020.10 340p 20cm 1500円　①978-4-04-109269-9
「この本を盗む者は」 KADOKAWA 2023.6 426p 15cm（角川文庫）820円　①978-4-04-113411-5

深雪 深雪　ふかゆき・しんせつ＊
3242 「フルムーンサルト」
◇講談社ラノベ文庫新人賞（第9回/令1年10月発表/優秀賞）
「遥かなる月と僕たち人類のダイアログ」 講談社 2021.1 260p 15cm（講談社ラノベ文庫）660円　①978-4-06-522195-2
※受賞作を改題

福井 雅　ふくい・まさし＊
3243 「ダンスの神様」
◇坊っちゃん文学賞（第16回/令1年/佳作）
「夢三十夜」「坊っちゃん文学賞」書籍編集委員会編　学研プラス 2021.6 330p 19cm（5分後の隣のシリーズ）1000円　①978-4-05-205425-9

福音館書店　ふくいんかんしょてん＊
3244 「怪物園」
◇造本装幀コンクール（第54回/令2年/日本書籍出版協会理事長賞/児童書・絵本部門）
「怪物園」 junaida著　福音館書店 2020.12 〔40p〕 27cm 1800円　①978-4-8340-8586-0

3245 「どんぐり喰い」
◇日本翻訳出版文化賞（第58回/令4年度/特別賞）
「どんぐり喰い」 エルス・ペルフロム作, 野坂悦子訳　福音館書店 2021.11 342p 20cm 2100円　①978-4-8340-8636-2

3246 「ぐりとぐらのバースデイブック」
◇造本装幀コンクール（第57回/令5年/日本書籍出版協会理事長賞/児童書・絵本部門）
「ぐりとぐらのバースデイブック」 なかがわりえこ文, やまわきゆりこ絵　福音館書店 2023.9 19p 19×23cm 1500円　①978-4-8340-8733-8

3247 「もりはみている」
◇児童福祉文化賞（第66回/令6年/出版物部門）
「もりはみている」 大竹英洋文・写真　福音館書店 2021.9 23p 22cm（幼児絵本シリーズ）900円　①978-4-8340-8634-8

福岡 えり　ふくおか・えり＊
3248 「ザンとガガンと鬼の指」
◇ゆきのまち幻想文学賞（第31回/令3年/長編賞）

福岡　伸一　　ふくおか・しんいち＊
　　3249　「新ドリトル先生物語　ドリトル先生ガラパゴスを救う」
　　　◇日本子どもの本研究会「作品賞」（第7回／令5年）
　　　　「新ドリトル先生物語　ドリトル先生ガラパゴスを救う」　朝日新聞出版　2022.7　405p　19cm　1500円
　　　　①978-4-02-251826-2

福木　はる　　ふくぎ・はる＊
　　3250　「ピーチとチョコレート」
　　　◇講談社児童文学新人賞（第64回／令5年／佳作）
　　　　「ピーチとチョコレート」　講談社　2024.11　223p　20cm　1500円　①978-4-06-537390-3

福島　可奈子　　ふくしま・かなこ＊
　　3251　「混淆する戦前の映像文化─幻燈・玩具映画・小型映画」
　　　◇日本児童文学学会賞（第47回／令5年／日本児童文学学会特別賞）
　　　　「混淆する戦前の映像文化─幻燈・玩具映画・小型映画」　思文閣出版　2022.12　431, 3p　22cm　9000
　　　　円　①978-4-7842-2046-5

福島　敬次郎　　ふくしま・けいじろう＊
　　3252　「愛犬はゴマ」
　　　◇啄木・賢治のふるさと「岩手日報随筆賞」（第18回／令5年／佳作）

福嶋　伸洋　　ふくしま・のぶひろ＊
　　3253　「星の時」（クラリッセ・リスペクトル作）
　　　◇日本翻訳大賞（第8回／令4年）
　　　　「星の時」　クラリッセ・リスペクトル著，福嶋伸洋訳　河出書房新社　2021.3　186p　19cm　2450円
　　　　①978-4-309-20819-0

福島　泰樹　　ふくしま・やすき＊
　　3254　「百四十字、老いらくの歌」
　　　◇日本歌人クラブ大賞（第14回／令5年）
　　　　「百四十字、老いらくの歌─ジムの鏡に映るこの俺老いらくの殴ってやろう死ぬのはまだか：歌集」　皓
　　　　星社　2022.12　163p　20cm　2500円　①978-4-7744-0779-1

福島　優香里　　ふくしま・ゆかり＊
　　3255　「りぃちゃん」
　　　◇舟橋聖一顕彰青年文学賞（第32回／令2年／最優秀賞）

福嶋　依子　　ふくしま・よりこ＊
　　3256　「ヒメウツギ」
　　　◇北日本文学賞（第54回／令2年／選奨）

福田　恵美子　　ふくだ・えみこ＊
　　3257　「あさがおのパレット」
　　　◇三越左千夫少年詩賞（第26回／令4年）
　　　　「あさがおのパレット─福田恵美子詩集」　竹林館　2021.9　95p　19cm　1500円　①978-4-86000-460-6

福田　果歩　　ふくだ・かほ＊
　　3258　「ぼくたちの青空」
　　　◇城戸賞（第48回／令4年／準入賞）

福田　週人　　ふくだ・しゅうと＊
　　3259　「俺の彼女を奪った超人気モデルなイケメン美少女が、なぜか彼女じゃなくて俺に
　　　　付きまとってくる」
　　　◇カクヨムWeb小説コンテスト（第8回／令5年／ラブコメ（ライトノベル）部門／特別

賞）〈受賞時〉ベン・ジロー
「彼女を奪ったイケメン美少女がなぜか俺まで狙ってくる」 KADOKAWA 2024.1 306p 15cm
（電撃文庫）680円 ①978-4-04-915341-5
※受賞作を改題
「彼女を奪ったイケメン美少女がなぜか俺まで狙ってくる　2」 KADOKAWA 2024.7 312p 15cm
（電撃文庫）720円 ①978-4-04-915817-5

福田　隆浩　ふくだ・たかひろ＊
3260　「たぶんみんなは知らないこと」
◇野間児童文芸賞（第60回/令4年）
「たぶんみんなは知らないこと」 福田隆浩著, しんやゆう子画　講談社　2022.5　189p　20cm　1400円
①978-4-06-527043-1

福名　理穂　ふくな・りほ＊
3261　「柔らかく揺れる」
◇岸田國士戯曲賞（第66回/令4年）
「柔らかく揺れる」　白水社　2022.5　194p　19cm　2200円　①978-4-560-09427-3

ぷくぷく
3262　「散歩している」
◇笹井宏之賞（第7回/令6年/大賞）
「ねむらない樹　Vol. 12」　書肆侃侃房　2024.12　176p　21cm（短歌ムック）1300円　①978-4-8638565-3-0
※受賞作を収録

福海　隆　ふくみ・たかし＊
3263　「日曜日（付随する19枚のパルプ）」
◇文學界新人賞（第129回/令6年）

福本　友美子　ふくもと・ゆみこ＊
3264　「虫ガール―ほんとうにあったおはなし」
◇日本絵本賞（第26回/令3年/日本絵本賞翻訳絵本賞）
「虫ガール―ほんとうにあったおはなし」 ソフィア・スペンサー, マーガレット・マクナマラ文, ケラスコエット絵, 福本友美子訳　岩崎書店　2020.4　30cm　1500円　①978-4-265-85165-2

ふけ　としこ
3265　「眠たい羊」
◇日本詩歌句随筆評論大賞（第16回/令2年度/俳句部門/特別賞）
「眠たい羊―ふけとしこ句集」　ふらんす堂　2019.7　177p　20cm（椋叢書 30）2700円　①978-4-7814-1170-5

吹井　乃菜　ふけい・のな＊
3266　「はらぺこキツネ☆七変化！」
◇角川つばさ文庫小説賞（第9回/令2年/一般部門/大賞）
「あおいのヒミツ！―幻のレシピ復活させちゃいます!?」 吹井乃菜作, くろでこ絵　KADOKAWA 2021.10　202p　18cm（角川つばさ文庫）660円　①978-4-04-632129-9
※受賞作を改題
「あおいのヒミツ！　2　大変身でキセキを起こせ！」 吹井乃菜作, くろでこ絵　KADOKAWA 2022.2　190p　18cm（角川つばさ文庫）660円　①978-4-04-632130-7

ふげん社　ふげんしゃ＊
3267　「心臓」
◇造本装幀コンクール（第57回/令5年/経済産業大臣賞）
「心臓」　川口翼写真・テキスト　ふげん社　2023.6　27cm　6200円　①978-4-908955-22-8

藤 つかさ　　ふじ・つかさ＊
3268　「見えない意図」
　　◇「小説推理」新人賞　（第42回／令2年）
　　　「その意図は見えなくて」　双葉社　2022.6　257p　19cm　1600円　①978-4-575-24533-2
　　　※受賞作を改題
　　　「その意図は見えなくて」　双葉社　2024.5　297p　15cm（双葉文庫）　700円　①978-4-575-52753-7
　　　※2022年刊の加筆修正

藤 七郎　　ふじ・ななろう＊
3269　「異世界監督、シナリオ無双！」
　　◇講談社ラノベ文庫新人賞　（第10回／令2年5月発表／優秀賞）
　　　「異世界監督、シナリオ無双！」　講談社　2021.8　293p　15cm（講談社ラノベ文庫）　660円　①978-4-06-524581-1

不二 涼介　　ふじ・りょうすけ＊
3270　「シャングリラ・フロンティア ～クソゲーハンター、神ゲーに挑まんとす～」
　　◇講談社漫画賞　（第47回／令5年／少年部門）
　　　「シャングリラ・フロンティア―クソゲーハンター、神ゲーに挑まんとす　1～20」　硬梨菜原作, 不二涼介漫画　講談社　2020.10～2024.11　19cm（KCDX―週刊少年マガジン）

藤井 耿介　　ふじい・こうすけ＊
3271　「合唱祭」（短編）
　　◇「日本児童文学」投稿作品賞　（第12回／令2年／佳作）

藤井 貞和　　ふじい・さだかず＊
3272　「〈うた〉起源考」
　　◇毎日出版文化賞　（第74回／令2年／文学・芸術部門）
　　　「〈うた〉起源考」　青土社　2020.7　462, 10p　20cm　4200円　①978-4-7917-7282-7
3273　「よく聞きなさい、すぐにここを出るのです。」（詩集）
　　◇読売文学賞　（第74回／令4年／詩歌俳句賞）
　　　「よく聞きなさい、すぐにここを出るのです。」　思潮社　2022.7　109p　22cm　2600円　①978-4-7837-4501-3

藤井 太洋　　ふじい・たいよう＊
3274　「マン・カインド」
　　◇星雲賞　（第53回／令4年／日本長編部門（小説））
　　　「マン・カインド」　早川書房　2024.9　392p　19cm　2200円　①978-4-15-210318-5

藤井 瑶　　ふじい・はるか＊
3275　「怪物園」
　　◇造本装幀コンクール　（第54回／令2年／日本書籍出版協会理事長賞／児童書・絵本部門）
　　　「怪物園」　junaida著　福音館書店　2020.12　〔40p〕　27cm　1800円　①978-4-8340-8586-0

藤江 洋一　　ふじえ・よういち＊
3276　「それでええんや」
　　◇小川未明文学賞　（第31回／令4年／優秀賞／短編部門）

伏尾 美紀　　ふしお・みき＊
3277　「センパーファイ―常に忠誠を―」
　　◇江戸川乱歩賞　（第67回／令3年）
　　　「北緯43度のコールドケース」　講談社　2021.10　397p　20cm　1750円　①978-4-06-524996-3
　　　※受賞作を改題

「北緯43度のコールドケース」　講談社　2024.3　475p　15cm（講談社文庫）　910円　①978-4-06-534433-0

藤岡 陽子　ふじおか・ようこ＊
3278　「メイド・イン京都」
　◇京都本大賞（第9回／令3年）
　　「メイド・イン京都」　朝日新聞出版　2021.1　307p　19cm　1600円　①978-4-02-251739-5
　　「メイド・イン京都」　朝日新聞出版　2024.4　356p　15cm（朝日文庫）　900円　①978-4-02-265143-3

3279　「リラの花咲くけものみち」
　◇吉川英治文学新人賞（第45回／令6年度）
　　「リラの花咲くけものみち」　光文社　2023.7　379p　19cm　1700円　①978-4-334-91541-4

藤沢 志月　ふじさわ・しずき＊
3280　「柚木さんちの四兄弟。」
　◇小学館漫画賞（第66回／令2年度／少女向け部門）
　　「柚木さんちの四兄弟。1〜18」　小学館　2018.12〜2024.10　18cm（ベツコミフラワーコミックス）

藤沢 光恵　ふじさわ・みつえ
3281　「約束」
　◇啄木・賢治のふるさと「岩手日報随筆賞」（第19回／令6年／佳作）

藤島 秀憲　ふじしま・ひでのり＊
3282　「ミステリー」
　◇前川佐美雄賞（第18回／令2年）
　　「ミステリー──藤島秀憲歌集」　短歌研究社　2019.9　190p　20cm　2500円　①978-4-86272-624-7

藤白 幸枝　ふじしろ・ゆきえ＊
3283　「ハードルの係」
　◇坊っちゃん文学賞（第17回／令2年／佳作）
　　「夢三十夜」「坊っちゃん文学賞」書籍編集委員会編　学研プラス　2021.6　330p　19cm（5分後の隣のシリーズ）　1000円　①978-4-05-205425-9

ふじた ごうらこ
3284　「ハンセン病の雄太」
　◇部落解放文学賞（第49回／令4年／小説部門／佳作）

藤田 紗衣　ふじた・さえ＊
3285　「BUNDLED AA」
　◇造本装幀コンクール（第54回／令2年／審査員奨励賞）
　　※「BUNDLED AA」（藤田紗衣作　pharmacy　2019年発行）

藤田 直子　ふじた・なおこ＊
3286　「鍵和田秞子の百句」
　◇日本詩歌句随筆評論大賞（第16回／令2年度／評論部門／大賞）
　　「鍵和田秞子の百句──豊饒の世界を探る」　ふらんす堂　2020.2　203p　18cm　1500円　①978-4-7814-1255-9

藤田 芳康　ふじた・よしやす＊
3287　「太秦─恋がたき」
　◇京都文学賞（第1回／令1年度／一般部門／優秀賞）
　　「屋根の上のおばあちゃん」　河出書房新社　2020.11　283p　19cm　1600円　①978-4-309-02923-8
　　※受賞作を改題

藤谷 クミコ　ふじたに・くみこ＊
　3288　「ぼく リングボーイ」
　　◇アンデルセンのメルヘン大賞　（第41回/令6年/一般部門/優秀賞）
　　　「アンデルセンのメルヘン文庫　第41集」　アンデルセン・パン生活文化研究所　2024.10　87p　21×22cm（アンデルセンのメルヘン大賞受賞作品集 第41回）1000円
　　　※受賞作を収録

フジテレビジョン
　3289　「特別展「毒」公式図録」
　　◇造本装幀コンクール　（第56回/令4年/日本製紙連合会賞）
　　　「毒―特別展」　国立科学博物館, 読売新聞社編集　読売新聞社, フジテレビジョン　〔2022〕　180p　24cm

藤浪 保　ふじなみ・たもつ＊
　3290　「乙女ゲームのヒロインは婚約破棄を阻止したい」
　　◇カクヨムWeb小説コンテスト　（第5回/令2年/恋愛部門/特別賞）
　　　「乙女ゲームのヒロインは婚約破棄を阻止したい」　KADOKAWA　2021.3　255p　15cm（ビーズログ文庫）680円　①978-4-04-736524-7
　3291　「竜帝さまの専属薬師」
　　◇カクヨムWeb小説コンテスト　（第7回/令4年/恋愛（ラブロマンス）部門/特別賞）
　　　「竜帝さまの専属薬師」　KADOKAWA　2023.2　351p　19cm　1300円　①978-4-04-737303-7

藤沼 敏子　ふじぬま・としこ＊
　3292　「あの戦争さえなかったら 62人の中国残留孤児たち（上）―北海道・東北・中部・関東編―」「あの戦争さえなかったら 62人の中国残留孤児たち（下）―関西・山陽・四国・九州・沖縄・中国の養父母―」
　　◇日本自費出版文化賞　（第24回/令3年/大賞/地域文化部門）
　　　「あの戦争さえなかったら―62人の中国残留孤児たち　上　北海道・東北・中部・関東編」　津成書院　2020.7　579p　21cm　2500円　①978-4-9910182-1-3
　　　「あの戦争さえなかったら―62人の中国残留孤児たち　下　関西・山陽・四国・九州・沖縄・中国の養父母編」　津成書院　2020.7　454p　21cm　2500円　①978-4-9910182-2-0

藤乃 早雪　ふじの・さゆき＊
　3293　「皇帝廟の花嫁探し～仮初後宮に迷い込んだ田舎娘は大人しく使用人を目指します～」
　　◇カクヨムWeb小説コンテスト　（第8回/令5年/恋愛（ラブロマンス）部門/特別賞）
　　　「皇帝廟の花嫁探し　就職試験は毒茶葉とともに」　KADOKAWA　2023.12　317p　15cm（メディアワークス文庫）700円　①978-4-04-915352-1
　　　「皇帝廟の花嫁探し　2　お花見会は後宮の幽霊とともに」　KADOKAWA　2024.10　257p　15cm（メディアワークス文庫）690円　①978-4-04-915835-9

藤之 恵多　ふじの・めぐた＊
　3294　「カタブツ女領主が冷血令嬢を押し付けられたのに、才能を開花させ幸せになる話」
　　◇カクヨムWeb小説コンテスト　（第9回/令6年/ライト文芸部門/特別賞・ComicWalker漫画賞）

藤野 裕子　ふじの・ゆうこ＊
　3295　「民衆暴力」
　　◇新書大賞　（第14回/令3年/4位）
　　　「民衆暴力―一揆・暴動・虐殺の日本近代」　中央公論新社　2020.8　220p　18cm（中公新書）820円　①978-4-12-102605-7

藤野 嘉子　ふじの・よしこ*
3296　「レシピのないレシピ」
　◇日本自費出版文化賞（第23回/令2年/特別賞/グラフィック部門）
　　「レシピのないレシピ　春夏」　Bit Beans　2019.1　231p　27cm　Ⓘ978-4-9910054-1-1
　　「レシピのないレシピ　秋冬」　Bit Beans　2019.1　223p　27cm　Ⓘ978-4-9910054-2-8

ふじばかま こう
3297　「芽衣ちゃんと季節外れのサンタクロース事件」
　◇青い鳥文庫小説賞（第3回/令1年度/一般部門/短編賞）

藤原 貞朗　ふじはら・さだお*
3298　「共和国の美術―フランス美術史編纂と保守/学芸員の時代―」
　◇吉田秀和賞（第33回/令5年）
　　「共和国の美術―フランス美術史編纂と保守/学芸員の時代」　名古屋大学出版会　2023.2　351, 91p　22cm　6300円　Ⓘ978-4-8158-1110-5

藤原 辰史　ふじはら・たつし*
3299　「分解の哲学―腐敗と発酵をめぐる思考」
　◇サントリー学芸賞（第41回/令1年度/社会・風俗部門）
　　「分解の哲学―腐敗と発酵をめぐる思考」　青土社　2019.7　341, 4p　19cm　2400円　Ⓘ978-4-7917-7172-1

藤丸 紘生　ふじまる・ひろき*
3300　「疑惑のファーストクラス」
　◇大衆芸能脚本募集（第21回/令1年度/漫才・コント部門/奨励賞）

伏見 七尾　ふしみ・ななお*
3301　「獄門撫子此処ニ在リ」
　◇小学館ライトノベル大賞（第17回/令5年/大賞）
　　「獄門撫子此処ニ在リ」　小学館　2023.8　391p　15cm（ガガガ文庫）　810円　Ⓘ978-4-09-453142-8
　　「獄門撫子此処ニ在リ　2　赤き太陽の神去団地」　小学館　2024.2　388p　15cm（ガガガ文庫）　810円　Ⓘ978-4-09-453170-1
　　「獄門撫子此処ニ在り　3　修羅の巷で宴する」　小学館　2024.9　389p　15cm（ガガガ文庫）　810円　Ⓘ978-4-09-453210-4

藤宮 彩貴　ふじみや・さき*
3302　「焔の舞姫」
　◇富士見ノベル大賞（第3回/令2年/審査員特別賞）
　　「焔の舞姫」　KADOKAWA　2021.7　286p　15cm（富士見L文庫）　640円　Ⓘ978-4-04-074181-9

藤本 タツキ　ふじもと・たつき*
3303　「チェンソーマン」
　◇小学館漫画賞（第66回/令2年度/少年向け部門）
　◇マンガ大賞（2020/令2年/8位）
　　「チェンソーマン　1〜19」　集英社　2019.3〜2024.12　18cm（ジャンプコミックス）

3304　「ルックバック」
　◇マンガ大賞（2022/令4年/2位）
　　「ルックバック」　集英社　2021.9　144p　18cm（ジャンプコミックス―JUMP COMICS+）　440円　Ⓘ978-4-08-882782-3

3305　「さよなら絵梨」
　◇マンガ大賞（2023/令5年/7位）
　　「さよなら絵梨」　集英社　2022.7　200p　18cm（ジャンプコミックス―JUMP COMICS+）　440円　Ⓘ978-4-08-883167-1

藤本 美和子　ふじもと・みわこ＊
3306　「冬泉」
　　◇星野立子賞・星野立子新人賞（第9回/令3年/星野立子賞）
　　　「冬泉―句集」　角川文化振興財団, Kadokawa（発売）　2020.9　221p　20cm（泉叢書 121篇）2700円
　　　①978-4-04-884377-5

藤本 夕衣　ふじもと・ゆい＊
3307　「遠くの声」
　　◇俳人協会新人賞（第43回/令1年度）
　　　「遠くの声―句集」　ふらんす堂　2019.3　182p　20cm　2600円　①978-4-7814-1147-7

藤谷 元文　ふじや・ゆきふみ＊
3308　「名作と迷作は紙一重？」
　　◇優駿エッセイ賞（2019〔第35回〕/令1年/佳作（GⅢ））

藤原 安紀子　ふじわら・あきこ＊
3309　「どうぶつの修復」
　　◇詩歌文学館賞（第35回/令2年/詩）
　　　「どうぶつの修復」　港の人　2019.10　139p　21cm　2800円　①978-4-89629-368-5

藤原 あゆみ　ふじわら・あゆみ＊
3310　「魚のタトゥー」
　　◇坊っちゃん文学賞（第18回/令3年/佳作）

藤原 チコ　ふじわら・ちこ＊
3311　「鯉のぼり」
　　◇坊っちゃん文学賞（第20回/令5年/佳作）

藤原 無雨　ふじわら・むう＊
3312　「水と礫（れき）」
　　◇文藝賞（第57回/令2年）
　　　「水と礫」　河出書房新社　2020.11　193p　20cm　1400円　①978-4-309-02930-6

藤原 暢子　ふじわら・ようこ＊
3313　「からだから」
　　◇北斗賞（第10回/令1年）
　　　「からだから―藤原暢子句集」　文學の森　2020.9　181p　19cm　1800円　①978-4-86438-936-5

藤原書店　ふじわらしょてん＊
3314　「世界の悲惨」（ピエール・ブルデュー編）Ⅰ・Ⅱ・Ⅲ
　　◇日本翻訳出版文化賞（第56回/令2年度/特別賞）
　　　「世界の悲惨　1」　ピエール・ブルデュー編, 荒井文雄, 櫻本陽一監訳　藤原書店　2019.12　491p
　　　　21cm（Bourdieu Library）4800円　①978-4-86578-243-1
　　　「世界の悲惨　2」　ピエール・ブルデュー編, 荒井文雄, 櫻本陽一監訳　藤原書店　2020.2　1086p
　　　　21cm（Bourdieu Library）4800円　①978-4-86578-256-1
　　　「世界の悲惨　3」　ピエール・ブルデュー編, 荒井文雄, 櫻本陽一監訳　藤原書店　2020.2　p1089-1533
　　　　21cm（Bourdieu Library）4800円　①978-4-86578-257-8

文月 悠光　ふずき・ゆみ＊
3315　「パラレルワールドのようなもの」
　　◇富田砕花賞（第34回/令5年）
　　　「パラレルワールドのようなもの」　思潮社　2022.10　163p　20cm　2200円　①978-4-7837-4511-2

文月 レオ　ふずき・れお＊
3316　「らくやきさんころんだ」
　◇日産 童話と絵本のグランプリ（第40回/令5年度/童話の部/優秀賞）
　　※「第40回 日産 童話と絵本のグランプリ 童話・絵本入賞作品集」（大阪国際児童文学振興財団 2024年3月発行）に収録

伏瀬　ふせ＊
3317　「転生したらスライムだった件」
　◇講談社漫画賞（第46回/令4年/少年部門）
　　「転生したらスライムだった件　1〜27」　伏瀬原作, 川上泰樹漫画, みっつばーキャラクター原案　講談社　2015.10〜2024.9　19cm　（シリウスKC）

二川 茂徳　ふたがわ・しげのり＊
3318　「牛歩」
　◇俳句四季大賞（令6年/第11回 俳句四季特別賞）
　　「牛歩―句集」　東京四季出版　2023.5　199p　20cm　（Shiki Collection 40＋1 俳句四季創刊40周年記念1）　2800円　①978-4-8129-1089-4

双葉社　ふたばしゃ＊
3319　「告白 限定特装版」
　◇造本装幀コンクール（第57回/令5年/日本書籍出版協会理事長賞/文学・文芸（エッセイ）部門）
　　「告白」　湊かなえ著　限定特装版　双葉社　2023.3　268p　20cm　4800円　①978-4-575-24592-9

fudaraku
3320　「竜胆の乙女/わたしの中で永久に光る」
　◇電撃大賞〔電撃小説大賞〕（第30回/令5年/大賞）
　　「竜胆の乙女―わたしの中で永久に光る」　KADOKAWA　2024.2　275p　15cm　（メディアワークス文庫）　680円　①978-4-04-915522-8

淵田 仁　ふちだ・まさし＊
3321　「ルソーと方法」
　◇渋沢・クローデル賞（第38回/令3年度/奨励賞）
　　「ルソーと方法」　法政大学出版局　2019.9　336, 23p　22cm　4800円　①978-4-588-15104-0

Book&Design
3322　「詩画集「目に見えぬ詩集」 特装版 直刷り木版画入り 夫婦箱納」
　◇造本装幀コンクール（第56回/令4年/出版文化産業振興財団賞）
　　※「詩画集「目に見えぬ詩集」 特装版 直刷り木版画入り 夫婦箱納」（谷川俊太郎詩, 沙羅木版画　Book&Design 2022年10月発行）

ふっさん
3323　「カール・ボナーラ研究所」
　◇MOE創作絵本グランプリ（第10回/令3年/佳作）
　　「カール・ボナーラ研究所」　ニコモ　2023.1　26cm　1200円　①978-4-86774-097-2

船尾 修　ふなお・おさむ＊
3324　「大インダス世界への旅―チベット、インド、パキスタン、アフガニスタンを貫く大河流域を歩く」
　◇梅棹忠夫・山と探検文学賞（第13回/令6年発表）
　　「大インダス世界への旅―チベット、インド、パキスタン、アフガニスタンを貫く大河流域を歩く」　彩流社　2022.11　366p　19cm　2700円　①978-4-7791-2851-6

船岡　美穂子　ふなおか・みほこ＊
  3325　「ジャン＝シメオン・シャルダンの芸術─啓蒙の時代における「自然」と「真実」─」
    ◇渋沢・クローデル賞　（第39回／令4年度／日本側 本賞）
      「ジャン＝シメオン・シャルダンの芸術─啓蒙の時代における「自然」と「真実」」　中央公論美術出版　2022.2　512p 図版16p　22cm　17000円　①978-4-8055-0897-8

船越　凡平　ふなこし・ぼんぺい＊
  3326　「カントリーロード」
    ◇創作テレビドラマ大賞　（第45回／令2年／大賞）

舩坂　朗子　ふなさか・さえこ＊
  3327　「カナダ移民のパイオニア 佐藤惣右衛門物語」
    ◇日本自費出版文化賞　（第27回／令6年／部門入賞／個人誌部門）
      「カナダ移民のパイオニア 佐藤惣右衛門物語」　佐藤正弥, 梅津恒夫, 舩坂朗子著　南北社　2021.10　212p　31cm　2545円　①978-4-903159-24-9

船郷　計治　ふなさと・けいじ＊
  3328　「ラスト・コール」
    ◇ポプラズッコケ文学新人賞　（第9回／令1年／編集部賞）

ふなず
  3329　「外れスキルの辺境領主、不思議なダンジョンで無限成長」
    ◇カクヨムWeb小説コンテスト　（第5回／令2年／異世界ファンタジー部門／特別賞）
      「外れスキルの追放王子、不思議なダンジョンで無限成長」　KADOKAWA　2021.2　296p　15cm　（角川スニーカー文庫）　640円　①978-4-04-111127-7
      ※受賞作を改題
      「外れスキルの追放王子、不思議なダンジョンで無限成長　2」　KADOKAWA　2021.7　296p　15cm　（角川スニーカー文庫）　700円　①978-4-04-111128-4

舩山　むつみ　ふなやま・むつみ＊
  3330　「辮髪のシャーロック・ホームズ 神探福邇の事件簿」（莫理斯（トレヴァー・モリス）作）
    ◇日本翻訳大賞　（第9回／令5年）
      「辮髪のシャーロック・ホームズ─神探福邇の事件簿」　莫理斯著, 舩山むつみ訳　文藝春秋　2022.4　350p　19cm　2000円　①978-4-16-391529-6

布野　割歩　ふの・わりほ
  3331　「常緑」
    ◇笹井宏之賞　（第7回／令6年／個人賞／永井祐賞）
      「ねむらない樹　Vol. 12」　書肆侃侃房　2024.12　176p　21cm　（短歌ムック）　1300円　①978-4-8638565-3-0
      ※受賞作を収録

文縞　絵斗　ふみしま・かいと＊
  3332　「依存」
    ◇島田荘司選 ばらのまち福山ミステリー文学新人賞　（第13回／令2年）
      「依存」　講談社　2021.3　302p　19cm　1750円　①978-4-06-522854-8

冬野　岬　ふゆの・みさき＊
  3333　「とべない花を手向けて」
    ◇ポプラ社小説新人賞　（第11回／令3年／特別賞）　〈受賞時〉原 竜一
      「毒をもって僕らは」　ポプラ社　2023.3　236p　20cm　1600円　①978-4-591-17734-1
      ※受賞作を改題

ブラウン, ピーター
3334 「帰れ 野生のロボット」
◇日本子どもの本研究会「作品賞」（第6回/令4年）

「帰れ野生のロボット」 ピーター・ブラウン作・絵, 前沢明枝訳　福音館書店　2021.5　319p　22cm　2000円　①978-4-8340-8521-1

プラダン, ゴウランカ・チャラン
3335 「世界文学としての方丈記」
◇日本比較文学会賞（第28回/令5年）

「世界文学としての方丈記」 プラダン・ゴウランガ・チャラン著　法蔵館　2022.3　350p　20cm（日文研叢書 第60集）　3500円　①978-4-8318-7756-7

ぶらむ
3336 「魔力を溜めて、物理でぶん殴る。～外れスキルだと思ったそれは、新たな可能性のはじまりでした～」
◇カクヨムWeb小説コンテスト（第6回/令3年/現代ファンタジー部門/ComicWalker漫画賞）

降矢 なな　ふりや・なな＊
3337 「ヴォドニークの水の館 チェコのむかしばなし」
◇産経児童出版文化賞（第69回/令4年/美術賞）

「ヴォドニークの水の館―チェコのむかしばなし」 まきあつこ文, 降矢なな絵　BL出版　2021.4　〔32p〕　30cm　1600円　①978-4-7764-0929-8

3338 「クリスマスマーケット ～ちいさなクロのおはなし～」
◇講談社絵本賞（第55回/令6年度）

「クリスマスマーケット―ちいさなクロのおはなし」 福音館書店　2023.10　39p　26×27cm（日本傑作絵本シリーズ）　1500円　①978-4-8340-8739-0

ブリンクマン, ハンス
3339 「わたしと日本の七十年」
◇日本自費出版文化賞（第26回/令5年/部門入賞/エッセー部門）

「わたしと日本の七十年―オランダ人銀行家の回想記」 ハンス・ブリンクマン著, 溝口広美訳　西田書店　2022.8　501p　19cm　3800円　①978-4-88866-671-8

古市 雅子　ふるいち・まさこ＊
3340 「流浪地球」
◇星雲賞（第54回/令5年/海外短編部門（小説））

「流浪地球」 劉慈欣著, 大森望, 古市雅子訳　KADOKAWA　2022.9　309p　20cm　2000円　①978-4-04-065993-0

「流浪地球」 劉慈欣著, 大森望, 古市雅子訳　KADOKAWA　2024.1　305p　15cm（角川文庫）　1200円　①978-4-04-114557-9

古川 彩　ふるかわ・あや＊
3341 「詩集 大地青春」
◇農民文学賞（第64回/令3年）

「大地青春―詩集」 書肆犀　2022.4　99p　21cm　1100円　①978-4-904725-42-9

古川 隆久　ふるかわ・たかひさ＊
3342 「昭和天皇拝謁記 初代宮内庁長官田島道治の記録」全7巻
◇毎日出版文化賞（第77回/令5年/企画部門）

「昭和天皇拝謁記―初代宮内庁長官田島道治の記録　1～7」 田島道治著, 古川隆久ほか編集　田島恭二翻刻・編集　岩波書店　2021.12～2023.5　22cm

古川 タク　ふるかわ・たく＊
　3343　「**TAKUPEDIA**」
　　◇日本漫画家協会賞（第53回/令6年度/大賞/カーツーン部門）
　　　「TAKUPEDIA」　アニドウ・フィルム　2023.4　24cm　4000円　①978-4-938543-42-6

古川 真人　ふるかわ・まこと＊
　3344　「背高泡立草」
　　◇芥川龍之介賞（第162回/令1年下）
　　　「背高泡立草」　集英社　2020.1　143p　20cm　1400円　①978-4-08-771710-5
　　　「背高泡立草」　集英社　2023.3　191p　16cm（集英社文庫）　500円　①978-4-08-744496-4

古川 真愛　ふるかわ・まなと＊
　3345　「黄金の君に誓う」
　　◇優駿エッセイ賞（2021〔第37回〕/令3年/グランプリ（G I ））

古川 安　ふるかわ・やす＊
　3346　「津田梅子 科学への道、大学の夢」
　　◇毎日出版文化賞（第76回/令4年/自然科学部門）
　　　「津田梅子―科学への道、大学の夢」　東京大学出版会　2022.1　198, 12p　20cm　2800円　①978-4-13-023078-0

古澤 りつ子　ふるさわ・りつこ＊
　3347　「魔法の言葉」
　　◇日本詩歌句随筆評論大賞（第17回/令3年度/短歌部門/奨励賞）
　　　「魔法の言葉―歌集」　本阿弥書店　2020.9　179p　20cm（白路叢書 第154篇）　2500円　①978-4-7768-1509-9

古田 淳　ふるた・じゅん
　3348　「モンスターになれる」
　　◇大衆芸能脚本募集（第21回/令1年度/漫才・コント部門/佳作）

古田 徹也　ふるた・てつや＊
　3349　「言葉の魂の哲学」
　　◇サントリー学芸賞（第41回/令1年度/思想・歴史部門）
　　　「言葉の魂の哲学」　講談社　2018.4　249p　19cm（講談社選書メチエ）　1700円　①978-4-06-258676-4

ふるた みゆき
　3350　「歌うキノコと孤児たち」
　　◇さきがけ文学賞（第41回/令6年/入選）

古宮 九時　ふるみや・くじ＊
　3351　「成り代わり令嬢のループライン」
　　◇カクヨムWeb小説コンテスト（第9回/令6年/恋愛（ラブロマンス）部門/特別賞）

古谷 智子　ふるや・ともこ＊
　3352　「ベイビーズ・ブレス」
　　◇日本歌人クラブ賞（第49回/令4年）
　　　「ベイビーズ・ブレス―歌集」　ながらみ書房　2021.12　229p　20cm（中部短歌叢書 305）　2600円　①978-4-86629-250-2

古屋 璃佳　ふるや・りか＊
　3353　「ひとり図書館」
　　◇ENEOS童話賞（第51回/令2年度/小学生以下の部/最優秀賞）
　　　※「童話の花束 その51」に収録

ブレイディ みかこ
3354　「ぼくはイエローでホワイトで、ちょっとブルー」
　　◇新風賞（第55回/令2年）
　　　「ぼくはイエローでホワイトで、ちょっとブルー――The Real British Secondary School Days」　新潮社　2019.6　252p　20cm　1350円　①978-4-10-352681-0
　　　「ぼくはイエローでホワイトで、ちょっとブルー」　新潮社　2021.7　332p　16cm（新潮文庫）630円　①978-4-10-101752-5

プレスコット, ラーラ
3355　「あの本は読まれているか」
　　◇本屋大賞（第18回/令3年/翻訳小説部門/3位）
　　　「あの本は読まれているか」　ラーラ・プレスコット著,吉澤康子訳　東京創元社　2020.4　443p　19cm　1800円　①978-4-488-01102-4
　　　「あの本は読まれているか」　ラーラ・プレスコット著,吉澤康子訳　東京創元社　2022.8　522p　15cm（創元推理文庫）1200円　①978-4-488-27007-0

フレーベル館　ふれーべるかん＊
3356　「おひさま わらった」
　　◇造本装幀コンクール（第55回/令3年/審査員奨励賞）
　　　「おひさまわらった」　きくちちき作　JULA出版局,フレーベル館（発売）　2021.3　〔36p〕　31cm　2300円　①978-4-577-61032-9

文学座アトリエの会　ぶんがくざあとりえのかい＊
3357　「スリーウインターズ」（テーナ・シュティヴィチッチ作）
　　◇小田島雄志・翻訳戯曲賞（第12回/令1年）

文化出版局　ぶんかしゅっぱんきょく
3358　「RESTAURANT B RECIPE BOOK」
　　◇造本装幀コンクール（第57回/令5年/読書推進運動協議会賞）
　　　「レストランBレシピブック」　坂田阿希子著　文化学園文化出版局　2023.12　143p　22cm　3000円　①978-4-579-21431-0

「文藝春秋」取材班　ぶんげいしゅんじゅうしゅざいはん＊
3359　「安倍元首相暗殺と統一教会」
　　◇文藝春秋読者賞（第84回/令4年）

【へ】

へか帝　へかてい＊
3360　「【剣は折れても】クソザコ種族で高難度ゲー攻略する【心は折れない】」
　　◇HJ小説大賞（第3回/令4年/前期）
　　　「クソザコ種族・呪われし鎧（リビングアーマー）で理不尽クソゲーを超絶攻略してみた　1」　ホビージャパン　2023.7　270p　19cm（HJ NOVELS）1300円　①978-4-7986-3237-7
　　　※受賞作を改題
　　　「クソザコ種族・呪われし鎧（リビングアーマー）で理不尽クソゲーを超絶攻略してみた　2」　ホビージャパン　2024.1　359p　19cm（HJ NOVELS）1350円　①978-4-7986-3371-8

蛇沢 美鈴　へびさわ・みすず
3361　「ちいさな約束」
　　◇啄木・賢治のふるさと「岩手日報随筆賞」（第17回/令4年/佳作）

ベルリン, ルシア
 3362 「掃除婦のための手引き書」
  ◇本屋大賞（第17回/令2年/翻訳小説部門/2位）
   「掃除婦のための手引き書―ルシア・ベルリン作品集」 ルシア・ベルリン著, 岸本佐知子訳　講談社
    2019.7　317p　20cm 2200円　①978-4-06-511929-7
   「掃除婦のための手引き書―ルシア・ベルリン作品集」 ルシア・ベルリン著, 岸本佐知子訳　講談社
    2022.3　367p　15cm（講談社文庫）900円　①978-4-06-527307-4

ヘレンハルメ 美穂　へれんはるめ・みほ＊
 3363 「1794」「1795」
  ◇日本推理作家協会賞（第76回/令5年/翻訳部門（試行））
   「1794・1795」 ニクラス・ナット・オ・ダーグ著, ヘレンハルメ美穂訳　小学館　2022.9～2022.10
    15cm（小学館文庫）

【 ほ 】

彭 永成　ほう・えいせい＊
 3364 「『ゼクシィ』のメディア史―花嫁たちのプラットフォーム」
  ◇日本出版学会賞（第45回/令5年度/奨励賞）
   「『ゼクシィ』のメディア史―花嫁たちのプラットフォーム」 創元社　2023.3　335p 図版7枚　21cm
    3500円　①978-4-422-21021-6

坊 真由美　ぼう・まゆみ＊
 3365 「天ぷらの揚げ音がふと変わるように息子が最近やさしくなった」
  ◇角川全国短歌大賞（第14回/令4年/題詠「音」/大賞）

北條 裕子　ほうじょう・ひろこ＊
 3366 「半世界の」
  ◇日本詩歌句随筆評論大賞（第20回/令6年度/詩部門/優秀賞）
   「半世界の」 思潮社　2023.7　83p　22cm 2200円　①978-4-7837-4536-5

北條 文緒　ほうじょう・ふみお＊
 3367 「血の畑―宗教と暴力」
  ◇日本翻訳文化賞（第60回/令5年度）
   「血の畑―宗教と暴力」 カレン・アームストロング著, 北條文緒, 岩崎たまえ訳　国書刊行会　2022.10
    688p　22cm 8800円　①978-4-336-07307-5

ほえ太郎　ほえたろう＊
 3368 「おっさん、転生して天才役者になる」
  ◇カクヨムWeb小説コンテスト（第6回/令3年/キャラクター文芸部門/ComicWalker
    漫画賞）

外薗 淳　ほかぞの・じゅん＊
 3369 「レインブーツをだきしめて」
  ◇家の光童話賞（第34回/令1年度/優秀賞）

外間 守善　ほかま・しゅぜん＊
 3370 「沖縄 ことば咲い渡り（さくら、あお、みどり）」(全3巻)
  ◇地方出版文化功労賞（第34回/令3年/特別賞）
   「沖縄ことば咲い渡り―さくら」 外間守善, 仲程昌徳, 波照間永吉著　ボーダーインク　2020.7　323p

　　　　　　15cm　2200円　①978-4-89982-383-4
　　　「沖縄ことば咲い渡り―あお」　外間守善, 仲程昌徳, 波照間永吉著　ボーダーインク　2020.7　323p
　　　　　　15cm　2200円　①978-4-89982-384-1
　　　「沖縄ことば咲い渡り―みどり」　外間守善, 仲程昌徳, 波照間永吉著　ボーダーインク　2020.7　321p
　　　　　　15cm　2200円　①978-4-89982-385-8

朴 舜起　ぼく・しゅんき＊
　3371　「謎ときサリンジャー――「自殺」したのは誰なのか―」
　　　　◇小林秀雄賞（第21回／令4年）
　　　　「謎ときサリンジャー――「自殺」したのは誰なのか」　竹内康浩, 朴舜起著　新潮社　2021.8　269p
　　　　　　20cm（新潮選書）1500円　①978-4-10-603870-9

北杜 駿　ほくと・しゅん＊
　3372　「はだけゆく」
　　　　◇星野立子賞・星野立子新人賞（第10回／令4年／星野立子新人賞）

保坂 三四郎　ほさか・さんしろう＊
　3373　「諜報国家ロシア」
　　　　◇山本七平賞（第32回／令5年）
　　　　「諜報国家ロシア―ソ連KGBからプーチンのFSB体制まで」　中央公論新社　2023.6　298p　18cm
　　　　　　（中公新書）980円　①978-4-12-102760-3

星 泉　ほし・いずみ＊
　3374　「花と夢」
　　　　◇日本翻訳文化賞（第61回／令6年度）
　　　　「花と夢」　ツェリン・ヤンキー著, 星泉訳　春秋社　2024.4　304p　20cm（アジア文芸ライブラリー）
　　　　　　2400円　①978-4-393-45510-4

星 ゆきこ　ほし・ゆきこ
　3375　「おかえり只見線」
　　　　◇新俳句人連盟賞（第51回／令5年／作品の部（俳句）／佳作2位）

星月 渉　ほしづき・わたる＊
　3376　「ヴンダーカンマー」
　　　　◇最恐小説大賞（第1回／平30年）
　　　　「ヴンダーカンマー」　竹書房　2020.7　263p　19cm　1500円　①978-4-8019-2331-7

星都 ハナス　ほしと・はなす＊
　3377　「クリーニング店あるある」
　　　　◇カクヨムWeb小説短編賞（2021／令3年／実話・エッセイ・体験談部門／短編特別賞）
　3378　「明日のことは明日考えよう！」
　　　　◇カクヨムWeb小説短編賞（2022／令4年／「令和の私小説」部門／短編特別賞）

星名 こころ　ほしな・こころ＊
　3379　「高慢悪女とヘタレ騎士」
　　　　◇角川ビーンズ小説大賞（第23回／令6年／WEBテーマ部門／WEB読者賞）

星奈 さき　ほしな・さき＊
　3380　「感崎零の怪異潰し」
　　　　◇角川つばさ文庫小説賞（第10回／令3年／一般部門／特別賞）
　　　　「真堂レイはだませない―学校の怪異談」　星奈さき作, negiyan絵　KADOKAWA　2022.12　220p
　　　　　　18cm（角川つばさ文庫）700円　①978-4-04-632210-4
　　　　※受賞作を改題

星野 いのり　ほしの・いのり＊
　3381 「あかねさす」
　　◇俳句四季新人賞・新人奨励賞（令3年/第4回 俳句四季新人奨励賞）

星野 早苗　ほしの・さなえ＊
　3382 「櫟の実」
　　◇現代俳句協会年度作品賞（第22回/令3年）

星野 高士　ほしの・たかし＊
　3383 「渾沌」
　　◇詩歌文学館賞（第38回/令5年/俳句）
　　◇俳句四季大賞（令5年/第22回 俳句四季大賞）
　　「渾沌―句集」 深夜叢書社　2022.8　209p　20cm　3000円　①978-4-88032-472-2

星野 博美　ほしの・ひろみ＊
　3384 「世界は五反田から始まった」
　　◇大佛次郎賞（第49回/令4年）
　　「世界は五反田から始まった」 ゲンロン　2022.7　364p　19cm（ゲンロン叢書 011）1800円　①978-4-907188-45-0

星野 道夫　ほしの・みちお＊
　3385 「あるヘラジカの物語」
　　◇親子で読んでほしい絵本大賞（第2回/令3年/大賞）
　　「あるヘラジカの物語」 鈴木まもる絵と文　あすなろ書房　2020.9　26×28cm　1500円　①978-4-7515-2967-6

星野 夢　ほしの・ゆめ＊
　3386 「Let us play the guitar！」
　　◇青い鳥文庫小説賞（第3回/令1年度/U-15部門/佳作）

星野 良一　ほしの・りょういち＊
　3387 「ポリス」(詩)
　　◇「日本児童文学」投稿作品賞（第14回/令4年/佳作）
　3388 「星の声、星の子へ」
　　◇三越左千夫少年詩賞（第27回/令5年）
　　「星の声、星の子へ」 星野良一詩集、ながしまよいち絵　銀の鈴社　2022.12　109p　22cm（Junior poem series 305）1600円　①978-4-86618-144-8

干野 ワニ　ほしの・わに＊
　3389 「千夜一夜ナゾガタリ～義妹の身代りで暴君に献上されたまま忘れられた妃は、後宮快適ニート生活を守るため謎を解く～」
　　◇カクヨムWeb小説コンテスト（第8回/令5年/ライト文芸部門/特別賞）
　　「金沙後宮の千夜一夜―砂漠の姫は謎と踊る」 KADOKAWA　2024.2　301p　15cm（角川文庫）680円　①978-4-04-114407-7
　　※受賞作を改題

POST-FAKE
　3390 「Kangchenjunga」
　　◇造本装幀コンクール（第56回/令4年/審査員奨励賞）
　　※「Kangchenjunga」(石川直樹著 POST-FAKE 2022年発行)

穂積 潜　ほずみ・もぐり＊
　3391 「泣きゲーの世界に転生した俺は、ヒロインを攻略したくないのにモテまくるから

困る―鬱展開を金と権力でねじ伏せろ―」
　　◇カクヨムWeb小説コンテスト　（第6回/令3年/現代ファンタジー部門/大賞）
　　　「鬱ゲー転生。一知り尽くしたギャルゲに転生したので、鬱フラグ破壊して自由に生きます」
　　　KADOKAWA　2022.2　334p　15cm（富士見ファンタジア文庫）670円　①978-4-04-074440-7
　　　※受賞作を改題

3392　「強すぎてボッチになった俺が戦学院のパーティ決めで余った結果、元王女で聖女な先生がペアを組んでくれることになった件」
　　◇カクヨムWeb小説コンテスト　（第8回/令5年/カクヨムプロ作家部門/特別賞）
　　　「強すぎて学園であぶれた俺。ボッチな先生とペア組んだら元王女だった」　KADOKAWA　2023.12　296p　15cm（富士見ファンタジア文庫）700円　①978-4-04-075263-1
　　　※受賞作を改題

細井　直子　ほそい・なおこ＊
3393　「失われたいくつかの物の目録」（ユーディット・シャランスキー著）
　　◇日本翻訳大賞　（第7回/令3年）
　　　「失われたいくつかの物の目録」ユーディット・シャランスキー著, 細井直子訳　河出書房新社　2020.3　260p　20cm　2900円　①978-4-309-20794-0

細川　周平　ほそかわ・しゅうへい＊
3394　「近代日本の音楽百年」
　　◇芸術選奨　（第71回/令2年度/評論等部門/文部科学大臣賞）
　　　「近代日本の音楽百年―黒船から終戦まで　第1巻　洋楽の衝撃」　岩波書店　2020.9　375, 6p　22cm　13000円　①978-4-00-027226-1
　　　「近代日本の音楽百年―黒船から終戦まで　第2巻　デモクラシイの音色」　岩波書店　2020.10　294, 6p　22cm　13000円　①978-4-00-027227-8
　　　「近代日本の音楽百年―黒船から終戦まで　第3巻　レコード歌謡の誕生」　岩波書店　2020.11　320, 5p　22cm　13000円　①978-4-00-027228-5
　　　「近代日本の音楽百年―黒船から終戦まで　第4巻　ジャズの時代」　岩波書店　2020.12　371, 7p　22cm　13000円　①978-4-00-027229-2

ほそかわ　てんてん
3395　「がっこうのてんこちゃん　はじめてばかりでどうしよう！　の巻」
　　◇産経児童出版文化賞　（第71回/令6年/ニッポン放送賞）
　　　「がっこうのてんこちゃん　はじめてばかりでどうしよう！　の巻」　福音館書店　2023.3　91p　22cm（福音館創作童話シリーズ）1100円　①978-4-8340-8704-8

細川　光洋　ほそかわ・みつひろ＊
3396　「吉井勇の旅鞄―昭和初年の歌行脚ノート」
　　◇前川佐美雄賞　（第20回/令4年）
　　　「吉井勇の旅鞄―昭和初年の歌行脚ノート」　短歌研究社　2021.11　425p　20cm　5400円　①978-4-86272-633-9

ホソカワ　レイコ
3397　「みかんきょうだいのたんけん」
　　◇日産　童話と絵本のグランプリ　（第38回/令3年度/絵本の部/大賞）
　　　「みかんきょうだいのたんけん」　BL出版　2022.12　〔32p〕　27cm　1400円　①978-4-7764-1074-4

細田　昌志　ほそだ・まさし＊
3398　「沢村忠に真空を飛ばせた男―昭和のプロモーター・野口修　評伝」
　　◇講談社　本田靖春ノンフィクション賞　（第43回/令3年）
　　　「沢村忠に真空を飛ばせた男―昭和のプロモーター・野口修評伝」　新潮社　2020.10　559p　20cm　2900円　①978-4-10-353671-0

3399　「力道山未亡人」
　　◇小学館ノンフィクション大賞　（第30回/令5年/大賞）

「力道山未亡人」　小学館　2024.6　317p　19cm　1800円　Ⓘ978-4-09-389161-5

細野 綾子　ほその・あやこ
3400　「川上不白茶会記集」
◇造本装幀コンクール　(第54回/令2年/日本印刷産業連合会会長賞)
「川上不白茶会記集」　川上不白著, 川上宗雪監修, 谷晃編　中央公論新社　2019.11　909p　20cm　13000円　Ⓘ978-4-12-005246-0

細見 和之　ほそみ・かずゆき＊
3401　「ほとぼりが冷めるまで」
◇歴程賞　(第58回/令2年)
「ほとぼりが冷めるまで―詩集」　澪標　2020.8　101p　21cm　1600円　Ⓘ978-4-86078-481-2

保谷 伸　ほたに・しん＊
3402　「まくむすび」
◇マンガ大賞　(2020/令2年/9位)
「まくむすび　1～5」　集英社　2019.7～2021.3　19cm　(ヤングジャンプコミックス)

ぽち
3403　「バランスの良い山本さん、デスゲームに巻き込まれる。」
◇カクヨムWeb小説コンテスト　(第8回/令5年/エンタメ総合部門/大賞・ComicWalker漫画賞)
「デスゲームに巻き込まれた山本さん、気ままにゲームバランスを崩壊させる」　KADOKAWA　2024.6　369p　15cm　(電撃文庫)　720円　Ⓘ978-4-04-915705-5
※受賞作を改題
「デスゲームに巻き込まれた山本さん、気ままにゲームバランスを崩壊させる　2」　KADOKAWA　2024.8　421p　15cm　(電撃文庫)　740円　Ⓘ978-4-04-915805-2

ホッシーナッキー
3404　「うちゅういちの　たかいたかい」
◇書店員が選ぶ絵本新人賞　(2023/令5年/特別賞)
「うちゅういちのたかいたかい」　中央公論新社　2024.4　26cm　1500円　Ⓘ978-4-12-005774-8

堀田 季何　ほった・きか＊
3405　「人類の午後」
◇芸術選奨　(第72回/令3年度/文学部門/文部科学大臣新人賞)
「人類の午後」　邑書林　2021.8　149p　19cm　2000円　Ⓘ978-4-89709-906-4

ぼっち猫　ぼっちねこ＊
3406　「ごほうび転生！　～第三の人生は、特典【ポータブルハウス】と【地図帳】で自由な旅を満喫します！　～」
◇カクヨムWeb小説コンテスト　(第9回/令6年/異世界ファンタジー部門/特別賞)

ホリ・カケル
3407　「喜寿の父、初めて馬券を買う」
◇優駿エッセイ賞　(2020〔第36回〕/令2年/佳作(GⅢ))
3408　「ポケットラジオ」
◇優駿エッセイ賞　(2021〔第37回〕/令3年/次席(GⅡ))
3409　「クランジの奇跡」
◇優駿エッセイ賞　(2023〔第39回〕/令5年/佳作(Ⅲ))

堀 和恵　ほり・かずえ＊
3410　「評伝 伊藤野枝～あらしのように生きて～」

◇歴史浪漫文学賞（第23回/令5年/創作部門特別賞）
「評伝伊藤野枝―あらしのように生きて」 郁朋社 2023.4 238p 20cm 1500円 ①978-4-87302-788-3

堀 静香 ほり・しずか＊
3411 「みじかい曲」
◇現代歌人集会賞（第50回/令6年度）
「みじかい曲」 左右社 2024.6 173p 19cm 1800円 ①978-4-86528-415-7

堀 朋平 ほり・ともへい＊
3412 「わが友、シューベルト」
◇芸術選奨（第74回/令5年度/評論部門/文部科学大臣新人賞）
「わが友、シューベルト」 Artes 2023.2 581, 50p 22cm 6000円 ①978-4-86559-263-4

堀井 一摩 ほりい・かずま＊
3413 「国民国家と不気味なもの―日露戦後文学の〈うち〉なる他者像」
◇サントリー学芸賞（第43回/令3年度/芸術・文学部門）
「国民国家と不気味なもの―日露戦後文学の〈うち〉なる他者像」 新曜社 2020.3 406p 20cm 3800円 ①978-4-7885-1678-6

堀内 統義 ほりうち・つねよし＊
3414 「青い夜道の詩人―田中冬二の旅 冬二への旅―」
◇日本詩人クラブ詩界賞（第23回/令5年）
「青い夜道の詩人―田中冬二の旅 冬二への旅」 創風社出版 2022.4 361p 19cm 2000円 ①978-4-86037-316-0

堀内 夕太朗 ほりうち・ゆうたろう＊
3415 「空を飛んだイワシ」
◇ENEOS童話賞（第51回/令2年度/中学生の部/優秀賞）
※「童話の花束 その51」に収録

堀江 里美 ほりえ・さとみ＊
3416 「グレイス・イヤー 少女たちの聖域」
◇本屋大賞（第20回/令5年/翻訳小説部門/3位）
「グレイス・イヤー―少女たちの聖域」 キム・リゲット著, 堀江里美訳 早川書房 2022.11 485p 19cm 2000円 ①978-4-15-210183-9

堀江 秀史 ほりえ・ひでふみ＊
3417 「寺山修司の一九六〇年代 不可分の精神」
◇日本比較文学会賞（第26回/令3年）
「寺山修司の一九六〇年代―不可分の精神」 白水社 2020.3 554p 22cm 6800円 ①978-4-560-09750-2

堀川 惠子 ほりかわ・けいこ＊
3418 「狼の義 新 犬養木堂伝」
◇司馬遼太郎賞（第23回/令1年度）
「狼の義―新犬養木堂伝」 林新, 堀川惠子著 KADOKAWA 2019.3 477p 20cm 1900円 ①978-4-04-106643-0
「狼の義―新犬養木堂伝」 林新, 堀川惠子著 KADOKAWA 2024.1 605p 15cm（角川ソフィア文庫） 1600円 ①978-4-04-400765-2

3419 「暁の宇品 陸軍船舶司令官たちのヒロシマ」
◇大佛次郎賞（第48回/令3年）
「暁の宇品―陸軍船舶司令官たちのヒロシマ」 講談社 2021.7 389p 20cm 1900円 ①978-4-06-524634-4
「暁の宇品―陸軍船舶司令官たちのヒロシマ」 講談社 2024.7 487p 15cm（講談社文庫） 950円

　　　　　Ⓘ978-4-06-534505-4

堀川　真　　ほりかわ・まこと＊
　3420　「私の名前は宗谷本線」
　　　◇けんぶち絵本の里大賞（第31回／令3年度／びばからす賞）
　　　　「私の名前は宗谷本線」　荒尾美知子文, 堀川真絵　あすなろ書房　2020.12　31p　29cm（ちょっと昔の子どもたちのくらし 3）　1800円　Ⓘ978-4-7515-3017-7

堀川　祐里　　ほりかわ・ゆうり＊
　3421　「戦時期日本の働く女たち　ジェンダー平等な労働環境を目指して」
　　　◇女性史学賞（第18回／令5年度）
　　　　「戦時期日本の働く女たち―ジェンダー平等な労働環境を目指して」　晃洋書房　2022.2　206, 21p　22cm　4500円　Ⓘ978-4-7710-3558-4

堀川　理万子　　ほりかわ・りまこ＊
　3422　「海のアトリエ」
　　　◇Bunkamuraドゥマゴ文学賞（第31回／令3年／江國香織選）
　　　◇講談社絵本賞（第53回／令4年度）
　　　◇小学館児童出版文化賞（第71回／令4年度）
　　　　「海のアトリエ」　偕成社　2021.5　〔32p〕　22×28cm　1400円　Ⓘ978-4-03-435160-4

堀越　雪瑚　　ほりこし・ゆきこ＊
　3423　「影み。」
　　　◇大阪女性文芸賞（第40回／令4年）

洪　先恵　　ほん・そね＊
　3424　「富士山がついてくる」
　　　◇新人シナリオコンクール（第32回／令4年度／入選）

本阿弥　秀雄　　ほんあみ・ひでお＊
　3425　「波の上集」
　　　◇日本詩歌句随筆評論大賞（第20回／令6年度／俳句部門／奨励賞）
　　　　「波の上集―句集」　東京四季出版　2024.1　175p　20cm　Ⓘ978-4-8129-1144-0

本郷　蓮実　　ほんごう・はすみ
　3426　「薄命少女、生存戦略してたら周りからの執着がヤバイことになってた」
　　　◇カクヨムWeb小説コンテスト（第9回／令6年／異世界ファンタジー部門／特別審査員賞）

本多　寿　　ほんだ・ひさし＊
　3427　「風の巣」
　　　◇日本詩人クラブ賞（第53回／令2年）
　　　　「風の巣―本多寿詩集」　本多企画　2019.11　117p　17cm　2000円　Ⓘ978-4-89445-500-9

本多　英生　　ほんだ・ひでお＊
　3428　「暗くて白い女と男」
　　　◇新人シナリオコンクール（第33回／令5年度／入選）

ほんま　きよこ
　3429　「ひとつの火」
　　　◇安城市新美南吉絵本大賞（第3回／令4年／大賞）
　　　　「ひとつの火」　新美南吉文, ほんまきよこ絵　安城市図書情報館　2023.10　31cm　800円　Ⓘ978-4-9906982-3-2

本間 浩　ほんま・ひろし＊
　3430　「この雪の下に高田あり」
　　◇ゆきのまち幻想文学賞　（第31回/令3年/準大賞）

本間 淑子　ほんま・よしこ
　3431　「水辺の街で」
　　◇日本自費出版文化賞　（第25回/令4年/部門入賞/エッセー部門）
　　　※自費出版

【ま】

舞羽 優　まいば・ゆう＊
　3432　「時空往還―未来故郷のルナ」
　　◇さきがけ文学賞　（第40回/令5年/選奨）

米原 信　まいばら・しん＊
　3433　「盟（かみかけて）信（しん）が大切」
　　◇オール讀物新人賞　（第102回/令4年）

前川 貴行　まえかわ・たかゆき＊
　3434　「ハクトウワシ」
　　◇児童福祉文化賞　（第63回/令3年/出版物部門）
　　　「ハクトウワシ」新日本出版社　2020.6　28cm　1600円　①978-4-406-06478-1

前川 ほまれ　まえかわ・ほまれ＊
　3435　「藍色時刻の君たちは」
　　◇山田風太郎賞　（第14回/令5年）
　　　「藍色時刻の君たちは」東京創元社　2023.7　349p　20cm　1800円　①978-4-488-02898-5

前沢 明枝　まえざわ・あきえ＊
　3436　「帰れ 野生のロボット」
　　◇日本子どもの本研究会「作品賞」　（第6回/令4年）
　　　「帰れ野生のロボット」ピーター・ブラウン作・絵, 前沢明枝訳　福音館書店　2021.5　319p　22cm　2000円　①978-4-8340-8521-1

前沢 梨奈　まえざわ・りな
　3437　「前髪」
　　◇啄木・賢治のふるさと「岩手日報随筆賞」　（第16回/令3年/佳作）

前島 美保　まえしま・みほ＊
　3438　「江戸中期上方歌舞伎囃子方と音楽」
　　◇田邉尚雄賞　（第38回/令2年度）
　　　「江戸中期上方歌舞伎囃子方と音楽」文学通信　2020.2　622p　22cm　12000円　①978-4-909658-25-8

真栄田 ウメ　まえだ・うめ＊
　3439　「ミクと俺らの秘密基地」
　　◇ジュニア冒険小説大賞　（第19回/令6年/大賞）

前田 千代子　まえだ・ちよこ＊
　3440　「鍬の戦士 父・前田定の闘い―満蒙開拓青少年義勇軍に消えた青春―」

◇日本自費出版文化賞（第24回/令3年/部門入賞/個人誌部門）
「鍬の戦士 父・前田定の闘い―満蒙開拓青少年義勇軍に消えた青春」 前田千代子 2021.3 183p 22×22cm 2000円 ⓘ978-4-910284-09-5

前田 鐵江　まえだ・てつえ＊
3441　「私だけ乗せて終バス発車せり行けるところまで行つてください」
◇角川全国短歌大賞（第12回/令2年/自由題/準賞）

前田 利夫　まえだ・としお＊
3442　「生の練習」
◇日本詩歌句随筆評論大賞（第19回/令5年度/詩部門/優秀賞）
「生の練習―前田利夫詩集」 モノクローム・プロジェクト, らんか社（発売） 2022.4 109p 21cm（ブックレット詩集 28） 1300円 ⓘ978-4-88330-028-0

前田 まゆみ　まえだ・まゆみ＊
3443　「あおいアヒル」
◇産経児童出版文化賞（第67回/令2年/翻訳作品賞）
「あおいアヒル」 リリア さく, 前田まゆみ やく 主婦の友社 2019.10 〔48p〕 20×25cm 1300円 ⓘ978-4-07-439776-1

前田 麻里　まえだ・まり
3444　「星をつくる少年」
◇えほん大賞（第20回/令3年/絵本部門/優秀賞）

前田 海音　まえだ・みおん＊
3445　「二平方メートルの世界で」
◇親子で読んでほしい絵本大賞（第3回/令4年/大賞）
「二平方メートルの世界で」 前田海音文, はたこうしろう絵 小学館 2021.4 27cm 1500円 ⓘ978-4-09-725104-0

前田 良三　まえだ・りょうぞう＊
3446　「ナチス絵画の謎―逆襲するアカデミズムと「大ドイツ美術展」」
◇吉田秀和賞（第31回/令3年）
「ナチス絵画の謎―逆襲するアカデミズムと「大ドイツ美術展」」 みすず書房 2021.3 254, 32p 20cm 3800円 ⓘ978-4-622-08986-5

前畠 一博　まえはた・かずひろ＊
3447　「被曝の森」
◇新俳句人連盟賞（第50回/令4年/作品の部（俳句）/佳作2位）

3448　「浮いてこい」
◇新俳句人連盟賞（第51回/令5年/作品の部（俳句）/佳作1位）

3449　「壁」
◇新俳句人連盟賞（第52回/令6年/作品の部/佳作4位）

まき あつこ
3450　「ヴォドニークの水の館 チェコのむかしばなし」
◇産経児童出版文化賞（第69回/令4年/美術賞）
「ヴォドニークの水の館―チェコのむかしばなし」 まきあつこ文, 降矢なな絵 BL出版 2021.4 〔32p〕 30cm 1600円 ⓘ978-4-7764-0929-8

牧 寿次郎　まき・じゅうじろう＊
3451　「広告 Vol.415 特集：流通」
◇造本装幀コンクール（第55回/令3年/経済産業大臣賞）
※雑誌「広告」Vol.415（博報堂 2021年2月発行）

まき　　　　　　　　　　　　　　　　　　　　　　　　　　　　　　　　　3452～3462

3452　「柴犬二匹でサイクロン」
　◇造本装幀コンクール（第56回/令4年/東京都知事賞）
　　「柴犬二匹でサイクロン―歌集」　大前粟生　書肆侃侃房　2022.4　143p　19cm　1700円　①978-4-86385-514-4

真紀 涼介　まき・りょうすけ*

3453　「彼女は謎をつくりたがる」
　◇ジャンプ小説新人賞（'2018/平30年/小説テーマ部門/銀賞）

3454　「想いを花に託して」
　◇鮎川哲也賞（第32回/令4年/優秀賞）
　　「勿忘草をさがして」　東京創元社　2023.3　338p　19cm　1700円　①978-4-488-02890-9
　　※受賞作を改題

牧瀬 竜久　まきせ・たつひさ*

3455　「悪ノ黙示録」
　◇小学館ライトノベル大賞（第17回/令5年/優秀賞）〈受賞時〉唯野 素人
　　「悪ノ黙示録―裏社会の帝王、死して異世界をも支配する」　小学館　2023.9　351p　15cm　（ガガガ文庫）780円　①978-4-09-453141-1

牧野 圭祐　まきの・けいすけ*

3456　「月とライカと吸血姫」
　◇星雲賞（第53回/令4年/日本長編部門（小説））
　　「月とライカと吸血姫（ノスフェラトゥ）」〔1〕～7　小学館　2016.12～2021.10　15cm　（ガガガ文庫）

牧野 美加　まきの・みか*

3457　「ようこそ、ヒュナム洞書店へ」
　◇本屋大賞（第21回/令6年/翻訳小説部門/1位）
　　「ようこそ、ヒュナム洞書店へ」　ファン・ボルム著,牧野美加訳　集英社　2023.9　364p　19cm　2400円　978-4-08-773524-6

牧野 百恵　まきの・ももえ*

3458　「ジェンダー格差―実証経済学は何を語るか」
　◇サントリー学芸賞（第46回/令6年度/政治・経済部門）
　　「ジェンダー格差―実証経済学は何を語るか」　中央公論新社　2023.8　230p　18cm　（中公新書）900円　①978-4-12-102768-9

牧原 出　まきはら・いずる*

3459　「田中耕太郎―闘う司法の確立者、世界法の探究者」
　◇読売・吉野作造賞（第24回/令5年）
　　「田中耕太郎―闘う司法の確立者、世界法の探求者」　中央公論新社　2022.11　298p　18cm　（中公新書）940円　①978-4-12-102726-9

巻淵 希代子　まきぶち・きよこ

3460　「音の出せないコオロギ」
　◇森林（もり）のまち童話大賞（第7回/令4年/佳作）

万城目 学　まきめ・まなぶ*

3461　「八月の御所グラウンド」
　◇直木三十五賞（第170回/令5年下）
　　「八月の御所グラウンド」　文藝春秋　2023.8　204p　20cm　1600円　①978-4-16-391732-0

万木森 玲　まきもり・れい*

3462　「わたしは地下鉄です」
　◇産経児童出版文化賞（第71回/令6年/翻訳作品賞）

「わたしは地下鉄です」 キムヒョウン文・絵, 万木森玲young訳 岩崎書店 2023.11 25×27cm 1800円 ①978-4-265-85217-8

マクナマラ, マーガレット

3463 「虫ガール―ほんとうにあったおはなし」
◇日本絵本賞 (第26回/令3年/日本絵本賞翻訳絵本賞)
「虫ガール―ほんとうにあったおはなし」 ソフィア・スペンサー, マーガレット・マクナマラ文, ケラスコエット絵, 福本友美子訳 岩崎書店 2020.4 30cm 1500円 ①978-4-265-85165-2

正木 奈緒実 まさき・なおみ

3464 「ゆきうさぎ、ポンツ」
◇家の光童話賞 (第36回/令3年度/優秀賞)

3465 「ドドゴゴのはし」
◇家の光童話賞 (第37回/令4年度/優秀賞)

正木 ゆう子 まさき・ゆうこ*

3466 「玉響」
◇読売文学賞 (第75回/令5年/詩歌俳句賞)
◇詩歌文学館賞 (第39回/令6年/俳句部門)
「玉響―正木ゆう子句集」 春秋社 2023.9 199p 20cm 2200円 ①978-4-393-43453-6

まさキチ

3467 「勇者パーティーを追放された精霊術士 〜不遇職が精霊王から力を授かり覚醒。俺以外には見えない精霊たちを使役して、五大ダンジョン制覇をいちからやり直し。幼馴染に裏切られた俺は、真の仲間たちと出会う〜」
◇HJ小説大賞 (第2回/令3年/2021前期)
「勇者パーティーを追放された精霊術士―最強級に覚醒した不遇職、真の仲間と五大ダンジョンを制覇する 1」 ホビージャパン 2023.7 287p 15cm (HJ文庫) 680円 ①978-4-7986-3216-2
「勇者パーティーを追放された精霊術士―最強級に覚醒した不遇職、真の仲間と五大ダンジョンを制覇する 2」 ホビージャパン 2024.3 303p 15cm (HJ文庫) 700円 ①978-4-7986-3459-3

3468 「見掛け倒しのガチムチコミュ障門番リストラされて冒険者になる 〜15年間突っ立ってるだけの間ヒマだったので魔力操作していたら魔力9999に。スタンピードで騎士団壊滅状態らしいけど大丈夫? 〜」
◇HJ小説大賞 (第3回/令4年/前期)
「「門番やってろ」と言われ15年、突っ立ってる間に俺の魔力が9999〈最強〉に育ってました 1」 ホビージャパン 2024.4 326p 15cm (HJ文庫) 720円 ①978-4-7986-3499-9
※受賞作を改題
「「門番やってろ」と言われ15年、突っ立ってる間に俺の魔力が9999〈最強〉に育ってました 2」 ホビージャパン 2024.8 302p 15cm (HJ文庫) 760円 ①978-4-7986-3594-1

マーサ・ナカムラ

3469 「雨をよぶ灯台」
◇萩原朔太郎賞 (第28回/令2年)
「雨をよぶ灯台」 思潮社 2020.1 99p 19cm 2000円 ①978-4-7837-3691-2
「雨をよぶ灯台」 新装版 思潮社 2020.6 99p 19cm 2000円 ①978-4-7837-3700-1

眞島 めいり ましま・めいり*

3470 「みつきの雪」
◇児童文芸新人賞 (第50回/令3年)
「みつきの雪」 眞島めいり作, 牧野千穂絵 講談社 2020.1 151p 20cm (講談社文学の扉) 1400円 ①978-4-06-518129-4

真白 燈　ましろ・あかり＊
3471　「前世わたしを殺した男が生まれ変わって求婚してきます」
　◇角川ビーンズ小説大賞（第23回/令6年/一般部門/審査員特別賞 伊藤たつき先生選）

マスダ カルシ
3472　「おおぐいタローいっちょくせん」
　◇MOE創作絵本グランプリ（第8回/令1年/グランプリ）
　　「おおぐいタローいっちょくせん」白泉社　2020.8　27cm（MOEのえほん）1200円　①978-4-592-76269-0

増田 耕三　ますだ・こうぞう＊
3473　「庭の蜻蛉」
　◇伊東静雄賞（第32回/令3年度/奨励賞）
　　「庭の蜻蛉―増田耕三詩集」竹林館　2024.9　165p　19cm（現代日本詩人選100 No.4）1500円　①978-4-86000-522-1

益田 昌　ますだ・しょう＊
3474　「硯」
　◇ゆきのまち幻想文学賞（第30回/令2年/長編賞）

升田 隆雄　ますだ・たかお＊
3475　「昼の銀河」（歌集）
　◇中日短歌大賞（第11回/令2年度）
　　「昼の銀河―歌集」角川文化振興財団　2019.10　205p　20cm（まひる野叢書 第366篇）2600円　①978-4-04-884307-2

益田 肇　ますだ・はじむ＊
3476　「人びとのなかの冷戦世界 想像が現実となるとき」
　◇毎日出版文化賞（第75回/令3年/人文・社会部門）
　　「人びとのなかの冷戦世界―想像が現実となるとき」岩波書店　2021.4　351, 74p　22cm　5000円　①978-4-00-024543-2

益田 ミリ　ますだ・みり＊
3477　「ツユクサナツコの一生」
　◇手塚治虫文化賞（第28回/令6年/短編賞）
　　「ツユクサナツコの一生」新潮社　2023.6　269p　21cm　1800円　①978-4-10-351982-9

増山 実　ますやま・みのる＊
3478　「ジュリーの世界」
　◇京都本大賞（第10回/令4年）
　　「ジュリーの世界」ポプラ社　2021.4　325p　20cm　1700円　①978-4-591-17006-0
　　「ジュリーの世界」ポプラ社　2023.9　382p　16cm（ポプラ文庫）780円　①978-4-591-17893-5

真園 めぐみ　まその・めぐみ＊
3479　「夢現のはざま ～玉妖綺譚～」
　◇創元ファンタジイ新人賞（第1回/平27年発表/優秀賞）
　　「玉妖綺譚」東京創元社　2016.5　349p　15cm（創元推理文庫）840円　①978-4-488-56902-0
　　※受賞作を改題
　　「玉妖綺譚　2　異界の庭」東京創元社　2017.2　369p　15cm（創元推理文庫）900円　①978-4-488-56903-7
　　「玉妖綺譚　3　透樹の園」東京創元社　2018.2　366p　15cm（創元推理文庫）980円　①978-4-488-56904-4

真田 啓介　まだ・けいすけ＊
3480　「真田啓介ミステリ論集 古典探偵小説の愉しみ（「Ⅰフェアプレイの文学」「Ⅱ悪

人たちの肖像」)」
◇日本推理作家協会賞（第74回／令3年／評論・研究部門）
「フェアプレイの文学」 荒蝦夷 2020.6 461p 19cm（真田啓介ミステリ論集古典探偵小説の愉しみ 1 叢書東北の声 40） 4000円 ⓘ978-4-904863-69-5
「悪人たちの肖像」 荒蝦夷 2020.6 461p 19cm（真田啓介ミステリ論集古典探偵小説の愉しみ 2 叢書東北の声 41） 4000円 ⓘ978-4-904863-70-1

またま かよい
3481 「カレーの国」
◇えほん大賞（第23回／令4年／ストーリー部門／特別賞）

まだらめ 三保　まだらめ・みほ＊
3482 「亜熱帯の少女」
◇詩人会議新人賞（第57回／令5年／詩部門／佳作）

待川 匙　まちかわ・さじ＊
3483 「光のそこで白くねむる」
◇文藝賞（第61回／令6年）
「光のそこで白くねむる」 河出書房新社 2024.11 109p 20cm 1500円 ⓘ978-4-309-03938-1

町口 覚　まちぐち・さとし＊
3484 「Seven Treasures Taisho University #8」
◇造本装幀コンクール（第55回／令3年／日本書籍出版協会理事長賞／語学・学参・辞事典・全集・社史・年史・自分史部門）
「Seven treasures—Taisho University #8」 髙橋恭司，森山大道，伊丹豪，野村佐紀子，大坪品，横田大輔，顧剣亨写真 大林組 2021.12 21×30cm

3485 「心臓」
◇造本装幀コンクール（第57回／令5年／経済産業大臣賞）
「心臓」 川口翼写真・テキスト ふげん社 2023.6 27cm 6200円 ⓘ978-4-908955-22-8

町口 景　まちぐち・ひかり
3486 「石川真生 私に何ができるか」
◇造本装幀コンクール（第57回／令5年／日本製紙連合会賞）
「石川真生—私に何ができるか」 東京オペラシティ文化財団 〔2023〕 432p 30×12cm

町田 一則　まちだ・かずのり＊
3487 「黄昏の虹」
◇城戸賞（第45回／令1年／準入賞）

町田 康　まちだ・こう＊
3488 「口訳 古事記」
◇舟橋聖一文学賞（第17回／令5年）
「口訳古事記」 講談社 2023.4 474p 20cm 2400円 ⓘ978-4-06-531204-9

町田 そのこ　まちだ・そのこ＊
3489 「52ヘルツのクジラたち」
◇本屋大賞（第18回／令3年／大賞）
「52ヘルツのクジラたち」 中央公論新社 2020.4 260p 20cm 1600円 ⓘ978-4-12-005298-9
「52ヘルツのクジラたち」 中央公論新社 2023.5 314p 16cm（中公文庫） 740円 ⓘ978-4-12-207370-8

3490 「星を掬う」
◇本屋大賞（第19回／令4年／10位）
「星を掬う」 中央公論新社 2021.10 327p 20cm 1600円 ⓘ978-4-12-005473-0

「星を掬う」　中央公論新社　2024.9　355p　16cm（中公文庫）　760円　Ⓘ978-4-12-207563-4
　3491　「宙ごはん」
　　◇本屋大賞（第20回/令5年/8位）
　　「宙（そら）ごはん」　小学館　2022.6　365p　20cm　1600円　Ⓘ978-4-09-386645-3

町田 尚子　まちだ・なおこ＊
　3492　「なまえのないねこ」
　　◇けんぶち絵本の里大賞（第30回/令2年度/びばからす賞）
　　◇講談社絵本賞（第51回/令2年度）
　　◇日本絵本賞（第25回/令2年/日本絵本賞）
　　「なまえのないねこ」　竹下文子文、町田尚子絵　小峰書店　2019.4　〔32p〕　28cm　1500円　Ⓘ978-4-338-26133-3

町田 奈津子　まちだ・なつこ＊
　3493　「僕の人生」
　　◇シナリオS1グランプリ（第37回/令1年秋/佳作）

町屋 良平　まちや・りょうへい＊
　3494　「ほんのこども」
　　◇野間文芸新人賞（第44回/令4年）
　　「ほんのこども」　講談社　2021.11　317p　20cm　1800円　Ⓘ978-4-06-526036-4
　3495　「生きる演技」
　　◇織田作之助賞（第41回/令6年度/織田作之助賞）
　　「生きる演技」　河出書房新社　2024.3　357p　20cm　2250円　Ⓘ978-4-309-03177-4
　3496　「私の批評」
　　◇川端康成文学賞（第48回/令6年）
　　「私の小説」　河出書房新社　2024.7　169p　20cm　1800円　Ⓘ978-4-309-03196-5
　　※受賞作を収録

松井 十四季　まつい・としき＊
　3497　「1000年後の大和人」
　　◇三田文学新人賞（第28回/令4年）

松井 大　まつい・ひろし＊
　3498　「学研の図鑑 スーパー戦隊」
　　◇星雲賞（第53回/令4年/ノンフィクション部門）
　　「スーパー戦隊」　東映株式会社、松井大監修、学研図鑑編集室編集・制作　学研プラス　2021.4　280p　27cm（学研の図鑑—スーパー戦隊シリーズ）3300円　Ⓘ978-4-05-406788-2

松井 裕美　まつい・ひろみ＊
　3499　「キュビスム芸術史 20世紀西洋美術と新しい〈現実〉」
　　◇和辻哲郎文化賞（第32回/令1年度/学術部門）
　　「キュビスム芸術史—20世紀西洋美術と新しい〈現実〉」　名古屋大学出版会　2019.2　538, 128p 図版16p　22cm　6800円　Ⓘ978-4-8158-0937-9

松井 優征　まつい・ゆうせい＊
　3500　「逃げ上手の若君」
　　◇小学館漫画賞（第69回/令5年度）
　　「逃げ上手の若君　1〜18」　集英社　2021.7〜2024.12　18cm（ジャンプコミックス）

松浦 理英子　まつうら・りえこ＊
　3501　「ヒカリ文集」

◇野間文芸賞 （第75回/令4年）
　「ヒカリ文集」 講談社 2022.2 247p 20cm 1700円 ⓘ978-4-06-526746-2

松尾 スズキ　まつお・すずき＊
3502 「命、ギガ長ス」
　◇読売文学賞 （第71回/令1年/戯曲・シナリオ賞）
　　「命、ギガ長ス」 白水社 2019.7 139p 19cm 2000円 ⓘ978-4-560-09424-2

松尾 晴　まつお・はる＊
3503 「母を迎える」
　◇織田作之助賞 （第38回/令3年度/織田作之助青春賞）

マツオ ヒロミ
3504 「マガジンロンド」
　◇日本漫画家協会賞 （第52回/令5年度/大賞/萬画部門）
　　「RONDO—The Ladies' Graphic Magazine, a fictional creation of Hiromi Matsuo.SINCE 1922：マガジンロンド」 実業之日本社 2022.12 30cm （Ruelle COMICS） 2000円 ⓘ978-4-408-64073-0

松尾 梨沙　まつお・りさ＊
3505 「ショパンの詩学—ピアノ曲《バラード》という詩の誕生」
　◇日本比較文学会賞 （第25回/令2年）
　　「ショパンの詩学—ピアノ曲《バラード》という詩の誕生」 みすず書房 2019.2 399p 22cm 4600円 ⓘ978-4-622-08759-5

松王 かをり　まつおう・かおり＊
3506 「海原へ」
　◇現代俳句協会年度作品賞 （第23回/令4年）

松岡 和子　まつおか・かずこ＊
3507 「シェイクスピア全集」全33巻
　◇小田島雄志・翻訳戯曲賞 （第14回/令3年/特別賞）
　◇日本翻訳文化賞 （第58回/令3年度）
　◇毎日出版文化賞 （第75回/令3年/企画部門）
　　「シェイクスピア全集　1～33」 筑摩書房 1996.1～2021.5 15cm （ちくま文庫）

松岡 政則　まつおか・まさのり＊
3508 「ぢべたくちべた」
　◇詩歌文学館賞 （第39回/令6年/詩部門）
　◇日本詩人クラブ賞 （第57回/令6年）
　　「ぢべたくちべた」 思潮社 2023.7 100p 20cm 2300円 ⓘ978-4-7837-4539-6

松岡 亮二　まつおか・りょうじ＊
3509 「教育格差」
　◇新書大賞 （第13回/令2年/3位）
　　「教育格差—階層・地域・学歴」 筑摩書房 2019.7 360, 21p 18cm （ちくま新書） 1000円 ⓘ978-4-480-07237-5

松ケ迫 美貴　まつがさこ・みき＊
3510 「奇形のラスカ」
　◇新人シナリオコンクール （第33回/令5年度/大伴昌司賞 佳作）

松木 いっか　まつき・いっか＊
3511 「日本三國」
　◇マンガ大賞 （2023/令5年/5位）

「日本三國―泰平の誓い　1～6」　小学館　2022.3～2024.11　18cm　（裏少年サンデーコミックス）

松樹 凛　まつき・りん*
3512　「夜の果て、凪の世界」
◇創元SF短編賞（第12回／令3年）
「時間飼ってみた」　小川一水ほか著　東京創元社　2021.10　356p　19cm　（GENESIS創元日本SFアンソロジー 4）　2000円　①978-4-488-01845-0
※受賞作「夜の果て、凪の世界」（「射手座の香る夏」に改題）を収録
「射手座の香る夏」　東京創元社　2024.2　345p　20cm　（創元日本SF叢書 23）　1900円　①978-4-488-02102-3
※受賞作を改題

松下 沙彩　まつした・さあや*
3513　「スプリング！」
◇テレビ朝日新人シナリオ大賞（第23回／令5年度／大賞）

松下 新士　まつした・しんど*
3514　「人間の顔、人間の痛み」
◇部落解放文学賞（第49回／令4年／評論部門／佳作）

松下 慎平　まつした・しんぺい*
3515　「夢→ダービージョッキー」
◇優駿エッセイ賞（2021〔第37回〕／令3年／佳作（GⅢ））

3516　「サンデーサイレンスの子供達」
◇優駿エッセイ賞（2022〔第38回〕／令4年／次席（GⅡ））

3517　「母から子へ」
◇優駿エッセイ賞（2023〔第39回〕／令5年／グランプリ（GⅠ））

松下 義弘　まつした・よしひろ*
3518　「技術が支えた日本の繊維産業」
◇日本自費出版文化賞（第26回／令5年／部門入賞／研究・評論部門）
「技術が支えた日本の繊維産業―生産・販売・商品開発の歩み　上」　北斗書房　2023.1　514p　30cm　①978-4-89467-462-2（セット）
「技術が支えた日本の繊維産業―生産・販売・商品開発の歩み　下」　北斗書房　2023.1　p515-1011　30cm　①978-4-89467-462-2（セット）

松下 隆一　まつした・りゅういち*
3519　「もう森へは行かない」
◇京都文学賞（第1回／令1年度／一般部門／最優秀賞）
「羅城門に啼く」　新潮社　2020.11　183p　20cm　1600円　①978-4-10-353751-9
※受賞作を改題
「羅城門に啼く」　新潮社　2024.4　208p　16cm　（新潮文庫）　550円　①978-4-10-104991-5

3520　「俠」
◇大藪春彦賞（第26回／令6年）
「俠」　講談社　2023.2　236p　20cm　1650円　①978-4-06-529782-7

松下 龍之介　まつした・りゅうのすけ*
3521　「一次元の挿し木」
◇『このミステリーがすごい！』大賞（第23回／令6年／文庫グランプリ）

マツゾエ ヒロキ
3522　「キツネのてがみや」
◇えほん大賞（第26回／令6年／絵本部門／大賞）

「キツネのてがみや」 文芸社 2024.12 32p 25cm 1500円 ①978-4-286-26118-8

松田 いりの　まつだ・いりの＊
3523　「ハイパーたいくつ」
　◇文藝賞（第61回／令6年）
　　「ハイパーたいくつ」 河出書房新社 2024.11 101p 20cm 1500円 ①978-4-309-03937-4

松田 香織　まつだ・かおり＊
3524　「フィクション」
　◇シナリオS1グランプリ（第41回／令3年冬／奨励賞）

松田 喜好　まつだ・きよし＊
3525　「藁小屋【冬の章】」
　◇農民文学賞（第67回／令6年）

松田 静香　まつだ・しずか＊
3526　「僕の好きな仕事は」
　◇ENEOS童話賞（第53回／令4年度／一般の部／優秀賞）
　　※「童話の花束 その53」に収録

松田 朱夏　まつだ・しゅか＊
3527　「劇場版 鬼滅の刃 無限列車編 ノベライズ みらい文庫版」
　◇小学生がえらぶ！"こどもの本"総選挙（第3回／令4年／第5位）
　　「劇場版 鬼滅の刃 無限列車編—ノベライズみらい文庫版」 吾峠呼世晴原作, ufotable脚本, 松田朱夏著 集英社 2020.10 229p 18cm（集英社みらい文庫）700円 ①978-4-08-321603-9

松田 行正　まつだ・ゆきまさ＊
3528　「法の書〔増補新訳〕愛蔵版」
　◇造本装幀コンクール（第56回／令4年／日本書籍出版協会理事長賞／文学・文芸（エッセイ）部門）
　　「法の書」 アレイスター・クロウリー著, 植松靖夫訳 増補新訳 愛蔵版 国書刊行会 2022.2 301p 20cm 5800円 ①978-4-336-07254-2

松田 容典　まつだ・ようすけ＊
3529　「仁王門阿形の鼻孔に泥蜂が巣を作りいて繁く出入りす」
　◇河野裕子短歌賞（第10回記念〜家族を歌う〜河野裕子短歌賞／令3年募集・令4年発表／自由題／河野裕子賞）

松永 K三蔵　まつなが・けーさんぞう＊
3530　「カメオ」
　◇群像新人文学賞（第64回／令3年／優秀作）
　　「カメオ」 講談社 2024.12 141p 20cm 1500円 ①978-4-06-537826-7
3531　「バリ山行」
　◇芥川龍之介賞（第171回／令6年上）
　　「バリ山行」 講談社 2024.7 161p 20cm 1600円 ①978-4-06-536960-9

まつなが もえ
3532　「からっぽのにくまん」
　◇MOE創作絵本グランプリ（第10回／令3年／グランプリ）
　　「からっぽのにくまん」 白泉社 2022.9 25cm（MOEのえほん）1200円 ①978-4-592-76310-9

松波 佐知子　まつなみ・さちこ＊
3533　「カメラにうつらなかった真実—3人の写真家が見た日系人収容所」

◇産経児童出版文化賞（第70回/令5年/翻訳作品賞）
◇日本子どもの本研究会「作品賞」（第7回/令5年）
「カメラにうつらなかった真実―3人の写真家が見た日系人収容所」 エリザベス・パートリッジ文, ローレン・タマキ絵, 松波佐知子訳 徳間書店 2022.12 125p 27cm 3500円 ①978-4-19-865579-2

松成 真理子　まつなり・まりこ＊
3534 「さくらの谷」
◇講談社絵本賞（第52回/令3年度）
「さくらの谷」 富安陽子文, 松成真理子絵 偕成社 2020.2 〔32p〕 26cm 1300円 ①978-4-03-333000-6

松野 志部彦　まつの・しぶひこ＊
3535 「プリンター」
◇坊っちゃん文学賞（第16回/令1年/佳作）
「夢三十夜」「坊っちゃん文学賞」書籍編集委員会編 学研プラス 2021.6 330p 19cm（5分後の隣のシリーズ） 1000円 ①978-4-05-205425-9

松野郷 俊弘　まつのごう・としひろ＊
3536 「北海道の森林鉄道」
◇日本自費出版文化賞（第23回/令2年/特別賞/地域文化部門）
「北海道の森林鉄道」 22世紀アート 2021.2 166p 21cm ①978-4-86726-136-1

松橋 倫久　まつはし・ともひさ＊
3537 「働きたい」
◇労働者文学賞（第32回/令2年/詩部門/佳作）

松葉屋 なつみ　まつばや・なつみ＊
3538 「沙石の河原に鬼の舞う」
◇創元ファンタジイ新人賞（第4回/平31年発表）
「星砕きの娘」 東京創元社 2019.8 350p 20cm 1800円 ①978-4-488-02798-8
※受賞作を改題
「星砕きの娘」 東京創元社 2021.7 371p 15cm（創元推理文庫） 900円 ①978-4-488-53507-0

松原 知生　まつばら・ともお＊
3539 「転生するイコン―ルネサンス末期シエナ絵画と政治・宗教抗争」
◇フォスコ・マライーニ賞（第5回/令3年）
「転生するイコン―ルネサンス末期シエナ絵画と政治・宗教抗争」 名古屋大学出版会 2021.1 465, 154p 図版16p 22cm 11800円 ①978-4-8158-1007-5

松藤 かるり　まつふじ・かるり＊
3540 「不遇の花詠み仙女は後宮の花となる」
◇角川ビーンズ小説大賞（第20回/令3年/優秀賞＆読者賞）
「後宮の花詠み仙女―白百合は秘めたる恋慕を告げる」 KADOKAWA 2022.11 314p 15cm（角川ビーンズ文庫） 720円 ①978-4-04-113124-4
※受賞作を改題

松虫 あられ　まつむし・あられ＊
3541 「自転車屋さんの高橋くん」
◇マンガ大賞（2022/令4年/10位）
「自転車屋さんの高橋くん　1～8」 リイド社 2019.11～2024.12 19cm（torch comics）

松村 由利子　まつむら・ゆりこ＊
3542 「ジャーナリスト与謝野晶子」
◇日本歌人クラブ評論賞（第21回/令5年）

「ジャーナリスト与謝野晶子」 短歌研究社 2022.9 323, 7p 19cm 2500円 ①978-4-86272-720-6

松本 亜紀 まつもと・あき＊
3543 「タビゴヤ―女は一人で子を産む」
◇河上肇賞 （第15回/令1年/本賞）

松本 あずさ まつもと・あずさ＊
3544 「カンパネラの音は聴こえるか」
◇ポプラ社小説新人賞 （第11回/令3年/奨励賞）

松本 しげのぶ まつもと・しげのぶ＊
3545 「デュエル・マスターズ」シリーズ
◇小学館漫画賞 （第66回/令2年度/児童向け部門）
「デュエル・マスターズ 第1巻～第17巻」 小学館 1999.12～2005.3 18cm （てんとう虫コミックス）

松本 昂幸 まつもと・たかゆき＊
3546 「鷹を飼う」
◇やまなし文学賞 （第28回/令1年/小説部門/佳作）

松本 忠之 まつもと・ただゆき＊
3547 「熊猫」
◇島田荘司選 ばらのまち福山ミステリー文学新人賞 （第15回/令4年/優秀作）

松本 利江 まつもと・としえ＊
3548 「岡山駅から」
◇岡山県「内田百閒文学賞」 （第15回/令1・2年度/優秀賞）
「内田百閒文学賞受賞作品集―岡山県 第15回」 江口ちかる, 松本利江, 馬場友紀著 作品社 2021.3 139p 20cm 1000円 ①978-4-86182-844-7

松本 俊彦 まつもと・としひこ＊
3549 「誰がために医師はいる クスリとヒトの現代論」
◇日本エッセイスト・クラブ賞 （第70回/令4年）
「誰がために医師はいる―クスリとヒトの現代論」 みすず書房 2021.4 222p 20cm 2600円 ①978-4-622-08992-6

松本 直也 まつもと・なおや＊
3550 「怪獣8号」
◇マンガ大賞 （2021/令3年/6位）
「怪獣8号 1～14」 集英社 2020.12～2024.11 18cm （ジャンプコミックス―JUMP COMICS+）

松本 久木 まつもと・ひさき＊
3551 「Arts and Media volume 10」
◇造本装幀コンクール （第54回/令2年/経済産業大臣賞）
「Arts and Media volume 10」 大阪大学文学研究科文化動態論専攻アート・メディア論研究室編 松本工房 2020.7 266p 14.8×21cm 1800円 ①978-4-910067-02-5

3552 「COMPOST VOL.1」
◇造本装幀コンクール （第54回/令2年/審査員奨励賞）
※「COMPOST」vol.01（京都市立芸術大学芸術資源研究センター紀要 2020年3月発行）

松本 滋恵 まつもと・ますえ＊
3553 「行動する詩人 栗原貞子」
◇日本自費出版文化賞 （第27回/令6年/部門入賞/研究・評論部門）
「行動する詩人栗原貞子―平和・反戦・反核にかけた生涯」 溪水社 2023.4 294p 20cm 2500円 ①978-4-86327-608-6

松素 めぐり　まつもと・めぐり＊
　3554　「保健室経由、かねやま本館。」シリーズ
　　　◇児童文芸新人賞（第50回/令3年）
　　　「保健室経由、かねやま本館。　〔1〕～7」　松素めぐり著, おとないちあき装画・挿画　講談社　2020.6～2024.2　20cm

松山 真子　まつやま・まこ＊
　3555　「迷子」
　　　◇三越左千夫少年詩賞（第28回/令6年）
　　　「迷子―松山真子詩集」　松山真子著, こがしわかおり画・装丁　四季の森社　2023.9　127p　21cm　1200円　①978-4-905036-34-0

的場 かおり　まとば・かおり＊
　3556　「プレスの自由と検閲・政治・ジェンダー ―近代ドイツ・ザクセンにおける出版法制の展開」
　　　◇日本出版学会賞（第43回/令3年度/奨励賞）
　　　「プレスの自由と検閲・政治・ジェンダー――近代ドイツ・ザクセンにおける出版法制の展開」　大阪大学出版会　2021.3　321p　22cm（大阪大学法史学研究叢書 2）5600円　①978-4-87259-722-6

的場 友見　まとば・ともみ＊
　3557　「サロガシー」
　　　◇フジテレビヤングシナリオ大賞（第32回/令2年/大賞）

マナシロ カナタ
　3558　「『帰還勇者のRe：スクール（学園無双）』　勇者になり異世界を救った陰キャ、鋼メンタル＆スキル持ちで地球に帰還し、学校カーストを無双下克上する。「魔王討伐と比べたら学校カーストとかヌルゲー過ぎる……」」
　　　◇カクヨムWeb小説コンテスト（第7回/令4年/ラブコメ（ライトノベル）部門/ComicWalker漫画賞）〈受賞時〉マナシロ カナタ（かなたん）
　　　「隣の席の美少女をナンパから助けたら、なぜかクラス委員を一緒にやることになった件」　KADOKAWA　2023.2　254p　15cm（角川スニーカー文庫）660円　①978-4-04-113383-5
　　　※受賞作を改題

真鍋 昌平　まなべ・しょうへい＊
　3559　「闇金ウシジマくん」
　　　◇文化庁メディア芸術祭賞（第23回/令2年/ソーシャル・インパクト賞）
　　　「闇金ウシジマくん　1～46」　小学館　2004.9～2019.6　18cm（ビッグコミックス）

真野 光一　まの・こういち＊
　3560　「沃野（よくや）」
　　　◇北日本文学賞（第57回/令5年/選奨）

まひる
　3561　「王様のキャリー」
　　　◇講談社児童文学新人賞（第64回/令5年/新人賞）
　　　「王様のキャリー」　講談社　2024.8　173p　20cm　1450円　①978-4-06-536494-9

真帆路 祝　まほろ・いわい
　3562　「平安後宮の鬼喰い姫―光の君と黒弾正」
　　　◇角川文庫キャラクター小説大賞（第10回/令6年/優秀賞＆読者賞）

真々田 稔　ままだ・みのる
　3563　「樋口真嗣特撮野帳 ―映像プラン・スケッチ―」

◇造本装幀コンクール （第56回/令4年/日本書籍出版協会理事長賞/芸術書部門）
「樋口真嗣特撮野帳―映像プラン・スケッチ」 樋口真嗣著　パイインターナショナル　2022.12　639p　20cm 4200円　①978-4-7562-5305-7

間宮　改衣　　まみや・かい＊
3564　「ここはすべての夜明けまえ」
◇ハヤカワSFコンテスト　（第11回/令5年/特別賞）
「ここはすべての夜明けまえ」　早川書房　2024.3　123p　20cm 1300円　①978-4-15-210314-7

真門　浩平　　まもん・こうへい＊
3565　「ルナティック・レトリーバー」
◇ミステリーズ！　新人賞　（第19回/令4年）
「ぼくらは回収しない」　東京創元社　2024.3　215p　20cm（ミステリ・フロンティア 119）1700円　①978-4-488-02025-5
※受賞作を収録

眞山　マサハル　　まやま・まさはる＊
3566　「思い出カジノ」
◇坊っちゃん文学賞（第16回/令1年/佳作）
「夢三十夜」「坊っちゃん文学賞」書籍編集委員会編　学研プラス　2021.6　330p　19cm（5分後の隣のシリーズ）1000円　①978-4-05-205425-9

真山　みな子　　まやま・みなこ＊
3567　「しおりこぶたのぷーもん」
◇〔日本児童文芸家協会〕創作コンクールつばさ賞　（第19回/令2年/童話部門/優秀賞・文部科学大臣賞受賞）
「ともだちはしおりのこぶた」　真山みな子作, 山西ゲンイチ絵　金の星社　2022.4　92p　22cm 1300円　①978-4-323-07499-3
※受賞作を改題

眉月　じゅん　　まゆずき・じゅん＊
3568　「九龍ジェネリックロマンス」
◇マンガ大賞　（2021/令3年/9位）
「九龍ジェネリックロマンス　1～10」　集英社　2020.2～2024.10　19cm（ヤングジャンプコミックス）

まよなかのふみ
3569　「わたしはスカート」
◇日産　童話と絵本のグランプリ　（第39回/令4年度/絵本の部/優秀賞）
※「第39回　日産　童話と絵本のグランプリ　童話・絵本入賞作品集」（大阪国際児童文学振興財団 2023年3月発行）に収録

まり。
3570　「ルビぃなヤツら」
◇坊っちゃん文学賞　（第20回/令5年/佳作）

マリブコーク
3571　「豪運　突然金持ちになったんですけど、お金の使い方がよくわかりません。」
◇カクヨムWeb小説コンテスト　（第9回/令6年/エンタメ総合部門/特別賞）

丸井　貴史　　まるい・たかふみ＊
3572　「白話小説の時代―日本近世中期文学の研究―」
◇日本古典文学学術賞　（第13回/令2年度）
「白話小説の時代―日本近世中期文学の研究」　汲古書院　2019.2　5, 316, 13p　22cm 9000円　①978-4-7629-3641-8

丸井 常春　まるい・つねはる＊
　3573　「檻の中の城」
　　　◇織田作之助賞（第36回／令1年度／織田作之助青春賞）

マルヒロ
　3574　「MARUHIRO BOOK 2010-2020, 2021」
　　　◇造本装幀コンクール（第56回／令4年／経済産業大臣賞, 日本印刷産業連合会会長賞）
　　　「Maruhiro book—2010-2020, 2021－」　マルヒロ　2022.7　398, 261, 50p　21cm

丸本 暖　まるもと・だん＊
　3575　「つじもり」
　　　◇京都文学賞（第2回／令2年度／一般部門／優秀賞）
　　　※「つじもり」(2022年3月発行)

円山 東光　まるやま・とうこう＊
　3576　「イナリワン友人帳」
　　　◇優駿エッセイ賞（2022〔第38回〕／令4年／次席（GⅡ））

丸山 陽子　まるやま・ようこ＊
　3577　「いつもとちがう水よう日」
　　　◇ひろすけ童話賞（第34回／令6年）
　　　「いつもとちがう水よう日」　小学館　2024.6　25cm　1400円　①978-4-09-725268-9

稀山 美波　まれやま・みなみ＊
　3578　「幼馴染シンドロームの処方薬」
　　　◇カクヨムWeb小説短編賞（2021／令3年／短編小説部門／短編賞）

萬代 悠　まんだい・ゆう＊
　3579　「三井大坂両替店―銀行業の先駆け、その技術と挑戦」
　　　◇サントリー学芸賞（第46回／令6年度／政治・経済部門）
　　　「三井大坂両替店―銀行業の先駆け、その技術と挑戦」　中央公論新社　2024.2　270p　18cm（中公新書）　1000円　①978-4-12-102792-4

【み】

みー
　3580　「犯人鬼ごっこ」
　　　◇青い鳥文庫小説賞（第7回／令5年度／U-15部門／佳作）

三浦 麻美　みうら・あさみ＊
　3581　「「聖女」の誕生―テューリンゲンの聖エリーザベトの列聖と崇敬」
　　　◇女性史学賞（第17回／令4年度）
　　　「「聖女」の誕生―テューリンゲンの聖エリーザベトの列聖と崇敬」　八坂書房　2020.10　356, 64p　図版16p　22cm　4500円　①978-4-89694-278-1

三浦 篤　みうら・あつし＊
　3582　「移り棲む美術　ジャポニスム、コラン、日本近代洋画」
　　　◇芸術選奨（第72回／令3年度／評論等部門／文部科学大臣賞）
　　　◇和辻哲郎文化賞（第34回／令3年度／一般部門）

「移り棲む美術―ジャポニスム、コラン、日本近代洋画」 名古屋大学出版会　2021.2　460, 100p　22cm　5800円　①978-4-8158-1016-0

三浦　育真　みうら・いくま＊
3583　「夜明珠」
◇織田作之助賞　（第37回/令2年度/織田作之助青春賞）

みうら　じゅん
3584　「ない仕事の作り方」
◇本屋大賞　（第18回/令3年/発掘部門/超発掘本！）
「「ない仕事」の作り方」　文藝春秋　2015.11　175p　19cm　1250円　①978-4-16-390369-9
「「ない仕事」の作り方」　文藝春秋　2018.10　206p　16cm（文春文庫）　660円　①978-4-16-791166-9

三浦　英之　みうら・ひでゆき＊
3585　「太陽の子―日本がアフリカに置き去りにした秘密―」
◇新潮ドキュメント賞　（第22回/令5年）
「太陽の子―日本がアフリカに置き去りにした秘密」　集英社　2022.10　370p　20cm　2500円　①978-4-08-781721-8

三浦　裕子　みうら・ひろこ＊
3586　「赤いオシロイバナ」
◇ENEOS童話賞　（第52回/令3年度/一般の部/最優秀賞）
※「童話の花束 その52」に収録

三浦　まき　みうら・まき＊
3587　「砂色パニック　〜砂魔法師の卵たち〜」
◇角川ビーンズ小説大賞　（第19回/令2年/奨励賞）
「おちこぼれ砂魔法師と青銀の約束―星の砂を紡ぐ者たち」　KADOKAWA　2021.11　319p　15cm（角川ビーンズ文庫）　720円　①978-4-04-111978-5
※受賞作を改題

水ト　みう　みうら・みう＊
3588　「バンドをクビにされた僕は、10年前にタイムリープして推しと一緒に青春をやり直すことにした。」
◇カクヨムWeb小説コンテスト　（第8回/令5年/エンタメ総合部門/特別賞・ComicWalker漫画賞）
「バンドをクビにされた僕と推しJKの青春リライト」　KADOKAWA　2024.1　255p　15cm（角川スニーカー文庫）　680円　①978-4-04-114485-5
※受賞作を改題

三浦　裕子　みうら・ゆうこ＊
3589　「台湾漫遊鉄道のふたり」
◇日本翻訳大賞　（第10回/令6年）
「台湾漫遊鉄道のふたり―Chizuko & Chizuru's Taiwan Travelogue」　楊双子著, 三浦裕子訳　中央公論新社　2023.4　371p　20cm　2000円　①978-4-12-005652-9

三浦　由太　みうら・ゆうた＊
3590　「日本はどうして負けるに決まっている戦争に飛び込んだのか」
◇歴史浪漫文学賞　（第22回/令4年/研究部門優秀賞）
「日本はどうして負けるに決まっている戦争に飛び込んだのか」　郁朋社　2022.5　260p　19cm　1500円　①978-4-87302-767-8

みうら　りょう
3591　「そらのおとしもの」
◇えほん大賞　（第18回/令2年/絵本部門/特別賞）

三日木 人　みかぎ・じん＊
　3592　「われは鬼なり 十河一存伝」
　　◇歴史浪漫文学賞（第22回／令4年／創作部門優秀賞）
　　　「われは鬼なり十河一存伝」 郁朋社　2022.8　331p　20cm　1818円　①978-4-87302-769-2

水鏡月 聖　みかずき・ひじり＊
　3593　「僕らは『読み』を間違える」
　　◇スニーカー大賞（第27回／令3年／銀賞）
　　　「僕らは『読み』を間違える」 KADOKAWA　2022.12　313p　15cm　（角川スニーカー文庫）680円　①978-4-04-112988-3
　　　「僕らは『読み』を間違える 2」 KADOKAWA　2023.2　313p　15cm　（角川スニーカー文庫）720円　①978-4-04-113385-9

三日月猫　みかずきねこ＊
　3594　「元天才子役の男子高校生、女装をして、女優科高校に入学する。」
　　◇カクヨムWeb小説コンテスト（第9回／令6年／ラブコメ（ライトノベル）部門／特別審査員賞）

御角　みかど＊
　3595　「元カノ、鬼になる」
　　◇カクヨムWeb小説短編賞（2022／令4年／エンタメ短編小説部門／短編特別賞）

三上 幸四郎　みかみ・こうしろう＊
　3596　「蒼天の鳥たち」
　　◇江戸川乱歩賞（第69回／令5年）
　　　「蒼天の鳥」 講談社　2023.8　320p　20cm　1750円　①978-4-06-528921-1
　　　※受賞作を改題

三上 智恵　みかみ・ちえ＊
　3597　「証言 沖縄スパイ戦史」
　　◇城山三郎賞（第7回／令2年）
　　　「証言 沖縄スパイ戦史」 集英社　2020.2　749p　18cm　（集英社新書）1700円　①978-4-08-721111-5

三木 三奈　みき・みな＊
　3598　「アキちゃん」
　　◇文學界新人賞（第125回／令2年）
　　　「アイスネルワイゼン」 文藝春秋　2024.1　215p　20cm　1800円　①978-4-16-391812-9
　　　※受賞作を収録

右弐沙節　みぎにさせつ＊
　3599　「聖剣、オリーブ、祈りの青」
　　◇ファンタジア大賞（第37回／令6年／銀賞）

三木本 柚希　みきもと・ゆずき＊
　3600　「隣の席の雪本さんが異世界で王様やってるらしい。」
　　◇電撃大賞〔電撃小説大賞〕（第28回／令3年／選考委員奨励賞）

美坂 樹　みさか・いつき＊
　3601　「キミとの好きは強いから」
　　◇青い鳥文庫小説賞（第3回／令1年度／U-15部門／佳作）

三崎 ちさ　みさき・ちさ＊
　3602　「ニセモノ聖女は引退したい ～どうも、「俺と婚約しないと偽者だとバラすよ」と

脅された偽聖女です〜」
　　　◇カクヨムWeb小説コンテスト（第9回／令6年／恋愛（ラブロマンス）部門／特別賞）
　　　　「どうも。ニセモノ聖女です！一猫被り王子に「婚約しないと正体をバラすよ」と脅されてます。」
　　　　KADOKAWA　2024.12　322p　19cm　（ジュエルブックスピュアキス）　1350円　①978-4-04-916158-8
　　　　※受賞作を改題

三咲　光郎　　みさき・みつお＊
3603　「刻まれし者の名は」
　　　◇論創ミステリ大賞（第1回／令4年／大賞）
　　　　「空襲の樹」　論創社　2023.2　342p　19cm　（論創ノベルス）　1600円　①978-4-8460-2227-3
　　　　※受賞作を改題

岬　れんか　　みさき・れんか＊
3604　「夏生」
　　　◇ジャンプ恋愛小説大賞（第4回／令3年／銀賞＋読者賞）

三品　隆司　　みしな・たかし＊
3605　「ビジュアル探検図鑑 小惑星・隕石 46億年の石」
　　　◇産経児童出版文化賞（第71回／令6年／大賞）
　　　　「小惑星・隕石46億年の石」　三品隆司構成・文，吉川真，藤井旭監修　岩崎書店　2023.7　127p　29cm　（ビジュアル探検図鑑）　4800円　①978-4-265-05976-8

三嶋　龍朗　　みしま・たつろう＊
3606　「上辺だけの人」
　　　◇城戸賞（第45回／令1年／佳作）

水上　朝陽　　みずかみ・あさひ＊
3607　「寡黙な子どもとお守り」
　　　◇北日本文学賞（第57回／令5年）

みずがめ
3608　「漫画の寝取り竿役に転生して真面目に生きようとしたのに、なぜかエッチな巨乳ヒロインがぐいぐい攻めてくるんだけど？」
　　　◇カクヨムWeb小説コンテスト（第9回／令6年／ラブコメ（ライトノベル）部門／特別賞）

水城　孝敬　　みずき・たかひろ＊
3609　「ほぞ」
　　　◇創作ラジオドラマ大賞（第48回／令1年／佳作）

3610　「休日」
　　　◇深大寺短編恋愛小説『深大寺恋物語』（第16回／令2年／審査員特別賞）
　　　　※深大寺短編恋愛小説「深大寺恋物語」第十六集に収録

3611　「オーバーライト」
　　　◇BKラジオドラマ脚本賞（第45回／令6年／最優秀賞）

水城　文恵　　みずき・ふみえ＊
3612　「蝶の耳」
　　　◇深大寺短編恋愛小説『深大寺恋物語』（第18回／令4年／最優秀賞）
　　　　※深大寺短編恋愛小説「深大寺恋物語」第十八集に収録

水沢　なお　　みずさわ・なお＊
3613　「美しいからだよ」

みずしな　　　　　　　　　　　　　　　　　　　　3614〜3623

　　　◇中原中也賞（第25回/令1年度）
　　　　「美しいからだよ」　思潮社　2019.11　117p　19cm　2000円　⑪978-4-7837-3690-5

水品　知弦　みずしな・ちずる＊
　3614　「明けの空のカフカ」
　　　◇電撃大賞〔電撃小説大賞〕（第31回/令6年/電撃の新文芸賞）

水嶋　きょうこ　みずしま・きょうこ＊
　3615　「グラス・ランド」
　　　◇日本詩歌句随筆評論大賞（第20回/令6年度/詩部門/大賞）
　　　　「グラス・ランド」　思潮社　2023.5　140p　21cm　2600円　⑪978-4-7837-4527-3

みすず書房　みすずしょぼう＊
　3616　「科学革命の構造」[新版]
　　　◇日本翻訳出版文化賞（第59回/令5年度/特別賞）
　　　　「科学革命の構造」　トマス・S・クーン著, 青木薫訳　新版　みすず書房　2023.6　321, 10p　20cm
　　　　3000円　⑪978-4-622-09612-2

美篶堂　みすずどう＊
　3617　「詩画集「目に見えぬ詩集」　特装版　直刷り木版画入り　夫婦箱納」
　　　◇造本装幀コンクール（第56回/令4年/出版文化産業振興財団賞）
　　　　※「詩画集「目に見えぬ詩集」　特装版　直刷り木版画入り　夫婦箱納」（谷川俊太郎詩, 沙羅木版画
　　　　Book&Design　2022年10月発行）

水田　陽　みずた・あきら＊
　3618　「ロストマンの弾丸」
　　　◇小学館ライトノベル大賞（第15回/令3年/優秀賞）〈受賞時〉陽
　　　　「ロストマンの弾丸」　小学館　2021.9　361p　15cm（ガガガ文庫）690円　⑪978-4-09-453032-2
　　　　「ロストマンの弾丸　2」　小学館　2022.4　387p　15cm（ガガガ文庫）690円　⑪978-4-09-453065-0
　　　　「ロストマンの弾丸　3」　小学館　2022.9　450p　15cm（ガガガ文庫）750円　⑪978-4-09-453091-9

ミステリー兎　みすてりーうさぎ
　3619　「探偵の武器は推理だけじゃない。」
　　　◇カクヨムWeb小説コンテスト（第9回/令6年/エンタメ総合部門/特別審査員賞）

水庭　れん　みずにわ・れん＊
　3620　「うるうの朝顔」
　　　◇小説現代長編新人賞（第17回/令5年）
　　　　「うるうの朝顔」　講談社　2023.6　309p　19cm　1650円　⑪978-4-06-531463-0

水野　ひかる　みずの・ひかる＊
　3621　「盗んだのは」
　　　◇日本詩歌句随筆評論大賞（第20回/令6年度/詩部門/奨励賞）
　　　　「盗んだのは―水野ひかる詩集」　土曜美術社出版販売　2023.5　102p　22cm　2000円　⑪978-4-8120-
　　　　2757-8

水埜　正彦　みずの・まさひこ＊
　3622　「石垣りんと戦後民主主義」
　　　◇詩人会議新人賞（第57回/令5年/評論部門/佳作）

みずの　瑞紀　みずの・みずき＊
　3623　「僕らのヘリオトロピスム」
　　　◇長編児童文学新人賞（第23回/令6年/佳作）

水林 章　みずばやし・あきら＊
　3624　「壊れた魂」
　　◇芸術選奨（第72回／令3年度／文学部門／文部科学大臣賞）
　　　「壊れた魂」　アキラ・ミズバヤシ著, 水林章訳　みすず書房　2021.8　237p　20cm　3600円　①978-4-622-09032-8

水原 紫苑　みずはら・しおん＊
　3625　「快樂」
　　◇沼空賞（第57回／令5年）
　　◇前川佐美雄賞（第21回／令5年）
　　　「快樂―歌集」　短歌研究社　2022.12　290p　20cm　3000円　①978-4-86272-732-9

水原 みずき　みずはら・みずき＊
　3626　「魔女さん、ちょっとお願いがあるのですが？」
　　◇ファンタジア大賞（第33回／令2年／金賞）
　　　「魔女と始める神への逆襲(リバーサル)―道化の魔女と裏切られた少年」　KADOKAWA　2021.1　315p　15cm（富士見ファンタジア文庫）650円　①978-4-04-073960-1
　　※受賞作を改題

みづほ 梨乃　みずほ・りの＊
　3627　「ショコラの魔法」
　　◇小学館漫画賞（第66回／令2年度／児童向け部門）
　　　「ショコラの魔法〔1〕～〔24〕」　小学館　2009.7～2024.3　18cm（ちゃおホラーコミックス）

水見 はがね　みずみ・はがね＊
　3628　「朝からブルマンの男」
　　◇創元ミステリ短編賞（第1回／令5年）

水村 舟　みずむら・しゅう＊
　3629　「県警訟務係の新人」
　　◇警察小説新人賞（第2回／令5年）
　　　「県警の守護神―警務部監察課訟務係」　小学館　2024.1　350p　19cm　1600円　①978-4-09-386705-4
　　※受賞作を改題

水守 糸子　みずもり・いとこ＊
　3630　「お嬢さまと犬　契約婚のはじめかた」
　　◇カクヨムWeb小説コンテスト（第8回／令5年／カクヨムプロ作家部門／特別賞）〈受賞時〉糸
　　　「お嬢さまと犬―契約婚のはじめかた」　KADOKAWA　2024.1　270p　15cm（角川文庫）660円　①978-4-04-114412-1

御園 敬介　みその・けいすけ＊
　3631　「ジャンセニスム　生成する異端―近世フランスにおける宗教と政治」
　　◇渋沢・クローデル賞（第37回／令2年度／奨励賞）
　　　「ジャンセニスム生成する異端―近世フランスにおける宗教と政治」　慶應義塾大学出版会　2020.2　335, 58p　22cm　8600円　①978-4-7664-2653-3

未苑 真哉　みその・まや＊
　3632　「謎解きに砂糖、ミルクはいりません」
　　◇文芸社文庫NEO小説大賞（第7回／令6年／優秀賞）

溝渕 久美子　みぞぶち・くみこ＊
　3633　「神の豚」
　　◇創元SF短編賞（第12回／令3年／優秀賞）

「時間飼ってみた」 小川一水ほか著 東京創元社 2021.10 356p 19cm（GENESIS創元日本SFアンソロジー 4） 2000円 ⓅISBN978-4-488-01845-0
※受賞作を収録
「ベストSF 2022」 円城塔ほか著, 大森望編 竹書房 2022.9 455p 15cm（竹書房文庫） 1500円 ⓅISBN978-4-8019-3212-8
※受賞作を収録

Misora

3634　「禁断の記憶～本当の私を求めて～」
◇青い鳥文庫小説賞（第4回/令2年度/U-15部門/大賞）

三谷　幸喜　みたに・こうき*

3635　「月光露針路日本 風雲児たち」
◇大谷竹次郎賞（第48回/令1年度）

3636　「鎌倉殿の13人」（大河ドラマ）
◇向田邦子賞（第41回/令4年度）

三谷　武史　みたに・たけし*

3637　「家鳴り」
◇BKラジオドラマ脚本賞（第40回/令1年/最優秀賞）

3638　「サクラサクラ」
◇創作ラジオドラマ大賞（第52回/令5年/佳作）

味田村　太郎　みたむら・たろう*

3639　「この世界からサイがいなくなってしまう―アフリカのサイを守ろうとする人たち」
◇子どものための感動ノンフィクション大賞（第8回/令2年/最優秀作品）
「この世界からサイがいなくなってしまう―アフリカでサイを守る人たち」 学研プラス 2021.6 119p 22cm（環境ノンフィクション） 1400円 ⓅISBN978-4-05-205327-6

未知香　みちか*

3640　「大金を手にした孤独な無自覚天才薬師が、呪われたSランク冒険者に溺愛されるまで」
◇カクヨムWeb小説コンテスト（第8回/令5年/恋愛（ラブロマンス）部門/特別賞）
「大金を手にした捨てられ薬師が呪われたSランク冒険者に溺愛されるまで」 KADOKAWA 2023.11 259p 15cm（角川ビーンズ文庫） 720円 ⓅISBN978-4-04-114413-8
※受賞作を改題

道造　みちぞう*

3641　「彼女でもない女の子が深夜二時に炒飯作りにくる話」
◇カクヨムWeb小説コンテスト（第8回/令5年/ラブコメ（ライトノベル）部門/特別賞）
「彼女でもない女の子が深夜二時に炒飯作りにくる話」 KADOKAWA 2023.11 318p 15cm（富士見ファンタジア文庫） 720円 ⓅISBN978-4-04-075227-3

未知谷　みちたに*

3642　「モスカット一族」
◇日本翻訳出版文化賞（第60回/令6年度）
「モスカット一族」 アイザック・バシェヴィス・シンガー著, 大﨑ふみ子訳・解説 未知谷 2024.1 869p 20cm 6000円 ⓅISBN978-4-89642-717-2

道野　クローバー　みちの・くろーばー*

3643　「幼馴染のVTuber配信に一度だけ出演した結果『超神回』と話題になり、ついで

にスカウトまで来た件について」
  ◇カクヨムWeb小説コンテスト（第8回/令5年/ラブコメ（ライトノベル）部門/特別賞）
　　「幼馴染のVTuber配信に出たら超神回で人生変わった」　KADOKAWA　2024.5　353p　15cm（電撃文庫）700円　①978-4-04-915388-0
　　※受賞作を改題

陸奥 こはる　みちのく・こはる＊
3644　「後ろの席のぎゃるに好かれてしまった。もう俺は駄目かもしれない。」
  ◇カクヨムWeb小説コンテスト（第6回/令3年/ラブコメ部門/特別賞）
　　「うしろの席のぎゃるに好かれてしまった。—もう俺はダメかもしれない。」　KADOKAWA　2022.6　300p　15cm（富士見ファンタジア文庫）680円　①978-4-04-074619-7
　　「うしろの席のぎゃるに好かれてしまった。—もう俺はダメかもしれない。　2」　KADOKAWA　2022.12　266p　15cm（富士見ファンタジア文庫）720円　①978-4-04-074771-2
　　「うしろの席のぎゃるに好かれてしまった。—もう俺はダメかもしれない。　3」　KADOKAWA　2023.4　253p　15cm（富士見ファンタジア文庫）700円　①978-4-04-074949-5

三井 ゆき　みつい・ゆき＊
3645　「水平線」
  ◇詩歌文学館賞（第39回/令6年/短歌部門）
　　「水平線—歌集」　角川文化振興財団，KADOKAWA（発売）　2023.6　245p　20cm　2600円　①978-4-04-884537-3

海月 くらげ　みつき・くらげ＊
3646　「モブ陰キャの俺、実は『暁鴉』と呼ばれし異能世界最強の重力使い 〜平穏な日々を守るため、素性を隠して暗躍します〜」
  ◇カクヨムWeb小説コンテスト（第6回/令3年/現代ファンタジー部門/特別賞）
　　「鴉と令嬢—異能世界最強の問題児バディ」　KADOKAWA　2022.4　315p　15cm（富士見ファンタジア文庫）680円　①978-4-04-074507-7
　　※受賞作を改題

みつき れいこ
3647　「コツコツバス」
  ◇えほん大賞（第19回/令2年/ストーリー部門/大賞）
　　「コツコツバス」　みつきれいこぶん，鴨下潤え　文芸社　2021.6　31p　27cm　1400円　①978-4-286-22737-5

みっつばー
3648　「転生したらスライムだった件」
  ◇講談社漫画賞（第46回/令4年/少年部門）
　　「転生したらスライムだった件　1〜27」　伏瀬原作，川上泰樹漫画，みっつばーキャラクター原案　講談社　2015.10〜2024.9　19cm（シリウスKC）

三止 十夜　みつどめ・とおや＊
3649　「錬奏技巧師見習いの備忘録」
  ◇講談社ラノベ文庫新人賞（第11回/令2年10月発表/優秀賞）
　　「錬奏技巧師見習いの備忘録」　講談社　2021.11　271p　15cm（講談社ラノベ文庫）660円　①978-4-06-526057-9

三橋 亮太　みつはし・りょうた＊
3650　「桃を朝にガプリ」
  ◇せんだい短編戯曲賞（第9回/令6年/大賞）

光吉 さくら　みつよし・さくら＊
3651　「三体」

◇星雲賞 （第51回／令2年／海外長編部門（小説））
◇本屋大賞 （第17回／令2年／翻訳小説部門／3位）
「三体」 劉慈欣著, 大森望, 光吉さくら, ワンチャイ訳, 立原透耶監修　早川書房　2019.7　447p　20cm　1900円　⓪978-4-15-209870-2
「三体」 劉慈欣著, 大森望, 光吉さくら, ワンチャイ訳, 立原透耶監修　早川書房　2024.2　633p　16cm　（ハヤカワ文庫 SF）　1100円　⓪978-4-15-012434-2

水戸部 由枝　みとべ・よしえ
3652 「近代ドイツ史にみるセクシュアリティと政治―性道徳をめぐる葛藤と挑戦」
◇女性史青山なを賞 （第38回／令5年度）
「近代ドイツ史にみるセクシュアリティと政治―性道徳をめぐる葛藤と挑戦」　昭和堂　2022.3　407, 49p　22cm　（明治大学社会科学研究所叢書）　5800円　⓪978-4-8122-2124-2
「近代ドイツ史にみるセクシュアリティと政治―性道徳をめぐる葛藤と挑戦」　昭和堂　2022.12　409, 54p　22cm　（明治大学社会科学研究所叢書）　5800円　⓪978-4-8122-2207-2

三留 ひと美　みとめ・ひとみ＊
3653 「美しき筥（はこ）」(歌集)
◇中日短歌大賞 （第13回／令4年度）
「美しき筥―歌集」　現代短歌社　2021.12　183p　20cm　（朔日叢書 第114篇）　2800円　⓪978-4-86534-384-7

御供 文範　みとも・ふみのり＊
3654 「役回り」
◇詩人会議新人賞 （第56回／令4年／詩部門／入選）

翠 その子　みどり・そのこ
3655 「兜太の忌」
◇新俳句人連盟賞 （第49回／令3年／作品の部（俳句）／佳作3位）

緑書房　みどりしょぼう＊
3656 「楽しい雪の結晶観察図鑑」
◇造本装幀コンクール （第54回／令2年／日本図書館協会賞）
「楽しい雪の結晶観察図鑑」　武田康男文・写真　緑書房　2020.12　142p　15×21cm　1900円　⓪978-4-89531-580-7

水上 春　みなかみ・はる
3657 「ひかりの子たち」
◇創作ラジオドラマ大賞 （第48回／令1年／佳作）

皆川 博子　みながわ・ひろこ＊
3658 「風配図 WIND ROSE」
◇紫式部文学賞 （第34回／令6年）
「風配図―WIND ROSE」　河出書房新社　2023.5　277p　20cm　2180円　⓪978-4-309-03108-8

水凪 紅美子　みなぎ・くみこ＊
3659 「けものみちのにわ」
◇産経児童出版文化賞 （第71回／令6年／フジテレビ賞）
◇日本児童文学者協会新人賞 （第57回／令6年）
「けものみちのにわ」　水凪紅美子作, げみ絵　BL出版　2023.9　198p　20cm　1600円　⓪978-4-7764-1102-4

水月 一人　みなずき・ひとり＊
3660 「玉葱とクラリオン」
◇HJ小説大賞 （第3回／令4年／前期）
「玉葱とクラリオン―詐欺師から始める成り上がり英雄譚　1」　ホビージャパン　2023.10　247p

19cm （HJ NOVELS） 1300円　①978-4-7986-3316-9
「玉葱とクラリオン―詐欺師から始める成り上がり英雄譚　2」　ホビージャパン　2024.2　277p　19cm（HJ NOVELS） 1300円　①978-4-7986-3415-9

皆月 玻璃　みなつき・はり　⇒来栖 千依（くるす・ちい）

湊 祥　みなと・しょう＊
3661　「余命100食」
　◇ポプラ社小説新人賞　（第12回／令4年／ピュアフル部門賞）
　「余命100食」　ポプラ社　2023.12　285p　15cm（ポプラ文庫ピュアフル）740円　①978-4-591-17996-3

湊 ナオ　みなと・なお＊
3662　「東京普請日和」
　◇日経小説大賞　（第11回／令1年）
　「東京普請日和」　日本経済新聞出版社　2020.2　195p　20cm　1600円　①978-4-532-17155-1

南 うみを　みなみ・うみお＊
3663　「神蔵器の俳句世界」
　◇俳人協会評論賞　（第35回／令2年度）
　「神蔵器の俳句世界」　ウエップ　2020.7　205p　19cm　2200円　①978-4-86608-101-4

南 コウ　みなみ・こう＊
3664　「いつかの花嫁さん達に特別なウエディングドレスを」
　◇カクヨムWeb小説短編賞　（2023／令5年／エッセイ・ノンフィクション部門／短編特別賞・読者開拓賞）
3665　「クールな魔女さんと営む異世界コスメ工房」
　◇カクヨムWeb小説コンテスト　（第9回／令6年／ライト文芸部門／特別賞）
　「異世界コスメ工房」　南コウ，meecoイラスト　KADOKAWA　2024.12　352p　19cm（電撃の新文芸） 1300円　①978-4-04-915943-1

南 十二国　みなみ・じゅうにこく＊
3666　「日々未来」
　◇田中裕明賞　（第15回／令6年）
　「日々未来―南十二国句集」　ふらんす堂　2023.9　183p　19cm　2500円　①978-4-7814-1580-2

南 浩之　みなみ・ひろゆき＊
3667　「父の孤影」
　◇優駿エッセイ賞　（2024〔第40回〕／令6年／佳作（GⅢ））

南野 海風　みなみの・うみかぜ＊
3668　「狂乱令嬢ニア・リストン」
　◇HJ小説大賞　（第2回／令3年／2021前期）
　「凶乱令嬢ニア・リストン―病弱令嬢に転生した神殺しの武人の華麗なる無双録　1〜7」　ホビージャパン　2022.10〜2024.12　15cm（HJ文庫）

源 孝志　みなもと・たかし＊
3669　「グレースの履歴」
　◇向田邦子賞　（第42回／令5年度）
　「グレースの履歴」　河出書房新社　2018.7　595p　15cm（河出文庫）920円　①978-4-309-41620-5
　※「グレース」（文芸社 2010年刊）の改題

みなもと 太郎　みなもと・たろう＊
3670　「風雲児たち」

◇日本漫画家協会賞（第49回／令2年度／大賞／コミック部門）
「風雲児たち　第1巻〜第20巻」　ワイド版　リイド社　2002.4〜2004.1　19cm（SPコミックス）

嶺　秀樹　みね・ひでき＊
3671　「絶対無の思索へ　コンテクストの中の西田・田辺哲学」
◇和辻哲郎文化賞（第36回／令5年度／学術部門）
「絶対無の思索へ―コンテクストの中の西田・田辺哲学」　法政大学出版局　2023.5　381,8p　20cm　4200円　ⓘ978-4-588-13036-6

峰岸　由依　みねぎし・ゆい
3672　「ファビアンは宇宙の果て」
◇城戸賞（第50回／令6年／佳作）

峯澤　典子　みねさわ・のりこ＊
3673　「微熱期」
◇歴程賞（第60回／令4年）
「微熱期」　思潮社　2022.6　108p　19cm　2300円　ⓘ978-4-7837-3792-6

美濃　左兵衛　みの・さへえ＊
3674　「恵子という名前の女」
◇北日本文学賞（第55回／令3年／選奨）
3675　「ハチハチ」
◇優駿エッセイ賞（2021〔第37回〕／令3年／佳作（GⅢ））

三野　博司　みの・ひろし＊
3676　「ペスト」（アルベール・カミュ著）
◇小西財団日仏翻訳文学賞（第28回／令5年／日本語訳）
「ペスト」　カミュ作,三野博司訳　岩波書店　2021.4　556p　15cm（岩波文庫）　1200円　ⓘ978-4-00-375132-9

みの狸　みのり＊
3677　「ザッシュゴッタ」
◇カクヨムWeb小説コンテスト（第6回／令3年／朝読小説賞）

箕輪　優　みのわ・ゆう＊
3678　「近世・奄美流人の研究」
◇日本自費出版文化賞（第25回／令4年／部門入賞／研究・評論部門）
「近世・奄美流人の研究」　南方新社　2018.2　390p　22cm　3800円　ⓘ978-4-86124-370-7

三原　泉　みはら・いずみ＊
3679　「ありがとう、アーモ！」
◇産経児童出版文化賞（第68回／令3年／翻訳作品賞）
「ありがとう、アーモ！」　オーゲ・モーラ文・絵,三原泉訳　鈴木出版　2020.8　〔32p〕　29cm　1500円　ⓘ978-4-7902-5419-5

美原　さつき　みはら・さつき＊
3680　「イックンジュッキの森」
◇『このミステリーがすごい！』大賞（第21回／令4年／文庫グランプリ）
「禁断領域―イックンジュッキの棲む森」　宝島社　2023.3　382p　16cm（宝島社文庫―このミス大賞）　773円　ⓘ978-4-299-04061-9
※受賞作を改題

三原　貴志　みはら・たかし＊
3681　「合言葉はてんでんこ」

◇シナリオS1グランプリ　（第42回／令4年春／準グランプリ）
　3682　「タケシと宇宙人の夏物語」
　　◇創作テレビドラマ大賞　（第48回／令5年／佳作）

三船　いずれ　　みふね・いずれ＊
　3683　「青を欺く」
　　◇MF文庫Jライトノベル新人賞　（第19回／令5年／優秀賞）
　　　「青を欺く」　KADOKAWA　2023.12　291p　15cm　（MF文庫J）　680円　①978-4-04-683150-7
　　　「青を欺く　2」　KADOKAWA　2024.4　327p　15cm　（MF文庫J）　720円　①978-4-04-683474-4

三牧　聖子　　みまき・せいこ＊
　3684　「Z世代のアメリカ」
　　◇新書大賞　（第17回／令6年／4位）
　　　「Z世代のアメリカ」　NHK出版　2023.7　235p　18cm　（NHK出版新書）　930円　①978-4-14-088700-4

宮内　喜美子　　みやうち・きみこ＊
　3685　「わたしたちのたいせつなあの島へ―菅原克己からの宿題―」
　　◇小野十三郎賞　（第24回／令4年／詩評論書部門／特別奨励賞）
　　　「わたしたちのたいせつなあの島へ―菅原克己からの宿題」　七月堂　2022.1　107p　20cm　1500円
　　　①978-4-87944-481-3

宮内　千早　　みやうち・ちはや＊
　3686　「花恋し」
　　◇日本伝統俳句協会賞　（第33回／令4年／日本伝統俳句協会新人賞）

宮内　悠介　　みやうち・ゆうすけ＊
　3687　「遠い他国でひょんと死ぬるや」
　　◇芸術選奨　（第70回／令1年度／文学部門／文部科学大臣新人賞）
　　　「遠い他国でひょんと死ぬるや」　祥伝社　2019.9　347p　20cm　1700円　①978-4-396-63575-6
　　　「遠い他国でひょんと死ぬるや」　祥伝社　2022.9　418p　16cm　（祥伝社文庫）　880円　①978-4-396-34835-9
　3688　「ディオニソス計画」
　　◇日本推理作家協会賞　（第77回／令6年／短編部門）
　　　「ザ・ベストミステリーズ―推理小説年鑑　2024」　坂崎かおる　ほか著，日本推理作家協会編　講談社　2024.6　262p　19cm　1900円　①978-4-06-535546-6
　　　※受賞作を収録

宮川　アジュ　　みやがわ・あじゅ＊
　3689　「きょうのおにぎり」
　　◇えほん大賞　（第21回／令3年／絵本部門／優秀賞）

宮川　雅子　　みやがわ・まさこ＊
　3690　「マムアムブギウギ」
　　◇日産　童話と絵本のグランプリ　（第40回／令5年度／絵本の部／優秀賞）
　　　※「第40回　日産　童話と絵本のグランプリ　童話・絵本入賞作品集」（大阪国際児童文学振興財団　2024年3月発行）に収録

宮城　こはく　　みやぎ・こはく＊
　3691　「え、神絵師を追い出すんですか？　～理不尽に追放されたデザイナー、同期と一緒に神ゲーづくりに挑まんとす。プロデューサーに気に入られたので、戻ってきてと頼まれても、もう遅い！　～」
　　◇カクヨムWeb小説コンテスト　（第6回／令3年／キャラクター文芸部門／特別賞・ComicWalker漫画賞）

みやぐち

「え、神絵師を追い出すんですか？」　KADOKAWA　2022.1　350p　15cm（富士見L文庫）　700円
Ⓘ978-4-04-074380-6

宮口　幸治　みやぐち・こうじ＊
3692　「ケーキの切れない非行少年たち」
　◇新書大賞（第13回/令2年/2位）
　「ケーキの切れない非行少年たち」　新潮社　2019.7　182p　18cm（新潮新書）　720円　Ⓘ978-4-10-610820-4

三宅　宏幸　みやけ・ひろゆき＊
3693　「馬琴研究―読本の生成と周縁―」
　◇日本古典文学学術賞（第16回/令5年度）
　「馬琴研究―読本の生成と周縁」　汲古書院　2022.2　490, 35p　22cm 12000円　Ⓘ978-4-7629-3670-8

みやこし　あきこ
3694　「ちいさなトガリネズミ」
　◇小学館児童出版文化賞（第72回/令5年度）
　「ちいさなトガリネズミ」　偕成社　2022.11　〔71p〕　21cm 1400円　Ⓘ978-4-03-439580-6

都鳥　みやこどり＊
3695　「夏が過ぎたら」
　◇カクヨムWeb小説短編賞（2021/令3年/短編小説部門/短編特別賞）

宮坂　静生　みやさか・しずお＊
3696　「草魂（くさだま）」
　◇詩歌文学館賞（第36回/令3年/俳句）
　「草魂―句集」　角川文化振興財団, Kadokawa（発売）　2020.9　201p　20cm 2700円　Ⓘ978-4-04-884374-4

宮崎　和彦　みやざき・かずひこ
3697　「グッバイマイホーム」
　◇シナリオS1グランプリ（第47回/令6年冬/準グランプリ）

3698　「ひらがなでさくら」
　◇城戸賞（第50回/令6年/佳作）

宮崎　哲弥　みやざき・てつや＊
3699　「NHK 100分de名著『小松左京スペシャル 「神」なき時代の神話』」
　◇星雲賞（第51回/令2年/ノンフィクション部門）
　「小松左京スペシャル―「神」なき時代の神話」　宮崎哲弥著, 日本放送協会, NHK出版編集　NHK出版　2019.7　129p　21cm（100分de名著）524円　Ⓘ978-4-14-223101-0

宮沢　恵理子　みやざわ・えりこ＊
3700　「捩花」
　◇やまなし文学賞（第31回/令4年/一般部門/やまなし文学賞）
　※「樋口一葉記念 第31回やまなし文学賞受賞作品集」（山梨日日新聞社刊）に収録

宮沢　肇　みやざわ・はじめ＊
3701　「一本の葦」
　◇日本詩歌句随筆評論大賞（第17回/令3年度/随筆評論部門/優秀賞）
　「一本の葦」　待望社　2020.7　111p　19cm 1500円　Ⓘ978-4-924891-96-7

宮下　ぴかり　みやした・ぴかり＊
3702　「真の王」
　◇角川つばさ文庫小説賞（第8回/令1年/こども部門/グランプリ）

3703 「リスタート」
　◇角川つばさ文庫小説賞（第9回／令2年／こども部門／準グランプリ）

3704 「完璧な一日」
　◇角川つばさ文庫小説賞（第10回／令3年／こども部門／グランプリ）

宮下 美砂子　みやした・みさこ＊
3705 「いわさきちひろと戦後日本の母親像－画業の全貌とイメージの形成」
　◇女性史青山なを賞（第37回／令4年度）
　　「いわさきちひろと戦後日本の母親像―画業の全貌とイメージの形成」　世織書房　2021.6　326p　22cm　4200円　①978-4-86686-019-0

宮島 未奈　みやじま・みな＊
3706 「ありがとう西武大津店」
　◇女による女のためのR-18文学賞（第20回／令3年／大賞・読者賞・友近賞）
　　「成瀬は天下を取りにいく」　新潮社　2023.3　201p　20cm　1550円　①978-4-10-354951-2
　　※受賞作を収録

3707 「成瀬は天下を取りにいく」
　◇坪田譲治文学賞（第39回／令5年）
　◇本屋大賞（第21回／令6年／大賞）
　　「成瀬は天下を取りにいく」　新潮社　2023.3　201p　20cm　1550円　①978-4-10-354951-2

宮園 ありあ　みやぞの・ありあ＊
3708 「ミゼレーレ・メイ・デウス」
　◇アガサ・クリスティー賞（第10回／令2年／優秀賞）
　　「ヴェルサイユ宮の聖殺人」　早川書房　2021.1　366p　19cm　1800円　①978-4-15-209997-6
　　※受賞作を改題
　　「ヴェルサイユ宮の聖殺人」　早川書房　2024.1　476p　16cm　（ハヤカワ文庫 JA）　980円　①978-4-15-031565-8

宮田 一平　みやた・いっぺい＊
3709 「月を開く」
　◇深大寺短編恋愛小説『深大寺恋物語』（第16回／令2年／深大寺そば組合賞）
　　※深大寺短編恋愛小説「深大寺恋物語」第十六集に収録

宮田 隆　みやた・たかし＊
3710 「闡提たちの白魔―松本白華と富山藩合寺事件―」
　◇歴史浪漫文学賞（第23回／令5年／創作部門優秀賞）
　　「闡提たちの廃仏毀釈―松本白華と富山藩合寺事件」　郁朋社　2023.12　175p　19cm　1000円　①978-4-87302-805-7
　　※受賞作を改題

宮武 那槻　みやたけ・なつき＊
3711 「おばけふみ切り」
　◇〔日本児童文芸家協会〕創作コンクールつばさ賞（第19回／令2年／読み物部門／優秀賞）

宮西 達也　みやにし・たつや＊
3712 「おまえうまそうだな さよならウマソウ」
　◇けんぶち絵本の里大賞（第34回／令6年度／びばからす賞）
　　「おまえうまそうだな さよならウマソウ」　ポプラ社　2023.12　〔40p〕　27cm　（ティラノサウルスシリーズ 16）　1400円　①978-4-591-18002-0

宮之 みやこ　みやの・みやこ＊
　3713　「広報部出身の悪役令嬢ですが、無表情な王子が「君を手放したくない」と言い出しました」
　　◇カクヨムWeb小説コンテスト（第7回/令4年/恋愛（ラブロマンス）部門/大賞・ComicWalker漫画賞）
　　「広報部出身の悪役令嬢ですが、無表情な王子が「君を手放したくない」と言い出しました」
　　　KADOKAWA　2023.1　317p　15cm（角川ビーンズ文庫）720円　①978-4-04-113298-2

　3714　「はらぺこ令嬢、れべるあっぷ食堂はじめました〜奉公先を追い出されましたが、うっかり抜いた包丁が聖剣でした!?〜」
　　◇カクヨムWeb小説コンテスト（第8回/令5年/カクヨムプロ作家部門/特別賞・ComicWalker漫画賞）
　　「はらぺこ令嬢、れべるあっぷ食堂はじめました—うっかり抜いた包丁が聖剣でした!?　1」
　　　KADOKAWA　2024.3　315p　19cm（MFブックス）1300円　①978-4-04-683482-9

宮原 知大　みやはら・ともひろ
　3715　「神室山へ至る」
　　◇角川つばさ文庫小説賞（第11回/令4年/こども部門/準グランプリ）

みやび
　3716　「まっています」
　　◇えほん大賞（第19回/令2年/絵本部門/優秀賞）

宮巻 麗　みやまき・れい＊
　3717　「芭蕉の風景」（上・下）
　　◇造本装幀コンクール（第55回/令3年/日本図書館協会賞）
　　「芭蕉の風景　上」　小澤實著　ウェッジ　2021.10　309p　22cm（澤俳句叢書　第30篇）3000円　①978-4-86310-242-2
　　「芭蕉の風景　下」　小澤實著　ウェッジ　2021.10　370, 58, 7p　22cm（澤俳句叢書　第30篇）3000円　①978-4-86310-243-9

宮本 彩子　みやもと・あやこ＊
　3718　「クレソン」
　　◇やまなし文学賞（第32回/令5年/一般部門/やまなし文学賞）
　　※「樋口一葉記念 第31回やまなし文学賞受賞作品集」（山梨日日新聞社刊）に収録

みやもと かずあき
　3719　「ぼくはくさもち」
　　◇日産 童話と絵本のグランプリ（第38回/令3年度/絵本の部/優秀賞）
　　※「第38回 日産 童話と絵本のグランプリ 童話・絵本入賞作品集」（大阪国際児童文学振興財団 2022年3月発行）に収録

　3720　「福の神」
　　◇講談社絵本新人賞（第44回/令5年/新人賞）
　　「あおくんふくちゃん」　講談社　2024.12　32p　27cm（講談社の創作絵本）1500円　①978-4-06-537654-6
　　※受賞作を改題

宮本 かれん　みやもと・かれん＊
　3721　「未来でメルヘンが待っている」
　　◇ジャンプ小説新人賞（2021/令3年/テーマ部門 「家族」/銀賞）

宮本 志朋　みやもと・しほ　⇒夏木 志朋（なつき・しほ）

宮本 誠一　みやもと・せいいち＊
 3722　「プレート」
  ◇部落解放文学賞（第49回／令4年／小説部門／部落解放文学賞）

宮本 久雄　みやもと・ひさお＊
 3723　「パウロの神秘論 他者との相生の地平をひらく」
  ◇和辻哲郎文化賞（第33回／令2年度／学術部門）
   「パウロの神秘論―他者との相生の地平をひらく」東京大学出版会　2019.12　489,4p　20cm　7500円
   ①978-4-13-010414-2

宮本 真生　みやもと・まうい＊
 3724　「代表取締役息子」
  ◇テレビ朝日新人シナリオ大賞（第22回／令4年度／優秀賞）

三矢本 まうい　みやもと・まうい
 3725　「豆橋さんはまめにガチ」
  ◇ジャンプ恋愛小説大賞（第3回／令2年／銀賞＋読者賞）

三好 菜月　みよし・なつき＊
 3726　「猫の湯」
  ◇えほん大賞（第22回／令4年／絵本部門／特別賞）

三吉 ほたて　みよし・ほたて＊
 3727　「泳げない海」
  ◇劇作家協会新人戯曲賞（第25回／平31年度）

みょん
 3728　「主人公の好きな幼馴染を奪ってしまう男に生まれ変わった件」
  ◇カクヨムWeb小説コンテスト（第7回／令4年／ラブコメ（ライトノベル）部門／特別賞）
   「エロゲのヒロインを寝取る男に転生したが、俺は絶対に寝取らない」KADOKAWA　2023.2　269p　15cm（角川スニーカー文庫）660円　①978-4-04-113288-3
   ※受賞作を改題
   「エロゲのヒロインを寝取る男に転生したが、俺は絶対に寝取らない　2」KADOKAWA　2023.7　255p　15cm（角川スニーカー文庫）680円　①978-4-04-113847-2
   「エロゲのヒロインを寝取る男に転生したが、俺は絶対に寝取らない　3」KADOKAWA　2024.1　277p　15cm（角川スニーカー文庫）740円　①978-4-04-114471-8
   「エロゲのヒロインを寝取る男に転生したが、俺は絶対に寝取らない　4」KADOKAWA　2024.7　267p　15cm（角川スニーカー文庫）720円　①978-4-04-114977-5
 3729　「美人姉妹を助けたら盛大に病んだ件」
  ◇カクヨムWeb小説コンテスト（第7回／令4年／ラブコメ（ライトノベル）部門／ComicWalker漫画賞）
   「男嫌いな美人姉妹を名前も告げずに助けたら一体どうなる？　〔1〕～5」KADOKAWA　2023.3～2024.10　282p　15cm（角川スニーカー文庫）
   ※受賞作を改題
 3730　「催眠アプリ手に入れたから好き勝手する！」
  ◇カクヨムWeb小説コンテスト（第8回／令5年／カクヨムプロ作家部門／特別賞）
   「手に入れた催眠アプリで夢のハーレム生活を送りたい」KADOKAWA　2024.4　270p　15cm（角川スニーカー文庫）680円　①978-4-04-114776-4
   ※受賞作を改題
   「手に入れた催眠アプリで夢のハーレム生活を送りたい　2」KADOKAWA　2024.10　284p　15cm

みら

　　　　　（角川スニーカー文庫）　720円　①978-4-04-115433-5
　3731　「誰もが間違える双子の美人姉妹を俺は見分けられるらしい」
　　　◇カクヨムWeb小説コンテスト　（第8回／令5年／カクヨムプロ作家部門／特別賞）

ミラ
　3732　「【離婚前提】の嫌われ生贄姫は、魔国で愛され王妃に君臨いたしましたわ！　〜」
　　　◇カクヨムWeb小説コンテスト　（第9回／令6年／恋愛（ラブロマンス）部門／最熱狂賞）

みりん
　3733　「ぼくは誰？」
　　　◇角川つばさ文庫小説賞　（第12回／令5年／こども部門／準グランプリ）

ミルキィ・イソベ
　3734　「告白 限定特装版」
　　　◇造本装幀コンクール　（第57回／令5年／日本書籍出版協会理事長賞／文学・文芸（エッセイ）部門）
　　　「告白」　湊かなえ著　限定特装版　双葉社　2023.3　268p　20cm　4800円　①978-4-575-24592-9

海路　みろ＊
　3735　「檸檬」
　　　◇劇作家協会新人戯曲賞　（第29回／令5年度／受賞作）

【　む　】

無雲　律人　むうん・りっと＊
　3736　「老害対策法」
　　　◇カクヨムWeb小説コンテスト　（第9回／令6年／ホラー部門／最熱狂賞）

向日　葵　むかい・あおい＊
　3737　「からからの木」（童謡詩）
　　　◇〔日本児童文芸家協会〕創作コンクールつばさ賞　（第19回／令2年／詩・童謡部門／佳作）

向井　俊太　むかい・しゅんた＊
　3738　「ここにはいない」
　　　◇笹井宏之賞　（第3回／令2年／個人賞／千葉雅也賞）
　　　「ねむらない樹　Vol. 6 (2021 winter)」　書肆侃侃房　2021.2　205p　21cm（短歌ムック）　1500円　①978-4-86385-442-0
　　　※受賞作を収録

向井　嘉之　むかい・よしゆき＊
　3739　「イタイイタイ病と戦争―戦後七五年忘れてはならないこと―」
　　　◇日本自費出版文化賞　（第24回／令3年／特別賞／研究・評論部門）
　　　「イタイイタイ病と戦争―戦後七五年忘れてはならないこと」　能登印刷出版部　2020.2　257p　21cm　1800円　①978-4-89010-765-0

麦野　ほなみ　むぎの・ほなみ
　3740　「日々に疲れたので、パンダと京町家暮らしを、始めます」
　　　◇富士見ノベル大賞　（第7回／令6年／入選）

むぎはら
　3741　「ぺったんぺったんぺったんとやってきましたこんにゃくです」
　　◇講談社絵本新人賞（第45回/令6年/佳作）

椋 麻里子　むくのき・まりこ＊
　3742　「小さな冒険」
　　◇日本伝統俳句協会賞（第32回/令3年/日本伝統俳句協会新人賞）

向田 邦子　むこうだ・くにこ＊
　3743　「字のないはがき」
　　◇親子で読んでほしい絵本大賞（第1回/令2年/大賞）
　　　「字のないはがき」　向田邦子原作, 角田光代文, 西加奈子絵　小学館　2019.5　28cm　1500円　①978-4-09-726848-2

向原 行人　むこうはら・いくと＊
　3744　「壁役など不要！　紙防御の仲間を助けまくってきたのにS級パーティから追放された俺は、未開の地で≪奴隷解放≫スキルを授かり、助けた美少女たちから溺愛されている内に……史上最強の国が出来ていた」
　　◇カクヨムWeb小説コンテスト（第6回/令3年/異世界ファンタジー部門/特別賞）
　　　「壁役など不要と追放されたS級冒険者、《奴隷解放》スキルを駆使して史上最強の国造り」　KADOKAWA　2022.10　246p　19cm（カドカワBOOKS）　1300円　①978-4-04-074447-6
　　　※受賞作を改題
　　　「壁役など不要と追放されたS級冒険者、《奴隷解放》スキルを駆使して史上最強の国造り　2」　KADOKAWA　2023.2　253p　19cm（カドカワBOOKS）　1300円　①978-4-04-074889-3

向原 三吉　むこうはら・さんきち＊
　3745　「クラスの不良女子に説教したら、帰り道で待ち伏せされるようになりました」
　　◇カクヨムWeb小説コンテスト（第5回/令2年/ラブコメ部門/特別賞）〈受賞時〉ペロット 三吉
　　　「他人（ひと）を寄せつけない無愛想な女子に説教したら、めちゃくちゃ懐かれた」　KADOKAWA　2021.4　254p　15cm（角川スニーカー文庫）　640円　①978-4-04-111216-8
　　　※受賞作を改題
　　　「他人（ひと）を寄せつけない無愛想な女子に説教したら、めちゃくちゃ懐かれた　2」　KADOKAWA　2021.10　298p　15cm（角川スニーカー文庫）　660円　①978-4-04-111760-6

武蔵野 純平　むさしの・じゅんぺい＊
　3746　「追放王子の異世界開拓！　～魔法と魔道具で、辺境領地でシコシコ内政します」
　　◇カクヨムWeb小説コンテスト（第6回/令3年/異世界ファンタジー部門/特別賞・ComicWalker漫画賞）

　3747　「蛮族転生！　負け戦から始まる異世界征服」
　　◇カクヨムWeb小説コンテスト（第8回/令5年/カクヨムプロ作家部門/ComicWalker漫画賞）

ムサシノ・F・エナガ
　3748　「俺だけデイリーミッションがあるダンジョン生活」
　　◇カクヨムWeb小説コンテスト（第7回/令4年/現代ファンタジー部門/大賞・ComicWalker漫画賞）〈受賞時〉ファンタスティック小説家
　　　「俺だけデイリーミッションがあるダンジョン生活」　KADOKAWA　2022.12　315p　15cm（富士見ファンタジア文庫）　680円　①978-4-04-074800-9
　　　「俺だけデイリーミッションがあるダンジョン生活　2」　KADOKAWA　2023.8　277p　15cm（富士見ファンタジア文庫）　740円　①978-4-04-075057-6

　3749　「秘島育ちのおっさんなんだが、外の世界に出たら最強英雄の師匠にされていた」

◇カクヨムWeb小説コンテスト（第9回／令6年／カクヨムプロ作家部門／特別賞）

無月 蒼　むつき・あお＊
3750　「アオハルチャレンジ！」
◇角川つばさ文庫小説賞（第12回／令5年／一般部門／金賞）
「アオハル100％―行動しないと青春じゃないぜ」　無月蒼作,水玉子絵　KADOKAWA　2024.10　198p　18cm（角川つばさ文庫）740円　①978-4-04-632339-2
※受賞作を改題

睦月 準也　むつき・じゅんや＊
3751　「マリアを運べ」
◇アガサ・クリスティー賞（第14回／令6年／大賞）
「マリアを運べ」　早川書房　2024.12　249p　19cm　1800円　①978-4-15-210382-6

ムツキ ツム
3752　「月見れば／村雨の」
◇青い鳥文庫小説賞（第7回／令5年度／U-15部門／佳作）

睦月 都　むつき・みやこ＊
3753　「Dance with the invisibles」
◇現代歌人協会賞（第68回／令6年）
「Dance with the invisibles―歌集」　角川文化振興財団, KADOKAWA（発売）　2023.10　221p　20cm　2500円　①978-4-04-884441-3

無月兄　むつきあに＊
3754　「妖しいクラスメイト」
◇カクヨムWeb小説コンテスト（第5回／令2年／朝読小説賞）
「妖しいクラスメイト―だれにも言えない二人の秘密」　KADOKAWA　2020.11　269p　19cm（カドカワ読書タイム）1000円　①978-4-04-065984-8

武藤 かんぬき　むとう・かんぬき＊
3755　「美少女にTS転生したから大女優を目指す！」
◇HJ小説大賞（第2回／令3年／2021前期）
「美少女にTS転生したから大女優を目指す！　1」　ホビージャパン　2023.1　220p　15cm（HJ文庫）630円　①978-4-7986-3012-0

武藤 紀子　むとう・のりこ＊
3756　「宇佐美魚目の百句」
◇日本詩歌句随筆評論大賞（第17回／令3年度／随筆評論部門／特別賞）
「宇佐美魚目の百句―万象への存問」　ふらんす堂　2021.4　203p　18cm　1500円　①978-4-7814-1369-3

村右衛門　むらえもん＊
3757　「グッドアンドバッド」
◇京都文学賞（第4回／令4・5年度／中高生部門／奨励作）

村岡 栄一　むらおか・えいいち＊
3758　「去年の雪」
◇日本漫画家協会賞（第53回／令6年度／まんが王国・土佐賞）
「去年の雪」　少年画報社　2023.9　188p　21cm（YKコミックス）1200円　①978-4-7859-7485-5

村上 あつこ　むらかみ・あつこ＊
3759　「雨地蔵」
◇家の光童話賞（第35回／令2年度／優秀賞）

3760 「KOKUBANMARU」
　◇日産 童話と絵本のグランプリ （第37回／令2年度／童話の部／優秀賞）
　　※「第37回 日産 童話と絵本のグランプリ 童話・絵本入賞作品集」（大阪国際児童文学振興財団 2021年3月発行）に収録

3761 「たべものいっぱい、ぼくんちのはなし」
　◇家の光童話賞 （第37回／令4年度／優秀賞）

村上 稱美　むらかみ・かなみ＊
3762 「随想 美術史紀行―エジプトからルネサンスへ―」
　◇日本自費出版文化賞 （第27回／令6年／部門入賞／エッセー部門）
　　「随想美術史紀行―エジプトからルネサンスへ」 文藝春秋企画出版部, 文藝春秋（発売） 2022.12 425p 20cm 2300円 ⓘ978-4-16-009037-8

村上 慧　むらかみ・さとし＊
3763 「家をせおって歩く かんぜん版」
　◇産経児童出版文化賞 （第67回／令2年／産経新聞社賞）
　　「家をせおって歩く」 かんぜん版　福音館書店 2019.3 〔48p〕 26cm 1400円 ⓘ978-4-8340-8447-4

村上 しいこ　むらかみ・しいこ＊
3764 「なりたいわたし」
　◇産経児童出版文化賞 （第70回／令5年／ニッポン放送賞）
　　「なりたいわたし」 村上しいこ作, 北澤平祐絵　フレーベル館 2022.10 131p 21cm （ものがたりの庭） 1300円 ⓘ978-4-577-05071-2

村上 直子　むらかみ・なおこ
3765 「吃音の息子はいつも聞き上手凪いだ水面に言葉が沈む」
　◇角川全国短歌大賞 （第14回／令4年／自由題／準賞）

村上 宣雄　むらかみ・のぶお＊
3766 「やさしいネイチャーウォッチング―自然を守り育てる仲間づくり―」
　◇日本自費出版文化賞 （第25回／令4年／特別賞／研究・評論部門）
　　「やさしいネイチャーウォッチング―自然を守り育てる仲間づくり」 サンライズ出版 2022.2 215p 21cm 2400円 ⓘ978-4-88325-750-8

村上 春樹　むらかみ・はるき＊
3767 「猫を棄てる―父親について語るときに僕の語ること」
　◇文藝春秋読者賞 （第81回／令1年）
　　「猫を棄てる―父親について語るとき」 村上春樹著, 高妍絵　文藝春秋 2020.4 101p 18cm 1200円 ⓘ978-4-16-391193-9
　　※受賞作を改題
　　「猫を棄てる―父親について語るとき」 村上春樹著, 高妍絵　文藝春秋 2022.11 122p 16cm （文春文庫） 660円 ⓘ978-4-16-791952-8

村上 雅郁　むらかみ・まさふみ＊
3768 「あの子の秘密」
　◇児童文芸新人賞 （第49回／令2年）
　　「あの子の秘密」 村上雅郁作, カシワイ絵　フレーベル館 2019.12 311p 20cm （文学の森） 1400円 ⓘ978-4-577-04850-4

村上 美鈴　むらかみ・みすず＊
3769 「教師の養分」
　◇部落解放文学賞 （第48回／令3年／小説部門／佳作）

村上 靖彦　むらかみ・やすひこ＊
　　3770　客観性の落とし穴
　　　　◇新書大賞（第17回／令6年／3位）
　　　　「客観性の落とし穴」筑摩書房　2023.6　191p　18cm（ちくまプリマー新書）800円　①978-4-480-68452-3

村木 嵐　むらき・らん＊
　　3771　「まいまいつぶろ」
　　　　◇日本歴史時代作家協会賞（第12回／令5年／作品賞）
　　　　「まいまいつぶろ」幻冬舎　2023.5　330p　19cm　1800円　①978-4-344-04116-5

村雲 菜月　むらくも・なつき＊
　　3772　「転がるバレル」
　　　　◇さきがけ文学賞（第38回／令3年／入選）

　　3773　「もぬけの考察」
　　　　◇群像新人文学賞（第66回／令5年／当選作）
　　　　「もぬけの考察」講談社　2023.7　108p　20cm　1400円　①978-4-06-532685-5

ムラサキ アマリ
　　3774　「のくたーんたたんたんたたん」
　　　　◇MF文庫Jライトノベル新人賞（第18回／令4年／最優秀賞）
　　　　「のくたーんたたんたんたたん」KADOKAWA　2022.11　327p　15cm（MF文庫J）660円　①978-4-04-681941-3

紫 大悟　むらさき・だいご＊
　　3775　「剣と魔王のサイバーパンク」
　　　　◇ファンタジア大賞（第33回／令2年／大賞）
　　　　「魔王2099　1〜5」KADOKAWA　2021.1〜2024.11　347p　15cm（富士見ファンタジア文庫）
　　　　※受賞作を改題

村崎 なつ生　むらさき・なつき
　　3776　「いつか忘れるきみたちへ」
　　　　◇ノベル大賞（2024年／令6年／準大賞）

村沢 怜　むらさわ・さとし　⇒五十嵐 美怜（いがらし・みさと）

村島 彩加　むらしま・あやか＊
　　3777　「舞台の面影─演劇写真と役者・写真師」
　　　　◇AICT演劇評論賞（第28回／令4年）
　　　　◇サントリー学芸賞（第44回／令4年度／芸術・文学部門）
　　　　「舞台の面影─演劇写真と役者・写真師」森話社　2022.5　391p　22cm　4500円　①978-4-86405-169-9

村嶋 宣人　むらじま・のりと＊
　　3778　「百円玉」
　　　　◇ミステリーズ！新人賞（第18回／令3年／優秀賞）

村田 喜代子　むらた・きよこ＊
　　3779　「姉の島」
　　　　◇泉鏡花文学賞（第49回／令3年）
　　　　「姉の島」朝日新聞出版　2021.6　242p　20cm　1800円　①978-4-02-251762-3

村田 謙一郎　むらた・けんいちろう＊
　　3780　「クロッシング」

◇シナリオS1グランプリ（第38回/令2年春/奨励賞）

村田 珠子　むらた・たまこ＊
3781　「霧の海」
　◇現代俳句協会年度作品賞（第25回/令6年）

村中 李衣　むらなか・りえ＊
3782　「あららのはたけ」
　◇坪田譲治文学賞（第35回/令1年）
　　「あららのはたけ」　村中李衣作, 石川えりこ絵　偕成社　2019.7　211p　21cm　1400円　①978-4-03-530950-5

村山 純子　むらやま・じゅんこ＊
3783　「さわるめいろ」シリーズ
　◇小学館児童出版文化賞（第69回/令2年度）
　　「さわるめいろ」〔点字資料〕　小学館　2013.2　10p　25cm（てんじつきさわるえほん）1900円　①978-4-09-726497-2
　　「さわるめいろ 2」〔点字資料〕　小学館　2015.2　10p　25cm（てんじつきさわるえほん）1900円　①978-4-09-726575-7
　　「さわるめいろ 3」〔点字資料〕　小学館　2019.9　10p　25cm（てんじつきさわるえほん）1900円　①978-4-09-725011-1
3784　「てんじつきさわるえほん さわってたのしいレリーフブック さかな」
　◇造本装幀コンクール（第55回/令3年/文部科学大臣賞, 日本印刷産業連合会会長賞）
　　「さわってたのしいレリーフブックさかな―てんじつき」　小学館　2021.9　25cm（てんじつきさわるえほん）1900円　①978-4-09-725101-9

村山 祐介　むらやま・ゆうすけ＊
3785　「エクソダス―アメリカ国境の狂気と祈り」
　◇講談社 本田靖春ノンフィクション賞（第43回/令3年）
　　「エクソダス―アメリカ国境の狂気と祈り」　新潮社　2020.10　319p　20cm　1800円　①978-4-10-353651-2

村山 由佳　むらやま・ゆか＊
3786　「風よ あらしよ」
　◇吉川英治文学賞（第55回/令3年度）
　　「風よあらしよ」　集英社　2020.9　651p　20cm　2000円　①978-4-08-771722-8
　　「風よあらしよ 上」　集英社　2023.4　414p　16cm（集英社文庫）900円　①978-4-08-744507-7
　　「風よあらしよ 下」　集英社　2023.4　402p　16cm（集英社文庫）900円　①978-4-08-744508-4

文 永淑　むん・よんすく＊
3787　「私の人生と夜間中学」
　◇部落解放文学賞（第49回/令4年/識字部門/佳作）

【 め 】

明治 サブ　めいじ・さぶ＊
3788　「腕ヲ失クシタ璃々栖～明治悪魔祓ヒ師異譚～」
　◇スニーカー大賞（第27回/令3年/金賞）〈受賞時〉SUB
　　「腕を失くした璃々栖―明治悪魔祓師異譚」　KADOKAWA　2022.12　351p　15cm（角川スニーカー文庫）700円　①978-4-04-113202-9

めぐまの　　　　　　　　　　　　　　　　　　　　　　　　　　　　　　　　3789～3797

　　　「腕を失くした璃々栖―明治悪魔祓師異譚　2」　KADOKAWA　2023.6　305p　15cm（角川スニー
　　　　カー文庫）720円　①978-4-04-113730-7

メグマノ
　3789　「たこめがね」
　　　◇えほん大賞（第26回/令6年/ストーリー部門/特別賞）

メグミ　ミオ
　3790　「ハンバーグたべて～」
　　　◇講談社絵本新人賞（第42回/令3年/佳作）

目澤　史風　めざわ・ふみかぜ
　3791　「「ふぐすま」へ」
　　　◇新俳句人連盟賞（第49回/令3年/作品の部（俳句）/佳作2位）

【も】

馬上　鷹将　もうえ・たかまさ＊
　3792　「あかね噺」
　　　◇マンガ大賞（2023/令5年/2位）
　　　「あかね噺　1～14」末永裕樹原作,馬上鷹将作画　集英社　2022.6～2024.11　18cm（ジャンプコ
　　　　ミックス）

毛内　拡　もうない・ひろむ＊
　3793　「脳を司る「脳」　最新研究で見えてきた、驚くべき脳のはたらき」
　　　◇講談社科学出版賞（第37回/令3年）
　　　「脳を司る「脳」―最新研究で見えてきた、驚くべき脳のはたらき」講談社　2020.12　270p　18cm
　　　　（ブルーバックス）1000円　①978-4-06-521919-5

もえぎ　桃　もえぎ・もも＊
　3794　「両想いになりたい。」
　　　◇青い鳥文庫小説賞（第3回/令1年度/一般部門/金賞）
　　　「両想いになりたい」もえぎ桃作,ふーみ絵　講談社　2021.2　157p　18cm（講談社青い鳥文庫）
　　　　650円　①978-4-06-522244-7

萌木野　めい　もえぎの・めい＊
　3795　「＃5日後に退職する乳酸菌飲料販売レディ」
　　　◇カクヨムWeb小説短編賞（2022/令4年/エンタメ短編小説部門/短編特別賞）

最上　一平　もがみ・いっぺい＊
　3796　「じゅげむの夏」
　　　◇産経児童出版文化賞（第71回/令6年/JR賞）
　　　◇小学館児童出版文化賞（第73回/令6年度）
　　　「じゅげむの夏」最上一平作,マメイケダ絵　佼成出版社　2023.7　126p　22cm　1500円　①978-4-
　　　　333-02903-7

モクモクれん
　3797　「光が死んだ夏」
　　　◇マンガ大賞（2023/令5年/11位）
　　　「光が死んだ夏　1～6」KADOKAWA　2022.3～2024.12　19cm（角川コミックス・エース）

百舌 涼一　もず・りょういち＊

3798　「ロストカゾク」
　◇青い鳥文庫小説賞（第3回/令1年度/一般部門/金賞）〈受賞時〉八百 一
　　「ゼツメッシュ！―ヤンキー、未来で大あばれ」百舌涼一作, TAKA絵　講談社　2020.11　235p
　　18cm（講談社青い鳥文庫）700円　①978-4-06-521357-5
　　※受賞作を改題

望月 くらげ　もちづき・くらげ＊

3799　「この鼓動が止まったとしても、君を泣かせてみたかった」
　◇カクヨムWeb小説コンテスト（第7回/令4年/恋愛（ラブロマンス）部門/特別賞）
　　「この鼓動が止まったとしても、君を泣かせてみたかった」KADOKAWA　2022.12　297p　19cm
　　1200円　①978-4-04-737293-1

望月 滋斗　もちづき・しげと＊

3800　「のどぼとけさま」
　◇坊っちゃん文学賞（第20回/令5年/佳作）

3801　「ライフ・イズ・ア・ムービー」
　◇坊っちゃん文学賞（第20回/令5年/大賞）

望月 優大　もちづき・ひろき＊

3802　「密航のち洗濯 ときどき作家」
　◇講談社 本田靖春ノンフィクション賞（第46回/令6年）
　　「密航のち洗濯―ときどき作家」宋恵媛, 望月優大文, 田川基成写真　柏書房　2024.1　318p 図版8枚
　　19cm　1800円　①978-4-7601-5556-9

望月 遊馬　もちづき・ゆま＊

3803　「白くぬれた庭に充てる手紙」
　◇歴程賞（第62回/令6年）
　　「白くぬれた庭に充てる手紙」七月堂　2024.7　129p　21cm　2000円　①978-4-87944-573-5

持田 あき　もちだ・あき＊

3804　「ゴールデンラズベリー」
　◇文化庁メディア芸術祭賞（第25回/令4年/大賞）
　　「ゴールデンラズベリー　1」祥伝社　2021.3　1冊　19cm（FC swing）720円　①978-4-396-76818-8
　　「ゴールデンラズベリー　2」祥伝社　2021.11　19cm（FC swing）700円　①978-4-396-76845-4
　　「ゴールデンラズベリー　3」祥伝社　2022.7　19cm（FC swing）700円　①978-4-396-76860-7
　　「ゴールデンラズベリー　4」祥伝社　2023.7　19cm（FC swing）780円　①978-4-396-76889-8

持田 裕之　もちだ・ひろゆき＊

3805　「馬のこころ 脳科学者が解説するコミュニケーションガイド」
　◇JRA賞馬事文化賞（2021/令3年度）
　　「馬のこころ―脳科学者が解説するコミュニケーションガイド」ジャネット・L・ジョーンズ著, 尼丁
　　千津子訳, 持田裕之編集協力　パンローリング　2021.8　419p　19cm（フェニックスシリーズ 124）
　　2800円　①978-4-7759-4253-6

もちぱん太郎　もちぱんたろう＊

3806　「『やり直し』《最強》ダンジョン配信者！　突然10年前の世界に戻ったので全てを
　　やり直す！」
　◇HJ小説大賞（第5回/令6年/前期）

本岡 寛子　もとおか・ひろこ

3807　「不安定をデザインする 22人の採集インクとそのレシピ」
　◇造本装幀コンクール（第57回/令5年/審査員奨励賞）

「不安定をデザインする―22人の採集インクとそのレシピ」 InkBook制作委員会 SPCS 2023.10 111p 26cm

元木 伸一　もとき・しんいち＊
3808 「味覚喪失～人は脳で食べている～」
◇日本自費出版文化賞（第24回/令3年/部門入賞/エッセー部門）
「味覚喪失―人は脳で食べている」 風詠社, 星雲社（発売） 2020.10 223p 20cm 1400円 ①978-4-434-27837-2

もとづか あさみ
3809 「チューリップのリリィさん」
◇講談社絵本新人賞（第45回/令6年/佳作）

本葉 かのこ　もとは・かのこ＊
3810 「お客様は神様です！下町デパート七福神ご奉仕部」
◇富士見ノベル大賞（第3回/令2年/入選）
「やおよろず百貨店の祝福―神さまが求めた"灯り"の謎」 KADOKAWA 2021.6 275p 15cm（富士見L文庫） 640円 ①978-4-04-074124-6
※受賞作を改題

元村 れいこ　もとむら・れいこ
3811 「野生のジュゴンが、生きていた‼ ～絶滅から、海の哺乳類を救え～」
◇子どものための感動ノンフィクション大賞（第10回/令6年/優良作品）

本山 航大　もとやま・こうだい＊
3812 「空の入学式」
◇シナリオS1グランプリ（第40回/令3年春/準グランプリ）

3813 「夜が明けても」
◇フジテレビヤングシナリオ大賞（第34回/令4年/佳作）

もとよし ともこ
3814 「ふりすぎ ちゅうい」
◇えほん大賞（第24回/令5年/ストーリー部門/大賞）
「ふりすぎちゅうい」 もとよしともこ さく, ドーリー え 文芸社 2024.6 30p 25cm 1600円 ①978-4-286-24830-1

モノクロ
3815 「大家さん、従魔士に覚醒したってよ」
◇カクヨムWeb小説コンテスト（第7回/令4年/現代ファンタジー部門/特別賞）
「俺のアパートがダンジョンになったので、最強モンスターを従えて楽々攻略―大家さん、従魔士に覚醒したってよ」 KADOKAWA 2023.8 314p 15cm（富士見ファンタジア文庫） 700円 ①978-4-04-075103-0
※受賞作を改題

モノクロウサギ
3816 「推しにダンジョン産の美味いもんを食わせるために、**VTuber**になってみた」
◇カクヨムWeb小説コンテスト（第8回/令5年/現代ファンタジー部門/特別賞・ComicWalker漫画賞）
「推しにささげるダンジョングルメ―最強探索者VTuberになる　01」 KADOKAWA 2023.12 329p 19cm 1300円 ①978-4-04-737759-2
※受賞作を改題
「推しにささげるダンジョングルメ―最強探索者VTuberになる　02」 KADOKAWA 2024.6 265p 19cm 1400円 ①978-4-04-737992-3

MOMARI
3817　「母象・エレファントマザー」
　◇シナリオS1グランプリ（第41回/令3年冬/奨励賞）

百瀬　十河　ももせ・とおか＊
3818　「仮面は二枚被れ」
　◇カクヨムWeb小説コンテスト（第6回/令3年/どんでん返し部門/特別賞）〈受賞時〉十河
　「クエスト：プレイヤーを大虐殺してください―VRMMOの運営から俺が特別に依頼されたこと」　KADOKAWA　2022.8　333p　15cm（富士見ファンタジア文庫）670円　①978-4-04-074659-3
　※受賞作を改題

桃野　雑派　ももの・ざっぱ＊
3819　「老虎残夢」
　◇江戸川乱歩賞（第67回/令3年）〈受賞時〉桃ノ　雑派
　「老虎残夢」　講談社　2021.9　333p　20cm　1700円　①978-4-06-524562-0
　「老虎残夢」　講談社　2024.2　380p　15cm（講談社文庫）790円　①978-4-06-534278-7

ももろ
3820　「ぼくは学校ハムスター 1 ハンフリーは友だちがかり」
　◇日本子どもの本研究会「作品賞」（第8回/令6年）
　「ぼくは学校ハムスター　1　ハンフリーは友だちがかり」　ベティ・G・バーニー作，尾高薫訳，ももろ絵　偕成社　2023.2　211p　20cm　1500円　①978-4-03-521910-1

モーラ，オーゲ
3821　「ありがとう、アーモ！」
　◇産経児童出版文化賞（第68回/令3年/翻訳作品賞）
　「ありがとう、アーモ！」　オーゲ・モーラ文・絵，三原泉訳　鈴木出版　2020.8　〔32p〕　29cm　1500円　①978-4-7902-5419-5

モラスキー，マイク
3822　「ジャズピアノ―その歴史から聴き方まで」（上・下）
　◇芸術選奨（第74回/令5年度/評論部門/文部科学大臣賞）
　「ジャズピアノ―その歴史から聴き方まで　上」　マイク・モラスキー著　岩波書店　2023.10　364，11p　20cm　4100円　①978-4-00-061612-6
　「ジャズピアノ―その歴史から聴き方まで　下」　マイク・モラスキー著　岩波書店　2023.11　427，14p　20cm　4600円　①978-4-00-061613-3

森　明日香　もり・あすか＊
3823　「写楽女」
　◇角川春樹小説賞（第14回/令4年）
　「写楽女」　角川春樹事務所　2022.10　245p　20cm　1600円　①978-4-7584-1431-9
　「写楽女」　角川春樹事務所　2024.8　255p　16cm（ハルキ文庫―時代小説文庫）760円　①978-4-7584-4663-1
3824　「おくり絵師」
　◇日本歴史時代作家協会賞（第13回/令6年/文庫書き下ろし新人賞）
　「おくり絵師」　角川春樹事務所　2023.10　241p　16cm（ハルキ文庫―時代小説文庫）760円　①978-4-7584-4599-3

森　潮　もり・うしお＊
3825　「種子」(句集)
　◇日本一行詩大賞・日本一行詩新人賞（第13回/令2年/大賞）
　「種子―句集」　文學の森　2020.1　233p　20cm　2700円　①978-4-86438-829-0

杜 今日子　もり・きょうこ*
　3826　「はんぶんこ」
　　　◇親子で読んでほしい絵本大賞（第5回／令6年／ベビー賞）
　　　　「はんぶんこ」福音館書店　2023.2　〔20p〕　20×20cm（0.1.2.えほん）900円　①978-4-8340-8693-5

森 敬太　もり・けいた*
　3827　「きみも運転手になれる！ パノラマずかん 運転席」
　　　◇造本装幀コンクール（第56回／令4年／日本印刷産業連合会会長賞）
　　　　「きみも運転手になれる！ パノラマずかん運転席」宮本えつよし作，羽尻利門絵　パイインターナショナル　2022.11　31cm　2200円　①978-4-7562-5384-2

森 健　もり・けん*
　3828　「安倍元首相暗殺と統一教会」
　　　◇文藝春秋読者賞（第84回／令4年）

森 つぶみ　もり・つぶみ*
　3829　「転がる姉弟」
　　　◇文化庁メディア芸術祭賞（第25回／令4年／新人賞）
　　　　「転がる姉弟　1～6」ヒーローズ，小学館クリエイティブ（発売）　2021.1～2024.9　19cm（ヒーローズコミックスふらっと）

森 なつこ　もり・なつこ*
　3830　「もどれる屋」
　　　◇〔日本児童文芸家協会〕創作コンクールつばさ賞（第19回／令2年／読み物部門／佳作）

森 バジル　もり・ばじる*
　3831　「ノウイットオール」
　　　◇松本清張賞（第30回／令5年）
　　　　「ノウイットオール―あなただけが知っている」文藝春秋　2023.7　314p　19cm　1600円　①978-4-16-391720-7

もり まり
　3832　「私、同期で4番目に可愛いって思ってた」
　　　◇シナリオS1グランプリ（第45回／令5年冬／佳作）

森 瑞穂　もり・みずほ*
　3833　「最終便」
　　　◇日本詩歌句随筆評論大賞（第17回／令3年度／俳句部門／大賞）
　　　　「最終便―森瑞穂句集」ふらんす堂　2020.9　70p　21cm（第一句集シリーズ 2）1700円　①978-4-7814-1303-7

森 深尋　もり・みひろ*
　3834　「きっと、忘れる。」
　　　◇深大寺短編恋愛小説『深大寺恋物語』（第19回／令5年／審査員特別賞）
　　　　※深大寺短編恋愛小説『深大寺恋物語』第十九集に収録

森 玲子　もり・れいこ*
　3835　「アラベスク」
　　　◇日本自費出版文化賞（第26回／令5年／部門入賞／詩歌部門）
　　　　「アラベスク―森玲子歌集」かまくら春秋社出版事業部　2015.3　133p　22cm　非売品

森賀 まり　もりが・まり*
　3836　「しみづあたたかをふくむ」

◇俳人協会賞（第62回／令4年度）
　「しみづあたたかをふくむ―句集」ふらんす堂　2022.4　166p　20cm（百鳥叢書　第125篇）2800円
　①978-4-7814-1397-6
　「しみづあたたかをふくむ―句集」新装版　ふらんす堂　2023.3　166p　19cm（百鳥叢書　第125篇）
　2500円　①978-4-7814-1541-3

森川 かりん　もりかわ・かりん*
3837　「よるとてをつなぐ」
　◇絵本テキスト大賞（第15回／令4年／Aグレード／優秀賞）

森川 真菜　もりかわ・まな
3838　「蒙霧升降」
　◇新人シナリオコンクール（第33回／令5年度／大伴昌司賞 佳作）

3839　「ゼクエンツ」
　◇城戸賞（第50回／令6年／佳作）

森北出版　もりきたしゅっぱん*
3840　「1つの定理を証明する99の方法」
　◇造本装幀コンクール（第55回／令3年／日本書籍出版協会理事長賞／専門書（人文社会
　　科学書・自然科学書等）部門）
　「1つの定理を証明する99の方法」フィリップ・オーディング著,冨永星訳　森北出版　2021.1　274p
　23cm　3200円　①978-4-627-06261-0

もりし
3841　「今日勇者を首になった」
　◇カクヨムWeb小説コンテスト（第5回／令2年／異世界ファンタジー部門／特別賞）
　「今日勇者を首になった」KADOKAWA　2021.3　286p　19cm（ドラゴンノベルス）1300円
　①978-4-04-073968-7

森下 千尋　もりした・ちひろ*
3842　「Therapy」
　◇労働者文学賞（第36回／令6年／詩部門／佳作）

森下 裕隆　もりした・ひろたか*
3843　「吠えないのか」
　◇笹井宏之賞（第6回／令5年／個人賞／大森静佳賞）
　「ねむらない樹　Vol. 11」書肆侃侃房　2024.2　206p　21cm（短歌ムック）1500円　①978-4-
　86385-614-1
　※受賞作を収録

森田 玲　もりた・あきら*
3844　「岸和田だんじり図典―祭を支える心と技」
　◇日本自費出版文化賞（第27回／令6年／部門入賞／地域文化部門）
　※「岸和田だんじり図典―祭を支える心と技」（自費出版, 2024年4月発行）

森田 志保子　もりた・しほこ
3845　「親ごころ、子ごころ」
　◇創作ラジオドラマ大賞（第49回／令2年／佳作）

森田 純一郎　もりた・じゅんいちろう*
3846　「街道」
　◇日本詩歌句随筆評論大賞（第20回／令6年度／俳句部門／特別賞）
　「街道―句集」東京四季出版　2024.3　190p　20cm（Shiki Collection 40＋1 俳句四季創刊40周年記
　　念 5）2800円　①978-4-8129-1093-1

森田 真生　もりた・まさお＊
　3847　「計算する生命」
　　◇河合隼雄学芸賞（第10回/令4年）
　　　「計算する生命」　新潮社　2021.4　239p　20cm　1700円　①978-4-10-339652-9

守谷 直紀　もりたに・なおき＊
　3848　「水が歪んじゃう如雨露」
　　◇笹井宏之賞（第6回/令5年/個人賞/山田航賞）
　　　「ねむらない樹　Vol. 11」　書肆侃侃房　2024.2　206p　21cm（短歌ムック）1500円　①978-4-86385-614-1
　　　※受賞作を収録

森永 理恵　もりなが・りえ
　3849　「有給を取って船着場に出ればいのちが泡立つような夕立」
　　◇角川全国短歌大賞（第11回/令1年/自由題/大賞）

森ノ 薫　もりの・かおる＊
　3850　「早乙女さん、特務です」
　　◇ノベル大賞（2022年/令4年/大賞）
　　　「このビル、空きはありません！―オフィス仲介戦線、異常あり」　集英社　2022.12　303p　15cm（集英社オレンジ文庫）690円　①978-4-08-680483-7
　　　※受賞作を改題

森埜 こみち　もりの・こみち＊
　3851　「蝶の羽ばたき、その先へ」
　　◇日本児童文芸家協会賞（第44回/令2年）
　　　「蝶の羽ばたき、その先へ」　小峰書店　2019.10　157p　20cm　1400円　①978-4-338-28721-0

森野 マッシュ　もりの・まっしゅ＊
　3852　「ケの日のケケケ」
　　◇創作テレビドラマ大賞（第47回/令4年/大賞）

森野 萌　もりの・めぐみ＊
　3853　「花野井くんと恋の病」
　　◇講談社漫画賞（第45回/令3年/少女部門）
　　　「花野井くんと恋の病―I'm addicted to you　1〜16」　講談社　2018.5〜2024.11　18cm（KCデザート）

森林 梢　もりばやし・こずえ＊
　3854　「殺したガールと他殺志願者」
　　◇MF文庫Jライトノベル新人賞（第16回/令2年/優秀賞）
　　　「殺したガールと他殺志願者」　KADOKAWA　2020.11　294p　15cm（MF文庫J）640円　①978-4-04-680075-6
　　　「殺したガールと他殺志願者　2」　KADOKAWA　2021.3　263p　15cm（MF文庫J）680円　①978-4-04-680331-2

森水 陽一郎　もりみず・よういちろう＊
　3855　「象と暮らして」
　　◇坊っちゃん文学賞（第17回/令2年/佳作）

森本 公久　もりもと・きみひさ＊
　3856　「愛想のないものたち」
　　◇優駿エッセイ賞（2023〔第39回〕/令5年/次席（GⅡ））
　3857　「最期の日々」

◇優駿エッセイ賞（2024〔第40回〕/令6年/佳作（GⅢ））

森本 孝徳　もりもと・たかのり＊
3858　「暮しの降霊」
　◇詩歌文学館賞（第36回/令3年/詩）
　　「暮しの降霊」 思潮社　2020.10　89p　22cm　2400円　ⓘ978-4-7837-3729-2

守屋 史世　もりや・ふみよ
3859　「詩画集「目に見えぬ詩集」 特装版 直刷り木版画入り 夫婦箱納」
　◇造本装幀コンクール（第56回/令4年/出版文化産業振興財団賞）
　　※「詩画集「目に見えぬ詩集」 特装版 直刷り木版画入り 夫婦箱納」（谷川俊太郎詩, 沙羅木版画 Book&Design 2022年10月発行）

森山 高史　もりやま・たかし＊
3860　「うくらいな」
　◇詩人会議新人賞（第58回/令6年/詩部門/佳作）

諸星 額　もろほし・がく＊
3861　「死者の花束」
　◇北区内田康夫ミステリー文学賞（第20回/令4年/審査員特別賞（特別賞））
3862　「沈黙のコンチェルト」
　◇北区内田康夫ミステリー文学賞（第21回/令5年/大賞）

諸星 だりあ　もろほし・だりあ＊
3863　「先に生まれただけの人達」
　◇シナリオS1グランプリ（第43回/令4年冬/佳作）

モンキー・パンチ
3864　「ルパン三世」
　◇日本漫画家協会賞（第49回/令2年度/文部科学大臣賞）
　　「ルパン三世　1〜14」 双葉社　1974〜1976　18cm（パワァコミックス）
　　「ルパン三世　第1巻〜第10巻」 双葉社　1994.11〜1995.4　15cm（双葉文庫 名作シリーズ）
　　「新ルパン三世　1〜12」 双葉社　1998.4〜1999.3　15cm（双葉文庫 名作シリーズ）
　　「ルパン三世単行本未収録作品集」 双葉社　2017.7　21cm（ACTION COMICS）　ⓘ978-4-575-94505-8

門前 日和　もんぜん・びより＊
3865　「父さんが会いにきた」
　◇創作ラジオドラマ大賞（第52回/令5年/大賞）

【や】

八重樫 拓也　やえがし・たくや＊
3866　「晩年」
　◇笹井宏之賞（第5回/令4年/個人賞/野口あや子賞）
　　「ねむらない樹　Vol. 10」 書肆侃侃房　2023.2　268p　21cm（短歌ムック）　1500円　ⓘ978-4-86385-562-5
　　※受賞作を収録

八百 一　やお・はじめ　⇒百舌 涼一（もず・りょういち）

八百板 洋子　やおいた・ようこ＊
　3867　「金の鳥―ブルガリアのむかしばなし」
　　◇日本絵本賞（第25回/令2年/日本絵本賞）
　　「金の鳥―ブルガリアのむかしばなし」　八百板洋子文，さかたきよこ絵　BL出版　2018.12　〔40p〕
　　　30cm　1600円　①978-4-7764-0863-5

谷貝 淳　やがい・あつし
　3868　「青夏」
　　◇長編児童文学新人賞（第20回/令3年/佳作）

ヤカタ カナタ
　3869　「僕は昔、怪獣だった。」
　　◇MOE創作絵本グランプリ（第8回/令1年/佳作）

夜方 宵　やかた・よい＊
　3870　「悪食緋蒼は×××なのか？」
　　◇講談社ラノベ文庫新人賞（第16回/令5年4月発表/佳作）
　3871　「探偵に推理させないでください。最悪の場合、世界が滅びる可能性がございますので。」
　　◇MF文庫Jライトノベル新人賞（第19回/令5年/審査員特別賞）
　　「探偵に推理をさせないでください。最悪の場合、世界が滅びる可能性がございますので。」
　　　KADOKAWA　2023.12　327p　15cm　（MF文庫J）　680円　①978-4-04-683151-4
　　「探偵に推理をさせないでください。最悪の場合、世界が滅びる可能性がございますので。　2」
　　　KADOKAWA　2024.5　326p　15cm　（MF文庫J）　740円　①978-4-04-683542-0

八木 詠美　やぎ・えみ＊
　3872　「空芯手帳」
　　◇太宰治賞（第36回/令2年）
　　「空芯手帳」　筑摩書房　2023.3　195p　15cm　（ちくま文庫）　660円　①978-4-480-43869-0
　3873　「休館日の彼女たち」
　　◇河合隼雄物語賞（第12回/令6年度）
　　「休館日の彼女たち」　筑摩書房　2023.3　151p　20cm　1400円　①978-4-480-80510-2

矢樹 純　やぎ・じゅん＊
　3874　「夫の骨」
　　◇日本推理作家協会賞（第73回/令2年/短編部門）
　　「夫の骨」　祥伝社　2019.4　307p　16cm　（祥伝社文庫）　670円　①978-4-396-34510-5

山羊 とうこ　やぎ・とうこ
　3875　「幽霊メーコと命のひも」
　　◇ジュニア冒険小説大賞（第18回/令4年/佳作）

やぎ みいこ
　3876　「お姉ちゃんの不思議なクレヨン」
　　◇日産 童話と絵本のグランプリ（第38回/令3年度/童話の部/優秀賞）
　　※「第38回 日産 童話と絵本のグランプリ 童話・絵本入賞作品集」（大阪国際児童文学振興財団 2022年3月発行）に収録

八木 優羽亜　やぎ・ゆうあ＊
　3877　「碧眼のだるま」
　　◇深大寺短編恋愛小説『深大寺恋物語』（第17回/令3年/審査員特別賞）

※深大寺短編恋愛小説「深大寺恋物語」第十七集に収録

やきいもほくほく

3878 「姉の身代わりで嫁いだはずの残りカス令嬢、幸せすぎる腐敗生活を送ります～恐ろしい辺境伯は最高のパートナーです～」
◇カクヨムWeb小説コンテスト（第9回/令6年/恋愛（ラブロマンス）部門/特別賞・ComicWalker漫画賞）

夜弦　雅也　やげん・まさや＊

3879 「高望の大刀」
◇日経小説大賞（第13回/令3年）
「高望の大刀」日経BP日本経済新聞出版本部,日経BPマーケティング（発売）　2022.2　296p　20cm　1600円　①978-4-532-17164-3

野菜ばたけ　やさいばたけ＊

3880 「素っ頓狂な私の親友、ホントに手が掛かるんですけど　～私は別に面倒見なんて良くないタイプの令嬢のはず～」
◇カクヨムWeb小説コンテスト（第7回/令4年/恋愛（ラブロマンス）部門/特別賞）
「黒幕令嬢なんて心外だわ！―素っ頓狂な親友令嬢も初恋の君も私の手のうち」KADOKAWA　2023.3　277p　15cm（角川ビーンズ文庫）700円　①978-4-04-113589-1
※受賞作を改題

屋敷　葉　やしき・よう＊

3881 「いっそ幻聴が聞けたら」
◇林芙美子文学賞（第9回/令4年度/大賞）

弥重　早希子　やしげ・さきこ＊

3882 「邪魔者は、去れ」
◇城戸賞（第45回/令1年/佳作）

矢島　あき　やじま・あき＊

3883 「かたゆき」
◇新人シナリオコンクール（第30回/令2年度/佳作）

矢島　暁子　やじま・あきこ＊

3884 「アーモンド」
◇本屋大賞（第17回/令2年/翻訳小説部門/1位）
「アーモンド」ソンウォンピョン著,矢島暁子訳　祥伝社　2024.7　289p　16cm（祥伝社文庫）750円　①978-4-396-35060-4

3885 「三十の反撃」
◇本屋大賞（第19回/令4年/翻訳小説部門/1位）
「三十の反撃」ソンウォンピョン著,矢島暁子訳　祥伝社　2021.8　298p　20cm　1600円　①978-4-396-63612-8

3886 「プリズム」
◇本屋大賞（第20回/令5年/翻訳小説部門/2位）
「プリズム」ソンウォンピョン著,矢島暁子訳　祥伝社　2022.7　251p　20cm　1600円　①978-4-396-63628-9

矢島　綾　やじま・あや＊

3887 「鬼滅の刃　しあわせの花」
◇小学生がえらぶ！"こどもの本"総選挙（第2回/令2年/第10位）
「鬼滅の刃―しあわせの花」吾峠呼世晴,矢島綾著　集英社　2019.2　194p　18cm（JUMP j BOOKS）700円　①978-4-08-703473-8

安 智史　やす・さとし＊
　3888　「萩原朔太郎と詩的言語の近代」
　　　◇小野十三郎賞　（第26回／令6年／詩評論書部門）
　　　「萩原朔太郎と詩的言語の近代―江戸川乱歩、丸山薫、中原中也、四季派、民衆詩派など」　思潮社
　　　　2024.3　564p　20cm　5400円　①978-4-7837-3832-9

やす なお美　やす・なおみ＊
　3889　「一服一銭」
　　　◇シナリオS1グランプリ　（第42回／令4年春／奨励賞）

　3890　「罪の輪郭」
　　　◇シナリオS1グランプリ　（第43回／令4年冬／準グランプリ）

やす ふみえ
　3891　「まよいねこトラと五万五十五歩」
　　　◇小川未明文学賞　（第32回／令5年／優秀賞／短編部門）

泰 三子　やす・みこ＊
　3892　「ハコヅメ〜交番女子の逆襲〜」
　　　◇小学館漫画賞　（第66回／令2年度／一般向け部門）
　　　◇講談社漫画賞　（第46回／令4年／総合部門）
　　　「ハコヅメ〜交番女子の逆襲〜　1〜23」　講談社　2018.4〜2023.2　19cm　（モーニングKC）

安木 新一郎　やすき・しんいちろう＊
　3893　「貨幣が語るジョチ・ウルス」
　　　◇日本自費出版文化賞　（第27回／令6年／特別賞／研究・評論部門）
　　　「貨幣が語るジョチ・ウルス」　清風堂書店　2023.9　174p　19cm　1500円　①978-4-86709-029-9

椰月 美智子　やずき・みちこ＊
　3894　「昔はおれと同い年だった田中さんとの友情」
　　　◇小学館児童出版文化賞　（第69回／令2年度）
　　　「昔はおれと同い年だった田中さんとの友情」　椰月美智子作,早川世詩男絵　小峰書店　2019.8　182p　20cm　（ブルーバトンブックス）　1400円　①978-4-338-30805-2

安田 茜　やすだ・あかね＊
　3895　「遠くのことや白さについて」
　　　◇笹井宏之賞　（第4回／令3年／個人賞／神野紗希賞）
　　　「ねむらない樹　Vol. 8」　書肆侃侃房　2022.2　209p　21cm　（短歌ムック）　1500円　①978-4-86385-508-3
　　　※受賞作を収録

安田 浩一　やすだ・こういち＊
　3896　「地震と虐殺 1923-2024」
　　　◇毎日出版文化賞　（第78回／令6年／特別賞）
　　　「地震と虐殺―1923-2024」　中央公論新社　2024.6　598p　20cm　3600円　①978-4-12-005686-4

やすとみ かよ
　3897　「波を編む人」
　　　◇えほん大賞　（第23回／令4年／ストーリー部門／大賞）
　　　「波を編む人」　やすとみかよ文,まつばやしかづこ絵　文芸社　2023.12　42p　25cm　1600円　①978-4-286-24268-2

安村 和義　やすむら・かずよし
　3898　「不忘」

安森 滋　やすもり・しげる＊
　3899　「四國秘境物語」
　　◇日本自費出版文化賞（第24回／令3年／特別賞／地域文化部門）
　　　「四国秘境物語」　安森滋　2020.7　991p　22cm　3500円

矢田 等　やだ・ひとし＊
　3900　「天王寺より」
　　◇優駿エッセイ賞（2019〔第35回〕／令1年／次席（GⅡ））

八尾 慶次　やつお・けいじ＊
　3901　「やとのいえ」
　　◇産経児童出版文化賞（第68回／令3年／大賞）
　　　「やとのいえ」　偕成社　2020.8　40p　22×31cm　1800円　Ⓘ978-4-03-437900-4

八槻 綾介　やつき・りょうすけ＊
　3902　「ややの一本！　剣道まっしぐら日和」
　　◇ポプラズッコケ文学新人賞（第11回／令4年／大賞）
　　　「ややの一本―剣道まっしぐら！」　八槻綾介作, 野間与太郎絵　ポプラ社　2023.5　292p　19cm（ノベルズ・エクスプレス 54）1600円　Ⓘ978-4-591-17795-2
　　　※受賞作を改題

柳井 はづき　やない・はずき＊
　3903　「花は愛しき死者たちのために」
　　◇ノベル大賞（2021年／令3年／準大賞）
　　　「花は愛しき死者たちのために」　集英社　2022.7　334p　15cm（集英社オレンジ文庫）680円　Ⓘ978-4-08-680458-5
　　　「花は愛しき死者たちのために〔2〕罪人のメルヘン」　集英社　2023.1　215p　15cm（集英社オレンジ文庫）620円　Ⓘ978-4-08-680487-5

柳川 一　やながわ・はじめ＊
　3904　「三人書房」
　　◇ミステリーズ！新人賞（第18回／令3年）
　　　「三人書房」　東京創元社　2023.7　223p　20cm（ミステリ・フロンティア 117）1700円　Ⓘ978-4-488-02022-4

柳沢 英輔　やなぎさわ・えいすけ＊
　3905　「ベトナムの大地にゴングが響く」
　　◇田邉尚雄賞（第37回／令1年度）
　　　「ベトナムの大地にゴングが響く」　灯光舎　2019.11　11, 311, 6p　19cm　2700円　Ⓘ978-4-909992-00-0

柳田 邦男　やなぎだ・くにお＊
　3906　「コロナ死「さよなら」なき別れ」
　　◇文藝春秋読者賞（第82回／令2年）

柳田 由紀子　やなぎだ・ゆきこ＊
　3907　「宿無し弘文　スティーブ・ジョブズの禅僧」
　　◇日本エッセイスト・クラブ賞（第69回／令3年）
　　　「宿無し弘文―スティーブ・ジョブズの禅僧」　集英社インターナショナル, 集英社（発売）　2020.4　325, 9p　20cm　1900円　Ⓘ978-4-7976-7382-1
　　　「宿無し弘文―スティーブ・ジョブズの禅僧」　集英社　2022.9　406p　16cm（集英社文庫）950円　Ⓘ978-4-08-744437-7

柳原 一徳　やなぎはら・いっとく＊
　3908　「本とみかんと子育てと 農家兼業編集者の周防大島フィールドノート」
　　　◇地方出版文化功労賞　(第35回/令4年/奨励賞)
　　　　「本とみかんと子育てと―農家兼業編集者の周防大島フィールドノート」　みずのわ出版　2021.1
　　　　　671p　21cm　3000円　①978-4-86426-046-6

矢野 アロウ　やの・あろう＊
　3909　「ホライズン・ガール〜地平の少女〜」
　　　◇ハヤカワSFコンテスト　(第11回/令5年/大賞)
　　　　「ホライズン・ゲート―事象の狩人」　早川書房　2023.12　195p　19cm　1900円　①978-4-15-210297-3
　　　　※受賞作を改題

矢野 康治　やの・こうじ＊
　3910　「財務次官、モノ申す」
　　　◇文藝春秋読者賞　(第83回/令3年)

矢野 隆　やの・たかし＊
　3911　「琉球建国記」
　　　◇日本歴史時代作家協会賞　(第11回/令4年/作品賞)
　　　　「琉球建国記」　集英社　2022.4　419p　16cm　(集英社文庫―歴史時代)　840円　①978-4-08-744378-3

薮 耕太郎　やぶ・こうたろう＊
　3912　「柔術狂時代―20世紀初頭アメリカにおける柔術ブームとその周辺」
　　　◇サントリー学芸賞　(第44回/令4年度/社会・風俗部門)
　　　　「柔術狂時代―20世紀初頭アメリカにおける柔術ブームとその周辺」　朝日新聞出版　2021.12　283,
　　　　　56p　19cm　(朝日選書)　1700円　①978-4-02-263115-2

藪内 亮輔　やぶうち・りょうすけ＊
　3913　「海蛇と珊瑚」
　　　◇現代歌人集会賞　(第45回/令1年度)
　　　　「海蛇と珊瑚―藪内亮輔歌集」　角川文化振興財団, Kadokawa (発売)　2018.12　231p　20cm　2200円
　　　　　①978-4-04-876416-2

藪口 莉那　やぶぐち・まりな＊
　3914　「春ちゃわん」
　　　◇日産 童話と絵本のグランプリ　(第36回/令1年度/童話の部/優秀賞)
　　　　※「第36回 日産 童話と絵本のグランプリ 童話・絵本入賞作品集」(大阪国際児童文学振興財団 2020年
　　　　　3月発行)に収録
　3915　「木箱の蝶」
　　　◇日産 童話と絵本のグランプリ　(第38回/令3年度/童話の部/大賞)
　　　　「木箱の蝶」　藪口莉那 さく, 横須賀香 え　BL出版　2022.12　〔32p〕　25cm　1400円　①978-4-
　　　　　7764-1075-1

藪坂　やぶさか＊
　3916　「実録警察24時！ 〜ポンコツ警官危機一髪〜」
　　　◇カクヨムWeb小説短編賞　(2023/令5年/エッセイ・ノンフィクション部門/短編特別
　　　　賞)

山家 望　やまいえ・のぞみ＊
　3917　「birth」
　　　◇太宰治賞　(第37回/令3年)
　　　　「birth」　筑摩書房　2021.11　223p　20cm　1500円　①978-4-480-80506-5

山内 英子　やまうち・えいこ＊
 3918　「四月の雪」
  ◇部落解放文学賞（第46回/令1年/詩部門/入選）
 3919　「甘太郎」
  ◇部落解放文学賞（第47回/令2年/詩部門/佳作）
 3920　「肉」
  ◇部落解放文学賞（第50回/令5年/詩部門/佳作）

山内 ケンジ　やまうち・けんじ＊
 3921　「温暖化の秋 - hot autumn - 」
  ◇読売文学賞（第74回/令4年/戯曲・シナリオ賞）

山賀 塩太郎　やまが・しおたろう＊
 3922　「完璧な佐古さんは自ら落ちぶれていくようです」
  ◇ファンタジア大賞（第34回/令3年/銀賞）
  「完璧な佐古さんは僕（モブ）みたいになりたい」　KADOKAWA　2022.1　313p　15cm（富士見ファンタジア文庫）650円　①978-4-04-074393-6
  ※受賞作を改題

山形 くじら　やまがた・くじら＊
 3923　「剣よ、かく語りき～剣と魔法の異世界に転生したのに実は文明が現代レベルだった件」
  ◇カクヨムWeb小説コンテスト（第7回/令4年/現代ファンタジー部門/特別賞・ComicWalker漫画賞）〈受賞時〉山形くじら2号
  「剣よ、かく語りき」　KADOKAWA　2022.12　318p　19cm　1300円　①978-4-04-737307-5
  「剣よ、かく語りき　2」　KADOKAWA　2023.9　329p　19cm　1400円　①978-4-04-737612-0

山木 礼子　やまき・れいこ＊
 3924　「太陽の横」
  ◇現代短歌新人賞（第22回/令3年度）
  「太陽の横―山木礼子歌集」　短歌研究社　2021.9　138p　19cm　2000円　①978-4-86272-687-2

山岸 真　やまぎし・まこと＊
 3925　「不気味の谷」
  ◇星雲賞（第51回/令2年/海外短編部門（小説））
  「ビット・プレイヤー」　グレッグ・イーガン著, 山岸真編・訳　早川書房　2019.3　447p　16cm（ハヤカワ文庫 SF）1040円　①978-4-15-012223-2
  ※受賞作を収録
 3926　「堅実性」
  ◇星雲賞（第55回/令6年/海外短編部門（小説））
  ※早川書房〈S-Fマガジン〉（2023年12月号）に掲載

山口 栄子　やまぐち・えいこ
 3927　「精舎の人」
  ◇深大寺短編恋愛小説『深大寺恋物語』（第20回/令6年/調布市長賞）

山口 耕平　やまぐち・こうへい
 3928　「祝日屋たちの寝不足の金曜日」
  ◇城戸賞（第50回/令6年/大賞）

山口 桜空　やまぐち・さら＊
 3929　「ひとつめの魔法は」

やまぐち

◇ENEOS童話賞 (第52回/令3年度/中学生の部/最優秀賞)
※「童話の花束 その52」に収録

山口 慎太郎　やまぐち・しんたろう＊
3930　「「家族の幸せ」の経済学—データ分析でわかった結婚、出産、子育ての真実」
◇サントリー学芸賞 (第41回/令1年度/政治・経済部門)
◇新書大賞 (第13回/令2年/5位)
「「家族の幸せ」の経済学—データ分析でわかった結婚、出産、子育ての真実」 光文社　2019.7　259p　18cm (光文社新書)　820円　①978-4-334-04422-0

山口 進　やまぐち・すすむ＊
3931　「万葉と令和をつなぐアキアカネ」
◇日本児童文学者協会賞 (第61回/令3年)
「万葉と令和をつなぐアキアカネ」 岩崎書店　2020.9　151p　22cm (ノンフィクション・生きるチカラ)　1300円　①978-4-265-08319-0

山口 貴由　やまぐち・たかゆき＊
3932　「劇光仮面」
◇マンガ大賞 (2023/令5年/9位)
「劇光仮面　1〜6」 小学館　2022.6〜2024.11　18cm (BIG SUPERIOR COMICS SPECIAL)

山口 つばさ　やまぐち・つばさ＊
3933　「ブルーピリオド」
◇講談社漫画賞 (第44回/令2年/総合部門)
◇マンガ大賞 (2020/令2年/大賞)
「ブルーピリオド　1〜16」 講談社　2017.12〜2024.11　19cm (アフタヌーンKC)

山口 富明　やまぐち・とみあき＊
3934　「そのかわり村」
◇えほん大賞 (第24回/令5年/ストーリー部門/優秀賞)

山口 信博　やまぐち・のぶひろ＊
3935　「芭蕉の風景」(上・下)
◇造本装幀コンクール (第55回/令3年/日本図書館協会賞)
「芭蕉の風景　上」 小澤實著 ウェッジ　2021.10　309p　22cm (澤俳句叢書 第30篇)　3000円　①978-4-86310-242-2
「芭蕉の風景　下」 小澤實著 ウェッジ　2021.10　370, 58, 7p　22cm (澤俳句叢書 第30篇)　3000円　①978-4-86310-243-9

山口 日和　やまぐち・ひより＊
3936　「どっち？」
◇造本装幀コンクール (第57回/令5年/出版文化産業振興財団賞)
「どっち？」 キボリノコンノ作 講談社　2023.12　[32p]　19×27cm　1600円　①978-4-06-533210-8

山口 未桜　やまぐち・みお＊
3937　「禁忌の子」
◇鮎川哲也賞 (第34回/令6年)
「禁忌の子」 東京創元社　2024.10　318p　20cm　1700円　①978-4-488-02569-4

山口 実可　やまぐち・みか＊
3938　「この街にはありません」
◇啄木・賢治のふるさと「岩手日報随筆賞」 (第18回/令5年/優秀賞)

山口　友紀　やまぐち・ゆき
　3939　「タックンのトイレとハックンの森」
　　◇森林(もり)のまち童話大賞（第7回/令4年/佳作）

山崎　赤絵　やまさき・あかえ＊
　3940　「春来甘辛田楽味」
　　◇国立劇場歌舞伎脚本募集（令和2・3年度/佳作）
　　「国立劇場歌舞伎脚本募集入選作品集　令和2・3年度」国立劇場制作部歌舞伎課編集　日本芸術文化振興会　2022.7　158p　26cm

山﨑　修平　やまざき・しゅうへい＊
　3941　「ダンスする食う寝る」
　　◇歴程新鋭賞（第31回/令2年）
　　「ダンスする食う寝る」思潮社　2020.5　92p　22cm　2400円　①978-4-7837-3701-8

やまざき　すずこ
　3942　「ピロロとニニの金メダル」
　　◇えほん大賞（第17回/令1年/ストーリー部門/優秀賞）
　　「ピロロとニニの金メダル」やまざきすずこ文,斉藤みお絵　文芸社　2024.10　23p　16×22cm　1100円　①978-4-286-25631-3

山崎　聡一郎　やまさき・そういちろう＊
　3943　「こども六法」
　　◇新風賞（第54回/令1年）
　　「こども六法」山崎聡一郎著,伊藤ハムスター絵　弘文堂　2019.8　201p　21cm　1200円　①978-4-335-35792-3
　　「こども六法」山崎聡一郎著,伊藤ハムスター絵　第2版　弘文堂　2024.3　225p　21cm　1500円　①978-4-335-35990-3

山崎　力　やまざき・ちから＊
　3944　「男は背中を語る」
　　◇フジテレビヤングシナリオ大賞（第32回/令2年/佳作）

山崎　ナオコーラ　やまざき・なおこーら＊
　3945　「ミライの源氏物語」
　　◇Bunkamuraドゥマゴ文学賞（第33回/令5年/俵万智選）
　　「ミライの源氏物語」淡交社　2023.3　183p　19cm　1600円　①978-4-473-04548-5

ヤマザキ　マリ
　3946　「プリニウス」
　　◇手塚治虫文化賞（第28回/令6年/マンガ大賞）
　　「プリニウス　1～12」ヤマザキマリ,とり・みき著　新潮社　2014.7～2023.7　19cm（Bunch comics 45 premium）

山崎　由貴　やまざき・ゆき＊
　3947　「おすしアイドル」
　　◇MOE創作絵本グランプリ（第12回/令5年/グランプリ）
　　「おすしアイドル」白泉社　2024.9　27cm（MOEのえほん）1300円　①978-4-592-76356-7

やまじ　えびね
　3948　「女の子がいる場所は」
　　◇手塚治虫文化賞（第27回/令5年/短編賞）
　　「女の子がいる場所は」KADOKAWA　2022.6　199p　19cm（BEAM COMIX）740円　①978-4-04-737096-8

山下 和美　やました・かずみ＊
　3949　「ランド」
　　◇手塚治虫文化賞（第25回/令3年/マンガ大賞）
　　　「ランド　1〜11」講談社　2015.4〜2020.9　19cm（モーニングKC）

ヤマシタ トモコ
　3950　「違国日記」
　　◇マンガ大賞（2020/令2年/10位）
　　　「違国日記　1〜11」祥伝社　2017.11〜2023.8　19cm（FC swing）

山下 雅洋　やました・まさひろ＊
　3951　「鈴の送り神修行ダイアリー」
　　◇ジュニア冒険小説大賞（第18回/令4年/大賞）
　　◇児童文芸新人賞（第53回/令6年）
　　　「鈴の送り神修行ダイアリー」山下雅洋作, 酒井以画家　岩崎書店　2023.5　147p　20cm　1300円
　　　①978-4-265-84040-3

山下 若菜　やました・わかな＊
　3952　「ハレルヤ!!!〜神様はドルヲタになりました〜」
　　◇カクヨムWeb小説短編賞（2020/令2年/短編賞）

ヤマジロウ
　3953　「宇宙人あらわる」
　　◇えほん大賞（第19回/令2年/絵本部門/優秀賞）
　　　「宇宙人あらわる」デザインエッグ社　2021.5　40p　12.8×18.2cm　①978-4-8150272-3-0

やませ たかゆき
　3954　「未来の種」
　　◇福島正実記念SF童話賞（第36回/令4年/佳作）　〈受賞時〉山世 孝幸

　3955　「どろんこ代かき」
　　◇家の光童話賞（第38回/令5年度/家の光童話賞）　〈受賞時〉山世 孝幸

　3956　「ぼくがぼくに変身する方法」
　　◇福島正実記念SF童話賞（第37回/令6年/大賞）
　　　「ぼくがぼくに変身する方法」やませたかゆき作, はせがわはっち絵　岩崎書店　2024.8　103p　22cm　1300円　①978-4-265-07271-2

山田 和寛　やまだ・かずひろ＊
　3957　「パピルスのなかの永遠　書物の歴史の物語」
　　◇造本装幀コンクール（第57回/令5年/審査員奨励賞）
　　　「パピルスのなかの永遠―書物の歴史の物語：本をつくり、受け継ぎ、守るために戦う―。」イレネ・バジェホ著, 見田悠子訳　作品社　2023.10　501, 47p　20cm　4800円　①978-4-86182-927-7

山田 花菜　やまだ・かな＊
　3958　「野球しようぜ！　大谷翔平ものがたり」
　　◇けんぶち絵本の里大賞（第34回/令6年度/アルパカ賞）
　　　「野球しようぜ！大谷翔平ものがたり」とりごえこうじ文, 山田花菜絵　世界文化ワンダーグループ, 世界文化社（発売）　2024.3　32p　30cm（世界文化社のワンダー絵本）　1600円　①978-4-418-24807-0

山田 鐘人　やまだ・かねひと＊
　3959　「葬送のフリーレン」
　　◇手塚治虫文化賞（第25回/令3年/新生賞）
　　◇マンガ大賞（2021/令3年/大賞）

◇小学館漫画賞（第69回/令5年度）
◇講談社漫画賞（第48回/令6年/少年部門）
「葬送のフリーレン　VOL.1〜VOL.13」　山田鐘人原作, アベツカサ作画　小学館　2020.8〜2024.4　18cm（少年サンデーコミックス）

山田 浩司　やまだ・こうじ＊
3960　「週刊 田中一郎」
◇BKラジオドラマ脚本賞（第44回/令5年/佳作）

山田 俊治　やまだ・しゅんじ＊
3961　「福地桜痴 無駄トスル所ノ者ハ実ハ開明ノ麗華ナリ」
◇やまなし文学賞（第29回/令2年/研究・評論部門）
「福地桜痴―無駄トスル所ノ者ハ実ハ開明ノ麗華ナリ」　ミネルヴァ書房　2020.10　393, 11p　20cm（ミネルヴァ日本評伝選）4200円　①978-4-623-09064-8

山田 孝　やまだ・たかし＊
3962　「追いかける瞳」
◇やまなし文学賞（第31回/令4年/青少年部門/やまなし文学賞青春賞）

山田 富士郎　やまだ・ふじろう＊
3963　「UFO」24首
◇短歌研究賞（第60回/令6年）

山田 牧　やまだ・ぼく＊
3964　「青き方舟」
◇日本詩歌句随筆評論大賞（第19回/令5年度/俳句部門/特別賞）
「青き方舟―第二句集」　ふらんす堂　2022.9　182p　19cm（磁石叢書 第1篇）2500円　①978-4-7814-1482-9

山田 康弘　やまだ・やすひろ＊
3965　「縄文時代の歴史」
◇古代歴史文化賞（第7回/令1年/優秀作品賞）
「縄文時代の歴史」　講談社　2019.1　325p　18cm（講談社現代新書）920円　①978-4-06-514368-1

山田 悠太朗　やまだ・ゆうたろう
3966　「美しいノイズ」
◇造本装幀コンクール（第55回/令3年/日本印刷産業連合会会長賞）
「美しいノイズ」　谷尻誠, 吉田愛著　主婦の友社　2021.10　925p　15cm　3800円　①978-4-07-441075-0

山田 夢子　やまだ・ゆめこ
3967　「人間社会」
◇新俳句人連盟賞（第48回/令2年/作品の部（俳句）/佳作4位）

山と渓谷社　やまとけいこくしゃ＊
3968　「日本人とエベレスト―植村直己から栗城史多まで」
◇梅棹忠夫・山と探検文学賞（第12回/令5年発表）
「日本人とエベレスト―植村直己から栗城史多まで」　山と渓谷社　2022.3　446p　19cm　2000円　①978-4-635-17210-3

山名 聡美　やまな・さとみ＊
3969　「いちじくの木」
◇日本詩歌句随筆評論大賞（第18回/令4年度/短歌部門/大賞）
「いちじくの木―歌集」　砂子屋書房　2021.12　160p　20cm　2500円　①978-4-7904-1809-2

山中 西放　やまなか・せいほう＊
　3970　「狼忌」
　　◇新俳句人連盟賞（第48回／令2年／作品の部（俳句）／佳作2位）

山中 真理子　やまなか・まりこ＊
　3971　「森のポスト」
　　◇森林（もり）のまち童話大賞（第7回／令4年／大賞）
　　「森のポストをあけてごらん」　山中真理子作，こがしわかおり絵　ポプラ社　2022.11　68p　22cm
　　　（本はともだち♪ 25）1200円　①978-4-591-17522-4
　　※受賞作を改題

山中 律雄　やまなか・りつゆう＊
　3972　「淡黄」
　　◇日本歌人クラブ賞（第50回／令5年）
　　「淡黄─山中律雄歌集」　現代短歌社　2022.9　197p　20cm（新運河叢書 第18篇）3000円　①978-4-86534-401-1

山西 亜樹　やまにし・あき
　3973　「物書きミーヒャの最高な物語」
　　◇えほん大賞（第25回／令5年／ストーリー部門／優秀賞）

山西 雅子　やまにし・まさこ＊
　3974　「雨滴」
　　◇星野立子賞・星野立子新人賞（第12回／令6年／星野立子賞）
　　「雨滴─句集」　角川文化振興財団，KADOKAWA（発売）　2023.1　181p　20cm　2700円　①978-4-04-884506-9

山根 息吹　やまね・いぶき＊
　3975　「人間漱石におけるケアの痕跡─その文学の和解の力」
　　◇三田文学新人賞（第30回／令6年／評論部門／佳作）

山根 貞男　やまね・さだお＊
　3976　「日本映画時評集成」全4巻
　　◇毎日出版文化賞（第78回／令6年／企画部門）
　　「日本映画時評集成　2000-2010」　国書刊行会　2012.1　467p　22cm 4200円　①978-4-336-05482-1
　　「日本映画時評集成　1976-1989」　国書刊行会　2016.2　553p　22cm 5400円　①978-4-336-05483-8
　　「日本映画時評集成　1990-1999」　国書刊行会　2018.4　418p　22cm 5000円　①978-4-336-05484-5
　　「日本映画時評集成　2011-2022」　国書刊行会　2024.7　538p　22cm 7200円　①978-4-336-07636-6

山猫軒従業員・黒猫　やまねこけんじゅうぎょういん・くろねこ＊
　3977　「ドリームダイバー」
　　◇坊っちゃん文学賞（第17回／令2年／大賞）
　　「夢三十夜」　「坊っちゃん文学賞」書籍編集委員会編　学研プラス　2021.6　330p　19cm（5分後の隣のシリーズ）1000円　①978-4-05-205425-9

山村 菜月　やまむら・なつき＊
　3978　「第三者視点」
　　◇せんだい短編戯曲賞（第9回／令6年／大賞）

山村 由紀　やまむら・ゆき＊
　3979　「呼」
　　◇日本詩歌句随筆評論大賞（第17回／令3年度／詩部門／土曜美術社賞）
　　「呼─山村由紀詩集」　草原詩社，人間社（発行所）　2021.2　90p　22cm　2000円　①978-4-908627-63-7

山本 泉　やまもと・いずみ＊
3981　「なすびはなに色？」
◇日産 童話と絵本のグランプリ（第36回/令1年度/童話の部/大賞）
「なすびは何色？」 山本泉作, 山田真奈未絵　BL出版　2020.12　〔32p〕　25cm　1300円　①978-4-7764-0986-1

山本 一生　やまもと・いっしょう＊
3981　「百閒、まだ死なざるや」
◇読売文学賞（第73回/令3年/評論・伝記賞）
「百閒、まだ死なざるや―内田百閒伝」　中央公論新社　2021.6　567p　20cm　3600円　①978-4-12-005439-6

山本 悦子　やまもと・えつこ＊
3982　「マスク越しのおはよう」
◇日本児童文学者協会賞（第63回/令5年）
「マスク越しのおはよう」 山本悦子著, 田中海帆絵　講談社　2022.9　300p　20cm　1600円　①978-4-06-528367-7

山本 かずこ　やまもと・かずこ＊
3983　「恰も魂あるものの如く」
◇丸山薫賞（第28回/令3年度）
「恰も魂あるものの如く」 ミッドナイト・プレス　2020.9　96p　21×14.8cm　①978-4-9079012-4-0

山本 紀美　やまもと・きみ＊
3984　「柿の木から来た道」
◇部落解放文学賞（第46回/令1年/識字部門/入選）

山本 咲子　やまもと・さきこ＊
3985　「女性非正規雇用者の生活の質評価―ケイパビリティ・アプローチによる実証研究」
◇昭和女子大学女性文化研究賞（坂東眞理子基金）（第16回/令5年度/女性文化研究奨励賞）
「女性非正規雇用者の生活の質評価―ケイパビリティ・アプローチによる実証研究」　明石書店　2023.11　217p　22cm　3600円　①978-4-7503-5668-6

山本 慎一　やまもと・しんいち
3986　「島の踊りを守りたい ―白石踊800年の伝統を受け継ぐ高校生たち」
◇子どものための感動ノンフィクション大賞（第10回/令6年/優良作品）

山本 卓卓　やまもと・すぐる＊
3987　「バナナの花は食べられる」
◇岸田國士戯曲賞（第66回/令4年）
「バナナの花は食べられる」　白水社　2022.5　190p　19cm　2200円　①978-4-560-09428-0

山本 崇一朗　やまもと・そういちろう＊
3988　「からかい上手の高木さん」
◇小学館漫画賞（第66回/令2年度/少年向け部門）
「からかい上手の高木さん　1～20」　小学館　2014.6～2024.1　18cm　（ゲッサン少年サンデーコミックススペシャル）

山本 高樹　やまもと・たかき＊
3989　「冬の旅―ザンスカール、最果ての谷へ」
◇斎藤茂太賞（第6回/令3年）
「冬の旅―ザンスカール、最果ての谷へ」 雷鳥社　2020.4　287p　19cm　1800円　①978-4-8441-3765-8

山本 貴之　やまもと・たかゆき＊
　3990　「紅珊瑚の島に浜茄子が咲く」
　　　◇日経小説大賞　（第15回／令5年）
　　　「紅珊瑚の島に浜茄子が咲く」　日経BP日本経済新聞出版, 日経BPマーケティング（発売）　2024.3
　　　　223p　20cm　1700円　①978-4-296-12001-7

ヤマモト　タケシ
　3991　「陰キャの僕にセフレがいる事をクラスの君達はまだ知らない」
　　　◇カクヨムWeb小説コンテスト　（第6回／令3年／ラブコメ部門／特別賞・ComicWalker
　　　　漫画賞）
　　　「冴えない僕が君の部屋でシている事をクラスメイトは誰も知らない」　KADOKAWA　2022.4　282p
　　　　15cm（角川スニーカー文庫）660円　①978-4-04-112424-6
　　　※受賞作を改題
　　　「冴えない僕が君の部屋でシている事をクラスメイトは誰も知らない　2」　KADOKAWA　2022.10
　　　　287p　15cm（角川スニーカー文庫）680円　①978-4-04-112882-4
　　　「冴えない僕が君の部屋でシている事をクラスメイトは誰も知らない　3」　KADOKAWA　2023.4
　　　　248p　15cm（角川スニーカー文庫）680円　①978-4-04-113545-7

山本 友美　やまもと・ともみ＊
　3992　「また「サランへ」を歌おうね」
　　　◇日本自費出版文化賞　（第23回／令2年／部門入賞／個人誌部門）
　　　「また「サランへ」を歌おうね」　花乱社　2014.6　352p　20cm　1800円　①978-4-905327-33-2

山本 典義　やまもと・のりよし＊
　3993　「山本典義写真集　軽トラ182の20-22」
　　　◇日本自費出版文化賞　（第26回／令5年／部門入賞／グラフィック部門）
　　　「山本典義写真集　軽トラ182の20-22」　春夏秋冬叢書　2022.11　15×21cm　2300円　①978-4-901835-
　　　　51-0

山本 博道　やまもと・はくどう＊
　3994　「夜のバザール」
　　　◇日本詩人クラブ賞　（第56回／令5年）
　　　「夜のバザール」　思潮社　2022.5　125p　22cm　2400円　①978-4-7837-3766-7

山本 博幸　やまもと・ひろゆき＊
　3995　「アゲハの記憶」
　　　◇岡山県「内田百閒文学賞」　（第17回／令5・6年度／優秀賞, 岡山商工会議所会頭賞）

やまもと ふみ
　3996　「リケジョとオカシな実験室」
　　　◇角川つばさ文庫小説賞　（第8回／令1年／一般部門／金賞）
　　　「理花のおかしな実験室　1〜13」　やまもとふみ作, nanao絵　KADOKAWA　2020.10〜2024.11
　　　　18cm（角川つばさ文庫）
　　　※受賞作を改題

山本 文緒　やまもと・ふみお＊
　3997　「自転しながら公転する」
　　　◇島清恋愛文学賞　（第27回／令2年）
　　　◇中央公論文芸賞　（第16回／令3年）
　　　◇本屋大賞　（第18回／令3年／5位）
　　　「自転しながら公転する」　新潮社　2020.9　478p　20cm　1800円　①978-4-10-308012-1
　　　「自転しながら公転する」　新潮社　2022.11　664p　16cm（新潮文庫）950円　①978-4-10-136063-8

山本 昌子　やまもと・まさこ＊
　3998　「城南理紗の心意地」
　　◇シナリオS1グランプリ（第38回/令2年春/奨励賞）
　3999　「摩耶ぎつね」
　　◇BKラジオドラマ脚本賞（第41回/令2年/最優秀賞）
　4000　「アモーレ、スクーザミ」
　　◇シナリオS1グランプリ（第40回/令3年春/準グランプリ）

山本 真由子　やまもと・まゆこ＊
　4001　「平安朝の序と詩歌―宴集文学攷―」
　　◇紫式部学術賞（第23回/令4年）
　　　「平安朝の序と詩歌―宴集文学攷」塙書房　2021.2　304,19p　22cm　9000円　①978-4-8273-0136-6

山本 美希＊
　4002　「かしこくて勇気ある子ども」
　　◇文化庁メディア芸術祭賞（第24回/令3年/優秀賞）
　　　「かしこくて勇気ある子ども」リイド社　2020.6　167p　24cm（torch comics）1800円　①978-4-8458-6061-6

山本 瑞　やまもと・みず
　4003　「おくさまのてぶくろ」
　　◇MOE創作絵本グランプリ（第12回/令5年/佳作）

山本 都　やまもと・みやこ
　4004　「でんでんでんせつ」
　　◇えほん大賞（第18回/令2年/絵本部門/優秀賞）

山本 裕子　やまもと・ゆうこ＊
　4005　「ねこに大判焼き」
　　◇アンデルセンのメルヘン大賞（第38回/令3年/一般部門/優秀賞）
　　　「アンデルセンのメルヘン文庫　第38集」アンデルセン・パン生活文化研究所　2021.10　83p　21×22cm（アンデルセンのメルヘン大賞受賞作品集 第38回）1000円
　　　※受賞作を収録

山本 嘉孝　やまもと・よしたか＊
　4006　「詩文と経世―幕府儒臣の十八世紀」
　　◇日本古典文学学術賞（第15回/令4年度）
　　　「詩文と経世―幕府儒臣の十八世紀」名古屋大学出版会　2021.10　421,7p　22cm　6300円　①978-4-8158-1043-6

山本 李奈　やまもと・りな＊
　4007　「5年4組失せもの係」
　　◇集英社みらい文庫大賞（第10回/令2年/優秀賞）

やまもと れいこ
　4008　「涙を流すキリン」
　　◇詩人会議新人賞（第56回/令4年/詩部門/佳作）

山森 宙史　やまもり・ひろし
　4009　「「コミックス」のメディア史―モノとしての戦後マンガとその行方」
　　◇日本出版学会賞（第41回/令1年度/奨励賞）
　　　「「コミックス」のメディア史―モノとしての戦後マンガとその行方」青弓社　2019.10　294p　19cm　2400円　①978-4-7872-3460-5

山夜 みい　やまや・みい＊
　4010　「落ちこぼれ猟理人、伝説になる」
　　◇講談社ラノベ文庫新人賞（第13回/令3年10月発表/佳作）
　　　「英雄失格者の魔獣グルメ」　講談社　2022.10　327p　15cm（講談社ラノベ文庫）700円　①978-4-06-528989-1
　　　※受賞作を改題

山脇 立嗣　やまわき・たつし＊
　4011　「恕 古河太四郎の青春」
　　◇部落解放文学賞（第49回/令4年/戯曲部門/部落解放文学賞）

弥生 小夜子　やよい・さよこ＊
　4012　「風よ僕らの前髪を」
　　◇鮎川哲也賞（第30回/令2年/優秀賞）
　　　「風よ僕らの前髪を」　東京創元社　2021.5　261p　20cm　1700円　①978-4-488-02837-4
　　　「風よ僕らの前髪を」　東京創元社　2024.5　312p　15cm（創元推理文庫）780円　①978-4-488-44121-0

夜来 風音　やらい・かざね＊
　4013　「大江戸しんぐらりてい」
　　◇創元SF短編賞（第11回/令2年/選考委員奨励賞）
　　　「新しい世界を生きるための14のSF」　芦沢央ほか著, 伴名練編　早川書房　2022.6　815p　16cm（ハヤカワ文庫 JA）1360円　①978-4-15-031519-1
　　　※受賞作を収録

陽越　やん・ゆえ＊
　4014　「行ったことのない街」
　　◇えほん大賞（第24回/令5年/絵本部門/特別賞）

【ゆ】

湯浅 真尋　ゆあさ・まひろ＊
　4015　「四月の岸辺」
　　◇群像新人文学賞（第63回/令2年/優秀作）
　　　「四月の岸辺」　講談社　2021.10　261p　20cm　1800円　①978-4-06-525148-5

yui/サウスのサウス
　4016　「悪役令嬢の父親に転生したので、妻と娘を溺愛します」
　　◇カクヨムWeb小説コンテスト（第7回/令4年/恋愛（ラブロマンス）部門/特別賞）
　　　「悪役令嬢の父親に転生したので、妻と娘を溺愛します」　KADOKAWA　2023.1　343p　19cm　1300円　①978-4-04-737345-7
　　　「悪役令嬢の父親に転生したので、妻と娘を溺愛します 2」　KADOKAWA　2023.7　355p　19cm　1350円　①978-4-04-737580-2
　　　「悪役令嬢の父親に転生したので、妻と娘を溺愛します 3」　KADOKAWA　2024.6　333p　19cm　1400円　①978-4-04-737982-4

悠井 すみれ　ゆい・すみれ＊
　4017　「ジャクリーンの腕」
　　◇カクヨムWeb小説短編賞（2018/平30年/短編賞）〈受賞時〉Veilchen
　4018　「魔女の弟子の密かな企み」

◇カクヨムWeb小説短編賞（2020/令2年/短編特別賞）〈受賞時〉Veilchen（悠井すみれ）

4019 「嫌われ聖女の癒し方」
　◇カクヨムWeb小説短編賞（2021/令3年/短編小説部門/短編特別賞）

4020 「太夫は羽化の時を待つ」
　◇ジャンプホラー小説大賞（第9回/令5年/特別賞）

4021 「花旦綺羅演戯 〜娘役者は後宮に舞う〜」
　◇カクヨムWeb小説コンテスト（第9回/令6年/ライト文芸部門/特別賞）

結川 衣都　ゆいかわ・いと　⇒ゆいっと

ゆいっと
4022 「スター☆ライト！」
　◇青い鳥文庫小説賞（第6回/令4年度/一般部門/大賞）〈受賞時〉結川 衣都
　　「スターライト！」ゆいっと作,魚師絵　講談社　2024.6　189p　18cm（講談社青い鳥文庫）800円
　　①978-4-06-535713-2

結城 真一郎　ゆうき・しんいちろう*
4023 「＃拡散希望」
　◇日本推理作家協会賞（第74回/令3年/短編部門）
　　「ザ・ベストミステリーズ―推理小説年鑑 2021」日本推理作家協会編,結城真一郎ほか著　講談社
　　2021.6　269p　19cm　1800円　①978-4-06-523419-8
　　※受賞作を収録
　　「＃真相をお話しします」新潮社　2022.6　218p　20cm　1550円　①978-4-10-352234-8
　　※受賞作を収録
　　「2021ザ・ベストミステリーズ」日本推理作家協会編,結城真一郎ほか著　講談社　2024.4　455p
　　15cm（講談社文庫）1050円　①978-4-06-535100-0
　　※「ザ・ベストミステリーズ 2021」（2021年刊）の改題、一部加筆修正
　　「＃真相をお話しします」新潮社　2024.7　269p　16cm（新潮文庫）590円　①978-4-10-103263-4

4024 「＃真相をお話しします」
　◇本屋大賞（第20回/令5年/10位）
　　「＃真相をお話しします」新潮社　2022.6　218p　20cm　1550円　①978-4-10-352234-8
　　「＃真相をお話しします」新潮社　2024.7　269p　16cm（新潮文庫）590円　①978-4-10-103263-4

夕木 春央　ゆうき・はるお*
4025 「方舟」
　◇本屋大賞（第20回/令5年/7位）
　　「方舟」講談社　2022.9　301p　19cm　1600円　①978-4-06-529268-6
　　「方舟」講談社　2024.8　402p　15cm（講談社文庫）830円　①978-4-06-535854-2

悠木 りん　ゆうき・りん*
4026 「フェイクタウン・ブルース」
　◇小学館ライトノベル大賞（第14回/令2年/優秀賞）
　　「このぬくもりを君と呼ぶんだ」小学館　2020.7　317p　15cm（ガガガ文庫）640円　①978-4-09-
　　451854-2
　　※受賞作を改題

優汰　ゆうた*
4027 「この恋、おくちにあいますか？」
　◇MF文庫Jライトノベル新人賞（第19回/令5年/佳作）〈受賞時〉改太
　　「この恋、おくちにあいますか？―優等生の白姫さんは問題児の俺と毎日キスしてる」KADOKAWA
　　2023.12　295p　15cm（MF文庫J）680円　①978-4-04-683152-1

「この恋、おくちにあいますか？　2」　KADOKAWA　2024.5　262p　15cm（MF文庫J）740円
①978-4-04-683478-2

弓狩 匡純　　ゆがり・まさずみ＊
4028　「平和のバトン―広島の高校生たちが描いた8月6日の記憶」
　　◇日本子どもの本研究会「作品賞」（第4回/令2年）
　　「平和のバトン―広島の高校生たちが描いた8月6日の記憶」　弓狩匡純著, 広島平和記念資料館協力　くもん出版　2019.6　159p　20cm　1500円　①978-4-7743-2777-8

遊川 ユウ　　ゆかわ・ゆう＊
4029　「ダンシング・プリズナー」
　　◇ノベル大賞（2020年/令2年/準大賞）
　　「ダンシング・プリズナー」　集英社　2020.12　267p　15cm（集英社オレンジ文庫）590円　①978-4-08-680358-8

雪　　ゆき＊
4030　「婚約破棄され捨てられる未来が待っているらしいので、令嬢やめることにしました」
　　◇カクヨムWeb小説コンテスト（第7回/令4年/恋愛（ラブロマンス）部門/特別賞）
　　「婚約破棄され捨てられるらしいので、軍人令嬢はじめます」　KADOKAWA　2023.8　277p　15cm（角川ビーンズ文庫）700円　①978-4-04-113591-4
　　「婚約破棄され捨てられるらしいので、軍人令嬢はじめます　2」　KADOKAWA　2024.10　286p　15cm（角川ビーンズ文庫）720円　①978-4-04-115444-1

ゆきかわ ゆう
4031　「アニマの肖像」
　　◇岡山県「内田百閒文学賞」（第16回/令3・4年度/最優秀賞）
　　「内田百閒文学賞受賞作品集―岡山県　第16回」　ゆきかわゆう, 鷲見京子, 須田地央著　大学教育出版　2023.3　139p　20cm　1200円　①978-4-86692-243-0

結城戸 悠　　ゆきど・ゆう
4032　「幽霊部員、かく語りき。」
　　◇ジャンプホラー小説大賞（第9回/令5年/銅賞）

雪ノ狐　　ゆきのきつね＊
4033　「貰った3つの外れスキル、合わせたら最強でした」
　　◇HJ小説大賞（第1回/令2年/2020後期）
　　「貰った三つの外れスキル、合わせたら最強でした　1」　ホビージャパン　2023.9　351p　19cm（HJ NOVELS）1350円　①978-4-7986-3272-8
　　「貰った三つの外れスキル、合わせたら最強でした　2」　ホビージャパン　2024.3　379p　19cm（HJ NOVELS）1350円　①978-4-7986-3411-1

雪村 勝久　　ゆきむら・かつひさ＊
4034　「ゲームショップ ポーン＆クイーンズ」
　　◇ジャンプ小説新人賞（'2018/平30年/小説フリー部門/銅賞）
4035　「リップノイズが聞こえる距離で」
　　◇ジャンプ恋愛小説大賞（第3回/令2年/銀賞）

雪柳 あうこ　　ゆきやなぎ・あうこ＊
4036　「五月の雪、八月の雲」
　　◇深大寺短編恋愛小説『深大寺恋物語』（第15回/令1年/調布市長賞）
　　※深大寺短編恋愛小説「深大寺恋物語」第十五集に収録
4037　「筆跡」
　　◇「詩と思想」新人賞（第29回/令2年）

「追伸、この先の地平より」　土曜美術社出版販売　2021.11　110p　22cm（詩と思想新人賞叢書 16）2000円　①978-4-8120-2652-6
※受賞作を収録

ゆげ
4038　「夜宵 〜トマトと卵のラーメン〜」
◇カクヨムWeb小説短編賞　（2023/令5年/短編小説部門/短編特別賞）

湯澤　規子　ゆざわ・のりこ＊
4039　「焼き芋とドーナツ―日米シスターフッド交流秘史」
◇河合隼雄学芸賞　（第12回/令6年）
「焼き芋とドーナツ―日米シスターフッド交流秘史」　KADOKAWA　2023.9　364p　20cm　2200円　①978-4-04-112649-3

柚子　ゆず
4040　「YOYOと」
◇創作ラジオドラマ大賞　（第51回/令4年/佳作）

柚木　理佐　ゆずき・りさ＊
4041　「花の姿」
◇深大寺短編恋愛小説『深大寺恋物語』　（第19回/令5年/最優秀賞）
※深大寺短編恋愛小説「深大寺恋物語」第十九集に収録

湯田　美帆　ゆだ・みほ＊
4042　「東京バナナ」
◇フジテレビヤングシナリオ大賞　（第32回/令2年/佳作）

ゆで魂　ゆでたま＊
4043　「親友だと思っていたクラスの王子様が実は女の子だった」
◇カクヨムWeb小説コンテスト　（第6回/令3年/ラブコメ部門/特別賞）

結乃　拓也　ゆの・たくや＊
4044　「一つ年上の美人先輩は俺だけを死ぬほど甘やかす。」
◇カクヨムWeb小説コンテスト　（第9回/令6年/ラブコメ（ライトノベル）部門/特別賞）〈受賞時〉結乃 拓也/ゆのや
「一つ年上で姉の友達の美人先輩は俺だけを死ぬほど甘やかす。」　KADOKAWA　2024.12　344p　15cm（富士見ファンタジア文庫）720円　①978-4-04-075733-9
※受賞作を改題

ufotable
4045　「劇場版 鬼滅の刃 無限列車編 ノベライズ みらい文庫版」
◇小学生がえらぶ！"こどもの本"総選挙　（第3回/令4年/第5位）
「劇場版 鬼滅の刃 無限列車編―ノベライズみらい文庫版」　吾峠呼世晴原作, ufotable脚本, 松田朱夏著　集英社　2020.10　229p　18cm（集英社みらい文庫）700円　①978-4-08-321603-9

湯舟　ヒノキ　ゆぶね・ひのき
4046　「君はポエマー」
◇全作家文学賞　（第16回/令2年度/文学奨励賞）

ゆみカタリーナ
4047　「まっしろドードー」
◇えほん大賞　（第23回/令4年/絵本部門/大賞）〈受賞時〉グドール 結実 カタリーナ
「まっしろドードー」　文芸社　2023.6　47p　19×19cm　1500円　①978-4-286-24267-5

ゆめある舎　ゆめあるしゃ

4048　「まだ未来」多和田葉子詩集
　◇造本装幀コンクール（第54回/令2年/審査員奨励賞）
　「まだ未来」　多和田葉子著　ゆめある舎　2019.11　17枚　21cm　5000円　①978-4-9907084-3-6

夢野　寧子　ゆめの・ねいこ*

4049　「ジューンドロップ」
　◇群像新人文学賞（第66回/令5年/当選作）
　「ジューンドロップ」　講談社　2023.7　150p　20cm　1500円　①978-4-06-532679-4

夢見　夕利　ゆめみ・ゆうり*

4050　「魔女に首輪は付けられない」
　◇電撃大賞〔電撃小説大賞〕（第30回/令5年/大賞）
　「魔女に首輪は付けられない」　KADOKAWA　2024.2　297p　15cm（電撃文庫）680円　①978-4-04-915525-9
　「魔女に首輪は付けられない　2」　KADOKAWA　2024.9　269p　15cm（電撃文庫）680円　①978-4-04-915700-0

夢見里　龍　ゆめみし・りゅう*

4051　「鶴に殉ず」
　◇カクヨムWeb小説短編賞（2021/令3年/短編小説部門/短編賞）

4052　「言の葉を喰む」
　◇カクヨムWeb小説短編賞（2023/令5年/短編小説部門/短編特別賞）

湯本　香樹実　ゆもと・かずみ*

4053　「橋の上で」
　◇日本絵本賞（第28回/令5年/日本絵本賞）
　「橋の上で」　湯本香樹実文,酒井駒子絵　河出書房新社　2022.9　26cm　1500円　①978-4-309-29208-3

【よ】

楊　美裕華　よう・ゆみか*

4054　「ざまぁおぼろげ」
　◇織田作之助賞（第36回/令1年度/織田作之助青春賞/奨励賞）

羊思　尚生　ようし・なおき*

4055　「朝比奈さんの弁当食べたい」
　◇HJ小説大賞（第1回/令2年/2020前期）
　「朝比奈さんの弁当食べたい　1」　ホビージャパン　2022.8　284p　15cm（HJ文庫）650円　①978-4-7986-2865-3
　「朝比奈さんの弁当食べたい　2」　ホビージャパン　2023.6　296p　15cm（HJ文庫）700円　①978-4-7986-3171-4

横尾　忠則　よこお・ただのり*

4056　「瀬戸内寂聴全集　第二十一巻」
　◇造本装幀コンクール（第56回/令4年/日本書籍出版協会理事長賞/語学・学参・辞事典・全集・社史・年史・自分史部門）
　「瀬戸内寂聴全集　21」　瀬戸内寂聴著　新潮社　2022.1　509p　20cm　7500円　①978-4-10-646421-8

横尾 千智　よこお・ちさと＊
4057　「ふぁってん！」
　　◇フジテレビヤングシナリオ大賞（第32回/令2年/佳作）

横田 明子　よこた・あきこ＊
4058　「聞かせて、おじいちゃん―原爆の語り部・森政忠雄さんの決意」
　　◇日本児童文芸家協会賞（第46回/令4年）
　　　「聞かせて、おじいちゃん―原爆の語り部・森政忠雄さんの決意」　横田明子著, 山田朗監修　国土社
　　　　2021.5　159p　20cm　1500円　①978-4-337-31012-4

横田 惇史　よこた・あつし
4059　「林由紀子作品集1997-2019 ペルセポネー回帰する植物の時間」
　　◇造本装幀コンクール（第54回/令2年/日本印刷産業連合会会長賞/印刷・製本特別賞）
　　　「林由紀子作品集：1997-2019 ペルセポネー回帰する植物の時間」　林由紀子著　レイミアプレス
　　　　2020.7　189p　23cm　36000円　①978-4-909796-02-8

横田 増生　よこた・ますお＊
4060　「潜入ルポ amazon帝国」
　　◇新潮ドキュメント賞（第19回/令2年）
　　　「潜入ルポamazon帝国」　小学館　2019.9　351p　19cm　1700円　①978-4-09-380110-2
　　　「潜入ルポアマゾン帝国の闇」　小学館　2022.8　451p　18cm　（小学館新書）　1200円　①978-4-09-825432-3
　　　※「潜入ルポamazon帝国」(2019年刊)の改題、加筆修正

横山 和江　よこやま・かずえ＊
4061　「目で見ることばで話をさせて」
　　◇日本子どもの本研究会「作品賞」（第7回/令5年）
　　　「目で見ることばで話をさせて」　アン・クレア・レゾット作, 横山和江訳　岩波書店　2022.4　309p
　　　　19cm　2100円　①978-4-00-116032-1

横山 拓也　よこやま・たくや＊
4062　「モモンバのくくり罠」
　　◇鶴屋南北戯曲賞（第27回/令5年度）

横山 起也　よこやま・たつや＊
4063　「編み物ざむらい」
　　◇日本歴史時代作家協会賞（第12回/令5年/文庫書き下ろし新人賞）
　　　「編み物ざむらい」　KADOKAWA　2022.12　329p　15cm　（角川文庫）　740円　①978-4-04-113103-9

横山 大朗　よこやま・ともあき＊
4064　「めはなみみくち」
　　◇えほん大賞（第25回/令5年/ストーリー部門/大賞）
　　　「めはなみみくち」　ホリナルミ絵, 横山大朗作　文芸社　2024.12　31p　25cm　1600円　①978-4-286-25474-6

横山 秀夫　よこやま・ひでお＊
4065　「ノースライト」
　　◇本屋大賞（第17回/令2年/4位）
　　　「ノースライト」　新潮社　2019.2　429p　20cm　1800円　①978-4-10-465402-4
　　　「ノースライト」　新潮社　2021.12　546p　16cm　（新潮文庫）　850円　①978-4-10-131673-4

横山 学　よこやま・まなぶ＊
4066　「非日常の空間」

◇随筆にっぽん賞（第11回/令3年/随筆にっぽん賞）

横山 未来子　よこやま・みきこ＊
4067　「とく来りませ」（歌集）
◇佐藤佐太郎短歌賞（第8回/令3年）
「とく来りませ─横山未来子歌集」砂子屋書房　2021.4　203p　20cm 3000円　①978-4-7904-1789-7

横山 ゆみ　よこやま・ゆみ
4068　「闇市カムバック」
◇詩人会議新人賞（第57回/令5年/詩部門/入選）

横槍 メンゴ　よこやり・めんご＊
4069　「【推しの子】」
◇マンガ大賞（2021/令3年/5位）
◇マンガ大賞（2022/令4年/8位）
「推しの子　1～16」赤坂アカ, 横槍メンゴ著　集英社　2020.7～2024.12　19cm（ヤングジャンプコミックス）

夜桜 ユノ　よざくら・ゆの＊
4070　「転生賢者の魔法教室」
◇カクヨムWeb小説短編賞（2023/令5年/短編小説部門/最多読者賞）

よしい かずみ
4071　「夜をあるく」
◇日本絵本賞（第27回/令4年/日本絵本賞翻訳絵本賞）
「夜をあるく」マリー・ドルレアン作, よしいかずみ訳　BL出版　2021.11　〔32p〕28cm 1600円　①978-4-7764-1031-7

義井 優　よしい・ゆう＊
4072　「子供おばさんとおばさん子供」
◇女による女のためのR-18文学賞（第22回/令5年/友近賞）
※「ゴーヤとチーズの精霊馬」に改題

吉岡 幸一　よしおか・こういち＊
4073　「名前」
◇詩人会議新人賞（第55回/令3年/詩部門/入選）

吉兼 茅　よしがね・ちがや　⇒有田 くもい（ありた・くもい）

吉川 一義　よしかわ・かずよし＊
4074　「失われた時を求めて」全14巻（マルセル・プルースト著）
◇小西財団日仏翻訳文学賞（第26回/令3年/日本語訳/特別賞）
「失われた時を求めて　1～14」プルースト作, 吉川一義訳　岩波書店　2010.11～2019.11　15cm（岩波文庫）

吉川 長命　よしかわ・ちょうめい＊
4075　「農福連携の隅っこから」
◇部落解放文学賞（第49回/令4年/詩部門/佳作）

吉川 トリコ　よしかわ・とりこ＊
4076　「余命一年、男をかう」
◇島清恋愛文学賞（第28回/令3年）
「余命一年、男をかう」講談社　2021.7　315p　19cm 1500円　①978-4-06-523814-1
「余命一年、男をかう」講談社　2024.5　364p　15cm（講談社文庫）790円　①978-4-06-533544-4

吉川　永青　よしかわ・ながはる＊
　4077　「高く翔べ 快商・紀伊國屋文左衛門」
　　　◇日本歴史時代作家協会賞（第11回／令4年／作品賞）
　　　　「高く翔べ―快商・紀伊國屋文左衛門」　中央公論新社　2022.5　371p　20cm　1900円　①978-4-12-005537-9

吉川　宏志　よしかわ・ひろし＊
　4078　「石蓮花」
　　　◇芸術選奨（第70回／令1年度／文学部門／文部科学大臣賞）
　　　◇齋藤茂吉短歌文学賞（第31回／令1年）
　　　　「石蓮花―歌集」　書肆侃侃房　2019.3　141p　20cm（現代歌人シリーズ 26）2000円　①978-4-86385-355-3
　4079　「雪の偶然」
　　　◇迢空賞（第58回／令6年）
　　　　「雪の偶然―歌集」　現代短歌社　2023.3　239p　20cm（塔21世紀叢書 第427篇）2700円　①978-4-86534-422-6

吉川　結衣　よしかわ・ゆい＊
　4080　「赤とんぼ」
　　　◇文芸社文庫NEO小説大賞（第1回／平30年／大賞）
　　　　「あかね色の空に夢をみる」　文芸社　2019.1　192p　15cm（〔文芸社文庫NEO〕）600円　①978-4-286-20010-1
　　　　※受賞作を改題

吉﨑　和美　よしざき・かずみ＊
　4081　「海辺でカニを探す図鑑―天草のカニ類144種の名前と特徴が写真でわかる」
　　　◇日本自費出版文化賞（第26回／令5年／特別賞／グラフィック部門）
　　　　「海辺でカニを探す図鑑―天草のカニ類144種の名前と特徴が写真でわかる」　22世紀アート　2022.11　232p　26cm　2400円　①978-4-86726-888-9

よしざき　かんな
　4082　「カミナリさんのいたずら」
　　　◇えほん大賞（第25回／令5年／「サンシャインシティ 絵本の森」賞）

吉澤　康子　よしざわ・やすこ＊
　4083　「あの本は読まれているか」
　　　◇本屋大賞（第18回／令3年／翻訳小説部門／3位）
　　　　「あの本は読まれているか」　ラーラ・プレスコット著，吉澤康子訳　東京創元社　2020.4　443p　19cm　1800円　①978-4-488-01102-4
　　　　「あの本は読まれているか」　ラーラ・プレスコット著，吉澤康子訳　東京創元社　2022.8　522p　15cm（創元推理文庫）1200円　①978-4-488-27007-0

よしだ　あきひろ
　4084　「Dive」
　　　◇「日本の劇」戯曲賞（2024／令6年／佳作）

吉田　恵里香　よしだ・えりか＊
　4085　「恋せぬふたり」（ドラマ）
　　　◇向田邦子賞（第40回／令3年度）
　　　　「恋せぬふたり」　NHK出版　2022.4　309p　19cm　1600円　①978-4-14-005723-0

吉田　勝信　よしだ・かつのぶ
　4086　「不安定をデザインする 22人の採集インクとそのレシピ」
　　　◇造本装幀コンクール（第57回／令5年／審査員奨励賞）

「不安定をデザインする―22人の採集インクとそのレシピ」 InkBook制作委員会　SPCS　2023.10　111p　26cm

吉田 克則　よしだ・かつのり＊
4087　「紙飛行機の手紙」
◇ENEOS童話賞（第51回/令2年度/一般の部/優秀賞）
※「童話の花束 その51」に収録

吉田 詩織　よしだ・しおり＊
4088　「バニラ、ストロベリー、それからチョコレート」
◇舟橋聖一顕彰青年文学賞（第35回/令5年/優秀作品）

吉田 修一　よしだ・しゅういち＊
4089　「ミス・サンシャイン」
◇島清恋愛文学賞（第29回/令4年）
「ミス・サンシャイン」　文藝春秋　2022.1　281p　20cm　1600円　①978-4-16-391487-9

吉田 祥子　よしだ・しょうこ＊
4090　「しなやかな線」
◇日本詩歌句随筆評論大賞（第20回/令6年度/俳句部門/優秀賞）
「しなやかな線―句集」　文學の森　2023.5　201p　19cm　2500円　①978-4-86737-156-5

吉田 千亜　よしだ・ちあ＊
4091　「孤塁 双葉郡消防士たちの 3・11」
◇講談社 本田靖春ノンフィクション賞（第42回/令2年）
「孤塁―双葉郡消防士たちの3・11」　岩波書店　2020.1　211p　19cm　1800円　①978-4-00-022969-2
「孤塁―双葉郡消防士たちの3・11」　岩波書店　2023.1　261p　15cm　（岩波現代文庫）　1000円　①978-4-00-603333-0

吉田 哲二　よしだ・てつじ＊
4092　「鍔焦がす」
◇星野立子賞・星野立子新人賞（第9回/令3年/星野立子新人賞）

吉田 初美　よしだ・はつみ
4093　「その時自分は」
◇随筆にっぽん賞（第14回/令6年/随筆にっぽん賞）

吉田 晴子　よしだ・はるこ
4094　「望亀浮木」
◇シナリオS1グランプリ（第40回/令3年春/奨励賞）

吉田 与志也　よしだ・よしや＊
4095　「信仰と建築の冒険 ―ヴォーリズと共鳴者たちの軌跡―」
◇地方出版文化功労賞（第33回/令2年/功労賞）
「信仰と建築の冒険―ヴォーリズと共鳴者たちの軌跡」　サンライズ出版　2019.5　455p　20cm　2800円　①978-4-88325-660-0

吉田 葎　よしだ・りつ＊
4096　「通ります」
◇俳壇賞（第35回/令2年）

吉田 林檎　よしだ・りんご＊
4097　「スカラ座」
◇日本詩歌句随筆評論大賞（第16回/令2年度/俳句部門/奨励賞）

「スカラ座―吉田林檎句集」　ふらんす堂　2019.8　196p　19cm（知音青炎叢書 14）2100円　①978-4-7814-1206-1

ヨシタケ シンスケ

4098　「ころべばいいのに」
　◇けんぶち絵本の里大賞（第30回/令2年度/絵本の里大賞）
　　「ころべばいいのに」　ブロンズ新社　2019.6　27cm　1400円　①978-4-89309-660-9

4099　「わたしのわごむはわたさない」
　◇けんぶち絵本の里大賞（第30回/令2年度/びばからす賞）
　　「わたしのわごむはわたさない」　PHP研究所　2019.11　〔48p〕　17×17cm　1000円　①978-4-569-78900-2

4100　「ねぐせのしくみ」
　◇けんぶち絵本の里大賞（第31回/令3年度/絵本の里大賞）
　　「ねぐせのしくみ」　ブロンズ新社　2020.7　19×23cm　980円　①978-4-89309-675-3

4101　「あきらがあけてあげるから」
　◇けんぶち絵本の里大賞（第32回/令4年度/絵本の里大賞）
　　「あきらがあけてあげるから」　PHP研究所　2021.4　〔48p〕　17×17cm　1000円　①978-4-569-78993-4

4102　「りゆうがあります」
　◇小学生がえらぶ！"こどもの本"総選挙（第3回/令4年/第7位）
　　「りゆうがあります」　PHP研究所　2015.3　〔32p〕　26cm（わたしのえほん）1300円　①978-4-569-78460-1

4103　「かみはこんなに くちゃくちゃだけど」
　◇けんぶち絵本の里大賞（第33回/令5年度/絵本の里大賞）
　　「かみはこんなにくちゃくちゃだけど」　白泉社　2022.4　16×16cm（MOEのえほん）1000円　①978-4-592-76300-0

4104　「あるかしら書店」
　◇小学生がえらぶ！"こどもの本"総選挙（第2回/令2年/第2位）
　◇小学生がえらぶ！"こどもの本"総選挙（第3回/令4年/第3位）
　◇小学生がえらぶ！"こどもの本"総選挙（第4回/令6年/第4位）
　　「あるかしら書店」　ポプラ社　2017.6　102p　21cm　1200円　①978-4-591-15444-1

4105　「一年一組 せんせいあのね こどものつぶやきセレクション」
　◇けんぶち絵本の里大賞（第34回/令6年度/びばからす賞）
　　「一年一組せんせいあのね―こどものつぶやきセレクション」　鹿島和夫選, ヨシタケシンスケ絵　理論社　2023.5　111p　18×19cm　1500円　①978-4-652-20548-8

4106　「りんごかもしれない」
　◇小学生がえらぶ！"こどもの本"総選挙（第2回/令2年/第3位）
　◇小学生がえらぶ！"こどもの本"総選挙（第3回/令4年/第4位）
　◇小学生がえらぶ！"こどもの本"総選挙（第4回/令6年/第1位）
　　「りんごかもしれない」　ブロンズ新社　2013.4　27cm　1400円　①978-4-89309-562-6

Yoshitoshi

4107　「なりたくないウィンナー」
　◇えほん大賞（第17回/令1年/ストーリー部門/優秀賞）

よしなが ふみ

4108　「大奥」
　◇芸術選奨（第72回/令3年度/メディア芸術部門/文部科学大臣新人賞）
　◇日本SF大賞（第42回/令3年）
　　「大奥　第1巻～第19巻」　白泉社　2005.10～2021.3　19cm（Jets comics）

4109 「きのう何食べた？」
　◇芸術選奨（第72回/令3年度/メディア芸術部門/文部科学大臣新人賞）
　　「きのう何食べた？　1～23」　講談社　2007.11～2024.9　19cm（モーニングKC）

4110 「環と周」
　◇マンガ大賞（2024/令6年/8位）
　　「環と周」　集英社　2023.10　217p　19cm（マーガレットコミックス）　680円　①978-4-08-844839-8

吉成　正士　よしなり・ただし＊

4111 「光跡♯ボクらの島の」
　◇部落解放文学賞（第48回/令3年/小説部門/佳作）

4112 「おかえり」
　◇部落解放文学賞（第50回/令5年/小説部門/佳作）

吉野　なみ　よしの・なみ＊

4113 「時の欠片が落ちるとき」
　◇青い鳥文庫小説賞（第6回/令4年度/U-15部門/佳作）

吉野　憂　よしの・ゆう＊

4114 「学校一の美少女たちに告白されたけど嬉しくないし正直なところ迷惑でしかない」
　◇小学館ライトノベル大賞（第16回/令4年/優秀賞）　〈受賞時〉憂井　ヨシノ
　　「最強にウザい彼女の、明日から使えるマウント教室（レッスン）」　小学館　2022.8　356p　15cm（ガガガ文庫）　660円　①978-4-09-453087-2
　　※受賞作を改題
　　「最強にウザい彼女の、明日から使えるマウント教室（レッスン）　2」　小学館　2023.1　277p　15cm（ガガガ文庫）　740円　①978-4-09-453108-4
　　「最強にウザい彼女の、明日から使えるマウント教室（レッスン）　3」　小学館　2023.5　243p　15cm（ガガガ文庫）　720円　①978-4-09-453124-4

吉原　文音　よしはら・あやね＊

4115 「海を詩に」
　◇日本詩歌句随筆評論大賞（第18回/令4年度/俳句部門/奨励賞）
　　「海を詩に一句集」　東京四季出版　2021.11　187p　19cm（シリーズ縁2）　2700円　①978-4-8129-1047-4

由原　かのん　よしはら・かのん＊

4116 「首侍」
　◇オール讀物新人賞（第99回/令1年）
　　「首ざむらい―世にも愉快な江戸物語」　文藝春秋　2022.11　302p　20cm　1800円　①978-4-16-391628-2

吉原　達之　よしはら・たつゆき

4117 「ふなめし、いただきます」
　◇家の光童話賞（第35回/令2年度/家の光童話賞）

吉原　真里　よしはら・まり＊

4118 「親愛なるレニー　レナード・バーンスタインと戦後日本の物語」
　◇河合隼雄物語賞（第11回/令5年度）
　◇日本エッセイスト・クラブ賞（第71回/令5年）
　　「親愛なるレニー―レナード・バーンスタインと戦後日本の物語」　アルテスパブリッシング　2022.10　427, 15p　20cm　2500円　①978-4-86559-265-8

ヨシビロコウ
 4119　「グッドモーニング・ワイズマン」
  ◇角川文庫キャラクター小説大賞（第8回/令4年/優秀賞）
   「狼刑事と目覚めの賢者―警視庁魔獣対策室」　KADOKAWA　2023.5　251p　15cm（角川文庫）
   660円　①978-4-04-113596-9
   ※受賞作を改題

吉増　剛造　よします・ごうぞう＊
 4120　「Voix」
  ◇西脇順三郎賞（第1回/令4年/詩集の部/西脇順三郎賞）
   「Voix」　思潮社　2021.10　107p　27cm　2800円　①978-4-7837-3776-6

吉村　昭　よしむら・あきら＊
 4121　「破船」
  ◇本屋大賞（第19回/令4年/発掘部門/超発掘本！）
   「破船」　筑摩書房　1982.2　196p　20cm　980円
   「破船」　新潮社　1985.3　227p　15cm（新潮文庫）360円　①4-10-111718-7

吉本　ばなな　よしもと・ばなな＊
 4122　「ミトンとふびん」
  ◇谷崎潤一郎賞（第58回/令4年）
   「ミトンとふびん」　新潮社　2021.12　253p　17cm　1600円　①978-4-10-383412-0
   「ミトンとふびん」　幻冬舎　2024.2　262p　16cm（幻冬舎文庫）630円　①978-4-344-43363-2

吉本　素子　よしもと・もとこ＊
 4123　「ルネ・シャール全集」
  ◇日本翻訳文化賞（第57回/令2年度）
   「ルネ・シャール全集」　ルネ・シャール著, 吉本素子訳　青土社　2020.5　958p　23cm　12000円
   ①978-4-7917-7263-6

よしやま　けいこ
 4124　「ねこのぶどうさんやさん」
  ◇絵本テキスト大賞（第12回/令1年/Bグレード/優秀賞）

義若　ユウスケ　よしわか・ゆうすけ＊
 4125　「つめたい季節」
  ◇部落解放文学賞（第46回/令1年/詩部門/佳作）

四辻　いそら　よつつじ・いそら＊
 4126　「お侍さんは異世界でもあんまり変わらない」
  ◇カクヨムWeb小説コンテスト（第7回/令4年/異世界ファンタジー部門/特別賞・
   ComicWalker漫画賞）〈受賞時〉上下左右
   「サムライ転移―お侍さんは異世界でもあんまり変わらない　1」　四辻いそら著　KADOKAWA
   2023.2　322p　19cm（MFブックス）1300円　①978-4-04-682199-7
   ※受賞作を改題
   「サムライ転移―お侍さんは異世界でもあんまり変わらない　2」　四辻いそら著　KADOKAWA
   2023.8　270p　19cm（MFブックス）1400円　①978-4-04-682760-9
   「サムライ転移―お侍さんは異世界でもあんまり変わらない　3」　四辻いそら著　KADOKAWA
   2024.9　272p　19cm（MFブックス）1400円　①978-4-04-683374-7

四辻　さつき　よつつじ・さつき＊
 4127　「同人イベントに行きたすぎて託児所を作りました」
  ◇カクヨムWeb小説短編賞（2021/令3年/実話・エッセイ・体験談部門/短編特別賞）

四葉 夕ト　よつば・ゆうと＊
　4128　「転生七女ではじめる異世界ライフ ～万能魔力があれば貴族社会も余裕で生きられると聞いたのですが?!～」
　　　◇カクヨムWeb小説コンテスト（第5回/令2年/異世界ファンタジー部門/大賞）
　　　「転生七女ではじめる異世界ライフ―万能魔力があれば貴族社会も余裕で生きられると聞いたのですが?!」KADOKAWA　2020.12　348p　19cm　1200円　Ⓘ978-4-04-736446-2
　　　「転生七女ではじめる異世界ライフ　2　万能魔力があれば学院生活も余裕で送れると思ったのですが?!」KADOKAWA　2021.6　357p　19cm　1300円　Ⓘ978-4-04-736683-1

四谷軒　よつやけん＊
　4129　「きょうを読む人」
　　　◇カクヨムWeb小説短編賞（2021/令3年/短編小説部門/短編特別賞）

與那覇 潤　よなは・じゅん＊
　4130　「心を病んだらいけないの？―うつ病社会の処方箋―」
　　　◇小林秀雄賞（第19回/令2年）
　　　「心を病んだらいけないの？―うつ病社会の処方箋」斎藤環,與那覇潤著　新潮社　2020.5　297p　20cm（新潮選書）1450円　Ⓘ978-4-10-603855-6

与那覇 幹夫　よなは・みきお＊
　4131　「時空の中洲で」
　　　◇三好達治賞（第15回/令1年度）
　　　「時空の中洲で―与那覇幹夫詩集」あすら舎,琉球プロジェクト（発売）　2019.10　92p　21cm　1500円　Ⓘ978-4-908900-10-5

米澤 穂信　よねざわ・ほのぶ＊
　4132　「黒牢城」
　　　◇直木三十五賞（第166回/令3年下）
　　　◇山田風太郎賞（第12回/令3年）
　　　◇本格ミステリ大賞（第22回/令4年/小説部門）
　　　◇本屋大賞（第19回/令4年/9位）
　　　「黒牢城」KADOKAWA　2021.6　445p　20cm　1600円　Ⓘ978-4-04-111393-6
　　　「黒牢城」KADOKAWA　2024.6　523p　15cm（角川文庫）960円　Ⓘ978-4-04-114722-1

米津 篤八　よねず・とくや＊
　4133　「不便なコンビニ」
　　　◇本屋大賞（第21回/令6年/翻訳小説部門/3位）
　　　「不便なコンビニ」キムホヨン著,米津篤八訳　小学館　2023.6　287p　19cm　1600円　Ⓘ978-4-09-356746-6

米山 柊作　よねやま・しゅうさく＊
　4134　「畜ケルベロス談」
　　　◇やまなし文学賞（第31回/令4年/青少年部門/やまなし文学賞青春賞佳作）

米山 菜津子　よねやま・なつこ
　4135　「MITTAN 1」
　　　◇造本装幀コンクール（第57回/令5年/審査員奨励賞）
　　　「MITTAN　1」MITTAN文章,鈴木良写真,ダニエル・アビー翻訳　スレッドルーツ　2023.9　29cm

米山 真由　よねやま・まゆ
　4136　「恋する姫星美人」
　　　◇深大寺短編恋愛小説『深大寺恋物語』（第18回/令4年/審査員特別賞）
　　　※深大寺短編恋愛小説「深大寺恋物語」第十八集に収録

詠井 晴佳　よみい・はるか＊
　4137　「おやすみ、あの日の変われない花」
　　◇小学館ライトノベル大賞（第17回/令5年/優秀賞）
　　　「いつか憧れたキャラクターは現在使われておりません。」小学館　2023.7　343p　15cm（ガガガ文庫）780円　①978-4-09-453133-6
　　　※受賞作を改題

読売新聞東京本社　よみうりしんぶんとうきょうほんしゃ＊
　4138　「特別展「毒」公式図録」
　　◇造本装幀コンクール（第56回/令4年/日本製紙連合会賞）
　　　「毒―特別展」国立科学博物館,読売新聞社編集　読売新聞社,フジテレビジョン　〔2022〕180p　24cm

夜迎 樹　よむかえ・いつき＊
　4139　「召喚学園の生徒だけど守護獣が異形すぎて邪教徒だと疑われています」
　　◇ファンタジア大賞（第37回/令6年/大賞+アンバサダー特別賞）

蓬田 紀枝子　よもぎだ・きえこ＊
　4140　「黒き蝶」
　　◇俳句四季大賞（令2年/第19回 俳句四季大賞）
　　　「黒き蝶―句集」朔出版　2019.11　185p　19cm　2500円　①978-4-908978-30-2

夜野 いと　よるの・いと＊
　4141　「夜もすがら青春噺し」
　　◇電撃大賞〔電撃小説大賞〕（第28回/令3年/選考委員奨励賞）
　　　「夜もすがら青春噺し」KADOKAWA　2022.3　279p　15cm（メディアワークス文庫）660円　①978-4-04-914236-5
　4142　「恋をするなら、きみとふたりで。」
　　◇青い鳥文庫小説賞（第7回/令5年度/一般部門/金賞）

夜ノ鮪　よるのまぐろ　⇒香坂 鮪（こうさか・まぐろ）

萬鉄五郎記念美術館　よろずてつごろうきねんびじゅつかん＊
　4143　「Caféモンタン― 一九六〇年代盛岡の熱きアート基地」
　　◇地方出版文化功労賞（第36回/令5年/奨励賞）
　　　「Caféモンタン― 一九六〇年代盛岡の熱きアート基地」萬鉄五郎記念美術館,平澤広,五十嵐佳乙子,高橋峻編集・制作　杜陵高速印刷出版部　2022.3　320p　21cm　2500円　①978-4-88781-142-3

【ら】

楽山　らくざん＊
　4144　「俺の召喚獣、死んでる」
　　◇カクヨムWeb小説コンテスト（第6回/令3年/異世界ファンタジー部門/特別賞・ComicWalker漫画賞）
　　　「俺の召喚獣、死んでる」KADOKAWA　2022.2　349p　15cm（富士見ファンタジア文庫）700円　①978-4-04-074445-2

ラグト
　4145　「視える彼女は教育係」
　　◇最恐小説大賞（第2回/令1年/連作短編賞）

「視える彼女は教育係」　竹書房　2021.5　270p　19cm 1500円　①978-4-8019-2658-5

羅田　灯油　　らた・とうゆ＊
4146　「ストロベリィ・チョコレヱト・カァニバル」
　◇カクヨムWeb小説コンテスト（第9回／令6年／現代ファンタジー部門／特別審査員賞）

ラマンおいどん
4147　「妹が女騎士学園に入学したらなぜか救国の英雄になりました。ぼくが。」
　◇カクヨムWeb小説コンテスト（第7回／令4年／異世界ファンタジー部門／特別賞）
　「妹が女騎士学園に入学したらなぜか救国の英雄になりました。ぼくが。〔1〕～6」　KADOKAWA　2022.9～2024.9　15cm（富士見ファンタジア文庫）

λμ
4148　「バイバイ、青春。」
　◇カクヨムWeb小説短編賞（2020／令2年／短編特別賞）

藍銅　ツバメ　　らんどう・つばめ＊
4149　「鯉姫婚姻譚」
　◇日本ファンタジーノベル大賞（2021／令3年）
　「鯉姫婚姻譚」　新潮社　2022.6　230p　20cm 1600円　①978-4-10-354661-0

【り】

李　琴峰　　り・ことみ＊
4150　「ポラリスが降り注ぐ夜」
　◇芸術選奨（第71回／令2年度／文学部門／文部科学大臣新人賞）
　「ポラリスが降り注ぐ夜」　筑摩書房　2020.2　265p　20cm 1600円　①978-4-480-80492-1
　「ポラリスが降り注ぐ夜」　筑摩書房　2022.6　296p　15cm（ちくま文庫）780円　①978-4-480-43824-9
4151　「彼岸花が咲く島」
　◇芥川龍之介賞（第165回／令3年上）
　「彼岸花が咲く島」　文藝春秋　2021.6　188p　20cm 1750円　①978-4-16-391390-2
　「彼岸花が咲く島」　文藝春秋　2024.7　207p　16cm（文春文庫）720円　①978-4-16-792246-7

リカチ
4152　「星降る王国のニナ」
　◇講談社漫画賞（第46回／令4年／少女部門）
　「星降る王国のニナ　1～15」　講談社　2020.3～2024.11　18cm（BE LOVE KC）

リゲット，キム
4153　「グレイス・イヤー　少女たちの聖域」
　◇本屋大賞（第20回／令5年／翻訳小説部門／3位）
　「グレイス・イヤー―少女たちの聖域」　キム・リゲット著，堀江里美訳　早川書房　2022.11　485p　19cm 2000円　①978-4-15-210183-9

りす　りすこ
4154　「まんまる黒にゃん」
　◇〔日本児童文芸家協会〕創作コンクールつばさ賞（第19回／令2年／童話部門／佳作）

リービ 英雄　りーび・ひでお＊
　4155　「天路」
　　　◇野間文芸賞　(第74回/令3年)
　　　　「天路」　講談社　2021.8　189p　20cm　1700円　①978-4-06-524375-6

劉 慈欣　りゅう・じきん＊
　4156　「三体」
　　　◇星雲賞　(第51回/令2年/海外長編部門(小説))
　　　◇本屋大賞　(第17回/令2年/翻訳小説部門/3位)
　　　　「三体」　劉慈欣著, 大森望, 光吉さくら, ワンチャイ訳, 立原透耶監修　早川書房　2019.7　447p　20cm　1900円　①978-4-15-209870-2
　　　　「三体」　劉慈欣著, 大森望, 光吉さくら, ワンチャイ訳, 立原透耶監修　早川書房　2024.2　633p　16cm　(ハヤカワ文庫 SF)　1100円　①978-4-15-012434-2
　4157　「三体Ⅱ 黒暗森林」
　　　◇星雲賞　(第52回/令3年/海外長編部門(小説))
　　　　「三体　2　黒暗森林　上」　大森望, 立原透耶, 上原かおり, 泊功訳　早川書房　2020.6　335p　20cm　1700円　①978-4-15-209948-8
　　　　「三体　2　黒暗森林　下」　大森望, 立原透耶, 上原かおり, 泊功訳　早川書房　2020.6　348p　20cm　1700円　①978-4-15-209949-5
　　　　「三体　2　黒暗森林　上」　大森望〔ほか〕訳　早川書房　2024.4　478p　16cm　(ハヤカワ文庫 SF)　1000円　①978-4-15-012442-7
　　　　「三体　2　黒暗森林　下」　大森望〔ほか〕訳　早川書房　2024.4　505p　16cm　(ハヤカワ文庫 SF)　1000円　①978-4-15-012443-4
　4158　「流浪地球」
　　　◇星雲賞　(第54回/令5年/海外短編部門(小説))
　　　　「流浪地球」　劉慈欣著, 大森望, 古市雅子訳　KADOKAWA　2022.9　309p　20cm　2000円　①978-4-04-065993-0
　　　　「流浪地球」　劉慈欣著, 大森望, 古市雅子訳　KADOKAWA　2024.1　305p　15cm　(角川文庫)　1200円　①978-4-04-114557-9

柳之助　りゅうのすけ＊
　4159　「バケモノのきみに告ぐ、」
　　　◇電撃大賞〔電撃小説大賞〕　(第30回/令5年/銀賞)
　　　　「バケモノのきみに告ぐ、」　KADOKAWA　2024.5　351p　15cm　(電撃文庫)　700円　①978-4-04-915529-7
　　　　「バケモノのきみに告ぐ、　2」　KADOKAWA　2024.10　309p　15cm　(電撃文庫)　740円　①978-4-04-915979-0

りょうけん まりん
　4160　「大ちゃん、ごめんね」(短編)
　　　◇「日本児童文学」投稿作品賞　(第14回/令4年/入選)

両生類 かえる　りょうせいるい・かえる＊
　4161　「泥帽子」
　　　◇MF文庫Jライトノベル新人賞　(第17回/令3年/最優秀賞)
　　　　「海鳥東月の『でたらめ』な事情」　KADOKAWA　2021.11　327p　15cm　(MF文庫J)　660円　①978-4-04-680912-4
　　　　※受賞作を改題
　　　　「海鳥東月の『でたらめ』な事情　2」　KADOKAWA　2022.4　327p　15cm　(MF文庫J)　660円　①978-4-04-681364-0
　　　　「海鳥東月の『でたらめ』な事情　3」　KADOKAWA　2022.9　327p　15cm　(MF文庫J)　680円　①978-4-04-681749-5
　　　　「海鳥東月の『でたらめ』な事情　4」　KADOKAWA　2023.3　327p　15cm　(MF文庫J)　700円　①978-4-04-682214-7

リリア
　4162　「あおいアヒル」
　　◇産経児童出版文化賞　(第67回/令2年/翻訳作品賞)
　　　「あおいアヒル」　リリア　さく, 前田まゆみ　やく　主婦の友社　2019.10　〔48p〕　20×25cm　1300円
　　　①978-4-07-439776-1

リルキャリコ
　4163　「リルとプクリの「たびだち」」
　　◇えほん大賞　(第20回/令3年/絵本部門/特別賞)

林　柏和　　りん・かしわ＊
　4164　「睡蓮の横顔」
　　◇京都文学賞　(第4回/令4・5年度/海外部門/優秀賞)

林　茜茜　　りん・せんせん＊
　4165　「谷崎潤一郎と中国」
　　◇日本比較文学会賞　(第29回/令6年)
　　　「谷崎潤一郎と中国」　田畑書店　2022.12　263p　20cm　2000円　①978-4-8038-0406-5

琳太　　りんた＊
　4166　「学校に内緒でダンジョンマスターになりました。」
　　◇カクヨムWeb小説コンテスト　(第6回/令3年/現代ファンタジー部門/特別賞)
　　　「学校に内緒でダンジョンマスターになりました。」　KADOKAWA　2022.1　307p　15cm　(ファミ通文庫)　680円　①978-4-04-736904-7

【る】

流庵　　るあん＊
　4167　「糸を紡ぐ転生者」
　　◇カクヨムWeb小説コンテスト　(第8回/令5年/異世界ファンタジー部門/特別賞)
　　　「糸を紡ぐ転生者」　KADOKAWA　2024.8　392p　19cm　1350円　①978-4-04-737816-2

留周　　るしゅう＊
　4168　「見えないわたし」
　　◇ちよだ文学賞　(第18回/令5年/千代田賞)
　　　※「ちよだ文学賞作品集　第18回」(千代田区地域振興部文化振興課　2023年10月発行)に収録

瑠芙菜　　るふな
　4169　「ボタンホールと金魚」
　　◇深大寺短編恋愛小説『深大寺恋物語』　(第17回/令3年/深大寺そば組合賞)
　　　※深大寺短編恋愛小説『深大寺恋物語』第十七集に収録

【れ】

レイミア プレス
　4170　「林由紀子作品集1997-2019 ペルセポネ―回帰する植物の時間」

◇造本装幀コンクール（第54回／令2年／日本印刷産業連合会会長賞／印刷・製本特別賞）
「林由紀子作品集：1997-2019 ペルセポネー回帰する植物の時間」 林由紀子著 レイミアプレス 2020.7 189p 23cm 36000円 ⓘ978-4-909796-02-8

零余子　れいよし＊
4171　「シン・夏目漱石」
◇ファンタジア大賞（第36回／令5年／大賞）
「夏目漱石ファンタジア」 KADOKAWA 2024.2 334p 15cm（富士見ファンタジア文庫）720円 ⓘ978-4-04-075306-5
※受賞作を改題
「夏目漱石ファンタジア　2」 KADOKAWA 2024.6 317p 15cm（富士見ファンタジア文庫）740円 ⓘ978-4-04-075495-6

レオナールD
4172　「毒の王」
◇HJ小説大賞（第3回／令4年／前期）
「毒の王―最強の力に覚醒した俺は美姫たちを従え、発情ハーレムの主となる　1」 ホビージャパン 2023.6 297p 15cm（HJ文庫）700円 ⓘ978-4-7986-3194-3
「毒の王―最強の力に覚醒した俺は美姫たちを従え、発情ハーレムの主となる　2」 ホビージャパン 2023.11 277p 15cm（HJ文庫）680円 ⓘ978-4-7986-3336-7
「毒の王―最強の力に覚醒した俺は美姫たちを従え、発情ハーレムの主となる　3」 ホビージャパン 2024.5 267p 15cm（HJ文庫）680円 ⓘ978-4-7986-3533-0
「毒の王―最強の力に覚醒した俺は美姫たちを従え、発情ハーレムの主となる　4」 ホビージャパン 2024.9 271p 15cm（HJ文庫）680円 ⓘ978-4-7986-3611-5

4173　「魔力無しで平民の子と迫害された俺。実は無限の魔力持ち。」
◇カクヨムWeb小説コンテスト（第9回／令6年／異世界ファンタジー部門／特別賞・ComicWalker漫画賞）

4174　「モブ司祭だけど、この世界が乙女ゲームだと気づいたのでヒロインを育成します。」
◇カクヨムWeb小説コンテスト（第9回／令6年／ラブコメ（ライトノベル）部門／大賞・最熱狂賞・ComicWalker漫画賞）

レオニ, レオ
4175　「スイミー　ちいさなかしこいさかなのはなし」
◇小学生がえらぶ！"こどもの本"総選挙（第3回／令4年／第9位）
「スイミー―ちいさなかしこいさかなのはなし」 レオ＝レオニ作, 谷川俊太郎訳 好学社 2010.11 52cm（ビッグブック）9800円 ⓘ978-4-7690-2020-2

レスナー, フィリップ
4176　「ダッドリーくんの12のおはなし」
◇日本子どもの本研究会「作品賞」（第8回／令6年）
「ダッドリーくんの12のおはなし」 フィリップ・レスナー さく, アーノルド・ローベル え, こみやゆうやく KTC中央出版 2023.4 46p 24cm 1600円 ⓘ978-4-87758-847-2

レゾット, アン・クレア
4177　「目で見ることばで話をさせて」
◇日本子どもの本研究会「作品賞」（第7回／令5年）
「目で見ることばで話をさせて」 アン・クレア・レゾット作, 横山和江訳 岩波書店 2022.4 309p 19cm 2100円 ⓘ978-4-00-116032-1

レナルズ, アレステア
4178　「ジーマ・ブルー」

◇星雲賞 （第52回/令3年/海外短編部門（小説））
「2000年代海外SF傑作選」 橋本輝幸編, Ellen Klagesほか著 早川書房 2020.11 474p 16cm（ハヤカワ文庫 SF）1160円 ①978-4-15-012306-2
※受賞作を収録

レノルズ, ジェイソン
4179 「オール★アメリカン★ボーイズ」
◇日本子どもの本研究会「作品賞」 （第5回/令3年）
「オール★アメリカン★ボーイズ」 ジェイソン・レノルズ, ブレンダン・カイリー著, 中野怜奈訳 偕成社 2020.12 361p 19cm 1500円 ①978-4-03-726980-7

【ろ】

六藤 あまね　ろくふじ・あまね
4180 「バイシクルレース ～負けられないこの夏の戦い～」
◇テレビ朝日新人シナリオ大賞 （第21回/令3年度/大賞/テレビドラマ部門）

ローゼル川田　ろーぜるかわた＊
4181 「詩集 今はむかし むかしは今」
◇山之口貘賞 （第45回/令5年）
※「詩集 今はむかし むかしは今」（あすら舎）

ろびこ
4182 「僕と君の大切な話」
◇講談社漫画賞 （第44回/令2年/少女部門）
「僕と君の大切な話 1～7」 講談社 2016.3～2020.3 18cm（KCデザート）429円

ロペス, ラファエル
4183 「ねえ、きいてみて！ みんな、それぞれちがうから」
◇日本子どもの本研究会「作品賞」 （第6回/令4年）
「ねえ、きいてみて！―みんな、それぞれちがうから」 ソニア・ソトマイヨール文, ラファエル・ロペス絵, すぎもとえみ訳 汐文社 2021.8 29cm 1700円 ①978-4-8113-2852-2

ローベル, アーノルド
4184 「ダッドリーくんの12のおはなし」
◇日本子どもの本研究会「作品賞」 （第8回/令6年）
「ダッドリーくんの12のおはなし」 フィリップ・レスナー さく, アーノルド・ローベル え, こみやゆう やく KTC中央出版 2023.4 46p 24cm 1600円 ①978-4-87758-847-2

ローリー, ロイス
4185 「水平線のかなたに ―真珠湾とヒロシマ―」
◇日本子どもの本研究会「作品賞」 （第8回/令6年）
「水平線のかなたに―真珠湾とヒロシマ」 ロイス・ローリー著, ケナード・パーク画, 田中奈津子訳 講談社 2023.6 77p 22cm（講談社・文学の扉）1400円 ①978-4-06-531994-9

【 わ 】

和雨　わう
　4186　「ありがとう」
　　◇シナリオS1グランプリ（第46回/令6年春/奨励賞）

和響　わおん
　4187　「大渕堂書店の閉店」
　　◇カクヨムWeb小説短編賞（2023/令5年/短編小説部門/短編特別賞）

和花　わか＊
　4188　「カメからのバトン」
　　◇角川つばさ文庫小説賞（第8回/令1年/こども部門/準グランプリ）

和歌師ヤモ　わかしやも
　4189　「ナルシストとその信者。～クラスのいじめられっ子を助けたら異様に距離が近くなった件～」
　　◇講談社ラノベ文庫新人賞（第19回/令6年10月発表/佳作）

若杉　栞南　わかすぎ・かんな＊
　4190　「拝啓、奇妙なお隣さま」
　　◇テレビ朝日新人シナリオ大賞（第22回/令4年度/大賞）

若杉　朋哉　わかすぎ・ともや＊
　4191　「熊ン蜂」50句
　　◇角川俳句賞（第70回/令6年）

環方　このみ　わがた・このみ＊
　4192　「ねこ、はじめました」
　　◇小学館漫画賞（第65回/令1年度/児童向け部門）
　　　「ねこ、はじめました―ニャンとも気になるニャオ　1～13」　小学館　2016.7～2024.7　18cm（ちゃおコミックス）

若菜　晃子　わかな・あきこ＊
　4193　「旅の断片」
　　◇斎藤茂太賞（第5回/令2年）
　　　「旅の断片」　KTC中央出版　2019.12　317p　18cm　1600円　①978-4-87758-803-8

若林　桜子　わかばやし・さくらこ＊
　4194　「まくらたちの長い夜」
　　◇アンデルセンのメルヘン大賞（第39回/令4年/こども部門/大賞）
　　　「アンデルセンのメルヘン文庫　第39集」　アンデルセン・パン生活文化研究所　2022.10　87p　21×22cm（アンデルセンのメルヘン大賞受賞作品集 第39回）　1000円
　　　※受賞作を収録

若林　哲哉　わかばやし・てつや＊
　4195　「噈口」
　　◇北斗賞（第14回/令5年）

若松 昭子　わかまつ・あきこ＊
　4196　「回転木馬」
　　◇日本詩歌句随筆評論大賞（第19回/令5年度/短歌部門/奨励賞）
　　　「回転木馬―歌集」　風木舎　2023.1　204p　20cm（波濤双書）2500円

若宮 明彦　わかみや・あきひこ＊
　4197　「波打ち際の詩想を歩く」
　　◇日本詩歌句随筆評論大賞（第17回/令3年度/随筆評論部門/奨励賞）
　　　「波打ち際の詩想を歩く―若宮明彦詩論集」　文化企画アオサギ　2020.6　283p　21cm　2000円
　　　①978-4-909980-10-6

脇 真珠　わき・しんじゅ＊
　4198　「花冷え」
　　◇さきがけ文学賞（第36回/令1年/選奨）

脇田 あすか　わきだ・あすか＊
　4199　「どっち？」
　　◇造本装幀コンクール（第57回/令5年/出版文化産業振興財団賞）
　　　「どっち？」　キボリノコンノ作　講談社　2023.12　〔32p〕　19×27cm　1600円　①978-4-06-533210-8

和久井 健　わくい・けん＊
　4200　「東京卍リベンジャーズ」
　　◇講談社漫画賞（第44回/令2年/少年部門）
　　　「東京卍リベンジャーズ　1～31」　講談社　2017.5～2023.1　18cm（講談社コミックスマガジン―SHONEN MAGAZINE COMICS）

涌田 悠　わくた・はるか＊
　4201　「こわくなかった」
　　◇笹井宏之賞（第4回/令3年/個人賞/大森静佳賞）
　　　「ねむらない樹　Vol. 8」　書肆侃侃房　2022.2　209p　21cm（短歌ムック）1500円　①978-4-86385-508-3
　　　※受賞作を収録

和合 亮一　わごう・りょういち＊
　4202　「QQQ」
　　◇萩原朔太郎賞（第27回/令1年）
　　　「QQQ」　思潮社　2018.10　125p　23cm　2400円　①978-4-7837-3644-8

鷲谷 花　わしたに・はな＊
　4203　「姫とホモソーシャル―半信半疑のフェミニズム映画批評」
　　◇サントリー学芸賞（第45回/令5年度/芸術・文学部門）
　　　「姫とホモソーシャル―半信半疑のフェミニズム映画批評」　青土社　2022.11　265, 7p　19cm　2400円
　　　①978-4-7917-7511-3

鷲見 京子　わしみ・きょうこ＊
　4204　「児島の梅」
　　◇岡山県「内田百閒文学賞」（第16回/令3・4年度/優秀賞）
　　　「内田百閒文学賞受賞作品集―岡山県　第16回」　ゆきかわゆう, 鷲見京子, 須田地央著　大学教育出版　2023.3　139p　20cm　1200円　①978-4-86692-243-0

早稲田 みな子　わせだ・みなこ＊
　4205　「アメリカ日系社会の音楽文化―越境者たちの百年史」
　　◇田邉尚雄賞（第40回/令4年度）
　　　「アメリカ日系社会の音楽文化―越境者たちの百年史」　共和国　2022.3　553p　20cm　7800円

①978-4-907986-71-1

和田　篤泰　　わだ・あつひろ＊
4206　「ミッションクリア」
　　◇青い鳥文庫小説賞　（第3回/令1年度/特別賞（はやみねかおる賞））

和田　和子　　わだ・かずこ＊
4207　「金魚飼ふ」
　　◇日本伝統俳句協会賞　（第31回/令2年）

和田　華凛　　わだ・かりん＊
4208　「月華」
　　◇星野立子賞・星野立子新人賞　（第11回/令5年/星野立子賞）
　　　「月華―和田華凜句集」　ふらんす堂　2022.3　201p　20cm　2800円　①978-4-7814-1444-7
4209　「月華抄」
　　◇日本詩歌句随筆評論大賞　（第20回/令6年度/随筆部門/大賞）

和田　秀樹　　わだ・ひでき＊
4210　「80歳の壁」
　　◇新風賞　（第57回/令4年）
　　　「80歳の壁」　幻冬舎　2022.3　226p　18cm　（幻冬舎新書）　900円　①978-4-344-98652-7

和田　まさ子　　わだ・まさこ＊
4211　「途中の話」
　　◇小野十三郎賞　（第26回/令6年/詩集部門）
　　　「途中の話」　思潮社　2024.6　101p　21cm　2300円　①978-4-7837-4574-7

綿谷　正之　　わたに・まさゆき＊
4212　「墨に五彩あり―墨の不思議な魅力―」
　　◇日本自費出版文化賞　（第26回/令5年/大賞/地域文化部門）
　　　「墨に五彩あり―墨の不思議な魅力」　綿谷正之, 京阪奈情報教育出版（発売）　2022.10　193p　31cm　7000円　①978-4-87806-818-8

渡邊　あみ　　わたなべ・あみ
4213　「青いマフラー」
　　◇詩人会議新人賞　（第55回/令3年/詩部門/佳作）

渡辺　香根夫　　わたなべ・かねお＊
4214　「草田男深耕」
　　◇俳人協会評論賞　（第37回/令4年度）
　　　「草田男深耕」　渡辺香根夫, 横澤放川編　角川文化振興財団, KADOKAWA（発売）　2021.11　186p　19cm　（角川俳句コレクション）　1800円　①978-4-04-884429-1

渡辺　健一郎　　わたなべ・けんいちろう＊
4215　「演劇教育の時代」
　　◇群像新人評論賞　（第65回/令3年/当選作）
　　　「自由が上演される」　講談社　2022.8　168p　19cm　1300円　①978-4-06-528045-4
　　　※受賞作を改題

渡邊　新月　　わたなべ・しんげつ＊
4216　「秋を過ぎる」
　　◇笹井宏之賞　（第2回/令1年/個人賞/野口あや子賞）

4217　「楚樹」**50首**

◇角川短歌賞 （第69回/令5年）

渡辺 保 わたなべ・たもつ＊
4218 「演出家 鈴木忠志 その思想と作品」
　◇AICT演劇評論賞 （第25回/令1年）
　　「演出家鈴木忠志―その思想と作品」 岩波書店　2019.7　209, 4p　20cm　2300円　①978-4-00-001086-3

渡辺 努 わたなべ・つとむ＊
4219 「世界インフレの謎」
　◇新書大賞 （第16回/令5年/4位）
　　「世界インフレの謎」 講談社　2022.10　269p　18cm　（講談社現代新書）　900円　①978-4-06-529438-3

渡辺 朋 わたなべ・とも＊
4220 「おきにいりのしろいドレスをきてレストランにいきました」
　◇日本絵本賞 （第29回/令6年/日本絵本賞）
　　「おきにいりのしろいドレスをきてレストランにいきました」 渡辺朋作, 高畠那生絵　童心社　2023.5　27cm　1500円　①978-4-494-01249-7

渡邊 夏葉 わたなべ・なつは＊
4221 「茅の家」
　◇地上文学賞 （第68回/令2年度）

渡辺 将人 わたなべ・まさひと＊
4222 「台湾のデモクラシー――メディア、選挙、アメリカ」
　◇サントリー学芸賞 （第46回/令6年度/社会・風俗部門）
　　「台湾のデモクラシー―メディア、選挙、アメリカ」 中央公論新社　2024.5　324p　18cm　（中公新書）　1080円　①978-4-12-102803-7

渡辺 松男 わたなべ・まつお＊
4223 「牧野植物園」
　◇芸術選奨 （第73回/令4年度/文学部門/文部科学大臣賞）
　　「牧野植物園―歌集」 書肆侃侃房　2022.6　189p　20cm　2300円　①978-4-86385-522-9

4224 「鴇茶雀茶鳶茶」28首
　◇短歌研究賞 （第59回/令5年）

渡辺 真帆 わたなべ・まほ＊
4225 「さいたまネクスト・シアター 世界最前線の演劇3 ［ヨルダン/パレスチナ］「朝のライラック」」（ガンナーム・ガンナーム作）
　◇小田島雄志・翻訳戯曲賞 （第12回/令1年）
　　「紛争地域から生まれた演劇―戯曲集 9」 国際演劇協会日本センター　2018.3　150p　21cm　※受賞作「朝のライラック」(ガンナーム・ガンナーム作, 渡辺真帆訳)を収録

渡辺 美智雄 わたなべ・みちお＊
4226 「二ひきのかえる」
　◇安城市新美南吉絵本大賞 （第1回/平24年/大賞）
　　「二ひきのかえる」 新美南吉文, 渡辺美智雄絵　安城市中央図書館　2013.7　27p　20×27cm　800円　①978-4-9906982-1-8

渡邊 亮 わたなべ・りょう＊
4227 「仏陀伝」
　◇日本自費出版文化賞 （第26回/令5年/特別賞/小説部門）
　　「仏陀伝」 風詠社, 星雲社（発売）　2022.4　787p　20cm　2400円　①978-4-434-30276-3

渡波 みずき　わたのは・みずき＊
　4228　「姑の赤駒」
　　　◇深大寺短編恋愛小説『深大寺恋物語』（第16回／令2年／審査員特別賞）
　　　　※深大寺短編恋愛小説「深大寺恋物語」第十六集に収録

渡部 有紀子　わたべ・ゆきこ＊
　4229　「まづ石を」
　　　◇俳壇賞（第37回／令4年）
　4230　「山羊の乳」
　　　◇日本詩歌句随筆評論大賞（第19回／令5年度／俳句部門／大賞）
　　　「山羊の乳―句集」　北辰社、星雲社（発売）　2022.12　176p　19cm　2500円　①978-4-434-31546-6

綿矢 りさ　わたや・りさ＊
　4231　「生のみ生のままで」
　　　◇島清恋愛文学賞（第26回／令1年）
　　　「生のみ生のままで　上」　集英社　2019.6　218p　20cm　1300円　①978-4-08-771188-2
　　　「生のみ生のままで　下」　集英社　2019.6　220p　20cm　1300円　①978-4-08-771189-9
　　　「生のみ生のままで　上」　集英社　2022.6　254p　16cm（集英社文庫）　560円　①978-4-08-744395-0
　　　「生のみ生のままで　下」　集英社　2022.6　261p　16cm（集英社文庫）　560円　①978-4-08-744396-7

渡 琉兎　わたり・りゅうと＊
　4232　「職業は鑑定士ですが〈神眼〉ってなんですか？　〜初級職と見捨てられたので自由に生きたいと思います〜」
　　　◇カクヨムWeb小説コンテスト（第6回／令3年／異世界ファンタジー部門／特別賞）
　　　「職業は鑑定士ですが〈神眼〉ってなんですか？―世界最高の初級職で自由にいきたい　1」
　　　　KADOKAWA　2022.3　312p　19cm（MFブックス）　1300円　①978-4-04-681282-7
　　　「職業は鑑定士ですが〈神眼〉ってなんですか？―世界最高の初級職で自由にいきたい　2」
　　　　KADOKAWA　2022.8　316p　19cm（MFブックス）　1300円　①978-4-04-681655-9
　　　「職業は鑑定士ですが〈神眼〉ってなんですか？―世界最高の初級職で自由にいきたい　3」
　　　　KADOKAWA　2023.5　322p　19cm（MFブックス）　1400円　①978-4-04-682483-7
　4233　「歴史を読み解くインストーラー　〜逸話の力で無双する〜」
　　　◇HJ小説大賞（第4回／令5年／後期／ノベラ賞）

和成 ソウイチ　わなり・そういち＊
　4234　「追放された元ギルド職員、【覚醒鑑定】で天才少女たちの隠れたスキルを覚醒＆コピーして伝説の冒険者（不本意）となる　〜おい、俺を最高最強と持ち上げるのはやめてくれ。「何で？」って顔しないで〜」
　　　◇カクヨムWeb小説コンテスト（第6回／令3年／異世界ファンタジー部門／特別賞）
　　　〈受賞時〉ソウイチ
　　　「元ギルド職員、孤児院を開く―スキル〈覚醒鑑定〉で生徒たちの才能開花、ついでに自分もレベルアップ!?」　KADOKAWA　2022.3　319p　19cm（ドラゴンノベルス）　1300円　①978-4-04-074454-4
　　　※受賞作を改題
　　　「元ギルド職員、孤児院を開く―スキル〈覚醒鑑定〉で生徒たちの才能開花、ついでに自分もレベルアップ!?　2」　KADOKAWA　2022.9　318p　19cm（ドラゴンノベルス）　1400円　①978-4-04-074665-4

和宮 玄　わみや・げん＊
　4235　「モブは友達が欲しい　〜やり込んだゲームのぼっちキャラに転生したら、なぜか学院で孤高の英雄になってしまった〜」
　　　◇HJ小説大賞（第5回／令6年／前期）

和山 やま　わやま・やま＊
　4236　「夢中さ、きみに。」

わらしな　　　　　　　　　　　　　　　　　　　　　　　　　　4237〜4243

　　◇手塚治虫文化賞（第24回/令2年/短編賞）
　　◇文化庁メディア芸術祭賞（第23回/令2年/新人賞）
　　◇マンガ大賞（2020/令2年/7位）
　　　「夢中さ、きみに。」KADOKAWA　2019.8　167p　19cm（BEAM COMIX）700円　⓵978-4-04-735718-1
　4237　「カラオケ行こ！」
　　◇マンガ大賞（2021/令3年/3位）
　　　「カラオケ行こ！」KADOKAWA　2020.9　159p　19cm（BEAM COMIX）700円　⓵978-4-04-736151-5
　4238　「女の園の星」
　　◇マンガ大賞（2021/令3年/7位）
　　◇文化庁メディア芸術祭賞（第25回/令4年/ソーシャル・インパクト賞）
　　◇マンガ大賞（2022/令4年/4位）
　　◇マンガ大賞（2023/令5年/3位）
　　　「女の園の星　1」祥伝社　2020.7　169p　19cm（Feel comics swing）680円　⓵978-4-396-76797-6
　　　「女の園の星　2」祥伝社　2021.5　157p　19cm（Feel comics swing）680円　⓵978-4-396-76819-5
　　　「女の園の星　3」祥伝社　2022.12　181p　19cm（Feel comics swing）740円　⓵978-4-396-76869-0
　　　「女の園の星　4」祥伝社　2024.10　161p　19cm（Feel comics swing）760円　⓵978-4-396-75053-4
　4239　「ファミレス行こ。」
　　◇マンガ大賞（2024/令6年/10位）
　　　「ファミレス行こ。　上」KADOKAWA　2023.12　190p　19cm（BEAM COMIX）740円　⓵978-4-04-737747-9

藁品　優子　　わらしな・ゆうこ＊
　4240　「留年スパーク！」
　　◇シナリオS1グランプリ（第39回/令2年冬/奨励賞）

ワン・チャイ
　4241　「三体」
　　◇星雲賞（第51回/令2年/海外長編部門（小説））
　　◇本屋大賞（第17回/令2年/翻訳小説部門/3位）
　　　「三体」劉慈欣著, 大森望, 光吉さくら, ワンチャイ訳, 立原透耶監修　早川書房　2019.7　447p　20cm　1900円　⓵978-4-15-209870-2
　　　「三体」劉慈欣著, 大森望, 光吉さくら, ワンチャイ訳, 立原透耶監修　早川書房　2024.2　633p　16cm（ハヤカワ文庫SF）1100円　⓵978-4-15-012434-2

【英字】

centre Inc.
　4242　「美しいノイズ」
　　◇造本装幀コンクール（第55回/令3年/日本印刷産業連合会会長賞）
　　　「美しいノイズ」谷尻誠, 吉田愛著　主婦の友社　2021.10　925p　15cm　3800円　⓵978-4-07-441075-0

D_CODE
　4243　「特別展「毒」公式図録」
　　◇造本装幀コンクール（第56回/令4年/日本製紙連合会賞）
　　　「毒―特別展」国立科学博物館, 読売新聞社編集　読売新聞社, フジテレビジョン　〔2022〕　180p　24cm

HATI
4244 「帝国最強の冒険者パーティー、突然の解散。結婚するから冒険者隠居する？ 店も出したい？ 安くするから遊びに来い？ それなら仕方ない。幸せにな！」
◇カクヨムWeb小説コンテスト （第8回/令5年/異世界ファンタジー部門/特別賞）
「帝国最強のパーティー、突然の解散―可愛い従者を手に入れて人生を自由に旅することにした」 KADOKAWA 2024.4 290p 19cm （ドラゴンノベルス） 1300円 ①978-4-04-075388-1

jyajya
4245 「ふしぎ駄菓子屋銭天堂」
◇小学生がえらぶ！ "こどもの本"総選挙 （第2回/令2年/第4位）
◇小学生がえらぶ！ "こどもの本"総選挙 （第3回/令4年/第1位）
◇小学生がえらぶ！ "こどもの本"総選挙 （第4回/令6年/第5位）
「ふしぎ駄菓子屋銭天堂」 廣嶋玲子作, jyajya絵 偕成社 2013.5 149p 19cm 900円 ①978-4-03-635610-2

kattern
4246 「幼馴染だった妻と一緒に高校時代にタイムリープしたんだがどうして過去に戻ってきたのか理由が分からない。そして高校生の妻がエロい。」
◇カクヨムWeb小説コンテスト （第6回/令3年/どんでん返し部門/特別賞）
「幼馴染だった妻と高二の夏にタイムリープした。17歳の妻がやっぱりかわいい。」 KADOKAWA 2022.5 317p 15cm （富士見ファンタジア文庫） 680円 ①978-4-04-074442-1
※受賞作を改題

MR_Design
4247 「きみ辞書 〜きみの名前がひける国語辞典〜」
◇造本装幀コンクール （第57回/令5年/日本書籍出版協会理事長賞/語学・学参・辞事典・全集・社史・年史・自分史部門）
※「きみ辞書 きみの名前がひける国語辞典」（小学館 2023年発行 小学館通販サイトにて不定期販売）

mty
4248 「数分後の未来が分かるようになったけど、女心は分からない。」
◇カクヨムWeb小説コンテスト （第8回/令5年/ラブコメ（ライトノベル）部門/ComicWalker漫画賞）

@nemuiyo_ove
4249 「女神の遺書」
◇カクヨムWeb小説コンテスト （第9回/令6年/エンタメ総合部門/特別審査員賞）

o-flat inc.
4250 「鍵のかかった文芸誌」
◇造本装幀コンクール （第57回/令5年/東京都知事賞, 日本印刷産業連合会会長賞）
※「鍵のかかった文芸誌」（菊池拓哉編・刊）

pharmacy
4251 「BUNDLED AA」
◇造本装幀コンクール （第54回/令2年/審査員奨励賞）
※「BUNDLED AA」（藤田紗衣作 pharmacy 2019年発行）

Place M
4252 「煙突のある風景」
◇造本装幀コンクール （第54回/令2年/日本製紙連合会賞）
「煙突のある風景」 須田一政著 Place M 2019.4 29cm ①978-4-905360-26-1

Praiseぽぽん
4253 「※ただし探偵は魔女であるものとする」

RED　　　　　　　　　　　　　　　　　　　　　　　　　　　4254〜4263

　　◇集英社ライトノベル新人賞　（第13回/令5年/IP小説部門/#1 入選）

Red Rooster
　　4254　「巨人用 進撃の巨人」
　　　　◇造本装幀コンクール　（第55回/令3年/日本印刷産業連合会会長賞/印刷・製本特別賞）
　　　　「巨人用 進撃の巨人」　諫山創著　講談社　2021.5　101cm　（講談社キャラクターズE—Shonen Magazine Comics）　150000円　①978-4-06-523124-1

seesaw.
　　4255　「さかか たいらか さかか」
　　　　◇MOE創作絵本グランプリ　（第10回/令3年/佳作）
　　4256　「サムライりょうりにん」
　　　　◇MOE創作絵本グランプリ　（第11回/令4年/佳作）
　　4257　「わしのかささかさ」
　　　　◇MOE創作絵本グランプリ　（第12回/令5年/佳作）

skybluebooks
　　4258　「forward」
　　　　◇造本装幀コンクール　（第54回/令2年/東京都知事賞）
　　　　※「forward」（今城純著 2019年発行）

SPCS
　　4259　「不安定をデザインする 22人の採集インクとそのレシピ」
　　　　◇造本装幀コンクール　（第57回/令5年/審査員奨励賞）
　　　　「不安定をデザインする—22人の採集インクとそのレシピ」　InkBook制作委員会　SPCS　2023.10　111p　26cm

Ss侍
　　4260　「呪われた身でもジェントルに ～最弱から始まるダンジョン攻略～」
　　　　◇HJ小説大賞　（第2回/令3年/2021後期）

T-bon(e) steak press
　　4261　「BAR BER BAR」
　　　　◇造本装幀コンクール　（第56回/令4年/審査員奨励賞）
　　　　※「BAR BER BAR」（上妻森土著 T-bon(e) steak press）

text
　　4262　「True noon」
　　　　◇造本装幀コンクール　（第55回/令3年/審査員奨励賞）
　　　　※「True noon」（O'Tru no Trus作・文 text 2021.8発行）

Zin
　　4263　「みつをおじさんはかわってる」
　　　　◇絵本テキスト大賞　（第12回/令1年/Aグレード/優秀賞）

作品名索引

作品名索引　　あけひ

【あ】

ああ、息子よ（中村均） 2753
藍色時刻の君たちは（前川ほまれ） 3435
あゐいろどき（中西亮太） 2711
藍色の空（原田佳織） 3082
相生おおの港（川崎恵子） 1077
相方なんかになりません！　〜転校生は、なにわのイケメンお笑い男子!?〜（遠山彼方） 2580
愛犬はゴマ（福島敬次郎） 3252
合言葉はてんでんこ（三原貴志） 3681
愛されなくても別に（武田綾乃） 2265
藍沢響は笑わない（橘しづき） 2299
アイス・エイジ 氷河期村（湖城マコト） 1440
会津藩家老・山川家の近代―大山捨松とその姉妹たち（遠藤由紀子） 0655
愛想のないものたち（森本公久） 3856
あいたくて ききたくて 旅にでる（小野和子） 0851
アイテムダンジョン！　〜追放された落ちこぼれたちの歩きかた〜（かみや） 1029
あいにきたよ（たかはらりょう） 2215
アイヌの時空を旅する―奪われぬ魂（小坂洋石） 1434
I町（鎌田伸弘） 1015
亜鉛の少年たち―アフガン帰還兵の証言 増補版（岩波書店） 0520
アオアシ（小林有吾） 1482
あおいアヒル（リリア作、前田まゆみ訳） 3443, 4162
蒼い魚の星座（片瀬智子） 0946
青いマフラー（渡邊あみ） 4213
青い雪（麻加朋） 0101
青い夜道の詩人―田中冬二の旅 冬二への旅―（堀内統義） 3414
青売り（椿佳之） 2497
青を欺く（三船いずれ） 3683
青き方舟（山田牧） 3964
あおぞらの息吹（黒沢佳） 1342
青空姫（蒲原ユミ子） 1039
青田の草取り（安良田純子） 0235
青葱（野々上いり子） 2919
青の引力（椿美砂子） 2498
青のオーケストラ（阿久井真） 0092
青の本懐（喜多昭太） 1161
アオハルチャレンジ！（無月蒼） 3750
赤いあと（高橋百合子） 2208
赤いオシロイバナ（三浦裕子） 3586
赤い契約書－怪異対策コンサルタント・木更津志穂－（日部星花） 3175
赤い天のノチウ（潮路奈和） 1755
赤い花 白い花（阿部奏子） 0169
「赤い夢」50句（岩田奎） 0515
赤い幼少記〜落ちこぼれは優秀な義弟と共に物理的に這い上がる〜（赤ひげ） 0465

赤き覇王 〜底辺人生の俺だけど、覇王になって女も国も手に入れてやる〜（書く猫） 0907
アカシアは花咲く（デボラ・フォーゲル作／加藤有子） 0966
明石歩道橋事故 再発防止を願って（明石歩道橋事故 再発防止を願う有志） 0059
暁の字品 陸軍船舶司令官たちのヒロシマ（堀川惠子） 3419
赤と青とエスキース（青山美智子） 0045
赤とんぼ（吉川結衣） 4080
あかねちゃん（三木三奈） 3381
あかねとさゆりちゃんとカタクリの花（下鳥潤子） 1862
あかね噺（末永裕樹原作、馬上鷹将作画） 1948, 3792
赤の女王の殺人（麻根重次） 0116
秋を過ぎる（渡邊新月） 4216
アキちゃん（三木三奈） 3598
秋隣小曲集（島田修三） 1830
商う狼―江戸商人 杉本茂十郎―（永井紗耶子） 2659
空箱（倉木はじめ） 1308
あきらがあけてあげるから（ヨシタケシンスケ） 4101
あきらめない（高平佳典） 2217
諦めなければきっと（菅野朝子） 1959
あきらめぬ（諏訪典子） 2063
悪意の居留守（伊藤東京） 0420
悪逆（黒川博行） 1339
悪食緋蒼は×××なのか？（夜方宵） 3870
悪徳を喰らう（二礼樹） 2882
悪と徳（ごんべ） 1526
粟国島の祭祀―ヤガン折目を中心に―（安里盛昭） 0113
悪ノ黙示録（牧瀬竜久） 3455
悪夢屠りのBAKU（長月東菟） 2708
悪役がいっぱい出てくるエロゲのキモデブ悪役貴族に転生した。痩せて、破滅回避し悪役達による犯罪を未然に防いでスローライフを目指す（なるとし） 2819
悪役魔女とパリピなスライム達の旅 〜ポンコツスキルも意外といいぞ〜（雨傘ヒョウゴ） 0184
悪役令嬢、宇宙を駆ける〜二度目の人生では出しゃばらないと決めたのに、気が付けば大艦隊を率いています〜（甘味亭太丸） 1124
悪役令嬢が実は心が綺麗な良い娘であると俺だけが知っている。（Crosis） 1345
悪役令嬢の父親に転生したので、妻と娘を溺愛します（yui／サウスのサウス） 4016
悪役令嬢は『萌え』を浴びるほど摂取したい！（烏丸紫明） 1044
悪比（榊原紘） 1595
悪友の有má記念（永野拓） 2715
悪霊術師のデッドエンド（岸馬鹿緑） 1153
明け方のブルイヤール（碧月杏） 0031
あけがたの夢（岸本惟） 1155
明けの空のカフカ（水晶知弦） 3614
アゲハの記憶（山本博幸） 3995
アケビ（浅野眞吾） 0123

文学賞受賞作品目録 2020-2024　　441

あける　作品名索引

開けるのはいつも私でさよならと閉めるのは
　君ガラスの扉（志村佳）　　　　　　　　　1852
赤穂義士外伝の内　荒川十太夫（竹柴潤一）　　2263
あさがおのパレット（福田恵美子）　　　　　　3257
朝からプルマンの男（水見はがね）　　　　　　3628
朝ざくら夕ざくら（柴田南海子）　　　　　　　1813
朝の耳（北村真）　　　　　　　　　　　　　　1185
朝晩（小川軽舟）　　　　　　　　　　　　　　0788
旭川・生活図画事件—治安維持法下、無実の
　罪の物語—（安保邦彦）　　　　　　　　　　0180
朝比奈さんの弁当食べたい（羊思尚生）　　　　4055
麻裳よし（久々湊盈子）　　　　　　　　　　　1248
跫音を聴く　近代短歌の水脈（三枝昂之）　　　1534
明日、あした、また明日（広山しず）　　　　　3226
明日、輝く（竹上雄介）　　　　　　　　　　　2253
あしたからクラスメイト（岡本なおや）　　　　0780
あした死ぬには、（雁須磨子）　　　　　　　　1045
あしたの幸福（いとうみく）　　　　　　　　　0430
明日のことは明日考えよう！（星都ハナス）　　3378
あした、弁当を作る。（ひこ・田中）　　　　　3130
明日、私は誰かのカノジョ（をのひなお）　　　0856
阿修羅草紙（武内涼）　　　　　　　　　　　　2250
飛鳥部落と白鳥឴（原田幸悦）　　　　　　　　3084
アストラルオンライン　〜魔王を倒すまで銀
　髪少女から戻れない少年は最強の付与魔術
　師を目指します〜（神домフム）　　　　　　　1022
明日の帆をあげて（葉山エミ）　　　　　　　　3063
アスパラガスの女たち（緒方水花里）　　　　　0762
アスパラが紲ぐ幽霊（兎025槻）　　　　　　　　0566
あたう（坂崎かおる）　　　　　　　　　　　　1601
「仇討ち包丁」シリーズ（氷月葵）　　　　　　3143
恰も魂あるものの如く（山本かずこ）　　　　　3983
あたしは本をよまない（コウタリリン）　　　　1399
アタラクシア（金原ひとみ）　　　　　　　　　0999
あたらしい力（感王寺美智子）　　　　　　　　1122
可惜夜の向こう側（林翔太）　　　　　　　　　3051
アタリつきアイス（おきたもも）　　　　　　　0803
阿津川辰海　読書日記（阿津川辰海）　　　　　0159
「あッ」といっしょに（田村淳）　　　　　　　2395
あっぱれ!!（しそたぬき）　　　　　　　　　　1787
痕（半崎輝）　　　　　　　　　　　　　　　　3108
アートであそぼ　かたちがぱぱぱ（京田クリ
　エーション、かしわらあきお、学研プラス）
　　　　　　　　　　　　　0935, 0958, 1226
アドリブ（佐藤まどか）　　　　　　　　　　　1701
あなたが私を竹槍で突き殺す前に（李龍徳）　　0269
あなたがわたしを忘れた頃に（髙山さなえ）　　2229
あなたに安全な人（木村紅美）　　　　　　　　1217
あなたの為に（稲毛あずさ）　　　　　　　　　0444
あなたの呪い、肩代わりします。（壁伸一）　　1012
あなたの燃える左手で（朝比奈秋）　　　　　　0132
アナトミー・オブ・ア・スーサイド（アリス・
　バーチ作）（關智子）　　　　　　　　　　　　2076
アニマの肖像（ゆきかわゆう）　　　　　　　　4031
アニメ制作陣ノーチラス（鈴木健司）　　　　　1989
姉上は麗しの名医（馳月基矢）　　　　　　　　2985
亜熱帯の少女（まだらめ三保）　　　　　　　　3482
亜熱帯はたそがれて　一廈門あもい、コロニ
　アル幻夢譚（青波杏）　　　　　　　　　　　0033
姉と俺とでチヨダク王国裁判所（紅玉ふくろ

う）　　　　　　　　　　　　　　　　　　　　1388
姉の海（陽羅義光）　　　　　　　　　　　　　3181
姉の島（村田喜代子）　　　　　　　　　　　　3779
姉の身代わりで嫁いだはずの残りカス令嬢、
　幸せすぎる腐敗生活を送ります〜恐ろしい
　辺境伯は最高のパートナーです〜（やきい
　もほくほく）　　　　　　　　　　　　　　　3878
アネモネの花（岩沢泉）　　　　　　　　　　　0511
あの子なら死んだよ（小泉綾子）　　　　　　　1381
あの子の飴玉（坂本鈴）　　　　　　　　　　　1615
あの子の子ども（蒼井まもる）　　　　　　　　0017
あの子の秘密（村上雅郁）　　　　　　　　　　3768
あの子の風鈴（佐藤あい子）　　　　　　　　　1675
あの戦争さえなかったら62人の中国残留孤
　児たち（上・下）（藤沼敏子）　　　　　　　3292
あの本は読まれているか（ラーラ・プレスコッ
　ト著, 吉澤康子訳）　　　　　　　3355, 4083
あの夜、日勝峠で（佐藤純子）　　　　　　　　1689
アパートたまゆら（砂村かいり）　　　　　　　2044
泡の子（樋口六華）　　　　　　　　　　　　　3126
安倍元首相暗殺と統一教会（森健、「文藝春
　秋」取材班）　　　　　　　　　　3359, 3828
甘いたぬきは山のむこう（西東子）　　　　　　2837
甘い蜜をなめている（白川個舟）　　　　　　　1899
ア・マザー（寺澤あめ）　　　　　　　　　　　2532
甘党男子はあまくない〜おとなりさんとのお
　かしな関係〜（織島かのこ）　　　　　　　　0873
アマの子（き志）　　　　　　　　　　　　　　1125
海彦（熊倉省三）　　　　　　　　　　　　　　1304
奄美徳之島（酒木裕次郎）　　　　　　　　　　1593
アマルガム・ハウンド（駒居未鳥）　　　　　　1489
編み物ざむらい（横山起也）　　　　　　　　　4063
雨（貴田雄介）　　　　　　　　　　　　　　　1163
雨上がり世界を語るきみとタてつづきは家族
　になつて聞かうか（太田宜子）　　　　　　　0701
雨を知るもの（秋田榮子）　　　　　　　　　　0078
雨をよぶ灯台（マーサ・ナカムラ）　　　　　　3469
あめがふったら（かわいさくら）　　　　　　　1056
雨地蔵（村上あつこ）　　　　　　　　　　　　3759
あめちゃん（久保徳佳）　　　　　　　　　　　1284
雨の合間（津川エリコ）　　　　　　　　　　　2454
雨のサンカヨウ（伊藤彰汰）　　　　　　　　　0416
雨の日の再会（岸耕助）　　　　　　　　　　　1148
雨の予感（鈴木総史）　　　　　　　　　　　　1995
〈アメリカ映画史〉再構築（遠山純生）　　　　2581
アメリカ日系社会の音楽文化—越境者たちの
　百年史（早稲田みな子）　　　　　　　　　　4205
アメリカン・ブッダ（柴田勝家）　　　　　　　1808
アモーレ、スクーザミ（山本昌子）　　　　　　4000
アーモンド（ソン・ウォンピョン著、矢島暁
　子訳）　　　　　　　　　　　　　2125, 3884
妖しいクラスメイト（無月兄）　　　　　　　　3754
あやし雷解き縁起（有田くもい）　　　　　　　0243
あらいぐまの せんたくやさんと くいしんぼ
　う せんたくき（木下恵美）　　　　　　　　1199
アライブ　がん専門医のカルテ（倉光泰子）　　1317
アラサー女子が部屋で寝ていたら、目覚めて
　いきなり異世界転生していた件（清水ゆり
　か）　　　　　　　　　　　　　　　　　　　1849
アラベスク（森玲子）　　　　　　　　　　　　3835

アララギの釋迢空（阿木津英） ……………… 0079
あららのはたけ（村中李衣） ………………… 3782
蟻（高岡修） …………………………………… 2142
ありえな〜いけど ありえる〜 ウミのゴミ
　（仔羊エルマー） …………………………… 1486
ありがとう（北林紗季） ……………………… 1176
ありがとう（和雨） …………………………… 4186
ありがとう、アーモ！（オーゲ・モーラ文・
　絵，三原泉訳） ………………………… 3679, 3821
ありがとう西武大津店（宮島未奈） ………… 3706
ありとあいなゆる（乾遙香） ………………… 0451
有野君は今日も告る（1103教室最後尾左端） … 0377
在る愛の夢（いしざわみな） ………………… 0338
あるいは私の名前は邪竜神デスドラグーン
　（春海水亭） ………………………………… 3105
あるかしら書店（ヨシタケシンスケ） ……… 4104
ある事件（久保田凜） ………………………… 1295
R団地のミツバチ（ばばたくみ） …………… 3027
アルテミジア・ジェンティレスキ─女性画家
　の生きたナポリ（川合真木子） …………… 1059
ある日彼女のパンティーが、（加藤予備） … 0977
アルプス一万尺（内藤花六） ………………… 2648
あるヘラジカの物語（星野道夫原案, 鈴木ま
　もる絵と文） …………………………… 2010, 3385
あるもの（鳥山まこと） ……………………… 2644
アレクサンドル・ブローク 詩学と生涯（奈倉
　有里） ………………………………………… 2778
荒地の家族（佐藤厚志） ……………………… 1680
あれや（たぬくま舎） ………………………… 2373
阿波踊（勝村博） ……………………………… 0963
阿波の福おんな（安部才朗） ………………… 0175
安価で俺は変わろうと思う（aaa168（スリー
　エー）） ……………………………………… 2056
『暗黒の魔女』に転生してうっかり二万人ほ
　ど殺したら、魔王の称号を得ちゃった。平
　穏に過ごしたいのに、敵がたくさんいるか
　ら戦うしかないや。《TS》（春一） ………… 3095
あんずとぞんび（坂城良樹） ………………… 1594
アンソーシャル ディスタンス（金原ひとみ）
　………………………………………………… 1000
アンチ・アクション─日本戦後絵画と女性画
　家（中嶋泉） ………………………………… 2686
アンティゴネ（ベルトルト・ブレヒト作, ソ
　フォクレス原作）（大川珠季） ……………… 0668
アンティフォナ（斎藤菜穂子） ……………… 1548
アンドレ・ジッドとキリスト教─「病」と
　「悪魔」にみる「悪」の思想的展開（西村晶
　絵） …………………………………………… 2859
アンドロメダの涙 久閑野高校天文部の、秋
　と冬（天川栄人） …………………………… 2546

【い】

居合女子！（坂井のどか） …………………… 1577
いい子のあくび（高瀬隼子） ………………… 2160
いいとしを（オカヤイヅミ） ………………… 0784
いいなあー！（きのフウ） …………………… 1202

「いいなあ長嶋」28首（島田修三） …………… 1829
いい人じゃない（古池ねじ） ………………… 1378
家をせおって歩く かんぜん版（村上慧） …… 3763
家の家出（石原三日月） ……………………… 0350
家の馬鹿息子 ギュスターヴ・フローベール
　論（1〜5）（人文書院） …………………… 1941
夜明珠（三浦育真） …………………………… 3583
イカニンジン（佐藤洋子） …………………… 1709
息が、つまるほどの（鈴木佳朗） …………… 2021
息がちゃん（中川朝子） ……………………… 2671
生きる演技（町屋良平） ……………………… 3495
生きる─窪川原発阻止闘争と農の未来─（島
　岡幹夫） ……………………………………… 1825
行く、行った、行ってしまった（白水社） … 2943
池田（池上ゴウ） ……………………………… 0294
違国日記（ヤマシタトモコ） ………………… 3950
異国の古書店（中山夏樹） …………………… 2766
イコ トラベリング 1948−（角野栄子） …… 0980
「居酒屋お夏 春夏秋冬」シリーズ（岡本さと
　る） …………………………………………… 0777
遺産と鍵の面工（庄司優芽） ………………… 1885
石垣に花咲く（酒井生） ……………………… 1574
石垣りんと戦後民主主義（水埜正彦） ……… 3622
石川真生 私に何ができるか（町口晃, 東京オ
　ペラシティ文化財団） ………………… 2557, 3486
石鎚山に抱かれて（一色龍太郎） …………… 0402
石と風（田中ききょう） ……………………… 2321
イージーライフ（片岡陸） …………………… 0945
維新支持の分析─ポピュリズムか、有権者の
　合理性か（善教将大） ……………………… 2103
イスラーム法の子ども観─ジェンダーの視点
　でみる子育てと家族（小野仁美） ………… 0855
いずれ最強に至る転生魔法使い〜異世界に
　転生したけど剣の才能がないから家を追
　い出されてしまいました。でも魔法の才
　能と素晴らしい師匠に出会えたので魔法
　使いの頂点を目指すことにします〜（飯田
　栄静） ………………………………………… 0273
いずれ水帝と呼ばれる少年 〜水魔法が最弱？
　お前たちはまだ本当の水魔法を知らない！
　〜（かたなじぐ） …………………………… 0947
いずれすべては海の中に（サラ・ピンスカー
　著, 市田泉訳） ………………………… 0385, 3230
異世界アジト〜辺境に秘密基地作ってみた〜
　（あいおいあおい） ………………………… 0003
異世界おそうざい食堂へようこそ！（桂真
　琴） …………………………………………… 0965
【異世界ガイドマップ】5.0★★★★★（57894
　件）を手に入れたので【クチコミ】を頼り
　に悠々自適な異世界旅行スローライフを満
　喫します（菊池快晴） ……………………… 1134
異世界帰りの英雄曰く（涼暮皐） …………… 2026
異世界から帰還したら地球もかなりファンタ
　ジーでした。あと、負けヒロインどもこっ
　ち見んな。（飯田栄静） …………………… 0274
異世界監督、シナリオ無双！（藤七郎） …… 3269
異世界巨大生物VS元アスリート（トム・ブラ
　ウンみちお） ………………………………… 2622
異世界空港のビストロ店〜JKソラノの料理
　店再生記〜（佐倉涼） ……………………… 1628

異世界最高峰のギルドリーダー〜僕以外、全員イケメンと美少女なのでそろそろギルドを抜けたいのですが〜(陽波ゆうい) ……… 3158
異世界除霊師(及川シノン) ……………………… 0657
異世界旅はニワトリスと共に(浅葱) …………… 0104
異世界で天才画家になってみた(八華) ……… 2999
異世界転移したら魔王から、人の頭脳を持った魔物を召喚して無双する 〜人間の知能高すぎるだろ、内政に武芸にチートじゃん〜(クロン) …………………………… 1357
異世界と繋がりましたが、向かう目的は戦争です(ニーナローズ) …………………………… 2875
異世界ナンパ〜無職ひきこもりのオレがスキルを駆使して猫人間や深宇宙ドラゴンに声をかけてみました〜(滝本竜彦) ……………… 2240
異世界に転生したので冒険者を目指そうと思ったが俺のクラスは生産系の修理工。これって戦闘に向かないのでは？ だが、前世のある俺だけ2つ目のクラスがあった。やれやれ。これなら何とかなりそうだ。(くろげぶた) ……………………………………… 1340
居候グモではない(荒井りゅうじ) ……………… 0218
依存(文縞絵斗) ……………………………………… 3332
イタイイタイ病と戦争―戦後七五年忘れてはならないこと―(向井嘉之) ……………… 3739
異端少女らは異世界にて(すめらぎひよこ) … 2053
一裏(髙田充) ………………………………………… 2168
1が2 2が4 4が8(コウタリリン) …………………… 1398
一撃の勇者―神から与えられた祝福はひのきで戦う才能でした―(空千秋) ………………… 2120
いちじくの木(山名聡美) ………………………… 3969
一次元の挿し木(松下龍之介) …………………… 3521
一年一組 せんせいあのね こどものつぶやきセレクション(鹿島和夫選、ヨシタケシンスケ画) ……………………………… 0930, 4105
一番素敵な夏休み(林音々) ……………………… 3053
一富士茄子牛焦ルギー(たなかしん) ………… 2331
#5日後に退職する乳酸菌飲料販売レディ(萌木野めい) ……………………………………… 3795
いつかただの思い出になる(朝霧咲) ………… 0105
いつかの花嫁さん達に特別なウエディングドレスを(南コウ) ………………………………… 3664
いつか見た瑠璃色(谷ユカリ) …………………… 2355
いつか忘れるきみたちへ(村崎なつ生) ……… 3776
いつかはモクズ(キンミカ) ……………………… 1243
厳島(武内涼) ………………………………………… 2251
イックンジュッキの森(美原さつき) ………… 3680
いっしょだね いっしょだよ(きむらだいすけ) ……………………………………………… 1218
いっそ幻聴が聞けたら(屋敷葉) ………………… 3881
行ったことのない街(陽越) ……………………… 4014
逸脱と侵犯 サラ・ケインのドラマトゥルギー(關智子) ………………………………… 2077
一服一銭(やすなお美) …………………………… 3889
一本の葦(宮沢肇) …………………………………… 3701
一本の樹木のように(佐藤モニカ) ……………… 1705
いつもとちがう水よう日(丸山陽子) ………… 3577
いつもの待ち合わせの駅での奇跡(菅浩史) … 1955
糸(馬場友紀) ………………………………………… 3028
伊東静雄―戦時下の抒情(青木由弥子) ……… 0024

糸を紡ぐ転生者(流庵) …………………………… 4167
愛しのクリーレ(滝口葵巳) ……………………… 2236
井戸の傍らで(大江豊) …………………………… 0667
「田舎教師」の時代―明治後期における日本文学・教育・メディア(ピーテル・ヴァン・ロメル) ……………………………………………… 0525
イナリワン友人帳(円山東光) …………………… 3576
犬(赤松利市) ………………………………………… 0068
犬がいた季節(伊吹有喜) ………………………… 0475
イノサン Rouge ルージュ(坂本眞一) ……… 1612
命、ギガ長さ(松尾スズキ) ……………………… 3502
いのちの歌(内田賢一) …………………………… 0573
命のうた―ぼくらは路上で生きた 十歳の戦争孤児(竹内早希子著、石井勉絵) …… 0321, 2247
いのちの言の葉(弟子丸博道) …………………… 2521
いのちの授業(澤内イツ) ………………………… 1734
祈り(畠山政文) ……………………………………… 2992
祈り(濱田美枝子、岩田真治) …………… 0517, 3036
イーハトーブの数式(大西久美子) …………… 0715
いびしない愛(竹田モモコ) ……………………… 2269
異分子の彼女(西澤保彦) ………………………… 2841
異邦人の庭(刈馬カオス) ………………………… 1052
異邦人のロンドン(園部哲) ……………………… 2117
イマジン・シューター(休達人) ……………… 1221
いま二センチ(歌集)(永田紅) ………………… 2698
今まで使えないクズだと家族や婚約者にも虐げられてきた俺が、実は丹精込めて育てたゲームのキャラクターとして転生していた事に気付いたのでこれからは歯向かう奴はぶん殴って生きることにしました(Crosis) …………………………………………… 1346
今はただ、彼のように(田谷零音) …………… 2402
今はむかし むかしは今(詩集)(ローゼル川田) …………………………………………………… 4181
意味の在処―丹下健三と日本近代(近本洋一) ……………………………………………………… 2416
妹が女騎士学園に入学したらなぜか救国の英雄になりました。ぼくが。(ラマンおいどん) ………………………………………………… 4147
妹に婚約者を寝取られたら公爵様に求婚されました(陽炎氷柱) ………………………………… 0912
妹の友達を好きになるなんてありえない(エパンテリアス) ……………………………… 0639
EU性差別禁止法理の展開―形式的平等から実質的平等へ、さらに次のステージへ(黒岩容子) ………………………………………… 1333
イラク水滸伝(高野秀行) ………………………… 2181
居るのはつらいよ―ケアとセラピーについての覚書(東畑開人) ……………………………… 2568
岩くじら(さくらぎさえ) ………………………… 1636
いわさきちひろと戦後日本の母親像―画業の全貌とイメージの形成(宮下美砂子) …… 3705
岩野泡鳴・逆説〈怨恨〉のナショナリズム〜淡路自由民権運動の息吹と共に〜(谷本茂文) ……………………………………………………… 2372
岩屋のサナギが海に舞う(大杉光) …………… 0692
陰キャな人生を後悔しながら死んだブラック企業勤務の俺(30)が高校時代からやり直し！ 社畜力で青春リベンジして天使すぎ

るあの娘に今度こそ好きだと告げる！（慶野由志） …… 1365
陰キャの僕にセフレがいる事をクラスの君達はまだ知らない（ヤマモトタケシ） …… 3991
インクは滴となって（井町知道） …… 0486
印字された内容（岡田周平） …… 0755
因習を！ 無から起こして！ 村興せ！（春海水亭） …… 3106
引退【武装商人】のトラベル・スローライフ ～ハーフエルフの弟子と行く、らぶらぶ大陸横断旅行～（右薙光介） …… 0589
インド−グローバル・サウスの超大国（近藤正規） …… 1520
インビジブル（坂上泉） …… 1591
インフルエンス・インシデント（駿馬京） …… 1875

【う】

ヴァーチャルウィッチ（西馬舜人） …… 1557
初×婚（黒崎みのり） …… 1341
浮いてこい（前畠一博） …… 3448
ウィルタ（門脇賢治） …… 0982
ヴィンダウス・エンジン（十三不塔） …… 1870
ヴェネツィアの陰の末裔（上田朔也） …… 0533
ウォーターリリー（川野里子） …… 1098
ヴォドニークの水の館 チェコのむかしばなし（まきあつこ文、降矢なな絵） …… 3337, 3450
羽化（工藤進） …… 1271
羽化（生田麻也子） …… 0288
羽化のメソッド（手取川由紀） …… 2526
うくらいな（森山高史） …… 3860
受付嬢ですが、定時で帰りたいのでボスをソロ討伐しようと思います（香坂マト） …… 1390
ウサギ体験中！（たなひろ乃） …… 2316
うさぎとハリネズミ きょうもいいひ（はらまさかず） …… 3074
ウサギとぼくのこまった毎日（ジュディス・カー作・絵、こだまともこ訳） …… 0881, 1444
うさぎの話（栗林浩） …… 1321
宇佐美魚目の百句（武藤紀子） …… 3756
うしとざん（高畠那生） …… 2211
失われたいくつかの物の目録（ユーディット・シャランスキー著） …… 3393
失われた時を求めて（全14巻）（マルセル・プルースト著）（吉川一義） …… 4074
「羽州ぼろ鳶組」シリーズ（今村翔吾） …… 0491
後ろの席のぎゃるに好かれてしまった。もう俺は駄目かもしれない。（陸奥こはる） …… 3644
うすがみの銀河（鈴木加成太） …… 1988
蹲るもの（秋山公哉） …… 0088
渦の底から（平石鼎） …… 3189
太秦−恋がたき（藤田芳康） …… 3287
薄氷（うすらい）（島田悠子） …… 1835
嘘つきたちへ（小倉千明） …… 0823
嘘つきは透明のはじまり（草間小鳥子） …… 1258
嘘のくに（吾野廉） …… 0063
うたかたつむり（野田沙織） …… 2911

歌うキノコと孤児たち（ふるたみゆき） …… 3350
〈うた〉起源考（藤井貞和） …… 3272
「うたのことば」に耳をすます（久保田淳） …… 1289
「うちの旦那が甘ちゃんで」シリーズ（神楽坂淳） …… 0908
うちのメイドロボがそんなにイチャイチャ百合生活してくれない（ギガントメガ太郎） …… 1130
うちのわんこの話をさせてください。（肥前ロンズ） …… 3147
うちゅういちの たかいたかい（ホッシーナッキー、にいた） …… 2827, 3404
宇宙人あらわる（ヤマジロウ） …… 3953
美しいからだよ（水沢なお） …… 3613
美しいノイズ（centre Inc., 田中義久、山田悠太朗, 主婦の友社） …… 1873, 2345, 3966, 4242
美しき筥（歌集）（三留ひと美） …… 3653
うつらうつら（スージィ） …… 1981
移り棲む美術 ジャポニスム、コラン、日本近代洋画（三浦篤） …… 3582
移ろう前衛−中国から台湾への絵画のモダニズムと日本（呉孟晋） …… 1327
虚ろな革命家たち−連合赤軍 森恒夫の足跡をたどって（佐賀旭） …… 1569
うつろ舟（さ青） …… 1567
腕ヲ失クシタ瑠々栖〜明治悪魔祓ヒ師異譚〜（明治サブ） …… 3788
雨滴（山西雅子） …… 3974
海原へ（松王かをり） …… 3506
馬と古代社会（佐々木虔一、田尻秋生、黒済和彦） …… 1084, 1349, 1654
馬とumaに未来をのせて（久保野桂子） …… 1296
馬のこころ 脳科学者が解説するコミュニケーションガイド（ジャネット・L・ジョーンズ著, 尼丁千津子訳, 持田裕之編集協力, パンローリング） …… 0186, 1894, 3112, 3805
うみいろのねこ（島村幹子） …… 1840
海をあげる（上間陽子） …… 0553
海を詩に（吉原文音） …… 4115
海を吸う（才谷泉） …… 1538
海を覗く（伊良利耶） …… 0499
海が走るエンドロール（たらちねジョン） …… 2405
海ではないから（七坂稲） …… 2801
海とサキイばあ（広瀬心二郎） …… 3222
海と大地と共同の力 反CTS金武湾闘争史（金武湾闘争史編集刊行委員会） …… 1244
湖とファルセット（田村穂隆） …… 2398
海のアトリエ（堀川理万子） …… 3422
海の上の建築革命− 近代の相克が生んだ超技師の未来都市〈軍艦島〉−（中村享一） …… 2739
海の焚き火（杉乃坂げん） …… 1965
海の庭（泉屋宏樹, 国書刊行会） …… 0366, 1424
海辺をゆく（のらいしれんふう） …… 2929
海辺でカニを探す図鑑−天草のカニ類144種の名前と特徴が写真でわかる（吉崎和美） …… 4081
海辺のカプセル（霜月透子） …… 1856
海蛇と珊瑚（藪内亮輔） …… 3913
海よ光れ！−東日本大震災・被災者を励ました学校新聞（田沢五月） …… 2284

埋もれた都の防災学―都市と地盤災害の2000
　年―（釜井俊孝）・・・・・・・・・・・・・・・・・・・・・　1013
心淋し川（西條奈加）・・・・・・・・・・・・・・・・・・・　1535
うるうの朝顔（水庭れん）・・・・・・・・・・・・・・・・　3620
「うるさい」とそばにいる友笑うけど君がい
　ないと私は静か（上水遙夏）・・・・・・・・・・・　1025
漆伝説（萩岡良博）・・・・・・・・・・・・・・・・・・・・・　2941
売れない地下アイドルの私ですが、唯一の
　ファンが神様でした（長埜恵）・・・・・・・・・　2714
上辺だけの人（三嶋龍朗）・・・・・・・・・・・・・・・　3606
ヴンダーカンマー（星月渉）・・・・・・・・・・・・・　3376
ウンチョル先生（康玲子）・・・・・・・・・・・・・・・　1115

【え】

AIロボット、ひと月貸します！（木内南緒）・・　1129
映画を早送りで観る人たち（稲田豊史）・・・・　0445
映画館に鳴り響いた音―戦前東京の映画館と
　音文化の近代（柴田康太郎）・・・・・・・・・・・　1812
英国喫茶 アンティークカップス（猫田パナ）
　・・・・・・・・・・・・・・・・・・・・・・・・・・・・・・・・・・　2892
英雄と魔女の転生ラブコメ（雨宮和希）・・・・　0191
エヴァーグリーン・ゲーム（石井仁蔵）・・・・　0318
笑顔のハンカチ（中嶋亜季）・・・・・・・・・・・・・　2685
笑顔のベリーソース（五色ひいらぎ）・・・・・・　1437
笑顔の理由（中川陽介）・・・・・・・・・・・・・・・・・　2679
え、神絵師を追い出すんですか？ ～理不尽
　に追放されたデザイナー、同期と一緒に神
　ゲーづくりに挑まんとす。プロデューサー
　に気に入られたので、戻ってきてと頼まれ
　ても、もう遅い！ ～（宮城こはく）・・・・・・　3691
エ・クウォス―南スーダン・ヌエル社会にお
　ける予言と受難の民族誌（橋本栄莉）・・・・　2958
エクソダス―アメリカ国境の狂気と祈り（村
　山祐介）・・・・・・・・・・・・・・・・・・・・・・・・・・・・　3785
Aサインバー（長嶺幸子）・・・・・・・・・・・・・・・　2733
SNS時代の私性とリアリズム（小野田光）・・　0859
SF作家の倒し方（小川哲）・・・・・・・・・・・・・・・　0791
SFする思考 荒巻義雄評論集成（荒巻義雄）・・　0237
エチオピア高原の吟遊詩人―うたに生きる者
　たち（川瀬慈）・・・・・・・・・・・・・・・・・・・・・・・　1089
えー、中学ではBSS部に所属し、脳を破壊さ
　れまくっていました（あたし黒髪のように
　とけそうな気がする）・・・・・・・・・・・・・・・・・　0155
エツコさん（昼田弥子）・・・・・・・・・・・・・・・・・　3214
越中おわら風の盆の空間誌（長尾洋子）・・・・　2669
えーどうなってんの（関本紗也乃）・・・・・・・・　2085
エドガー・ヴァレーズ―孤独な射手の肖像（沼
　野雄司）・・・・・・・・・・・・・・・・・・・・・・・・・・・・　2889
江戸川乱歩年譜集成（中相作）・・・・・・・・・・・　2654
江戸期の広域出版流通（大和博幸）・・・・・・・・　0740
江戸中期上方歌舞伎囃子方と音楽（前島美
　保）・・・・・・・・・・・・・・・・・・・・・・・・・・・・・・・・　3438
江戸落語奇譚 ～怪異には失礼のないように
　～（奥野じゅん）・・・・・・・・・・・・・・・・・・・・・　0819
N/A（年森瑛）・・・・・・・・・・・・・・・・・・・・・・・・　2601

NHK 100分de名著『アーサー・C・クラーク
　スペシャル ただの「空想」ではない』（瀬
　名秀明）・・・・・・・・・・・・・・・・・・・・・・・・・・・・　2098
NHK 100分de名著『小松左京スペシャル「神」
　なき時代の神話』（宮崎哲弥）・・・・・・・・・・　3699
えのぐやコロルとまっしろなまち（田井宗一
　郎）・・・・・・・・・・・・・・・・・・・・・・・・・・・・・・・・　2130
エビくんとエビちゃん（切貫奏栄）・・・・・・・・　1236
エピタフ 幻の島、ユルリの光跡（岡田敦）・・　0752
絵本画家 赤羽末吉 スーホの草原にかける虹
　（赤羽茂乃）・・・・・・・・・・・・・・・・・・・・・・・・・　0064
M. M. ドブロトヴォールスキィのアイヌ語・
　ロシア語辞典（共同文化社）・・・・・・・・・・・　1227
エリカについて（小野絵里華）・・・・・・・・・・・　0850
エリザベス（太原千佳子）・・・・・・・・・・・・・・・　2378
エルモビーニの長いしっぽ（宇佐見洋子）・・　0562
エレファント・シュノーケリング（岡田智
　樹）・・・・・・・・・・・・・・・・・・・・・・・・・・・・・・・・　0761
エレメント＝エンゲージ ―精霊王の寵姫た
　ち―（雨宮ソウスケ）・・・・・・・・・・・・・・・・・　0193
エロゲの主人公をいじめるクズな悪役に転生
　した俺、モブでいたいのになぜかヒロイン
　たちに囲まれている（時雨みもゆ）・・・・・・　1773
演劇教育の時代（渡辺健一郎）・・・・・・・・・・・　4215
冤罪をほどく "供述弱者"とは誰か（中日新聞
　編集局、秦融）・・・・・・・・・・・・・・　2442, 2989
演出家 鈴木忠志 その思想と作品（渡辺保）・・　4218
遠藤周作と探偵小説 痕跡と追跡の文学（金承
　哲）・・・・・・・・・・・・・・・・・・・・・・・・・・・・・・・・　1209
エンド・オブ・アルカディア（蒼井祐人）・・　0019
エンド・オブ・ライフ（佐々涼子）・・・・・・・・　1645
煙突のある風景（小松透、Place M）・・・　1493, 4252
縁の下の花（鈴木ふみ）・・・・・・・・・・・・・・・・・　2006
鉛筆（菅野節子）・・・・・・・・・・・・・・・・・・・・・・・　1960
遠慮深いうたた寝（名久井直子、河出書房新
　社）・・・・・・・・・・・・・・・・・・・・・・・・　1096, 2776

【お】

追いかける瞳（山田孝）・・・・・・・・・・・・・・・・・　3962
お粋に花咲く（中川裕規）・・・・・・・・・・・・・・・　2674
おいしいごはんが食べられますように（高瀬
　隼子）・・・・・・・・・・・・・・・・・・・・・・・・・・・・・・　2159
オイスター先生と俺。（二宮酒匂）・・・・・・・・　2877
「おいち不思議がたり」シリーズ（あさのあつ
　こ）・・・・・・・・・・・・・・・・・・・・・・・・・・・・・・・・　0117
追いえた近代―戦後日本の自
　己像と教育（苅谷剛彦）・・・・・・・・・・・・・・・　1049
追いつかれた者たち（濱道拓）・・・・・・・・・・・　3038
御命頂戴！（島田悠子）・・・・・・・・・・・・・・・・・　1834
オイモはときどきいなくなる（田中哲弥）・・　2336
おい勇者、さっさと俺を解雇しろ！（農民ヤ
　ズー）・・・・・・・・・・・・・・・・・・・・・・・・・・・・・・　2898
おいらは赤いタイルだぜ（大森あるま）・・・・　0732
「鷗外守」20首（坂井修一）・・・・・・・・・・・・・・　1573
王国勇者認定官ミゲルの冒険（オーノ・コ
　ナ）・・・・・・・・・・・・・・・・・・・・・・・・・・・・・・・・　0852

作品名	番号
黄金の君に誓う（古川真愛）	3345
黄金の経験値（原純）	3080
黄金分割（小林貴子）	1477
王さまのお菓子（中嶋香織, 世界文化社）	2072, 2687
王様のキャリー（まひる）	3561
オウジクエスト（ニャンコの穴）	2879
奥州馬、最後の栄光（浜矢スバル）	3040
奥州狼狩奉行始末（東圭一）	0148
欧州の排外主義とナショナリズム─調査から見る世論の本質（中井遼）	2665
王女様のお仕置き係 〜セクハラ疑惑で失脚したらなぜか変態王女のご主人様になったんだが〜（白澤光政）	1904
王女に成りすましている紀州生まれのルシェちゃんが今日もパニクっててカワイイ（鉄人じゅす）	2523
王朝和歌史の中の源氏物語（瓦井裕子）	1111
王の祭り（小川英子著, 佐竹美保装画）	0797, 1671
オウマガの蠱惑（椎葉伊作）	1751
王立魔術学院の鬼畜講師（急川回レ）	0369
王は銀翅の夢を見る（佐木真紘）	1618
「お江戸甘味処 谷中はつねや」シリーズ（倉阪鬼一郎）	1309
大江健三郎の『義』（尾崎真理子）	0825
大江戸怪物合戦 〜禽獣人譜〜（114倉イルカ）	2799
大江戸しんぐらりてい（夜来風音）	4013
大江戸拉麺勝負（高橋英樹）	2199
大奥（よしながふみ）	4108
狼忌（山中西放）	3970
狼の義 新 犬養木堂伝（林新, 堀川恵子）	3045, 3418
おおきなかみであそんでみた（くろかわなおこ）	1338
おおぐいタローいっちょくせん（マスダカルシ）	3472
大久保利通『知』を結ぶ指導者（瀧井一博）	2235
大槻圭子 Primitive（岡崎由佳, 中川ちひろ, 求龍堂）	0748, 1223, 2673
大渕堂書店の閉店（和響）	4187
大鞠家殺人事件（芦辺拓）	0145
大家さん、従魔士に覚醒したってよ（モノクロ）	3815
大雪をあおいで「三年目のナナカマド」その後（原田芳子）	3089
お母さんはどっち（大澤縁）	0683
おかえり（吉成正士）	4112
おかえり、エンマ様（畠山結有）	2995
おかえり只見線（星ゆきこ）	3375
お菓子かいたずらか！（田尾元江）	2140
岡野弘彦全歌集（岡野弘彦）	0768
岡山駅から（松本利江）	3548
御庭船料理の探求 文献資料と再現作業（鄒揚華）	0524
沖縄語動詞形態変化の歴史的研究（多和田眞一郎）	2409
沖縄 ことば咲い渡り（さくら、あお、みどり）（全3巻）（外間守善, 仲程昌徳, 波照間永吉）	2732, 3010, 3370
沖縄児童文学の水脈（齋木喜美子）	1532
おきにいりのしろいドレスをきてレストランにいきました（渡辺朋作, 高畠那生絵）	2212, 4220
オキモチや（とき）	2586
お客様は神様です！ 下町デパート七福神ご奉仕部（本葉かのこ）	3810
おくさまのてぶくろ（山本瑞）	4003
億千CRYSTAL（長山久竜）	2764
おくり絵師（森明日香）	3824
お探し物は図書室まで（青山美智子）	0044
推さないでくれませんか？（戸成なつ）	2608
幼馴染を親友に寝取られた俺。これからは元親友の妹とイチャイチャしていきたいと思います（朝陽千早）	0128
幼馴染シンドロームの処方薬（稀山美波）	3578
幼馴染だった妻と一緒に高校時代にタイムリープしたんだがどうして過去に戻ってきたのか理由が分からない。そして高校生の妻がエロい。（kattern）	4246
幼馴染に陰で都合の良い男呼ばわりされた俺は、好意をリセットして普通に青春を送りたい（野良うさぎ）	2928
幼馴染の妹の家庭教師をはじめたら疎遠だった幼馴染が俺の~学年のアイドルが俺のことを好きだなんて絶対に信じられない~（すかいふぁーむ）	1957
幼馴染のVTuber配信に一度だけ出演した結果『超神回』と話題になり、ついでにスカウトまで来た件について（道野クローバー）	3643
お侍さんは異世界でもあんまり変わらない（四辻いそら）	4126
おじいちゃんの秘密基地（平山美帆）	3213
押しかけ執事と無言姫─こんな執事はもういらない─（安崎依代）	0257
推しにダンジョン産の美味いもんを食わせるために、VTuberになってみた（モノクロウサギ）	3816
推しに熱愛疑惑出たから会社休んだ（カネコ撫子）	0994
【推しの子】（赤坂アカ, 横槍メンゴ）	0056, 4069
推し、燃ゆ（宇佐見りん）	0563
おしゃれな布おばけ（内田朋実）	0576
お嬢さまと犬 契約婚のはじめかた（水守糸子）	3630
おしりたんてい ラッキーキャットはだれのてに！（トロル）	2647
おすしアイドル（山崎由貴）	3947
おすしやさんにいらっしゃい！ 生きものが食べものになるまで（おかだだいすけ文, 遠藤宏写真）	0653, 0757
小津安二郎（平山周吉）	3210
Oセンセイとわたしの二十年〜大学助教授と女子高生が文通相手から「ニセ祖父ニセ孫」と呼び合うまで〜（つるよしの）	2507
遅い春（伊達慶）	2310
小田原北条戦記（斎藤光顕）	1550
おちくぼ姫（田辺聖子）	2350
落ちこぼれ回復魔法士のタマノコシ狂騒曲（糀野アオ）	1392
落ちこぼれ猟理人、伝説になる（山夜みい）	4010

お月さまの作せん（いなばみのる）	0448
おっさん異世界で最強になる ～物理特化型なのでパーティを組んだらなぜかハーレムに～（次佐駆人）	1780
おっさんがゲーム序盤に倒される山賊のザコキャラに転生しましたが、貰ったスキルとやり込んだゲーム知識を使ってどうにかこうにかやっていこうと思います。（ひろっさん）	3225
おっさん、転生して天才役者になる（ほえ太郎）	3368
夫の骨（矢樹純）	3874
夫・初太郎と私（手島きみ子）	2520
お出かけゲーム（西村美佳孝）	2864
お父さんと家族と競馬（ことねえりか）	1459
おとうさんはとまらない（はつみひろたか）	3009
おとうと（柊圭介）	3114
音を紡ぐ（丹澤みき）	2413
男たち／女たちの恋愛—近代日本の「自己」とジェンダー（田中亜以子）	2317
男は背中を語る（山崎力）	3944
おとな七人子ども七人（岡本惠子）	0775
大人になるにあたって（沢口花咲）	1736
大人になれば（伊藤孝志）	0409
お隣の女子高生の人生を買うことになったんだが、そのときには既にベタ惚れされてしまっていたらしい。（春一）	3093
音の出せないコオロギ（巻淵希代子）	3460
乙女ゲームのヒロインは婚約破棄を阻止したい（藤浪保）	3290
オトやんのかぐら（多仁田敏幸）	2368
「オードリー・タン」の誕生（石崎洋司）	0334
踊り場にて（生方美久）	0600
踊れ、かっぽれ（実石沙枝子）	1791
鬼ガラス（齋藤里恋）	1554
オニのアタマから（岡本正大）	0781
鬼の筆 戦後最大の脚本家・橋本忍の栄光と挫折（春日太一）	0938
「鬼役」シリーズ（坂岡真）	1587
「鬼役伝」シリーズ（坂岡真）	1588
「御庭番の二代目」シリーズ（氷月葵）	3144
お姉ちゃんの不思議なクレヨン（やぎみいこ）	3876
おばあちゃんの金平糖（関岡ミラ）	2081
おばあちゃんのひみつ（安藤孝則）	0259
おばあと芒果（国梓としひで）	1279
おばけのアイスクリーム屋さん（かんな）	1121
おばけふみ切り（宮武那槻）	3711
オーバーライト（水城孝敬）	3611
おひさま菜園（西塚尚歩）	2844
おひさま わらった（サイトヲヒデユキ，JULA出版局発行，フレーベル館発売）	1555, 1874, 3356
帯締め（田岡たか子）	2141
オービタル・クリスマス（池澤春菜著，堺三保原作）	0299, 1579
オビナ様（霧野つくば）	1239
お弁当あたためて食べてね（織原誠）	0876
おぼえてないのは彼女だけ（1103教室最後尾左端）	0378

おぼえて、わすれる（佐々木紺）	1655
溺れる星くず（遠藤かたる）	0645
おまえうまそうだな さよならウマソウ（宮西達也）	3712
お前を殺してでも、幸せになりたかったから。（雨宿火澄）	0197
お前が殺した骸にも人の名前があったんだ（風深模香）	0920
「お前と居るとつまんねぇ」～俺を追放したチームが世界最高のチームになった理由（わけ）～（大好き丸）	2134
お前の親になったる（草刈涼太郎）	1253
想いを花に託して（真紀涼介）	3454
おもいだしや（梶山祥代）	0932
思い出カジノ（眞山マサハル）	3566
思い馳せ（平山奈子）	3212
想いひと針（月星つばめ）	2461
おもしろい！ 進化のふしぎ ざんねんないきもの事典（今泉忠明）	0482
おもしろい！ 進化のふしぎ 続ざんねんないきもの事典（今泉忠明）	0479
おもしろい！ 進化のふしぎ 続々ざんねないきもの事典（今泉忠明）	0480
おもしろい！ 進化のふしぎ もっとざんねないきもの事典（今泉忠明）	0481
親ごころ、子ごころ（森田志保子）	3845
おやすみ、あの日の変われない花（詠井晴佳）	4137
泳げない海（三吉ほたて）	3727
オランダ絵画にみる解剖学（東京大学出版会）	2560
をりをり よみ耽り（高瀬乃一）	2161
檻の中の城（丸井常春）	3573
オリンピックに駿馬は狂騒う（茜灯里）	0060
オール★アメリカン★ボーイズ（ジェイソン・レノルズ，ブレンダン・カイリー著，中野怜奈訳）	0887, 2719, 4179
万事快調（波木銅）	2812
オルタネート（加藤シゲアキ）	0970
俺、悪役騎士団長に転生する。（酒本アズサ）	1611
俺がピエロでなにが悪い！（白井ムク）	1898
オレさま怪盗ツマミール（田中キャミー）	2325
俺だけデイリーミッションがあるダンジョン生活（ムサシノ・F・エナガ）	3748
俺だけLVアップするスキルガチャで、まったりダンジョン探索者生活も余裕です ～ガチャ引き楽しくてやめられねぇ！～（シンギョウガク）	1923
俺の姉は異世界最強の支配者『らしい』（雨井呼音）	0182
俺の幼馴染はメインヒロインらしい。（3pu）	2057
俺の彼女を奪った超人気モデルなイケメン美少女が、なぜか彼女じゃなくて俺に付きまとってくる（福田週人）	3259
俺の召喚獣、死んでる（楽山）	4144
俺の追放されたい願望がメンバー全員に知られている件（陽波ゆうい）	3159
俺の話は長い（金子茂樹）	0993
おれ、よびだしになる（中川ひろたか文，石川えりこ絵）	0324, 2675

俺はひょっとして、最終話で負けヒロインの横にいるポッと出のモブキャラなのだろうか（雨森たきび） ………………………… 0195
オレンジ物件（原田裕史） ………………… 3085
オレンヂ（手取川由紀） …………………… 2524
終わりなき漱石（神山睦美） ……………… 1035
おわりのそこみえ（図野象） ……………… 2046
おわりの船が通る日に（恩田澪治） ……… 0880
終わる世界の終わらない失恋（電気泳動） 2548
音楽の危機《第九》が歌えなくなった日（岡田暁生） ……………………………… 0751
をんごく（北沢陶） ………………………… 1170
オン・ザ・ストリートとイッツ・ダ・ボム（井上先斗） ………………………………… 0463
温暖化の秋 - hot autumn -（山内ケンジ） 3921
おんな（神田千代子） ……………………… 1120
女幹部の罪深ひとりごはん（エビハラ） … 0641
女盗賊に転生したけど、周回ボーナスがあれば楽勝だよねっ！ ～100％盗むと100％逃げるで楽々お金稼ぎ！ ～（遠藤だいず）
 ……………………………………………… 0648
女の子がいる場所は（やまじえびね） …… 3948
女の子たち風船爆弾をつくる（小林エリカ） 1471
女の園の星（和山やま） …………………… 4238
おんなの女房（蝉谷めぐ実） ……………… 2100
おんぶにゃにゃにとにゃく（殿井祐子） … 2612
「隠密船頭」シリーズ（稲葉稔） ………… 0449

【か】

海外引揚の研究―忘却された「大日本帝国」（加藤聖文） ………………………… 0968
怪奇！ 巨大な亀に街を見た！ 聖女とチンピラとデカケツ獣人VS邪悪な黒ギャル軍団（助六稲荷） ………………………… 1977
怪奇現象という名の恐怖（沖光峰津） …… 0812
開高健論～非当事者性というフロンティアを生きる（奥憲介） ……………………… 0815
介護ロボットのみどりさん（さくらみお） 1626
怪獣8号（松本直也） ……………………… 3550
怪獣保護協会（ジョン・スコルジー著、内田昌之訳） ……………………… 0578, 1979
灰春（キムラカエデ） ……………………… 1216
海賊忍者（諏訪宗篤） ……………………… 2064
改訂版 カミと蒟蒻（長谷川源太） ……… 2973
回転木馬（若松昭子） ……………………… 4196
街道（森田純一郎） ………………………… 3846
解答者は走ってください（佐々木陸） …… 1662
カイトとルソンの海（土屋千鶴） ………… 2483
がいなもん 松浦武四郎一代（河治和香） 1079
貝に続く場所にて（石沢麻依） …………… 0337
峡の畑―石井美智子句集―（石井美智子） 0322
貝のふしぎ発見記（武田晋一） …………… 2266
怪物（坂元裕二） …………………………… 1614
かいぶつ（とおちかあきこ） ……………… 2574
怪物園（祖父江慎、藤井瑶、福音館書店）
 …………………………… 2118, 3244, 3275

帰らざる河―海峡の画家イ・ジュンソプとその愛（大貫智子） ……………………… 0719
カエルのアーチ（野川美保） ……………… 2899
かえるのうた（川村真央） ………………… 1105
カエルの子（チバアカネ） ………………… 2425
カエルの月（趙一安） ……………………… 2445
帰れ 野生のロボット（ピーター・ブラウン作・絵、前沢明枝訳） ……………… 3334, 3436
火炎樹（佐藤文子） ………………………… 1695
顔の考古学 異形の精神史（設楽博己） … 1789
香りを、纏って（切替郁恵） ……………… 1234
かか（宇佐見りん） ………………………… 0564
家外不安全（岡本佳奈） …………………… 0774
科学革命の構造［新版］（みすず書房） … 3616
〈雅楽〉の誕生―田辺尚雄が見た大東亜の響き（鈴木聖子） ……………………… 1993
画家達の仕事とギャラリー2（宇田川靖二） 0569
鏡の巫女と縁切り雀（雨宮いろり） ……… 0205
鍵のかかった文芸誌（o-flat inc.、菊池拓哉）
 …………………………………… 1137, 4250
柿の木から来た道（山本紀美） …………… 3984
柿本多映俳句集成（柿本多映） …………… 0898
かぎろいの島（緒音百） …………………… 0713
鍵和田秞子の百句（藤田直子） …………… 3286
学院最強最弱の末裔と禁則使いの性転換者（生輝圭吾） ……………………………… 0309
学園の姫を助けたつもりが病んだ双子の妹に責任を取らされるはめになった（荒三水） ……………………………………… 0254
＃拡散希望（結城真一郎） ………………… 4023
カクタスさんの灯（高篠力丸） …………… 2156
かくて謀反の冬は去り（古河絶水） ……… 1419
獲得と臨床の音韻論（上田功） …………… 0531
学年の二大美少女にフラれたのに、何故か懐かれたらしい（あおぞら） …………… 0028
かぐや様は告らせたい～天才たちの恋愛頭脳戦～（赤坂アカ） …………………… 0055
かくれてへんかー（戸田和樹） …………… 2603
隠れ町飛脚・三十日屋余話（鷹山悠） …… 2232
かくれんぼ（中原賢治） …………………… 2728
影（井嶋りゅう） …………………………… 0354
駆け入りの寺（澤田瞳子） ………………… 1738
華月堂物語―後宮蔵書室は閑職なはずでは!?（桂真琴） ………………………… 0964
崖にて（北山あさひ） ……………………… 1187
かげの森（長月灰影） ……………………… 2709
影踏亭の怪談（大島清昭） ………………… 0689
影み。堀越雪朋 ……………………………… 3423
鹿児島 錫山鉱山遺構目録（志賀美英） … 1763
過去の小説（壁伸一） ……………………… 1011
かさごぐま（茂内希保子） ………………… 1775
鵲の白きを見れば黄泉がえり～死者の手紙届けます（紙屋ねこ） ………………… 1032
かざしの姫君（ササキタツオ） …………… 1659
我拶（がさつ）もん（神尾水無子） ……… 1017
かしこくて勇気ある子ども（山本美希） … 4002
貸本屋おせん（高瀬乃一） ………………… 2162
歌人という主体の不可能な起源（弘平谷隆太郎） …………………………………… 1488
家臣に恵まれた転生貴族の幸せな日常。（企業戦士） …………………………………… 1131

かすか　　　　　　　　　　　　作品名索引

春日井建論―詩と短歌について（彦坂美喜子）……… 3128
カステラアパートのざらめさん（島村木綿子）……… 1841
カースト頂点のギャルに激おこだったけど、百合になる暗示がかかってから可愛くて仕方ない（最ína みはや）……… 1559
ガストン・フェビュスの『狩猟の書』挿絵研究（髙木麻紀子）……… 2151
かすみ川の人魚（長谷川まりる）……… 2980
火星の涙（平野蒼空）……… 3200
風おくりの夜（木村亜里）……… 1214
かぜがつよいひ（昼田弥子作、シゲリカツヒコ絵）……… 1779, 3215
風さわぐ北のまちから　少女と家族の引き揚げ回想記（遠藤みえ子）……… 0654
風と雅の帝（荒山徹）……… 0238
風になるにはまだ（笹原千波）……… 1665
風の仮面（日下野仁美）……… 3123
風の正太（にゅうかわかずこ）……… 2880
風の巣（本多寿）……… 3427
風の図譜（原満三寿）……… 3075
風の旋律（玉井裕志）……… 2384
風の谷のナウシカ（歌舞伎脚本）（丹羽圭子、戸部和久）……… 2614, 2883
風のたまり場（津島ひたち）……… 2468
風の領分（岸田將幸）……… 1152
風よ あらしよ（村山由佳）……… 3786
風と僕らの頭髪（弥生小夜子）……… 4012
風は海から吹いてくる（遠藤源一郎）……… 0646
風は吹く、無数の朝（中村育）……… 2737
仮想的な歌と脳化社会―二〇二〇年代の短歌（竹内亮）……… 2249
家族（千葉皓史）……… 2426
家族じまい（桜木紫乃）……… 1637
家族写真―3.11原発事故と忘れられた津波（笠井不晶）……… 0915
「家族の幸せ」の経済学―データ分析でわかった結婚、出産、子育ての真実（山口慎太郎）……… 3930
片腕の刑事（竹中篤通）……… 2272
片側交互通行（桜人心都悩）……… 1641
カタストロフ（大鹿日向）……… 0684
カタブイ、1972（内藤裕子）……… 2651
カタブツ女領主が冷血令嬢を押し付けられたのに、才能を開花させ幸せになる話（藤之恵夢）……… 3294
かたゆき（矢島あき）……… 3883
「語る子ども」としてのヤングアダルト―現代日本児童文学におけるヤングアダルト文学のもつ可能性（小林夏美）……… 1479
花旦綺羅演戯 ～娘役者は後宮に舞う～（悠井すみれ）……… 4021
ガタンゴトン（今泉和希）……… 0483
ガチャと僕のプライベートプラネット（太陽くん）……… 2139
学研の図鑑 スーパー戦隊（東映、松井大監修、学研プラス編集・制作）……… 0959, 2556, 3498
学校一の美少女たちに告白されたけど嬉しくないし正直なところ迷惑でしかない（吉野憂）……… 4114
学校に内緒でダンジョンマスターになりました。（琳太）……… 4166
がっこうにまにあわない（ザ・キャビンカンパニー）……… 1621
がっこうのてんこちゃん はじめてばかりでどうしよう！ の巻（ほそかわてんてん）……… 3395
合唱祭（短編）（藤井耿介）……… 3271
河童のいた日々（加藤日出美）……… 0974
カップ酒（秋野淳平）……… 0082
家庭用安心坑夫（小砂川チト）……… 1435
家伝（篠崎央子）……… 1796
カトリとまどろむ石の海（東暁太郎）……… 3119
かなしい花などないから（幡野京子）……… 2997
悲しみのゴリラ（ジャッキー・アズーア・クレイマー文、シンディ・ダービー絵、落合恵子訳）……… 0843, 1328, 2379
カナダ移民のパイオニア 佐藤惣右衛門物語（佐藤正弥、梅津恒夫、舩玉朗子）……… 0616, 1698, 3327
蚊になったみぃちゃん（板谷明香凛）……… 0376
かにのしょうばい（竹中豊秋）……… 2273
金子みすゞの童謡を読む 西條八十と北原白秋の受容と展開（ナーヘド・アルメリ）……… 0253
彼女が先輩にNTRれたので、先輩の彼女をNTRます（震電みひろ）……… 1937
彼女でもない女の子が深夜二時に炒飯作りにくる話（道造）……… 3641
彼女は俺の妹で友達だ（永峰自ゆウ）……… 2734
彼女はきっとからりと笑う（岸朋楽）……… 1149
彼女は成仏したがっている（接骨木綿）……… 2095
彼女を つくりたがる（真紀涼介）……… 3453
カピバラの柄の靴下ほめられて母が踏み出す小さな一歩（北原さとこ）……… 1181
画鋲（短編）（志津栄子）……… 1782
Caféモンタン― 一九六〇年代盛岡の熱きアート基地（萬鉄五郎記念美術館、平澤広、五十嵐佳乙子、髙橋峻編集・制作）……… 0281, 2193, 3196, 4143
歌舞伎町スラッシャー（かわしマン）……… 1083
株式会社引き出し屋（俵周）……… 2411
かぶちゃんの大ぼうけん（小林想葉）……… 1476
壁（前畠一博）……… 3449
貨幣が語るジョチ・ウルス（安木新一郎）……… 3893
壁役など不要！　紙防御の仲間を助けまくってきたのにS級パーティから追放された俺は、未開の地で《奴隷解放》スキルを授かり、助けた美少女たちから溺愛されている内に……史上最強の国が出来ていた（向原行人）……… 3744
カボとボイラー（ツバキハラタカマサ）……… 2499
鎌倉殿の13人（大河ドラマ）（三谷幸喜）……… 3636
釜の蓋まんじゅう（橋本幸子）……… 2959
神鵜（能村研三）……… 2925
盟（かみかけて）信じ大切（米原信）……… 3433
神蔵器の俳句世界（南うみを）……… 3663
神様、どうか私が殺されますように（朝水様）……… 0138
神様のいるこの世界で 獣はヒトの夢を見る（紺野千昭）……… 1523

神さまの貨物（ジャン＝クロード・グランベール著, 河野万里子訳） 1318, 1411
神様の救世主（ここあ） 1431
神仕舞（あまのかおり） 0189
神鳴り（岩口遼） 0507
かみなりさまのゴロゴロじゅうたん（田中キャミー） 2324
カミナリさんのいたずら（よしざきかんな） 4082
雷のあとに（中山聖子） 2765
紙のピアニスト（彼方青人） 0986
神の豚（溝渕久美子） 3633
紙飛行機の手紙（吉田克則） 4087
かみはこんなに くちゃくちゃだけど（ヨシタケシンスケ） 4103
噛む老人（オオシマカズヒロ） 0688
神室山へ至る（宮原知大） 3715
カメ（松永K三蔵） 3530
カメからのバトン（和花） 4188
カメくんとイモリくん 小雨ほっこ（いけだけい） 0300
亀さんのない（池田はるみ） 0303
カメラにうつらなかった真実―3人の写真家が見た日系人収容所（エリザベス・パートリッジ文, ローレン・タマキ絵, 松波佐知子訳） 2388, 3012, 3533
仮面は二枚被れ（百瀬十河） 3818
鴨川真奈（足立真奈） 0157
鴨川ランナー（グレゴリー・ケズナジャット） 1369
寡黙な子どもとお守り（水上颯陽） 3607
かもつれっしゃのりまきごう（田中キャミー） 2323
茅の家（渡邊夏葉） 4221
から揚げコッコ物語―令和の里の裏庭飼育―（陶山良子） 2055
カラオケ行こ！（和山やま） 4237
からかい上手の高木さん（山本崇一朗） 3988
からからの木（童謡詩）（向日葵） 3737
ガラクタ嬢（荒木麻変） 0232
唐十郎のせりふ 二〇〇〇年代戯曲をひらく（新井髙子） 0217
からすのえんどう（阿部いずみ） 0178
硝子の檻の共犯者（長谷川源太） 2974
烏の櫛（猪村勢司） 0494
硝子の塔の殺人（知念実希人） 2422
カラダカシの家にはカッコウが鳴く（梅田寿美子） 0615
からだから（藤原暢子） 3313
からっぽのにくまん（まつながもえ） 3532
カラハフッ！（長島清美） 2691
カラリング競馬（須田智博） 2032
ガリ勉くんと裏アカさん ～散々お世話になっているエロ系裏垢女子の正体がクラスのアイドルだった件～（鈴木えんぺら） 1985
カール・ボナーラ研究所（ふっさん） 3323
華麗なる「バレエ・リュス」と舞台芸術の世界―ロシア・バレエとモダン・アート―（原条令子, パイ インターナショナル） 2935, 3081
カレーの国（またまかよい） 3481
彼のシナリオ（小峰大和） 1501

彼は誰時（上野詩織） 0545
彼は早稲田で死んだ―大学構内リンチ殺人事件の永遠（樋田毅） 3148
カロートの中―佐藤武 詩集―（佐藤武） 1691
かろりのつやごと（小田ゆうあ） 0835
かわいいもの同盟！（橘花やよい） 2303
かわいくなるための百か条（あかまつゆ） 0066
川上不白茶会記集（細野綾子, 中央公論新社） 2439, 3400
川のほとりに立つ者は（寺地はるな） 2540
河原枇杷男俳句における認識論と存在論（石川夏山） 0326
川まつりの夜（岩城範枝作, 出久根育絵） 0506, 2516
川元祥一論―「部落民」という実存（河村義人） 1107
かはゆき, 道賢（小林尋） 1475
かわるもの、かわらないもの（木吹漣） 1205
棺桶クラブ（金子実和） 0996
考える脚（荻田泰永） 0804
感覚のエデン（岡﨑乾二郎） 0746
侃侃諤諤「はだしのゲン」（髙橋文義） 2201
歓喜の星 博物館惑星Ⅲ（菅浩江） 1953
眼球達磨式（澤大知） 1732
眼光（伊藤麻美） 0407
感崎零の怪異潰し（星奈さき） 3380
感傷ストーブ（川島結佳子） 1082
感じる数学 ―ガリレイからポアンカレまで―（岡田善敬, 共立出版） 0766, 1230
歓待（川野里子） 1097
神田から渋谷へ歩き通す午後江戸の起伏を足裏に知る（秋本哲） 0086
神田ごくら町職人ばなし（坂上暁仁） 1585
「神田のっぴき横丁」シリーズ（氷月葵） 3145
甘粕郎（山内英介） 3919
カントと自己実現―人間讃歌とそのゆくえ（渋谷治美） 1820
カントリーロード（船越凡平） 3326
カンパネラの音は聴こえた（松本あずさ） 3544
頑張り優等生なクラスメイトを影から助けて、学校でこっそりキスする話（コイル） 1386
甘美なる作戦（平居紀一） 3184
完璧な一日（宮下ひかり） 3704
完璧な佐古さんは自ら落ちぶれていくようです（山賀塩太郎） 3922
管鮑―葉山嘉樹と里村欣三（陽羅義光） 3180
還暦（赤井紫蘇） 0052

【き】

黄色い家（川上未映子） 1068
黄色い封筒（イ・ヤング（李羊九）作）（劇団青年座） 1367
黄色いふとん（川嶋ふみこ） 1081
黄色の森（河合穂高） 1058
消え失せろ、この感情（金民愛） 1212

作品名	番号
消えた初恋（ひねくれ渡原作、アルコ作画）	0251, 3160
消えたママ友（野原広子）	2920
記憶する体（伊藤亜紗）	0406
記憶の引き出し（谷和子）	2352
記憶遺言（栗谷美嘉）	1320
木香（土岐咲楽）	2589
議会共和政の政治空間―フランス第三共和政前期の議員・議会・有権者たち（谷口良生）	2367
聞かせて、おじいちゃん―原爆の語り部・森政忠雄さんの決意（横田明子）	4058
『帰還勇者のRe：スクール（学園無双）』勇者になり異世界を救った陰キャ、鋼メンタル＆スキル持ちで地球に帰還し、学校カーストを無双下克上する。「魔王討伐と比べたら学校カーストとかヌルゲー過ぎる……」（マナシロカナタ）	3558
聞く技術 聞いてもらう技術（東畑開人）	2569
菊乃、黄泉より参る！（翁まひろ）	0808
木組 分解してみました（大溝裕、竹中大工道具館）	0728, 2276
奇形のラスカ（松ケ迫美貴）	3510
「喜劇」の誕生 評伝・曾我廼家（そがのや）五郎（日比野啓）	3171
危険球（木住鷹人）	1160
貴公子探偵はチョイ足しグルメをご所望です（相沢泉見）	0009
機工審査官テオ・アルベールと永久機関の夢（小塚原旬）	1442
気候適応の日本史 人新世をのりこえる視点（中塚武）	2707
刻まれし者の名は（三咲光郎）	3603
如月さんちの今日のツボ（古都こいと）	1447
キジバトの来る家（早咲有）	3044
岸辺（佐藤通雅）	1703
記者は天国に行けない（清武英利）	1231
騎手（梶谷佳弘）	0927
技術が支えた日本の繊維産業（松下義弘）	3518
喜寿の父、初めて馬券を買う（ホリ・カケル）	3407
岸和田だんじり図典―祭を支える心と技（森田玲）	3844
「犠牲区域」のアメリカ 核開発と先住民族（石山徳子）	0357
寄生虫女、ニワトリ男（近藤真由美）	1521
寄生虫と残り3分の恋（一戸慶乃）	0390
軌跡（田口辰郎）	2241
奇跡の島（霧野つくば）	1240
偽装不倫（東村アキコ）	3122
木曽馬と生きる 風わたる里 開田高原（abn長野朝日放送）	0640
基礎から学べる美少女スマホがわかる本（早月やたか）	3060
吃音の息子はいつも聞き上手凪いだ水面に言葉が沈む（村上直子）	3765
きっと、忘れる。（森深尋）	3834
キツネ狩り（寺嶌曜）	2536
きつねとたぬきといいなずけ（トキワセイイチ）	2594
きつねのおはなし（ひろか）	3217
狐の桜餅（原田ゆか）	3088
キツネのてがみや（マツゾエヒロキ）	3522
きつねの橋（久保田香里）	1288
きのう何食べた？（よしながふみ）	4109
キノコと大きな木（内出京子）	0579
生のみ生のままで（綿矢りさ）	4231
木箱の蝶（藪口莉那）	3915
鬼妃秘記（キヒヒキ）（鉈手璃彩子）	2781
義父（救愛）	1220
きぼう（谷町蛞蝓）	2370
きまぐれ ねこ殿（永窪綾子）	2680
君を自転車に乗せて（畠山政文）	2993
きみを死なせないための物語（吟鳥子著、中澤泉汰作画協力）	1242, 2683
君を待つひと（橘しづき）	2300
君が異端だった頃（島田雅彦）	1833
君が手にするはずだった黄金について（小川哲）	0794
きみ辞書 ～きみの名前がひける国語辞典～（MR_Design装丁、鈴木正明本文組版、小学館）	1883, 2007, 4247
君と一緒にごはんが食べたい（日月綴郎）	3169
君と宇宙を歩くために（泥ノ田犬彦）	2646
君と推して参る（神谷広行）	1033
キミの好きは強いから（美坂樹）	3601
きみとぼくのトロイメライ（夏嶋クロエ）	2786
君に捧げる【英雄録】（猿ヶ原）	1730
君の異能がわかったとして（姫路りしゅう）	3177
君のクイズ（小川哲）	0793
きみの知らない花（はまぐりまこと）	3031
君の知らない連続殺人（日部星花）	3174
君の電波にノイズはいらない（神宮寺文鷹）	1924
君の無様はとるにたらない（神敦子）	1918
きみの横顔を見ていた（いちのへ瑠美）	0391
きみひろくん（いとうみく）	0429
きみも運転手になれる！ パノラマずかん 運転席（森敬太、バイ インターナショナル）	2936, 3827
君はテディ（雨坂羊）	0202
君はポエマー（湯舟ヒノキ）	4046
きみは雪を見ることができない（人間六度）	2884
棄民史から立ち上がる俳句（北悠休）	1162
鬼滅の刃（吾峠呼世晴）	1455
鬼滅の刃 しあわせの花（吾峠呼世晴原作、矢島綾音）	1454, 3887
決められない松田、おすすめの一本（上原哲也）	0552
偽盲の君へ、不可視の僕より（にのまえあきら）	2876
キモくないですよ（川合航希）	1055
逆ソクラテス（伊坂幸太郎）	0314
逆風に向かう社員になれ（特装版）（井上新八、Gakken）	0464, 0956
客観性の落とし穴（村上靖彦）	3770
ギャルゲー世界にニューゲームしたら、ヒロイン全員攻略された記憶があって修羅場です（ひつじ）	3154
俠（松下隆一）	3520
休館日の彼女たち（八木詠美）	3873

作品名	頁
休日（水城孝敬）	3610
99通目のラブレターソングをきみへ（道具小路）	2562
90年代サブカルチャーと倫理―村崎百郎論（鎺田義晴）	2592
窮鳥のこゑ（谷口智行）	2364
宮廷魔法士です。最近姫様からの視線が気になります。（安居院晃）	0089
牛歩（二川茂徳）	3318
既務員になりたい（風間豊）	0919
「胡瓜サンド」50句（西生ゆかり）	1536
QQQ（和合亮一）	4202
キュビスム芸術史 20世紀西洋美術と新しい〈現実〉（松井裕美）	3499
教育格差（松岡亮二）	3509
きょうを摘む（仁志村文）	2863
きょうを読む人（四谷軒）	4129
境界線（大黒千加）	0680
境界のポラリス（中島空）	2692
教室と悪魔（斉藤千）	1546
教室の片隅で青春がはじまる（谷口菜津子）	2365
教師の養分（村上美鈴）	3769
狂 殉（田村芳郎）	2401
強制的に転生させられたおじさんは公爵令嬢（極）として生きていく（鳶丸）	2613
京都府警あやかし課の事件簿（天花寺さやか）	2551
今日にかぎって（樺島ざくろ）	1007
「今日の居場所」20首（佐伯裕子）	1565
きょうのおにぎり（宮川アジュ）	3689
今日の花を摘む（田中兆子）	2335
今日も一人（はたとうこ）	2988
今日勇者を首にしました（もりし）	3841
狂乱令嬢ニア・リストン（南野海風）	3668
共和国の美術―フランス美術史編纂と保守／学芸員の時代―（藤原貞朗）	3298
極限状況を刻む俳句（大関博美）	0693
極剣のスラッシュ 〜初級スキル使いまくってたら、いつの間にか迷宮都市最強とか呼ばれてたんだが〜（天然水珈琲）	2553
虚子の底（壁伸一）	1010
巨人用 進撃の巨人（Red Rooster、講談社）	1400, 4254
巨乳戦記 ΛΛ（砂嶋真三）	2041
巨乳ランナー（濱崎徹）	3032
去年の雪（村岡栄一）	3758
きらきらの日々（左奈田章光）	1712
嫌われ聖女の癒し方（悠井すみれ）	4019
嫌われた監督―落合博満は中日をどう変えたのか（鈴木忠平）	1997
ギリシア哲学史（納富信留）	2896
切抜帳（江代充）	0628
霧の海（村田珠子）	3781
きりんさんのくびはながい（庄彦二）	1877
きれいのくに（加藤拓也）	0972
疑惑のファーストクラス（藤丸紘生）	3300
金色に輝く"白いやつ"（綾瀬風）	0208
金色の目（石澤遥）	0336
金閣を焼かなければならぬ 林養賢と三島由紀夫（内海健）	0587
銀河帝国の興亡（全3巻）（アイザック・アシモフ著、鍛治靖子訳）	0146, 0923
銀河放浪ふたり旅〜宇宙監獄に収監されている間に地上が滅亡してました（榮織タスク）	1603
銀ぎつね（田村修宏）	2396
禁忌の子（山口未桜）	3937
金魚を逃がす（鈴木美紀子）	2013
金魚飼ふ（和田和子）	4207
近現代南インドのバラモンと賛歌―バクティから芸術、そして「文化資源」へ（小尾淳）	0864
銀鉱翠花のエクドール（縞杜コウ）	1843
金絲七彩 並木秀俊截金作品集 ―GOLD THREAD WITH SEVEN SHADES Hidetoshi Namiki Kirikane Art Works―（大森賀津也、新潮社）	0733, 1934
近世・奄美流人の研究（箕輪優）	3678
近世豪商・豪農の〈家〉経営と書物受容―北奥地域の事例研究（鈴木淳世）	2020
近世前期江戸出版文化史（速水香織）	3067
近世の遊廓と客―遊女評判記にみる作法と慣習（高木まどか）	2152
金属スライムしか出ない極小ダンジョンを見つけました（温泉カピバラ）	0879
近代チベット政治外交史―清朝崩壊にともなう政治的地位と境界（小林亮介）	1483
近代的地獄（川原正憲）	1103
近代ドイツ史にみるセクシュアリティと政治―性道徳をめぐる葛藤と挑戦（水戸部由枝）	3652
近代日本の音楽百年（細川周平）	3394
禁断の記憶―本当の私を求めて―（Misora）	3634
金の鳥―ブルガリアのむかしばなし（八百板洋子文、さかたきよこ絵）	1605, 3867
ぎんのひまわり（門倉信）	0978

【く】

作品名	頁
空間（生沼義朗）	0658
空芯手帳（八木詠美）	3872
偶然助けた美少女がなぜか俺に懐いてしまった件について（桜ノ宮天音）	1640
偶像サマのメシ炊き係！（及川輝新）	0656
偶像のエクソシスト（祇光瞭咲）	1143
空洞を抱く（大谷朝子）	0703
空冥の竜騎（神岡鳥乃）	1018
クオラ！（髙橋英樹）	2200
草田男深耕（渡辺香根夫）	4214
草魂（くさだま）（宮坂静生）	3696
草むらの小屋（方政雄）	3107
くさむらゆうびんきょく（いしはらゆりこ）	0353
しみつたたかたをふくむ（森賀まり）	3836
つむぎうた（野中亮介）	2916
鯨の歌（泉いつか）	0360
くじりなきめ（阿泉来堂）	0152
くずとビッチ（大空大姫）	0694

作品名	番号
樟の窓（大辻隆弘）	0710
クズレス・オブリージュ〜18禁ゲー世界のクズ悪役に転生してしまった俺は、原作知識の力でどうしてもモブ人生をつかみ取りたい〜（アバタロー）	0166
ぐーたらライフ。〜これで貴族？ 話が違うので魔法で必死に開拓します〜（開会パンダ）	0883
グッドアンドバッド（村右衛門）	3757
グッドバイ（朝井まかて）	0095
グッドモーニング・ワイズマン（ヨシビロコウ）	4119
グッナイ・ナタリー・クローバー（須藤アンナ）	2035
グッバイマイホーム（宮崎和彦）	3697
くつやさんとおばけ（いわさきさとこ）	0509
櫟の実（星野早苗）	3382
首侍（由原かのん）	4116
首なし魔女の数奇な婚礼 〜呪われた騎士と誓いのキスを〜（采火）	0592
くぼみでも、でっぱりでも（甲木千絵）	0954
クマザサ森の小人のはなし（戸川桜良）	2585
熊猫（松本忠之）	3547
くまもとの戦争遺産 – 戦後75年 平和を祈って –（髙谷和生）	2171
「熊ン蜂」50句（若杉朋哉）	4191
組曲 わすれこうじ（黒田夏子）	1354
くもをさがす（西加奈子）	2835
蜘蛛の子（雨坂羊）	0201
雲の名前（佐峰存）	1725
暗い駒音（西浦理）	2838
クラウド・スレッド—ディストピア・オーバー・インフェルノ（八火照）	3000
クラウドの城（大谷睦）	0707
暗き河（関灯之介）	2078
暗くて白い女と男（本多英生）	3428
暮しの降霊（森本孝徳）	3858
クラスで2番目に可愛い女の子と友だちになった（たかた）	2163
クラスの不良女子に説教したら、帰り道で待ち伏せされるようになりました（向原三吉）	3745
グラス・ランド（水嶋きょうこ）	3615
くら姫 出直し神社たね銭貸し（櫻663由美子）	1642
グラーフ・ツェッペリンあの夏の飛行船（高野史緒）	2182
クララとお日さま（カズオ・イシグロ著, 土屋政雄訳, 早川書房）	0333, 2485, 3042
クランジの奇跡（ホリ・カケル）	3409
クリスマスマーケット 〜ちいさなクロのおはなし〜（降矢なな）	3338
栗田やすし俳句鑑賞（河原地英武）	1112
ぐりとぐらのバースデイブック（小林綾, 福音館書店）	1466, 3246
クリーニング店あるある（星都ハナス）	3377
ぐるぐるまわる（桐乃さうら）	1237
屍食鬼ゲーム（涼森巳王）	2029
クールな魔女さんと営む異世界コスメ工房（南コウ）	3665
クールな女神様と一緒に住んだら、甘やかしすぎてポンコツにしてしまった件について（軽井広）	1051
グレー（生方美久）	0601
グレイス・イヤー 少女たちの聖域（キム・リゲット著, 堀江里美訳）	3416, 4153
グレースの履歴（源孝志）	3669
クレソン（宮本彩子）	3718
黒い海―船は突然、深海へ消えた（伊澤理江）	0315
くろいの（田中清代）	2326
黒紙の魔術師と白銀の龍（鳥美山貴子）	2643
黒き蝶（蓬田紀枝子）	4140
クロスロード（島崎杜香）	1828
黒聖女様に溺愛されるようになった俺も彼女を溺愛している（ときたま）	2593
クロッシング（村田謙一郎）	3780
黒と白の対角線〜おりがみおとぎ草子〜（鳥美山貴子）	2642
くろねこ まじょねこ はるのにわのまほう（シバタケクミ）	1815
黒のグリモワールと呪われた魔女〜婚約破棄された公爵令嬢は森に引き籠ります〜（春野こもも）	3101
グローバル・バリューチェーンの地政学（猪俣哲史）	0471
黒よりも濃い紫の国（高丘哲次）	2143
Glory Days グローリー・デイズ（高橋亜子）	2186
九龍ジェネリックロマンス（眉月じゅん）	3568
鍬の戦士 父・前田定の闘い―満蒙開拓青少年義勇軍に消えた青春―（前田千代子）	3440

【け】

作品名	番号
恵子という名前の女（美濃左兵衛）	3674
圭子のご褒美〜当選金額70万〜（梅澤ナルミ）	0612
警察官の君へ（斎堂琴湖）	1545
計算する生命（森田真生）	3847
掲示板「中止」が目立つ紙一枚夏祭り無き夏が始まる（高橋憧子）	2194
競馬好きの夫（岸本千晶）	1156
警備嬢は、異世界でスローライフを希望です〜おいしいお酒とおつまみともふもふ付きでお願いします〜（くすだま琴）	1263
啓蒙期イタリアの演劇改革—ゴルドーニの場合（大崎さやの）	0682
契約夫婦は宮中に香る（ハルノヨイ）	3103
劇光仮面（山口貴由）	3932
劇場版 鬼滅の刃 無限列車編 ノベライズ みらい文庫版（吾峠呼世晴原作, 松田朱夏著, ufotable脚本）	1456, 3527, 4045
ケーキの切れない非行少年たち（宮口幸治）	3692
kesho: 化粧（UDA）	0567
K小学校伝説 六年松組の事件ファイル（あおのそら）	0037

作品名索引　　　　　　　　　　　　　　　こうし

作品名	ページ
Case × 祓魔師【ケースバイエクソシスト】（深川我無）	3235
ケースワーカー（長谷川和正）	2971
月華（和田華凛）	4208
月華抄（和田華凛）	4209
月光キネマ（椿あやか）	2495
結婚相談所で働いてみたら……（はるこむぎ）	3097
傑作が落ちてくる（杉原大吾）	1966
決して色褪せることのない夏の日々に ボクは諦めきれない恋をした（ののあ）	2917
月食の夜は（竹川春菜）	2254
月誓歌（有須）	0242
月曜日が、死んだ。（新馬端新）	1939
ケの日のケケケ（森野マッシュ）	3852
ゲームショップ ボーン＆クイーンズ（雪村勝久）	4034
ゲームのストーリー開始前に死ぬ "設定上最強キャラ" に転生したので頑張って生きたい（としぞう）	2600
けものみちのにわ（水凪紅美子）	3659
快樂（水原紫苑）	3625
ケルト人の夢（野谷文昭）	2927
玄海灘（金達寿作『玄海灘』を脚色）（有吉朝子）	0250
県警訟務係の新人（水村舟）	3629
げんげがさいた。（くろかわともこ）	1337
言語とフラクタル 使用の集積の中にある偶然と必然（田中久美子）	2327
言語の本質（今井むつみ、秋田喜美）‥ 0077,	0478
元始、女学生は太陽であった。（来栖千依）‥	1323
堅実性（グレッグ・イーガン著、山岸真訳） ‥‥‥‥‥‥ 0284,	3926
源氏物語（全3巻）（角田光代）	0904
源氏物語 三条西家本の世界—室町時代享受史の一様相（上野英子）	0544
源氏物語と平安朝漢文学（長瀬由美）	2696
検証 ナチスは「良いこと」もしたのか？（小野寺拓也、田野大輔）‥‥‥‥ 0861,	2376
原子炉の尿（植木國夫）	0528
「現代宇宙論」現代を生きる為の日本人の心（川田章人）	1093
現代思想入門（千葉雅也）	2433
現代詩ラ・メールがあった頃（棚沢永子）	2347
現代中国と日本文学の翻訳—テクストと社会の相互形成史（孫軍悦）	2128
現代でダンジョンマスターになった男の物語（光晴人）	1395
現代日本の消費分析—ライフサイクル理論の現在地（宇南山卓）	0591
現代俳句I（島村正）	1839
幻烏（霜月透子）	1857
剣と魔王のサイバーパンク（紫大悟）	3775
原爆忌・沖縄（忌）（小林啓生）	1473
剣よ、かく語りき～剣と魔法の異世界に転生したのに実は文明が現代レベルだった件（山形くじら）	3923
権力分立論の誕生—ブリテン帝国の『法の精神』受容（上村剛）	1026
権力論—日本学術会議問題の本質（佐藤優）	1699
ゲンロン戦記（東浩紀）	0149
言論と経営—戦後フランス社会における「知識人の雑誌」（中村督）	2746
【剣は折れても】クソザコ種族で高難度ゲー攻略する【心は折れない】（へか帝）	3360

【こ】

作品名	ページ
呼（山村由紀）	3979
恋をするなら、きみとふたりで。（夜野いと）	4142
恋する姫星美人（米山真由）	4136
恋せぬふたり（ドラマ）（吉田恵里香）	4085
五・一五事件—海軍青年将校たちの「昭和維新」（小山俊樹）	1512
恋と誤解された夕焼け（最果タヒ）	1558
恋とそれとあと全部（住野よる）	2052
鯉のぼり（藤原チコ）	3311
恋人代行のバイトを始めた俺、なぜだろう……複数の美少女から指名依頼が入ってくる（夏乃実）	2788
鯉姫婚姻譚（藍銅ツバメ）	4149
「恋ポテ」シリーズ（神戸遙真）	1413
恋ははかない、あるいは、プールの底のステーキ（川上弘美）	1065
光陰（歌集）（鈴木良明）	2019
光韻 -kouin- 織作峰子（シマダタモツ、織作事務所）‥‥‥‥‥‥ 0872,	1831
降雨三十六景（日原正彦）	3168
豪運 突然金持ちになったんですけど、お金の使い方がよくわかりません。（マリブコーク）	3571
公開鍵（西川火尖）	2839
高額当選しちゃいました（阿部凌大）	0179
『後宮の悪魔』〜時空を遡るシリアルキラーを追う敏腕刑事が側室に堕ちた件〜（雨杜和）	0200
後宮の異術妃 ―力を隠して生きていたら家から追放されました。清々して喜んでいたのに今度は皇太子に捕まりました（高里まつり）	2155
後宮の検屍妃（小野はるか）	0853
高校三年の偽装結婚（休達人）	1222
高校生女子、異世界で油圧ショベルになっていた。（くれは）	1329
高校全部落ちたけど、エリートJKに勉強教えてもらえるなら問題ないよね！（日ノ出しずむ）	3166
広告 Vol.415 特集：流通（上西祐理、加瀬透、牧寿次郎、博報堂）‥ 0543, 0941, 2946,	3451
口語短歌による表現技法の進展〜三つの様式化（桑原憂太郎）	1363
黄砂来る（内田賢一）	0572
侯爵家の恥さらしである俺が実は人々を救ってきた英雄だとバレた。だから実力主義の学園に入学してほとぼりが冷めるのを待とうと思います（楓原こうた）	0888

作品名	番号
侯爵次男は家出する〜才能がないので全部捨てて冒険者になります〜(犬鷲)	0459
口述筆記する文学 書くことの代行とジェンダー(田村美由紀)	2399
工場(奥村知世)	0821
洪水と水害をとらえなおす 自然観の転換と川との共生(大熊孝)	0679
光跡# ボクらの島の(吉成正士)	4111
河太郎(浅野眞吾)	0122
皇帝廟の花嫁探し〜仮初後宮に迷い込んだ田舎娘は大人しく使用人を目指します〜(藤乃早雪)	3293
皇帝陛下の御料理番(佐倉涼)	1629
公転軌道(一史)	0939
行動する詩人 栗原貞子(松本滋恵)	3553
コウノトリとお兄さんとぼく(尾崎順子)	0824
広報部出身の悪役令嬢ですが、無表情な王子が「君を手放したくない」と言い出しました(宮乃みやこ)	3713
高慢悪女とヘタレ騎士(星名こころ)	3379
傲慢公爵は偽り聖母の献身的な愛を買う(久川航璃)	3134
公務員、中田忍の悪徳(立川浦々)	2297
小梅の七つのお祝いに(愛川美也)	0005
口訳 古事記(町田康)	3488
行路(成瀬なつき)	2818
呼応(相子智恵)	0006
凍る大地に、絵は溶ける(天城光琴)	0185
古閑章 著作集 第一巻—小説1 短篇集 子供の世界—(古閑章)	1418
5月35日(莊梅岩作)(Pカンパニー)	3124
五月の雪、八月の雲(雪柳あうこ)	4036
ゴキブリのくつした(いぐちみき)	0290
故郷の記憶 上巻 祈りと結いの民俗/下巻 生業と交流の民俗(那賀教史)	2657
ご近所JK伊勢崎さんは異世界帰りの大聖女〜そして俺は彼女専用の魔力供給おじさんとして、突如目覚めた時空魔法で地球と異世界を駆け巡る〜(深見おしお)	3240
「古今和歌集」の創造力(鈴木宏子)	2002
穀雨のころ(青野暦)	0035
国王である兄から辺境に追放されたけど平穏に暮らしたい〜目指せスローライフ〜(おとら)	0846
国外追放された王女は、敵国の氷の王に溺愛される(坂合奏)	1570
告白 限定特装版(ミルキィ・イソベ、双葉社)	3319, 3734
KOKUBANMARU(村上あつこ)	3760
国民国家と不気味なもの—日露戦後文学の〈うち〉なる他者像(堀井一摩)	3413
国民的アイドルになった幼馴染みが、ボロアパートに住んでる俺の隣に引っ越してきた件(榊原モンショー)	1596
獄門撫子此処ニ在リ(伏見七尾)	3301
極楽征夷大将軍(垣根涼介)	0896
黒狼王は身代わりの花嫁を溺愛する 〜虐げられし王女は愛され愛を知る〜(高岡未来)	2145
黒牢城(米澤穂信)	4132
此処(池田澄子)	0301
ここにはいない(向井俊太)	3738
ココロあるく(青田風)	0029
心を病んだらいけないの?—うつ病社会の処方箋—(斎藤環、與那覇潤)	1547, 4130
心の奥から わきでるものは(清水紗緒)	1846
こころの孤島(土井探花)	2554
心の花(歌誌)(竹柏会)	2419
ここはすべての夜明けまえ(間宮改衣)	3564
ここはとても速い川(井戸川射子)	0438
児島の梅(鷲見京子)	4204
52時70分まで待って(桑田窓)	1361
52ヘルツのクジラたち(町田そのこ)	3489
五二Hzの鯨啼(柴刈煙)	1806
古城ホテルの精霊師(深見アキ)	3239
古浄瑠璃・説経研究—近世初期芸能事情(上巻・下巻)(阪口弘之)	1599
ゴジラになって(東野正)	3121
誤審(積本絵馬)	2503
GAP ゴースト アンド ポリス(佐野晶)	1714
ゴーストハウス・スイーパーズ(陽澄すずめ)	3146
ゴーストライター 〜嘘つき作家と、笑う父〜(くろぬか)	1355
コスモ☆スケッチ!(琴織ゆき)	1457
戸籍が語る古代の家族(今津勝紀)	0485
午前零時の怪盗白鷺(大塚和々)	0709
午前零時の評議室(衣刀信吾)	0419
こそあどの森のおとなたちが子どもだったころ(岡田淳)	0756
古代日中関係史—倭の五王から遣唐使以降まで—(河上麻由子)	1066
古代日本語における万葉仮名表記の研究(澤崎文)	1737
古代日本の儀礼と音楽・芸能—場の論理から奏楽の脈絡を読む(平間充子)	3204
国家の「余白」—メコンデルタ 生き残りの社会史—(下條尚志)	1853
国家令嬢は価値なき俺を三億で(氷雨ユータ)	3138
コツコツバス(みつきれいこ)	3647
コッコロおむすび(田島春香)	2287
こっち側のひと(小山和行)	1511
こっちだったかもしれない ヨシタケシンスケ展かもしれない 図録(大島依提亜, 白泉社)	0687, 2944
ゴッホとリラ(中村和太留)	2761
コテツ、生きる(上野葉月)	0547
古典確率では説明できない双子の相関やそれに関わる現象(アズマドウアンズ)	0151
孤独な調香師の噺(一ノ瀬燕)	0387
孤独の猫(小野光鴻)	0854
言霊使いの英雄譚〜コミュ力向上のためにマスターした言語スキルが想像以上に有能すぎる〜(鈴木竜一)	2023
コードネーム:N—ターゲットの弱みを握れ!—(あんのまる)	0267
言の葉を喰む(夢見里龍)	4052
ことばとふたり(ジョン・エガード文、きたむらさとし絵・訳)	0623, 1184

作品名	ページ
言葉の位相（谷岡亜紀）	2358
言葉の魂の哲学（古田徹也）	3349
子供おばさんとおばさん子供（義井優）	4072
こどもたちは まっている（荒井良二）	0219
子どもの替え唄と戦争―笠木透のラスト・メッセージ（鵜野祐介）	0598
こどもホスピスの奇跡―短い人生の「最期」をつくる―（石井光太）	0316
こども六法（山崎聡一郎著、伊藤ハムスターイラスト）	0422, 3943
コートールド美術館展魅惑の印象派 図録（川添英昭、朝日新聞社、NHK、NHKプロモーション）	0129, 0633, 0636, 1091
誤認五色（千田理緒）	2104
5年4組失せもの係（山本李奈）	4007
この一瞬のきらめきを（桐乃さち）	1238
この男に甘い世界で俺は。～男女比1：8の世界で始める美味しい学園生活～（漂島）	3178
このかみなあに？―トイレットペーパーのはなし（谷内つねお）	2356
このクソッたれな世界で（友村昇）	2625
この恋、おくちにあいますか？（優汰）	4027
この鼓動が止まったとしても、君を泣かせてみたかった（望月くらげ）	3799
このささやきを聞いて（アーサー平井）	0136
この島の最後の漁師たあ兄の逝きて漁火供花のごとしも（澤井潤子）	1733
この世界からサイがいなくなってしまう―アフリカのサイを守ろうとする人たち（味田村太郎）	3639
この日、『偽りの勇者』である俺は『真の勇者』である彼をパーティから追放した（シノノメ公爵）	1801
この本を盗む者は（深緑野分）	3241
この街にはありません（山口実可）	3938
この雪の下に高田あり（本間浩）	3430
この世の果て（齊藤勝）	1549
此の世の果ての殺人（荒木あかね）	0231
この世の喜びよ（井戸川射子）	0439
誤配（一色秀秋）	0401
古俳諧研究（河村瑛子）	1104
琥珀色の騎士は聖女の左手に愛を誓う（笹井風流）	1646
小箱（小川洋子）	0800
小林秀雄の「人生」論（浜崎洋介）	3033
木挽町のあだ討ち（永井紗耶子）	2660
5分後に意外な結末 1 赤い悪夢（学研教育出版）	0957
五分ほど待たせ着きたる駅前に土偶のごとく母立ちをりき（岡林孝子）	0770
ごほうび転生！ ～第三の人生は、特典【ポータブルハウス】と【地図帳】で自由な旅を満喫します！ ～（ぼっち猫）	3406
小松川叙景（小林坩堝）	1472
「小窓」50句（野崎海芋）	2903
コミカル（工藤吹）	1274
コミケへの聖歌（カスガ）	0937
古見さんは、コミュ症です。（オダトモヒト）	0832
「コミックス」のメディア史―モノとしての戦後マンガとその行方（山森宙史）	4009
コーラルピンクのその先に（植野ハルイ）	0548
コリアン結婚回想記（斉木和成）	1531
「小料理のどか屋 人情帖」シリーズ（倉阪鬼一郎）	1310
コーリング・ユー（永原皓）	2729
孤塁 双葉郡消防士たちの3・11（吉田千亜）	4091
ゴールデンカムイ（野田サトル）	2912
ゴールデンラズベリー（持田あき）	3804
これ描いて死ね（とよ田みのる）	2628
転がる姉弟（森つぶみ）	3829
転がる検事に苔むさず（直島翔）	2653
転がるバレル（村雲菜月）	3772
殺したガールと他殺志願者（森林梢）	3854
殺し屋兼高校生、中二病少女に勘違い！（海山蒼介）	0609
殺し屋と宝石とシュトーレン（今福シノ）	0487
殺し屋マンティスの憂鬱（雑賀卓三）	1529
コロナ禍と出会い直す（磯野真穂）	0373
コロナ死「さよなら」なき別れ（柳田邦男）	3906
ころろぬ さきのつえ（なみえ）	2811
転びて神は、眼の中に（桜井真城）	1632
ころべばいいのに（ヨシタケシンスケ）	4098
こわくなかった（涌田悠）	4201
壊れた魂（水林章）	3624
困窮シンデレラと魔法使い（小鳩子鈴）	1464
混淆する戦前の映像文化―幻燈・玩具映画・小型映画（福島可奈子）	3251
金色（抜井諒一）	2887
今昔物語集攷―生成・構造と史的圏域―（川上知里）	1064
今週の死亡者を発表します（電気泳動）	2549
コンジュジ（木崎みつ子）	1144
今度選ぶなら君にしたい（仲村ゆうな）	2758
渾沌（星野高士）	3383
こんなくるまいかがですか（根木美沙枝）	2891
コンビニ強盗から助けた地味店員が、同じクラスのうぶで可愛いギャルだった（あボーン）	0181
コンプライアンス桃太郎（白那又太）	2945
こんぺいとうを一粒（明島あさこ）	0093
「婚約破棄おめでとう」から始まった公爵令嬢の残念な婚活と、その結果（ナナカ）	2798
婚約破棄され捨てられる未来が待っているらしいので、令嬢やめることにしました（雪）	4030
婚約破棄された研究オタクの侯爵令嬢は、後輩からの一途な想いに気づかない（nenono）	2894
婚約破棄と同時に大聖女の証を奪われた『氷の公爵令嬢』は、魔狼騎士に拾われ甘やかに溶かされる（越智屋ノマ）	0844
今夜すきやきだよ（谷口菜津子）	2366
今夜だけスーパースター（草間小鳥子）	1257

【さ】

最愛の（上田岳弘）	0538

作品	番号
塞王の楯（今村翔吾）	0492
縹歌（河津聖恵）	1087
再会（津田祐樹）	2472
災害にあったペットを救え 獣医師チームVMAT（高橋うらら）	2188
西行 歌と旅と人生（寺澤行忠）	2535
最強騎士の勘違いは世界を救う（蒼井美紗）	0018
最強男児ゲンタくんvs花子さんッッ!!（しもっち）	1861
最凶の魔王に鍛えられた勇者、異世界帰還者たちの学園で無双する（紺野千昭）	1524
縹月宮は花盛り（祈月酔）	1159
最高のプレゼント（泉カンナ）	0361
最期の海（佐山啓person）	1729
さいごのお月見（さやちはこ）	1728
最後の読書（津野海太郎）	2494
最期の日々（森本公久）	3857
最後のぶざま（青砥啓）	0032
最終便（森瑞穂）	3833
再生（七坂稲）	2800
賽銭泥棒（荒川眞人）	0226
さいたまネクスト・シアター 世界最前線の演劇3［ヨルダン/パレスチナ］「朝のライラック」（ガンナーム・ガンナーム作）（渡辺真帆）	4225
最低キャラに転生した俺は生き残りたい（霜月電花）	1858
サイードから風が吹いてくると（鈴木ユリイカ）	2018
サイのかわら（大谷誠）	0704
賽の河原株式会社（塩瀬まき）	1756
犀の背中（樫村雨）	0931
再配達（知花沙季）	2434
裁判官も人である 良心と組織の狭間で（岩瀬達哉）	0514
催眠アプリ手に入れたから好き勝手する！（みょん）	3730
財務次官、モノ申す（矢野康治）	3910
サインでV（辻本隆行）	2469
冴えない王女の格差婚事情（戸野由希）	2609
早乙女さん、特務です（森ノ薫）	3850
さをりの空（石井幸子）	0317
逆上がりできた日補助輪外せた日いつも月曜父さんが居た（後藤明美）	1450
さかか たいらか さかか（seesaw.）	4255
逆さ首（菊谷淳子）	1133
さかさまミキサー（鷹見えりか）	2220
肴のきもち（川上明日夫）	1061
魚のタトゥー（藤原あゆみ）	3310
詐欺シスター（彩月レイ）	0212
佐吉の秩序（和泉久史）	0363
サーキット・スイッチャー（安野貴博）	0264
先に生まれただけの人達（諸星だりあ）	3863
柵ごしのカバの歯磨き見学の園児がみんな口を開けたり（齊藤宏壽）	1543
朔と新（いとうみく）	0428
サクモン！ 〜楽しいクイズ、完成しました〜（花月玖羽）	0909
サクラ色のオモイ（河原穂乃）	1102
桜越しに空を撮る（蔵内沙都）	1528
サクラサクラ（三谷武史）	3638
桜田濠の鯉（高平九）	2216
桜たより（清原ふみ子）	1232
さくらの谷（富安陽子文, 松成真理子絵）	2621, 3534
桜のヘアピン（川上瀛桜）	1069
さざえ尻まで（新井啓子）	0215
笹森くんのスカート（神戸遥真, 講談社）	1403, 1414
山茶花（篁たかお）	2221
挿絵でよみとくグリム童話（西口拓子）	2840
サスペンス（佐相憲一）	1668
さすらいのパンツマン（平岡達哉）	3190
沙石の河原に鬼の舞う（松葉屋なつみ）	3538
さだの辞書（さだまさし）	1670
砂中遺物（亀野仁）	1037
ザッシュゴッタ（みの狸）	3677
雑木時計（大西孝樹）	0716
砂道教室（尻野ベロ彦）	1910
茶道バイリンガル事典（岡本浩一）	0776
佐藤春夫と大正日本の感性―「物語」を超えて（河野龍也）	1409
佐藤信と「運動」の演劇 黒テントとともに歩んだ50年（梅山いつき）	0619
佐渡絢爛（赤神諒）	0054
「さなきだに」28首（伊藤一彦）	0410
さねさし曇天（一ノ関忠人）	0389
「さ」のしっぽ突然生えるちはちゃんさあのさそれでさ公園行ってさ（鈴木裕子）	2003
砂漠海賊レイメイ様の逆ハー冒険航海日誌！（予定っ！）（中島リュウ）	2695
寂しいのは俺だけじゃない（後藤朗夫）	1449
さびしさは一個の廃墟（仁科敏）	2852
ザベリオ（大口玲子）	0675
サーベルと燕（小池光）	1379
ざまぁおぼろげ（楊美裕華）	4054
サマースコール（紅茶がぶ飲み太郎）	1406
サマータイム・アイスバーグ（新馬場新）	1940
サマー・ドラゴン・ラプソディー（白野大兎）	1909
サムライりょうりにん（seesaw.）	4256
鮫色（沼尾将之）	2888
さよなら絵梨（藤本タツキ）	3305
さよなら少年A（苫東かおる）	2615
さようならトルモリ王国（ハンノタヒロノブ）	3111
皿を洗う（有原悠二）	0245
サラ金の歴史―消費者金融と日本社会（小島庸平）	1439
サラゴサ手稿（上・中・下）（ヤン・ポトツキ著）（畑浩一郎）	2986
ザリガニの鳴くところ（ディーリア・オーエンズ著, 友廣純訳）	0660, 2624
猿（今宿未悠）	0484
ザ・ロイヤルファミリー（早見和真）	3068
サロガシー（的場友見）	3557
澤（小澤實）	0830
沢木欣一 十七文字の燃焼（荒川英之）	0224
澤田知子 狐の嫁いり 特装版（浅野豪デザイン, 青幻舎）	0127, 2066

作品名索引　　　　　　　　　しつろ

沢村忠に真空を飛ばせた男―昭和のプロモーター・野口修 評伝(細田昌志) ………… 3398
「さわるめいろ」シリーズ(村山純子) ……… 3783
3月のライオン(羽海野チカ) ……………… 0607
三鬼きょうだいと私(七都にい) …………… 2804
残月記(小田雅久仁) ………………………… 0834
残月ノ覚書―秦國博宝局心獣怪奇譚―(羽洞はる彦) ……………………………………… 0588
サンジェルマン伯爵とのうろんな夏(佐野光陽) ………………………………………… 1718
30歳から始める異世界開拓 〜個性が過ぎる仲間たちとステキな異世界開拓記〜(タライ和治) ……………………………………… 2404
三十の反撃(ソン・ウォンピョン著、矢島暁子訳) ………………………………… 2126, 3885
サンショウウオの四十九日(朝比奈秋) ……… 0134
山水(玉井清弘) ……………………………… 2383
〈残存〉の彼方へ―折口信夫の「あたゐずむ」から―(石橋直樹) …………………… 0347
三体(劉慈欣著、大森望、光吉さくら、ワン・チャイ訳、立原透耶監修)
　　　　0736, 2304, 3651, 4156, 4241
三体Ⅱ 黒暗森林(劉慈欣著、大森望、立原透耶、上原かおり、泊功訳)
　　　　0551, 0737, 2522, 2617, 4157
サンタクロースを殺した。初恋が終わった。(犬君雀) …………………………………… 0456
さんたくんのにっこうりょこう(気多伊織) … 1370
産痛(有門萌子) ……………………………… 0240
サンデイ・タイム(佐々木恭) ……………… 1652
サンデーサイレンスの子供達(松下慎平) …… 3516
サンドイッチクラブ(長江優子) …………… 2667
ザンとガガンと魔の指(福岡えり) ………… 3248
三人書房(柳川一) …………………………… 3904
三人目の子ども(一色類) …………………… 0403
三馬鹿が行く！〜享楽的異世界転生記〜(86式中年) …………………………………… 3001
散歩している(ぷくぷく) …………………… 3262

【し】

幸せを感じる時(西畑保) …………………… 2857
幸せな人間が幸せな馬をつくる 調教師 藤澤和雄 最後の400日(NHK、エキスプレスポーツ制作・著作、NHKグローバルメディアサービス制作) ……… 0624, 0634, 0635
しあわせの赤いセーター(しらたま) ……… 1906
椎名林檎における母性の問題(西村紗知) …… 2860
J・M・クッツェーと真実(くぼたのぞみ) … 1293
シェイクスピア劇を楽しんだ女性たち―近世の観劇と読書―(北村紗衣) ………… 1183
シェイクスピア全集(全33巻)(松岡和子) … 3507
ジェンダー格差―実証経済学は何を語るか(牧野百恵) ……………………………… 3458
しをかくうま(九段理江) …………………… 1268
潮騒〜流氷が着く街で〜(麻生凪) ………… 0154
塩の道(朝比奈秋) …………………………… 0131

しおりこぶたのぶーもん(真山みな子) …… 3567
栞紐(一倉小鳥) ……………………………… 0383
磁界(早田駒生) ……………………………… 3058
詩学入門(花潜幸) …………………………… 3021
詩画集「目に見えぬ詩集」 特装版 直刷り木版画入り 夫婦箱納(守屋史世、美籠堂、Book&Design) ……… 3322, 3617, 3859
しかたのない羽(薛沙耶伽) ………………… 2093
四月の岸辺(湯浅真尋) ……………………… 4015
四月の雪(山内英子) ………………………… 3918
シガーベール(北原一) ……………………… 1179
式日(安里琉太) ……………………………… 0114
子宮の夢(西野冬器) ………………………… 2853
時空往還―未来故郷のルナ(舞羽優) ……… 3432
時空の中洲で(与那覇幹夫) ………………… 4131
地獄池(小畑広士) …………………………… 0862
じごくの 2ちょうめ 5ばんち 9ごう(玉田美知子) ……………………………………… 2390
四國秘境物語(安森滋) ……………………… 3899
事後と渦中―武田泰淳論(内山葉杜) ……… 0584
自作3Dモデルの素材を宣伝するためにVtuberになったら予想外に人気出てしまった(干垣) ………………………………… 1788
死者の花束(諸星額) ………………………… 3861
自傷(梶谷佳647) …………………………… 0926
史上最強の魔法使いと謳われた男が転生して、帝国将官の頂点を目指す(花音小坂) … 3017
詩人石原吉郎と俳句 ―実存と定型―(石川夏山) ………………………………………… 0327
詩人・木下夕爾(九里順子) ………………… 1283
詩人キム・ソヨン 一文字の辞典(キム・ソヨン作)(姜信子監訳、一文字辞典翻訳委員会(李和靜、佐藤里愛、申樹浩、田畑智子、永妻由香里、邊昌世、バーチ美紅、松原佳澄)訳) ………………………… 1224, 3157
地震と虐殺 1923-2024(安田浩一) ……… 3896
自炊男子と女子高生(茜ジュン) …………… 0061
しずかだね(岡田恭子) ……………………… 0754
沈んじゃう！(太田光一) …………………… 0697
次世代魔王の背徳講義(虹元喜多朗) ……… 2868
しせつのあさ(梶谷佳弘) …………………… 0928
自然を再生させたイエローストーンのオオカミたち(キャサリン・バー文、ジェニ・デズモンド絵、永峰涼訳、辛島司郎、植田彩容子監修) ……… 0535, 1391, 2522, 2735, 2934
慈善家―フィランスロピスト(ニコラス・ビヨン作)(名取事務所) …………………… 2794
自選詩集 若い頃のメモ帳より(東木武市) … 0160
死体予報図(郁島青典) ……………………… 0287
したがふ(千野千佳) ………………………… 2424
「仕立屋お竜」シリーズ(岡本さとる) …… 0778
下町付喪神話譚(佐々木薫) ………………… 1651
柊桔の雪(仲村燈) …………………………… 2748
漆桶(しっつう)(大下一真) ………………… 0685
嫉妬探偵の蛇谷さん(野中春樹) …………… 2914
疾風迅雷、駆け抜けろ(大下さえ) ………… 0686
失恋愛助！ 恋占い部(林果歩) ……………… 3046
実録警察24時！ 〜ポンコツ警官危機一髪〜(薮坂) ……………………………………… 3916

文学賞受賞作品目録 2020-2024　　　　　459

【実録 代筆屋物語】ヴァイオレットにあらず（小林恋壱） …… 1484
自転しながら公転する（山本文緒） …… 3997
自転車屋さんの高橋くん（松虫あられ） …… 3541
支店長、大変です（高橋健） …… 2189
児童雑誌の誕生（柿本真代） …… 0900
しなやかな線（吉田祥子） …… 4090
しなる川岸に沿って（遠藤ヒツジ） …… 0651
死神ネロは間違える（二階堂リトル） …… 2830
死神のおばあさん（久頭一良） …… 1270
死に髪の棲む家（織部泰助） …… 0877
死神はお断りです！（紺谷綾） …… 1527
死人の花嫁（黒井ひよこ） …… 1332
字のないはがき（向田邦子原作、角田光代文、西加奈子絵） …… 0905, 2833, 3743
しのばず（青木由弥子） …… 0023
不忍池（猪村勢司） …… 0495
篠原君ちのおうちごはん！ ～ただ、隣に住んでいる女の同僚と毎晩、ご飯を食べる話～（七野りく） …… 2806
柴犬二匹でサイクロン（牧寿次郎、書肆侃侃房） …… 1889, 3452
芝犬好子小説集 新しい日々（緑）（新島龍彦、書肆汽水域） …… 1890, 2826
地縛霊側のご事情（月並きら） …… 2459
自分以外全員他人（西村享） …… 2866
詩文と経世―幕府儒臣の十八世紀（山本嘉孝） …… 4006
地べたを旅立つ（そえだ信） …… 2110
ぢべたくちべた（松岡政則） …… 3508
死亡フラグは力でへし折れ！ ～エロゲの悪役に転生したので、悪役らしくデバフで無双しようと思います～（夏歌沙流） …… 2783
死亡遊戯で飯を食う（鵜飼有志） …… 0560
島（篠山輝信） …… 1803
島の踊りを守りたい―白石踊800年の伝統を受け継ぐ高校生たち（山本慎一） …… 3986
ジーマ・ブルー（アレステア・レナルズ著、中原尚哉訳） …… 2730, 4178
地味令嬢、しごでき皇妃になる！ ～「お前みたいな地味な女とは結婚できない」と婚約破棄されたので元の姿に戻ったら皇帝に溺愛されました～（遠都衣） …… 2572
詩 メモの重し（武西良和） …… 2277
ジャイアントキリン群（そるとばたあ） …… 2124
捨夏（鈴木香里） …… 1987
社会的身体の民族誌―ニューギニア高地における人格論と社会性の人類学―（深川宏樹） …… 3236
シャ・キ・ベシュ理容店のジョアン（北川佳奈） …… 1167
ジャクソンひとり（安堂ホセ） …… 0260
若冲伝（佐藤康宏） …… 1707
灼熱（葉真中顕） …… 3039
ジャクリーンの腕（悠井すみれ） …… 4017
ジャケ買いしてしまった!!（茂村巨利、シンコーミュージックエンタテイメント） …… 1777, 1926
ジャズピアノ―その歴史から聴き方まで（上・下）（マイク・モラスキー） …… 3822

社長ですが、なにか？（あさつじみか） …… 0112
シャッター（佐佐木れん） …… 1663
シャドウ・アサシンズ・ワールド―影は薄いけど、最強忍者やってます～（空山トキ） …… 2122
じゃない！（チョーヒカル） …… 2443
ジャーナリスト与謝野晶子（松村由利子） …… 3542
邪魔者は、去れ（弥重早希子） …… 3882
シャーマンと爆弾男（赤松りかこ） …… 0069
斜陽国の奇皇后（神雛ジュン） …… 1009
写楽女（森明日香） …… 3823
シャーロック・ホームズ・バイブル 永遠の名探偵をめぐる170年の物語（日暮雅通） …… 3127
シャングリラ・フロンティア ～クソゲーハンター、神ゲーに挑まんとす～（硬梨菜原作, 不二涼介漫画） …… 0953, 3270
ジャン＝シメオン・シャルダンの芸術―啓蒙の時代における「自然」と「真実」―（船岡美穂子） …… 3325
ジャンセニスム 生成する異端―近世フランスにおける宗教と政治（御園敬介） …… 3631
上海（折輝真透） …… 0875
上海灯蛾（上田早夕里） …… 0534
自由（大口玲子） …… 0676
獣医はステキなことだらけ（島田悠士） …… 1836
週刊 田中一郎（山田浩司） …… 3960
自由研究には向かない殺人（ホリー・ジャクソン著、服部京子訳） …… 1863, 3003
15歳の昆虫図鑑（五十嵐美怜） …… 0282
十五時十分のラブレター（鳥居淳童） …… 2634
柔術狂時代―20世紀初頭アメリカにおける柔術ブームとその周辺（藪耕太郎） …… 3912
住所不定の引きこもりダンジョン配信者はのんびりと暮らしたい―双子の人気アイドル配信者を助けたら、目立ちまくってしまった件～（タジリユウ） …… 2292
囚人と狂気― 一九世紀フランスの監獄・文学・社会（梅澤礼） …… 0610
楸邨の季語「蟬」―加藤楸邨の「生や死や有や無や蟬が充満す」の句を中心とした考察（田辺みのる） …… 2351
自由で平等な精神を文学から学び日常生活に活かそう（杉本由美子） …… 1972
姑の赤駒（渡波みずき） …… 4228
自由な歌（井野佐登） …… 0460
十七回目の出来事（折小野和広） …… 0871
十七歳の航海図（中村豊） …… 2760
週に一度クラスメイトを買う話（羽田宇佐） …… 3024
「十二国記」シリーズ（小野不由美） …… 0857
十八歳の日の記録（田辺聖子） …… 2349
【終幕】救国の英雄譚【開幕】二人だけの物語（アレセイア） …… 0255
週末のデートはスタジアムで（戸澤恵） …… 2599
重要じゃないけど君と見たところ理科便覧の黄色い付箋（小林杏珠） …… 1468
十六畳の宝箱（高野知宙） …… 2179
祝祭明け（草野早苗） …… 1254
祝日屋たちの寝不足の金曜日（山口耕平） …… 3928
宿場町の一日（いわた慎二郎） …… 0518
じゅげむの夏（最上一平） …… 3796

作品名	番号
受験精が来た！(朝田陽)	0110
受験日の朝に(仮屋崎耕)	1050
種子(句集)(森潮)	3825
主人公性人型兵器 ースターゲイザーー(服部大河)	3005
主人公の好きな幼馴染を奪ってしまう男に生まれ変わった件(みょん)	3728
主体の鍛錬―小林正樹論(荒川求実)	0228
手中一滴(中島雄太, T&M Projects)	2512, 2694
出世払いの約束(仲井英之)	2663
出発進行!!(広瀬樹)	3221
首都の議会―近代移行期東京の政治秩序と都市改造(池田真歩)	0305
受容と信仰―仙台藩士のハリストス正教と自由民権―(千葉茂)	2427
ジュリアン・バトラーの真実の生涯(川本直)	1110
受理された退職届前髪は春風を受け春風を抜け(野呂裕樹)	2932
首里の馬(高山羽根子)	2230
ジュリーの世界(増山実)	3478
シュレディンガーの恋人たち(キイダタオ)	1128
棕櫚を燃やす(野々井透)	2918
純愛の繭(たておきはる)	2311
殉教の日本―近世ヨーロッパにおける宣教のレトリック(三俣ラボー日登美)	0866
殉ずるものたち 仙台藩のキリシタン時代から幕末・維新(千葉茂)	2428
ジューンドロップ(夢野寧子)	4049
順風満帆(馬場広大)	3026
荘園(伊藤俊一)	0421
小学生が描いた昭和の日本 児童画五〇〇点 自転車こいで全国から(鈴木浩)	2004
召喚学園の生徒だけど守護獣が異形すぎて邪教徒だと疑われています(夜迎樹)	4139
召喚士が陰キャで何が悪い(かみや)	1028
消極先輩と積極彼女(水棲虫)	1946
証言 沖縄スパイ戦史(三上智恵)	3597
精舎の人(山口栄子)	3927
常勝将軍バルカくんの恋敗(高橋祐一)	2206
使用上の注意をよく読んで(重田善文)	1774
少女怪異紀行(枢木縁)	1326
焼身(曾根毅)	2115
小説伊勢物語 業平(髙樹のぶ子)	2150
装束ゑの木(出崎哲弥)	2519
城南理紗の心意地(山本昌子)	3998
小児科医と白血病と、マイクラと。(水沢俊二)	1147
承認のライシテとムスリムの場所づくり―「辺境の街」ストラスブールの実践(佐藤香寿実)	1683
少年と犬(馳星周)	2967
少年Bが住む家(李(イ)ボラム作)(沈池娟)	1850
縄文時代の歴史(山田康弘)	3965
常緑(布野割歩)	3331
常緑樹の憂鬱(小里巧)	1436
昭和天皇拝謁記 初代宮内庁長官田島道治の記録(全7巻)(古川隆久)	3342
性悪天才幼馴染との勝負に負けて初体験を全部奪われる話(犬甘あんず)	0453
初夏の目覚め(清本沢)	1233
職業は鑑定士ですが(神眼)ってなんですか？～初級職と見捨てられたので自由に生きたいと思います～(渡琉兎)	4232
植物少女(朝比奈秋)	0133
『女工哀史』を再考する ―失われた女性の声を求めて(サンドラ・シャール)	1867
ショコラの魔法(みづほ梨乃)	3627
女子高生、北へ(松明)	2137
叙事詩 茶碗の欠片―杉山なか女と地方病(日本住血吸虫病)(橘田活子)	1191
女子のたしなみと日本近代―音楽文化にみる「趣味」の受容(歌川光一)	0568
序章 人間高柳重信～戦前期からの出立～(後藤よしみ)	1452
女性非正規雇用者の生活の質評価―ケイパビリティ・アプローチによる実証研究(山本咲子)	3985
女性兵士という難問―ジェンダーから問う戦争・軍隊の社会学(佐藤文香)	1694
女装したボクは誰よりも可愛いのに(衣太)	1194
女装の麗人はかく生きたり(ショーン田中)	1895
女帝 小池百合子(石井妙子)	0320
ショートケーキ(川島洋)	1080
ショパンの詩学―ピアノ曲《バラード》という詩の誕生(松尾梨沙)	3505
恕 古河太四郎の青春(山脇立嗣)	4011
地雷グリコ(青崎有吾)	0025
地雷の足音(少年詩)(木村文)	1215
知らないうちに義妹を口説いていた俺、ついに「末永くお願いします」と言われる(浮葉まゆ)	0561
シラナイカナコ(泉サリ)	0362
不知火海民衆史(上・論説篇、下・聞き書き篇)(色川大吉)	0504
知りつつ磨く(小山美由紀)	1513
尻に火がつく(高田智子)	2166
白い丘のモミジ(近藤栄一)	1515
白い風見鶏(久田恵)	3135
白い着物の子どもたち(伊藤悠子)	0435
しろがねの葉(千早茜)	2436
白くぬれた庭に充てる手紙(望月遊馬)	3803
しろとくろ(きくちちき)	1138
白南風(伊藤幹哲)	0425
親愛なるレニー レナード・バーンスタインと戦後日本の物語(吉原真里)	4118
真円の虹(小島渚)	0839
淵海を泳ぐ～はけんプロレタリア(津利四高)	2505
新解釈古典恋愛～まんじゅうなんてこわくない～(雨坂羊)	0203
進化思考 生き残るコンセプトをつくる「変異と適応」(太刀川英輔)	2298
じんかん(今村翔吾)	0489
新疆ウイグル自治区－中国共産党支配の70年(熊倉潤)	1303
人権と国家―理念の力と国際政治の現実(筒井清輝)	2489
新・豪華ホテル(加崎きわ)	0917
新興国は世界を変えるか(恒川恵市)	2492

信仰と建築の冒険 －ヴォーリズと共鳴者たちの軌跡－（吉田与志也）	4095
しんごうものがたり（とよしまさやか）	2627
人事の古代史 ―律令官人制からみた古代日本（十川陽一）	2111
新城桜の、裏がある日記帳〜裏の裏は表〜（H.M）	0630
じんせい（杉松誠二）	1968
人生逆転〜浮気された上に、えん罪まで押し付けられた俺、なぜか学園一の美少女後輩を助けて懐かれる"（D）	2511
人生のパスポート（入江達宏）	0501
新世界遊戯（佐原一可）	1722
心臓（町口覚、ふげん社）	3267, 3485
＃真相をお話しします（結城真一郎）	4024
新装版 車のいろは空のいろ ゆめでもいい（あまんきみこ）	0198
人体最強の臓器 皮膚のふしぎ 最新科学でわかった万能性（椛島健治）	1006
陣中花在（浜田耕平）	3035
新ドリトル先生物語 ドリトル先生ガラパゴスを救う（福岡伸一）	3249
シン・夏目漱石（零余子）	4171
新聞配達（佐藤明子）	1677
親密圏と公共圏の社会学―ケアの20世紀体制を超えて（落合恵美子）	0842
新・紫式部日記（夏山かほる）	2792
親友が国選パーティから追放されたので、ついでに俺も抜けることにした。（右薙光介）	0590
親友だと思っていたクラスの王子様が実は女の子だった（ゆで魂）	4043
針葉樹林（石松佳）	0355
震雷の人（千葉ともこ）	2429
深林トンネル（谷口佳奈子）	2363
人類すべて俺の átalan（凪）	2769
人類と病―国際政治から見る感染症と健康格差（詫摩佳代）	2243
人類の起源（篠田謙一）	1798
人類の午後（堀田季何）	3405
真令和復元図（愛野史香）	0014

【す】

素足（加川清一）	0892
誰何（関中子）	2079
水界園丁（生駒大祐）	0311
水車小屋のネネ（津村記久子）	2504
水槽と病室（薩沙耶伽）	2094
随想 美術史紀行―エジプトからルネサンスへ―（村上稱美）	3762
■瑞兆は濡鳥を秘する■〜後宮を仮宿にして、5年かけて有能官吏（男装）まで登りつめました、が、黒髪だけは隠したいっ！〜（しののめすびこ）	1799
スイート・ライムジュース（一初ゆずこ）	0392
水雛聖女のサバイバル〜亜人陛下にめざとく命を狙われています〜（猪谷かなめ）	0280
水平線（滝口悠生）	2237
水平線（三井ゆき）	3645
水平線のかなたに ―真珠湾とヒロシマー（ロイス・ローリー著、田中奈津子訳、ケナード・パーク画）	2337, 2942, 4185
水平線は回転する（君嶋彼方）	1208
スイミー ちいさなかしこいさかなのはなし（レオ・レオニ作、谷川俊太郎訳）	2360, 4175
スイミング・スクール（鈴木ちはね）	1998
睡蓮、願わくは永遠に（汐海有真（白木犀））	1752
睡蓮の横顔（林柏和）	4164
スインギンドラゴンタイガーブギ（灰田高鴻）	2938
スイングバイ（糸井博明）	0405
数学者と哲学者の密室 天城一と笠井潔、そして探偵と密室と社会（飯城勇三）	0270
数字であそぼ。（絹田村子）	1195
数分後の未来が分かるようになったけど、女心は分からない。（mty）	4248
スカラ座（吉田林檎）	4097
須川文書（田中桔梗）	2322
隙ある風景（正親篤、日下慶太）	0671, 1251
杉浦康平と写植の時代―光学技術と日本語のデザイン（阿部卓也）	0172
『杉田久女句集』を読む―ガイノクリティックスの視点から（岡田一実）	0753
スキップとローファー（高松美咲）	2219
好きな子の親友が俺の○○を管理している（土車甫）	2478
杉森くんを殺すには（長谷川まりる）	2981
スキル『おっぱい矯正』ってどういうこと!? こんなスキルを使う機会なんて……意外とある？ 本当に……？（春一）	3094
スキルなしの最弱現代冒険者は、魔力操作の真の意味を理解して最強冒険者への道を歩む（湖水鏡月）	1441
スキル【無】の俺が世界最強〜スキルの無い人間は不要と奈落に捨てられたが、実は【無】が無限に進化するSSS級スキルだと判明。俺をバカにした奴らが青ざめた顔で土下座してるけど、許すつもりはない（茨木野）	0474
スクラッチ（歌代朔）	0570
スクール下克上・ボッチが政府に呼び出されたらリア充になりました（鏡銀鉢）	0889
スクールサミット！ －A Bullet Reflects his Destiny－（界達かたる）	0884
ズグロカモメの夏（いすやますみえ）	0368
救われてんじゃねえよ（上村裕香）	1027
掬われる声、語られる芸 小沢昭一と『ドキュメント 日本の放浪芸』（鈴木聖子）	1994
スケーターズ・ワルツ（逸木裕）	0399
すごいおんなのこ（いしばしひろやす）	0348
少し変わった男の子と、初めての恋をします（佐野夏希）	1719
スコーピオンに左手を添えて（月見夕）	2462
すごろく（おおたさとみ）	0698

鈴木梅子の詩と生涯(西田朋) 2846
鈴木清順論(上島春彦) 1020
鈴木春信 あけぼの冊子(伊原弘一) 0473
涼しき無(句集)(髙柳克弘) 2224
鈴波アミを待っています(塗田一帆) 2890
鈴の送り神修行ダイアリー(山下雅洋) 3951
鈴の蕾は龍に抱かれ花ひらく ～迷子宮女と美貌の宦官の後宮事件帳～(綾束乙) 0209
鈴峰エレン、二十代。昭和の冒険(周南カンナ) 1871
雀が駆けるスカイタワー(神山結海) 1416
すずめの戸締まり(新海誠) 1921
硯(益田昌) 3474
スター・シェイカー(人間六度) 2885
巣立鳥(千鳥由貴) 2420
スター☆ライト!(ゆいっと) 4022
スッカスカだね! お父ちゃん(境田博美) 1584
すっきりしたい(渋谷雅一) 1821
素っ頓狂な私の親友、ホントに手が掛かるんですけど ～ 私は別に面倒見なんて良くないタイプの令嬢のはず～(野菜ばたけ) 3880
ステータス表示など、創作の中だけにしてくれと思ってた時がありました(サン・セバスチャン) 1746
ストロベリィ・チョコレエト・カァニバル(羅田灯油) 4146
砂色パニック ～砂魔法師の卵たち～(三浦まき) 3587
砂の歌 影の聖域(羽角曜) 2965
SPY×FAMILY(遠藤達哉) 0650
洲浜論(原瑠璃彦) 3077
スーパーナミダくん(短編)(スーザンももこ) 1980
スーパーの裏でヤニ吸うふたり(地主) 1794
スーパーマリオくん(沢田ユキオ) 1741
スーパームーン(和泉真矢子) 0364
スピノザの診察室(夏川草介) 2784
スピノザー読む人の肖像(國分功一郎) 1428
スプリング!(松下沙彩) 3513
スペースメスガキ(♂)(しげ・フォン・ニーダーサイタマ) 1776
すべてはその日のために(内藤まゆこ) 2650
スマートフォンより愛をこめて(寺岡恭兵) 2529
スマホで見る阪神淡路大震災 災害映像がつむぐ未来への教訓(木戸崇之、朝日放送テレビ) 0135, 1192
スマホ脳(アンデシュ・ハンセン著, 久山葉子訳) 1306, 3109
墨に五彩あり―墨の不思議な魅力―(綿谷正之) 4212
スモールワールズ(一穂ミチ) 0394
すやすやおうこく(長谷川あかり) 2969
スライムマスターちゃんのVRMMO(アザレア) 0141
スリーウインターズ(テーナ・シュティヴィチッチ作)(文学座アトリエの会) 3357
すりーぱんと(深澤伊吹己) 3237
スローライフは、延々と。(竹部月子) 2278
スワン(呉勝浩) 1375
寸法直し(津髙里永子) 2476

【せ】

青夏(谷貝淳) 3868
生活魔法使いの下剋上～虐げられた生活魔法使いは好きにします～(月汰元) 2456
星間集団意識体の婚活(ジェイムズ・アラン・ガードナー著, 佐田千織訳) 0979, 1669
星系出雲の兵站(全9巻)(林譲治) 3050
聖剣、オリーブ、祈りの青(右弐沙節) 3599
性差の日本史(国立歴史民俗博物館) 1429
政治と正義(坂下泰義) 1604
青春ビターテロリズム(鳴海雪華) 2820
生殖する人間の哲学―「母性」と血縁を問いなおす(中真生) 2655
「聖女」の誕生―テューリンゲンの聖エリーザベトの列聖と崇敬(三浦麻美) 3581
精神病理学私記(H. S. サリヴァン作)(阿部大樹, 須貝秀平訳) 0171, 1956
背高泡立草(古川真人) 3344
製鉄所で四十一年働いて鉄分不足と医師に言われぬ(中村重義) 2745
性の隣の夏(入江直海) 0502
生の練習(前田利夫) 3442
正反対な君と僕(阿賀沢紅茶) 0058
生物はなぜ死ぬのか(小林武彦) 1478
星降る王国のニナ(リカチ) 4152
性別の女に丸をする国に誰も知らない僕の戸惑い(庄野酢飯) 1887
性別不詳Vtuberたちがオフ会したら俺以外全員女子でした(最宮みはや) 1560
生命の谺 川端康成と「特攻」(多胡吉郎) 2282
正欲(朝井リョウ) 0098
せかいいちおきゃくのこないどうぶつえん(たぶしゆみ) 2380
世界一長い鉄道トンネル 持続可能な輸送をめざして(笹沢教一) 1664
世界インフレの謎(渡辺努) 4219
世界を滅ぼしかけて偉そうにするんじゃない(ショーン田中) 1896
世界が私を嫌っても(有吉朝子) 0249
世界で一番美しい死体の夢を叶える話(火狩けい) 0891
世界の悲惨(ピエール・ブルデュー編)Ⅰ・Ⅱ・Ⅲ(藤原書店) 3314
世界標準研究を発信した日本人経営学者たち(小川進) 0796
世界文学としての方丈記(ゴウランカ・チャラン・プラダン) 3335
世界平和のために魔王を誘拐します(有坂紅) 0241
世界は朝の(佐藤モニカ) 1704
世界は五反田から始まった(星野博美) 3384
世界は贈与でできている 資本主義の「すきま」を埋める倫理学(近内悠太) 2415
隻眼錬金剣士のやり直し奇譚―片目を奪われて廃業間際だと思われた奇人が全てを凌駕するまで―(黒頭白尾) 1426

石蓮花（吉川宏志）	4078
ゼクエンツ（森川真菜）	3839
『ゼクシィ』のメディア史―花嫁たちのプラットフォーム（彭永成）	3364
女衒事業者（花邑あきら）	1036
世俗の時代（上・下）（名古屋大学出版会）	2780
せっかく女の子に転生したんだから、俺なりに「可愛い」の頂点を極めてみようと思う（ジャジャ丸）	1865
絶対可憐チルドレン（椎名高志）	1750
絶対無敵の解錠士《アンロッカー》～ダンジョンに捨てられたFランクパーティーの少年はスキルの真価を知るSランクパーティーにスカウトされる～（鈴木竜一）	2022
絶対無の思索へ コンテクストの中の西田・田辺哲学（嶺秀樹）	3671
Z世代のアメリカ（三牧聖子）	3684
絶筆 死への道程（石原慎太郎）	0349
瀬戸内寂聴全集 第二十一巻（横尾忠則、新潮社）　　　　　　　　　　　1932,	4056
蟬かえる（櫻田智也）	1639
責（浅野皓生）	0121
セロリと言う名の厨二病（天くじら）	2550
前衛誌［日本編］―未来派・ダダ・構成主義（西野嘉章，関岡裕之，東京大学出版会）　　　　　　　　　2080, 2559,	2856
〈前衛〉と実作―生成AI時代に、人が短歌をつくること（中島裕介）	2693
山海記（佐伯一麦）	1563
1920年代の東京（岡本勝人）	0772
1986年：メビウスの輪（谷賢一）	2353
全国・俳枕の旅62選（広渡敬雄）	3229
戦災孤児（SEIKO）	2068
戦時期日本の働く女たち ジェンダー平等な労働環境を目指して（堀川祐里）	3421
千紫万紅、夏の暮れ。（たかだらん）	2172
前世がアレだったB級冒険者のおっさんは、勇者に追放された雑用係と暮らすことになりました―今更仲間を返せと言われても返さない―（秋作）	1869
せんせい けっこんしてくれる（大谷誠）	0705
前世わたしを殺した男が生まれ変わって求婚してきます（真白燈）	3471
戦前日本の私娼・性風俗産業と大衆社会 売買春・恋愛の近現代史（寺澤優）	2534
戦争をやめた人たち―1914年のクリスマス休戦―（鈴木まもる）	2011
戦争障害者の社会史―20世紀ドイツの経験と福祉国家（北村陽子）	1186
戦争と劇場 第一次世界大戦とフランス演劇（小田中章浩）	0840
戦争は女の顔をしていない（小梅けいと作画，スヴェトラーナ・アレクシエーヴィチ原著，速水螺旋人監修）	1415
線対称な家族（翁筱青）	0659
闢提たちの白蓮―松本白華と富山藩合寺事件―（宮田隆）	3710
洗濯機でカナブンを洗ってしまった日（永野佳奈子）	2713

セントエルモの光 久閑野高校天文部の、春と夏（天川栄人）	2547
1794, 1795（ニクラス・ナット・オ・ダーグ著，ヘレンハルメ美穂訳）　　　　　　　　2787,	3363
潜入ルポ amazon帝国（横田増生）	4060
仙人化計画（小川健治）	0790
千年王国の花（久浪）	1277
1000年後の大和人（松井十四季）	3497
先輩と呼んでくれる女の子は後輩だけとは限らない（凪乃彼方）	2770
先輩のために僕、男の娘になっちゃいました！（詩一）	1749
センパーファイ―常に忠誠を―（伏尾美紀）	3277
千枚目へのプロローグ（南光絵里子）	2822
千夜一夜ナゾガタリ―義妹の身代りで暴君に献上されたまま忘れられた妃は、後宮快適ニート生活を守るため謎を解く～（干野ワニ）	3389
戦友会これが最後と生きのびたたった三人（みたり）の満場一致（神原嘉男）	1024
千里をゆけ くじ引き将軍と隻腕女（武川佑）	2255
占領下の女性たち―日本と満州の性暴力・性売買・「親密な交際」（平井和子）	3183
占領期女性のエンパワーメント―メアリ・ビーアド、エセル・ウィード、加藤シヅエ（上村千賀子）	0555
占領の囚人たち（パレスチナ人政治囚、エイナット・ヴァイツマン作）（名取事務所）	2795
線は、僕を描く（砥上裕將）	2583

【 そ 】

象牙の櫛の付喪神（戸谷真子）	2604
創元SF文庫総解説（東京創元社編集部）	2558
草原に五歳の君をよびだして遊ばう大人の君に内緒で（永塚貞）	2706
嘯口（若林哲哉）	4195
双黒銃士と銀狼姫（倖月一嘉）	1393
掃除婦のための手引き書（ルシア・ベルリン著，岸本佐知子訳）　　　　　　　　1154,	3362
葬送のフリーレン（山田鐘人原作，アベツカサ作画）　　　　　　　　　　　　0174,	3959
双蛇に嫁す（氏家仮名子）	0565
【相談スレ】ワイ悪の組織の科学者ポジ、首領が理不尽すぎてしんどい【掲示板形式】（西基央）	2836
蒼天の鳥たち（三上幸四郎）	3596
象と暮らして（森水陽一郎）	3855
送別の餃子（野田和浩，灯光舎）　　　　　2564,	2910
創翼のビニョン（花咲コナタ）	3015
ZOKU-SHINGO（楳図かずお）	0614
続 窓ぎわのトットちゃん（黒柳徹子）	1356
底惚れ（青山文平）	0043
そして君と歩いていく（岡田幸文）	0765
そして、君は大人になる（小椰清香）	0848
そして誰もいなくなるのか（小松立人）	1492

そして僕は龍人になった（丘之ベルン）・・・・・・ 0769
そして、よみがえる世界。（西式豊）・・・・・・・・・ 2842
「社会的隔離（ソーシャル・ディスタンス）」
　の臭いがする（寺西純二）・・・・・・・・・・・・・・・・ 2541
「楚樹」50首（渡邊新月）・・・・・・・・・・・・・・・・・ 4217
遡上 あるいは三人の女（野川りく）・・・・・・ 2900
遡上の魚（逢崎遊）・・・・・・・・・・・・・・・・・・・・・・ 0008
そだつのをやめる（青柳菜摘）・・・・・・・・・・・・ 0041
卒業生には向かない真実（ホリー・ジャクソ
　ン著，服部京子訳）・・・・・・・・・・・・ 1864, 3004
その色（中村遥）・・・・・・・・・・・・・・・・・・・・・・・・ 2751
その川の先に（飯塚耕一）・・・・・・・・・・・・・・・・ 0272
そのかわり村（山口富明）・・・・・・・・・・・・・・・・ 3934
その声に恋して〜推し読み聞かせ配信者はい
　じわるな俺様上司？ 〜（景華）・・・・・・・・ 0910
その声に私はいない（杉原大吾）・・・・・・・・・・ 1967
その周囲、五十八センチ（石田夏穂）・・・・・・ 0340
その瞬間（北山公路）・・・・・・・・・・・・・・・・・・・・ 1188
その心霊バイト、危険につき 〜多重債務女
　とパチモン巫女のオカルトバイト営業記録
　〜（雪車町地蔵）・・・・・・・・・・・・・・・・・・・・・・ 2123
その時自分は（吉田初美）・・・・・・・・・・・・・・・・ 4093
その夏の少女（古賀百合）・・・・・・・・・・・・・・・・ 1422
そのハミングは7（虹乃ノラン）・・・・・・・・・・・ 2854
蕎麦とティアドロップ（甲木千絵）・・・・・・・・ 0955
祖母と暮らして（中村清子）・・・・・・・・・・・・・・ 2740
徂徠学派から国学へ—表現する人間（板東洋
　介）・・・・・・・・・・・・・・・・・・・・・・・・・・・・・・・・・・ 3110
空色ネイル（内池陽奈）・・・・・・・・・・・・・・・・・・ 0571
虚海の船（神戸妙子）・・・・・・・・・・・・・・・・・・・・ 1412
空を飛んだイワシ（堀内夕太朗）・・・・・・・・・・ 3415
空が戦場になったこの世界で、誰よりも空を
　飛ぶことが上手い俺は、浮遊島の士官学校
　生活を満喫する—着穿の眠れるエース—
　（坂石遊作）・・・・・・・・・・・・・・・・・・・・・・・・・・ 1580
宙ごはん（町田そのこ）・・・・・・・・・・・・・・・・・・ 3491
虚魚（新名智）・・・・・・・・・・・・・・・・・・・・・・・・・・ 2828
空であって窓辺（中井スピカ）・・・・・・・・・・・・ 2661
空と小鷹と涼名さん（榮三一）・・・・・・・・・・・・ 1586
空飛ぶくじら スズキスズヒロ作品集（スズキ
　スズヒロ）・・・・・・・・・・・・・・・・・・・・・・・・・・・・ 1992
そらのおとしもの（みうらりょう）・・・・・・・・ 3591
中有の樹（冨田民人）・・・・・・・・・・・・・・・・・・・・ 2619
そらのことばが降ってくる 保健室の俳句会
　（髙柳克弘）・・・・・・・・・・・・・・・・・・・・・・・・・・ 2225
空の入学式（本山航大）・・・・・・・・・・・・・・・・・・ 3812
それから俺はかっこいいバイクを買った（遠
　野海人）・・・・・・・・・・・・・・・・・・・・・・・・・・・・・・ 2576
それがわたしの知るすべてです（大原雨音）・・ 0723
それぞれの屈辱の系譜 第五代アイヌ協会理
　事長・秋田春蔵を中心に（谷本茂文）・・・・ 2371
それでええんや（藤江洋一）・・・・・・・・・・・・・・ 3276
それでも日々はつづくから（熊谷菜生，新潮
　社）・・・・・・・・・・・・・・・・・・・・・・・・・ 1300, 1933
それは誠（乗代雄介）・・・・・・・・・・・・・・・・・・・・ 2931
ソ連兵へ差し出された娘たち（平井美帆）・・ 3188
存在のすべてを（塩田武士）・・・・・・・・・・・・・・ 1757

【 た 】

大インダス世界への旅—チベット、インド、
　パキスタン、アフガニスタンを貫く大河流
　域を歩く（船尾修）・・・・・・・・・・・・・・・・・・・・ 3324
対怪異アンドロイド開発研究室（饗庭淵）・・・・ 0015
大学で一番かわいい先輩を助けたら呑み友達
　になった話 〜酔った先輩は俺への「すき」
　が止まらない〜（条葉松）・・・・・・・・・・・・・・ 2596
『大漢和辞典』の百年（鈴木衛, 大修館書店）
　・・・・・・・・・・・・・・・・・・・・・・・・・・・・ 2012, 2133
対極（鬼田竜次）・・・・・・・・・・・・・・・・・・・・・・・・ 1164
大金を手にした孤独な無自覚天才薬師が、呪わ
　れたSランク冒険者に溺愛されるまで（未
　知香）・・・・・・・・・・・・・・・・・・・・・・・・・・・・・・・・ 3640
退屈とバイブス（川村有史）・・・・・・・・・・・・・・ 1106
だいこんのおと（平井美里）・・・・・・・・・・・・・・ 3187
大才子 小津久足—伊勢商人の蔵書・国学・紀
　行文（菱岡憲司）・・・・・・・・・・・・・・・・・・・・・・ 3139
第三皇女の謎解き執事（安居院晃）・・・・・・・・ 0090
第三者視点（山村菜月）・・・・・・・・・・・・・・・・・・ 3978
大正の「藤村」の本の書き込みと父の心の染
　みを見つけたり（上田康彦）・・・・・・・・・・・・ 0541
だいじょうぶくん（魚住直子）・・・・・・・・・・・・ 0558
退職前夜（小林浮世）・・・・・・・・・・・・・・・・・・・・ 1470
ダイダロス（塩崎ツトム）・・・・・・・・・・・・・・・・ 1754
大地青春（詩集）（古川彩）・・・・・・・・・・・・・・ 3341
「田一枚植て立去る」のは誰か—追悼とコン
　トラストの視点から—（神保と志ゆき）・・・・ 1942
大ちゃん、ごめんね（短編）（りょうけんまり
　ん）・・・・・・・・・・・・・・・・・・・・・・・・・・・・・・・・・・ 4160
戴天（千葉ともこ）・・・・・・・・・・・・・・・・・・・・・・ 2430
「大東亜共栄圏」という神話を考える 火野葦
　平から（沢村ふう子）・・・・・・・・・・・・・・・・・・ 1743
代表取締役息子（宮本真生）・・・・・・・・・・・・・・ 3724
大ピンチずかん（鈴木のりたけ）・・・・・・・・・・ 2000
Dive（よしだあきひろ）・・・・・・・・・・・・・・・・・・ 4084
タイポグラフィ・ハンドブック 第2版（宇野
　智美，研究社）・・・・・・・・・・・・・・・ 0597, 1373
TIMELESS 石岡瑛子とその時代（河尻亨
　一）・・・・・・・・・・・・・・・・・・・・・・・・・・・・・・・・・・ 1085
ダイヤには傷をつけない（城依見）・・・・・・・・ 1158
ダイヤモンドダスト（菊池健）・・・・・・・・・・・・ 1139
ダイヤモンドの功罪（平井大橋）・・・・・・・・・・ 3182
太陽諸島（多和田葉子）・・・・・・・・・・・・・・・・・・ 2410
太陽の子—日本がアフリカに置き去りにした
　秘密—（三浦英之）・・・・・・・・・・・・・・・・・・・・ 3585
太陽の横（山木礼子）・・・・・・・・・・・・・・・・・・・・ 3924
台湾総統選挙（小笠原欣幸）・・・・・・・・・・・・・・ 0750
台湾のデモクラシー—メディア、選挙、アメ
　リカ（渡辺将人）・・・・・・・・・・・・・・・・・・・・・・ 4222
台湾漫遊鉄道のふたり（三浦裕子）・・・・・・・・ 3589
ダーウィン事変（うめざわしゅん）・・・・・・・・ 0611
ダウト 〜疑いについての寓話（ジョン・パ
　トリック・シャンリィ作）（風姿花伝プロ
　デュース）・・・・・・・・・・・・・・・・・・・・・・・・・・・・ 3233

たかお　　作品名索引

鷹を飼う(松本昂幸) ……… 3546
高く翔べ 快商・紀伊國屋文左衛門(吉川永青) ……… 4077
高瀬庄左衛門御留書(砂原浩太朗) ……… 2042
誰がために医師はいる クスリとヒトの現代論(松本俊彦) ……… 3549
高望の大刀(夜弦雅也) ……… 3879
多喜二の歩幅(諏訪典子) ……… 2061
たくあん聖女のレシピ集〜【たくあん錬成】スキル発覚で役立たずだと追放されましたが神殿食堂で強く生きていきます〜(景華) ……… 0911
TAKUPEDIA(古川タク) ……… 3343
宅録ぼっちのおれがあの天才美少女のゴーストライターになるなんて。＜リマスター版＞(石田灯葉) ……… 0344
竹内景助氏と「憂因録」―四ヵ月の獄中日記とその前後―(志保田行) ……… 1822
タケオとメニー(永井昴) ……… 2658
猛き朝日(天野純希) ……… 0190
タケシと宇宙人の夏物語(三原貴志) ……… 3682
竹の風音(酒井和子) ……… 1571
たけのこノコノコ(竹内佐永子) ……… 2245
他校の氷館を痴漢から助けたら、お友達から始める事になりました(皐月陽龍) ……… 1673
タコとだいこん(伊佐久美) ……… 0313
タコピーの原罪(タイザン5) ……… 2131
たこめがね(メグマノ) ……… 3789
田島列島短編集ごあいさつ(田島列島) ……… 2289
黄昏の虹(町田詩朗) ……… 3487
黄昏のブリュンヒルド(東崎惟子) ……… 0072
黄昏マセマティカ 〜アプリになった天才少女〜(暁社夕帆) ……… 0087
ただいま(高田橋昭一) ……… 1396
闘う村落―近代中国華南の民衆と国家(蒲豊彦) ……… 1004
ただキミに好きって言いたいだけなんだ(坂栗蘭) ……… 1600
※ただし探偵は魔女であるものとする(Praiseぽぽん) ……… 4253
ただ平穏にちょっと楽しく暮らしたい死霊魔導士の日常と非日常(うますま) ……… 0602
立ち待ちの月に照らされ峡谷の始発電車は鉄橋渡る(寺林厚則) ……… 2543
タックンのトイレとハックンの森(山口友紀) ……… 3939
ダッドリーくんの12のおはなし(フィリップ・レスナー さく、アーノルド・ローベル え、こみやゆう やく) ……… 1502, 4176, 4184
だっぴ(志津栄子) ……… 1784
TANAAMI!! AKATSUKA!! That's All Right!!(柿木原政広、内堀結友、集英社) ……… 0581, 0897, 1868
田中耕太郎―闘う司法の確立者、世界法の探究者(牧原出) ……… 3459
田中茂二郎 美穂子詩画集「世界は夜明けを待っている」(田中茂二郎、田中美穂子) ……… 2342, 2343
谷崎潤一郎と映画の存在論(佐藤未央子) ……… 1702
谷崎潤一郎と中国(林茜茜) ……… 4165

他人(竹田モモコ) ……… 2270
タヌキの交通安全(寺田喜平) ……… 2537
楽しい雪の結晶観察図鑑(尾田直美、緑書房) ……… 0833, 3656
煙草の神様(芝夏子) ……… 1804
タビゴヤー女は一人で子を産む(松本亜紀) ……… 3543
旅する練習(乗代雄介) ……… 2930
旅の断片(若菜晃子) ……… 4193
旅のない(上田岳弘) ……… 0537
ダブル(野田彩子) ……… 2908
ダブル・トラブル(高橋亜子) ……… 2187
多分悪徳貴族の俺が、寿命を全うするためにできること(嶋野夕陽) ……… 1838
たぶんみんなは知らないこと(福田隆浩) ……… 3260
たべたらどうなる？ にじいろきのみ(オヤマ・ハンサード・ヒロユキ) ……… 0870
たべものいっぱい、ぼくんちのはなし(村上あつこ) ……… 3761
環と月(よしながふみ) ……… 4110
卵を背負う旅人(平本りこ) ……… 3206
たまごのくにのおうじさま(としやマン) ……… 2602
たまごのはなし(しおたにまみこ) ……… 1758
たましいの移動(國松絵梨) ……… 1281
たましひの薄衣(菅原百合絵) ……… 1962
玉葱とクラリオン(水月一人) ……… 3660
多摩美術大学グラフィックデザイン学科卒業制作展 2023 図録(多摩美術大学グラフィックデザイン学科卒業制作展 2023 実行委員・図録班) ……… 2392
玉虫色のコート(ことこ) ……… 1458
玉響(正木ゆう子) ……… 3466
たまゆら湾(江口ちかる) ……… 0626
ダムのヒミツ(しょわんちゅ) ……… 1893
ダメダメおばけ(スズヤジン) ……… 2030
太夫は羽化の時を待つ(悠井すみれ) ……… 4020
多様に異なる愚かさのために―「2・5次元」論(冨田涼介) ……… 2620
誰もが間違える双子の美人姉妹を俺は見分けられるらしい(みょん) ……… 3731
タロットループの夏(姉崎あきか) ……… 0164
淡黄(山中律雄) ……… 3972
炭酸水と犬(砂村かいり) ……… 2045
男女の力と貞操が逆転した異世界で、俺が【聖男】として祭り上げられてしまった件…(タジリユウ) ……… 2291
ダンジョン飯(全14巻)(九井諒子) ……… 1245
ダンシング・プリズナー(遊川ユウ) ……… 4029
ダンス(竹中優子) ……… 2275
ダンスする寝る(山﨑修平) ……… 3941
ダンスの神様(福井штам) ……… 3243
ダンスはへんなほうがいい(新崎瞳) ……… 1927
断想集(國司航佑) ……… 1278
男装姫は、鬼の頭領の執着愛に気づかない(日部星花) ……… 3176
ダンダダン(龍幸伸) ……… 2306
断腸亭にちじょう(ガンプ) ……… 1123
探偵気取りと不機嫌な青春(野中春樹) ……… 2915
探偵に推理させないでください。最悪の場合、世界が滅びる可能性がございますので。(夜方宵) ……… 3871

作品名	番号
探偵の武器は推理だけじゃない。(ミステリー兎)	3619
単独者鮎川信夫(野沢啓)	2905
旦那様、ビジネスライクで行きましょう！〜下町育ちの伯爵夫人アナスタシアは自分の道を譲らない〜(時枝小鳩)	2590
短編ミステリの二百年(1〜6)(小森収)	1506
たんぽオーケストラ(佐々木貴子)	1657
田んぼの1ぱん(長谷川のりえ)	2976
たんぽぽをぽぽたんと呼び姪っ子のぽぽたんぽぽたん歩みのリズム(小野田裕)	0860

【 ち 】

作品名	番号
ちいかわ なんか小さくてかわいいやつ(ナガノ)	2712
地域芸能と歩む(大西隆介, 沖縄県立芸術大学今を生きる人々と育む地域芸能の未来)	0717, 0809
小さな大入道(びごーじょうじ)	3129
小さなお手つだいさん(平林さき子)	3203
ちいさな国で(ガエル・ファイユ著)(加藤かおり)	0967
ちいさなトガリネズミ(みやこしあきこ)	3694
小さな冒険(椋麻里子)	3742
小さな僕のメロディ(有本綾)	0248
ちいさな約束(蛇沢美鈴)	3361
チェヴェングール(アンドレイ・プラトーノフ作)(工藤順, 石井優貴訳)	0323, 1273
チェーホフの山(工藤正廣)	1275
チェンジメイカー(綱木謙介)	2491
チェンソーマン(藤本タツキ)	3303
地下芸人(おぎぬまX)	0810
地下出版のメディア史—エロ・グロ、珍書屋、教養主義(大尾侑子)	0726
地下鉄の駅の柱にウミユリの化石静かに眠りつづける(伊藤哲)	0414
地球の歩き方 ムー 〜異世界(パラレルワールド)の歩き方〜(地球の歩き方編集室)	2417
地球の余命(金子まさ江)	0995
畜ケルベロス談(米山柊作)	4134
ちぐさ弁当帖(葵日向子)	0016
竹林のフウ(日田康圭)	3149
地磁気逆転と「チバニアン」地球の磁場は、なぜ逆転するのか(菅沼悠介)	1958
地図と印刷(淺野有子, 凸版印刷, 印刷博物館)	0124, 2605, 2607
地図と拳(小川哲)	0792
遅速あり(三枝昂之)	1533
父を還す(伊藤優)	0434
父が残してくれたもの(猿舘雪枝)	1731
チ。一地球の運動について一(魚豊)	0559
月ぬ走いや、馬ぬ走い(豊永浩平)	2629
父の化石展(中乃森豊)	2721
父の孤影(南浩之)	3667
父の机(内藤豊一)	2649
父のビスコ(平松洋子)	3205
父の筆(加藤幸龍)	0969
父ひとり暮らしし家の呼び鈴を押して父呼ぶ音に聞き入る(小木出)	0802
よよそして母よ(大嶋岳夫)	0691
ちっちゃいばあちゃん(諏訪晃子)	2059
知的所有権の人類学—現代インドの生物資源をめぐる科学と在来知(中空萌)	2697
血の畑—宗教と暴力(北條文緒, 岩崎たまゑ訳)	0510, 3367
チベット女性詩集—現代チベットを代表する7人・27選(段々社)	2414
血眼紀行(可笑林)	0933
チャオ！ チャオ！ バスタイオ 〜 面倒な隣人とワタシとカルボナーラ(からした火南)	1042
チャボミとイモコ〜おっちょこちょいの小鬼たち〜(境田博美)	1583
ちゃんと死んでね？(nikata)	2831
チャンバラ(佐藤賢一)	1687
中央銀行 セントラルバンカーの経験した39年(白川方明)	1901
中国共産党、その百年(石川禎浩)	0332
中国料理の世界史—美食のナショナリズムをこえて(岩間一弘)	0522
中世「歌学知」の史的展開(舘野文昭)	2314
中卒探索者、頑張ります！—日本にダンジョンが出来ないので生活のためにクリアしたいと思います〜(シクラメン)	1771
駐屯地(織田亮太朗)	0837
チュートリアルが始まる前に〜ボスキャラ達を破滅させない為に俺ができる幾つかの事(髙橋炬燵)	2190
チューリップのリリィさん(もとづかあさみ)	3809
超金持ちのお嬢様宅に、出張シェフとして呼ばれました(雨宮むぎ)	0194
彫刻の感想(久栖博季)	1262
鳥語降る(ちょうごふる)(志垣澄幸)	1765
超次元エンゲージ(高矢航志)	2223
超人ロック(聖悠紀)	3142
聴雪—良寛伝の試み—(迫義之)	1643
朝鮮出版文化の誕生—新文館・崔南善と近代日本(田中美佳)	2341
朝鮮半島の歴史—政争と外患の六百年(新城道彦)	1930
蝶との挨拶(芝塚るり)	1816
蝶の羽ばたき、その先へ(森埜こみち)	3851
蝶の耳(水城文恵)	3612
諜報国家ロシア(保坂三四郎)	3373
長老の宿雷(笹村正枝)	1667
直線(手取川由紀)	2525
直線距離の愛(二十一七月)	2872
チョコレート聖女は第二王子に庇護＆溺愛をされています 〜異世界で作ったチョコレートが万能回復薬のため聖女と呼ばれるようになりました〜(高岡未来)	2147
チョンキンマンションのボスは知っている—アングラ経済の人類学(小川さやか)	0795
ちょんまげタワー(長谷川あかり)	2968
散り花(中上竜志)	2670

沈黙のコンチェルト（諸星額）・・・・・・・・・・・ 3862
沈黙の絶望、沈黙の希望（詩集）（常本哲郎）
　・・・ 2493
沈黙の勇者たち ユダヤ人を救ったドイツ市民の戦い（岡典子）・・・・・・・・・・・・・・・・・・ 0742

【つ】

ツァーリと大衆―近代ロシアの読書の社会史（巽由樹子）・・・・・・・・・・・・・・・・・・・・・・ 2309
追憶の八月（あんのくるみ）・・・・・・・・・・・ 0263
終の棲みか（中原賢治）・・・・・・・・・・・・・・ 2725
追放王子の異世界開拓！〜魔法と魔道具で、辺境領地でシコシコ内政します（武蔵野純平）・・・・・・・・・・・・・・・・・・・・・・・・・・・・・・・・・・ 3746
追放公爵、ダンジョンを踏破する！〜婚約者を寝取られて、死の迷宮に追放された公爵、魔物使いの才能を開花させて無双する〜（D）・・・・・・・・・・・・・・・・・・・・・・・・・・・・・・・・・・ 2510
追放された者たち、いつの間にか世界の中心になっていた（迅空也）・・・・・・・・・・・・・・ 1919
追放された侯爵令嬢と行く冒険者生活（たけすい）・・・・・・・・・・・・・・・・・・・・・・・・・・・・・・・・ 2264
追放された元ギルド職員、【覚醒鑑定】で天才少女たちの隠れたスキルを覚醒＆コピーして伝説の冒険者(不本意)となる 〜おい、俺を最高最強と持ち上げるのはやめてくれ。「何で？」って顔しないで〜（和成ソウイチ）・・・・・・・・・・・・・・・・・・・・・・・・・・・・・・・・ 4234
追放上等！ 天才聖女のわたくしは、どこでだろうと輝きますので。（佐倉綾）・・・・・・ 1627
使い潰された勇者は二度目（いや、三度目？）の人生を自由に謳歌したいようです（あかむらさき）・・・・・・・・・・・・・・・・・・・・・・・・・・・・ 0070
仕えているお嬢様に「他の女の子から告白されました」と伝えたら、めちゃくちゃ動揺しはじめた。（左リュウ）・・・・・・・・・・・・・ 3153
つかまえた（田島征三）・・・・・・・・・・・・・・ 2285
月光露針路日本 風雲児たち（三谷幸喜）・・ 3635
月を食う（佐佐木定綱）・・・・・・・・・・・・・・ 1656
月を開く（宮田一平）・・・・・・・・・・・・・・・・ 3709
月がわらう夜に（海藤文字）・・・・・・・・・・ 0886
つぎ、でます（HIDEO）・・・・・・・・・・・・ 3156
月と書く（池田澄子）・・・・・・・・・・・・・・・・ 0302
月とライカと吸血姫（牧野圭祐）・・・・・・・・ 3456
月にのぼる船（早渕太亮）・・・・・・・・・・・・ 3061
次のおしごと（竹田まどか）・・・・・・・・・・ 2268
月の立つ林で（青山美智子）・・・・・・・・・・ 0046
ツギハギ事象の欠落小人形（雨谷夏木）・・ 0196
つぎはぐ△（菰野江名）・・・・・・・・・・・・・・ 1504
月見れば/村雨の（ムツキツム）・・・・・・・・ 3752
月は蒼く（はるのなる子）・・・・・・・・・・・・ 3102
月は夜をゆく子のために（ユージーン・オニール作）（トランスレーション・マターズ）・・・・・・・・・・・・・・・・・・・・・・・・・・・・・・・・・・ 2631
つくしちゃんとおねえちゃん（いとうみく）・・ 0431
辻が花（浅沼幸男）・・・・・・・・・・・・・・・・・・ 0115

対馬の海に沈む（窪田新之助）・・・・・・・・ 1291
つじもり（丸本暖）・・・・・・・・・・・・・・・・・・ 3575
続きと始まり（柴崎友香）・・・・・・・・・・・・ 1807
津田梅子 科学への道、大学の夢（古川安）・・ 3346
土属性の斧使いだけど四天王をクビになりました。（てるま）・・・・・・・・・・・・・・・・・・・・ 2544
土と緑と人間と―西阿波・祖谷 傾斜地に暮らす―（日浦嘉孝）・・・・・・・・・・・・・・・・・・ 3116
土に贖う（河﨑秋子）・・・・・・・・・・・・・・・・ 1075
土の詩、水の詩（髙橋淳）・・・・・・・・・・・・ 2191
椿井文書（馬部隆弘）・・・・・・・・・・・・・・・・ 3029
鍔焦がす（吉田哲二）・・・・・・・・・・・・・・・・ 4092
燕は戻ってこない（桐野夏生）・・・・・・・・ 1241
蕾が散る（川瀬陽子）・・・・・・・・・・・・・・・・ 1090
妻が口をきいてくれません（野原広子）・・ 2921
つまごい（魚崎依知子）・・・・・・・・・・・・・・ 0557
つま先立ちで暗闇を（仲田詩魚）・・・・・・ 2699
つま先で踏ん張って（相馬卵譜）・・・・・・ 2109
ツミデミック（一穂ミチ）・・・・・・・・・・・・ 0396
罪の輪郭（やすなお美）・・・・・・・・・・・・・・ 3890
森風（竹本真雄）・・・・・・・・・・・・・・・・・・・・ 2280
つめたい季節（義若ユウスケ）・・・・・・・・ 4125
冷たい新婚の裏事情（汐月巴）・・・・・・・・ 1759
ツユクサナツコの一生（益田ミリ）・・・・ 3477
強すぎてボッチになった俺が戦学院のパーティ決めで余った結果、元王女で聖女な先生がペアを組んでくれることになった件（穂積潜）・・・・・・・・・・・・・・・・・・・・・・・・・・・・・ 3392
釣内島暮らしの手引書（木古おうみ）・・ 1207
つりロボグイ（ツバキハラタカマサ）・・ 2500
鶴に殉ず（夢見里龍）・・・・・・・・・・・・・・・・ 4051
鶴見俊輔伝（黒川創）・・・・・・・・・・・・・・・・ 1335

【て】

TSクソビッチ少女は寝取られたい（二本目老天マン）・・・・・・・・・・・・・・・・・・・・・・・・・・ 2878
TS転生した私が所属するVtuber事務所のライバーを全員堕としにいく話（恋狸）・・ 1384
ディオニソス計画（宮内悠介）・・・・・・・・ 3688
帝国最強の冒険者パーティー、突然の解散。結婚するから冒険者隠居する？ 店も出したい？ 安くするから遊びに来て？ それなら仕方ない。幸せにな！（HATI）・・・・ 4244
帝国の写真師 小川一眞（岡塚章子）・・・・ 0767
「帝国」ロシアの地政学―「勢力圏」で読むユーラシア戦略（小泉悠）・・・・・・・・・・・・ 1383
梯梧の赤さ（長谷川游子）・・・・・・・・・・・・ 2982
帝室劇場とバレエ・リュス（平野恵美子）・・ 3198
訂正する力（東浩紀）・・・・・・・・・・・・・・・・ 0150
丁寧な暮らしをする餓鬼（塵芥居士）・・ 2448
底辺冒険者なおっさんの俺いまさらチートを持っていることに気付く 領地経営ゲームで現実も楽々ライフ（ぎあまん）・・・・・・ 1127
デウス・エクス・マギア 〜大いなる幼女とデスメタル山田〜（猫文字隼人）・・・・・・ 2893
手を振る仕事（足立聡）・・・・・・・・・・・・・・ 0156

作品名	ページ
手形足形（久保田登）	1294
テクマクマヤコン（工藤幸子）	1276
凸凹バドバード（平河ゆうき）	3193
デザイン き 木下勝弘（木下勝弘）	1200
テシオ氏との約束（与勇名）	0162
デジタル化する新興国（伊藤亜聖）	0408
デジタル的鞣式リセット（秋津朗）	0081
デジタル・ファシズム（堤未果）	2490
テスカトリポカ（佐藤究）	1684
デスコレ！―運命は、変えられる―（七海まち）	2807
デス・ゾーン 栗城史多のエベレスト劇場（河野啓）	1407
デスループ令嬢は生き残る為に両手を血に染めるようです（沙寺紘）	1674
哲学詩集（水声社）	1944
鉄道英雄伝説 カクヨム版（葉山宗次郎）	3064
鉄道開業150周年 日本鉄道大地図館（鈴木康彦, 小学館）	1881, 2015
デッドデッドデーモンズデデデデデストラクション（浅野いにお）	0120
デッドリーヘブンリーデッド（零末似）	2102
鉄のサムライ（長谷川佳江）	2983
手に手の者に幸あらん（小森隆司）	1507
手ぬぐいそうせんきょ（伊東葎花）	0436
手の土をズボンで拭い幼子はゴールの後をすたすたと去る（林静江）	3049
手のひらに、星（葉山えみ）	3062
手のひらの海（平山繁美）	3208
てぶくろ市（短編）（さかねみちこ）	1608
手ぶくろが右と左とにわかれているわけ（コウタリリン）	1397
出戻りサト子（岡田鉄兵）	0758
出戻りの夏（兼重且奈子）	0997
「デュエル・マスターズ」シリーズ（松本しげのぶ）	3545
寺山修司の一九六〇年代 不可分の精神（堀江秀冶）	3417
デリバリー・コーブス（五芽すずめ）	1503
テレキャスター（遠野瑞希）	2578
テレパシストだけど、隣のクール美少女が脳内ピンクすぎて辛い（オーミヤビ）	0868
天を吸って（野口やよい）	2902
天界の星（小西月舟）	1462
天界レストランへようこそ（七夕ななほ）	2348
天気雨（永田祥二）	2701
天気管理会社〜雲井桃久の思いつき〜（弘山真菜）	3228
天空のふたり（阿部奏子）	0170
転校生アリスの考察（岩本美南）	0523
天国へのパスポート―ある日の阿波根昌鴻さん（張ヶ谷弘司）	3091
伝言板（河角順子）	1088
てんじつきさわるえほん さわってたのしいレリーフブック さかな（村山純子, 小学館）	1879, 3784
天使の恩返し（ことさわみ）	1448
天使の自瀆（伊藤彰汰）	0417
電子の泥舟に金貨を積んで（竹田人造）	2267
天使の忘れ物（齊藤啓祐）	1542
転生賢者の魔法教室（夜桜ユノ）	4070
転生殺人トラック（笹慎）	1644
転生したら悪役領主として主要キャラ達から殺されるキャラクターだった為、主人公達とは関わりたくないので領地を立て直してスローライフを極め領地に籠りたい。（Crosis）	1348
転生したらスライムだった件（伏瀬原作, 川上泰樹漫画, みっつばー キャラクター原案）	1063, 3317, 3648
転生したら奴隷使役と回復のスキルを持っていたので遊び半分で奴隷だけの秘密結社を作ってみた（Crosis）	1347
転生したら勇者しか抜けない剣が刺さった岩だった〜勇者が来ないのでゴーレムになって自分で探しに行く！〜（長多良）	2704
転生してあらゆるモノに好かれながら異世界で好きな事をして生きて行く（御峰）	0867
転生するイコン―ルネサンス末期シエナ絵画と政治・宗教抗争（松原知生）	3539
転生聖女は推し活初心者！〜聖女なのに邪悪の娘と蔑まれる公爵令嬢は推し活に励み過ぎて王子の溺愛に気づかない〜（綾束乙）	0210
転生七女ではじめる異世界ライフ 〜万能魔力があれば貴族社会も余裕で生きられると聞いたのですが?!〜（四葉夕ト）	4128
転生勇者の三軒隣んちの俺（＠aozora）	0027
天地透く（中村秋人）	2736
店長がバカすぎて（早見和真）	3069
でんでんでんせつ（山本都, 椿つかさ）	2496, 4004
てんとう虫コミックス『ドラえもん』豪華愛蔵版全45巻セット「100年ドラえもん」（名久井直子, 小学館）	1878, 2775
天童木工とジャパニーズモダン（高橋万実子, 青幻舎）	2067, 2204
天に昇った鯉のぼり（田中一征）	2320
天王寺より（矢田等）	3900
天ぷらの揚げ音がふと変わるように息子が最近やさしくなった（坊角由美）	3365
天幕のジャードゥーガル（トマトスープ）	2616
天冥の標（全10巻）（小川一水）	0786
点滅するものの革命（平沢逸）	3195
天路（リービ英雄）	4155
天路の旅人（沢木耕太郎）	1735

【と】

作品名	ページ
とある列車の物語（奥田康誠）	0817
ドイツ・ナショナリズム―「普遍」対「固有」の二千年史（今野元）	1525
等圧線（安孫子正浩）	0167
トゥアレグ 自由への帰路（デコート豊崎アリサ）	2517
透過色彩のサイカ（成東志樹）	2817
塔和子の尊厳（田中淳一）	2329

とうき　　　　　　　　　　　　　　作品名索引

東京古書組合百年史（東京都古書籍商業協同
　組合） ････････････････････････････････ 2561
東京五輪の郵便／(内藤陽介) ････････････ 2652
東京都同情塔（九段理江） ････････････････ 1269
東京2012〜のぞまれずさずかれずあるもの〜
　（大西弘記） ･･････････････････････････ 0718
同行二人（川野ゑ音） ･･････････････････ 1099
東京の生活史（岸政彦） ････････････････ 1151
東京バナナ（湯田美帆） ････････････････ 4042
東京普請日和（湊ナオ） ････････････････ 3662
東京まではあと何歩（四反田凛太） ････････ 1790
東京卍リベンジャーズ（和久井健） ････････ 4200
東京Lv99（節兄見一） ･･････････････････ 2097
道化の無双は笑えない（一ノ瀬乃一） ･･････ 0388
父さんが会いにきた（門前日和） ････････ 3865
同志少女よ、敵を撃て（逢坂冬馬） ････････ 0007
どうして だと 思う？（中川祐樹） ･･･････ 2676
同人イベントに行きたすぎて託児所を作りま
　した（四辻さつき） ････････････････････ 4127
陶酔と絶望（柏原宥） ･･････････････････ 0934
どうせそろそろ死ぬんだし（香坂鮪） ･･････ 1389
同窓会名簿（大藤惠子） ････････････････ 0727
兜太の忌（翠その子） ･･････････････････ 3655
塔の三姉妹（武田雄樹） ････････････････ 2271
動物奇譚集（長野徹） ･･････････････････ 2716
どうぶつの修復（藤原安紀子） ･･････････ 3309
透明な俳句空間−芝不器男論（越智洋） ････ 0841
透明な夜の香り（千早茜） ･･････････････ 2435
「東洋」を踊る崔承喜（李賢睦） ････････ 0268
東洋日の出新聞 鈴木天眼〜アジア主義 もう
　一つの軌跡（高橋信雄） ････････････････ 2198
トゥルー・クライム・ストーリー（ジョセフ・
　ノックス著、池田真紀子訳） ････ 0304, 2913
童話は甘いかしょっぱいか─出版までの長い
　道のり─（浜尾まさひろ） ････････････ 3030
遠い灯り（小牧昌子） ･･････････････････ 1490
遠い他国でひょんと死ぬるや（宮内悠介） ･･ 3687
遠い庭（大木潤子） ････････････････････ 0672
遠くから来ました（白鳥一） ････････････ 1907
遠巷説百物語（京極夏彦） ･･････････････ 1225
遠くの声（藤本夕衣） ･･････････････････ 3307
遠くのことや白さについて（安田茜） ･･････ 3895
遠くまで（島貫恵） ････････････････････ 1837
とおざかる星（橋爪志保） ･･････････････ 2951
遠山陽子俳句集成 未刊句集「輪舞（ろんど）」
　（遠山陽子） ････････････････････････ 2582
通ります（吉田葎） ････････････････････ 4096
都会まで飛ばされたカマキリ（伊神純子） ･･ 0279
とかげの涙（なないろみほ） ････････････ 2797
時を越えた握手（津田祐樹） ････････････ 2475
時、それぞれの景（鳥飼丈夫） ････････････ 2638
「鴇茶雀茶鳶茶」28首（渡辺松男） ･･････ 4224
時に花（板倉ケンタ） ･･････････････････ 0374
時の錘り。（詩集）（須永紀子） ････････ 2039
時の欠片が落ちるとき（吉野なみ） ････････ 4113
時の睡蓮を摘みに（葉山ほずみ） ････････ 3065
土偶を読む─130年間解かれなかった縄文神
　話の謎（竹倉史人） ････････････････････ 2256
とく来りませ（歌集）（横山未来子） ･･････ 4067
徳治郎とボク（花形みつる） ････････････ 3014

毒舌後輩女子におちょくられて今夜も眠れな
　い（屮森奇恋） ････････････････････ 0497
独ソ戦（大木毅） ･･････････････････････ 0673
毒猫（広瀬大志） ･･････････････････････ 3223
毒の王（レオナールD） ･････････････････ 4172
特別展きもの KIMONO 図録（垣本正哉、朝
　日新聞社、テレビ朝日） ･･････ 0130, 0899, 2545
特別展「毒」公式図録（D_CODE、読売新聞東
　京本社、フジテレビジョン） ･･ 3289, 4138, 4243
「毒虫」詩論序説（河津聖恵） ･･････････ 1086
時計屋探偵と二律背反のアリバイ（大山誠一
　郎） ･･････････････････････････････････ 0739
土下座奉行（伊藤尋也） ････････････････ 0424
屠殺人 ブッチャー（ニコラス・ビヨン作）（名
　取事務所） ･････････････････････････ 2796
都市伝説さん（接骨木綿） ･･････････････ 2096
都市伝説は本当だった！ 六甲山から里帰り
　した小さな汽車、頸城鉄道の忘れ形見達
　（関本康人） ･･････････････････････････ 2086
ドジョウギヨカイタ（小原隆規） ････････ 0863
図書館がくれた宝物（ケイト・アルバス作、櫛
　田理絵訳） ･･･････････････････ 0252, 1259
どしょぼね（河合紗都） ････････････････ 1057
ドスケベ催眠術師の子（桂嶋エイダ） ･･････ 1364
土星蝕（田中薫） ･･････････････････････ 2318
橡と石垣（大辻隆弘） ･･････････････････ 0711
途中の話（和田まさ子） ････････････････ 4211
特攻服を着た少女と1825日（比嘉健二） ････ 3118
特攻野郎Lチーム（ひたき） ････････････ 3152
どっち？（脇田あすか、山口日和、講談社）
　････････････････････････ 1404, 3936, 4199
どっちつかず（石原三日月） ････････････ 0351
とってとって（榊原悠介） ･･････････････ 1597
ドッペルゲンガーは恋をする（榛名丼） ････ 3099
どてかぼちゃん（渋沢恵美） ････････････ 1819
ドードーが落下する（加藤拓也） ････････ 0973
届け、風の如く（田窪夢） ･･････････････ 2242
届け続けること（佐藤良香） ････････････ 1710
ドドゴのはし（正木奈緒実） ････････････ 3465
ドード─鳥と孤独鳥（川端裕人） ････････ 1101
どどめの空（澱子エイド） ･･････････････ 0874
となり、いいですか？（古森曉） ････････ 1505
隣の席の雪本さんが異世界で王様やってるら
　しい。（三木又柚希） ･･････････････ 3600
隣も青し（関かおる） ･･････････････････ 2074
ドナルド・ジャッド─風景とミニマリズム（荒
　川徹） ･･････････････････････････････ 0223
帳（とばり）（熊谷茂太） ･･････････････ 1301
とびっきりのすいか（橋谷桂子） ････････ 2964
とべない花を手向けて（冬野岬） ････････ 3333
とぼくれホタル（田村初美） ････････････ 2397
富田さんの瞳（釣舟草） ････････････････ 2506
ともぐい（河﨑秋子） ･･････････････････ 1076
トライアド（砂濱子） ･･････････････････ 2038
ドライバーズラプソディー（あな沢拓美） ･･ 0163
ドラゴン最強王図鑑（健部伸明監修、なんぎ
　きび、七海ルシア絵） ･････ 2281, 2808, 2823
ドラゴンフルーツは、そんなに甘くない（伊
　藤美津子） ･･･････････････････････････ 0433
とりかえたなら（七都にい） ････････････ 2805

470　　　　　　　　　　　　　　　　　　　　　　　　　　　　　　文学賞受賞作品目録 2020-2024

作品名	ページ
鳥影（花山多佳子）	3022
トリカゴ（辻堂ゆめ）	2467
鳥がぼくらは祈り（島口大樹）	1826
トリニティ（窪美澄）	1285
とりのうた（鈴木穣）	2017
鳥の名残（漆原正雄）	0621
ドリームダイバー（山猫軒従業員・黒猫）	3977
トリリオンゲーム（稲垣理一郎原作、池上遼一作画）	0296, 0443
トリロン（かみやとしこ）	1030
ドールハウス（海東セラ）	0885
ドールハウスの惨劇（遠坂八重）	2573
奴隷の勇者は終戦に叫ぶ（蒼木いつろ）	0022
泥帽子（両生類かえる）	4161
どろぼうねこのおやぶんさん（小松申尚）	1495
どろんこかいじゅうは田んぼで手をふる（佐々木貴子）	1658
どろんこ代かき（やませたかゆき）	3955
どんぐり（大島史洋）	0690
どんぐり喰い（福音館書店）	3245
どんぐり（たてのひろし）	2312
ドングリス（あいめりこ）	0002
どんぐりず（はたなおや）	2990
どんなにかさみしいだろうドーナツをふたつに割ってなくなった穴（中村ヒカル）	2752
とんぼ（石澤遥）	0335

【な】

作品名	ページ
ない仕事の作り方（みうらじゅん）	3584
ナイショの交換日記（汐月うた）	1786
不夜島（ナイトランド）（荻堂顕）	0807
1960s 失踪するアメリカ—安部公房とポール・オースターの比較文学的批評（大場健司）	0720
尚、赫々たれ 立花宗茂残照（羽鳥好之）	3011
長ネギ1本（佐藤悦子）	1682
ながれちくんがわからない（数井美治）	0936
流れ星、追いかけて（梅澤ナルミ）	0613
流れ星フレンズ（くるたつむぎ）	1324
亡骸のクロニクル（二条千河）	2871
泣きゲーの世界に転生した俺は、ヒロインを攻略したくないのにモテまくるから困る—鬱展開を金と権力でねじ伏せろ—（穂積潜）	3391
凪のお暇（コナリミサト）	1461
なきむしせいとく 沖縄戦にまきこまれた少年の物語（たじまゆきひこ）	2288
なきむしハンス（はせがわまり）	2977
泣き女（寺田勢司）	2538
「名残の飯」シリーズ（伊予波碧）	0375
名づけ得ぬ馬（颯木あやこ）	1672
なすはなに色？（山本泉）	3980
謎ときサリンジャー—「自殺」したのは誰なのか—（竹内康浩、朴舜起）	2248, 3371
謎解きに砂糖、ミルクはいりません（未苑真哉）	3632
なぞなぞ水族館 脱出作戦（ささまひろみ）	1666
謎の香りはパン屋から（土屋うさぎ）	2479
雪崩（河野日奈）	1410
ナチス絵画の謎—逆襲するアカデミズムと「大ドイツ美術展」（前田良三）	3446
ナチス機関誌「女性展望」を読む—女性表象、日常生活、戦時動員（桑原ヒサ子）	1362
夏生（岬れんか）	3604
夏は残る（杉森仁香）	1973
夏が過ぎたら（都鳥）	3695
夏缶（上杉健太郎）	0530
夏、来たりなば……（西島れい子）	2843
ナッちゃんの考えごと（日下昭子）	1249
なっちゃんのなつ（伊藤比呂美文、片山健絵）	0423, 0951
なってほしくて（遠藤健人）	0647
夏で、祭りで、スペシャルで！（草香恭子）	1250
なっとうとり こっそりおべんとうのたび（佐野公哉）	1717
夏に溺れる（青葉寄）	0039
夏のピルグリム（高山環）	2226
夏の窓（郁島青典）	0286
夏物語（川上未映子）	1067
夏野菜カレーの会（ちゃたに恵美子）	2438
なつやすみ（麻生知子）	0153
夏休みの男（下平さゆり）	1854
ナデシの恋（小森雅夫）	1508
なでられるとね（愛あいか）	0001
7階エレベーター無しに住む橋本（北浦勝大）	1166
七秒のユニゾン（内村佳保）	0582
何言ってんだ、今ごろ（秋ひのこ）	0074
なにがみえるの（かわはらり）	1054
何気ない暮らしの中に幸せが（苅尾邦子）	1046
何も言わない（曾根毅）	2114
菜の花畑とこいぬ（海緒裕）	0603
菜の花揺れて（石川克実）	0328
ナビを無視して（小俵鱚太）	1445
名札の裏（白野）	1914
ナポレオン（全3巻）（佐藤賢一）	1686
なまいきサイクリストと、ブルーライン（内田健二郎）	0575
名前（吉岡幸一）	4073
名前をかえします（なかた秀子）	2702
なまえのないねこ（竹下文子文、町田尚子絵）	2261, 3492
なまこ壁の蔵（扇あやめ）	3071
波あとが白く輝いている（蒼沼洋人）	0034
波打ち際の詩想を歩く（若宮明彦）	4197
波を編む人（やすとみかよ）	3897
涙を流すキリン（やまもとれいこ）	4008
なみだのいけ（中込乙寧）	2681
波とあそべば（高遠ちとせ）	2175
波の上集（本阿弥秀雄）	3425
波よ聞いてくれ（沙村広明）	1726
名もがりの町（兵藤るり）	3179
名もなきアンサンブル（青木杏樹）	0021
成り代わり令嬢のループライン（古宮九時）	3351
なりすまし聖女様の人生逆転計画（片涩ほとり）	0948

なりたいわたし（村上しいこ） ……… 3764
なりたくないウィンナー（Yoshitoshi） ……… 4107
ナルキッソスの怪物（荒衛門） ……… 0220
ナルシストとその信者。～クラスのいじめられっ子を助けたら異様に距離が近くなった件～（和歌仙ヤモ） ……… 4189
成瀬は天下を取りにいく（宮島未奈） ……… 3707
南海トラフ地震の真実（小沢慧一） ……… 0828
なんかひとりおおくない？（うめはらまん） ……… 0618
南極の氷に何が起きているか（杉山慎） ……… 1975
汝、星のごとく（凪良ゆう） ……… 2773
何と言われようとも、僕はただの宮廷司書です。（安居院晃） ……… 0091
ナンバーワンキャバ嬢、江戸時代の花魁と体が入れ替わったので、江戸でもナンバーワンを目指してみる ～歴女で元ヤンは無敵です～（七沢ゆきの） ……… 2802

【 に 】

新見睦の記憶画 描き残したい昭和―昭和の生活あるがまま 縮刷版―（新見睦） ……… 2829
仁王門阿形の鼻孔に泥蜂が巣を作りいて繁く出入りす（松田容典） ……… 3529
二月の勝者―絶対合格の教室―（高瀬志帆） ……… 2158
賑やかな家（清野裕子） ……… 2069
賑やかな消滅（永澤幸治） ……… 2684
肉（山内英子） ……… 3920
逃げ上手の若君（松井優征） ……… 3500
にげだしたおにぎりくん（加賀屋唯） ……… 0890
虹色の軌跡（後藤里奈） ……… 1453
西ケ原（清水サトル） ……… 1847
西川廣人さんに日産社長の資格はない（グレッグ・ケリー） ……… 1372
二十世紀日本詩詩を思い出す（坪井秀人） ……… 2502
にじのかけら（青野広夢） ……… 0038
虹の話（西山綾乃） ……… 2869
虹の向こうに（涼川かれん） ……… 1984
二十年目の桜algorithm水（大石直紀） ……… 0664
ニジンスキー 踊る神と呼ばれた男（鈴木晶） ……… 1990
ニセモノ聖女は引退したい ～どうも、「俺と婚約しないと偽者とバラすよ」と脅された偽聖女です～（三崎ちさ） ……… 3602
2020年の恋人たち（島本理生） ……… 1842
似た気持ち（左沢森） ……… 0161
日曜日（付随する19枚のパルプ）（福海隆） ……… 3263
日曜日のフリマで（月見みみ） ……… 2460
日ソ戦争 帝国日本最後の戦い（麻田雅文） ……… 0109
日本一のぼたもち（古田島由紀子） ……… 1443
二度目の悪逆皇女はかつての敵と幸せになります。でも私を利用した悪辣な人々は絶対に許さない！（緋色の雨） ……… 3115
二度目の人生はスキルが見えたので、鍛えまくっていたら引くほど無双してた件（破滅） ……… 3041

二ひきのかえる（渡辺美智雄） ……… 4226
二平方メートルの世界で（前田海音文、はたこうしろう絵） ……… 2987, 3445
日本印刷文化史（凸版印刷 印刷博物館） ……… 2606
日本映画時評集成（全4巻）（山根貞男） ……… 3976
日本 ケンカしちゃいました～あぁ もうおこっぺおこっぺ～（大久保海翔） ……… 0677
日本古代女性史の研究（関口裕子） ……… 2082
日本語ラップfeat.平岡正明（赤井浩太） ……… 0051
日本三國（松木いっか） ……… 3511
日本産鳥類の卵と巣（内田博） ……… 0577
日本社会のしくみ（小熊英二） ……… 0820
「日本少国民文化協会」資料集大成（全8巻・別冊）（浅岡靖史） ……… 0100
日本書紀段階編修論―文体・注記・語法からみた多様性と多層性―（葛西太一） ……… 0914
日本人とエベレスト―植村直己から栗城史多まで（山と溪谷社） ……… 3968
日本男児は走っているか？（久保田喬亮） ……… 1292
日本の小説の翻訳にまつわる特異な問題―文化の架橋者たちがみた「あいだ」（片岡真伊） ……… 0944
日本のセーフティーネット格差―労働市場の変容と社会保険（酒井正） ……… 1576
日本の鳥（浅見ベートーベン） ……… 0139
日本文学全集（全30巻）（池澤夏樹） ……… 0298
日本蒙昧前史（磯﨑憲一郎） ……… 0370
日本はどうして負けるにきまっている戦争に飛び込んだのか（三浦由太） ……… 3590
ニュクスの角灯（高浜寛） ……… 2213
ニューヨーク・ディグ・ダグ（長田典子） ……… 0827
女房文学史論―王朝から中世へ（田渕句美子） ……… 2381
女人禁制の人類学―相撲・穢れ・ジェンダー（鈴木正崇） ……… 2009
女人短歌（濱田美枝子） ……… 3037
庭（囃方佳） ……… 3055
ニワトリ（中原賢治） ……… 2726
庭にダンジョンができたと思ったら、魔物はいないし、資源も0でした。※ただし経験値だけはガンガンに貯まる希少ダンジョンらしいので、ちょっくらレベル上げして、よそのダンジョンを漁りにいきます。（saida） ……… 1537
庭の蜻蛉（増田耕三） ……… 3473
人形の園にて眠れ（垂池蘭） ……… 2406
人魚の夏（嘉成晴香） ……… 0989
人間社会（山田夢子） ……… 3967
人間漱石におけるケアの痕跡―その文学の和解の力（山根息吹） ……… 3975
人間の顔、人間の痛み（松下新土） ……… 3514
忍者が等を使って何が悪い！～私は忍の世界でも魔女になる事を諦めない～（シュガースプーン。） ……… 1872
ニンジャバットマン（久正人著、DC COMICS キャラクター・監修） ……… 2514, 3131
「人情料理わん屋」シリーズ（倉阪鬼一郎） ……… 1311
にんじんしりしり（いとうしゅんすけ） ……… 0415
ニンニク忍者ニンニン（日高あゆみ） ……… 3150

【ぬ】

ぬいぐるみ犬探偵 リーバーの冒険（鈴木りん） ······ 2024
泥濘の十手（麻宮好） ······ 0140
盗んだのは（水野ひかる） ······ 3621
ぬばたまおろち、しらたまおろち（白鷺あおい） ······ 1903

【ね】

音色は青をつつむ（荒川美和） ······ 0227
ねえ、きいてみて！ みんな、それぞれちがうから（ソニア・ソトマイヨール文、ラファエル・ロペス絵、すぎもとえみ訳） ······ 1969, 2113, 4183
ねえ、とうちゃん（小松申尚） ······ 1494
ねぐせのしくみ（ヨシタケシンスケ） ······ 4100
ネクタリン（中井スピカ） ······ 2662
猫を処方いたします。（石田祥） ······ 0342
猫を棄てる―父親について語るときに僕の語ること（村上春樹） ······ 3767
ねこがねこんだ（たかはしあきよ） ······ 2185
猫と雨（佐藤日向） ······ 1693
ねことことり（たてのひろし作、なかの真実絵） ······ 2313, 2718
猫と寅さん（熊谷千佳子） ······ 1299
猫と罰（宇津木健太郎） ······ 0586
ねこに大判焼き（山本裕子） ······ 4005
猫のJKとサラリーマン（秋乃つかさ） ······ 0083
ねこのふどうさんやさん（よしやまけいこ） ······ 4124
猫ノ山寧々子はネコになる（ひのはら） ······ 3167
猫の湯（三好菜月） ······ 3726
ねこ、はじめました（環方このみ） ······ 4192
捩花（宮沢恵理子） ······ 3700
ねずみの姫は夜歌う（糸森奈生） ······ 0441
熱源（川越宗一） ······ 1073
熱砂の女神（彼方紗夜） ······ 0985
ネット右翼になった父（鈴木大介） ······ 1996
ネバネバときどきソーナンダ（あべはるこ） ······ 0177
眠たい羊（ふけとしこ） ······ 3265
年刊日本SF傑作選（全12巻）（大森望、日下三蔵編） ······ 0735, 1252

【の】

ノウイットオール（森バジル） ······ 3831
脳を司る「脳」 最新研究で見えてきた、驚くべき脳のはたらき（毛内拡） ······ 3793
農家のヨメさん（鳥井綾子） ······ 2637

のうじょうにすむねこ（サイトヲヒデユキ，小学館） ······ 1556, 1880
ノウゼンカズラ（桃沢知世） ······ 1005
農福連携の隅っこから（吉川長命） ······ 4075
軒端の梅（アンネ・エラ） ······ 0262
のくたーんたたんたたんたたん（ムラサキアマリ） ······ 3774
ノースライト（横山秀夫） ······ 4065
ノゾミの証し（後藤順） ······ 1451
ノックする世界（雨澤佑太郎） ······ 0204
ノテール〜女は食わねど高楊枝〜（海野さやか） ······ 0606
のどぼとけさま（望月滋斗） ······ 3800
喉元を（鈴木英子） ······ 2001
野の風にひとり（倉田史子） ······ 1314
のびちゃうから 食べなさい（にいまゆこ） ······ 2825
呪われ呪術師は世界の平和を強要する（タロジロウ） ······ 2408
呪われ少将の交遊録（相田美紅） ······ 0012
呪われた身でもジェントルに 〜最弱から始まるダンジョン攻略〜（Ss侍） ······ 4260
呪われた地下迷宮に閉じ込められていた勇者、人気配信者に偶然解放されたついでに無双してしまい大バズりしてしまう（恒例行事） ······ 1417

【は】

婆ちゃん（西銘イクワ） ······ 2867
ばあちゃんのはじめて（多田有希） ······ 2294
灰色少年の虹色青春計画（雨宮和希） ······ 0192
廃屋の月（野木京子） ······ 2901
『俳句の水脈を求めて』―平成に逝った俳人たち―（角谷昌子） ······ 0906
俳句の地平を拓く―沖縄から俳句文学の自立を問う―（野ざらし延男） ······ 2904
拝啓、奇妙なお隣さま（若杉栞南） ······ 4190
拝啓、婚約者様。私は怪物伯爵と仲良くやっていくので貴方はもういりません（九重ツクモ） ······ 1432
拝啓、桜守の君へ。（久生夕貴） ······ 3132
拝啓パンクスノットデッドさま（石川宏千花） ······ 0330
拝啓見知らぬ旦那様、離婚していただきます（久川航璃） ······ 3133
ハイコントラスト・ガーデン（酒井博子） ······ 1578
バイシクルレース 〜負けられないこの夏の戦い〜（六藤あまね） ······ 4180
ハイドランジア（帷子つらね） ······ 0950
バイバイ、青春。（λμ） ······ 4148
ハイパーたいくつ（松田いりの） ······ 3523
廃番の涙（稲田一声） ······ 0446
培養カプセルを抜けだしたら、出迎えてくれたのは僕を溺愛する先輩だった（冴吹稔） ······ 1566
ハーヴェスト（高原あふち） ······ 2214
ハウツー（汐見りら） ······ 1760

作品名	頁
バウムクーヘンとヒロシマ(巣山ひろみ著, 銀杏早苗絵)	0398, 2054
パウル・クレーの〈忘れっぽい天使〉をだいどころの壁にかけた(相沢正一郎)	0011
パウル・ツェランのいない世界で―帰郷をめぐって(石橋直樹)	0346
パウロの神秘論 他者との相生の地平をひらく(宮本久雄)	3723
墓仕舞い(荒川晩子)	0230
墓場なき死者(ジャン=ポール・サルトル作)(オフィスコットーネ)	0865
羽釜(高野ユタ)	2183
吐き出せない親(たね胚芽)	2374
バキバキの海(平安まだら)	3207
破局(遠野遥)	2577
萩原朔太郎と詩的言語の近代(安智史)	3888
馬琴研究―読本の生成と周縁―(三宅宏幸)	3693
白亜紀の風(佐藤モニカ)	1706
白山鯨(鷹樹烏介)	2148
白杖と花びら(苅谷君代)	1048
白線の彼方へ(岡垣澄華)	0744
白線のカモメ(清水あかね)	1844
爆弾(呉勝浩)	1376
爆弾犯と殺人犯の物語(久保行し)	1287
ハクトウワシ(前川貴行, 新日本出版社)	1938, 3434
幕末サンライズ(大春ハルオ)	0725
薄命少女、生存戦略してたら周りからの執着がヤバイことになってた(本郷蓮実)	3426
薄明のサウダージ(野村喜和夫)	2924
白木蓮はきれいに散らない(オカヤイヅミ)	0785
はぐれ鴉(赤神諒)	0053
「はぐれ又兵衛例繰控」シリーズ(坂岡真)	1589
白話小説の時代―日本近世中期文学の研究―(丸井貴史)	3572
化け者心中(蟬谷めぐ実)	2099
バケモノのきみに告ぐ(柳之助)	4159
派遣メシ友(白野よつは)	1916
ハコヅメ～交番女子の逆襲～(泰三子)	3892
箱庭(坂本文朗)	1613
箱庭の小さき聖人たち(浅瀬明)	0108
方舟(夕木春央)	4025
運ぶ眼、運ばれる眼(歌集)(今井恵子)	0476
挟間の世界(鵜野莉紗)	2886
馬山殲滅(小林幸治)	1474
橋(少年詩)(平實宏美)	3192
橋を渡る(石塚明子)	0339
橋の上で(湯本香樹実字, 酒井駒子絵)	1572, 4053
はじまりの漱石『文学論』と初期創作の生成(服部徹也)	3007
「はじめての行事えほん」シリーズ(すとうあさえ)	2034
はじめてのクエスト(おおつぼっくす)	0712
はじめての夏、人魚に捧げるキャンバス(国仲シンジ)	1280
ハジメテヒラク(こまつあやこ)	1491
はじめに言葉ありき。よろずのもの、これに拠りて成る―短歌史における俗語革命の影(髙良真実)	2233
芭蕉の風景(上・下)(小澤實, 山口信博, 玉井一平, 宮巻麗, ウェッジ)	0542, 0829, 2382, 3717, 3935
パション(川越宗一)	1074
走りたがりの異世界無双 ～毎日走っていたら、いつの間にか『世界最速』と呼ばれて色んな権力者に囲まれる件～(坂石遊作)	1581
birth(山家望)	3917
蓮田善明 戦争と文学(井口時男)	0289
バス停から(辻淳子)	2466
外れスキルと馬鹿にされた【経験値固定】は実はチートスキルだった件(霜月電花)	1859
外れスキルの辺境領主、不思議なダンジョンで無限成長(ふなず)	3329
破船(吉村昭)	4121
膚(岩田奎)	0516
はだけゆく(北杜駿)	3372
「はたご雪月花」シリーズ(有馬美季子)	0246
『はだしのゲン』の存在理由と価値(髙橋文義)	2203
『はだしのゲン』は生きている(髙橋文義)	2202
畑中暁来雄詩集 資本主義万歳(畑中暁来雄)	2996
ハタハタ 荒海にかがやく命(高久至)	2153
働きたい(松倫久)	3537
パーチ(瀬口真司)	2089
8月のオーセージ(トレイシー・レッツ作)(劇団昴ザ・サード・ステージ)	1366
八月の銀の雪(伊与原新)	0498
八月の御所グラウンド(万城目学)	3461
80歳の壁(和田秀樹)	4210
ハチハチ(美濃左兵衛)	3675
八本目の槍(今村翔吾)	0490
蜂蜜令嬢の結婚(佳南)	0990
バーチャリティ・フォール(南原詠)	2824
パチンコ(上)(金山寿甲)	0988
バックドロップ・センターマイク(新田連)	2873
はつけよい(鈴木風虎)	2005
薄幸のロザリンド(桜生懐)	1630
バッコスの信女―ホルスタインの雌(市原佐都子)	0393
「八丁堀強妻物語」シリーズ(岡本さとる)	0779
果てしない青のために(青山勇樹)	0049
はてなとびっくり(大楠翠)	0674
パートナー(夏美)	2791
ハートランド(池田亮)	0307
ハードルの係(藤白幸枝)	3283
花(奥田亡羊)	0818
花いちもんめ(西出定雄)	2849
「はないちもんめ」シリーズ(有馬美季子)	0247
花をもらう(佐々木真帆)	1660
はなげせんぱい(杉江勇吾)	1963
花恋し(宮内千早)	3686
はなことば(中村友隆)	2750
花と黒猫(行橘六葉)	0292
花時計(北浦勝大)	1165
花と頬(イトイ圭)	0404
花と夢(星泉)	3374
バナナの花は食べられる(山本卓卓)	3987

作品名	ページ
花野井くんと恋の病（森野萌）	3853
花の渦（歌集）（齋藤芳生）	1553
花の姿（柚木理佐）	4041
鼻ハニカム（コッペパン侍）	1446
花冷え（脇真珠）	4198
花姫恋の花を咲かせる（清水香苗）	1845
花びらの時（有泉里俐歌）	0239
英姉弟の恋（鈴江由美子）	1982
花森安治選集（全3巻）（佐々木暁、暮しの手帖社）	1313, 1648
花守幽鬼伝（青柳朔）	0042
花は愛しき死者たちのために（柳井はづき）	3903
パニックコマーシャル（中村允俊）	2755
バニラ（橙田千尋）	2567
バニラ、ストロベリー、それからチョコレート（吉田詩織）	4088
羽と風鈴（嶋粟太郎）	1824
BARの椅子（菊地悠太）	1141
母を失うこと―大西洋奴隷航路をたどる旅（榎本空）	0638
母を迎える（松尾晴）	3503
母親がエロラノベ大賞受賞して人生詰んだ（夏色青空）	2782
母から子へ（松下慎平）	3517
母象・エレファントマザー（MOMARI）	3817
母とおにぎり（高橋嬢子）	2192
母と息子の13階段（林田麻美）	3056
母の思い出・お父さんの出会い（夫）（柏原昭子）	0929
母の言葉（佐々木実）	1661
母のすりばち（白根厚子）	1908
母の裁ちバサミ（高橋芳江）	2209
母のトランプ（熊谷千佳子）	1298
母のミシン（小田涼子）	0836
バーバラのサンタ（はせがわまり）	2978
母は桃が好きだった（ダヨン）	2403
ハビタブルゾーン（大塚寅彦）	0708
パピルスのなかの永遠 書物の歴史の物語（山田和寛, 佐々木英子, 作品社）	1623, 1650, 3957
バビロンまでは何光年？（道満晴明）	2570
ハーフ・プリズム（早月くら）	3059
バブルの経済理論（櫻川昌哉）	1635
バベルの塔（末野集）	1950
浜紫苑（ハマシオン）（林慈）	3054
はまなす写真館（つちやはるみ）	2484
「嵌めてください」50首（道券はな）	2563
林由紀子作品集1997-2019 ペルセポネー回帰する植物の時間（横田惇史, レイミア プレス）	4059, 4170
ハヤブサ消防団（池井戸潤）	0293
肚を据えた日（いいむらすず）	0277
バラ・サイコ（上條一輝）	1021
パラダイム・パラサイト（kawa.kei）	1072
ばらばら きせかえ べんとう（片岡修一, 中央出版, アノニマ・スタジオ）	0165, 0943, 2441
はらぺこキツネ☆七変化！（吹井乃菜）	3266
はらぺこ令嬢、れべるあっぷ食堂はじめました～奉公先を追い出されましたが、うっかり抜いた包丁が聖剣でした!?～（宮之みやこ）	3714

作品名	ページ
薔薇ほどに（鷹取美保子）	2177
パラレルワールドのようなもの（文月悠光）	3315
バランスの良い山本さん、デスゲームに巻き込まれる。（ぽち）	3403
ハリガネ特急（長谷川源太）	2975
ハリケーンの季節（早川書房）	3043
バリ山行（松永K三蔵）	3531
ハルおばあさんのひみつのたなだ（土筆あさ）	2465
はるかカーテンコールまで（笠木拓）	0918
春来甘辛田楽味（山崎赤絵）	3940
はるさんのユートピア（ただのぶこ）	2293
春ちゃわん（藪口莉那）	3914
春と遊ぶ（斎藤茂登子）	1551
春と豚（生駒正朋）	0312
春にふれる（齋藤彩葉）	1540
はるのひ―Koto and his father（小池アミイゴ）	1377
春の飛沫（上野詩織）	0546
春の闇（北島淳）	1171
春の宵に（鳥居淳瞳）	2636
晴れ、時々くらげを呼ぶ（鯨井あめ）	1261
ハレルヤ!!! ～神様はドルヲタになりました～（山下若菜）	3952
パワハラギルマスをぶん殴ってブラック聖剣ギルドをクビになったので、辺境で聖剣工房を開くことにした ～貴族や王族やS級冒険者やら懇意にしてたお客がみんな付いてきちゃったけど俺のせいじゃないです～（だいたいねむい）	2135
叛逆闘技のブラッディ ～灰色の約束～（虹音ゆいが）	1246
板上に咲く（原田マハ）	3087
パンしろくま（柴田ケイコ）	1811
半睡の文字（野城知里）	2907
半世界の（北條裕子）	3366
ハンセン病回復者、山ちゃんの帰郷（井ノ山奈津子）	0472
ハンセン病の雄太（ふじたごうらこ）	3284
蛮族転生！ 負け戦から始まる異世界征服（武蔵野純平）	3747
反対方向行き（滝口悠生）	2238
ハンタ（崖）（うえじょう晶）	0529
ハンチバック（市川沙央）	0381
ぱんつさん（たなかひかる）	2340
バンドをクビにされた僕は、10年前にタイムリープして推しと一緒に青春をやり直すことにした。（水トみう）	3588
パンと弾丸とダンジョンと（今際之キワミ）	0493
パンどろぼう（柴田ケイコ）	1809
パンどろぼうとなぞのフランスパン（柴田ケイコ）	1810
犯人鬼ごっこ（みー）	3580
晩年（八重樫拓也）	3866
ハンバーグたべて～（メグミミオ）	3790
はんぶんこ（杜今日子）	3826
半分の顔で（清野裕子）	2070
半分のゆうれい（短編）（さかねみちこ）	1607
反暴力考（冨岡悦子）	2618

【ひ】

ビィビィ（中橋幸子）・・・・・・・・・・・・・・・・・ 2723
日陰者でいたい僕が、陽キャな同級生にからなつかれている件（桼葉松）・・・・・・ 2595
日傘とスマホと夏と（古今果歩）・・・・・・・・・・ 1433
鼻下長紳士回顧録（安野モヨコ）・・・・・・・・・・ 0265
干からびたカエルをよけてすすみゆくばいばい、わたしは夏をのりきる（石名萌）・・・・・ 0345
光を生む（北林紗季）・・・・・・・・・・・・・・・・ 1178
光を型抜き（奥山紗英）・・・・・・・・・・・・・・・ 0822
「光を仕舞う」50首（平井俊）・・・・・・・・・・・・ 3186
光をつなぐ（中村真里子）・・・・・・・・・・・・・・ 2756
ひかりを渡る舟（歌集）（立花開）・・・・・・・・・・ 2302
ヒカリ指す（北原岳）・・・・・・・・・・・・・・・・ 1180
「光射す海」50首（田中翠香）・・・・・・・・・・・・ 2332
光の鱗（歌集）（永田淳）・・・・・・・・・・・・・・ 2700
ひかりの伽藍（がらん）（糸川雅子）・・・・・・・・・ 0440
ひかりの子たち（水上春）・・・・・・・・・・・・・・ 3657
光の素顔（河田育子）・・・・・・・・・・・・・・・・ 1094
光のそこで白くねむる（待川匙）・・・・・・・・・・・ 3483
光のとこにいてね（一穂ミチ）・・・・・・・・・・・・ 0395
ひかりの針がうたふ（歌集）（黒瀬珂瀾）・・・・・・・ 1351
ヒカリ文集（松浦理英子）・・・・・・・・・・・・・・ 3501
ひかりまみれのあんず（石村まい）・・・・・・・・・・ 0356
光が死んだ夏（モクモクれん）・・・・・・・・・・・・ 3797
光る畑（鹿倉裕子）・・・・・・・・・・・・・・・・・ 1766
光る竜の息吹を追って（戸川桜良）・・・・・・・・・・ 2584
日替わり彼女〜初恋はウソつきの始まり〜（harao）・・・・・・・・・・・・・・・・・・ 3078
彼岸へ（久永草太）・・・・・・・・・・・・・・・・・ 3136
彼岸花が咲く島（李琴峰）・・・・・・・・・・・・・・ 4151
蟾蜍（種谷良二）・・・・・・・・・・・・・・・・・・ 2375
ひきこもりの俺がかわいいギルドマスターに世話を焼かれまくったって別にいいだろう？（東條功一）・・・・・・・・・・・・・・・・ 2565
抽斗のなかの海（近藤一弥、中央公論新社）
・・・・・・・・・・・・・・・・・・ 1517, 2440
火喰鳥（原浩）・・・・・・・・・・・・・・・・・・・ 3072
樋口真嗣特撮野帳 ―映像プラン・スケッチ―（真々田稔、バイ インターナショナル）
・・・・・・・・・・・・・・・・・・ 2937, 3563
日暮れの往診（鹿倉裕子）・・・・・・・・・・・・・・ 1767
髭切 穢れ祓い（田島高分）・・・・・・・・・・・・・ 2286
微香（熊木詩織）・・・・・・・・・・・・・・・・・・ 1302
日盛りの蝉（天羽恵）・・・・・・・・・・・・・・・・ 0183
氷雨痕（内田賢一）・・・・・・・・・・・・・・・・・ 0574
ビジュアル探検図鑑 小惑星・隕石 46億年の旅（三品隆司）・・・・・・・・・・・・・・・・ 3605
美少女にTS転生したから大女優を目指す！（武藤かんぬき）・・・・・・・・・・・・・・・ 3755
美人姉妹を助けたら盛大に病んだ件（みょん）・・・・・・・・・・・・・・・・・・・・・ 3729
美大生・月浪縁の怪談（白目黒）・・・・・・・・・・・ 1917
陽だまりの果て（大濱普美子）・・・・・・・・・・・・ 0721
ピーチとチョコレート（福木はる）・・・・・・・・・・ 3250

ビッグブック おめんです3（いしかわこうじ）・・・・・・・・・・・・・・・・・・・・ 0329
羊式型人間模擬機（犬怪寅日子）・・・・・・・・・・・ 0454
筆跡（雪柳あうこ）・・・・・・・・・・・・・・・・・ 4037
必中のダンジョン探索〜必中なので安全圏からペチペチ矢を射ってレベルアップ〜（スクイッド）・・・・・・・・・・・・・・・・・・・ 1976
秘傳 鯉料理 百菜 改訂（朝尾朋樹）・・・・・・・・・ 0099
ひと（竹村啓）・・・・・・・・・・・・・・・・・・・ 2279
ひどいどしゃぶり（歌集）（谷岡亜紀）・・・・・・・・ 2359
秘島育ちのおっさんなんだが、外の世界に出たら最強英雄の師匠にされていた（ムサシノ・F・エナガ）・・・・・・・・・・・・・・・ 3749
人探し（遠藤秀紀）・・・・・・・・・・・・・・・・・ 0652
人新世の「資本論」（斎藤幸平）・・・・・・・・・・・ 1544
一つ年上の美人先輩は俺だけを死ぬほど甘やかす。（結乃拓也）・・・・・・・・・・・・・・・ 4044
1つの定理を証明する99の方法（川添愛昭、森北出版）・・・・・・・・・・・・・・ 1092, 3840
ひとつの願い（秋月光ノ介）・・・・・・・・・・・・・ 0076
ひとつの春（中原賢治）・・・・・・・・・・・・・・・ 2727
ひとつの火（ほんまきよこ）・・・・・・・・・・・・・ 3429
ひとつめの魔法は（山口桜空）・・・・・・・・・・・・ 3929
人と共に生きる 日本の馬（高草操）・・・・・・・・・ 2154
人と人とのつながりを求めて（魚川典久）・・・・・・・ 0556
人にはどれほどの本がいるか（鈴木結生）・・・・・・・ 2016
Bとの邂逅（夏木志朋）・・・・・・・・・・・・・・・ 2785
ヒトノカケラ（遠藤大輔）・・・・・・・・・・・・・・ 0649
人びとのなかの冷戦世界 想像が現実となるとき（益田肇）・・・・・・・・・・・・・・・・ 3476
ひとひらの羽毛（赤松佑紀）・・・・・・・・・・・・・ 0067
一目惚れした家庭教師の女子大生に勉強を頑張ったご褒美にキスをお願いしてみた（九条299）・・・・・・・・・・・・・・・・・・・・ 1260
一人っ子政策と中国社会（小浜正子）・・・・・・・・・ 1465
ひとりでしにたい（カレー沢薫）・・・・・・・・・・・ 1053
ひとり図書館（古屋璃佳）・・・・・・・・・・・・・・ 3353
ひなの家（高山真由美）・・・・・・・・・・・・・・・ 2231
B29（神山節子）・・・・・・・・・・・・・・・・・・ 1034
非日常的空間（横山学）・・・・・・・・・・・・・・・ 4066
微熱期（峯澤典子）・・・・・・・・・・・・・・・・・ 3673
ひの石まつり（金堀則夫）・・・・・・・・・・・・・・ 0987
火の顔（マリウス・フォン・マイエンブルク作）（大川珠季）・・・・・・・・・・・・・・・・ 0669
火の貌（篠崎央子）・・・・・・・・・・・・・・・・・ 1795
火の神の砦（犬飼六岐）・・・・・・・・・・・・・・・ 0455
被曝の森（前畠一博）・・・・・・・・・・・・・・・・ 3447
ひび（竹上雄介）・・・・・・・・・・・・・・・・・・ 2252
日々あたので、パンダと京町家暮らしを、始めます（麦野ほなみ）・・・・・・・・・・・・ 3740
日々未来（南十二国）・・・・・・・・・・・・・・・・ 3666
PIHOTEK 北極を風と歩く（荻田泰永文、井上奈奈絵、阪口玄信、講談社）
・・・・・・・・・・・ 0466, 0805, 1402, 1598
微風域（門脇篤史）・・・・・・・・・・・・・・・・・ 0981
【悲報】リストラされた当日、ダンジョンで有名配信者を助けたら超絶バズってしまった（三月童）・・・・・・・・・・・・・・・・・ 1745
備忘六（佐藤ゆき乃）・・・・・・・・・・・・・・・・ 1708
ひまわりがさいている（おおむらたかじ）・・・・・・・ 0730

ひまわり迷路の約束（大池智子） …………… 0661
ひみつのえんがわ（torisun） ………………… 2640
ひみつの せんたくやさん（木下恵美） ……… 1198
秘密の匂ひ（新家月子） ………………………… 1943
ヒメウツギ（福嶋依子） ………………………… 3256
姫騎士様のヒモ（白金透） ……………………… 1913
姫君と侍女は文明開化の夢をみる〜明治東京なぞとき譚（澄田こころ） …………………… 2051
姫とホモソーシャル—半信半疑のフェミニズム映画批評（鷲谷花） ……………………… 4203
百円玉（村嶋宣大） ……………………………… 3778
百囀（大石悦子） ………………………………… 0662
百年の探鳥—眞の自由と平和を思考し続けて—（菱谷良一） ………………………… 3140
「百万石の留守居役」シリーズ（上田秀人） … 0539
百四十字、老いらくの歌（福島泰樹） ………… 3254
100かいだてのいえ（いわいとしお） ………… 0505
百間、まだ死なざるや（山本一生） …………… 3981
ビューグルがなる（篠崎フクシ） ……………… 1797
ビューティフルからビューティフルへ（日比野コレコ） ……………………………………… 3172
ひゅーん（さえ） ………………………………… 1562
病院のふりかけ（朝吹） ………………………… 0137
氷結系こそ最強です！ 〜小さくて可愛い師匠と結婚するために最強の魔術師を目指します〜（日之影ソラ） ……………………… 3164
氷晶の人 小笠原和夫（成田茂） ……………… 2816
評伝 伊藤野枝〜あらしのように生きて〜（堀和恵） ……………………………………… 3410
評伝ジャン・ユスターシュ 映画は人生のように（須藤健太郎） …………………………… 2036
評伝 ポール・ヴァレリー（水声社） ………… 1945
標本作家（小川楽喜） …………………………… 0801
評話集 勘三郎の死（中村哲郎） ……………… 2747
ひらがなでさくら（宮崎和彦） ………………… 3698
平川優介、マニヰケル（月並きら） …………… 2458
平野川（塚本正治） ……………………………… 2453
ひらやすみ（真造圭伍） ………………………… 1931
ビランジ（全50号）（竹内オサム） …………… 2244
昼の銀河（歌集）（升田隆雄） ………………… 3475
ヒーロー（たかはしとしひで） ………………… 2195
疲労とはなにか すべてはウイルスが知っていた（近藤一博） …………………………… 1516
広重ぶるう（梶よう子） ………………………… 0924
ヒロシマをのこす 平和記念資料館をつくった人・長岡省吾（佐藤真澄、汐文社） ‥ 1700, 2446
ひろしまの満月（中澤晶子） …………………… 2682
ピロロとニニの金メダル（やまざきすずこ） … 3942
火は禱り（鍵和田柚子） ………………………… 0902
琵琶行（如月真菜） ……………………………… 1146
ピンク（岡本佳奈） ……………………………… 0773
ぴんくの砂袋（中庸介） ………………………… 2344
ヒンナ（館野史隆） ……………………………… 2315
貧乏学生の戦争回避術（逆巻蝸牛） …………… 1610

【ふ】

ふぁってん！（横尾千智） ……………………… 4057
ファビアンは宇宙の果て（峰岸由依） ………… 3672
ファミレス行こ。（和山やま） ………………… 4239
不安定をデザインする 22人の採集インクとそのレシピ（大田高充, 本岡寛子装丁, 吉田勝信活版ধ字, SPCS） … 0700, 3807, 4086, 4259
ふぁんふぁん（上牧晏奈） ……………………… 0554
フィギュアのお医者さん（芝宮青十） ………… 1817
フィクション（松田香織） ……………………… 3524
Vtuberってめんどくせえ！（烏丸英） ……… 1043
VTuberの魂、買い取ります。 〜君に捧ぐソウル・キャピタリズム〜（朝依しると） …… 0094
フィナーレの前に（鮎川知央） ………………… 0214
Vのガワの裏ガワ（黒鍵繭） …………………… 1334
50, 50 FIFTY GENTLEMEN OF EYE-VAN（操上和美, 葛西薫, 幻冬舎）
………………………………… 0913, 1319, 1374
フィールダー（古谷田奈月） …………………… 1509
ブヴァールとペキュシェ（ギュスターヴ・フローベール著）（菅谷憲興） ……………… 1961
風雲児たち（みなもと太郎） …………………… 3670
風雲月路（稲田幸久） …………………………… 0447
風刺漫画/政治漫画（佐藤正明） ……………… 1697
風刺漫画で説く 女を待つバリア（西田淑子）
……………………………………………… 2845
封じられた記憶（古賀博文） …………………… 1420
風俗嬢を始めてみたら天職ではと思った話（イチカ） ………………………………… 0380
フゥとヘェのハァ〜（にしまたひろし） ……… 2858
風配図 WIND ROSE（皆川博子） …………… 3658
フェイクタウン・ブルース（悠木りん） ……… 4026
フェイク・マッスル（日野瑛太郎） …………… 3161
フェルナンド・ペソア伝 異名者たちの迷路（澤田直） ………………………………… 1740
フォンタマーラ（齋藤ゆかり） ………………… 1552
蒙霧升降（森川真葉） …………………………… 3838
不確定性青春（眞田天佑） ……………………… 1713
不気味の谷（グレッグ・イーガン著, 山岸真訳） ……………………………… 0283, 3925
不遇の花詠み仙女は後宮の花となる（松藤かるり） ……………………………………… 3540
ふくしま原発作業員日誌 イチエフの真実、9年間の記録（片山夏子） ………………… 0952
福島三部作（「1961年：夜に昇る太陽」「1986年：メビウスの輪」「2011年：語られたがる言葉たち」（谷賢一） ………………… 2354
復す（加藤明矢） ………………………………… 0975
「ふぐすま」へ（目澤史風） …………………… 3791
福地桜痴 無駄トスル所ノ者ハ実ハ開明ノ麗華ナリ（山田俊治） ……………………… 3961
福の神（みやもとかずあき） …………………… 3720
夫君愛しの女狐は今度こそ平穏無事に添い遂げたい 〜再婚処女と取り憑かれ青年のあやかし婚姻譚〜（綾束乙） ………………… 0211

不在都市（永方佑樹）・・・・・・・・・・・・・・・ 2666
ふしぎ駄菓子屋銭天堂（廣嶋玲子作, jyajya絵）・・・・・・・・・・・・・・・・・・・・・・・・ 3218, 4245
藤子・F・不二雄SF短編コンプリート・ワークス 愛蔵版1（名久井直子, 小学館）・・・ 1884, 2777
富士山がついてくる（洪先恵）・・・・・・・・・・ 3424
不死身カフェ八百比丘尼（石田空）・・・・・・ 0343
藤原俊成 中世和歌の先導者（久保田淳）・・・・・・・・・・・・・・・・・・・・・・・・・・・・・・・・・ 1290
二藍（土山由紀子）・・・・・・・・・・・・・・・・・・・ 2487
舞台の面影―演劇写真と役者・写真師（村島彩加）・・・・・・・・・・・・・・・・・・・・・・・・・・・・ 3777
二つの依頼（安芸那須）・・・・・・・・・・・・・・・ 0073
ぶたのしっぽ（海緒裕）・・・・・・・・・・・・・・・ 0604
二人、溺れてる（春名美咲）・・・・・・・・・・・・ 3100
ふたりだけの深大寺（中村沙奈）・・・・・・・・ 2744
二人の劇団（中村謙一）・・・・・・・・・・・・・・・ 2743
二人の光（坪井努）・・・・・・・・・・・・・・・・・・・ 2501
プチ切れ令嬢は報復を誓いました。～魔導書の力で祖国を叩き潰します～（はぐれメタボ）・・・・・・・・・・・・・・・・・・・・・・・・・・・・・・・・ 2948
復活祭前日（大同生命国際文化基金）・・・・ 2136
（復home版）今は専業主婦だけど、週末はホームレスをしていた話（犀川よう）・・・・・・ 1530
仏陀伝（渡邊亮）・・・・・・・・・・・・・・・・・・・・・ 4227
不定形の犬（桟檀寺ゆう）・・・・・・・・・・・・・ 1747
不適切な指導（伊東雅之）・・・・・・・・・・・・・ 0426
風土記―日本人の感覚を読む―（橋本雅之）・・・ 2963
布団の中から蜂起せよ―アナーカ・フェミニズムのための断章（高島鈴）・・・・・・・・・・ 2157
ふなめし、いただきます（吉原達之）・・・・ 4117
不便なコンビニ（キム・ホヨン著, 米津篤八訳）・・・・・・・・・・・・・・・・・・・・・・・・・ 1211, 4133
不忘（安村和義）・・・・・・・・・・・・・・・・・・・・・ 3898
冬泉（藤本美和子）・・・・・・・・・・・・・・・・・・・ 3306
冬に吹いた風と（海野まこ）・・・・・・・・・・・ 0608
ふゆのおうち（はらだ・かよ）・・・・・・・・・ 3083
冬の蝉（西村友里）・・・・・・・・・・・・・・・・・・・ 2865
冬のセラピスト（さきほ）・・・・・・・・・・・・・ 1620
冬の旅―ザンスカール、最果ての谷へ（山本高樹）・・・・・・・・・・・・・・・・・・・・・・・・・・・・・・ 3989
冬の舟（谷原恵理子）・・・・・・・・・・・・・・・・・ 2369
冬薔薇とカリヨン（七つ樹七香）・・・・・・・ 2803
冬めく。（あすとろのーつ）・・・・・・・・・・・ 0147
プラスチックモンスターをやっつけよう！（髙田秀重監修, クリハラタカシ絵）・・ 1322, 2167
プラスティック（井上夢人）・・・・・・・・・・・ 0469
ブラックシープ・キーパー（柿本みづほ）・・ 0901
ブラックボックス（砂川文次）・・・・・・・・・ 2040
フラれてから始まるラブコメ（金木犀）・・ 0991
ふりすぎ ちゅうい（もとよしともこ）・・・・ 3814
プリズム（ソン・ウォンピョン著, 矢島暁子訳）・・・・・・・・・・・・・・・・・・・・・・・・・ 2127, 3886
Bridge（北爪満喜）・・・・・・・・・・・・・・・・・・・ 1173
プリニウス（ヤマザキマリ, とり・みき）・・・・・・・・・・・・・・・・・・・・・・・・・・・・・ 2632, 3946
プリマヴェーラの企み（京橋史織）・・・・・ 1229
プリンター（松野志郎彦）・・・・・・・・・・・・・ 3535
ふるさとエール（瀬上哉）・・・・・・・・・・・・・ 2073
ふるさとって呼んでもいいですか（ナディ）・・ 2793
ふるさとの駅に立てば（田中翠友）・・・・・ 2333

ブルシット・ジョブ―クソどうでもいい仕事の理論（デヴィッド・グレーバー）・・・・・・ 1330
古手屋てまり 長崎出島と紅い石（荒川衣歩）・・・・・・・・・・・・・・・・・・・・・・・・・・・・・・・・ 0222
プルードン―反「絶対」の探求（金山準）・・ 1002
ブルーピリオド（山口つばさ）・・・・・・・・・ 3933
ブルーブラックに魅せられて（切替郁恵）・・ 1235
ブルームーン（逢河光乃）・・・・・・・・・・・・・ 0004
フルムーンサルト（深雪深雪）・・・・・・・・・ 3242
触るる眼（楠本奇蹄）・・・・・・・・・・・・・・・・・ 1265
ブルーロック（金城宗幸原作, ノ村優介漫画）・・・・・・・・・・・・・・・・・・・・・・・・・・ 0998, 2926
ブレス記号（市村栄理）・・・・・・・・・・・・・・・ 0397
プレスの自由と検閲・政治・ジェンダー ―近代ドイツ・ザクセンにおける出版法制の展開（的場かおり）・・・・・・・・・・・・・・・・・・ 3556
プレート（宮本誠一）・・・・・・・・・・・・・・・・・ 3722
プロジェクト・ヘイル・メアリー（アンディ・ウィアー著, 小野田和子訳）・・・・・ 0526, 0858
ブロッコリー・レボリューション（岡田利規）・・・・・・・・・・・・・・・・・・・・・・・・・・・・・・・・ 0760
プロトコル・オブ・ヒューマニティ（長谷敏司）・・・・・・・・・・・・・・・・・・・・・・・・・・・・・・・・ 2966
分解の哲学―腐敗と発酵をめぐる思考（藤原辰史）・・・・・・・・・・・・・・・・・・・・・・・・・・・・・・ 3299
分水（北島理恵子）・・・・・・・・・・・・・・・・・・・ 1172
ぶんたんとたぬき（とおちかあきこ）・・・・ 2575

【へ】

平安後宮の鬼喰い姫―光の君と黒弾正（真帆路祝）・・・・・・・・・・・・・・・・・・・・・・・・・・・・・・ 3562
平安時代における変体漢文の研究（田中草大）・・・・・・・・・・・・・・・・・・・・・・・・・・・・・・・・ 2334
平安助産師の鬼祓い（木之咲若葉）・・・・・ 1197
平安朝の序と詩歌―宴集文学攷―（山本真由子）・・・・・・・・・・・・・・・・・・・・・・・・・・・・・・・・ 4001
平安文学の人物と史的世界―随筆・私家集・物語―（髙橋由記）・・・・・・・・・・・・・・・・・・ 2207
閉鎖スーパー、「ダイドー」（格沢余糸己）・・ 0903
平成転向論 鷲田清一をめぐって（小峰ひずみ）・・・・・・・・・・・・・・・・・・・・・・・・・・・・・・・・ 1500
平成投稿短歌掲載集（小峰新平）・・・・・・・ 1498
平成の経済（小峰隆夫）・・・・・・・・・・・・・・・ 1499
平成俳誌山脈縦走Ⅱ（大久保白村）・・・・・ 0678
PAY DAY～青春時代を賭けた生存戦争～（達間涼）・・・・・・・・・・・・・・・・・・・・・・・・・・・ 2308
平熱が違う（北山順）・・・・・・・・・・・・・・・・・ 1190
塀の中の美容室（小日向まるこ, 桜井美奈原作）・・・・・・・・・・・・・・・・・・・・・・・・・・ 1487, 1633
ベイビーズ・ブレス（古谷智子）・・・・・・・ 3352
平和の国の島崎へ（濱田轟天原作, 瀬下猛漫画）・・・・・・・・・・・・・・・・・・・・・・・・・・ 2091, 3034
平和のバトン―広島の高校生たちが描いた8月6日の記憶（弓狩匡純著, 広島平和記念資料館協力）・・・・・・・・・・・・・・・・・・・・・ 3219, 4028

碧雲奇譚〜女の「俺」が修真界の男子校に入ったら〜（紅猫老君）・・・・・・・・・・・・・・・・・0062
碧眼のだるま（八木優羽亜）・・・・・・・・・・・・・・3877
ベジタブル＆フルーツ ソレイユマート青果部門（たつたあお）・・・・・・・・・・・・・・・・・・2307
ペスト（アルベール・カミュ著）（三野博司）・・・・・・・・・・・・・・・・・・・・・・・・・・・・・・・・・・3676
ペダル（西山ゆりこ）・・・・・・・・・・・・・・・・・・・・・2870
別冊 会津学 VOL.1―暮らしと繊維植物―（菅家博昭）・・・・・・・・・・・・・・・・・・・・・・・・・1116
ぺったんぺったんぺったんとやってきましたこんにゃくです（むぎはら）・・・・・・・・・・3741
ペットボトルを机に置いてください。出来たらあなたは合格です。（グレブナー基底大好きbot）・・・・・・・・・・・・・・・・・・・・・・・・・・・・1331
へっぽこ腹ぺこサラリーマンも異世界では敏腕凄腕テイマー（一江左かさね）・・・・・・0379
ベトナムの大地にゴングが響く（柳沢英輔）・・3905
紅珊瑚の島に浜茄子が咲く（山本貴之）・・・・・3990
ベニーのみずたまぼうし（しおみつさちか）・・1761
辺野古バスに乗って（仲村渠ハツ）・・・・・・・・2768
へのへの茂次郎（疋田ブン）・・・・・・・・・・・・・・3125
ヘパイストスの侍女（白木健嗣）・・・・・・・・・・1902
ぺぱぷんたす006（祖父江慎, 小学館）・・1882, 2119
ヘビと隊長（桑田今日子）・・・・・・・・・・・・・・・・1360
へへ（木元智香子）・・・・・・・・・・・・・・・・・・・・・1203
へぼ侍（坂上泉）・・・・・・・・・・・・・・・・・・・・・・・・1590
ベランダ（四月猫あらし）・・・・・・・・・・・・・・・・1768
ベランダから（生方美久）・・・・・・・・・・・・・・・・0599
ベリーの巣（あいち亜きら）・・・・・・・・・・・・・・0013
ベルを鳴らして（坂崎かおる）・・・・・・・・・・・・1602
「ベルリン」3部作（クラウス・コルドン作, 酒寄進一訳, 西村ツチカ カバー画）・・・・・・・・・・・・・・・・・・・・・・・1514, 1616, 2861
辺境の魔法薬師（えながゆうき）・・・・・・・・・・0632
偏見の構図 北はりま障がい者美術公募展に参加してきました（長谷川和正）・・・・・・・・2972
辺獄のラブコメ（たか野む）・・・・・・・・・・・・・・2184
編集者ディドロ 仲間と歩く『百科全書』の森（鷲見洋一）・・・・・・・・・・・・・・・・・・・・・・・2048
へんしんでんしゃ（いまいじんと）・・・・・・・・0477
変声期（加藤右馬）・・・・・・・・・・・・・・・・・・・・・0976
へんてこあそびうた（岩佐敏子）・・・・・・・・・・0508
ヘンテコおいもほり（にしの桃子）・・・・・・・・2855
弁当男子の白石くん（月森乙）・・・・・・・・・・・・2463
へんなけもの（くろしお）・・・・・・・・・・・・・・・・1344
へんなどろぼう おんがくをぬすむ（しょうのしょう）・・・・・・・・・・・・・・・・・・・・・・・・・・・・・1886
辮髪のシャーロック・ホームズ 神探福邇の事件簿（莫理斯（トレヴァー・モリス）作）（舩山むつみ）・・・・・・・・・・・・・・・・・・・・・・・3330
片翼のイカロスは飛べない（野島夕照）・・・・・2906
ヘンリー六世・三部作（2009年上演）, リチャード三世（2012年上演）, ヘンリー四世・二部作（2016年上演）, ヘンリー五世（2018年上演）, リチャード二世（2020年上演）（新国立劇場シェイクスピア歴史劇シリーズ）・・・・・・・・・・・・・・・・・・・・・・・・・・・・1925

【 ほ 】

母音（日本語）の国のあなたへ（伊藤京子）・・・0412
放課後ミステリクラブ 1 金魚の泳ぐプール事件（知念実希人）・・・・・・・・・・・・・・・・・・2423
ほうをもつ少年（たかはしとしひで）・・・・・・2197
忘却城の界人（鈴森琴）・・・・・・・・・・・・・・・・・2028
宝石神殿のすてきな日常（色石ひかる）・・・・・0503
宝石鳥（鍋澤亜妃子）・・・・・・・・・・・・・・・・・・・2591
宝蔵山誌（明里桜良）・・・・・・・・・・・・・・・・・・・0071
放送室でバカ話で盛り上がってたらマイクがオンだった。(izumi)・・・・・・・・・・・・・・・0359
法治の獣（春暮康一）・・・・・・・・・・・・・・・・・・・3096
法の書［増補新訳］ 愛蔵版（松田行正, 杉本聖士, 国書刊行会）・・・・・・・・1425, 1970, 3528
萌梅公主偽伝（都月きく音）・・・・・・・・・・・・・2470
報復の密室（平野俊彦）・・・・・・・・・・・・・・・・・3201
吠えないのか（森下裕隆）・・・・・・・・・・・・・・・3843
鬼灯（家野未知代）・・・・・・・・・・・・・・・・・・・・・0278
鬼灯の節句（仲谷実織）・・・・・・・・・・・・・・・・・2705
鬼灯の冷徹（江口夏実）・・・・・・・・・・・・・・・・・0627
鬼灯の冷徹画集 地獄玉手箱（井上則人デザイン事務所, 講談社）・・・・・・・・・・・0470, 1401
ぼくがはなせたら（たかはしとしひで）・・・・・2196
ぼくがふえをふいたら（阿部海太）・・・・・・・・0168
ぼくがぼくに変身する方法（やませたかゆき）・・・・・・・・・・・・・・・・・・・・・・・・・・・・・・・・3956
牧水・啄木・喜志子 近代の青春を読む（伊藤一彦）・・・・・・・・・・・・・・・・・・・・・・・・・・・・0411
ぼくたちの青空（福田果歩）・・・・・・・・・・・・・3258
ぼくだったかもしれない―震災をめぐる自転車の旅（小林みちたか）・・・・・・・・・・・・・・1481
ぼくとお山と羊のセーター（飯野和好）・・・・・0275
僕と君の大切な話（ろびこ）・・・・・・・・・・・・・4182
僕と、先生と、先生のお母さん（塩川悠太）・・・1753
僕と夏と君との話（幾野旭）・・・・・・・・・・・・・0291
ぼくの帰る場所（S・E・デュラント作, 杉田七重訳）・・・・・・・・・・・・・・・・・・1964, 2527
僕の心のヤバイやつ（桜井のりお）・・・・・・・・1631
僕の人生（町田奈津子）・・・・・・・・・・・・・・・・・3493
僕の好きな仕事は（松田静香）・・・・・・・・・・・・3526
ぼくの日常サバイバル（梶田向省）・・・・・・・・0925
ぼくのひしょち（大石さちよ）・・・・・・・・・・・・0663
ぼくらの七日間戦争（宗田理作, はしもとし絵）・・・・・・・・・・・・・・・・・・・・・・・2107, 2961
僕らのヘリオトロピズム（みずの瑞紀）・・・・・3623
僕らは転がる石のように（鈴木香里）・・・・・・1986
僕らは『読み』を間違える（水鏡月聖）・・・・・3593
ぼく リングボーイ（藤谷クミコ）・・・・・・・・・3288
ぼくはイエローでホワイトで、ちょっとブルー（ブレイディみかこ）・・・・・・・・・・・・・3354
僕は何処（深瀬果夏）・・・・・・・・・・・・・・・・・・・3238
ぼくは学校ハムスター 1 ハンフリーは友だちがかり（ベティ・G・バーニー作, 尾高薫訳, ももろ絵）・・・・・・・・0838, 3023, 3820

ぼくは川のように話す(ジョーダン・スコット文，シドニー・スミス絵，原田勝訳) ······ 1978, 2049, 3086
ぼくはくさもち(みやもとかずあき) ······ 3719
ぼくは誰？(みりん) ······ 3733
ぼくは、ドールくん。(鈴木伶香) ······ 2025
ぼくは20円もやした(佐野陽) ······ 1721
僕は昔、怪獣だった。(ヤカタカナタ) ······ 3869
僕は郵便配達という仕事が大好きなんだ(上田修) ······ 0532
僕はライトノベルの主人公(寺場糸) ······ 2542
ぼくんちのねこのはなし(いとうみく) ······ 0432
ポケットラジオ(ホリ・カケル) ······ 3408
「保健室経由、かねやま本館。」シリーズ(松素めぐり) ······ 3554
保健室のオバケさん(亮෬歌羅) ······ 0075
ほこりはドコからやってくる？(ひるね太) ······ 3216
星を編む(凪良ゆう) ······ 2774
星を掬う(町田そのこ) ······ 3490
星落ちて、なお(澤田瞳子) ······ 1739
星を撒ちし凡人の話(上目綴郎) ······ 3170
星をつくる少年(前田麻里) ······ 3444
星を紡ぐエライザ(篠谷巧) ······ 1802
星が人を愛すことなかれ(斜線堂有紀) ······ 1866
星屑すぴりっと(林けんじろう) ······ 3048
星屑テアートル(日塔珈琲) ······ 2874
星屑東京抄(平居謙) ······ 3185
星屑の巣(佐々木景子) ······ 1653
星空とタかげ―頴原退蔵、その晩年のまなざしについて―(外山一機) ······ 2626
星どろぼうのイシュア(外村実町) ······ 2611
星に帰れます(新胡桃) ······ 0234
星の声、星の子へ(星野良一) ······ 3388
星の時(クラリッセ・リスペクトル作)(福嶋伸洋) ······ 3253
帆神 北前船を馳せた男・工楽松右衛門(玉岡かおる) ······ 2385
ほぞ(水城孝敬) ······ 3609
細倉を記録する寺崎英子の遺したフィルム(寺崎英子写真集刊行委員会) ······ 2531
ほたる狩りの思い出を上書きする(塚川悠紀) ······ 2451
ボタンのスキマスキー(かいのりひろ) ······ 0882
ボタンホールと金魚(瑠芙菜) ······ 4169
ぽちっ(さえ) ······ 1561
北海道の森林鉄道(松野郷俊弘) ······ 3536
北海は死に満ちて(岡本好貴) ······ 0783
北極百貨店のコンシェルジュさん(西村ツチカ) ······ 2862
ぽっちゃり妻の内なる『アイツとあの子とその他数人』(千風一軒) ······ 2105
ポッポボーン(たまむらさちこ) ······ 2394
ホテル・アルカディア(石川宗生) ······ 0331
ほとぼりが冷めるまで(細見和之) ······ 3401
ほとんぽとーんと音がする(黒田ナオ) ······ 1353
ほねほねザウルス ティラノ・ベビーのぼうけん(カバヤ食品原案・監修，ぐるーぷ・アンモナイツ作・絵) ······ 1008, 1325
焔の舞姫(藤宮彩貴) ······ 3302

ポピーのきもち(中川祐樹) ······ 2678
ポピュラー音楽と現代政治 インドネシア 自立と依存の文化実践(金悠進) ······ 1213
歩兵銃(飯干猟作) ······ 0276
ポムの言葉屋さん(鍵井瑠詩) ······ 0893
ホームレス女子大生 川を下る inミシシッピ川(佐藤ジョアナ玲子) ······ 1690
ホームレスに説教してみた(犬塚愛美) ······ 0457
ホライズン・ガール～地平の少女～(矢野アロウ) ······ 3909
ポラリスが降り注ぐ夜(李琴峰) ······ 4150
ボリス(詩)(星野良一) ······ 3387
暴流の人 三島由紀夫(井上隆史) ······ 0465
滅びの前のシャングリラ(凪良ゆう) ······ 2772
梵字碑にザリガニ(崎浜慎) ······ 1619
凡人呪術師、ゴミギフト【術式作成】をスキルツリーで成長させて遊んでたら無自覚のまま世界最強～異世界で正体隠して悪役黒幕プレイ、全ての勢力の最強S級美人達に命を狙われてる？ …悪役っぽいな、ヨシ！(しば犬部隊) ······ 1805
凡人転生の努力無双～赤ちゃんの頃から努力してたらいつのまにか日本の未来を背負ってました～(シクラメン) ······ 1772
本朝白雪姫譚話(竹柴潤一) ······ 2262
本とみかんと子育てと 農家兼業編集者の周防大島フィールドノート(柳原一徳) ······ 3908
ほんのこども(町屋良平) ······ 3494
本物の方の勇者様が捨てられていたので私が貰ってもいいですか？(花果唯) ······ 3013
翻訳(佐峰存) ······ 1724
翻訳を産む文学、文学を産む翻訳―藤本和子、村上春樹、SF小説家と複数の訳者たち(邵丹) ······ 1876
本来の色にもどした髪の毛で自分を隠し挑む面接(野呂裕樹) ······ 2933

【ま】

迷子(松山真子) ······ 3555
舞妓さんちのまかないさん(小山愛子) ······ 1510
マイ・ゴーストリー・フレンド(カリベユウキ) ······ 1047
迷子の女の子を家まで届けたら、玄関から出て来たのは学年一の美少女でした(楠木のある) ······ 1264
まいごのこもれび(林田香菜) ······ 3057
まいごのモリーとわにのかばん(小松申尚) ······ 1496
マイ・ブロークン・マリコ(平庫ワカ) ······ 3194
マイホーム山谷(末並俊司) ······ 1949
まいまいつぶろ(村木嵐) ······ 3771
前髪(前沢梨奈) ······ 3437
魔王様は末代まで呪いたい！ 元魔王と英雄の倅の人魔再統一物語(蒼塚蒼明) ······ 0030
魔王と女勇者が生まれ変わって、恋人になるまで(二木弓いうる) ······ 2832
魔王と魔女の英雄神話(神ノ木真紅) ······ 1023

作品名	頁
マガジンロンド（マツオヒロミ）	3504
まきなさん、遊びましょう（田花七夕）	2377
牧野植物園（渡辺松男）	4223
マークの本（芦澤泰偉，紀伊國屋書店）	0143, 1196
まくむすび（保谷伸）	3402
枕上げの夜（小笠原柚子）	0749
まくらたちの長い夜（若林桜子）	4194
真の王（宮下ぴかり）	3702
Mother（歌集）（高山邦男）	2227
マサエさん（あめ）	0199
正岡子規研究―中川四明を軸として（根本文子）	2895
まさかつ（上田正勝）	0540
マザーツリー 森に隠された「知性」をめぐる冒険（中ノ瀬祐馬，ダイヤモンド社）	2138, 2720
マジックミラー（千葉雅也）	2432
魔女さん、ちょっとお願いがあるのですが？（水原みずき）	3626
魔女に首輪は付けられない（夢見夕利）	4050
魔女の弟子の密かな企み（悠井すみれ）	4018
まつ石を（渡部有紀子）	4229
マスカレードコンフィデンス（滝浪酒利）	2239
マスク越しのおはよう（山本悦子）	3982
マスクの秘密（阪野媛理）	1609
真田啓介ミステリ論集 古典探偵小説の愉しみ（「Ⅰフェアプレイの文学」「Ⅱ悪人たちの肖像」）（真田啓介）	3480
また「サランヘ」を歌おうね（山本友美）	3992
まだ少しこの世を覚えている祖母は友理子と私の名で呼ぶ（野田鮎子）	2909
また働ける日を目指して（多田有希）	2295
マーダーボット・ダイアリー（上・下）（マーサ・ウェルズ著）（中原尚哉）	2731
まだまだです（カン・ハンナ）	1113
「まだ未来」多和田葉子詩集（髙岡昌生，谷川恵，ゆめある舎）	2144, 2361, 4048
まちがえる脳（櫻井芳雄）	1634
街が見えた（寺岡光浩）	2530
真知子巻き（杉山偉昤）	1974
待ち人おそし道にてさはり有べし（佐野旭）	1715
まっしろドードー（ゆみカタリーナ）	4047
まっています（みやび）	3716
まつりかお悩み相談室（甘水さら）	0207
祭りの夜に六地蔵（服部誕）	3006
まてまて、豆（高山彩ริ子）	2228
魔導学園で平民な俺のことを気にかけてくれる隣の席の子犬系美少女が、実は我が国の王女様だった（暁刀魚）	1748
魔導の系譜（佐藤さくら）	1688
窓も天命（塚田千束）	2452
真夏のトライアングル（浅野竜）	0125
まなのまほうの自てん車（弘山真菜）	3227
まにまにお買い物（荒木祐美）	0233
まぶーたん（たまむらさちこ）	2393
魔法少女スクワッド（悦田半次）	0629
魔法使いの弧（茶辛子）	2437
魔法使いのつがいの魔封士（いちしちいち）	0384
魔法の言葉（古澤りつ子）	3347
魔法の世界でサポートします！（希結）	1219
まほうの森のドロップス（竹内佐永子）	2246
真帆の明日へ（鈴鹿呂仁）	1983
まほろば水族館（神崎あきら）	1118
狸穴神社の縁切り地蔵（神崎あきら）	1117
マムアムブギウギ（宮川雅子）	3690
まむし三代記（木下昌輝）	1201
豆橋さんはまめにガチ（三矢本まうい）	3725
【魔物喰らい】百魔を宿す者〜落ちこぼれの"魔物喰らい"は、魔物の能力を無限に手に入れる最強で万能なギフトでした〜（緒二葉）	0849
摩耶ぎつね（山本昌子）	3999
マヤばあさんの花言葉タルト（西田都和）	2847
黛家の兄弟（砂原浩太朗）	2043
まよいぎょうざ（玉田美知子）	2391
迷い子たち（桜田一門）	1638
まよいねこトラと五万五十五歩（やすふみえ）	3891
真夜中のちいさなようせい（シン・ソンミ文・絵，清水知佐子訳）	1848, 1920
マリアを運べ（睦月準也）	3751
マリーハウスにようこそ〜ファンタジー世界の結婚相談所〜（五月雨きょうすけ）	1723
魔力を溜めて、物理でぶん殴る。〜外れスキルだと思ったそれは、新たな可能性のはじまりでした〜（ぶらむ）	3336
魔力無しで平民の子と迫害された俺。実は無限の魔力持ち。（レオナールD）	4173
まるの涙（園田桃子）	2116
MARUHIRO BOOK 2010-2020, 2021（世界，マルヒロ）	2071, 3574
榲桲に目鼻のつく話《展覧会記念版》（泉屋宏樹，エディシオン・トレヴィル）	0365, 0631
マロングラッセ（だるま森）	2407
回るラインと観覧車（小暮純）	1430
萬（浅沢英）	0107
マン・カインド（藤井太洋）	3274
漫画の寝取り竿役に転生して真面目に生きようとしたのに、なぜかエッチな巨乳ヒロインがぐいぐい攻めてくるんだけど？（みずがめ）	3608
満月のよるに（しまざきともみ）	1827
満月の夜に（原こずえ）	3073
「満洲」をめぐる児童文学と綴方活動―文化に潜む多元性、辺境性、連続性（魏晨）	1126
満洲国グランドホテル（平山周吉）	3209
満州・通化事件を追って 帰ってきて欲しかった父（熊谷紀代）	1297
満州俳句 須臾の光芒（西田もとつぐ）	2848
マンボとディーヴァ、楽園の人々（大浦仁志）	0666
まんまる黒にゃん（りすりすこ）	4154
マンマルさん（マック・バーネット文，ジョン・クラッセン絵，長谷川義史訳）	1315, 2984, 3025
万葉学者、墓をしまい母を送る（上野誠）	0549
万葉集に出会う（大谷雅夫）	0706
万葉と令和をつなぐアキアカネ（山口進）	3931
万両役者の扇（蟬谷めぐ実）	2101

【み】

作品名	ページ
ミイラの仮面と欠けのある心臓（白川尚史）	1900
見えない意図（藤つかさ）	3268
見えない檻に囲まれて（北山公路）	1189
見えないわたし（留周）	4168
視える彼女は教育係（ラグト）	4145
味覚喪失～人は脳で食べている～（元木伸一）	3808
見掛け倒しのガチムチコミュ障門番リストラされて冒険者になる ～15年間突っ立ってるだけの間ヒマだったので魔力操作していたら魔力9999に。スタンピードで騎士団壊滅状態らしいけど大丈夫？～（まさキチ）	3468
三日月（菱山愛）	3141
身代わり花嫁は命を賭して（英志雨）	3018
みかんきょうだいのたんけん（ホソカワレイコ）	3397
未完の本（古賀光紘）	1421
ミクと俺らの秘密基地（真栄田ウメ）	3439
未婚の女（エーヴァルト・パルメツホーファー作）（大川珠季）	0670
ミシェル・レリスの肖像（千葉文夫）	2431
みじかい髪も長い髪も炎（平岡直子）	3191
みじかい曲（堀静香）	3411
三島由紀夫論（平野啓一郎）	3199
ミシンと金魚（永井みみ）	2664
水色の傘は買はない（池田玲）	0308
湖へ（姜禧宙）	1114
水を縫う（寺地はるな）	2539
水かさの増した川の流れを（黒田ナオ）	1352
水が歪んじゃう如雨露（守谷直紀）	3848
水際（小島日和）	1438
水衣集（日高堯子）	3151
水差しの水（江口節）	0625
ミス・サンシャイン（吉田修一）	4089
ミステリー（藤島秀憲）	3282
ミステリと言う勿れ（田村由美）	2400
ミステリ・ライブラリ・インヴェスティゲーション 戦後翻訳ミステリ叢書探訪（川出正樹）	1095
水と礫（れき）（藤原無雨）	3312
水に声（犬星星人）	0458
みづにすむ蜂（佐原キオ）	1744
水の聖歌隊（笹川諒）	1647
不見の月（菅浩江）	1954
水の賦（田中黎子）	2346
水運ぶ船（石井清吾）	0319
水辺の街で（本間淑子）	3431
水 本の小説（北村薫）	1182
みずもかえでも（関かおる）	2075
水屋の研究 －茶書から見る成立と変遷（飯島照仁）	0271
水は海に向かって流れる（田島列島）	2290
ミゼレーレ・メイ・デウス（宮園ありあ）	3708
御玉の里のモルナ（永田澄空）	2703
みたり子は妻を迎へてわが家族増えたるやうな減りたるやうな（広瀬明子）	3220
道草（橘しのぶ）	2301
道にスライムが捨てられていたから連れて帰りました（イコ）	0310
道々、みち子（長濱亮祐）	2724
三井大坂両替店—銀行業の先駆け、その技術と挑戦（萬代悠）	3579
みつをおじさんはかわってる（Zin）	4263
貢がれ姫と双月の白狼王（惺月いづみ）	1785
みつきの雪（眞島めいり）	3470
密航のち洗濯 ときどき作家（宋恵媛、望月優大、田川基成写真）	2129, 2234, 3802
ミーツ・ザ・ワールド（金原ひとみ）	1001
ミッションクリア（和田篤泰）	4206
三つの物語（ギュスターヴ・フローベール著）（谷口亜沙子）	2362
三つ前の彼（新川帆立）	1922
みつばしぼり～（たけしたちか）	2260
見つめ続ける目（井上葵）	0461
みどりいせき（大田ステファニー歓人）	0699
ミトンとふびん（吉本ばなな）	4122
南方熊楠のロンドン—国際学術雑誌と近代科学の進歩（志村真幸）	1851
皆神山（杉本真維子）	1971
みなと荘101号室の食卓（樹れん）	0400
源 スペード・プラデオス（詩集）（金子智）	0992
ミミ、ヘム、パイル（土山由紀子）	2486
ミミ・ミギーとミミ・ヒダリーです（中川祐樹）	2677
耳も眼も鎖（とざ）して（末国正志）	1947
未明の砦（太田愛）	0695
身もこがれつつ 小倉山の百人一首（周防柳）	1952
宮沢賢治 デクノボーの叡知（今福龍太）	0488
みゆきもりくんモノガタリ（化生真依）	1368
Mirror（柿沼充弘, Zen Foto Gallery）	0895, 2106
みらいあめ（勝部信雄）	0962
未来でメルヘンが待っている（宮本かれん）	3721
未来のアラブ人 中東の子ども時代（1978-1984）（リアド・サトゥフ, 鵜野孝紀訳）	0596, 1711
ミライの源氏物語（山崎ナオコーラ）	3945
未来のサイズ（俵万智）	2412
未来の種（やませたかゆき）	3954
ミリは猫の瞳のなかに住んでいる（四季大雅）	1769
未練の幽霊と怪物 挫波/敦賀（岡田利規）	0759
「弥勒」シリーズ（あさのあつこ）	0118
水分れ、そして水隠れ（瀬崎祐）	2090
民衆詩派ルネッサンス 実践版（苗村吉昭）	2813
民衆暴力（藤野裕子）	3295
民主主義を装う権威主義—世界化する選挙独裁とその論理（東島雅昌）	3120
民主主義とは何か（宇野重規）	0595
みんなこわい話が大すき（尾八原ジュージ）	0869
みんなつながっている（佐川時矢）	1617
みんなのおすし（はらぺこめがね）	3090

【む】

むかしむかしあるところに、死体がありました。(青柳碧人) 0040
昔はおれと同い年だった田中さんとの友情(梛月美智子) 3894
ムカッ やきもちやいた (かさいまり) 0916
無限遠点 (北辻一展) 1174
ムゲンの i (知念実希人) 2421
無限抱擁 (倉橋健一) 1316
無限魔力の異世界帰還者 (黒頭白尾) 1427
向こうの空に虹が出ていた (勝嶋啓太) 0960
虫ガール―ほんとうにあったおはなし (ソフィア・スペンサー, マーガレット・マクナマラ文, ケラスコエット絵, 福本友美子訳) 1371, 2047, 3264, 3463
虫たち (有原悠二) 0244
夢色の瞳 (鈴木将樹) 2008
無職マンのゾンビサバイバル生活。(秋津モトノブ) 0080
息子の自立 (広瀬りんご) 3224
無駄に幸せになろうとすると死にたくなるので、こたつでアイス食べます (コイル) 1385
無駄花 (中真大) 2656
夢中さ、きみに。(和山やま) 4236
〈無調〉の誕生 ドミナントなき時代の音楽のゆくえ (柿沼敏江) 0894
無敵商人の異世界成り上がり物語 〜現代の製品を自在に取り寄せるスキルがあるので異世界では楽勝です〜 (青山有) 0048
無敵の犬の夜 (小泉綾子) 1382
『無刀』のおっさん、実はラスダン攻略ずみ (末松燈) 1951
無能聖女ヴィクトリア (春間タツキ) 3104
無能と呼ばれる二世皇帝の妻になったら、毎日暗殺を仕掛けられて大変です (佐伯鮪) 1564
無辺 (小川軽舟) 0789
村を囲う (高橋道子) 2205
紫の紫陽花が咲く日には (小川桃葉) 0799
村人Aと傾国の英雄 (朝夜千喜) 2447
無理難題が多すぎる (土屋賢二) 2481
無量光 (ただの雅子) 2296
ムーンライト・イン (中島京子) 2689

【め】

メアリ・スチュアート (フリードリヒ・シラー作) (世田谷パブリックシアター) 2092
迷宮食堂『魔王窟』へようこそ 〜転生してから300年も寝ていたのに、飲食店経営で魔王を目指そうと思います〜 (衣太) 1193
鳴禽 (外塚喬) 2610
メイク・イット (髙村有) 2222
明月記を読む (上・下) (高野公彦) 2178
名作と迷作は紙一重？ (藤谷元文) 3308
明治出版史上の金港堂―社史のない出版社「史」の試み (稲岡勝) 0442
名探偵のいけにえ 人民教会殺人事件 (白井智之) 1897
芽衣ちゃんと季節外れのサンタクロース事件 (ふじばかまの) 3297
メイドインアビス (つくしあきひと) 2464
メイド・イン京都 (藤岡陽子) 3278
めいとりず (荒川悠衛門) 0229
眼鏡会議 (菊野葉子) 1142
女神の遺書 (@nemuiyo_ove) 4249
目覚めさす (高木宇大) 2149
メタモルフォーゼの縁側 (鶴谷香央里) 2508
メダリスト (つるまいかだ) 2509
medium 霊媒探偵城塚翡翠 (相沢沙呼) 0010
目で見ることばで話をさせて (アン・クレア・レゾット作, 横山和江訳) 4061, 4177
メトロポリスの卵 (石原三日月) 0352
目の見えない白鳥さんとアートを見にいく (川内有緒) 1060
めはなみみくち (横山大朗) 4064
メメントラブドール (市街地ギャオ) 1764
メンヘラ少女の通い妻契約 (花宮拓夜) 3020

【も】

モイライの眼差し (武子和幸) 2258
望亀浮木 (吉田晴子) 4094
もう限界ですぅー…って女神様から退職代行の依頼がきたんだが？ (大宮葉月) 0729
もうひとつの曲がり角 (岩瀬成子) 0512
盲霧 (岡本恵) 0782
もう森へは行かない (松下隆一) 3519
モギサイの夏 (志部淳之介) 1818
茂吉からの手紙 (秋葉四郎) 0084
黙龍盲虎 (白玖黎) 2947
モコミ―彼女ちょっとヘンだけど〜 (橋部敦子) 2954
茂左 (鬼伯) 1204
文字を識るということ (川口泰弘) 1071
モスカット一族 (未知谷) 3642
MOCT (モスト) 「ソ連」を伝えたモスクワ放送の日本人 (青島顕) 0026
モダニズム・ミステリの時代 探偵小説が新感覚だった頃 (長山靖生) 2767
持ち重り (鎌田尚美) 1014
持ちもの (草野信子) 1255
もったいないばあさんの おばあちゃん (真珠まりこ) 1929
元カノ、鬼になる (御角) 3595
元剣聖悪役令嬢の異世界配信〜パーティを追放され、気がつけば現代でした。仕方がないのでダンジョン配信でお金を稼ぎつつ、

スローライフを目指して頑張りますがもう遅い〜(しけもく) ... 1778
元スパイの俺、モテすぎ三姉妹が次々デレてくるせいで家政夫業が捗らない(秋原タク) ... 0085
元天才子役の男子高校生、女装をして、女優科高校に入学する。(三日月猫) ... 3594
【求ム】貞操逆転世界の婚活ヒトオスVTuber【清楚系】(外なる天使さん) ... 2112
求めよ、さらば(奥田亜希子) ... 0816
元勇者、今はアイドルのドライバーやってます(十本スイ) ... 2579
もどれる屋(森なつこ) ... 3830
モニカの騎士道(陸そうと) ... 1247
もぬけの考察(村雲菜月) ... 3773
物書きミーヒャの最高な物語(山西亜樹) ... 3973
ものがたり西洋音楽史(近藤譲) ... 1519
ものがたり日本音楽史(徳丸吉彦) ... 2598
物語は紫煙の彼方に(小西マサテル) ... 1463
モブ陰キャの俺、実は『暁鴉』と呼ばれし異能世界最強の重力使い 〜平穏な日々を守るため、素性を隠して暗躍します〜(海月くらげ) ... 3646
モブ司祭だけど、この世界が乙女ゲームだと気づいたのでヒロインを育成します。(レオナールD) ... 4174
モブ同然の悪役令嬢に転生したので、男装して主人公に攻略されることにしました(岡崎マサムネ) ... 0747
モブは友達が欲しい 〜やり込んだゲームのぼっちキャラに転生したら、なぜか学院で孤高の英雄になってしまった〜(和宮玄) ... 4235
桃色の和菓子くちくち食いしめれば都会の空はゆるやかに春(伊藤哲) ... 0413
桃を朝にガブリ(三橋亮太) ... 3650
ももちゃん(須田地央) ... 2031
モモンバのくくり罠(横山拓也) ... 4062
貰った3つの外れスキル、合わせたら最強でした(雪ノ狐) ... 4033
森へ行った日(川本千栄) ... 1109
森が呼ぶ(宇津木健太郎) ... 0585
森の雨(宇野恭子) ... 0594
モリノコ(黒瀬麻美) ... 1350
森の中のレコーディング・スタジオ―混淆する民族音楽と周縁からのグローバリゼーション(佐本英規) ... 1727
森のポスト(山中真理子) ... 3971
「守り人」シリーズ(上橋菜穂子) ... 0550
森は盗む(大原鉄平) ... 0724
もりはみている(大竹英洋, 福音館書店) ... 0702, 3247
モーンガータのささやき〜イチゴと逆さ十字架〜(川崎七音) ... 1078
モンスターになれる(古田淳) ... 3348
門のある島(庵野ゆき) ... 0266

【 や 】

館と密室(鴨崎暖炉) ... 1038
やがて英雄になる最強主人公に転生したけど、僕には荷が重かったようです(坂石遊作) ... 1582
やがて魔女の森になる(川口晴美) ... 1070
夜間中学で希望をみつけた(小田クニ子) ... 0831
焼き芋とドーナツ―日米シスターフッド交流秘史(湯澤規子) ... 4039
ヤギと意地っぱり(浅野竜) ... 0126
山羊の乳(渡部有紀子) ... 4230
野球しようぜ! 大谷翔平ものがたり(とりごえこうじ文, 山田花菜絵) ... 2639, 3958
厄災流し(速水渓子) ... 3070
約束(葉山美玖) ... 3066
約束(藤沢光恵) ... 3281
やくそくのじかん(はなみ) ... 3019
約束は聖剣と魔術に乗せて(日比野シスイ) ... 3173
役回り(御供文範) ... 3654
櫓太鼓がきこえる(鈴村ふみ) ... 2027
夜景の奥(浅川芳直) ... 0103
やさいマッチョーおんせんへいくー(ひのそら) ... 3165
やさ男、傲慢で性悪な侯爵家の一人息子(18歳)に転生する〜ひっそり過ごすつもりが学園の美人令嬢らに絡まれるようになる〜(夏乃実) ... 2789
優しい嘘(青山ユキ) ... 0050
優しい選択(尾崎美樹) ... 0826
やさしいネイチャーウォッチング―自然を守り育てる仲間づくりー(村上宜雄) ... 3766
やさしい猫(中島京子) ... 2690
やさしい人(土屋恵子) ... 2480
「優しき腹」50句(岡田由季) ... 0763
野次馬スター(中乃森豊) ... 2722
夜叉神川(安東みきえ) ... 0261
保田與重郎の文学(新潮社装幀室, 新潮社) ... 1935, 1936
夜須礼(井上弘美) ... 0468
野生のジュゴンが、生きていた!! 〜絶滅から、海の哺乳類を救え〜(元村れいこ) ... 3811
「八咫烏」シリーズ(阿部智里) ... 0173
やっさん(深尾澄子) ... 3234
やっぱり じゃない!(チョーヒカル) ... 2444
宿借りの星(酉島伝法) ... 2641
宿無し弘文 スティーブ・ジョブズの禅僧(柳田由紀子) ... 3907
やとのいえ(八尾慶次) ... 3901
谷中の用心棒 萩尾大楽―阿芙蓉抜け荷始末(筑前助広) ... 2418
柳の枝に吹く風(ステッグミューラー アヒム) ... 2033
家鳴り(三谷武史) ... 3637
屋根に上る(かみやとしこ) ... 1031
病いの会話―ネパールで糖尿病を共に生きる(中村友香) ... 2759

作品名	頁
山桜のおもいで(佐々木亜須香)	1649
大和川—明日に向かう流れ—(北川由美子)	1169
やまの動物病院(なかがわひろ)	2672
山本典義写真集 軽トラ182の20-22(山本典義)	3993
やまんばワンダー(土山由紀子)	2488
「闇医者おぁん秘録帖」シリーズ(あさのあつこ)	0119
闇市カムバック(横山ゆみ)	4068
闇金ウシジマくん(真鍋昌平)	3559
闇に浮かぶ浄土(高野知宙)	2180
ヤモリの宿(鈴木信一)	1991
ややの一本! 剣道まっしぐら日和(八槻綾介)	3902
夜宵 —トマトと卵のラーメン—(ゆげ)	4038
『やり直し』《最強》ダンジョン配信者! 突然10年前の世界に戻ったので全てをやり直す!(もちばん太郎)	3806
柔らかく揺れる(福名理穂)	3261

【 ゆ 】

作品名	頁
ユア・フォルマ 電子犯罪捜査局(菊石まれほ)	1132
唯一の本屋が消えてこの地から離れることをついに決意す(竹澤聡)	2257
由比ヶ浜(出口紀子)	2515
遊蜘島心中譚(霜月流)	1860
有給を取って船着場に出ればいのちが泡立つような夕立(森永理恵)	3849
夕暮れに夜明けの歌を 文学を探しにロシアに行く(奈倉有里)	2779
幽玄F(佐藤究)	1685
勇者学院の没落令嬢を性欲処理メイドとして飼い、最期にざまぁされる悪役御曹司に俺は転生した。普通に接したら、彼女が毎日逆夜這いに来て困る……。(東夷)	2555
勇者殺しの花嫁(葵依幸)	0020
勇者召喚に巻き込まれたけれど、勇者じゃなかったアラサーおじさん。暗殺者(アサシン)が見ただけでドン引きするような回復魔法の使い手になっていた。(はらく)	3079
勇者症候群(彩月レイ)	0213
勇者と呼ばれた後に—そして無双男は家族を創る—(空埜一樹)	2121
勇者の当て馬でしかない悪役貴族に転生した俺、推しヒロインと幸せになろうと努力してたら、いつの間にか勇者のイベントを奪ってシナリオをぶっ壊していた(こはるんるん)	1485
勇者の弟子を派遣します(お茶ねこ)	0845
勇者パーティーを追放された精霊術士 〜不遇職が精霊王から力を授かり覚醒。俺以外には見えない精霊たちを使役して、五大ダンジョン制覇をいちからやり直し。幼馴染に裏切られた俺は、真の仲間たちと出会う〜(まさキチ)	3467
勇者パーティから追放されないと出られない異世界×100 〜気づいたら最強になっていたので、もう一周して無双します〜(日之浦拓)	3163
郵政労使に問う(池田実)	0306
悠紬(能美茅栄)	2897
有毒植物詩図鑑(草野理恵子)	1256
ユウとミイのおもちゃさん(ハガトモヤ)	2940
夕陽色の鶴に乗せて(関元慧吾)	2084
幽冥にて(河村義人)	1108
夕やけがかりの絵かきさん(童謡詩)(大森あるま)	0731
夕焼け空に浮かぶもの(小林弘尚)	1480
ゆうやけにとけていく(ザ・キャビンカンパニー)	1622
幽霊部員、かく語りき。(結城戸悠)	4032
幽霊メーコと命のひも(山羊とうこ)	3875
幽霊屋敷のお嬢さん(郁島青典)	0285
瑜伽(句集)(橋本榮治)	2957
由佳とかっちゃん(志津栄子)	1781
歪み絶ちの殺人奴隷(那西崇那)	2810
ゆき(おなのりえ)	0847
ゆきうさぎ、ポンッ(正木奈緒実)	3464
雪くるか(浅川芳直)	0102
雪塚(齋藤恵美子)	1541
雪に咲む(羽間塁)	2949
雪の偶然(吉川宏志)	4079
雪の日にライオンを見に行く(志津栄子)	1783
雪の街(澄田こころ)	2050
柚木さんちの四兄弟(藤沢志月)	3280
ゆずれぬ心(諏訪典子)	2060
油断してはならぬ(徳田金太郎)	2597
油断出来ない彼女(江山孝志)	0643
ゆっくりお話聞きます(林本満寿代)	2763
ゆっくりの美学 太田省吾の劇宇宙(西堂行人)	2850
「UFO」24首(山田富士郎)	3963
夢現の神獣 未だ醒めず(武石勝義)	2259
夢現のはざま 〜玉妖綺譚〜(真園めぐみ)	3479
夢を奪われる在日クルド人のこどもたち(赤坂知騰)	0057
夢を叶えるために脳はある 「私という現象」、高校生と脳を語り尽くす(池谷裕二)	0297
ゆめくいバクの4つぼしレストラン(岩野里一郎)	0521
夢→ダービージョッキー(松下慎平)	3515
夢電話の案内人(那波雫玖)	2821
夢のあとさき(乾道香)	0452
夢許り(長谷川彩香)	2970
夢見し蝶の遺言(かやま(根占))	1040
夢見る帝国図書館(中島京子)	2688
「夢birth台なみだ通り」シリーズ(倉阪鬼一郎)	1312
ゆりあ先生の赤い糸(入江喜和)	0500
百合少女は幸せになる義務があります(榛名千紘)	3098
ゆるコワ! 〜無敵の女子高生二人がただひたすら心霊スポットに凸しまくる!〜(谷尾銀)	2357

ゆるさない（OKAKI） ・・・・・・・・・・・・・・・・・・・・・・・・・ 0745
緩やかな禍（高塚基） ・・・・・・・・・・・・・・・・・・・・・ 1387

【よ】

酔っぱらい盗賊、奴隷の少女を買う（新巻へ
　もん） ・・・・・・・・・・・・・・・・・・・・・・・・・・・・・・・・・・・ 0236
妖怪の森（伊東葎花） ・・・・・・・・・・・・・・・・・・・・・ 0437
ようかいや ～運動会の怪～（短編）（たかつ
　きせい） ・・・・・・・・・・・・・・・・・・・・・・・・・・・・・・・ 2174
妖血の禍祓士は皇帝陛下の毒婦となりて
　（柊） ・・・・・・・・・・・・・・・・・・・・・・・・・・・・・・・・・・ 3113
ようこそ、ヒュナム洞書店へ（ファン・ボル
　ム著、牧野美加訳） ・・・・・・・・・・・・・ 3231, 3457
養蚕と蚕神―近代産業に息づく民俗的想像力
　（沢辺満智子） ・・・・・・・・・・・・・・・・・・・・・・・・・ 1742
妖精の物理学―PHysics　PHenomenon
　PHantom―（電磁幽体） ・・・・・・・・・・・・・・・ 2552
杳たる月（新井孔央） ・・・・・・・・・・・・・・・・・・・・・ 0216
踊動（川上佐都） ・・・・・・・・・・・・・・・・・・・・・・・・・ 1062
夜が明けても（本山航大） ・・・・・・・・・・・・・・・・・ 3813
夜が明ける（西加奈子） ・・・・・・・・・・・・・・・・・・・ 2834
余寒（加治道子） ・・・・・・・・・・・・・・・・・・・・・・・・・ 0922
夜汽車（寺澤始） ・・・・・・・・・・・・・・・・・・・・・・・・・ 2533
浴雨（菊池フミ） ・・・・・・・・・・・・・・・・・・・・・・・・・ 1140
よく聞きなさい、すぐにここを出るのです。
　（詩集）（藤井貞和） ・・・・・・・・・・・・・・・・・・・・ 3273
よくばりなハンバーガー（髙松麻奈美） ・・・・ 2218
沃野（よくや）（真野光一） ・・・・・・・・・・・・・・・ 3560
横浜ノースドック（諏訪典子） ・・・・・・・・・・・・・ 2062
横光利一と近代メディア 震災から占領まで
　（十重田裕一） ・・・・・・・・・・・・・・・・・・・・・・・・・ 2571
夜桜（黒沢孝子） ・・・・・・・・・・・・・・・・・・・・・・・・・ 1343
与謝野晶子をつくった男（加藤孝男） ・・・・・・・ 0971
吉井勇の旅鞄―昭和初年の歌行脚ノート（細
　川光洋） ・・・・・・・・・・・・・・・・・・・・・・・・・・・・・・・ 3396
よそのくに（野村勇） ・・・・・・・・・・・・・・・・・・・・・ 2923
四つ子ぐらし1 ひみつの姉妹生活、スタート！
　（ひのひまり作、佐倉おりこ絵） ・・・・ 1624, 3162
四年三組おじいちゃん先生（橋本沙那） ・・・・・ 2960
与之姫（須藤秀樹） ・・・・・・・・・・・・・・・・・・・・・・・ 2037
よふかしのうた（コトヤマ） ・・・・・・・・・・・・・・・ 1460
黄泉のツガイ（荒川弘） ・・・・・・・・・・・・・・・・・・・ 0225
読む小説 安岡章太郎『果てもない道中記』論
　（粟津札記） ・・・・・・・・・・・・・・・・・・・・・・・・・・・・ 0256
読む力（井上弘美） ・・・・・・・・・・・・・・・・・・・・・・・ 0467
余命一年、男をかう（吉川トリコ） ・・・・・・・・・ 4076
余命100食（湊祥） ・・・・・・・・・・・・・・・・・・・・・・・ 3661
嫁に浮気されたら、大学時代に戻ってきまし
　た！ 結婚生活経験を生かしてモテモテの
　キラキラ青春です！ なのに若いころの嫁
　に何故か懐かれてしまいました！（園楽公
　起） ・・・・・・・・・・・・・・・・・・・・・・・・・・・・・・・・・・・ 0644
ヨモギの一番おもしろい小説（海月しろ） ・・・ 0605
夜もすがら青春馴し（夜野いと） ・・・・・・・・・・・ 4141
夜へ跳ねて（内野義悠） ・・・・・・・・・・・・・・・・・・・ 0580

夜をあるく（マリー・ドルレアン作、よしい
　かずみ訳） ・・・・・・・・・・・・・・・・・・・・・ 2645, 4071
よるとてをつなぐ（森川かりん） ・・・・・・・・・・・ 3837
夜に星を放つ（窪美澄） ・・・・・・・・・・・・・・・・・・・ 1286
夜の水平線（津川絵理子） ・・・・・・・・・・・・・・・・・ 2455
夜の道標（芦沢央） ・・・・・・・・・・・・・・・・・・・・・・・ 0144
夜のバザール（山本博道） ・・・・・・・・・・・・・・・・・ 3994
夜の果て、凪の世界（松樹凛） ・・・・・・・・・・・・・ 3512
喜べ、幸いなる魂よ（佐藤亜紀） ・・・・・・・・・・・ 1676
与論島二世堀円治の妻 恵子―桜の家の女あ
　るじ（林竹美） ・・・・・・・・・・・・・・・・・・・・・・・・・ 3052
4047（ヨンゼロヨンナナ）（斜田章大） ・・・・・ 2809

【ら】

ライオンのおやつ（小川糸） ・・・・・・・・・・・・・・・ 0787
ライオンのくにのねずみ（さかとくみ雪） ・・・ 1606
雷神と心する読めるへンなタネ―こどものため
　のゲーム理論（鎌田雄一郎） ・・・・・・・・・・・・ 1016
ライスマン祐（佐藤千加子） ・・・・・・・・・・・・・・・ 1692
ライトゲージ（うるし山千尋） ・・・・・・・・・・・・・ 0622
ライフ・イズ・ア・ムービー（望月滋斗） ・・・ 3801
來陽（出雲筑三） ・・・・・・・・・・・・・・・・・・・・・・・・・ 0367
ライラックのワンピース（小川雅子） ・・・・・・・ 0798
楽園（粕谷栄市） ・・・・・・・・・・・・・・・・・・・・・・・・・ 0940
落第ピエロの喜劇論（城野白） ・・・・・・・・・・・・・ 1915
落鉄ラプソディ（鳥居淳瞳） ・・・・・・・・・・・・・・・ 2635
らくやきさんころんだ（文月レオ） ・・・・・・・・・ 3316
ラジオと戦争 放送人たちの『報国』（大森淳
　郎、NHK放送文化研究所） ・・・・・・・ 0637, 0734
ラジオと望郷（鳥居淳瞳） ・・・・・・・・・・・・・・・・・ 2633
ラスト アニメーション（平山貴代） ・・・・・・・・ 3211
ラスト・コール（船郷祝計） ・・・・・・・・・・・・・・・ 3328
ラストチャンス（井本智恵子） ・・・・・・・・・・・・・ 0496
ラスボスたちの隠し仔 ～魔王城に転生した
　元社畜プログラマーは自由気ままに『魔導
　言語《マジックコード》』を開発する～（熊
　乃けん骨） ・・・・・・・・・・・・・・・・・・・・・・・・・・・・ 1305
ラブカは静かに弓を持つ（安壇美緒） ・・・・・・・ 0158
ラブ・ゲームはハッカ味（かつぴ圭尚） ・・・・・ 0961
ラブコメを絶対させてくれないラブコメ（初
　鹿野創） ・・・・・・・・・・・・・・・・・・・・・・・・・・・・・・・ 2950
ラブコメ漫画の世界に入ってしまったので、
　主人公とくっつかないヒロインを全力で幸
　せにする（shiryu） ・・・・・・・・・・・・・・・・・・・・・ 1911
ララのしろいポスト（あさいゆき） ・・・・・・・・・ 0097
ラルース ギリシア・ローマ神話大事典（大修
　館書店） ・・・・・・・・・・・・・・・・・・・・・・・・・・・・・・・ 2132
ランド（山下和美） ・・・・・・・・・・・・・・・・・・・・・・・ 3949
艦褸（野間明子） ・・・・・・・・・・・・・・・・・・・・・・・・・ 2922

【り】

りあるうまごっこ（津田祐樹） ・・・・・・・・・・・・・ 2473

作品名索引　　　　　　　　　　　　　　　れんた

リアル・フェイス～魔王子様の仕立て屋さん
　～（絵毯ユウ）‥‥‥‥‥‥‥‥‥‥‥ 0642
りぃちゃん（福島優香里）‥‥‥‥‥‥‥ 3255
理科室へ続く廊下が長くって赤い消火器目印
　にする（中尾加代）‥‥‥‥‥‥‥‥‥ 2668
リカバリー・カバヒコ（青山美智子）‥‥ 0047
力道山未亡人（細田昌志）‥‥‥‥‥‥‥ 3399
リケジョとオカシな実験室（やまとふみ）3996
【離婚前提】の嫌われ生贄姫は、魔国で愛
　され王妃に君臨いたしましたわ！～（ミ
　ラ）‥‥‥‥‥‥‥‥‥‥‥‥‥‥‥ 3732
利生の人 尊氏と正成（天津佳之）‥‥‥ 0187
リスタート（宮下ぴかり）‥‥‥‥‥‥‥ 3703
リスと風の学校（堅野令子）‥‥‥‥‥‥ 0949
理性の呼び声（講談社）‥‥‥‥‥‥‥‥ 1405
立位レコード（津田祐樹）‥‥‥‥‥‥‥ 2474
リップノイズが聞こえる距離で（雪村勝久）4035
リメンバー・マイ・エモーション（実石沙枝
　子）‥‥‥‥‥‥‥‥‥‥‥‥‥‥‥ 1792
りゆうがあります（ヨシタケシンスケ）‥ 4102
琉球建国記（矢野隆）‥‥‥‥‥‥‥‥‥ 3911
龍彦親王航海記 澁澤龍彦伝（礒崎純一）0371
龍神さま、お守りします！～信じる力と花
　言葉！～（しおやまよる）‥‥‥‥‥ 1762
竜帝さまの専属薬師（藤浪保）‥‥‥‥‥ 3291
龍とカメレオン（石山諒）‥‥‥‥‥‥‥ 0358
留年スパーク！（藥品優子）‥‥‥‥‥‥ 4240
龍の子、育てます。（坂）‥‥‥‥‥‥‥ 1568
りゅうのごんざ（うめはらまんな）‥‥‥ 0617
竜は黙して飛ぶ（阿部登龍）‥‥‥‥‥‥ 0176
量（高塚謙太郎）‥‥‥‥‥‥‥‥‥‥‥ 2173
両想いになりたい。（もえぎ桃）‥‥‥‥ 3794
領怪神犯（木古おうみ）‥‥‥‥‥‥‥‥ 1206
量子力学の100年（佐藤文隆）‥‥‥‥‥ 1696
両親の借金を返すためにヤバいとこへ売られ
　た俺、吸血鬼のお嬢様に買われて美少女メ
　イドのエサにされた（青野瀬樹斗）‥‥ 0036
料理人志望が送るVRMMOの日々（斗樹稼多
　利）‥‥‥‥‥‥‥‥‥‥‥‥‥‥‥ 2587
リラの花咲くけものみち（藤岡陽子）‥‥ 3279
リリアン（岸政彦）‥‥‥‥‥‥‥‥‥‥ 1150
リリカル・アンドロイド（荻原裕幸）‥‥ 0811
Ｒｅ：Ｒｅ：Ｒｅ：Ｒｅ：ホラー小説のプロット案
　（八方鈴斗）‥‥‥‥‥‥‥‥‥‥‥ 3008
リルとプクリの「たびだち」（リルキャリコ）
　‥‥‥‥‥‥‥‥‥‥‥‥‥‥‥‥‥ 4163
リンケージ外交戦術—アラビア湾の架け橋と
　なった日本人—（中村公也）‥‥‥‥‥ 2738
りんごかもしれない（ヨシタケシンスケ）4106
隣人はアイドル！（あさつじみか）‥‥‥ 0111
竜胆の乙女／わたしの中で永久に光る
　（fudaraku）‥‥‥‥‥‥‥‥‥‥‥‥ 3320

【る】

類（朝井まかて）‥‥‥‥‥‥‥‥‥‥‥ 0096
流刑地にて（小林安慈）‥‥‥‥‥‥‥‥ 1467

ルソーと方法（淵田仁）‥‥‥‥‥‥‥‥ 3321
ルックバック（藤本タツキ）‥‥‥‥‥‥ 3304
ルナティック・レトリーバー（真門浩平）3565
ルネサンス庭園の精神史—権力と知と美のメ
　ディア空間（桑木野幸司）‥‥‥‥‥‥ 1359
ルネ・シャール全集（吉本素子）‥‥‥‥ 4123
ルパン三世（モンキー・パンチ）‥‥‥‥ 3864
ルビーなヤツら（まり。）‥‥‥‥‥‥‥ 3570
ループ事件のなぞを追え！（浦川大正）‥ 0620
ルポ 入管—絶望の外国人収容施設（平野雄
　吾）‥‥‥‥‥‥‥‥‥‥‥‥‥‥‥ 3202
瑠璃も玻璃も照らせば光る（市東さやか）1793
流浪地球（劉慈欣著、大森望、古市雅子訳）
　‥‥‥‥‥‥‥‥‥‥‥ 0738，3340，4158
流浪の月（凪良ゆう）‥‥‥‥‥‥‥‥‥ 2771

【れ】

礼（関根裕治）‥‥‥‥‥‥‥‥‥‥‥‥ 2083
例外の日（佐藤淳子）‥‥‥‥‥‥‥‥‥ 1679
霊感少女とポンコツ怪談師（石川扇）‥‥ 0325
霊感少年と魂食いの優しい霊退治の夏（津田
　トミヤ）‥‥‥‥‥‥‥‥‥‥‥‥‥ 2471
令和生まれの魔導書架～全天時間消失トリッ
　ク～（小林一星）‥‥‥‥‥‥‥‥‥‥ 1469
令和にお見合いしてみたら（田中徳恵）‥ 2338
レインブーツをだきしめて（外薗淳）‥‥ 3369
レーエンデ国物語（多崎礼）‥‥‥‥‥‥ 2283
レオナルド・ダ・ヴィンチ—生涯と芸術のす
　べて（池上英洋）‥‥‥‥‥‥‥‥‥‥ 0295
歴史を読み解くインストーラー ～逸話の力
　で無双する～（遊琉応）‥‥‥‥‥‥‥ 4233
レコード・トーカー～VRカードゲームで憧
　れのカードと共に少女は強くなる～（巴雪
　夜）‥‥‥‥‥‥‥‥‥‥‥‥‥‥‥ 2623
レシピのないレシピ（Bit Beans，藤野嘉
　子，中本浩平，金井美稚子）
　‥‥‥‥‥‥‥‥ 0983，2762，3155，3296
レタスかキャベツかわからない（中村くる
　み）‥‥‥‥‥‥‥‥‥‥‥‥‥‥‥ 2741
列（中村文則）‥‥‥‥‥‥‥‥‥‥‥‥ 2754
レッテル（畠山政文）‥‥‥‥‥‥‥‥‥ 2994
レディ・ファントムと灰色の夢（栢山シキ）1041
レトルト彼（霜月透子）‥‥‥‥‥‥‥‥ 1855
レペゼン母（宇野碧）‥‥‥‥‥‥‥‥‥ 0593
レモネードに彗星（灰谷魚）‥‥‥‥‥‥ 2939
檸檬（海路）‥‥‥‥‥‥‥‥‥‥‥‥‥ 3735
檸檬先生（珠川こおり）‥‥‥‥‥‥‥‥ 2386
レモンと手（くわがきあゆ）‥‥‥‥‥‥ 1358
恋愛変（如月新一）‥‥‥‥‥‥‥‥‥‥ 1145
連鎖するチョイスチョイスと天秤の
　帰結（橋本秋葉）‥‥‥‥‥‥‥‥‥‥ 2955
錬奏技巧師見習いの備忘録（三止十夜）‥ 3649
レンタルくず（奈良さわ）‥‥‥‥‥‥‥ 2815

【ろ】

老害対策法（無雲律人）・・・・・・・・・・・ 3736
老虎残夢（桃野雑派）・・・・・・・・・・・・・ 3819
LAWS（ロウズ）（田中半島）・・・・・・・ 2339
「浪人奉行」シリーズ（稲葉稔）・・・・・・・ 0450
老齢の孤独（菊池浩二）・・・・・・・・・・・ 1136
60％（柴田祐紀）・・・・・・・・・・・・・・ 1814
六十を過ぎて（佐藤淳子）・・・・・・・・・・ 1678
6090問題（近藤茂古）・・・・・・・・・・・・ 1518
六人の嘘つきな大学生（浅倉秋成）・・・・・・ 0106
六年三組（佐野謙介）・・・・・・・・・・・・ 1716
ろくぶんの、ナナ（林けんじろう）・・・・・・ 3047
六里塚探偵事務所へようこそ（夏冬春秋）・・・ 2790
六郎小屋のヒデ（鈴木利良）・・・・・・・・・ 1999
盧溝橋事件から日中戦争へ（岩andreas將）・・・・・ 0519
ローシー・オペラと浅草オペラ（中野正昭）・・ 2717
ロストカゾク（百舌涼一）・・・・・・・・・・ 3798
ロストマンの弾丸（水田陽）・・・・・・・・・ 3618
ロスト・ラッド・ロンドン（シマ・シンヤ）・・ 1823
ロッカーズヘブン（磯崎由佳）・・・・・・・・ 0372
六甲おろしの子守唄（八田明子）・・・・・・・ 3002
ロドニー、ジョン、グレッグ・ケネディ、アンタイショウ（大浦仁志）・・・・・・・・・ 0665
ロバのスーコと旅をする（高田晃太郎）・・・・ 2164
魯肉飯のさえずり（温又柔）・・・・・・・・・ 0878
ロヒンギャ危機―「民族浄化」の真相（中西嘉宏）・・・・・・・・・・・・・・・・・・ 2710
ロベール・ルパージュとケベック―舞台表象に見る国際性と地域性（神崎舞）・・・・・ 1119
ロボ・サピエンス前史（島田虎之介）・・・・・ 1832
ロミオのダイイングメッセージ（出崎哲弥）・・ 2518
ロンサーフの夜（河野俊一）・・・・・・・・・ 1408

【わ】

環（ジャック・ルーボー著）（田中淳一）・・・・ 2330
〈賄賂〉のある暮らし―市場経済化後のカザフスタン（岡奈津子）・・・・・・・・・・・ 0741
輪をつくる（竹中優子）・・・・・・・・・・・ 2274
わが青春のキシュウローレル（土江正人）・・・ 2477
わが友（尾ケ井慎太郎）・・・・・・・・・・・ 0743
わが友、シューベルト（堀朋平）・・・・・・・ 3412
我が友、スミス（石田夏穂）・・・・・・・・・ 0341
吾輩じゃないボクはニワトリである（太田光一）・・・・・・・・・・・・・・・・・・ 0696
若者たち（玉木レイラ）・・・・・・・・・・・ 2387
わからないままで（小池水音）・・・・・・・・ 1380
惑星難民X（パリュスあや子）・・・・・・・・ 3092
ワグネリアンの女（髙橋良育）・・・・・・・・ 2210
わしのかささかさ（seesaw.）・・・・・・・・・ 4257
「忘れたい記憶、消します」（白瀬あお）・・・・ 1905
忘れられ師の英雄譚 〜聖勇女パーティーに
忘れられた男は、記憶に残らずとも彼女達を救う〜（しょぽん）・・・・・・・・・・ 1891
忘れられた記憶（イザベラ・ディオニシオ）・・ 2513
わたし、おばあさん（カナガワマイコ）・・・・ 0984
わたしが消える（佐野広実）・・・・・・・・・ 1720
わたしが恋のセンターです!?（せあら波瑠）・・ 2065
私が諸島である―カリブ海思想入門（中村達）・・・・・・・・・・・・・・・・・・・ 2749
私だけ乗せて終バス発車せり行けるところまで行つてください（前田鐵江）・・・・・・ 3441
私たちにできたこと―難民になったベトナムの少女とその家族の物語（ティー・ブイ）・・・・・・・・・・・・・・・・・・・ 3232
私たちのアングラな日常（井上かえる）・・・・ 0462
私たちの怪animals（久永実木彦）・・・・・・・・ 3137
私たちの擬傷（ぎしょう）（荻堂顕）・・・・・ 0806
わたしたちの失恋（内山哲生）・・・・・・・・ 0583
わたしたちのたいせつなあの島へ―菅原克己からの宿題一（宮内喜美子）・・・・・・・ 3685
私、同期で4番目に可愛いって思ってた（もりまり）・・・・・・・・・・・・・・・・・ 3832
私と彼女の永遠に交わらない食卓（雨宮いろり）・・・・・・・・・・・・・・・・・・ 0206
わたしと日本の七十年（ハンス・プリンクマン）・・・・・・・・・・・・・・・・・・・ 3339
わたしのあのこ あのこのわたし（岩瀬成子、PHP研究所）・・・・・・・・・・・ 0513, 3117
私の家たち（関谷啓子）・・・・・・・・・・・ 2087
わたしの憂い歌（千蓮泰子）・・・・・・・・・ 2449
私の帰る場所（北林紗季）・・・・・・・・・・ 1177
わたしの処女をもらってもらったその後。（高岡未来）・・・・・・・・・・・・・・・・ 2146
私の人生（安藤カツ子）・・・・・・・・・・・ 0258
私の人生（豊永正男）・・・・・・・・・・・・ 2630
私の人生と夜間中学（文永淑）・・・・・・・・ 3787
わたしのそばの、ゆれる木馬（仁科久美）・・・ 2851
私の出逢った詩歌（上・下巻）（進士郁）・・・ 1928
私の動物体験記（研攻一）・・・・・・・・・・ 2588
私の名前は宗谷本線（荒尾美知子文、堀川真絵）・・・・・・・・・・・・・・・ 0221, 3420
私の半生記（橋本巌）・・・・・・・・・・・・ 2956
私の半世記 二つの国に生きて（中村慶子（劉芳））・・・・・・・・・・・・・・・・・ 2742
私の批評（町屋良平）・・・・・・・・・・・・ 3496
わたしの部屋（岡部雅子）・・・・・・・・・・ 0771
私のマリア（東雲めめ子）・・・・・・・・・・ 1800
わたしのわごむはわたさない（ヨシタケシンスケ）・・・・・・・・・・・・・・・・・・ 4099
わたし、パリにいったの（たかどのほうこ）・・ 2176
わたしはあなたの涙になりたい（四季大雅）・・ 1770
わたしはかわいいおにんぎょう（はせがわまり）・・・・・・・・・・・・・・・・・・・ 2979
わたしは西瓜が食べられない（伊藤見桜）・・・ 0427
わたしはスカート（まよなかのふみ）・・・・・ 3569
わたしは地下鉄です（キム・ヒョウン文・絵、万木森玲訳）・・・・・・・・・・ 1210, 3462
私は無人島（旗野理沙子）・・・・・・・・・・ 2998
私わたし（菊池海斗）・・・・・・・・・・・・ 1135
渡す手（佐藤文香）・・・・・・・・・・・・・ 1681

渡辺崋山作 国宝「鷹見泉石像」の謎（岡田幸夫） 0764
綿貫さん（髙田朔実） 2165
ワタリに皇帝（田中一征） 2319
渡る世間は面白い（坂井せいごう） 1575
ワニとキツツキ（橋本東一） 2962
わーぷ！（佐倉樟風） 1625
笑う森（荻原浩） 0814
藁小屋【冬の章】（松田喜好） 3525
わらしべ長者で宇宙海賊（岸若まみず） 1157
藁の上の禿頭（上田迅） 0536
笑わないジャックナイフ（北川ミチル） 1168
悪い音楽（九段理江） 1266
悪い兄さん（今野和代） 1522
われら闇より天を見る（クリス・ウィタカー著、鈴木恵訳） 0527, 2014
われは鬼なり 十河一存伝（三日木人） 3592

【 英字 】

Arts and Media volume 10（松本久木、大阪大学大学院文学研究科文化動態論専攻アート・メディア論研究室） 0681, 3551
A Rukiga Vocabulary（梶茂樹） 0921
Asian Development Bank—Policy, Market, and Technology Over 50 Years（アジア開発銀行） 0142
BAR BER BAR（上妻森土、T-bon(e) steak press） 1394, 4261
Bloodstained Princess（畑リンタロウ） 2991
BLUE PIECE（神鍵裕貴） 1019
BUNDLED AA（藤田紗衣, pharmacy） 3285, 4251
Cat under the moon（古賀ブラウズオリビア水伽月） 1423
CHOPSTICKS！（花田麻衣子） 3016
COMPOST VOL.1（松本久木、納谷衣美装丁・組版、京都市立芸術大学芸術資源研究センターCOMPOST編集委員会） 1228, 2814, 3552
Dance with the invisibles（睦月都） 3753
Dawn（伊藤彰汰） 0418
Decks ―ハンティングエリア―（原ゆき） 3076
EYEMASK（蒼天社） 2108
forward（久能真理, skybluebooks） 1282, 4258
gurgle（黒川卓希） 1336
Happy people make…（中村元昭） 2757
Hero Swordplay Breakdown（大虎龍真） 0714
「injustices」50首（工藤貴響） 1272
Je suis là ここにいるよ（坂川朱音、月とコンパス） 1592, 2457
JOKER×FACE（玉田真也） 2389
Kangchenjunga（加瀬透、POST-FAKE） 0942, 3390
KILLING TIME（瀬口真司） 2088
Le Fils 息子（フロリアン・ゼレール作、齋藤敦子） 1539

Let us play the guitar！（星野夢） 3386
Lighthouse（ショージサキ） 1888
Lilith（川野芽生） 1100
Liminal（橙貫千尋） 2566
MITTAN 1（米山菜津子、スレッドルーツ） 2058, 4135
MUDLARKS（ヴィッキー・ドノヒュー作）（髙田曜子） 2169
My Face（倉門志帆） 1307
NCI（田中三五） 2328
NEUTRAL COLORS 1（加納大輔、NEUTRAL COLORS） 1003, 2881
NEW NORMAL！（ジョルジュ・ピロスキ） 1892
Out Of The Woods（土屋瀧） 2482
RESTAURANT B RECIPE BOOK（白い立体、文化出版局） 1912, 3358
ROUTE66（塚川悠紀） 2450
Schoolgirl（九段理江） 1267
Seven Treasures Taisho University #8（町口覚装幀、大林組発行、アマナ編集） 0188, 0722, 3484
TAPESTRY（一野篤、五味岳久） 0386, 1497
THE PRICE（アーサー・ミラー作）（髙田曜子） 2170
Therapy（森下千尋） 3842
There I sense something（寺内ユミ） 2528
The View Upstairs—君が見た、あの日—（Max Vernon作）（市川洋二郎） 0382
True noon（橋詰冬樹、橋詰ひとみ, text） 2952, 2953, 4262
Uncovered Therapy（尾久守侑） 0813
Undefined（北林紗季） 1175
Victim（平出奔） 3197
Voix（吉増剛造） 4120
YOYOと（柚子） 4040

文学賞受賞作品目録 2020-2024

2025年2月25日　第1刷発行

発 行 者／山下浩
編集・発行／日外アソシエーツ株式会社
　　　　　〒140-0013 東京都品川区南大井6-16-16 鈴中ビル大森アネックス
　　　　　電話 (03)3763-5241（代表）　FAX(03)3764-0845
　　　　　URL　https://www.nichigai.co.jp/

電算漢字処理／日外アソシエーツ株式会社
印刷・製本／シナノ印刷株式会社

© Nichigai Associates, Inc. 2025
不許複製・禁無断転載

＜落丁乱丁本はお取り替えいたします＞　《中性紙北越淡クリームキンマリ使用》
ISBN978-4-8169-3038-6　Printed in Japan, 2025

本書はデジタルデータを有償販売しております。
詳細はお問い合わせください。

最新文学賞事典2019-2023

A5・610頁　定価15,950円（本体14,500円＋税10%）　2024.5刊

2019年～2023年に国内で実施された文学関係の賞439賞の情報がわかる事典。前版（2019年刊）以降に新設された34賞も収録。既刊と併せることで、明治から令和までの文学賞が把握できる。賞の由来・趣旨、主催者、選考委員、選考方法、選考基準、賞金、連絡先などの概要と、最近5年間の受賞者名・受賞作品名を、主催者への問い合わせにより掲載。「賞名索引」「主催者名索引」「受賞者名索引」付き。

文学賞受賞作品目録2014-2019

A5・550頁　定価14,960円（本体13,600円＋税10%）　2020.1刊

2014年～2019年の5年間に実施された328賞の受賞作品4,500点を収録する作品目録。小説、ノンフィクション、随筆、詩歌、戯曲、児童文学など各種文学賞に加え、翻訳、装丁、漫画など出版文化に関する賞も幅広く収録。受賞作品が収録されている図書4,000点の書誌データも併載。「作品名索引」付き。

ヤングアダルト受賞作品総覧

A5・420頁　定価14,960円（本体13,600円＋税10%）　2022.12刊

主に1990年代以降に国内外で実施された主要なヤングアダルト世代向けの文学賞を受賞した作品3,500点の目録。青い鳥文庫小説賞、スニーカー大賞、スコット・オデール賞や、本屋大賞などYA世代に人気の作家を輩出している大衆文学賞を含む、75賞の受賞作を3,200名の受賞者ごとに一覧できる。受賞作品が収録されている図書3,500点の書誌データも併載。「作品名索引」付き。

アンソロジー内容総覧
児童文学 追補版（2012-2023）

A5・780頁　定価31,900円（本体29,000円＋税10%）　2024.7刊

2012年～2023年に刊行された児童向けアンソロジー896冊・作品のべ1.8万点の内容細目集。名作短編からアンソロジーでしか読めない貴重な作品まで収録図書情報を確認できる。物語以外にも、詩・戯曲・ノンフィクションなどの作品集まで幅広く収録。全点原本調査により、目次に記載されていない詩歌作品ほか、小品・解説・口絵等まで細目を掲載。巻末に「作家名索引」「挿絵画家名索引」「作品名索引」つき。

データベースカンパニー
日外アソシエーツ

〒140-0013　東京都品川区南大井6-16-16
TEL.(03)3763-5241　FAX.(03)3764-0845　https://www.nichigai.co.jp/